Johannes Siebelis

Worterbuch zu Ovids Metamorphosen bearbeitet von Johannes Siebelis

Johannes Siebelis

Worterbuch zu Ovids Metamorphosen bearbeitet von Johannes Siebelis

ISBN/EAN: 9783742811431

Hergestellt in Europa, USA, Kanada, Australien, Japan

Cover: Foto ©Andreas Hilbeck / pixelio.de

Manufactured and distributed by brebook publishing software (www.brebook.com)

Johannes Siebelis

Worterbuch zu Ovids Metamorphosen bearbeitet von Johannes Siebelis

Aus dem Vorwort zur ersten Auflage.

Das vorliegende Wörterbuch zu Ovids Metamorphosen, dessen
Bearbeitung ich auf den Wunsch der Verlagshandlung übernommen
habe, bezweckt den Anforderungen, die man an ein gutes Special-
lexicon zu stellen berechtigt ist, so allseitig als möglich zu entsprechen.
Es faßt daher unter jedem Worte Alles zusammen, was über
den Gebrauch desselben in den Metamorphosen irgend bemerkens-
werth erschien. Bei der einzig bastehenden Leichtigkeit und Ge-
wandtheit, womit Ovid Sprache und Vers beherrscht, bei der ge-
schmackvollen Wahl und der Mannichfaltigkeit seiner Ausbrücke und
Wendungen und bei der hervorragenden Stellung, die er in Folge
dessen in der Geschichte der römischen Sprachentwickeluug einnimmt,
war es insbesondere von Wichtigkeit eine Uebersicht über alle wesent-
licheren Verbindungen zu geben, in welchen jedes Wort sich in dem
Gedichte vorfindet, denn nur so läßt sich ein richtiges Bild von der
Art und Ausdehnung seines Gebrauches gewinnen, wie auch nur
au! diese Weise einer der Hauptaufgaben jedes Specialwörterbuches
genügt wird, nämlich den Schriftsteller sich durch sich selbst erklären
zu lassen. Natürlich reichten hierzu nicht bloße Zahlencitate hin, sondern es bedurfte meistens einer kurzen Anführung der Worte selbst.
Mit möglichster Beschränkung dagegen bin ich bei der Aufzählung
der Wortbedeutungen und der Uebertragung einzelner Stellen verfahren. Die feineren Nüancierungen der Uebersetzung, wozu allerdings die Lectüre Ovids in hohem Grade auffordert, müssen zumeist
dem Zusammenwirken der Lehrer und Schüler überlassen bleiben,
während sehr viele Ausbrücke eben durch ihre Zusammenordnung
mit andern ähnlichen, wenigstens für den aufmerksamen Benutzer,
ihre ausreichende Erläuterung finden werden. Nicht versäumt ist
ferner, soweit es nöthig schien, auf die vom Dichter angewendeten
Numeri und Casus, die bemerkenswertheren Verbalformen, sowie
auf alle ungewöhnlicheren Wortformen und sonstige Eigenthümlichkeiten im Gebrauch mancher Worte hinzuweisen. Endlich aber
durfte auch die metrische Seite, soweit sie im Bereich eines Wörter-
buches liegt, nicht unbeachtet bleiben; wobei außer der Silbenquan-
tität und ihren Abweichungen besonders die regelmäßig wiederkehrende
Stellung vieler Worte im Verse ins Auge gefaßt wurde. Einer
großen Anzahl von Wörtern zwar wird durch ihre metrische Messung

sowie durch die Gesetze, denen der Bau des Hexameter unterliegt, ihr Platz in diesem von selbst zugewiesen, wie z. B. den daktylischen hauptsächlich im 1. oder 5. Fuße, den choriambischen im 1. oder 2. Fuße; bei andern dagegen, die ihrer eigenen Natur und der des Hexameter nach verschiedene Stellen einzunehmen geeignet waren, scheint nur das Sprachgefühl des Dichters und sein für den Wollaut geschärftes Ohr dafür entschieden zu haben, sie immer oder doch vorzugsweise an gleicher Versstelle wiederkehren zu lassen. Auffallend namentlich tritt dies bei den Worten mit der Messung ⏑ – ⏓ hervor, die in weit überwiegender Mehrzahl den Versschluß bilden, wovon der Grund allerdings zum Theil ebenfalls in der Natur des Hexameter und seiner Neigung liegt, mit einem solchen Worte zu schließen. Wenn aber z.B. relinquo mit seinen dreisilbigen Formen — habe ich anders recht gezählt — 90 mal den Vers schließt und nur 5 mal nicht, ferner die Formen von teneo mit obiger Messung, unter 54 Beispielen nur mit einer einzigen Ausnahme, stets den Ausgang bilden, wenn so häufig wiederkehrende Eigennamen wie Achivus, Achilles, Ulixes ausnahmslos am Ende stehen, wenn, um noch einige andre Beispiele anzuführen, fast regelmäßig veluti der 3. Arse folgt, simul und ubi als Zeitadverbien im 1. Fuß Platz greifen: so kann man dies schwerlich mehr dem bloßen Zufall zuschreiben, noch reichen dafür die den Gesetzen des Hexameter entnommenen Erklärungsgründe aus. Ich habe daher den Versuch gemacht auch von diesen Eigenthümlichkeiten möglichst Akt zu nehmen, wenn es auch vielleicht noch nicht vollständig genug geschehen ist. Alle diese metrischen Notizen sowie die kleineren sprachlichen Bemerkungen über den Gebrauch einzelner Worte in den Metamorphosen sind in der Regel durch eckige Klammern [] und kleinere Schrift kenntlich, am Schlusse der Artikel angefügt.

Noch bemerke ich, daß, wie sich wol von selbst versteht, das Wörterbuch sich auf die ganzen Metamorphosen erstreckt, nicht bloß auf die von mir in gleichem Verlage für Schulen herausgegebene und mit Erläuterungen versehene Auswahl aus denselben. Obwol ich übrigens durchgängig auf selbständiger Sammlung des Materials fuße, so haben mir doch sowol der Sierigsche Index als auch das fleißig und sorgfältig gearbeitete Wörterbuch von Eichert zur Uebung der Controle wesentliche und dankenswerthe Dienste geleistet. Auf eine vollständige Aufführung aller Stellen verzichtet mein Wörterbuch.

Hildburghausen, den 22. Februar 1867.

J. Siebelis.

Vorwort zur zweiten Auflage.

Die Revision des vorliegenden Buches, mit der die Verlags=
handlung mich betraut hat, glaube ich gewissenhaft und sorgfältig
ausgeführt zu haben. Von wesentlichem Nutzen war mir hierbei
die einzige mir bekannt gewordene Recension der ersten Auflage von
Heller, in der Ztschr. f. d. G. W. 1867 S. 441 ff. Auf seine An=
regung habe ich die griechischen Namensformen, die auch Siebelis
nur mit mangelhafter Consequenz den lateinischen hinzugefügt hatte,
gestrichen: Der strebsame Schüler weiß sie selbst zu finden, der flüchtige
läßt sie in jedem Falle unbeachtet. Nur da habe ich sie beibehalten
bez. hinzugefügt, wo sie das Verständnis des Dichters direct fördern.
Auch dem Wunsche Hellers, der Verf. möge mit den weniger
significanten Anführungen sparsamer gewesen sein, habe ich zu ent=
sprechen gesucht, wenn auch vielleicht weniger durchgreifend, als der
geehrte Recensent erwarten mochte: ein radicaleres Verfahren würde
doch den Charakter des Buches wesentlich verändert haben und das
glaubte ich vermeiden zu müssen. Ich durfte nicht vergessen, daß
man von mir fordern muß, daß die Siebelissche Arbeit die Siebelis=
sche bleibe. Wollte oder konnte ich die Grundeigenthümlichkeiten
des Buches nicht respectieren, so durfte ich die Revision nicht über=
nehmen. Sonst würde ich in den Aenderungen und Kürzungen noch
viel weiter gegangen sein, als Heller fordert: so ist zB. das sog.
Averbo der Zeitwörter entschieden entbehrlich; der Schüler soll es
auswendig wissen oder in seiner Grammatik nachschlagen. Nur da
mußte es angegeben werden, wo die Met. Eigenthümliches bieten
(zB. divello, velli und vulsi uä.); entbehrlich ist in den meisten
Fällen auch die Aufzählung der Endungen der Adjective (das a, um
hinter divinus uä.), desgleichen die Angabe des Genetivs und des
Genus der meisten Substantive (in Saturnus, i, m. Sohn des Ura=
nus usw. wirkt das m. sogar komisch). Auch die Angabe der Ety=
mologie liegt sicherlich nur ausnahmsweise im Bereiche der Aufgaben
eines Specialwörterbuchs. Ferner ist wol die Angabe 'Met. nur Pl.'
überflüssig bei den baktylisch ausgehenden Wörtern auf m, wie Pergamum, Capitolium, und so noch manches andere. Jedoch mußte

ich in allen diesen Dingen dem Vorwurf aus dem Wege gehen, daß
ich statt diese Kürzungen am Siebelis'schen Wörterbuche vorzu-
nehmen lieber ein neues hätte schreiben sollen. Im Uebrigen bin
ich Hellers Rathschlägen dankbar gefolgt, nur das habe ich nicht für
geboten erachtet, innerhalb der einzelnen Artikel Ziffern zur Erleichterung der Uebersicht anzuwenden, da die Verwendung der selten
Schrift dieser Aufgabe vollkommen zu genügen scheint. Hinzugefügt
habe ich diejenigen Wörter, die erst nach Siebelis durch Aufnahme
neuer Lesarten und Conjecturen besonders durch Rieses Ausgabe in
den Text gekommen sind, doch habe ich weit mehr gestrichen als
neu aufgenommen; die größere Seitenzahl der gegenwärtigen Auflage hat ihren Grund in dem weniger compressen Druck. Die
werthvollen Siebelis'schen Bemerkungen in [], die auch Heller als
dankenswerth bezeichnet, habe ich nach Kräften verificiert und ver-
mehrt, freilich auch manche gestrichen, da unsere Ovidhandschriften
für die Unterscheidung von Formen wie z.B. Aetna und Aetne ud.
nicht als Auctorität gelten können. — Die Ziffern mußten nothwendig die Merkelschen bleiben, so wenig ich auch den Fortschritt
verkenne, den Rieses Ausgabe gegenüber der Merkels bezeichnet.

Dresden, April 1874.

Friedrich Polle.

Berichtigung.

S. 188 u. marmoreus am Schluß lies pollex statt paelex.

A.

a, ab, *Praep. m. Abl.* von; bej. räuml. Entfernung ob. Trennung, von, von — herab, von — weg, redire a fluvio 1, 588. victor ab Oechalia (ft. rediens ab) 9, 136. delapsa ab aethere 1, 608. 673. 11, 310. diripere vestem a pectore 9, 636. repelli a muro abprallen von 12, 124. reductus ab agmine 3, 379. 1, 23. 313. abesse ab aethere 2, 292. abstinere ab apris 10, 539. se retrahere ab ictu vor 3, 87. a natis bracchia ad caelum tollens 6, 279. ab illo Sisyphoa adspiciens 4, 465. trahere ferrum a vulnere suo 2, 606; b. Ausgeben von e. Punkte, vor, von — her, von — aus, von Seiten, a terra vestigia ponit in undis 2, 870. suis Alphëus ab undis dixerat 5, 599. videre ab alto 4, 788. 15, 842. ab ipso colligit os rubiem 1, 233. domus ab Agenore ducta 3, 257. ab Iove tertius (est) Aiax von J. an gerechnet 13, 28. crescens turbine ab imo 1, 334. 2, 374. suspirat ab imis pectoribus 2, 655. pendere ab uno corpore 1, 188. teneri a spinae crate 6, 606. alveus suspensus ab ansa am 8, 653. funis religatus ab aggere 14, 445. pinus succendit ab Aetna am 5, 442. a facto propiore priora renarrant bavon ausgebend 6, 818. ficta probos ab imagine veram nach dem Bilde 14, 823. rutilo ab ortu 2, 212. a parte sinistra von linksher 2, 839. ab omni parte auf allen Seiten 1, 34. parte ab utraque 15, 731. a fronte an der Vorderseite 1, 173. 2, 476. a dextra laevaque zur Rechten u. Linken 2, 25. 7, 857. ventos accipiunt a tergo im Rücken 12, 37. 5, 614. gentes ab utroque iacentes Oceano nach — hin 15, 829. arcus flexus a cornibus nach — hin 2, 603. iunctus a sanguine materno von Seiten 2, 368. tutus ab hospite vor

1, 144. defendere ab imbribus 4, 526. vindicare a crimine 10, 812. — zeitl. b. Ausgehen von e. Punkte, vor, vor — an, ab aevi principiis 2, 385. ab ortu ad finem lucis 15, 819. tempore ab hoc seit 13, 236. septimus numeratur a Belo 4, 213; b. unmittelbare Folge, von, nach, surgit ab his nach diesen Worten 3, 273. 12, 578. ab his tacuit 4, 329. 8, 611. 9, 764. a mero redeant sensus 8, 631. mentem collegit ab aestu 14, 352. — causal b. Ursprung von etw., von, von — her, ab his oriuntur cuncta 1, 431. ab origine cretus eadem 4, 607. generosam a sanguine Teucri 14, 698. notus ab aliquo 13, 716. dictus a Pallade terras nach 2, 834. 6, 411. 7, 524. quaerere ab aliquo 2, 567. 8, 862 (bei); b. Ausgehen einer Thätigkeit ob. Wirkung von etw., von, durch, beim Passiv 1, 40. ab hoste doceri 4, 428. cadere ab aliquo 5, 192. madescit ab austro 1, 66; poet. β. Abl. instrum. ob. causae, tellus ab igne percaluit solis 1, 417. 1, 254. 2, 602. 3, 183. 221. 4, 169. 5, 646. 6, 341. 8, 514. 12, 187. 14, 817; in Folge, ab obice saevior ibat 3, 571. ab imbre percussis solibus 6, 68, 4, 732. 751. 8, 49. 14, 414. [a vor Consonanten, ab vor Vocalen u. h, doch ab Iove 9, 414. 10, 148. 113, 72. — all ... a nur einmal verb. 3, 63L — Stellung erst vor d. zweiten Abl. velat muro solidave a caute repulsa est β. a muro 12, 184; vom Abl. entfernt ab aevi ... men principiis 1, 283. 5, 41L 14, 692.]

ä ob. äh, *Interj.* Ausruf der Klage, ach! [zu Anfang des Capri 6, 671. 15, 490; ... 2, 633. 5, 595. 10, 631. Klageschaften 5, 139. padet, ... padet 9, 531. 15, 657.]

Abantēus, a, um, abantëisch, v. Abas,

e. alten König v. Argos, Sohn des Lynceus u. der Hypermnestra, Enkel des Danaus, Vater des Acrisius, 15, 164.

Abantiades, ae, m. der Abantiade, Sohn ob. Nachkomme des Abus (s. d. vor.) 1) Acrisius als Sohn 4, 607. — 2) Perseus als Urenkel 4, 673. 5, 138. 236.

Abaris, idis, m. Gefährte des Phineus 5, 86. (Acc. Abarin).

Abas, antis, m. 1) e. Lycier 5, 126. — 2) e. Centaur 12, 306. — 3) Gefährte des Diomedes 14, 505.

ab-do, didi, ditum, ere, wegthun, verstecken, verbergen, laqueos 11, 73. domus est abdita imis in vallibus 2. 762; sonst b. Ort im *Abl.*, der oft *Abl. instr.* vultus frondibus 6, 599. caput casside 8, 25. caput undis 9, 97. *Part.* abditus, penetralibus imis 8, 458. templa silvis 10, 687. 13, 47. 14, 349. secreta 2, 718. abdita texit ora frutex [?]. ita texit, ut essent abdita 8, 718. *Subst. n.* abdita longe weit entlegene Räume 4, 777. — versenken, ferrum in armo 4, 720. dentes sub inguine 10, 716.

ab-duco, xi, ctum, ere, weg-, abseits-führen, agit capellas abductas, dum venit, treibt sie (soweit) weg bis 1, 077.

ab-eo, ii, itum, ire, weggehen, sich entfernen, 2, 697. indestrictus abibo 12, 102. ulterius 2, 872. quo abis? entweichen 3, 455. spiritus abiit in auras 8, 524. arduus in nubes abiit entschwebte 4, 712; von wo Tmolo 11, 194. templo 0, 786. — verschwinden, entweichen, abeunt pallorque situsque 7, 290. apes salutis 7, 565. somnus 9, 472. modus 11, 14. übergehen in etwas vigor ingenii abiit in alas 8, 255. 10, 701. 15, 247. in flammas aufgehen in 1, 495. in aëra verfliegen in 3, 398; sich verwandeln, in villos abeunt vestes 1, 236. crines in iubas 2, 671. 4, 396. 658. 5, 435. 11, 653. 13. 674. 14, 499. -- fortschreiten, longius nefas abiit 15, 111. per artus sich verbreiten über 9, 162. [abiit mit langer Ult. (3. Arsis). a. 870. 11. 14. (4. Arsis). 4. 712. 15. 121.)

Abies, etis, f. b. Tanne 10, 94.

ab-igo, egi, actum, ere (ago), wegtreiben, -jagen, ventos 7, 202. ora canum 14, 62; als Raub boves 2, 686.

ab-luo, lui, lutum, ere, abwaschen, alqd 14, 601. ora 2, 324. manus nndä 4, 740. volnera lymphis 13, 532.

ab-nuo, nui, nutum, ere, durch Winken ablehnen, verneinen, 12, 524. abnuit neque atque illos — illos gignere se voluisse 10, 221.

ab-oleo, evi, itum, ere, vernichten, alqd 15, 872.

ab-ominor, atus sum, ari (omen), von sich abgewendet wünschen, quod abominor was der Himmel verhüte 9, 677.

ab-ripio, ripui, reptum, ere (rapio), wegraffen, rauben, alqm 10, 160. coniunx abreptus 7, 732.

ab-rumpo, rupi, ruptum, ere, ab-, losreißen, ramos 2, 359. angues crinibus 4, 495. lora abrupta relinquunt zerrissen, 2, 315. cervix abrupta durchbauen 8, 764.

abs-cedo, cessi, cessum, ere, entweichen, weggehen, 5, 680. procul 6, 362. alcui sich Jemandes Nacht entziehen 5, 876.

abscido, cidi, cisum, ere (caedo), abhauen, abreißen, pectus iugulo (*Abl.*) 12, 362.

ab-scindo, cidi, cisum, ere losreißen, trennen, terras caelo (*Abl.*) 1, 22.

abs-condo, condi u. didi, ditum, ere, verbergen, quas abscondidit alvo versenkte 12, 17.

absens s. absum.

ab-sisto, stiti, ere, abstehen, fernbleiben, 3, 557; m. *Inf.* abstehen, ablassen, 11. 531. 12, 534.

ab-solvo, solvi, solutum, ere, befreien, lossprechen, culpae 15, 42.

abstemius, a, um, sich berauschender Getränke enthaltend, enthaltsam, 15, 323.

abs-tineo, tinui, tentum, ere (teneo), zurückhalten, ferrum quercu 8, 752. — intr. sich enthalten, sich fern halten, caelo 10, 532. ab apris 10, 539.

abs-traho, traxi, ctum, ere, wegziehen, fortschleppen, Cerberon 7, 413. 3, 696. in pascua 1, 668. inde 3, 438. invitas gremio genitoris 13, 658. in partes abstrahi zur Parteinahme fortgerissen werden 5, 93.

ab-sum, afui, abesse, abwesend sein 1, 583. 7, 718. Ggs. adesse 3, 247; nicht vorhanden, fern sein poena metusque aberant 1, 91. 2, 446. risus abest 2, 778. 4, 63. iussis mora abesto 3, 563. abest gratuntibus (*Dat.*) 7, 162. alcui von Jem. fern sein 14, 371. longe abesse alcui Einem ganz u. gar nichts helfen 4, 660; fehlen, barba aberat 6, 713. 8, 309. 14, 32. tres aberant noctes, ut 7, 179. nec gratia abest dictis geht ab 13, 127; entfernt sein, longius ab aethere 2, 292. vulnus a nobis, fern bleiben 12, 87. m. *Abl.* scopulis 4, 709. summo 8, 695. procul telluris margine 10, 55. 306; vellem abesset es wäre von

...mir gemeint 3, 458. — *Part.* absens, ntis, abwesend 3, 211. absens perii fern von dir 11, 700. faveat precantibus absens aus der Ferne bb. nicht mehr als Mensch, sonb. als Gott 15, 670. [absērunt 10, 25.]

ab-sūmo, sumpsi, sumptum, ĕre aufzehren, erschöpfen, ira vires absumere potuit 8, 693. viribus absumptis 1, 543. 15, 353. lacrimis absumitur omnis verzehrt sich ganz in 5, 427. ungula absumitur verliert sich 1, 742. tempora vergraben 2, 575.

Abundē, *Adv.* überreichlich, überschwenglich, favore 15, 759.

Abundo, āvi, ātum, āre. Ueberfluß haben, an etwas *Abl.* caligine 2, 761.

ac f. atque.

Acanthus, i. m. Bärenklau, e. Pflanze, deren große gezackte Blätter häufig als Schmuck auf Bildwerken, Säulencapitellen u. dgl. angebracht wurden, inauratus, 13, 701.

Acarnānes, um, b. Acarnanen, Bewohner von Acarnanien, der westlichsten Landschaft Mittelgriechenlands, amnis Acarnanum, Achelous 8, 589.

Acastus, i. m. Sohn des Königs Pelias von Jolcos in Thessalien (baß. Haemonius 11, 409), dem er in der Herrschaft folgte; war bei der milden Jagd 8, 306; entführte den Peleus von seinem Brudermorde 11, 409.

accēdo, cessi, cessum, ĕre (ad-cedo), herzutreten, sich nähern 3, 375. 8, 846. propius 2, 41. 603. iuxta 8, 809. accede komm her 4, 583. — dazu kommen, vultus accessere boni 8, 678. turbam accedere daß der Haufe zunehme 4, 442. solitus accessit ad iras causa recens 8, 72. accedit eodem facies 6, 181. ad numerum harum sich zugesellen 2, 416; m. *Dat.* dotem accedere templis hinzukommen 10, 646. accedere sacris sich betheiligen 3, 691. labori 19, 297. regno Theil erhalten 14, 804. deum caelo als Gott am Himmel 15, 818. 870. advena accessit delubris als Fremdling an 15, 716. volucres accedere silvis als Vögel ein Zuwachs für den Wald werden 5, 674. 14, 390.

accendo, cendi, censum, ĕre (ad-cando), anzünden, in Brand setzen, faces 7, 200. lignum 15, 311. flamma ter accensa est flammte auf 10, 279. orbem adspicit accensum 2, 228. 12, 12. — bildl. entzünden, entflammen von einer Leidenschaft, pariter accendit et ardet 3, 426. accensa ira 9, 28. accensus laudis amore 11, 527.

accenseo, ui, sum, ēre (ad-c.), bazu rechnen, zuzählen, accenseor illi werde ihrer Begleitung zugezählt 15, 546.

accerso, īvi, ītum, ĕre f. arcesso.

accessus, us, m. Zutritt. *Pl.* viriles der Männer 14, 636.

accingo, nxi, nctum, ĕre (ad-c.), umgürten, accingi telo unco sich 4, 666. accinctus ferro 4, 119. ense 6, 651. — bildl. accingere gürte dich = ans Werk! 7, 47.

accipio, cēpi, ceptum, ĕre (ad-capio), annehmen, nehmen, legem 4, 704. acceptā (vaccā) 2, 695. accipe manum 4, 685. inferias 12, 308. 8, 784. accipit arma furialia legt an 8, 691; zu (als) etwas annehmen accipe hostem 5, 93. me generum 9, 12. socerum Solem 14, 371. mo accepta obside 8, 47. — aufnehmen, orgia dei 4, 2. Delos errantem accepit 6, 834. 11, 270. 4, 411. alqm caelestibus oris 9, 265. lecto 10, 405. sinu 14, 748; in sich, omnia accipit pro stimulis furoris (als einen Stachel) 6, 481. ignea accepti 2, 410. male acceptum eingeschluckt 3, 688; auffangen auras 11, 477; mit d. Geiste od. Gehör, vernehmen, alquid auribus 10, 63. iussa dei 15, 641. 4, 794. 7, 620. 758. 14, 818. solacia anhören 11, 331. — empfangen, erhalten, auras 8, 121. opes 3, 680. veniam pro coniuge 11, 401. vulnus 13, 806. ferrum inter lumina 12, 316. ventos a tergo im Rücken bekommen 12, 87. artes ab aliquo lernen 9, 719. — *Part.* acceptus, wol aufgenommen, lieb m. *Dat.* dis acceptus nidor 12, 163. acceptior illi liber erit sangule 13, 467. dis acceptissimus illius aevi 15, 40.

accipiter, tris, m. Habicht 5, 605. 6, 123. 11, 344. 773.

acclinis, e, angelehnt, m. *Dat.* colla acclinie malo 15, 787.

acclino, āvi, ātum, āre (ad-cl.), anlehnen, se in aliquem 5, 72. terrae acclinata 14, 666. 10, 268.

acclivis, e (ad-clivus). allmählich aufsteigend, lehnangehend, trames 10, 53. lacus devexo margine efficiens formam acclivis litoris 8, 334.

acclivus, a. um, Nebenf. des Vor. limes 2, 19.

accommodo, āvi, ātum, āre (ad-c.), anpassen, purpura fulgorem accommodat uris 4, 396. alas umeris 8, 209.

accumbo, cŭbui, cŭbĭtum, ĕre (ad-c.), sich zur Mahlzeit niederlegen 8, 660.

accūso, āvi, ātum, āre (ad-causor), anklagen, alqm 13, 260. falso crimine 18, 309.

I) **acer,** ĕris n. Ahornbaum, coloribus impar, wegen seines mehrfarbigen Laubes 10, 95.

II) **acer,** acris, acre, scharf, für das sinnl. Gefühl, suci 7, 265. favilla von acris, nicht mehr heiß 8, 667; — durchdringend, von d. Sinneswerkzeugen, naribus acres canes scharfspürend 7, 806. lumen (Auge) 15, 579. vultus feurig 9, 788. — vom Gemüth heftig, feurig, wild, acrior admonitu est nur noch heftiger 5, 666. quondam acer erat 11, 264. animi 2, 86. aetas 3, 540. equus 8, 704. 7, 542. 14, 344. apri 10, 550. acrior rabie (v. Wolf) 11, 370. caedes 11, 402. acrior igni hitziger 13, 802.

acerbus, a, um, herb, für d. Geschmad, bitter; übertr. mors 14, 187; schmerzlich, vulnus 5, 62. 12, 388.

acernus, a, um, (acer), von Ahornholz, ahornen, fores 4, 487. truncus 8, 346.

acerra, ae, f. Weihrauchpfanne, turis 8, 266. 13, 703.

acervus, i, m. d. aufgeschüttete Haufen, farris 5, 131. morientum 5, 88. caesorum 12, 113. caecus acervus — chaos 1, 24.

Acestes, ae, m. König von Egesta (Segesta) in Sicilien, trojscher Abkunft, der den Aeneas zweimal gastlich aufnahm, vor u. nach seinem Aufenthalte bei Dido, fidus 14, 83.

Achaemenīdes, ae, m. e. Gefährte des Ulysses, der in der Höhle des Cyclopen zurückgelassen, von Aeneas aufgenommen wurde 14, 161. 163.

Achaemĕnius, a, um, dem Achämenes gehörig, dem myth. Ahnherrn des persischen Königshauses der Achämeniden, dah. — persisch urbes 4, 212.

Achaia, ae, f. (Ἀχαΐα) Landschaft im Norden der Peloponnes; dann Bezeichn. für ganz Griechenland, nachdem dies röm. Provinz geworden, 4, 606. 15, 325. dives 8, 268.

Achaicus, a, um, achäisch = griechisch (s. d. vor.), dextera 12, 70.

Achais, ĭdis, f. Subst. — Achaia (s. d.) — Griechenland 5, 577. Gen. Achaĭdos 7, 504. — Adj. achäisch, Achaĭdas urbes 15, 293; — griechisch, per Achaĭdas urbes 3, 511. 5, 306.

Achĕlōĭădes, um, Adj. fem. die von Achelous (s. d.) stammenden, Sirenum Acheloĭadum scopuli 14, 87.

Achĕlōĭdes, um, f. die Töchter des Achelous, die Sirenen (s. d.) 5, 552.

Achĕlōĭus, a, um, von Achelous stammend, Acheloĭa Calliroe, die Acheloïn (f. 9, 413.

Achĕlōus, i, m. Grenzfluß zwischen Aetolien u. Acarnanien (amnis Acarnanum 8, 569). Calydonius amnis 9, 727. weil er im Gebiet von Calydon, obwol nicht bei der Stadt selbst fließt. Der Flußgott Ach. nimmt den Theseus bei sich auf 8, 548; sein Kampf mit Hercules um Deïanira 9, 12 ff.

Achĕron, ontis, m. Fluß der Unterwelt. Als Flußgott Vater des Ascalaphus 5, 541 (ex Acheronte suo von ihrem geliebten Ach.); meton. für d. Unterwelt selbst imus 11, 503.

Achilles, is, m. Sohn des Peleus, Königs von Phthia in Thessalien (dah. Haemonius 12, 81), u. der Nereïde Thetis 8, 309. 15, 856. 11, 265. Pelides 12, 619. natus deä 12, 86. Enkel des Aeacus, dah. Aeacides 12, 82. Thetis seinen Tod voraussehend suchte ihn der Theilnahme am troj. Kriege zu entziehen u. brachte ihn in weibliche Kleidung versteckt zum König Lycomedes auf Scyros; aber Ulysses entdeckte ihn, indem er den Frauen im Palaste weibliche Schmucksachen, darunter aber auch Waffen vorlegte, u. zugleich Trompeten u. Waffengeklirr ertönen ließ, worauf Achilles d. weibl. Gewand zerriß u. zu Schild u. Speer griff 13, 162 ff. Vor Troja überragte er alle Griechen an Stärke u. unwiderstehlicher Tapferkeit (magnus 12, 163. ingens 11, 205. ferox 12, 592. saevus 12, 582. magnanimus 18, 298. Graium murus 13, 281). Aufzählung seiner Waffenthaten 12, 108 ff. 13, 171. ff. Er erlegt den Cygnus 12, 73 ff. u. Memnon 13, 580. Sein Streit mit Agamemnon 13, 440. Endlich tödtet ihn Paris durch e. Pfeilschuß 12, 605. 13, 501. Der Streit um seine von Vulcan geschmiedeten Waffen 12, 614 ff. 13, 289. Sein Schatten erscheint den Griechen in Thracien 13, 448. [Voc. Achille 12, 182. 363. 600. 15, 180. — Gen. Dreisilb. außer 13, 107.]

Achillēus, a, um, dem Achilles gehörig, manes des Achilles 13, 458. cuspis 13, 580.

Achīvus, a, um, achäisch = griechisch (s. Achaia), pubes 7, 56. populus 18,

113. gens 14, 191. — *Subst.* Achīvi = Graeci, 7, 143. 12, 600. 13, 29. 61. 98. 14, 561. [Eine Bereich.]

acies, ēi, *f.* die Schärfe eines Werkzeuges, Schneide, Spitze, hastae 3, 107. — übertr. des Blickes, oculorum 7, 581. — b. Blick selbst, nusquam recta acies 2, 776. torva 4, 481. aciem dimittere partes in omnes 3, 381. — b. Schlachtreihe, per acies Hectora quaerens 12, 75; b. Schlacht selbst, 19, 13. *Pl.* 13, 207.

Acis, idis, *m.* 1) Fluß in Sicilien am Ätna. — 2) Sohn des Faunus u. der Nymphe Symäthis, der Tochter des Flußgottes Symäthus. Von Galatea geliebt, wird er von dem eifersüchtigen Polyphem durch e. Felsstück zerschmettert, u. wird zum Flußgott 13, 750 ff. [*Acc.* Acin 13, 891. 874. 884.]

Acmon, ŏnis, *m.* Gefährte des Diomedes aus Pleuron in Ätolien 14, 484. [*Acc.* Acmona 14, 497.]

Acoetes, ae, *m.* Name des tyrrhenischen Schiffers, unter dessen Gestalt sich Bacchus verbirgt 3, 582, 641.

Aconītum, i, *n.* (ἀκόνιτον) Giftpflanze, Eisenhut, Sturmhut ob. Wolfswurz, abgel. v. ἀκόνη harter Stein, ob. v. der Stadt Ἀκόναι unweit Heraclea Pontica, wo die Pflanze häufig wuchs u. eine nahe Höhle als Eingang in die Unterwelt galt 7, 419. *Pl.* aconita Giftsäfte 1, 147. [Griech. s. ἀκόνιτον 7, 407.]

Aconteus, ĕi, *m.* e. Aethiope, der für Perseus kämpft 5, 201.

acquiro, quisīvi, quisītum, ĕre (ad-quaero), dazu erwerben, anwerben, viros amicas bello, für b. Kr. 7, 459.

Acrisiōnēus, a, um u. **Acrisiōnĭădes** f. Acrisius.

Acrisius, i, *m.* König von Argos in der Peloponnes, Sohn des Abas, (Abantiades 4, 607), Vater der Danaë, der Mutter des Perseus. Dem Cultus des Bacchus, mit dem er die Abstammung von Poseidon gemein hatte, (ab origine cretus eadem 4, 607: Poseidon, Agenor, Cadmus, Semele, Bacchus u. Poseidon, Belus, Danaus, Lynceus, Abas, Acrisius), verweigerte er die Aufnahme in Argos (3, 559). Bacchus versetzte deshalb die argivischen Weiber in Wahnsinn 4, 613. Acris. wurde von seinem Bruder Proetus aus Argos vertrieben, aber v. Perseus wieder eingesetzt 5, 239, der ihn schließlich unabsichtlich durch e. Wurf mit b. Discus tödtete. — *Patr.* **Acrisiōnĭădes,** ae, *m.* Perseus als Enkel des Acr. 5, 70. — *Adj.* **Acrisiōnēus,** a, um, dem Acr. gehörig, arces, b. Burg von Argos 5, 239.

Acrius, *Adv.* (*Comp.* v. acriter) heftiger 13, 867.

Acrōta, ae, *m.* auch Agrippa genannt, albanischer König 14, 617. 619.

Actaeon (3, 230), ŏnis, *m.* Sohn der Autonoë, der Tochter des Cadmus (3, 174. Autonoëius heros 3, 198. Hyantius iuvenis 3, 147) wurde von Diana, die er zufällig beim Baden getroffen' hatte, in e. Hirsch verwandelt u. von s. eignen Hunden zerrissen 3, 243. 720. [*Acc.* Actaeona 3, 243.]

Actaeus, a, um = Atticus, attisch, von b. alten Namen Atticas Ἀκταία ob. Ἀκτή Küstenland, vimen 2, 554. arces, 2, 720. fratres 7, 681. sanguis 8, 170. — *Subst.* **Actaea,** ae, *f.* die attische Jungfrau, Orithyia 6, 711.

Actīăcus, a, um, attisch, b. Vorgebirge Actium am Eingange des ambracischen Golfes. Augustus errichtete dort nach s. Siege über Antonius dem Apollo einen Tempel, dah. Apollo Actiacus 13, 715.

Actōrĭdes, ae, *m.* Sohn oder Nachkomme des Actor, 1) Patroclus, Enkel des Actor, Sohn des Menoetius, vertrauulster Freund des Achilles. Als die Schiffe vor Troja in höchster Gefahr waren, gab Ach., der sich damals wegen seines Zwistes mit Agamemnon vom Kampfe fern hielt, dem Freunde seine Rüstung und sandte ihn gegen den Feind, der hierauf in der Meinung den Achilles vor sich zu haben, die Flucht ergriff, 13, 273. Doch tödtete ihn Hector. — 2) der Aethiope Erytus 5, 79. — 3) Actoridae, *Pl.* die beiden Söhne des Messeniers Actor, Eurytus u. Cteatus, die stets zusammen kämpften u. sich ganz gleich sahen, so daß es hieß, sie seien zusammengewachsen, pares 8, 308.

actum, i, *n.* (ago) das Gethane, Geschehene, *Pl.* 2, 562. 11, 711. acta deum das von Göttern Gethane 14, 785; Thaten 8, 783. Herculis 9, 134. 15, 750. immania 9, 247. fortia 11, 222. segnia [säumiges Handeln 12, 600. ante acta frühere Thaten 12, 115; Ereignisse tot acta bellique domique 15, 186. memoranda 13, 055. [Nur *Pl.*]

actūtum, *Adv.* augenblicklich, sofort 3, 557.

acūmen, ĭnis, *n.* Spitze, an Waffen 8, 84. 8, 351. 12, 81. des Schnabels 2, 376. 11, 503. der Zehen 11, 72. des

Schwanges 1, 560. mentis 12, 397. 13, 778. [Nur Sing.]

acuo, ui, ūtum, ĕre schärfen, ensem in alqm 13, 776.

acus, us, f. b. Nadel, acu pingere stiken 6, 23.

acūtus, a, um, (acuo) spitzig, scharf, ensem 1, 470. ferrum 8, 245. falx 9, 383. radii 6, 67. quâ nulla (sagitta) acutior 5, 381; stachlig pinus 1, 699; [illegible] juncuens, cupressus 3, 155. — übertr. von Ton, scharf, grell, vox 3, 224. tinnitus 5, 204. aes 8, 589.

ad, Praep. m. Acc. bez. räuml. b. Richtung wohin, zu, nach. Bewegung wohin, zu, nach. venire ad Cycea 1, 337. 13, 393. recessit ad auroram 1, 61. tollere vultus ad sidera 1, 86. iter est ad 1, 170. applicor ad oras an 8, 598. inquit ad hos 13, 699. surgit ad hos zu ihnen gewendet 13, 2. deflere ad superas auras hinauf zu 10, 11. struere montes ad sidera bis zu 1, 153. aquae perspicuae ad humum bis auf 5, 588. ad imum usque solum 4, 398. cinctae ad pectora vestes bis an 6, 59; bei, gemit ad praesaepe 7, 511. ad aras constitit 10, 273. — b. Zeit bis zu, ad mea tempora 1, 4. ad lucem servati amores 11, 750. ad spem lucis 15, 619. — den Zweck, zu, für, promptus ad arma 1, 126. natus ad sacra Cithaeron 2, 223. deficiunt ad coepta manus 8, 497. ad opem ferendam 4, 496. ire ad solacia um zu trösten 9, 412. — b. Gelegenheit, bei der ob. unter deren Einfluß ein, geschieht, bei, auf, zufolge, ad lunae radios vigil 4, 99. ad lumina 1, 290. ad verba revocantis resistit 1, 503. stupuit ad auditas voces 5, 509. ad nomen Thisbes oculos erexit 4, 145. 8, 245. ad verba remugit 1, 657. 3, 378. ad haec inquit 8, 576 u. bloß ad haec 12, 542. ad citharam ora moverat zu 5, 332. pulsis ad carmina nervis 10, 16. 40. ad numerum multa pedibus nach b. Takt 14, 530. capax ad praecepta zu Einsicht auf, für 8, 243. ad hanc legem auf diese Bedingung hin 10, 574. [Stellung: numerum accessit ad harum 2, 446. certamen venit ad impar 11, 156. 10, 121. ter ad quinos 8, ad ter qu. 8, 521.]

Adamantēus, a, um, stählern, **nares** 7, 104.

Adămas, antis, m. (ἀδάμας unbezwinglich) b. härtster Eisen, Stahl 4, 281. 453. perennis 15, 813. catenae adamante nexae aus Stahl geschlungen

7, 412. ferrum aut adamanta in pectore gerit 9, 615.

ad-ăpĕrio, ui, ertum, ire öffnen, adapertâ januâ 14, 710. ora 5, 191.

ad-dīco, xi, ctum, ĕre zusprechen, als Eigenthum (eig. vom Richter), aliquid 1, 617.

ad-dīsco, dĭdĭci, ĕre, dazulernen, m. Inf. 3, 593.

ad-do, dĭdi, dĭtum, ĕre beigeben, hinzufügen, aliquid 1, 36. 8, 306. exitium poenam als Strafe 3, 4. cornua fronti 3, 110. 198. precibus minas 2, 397. 826. 4, 651. additur his Nyseus zu diesen Beinamen fügt man den Namen Nyseus 4, 13. additur hos Dorylas zu diesen kommt 12, 380. tectus nullo foramina daran anbringen 12, 45. ferrem muris 8, 14. frena equis anlegen 2, 151. notitia rebus beilegen 5, 525. 9, 337. me fraternis adde sepulcris lege mich zu den Brüdern ins Grab 8, 505. scelus in scelus 8, 484. falsos canos in tempora anfügen 6, 27. se addat in hunc florem sich ebenfalls in diese Blume verwandeln 10, 206. erhöhen, animos 8, 388. color addidit iram 12, 532. aetatem 15, 359; in der Rede hinzufügen multa 10, 427. m. Acc. c. Inf. 4, 287. 7, 504. m. ut, wie 6, 110. huc adde dazu nehmen 9, 133. adde, quod dazu kommt daß 2, 70. 13, 117. 854. 14, 681.

ad-dūco, xi, ctum, ĕre herbeiführen, alqm 10, 441. adducor litora (dicht. f. ducor ad litora) lasse mich an b. Küste führen 3, 598. adduxit colla lacertis zog an sich 6, 625. — anziehen, anspannen, nervum 1, 455. 8, 357. arbor adducta funibus gezogen 8, 775. adducti lacerti angezogen zum Wurfe 8, 28. adducta bracchia angestrafft 9, 52. macies adducit cutem zieht zusammen 3, 397.

I) **ad-ĕo**, Adv. bis dahin, bis zu dem Grade, so sehr, 1, 306. 10, 252. adeo nihil so wenig etwas 5, 273; verstärkt usque adeo 5, 396. 6, 67. 438. 14, 152. usque adeo nulla so wenig ein 7, 458.

II) **ad-ĕo**, ii, ĭtum, īre, intr. herangehen 2, 861. 4, 317. 7, 651. — trans. alqm zu Jemand gehen, sich ihm nähern, regem 7, 7. Clytien 4, 258. Stygios manes 13, 465. copia adeundi tyranni Zutritt bei 11, 279. mente deos adiit drang bis zu 15, 63. um Rath ob. Beistand angehen, oracula Phoebi 13, 677. coetus besuchen 11, 765. sacrum beiwohnen 6, 649. pericula sich unterziehen, übernehmen 14, 119. pericula adita 12, 161; mit Cas.-Obj. wohin kommen, betreten, sich nähern, Cephisidas undas 1, 369. patrios ortus 1, 779. limen 3, 274. Delphos 15, 631; quo numquam radiis Phoebus adire potest wohin bringen 11, 595. [adsit m. langer urs. (1. Sylb.) 9, 611. (3. Vers.) 4, 317. 10, 15. 15. 63.]

adf.... s. aff....

adg.... s. agg....

Ad-haereo, haesi, sum, ēre, an etwas hangen, in vincto corpore 4, 604. versus in margine adhaesit ward angehängt 9, 551. lateri pectus adhaeret hangt damit zusammen 6, 541.

Ad-haeresco, haesi, sum, ēre, hangen bleiben, sitzen bleiben, hic adhaesit 1, 819. nactus hoc litus adhaesi 14, 440. cuspis fronte adhaesit, blieb stecken 5, 38.

Ad-hibeo, ui, itum, ēre (ad-habeo), wohin wenden, animos Achtung geben 15, 238. manus genibus um die Knie schlingen 9, 216. alqm mensis hinzuziehen 6, 647. in partem pericli zur Theilnahme an 11, 447. non hos adhibendus ad usus (Appos. beim Voc. im Nom.) verwenden 6, 111. — anwenden, preces 3, 376. blanditias 10, 259.

Ad-huc, Adv. bis hierher, bis jetzt, bis jetzt noch 1, 77. 2, 255. 6, 172; noch 1, 551. 2, 300. 4, 582. nullus adhuc keiner noch 1, 10. neo adhuc und noch nicht 1, 132. 6, 418. 13, 408. 14, 824. u. nicht mehr 10, 255. — noch immer 1, 856. 2, 898. 4, 2. 13, 593. neque adhuc aber noch immer nicht 8, 423.

Ad-icio (sprich adiicio), ieci, iectum, ādicere (ad-iacio) dazuwerfen, alqd 7, 260. — hinzufügen, luctibus iram 2, 384. diro facto convicia 6, 211. 214. 11, 285. Coroniden sacris urbis den in der Stadt verehrten Göttern 15, 625. malo pondera vermehren 10, 677. adiecto corpore durch Zuwachs von Fleisch 7, 291. adicere animos erhöhen 7, 121. 10, 656. stimulos alicui noch mehr anspornen 1, 245. als Beisitz, Pontum populo Quirini 15, 758. beim Sprechen, alqd 9, 570. adice huc natas rechne hinzu 6, 182. ut nihil adiciam nichts weiter begehen 9, 628. — auf etwas richten dictis mentem 14, 319.

Ad-igo, ēgi, actum, ēre (ago), wohin treiben, stoßen, harpen in pectus 5, 70. 12, 453. ferrum per pectus 6, 271. fraxinus adacta est collo fuhr hinein 12, 824. ferrum adactum hineingetrieben 15, 662. ensis costis 5, 78.

Ad-imo, ēmi, emptum, ēre, (ad-emo), wegnehmen, vestem 2, 461. figuram 2, 474. vincula canibus 8, 332. vires benehmen 8, 468. lumen entziehen 8, 337. sucis ademptis 2, 211. — entreißen, rauben, reditum 5, 542. nomen virgineum 8, 591. deos hosti 13, 376. quis te mihi casus ademit 4, 142. 5, 16. ademptae animae 2, 644.

Ad-ipiscor, adeptus sum, isci (ad-apiscor), erreichen, erhalten, nomen a tonso capillo 8, 151.

Ad-itus, us, m. Zutritt, aditu facto ad alqm sich verschaffen 7, 726. repperit sibi aditum 14, 852. prohibent aditus Troes die Landung 12, 60. — Zugang, Eingang zu e. Ort, in aditu 3, 623. aditu carens unzugänglich 3, 226. Pl. 8, 69. mille aditus 4, 439. 490.

ad-iaceo, cui, ēre, dabei od. daneben liegen, m. Dat. adiacet undis moles 11, 728. 7, 382.

adiicio s. adicio.

ad-iuro, āvi, ātum, āre, zuschwören, beschwören, per deum tibi adiuro m. Acc. c. Inf. 3, 659.

adiutrix, icis, f. Helferin 7, 195.

ad-iuvo, iūvi, iūtum, āre, unterstützen, helfen 7, 178. nervos alqo communire 15, 224. pennis adiutus Amoris 1, 540. adiuvare formam curā heben 2, 732; begünstigen artes 8, 867. ignes 10, 641.

adf.... s. all....

admirābilis, e, bewundernswerth, opus 6, 14.

ad-miror, ātus sum, āri, sich verwundern, über etwas, colorem 13, 913. m. Acc. c. Inf. 2, 209. 13, 807. m. quod 13, 915. — Part. admirans verwundert 1, 644. 3, 662. 15, 564.

ad-mitto, misi, missum, ēre, wohin gehen lassen, freien Lauf lassen, unda se admiserat sich freien Lauf lassen 11, 512. admissus taurus dahinstürmend 9, 83. per colla (od. crura) admissa (equi) 6, 287. admisso passu beschleunigten Schrittes 1, 532. — zulassen, deos hineinlassen 4, 186. alqm regni Zutritt gewähren 13, 881. nec sol admittitur infra 13, 603. fluctus admisit in verba novissima ließ die Wogen darüber zusammenschlagen 11, 255. — etwas Unerlaubtes zulassen, begehen, si natura sinit hoc videri admissum (esse) 10, 804. — Subst. admissum, i, n. d. Verbrechen 1, 210 (quod sit admissum, welcher Art das Verbrechen sei). 11, 380. Plur. 14, 92.

ad-moneo, ui, itum, ēre, an etwas erinnern, mahnen, m. Gen. quod posuit equorum admonuisse (Inf. Aor.)

15, 543. admonitus patrii luctus 7, 480); m. *Acc. c. Inf.* 7, 295. 10, 236. — ermahnen etwas zu thun, m. *Inf.* 3, 602. 6, 150. m. ut 10, 131. — warnen 10, 625. m. ne 2, 565. — eine Petition, einen Denkzettel ertheilen 9, 98.

admönitor, öris, m. d. Mahner, operum zur Arbeit 4, 661.

admönitus, us, m. d. Erinnerung an etwas, 14, 485. m. *Gen.* veteris ministrae 9, 324. — Ermahnung, Warnung, 3, 566. Pallados admonitu auf Warnung 12, 360. [Nur Abl. Sing.]

ad-möveo, mövi, mötum, ēre, nahebringen, nähern, faces 1, 491. flamma admota 8, 374. admoto pollice siccare lacrimas 9, 393. admotis aquis 15, 311. spem recursus admovere näher rücken 11, 454. admotum est fretum remis näher gerückt 8, 512. opes Stygiis umbris admovere 1, 139. manus operi 10, 251. artifices manus anlegen 15, 218. oscula Küsse geben 10, 344. ora ad ora Lippen an Lippen bringen 12, 424. tauros templis 7, 593. 13, 451. angues curribus anspannen 5, 643. ramalia aëno anlegen 8, 645; anwenden, herbas admotas 10, 188; blanditias 6, 631. preces 6, 689.

ad-nuo, nui, nutum, ēre, zuwinken, zunicken, alicui 15, 683; Bejahung ob. Beifall 1, 567. 14, 593. 816. ausis 7, 173; Gewährung zuwinken, gewähren, zusagen 2, 631. 8, 559. 12, 507. 13, 600. alicui 8, 780. oranti 1, 639. 5, 234. precibus 8, 352. optatis 11, 103.

ad-öleo, ölui, ultum, ēre, in Dampf ob. Feuer aufgehen lassen, verbrennen, bes. von Opfern, honores (in) aris 8, 740; übertr. stipulae adolentur 1, 492.

adölesco, ēvi, ultum, ēre, heranwachsen 4, 376.

Adönis, idis, m. Sohn des cyprischen Königs Cinyras und der Myrrha, wird von Venus geliebt, und nachdem ihn ein Eber getödtet, in die rothe Anemone (Windröschen v. ἄνεμος) verwandelt 10, 532 ff. Zum Andenken an seinen Tod wurde jährlich im Sommer in Phönicien u. Griechenland ein Fest gefeiert, wobei Bilder der Venus u. des Adonis umhergetragen und erst der Tod des letztern beklagt, dann aber sein Wiedererscheinen bejubelt wurde 10, 726. [Voc. Adoni 10, 543. 726.]

ad-öperio, ui, ertum, ire, zudecken, bedecken, verhüllen, *Part.* adopertus, lumina somno 1, 711. tellus marmore 8, 702. humus floribus 15, 688. nubibus atris 2, 790. adoperta vultum (*Acc. limit.*) 4, 91.

ad-öro, āvi, ātum, āre, anflehen, verehren, e. Gottheit, Nymphas 1, 320. 9, 13. 11, 392. numen votis 11, 510. Nymphis adorata 9, 360; m. Opfergaben, deos sanguine voto 8, 266.

adp.... s. app.
adr.... s. arr.
ads..., adsc..., adsp..., adst... s. ars., asc., asp., ast.

adūlor, ātus sum, āri, sich schmeichelnd anschmiegen, agmen ferarum adulantum 11, 46. 250.

adulter, ēri, m. d. Ehebrecher, Buhle 4, 182. 7, 741. vom Stier der Pasiphaë 9, 740.

adultéra, ae, f. d. Ehebrecherin, 2, 471. 8, 132 (Pasiphaë). patris 10, 347.

adultérium, ii, n. Ehebruch, 7, 717. 8, 156. 9, 25. Veneris cum Marte 4, 171. Untreue geg. d. Geliebten 2, 545. — Buhlschaft 4, 238.

aduncus, a, um, hakenförmig gebogen, gekrümmt, cumba 1, 293. puppis 3, 651. aratrum 2, 286. falx 14, 828. hamus 13, 931. ferrum, b. Pfeilspitze mit Widerhaken 9, 128. cornu 3, 533. ungues 2, 479. rostrum 8, 147. ora Schnabel 11, 312. dentes 10, 550. 11, 775.

ad-ūro, ussi, ustum, ēre, anbrennen, ausengen, pennas 8, 205. — durch Frost verderben poma nascentia 14, 763.

ad-usque, *Adv.* bis dahin, mit folg. qua 4, 20.

ad-věho, xi, ctum, ēre, wohin führen; *Pass.* wohin gelangen, Ortygiam 5, 499. 640.

advěna, ae, m. Ankömmling, Fremdling 3, 561. 10, 226. als Fr. 15, 745.

ad-věnio, věni, ventum, ire, ankommen 9, 145. adveniens, bei der Ankunft 7, 238. 513.

advento, āvi, āre, heranrücken, anrücken 12, 85.

adventus, us, m. Ankunft, Annäherung 1, 610. 2, 713. 6, 449. adventu suo bei seiner Annäherung 15, 671. hospitia adventu auf Veranlassung der Ankunft 11, 95. sub adventu favoni 9, 661.

adversus, a, um (adverto), mit d. Vorderseite zugekehrt, entgegengekehrt, adversa ora viri 12, 133. venabula condit adversos in armos 8, 419. taurus feindlich entgegengekehrt 2, 80. agmina 5, 161. Menoetes gegenüberstehend 12, 116, pectora feindlich 13, 611. ire in adversum hostem gerade auf d. Feind los 8, 493. adversa minit in ora gerade ins Gesicht 12, 237. omnes per-culit adversos von vorn 12, 311. pe-ctore in adverso vorn auf d. Brust 1, 832. adversa a fronte vorn an d. Stirn 2, 476. vulnus auf d. Vorderseite 12, 312. limen d. Außenschwelle 2, 811. terra vor ihr 13, 541. adversas vibra-bant flamina vestes entgegenstrebend 1, 523. procellno entgegenstürmend 11, 484. venti entgegenwehend, ungünstig 4, 663. per adversas undas navem ducere stromaufwärts 15, 732. sol ge-genüberstehend 3, 184. moenia gegen-überliegend 14, 8. trames entgegenge-setzt 14, 140. Subst. adversum, i, n. d. entgegengesetzte Seite, nitor in adver-sum dem Anschwung des Himmels ent-gegen 2, 72.

ad-verto, ti, sum, ĕre, wohin wenden, cursus Naxon 3, 636, lumina in par-tem 6, 180. vultus sacris 8, 482. huc carinam anlegen mit 15, 719. adver-titur Scythicas oras wendet sich nach 5, 619. animos monitis 15, 140. bloß advertens mit Aufmerksamkeit 14, 270.

ad-vŏco, āvi, ātum, āre, herbeirufen, zur Hülfe, socratas artes 7, 138.

ad-vŏlo, āvi, ātum, āre, herbeifliegen, bildl. von größter Eile 6, 249. 11, 348.

ădytum, i, n. (ἄδυτον d. Unbetret-bare), das Innerste des Heiligthumes, das Allerheiligste, 15, 630.

Aeăcĭdēĭus, a, um, den Aeaciden ge-hörig, regna die von Aeacus beherrschte Insel Aegina 7, 474.

Aeăcĭdēs, ae, m. Sohn ob. Nachkomme des Aeacus (b. l.), s. Aeacide. 1) Peleus, 11, 227. 246. 274. 12, 365. 2) Phocus, 7, 668. 798. 3) Achilles, als Enkel des Aeacus 12, 82. 96. 613. 613. 13, 505. — Pl. die Aeaciden 13, 18; Aea-cidae iuvenes die drei Söhne des Aea-cus 7, 484; das Kriegsvolk des Aeacus 8, 4. [Voc. Aeacide 11, 250. Aeacida 7, 798.]

Aeăcus, i, m. Sohn des Jupiter (7, 616. 9, 435. 13, 27) u. der Nymphe Aegina, einer Tochter des Asopus (dah. Asopiades 7, 484), König der Insel Oenopia, die er seiner Mutter zu Ehren Aegina nannte, 7, 474. Seine Söhne: Telamon, Peleus und Phocus 7, 668. Unter ihm erlegen die Myrmidonen die durch Pest geschwächte Bevölkerung 7, 617 ff. Nach seinem Tode ist er wegen seiner Gerechtigkeitsliebe einer der Richter der Unterwelt 13, 25. [Acc. Aeacon 9, 435. 13, 27.]

Aeăeus, a, um; auf der ääischen Insel (Αἰαίη νῆσος) im westl. Meere wohnend, ääisch, Circe 4, 205.

Aeas, antis, m. Fluß in Epirus, der am Pindus entspringt u. bei Apollonia in d. ion. Meer mündet 1, 580.

aedĭfĭco, āvi, ātum, āre, (aedis u. facio), erbauen, muros 11, 204.

aedis (aedes), is, f. Sing. [Mer. nur 484.] Gotteshaus, Tempel, 13, 315. 15, 107. 664. 673; Kapelle 13, 246. sacra 11, 315. — Pl. Haus, Woh-nung 1, 409. 7, 644. primas in den vordersten Theil 5, 294.

Aeëta, ae, m. Aeetes, König von Col-chis, Sohn des Sonnengottes 7, 69. Vater der Medea 7, 170. dem Jason das goldene Vließ entführte.

Aeëtĭas, ădis, f. Tochter des Aeetes, Medea, 7, 9. 326.

Aegaeon, ŏnis, m. s. hundertarmiger Meerriese, von e. Walfisch getragen 2, 10 (Acc. Aegaeŏna).

Aegaeus, a, um, ägäisch, aequor d. ägäische Meer zwischen Griechenland u. Kleinasien 11, 664. aequor 9, 448.

aeger, gra, um, krank, körperlich, bala-tus 7, 514. fibra 7, 600. senectus siech 14, 143; geistig, animae aegra cruciatibus 9, 170. laetus schmerzlich 2, 329. — Subst. d. Kranke 7, 561. d. Verwundete 13, 373.

Aegeus, ĕi, m. König von Athen, Sohn des Pandion, Vater des Theseus 15, 856 (Acc. Aegea). Seine Vermählung mit Medea 7, 402.

Aegĭdes, ae, m. Sohn des Aegeus, d. Aegide, Theseus 8, 174. 405. 559. 12, 237. 343.

Aegīna, ae, f. 1) Tochter des Fluß-gottes Asopus (dah. Asopis 7, 616), die dem Jupiter auf Oenopia den Aeacus gebar 6, 113. — 2) die nach ihr be-nannte Insel im saronischen Golf, die früher Oenopia hieß 7, 474.

aegis, ĭdis, f. die Aegis, urspr. der Schild Jupiters, durch dessen Schütteln er Schrecken verbreitete; dann gewöhnl. bald der Schild (1, 799. 5, 46), bald der Brustharnisch der Minerva (6, 79. 2, 753 Acc. aegida), worauf das Gor-gonenhaupt befestigt war.

aegrē, Adv. mühselig, ductus anheli-tus aegre (Andere igni) 7, 555. — mit Unwillen, aegre ferre alqd zürnen über 8, 583. m. Acc. c. Inf. 12, 583.

Aegyptĭus, a, um, ägyptisch, tellus 5, 323. Romani ducis (Antonii) coniunx Aegyptia Cleopatra, die sich nach der Schlacht bei Actium selbst tödtete, 15, 826.

Aëllo, us, f. (Ἀελλώ, die Sturmschnelle), 1) eine der Harpyien (s. Phineus), Aen. 13, 710. 2) Hundename 3, 219.

aemŭlus, a, um, der es gleichthun will. *Subst.* aemulus, i, m. Nebenbuhler 13, 17. — aemula, ae, f. Nachahmerin, innuptae Phoebes 1, 476, Nebenbuhlerin, laudis 0, 83.

Aenēădes, ae, m. Cäsar als Nachkomme des Aeneas 16, 804. *Pl.* die Aeneaden, die Römer als Abkömmlinge des Aeneas, 15, 642. 695.

Aenēas, ae, m. Sohn des Anchises u. der Venus (Cythereïus heros 13, 625. 14, 584. natus deā 14, 246), einer der tapfersten Trojaner (13, 665. 14, 156), der bei der Einnahme Trojas seinen Vater u. die Bilder der vaterländ. Götter nebst seinem Sohne Ascanius aus den Flammen rettete (13, 825. penatiger 15, 450. 861). Um sich e. neue Heimath zu gründen und von dem Crakein nach dem alten Mutterlande der Trojaner gewiesen (13, 678) besteht er lange Irrfahrten, auf denen er Thracien (13, 628), Delos (13. 631), Creta (13, 705), Epirus (13, 720), Sicilien, wo ihm sein Vater stirbt (14, 83), u. Carthago berührte (14, 77), und gelangt nach Italien, wo er bei Cumä in d. Unterwelt hinabsteigt, 14, 104 ff. Endlich in Latium gelandet, vermählt er sich mit der Tochter des Latinus, Lavinia, muß aber ihretwegen einen schweren Kampf mit dem Rutulerfürsten Turnus bestehen 14, 449 ff. Seine Apotheose 14, 584 ff., worauf er als deus Indiges verehrt wird, 14, 608.

Aenēïus, a, um, dem Aeneas gehörig, nutrix 14, 411. virtus 14, 581.

aerĕus (dreisilb.), a, um, (aes), ehern, kupfern, carchesia 7, 247.

Aenēus (aben.), a, um, (aes), ehern, blibl. proles, als geringer im Vergleich zum goldenen und silbernen Zeitalter 1, 125.

Aēnus (uhen.), a, um, ehern, kupfern, galea 7, 131. falx, weil man sich beim Zauber nicht eiserner, sondern eherner Instrumente bediente, 7, 227. vgl. 247. — *Subst.* aēnum, i, n. eherner Kessel, 7, 262. 279. 8, 645. Tyrium, b. myr. Färbekessel 8, 61. *Pl.* cava 6, 643.

Aeolĭdes, ae, m. Sohn od. Nachkomme des Aeolus, Aeolide, 1) Athamas 4, 512 u. Sisyphus 13, 26, Söhne des Aeolus (1). — 2) Cephalus, Enkel desselben 7, 672. — 3) der Trojaner Misenus, Sohn eines Aeolus, Trompeter bei Hector u. bei Aeneas. Er wurde, als er am Ufer auf seiner Muschel blies, vom eifersüchtigen Triton ins Meer gestürzt und am Vorgebirge Misenum in Campanien, das nach ihm benannt wurde, bestattet, canorus 14, 103. — 4) *Pl.* Aeolidae die sechs Söhne des Windbeherrschers Aeolus, die mit ihren sechs Schwestern vermählt waren, 9, 507.

Aeolĭs, ĭdis, f. die Tochter des Windgottes Aeolus, Alcyone, 11, 444. 673.

Aeolĭus, a, um, äolisch, zur Landschaft Aeolis in Kleinasien gehörig, Pitane 7, 357. Außerdem s. Aeolus.

Aeolus, i, m. 1) Sohn des Hellen, König in Thessalien, Stammvater der Aeolier, Vater des Athamas u. Sisyphus, dah. *Adj.* Aeolius, a, um, äolisch, virgo d. Tochter des Aeolus, Canace 6, 116. postea dem Aeolussohn Athamas gehörig 4, 487. — 2) Sohn des Hippotes, dah. Hippotades 4, 663. 11, 431; Beherrscher der Winde, die er in einer Höhle verschlossen hält, 4, 663. 11, 748; Vater der Alcyone 11, 431. 748. Sein Wohnsitz sind die äolischen (liparischen) Inseln bei Sicilien 15, 707; dah. Aeolus tyrannus 14, 232. [*Acc.* Aeolon 14, 873 s.] *Adj.* Aeolius, a, um, dem Aeolus gehörig, äolisch, antra 1, 262.

aequālis, e, gleich, Ucui animis et annis 1, 750; gleichförmig, non aequalis ungleichförmig 1, 84; gleichmäßig, spatia Entfernungen 7, 26. 8, 248. ictus, Ruderschlag 11, 463; gleich lang lacerti 15, 741; gleich heiß flammae 7, 803. — *Subst.* aequalis, Altersgenossen 5, 394.

aequē, *Adv.* auf gleiche Weise, ebenso, m. quam wie 10, 185; m. atque 10, 221.

aequo, āvi, ātum, āre, gleichmachen, was vorher ungleich war od. stand, aequalia nuben 8, 604. iura, gleich 14, 805. *Pass.* sich gleichstellen, gleichkommen, m. *Dat.* dentes aequantur dentibus Indis 8, 288 — es Jemand gleichmachen, gleichkommen, gleichen, m. *Acc.* columbam 2, 537. imitamine veras formas 11, 626. numeros pulveris 14, 145. Pylios annos 15, 838. pontus videtur aequare caelum erreichen (an Höhe) 11, 497. exempla ipsos aequantia gleichstehend 15, 807. vellera nebulas aequantia ähnlich 8, 21.

aequor, ŏris, n. d. ebene Fläche, Ebene, mons est deductus in aequor 15, 267. bes. des Wassers u. namentl. des Meeres, aequum b. Oberfläche d. Meeres 4, 712. 14, 50. *Plur.* super aequora se tollere 2, 265. medii per aequora

ponti über 2, 872. pontus aequora
subdit equis Solis 4, 634. — b. Meer
überh. 1, 318. Aegaeum 11, 663.
Ionium 15, 699. altum tief 2, 263.
15, 418. purum, weil man glaubte,
es bulde nichts Unreines in sich 2, 530.
medium b. Mitte des Mares 11, 478.
inclusum e. Meeresbucht 5, 410. curvum b. gewölbte Meerflut 11, 505. 4,
782. conchae assiduo aequore detritae Meereswoge 13, 792. aequor re-
fundit in aequor 11, 489; bes. *Plur.*
b. offene, weite Meer 1, 282. longa 3,
538. 13, 961. alta aequora petere
b. hohe Meer 14, 173. — Bildl. magno
feror aequore von b. Masse b. Stoffes,
inmitten dessen ber Lehrende sich bewegt,
15, 176.

aequoreus, a, um, zum Meer gehörig,
aquae Meergewässer 11, 520. deus Neptun 12, 107, rex berf. 8. 603. Naïdes
Meernymphen 14, 557. monstrum 11,
212. origo Abstammung vom Meergott
10, 617. Pisces (das Sternbild) schmücken-
des Epith. 10, 78; am Meere wohnend,
Britanni 15, 752.

aequus, a, um, gleich, eben, vom Ort,
u. weil ein solcher günstig, übertr. günstig, non aequa fata ungünstig 13, 131.
nulli (avi) satis aequus keinem recht
freundlich 11, 314. — gleich im Verhältnis zu einander, calores Wärmegrade 2, 134. vulnus 9, 720. aequa
viro an Stand 6, 11. — v. Menschen
gleich nach beiden Seiten, gerecht, billig,
8, 508. — *Subst.* aequum, i, n. b. gleiche Verhältnis, ex aequo nach gleichem
Verhältnis, gleichmäßig, distare 3, 145.
dividere 5, 565. mentes ex aequo
captae gleich heftig entflammt 4, 62. —
Recht u. Billigkeit, b. Rechte, amantior aequi 1, 822. aequi cultor 5,
100. *Pl.* Billiges 7, 174.

āēr (ē 1, 128), āris, m. (ἀήρ) b. Luft
im Allgem. 1, 12. tener 4, 616. liquidus 4, 607. per aëra medium caeli
terraeque 5, 641. — als Element 1,
15. bes. die dicere Luft des niebern
Dunstkreises im Ggs. zu aether, liquidum caelum ob. ignis, spissus 1, 23.
28. 52 15, 243. densus 15, 250.
umidus 7, 187. b. Atmosphäre 1, 110.
aurae aërquo Lüfte u. Dunst 15, 248.
— Hauch, bucina concipit aëra 1, 337.
[*Acc.* aus metr. Grunde aus aëra.]

aeratus, a, um (aes), mit Erz beschlagen, portae 8, 41. postes 15, 620.
puppes (Schiffe) 8, 103. carcer 4,
566. — bildl. auch ganz ehern, cuspis
5, 9. 8, 408.

aerīpes, ēdis, m. ehernen Füßen ob.
Hufen, tauri, erzhufig 7, 105.
aērīus, a, um, die Luft angehend, luftig,
cursus burch b. Luft 4, 709. Alpes in
b. Luft ragend 2, 226. aurae wehende
Lüfte 9, 219. 10, 178. freie Luft 14, 127.
aes, aeris, n. Erz, Kupfererz, tuba
directi, cornua flexi aeris 1, 98. sonans 12, 46. aere repercusso clipei
in ber Erzspiegelung 4, 783. nobilis
aere Corinthus die in Corinth erfundene Bronce aus Gold, Silber u. Kupfer
(aes Corinthium) 6, 416. — meton.
das daraus gefertigte, figum die ange-
schlagenen Erztafeln mit den Edicten
der Prätoren 1, 92. cavum eherner
Kessel 4, 505. 7, 317. 13, 700. Helm
8, 82. Ueberzug des Schildes 12, 96.
Angelhaken 8, 856. canorum, Trompete 3, 704. aera sistrorum 9, 777.
bes. die ehernen Becken (cymbala) bei
ber Musik aera aere repulsa 3, 532.
concava 4, 30. tinnula 4, 300. tinnitus aeris acuti, grelltönend 4,
589. 14, 536. aera auxiliaria die
hülfreichen Erzbeden, weil man an manchen Orten, in b. Meinung, ber Mond
werde bei Verfinsterungen burch Zauber
herabgezogen, ihn burch lärmendes Ge-
töß zu unterstützen suchte, 4, 333. —
Bildl. für b. eherne Zeitalter 1, 115.
Aesacos, i. m. Sohn des Priamus u.
u. ber Nymphe Alexiroë, wird in e.
Taucher verwandelt. [*Nom.* Aesacos 11,
791. *Acc.* Aesacon 11, 762. 12, 1.]
Aesar, āris, m. Fluß in Unteritalien
bei Croton 15, 23. — *Adj.* Aesareus,
a, um, flumen 15, 54.
aesculeus, a, um, *Adj.* zu aesculus,
arbor b. immergrüne Eichbaum 8, 410.
frons Eichenlaub 1, 449.
aesculus, i, f. b. immergrüne Winter-
eiche, 10, 91.
Aeson, ōnis, m. Vater des Jason (7,
84), wurde von s. Bruder Pelias ber
Herrschaft über Jolcos beraubt. Seine
Verjüngung burch Medea 7, 162 ff.
Aesonides, ae, m. Sohn des Aeson,
Jason 7, 60. 77. 164. 8, 411.
Aesonius, a, um, v. Aeson stammend,
heros Jason 7, 156.
aestas, ātis, f. b. Sommer 15, 206. —
personifiziert 2, 28.
aestivus, a, um, sommerlich, umbra
zur Sommerzeit 13, 783.
aestuo, āvi, ātum, āre (aestus), wallen,
von siebendem Wasser, Alpheos aestuat
2, 250. — heiß werden, schwitzen, sub
pondere 12, 515. — bildl. v. Liebesglut
wallen, glühen, 4, 64. 9, 465. 10, 360.

aestuat in illa in Liebe zu ihr 6, 491.
aestus, us, m. d. wallende Bewegung,
bah. d. wogende Flut, vento contrarius
8, 171. aestu secundo 13, 630. 728.
Brandung maris 14, 52. undae ferventes aestibus 14, 48. — d. Glut des
Feuers, tantos aestus 2, 228. übertr.
Sonnenglut, Hitze, 1, 49. 419. 5, 896.
sidereus 0, 311. altus aus d. Höhe 1,
435. medio in aestu 7, 811. 13, 811.
Pl. ignavi träg 7, 529. Sommerglu-
ten 1, 117. — bildl. Glut der Schmerzen
9, 179. der Leidenschaft 14, 852. 700.
aetas, ātis, *f.* (a. aevitas) Alter, und
zwar Lebensalter 15, 200. 7, 395. 514.
volatilis 10, 519. addidit aetatem
erhöhte mein Alter 15, 539; von der
Jugend 7, 96. 710. 10, 517. 615. fell-
cior 14, 112. aetatis nomine ihrer
Jugend halber 10, 467. aetatis ver
10, 35; vom Greisenalter 12, 413. grandior 6, 29. tardi aetate 8, 936. 631;
meton. für Altersgenossenschaft, vos
acrior aetas 8, 510. von Thieren par
aetas gleichalterige Zucht 13, 828. —
Jahrhundert (mißverständl. Uebersetzung
b. γενεά, Menschenalter von 30 oder
33⅓ Jahren) tertia vivitur aetas 12,
189. — Zeitalter, 2, 418. 8, 329.
aurea 1, 89. 15, 90. prior d. Vorzeit
9, 225. futuri temporis aetas künftiges
Zeitalter 15, 895.
aeternus, a, um, (a. aviternus), v.
ewiger Dauer 9, 252. 10, 164. 13,
812. ewig aevum 1, 663. mundus 15,
239. puer (als) 4, 18. unsterblich 2,
653. — immerwährend, ver 1, 107.
iuventa 14, 110. nox 3, 335. undae
unversieglich 15, 551. carcer wo sie
stets eingeschlossen werden 4, 663. —
Subst. aeternum ewige Zeit 6, 369.
Aethalion, ōnis, m. tyrrhenischer Schiffer 3, 617.
aether, ĕris, m. (αἰθήρ) d. Aether, die
obere reine Himmelsluft (Gsg. adr), oft
mit ignis oder caelum gleichbedeutend,
liquidus et gravitate carens 1, 08.
81. — Luft überh., Luftraum, 2, 598.
726. 3, 231. immensus 10, 2. medius
mitten zwischen uns 8, 895. pervius
aether patuit mihi d. Weg durch d.
Luft 5, 654; Himmel, auch der wolken-
bedeckte 1, 309. 11, 496. 529. 13, 582.
— Himmel als Wohnsitz der Götter,
arduus 7, 151. sacer 1, 254. summus
1, 608. aureus 13, 587. concipit aethera mente den Gedanken danach 1, 777.
manus ad aethera tollens 3, 491. in
aethere ponere in d. Himmel versetzen
10, 164. bildl. aethera reclusam bis

himmlischen Dinge 15, 145. [Acc. Heit
auch in Troja aethera.]
aethērĭus, a, um, (fälschl. aetherens),
dem Aether oder Himmel angehörig,
himmlisch, sidus d. Sonne 1, 421.
soles 1, 435. aurae 4, 700. nubes
15, 801. tumultus Donnersturm 3,
309. axis Himmelsachse 6, 176. arces
15, 859. sedes 2, 512. 3, 348. 15, 118.
Aethĭon, ōnis, m. äthiopischer Wahrsager 5, 146.
Aethĭops, ŏpis, 1) *Subst.* m. d. Aethiope; *Pl.* Aethiopes Volk in Afrika mit
weil nach Osten reichenden Wohnsitzen 1,
778, (Acc. Aethiopas). 4, 689. Veranlassung ihrer schwarzen Farbe 2, 236.
— 2) *Adj.* äthiopisch, Aethiopes lacus
15, 320.
Aethon, ōnis, m. (αἴθων, feurig), eines
der Sonnenrosse 2, 153.
Aetna, ae, u. Aetne, es, *f.* feuer-
speiender Berg in Sicilien (Sicula 13,
770), unter dem das Haupt des Typhoeus
(b. [.] liegt u. immer noch Feuer speit
5, 352. 14, 1. Aufenthaltsort der Cyclopen 14, 199. [Cod. Marc. hat fast immer die lateinischen Formen. — Immer am
Versschl. außer 5, 351.]
Aetnaeus, a, um, zum Aetna gehörig,
tellus Siciliens 8, 261.
Aetolĭus, a, um, ätolisch, von Aetolien,
einer Landschaft in Mittelgriechenland,
heros Diomedes (b. [.]) 14, 461.
Aetōlus, a, um — Aetolius, arma des
Diomedes 14, 529.
aevum, i, n. d. Zeit in ihrer endlosen
Dauer, Ewigkeit 2, 335. 5, 227. aeternum 1, 663. *Pl.* aevis omnibus ma-
nere in Ewigkeit 2, 619. — Lebenszeit, Leben 9, 123. primo in aevo 3,
170. robora prioris aevi 15, 228. incertum 15, 874. serior nostro aevo
als mein Leben dauert 15, 869. aevum
agere 10, 213. 15, 588. exigere 12,
208. finire 15, 400; bes. lange Lebenszeit, Alter, 3, 415. 7, 176. spatio-
sum 8, 529. grandior aevo ziemlich
hoch bejahrt 6, 321. maximus aevo
d. älteste 7, 310. maturus aevo 8,
617. annis aevoque soluti 8, 712.
— Zeitalter, venae peioris 1, 128.
aevo primo 7, 802. 12, 169. nepotum 15, 17. in hoc aevi bis in unser
Zeitalter 10, 213. aevi prudentia
nostri 12, 178. 15, 20.
affecto (aff.), āvi, ātum, āre, mit
Eifer wonach trachten, alqd 2, 59.
regnum 1, 153. spes easdem gleiche
Hoffnungen hegen 5, 377.
affectus (adj.), us, m. Gemüthsbe-

wegung, Geſchlechtsregung, *Pl.* 7, 171. dubii ſchwankende ?, 473; tacito uflectu Gutjuden 7, 147.

affero (ad-fero), attuli (adt.), allātum (adl.), afferre, her bringen, alqm 7, 659. 13, 346; bringen, opem ?, 601. requiem 12, 147. salutem alcui e. Gruß bieten 6, 625; mitbringen, felix omen 10, 5. secum alqd 4, 500. bellum in patriam 12, 6; zubringen, alimenta nubibus 1, 271. ſummum alcui eintragen 3, 512.

afficio, (ad-facio), fēci, fectum, ěre, anthun, alqm re: poenā Satyrum beſtrafen 6, 385. — vulnus officit alqm triſti 6, 285.

affigo (adfīgo), xi, xum, ěre, anheften, manus cum fronte affixa est (= manus et frons) 12, 387. corpus affixum 12, 571. scopulo affixa cohaesit hing feſt damit zuſammen 4, 553. angeheftet 6, 26.

afflātus (adfl.), us, m. Anhauch 2, 793. afflatibus 8, 289. Ausdünſtung 7, 551. [*Abl. Sing. u. Pl.*]

affligo (adfl.), xi, ctum, ěre, mit Gewalt anſchlagen, alqm terrae an die Erde ſchmettern 12, 139. 14, 206.

afflo (ad-flo), āvi, ātum, āre, anwehen, anhauchen, mit d. Athem alqd 1, 542. 5, 617. 8, 820. afflatum venenum zugehaucht 8, 49. taurorum afflabitur ore anſchnaubt 7, 28; vom Winde, tellus afflata est 6, 704.

affor (ad-for), fātus sum, āri, anreden, alqm 1, 350. 5, 255. sic 6, 348. talibus dictis 2, 763. bloß talibus 14, 807.

affore ſ. assum.

affundo, (ad-fundo), fūdi, fūsum, ěre, hinzugießen; bildl. affusus daneben hingeſtreckt 9, 607. m. *Dat.* tumulo 8, 539. 9, 366.

Agămemnon, ŏnis, m. ältrer Sohn des Atreus (12, 623), dah. vorzugsweiſe Atrides (b. ſ.) genannt; Bruder des Menelaus, König v. Mycenä, Oberanführer der Griechen gegen Troja (dah. vorzugsw. rex 13, 217. 276); bringt in Aulis ſeine Tochter Iphigenia der Diana zum Opfer 13, 184. Sein Streit mit Achilles 13, 474. [*Nur Gen.* Agamemnonis 15, 855. *Acc.* Agamemnona 13, 184. 444; immer den 4. u. 5. Fuß bildend.]

Aganippe, es, f. e. den Muſen heilige Quelle am Helicon, Hyantea 5, 312.

Agave, es, f. Tochter des Cadmus, Gemahlin des Echion, Mutter des Pentheus, den ſie im bacchiſchen Wahnſinn ſelbſt zerfleiſcht 3, 725.

Agēnor, ŏris, m. Sohn des Neptun, König in Phönicien, Vater des Cadmus 3, 51. 97 u. der Europa 2, 858.

Agēnorēus, a, um, von Agenor ſtammend, domus des Cadmus 3, 308.

Agēnorīdes, ae, m. Sohn od. Nachkomme des Agenor: 1) Cadmus 3, 8. 81. 4, 563. — 2) Perſeus, der indeß nicht birect von Agenor, ſondern von deſſen Bruder Belus (ſ. Acrisius) abſtammt. 4, 772. [*Immer vor der regelm. Cäſur.*]

Ager, ăgri, m. Acker als Fruchtland, renovatus 1, 100. ulmus 15, 205. dives agri 5, 130. madidi 1, 422. tot agri terrae 5, 136. *Pl.* von e. Ackerfläche 7, 122. — Gefilde, Flur, desertus 3, 606. lapidosus 8, 799; beſ. *Plur.* 1, 601. 2, 490. 13, 571. Pylii 2, 684. Lyciae (in) agris 6, 316.

agger, ěris, m. zuſammengetragener Haufe 12, 521. Holzſtoß 9, 234. Uferdamm, herbosus 14, 415. Hafendamm 15, 690. *Pl.* Erdhaufen als Redner-bühne 15, 592.

aggrĕdior (ad-gradior), gressus sum, di, ſich heranmachen; feindl. angreifen, comminus 12, 482. alqm 5, 238. ferro 5, 659. te aggrediar will mich an dich machen 13, 333. — etwas beginnen, unternehmen, nefas 7, 71.

agĭlis, e, (ago), leicht beweglich, behend 2, 720.

agĭtābĭlis, e (agito), leicht beweglich, aër durch die Fittige der Vögel 1, 75. [*Nur hier.*]

agĭto, āvi, ātum, āre (*Frequ. v.* ago), hin u. her bewegen, cacumen 1, 567. nullo agitante, ohne daß ſie Jemand in Bewegung ſetzte 15, 555; beſ. heftig bewegen, ſchütteln, habenas 7, 221. hastam ſchwingen 3, 667. robora agitata durch die Fluten 1, 308. ilex 7, 586. Charybdis austro agitata gepeitſcht 8, 121. scintilla angefacht 7, 81. bildl. ignes Glut der Leidenſchaft 6, 708. — treiben, jagen, feras 1, 571. sacros iugales per aëra 5, 661. lepores 10, 539. cervos in retia 3, 356. agitari vallibus Eumenidum 9, 410. 6, 595. — eifrig betreiben iocos cum alquo 3, 819. spes inanes ſich damit tragen 7, 336. convivia veranſtalten 7, 431.

Aglauros, i, f. eine der drei Töchter des Cecrops 2, 560. 739.

agmen, ĭnis, n. (ago) e. getriebene od. geführte Schaar 2, 449. 5, 2. comitum 3, 379. captivarum matrum 13, 660.

coniurata 5, 151. suum ... ihn be-
gleitenden Zug 15, 691. stellarum 11,
97. agmina cogere den Zug schließen
2, 114; bei. Kriegsschaar, hostile 8,
38. 12, 467. 698. *Pl.* 8, 535. 12, 75.
barbara 6, 423. — Schwarm 3, 616.
bei. von Thieren canum 3, 242. ferra-
rum 11, 21. graniferum Ameisen 7, 638.
agna, ae, f. weibl. Lamm 1, 505. 6, 626.
agnosco, novi, nitum, ere (ad-gnosco),
anerkennen, Aeacon agnoscit Iuppiter als seinen Sohn 13, 27. non ag-
nosce nepotem 4, 613; wiedererkennen, Cephalum 7, 495. 11, 658. non
agnoscendus nicht mehr kenntlich 12,
251. erkennen, agnorunt Iunonem 4,
455. 5, 217. 414. coniugis vocem 9,
119. gemitum longe aus weiter Ferne
10, 719.
agnus, i, m. Lamm 7, 311. 13, 827.
Ago, egi, actum, ere, A) treiben,
capellas 1, 676. quam deus ultor
agebat 14, 750. 2, 203. 491. pisces
in retia 13, 934. puppis agitur his
vicibus 11, 502. actus getrieben, pinus borea 2, 184. 4, 707. 8, 4. acta
per auras 2, 587. 4, 621. fatis 13,
760. cupidine ludi 10, 182. longis
erratibus umhergetrieben 4, 567. vali-
dis lacertis geschleudert 9, 223; in etwas treiben, in facinus 5, 14. agitur
in taedia vitae läßt sich treiben 10,
625; treiben, hineintreiben ob. stoßen,
ferrum per viscera 8, 691. acta retro naris zurückgeschlagen ins Gesicht 12,
263. vulnus altius actum erat war
tiefer gedrungen 10, 527; radices agere
per glaebas Wurzeln treiben 4, 254. in
cutem 2, 583. ossa robur agunt treiben Stammholz 10, 492. agere rimas
bekommen 9, 211. 10, 512; verbreiten,
agunt contagia late 7, 551. — führen,
lenken, currus 2, 62. 388. 5, 402. retro
dracones 8, 818. iter in rectum den
Flug geradaus 2, 715. altius 8, 225.
pinus ab alto ad terram von oben
zur Erde beugen 7, 441. reus agitur
wird angeklagt 15, 36. triumphum
agere aufführen 15, 757. — B) eine
Sache betreiben, sua vota 6, 469.
causam 9, 633. führen 13, 5. 198.
festum begehen 11, 95. silentia in
Schweigen liegen 1, 349. curam de
alquo begen 5, 107. oblivia rei vergessen 12, 540. grates Dank sagen 2,
152. 8, 24. alcui 7, 147. agitur pars
tertia mundi es handelt sich um 5,
372; thun, handeln. spectemur agendo durch d. That 13, 120. non lucri-
nus, sed ferro 6, 611. alqd: quid
ages? 2, 71. 5, 811. *Imper.* age, auf!
wolan! bei Imperativen (nachgest.)
pone, age 8, 433. 11, 669. 12, 177.
(vorgest.) age, ferrea, gaude 14, 721.
15, 22. beim *Conj. adhort.* nunc, age,
temptemus 12, 490; vollbringen, quantum egi 2, 520. acti mihi (a me) labores 2, 387. responsa vatis aguntur
werden vollführt 3, 527. nihil agere
nichts ausrichten 8, 140. blandilius 6,
685. — C) eine Zeit hinbringen, annos
8, 708. 4. 48. septem autumnos 3,
327. aevum per crimen 10, 243. anxius egi tot annis habe gelebt 13, 371.
tot saecula aguntur geben hin 3, 444.
7, 700; zurücklegen, vollenden. annos
9, 431. 6, 571. saecula septem acta
mihi 11, 115. veniens et acta nox
10, 171. puer bis senis natalibus acti-
ber 12 Geburtstage zurückgelegt 8, 242.
13, 753.
Agre, es, f. (ἄγρα Jagd) Hundename
3, 212.
agrestis, e (ager), auf dem Lande, Felde
befindlich, ländlich, Oreas 8, 787. calami 11, 161. tineae auf dem Felde lebend 15, 378. silva wildwachsendes Gehölz 7, 242. baculum ungekünstelt, derb
13, 655. — bäurisch, derb, roh, vultus 9, 96. saltus 14. 521. pectus ge-
fühllos 11, 767. — *Subst.* agrestis b.
Landmann, Bauer 11, 370 agrestis
imagine 6, 122. *Pl.* 6, 344. 7, 419.
9, 348. 15, 203. *Gen.* agrestum 14, 635.
Agricola, ae. m. d. Ackerbauer 11, 910.
d. Ackersmann, scherzhafte Bezeichn. des
Dieners, der seine Worte gleichsam in
die Erde gesät hatte 11, 192. agricolae
sc. superi die Gottheiten des Landbaues
8, 276.
Agriodos, ontis, m. (ἀγριόδους
Grimmzahn) Hundename 3, 224.
Agyrtes, ae, m. Gegner des Perseus
5, 148.
ab s. a.
aheneus, ahenus s. aeneus, aenus.
AI, das Zeichen, das sich auf der aus d.
Blute des Hyacinthus entstandenen Blume (nicht unsre Hyacinthe, sondern wie
es scheint lilium martagon L., Türken-
bund, ob. iris germanica L., violblaue
Schwertlilie) findet, und das man als
d. griech. Wehklage ai ai wehe! ach!
deutete 10, 215; aber auch als d. Anfangsbuchstaben des Namen Aiax, Aiac
13, 397.
Aiax, ācis, m. 1) Sohn des Telamon,
Königs von Salamis, also Enkel des
Aeacus, Telamone creatus 12, 624.

18, 28. natus 13, 123. Telamonius 13, 194. Telamoniades 13. 231. Nach Achilles war er d. stärkste u. tapferste unter den Griechen vor Troja (invictus vir 13, 386), ausgezeichnet durch e. gewaltigen Schild von siebenfacher Stierhaut (13, 2. 347); bestand einen Zweikampf mit Hector (13, 87) und schützte, als dieser schon im Begriff stand d. Schiffe zu verbrennen, dieselben fast allein vor d. Untergange 13, 93. Nach Achilles Tode bewarb er sich neben Ulysses um dessen Waffen 12, 624 ff., und als jener d. Sieg davon trug, tödtete er sich im Schmerz über diese Zurücksetzung. Aus seinem Blute entwuchs e. Blume mit den Anfangsbuchstaben seines Namens (s. AI) 13, 394. 10, 207. — 2) Sohn des Oileus, dah. Aiax Oïleos (*Gen.*) 12, 622, aus Naryx in Locris gebürtig (Narycius heros 14, 468), Anführer der Locrer im troj. Kriege 13, 355. Weil er bei der Eroberung Trojas die Cassandra gewaltsam aus dem Tempel der Minerva fortgeschleppt hatte, schrieb man dem Zorn der Göttin über diesen Frevel die unglückl. Rückkehr der Griechen zu 14, 468.

aio, (ais, ait), sagen, nur ait und immer bei dir. Rede: vorgesetzt 1, 222. 2, 426. 4, 393. 12, 120; vom Gesange 10, 17: eingeschaltet 1, 278. 301. 680. 753. 757. 3, 93. 43 ic.; nachgestellt 1, 498. 603. 2, 705. ic. secum ait 9, 132. — m. *Dat.* 1, 464. 2, 598. 4, 338. 839. 10, 553.

ala, ae, f. d. Flügel, der Vögel 1, 309. 2, 835. olorinae 5, 109. perlucentes der Fledermäuse 4, 411. summae Flügelspitzen 4, 662; der Sirenen alarum remi 5, 552, des Boreas fulvae 6, 707. des Notus madiduae 1, 264. des Traumgottes Morpheus 11, 650. von dem Mulen angelegt 5, 288. des Dädalus 8, 201. die Flügelsohlen Mercurs 1, 671. 8, 627. pares 2, 708. die ähnlichen des Perseus, die er von den Nymphen erh. 4, 616. 699 (alis iactatis).

Alastor, oris m. e. Lycier 13, 257 (*Acc.* Alastora).

Alba, ae, 1) f. d. Stadt Alba longa in Latium, von Ascanius gegründet 14, 609. Dav. *Adj.* Albanus, a, um, albanisch, montes 14, 674. — 2) m. e. albanischer König 14, 612.

albeo, ere, weiß sein, albet venter 6, 380. unda spumis 11, 501. 7, 263. — *Part.* albens weiß, vitta 5, 110. comae 13, 534. tempora canis 8, 516. villi 11. 176. spumae 15, 519.

albesco, ere, weiß werden 11, 480.

albidus, a, um, weißlich, spuma 9, 74.

Albula, ao, f. Fluß in Latium, später Tiberis genannt 14, 328.

albus, a, um, weiß, vitta 2, 413. canities 10, 424. hiems alba capillos 15, 213. equus 8, 34. cycni 11, 509. bes. albae aves 10, 719. folia 3, 810. poma 4, 51. vitis alba die Bryonie, eine zum Korbflechten verwendete Pflanze 13, 800. — *Subst.* album Weiß, 3. 291 (s. distinctus).

Alcander, dri, m. e. Lycier 13, 258.

Alcathoe, es, f. dicht. Name für Megara (s. Alcathous) 7, 443.

Alcathous, 1. m. Sohn des Pelops, Erbauer der Mauern des von ihm beherrschten Megara, urbs Alcathoi = Megara 8, 8.

Alce, es, f. (ἀλκή Stärke) Hundename 3, 217.

Alcidamas, antis m. von der Insel Cea hatte seine Tochter Ctesylla dem Athener Hermochares eidlich zur Gattin versprochen. Als er diesen Eid brach, entführte letzterer die Ctesylla nach Athen, wo sie bald starb, aber bei ihrer Bestattung der Bahre als eine weiße Taube entflog 7, 369.

Alcides, ae, m. (Ἀλκείδης) Name des Hercules, den er geführt haben soll, ehe ihn das Orakel Ἡρακλῆς (Hercules) nannte. Man leitete ihn von Alcäus, dem Sohne des Perseus u. Vater des Amphitryon her 9, 13. 51. 217. 11, 213. 12, 538. *Voc.* Alcide 9, 110. [Immer vor d. regelm. Cäsur.]

Alcimedon, ontis, m. tyrrhenischer Schiffer 3, 618.

Alcinous, i, m. König der Phäaken, bei welchem Ulysses gastliche Aufnahme fand. Das Schiff, worauf er diesen nach Ithaka bringen ließ, wurde auf d. Rückfahrt von Neptun in Stein verwandelt 14, 565.

Alcithoe, es, f. Tochter des Minyas 4, 1.

Alcmena, ae, u. Alcmene, es, f. Tochter des Königs Electryon von Mycenä, Gemahlin des Amphitryon, gebar vom Jupiter den Hercules, Alcmenä natus 9, 23. nurus Alcmenae Deianira 8, 543. Argolis Alcmene 9, 276. 281. 313. [Immer vor d. regelm. Cäsur außer 9, 281.]

Alcon, onis, m. Erzgießer aus Hyle in Böotien 13, 683.

Alcyone, es, f. Tochter des Windbeherrschers Aeolus (dah. Aeolis 11, 444), Gemahlin des Ceyx (d. s.) 11, 384.

-dissima 11, 416. Nach dem Untergange ihres Gatten in Schiffbruch wurden beite in Eisvögel (alcyon ev. alcedo) verwandelt. Während der siebentägigen Brütezeit dieser Vögel im Winter (dies alcyonei ev. alcyonides) glaubte man das Meer sturmfrei. Die Sage von den schwimmenden Nestern rührt daher, daß dieselben oft von den Felsen losgespült werden 11, 731. 746.

Alcmon, ŏnis. m. Vater des Acrisers (bei Ov. Argivers) Mycelos 15, 19 (Argolicus).

Alcmonĭdes, ae, m. Sohn des Alemon, Myscelos 15, 26. 48.

ales, itis (ala), 1) Subst. ein größerer Vogel, m. Phoebeïus b. Rabe 2, 544. Jovis ales praedator 6, 517., vigil ales oris cristati 11, 597. — f. 10, 378. Rabe 2. 537. Adler, regia 4, 362. 10, 157. Phönix 15, 392. Weissagevogel 15, 771. — Sing. coll. ales erat Geflügel (Ggs. zu hominem) 5, 298. alite mutantur in Vögel 11, 742. — 2) Adj. beflügelt, deus Mercur 2, 714. Aëllo 13, 710. biblos? passuable 10, 587.

Alexīrŏe, es, f. Tochter des Flußgottes Granicus, die dem Priamus den Aesacos gebar 11, 763.

alga, ae, f. Meertang 11, 233. Pl. 14, 38.

aliēnus, a, um, (alius), einem Andern gehörig, fremd, orbis 7, 22. gens 13, 35. alumnus 14, 651. alieni ignes Feuer Anderer 7, 610. 8, 438. 10, 547. aliena potentior essem als Fremde 10, 840. m. Abl. aliena sanguine nostro einte unserm Geschlechte Fremde 9, 326; Einem nicht zukommend, fremdartig, cornua 3, 139. arma 9, 76.

alimentum, i, n. (alo) Nahrungsmittel 8, 837. debita 1, 137. mixta 2, 288. 5, 342 (Hypol. zu fruges). 15, 81; Nahrung 1, 271. lactis 8, 815. 10, 892. feracis soli 7, 418. Sammae 14, 632. vitiorum 2, 769. alimenta praebere furori 8, 470. assumere neue Nahrung bekommen 7, 79; alimenta parentis die Kräftigung durch seine Mutter, die Erde (f. Antaeus) 9, 183. [Nur Plur. Nom. u. Acc.]

aliō, Adv. anderswohin 12, 57.

alipes, ĭdis (ala u. pes), an d. Füßen geflügelt, alipes deus Mercurius (b. f.) 11, 312. alipedum equorum der Sonnenrosse 2, 48. — Subst. Alipes Mercur 4, 758.

aliqua, Adv. (sc. parte ev. via), irgendwo 15, 300.

aliquandō, Adv. endlich einmal 2, 591.

aliquis, aliqua, aliquid, Subst. u. aliqui, aliqua, aliquod, Adj. 1) Subst. irgend Einer, Jemand, irgend Etwas, aliquis de die 4, 187. aliquam eine gewisse Jungfrau Atalanta 10, 560. aliquid 6, 198. simile 7, 13. animae ein Theil Leben 6, 646. regni irgend welche Herrschaft 14, 20. novitatis 15, 408. de me 4, 584. — mit Nachdruck irgend Einer, Etwas, wer, was es auch sei, 9, 145. 10, 398. aliquis 4, 827. aliquis wer will 3, 644. aliquid de tot bonis was du willst 2, 97. im Wunsche, aliquis ex illis 8, 128. 14, 181. in d. Frage 9, 429; wenigstens einer, etwas, aliquis ex omnibus 8, 766. 12, 58. aliquid mei 14, 722. aliquis haurit et illas mancher 7, 571. 8, 217; einen bestimmten Gegenstand bezeichnend, restabat satis aliquid die Aufnahme Chirons unter die Gestirne 2, 655. si aliquid restare putatis 13, 379. si haec armenta requiret aliquis ihr Herr 2, 694; aliquid c. Sache von Bedeutung, est aliquid es will etwas bedeuten 11, 93. 13, 241. si numina divum sunt aliquid etwas bedeuten 8, 513. — 2) Adj. irgend einer, ein gewisser, aliquis Hippolytus 15, 497. aliquas artes irgend welche 4, 445. 13, 824. aliquos quaestus 4, 588. aliquos triumphos einige (Ggs. multi) 15, 757; mit Nachdruck aliquis usus wenigstens eine Art Nutzen 2, 383. aliquem honorem wenigstens einige 13, 272. aliqua gratia 4, 636. aliqua ex parte wenigstens einigermaßen 13, 656. dummodo det aliquod (numen) 14, 500. [Nur aliquis, -qua, -quid, -quod, -quem, -quam, -qua, -quos, -quas.]

aliter, Adv. anders, auf andere Weise 2, 83 (in anbrer Richtung). Sonst im Vergleich, non aliter nicht anders 9, 46. nach ut 9, 643. desgl. haud aliter 8, 473; non aliter quam 8, 873. 483. 4, 122. 818. 6, 516. 10, 64. haud aliter quam 2, 626. 3, 661. 8, 761. 9, 205. 10, 696. 11, 350. 15, 831. 663. [haud ov. non aliter beginnt den Vers, gar 2, 83. 675. 3. 473. 6. 643. 11. 350 steht aliter vor der regelm. Cäsur.]

alius, a, ud, ein anderer, alia (ripa) ire in e. andern Bette fließen 15, 278. quaeque urbes aliae u. was sonst für Städte 6, 419. alius ac e. anderr als 13, 963. non alius kein anderer 8, 615. non alius quam 3, 360. haud alius quam 9, 287. obstabat aliis aliud das Eine dem Andern 1, 18. ex aliis

alias figuras reparare aus andern
andere, aus den einen diese, aus den
andern jene 15, 252. alias aliasque
vires andere u. andere, bh. sehr man-
nichfaltige 15, 335. aliud — aliud ein
Andres — ein Andres 7, 19. alii —
alii Einige — Andere 3, 253. die Einen
— die Andern 11, 535. pars — alii
1, 245 (vgl. 7, 578). alii — pars —
pars 11, 480. hic — alii 11, 645.
alii — Ampycides Einige 12, 522. —
Subst. n. alia Anderes 15, 391. — alii
die andern = die übrigen 8, 431. 9, 13.
omnes 1, 581. di 8, 265. 9, 68. 12, 555.
allābor (ad-labor), lapsus sum, lābi,
herangleiten, terris ansanken 11, 343.
allēvo (ad-levo), āvi, ātum, āre erheben, alqm pennis in die Luft 8, 544.
artus aufrichten 6, 249. 7, 813.
alligo (ad-ligo), āvi, ātum, āre, anbinden, caput pedesque fesseln 4, 364.
lino medias et ceris imas (pennas)
befestigen 8, 193. ungula alligat ungues verbinden 2, 670.
allŏquor (ad-loquor), lōcutus sum,
lŏqui, anreden, alqm 8, 728. talibus
11, 283.
allūdo (ad-ludo), lūsi, lūsum, ĕre,
sich spielend nähern 2, 864. alludentes
undae heranplätschernd 4, 342.
Almo, ōnis, m. kleiner Fluß, der bei
Rom in die Tiber fließt 14, 320.
almus, a, um, (alo) nährend, ager
15, 204. bah. wohlthätig, alma dies 5,
441. lux 15, 664; als Beiwort weibl.
Gottheiten segenreich, gütig, Tellus
2, 272. Ceres 5, 572. Venus 10, 230.
13, 759. parens Cybele 14, 546.
alnus, i, f. Erle, longa 13, 790.
Alo, ui, itum u. altum, ĕre, nähren,
corpus 8, 878. puerum ope lactis 9,
330. flammas 10, 173. umor alebat
gramen 3, 411. *Pass.* sich nähren, nec-
tareis aquis 7, 707. avibus 13, 53.
— aufziehen 9, 706. cui te commisit
alendum 13, 431.
Ālōīdae, ārum, m. die Aloiden, Otos
u. Ephialtes, welche Iphimedeia, die
Gattin des Aloeus, dem Neptun gebar
6, 117.
Alpes, ium, f. die Alpen, aëriae 2, 226.
— *Adj.* Alpīnus, a, um, rigor Alpen-
kälte, 14, 794.
Alphēïas, ădis, f. die Alpheerin heißt
die Quellnymphe Arethusa (s. j.) in
Sicilien wegen ihrer Vereinigung mit
Alphēus 5, 487.
Alphēnor, ŏris, m. e. Sohn der Niobe
6, 248.

Alphēos, i, m. Hauptfluß der Peloponnes, der im W. von Arcadien entspringt u. durch Elis fließt 2, 250; als
Flußgott (s. Arethusa) 5, 599. flumen
Eleum 5, 576.
Alpīnus, a, um s. Alpes
altāria, ium, n. eig. der Aufsatz der
ara worauf die Opfer verbrannt wurden,
dann d. Altar überh., von einem d.
3. 103. 7, 588. 12. 268.
altē, *Adv.* hoch 2, 166. 4, 121. dracones alte moderari hoch durch d. Luft
8, 795. altius zu hoch 2, 138. 8, 225.
— tief 6, 266. in der Tiefe 5, 588.
altius specie tiefer als es den Anschein
halte 10, 527.
alter, ĕra, um, *Gen.* alterius im dactyl.
Metrum īus, der andere von zweien,
ripa 5, 601. munus 7, 757. alter e
fratribus von den zwei Söhnen 7, 681.
altera (Ggl. zu dextra) die andre
Hand 2, 874; der zweite, mensis 7,
700. Aurora die nächste 3, 149; altera
alterius die eine der andern 5, 673.
alter — alter der eine — der andere
1, 429. 474. 635 ꝛc. hic — alter 1,
203. unus — alter 3, 167. 6, 90.
prior — alter der erste — der zweite
8, 415. alter — Phorbas der eine —
Ph. 5, 78. — ein anderer, im Ggl.
zu bloß noch einem, nitis altera 3, 415.
quilibet alter 2, 388. 13, 775. 946.
14, 378. ein zweiter 3, 670. 6, 393.
2, 513. 3, 167. 4, 554. 5, 578. 6, 258.
8, 74. 9, 146. altera pensis 7, 363.
munera 13, 660. non alter kein zweiter
5, 130. 11, 635. [alterīus e, Gen. 5, 78.
673. 7, 41. 12. 10. 13, 945.]
alterno, āvi, ātum, āre, abwechseln,
wechseln, vices (im Geschlecht) 15, 409.
alternus, a, um, abwechselnd, alterno
vultu spectare 5. 31. alterna bracchia
ducere abwechselnd rudern 4, 353. conchae alterno murice abwechselnd mit
Purpurmuscheln 8, 563. alternis crinibus inmixti angues abwechselnd unter
d. Haare gemischt 4, 792. carcer der
die Winde abwechselnd einschließt u. ent-
läßt 4, 663. — erwidernd, vox 8, 330.
Althaea, ae, f. (Ἀλθαία) Tochter des
Thestius, Schwester des Plexippus u.
Toxeus, Gattin des Oeneus u. Mutter
des Meleager, dessen Tod sie herbeiführt
8, 446 ff.
altor, ōris m. (alo) Ernährer, Erzieher, Bacchi Silenus 11, 101.
altrix, īcis, f. Ernährerin, Amme 11,
683. — *Adj. fem.* ida der ihn genährt
4, 293.
altus, a, um, hoch, 1) = hochragend

montes 1, 133. nemora 1, 591. non alta ilex 11, 108. cornua 3, 20. domus 6, 638. urbs 4, 57. Ilion 14, 466. 13, 374. Calydon 8, 526. Mycenae 15, 428. stabula mit hoher Umfriedigung 5, 627. 6, 521. ignis hochlodernd 13, 601. altior unda höher gehend 1, 289. alta signa erhaben gearbeitete Bildwerke 5, 80. alta aequora das h. Meer 14, 178. v. Körpergröße 12, 345. 361. altior illis dea est 3, 181. alta circumtulit oculos hoch aufgerichtet 6, 100; übertr. erhaben, Iuno 3, 284. 13, 605. vom Geiste, mens 1, 76. — 2) = hochliegend, via 2, 04. caelum 4, 18. sidera 1, 163. sol hochstehend 2, 417. altissimus auf ihrem höchsten Standpunkte 1, 692. 3, 50. 11, 358. nestus aus der Höhe 1, 436. alta fugit in d. Höhe 7, 351. — *Subst.* altum die Höhe, ab alto 4, 798. 0, 177. ab alto ad terram agere von oben 7, 441. ex alto 7, 291. in altum 6, 269. alta petere in d. Höhe streben 15, 243. — 3) in d. Richtung nach unten, tief, lacus 5, 405. fons 5, 574. aequor 15, 418. altior unda 11, 230. sub alta tellure tief unter d. Erde 1, 630. vorago ventris 8, 843. nix 1, 50. pulvis 4, 105. harena 0, 81. alto pectore suspiria ducere aus tiefer Brust 1, 656. 2, 622; übertr. quies 7, 186. sopor 7, 667. 8, 817. silentia 1, 349. umbrae 10, 110.

alumnus, a, um (alo), der erzogen wird, numen Bacchus, den sie erzogen, 4, 421. — *Subst.* 1) alumna, ae. f. Pflegetochter 2, 527 (Oceanus u. Tethys sollten die Juno aufgezogen haben). 10, 383. 415. 14, 764. — alumnus, i, m. Pflegesohn, Zögling 13, 436. divinae stirpis Aesculap 2, 633. Bacchus 4, 524. iuvenis Jugendblick 11, 99. notae pietatis Aeneas 14, 443. 15, 718; übertr. alienus alumnus Pflegling (d. Wlsp?reis) 14, 631.

alveus, i, m. (alvus) bauchige Höhlung, dah. Wanne, faginus 8, 652. — Flußbett 1, 344. 8, 558. antiquo alveo (zweisilb. m. Syniz.) 1, 423.

alvus, i, f. d. Höhlung des Leibes, Bauch, Leib 12, 389. 13, 732. summa tenus alvo bis zum obersten Theile des Leibes 5, 413. longa (serpentis) 4, 575; = Magen in alvum alqd congerere 6, 651. 8, 834. 15, 105. avida alvo abscondere 12, 17. 14. 176; matris Mutterleib 1, 420. genetricis 3, 310. materna 7, 125. 15, 217.

amārus, a, um, bitter v. Geschmack, herba 1, 632. lacus 14, 525. sales 15, 286. — übertr. pondera senectae 9, 437. luctus 14, 465.

Amāthūs, untis, f. alte Stadt auf der Südküste von Cypern, mit einem berühmten Tempel der Venus u. reichen Kupferbergwerken. *Acc.* Amathunta 10, 220.

Amāthūsĭăcus, a, um, amathusisch (s. d. vor.), bidentes 10, 227.

Amāzon, ŏnis, f. d. Amazone. Die Amazonen waren e. sagenhaftes Volk kriegerischer Weiber am Flusse Thermobon im nördlichen Kleinasien. Eine derselben, Antiope ob. Hippolyte gebar dem Theseus den Hippolytus (b. l.) Amazone natus 15, 552.

ambāges (im *Sing.* nur *Abl.* ambage). f. Umschweif. ambage variarum viarum 8, 161; v. weitschweifigen ob. räthselhaften Reden, longa ambage morari 7, 520. ambage novorum verborum durch räthselhafte wunderliche Worte 14, 58. *Pl.* 3, 692. 4, 470. falsi oris lügnerische Umschweife 10, 19. immemor ambagum Räthsel 7, 761.

ambĭguus, a, um, (ambigo), was nach zwei Seiten neigt, zweideutig, voces 7, 821. dicta 0, 588. aquae von doppelter Wirkung 15, 338; dah. zweifelhaft, unsicher, 13, 120. lapsus ob vorwärts ob. rückwärts 8, 168. auctor Gewährsmann 11, 667; vielgestaltig, zweigestaltig, fähig sich zu verwandeln, Proteus (b. l.) 2, 9. Sithon (b. l.) 4, 280. lupus (b. l.) Wehrwolf 7, 271. ambiguum (est) m. Indir. Doppelfr. man weiß nicht ob 1, 765. 11, 236. — *Subst.* ambiguum das Ungewisse, rumor in ambiguo est ist in Ungewißheit 3, 258. in ambiguo est an man ist ungewiß ob 1, 637.

ambĭo, ivi u. ii, ītum, īre (amb eo), um etwas herumgehen, umschreiten, locum 5, 624. torum 7, 332. umfahren, fundamina Siculae terrae 5, 361. axem umkreisen 2, 517. — etwas umgeben, umziehen, cortex ambit uterum 2, 355. silvas plagis umstellen 2, 499. baculum nexibus umschlängeln 15, 659. quercum complexibus rings umflammern 12, 328. ambita terra umschließen 1. 37. fluctibus 15, 287. — bei Jemand herumgehen als Bittender, ambierat Venus superos 14, 585. [*vergl.* ambibat 5, 361.]

ambītĭo, ōnis, f. eig. d. Herumgehen; Bewerbung um e. Gunst 9, 437.

ambĭtĭōsus, a, um, der sich um Gunst bewirbt, ambitiosa fuit pro gusto ward zur Bittstellerin bei Vulcan, daß er ihrem Sohne neue Waffen schmiede 13, 289. — den Ehrgeiz erweckend, honor 8, 277. spes 9, 10.

ambō, ae. ō, beide 1, 396. 4, 62. 13, 200. ambarum prece beider Schwestern 6, 483. 497. nachdrückl. wiederholt 1, 327. dreimal 8, 873. [Acc. m. ambos 1, 327. 10, 66. ambo 7, 792.]

Ambrācia, ae, f. Stadt in Epirus, nördl. vom ambrac. Meerbusen. Um ihren Besitz stritten einst Apollo, Diana u. Hercules, und da der zum Schiedsrichter erwählte Cragaleus für letztern entschied, verwandelte Apollo den Richter in einen Felsen. Am Eingange in den ambrac. Golf, auf dem Vorgeb. Actium errichtete Augustus nach der Schlacht bei Actium dem Apollo einen Tempel 13, 714.

ambrosia, ae, f. Ambrosia, Speise der Unsterblichen, der Götter 14, 606; auch der Sonnenrosse, ambrosiae suco saturi 2, 120. 4, 215.

amb-ūro, ussi, ustum, ĕre, ringe ansengen, ambusta nubila 2, 309; nervi ambusti (vom brennenden Gift) 9, 174.

Amēnānus, i, m. Fluß in Sicilien bei Catana 15, 279.

āmens, ntis, von Sinnen, unsinnig, 3, 629; vor Schmerz 9, 334. 7, 844. 11, 777; vor Schrecken 2, 398 (equi); vor Liebe 4, 351. — wahnsinnig 4, 515.

āmentia, ae, f. Besinnungslosigkeit, Betäubung, gravis 5, 511.

āmentum, i, n. (a. agimentum), d. Schwungriemen am Wurfspeer 12, 321. Pl. 7, 788.

amīcio, īcui u. ixi, ctum, īre, umhüllen, amicitur ab aliis 5, 646. olim amictae vitibus 10, 100.

amictus, ūs, m. Umwurf, Oberkleid, auratus 14, 263; überh. Kleid 14, 165. perlucens 4, 313. croceus 10, 1. — Pl. v. einem 4, 318 tenues Schleier 4, 104. [Sing. nur Am.]

amīcus, a, um, befreundet, aurea 4, 77. manus 11, 565. vires 7, 459. portus 7, 492; freundlich gesinnt, numen 10, 278; günstig, dum ventus amicior esset 15, 410. arvum amicius patria 15, 443. — freundlich von Aussehen, vultus 8, 677. — Subst. amicus, i, m. d. Freund 13, 69. Gefährte, numeri maioris amici der Mehrzahl nach 14, 400.

ā-mitto, mīsi, missum, ĕre, eigentl. fortlassen, verlieren, formam 15, 564. colorem 9, 321. amittere certius 5, 619. amissa virtus Muth 13, 235. amissus verloren durch d. Tod, luget ut amissum 1, 585. 14, 829. 7, 689. 13, 579.

Ammon, (Hamm.) ōnis, m. 1) auch Iuppiter Ammon, e. libyscher Gott, der auf e. Oase westl. von Aegypten (l. Siwah) ein Orakel hatte und von den Griechen ihrem Zeus gleichgestellt wurde 4, 671. Er wurde mit Widderhörnern dargestellt, dah. corniger 5, 17. 328. 15, 309. Auf jener Oase befand sich eine Quelle, deren Temperatur mit der Tageszeit wechselte 15, 309. — 2) ein Cephener 5, 107.

amnicŏla, ae. (amnis u. colo), an Flüssen wachsend, salices 10, 96. [Nur hier.]

amnis, is, m. 1) Strom, lucidus Eridanus 2, 365. liquidissimus 6, 400. placidus 1, 702. pleni 1, 844. concitus imbribus 8, 79. sacri 8, 596. amnes Stygii d. Styx 14, 591. Ladonis ad amnem 1, 702. — 2) Stromgott 1, 575. 5, 628. 637. 8, 611. Pl. 1, 276.

Amo, āvi, ātum, āre lieben 1, 474. 7, 13. ecquis crudelius amavit 8, 442. alqm 1, 553. concessa 9, 454. amari Nymphis (Dat. st. a) 3, 845. 7, 823. 11, 149. thalamos amatos fl. amatae, 4, 818. — lieben = an etwas Gefallen finden, flumina 2, 539. loca sola 7, 819. — Part. amans, m. Gen. amantior aequi e. größerer Freund des Rechten 1, 322; Subst. der, die Liebende 1, 474. 2, 800. 747. 8, 292. 467. 4, 73. 7, 719. 9, 141. 531.

Amōmum, i, n. asiatische Gewürzstaude 10, 307. sucus amomi Amombalsam 13, 894.

1) Amor, ōris, m. Liebe 1, 469. 619. 3, 396. verus 5, 61. lentus 7, 82. sterilis 1, 496. patrius eines Vaters 6, 499. socialis eheliche 7, 800. amore meo captus zu mir 9, 511; häuf. Plur. Liebe (eig. Liebesgefühle) 1, 461. 10, 489. 14, 59. tecti 4, 91. insani 9, 519. diri 10, 426. Liebesschmerz 4, 259. Liebesabenteuer 4, 170. 276. 5, 876. — meton. für d. geliebte Person, primus amor Phoebi 1, 452. potiri amore 10, 429. Pl. v. einer Pers. 1, 617. 4, 137. — Liebe, Neigung zu etw., m. Gen. obi. mei 3, 401. parentis 10, 451. loci natalis 8, 181. operis 10, 210. 13, 946. 15, 7. habendi Habsucht 1, 311. pugnae Kampflust 8, 703. caedis 4, 508. poenae Rachedurst 8, 450. laudis Ruhmbegierde 11, 527. praeclae 13, 554. [Deutlich. Formen Verschl. außer 3, 464. 4, 122.]

II) Amor, ōris, m. Amor, d. Liebesgott (s.

Cupido) 1, 480. 5, 374. 10, 29. 11, 707. In d. Mehrzahl auf Kunstwerken, nackt 10, 516.

Amphimedon, ontis, m. Gefährte des Phineus 5, 75.

Amphion, onis, m. Sohn des Jupiter u. der Antiope, Gemahl der Niobe, König von Theben (Amphionis arces 15, 427), das er mit Mauern umgab, indem die Steine von selbst seinem Saitenspiel folgten 6, 178. 221. Aus Schmerz über d. Tod seiner Söhne tödtete er sich selbst 6, 271. [Acc. Amphiona 6, 402.]

Amphisos (Amphisus), i, m. Sohn des Apollo u. der Dryope 9, 356.

Amphissia saxa, das locrische Vorgebirge in Unteritalien im Lande der Bruttier, benannt nach der Mutterstadt der Locrer Amphissa 15, 703.

Amphitrite, es, f. Tochter des Nereus, Gemahlin Neptuns, meton. für d. Meer 1, 14.

Amphitryon, onis, m. Sohn des Alcäus, Enkel des Perseus, König von Tiryns, von wo vertrieben er sich nach Theben begab. Seine Gemahlin Alcmene (Tirynthia) berückte Jupiter, indem er ihr in Gestalt des Amphitryon erschien, worauf sie ihm den Hercules gebar 6, 112.

Amphitryoniades, ae, m. Hercules als Stiefsohn des Amphitryon 9, 140. 15, 49.

Amphrisia saxa, unbekannte Klippen bei Unteritalien (unsichre Lesa.) 15, 703.

Amphrysos, i, m. Fluß in Thessalien, fließt vom Othrys zu den pagasäischen Golf 1, 580. 7, 229.

amplector, xus sum, cti, umfassen, umschlingen, altaria palmis 6, 103. 6, 707; 11, 737. terra amplexa est artus nataque umschloß 8, 600. amplectitur illa longā dextrā reicht herum, führt einen Hieb herum 12, 486; bes. umarmen 5, 294. 4, 351. corpus amatum 4, 139. 5, 364. auias 11, 675. crescentem truncum amplexu morabar durch meine Umarmung 9, 361.

amplexor, atus sum, ari, heftig umschlingen, alqm 11, 238.

amplexus, us, m. Umschlingung 9, 53. einer Schlange, longi 3, 48. amplexus dare umschlingen 4, 597; Umarmung 2, 405. cara b. 750. amplexibus haerere 7, 143. dare amplexus umarmen 2, 637. 9, 560. potere alqra amplexu umarmen 6, 604. quereti amplexus et opem tulit nahte mit Umarmung u. Schutz 8, 177; eheliche Umarmung 4, 184. ire in u. sub amplexus alicuius umarmen 7, 616. 11, 228. [Sing. nur AM.]

amplius, Adv. (Comp. zu ample) weiter, si nihil amplius (facinum) wenn nichts weiter 9, 148. räuml. von amplius (quam) medium aequor nicht weiter als die Mitte 11, 478. zeitl. non amplius octo nicht ferner 4, 257.

Ampycides, ae, m. Sohn des Ampycus, Mopsus (b. l.) 8, 316. 12, 456. 524.

Ampycus, i, m. Priester der Ceres bei den Cepheern 5, 110.

Ampyx, ycis, m. 1) Gegner des Perseus 5, 184. — 2) e. Lapithe 12, 450. [Acc. Ampyca.]

Amulius, ii, m. jüngerer Sohn des alban. Königs Procas. Er beraubte seinen Bruder Numitor der Herrschaft, tödtete dessen Sohn, machte die Tochter zur Vestalin, und ließ die Zwillinge, die diese dem Mars geboren hatte, aussetzen. Letztere (nachher Romulus u. Remus genannt) tödteten später den Amulius, inimeti Amuli [Vorschr.] 14, 772.

Amyclae, arum, f. alte Stadt in Laconien, südl. v. Sparta 8, 314.

Amyclides, ae, m. Hyacinthus als Nachkomme (od. Sohn) des lacon. Königs Amyclas 10, 162. [Voc. Amyclide.]

Amycus, i, m. e. Centaur, Ophionides 12, 245.

Amymone, es, f. Quelle u. Bach in Argolis 2, 240.

Amyntor, oris, m. König der Doloper in Thessalien (Dolopum rector 12, 364), Vater des Phönix 8, 307.

Amythaon, onis, m. Vater des argivischen Sehers u. Arztes Melampus (Amythaone natus) 15, 325.

An, Conj. 1) im zweiten Gliebe disjunctiver Fragen a) directer oder 11, 559. 13, 641. nach ecquid 5, 194. zweif. conquerar an sileam 9, 147. 148. — b) indirecter oder, ober ob (ohne Fragus. im 1. Gliebe) deus hic, an sit mortalis 1, 223. 5, 31. 7, 23. 9, 20. 10, 610. 640. 11, 739. 15, 70. 641. dreimal an 4, 47 fl.; nach ne 1, 586; mit Participium ambiguum, precibus Phaëthontis an irā magis mota 1, 765. 11, 205. — 2) in einfacher Frage a) direct, wo ein erstes Frageglied (ist es nicht so — oder? nä.) zu ergänzen, oder, oder etwa, 1, 196. 2, 661. 11, 320. 13, 34. 308. 387. 5, 564. (utrum propter aliam causam, an quia) 7, 662 (utrum aliter, an vgl. 5, 524). 9, 496 (nullum pondus somnus habent,

); mit folg. gegensätz-
salis Acrisio est uni-
terrebit? 3, 559. 8,
— b) indir. nach Aus-
mißheit, ob nicht, ob
ambigno est 1, 537.
10, 27. 670. 697. hae-
nsultus 8, 840. rogo
10, 254 (zweimal an).
cycladische Insel 7, 462.
(auch Anāpus) Flüß-
us, das sich mit der
5, 317.
te, fluvialis 11, 773.
f. vornehme Jungfrau
wegen ihrer Altersschwin-
rbe des Iphis in Stein
14, 699.
i. e. Arrabier, der bei
umkam, cum Parrha-
. statue in der 5. Urse]
i.
(caput), doppelköpfig,
i. — übertr. securis
opperiart 8, 897. acu-
man auf beiden Seiten
l, dah. unsicher, gefähr-
iae 14, 438.
m. Vater des Aeneas
den die Venus gebar 9,
140. magnanimus 14,
auf Sicilien 14, 81.
ue, f. Anker 1, 297.

ais, m. 1) Sohn des
[der Dryope 9, 333.
der König, dessen Sohn
none natus 13, 358)
ezeichnete.
m. Sohn des Königs
a, der in Athen, nach-
ampfspielen alle Gegner
übiet wurde 7, 456.
', f. Tochter des äthi-
Cepheus u. der Cas-
te sich vermessen schöner
Nereiden, auf deren
hin das Land des Ue-
rschwemmungen u. ein
afte. Zur Sühne mußte
des Jupiter Ammon
Ungeheuer ausgesetzt
der von Perseus erlöst,
ihr vermählte 4, 671 ff.
[i 4, 671. 737.]
), i. f. cycladische In-
49, 665 (Acc. Andron].
Hirt d. Peleus 11, 348.
ni, ēre, beengen, cor-

pora angi visceribus matris 15, 218;
dah. würgen, alqm 9, 68. — bibl. ang-
stigra, quäsen, curadeamangit 19, 578.
anguicŏmus, a, um, (coma), schlangenhaarig, Gorgo 4, 699.
anguifer, fera, um, Schlangen tragend, caput (Medusae) 4, 741.
anguigěna, ae, m. (gigno) der Schlan-
gengeborene, Pl. die Thebaner, die aus
den Zähnen der von Cadmus getödteten
Schlange verstammten 3, 531. [Nur hier.]
anguipes, ēdis, schlangenfüßig. Subst.
Pl. die Schlangenfüßler, die Giganten,
1, 184.
I) anguis, is, m. Schlange, tortus 4,
483. ferus 11, 56. atri im Haare der
Furien 4, 454. gemini die beiden Drachen
am Wagen der Ceres 5, 642. der Medea 7, 223. Martius von Mars stammend
3, 32. Phoebeius in der sich Aesculap,
der Sohn des Phöbus, barg 15, 742.
angues meton. für d. schlangenhaarige
Gorgonenhaupt 4, 808. Sing. coll.
atro angue crinitae sorores 10, 349.
— fem. in eandem anguem, weil sie
als Weib zur weibl. Schlange wird 4, 594.
II) Anguis, is, w. d. Sternbild d. Schlange
am nördl. Himmel in d. Nähe d. beiden
Bären, tortus 2, 138. geminas separat Arctos 3, 45. — Anguem tenens
= Anguitenens (ὀφιοῦχος) der
Schlangenhalter, e. Sternbild 8, 182.
angŭlus, i, n. Winkel, Ecke, 6, 87.
montis Felsecke 13, 884.
angustus, a, um, eng, pontus Helles
Meerenge 11, 196. cornua eng bei einander liegende Landspitzen 5, 410. Subst.
angustum d. Enge, in angustum claudi
sich eng zusammenschließen 13, 407. Pl.
Meerenge, fretum Siculique angusta
Pelori Meerbiab. A. fretum angustum
Sic. Pelori 15, 706.
Anhelĭtus, us, m. das Athemholen, d.
Athem, oris 4, 72. 5, 617. ductus
igni beißgezogen 7, 555. [Erst im 5. Buch.]
Anhēlo, āvi, ātum, āre, schwer athmen, keuchen 9, 58. — Trans. her-
vorschnauben, ignes 7, 116.
Anhēlus, a, um, schnaubend, keuchend,
Solis equi 4, 633. 15, 418. corum 11, 347.
Anigros, i, m. kleiner von den arka-
dischen Bergen kommender Fluß in Elis,
dessen Wasser dadurch stinkend geworden
sein soll, daß d. Centaur Chiron od. e.
anbrer Centaur seine durch Hercules
Pfeil, der mit dem Gifte der lernäischen
Hydra bestrichen war, verursachte Wunde
darin gewaschen habe 15, 282.
Anilis, e, einem alten Weibe eigen, vo-

cem fecit anilem zu der einer a.
Weibes 3, 277. forma 6, 43. rugae
14, 96. questus 9, 276. anima altera-
ſchwacher Athem 8, 613. 10, 406. 13,
633. [Deßhalb. Formen Beraſchl.]
Anĭma, ae, *f.* Hauch, Athem 0, 263.
anilis 8, 613. animam claudere laqueo 7, 604. *Pl.* (eig. Athemzüge)
graves 4, 408. — das vom Athem ab-
hängige Leben 13, 600. 11, 174. corpus
inane animae leblos 2, 611. pariter
animā rotisque expulit (Zeugma)
2, 312. duo animā moriemur in unā
mit einem Leben zwei 9, 473. 11, 388.
animam exspirare 5, 106. exhalare
6, 247. exuere 14, 777. finire 7, 591.
auferre 9, 180. fugientem sustinere
10, 188. — die Seele als das Leben-
dige, morte carent animae 15,
158. 171. volucres 15, 457. animae
formatae infundere terras 1, 364.
ademptas reddere 2, 644. nostra
nocens anima est meine Seele 4, 110.
pars animae meae! 8, 406. meton.
für d. Person fortis anima Heldenseele
(Protesilaus) 12, 60. iners 13, 78. —
Pl. animae d. Seelen der Verstorbenen
4, 441. exsangues 10, 41. tenues 14,
411. indefletae 7, 612. recentes eben
Verstorbener 8, 488.
Anĭmal, ālis, *n.* lebendes Wesen, Geschöpf, sanctius his animal 1, 75.
81. fortissima rerum animalia 12,503.
sive eat animal tellus 15, 342. bef.
Thier, sine fraude dolisque 15, 120.
quod ventis nutritur et aura d. (Chamäleon, von dem man dies glaubte 15,
411. animalia diversis formis 1, 416.
lutae praedae 10, 587.
Anĭmans, antis, beseelt, lebend; *Subst.*
(m. *f. Pl.* auch n.) lebendes Geschöpf
1, 72. 15, 90.
Anĭmo, āvi, ātum, āre, eig. Athem einhauchen, beleben, cruorem 1, 158. guttas in angues zu Schlangen 4, 619.
clusae animali in Nymphas 14, 566.
Anĭmōsus, a, um, (animus), muthvoll,
quadrupedes 2, 84; stolz 12, 469.
auf etwas m. *Abl.* spoliis 11, 562.
vobis creatis euch geboren zu haben
6, 206; in leidenschaftlicher Erregung
8, 131.
Anĭmus, i, *m.* Geist, Seele, 1) als
Kraft des Denkens 1, 687. 2, 188. vacans 9, 612. memor Gedächtnis 9, 779.
animum intendere rei 6, 5. demittit
ignotas in artes senket die Gedanken
bonach aus 8, 188. animos adhibete
gebet Acht 12, 238. Besinnung 10, 459.
sensus animusque 14, 178. *Pl.* v.

einer Perf. 2, 39. — 2) d. empfin-
dende Seele, Gemüth, Herz (oft *Pl.* v.
einer P.) 1, 725. 2, 482. 15, 677.
animos ferarum 10, 649. 11, 1. iuvenem oculis animoque requirit 4,
129. 5, 261. 9, 279. *Pl.* 3, 720.
animo concipere iras im Herzen
von Zorn entbrennen 1, 188. 2, 602.
quid animi sit zu Muthe 1, 369. 5,
620. 7, 582. 14, 177; Sinn, laetus
4, 781. meliore zufriedener 9, 433.
Sinnesart 11, 285. animi constantia
11, 203. quaerit moresque animumque virorum 4, 767; Muth 3, 51.
559. 12, 383. magnus hoher 5, 181.
animum frangere 8, 608. demittere
7, 133. *Pl.* 3, 544. acres 2, 87. mina-
cem 6, 689. animi cecidere 7, 347.
11, 357. animos dat 5, 47. addunt
8, 380; stolzer Sinn, Stolz als Fülle
des Muthes, *Pl.* 1, 750. sublimes
animos habere aliqua ro 4, 421. 6,
152. 13, 550; Zorn, ardor animi
8, 400. animo patruoque suoque in-
dulgens seinem eignen u. dem Zorne
des Oheims 12, 597. *Pl.* 8, 583. —
3) der wollende Geist, animus fert
dicere d. Geist treibt mich, ich habe
Lust 1, 1. si modo fert animus 1, 775.
indulgere animis Begierden 7, 586.
verba animo desunt Willen 9, 231.
omnibus unum opprimere est animus sind entschlossen 6, 150.
Anĭo, (auch Anien), ēnis, *m.* Fluß
in Latium (j. Teverone), der nördl. von
Rom in d. Tiber mündet 14, 329.
Anĭus, ii, *m.* König und Apollopriester
auf Delos 14, 632. Die Schicksale seiner
Töchter 13, 643 ff.
anne, durch ne verstärktes an, oder, im
2. Gliede der bisjunct. Fr. roger, anne
rogem 3, 485. — m. Ergänzung des
1. (Wieder anne quod agnae est etwa
anders als einem Lamm? 5, 626 (vgl.
7, 582).
annōsus, a, um, reich an Jahren, hochbejahrt, senectus 7, 437. 18, 517. v.
Bäumen uralt 8, 743. 12, 367. 18, 799.
anno f. adno.
1) annus, i, *m.* das natürliche u. bür-
gerliche Jahr 1, 118. longus 1, 278.
4, 229. volvens 5, 565. acto anno
nach Ablauf eines Jahres 6, 671. —
Lebensjahr 3, 351. bei *Plur.* 1, 750.
7, 416. per annos poterat spectasse
vermöge seiner Lebensjahre 14, 324.
pueriles junge Jahre 2, 55. 5, 400.
iuveniles 8, 632. invenes Jahre der
Jugend 7, 295. primi Jugendjahr 7,

215. b. frühesten Jahre 12, 183. crescentes abstulit annos b. Jahre b. wachsenden
Kraft 10, 24. tuos servaverat annos
8, 459. seniles 7, 163. vorl 6, 20.
patrii Lebensdauer des Vaters 1, 148.
annos agere verleben 4, 18. exigere
7, 752. peragere 10, 36; hohe Jahre,
Alter, annis graves 4, 500. 5, 101.
8, 712. 10, 414. 11, 90. 13, 550.
II) Annus, i, m. das Jahr als Person 2, 25.

annŭus, a, um, ein Jahr dauernd,
mora von einem Jahr 14, 308. —
jährlich, Hyacinthia annua redeunt
10, 219. festa 10, 431. 727.

ansa, ae, f. der Henkel 8, 653.

anser, ĕris, m. Gans 2, 539. 8, 684.
canibus sagacior 11, 599.

Antaeus, i, m. ein Riese in Libyen,
Sohn der Erde, die ihm, so lange er sie
berührte, immer neue Kraft gab. Hercules hob ihn daher, als er mit ihm
rang, in die Höhe u. erdrückte ihn so
6, 184.

Antandrus, i, f. Hafenplatz in Troas,
von wo aus die Fahrt des Aeneas begann 13, 628.

antĕ, 1) Adv. 1) des Ortes, voraus,
ante volat 8, 213. — 2) der Zeit, vorher 1, 442. 3, 286. 5, 460. 14, 611;
mit folg. quam vorher, eher als 3,
274. 4, 817. 10, 66. 13, 215. eher als
daß 3, 391. 12, 324. mit unterdrücktem
Nebensatz 0, 503; früher 1, 487. 780.
2, 418. 824. 9, 328. 15, 181. Vgl.
nunc 15, 261. ante acta frühere Thaten
12, 115. — II) Praep. m. Acc. vor,
1) örtl. stare ante fores 1, 568. 5,
452. 8, 713. errare ante domum
2, 480. ante oculos 1, 629. 2, 168.
803. ante rates agimus causam Angesichts der Schiffe 13, 6. praecedere
ante pedes meinen Füßen voraus 6,
515. 2) zeitl. 1, 5. ante diem vor der
Zeit 1, 148. 8, 675. ante obitum 3,
187. ante exspectatum bevor man es
erwartete 4, 790. 8, 5. übertr. auf Rang,
Vorzug ante omnes 4, 465. ante alias
5, 476. 8, 23. ante cunctos 11, 578.
[Stellung: ante tamen cunctos 11, 676.]

ante-eo, ii, itum, ire, vorangehen,
praevius anleit 11, 65; m. Acc. im
Range vorgehen, remigis officium anleit 13, 366. [Beidemal zweisilbig u. im
5. Auf.]

antemna (antenna), ae, f. Segel-
stange, Raa, Pl. 3, 615. 11, 483. 489.
13, 783.

Antenor, ŏris, m. ein dem Priamus
verwandter edler Trojaner 11, 291 [dav.
Antenora].

Anthēdon, ŏnis, m. Stadt in Böotien
Euböa gegenüber, dah. Euboïca 7,
232. 13, 905.

antĕcĭpo, āvi, ātum, āre, (capio),
vorwegnehmen, viam eher zurücklegen
8, 256.

Antĭgŏne, es, f. Tochter des troj. Königs
Laomedon, die sich aus Stolz auf ihr
langes Haar mit Juno verglich, wofür
ihr diese Schlangenhaar gab. Die
Götter aber verwandelten sie aus Mitleid in e. Storch 6, 93.

Antĭmāchus, i, m. e. Centaur 12, 460.

Antĭphātes, ae, m. König der Lästrygonen 14, 233. 239. 249. Antiphatae
domus b. Stadt Formiä im südl. Latium 15, 717.

antīquus, a, um, (ante), vormalig,
einstig, vor 1, 116. chaos 2, 299. lis
6, 71. vulnus 14, 477. causus 8, 259.
mater Mutterland 13, 678; früher,
alveus 1, 423. mens 2, 485. 9, 320.
virtus 11, 310. figurae (Ggs. novas)
1, 437. vita 4, 415. tela 6, 145. nomen 13, 897. arae 15, 688. — Dab.
alt = alterthümlich, crater 12, 284.
aes 13, 700. — altehrwürdig, silvae
5, 265. arae Hecates 7, 74. Amyclae
8, 314. mos 15, 41. — Subst. antiquum der frühere Zustand, quicquam
antiqui 14, 396. — antiqui die Alten
= Leute der Vorzeit, antiquis non nota
flumina 15, 271.

Antissa, ae, f. Küstenstadt der Insel
Lesbos, ursprüngl. auf e. kleinen Insel
bei Lesbos 15, 287.

antistes, ĭtis, m. (ante-sto), Vorsteher des Heiligthums, Priester, quo
antistite unter dessen Priesterthum 13,
632.

antistĭta, ae, f. Vorsteherin des Heiligthums, Priesterin, Phoebi die Tochter
des Priamus, Cassandra, die von Apollo
die Sehergabe erhalten hatte. Ajax Oïleus riß sie gewaltsam aus dem Tempel
der Pallas 13, 410.

Antĭum, ii, n. alte Seestadt von Latium,
Antium (zweisilb.) 15, 718.

antrum, i, n. Höhle, Grotte 1, 121.
nemorale 3, 157. montana 11, 147.
obscurum 4, 100. furva 5, 541. gelidum 11, 261. tepida (b. [.]) 2, 269.
Castalium 8, 14. Aeolia 1, 262. in
hoc antro hier in d. Grotte 1, 575.
Pl. von einer 3, 177. 8, 823. die
Größe bezeichnend 13, 811. Sibyllae
14, 104.

Anūbis, is, m. ägyptischer Gott, der

mit e. Hundskopf dargestellt wurde. Sohn des Osiris, latrator 9, 690.

Anus, us, f. alte Frau, Allec 3, 275. 5, 449. 6, 26. pia 8, 631. vivax 13, 519. [Nur Nom. u. Acc. Sing.]

anxius, a, um (ango), angstvoll, bang 2, 806. 15, 779. pectora 11, 411. sorgenvoll 10, 371. ängstlich besorgt über etwas, domino rapto 7, 725. für, magis anxius pro mundi regno 1, 182. wegen, m. Gen. furti 1, 623. geängstigt durch, curis 9, 275.

Aonis, idis, f. b. Aonierin Pl. Aonides, um, die Musen als die Bewohnerinnen des böot. Berges Helikon 5, 333. 6, 2.

Aonius, a, um, aonisch. zu Aonien, dem an Phocis grenzenden Landstriche Böotiens gehörig, den das alte Volk der Aönes bewohnte; dah. = böotisch, iuvenis näml. Hippomenes 10, 589. Thebae 7, 763. urbes 3, 339. undae 12, 24. — Subst. Aonii, die Bewohner Aoniens, die Aonier 1, 313. Sing. Aonius, der Aonier, Hercules, weil er im böot. Theben geboren war 9, 112.

Apenninigena, ae, c. (gigno) auf dem Apennin entsprungen, Thybris 15, 432.

Apenninus, i, m. der Apennin, das Gebirge, welches Italien der Länge nach durchzieht, nubifer 2, 226.

Aper, apri. m. b. Eber 1, 305. 7, 545. ferus 8, 218. ferox 4, 723. violentus 8, 733. trux 10, 715. fortes 10, 539. acres 10, 550. Arcadiae vastator der erymanthische Eber 9, 192.

Aperio, ui, pertum, ire. öffnen. domos 1, 279. fores 10, 457. cavernas 15, 345. ora venturis fatis (Dat.) zu Weissagungen 15, 557. Part. apertus, geöffnet, valvae 1, 172. 4, 458. entblößt, pectus 2, 339. matres apertae pectora (Acc. limit.) 13, 688. Cycnus 12, 100. offen = uneingeschränkt, campi 1, 285. aequor 4, 527. 8, 165. 11, 397. caelum 6, 693. Mars offener Kampf, nicht hinter Mauern 13, 208. — übertr. eröffnen = kund thun, iudicium superis 8, 706. 9, 602. casus futuros 15, 560. Part. apertus offenbar, offenkundig, discrimen 1, 432.

Apex, icis, m. kegelförmige Spitze, collis 7, 779. vertex in apicem collectus 13, 910; übertr. flamma apicem duxit bildete eine spitze Zunge 10, 279.

Aphareius, a, um, von dem messenischen König Aphareus stammend, proles Lynceus u. Idas 8, 304.

Aphareus, ei m. e. Centaur 12, 341.

Aphidas, ae, m. e. Centaur 12, 317.

Apidanus, i, m. Nebenfluß des Peneus in Thessalien 7, 228. — Als Flußgott, senex 1, 580.

I) **Apis**, is, f. Biene, sedula 13, 926. florilegae 15, 366. melliferae 15, 383.

II) **Apis**, is, m. der heil. Stier der Aegypter zu Memphis, von ganz schwarzer Farbe bis auf e. weißen Fleck auf d. Stirn u. auf d. rechten Seite (varius coloribus 9, 691), u. mit e. Fleischknötchen unter d. Zunge.

Apollineus, a, um, dem Apollo gehörig, medullae des Apollo 1, 473. cantus 11, 155. urbs Delos 13. 361; von Ap. stammend, vates Orpheus als sein Sohn 11, 8. proles Aesculap 15, 533.

Apollo, inis m. Sohn des Jupiter und der Latona, Zwillingsbruder der Diana, auf der Insel Delos geboren 1, 517. proles Letoia 8, 15. Latous, Latonigena, Delius (s. f.). Sein gewöhnlichster Beiname Phoebus (s. f.). Als Gott der Musik und der Dichtkunst trägt er das Saitenspiel, worauf er den Marsyas u. Pan besiegt 1, 518. 10, 108. 6, 384. 11, 155. ff. Als Gott der Weissagung ertheilt er in mehreren seiner Heiligthümer Orakel 1, 516. 3, 130, bes. in Delphi (3, 6. 15, 632. 9, 332. dah. Delphicus 2. 543), auf Delos (9, 332. 13, 677), zu Claros (dah. Clarius 11, 418), begünstigt die Seher 8, 344, verleiht d. Sehergabe 13, 650. Er ist Gott der Heilkunst, opifer 1, 521. 2, 618. 10, 189 u. heißt als solcher Paean 1, 566; aber er führt auch den Bogen, deus arquitenens 1, 411. 519. 6, 265. 10, 108, u. erlegt den Drachen Python, worauf er die pythischen Spiele stiftet 1, 446; ferner die Söhne der Niobe 6, 215 ff. u. durch die Hand des Paris den Achilles 12, 598. 13, 501. Als Sonnengott, Sol. Titan (s. f.), lenkt er den Sonnenwagen 2, 47 ff. 7, 324; sein Palast 2, 1 ff. Heilig ist ihm der Rabe 2, 545. dessen Weib er in Schwarz verwandelt 2, 632, und dessen Gestalt er selbst annimmt 6, 329; ferner der Lorbeer 1, 558. 15, 634. Dargestellt wurde er als blühender Jüngling, iuvenis deus 1, 531, bartlos und mit langem blonden Haupthaar 8, 421. 11, 155. intonsus 12, 585. Beinamen sind noch Smintheus (s. f.) in Troas u. Actiacus (s. f.). Er baut mit Neptun die Mauern von Troja 11, 205. 12, 587, hilft bei dem Mauerbau von Megara

8, 15; thut Hirtendienste in Elis 2, 679 u. bei Admetus 6, 122; verwandelt den Daedalion in e. Habicht 11, 339; wird selbst zu e. Löwen u. Habicht 6, 123. Seine Liebe zu Cyparissus 10, 107, zu Hyacinthus 10, 162, zu Daphne 1, 452, Coronis 2, 542, Isse 6, 124, Chione 11, 308, Sibylla 14, 133. Söhne von ihm sind Phaëthon 1, 751. Aesculap 2, 628. 15, 639. Orpheus 11, 8. Philammon 11, 308.

appăreo (ad-p.), ui, ĭtum, ēre, sichtbar werden 2, 734. 8, 107. alicui 14, 767; sichtbar sein 12, 444. non apparens unsichtbar 4, 881.

I) appello (ad-p.), pŭli, pulsum, ēre, herantreiben 11, 717; wohin treiben, iuvencos ad litora 11, 858.

II) appello (ad-p.), āvi, ātum, āre, anreden, alqm 4, 682. anrufen, deos 15, 867. — nennen m. dopp. Acc. 8, 798. 9, 229.

applaudo (ad-pl.), si, sum, ēre, an etwas klatschen, corpus palmis 4, 352.

applĭco (ad-pl.), āvi, ātum, āre, anfalten, anlegen, umeros ad ansa anlehnen 5, 160; e. Schiff an eine Küste treiben, applicor ad oras werde getrieben 3, 598; wohin leiten, Threces regionibus applicat angues 7, 228.

appōno (ad-p.), pŏsui, pŏsitum, ēre, bei Jemand hinstellen, appositae mensae 8, 570. 831. — Part. appositus nahegelegen, nemus 4, 601.

apporrectus, a, um (ad u. porrigo), daneben ausgestreckt 2, 561. [Nur hier.]

appropĕro (ad-prop.), āvi, ātum, āre, beschleunigen, m. Inf. sich beeilen, portas intrare 15, 584.

aprĭcus, a, um (aperio), der Sonne ausgesetzt, sonnig, arbor 4, 331.

apte, Adv. passend, chlamys pendet sibi 2, 733. adire zur passenden Zeit 9, 611; geschickt, collocat 4, 131. 14, 685.

apto, āvi, ātum, āre, anfügen, anpassen, mucronem sub pectus ansetzen 4, 162. vincula collo anlegen 10, 381. — rastra, pinum armamentis (Abl.) 11, 456.

aptus, a, um, angepaßt, passend, angemessen, geeignet 2, 408. tempora 9, 572. m. Dat. nomen aptum colori 5, 480; für, discors concordia fetibus apta est 1, 433. 681. 3, 596. 4, 160. 8, 854. apta mihi via est eignet sich für mich 6, 690. 10, 409. ingenium aptius talibus flammis geeigneter, empfänglicher für 14, 26; zu, res caedibus aptae 12, 241. 4, 302. m. Gerund. ob Gerundiv. pinus antemnis apta ferendis 13, 783. 15, 376. — m. in u. Acc. deus formas aptus in omnes in alle Gestalten gefügig 14, 765.

ăpŭd, Praep. m. Acc. bei, apud manes 1, 586. ap. Achillem 12, 163.

Ăpūlus (App.), a, um, apulisch von Apulia. dem östl. Theile Unteritaliens 14, 517.

Ăqua, ae, f. Wasser 0, 376. pluvialis 8, 335. campus liberioris aquae die freiere Wasserfläche 1, 42. 11, 358; als Element 1, 53. ignis aquae pugnax 1, 432; Plur. Wasser, Gewässer 1, 271. 6, 349. ferventes 1, 229. liquidae 7, 108. die Masse bes. 1, 284. arcus aquarum Wasserberg 11, 608. vom Ocean 4, 92. Aegaeae 9, 448. aequoreae 11, 520. nomen aquarum Neptun 4, 532. longae Wasserstrahlen 4, 124. — übertr. nectareae Nectarsäfte 7, 707.

Ăquātĭlis, a, um, am Wasser wachsend, lotos 9, 341. — feucht, Regen bringend, auster 2, 853.

Ăquĭla, ae, f. d. Adler 1, 506, der Vogel Jupiters, der sich selbst unter eines Adlers Gestalt verbirgt 6, 108.

Ăquĭlo, ōnis, m. d. Nordwind, der helles u. trocknes Wetter zu bringen pflegt 1, 262. 328. Fl. 2, 132. 5, 285. 10, 77. — Als Gottheit — Boreas (b. [.]), iuvenes Aquilone creati Zetes u. Calais 7, 3.

Ăquōsus, a, um, wasserreich, feucht, nubes 4, 621. 5, 670. — Regen bringend, Piscis (b. [.]) 10, 165.

I) Āra, ae, f. Opferherd, Altar 9, 772. Iovis 4, 755. nigra favilla 6, 326. — altaria 5, 37. Pl. 1, 248. 874. de caespite 7, 240; sehr oft b. einem 8, 783. antiquae Hecules 7, 74. marmoreae 9, 160. 782. 10, 278. 11, 581. 12, 152. placare aras fl. deos 15, 574. — übertr. sepulcrales der Holzstoß, worauf Meleagers Leben gleichsam geopfert wird 8, 480.

II) Āra, ae, f. das Sternbild des Altars am südl. Himmel, pressa, weil es tief am Horizont steht 2, 139.

Ărăbes, um, m. die Araber, meton. für ihr Land, palmiferi 10, 478. [Acc. Arabas.]

Ărachne, es, f. eine Lyderin, die voll Stolz auf ihre Webekunst sich mit der Minerva in einem Wettkampf einließ, und von dieser gezüchtigt sich aufhängte, worauf sie zur Spinne (ἀράχνη) wurde 6, 5 ff. 133. 150. [Verwandl.]

arānea, ae, f. d. Spinne 6, 145. — Spinngewebe 4, 179.

arător, ōris, m. (aro), d. Pflüger 7, 538. 8, 218. 15, 553.

arātrum, i, n. d. Pflug, curvum 3, 11. uncum 5, 341. aduncum 2, 286. pressum 3, 104. depressum 15, 818.

arbĭter, tri, m. (ar = ad u. bitere, gehen), der zu etwas kommt, Augenzeuge 2, 458. — Schiedsrichter, arbiter sumptus de lite 3, 332.

arbĭtrĭum, ii, n. schiedsrichterliche Entscheidung, duorum 9, 545 litis 12, 629. — freie Wahl, arbitrio matris 5, 380. facere alicui optandi muneris 11, 101. Belieben, loquendi secreta 4, 224. Willkür, arbitrio aequorum 2, 234.

arbor (arbos), ŏris, f. Baum, patula Iovis 1, 106. aesculea 8, 410. Chaonis Eiche 10, 90. Palladis Oelbaum 6, 335. alta 3, 730. aprica 4, 331. curva (durch d. Last der Früchte) 5, 536. gravis 11, 214. aurea, weil b. goldene Vlies daran hangt 7, 151. arva consita arboribus 1, 698. Sing. coll. Baumwuchs, operti arbore montes 5, 612. 12, 513. — Mastbaum, summa der höchste Theil des Mastes 11, 476. 551.

arbŏreus, a, um, zum Baum gehörig, frondes der Bäume 1, 632. 4, 637. umbra 10, 120. fetus Baumfrüchte 4, 125. 14, 625. radix 8, 379. pondus Baumlast 13, 515.

arbustum, i, n. Baumpflanzung, Pl. 1, 290. Lycei 2, 710.

arbŭteus, a, um, vom Meerkirschen- ob. Erdbeerbaum 1, 104. 13, 820.

arbŭtus, i, f. d. immergrüne strauchartige Meerkirschen- ob. Erdbeerbaum, der eine röthliche, den Erdbeeren ähnliche, herbe Frucht trägt u. in Italien häufig wächst 10, 102.

Arcădĭa, ae, f. Landschaft in der Mitte der Peloponnes 1, 689. 15, 332. sua ſein liebes, in Bez. auf Jupiter, der auf d. arcab. Berge Parrhasion geboren sein sollte 2, 405. Arcadiae vastator aper der erymanthische Eber auf d. Gebirg Erymanthus in Arc., den Hercules lebendig fing 9, 192.

arcānus, a, um, (arca), eig. abgesperrt, dah. geheim, rem 3, 223. litteras 9, 516. sacra, weil nur Frauen an diesem Feste der Ceres theilnahmen 10, 436. — Subst. arcanum Geheimnis, Pl. 2, 755. 7, 192. 266. fatorum 2, 639.

Arcas, ădis u. os, m. a) Subst. 1) Sohn Jupiters u. der Callisto 2, 468. 497. unter d. Namen Arctophylax Bärenhüter unter d. Sterne versetzt 2, 507. — 2) d. Arcadier 8, 210. bipennifer Ancaeus (b. ſ.) 8, 391. — b) Adj. arcadisch tyrannus 1, 218. [Gen. Arcados.]

arceo, ui, ēre, wehren, verhindern 2, 506; hindern, aliquem 9, 819. an etwas egressu 11, 747. ab amplexu 9, 751. m. Inf. (dicht.) plagam sedere 3, 89. 12, 427; abhalten, aliquem 10, 73. somnos 2, 735. von etwas Abl. alqm moenibus 4, 608. 648. funestas manus aris zurückhalten 11, 584. arceor aris werde davon verdrängt 6, 200. 9, 446.

Arcēsĭus, ii, m. Sohn Jupiters, Vater des Laertes, Großvater des Ulysses 13, 144.

arcesso, īvi, ītum, ere (ältere Nebenform accerso), herbeiholen, alqm 6, 652. 15, 640.

arcĭtenens s. arquitenens.

Arctos, i, f. (ἄρκτος Bär) d. Sternbild des großen und kleinen Bären am nördl. Himmel, iunctam aquilonibus 2, 132. 3, 595. inmanem aequoris, weil er sich nie ins Meer taucht 13, 293. aequoris expertem 13, 726. Pl. geminas 3, 45. gelidas 4, 625. [Nur Acc. Arcton, Pl. Arctos.]

arcuātus, a, um (arcuo), bogenförmig gekrümmt, curvamen 11, 590. [Dreisilb.]

arcus, us, m. Bogen, als Schußwaffe 1, 464. corneus, aureus 1, 697. flexus a cornibus 2, 603. contentus 6, 286. arcum temperare nervis beherrschen 10, 108. oft Pl. v. einem, lentos 2, 420. patulos 8, 30. curvos 9, 114. certos 12, 564. retentos 3, 166. Haemonios (b. ſ.) incton. für das Sternbild des Schützen 2, 81. arcus flectere 4, 303. tendere 12, 564. — als Halbkreis 2, 195; die Zonen am Himmel quinque arcus 2, 120; der Regenbogen 6, 63. Pl. 11, 632. pictos 14, 838. von Stein, humilis 3, 30. nativus 8, 160; eines Meerbusens 11, 229. 14, 51; einer Schlange 3, 42; arcus aquarum Wasserberg 11, 568. [Sing. Nom. Acc. Abl., Pl. nur Acc.]

Ardĕa, ae, f. Hauptstadt der Rutuler in Latium 14, 573. Aus ihrer Asche erhebt sich der Reiher (ardea) 14, 580.

ardeo, arsi, arsum, ēre, brennen, in Brand stehen 1, 258. 2, 216. 12, 275. arsurus iterum der noch einmal brennen sollte (s. Xanthus) 2, 245; in Brand gerathen 1, 403; verbrennen 8, 309. 7, 894. 8, 501. arsurae cum defensore carinae die verbrannt sein würden 13, 274. auf d. Scheiterhaufen

verbrennen 7, 610. 11, 332. 12, 611.
amauros supremis ignibus artus zu
verbrennen bestimmt 2, 620. 11. 747.
bildl. brennen, glühen, nec ulla est
(aetas), quae magis ardent das
kurzer wäre 15, 208. von leidenschaftl.
Begierde 5, 601. ardet pectus quam
vino tam virgine visa 12, 221. m.
Inf. ruere ardet 5, 166. bes. v. Liebe,
pariter accendit et ardet 3, 426. 0,
708. mentibus ex aequo captis 4,
02. amore 10, 156. deus ardit in illa
entbrannte zu ihr 8, 50. ardet in virgine virgo 0, 725; v. Zorn 6, 609.
8, 365. — *Part.* ardens brennend,
heiß, übertr. quinta (zona) est arden-
tior illis 1, 46. venenum 9, 171.
studia glühend 1, 190. *Subst.* der heiß
Liebende 14, 691.

ardesco, ere, in Braub gerathen 1,
255. sulphura ardescunt lodern auf 15,
851. scheinbar, undae ardescunt ignibus Flammen auf 11, 523.
— bildl. entbrennen, auflodern, in
iras 5, 41. 12, 240.

ardor, oris, m. Glut, bildl. der Leidenschaft: des Zornes ardor animi 8, 469.
edendi Eßsucht, 8, 828; bes. der Liebe 7,
76. 9, 502. 582. zu Jemand *Gen.* virginis 9, 101. 140. multus ardor habebat m. *Inf.* glühten darnach 10, 81.
metonr. Gegenstand der Liebe, tu primus
et ultimus illi ardor eris 14, 683.

arduus, a, um, von jäher Höhe, steil,
via 2. 63. trames 10, 54; dah. hochragend, hoch, aether 1, 151. sidera
1, 730. v. Bergen 9, 230. 12, 521. moenia 8, 61. turris 11, 392. morus 4,
90. latera (navis) 11, 592. cornua
(antemnarum) 11, 482. rogus 13, 600;
zum Verbum gehörig, arduus in nubes
abiit entschwebte hoch 4. 712. 2, 300.
stetit arduus arce 5. 289. mons petit
arduus astra ragt hoch zu 1, 316. 11, 150.
— bildl. — schwer zu erreichen, schwierig,
victoria 14, 453. *Subst.* ardua (*Neutr.
Pl.*) die steile Höhe, montis 8, 692.

area, ae, f. freier Platz, campi ostence
Feld 10, 87. planissima 15, 298. —
b. Tenne zum Dreschen 8, 692.

Arena, arenosus f. harena, hare-
nosus.

areo, ere, dürr, trocken sein, tellus
aret 2, 211. 15, 268. fauces arent 6,
355. *Part.* arens dürr, ramus iam-
pridem arens 7, 277. aristae 11,
112. saxa 13, 691. trocken, ora 7,
566. 14, 277.

Areos, i. m. e. Centaur 12, 310.
Aresco, ere, vertrocknen 9, 657.

Arestorides, ae, m. Sohn des Arestor,
Arestoride, Argus 1, 821.

Arethusa, ae, f. Quelle auf d. Insel
Ortygia bei Syracus, ursprüngl. Nymphe
in Elis, die vom Flußgotte Alpheios
verfolgt auf ihr Anrufen von Diana in
e. Quelle verwandelt wurde, welche sich
ins Meer stürzte u. unter diesem fort-
fließend auf Ortygia wieder zum Vorschein kam. Aber Alpheios folgte ihr
auch ins Meer u. vereinigte sich mit ihr
5, 573 ff. Daher heißt sie Alphesa
5, 496, sowie wegen ihres Ursprunges
aus Elis von d. eleischen Stadt Pisa
Pisaea 5, 409.

argenteus, a, um, von Silber, Silber-,
radiorum ordo 2, 108. bulla 10, 114.
— silberglänzend, alce niveis pennis
2, 536. fons nitidis undis 3, 407.
silberweiß, color 10, 213. — bildl. vom
Zeitalter, das geringer als das goldene
diesem folgt, proles 1, 114.

argentum, i, n. Silber 5, 189. argenti lumen 2, 4. eodem argento
scherzhaft st. gleichfalls von Thon 8, 669.

Argi f. Argos.

Argiodus, ontis m. (ἀργιόδους Weiß-
zahn) Hundename 3, 224.

Argo, us, f. (Ἀργώ) d. Schiff der Argonauten 15, 337.

Argolicus, a, um, argolisch, 1) der
Landschaft Argolis in der Peloponnes
angehörig, arva 15, 276. paelex Jo
1, 726. Phoronis 2, 524. — 2) zur
Stadt Argos gehörig, portae 8, 580.
urbs — Argos 4, 609. — 3) —
griechisch überh. 8, 267. 12, 149. 627. 13,
659. 14, 414. 15, 19.

Argolis, idis, *Adj. f.* aus Argolis,
argolisch, Alcmene 9, 276.

Argos, n. nur *Nom.* u. *Acc.* ob. sal.
Argi, orum m. d. Stadt Argos in der
Landschaft Argolis in der Peloponnes,
Nom. Argos 2, 240. 6, 414. templum
Iunonis in Argis 15, 164.

argumentum, i, n. (arguo) e. dar-
gestellter Stoff ob. Gegenstand, vetus
argumentum deducitur in tela 6,
69. crateram caelare longo argumento Geschichte 13, 681. — Beweis,
laeti animi 4, 762. voti potentis 8, 745.

arguo, ui, utum, ere, e. Anschuldigung
aufstellen, beschuldigen, m. *Acc. c. Inf.*
arguit me patrium cubile temerare
voluisse 15, 504. 13, 297. 5, 247; la-
bella, indicium 11, 173; als verwerf-
lich nachweisen, m. *Acc. c. Inf.* 15, 73.

Argus, i. m. der riesige vieläugige (nach
Ov. hundertäugige 1, 625) Wächter,

welchen Juno der in e. Kuh verwandelten Jo gab (custos Iunonius 1, 678), e. Sohn der Erde oder des Arestor (Arestorides 1, 624). Mercur tödtet ihn auf Jupiters Befehl, worauf Juno seine Augen in den Schweif des Pfaues versetzt 1, 664. 668 ff. 2, 533.

Aricīnus, a, um, zu Aricia, einer Stadt in Latium gehörig, vallis 15, 488.

ārĭdus, a, um, dürr, trocken 2, 238. 9, 372. arva Dauni Apulien, das für ein trockenes Land galt 14, 510. seges 2, 213. ramalia 8, 644. ossa 8, 804. sitis 11, 129. aridus veniebat anhelitus ex ore 10, 643.

I) Ăries, ētis, m. b. Widder 8, 117. 9, 732. aureus für b. goldene Vlies 7, 161. — e. Kriegsmaschine zum Einstoßen der Mauern, ferreus 11, 509. [ärietis berßtß. 7, 161.]

II) Ăries, ētis, m. b. Sternbild des Widders, in das b. Sonne bei Beginn des Frühlings tritt 10, 165.

Arista, ae, f. Aehre, Pl. gravidae 1, 110. canae 6, 456. urentes Cereris 11, 112. segetis 10, 655. nardi 15, 398.

arma, orum, n. Rüstzeug, Geräth, operis des Feldbaues 11, 35. furialia der bacchischen Raserei 6, 591. contra boream Schutzmittel, wollene Kleidung. 15, 471. — Takelwerk, arma ratis 11, 513. — bes. für den Kampf, Waffen 1, 441. 'arma, arma' loquuntur 12, 241. 11, 377. horrida 1, 126. crepitantia 1, 143. fortia 1, 456. auxiliaria 6, 424. iusta 7, 458. victricia 14, 572. coniurata 15, 763. magica Zauberwaffe 5, 197. violenta Cupidinis 9, 513. arma capere 3, 115. capessere 11, 378. induere 11, 382. movere erheben 11, 391. 9, 76. sumere pro gusto 7, 482. ferre contra aliquem 4, 809. de armis arma seruntur wird gekämpft 12, 621. neutra arma sequi sich keiner der beiden Parteien anschließen 5, 91. Neben tela sino es Schutzwaffen, telis armisque mit Wehr u. Waffen 9, 201. 11, 377. 382; von tela nicht verschieden 11, 611. congestis armis Schilde 14, 777. — meton. = Kampf, Krieg, fera 5, 4. scelerata 5, 102. Phrygiis removit ab armis 13, 432. in arma prior veni zu den Waffen 13, 84. tantos labores sustinui terrestribus armis in Kämpfen zu Lande 14, 479; — Gewalt über... 9, 432; von einer Person, arma mea nennt Venus den Amor 5, 365.

armāmenta, orum, n. Ausrüstung, des Schiffes 11, 456.

Armĕnĭus, a, um, armenisch, aus b. Landschaft Armenien, nördl. v. Mesopotamien, tigres 8, 121. 15, 86.

armentum, i, n. (aro) Großvieh bes. Rindvieh, Rinderheerde 1, 614. 10, 541. 15, 14. regale 2, 842. armenti dux b. Stier 8, 882. öfter Pl. 2, 692. 3, 585. 4, 686. bucera 6, 395. fortia 7, 546. neben den Kleinviehheerden, greges 1, 513. pecudes 8, 297. mugitibus armentorum (Geräusch.) 5, 165.

armĭfer, ĕra, um, Waffen tragend, gewaffnet 9, 646. Minerva 14, 475.

armĭger, ĕra, um, Waffen führend, Subst. 1) armiger, ĕri, m. b. Waffenträger, regis 5, 148. 12, 868. Iovis b. Adler 15, 386. — 2) armigera, ae, f. b. Waffenträgerin 3, 166. 5, 619.

armo, āvi, ātum, āre, mit Waffen versehen, bewaffnen, armarat deus idemque cremarat Vulcan, der b. Waffen geschmiedet hatte 12, 614. alqm 14, 464. quid vos in futa parentis armat 7, 347; armari sich waffnen, igue 9, 304. quo simus armandi modo sich rüsten 13, 215. übertr. se armare irâ 13, 544. — Part. armatus bewaffnet, imago 5, 190. 6, 674. ignibus 2, 849. spoliis 12, 462. ursi unguibus armati 10, 540.

armus, i, m. b. Vorderbug der Thiere, cervi 3, 238. dexter des Schützengestirns 4, 719. des Rosses 6, 220. dexterior des Centauren 12, 302. Pl. 10, 112. 12, 377. des Löwen 10, 700. lati des Ebers 8, 287. 419. (in) armis palearia pendent 2, 854.

Arne, es, f. verrieth um Gold ihr Vaterland, die Insel Siphnos, u. wurde deshalb in e. Dohle verwandelt 7, 465.

āro, āvi, ātum, āre, ackern, pflügen, 1, 294. 15, 470. arati agri 7, 122.

arquĭtĕnens (arcit.), entis (arcus) den Bogen haltend, führend, deus Apollo 1, 441. — Subst. Arquitenens, b. Bogenhalter, derselbe 6, 265.

arrīdĕo, (ad-r.), rīsi, rīsum, ēre, zulächeln 3, 459.

arrĭgo, (ad-rego), rexi, ctum, ēre, aufrichten, arrectae aures gespitzt 15, 516.

arrĭpĭo (ad-rapio), rĭpui, reptum, ēre, aufraffen, arcus 5, 64; gewaltsam ergreifen, erfassen, crinem 4, 548. ensem 13, 386. alqm comâ 6, 552.

ars, artis, f. Geschicklichkeit, Kunst, Kunstfertigkeit 1, 380. artes pacis 15, 484. primas artes accipere den ersten

Unterricht 9, 719. Musarum 5, 271. des
Gesanges u. der Musik 5, 310. 1, 709;
der Bildnerei, paternas des Prometheus
1, 364. 9, 744. ars latet arte sua durch
d. Kunst des Bildners erscheint d. Kunstwerk nicht als solches, sondern als Natur
10, 253; fabra Baukunst 8, 159. antrum nulla arte laboratum 3, 158;
in Metallarbeit 4, 183; lanifica Wollwebekunst 6, 6. 18; der Steuermanns
8, 645. 11, 494. 537; des Fischers 3,
588. 8, 856; des Speerwerfens 8, 29;
medendi 1, 524. 7, 526. 562. 15, 629;
der Weissagung 2, 659; der Zauberei
secretae 7, 138. 175. magorum 7,
195; der Verwandlung 9, 62. 11, 241.
411; übtr. Beschäftigung, aliquas artes celebrant betreiben eifrig 4, 445. —
Kunst = List, arte sua mit der ihm
(d. Mercur) eigenen 2, 688. patria
besselben 11, 315. 4, 771. dolosae 15,
473.

artĭculus, i, m. (artus) kleineres Gelenk 8, 807.

artĭfex, ĭcis, m. (ars u. facio) Künstler 11, 169. 12, 898. figurae Gestaltenbildner 11, 634. — Anstifter einer Sache
8, 615. caedis 13, 551. — Adj. kunstfertig, manus artifices 15, 218.

artus, a, um (arceo), eng, arto nexu
6, 242. fit artior luminis orbis 1,
710. Subst. artum die Enge, spem
ponere in arto eng beschränken 9, 683.

artus, us, m. (fast Sing.) die Gefüge
der Glieder u. Gelenke am thier. Körper,
Glieder, Gliedmaßen, Pl. 1, 238. 548.
4, 407. 5, 877. 15, 380. laceros 9, 169.
infirmos 8, 27. titubantes 4, 26. in
artus collapsus in b. Knie 5, 96. primos suspensus in artus Fußspitzen 8,
898. neben membra sind es Gelenke 6,
353. — für den ganzen Leib 4, 248. 7,
250. formosos 4, 310. virgineos 3, 184.
exanimes 2, 336. gelidos 6, 249. impositos supremis ignibus 13, 583. [Nur
Acc. Pl.]

Arundo f. harundo.
Aruspex f. haruspex.

arvum, i, n. (aro), Ackerland, Feld,
setum 7, 129. Pl. 3, 584. 5, 479. dura
11, 83. consita arboribus 1, 598. —
übtr. Flur, Gefilde, latum 4, 87. vacuum 1, 588. meist Pl. florentia 2, 791.
Oetaea 1, 313. Cyclopum 14, 2. piorum in b. Unterwelt 11, 62.

arx, cis, f. d. höchste Spitze, oberste
Höhe, eines Berges, Parnasi 1, 467;
des Himmels, summa 1, 27. 163. 2, 306.
12, 43. — b. Burg einer Stadt ob. eines
Herrschers 11, 509. hac arce des Son-

nengottes 2, 38. patria Jupiters 1, 673.
arce summa auf d. höchsten Spitze der
Burg 11, 393. 5, 289. v. Rom, d. Capitol 14, 776. Cadmeis v. Theben 6, 217.
sacra Minervae v. Athen 8, 250. oft
Pl. v. einer 13, 844. Palladis 2, 712.
Actaeae v. Athen 2, 720. Cecropiae
desgl. 15, 427. Acrisioneae v. Argos
5, 239. Amphionis v. Theben 15, 427.
Phrygiae v. Troja 13, 44. Iliacae 13,
108. Latiae d. Capitol 15, 582. aetheriae Himmelsburg 15, 858. [Pl. nur
Nom. u. Acc.]

Asbŏlus, i, m. (ἄσβολος Ruß) 1) e.
Centaur unter den Centauren 12, 308.
— 2) Hundename 3, 218.

Ascălăphus, i, m. (ἀσκάλαφος e. Art
Eule) Sohn des Acheron u. der Orphne,
wird in e. Uhu verwandelt 5, 539.

Ascănĭus, ii, m. Sohn des Aeneas 13,
627. 14, 609; auch Iulus genannt. bah.
binominis 14, 609; er baute Alba longa.

ascendo (ad-scando), di, sum, ěre,
hinaufsteigen, quo (in currum) 7, 220.
illuc 8, 17. huc 13, 760. in plagas
caeli ascendere pontum 11, 518.

ascensus (adsc.), us, m. das Hinaufsteigen, der Aufstieg, riget arduus alto
in ascensu auf d. hochansteigenden
Seite, im Ggl. zu den beiden ausgedehnten Seitenlehnen 11, 151.

ascisco (ad-scisco), īvi, ītum, ěre,
herbeizieben zu e. Gemeinschaft, unter
etwas aufnehmen, Coronidem sacris
urbis unter d. in b. Stadt verehrten
Götter 15, 625.

Asellus, i, m. Eselchen, pandus 4, 27.
lente gradiens 11, 179.

Asia, ae, f. Asien, florens 13, 484.

Asis, Idis, Adj. f. asiatisch, terra Asis
9, 448. 5, 648. (Acc. Asida).

Asōpiădes, ae, m. d. Enkel des Flußgottes Asopos, Aeacus 7, 484.

Asōpis, Idis, f. Tochter des böot. Flußgottes Asopos, Aegina, die dem Jupiter
den Aeacus gebar 7, 616. [Gen. Asopidus.] Daß er ihr als Feuer erschienen,
berichtet nur Ov. 6, 113. [Acc. Asopida.]

asper, ěra, um, auf d. Oberfläche rauh,
uneben, locis 1, 510. saxa 6, 76. crater asper signis exstantibus 12, 235.
acantho 13, 701. lingua tumet aspera
7, 556. frons gemino cornu 10, 222.
· · v. Sinnesart cladibus asper erbittert 14, 485. lupus sanguinis dulcedine wild 11, 402. asperior tribulis stachliger 13, 803. — v. Wetter u.

Meere biems 11, 490. pontus stürmisch 15, 720.

I) **aspergo** (ad-spargo), rsersi. sum, ēre, besprützen, menses sanguine 6, 40.

II) **aspergo** (adsp.), ĭnis, *f.* Besprengung, Besprützung 3, 88. 4, 729. flammisera 14, 796. caedis mit Blut 4, 125. aquarum mit Wasser 7, 108. impluit aspergine beregnet mit seinen Tropfen 1, 672. rorant multa aspergine mit t. Tropfenregen 3, 683. Sprützregen 11, 498. [Nur *Abl. Sing.*]

asperitas, ātis, *f.* Rauhigkeit, übertr. patris Sinn ?, 752. vert orum Herbheit 14, 526.

aspicio (ad-sp.), exi, ectum, ēre, ansehen, betrachten, aspice siehe an 3, 726. aspicite en sehet sie da 13, 264. alqd: vultus meos ?, 92. infantem 2, 642. vulnera 3, 60. opus admirabile 6, 14. venturas undas 8, 161. (Vgl. tangere) 3, 470. mortalia iustis oculis darauf bliden 13, 70; anbliden, alqm torvis 6, 34. 8, 787. molli vultu 10, 610; erbliden 2, 455. alqd 3, 488. sol aspicit omnia 2, 32. formam Medusae 4, 783. aspiceres man konnte erbliden 7, 578; sehen, erbliden m. *Acc. c. Inf.* 5, 672. 11, 84. 15, 200. 554; m. *Acc.* des *Part.* orbem accensum 2, 228. revertentes 2, 714. 4, 420. 7, 624. 11, 735. 12, 529; aspice siehe m. inbir. Fr. 12, 383. — mit b. Weise in Betracht ziehen, zusehen = überlegen, m. inbir. Fr. 7, 70. 13, 691.

aspiro (ad-spiro), āvi, ātum, āre, zuwehen, von günstigem Fahrwinde; übertr. begünstigen, m. *Dat.* coeptis 1, 3.

Assaracus, i. m. Sohn des Tros, Bruder des Ilus u. Ganymedes 11, 756.

assensus (adv.), us, m. Zustimmung, Beifall, assensu populi 7, 451. *Pl.* Zeichen der Zustimmung, des Beifalls, assensibus 1, 245. 8, 844.

assentio (ad-sentio), si, sum, īre, beistimmen 9, 289. 14, 592. m. *Dat.* precibus 9, 406.

assero (ad-sero), rui. sertum, ēre, zufügen, me avere caelo eigne mich dem Himmel zu, als einen Gottesstammen 1, 161. landes nostras sich aneignen 1, 462.

assiduus (adsid. v. ad u. sedeo), a, um, eig. beständig bei etwas weilend, bah. anablässig, ununterbrochen, vertigo 2, 70. motus 15, 170. nubes 1, 66. gemitus 2, 486. caedes 12, 298. aequor rastlos 13, 702; st. des *Adv.* as-siduae repetunt undas 4, 463. assiduis pulsatus equis 6, 210.

assilio (ad-salio), silui, sultum, īre, heranspringen, aqua assiliens heran-sprützend 6, 107. m. *Dat.* moenibus an 11, 526.

assimilo (ad u. similis), āvi, ātum, āre, vergleichen, tumultus assimilare freto possis 5, 6. Vgl. assimulo.

assimulo (ad-simulo), āvi, ātum, āre, nachmachen, anum b. Gestalt annehmen 14, 656. colores 15, 412. — erscheinen, odium 7, 298. Vgl. assimilo.

assisto (ad-sisto), astiti (adst.), ēre, sich hinstellen, recto assistere trunco 7, 640; hintreten, astitit in latus obli-quum trat schief nach der Seite hin 3, 187. um öffentl. zu sprechen Ulixes asti-tit 13, 125.

assono (ad-sono), āre, dazutönen, plan-gentibus assonat Echo stimmt mit ihnen ein 9, 507.

assuesco (ad-suesco), ēvi, ētum, ēre, sich an etwas gewöhnen, assuevi bin gewohnt, pflege, m. *Inf.* facere assue-rat 11, 315. 8, 335. — *Part.* assuetus gewöhnt an etwas, *Abl.* praedae amore 13, 854. 15, 484. m. *Inf.* sibi indul-gere 10, 533. — das woran man ge-wöhnt ist. gewohnt, onus 2, 165. ar-ma 2, 603. cohors 11, 89. antra 8, 822. 15, 887. vultus 11, 600. assueta colla petebat in gewohnter Weise 4, 497.

assuetudo (adsu.), ĭnis, *f.* Gewöhnung an etwas, Umgang 10, 178.

assum (ad-sum), affui (adf.), ādesse, da sein, zugegen sein, quisquis adest, aderant comites, terretor 4, 598. 2, 407. (Vgl. abesse) 3, 247. assūmus en 3, 605. adeste herbei! 8, 713; — kommen (e) sedibus aetheriis quare huc assim 2, 519. nuntius tibi assum 11, 349. 9, 363. placatus mitisque assis erscheine uns 4, 31. affore tem-pus werbe erscheinen, kommen 1, 256. dies aderit 3, 619. cum partus prope aderuet nahe bevorstehen 9, 674. adesse ad certamen erscheinen, sich einstellen 10, 317. ante oculos vor Augen stehen 7. 635. prope litus nahe sein 14, 76. — zugegen sein bei etwas m. *Dat.* mon-stro 2, 367. dolentibus 10, 142. ca-nenti bei seinem Spiel 11, 163. festis 10, 277. huic turbae barunter sein 10, 106. si quis deus affuit illis wenn bei ihnen ein Gott im Spiel war, nicht bloß Zauber 7, 705. ducibus Latiis aderis wirst sie schmücken 1, 560. decor affuit arti war bamit verbunden 6, 18.

lanta, simplicitas affuit puerilibus annis wohnte inne 5, 400. — da sein, zur Hülfe, beistehen, bes. von Göttern 13, 73. Pallas adest 3, 102. 5, 46. ades siehe mir bei 10, 673. 7, 198. huc ades 8, 597. testis adesto soll als Zeuge gegenwärtig sein 2, 46, m. *Dat.* laboribus 3, 613. auxis 10, 641. con-iugio adest den will's es 10, 295. 6, 429. os et lingua volenti dicere non aderant verfagten ihr den Dienst 5, 467. — vorhanden, vorräthig sein, lac mihi semper adest 13, 829.

assūmo (ad-sumo), sumpsi, sumptum, ēre, dazunehmen, robora an Stärke wachsen 15, 421. alimenta neue Nah-rung bekommen 7, 79. — annehmen, alas umeris 11, 789. 12, 1. pedes 13, 394. vires avitas 18, 886. pugnae amorem bekommen 3, 706; widerrecht-lich sich etwas anmaßen, assumptum patrem fateri 3, 558.

Assyrius, ii, m. d. Assyrer 4, 60. Il. 16, 393.

ast, alterthüml. Nebenf. v. at (b. f.). [Beginnt den V. ast ubi 6, 665. 8, 671. ast ego 12, 430. 13, 574. ast Iuvenes 11, 461; nur ast laeva 7, 241 nach d. 3. Arf.]

Asterīe, es, f. Tochter des Titanen Cöus u. der Phöbe, wurde von Jupiter, der die Gestalt eines Adlers angenommen hatte, bewältigt. Nach Andern wurde sie auf ihrer Flucht vor Jupiter in e. Wachtel verwandelt u. stürzte sich ins Meer 6, 108.

asterno (ad-sterno), ēre, bei etwas hin-strecken, asternuntur sepulcro (*Dat.*) werfen sich dabei nieder 2, 343. [Nur hier.]

asto (ad-sto), astīti (adst.), ēre, da ste-hen 4, 19. procol 5, 114. solidis (in) sedibus 2, 147. Laomedonteis astitit (in) arvis 11, 196. astitit ante aras 8, 480.

Astraea, ae, f. (Ἀστραία, Sternen-jungfrau) auch Dike, Göttin der Gerech-tigkeit, Tochter des Jupiter u. der The-mis, lebte auf Erden, bis sie im eiser-nen Zeitalter wegen d. Sittenlosigkeit der Menschen dieselbe als letzte unter den Göttern verließ 1, 150. Als 'Jungfrau' glänzt sie nun unter den Gestirnen des Thierkreises.

Astraei fratres, die astraischen Brü-der, die Winde, welche der Titan Astraeos mit d. Aurora zeugte 14, 545.

Astraeus, ěi, m. Gegner d. Perseus 5, 144.

astringo (ad-stringo), inxi, ictum, ēre, straff anziehen, vincula motu zusam-menziehen 11, 75; von der zusammen-ziehenden Kälte nivibus rotalis molle corpus astringitur 9, 222. glacies ventis astricta erstarrt 1, 120.

astrum, i, n. meist *Plur.* Gestirn, *Pl.* 1, 73. 7, 193. 11, 300. — meton. für Himmel 1, 316. radiantibus intulit astris 9, 272. 15, 846. ire per alta astra Himmelsraum 15, 148.

astupeo (ad-stupeo), ēre, über etwas staunen, astupet ipse sibi 3, 418.

astus, us, m. (meist nur *Abl. Sing.*) Schlauheit, List, sollerti 4, 776, con-iugis (Medeae) 7, 419, astu decipien-da fuit 13, 193.

Astyages, is, m. Gefährte des Phineus 5, 205.

Astyanax, actis, m. der kleine Sohn Hectors u. der Andromache, den die Griechen bei der Eroberung Troja's von der Mauer herabschleuderten 13, 415.

Astylos, i, m. e. Seher unter den Cen-tauren 12, 308.

Astypalēius, a, um, astypaläisch, v. Astypalaea, einer der sporad. Inseln regna 7, 462.

at, Conj. (alterthüml. at, d. f.) aber, jedoch, bei Einwürfen 3, 141. 7, 29. 12, 610. 617. 13, 7. 497. 14, 663. 15, 96. aber dennoch 7, 144. at puto aber viel-leicht 2, 566. 3, 260. 11, 425. 13, 523. at certe aber wenigstens 11, 696. — bei scharfen Gegensätzen von Sachen u. Personen, aber, doch, dagegen, 1, 285. 472. 643. 658. 2, 40. 88, 304. 702. 770. 819. 3, 242. 450. 8, 449. 9, 203. 10, 427. 13, 232. 233. at nunc 3, 553. 6, 276; bei Aufforderungen at tu 1, 760. 2, 527. 5, 379. 10, 351. 14, 20; beim Uebergang zu etwas Neuem 4, 1. 10, 220. 603. 12, 580; bei gegensätzl. Ver-kleinung at non 3, 65. 7, 469. 8, 862. 9, 507. 758. 10, 724. 12, 27. 310. 13, 7. 305. 581. — nach e. Bedingungs-od. Concessivsatz doch wenigstens 2, 284. 8, 185. 9, 123. 11, 707; nach e. negat. Satze sondern, nulla mora est, at tu 13, 458. — Im Beginn der dir. Rede in Bezug auf e. folgendem ab. zu er-gänzenden Nebenf. aber, doch wenigstens 1, 557. 678. 4, 854. 13, 367.

Atalanta, ae, f. Tochter des Königs Schoeneus in Böotien, die vom Orakel vor der Ehe gewarnt nur den zu ehe-lichen versprach, der sie im Wettlauf be-siegt, während die Besiegten getödtet wurden. Endlich siegte Hippomenes mit Hülfe der Venus. Aber wegen Ent-weihung des Heiligthums der Cybele wurden beide von dieser in Löwen ver-wandelt 10, 565 ff. Andere erzählen

die gleiche Sage von d. arcadischen Atalanta, der Tochter des Jasos, s. Tegeaea.
Ātăvus, i, m. Urältervater; *Pl.* Ahnen
14, 117.
Āter, ātra, um, schwarz, dunkel (Ggs.
candentia) 11, 814. nubes 2, 790. terra
6, 558. favilla 13, 604. calculus 15,
44. ebenus 11, 610. ferrago 15, 789.
pellis 6, 08. villi 3, 218. guttura velleris atri schwarzwollig 7, 244. angues
4, 451. equi (des Pluto) 5, 360. sanguis 12, 254. nox (Todesnacht) 5, 71.
vestes (Trauerkleider) 6, 288. 568. 8,
418. 778.
Āthămānes, um, m., die Athamanen,
ein Volk in Epirus, Athamanes ac-
cendere lignum narrantur 15, 311.
Āthămantĕus, a, um, dem Athamas
gehörig, sinus des Ath. 4, 497.
Āthămantĭădes, ae, m. d. Sohn des
Athamas, Mellertes, als Gott Palämon
genannt 13, 919.
Āthămantis, unrichtige Lesart s. Athamanes (b. s.).
Āthămas, antis, m. Sohn des Aeolus
(4, 487, Aeolides 4, 512), Bruder des
Sisyphus 4, 467; König des böot. Orchomenos, Vater des Phrixus u. der Helle,
Gemahl der Ino, der Tochter des Cadmus, Oheim des Pentheus 3, 564. 4,
420; von Juno in Wahnsinn versetzt
4, 489 ff. [Acc. Athamanta 4, 467. 471.]
Āthēnae, arum, f. d. Stadt Athen 6, 421.
7, 507. 8, 262. clarae 5, 652. Palladiae
7, 723. Pandioniae 15, 430. [Ersſcl.]
Āthis, idis, m. e. Indier, Gefährte des
Phineus 5, 47. 63. [Acc. Athin.]
Āthos (D. Atho, Acc. Athon u. Atho-
nem), m. hoher Berg auf d. macedo-
nischen Halbinsel Chalcidice, j. Monte
Santo 2, 217. 11, 554. [Acc. Athon.]
Ātlantĭădes, ae, m. Nachkomme des
Atlas 1) Mercur als Sohn der Maja 1,
682. 2, 704. 834. 8, 627. — 2) Herma-
phroditus als Sohn Mercurs 4, 368.
[Immer vor der regelm. Cäsur.]
Ātlantis, idis, f. die Tochter des Atlas,
Maja 2, 685.
Ātlas, antis, m. 1) d. riesige Sohn des
Titanen Japetus, dah. Iapetionides 4,
682, trägt das Himmelsgewölb auf seinen
Schultern 2, 296. 4, 662. 6, 174. Vater
der Plejaden, Hyaden u. Hesperiden, u.
durch die Hyade Dione Großvater der
Niobe 6, 174. Er herrscht im äußersten
Westen 4, 628 u. wird von Perseus durch
den Anblick des Medusenhauptes in e.
Berg verwandelt 4, 632 ff. — 2) der

Berg Atlas in Africa, gelidus 4, 772.
Der Scytel des Riesen u. Berges mischen
sich 15, 149. (validi umeris insistere
Atlantis). [Voc. Atlā 4, 644.]
atque u. **ac**, *Conj.* eig. und dazu, und
zwar 8, 517. 13, 21. 97. 859. — bloß
und 1, 279. 281. 2, 96. 426 ıc. bef.
atque ita (b. s.); atque utinam, zu
Neuem übergehend 10, 202. 13. 43. —
bleibt unübersetzt multa ac metuenda
25, 24. — que ac: satiusque ac super genug u. übergenug 4, 430. — in
Vergleichungen aeque, wie, nach alius ac
13, 959. aeque atque 10, 222. non
aeque ac 8, 162. 15, 180. haud secus ac
9, 40. [ac nicht vor Vocalen u. nicht vor
c g q außer in simulac (b. s.)]
Ātrăcīdes, ae, m. der aus Atrax, einer
thessalischen Stadt am Peneus, Stammende, Caeneus (b. s.) 12, 209.
Ātreus, ĕi, m. Sohn des Pelops, König
von Mycenä, Vater des Agamemnon und
Menelaus 15, 855.
Ātrīdes, ae, m. (Ἀτρείδης) d. Atride,
Sohn des Atreus 1) Agamemnon, maior
13, 359. bello maior et aevo 12, 623;
auch bloß Atrides 13, 189. 280. 365.
439. 655. — 2) Menelaus, minor 12,
623. 15, 162. 805. [Atrider am Versschl.
Ātrides vor der regelm. Cäsur.]
ātrĭum, ĭi, n. d. bedeckte Halle des röm.
Hauses zunächst dem Eingange, wo man
die Besucher empfing 12, 63. aurea 4,
763. candida 10, 595. regalia 5, 3.
structa pumice 8, 561. marmore tecta
14, 260. deorum 1, 172. Circes 13,
968. 14, 9. Aurorae 2, 114. ignibus
atria fumant, weil die Altäre der
Hausgötter daselbst aufgestellt waren 12,
215. — meton. für d. ganze Haus atria vestra ruent 2, 290. [Nur Pl., auch einer.]
ātrox, ōcis (ater), eig. düster schauend
feindselig 9, 275.
attactus, us, m. (attingo) Berührung
14, 414. (Abl.).
attĕnuo, āvi, ātum, āre (ad u. tenuis),
dünn machen, dah. vermindern, opes
8, 844. attenuatus amore abgezehrt
3, 489.
attĕro (ad-tero), trīvi, trītum, ĕre,
abreiben, attritae harenae 2, 436.
Attĭcus, a, um, attisch, puppis 7, 492.
attingo (ad-tango), tigi, tactum, ĕre,
berühren, einen Ort betreten, Maenalon 2, 415. moenia Circaea 14, 254.
Attis, Idis, m. e. phrygischer Hirt, den
die Göttin Cybele liebte. Als er sich aber
mit einer Andern vermählen wollte, erregte
sie ihm Wahnsinn, worin er sich ent-

mannte u. in eine Fichte verwandelt wurde 10, 104.

attollo (ad-tollo), ĕre, emporheben, alqm 9, 387. corpus ulnis 7, 818. caput 5, 503. vultus lacentes 4, 144. oculos humo 2, 448. oculos contra ihr gegenüber 8, 605. lumen ad lumina 10, 294. se sich erheben 2, 822. sublimis se attollit in auras 4, 721.

attŏno (ad-tono), ui, itum, āre, anbonnern, in Bestürzung versetzen, genus humanum attonitum est terrore 1, 204. genitor attonitus est m. Acc. c. Inf. 7, 426. quis furor attonnit montes hat euch der Besinnung beraubt 3, 532. Gen. *Part.* attonitus bestürzt 2, 463. 6, 600. 9, 574. hostes 4, 802. novitate 8, 681. damno 8, 777; erschreckt, formidine mortis 15, 153; erstarrt, artus 3, 40. cor 11, 709; betäubt 5, 510; niedergedonnert, tanto miserarum turbine rerum 7, 814. 9, 409; wahnsinnig, unsinnig gemacht 15, 326. incomcessis ignibus 10, 154; bezaubert, voce canentis 11, 20.

attrăho (ad-traho), xi, ctum, ĕre, herbeiziehen, nemus 10, 143; herbeischleppen, alqm 3, 563. 7, 313. una mit sich schleppen 14, 83.

anceps, cŭpis, m. (a. aviceps v. avis u. capio), Vogelfänger, callidus 11, 73.

auctor, ōris, m. (augeo) eig. Vollbringer, dah. Urheber, auctore cladem levare durch d. Gedanken, wer d. Urheber meines Verderbens ist 2, 291. vulneris 5, 133. plagae 3, 329. facti 9, 206. funeris des Todes 10, 199. necis Mörder 8, 449. teli Schütze 8, 349. dis auctoribus horum (carminum) 7, 148. artes obeunt auctoribus benen, ble fie ausüben 7, 562; Veranlasser, viae Weiser (Apollo) 3, 18. auctor fuit populis m. Inf. veranlaßte 10, 83. Anstifter, Verführer non utilis auctor 15, 103. vetitae libidinis 9, 577; Geber, Vertheiler, Spender, 8, 436. muneris 5, 637. 7, 680. 8, 430. 13, 870 (Bacchus); derselbe meton. für vinum 11, 125. lucis b. Sonnengott 4, 257. honoris 10, 214. eines Raubes, Raubgeber (Jupiter) 13, 218. leges imposuit iustissimus auctor (legum) als Gesetzgeber, Ordner 8, 101. 15, 834. — Erzeuger, Vater 1, 615. 6, 172. 13, 617. generis Vater 4, 640. Nelei sanguinis Stammvater 12, 558. 13, 142. — Gründer einer Stadt 15, 9. — Erzähler, cunctos et res et moverat auctor 8, 725. novus 12, 57; dah. Gewährsmann, ambiguum

11, 668. dubius 12, 01. credita res auctore suo est um ihres Gewährsmanns willen 12, 532. — Auf e. Weib bezogen dea muneris auctor 10, 079. Birba 7, 157. meritorum für um bich so Verblente 8, 108. mortis daß ich die Mutter, seinen Tod verursachen soll 8, 493.

auctumnus s. autumnus.

audācia, ae, *f.* Kühnheit 8, 82. in andaces non est audacia tuta 10, 514. mixta pudori 9, 527. si verbis audacia detur wenn e. kühner Ausdruck gestattet ist 1, 175.

audax, ācis, verwegen, kühn, 4, 98. malo durch ihr Unglück 6, 288. orator 13, 198. audaci dextra 7, 117. volatu 8, 223. quid audax 13, 378. audacissimus omni de numero 5, 623. — frech, puer 5, 451.

audeo, ausus sum, ēre, wagen, alqd 0, 466. m. *Inf.* se tollere 2, 266. 4, 680. ausa est acuarier 2, 741. non audet abire gewinnt es alqd über sich 2, 718. *Part.* audens: nondum audentia labi flumina 2, 406. waghalsig 8, 399. *Subst.* audentes die Kühnen 10, 586. *Part.* ausus der gewagt hat, talia 1, 199. 2, 645. 13, 244. ire per auras 4, 700. — *Conj.* ausim (vom *Perf.* ausi) möchte wagen, vix ausim credere 6, 561. 8, 77. ausit 0, 466.

audio, ivi, itum, ire, hören, vernehmen 12, 177. ridet et audit u. horcht 2, 429. alqd 1, 737. carmina 5, 387. nos auditque videtque 1, 789. nec vos audistis in illo crimina, vidistis 13, 311. audita et cognita nobis was ich gehört u. gesehen 15, 307. auditos caelestes praeponere visis die nur von Hörensagen bekannten des sichtbaren 6, 170. Beim *Pass.* oft *Dat.* st. a m. *Abl.* lucina audita est omnibus 1, 341. 2, 591. 3, 401. 11, 42. 15, 819. — Gehör schenken 2, 813. Jemandem, hanc anum 14, 878; gehorchen, alqm: nec (ulla sagitta) quae magis audiat arcus 5, 384. — *Subst.* (*Neutr. Pl.*) audita das Gehörte 7, 825.

aufero (ab-fero), abstŭli, ablātum, auferre, forttragen, -führen, -reißen, ne te citus auferat axis 2, 75. auferor in scopulos (bildl.) 9, 593. saepe sub occasus, saepe est ablatus in ortus 4, 628. subter imas cavernas ablata 5, 504. cervus (undis) ablatus 1, 306. talaria ablata citis plantis fortgeführt von den schnellen Sohlen 10, 591. aufer manus complexibus (*Abl.* st. a) weg die Hände von 3, 390. Jemandem etwas, agricolis opes 11, 210; wegnehmen, abstulit illis, quod mortale fuit 4, 539. 9, 263. animam 9, 180; entführen, rauben, ora draconibus 4, 771. ferrum iaculo 8, 354. annos crescentes 10, 24. usum verborum 14, 98. 177. alicui pudorem entehren 6, 616. ablatum terris 14, 811. sibi ablatus seiner selbst, ob. seiner bisherigen Gestalt entkleidet 5, 516; abreißen, dextram precanti 3, 732. ablatus decor 9, 98; abschneiden, linguam ense 6, 557. cum verbis guttura — guttura et verba 7, 349. — wegraffen — vernichten; auferat hora duos eadem 8, 709. corpora 15, 157. ignis abstulit Ardeam 14, 575. — davontragen, als Preis, spolia 13, 158. gewinnen als Gatten 12, 406. [abstulerunt 9, 612.]

augeo, xi, ctum, ĕre, vermehren, vergrößern, aquas fletibus 1, 584. Cycladas (ihre Zahl) 2, 264. 3, 301. flammas 9, 724. augent adiciuntque animos erhöhen u. steigern 7, 120. auxerat articulos macies ließ sie dicker erscheinen 8, 807. formam cultu augebat erhöhte, hob hervor 5, 60. 10, 531. forma aucta est fagä trat mehr hervor 1, 580. augendo munere 7, 740. Part. auctus; silva sororibus 2, 372. partes in omnes 4, 660. amnis nimbis 9, 105. ter quinque natalibus zu 15 Jahren herangewachsen 2, 497.

augur, ŭris, m. (avis) eig. Vogelbeuter, dab. überh. Zeichendeuter, Weissager, veri providus 12, 19. 3, 340. 512. 12, 307. 15, 598.

augurium, ii, n. d. Thätigkeit des Augurn; dab. prophet. Deutung, Auslegung 1, 395. — Gabe der Weissagung 13, 660.

augŭror, ātus, sum, āri, weissagen, m. Acc. c. Inf. 3, 510; ahnen, vermuthen, m. Acc. c. Inf. 10, 27.

I) augustus, a, um (augeo), erhaben, ehrwürdig, gravitas (der Götter) 6, 73. 9, 730. mens 15, 145.
II) Augustus, 1) Subst. i, m. d. Erhabene, Ehrwürdige, Ehrentitel des C. Julius Cäsar Octavianus, der ihm nach Erlangung der Alleinherrschaft im J. 27 v. Chr. ertheilt wurde 1, 291. — 2) Adj. Augustus, a, um, dem Augustus gehörig, postes des Augustus 1, 562 (d. Thür zu seinem Palast auf d. palatin. Hügel war mit e. Eichenkranz geschmückt, u. zu beiden Seiten standen Lorbeerbäume), caput 15, 860.

aula, ae, f. Hof, Vorhof eines Gebäudes 4, 512. 14, 46. — Hofburg, eines Herrschers, Somni 21, 586. nitida 11, 764.

aulaeum, i, n. gewöhnl. Pl. aulaea, orum kostbarer Teppich od. Vorhang, bes. Theatervorhang, der nicht oberhalb, sondern unterhalb der Bühne befestigt war und bei Beginn des Stückes niedergelassen, beim Schlusse aufgezogen wurde 8, 111.

Aulis, idis, f. Hafenstadt in Böotien Euböa gegenüber (dah. Euboica 13, 182), wo sich die Flotte der Griechen zum Zuge gegen Troja versammelte, piscosa 12, 10. [Acc. Aulida 13, 187.]

aura, ae, f. d. wehende Luft, Luftzug, ocior aurā levi 1, 502. 520. exigua 4, 136. rapida 8, 209. volucris 18, 807; kühlendes Lüftchen 7, 810. lenis 7, 811; Wind zur Fahrt 8, 603. 9, 590. Plur. Lüfte 1, 155. corpus petens amplectitur auras 11, 675. superae himmlisch 3, 101. 5, 641. 10, 11. aetherine 4, 700. aëriae (d. f.), liquidae 12, 525. vacuae 6, 398. tenues 8, 827. tepentes 1, 107. ferventes 2, 229. graves 7, 557. auras implere hinnitibus 2, 164. ire per auras 4, 700. per aërias induruit auras auf dem Wege durch 9, 219. vox exierat sub auras 3, 206. infans exit communes in auras ans Licht 7, 127. 9, 704. efferre sub auras ans Licht bringen, ausschwatzen 11, 184. — aurae Lebenshauch, Athem, auras exspirare 3, 121. ducere 12, 517. — Aura (Uebersetzung v. Νεφέλη) als Nymphe gedacht 7, 856.

aurātus, a, um, m. Gold verziert, vergoldet, telum 1, 470. monilia 5, 52. lyra 8, 15. aurata tecta videntur 8, 701. vestes goldgestickt, goldbedurchwirkt 8, 448. amictus 14, 263.

aurĕus, a, um, golden, arcus 1, 697. cuspis 7, 673. aureus axis erat, temo aureus, aurea curvatura rotae 2, 107. limbus 5, 52. arbor woran das goldene Vlies hing 7, 151. aureus ut Danaën luserit (Iuppiter) als Goldregen 6, 113; — goldgeschmückt, atria 4, 762: von e. Fluß, goldführend 11, 87. via aurea b. Gold erzeugende Kraft 11, 142. — übertr. — goldglänzend od. goldfarbig, Phoebe 2, 723. astra 7, 193. aether 13, 587. barbae color, coma 12, 395. cristis aureus altis 15, 669. — bildl. golden — überaus schön, herrlich. Venus (χρυσῆ Ἀφροδίτη) 10, 277. Aeneae genetrix 15, 761. aetas 1, 89. 15, 96. [Mit Synal. zweisilb. aureae 7, 151. aureā 12, 356. (s. Synä.)]

auriga, ae, m. (a. aureae od. oreae —

frena u. -go) d. Wagenlenker 2, 312. currus paterni 2, 327.

aurīgĕna, ae, c. (v. aurum u. gigno) von Gold erzeugt, frater (Minervae) Perseus (b. s.) als Sohn Jupiters 5, 250.

auris, is, f. b. Ohr, dextra ab aure libratum fulmen 2, 311. 624. aurem praebere vocibus 7, 821. aure susurrat ins Ohr (eig. Abl. instr.) 3, 643. aure pendent baccae collect. 10, 265. Pl. arrectae 15, 516. cavae 12, 42. summas cacuminat aures b. obern Theil der Ohren 3, 105. contigit aures 1, 211. aures praebere rei 3, 692. 15, 465. aures capere ergötzen 4, 271. mulcere schmeicheln 5, 561. aures coniugis monuit gab zu hören 9, 673. ad vacuas aures referre 4, 41. auribus accipere 10, 62. haurire 14, 309.

Aurōra, ae, f., bei den Griechen Eos, Göttin der Morgenröthe, Tochter des Hyperion od. des Titanen Pallas (dah. Pallantias 9, 421), bewacht die Grenze zwischen Tag u. Nacht 7, 706. 13, 592. u. geht früh dem Phöbus voran 15, 191. 2, 113. 4, 630 (selbst auf e. Wagen fahrend 3, 150), indem sie sich aus b. Meere erhebt 6, 440. 6, 48. und die Sterne u. die Nacht vertreibt 4, 81. 7, 100. 703. Beiw. purpurea 3, 184. lutea 7, 703. 13, 579. vigil 2, 112. Durch Zaubersäfte gebleicht 7, 209. Gattin des Tithonus, für den sie von Jupiter Unsterblichkeit erlangt hatte, ohne ihm zugleich ewige Jugend zu erbitten 9, 422. Mutter des Memnon 13, 576. 621; ihre Thränen um ihn sind der Morgenthau 13, 622. Sie raubt den Cephalus 7, 704. — Meton. für den Osten Eurus ad auroram recessit 1, 61.

aurum, i, n. Gold, nocentius ferro 1, 141. micans 2, 2. radians 4, 637. nitidum 9, 689. clarum 13, 105. fulvum 10, 648. poma ex auro 4, 638. magni ponderis aurum e. große Last G. 2, 750. — meton. für b. daraus Gefertigte: Goldgefäß 6, 488; gold. Apfel 10, 667; fatale b. Halsband, womit Eriphyle bestochen worden war (s. Oeclides) 9, 411; b. g. Vlies 7, 155. 213; Goldfäden, lentum 6, 68; Goldstickerei 2, 734. 6, 166; Goldsaum latum 6, 667; pluvium Goldregen 4, 611. fecundum 4, 698; Goldfarbe, anguis cristis praesignis et auro [illegible] s. cristis aureis 3, 32. — für b. goldene Zeitalter 1, 114. 15, 260.

Ausŏnĭa, ae, f. Ausonien, dicht. Name für Italien von dem alten Volksstamme der Ausōnes in Mittel- u. Unteritalien 14, 7.

Ausŏnĭus, a, um, ausonisch = italisch (s. Ausonia) gens 15, 647. terra 14, 7. 320. portus 13, 708. Naides 14, 786. Pelorus, weil er Italien gegenüberliegt 5, 350; = latinisch opes 14, 772.

auspĭcĭum, ĭi, n. (a. avispicium) Beobachtung der Weissagevögel, dah. b. Vorzeichen 10, 8. — Weil nur b. Anführer das Recht hatte Auspicien anzustellen, illius auspiciis unter seiner Anführung 15, 822.

auster, stri, m. Südwind 5, 285. 8, 121. pluvius 1, 66. aquaticus 2, 853. nubilus 11, 336. insanus 12, 510. Ionis 11, 192. placidi 8, 3. calidi 7, 532. imbriferi 13, 725.

austrālis, e, in der Richtung des Südwindes liegend, südlich, polus 2, 132.

ausum, i, n. das Gewagte, Wagnis, ausi paenitet 10, 460. auso potiri 11, 242. Pl. a. einem, ausorum 9, 621. ausis 10, 640. magnis 2, 328. ingentibus 7, 178. furialibus 6, 84. 11, 12. [ausis fast e. Auch.]

aut, Conj. oder, ein Anderes ausschließend, serius aut citius 10, 33. 2, 424. 5, 628. 6, 464. 7, 13. 573. 10, 301; mit Ergänzung einer Bedingung oder sonst, desinis? aut fugio (oder wo nicht, so fliehe ich) 4, 336. 7, 699. 10, 52. — ein Anderes setzend 1, 295. 298. 2, 238. 5, 519. 6, 171. 457. 12, 589. dreimal 15, 460; berichtigend oder vielmehr, crura captat aut captare putes 9, 38. 15, 530. 602. 773. aut etiam oder sogar 9, 623. — im zweiten Glied negativer Sätze 1, 823. 5, 131. 8, 207. 10, 377. 13, 672. — aut — aut entweder — oder 1, 391. 607. 3, 58. 4, 314. 460 uö., dreimal 4, 34 (theils). 10, 538. viermal 6, 814; nec aut — aut und weder — noch 11, 462. dreimal 9, 550. aber weder — noch 12, 345.

autem, Conj. postpos. aber 9, 495. 10, 345.

Autŏlўcus, i, m. Sohn des Mercur, dem Vater an List gleich 11, 313, Gemahl der Mestra, der Tochter des Erysichthon 8, 738.

Autŏnŏē, ēs, f. Tochter des Cadmus, Mutter des Actäon 3, 720.

Autŏnŏēĭus, a, um, v. Autonoë stammend, heros ihr Sohn Actäon 3, 198.

autumnālis (auct.), e, herbstlich, corna im Herbst reifend 8, 665. 13, 816.

1) autumnus (auct.), i, m. Herbst, als Jahreszeit, Pl. inaequales 1, 117. septem egerat autumnos 3, 327. 6, 439.

— meton. — Herbstsegen, totum tulit autumnum 9, 92. pandos autumni pondere ramos 14, 660. — als Gottheit 2, 20.

II) autumnus (auct.), a, um, herbstlich, frigus 3, 729 (unsicher Leda.).

auxiliāris, e, hülfreich, dea 9, 699. carmen 7, 138. undae 1, 275. arma 0, 424. aera (b. l.) 4, 338.

auxillum, ii, n. Beistand, Hülfe, caeleste 15, 630. quaerere 1, 368. rogare 7, 503. petere 7, 507. ferre 2, 580. 4, 603. 13, 71. auxilio egere 13, 71. esse alicui 12, 90. — meton. — Helfer auxilium domos 4, 731.

avārus, a, um, habgierig 2, 759. animus 13, 434: geizig, Troia 11, 208.

a-vello, velli od. vulsi, vulsum, ēre, ab-, losreißen, frondes 2, 351. von etwas, Abl. corpora truncis 2, 358. avulsum caput 3, 727. avulsa tumolis 13, 510.

avēna, ae, f. Halm des Hafers, Haferrohr, Pl. structae die neben einander befestigten Haferrohre, woraus die Hirtenpfeife Syrinx bestand 1, 677; dispares, wegen ihrer ungleichen Länge 8, 192.

Aventīnus, i, m. albanischer König, von dem der avent. Hügel benannt sein soll 14, 620.

aveo, ēre, Lust zu etwas haben, wonach trachten, accedere aventi 2, 503.

Avernālis, e, avernalisch, zum lacus Avernus (= ἄορνος, wo sich wegen der Ausdünstung keine Vögel aufhalten), in Unteritalien bei Cumä gehörig; dann = unterirdisch, weil man dort einen Eingang in d. Unterwelt annahm, Nymphae 5, 560.

Avernus, a, um, avernisch, wie Avernalis = unterweltlich, valles 10, 51. Iuno Proserpina 14, 114. pallor 4, 487. — Subst. Averna, orum, n. der avernische Eingang in d. Unterwelt 14, 105.

Aversor, ātus, sum, āri (averto), sich mit Unwillen von etwas abwenden, abweisen, alqm: petentes die Bewerber 1, 478. 14, 672. rogantem 10, 394.

a-verto, ti, sum, ēre, ab-, wegwenden, oculos 2, 770. vultus 5, 179. faciem a moenibus 16, 487. impulsum manu avertit durch e. Stoß mit d. Faust dreht er mich um 9, 54. Pass. sich wegwenden 5, 214. 4, 799. avertere (Imper.) 3, 433. — Part. aversus abgewendet 1, 629. 7, 312. occupat aversum (dmconem) von binum 4, 716. aversos passus retro ferenti vom Feind weg, rückwärts schreitend 12, 187. aversos von Troja weg zur Heimkehr gewendet 13, 220.

avidus, a, um, (aveo), gierig verlangend, gierig 9, 719. morsus 4, 724. fauces 6, 829. alvus 12, 17. ungues 4, 717. volucres 5, 481. Charybdis 14, 75. flammae 9, 172. faces 14, 530. amplexus eifrig 7, 143; nach etwas Gen. avidissima videndi 10, 56. caedis 1, 161. m. Inf. (dicht.) committere pugnam 5, 75. cognoscere 10, 472.

avis, is, f. Vogel 2, 377. noctis die der Minerva heilige Eule 2, 564. 11, 25. profana e. Unglücksvogel, d. Uhu 6, 433. — als Weissagevogel meton. für d. Vorzeichen, falsa (trügerisch) ave deceptus 5, 147. ite bonis avibus unter günstigen Vorzeichen 15, 640. hac ave unter dem Zeichen dieses Vogels, d. Uhu 6, 433. — Pl. für Vogelfedern od. Kleider daraus velatur avibus 13, 53.

avitus, a, um, (avus), vom Großvater herrührend, großväterlich, nomen des Großvaters 6, 239. 9, 708. solium 6, 650. flamma = fulmen da Jupiter Aesculaps Großvater war 2, 646. vires die Eigenschaften seines Großv. Spmithus 13, 886. — den Vorältern, Ahnen gehörig, monumenta 13, 524. [Berichtl. außer 6, 239.]

avius, a, um (ab u. via), vom Wege abliegend, entlegen, stabula 6, 596. — Subst. avia, orum, n. Abwege, per avia 2, 205. entlegene Strecken 1, 701. avia nemorum entlegene Wälder 1, 479.

avus, i, m. Großvater 9, 709. 14, 589. 3, 564 (Cadmus). currus avi des Sonnengottes 7, 209. natus avo suo 10, 521. — Pl. avi Ahnherren 9, 491. 15, 426.

axis, is, m. d. Achse, 1) am Wagen 2, 107. 310. rota perpetuum circumvolvitur axem reti fortwährend um d. Achse 15, 522. — meton. für Wagen, ignifer 2, 59. Pl. 2, 148. temos 4, 634. — 2) Die von einem Pol zum andern gehende Erdachse, um die man sich auch das Himmelsgewölbe kreisend dachte, die Himmelsachse, uetherius 6, 176. longus 1, 255. 2, 297. citus d. Schnelligkeit der Himmelsachse 2, 75. extremus ihr äußerstes Ende 2, 516. — meton. der Himmel selbst, axe sub Hesperio 4, 211.

B.

Babylōnius, a, um, babylonisch, zur Stadt Babylon am Euphrat gehörig 4, 44. 99. Euphrates 2, 248.

bāca (bacca), ae, f. Beere 10, 98. olivae 6, 81. 8, 295. Minervae b. Olive 8, 664. 13, 653. amarae (oleastri) 14, 525. des Lotos 9, 341. der Myrte, bicolores 11, 234. — übertr. Kügelchen, Perle, Pl. parili ex aere 10, 116. leves 10, 265.

Bacchae, arum, f. Bacchantinnen, Weiber, die in wahnsinniger Begeisterung, ein Rehfell um b. Schultern, das Haar gelöst und b. Thyrsus schwingend die Bacchuszüge begleiteten 4, 25. 11, 80. Ismariae 9, 642.

Bacchēus, a, um, zu Bacchus gehörig, bacchisch, festa 3, 601. Bacchei ululatus 11, 17 [m. Hiatus im b. Fuß.]

Bacchīadae, arum, m. die Bacchiaden, ein aus Corinth stammendes, von dem Heracliden Bacchis abgeleitetes Fürstengeschlecht, das, aus Corinth vertrieben, in Sicilien auf der Halbinsel Ortygia zwischen zwei Häfen von größerem und geringerem Umfange die Stadt Syracus gründete 5, 407.

Bacchīus, a, um, bacchisch, sacra 3, 518.

bacchor, ātus sum, āri, sich in bacchantischer Raserei befinden; Part. bacchantes, Subst. die Bacchantinnen, bacchantum ritu 7, 258 (weil auch die Bacchantinnen fliegendes Haar trugen). 3, 703.

Bacchus, i, m. Sohn des Jupiter und der Semele (proles Semeleïa 3, 520), nach Semeles Tode in Jupiters Hülte genäht (3, 312. bis genitus 3, 317) u. später erst von Ino, dann von den nysäischen Nymphen aufgezogen, welche letztere er deshalb durch Diebe verjüngen läßt 3, 313 ff. 7, 295. Mit seiner Mutter, die den Namen Thyone erhält, zum Gott erhoben (4, 614) ist er der Gott des Weines, dessen Anbau er auf seinen weiten Zügen bis nach Indien verbreitet 4, 20. 605. 15, 413. Begleitet wird er stets von seinem Erzieher Silenus (alumnus Sileni 11, 99) u. einem Gefolge von Satyrn u. Bacchantinnen, die mit Weinlaub und Epheu bekränzt den Thyrsus schwingen 4, 25. 11, 89. Ihn selbst in jugendlicher, fast mädchenhafter Gestalt, mit vollem langem Haar (3, 421. 607. 4, 20) u. ebenfalls mit Weinlaub bekränzt u. den Thyrsus in b. Hand, trägt e. von Tigern, Panthern ob. Luchsen gezogener Wagen 3, 668. 4, 24. Seine verschiedenen Beinamen 4, 11 ff. Bacche pater 13, 669; sein römischer Name ist Liber (b. f.). Wegen Vermengung mit b. phrygischen Gotte Sabazius, der Stierhörner trug, legte man ihm auch Hörner bei 4, 19. Geopfert ward ihm der Bock 15, 114 u. er nimmt selbst die Gestalt eines solchen an 6, 320. An den Verächtern seines Cultus rächt er sich, so an Pentheus, vor dem er als der Tyrrhener Acötes erscheint 3, 582 f., an den tyrrhenischen Schiffern 3, 660 f., an den Töchtern des Minyas 4, 389 f., an Acrisius 4, 612, an Lycurgus 4, 22, wie er auch die thracischen Bacchantinnen für b. Ermordung des Orpheus bestraft 11, 67. Der auf Naxos verlassenen Ariadne erscheint er als Beschützer 8, 177, und verleiht den Töchtern des Anius die Kraft Alles in Nahrungsmittel 13, 650, dem Midas Alles in Gold zu verwandeln 11, 100. — Meton. für Wein 6, 488. liquidus 7, 246. 13, 639. generosus 4, 765. Bacchi haustus 7, 450.

Bactrius, a, um, bactrisch, aus der Stadt Bactra ob. Landschaft Bactriana im nordöstl. Persien 5, 135.

bacŭlum, i, n. u. baculus, i, m. b. Stab als Stütze 2, 789. 3, 325. 6, 27. 13, 782. silvestre 2, 681. agreste 15, 655; als Zauberstab 14, 387.

bālaena f. ballaena.

bālātus, us, m. (balo) b. Blöken, Meckern der Schafe u. Ziegen, tener 7, 319. balatus aegros dare 7, 540.

Bāliāricus (Balear.), a, um, balearisch, von den balearischen Inseln zwischen Spanien u. Afrika, deren Bewohner als Schleuderer berühmt waren, funda 2, 727. 4, 709.

ballaena (balaena), ae, f. der Walfisch 2, 9.

ballista (balist.), ae, f. Wurfmaschine für schwere Geschosse 11, 509.

balteus, i, m. Wehrgehäng, auro caelatus 9, 189.

barba, ae, f. Bart 1, 266. viridis ferrugine 13, 960. hirsutam recidere 13, 766. barba erat incipiens 12, 395. caesaries longae barbae 15, 656.

barbāricus, a, um, fremdländisch (nicht griechisch ob. römisch), barbarisch, tela 6, 576. carmen phrygisch, da Pan hier als phryg. Hirtengott erscheint 11, 162.

barbaries, ei, f. b. von Barbaren (Nicht-Griechen od. -Römern) bewohnte Land, Barbarenland 15, 829.

barbarus, a, um, fremdländisch (nicht griechisch od. römisch) barbarisch, agmina 6, 423. — trotzig prom 14, 163. ignis 14, 574. — roh, uncultiviert, tellus est barbara 7, 53. — Subst. barbarus, i, m. Barbar, Ausländer mit b. Begriff fltt. Rohheit 5, 657. 8, 515 (Tereus). o diris barbare factis 6, 549. — barbara, ae, f. Ausländerin 7, 144. 278.

Battus, i, m. e. pylischer Roßhirt, den Mercur in e. Stein verwandelt 2, 688.

Baucis, idis, f. Gattin des Philemon 8, 631 ff. Acc. Baucida 8, 715.

beatus, a, um (beo), beglückt, glückselig 1, 589. 3, 136. 4, 322. 11, 599. tempus 7, 797. [Superl.] beatior 4, 325.

Belides, um, f. b. 50 Enkelinnen des ägypt. Königs Belus, gewöhnlicher nach ihrem Vater Danaiden genannt. Belus hatte zwei Söhne, Aegyptus u. Danaus. Letzterer floh mit seinen 50 Töchtern vor dem Bruder u. seinen 50 Söhnen nach d. Peloponnes; doch die Söhne des Aegyptus folgten ihm u. verlangten seine Töchter zur Ehe. Danaus, dem der Tod von einem seiner Schwiegersöhne geweissagt war, befahl nun seinen Töchtern, ihre Gatten in der ersten Nacht zu ermorden, was sie auch bis auf Hypermnestra thaten, die ihren Gatten Lynceus rettete. Die übrigen Danaiden mußten dafür in d. Unterwelt fortwährend Wasser in ein durchlöchertes Gefäß schöpfen 4, 462. 10, 44.

bellator, oris, m. b. Krieger. Adj. bellator equus, Streitroß 15, 368.

bellatrix, icis, f. b. Kriegerin. Adj. bellatrix Minerva die streitbare M. 8, 264.

bellicus, a, um, zum Kriege gehörig. tubicen b. Trompeter im Kriege 3, 705. ensis Schlachtschwert 3, 534. — Kriegerisch, Pallas 5, 46. dieselbe des 2, 752. virgo 4, 754.

bello, avi, atum, are, Krieg führen, kämpfen 5, 101.

Bellona, ae, f. b. röm. Kriegsgöttin 5, 155.

bellum, i, n. Krieg 1, 142. 12, 592. saevum 6, 464. belli fortuna Kriegsglück 8, 12. dura munera belli Kriegsdienst 13, 206. bella Superum 6, 319. inter bellique domique acta im Krieg u. Frieden 12, 185. bellum indicere 6, 92. movere 9, 404. parare 7, 450. suscipere 11, 460. gerere 7, 489. 8, 58. trahere 12, 581. deponere 8, 47. finire 15, 747. Pl. v. einem 7, 456. 8, 58. discordia 9, 404. — Kampf 5, 8. 210. 12, 621. civilia Bruderkämpfe 3, 117. sera bella in se gegen sich selbst 7, 212. vom Zweikampf ad bella coimus 9, 42 — meton. für Kriegsheer, Nereus bella non transfert 12, 25.

belua (bell), ae, f. e. ungestaltes Thier, Ungeheuer 4, 689. vasta 11, 366. fera 13, 917.

Belus, i, m. b. mythische Gründer des assyrischen Reiches 4, 213.

bene, Comp. melius, Adv. gut, wohl, merere 7, 854. non bene ferre übel 14, 79. bene cedere glücklich 8, 862. di melius! näml. verlaut mögen es zum Bessern wenden, mich bewahren 9, 497; = passend, non bene iunctae res 1, 9. 2, 840. quam bene 9, 488. melius lugebilis ambo 8, 487. 8, 62. 13, 133. 321; — geschickt, regere 2, 393; — füglich non bene sea 15, 827. 14, 28. — genau, völlig, recht, bene si quaeras 3, 141. non bene complere 12, 616. bene nosse 1, 132. 13, 608. notus wohl 10, 20. scire 13, 68. vix bene f. vix.

benefactum, i, n. Wohlgethanes. Pl. 13, 271; segensreiche Thaten 15, 850.

benignus, a, um, gütig, fuerit benignior Aiax, weil er (102) vorgeschlagen hatte die Waffen zwischen Ulysses u. Diomedes zu theilen 13, 264.

Berecyntius, a, um, berecyntisch, vom phrygischen Berge Berecyntus, dem Hauptsitze des Cultus der Cybele flammenb, tibia (b. s.) 11, 16. heros Midas, der Sohn der Cybele 11, 106.

Beroe, es, f. Amme der Semele, in deren Gestalt Juno zur Semele kommt 3, 278.

Blanor, oris, m. e. Centaur 12, 345.

bibo, bibi, ere, trinken 8, 416. alqd 9, 377. Perf. bibit 9, 615. bibebatur Anigros 15, 281. 394. pars bibenda servatur 13, 829.

bibulus, a, um, zu trinken geneigt, Feuchtigkeit saugend, radix 14, 632. lanae 6, 9. talaria 4, 730; bes. feucht, harena 13, 901. medulla 4, 744. nubes 14, 368.

biceps, cipitis (bis u. caput), zweiköpfig, Parnasus zweigipflig 2, 221.

bicolor, oris (bis u. color), zweifarbig, baca Minervae (grün u. schwarz)

9, 661. myrtus (m. rothen u. schwärz-
lichen Beeren) 10, 98. bicoloribus
bacis (myrti) 11, 234.
bicornis, e (bis u. cornu), zwei-
hörnig, caper 15, 304. Granicus da
d. Flußgötter mit Hörnern dargestellt
wurden 11, 765. furca zweizinkig 8, 647.
bidens, dentis (bis u. dens), zwei-
zähnig. *Subst.* f. e. Opferthier, besonders Schaf, das bereits die beiden Reiben
Zähne hat, also etwa zweijährig ist 10,
227. bidentum exta 15, 575.
bifidus, a, um, (bis u. findo), zwei-
spaltig, pedes 14, 303.
biforis, e (bis u. foris), zweithürig,
valvae zweiflüglige Thüren 2, 4.
biformis, e (bis u. forma). doppelt-
gestaltig, von Centauren 2, 664. 9, 121.
12, 456. monstrum d. Minotaurus (f.
Pasiphaë) 8, 156. — zweigeschlechtig,
zwitterhaft, natus 4, 387.
bifurcus, a, um (bis u. furca) zweizinkig, ramos 12, 442.
bijugis, e (bis u. iugum), zweispän-
nig, colla biiugum lynceum des Zwei-
gespannes v. Luchsen 4, 24.
bimaris, e (bis u. mare), an zwei
Meeren liegend, Corinthus 5, 407.
Isthmus 6, 419. 7, 405.
bimater, tris, m. (bis u. mater)
der zwei Mütter hat, Beiname des
Bacchus (d. i.) 4, 12.
bimembris, e (bis u. membrum),
doppelgliedrig. *Subst.* bimembres
Doppelgestalten, die Centauren 12, 240.
494. 15, 283.
bini, ae, a, je zwei, jedesmal zwei,
lamina 1, 628. corpora 14, 205; ein
Paar, arae 7, 240. hastilia 14, 514.
iuga 12, 432.
binominis, e (bis u. nomen), zwei-
namig, Ascanius, weil er auch Iulus
hieß 14, 609.
bipennifer, feri, m. Adj. e. Doppelaxt führend, Lycurgus 4, 22. Arcas,
näml. Ancaeus 8, 391. [Nur bei Do.]
bipennis, is, f. Doppelaxt, als Streitaxt lata 5, 79. 12, 611. als Holzart
8, 766.
bis, Adv. zweimal 2, 618. 3, 317. 8,
170. anapher. 12, 412. bei Zauber 14,
380. bis duo 8, 612. quattuor 13,
15. quinque 6, 560. 11, 96. sex 4, 220.
6, 72. 571. seni 8, 243. septem 11,
302. octoni 5, 50. novem 14, 253.
centum 6, 203. 12, 188. bis terque
zwei bis dreimal 4, 517.
Bisaltis, Idis. f. d. Tochter des Bisaltes,
Theophane, die der Neptun in Gestalt
eines Widders den Widder mit d. gold-

nen Bliese zeugte 6, 117. [As. Bisal-
tida.]
Bistonius, a, um, bistonisch, zu den
Bistones, einer thracischen Völkerschaft,
gehörend, dah. = thracisch, viri 13, 430.
bisulcus, a, um (bis u. sulcus) zwei-
theilig, gespalten, pes (Huf) 7, 113.
lingua 9, 65.
bitumen, inis, n. Erdpech, tenax 9,
660. romana 14, 791.
bituminous, a, um, von Erdpech, vires Massen von 15, 350. [Nur hier.]
blandimentum, i, n. Schmeichelmittel,
-wort, Pl. 2, 815.
blandior, itus sum, iri, schmeicheln
10, 416. populus blanditur umbrā
suā 10, 555. pavidum (fl. Adv.) blan-
dita mit schüchternem Schmeicheln 9,
569; alcui 4, 532. 6, 440. *14, 795.
blanditia, ae, f. Schmeichelei. Pl.
Schmeicheleien, Schmeichelreden 4.
70. 6, 685. pueriles 6, 626. blanditias admovere 6, 632. adhibere 10,
259. perdere 1, 531.
blandus, a, um, schmeichelnd 6, 476.
manu 2, 691. lacertis 1, 485. blandas
caudas movere 14, 258. blando ore
13, 555. verba 2, 575. 6, 360. preces
10, 612. tabellas 14, 707. temperie
blandarum aquarum [edend 4, 344.
Boebe, es, f. Stadt in Thessalien am
See Boebeis 7, 231.
Boeotia, ae, f. (*Boeotia*) Landschaft
in Mittelgriechenland 2, 239. Ableitung
des Namens von βοῦς bos 3, 13.
Boeotius, a, um, böotisch, moenia
Boeotia vocato 3, 13.
Boeotus, a, um, böotisch, tellus 12, 9.
bonus, a, um, *Comp.* melior, us, *Sup.*
optimus, a, um, gut, der Sinnesart
1, 322. melior germana parente 8.
475. melior chorus besser geartet, 11,
86; gütig, Bona Copia s. Copia. terra
optima matrum 15, 91. pater optime
zu Jupiter 7, 627. 14, 589; gutmüthig,
freundlich, boni vultus 8, 678. vultus
melioris esse heiterer 5, 501. 7, 862.
animo meliore zufriedener 9, 433;
günstig, ita bonis avibus 15, 640.
melior fortuna 7, 518; von besserer
Art, melior natura 1, 21. dea (Minerva) 4, 38. suci 14, 299. optima arma
13, 40. mundus besser geordnet 1, 79.
melior illic natura aetheris est reiner
15, 191. causa fuit melior gerechter
5, 220. pars melior d. bessere näml.
d. unsterbliche 9, 203. 15, 875. optima
11, 601; gut = stark, tauglich, melior
dextera linguā 9, 29. — *Subst.* bo-
num das Gut, formae Gabe der Schön-

heil 10, 533. *Pl.* bona Güter 2, 97.
Glück 2, 809. 8, 197. Vorzüge 13, 139;
meliora b. (fittl.) Bessere 7, 20. —
Nützlicheres, Heilsameres 11, 105. 7, 37.
Bŏŏtes, ae, m. (βοώτης Rinderhirt)
e. Gestirn in der Nähe des Wagens od.
großen Bären, dah. auch Arctophylax
Bärenhüter genannt 2, 176 [*Voc.* Boote].
10, 447; dient zur Orientirung 8, 206.
bŏrĕas, ae, m. d. Nordwind 13, 418.
horrifer 1, 65. 16, 471. [*Acc.* boreas.]
praeceps 2, 185.
Bŏrĕas, ae, m. d. Gott des Nord-
windes, hat seinen Sitz in Thracien u.
raubt die Orithyia, welche ihm den Zetes
u. Calais gebiert 6, 682 ff.
bōs, bŏvis, c. Rind, Ochs, Kuh, bovis
tergum 14, 225. lecti 6, 321. boum 4,
97. 11, 385. bubus (bōbus) 14, 8.
15, 12. 15, 618. Stier 9, 739. Opfer-
stier 7, 420. Aderstier 15, 470. *Pl.* 11,
31. ruricolae 5, 479. iuncti 14, 2.
subiecti (aratro) 15, 618. — *fem.*
Kuh, formosa 1, 612. 743. 2, 685.
8, 10. 8, 873. als Opfer caesae (Phoebo) 15, 637.
bracchium, (brach.), ii, n. Unterarm
(Ggf. lacertus Oberarm). *Pl.* 1, 501.
— Arm überh. *Pl.* 1, 550. inicere
caelo 1, 184. tendere (bittend) 2, 477.
alicui 1, 635. caelo 9, 210. porrigere
caelo 1, 767. implicare collo 1, 762.
dare ad funes strecken 3, 679. alternos
ducere abwechselnd rudern 4, 353;
bildl. bracchia porrexerat Amphitrite
1, 13. — übertr. v. Thieren: Scheeren
des Krebses 15, 369. als Sternbilder 2,
83. 4, 625. 10, 127. des Scorpions 2,
82. 195; Schaufel des Hirsches ferrea
8, 247; Äste u. Zweige der Bäume
spatiantia compescere 14, 630; Land-
arme, die e. Bucht einschließen 11, 230.
[Nur bracchia.]
brĕvis, e, kurz, 1) räumlich, carmen
14, 142. longam breviore sequenti
8, 190. 9, 799. cursu brevissimus
Almo 14, 329; klein, forma 5, 457.
scopulus 9, 226. sigilla 6, 86; circulus spatio brevissimus der engste,
also d. Polarkreis 2, 517. — 2) zeitlich,
tempus 4, 167. brevi (näml. tempore) cunctatus 5, 32. spatium 1, 411.
7, 307. hora 4, 696. vita 3, 124. ver
1, 118. von kurzer Dauer 3, 267. 3,
367. voluptas 9, 485. schnell, transitus
5, 433.
brĕvĭter, *Adv.* kurz 2, 783.
Brĭtanni, orum, m. d. Bewohner der
britischen Insel aequorei 15, 752. Cäsar setzte 55 u. 54 v. Chr. von Gallien

hinüber und unterwarf einen Theil derselben.
Brŏmius, ii, m. (βρόμιος v. βρέμω d.
Lärmer) Beiname des Bacchus von der
lärmenden Feier seiner Feste 4, 11.
Brŏmus, i, m. e. Centaur 12, 459.
Brŏtĕas, ae, m. 1) e. Cephener 5, 107.
— 2) e. Lapithe 12, 262. [*Acc.* Brotean.]
brūmālis, e, zur Zeit der kurzen Tage
(bruma) gehörend, winterlich, horae
die kurzen Winterstunden 4, 160.
Bŭbāsis, idis, *Adj.* f. aus Bubasus,
einer Stadt in Carien, aurus 9, 644.
Bŭbastis, is, f. ägyptische Göttin, mit
e. Katzenkopf dargestellt, Tochter des Osiris u. der Isis 9, 691.
būbo, ōnis, m. d. Uhu, ignavus 5,
550. profanus 6, 432. funereus 10,
453. Stygius 15, 791.
būcĕrus, a, um (βούκερως), mit Rinder-
hörnern, armenta Rinderheerden 8, 395.
būcĭna, (bucc.) ae, f. e. gekrümmtes
Blasinstrument, Signalhorn cava 1,
335.
bulla, ae, f. 1) Schaum od. Wasser-
blase, perlucida 10, 734. — 2) kleine
Kapsel v. Gold od. Silber, die man
Kindern als Schmuck od. Amulet um-
legte 10, 114.
Būris, is, f. Küstenstadt von Achaja,
die im J. 373 v. Chr. durch Erdbeben
ins Meer versank 15, 293. [*Acc.* Burin].
Bŭsīris, idis, m. myth. König von
Aegypten, der alle Fremden opferte. Als
auch Hercules geopfert werden sollte,
zerriß er seine Bande u. erschlug den
König 9, 182 [*Acc.* Busirin].
bustum, i, n. (b. buro = uro) Grabstätte 13, 452. miserabile usti 6, 665.
Pl. v. einer, Nini 4, 88. 6, 710. 13, 515.
Būtes, ae, m. Sohn des Atheners Pallas
7, 500.
Būthrōtos, i, f. (auch um, Βουθρω-
τόν u. ός) Stadt in Epirus, Corcyra
gegenüber. Dort herrschte der Seher
Helenus, des Priamus Sohn, der mit
Pyrrhus nach Epirus gekommen war. Eine
von ihm erbaute Stadt nannte er Troja,
die Burg Pergamus usf. (dah. simulata
Troja) 13, 721.
buxum, i, n. Buchsbaum, 1) als Gewächs (selten st. buxus) 10, 97. —
2) als Holz, ora pallidiora buxo 4,
134. 11, 417. tibia multifori buxi 12,
158. metoll. die daraus gefertigte Flöte,
murmur inflati buxi 14, 537.
buxus, i, f. Buchsbaum als Gewächs
10, 97. — die daraus gefertigte Flöte,
buxus longo foramine 4, 30.
Byblis, idis, f. Tochter des Miletus

u. der Chaone, entbrannte von unreiner Liebe zu ihrem Bruder Caunus u. wurde in e. Quelle verwandelt 9, 453 ff. Phoe- bëis, weil Miletus Vater Apollo war 9, 863. [Acc. Byblida 9, 443. 467. 643. Voc. Bybli 9, 581. 651.]

C.

cacūmen, ĭnis, n. das spitz zulaufende Ende, Spitze, Gipfel, von Bergen 4, 659. 8, 311. sublime 1, 666. superant cacumina nubes 1, 317. montana 1, 310. 7, 804. 9, 93. — von Bäumen Gipfel 1, 552. 567. gracile 10, 140. Pl. 1, 346. 2, 702. — einer Staude 4, 255. eines Blumenstengels 10, 192.

cacūmĭno, āvi, ātum, āre, zuspitzen, summas aures 3, 195.

cădāver, ĕris, n. (cado) Leichnam 7, 602.

Cadmēïs, ĭdis, f. 1) Subst. Tochter des Cadmus, Semele 3, 287. [Acc. Cadmeida.] — 2) Adj. cadmeisch, von Cadmus herrührend, arx d. Burg von Theben 6, 217. domus des Cadmus 4, 545. [Acc. Cadmeida]. — thebanisch, matres Cadmeïdes 9, 304.

Cadmus, ĭ, m. Sohn des phönicischen Königs Agenor (3, 3. Agenore natus 3, 51. Agenorides 3, 81), Bruder der Europa, gründet Theben in Böotien (3, 131. regia Cadmi d. Burg v. Theben 3, 177). Seine Gattin Harmonia, eine Tochter des Mars u. der Venus, gebar ihm Autonoë, Agaue, Ino, Semele u. den Polydorus. Später verlassen Cadmus u. Harmonia Theben u. werden in Illyrien in Schlangen verwandelt 4, 563 ff.

cădo, cĕcĭdi, cāsum, ĕre, fallen, sinken, ne prona cadas 1, 508. lora cadentia 2, 201. in pectus 4, 579. in vultus 5, 202. cecidit collapsus in artus sank ohnmächtig in d. Kniee 5, 98. 7, 827; hinsinken im Tode 5, 89. gemitus cadentium 5, 154. victima cadit 7, 162. — getödtet werden 6, 250. 14, 573. impune 5, 119. iaculo 3, 119. ferro 13, 498. Phinea manu 5, 109. a tanto viro 5, 192; — sterben ignavo leto 3, 518. — fallen, herabfallen, imbres cadunt 11, 516. 14, 543. guttae 4, 618. lacrimae 6, 506. ros e capillis 5, 635. stella de caelo 2, 321. poma ramis 7, 586. flores tunicis remissis 5, 390. herbae manu 14, 350. 4, 229; zu Boden fallen 9, 571; herabstürzen 7, 878; aus- ob. abfallen, lanae gregibus 7, 541. aselae 14, 301. — übertr. sinken von d. Sonne u.s., cadens Phoebus 11, 594. cadente die 4, 627. cadentibus Haedis 14, 711; vom Muth, animi cadunt 11, 537. animique manusque 7, 347; vom Glück, cecidit fortuna Phrygum 13, 435; von Städten sinken, fallen = erobert werden, Troia cadet 12, 20. 13, 173. 14, 673. arces iam iam casuras zu sinken bereit 12, 588. 13, 375; vom Wind sich legen, cadit eurus 8, 2; omnia cadunt in ipsa (elementa) sinkt in sie zurück, löst sich in sie auf 15, 245.

cādūcĭfer, ĕri, m. den Heroldstab (caduceus) führend, Atlantiades Mercur 8, 627. — Subst. Caducifer d. Heroldsstabträger, derf. 2, 708. [Nur Cv.]

cādūcus, a, um, (cado), was herab- fällt ob. gefallen ist ob. zu fallen im Begriff ist, herabfallend, lacrimae 6, 290; herabgefallen, fronde 7, 810. 9, 651; hinfällig, nimia levitate 10, 739. spes fecit caducas 9, 597.

cadus, ĭ, m. irdener Weinkrug, fra- giles 12, 243.

caecus, a, um, sichtlos, dah. 1) von Personen blind, übertr. cupido 3, 620. mens verdunkelter Geist 4, 504. — 2) von Dingen dunkel, acervus 1, 24. nubes 14, 818. nox 10, 476. 11, 521. bibl. von d. Nacht der Unwissenheit 6, 472. cavernae 5, 839. specus 7, 409. tecta d. Labyrinth 8, 158. iter 10, 456. limites 14, 370. latebrae (Räub- er) 1, 388. — was dunkel ob. ver- borgen ist, unsichtbar, verborgen, ignis 3, 490. 6, 516. stimuli 1, 726. tabes 9, 174. vulnus 6, 293. caeca dant vulnera von ihnen ungesehen 7, 842. caecam in viscera movit manum stieß d. Hand hinein bis man sie nicht mehr sah 12, 492.

caedes, is, f. (caedo) das Nieder- hauen, Tödten, Morden, Mord, Ge- metzel, Blutbad 5, 69. 8, 441. saeva 1, 161. dira 8, 626. acris 11, 402. furialis 9, 657. sanguinea 13, 85. ferina 7, 675. ferarum 2, 442. virorum 12, 599. caedis cupido Mordgier 1, 234. amor 4, 503. Pl. res caedibus aptae zum Morden 12, 244. — Opfer, qua decuit, lenita est caede Diana 12, 35. 13, 488. 15, 129. — meton. das beim Mord vergossene Blut, madet caede terra 1, 149. 13, 889. adspergine caedis 4, 125. oblita rictus recenti caede boum 4, 97. natis e caede colubris 9, 73.

caedo, cēcīdi, caesum, ĕre, ·fällen, nemus, quod nulla ceciderat aetas 2, 418. 3, 329. caesa pinus 1, 94. securibus 9, 374. repetita robora caedit führt immer neue Schläge gegen d. Eichstamm 8, 769. schlagen, equos stimulo et verbere 2, 399. lacertos plangore 6, 532. caesae pectora (*Acc. limit.*) palmis 2, 341. — zerschneiden, zerhauen, caesum caput (b. f.) reperitur 15, 795. manibus paternis caesa membra zerhauen 6, 407. — niederhauen, tödten, morden, tot milia caesa 12, 590. 603. caeso Argo 2, 533. 2, 548; schlachten 15, 141. — opfern, hospes erat caesus 10, 228. caesae boves (Phoebo) 13, 637.

caelāmen, ĭnis, n. künstlich erhabene Arbeit, *Pl.* clipei 13, 291.

caelebs, ĭbis, unvermählt 10, 245; übertr. auf b. Ulme ohne Rebe, caelebs eine palmite truncus 14, 663.

caeles, itis (caelum), im Himmel befindlich; meist *Subst.* u. im *Pl.* caelites die Himmlischen, b. Götter, caelitibus 5, 322. 6, 161.

caelestis, e, dem Himmel angehörig, himmlisch, solum 1, 73. orae 9, 254. plagae 12, 40. regnum 1, 152. sceptra 1, 595. nomen 1, 367. stirps 1, 760. auxilium 15, 630. sidera 8, 372. pabula 4, 217. nectar 4, 252. cum caelestibus undis (Regen) aequoreae miscentur aquae 11, 519; göttlich munus 13, 659. species 15, 743. signa 15, 668; der Himmlischen, ora 2, 621. tecta 9, 138. monita 1, 896. crimina 6, 131. ritus et foedera 9, 500. — *Subst. Pl.* caelestes die Himmlischen — Götter 4, 594. 6, 171. bis sex caelestes die 12 obersten Gottheiten, welche die Verse des Ennius zusammenfassen: Iuno, Vesta, Minerva, Ceres, Diana, Venus, Mars, Mercurius, Iovi' (Iovis = Iuppiter), Neptunus, Vulcanus, Apollo 6, 72. [*Abl.* caeleste 15, 743. *Gen. Pl.* caelestum 1, 150.]

caelĭcŏla, ae, c. Himmelsbewohner, *Pl.* 8, 637. potentes höheren Ranges 1, 174.

caelo, āvi, ātum, āre, in erhabener Arbeit bildl ich darstellen, aequora caelarat 2, 6. flamina auro 5, 189. — mit dergl. Arbeit schmücken, crateram longo argumento 13, 684. *Part.* caelatus: fores 2, 819. 6, 702. clipeus imagine mundi 13, 110. balteus auro 9, 189. crater caelatus eodem argento in gleichem Silber (näml. in Thon) künstlich ausgeführt 8, 668.

caelum, ĭ, n. Himmel, als Himmelsraum 1, 45. 71. 85. im Ggs. zu Erde u. Meer 1, 5. 22. longum 8, 64. convexum 1, 26; Himmelsgewölbe, fulgens 2, 17. assidua vertigine rapitur 2, 70. caelum cum tot sideribus requievit in illo 4, 662. — Himmel als Luftraum, Luft, caelum patet 9, 198. 2, 377. 730. quantum medii caeli funda transmittere potest 4, 710. aperto caelo 6, 693. liquidum caelum = aether b. reine Himmelsluft 1, 23. 81. aurae caeli melioris 4, 478. caeli cupidine tractus obere Himmelsraum 8, 224. caelo sereno (*Abl. abs.*) 1, 168. pluvio bei Regenhimmel 10, 733. caelum spissa caligine Atmosphäre 7, 528. pendens schwerherabhangend 7, 680. liberius freiere Luft 15, 301. nec caelo contenta suo Iovis ira mit b. Mitteln, die sein Himmel bietet 1, 274. — als Sitz der Götter 1, 184. 607. 761. Palatia caeli 1, 176. caerula caeli 14, 814. caeli honor b. Ehre im Himmel zu wohnen 1, 194. caelum erit exitus illi die Aufnahme in b. Himmel 15, 449. — bildl. Himmel als höchstes Glück, caelum accepisse videbor 14, 814.

Caeneus, ĕi, m. thessalischer Held (Perrhaebus 12, 172. Atracides 12, 209), Sohn des Lapithen Elatus (Elateius 12, 497) war früher ein Mädchen Namens Caenis 12, 189, wurde aber auf seine Bitte von Neptun in e. Mann verwandelt u. zugleich unverwundbar gemacht 12, 201 ff. Er nahm an b. calydon. Jagd Theil (8, 305) sowie am Kampfe gegen die Centauren, von denen er unter einer Last von Bäumen erstickt wurde, worauf er als Vogel entflog 12, 459 ff. [*Acc.* Caenea 12, 172 f. *Voc.* Caeneu 12, 514].

Caenis, ĭdis, f. s. Caeneus [*Voc.* Caeni 12, 470].

caenum, (coen.), ĭ, n. Koth, Schlamm 1, 418.

caerŭlĕus u. (melst dicht.) caerŭlus, a, um (letzteres an den in ( ) geschlossenen Stellen), blau im weitesten Sinn, velamina (14, 45); als Farbe des Meeres, aqua 8, 229. 16, 899. pontus 13, 838. gurges 2, 528; der Wassergottheiten, bläulich 2, 8. frater Neptunus 1, 275. mater Thetis (12, 288). Triton 1, 333. Doris (13, 742. 3, 342. 13, 895. 962. 14, 555) 5, 432. 633. 11,

398; bläulich, coma des Berggottes Tmolus wegen des bläulichen Duftes auf seinen Berghäuptern (11, 158). tinus bacis caerula (10, 96); blau-schwarz, serpens 5, 86. draco 12, 18. guttae Flecken der Schlange 4, 578; schwärzlich, dunkel, sudor 9, 173. Lucifer caerulus erat (15, 789). — *Subst. Neutr. Pl.* caerula caeli b. blaue Himmel (14, 814).

Caesar, äris, *m.* C. Julius Cäsar, der Dictator, am 15. März 44 v. Chr. in d. Curie des Pompejus ermordet wurde sowol durch förml. Senatsbeschluß zum Gott erklärt u. ihm e. Tempel am Forum errichtet 15, 842, als auch im Glauben des Volkes vergöttert, indem man einen Kometen, der bald nach seiner Ermordung 7 Tage lang sichtbar war, für b. Seele des Ermordeten hielt 15, 746. 811. 849. Von seinen Kriegsthaten, die ihm fünfmal d. Ehre des Triumphes eintrugen 15, 757, erwähnt Ov. den Uebergang nach Britannien (im J. 54) 15, 752, den Sieg im alexandrinischen Kriege (im J. 47) 15, 753, den Sieg bei Thapsus in Afrika (im J. 46), wo er außer d. pompej. Partei auch den mit ihr verbündeten König Juba von Numidien schlug 15, 755 u. die Besiegung des Pharnaces, des Sohnes von Mithridates b. Gr., bei Zela in Cappadocien (im J. 47) 15, 756. Zum Adoptivson nahm er den Enkel seiner jüngern Schwester Julia an, den C. Julius Cäsar Octa-vianus, später Augustus genannt 15, 750.

Caesarēus, a, um, Cäsar gehörig. 1) dem C. Julius Cäsar (b. f.), san-guine Cäsare 1, 201. — 2) dem Au-gustus, ponatos des Cäsar 15, 864.

caesaries, ēi, *f.* b. lange wallende Haupthaar, bes. von Männern 12, 349. 13, 914. 961. Jupiters terrifica capitis 1, 180. der Tisiphone Schlangenhaar 4, 492. — langes Barthaar, longae barbae 15, 650. — bildl. vom empor flammenden Laube der Cypresse, horrida 10, 139.

caespes, (cesp.), itis, *m.* Rasen, in Stücken ausgestochen, focos de cae-spite 4, 753. arae e caespite 7, 240. 15, 573. — des Graslandes 2, 427. 10, 556. vivus 4, 301. viridis 10, 166. 13, 395.

caestus (cest.), us, *m.* der Cästus, t. mit Blei ausgefütterter Kampfriemen, den die Faustkämpfer um die Hand legten, caestibus invictus 5, 107. spectatus 9, 801.

Caïcus, (Caÿcus) i, *m.* Fluß in My-sien, in d. Landschaft Teuthrania, dah. Teuthranteus 2, 243. 12, 111. Von e. Veränderung seines Laufes berichtet nur Ov. 15, 278.

Caiēta, ae, *f.* Amme des Aeneas, die er bei dem nach ihr benannten Vorgeb. Cajeta (j. Gaëta) bestatten ließ 14, 157. 443. Letzteres ist gemeint 15, 716.

Calaïs, idis, *m.* einer der geflügelten Söhne des Boreas, Bruder des Zetes 6, 716. Mit diesem befreite er den Phi-neus (b. f.) von den Harpyien 7, 8.

calamus, i, *m.* Halm, Rohr, palu-stres 1, 706. dispares der Syrinx 1, 711. — mdon. das daraus Gefertigte: b. Pfeil, levis 7, 778. imposito calamo 8, 30; Angelruthe 3, 587. Rohrpfeife *Pl.* agrestes 11, 161.

calathus, i, *m.* Korb in Gestalt eines Blumenkelches, zum Blumensammeln, *Pl.* 14, 267. v. einem b. 393. — Arbeitskörbchen, *Pl.* 4, 10. 12, 475.

Calaurēa, ae, *f.* Insel an d. Küste von Argolis mit e. Heiligthum des Nep-tun, der sie von der Latona (dah. Letois) gegen Delos eingetauscht haben soll. Die Verwandlung eines dortigen Königs-paares ist sonst unbekannt 7, 384.

calcitro, āvi, ātum, āre (calx), mit den Fersen treten ob. stampfen, von d. Zuckungen eines Sterbenden, calcitrat 5, 40. 12, 240.

calco, āvi, ātum, āre (calx), mit d. Fersen ob. Füßen treten, etwas *Part.* calcatus: vipera 10, 28. hydrus 13, 804. uvas beim Keltern 2, 29; auf et-was, acervos morientum 5, 88. tracta viscera 12, 391; betreten, nivem 2, 853. scopulum 9, 228.

calculus, i, *m.* (calx Stein) Steinchen 5, 599; zum Abstimmen 15, 44.

caleo, ui, ēre, warm sein, rami ca-luere 9, 393; heiß sein, glühen, sol calet 1, 503. *Part.* calens warm, heiß, epulae 8, 671; siedend, guttae 7, 288; brennend, sulphur 14, 86. arae 12, 152; *Part.* caliturae ignibus arae die brennen sollen 13, 690. — übertr. von Liebesgluth, glühen, ignea caluere sub ossibus 2, 410. desiderio cale-bat 7, 731.

calesco, ui, ēre, warm, heiß werden, unda calescit 15, 310. gelidi triones caluere 2, 171. volucres Caystro fin-gen an zu sieden 2, 253. — übertr. v. Liebesglut, erglühen, flammā 3, 372.

calidus, a, um, warm, cruor 1, 158. sanguis 14, 754. vulnus 5, 137. telum caede 8, 443. pulvis von d. Berührung noch warm 7, 775; heiß, fumus 2, 232.

cnum 7, 279. austri 7, 532. fontes von Bajä 15, 713; feurig, vinum 15, 824. — *Subst. Neutr. Pl.* calida Warmes 1, 19.

caligo, inis, *f.* neblichtes Dunkel 2, 704. bes. b. Wetter picea caligine tectus 1, 265. 509. 5, 622. spissa 7, 528. nebulae caligine mixtae 11, 595; b. Qualm 2, 235; v. Staub 6, 706; der Unterwelt 10, 54. inter umbras caliginis 4, 455.

calleo, ēre (callum), e. harte Haut haben, venae callent verhärten sich 2, 824.

callidus, a, um, listig, schlau, anceps 11, 73. Colchis 7, 300. zum Verbum 4, 93. 6, 570. 7, 782. 13, 323. 565.

Calliope, es, *f.* (Καλλιόπη d. Schönstimmige) d. Ruf des epischen Gesanges, die älteste (erhabenste?) unter den Musen, e nobis maxima (ἀργαλεωτάτη ἄνασσα Hesiod). 5, 662. 339.

Callirhoë, es, *f.* Tochter des Stromgottes Achelous, Gattin des Alcmäon, des Sohnes des Sehers Amphiaraus (vatis 9, 407). Vor seinem Auszuge aus Argos hatte Amphiaraus (s. Oeclides) seinen Söhnen aufgetragen seinen Tod an ihrer Mutter zu rächen. Alcmäon tödtete daher, nachdem er von d. Epigonenkriege geg. Theben zurückgekehrt war, Eriphyle 9, 408, wurde aber nun unablässig von den Erinyen verfolgt, bis er zu Psophis in Arcadien von König Phegeus entsühnt wird u. dessen Tochter Alphesiböa zur Gattin erhält. Allein auch hier von d. Rachegöttinnen vertrieben, weist ihn das Orakel an, ein Land zu suchen, das bei d. Ermordung seiner Mutter noch nicht die Sonne beschienen habe. Dies findet er in den Anschwemmungen an der Mündung des Achelous, u. vermählt sich hier mit d. Tochter des Flußgottes, Callirhoe. Das Verlangen seiner neuen Gattin jedoch nach dem goldenen Halsbande der Harmonia (fatale aurum 9, 411), das er bereits der Alphesiböa geschenkt hatte, veranlaßt ihn zu Phegeus zurückzukehren u. den Schmuck zu fordern, unter dem Vorgeben ihn nach Delphi weihen zu wollen. Durch einen Diener Alcmäons aber vom wahren Sachverhalt unterrichtet, beauftragt Phegeus seine Söhne, dem Alcmäon aufzulauern u. ihn zu tödten 9, 412. Callirhoe dagegen erfleht von Zeus, ihren beiden kleinen Söhnen von Alcmäon, Acarnan u. Amphoterus (Callirhoë geniti 9, 432) schon vor der Zeit die männliche Kraft zu verleihen, um ihren Vater rächen zu können; worauf beide den Phegeus sammt seinen Söhnen tödten 9, 414 ff.

callis, is, *m.* schmaler Pfad, suum callem servantes (in) cortice 7, 826.

callum, i, *n.* b. harte Haut, pernoso callo vom Schlage auf b. harte H. 12, 488.

calor, oris, *m.* Wärme 1, 420. fluidus 15, 862. vivus Lebenswärme 4, 248. sumere calorem ex igni 13, 805, *Pl.* aequi Wärmegrade 2, 134. — bibl. Glut der Liebe 14, 24. trahere calorem 11, 805. [Verliebt.]

Calydon, (6, 415), önis, *f.* Stadt in Aetolien am Euenus, Herrschersitz des Oeneus 8, 270. 495. 525. [*Acc.* Calydona 9, 147.]

Calydonis, idis, *f. Subst.* e. Calydonierin, *Acc.* Calydonida näml. Deïanira 9, 112. — *Adj.* calydonisch, matres Calydonides 8, 527.

Calydonius, a, um, calydonisch, amnis d. Achelous, der zwar nicht die Stadt, aber das Reich von Calydon berührte 8, 727. 9, 2. heros Meleager 8, 324. hasta Tydidae des Tydiden Diomedes, der als Enkel des Oeneus aus Calydon stammte 15, 769. regna das Reich des Diomedes in Apulien 14, 513.

Calymne, es, *f.* kleine Insel im Südwesten von Kleinasien 8, 222.

Camenae, arum, *f.* weissagende altitalische Nymphen, die später den Musen gleichgestellt wurden, veteres 11, 434. duobus Camenis unter Leitung 15, 482.

caminus, i, *m.* Schmelzofen, pleni 7, 106.

campus, i, *m.* Fläche, freies Feld, z. 43. 5, 612. siccae harenae 2, 862. liberioris aquae 1, 41. latarum aquarum 11, 356. 1, 315. planissima campi area 10, 86. 15, 267. campus planus lateque patens 6, 218. puerus ab arboribus 3, 709. aperti 1, 285. tuti 2, 862; Feld — ebener Kampfplatz, mihi campus is est das ist mein Feld 6, 694. 10, 674. — *Pl.* Gefilde, Emathii 6, 314. Phlegraei 10, 151.

Canace, es, *f.* (καναχή Lärm) Hundename 3, 271.

cancer, cri, *m.* b. Krebs, litoreus 15, 369. — das Sternbild des Krebses im Thierkreise, in welchem die Sonne zu Anfang des Sommers steht 10, 127. cancri brachia 2, 83. 4, 625. — Krebsgeschwür 2, 825.

candeo, ni, ēre, weiß glänzen ob. schimmern *Part.* candentia colla (equorum) 12, 77. *Subst. Neutr. Pl.* de candentibus atra facere aus Weiß Schwarz 11, 314. weiß glühen, aër canduit fervoribus ustus 1, 120. *Part.* candens lamina 9, 170. axis 2, 297.

candesco, dui, ēre, weiß erglänzen 6, 49. — zu glühen beginnen 2, 230.

candĭdus, a, um, glänzend weiß von b. Hautfarbe 2, 819. membra 2, 607. colla 9, 388. candidior foliis ligustri 13, 789; v. Federn 2, 634. candida pennis ciconia 6, 96; v. Rindern u. Pferden, candida Lauri colla (des Opferstiers) 12, 248. 2, 861. nive candidioribus vectabantur equis 8, 373; lilia 4, 365, 5, 392. poma 3, 483; übertr. candida facta sententia von b. Stimmsteinchen 15, 47. — weiß od. hell glänzend, Sol 15, 30, 191. tentoria 8, 43. atria 10, 596. favus 8, 677. — *Subst. Neutr. Pl.* candida de nigris facere Weiß aus Schwarz 11, 314.

candor, ōris, m. glänzendes Weiß, der Hautfarbe 1, 743. 9, 787. niveus 3, 423. puellaris 10, 591. rubor mixtus candore 3, 491. — weißer Glanz, Schimmer, via candore notabilis 1, 169. des Mondes 4, 332.

Cānens, entis, f. b. Sängerin, Tochter des Janus u. der Venilia (Ianigena 11, 381), Gottin des Picus 14, 338. Nach ihr ist der Ort benannt, wo sie sich aus Trauer um ihren Gemahl in Luft auflöste 14, 433.

cāneo, ui, ēre (canus), weißgrau glänzen, weiß sein, ager canet aristis 1, 110. *Part.* canens: oliva wegen der weißgrünlichen Blätter 6, 81. canentia lilia 12, 411.

cānesco, ēre, weißgrau werden, pabula canescunt 2, 212; vom Alter 9, 422.

cănis, is, c. b. Hund 10, 172. naribus acres 7, 806. canum turba 4, 722. latratus 2, 491. tria colla canis des Cerberus 10, 66. Scylla feris atram canibus succingitur alvum 13, 732. stat canum rabie auf den wütenden Hunden 14, 66. — masc. Gallicus (b. f.) 1, 533. 3, 248. 7, 761. 8, 348. solliciti 11, 599. nocturnos ululasse canes bei Nacht 15, 797. — fem. canis Echidnea Cerberus 7, 409. Pl. 3, 140. 7, 768.

cănistra, orum, Körbchen aus Rohr geflochten, coronata bei den Panathenäen 2, 713; als Fruchtkörbchen, patula 8, 675.

cānĭties, (nur noch Acc. em, Abl. ē) f. b. graue Farbe, bes. des Haares 1, 23... 7, 299. — d. graue Haar selbst 8, 628. 10, 428. 13, 491.

canna, ae, f. Schilfrohr, parva (neben longa harundo) 8, 337. palustris 4, 298. tremulae 6, 326. flexae Schilf ranz 13, 894. seplenis fistula cannis 2, 682. — *Pl.* meton. für b. Hirtenpfeife 11, 171.

căno, cĕcĭni, cautum, ēre, einen melobischen Ton hervorbringen 1) durch Gesang, singen, voce canentia 11, 20. ars canendi 14, 337. festum celebrare canendo 5, 118; alqd: dir... 10, 300. magna 15, 146. bella superum 5, 319. Gigantas plectro graviore in erhabenerem Tone 10, 150. 152. alcui 5, 115. cycnus carmina exequialia canit 14, 430. triumphum ben Triumpfruf (io triumphe!) anstimmen 1, 561. Hymenaeon (b. f.) 12, 215; besingen, illa canenda mihi 5, 344; durch Gesang fdem, forsta 6, 4. — prophetisch singen, weissagen, futura 12, 455. fatorum arcana 2, 639. alqd alcui 15, 450. — von Zaubergesang 14, 303. 12, 263. carmen auxiliare 7, 138. — 2) durch irgend e. Instrument, blasen, spielen, inuctis harundinibus 1, 683. canere receptus zum Rückzug blasen (eig. ihn blasend verkünden) 1, 340.

Cānōpus, i, m. e. ägyptischer Gott, in Gestalt eines bauchigen Wasserkruges mit e. Menschenkopfe dargestellt 15, 828.

cănor, ōris, m. Gesang 5, 561.

cănōrus, a, um, klangreich, Triton 2, 8. Aeolides (Milesus) 14, 102. aes 3, 704.

canto, āvi, ātum, āre, singen 7, 813. cantato carmine 14, 349; durch Zaubergesang weißen, cantatae herbae 7, 98. — auf e. Instrument blasen, spielen, structis avenis 1, 677.

cantus, us, m. Gesang 1, 761. 11, 15. *Pl.* 5, 334. 602. Apollineos 11|, 155; Geschrei v. Rebhuhn 8, 239. v. Hahn, cantibus evocat Auroram 11, 597. — Zaubergesang 4, 49. 7, 201. *Pl.* 7, 330.

cānus, a, um, weißgrau, weißlich, plumae des Schwanes 2, 373. aristao 6, 456. seges 10, 655. fila der Raupen 15, 372. — grau, crinit 13, 427. capilli 1, 266. 2, 30. 4, 474. lupi 7, 550. favilla 8, 525. salicta 5, 590; altersgrau, greis. Tethys 2, 509. — *Subst. Pl.* cani graue Haare 3, 275. 516. 10, 891. falm 0, 28. rari 8, 667. inter honoratos canos 8, 9.

Cāpāneus, ĕi, m. e. argivischer Fürst, einer der Sieben vor Theben, halle bereits

b. Mauer ersteigen u. prahlte auch gegen den Willen der Götter b. Stadt nehmen zu wollen, als ihn Jupiters Blitz herabstürzte 9, 404.

capax, ācis (capio), fassungsfähig, dah: geräumig, urbs 4, 439. urnae 3, 172. putei 7, 668. pharetra 9, 231. — vom Geiste, animal capacius altae mentis befähigter für 1, 76. animus capax ad praecepta empfänglich für (eig. in Hinsicht auf) 8, 243. umfassend, animus 15, 5. ingenium 8, 533.

capella, ae, f. (capra) Zicklein, Ziege 3, 408. 15, 472. graciles 1, 299. hirtae 13, 927. — als Gestirn, Olenine (b. f.) sidus pluviale Capellae 3, 594. [Bericht.]

caper, capri, m. Ziegenbock 10, 327. 13, 832. bicornis 15, 305. Opfer für Bacchus 15, 114. in ihn verwandelt sich Bacchus 5, 329.

capesso, īvi, ītum, ěre, zu etwas greifen, ergreifen, arma capessamus 11, 378.

Căpetus, i, m. albanischer König 14, 613.

Caphareus, ěi, m. südl. Vorgebirge von Euböa, wo die griech. Flotte bei ihrer Rückkehr von Troja Schiffbruch litt, importunus 14, 481. perpetimur Capharea der Ort für b. Ereignis daselbst 14, 472.

Capillus, i, m. Haupthaar, Sing. collectiv. umens 11, 691. fulvus 12, 275; übertr. die Kopffedern des Vogels Ciris, comaes 8, 151. — Pl. 1, 529. 672. cani 1, 266. rutili 6, 715. virides 3, 12. positi eine lege 1, 477. inornati 1, 497. sparsi per colla 3, 169. 425. intonsi 1, 564. secti als Zeichen b. Trauer einem Todten geweiht 3, 506. [Bereich.]

capio, cepi, captum, ěre, fassen, nehmen. — in sich fassen, alveus capit amnes 1, 344. 8, 558. portae non capiebant funera 7, 607. Achaia populos 8, 268. 9, 604; aufnehmen, terra feras cepit 1, 75. — geistig, nec capiat inclusas pectora flammas 6, 466. animo apes suas 11, 118, iram non capit kann ihn nicht bewältigen 6, 610. — erfassen, ergreifen, mit b. Hand, baculum 2, 789. arma 3, 115. ensem 13, 436. adepta loci 3, 677. cape colum cum calathis nimm 12, 475; zu sich nehmen, munera Cerealia 13, 639; geist. spem Iunonis auf b. Besitz b. Juno 12, 506. amorem fassen 9, 719; fangen, alqm 3, 574. 11, 91. pisces capientes Fischer 8, 864. captus gefangen 6, 518. — nehmen — in Besitz nehmen, einnehmen, erobern, Tyron 3, 540. arcem 5, 210. Pergama 13, 374. 12, 445. capta urbs 12, 225. navis 11, 532; hostes in f. Gewalt gekommen 6, 101. m. List entwenden, alqd 4, 777. capere poenas — sumere Strafe üben, bestrafen 2, 334; empfangen, erhalten, honorem 1, 449. cape vaccam praemia nimm als Beloh. 2, 694. munus ab alquo 7, 396. übernehmen, moderamina 2, 644. regnum ab alquo 14, 615; annehmen, faciem 1, 421. 13, 605. novas figuras 15, 309. formam, quantam ipsa cepit b. mächtige Gestalt, die sie selbst einnimmt 15, 381. vultus priores 1, 738. duritiam 4, 751. vires nocendi 7, 417. lumen 15, 847; empfangen — genießen, empfinden, quietem 1, 626. spectacula 8, 246. 7, 780. gaudia 7, 513. 12, 198. 14, 663. taedia rei bekommen 9, 617. — geistig einnehmen, gewinnen, fesseln, aures 4, 271. lumina 14, 372. alqm 7, 300. 802. capit amor Solem 4, 170. 9, 511. in figura dei capta est ist gefesselt beim Anblick der Gestalt des Gottes 14, 771, captus voce nova 1, 678. dulcedine staminum 11, 170. temperie aquarum gelockt 4, 344. offrano amore bethört 6, 465. ardebant mentibus ex aequo capti gleich heftig entzündet 4, 62; berücken, täuschen, 6, 112, imagine amicitiae 7, 801.

capistrum, i, n. Halfter, Pl. purpurea 10, 125.

Capitolium, ii, n. d. Burg von Rom, mit dem Tempel Jupiters, des Metrums wegen nur Pl. Capitolia 1, 561. 2, 538. 15, 589. 828. 868.

capra, ae, f. 13, 832 und

caprea, ae, f. wilde Ziege, Reh, fugaces 1, 412.

Capreae, arum, f. Insel im Golf b. Neapel dem Vorgeb. der Minerva gegenüber (j. Capri) 15, 709.

captivus, a, um, gefangen, erobert, ferae 1, 475. pisces 13, 932. matres 13, 560. lacerti 13, 667. captivo curru ingredior 13, 251. captivo caelo fast schon erobert 1, 184. — Subst. captiva, f. eine Gefangene 13, 471.

capto, āvi, ātum, āre (capio), eifrig nach etwas greifen, haschen, simulacra fugacia 3, 432. collum 3, 428. undam 10, 42. zu fangen suchen, pisces harundine 8, 217. zu packen suchen, cervicem 9, 37; verfolgen, alqm 11, 768; mit b. Munde auras hiatu danach schnappen 7, 557. anhelitum oris einsaugen 4, 72. 7, 820. — bildl. eifrig

nach etwas trachten, sermonem an-
knürfen 3, 279. m. *Inf.* prendi et
prendere 10, 58.
căpŭlus, i, m. (capio) Griff zum An-
fassen des Schwertes, eburnus 7, 422.
capulo tenus 12, 491. aceptri 7, 506.
căput, itis, n. Kopf, Haupt, 1, 179.
872. 567. iuvenile 1, 564. virgineum
4. 20. Gorgoneum der Medusa 4, 618.
anguiferum bass. 4, 741. nitidum (Solis) 15, 30. sidereum (Noctis) 15, 31.
einer Blume 10, 192; Schwur bei bem
Haupte, per suum Meropisque caput
1, 763; meton. — Leben, patrium 8,
94. donare caput (Alcmenes) Iunoni
9, 296. für b. Person, meritis clarum
15, 613. Augustum 15, 869. insuperabile bello 12, 613. detestatur caput euntis 15, 505. — bildl. bei e.
Fluß b. Quelle 2, 255. 15, 277; —
Hauptstadt, caput orbis Rom 15, 435.
rerum bass. 15, 736; caput (iecoris)
e. Erhöhung am rechten Lappen der Leber;
wurde sie beim Opfer durch b. Opfermesser verletzt, so galt das für ein böses
Omen 15, 795.
Căpys, yos, m. König v. Alba 14, 613.
Cār, Cāris, m. Carier, Bewohner der
Landschaft Carien im Südw. Kleinasiens. *Pl.* Cares für b. Land 4, 297.
9, 645. [Acc. Caras.]
carbāsus, i, f. meist *Pl.* carbasa,
orum n. Gewebe v. feinem spanischen
Flachs; *Pl.* leichte Gewänder 11, 48.
— Segel 6, 233. 13, 419. 14, 533.
deducere malo 11, 477.
carcer, ěris, m. Kerker, Gewahrsam,
15, 301. der Winde 4, 663. carcere
continere 11, 431. cohibere 14, 224;
in b. Unterwelt der mit eisernen Thoren
verschlossene Tartarus 4, 453; b. Schranke
der Rennbahn, carceremicare 10,652.
carchēsium, ii, n. Becher mit hohen
Henkeln 7, 246. mixta 12, 315. 326.
cardo, inis, m. Thürangel, cardine
versato 4, 93. verso 11, 808. 14, 782.
căreo, ui, *Part.* cariturus, ěre frei
sein von etwas, entbehren, m.*Abl.* culpā
7, 721. morte 15, 158. mors caruit
sensu war ohne Empfindung 13, 325.
caret os umore 6, 354. nivibus Rhodope caritura der schneefrei sein sollte
2, 222. figurā suis frei bleiben 14,
266. invidia verschont bleiben 13, 139.
lacrimae pudore carerent bh. wir
brauchten uns unsrer Thränen nicht zu
schämen 3, 552; entbehren, gravitate
1, 67. indice 6, 574. praeside 10, 168.
munere 7, 893. honore Ehrenschmuck
15, 614. non caret igne suo 10, 450.

te ipsa carebis wirst deiner selbst verlustig gehen, Andeutung einer bevor-
stehenden Verwandlung 10, 566. gemina simul mihi luce carendum verzichten 14, 725. *Part.* carens: adita
unzugänglich 8, 226. sole 2, 762. viribus fractios 7, 851. labe fleckenlos
15, 130. luce carentia regna lichtlos
15, 531. virginitate verlustig 9, 331.
lux sine caritura endlos 14, 132.
cărīca, ae, f. (verst. ficus) carische
Feige, überh. getrocknete Feige. 8, 674.
cărīna, ae, f. Schiffskiel, mediis navigiis subdita 14, 552. curvae 1, 293.
— meton. b. ganze Schiff 8, 593. 604.
picta 3, 639. incurva 14, 534. 15, 644.
prima b. Schiff Argo 6, 721. *Pl.* 1,
134. 6, 444. 8, 104. femae 11, 393.
[Gedicht.]
carmen, inis, n. Gesang, Lied 5,
335. 10, 45. 6, 2. vocale 11, 317.
carmina vocum gesungene Lieder 12,
157. carmina concordant nervis 1,
518. sociare nervis 11, 5. dicere 5,
345. canere 7. 432. movere a Iove
anheben 10, 149. leve carmen modu-
lari 11, 154. *Pl.* v. einem 10, 16.
301. — v. Vögeln cycnorum 5, 387.
2. 252. exsequialia Grablied 14, 430.
letale (bubonis) 10, 453. — Gesang-
weise, Melodie, miserabile 5, 118.
— Gedicht 1, 4. — Spruch, der nicht
nothwendig metrisch sein muß, der Parzen 5, 455; Räthselspruch 7, 795; als
Inschrift, titulus breve o. habebat 9,
793. miserabile auf bem Gewebe 6,
582. auf Gräbern 2, 326. 14, 442;
zur Entsühnung 13, 952. zur Be-
schwörung, carmine sanare 10, 397.
15, 326; Zauberspruch, auxiliare 7,
137. 14, 20. verbis et carmine Hae-
mab. A. verbis carminis 7, 203. *Pl.*
9, 300. 14, 357. Hecatëïa 14, 44;
Zauberei überhaupt 7, 148. 167. 424.
căro, rnis, f. Fleisch 15, 83. losta
12, 156. male viva Fleischklumpen 15,
380. *Pl.* Fleischspeise, Fleisch 7, 250.
14, 208. viperea 2, 769.
Carpăthĭus, a, um, carpathisch, von
b. Insel Carpathus zwischen Rhodus
u. Creta (j. Scarpanto) vates b. weissagende Meergott Proteus (b. s.), der
sich dort od. auf b. ägypt. Insel Pharos
aufzuhalten pflegte 11, 249.
carpo, psi, ptum, ěre, rupfen, pflücken,
gramen 7, 232. violas 5, 392. flores
hinc 9, 342. ab arbore 9, 380; abbrechen, cacumina 2, 792. bildl. oscula sich nehmen 4, 358. — von etwas
fressen, abfressen, gramen carpsero

capellae 1, 299. 13, 927. quadrupedes caelestia pabula 4, 217. volucres
iecur (Tityi) 10, 43; ora alimenta
mitia carpant essen 15, 478. — bildl.
genuicu, ver aetatis 10, 85; verzehren, carpitur igni caeco 3, 490.
10, 370; benagen, vom Neide, carpit
et carpitur unâ u. nagt an sich selbst
2, 781. — tadeln, opus 6, 129. —
bildl. m. Obj. des Raumes, von dem
man gleichsam ein Stück nach dem andern
abpflückt, zurücklegen, iter 2, 549. 10,
709. 14, 122. vias 3, 12. 8, 208. 11,
139. tramen carpitur 10, 53. litora
carpens wandelnd auf 12, 196. carpere litora (curru) an d. Küste hin-
fahren 15, 507. aëra durch d. Luft
fliegen 4, 616. aethera 8, 219. mare
über d. Meer 11, 752.
Cartheïus, a, um, cartheïsch, zur
Stadt Carthäa auf d. cyclad. Insel Ceos
gehörig, moenia 7, 368.
Cartheïus, a, um = Cartheïus, arva
10, 109.
cārus, a, um theuer = kostbar harenae (v. Goldsand) 11, 88. — dem Herzen
theuer, werth, lieb, nata 4, 222. soror 9, 368. vita 10, 613. amplexus
9, 750. tua carissima Thisbe 4, 143.
care pater 2, 649. carissime 11, 421.
o carissima, 13, 747; m. Dat. dis
cara 7, 61. care mihi 10, 705. o me
mihi carior 13, 495. 7, 647. zum tibi
carior absens es ist dir lieber, wenn
ich fern bin 11, 434.
cāsa, f. ae, Hütte 8, 633. 699. stramine
tecta 5, 418. minores von Geringerm
5, 283.
cāsia, ae, f. Cassia, wilder ob. Mutter-
zimmet Pl. 15, 398.
Cassiope, es, f. Gattin des Cepheus
u. Mutter der Andromeda (b. l.) 4, 738.
cassis, idis f. b. metallene Helm,
Achillis 13, 107. cristata pennis 8,
25. fulva iubis equinis 12, 89. posita
casside abgelegt 14, 806.
cassis (Sing. nur cassem, casse), m.
Jagdnetz, ponere casses 5, 579.
cassus, a, um, leer, dah. nichtig 5, 482.
Castalius, a, um, castalisch, zur Quelle
Castalia am Parnaß gehörig, antrum die
Orakelhöhle zu Delphi, in der Nähe
jener Quelle 3, 14.
castānea, ae, f. b. (eßbare) Kastanie,
13, 819.
Castor, ŏris m. Zwillingsbruder des
Pollux (s. Tyndaridae), als Rossebändiger berühmt 12, 401.
castra, orum, n. Heerlager, Gnosia
8, 41. mediis castris 12, 627; bildl.

seducunt castra trennen sich in zwei
Heere 13, 611. — meton. kämpfende
Partei 12, 286. sequi alicuius castra
sich Einer Partei anschließen 5, 128.
Castrum, i, n. gewöhnl. Castrum Inui
Feste in Latium 15, 727.
castus, a, um, (sittlich) rein, lauter,
crines vom Priester auf sein Haar
übertr. 15, 676; bes. keusch, züchtig 2,
514. puellas 2, 711. vultus 4, 799.
cruor 12, 80. pudor 13, 480. signa
— signa castitatis 7, 728.
cāsus, us, m. (cado) das Fallen, d.
Fall, Sturz 5, 118. 8, 859. pluma
levat casus seinen (wiederholten) Sturz
11, 791; bildl. aus hoher, glücklicher
Stellung, casu Troiaeque Hecubae-
que moveri 13, 577. — übertr. Fall,
Zufall, 8, 411. casu zufällig 8, 359.
7, 84. 12, 324; Geschick 14, 162. 192.
Pl. Geschicke, Schicksale 8, 714. 9, 278.
11, 588. 14, 221. futuri 15, 559; Un-
fall, Unglück 4, 142. Pl. 1, 648. 15,
494. tristes 14, 473.
catēna, ae, f. Kette Pl. 3, 700. 4,
678. graciles ex aere 4, 177. adamante nexae 7, 412. graves 15, 601.
catērva, ae, f. Schaar, matrum nuruumque 12, 216.
catŭlus, i, m. (catus Katze) das Junge
eines Thieres, lactens eines Löwen 13,
517. ursae 13, 836. 15, 879.
Caucāsius, a, um, vom Caucasus stammend 5, 86.
Caucāsus, i. m. Gebirge in Asien zwischen dem schwarzen u. caspischen Meere
2, 224. Acc. Caucason 8, 798.
cauda, ae, f. Schwanz, Schweif eines
Thieres 1, 729. 2, 198. 4, 804. 10, 701.
15, 371. 885. tenuissima d. dünnste
Theil des Schweifes 4, 725. novissima
3, 681. ima parte caudae 3, 84.
caudas blandas movere 14, 258.
caudex, icis. m. Kloß, Stamm 12, 432.
Caulon, ōnis, m. Stadt im östl. Bruttium 15, 706. [Acc Caulona.]
Caunus, i, m. Sohn des Miletus u.
der Tochter des Mäander, Cyaner (dah.
iuvenis Maeandrius 9, 574), Bruder
der Byblis 9, 453.
causa (caussa) ae, f. Grund, Ursache,
sequendi 1, 507. doloris 1, 509. leti
4, 152. causa mihi mortis 7, 855.
neve merere meo subscribi causa
sepulcro als Ursache meines Todes 9,
563. viae 2, 85. 4, 469. 5, 258. causas
rerum 15, 68. fingere causas 2, 745.
pars invenit utraque causas Gründe
für ihr Urtheil 3, 253; Veranlassung,
laboris 4, 739. causam dare 11, 780.

plaga non dedit causas valentes ad letum 5, 174; causa pia Beweggrund 6, 496. cibus omnis causa cibi est jede (genossene) Speise ist ihm Veranlassung zum Essen 8, 842; Einwirkung, veneni 4, 520. causam faceus amoris die ihn dazu veranlassende Liebe 2, 536. — Sache, bes. streitiger Natur, impugnans meritum 5, 151. 220. causam agere e. Sache verhandeln 9, 534. 13, 5. probare (b. f.) 11, 449. expendere meritis 13, 150. difficilem causam tenere durchsetzen 13, 190. causa prior b. erste Theil des Processes, b. Untersuchung 15, 37; Sache, Angelegenheit, die Jemand vertritt, mandata 7, 505. 8, 59. publica causa Gemeinwohl 13, 20.

causor (caussor), atus sum. ari, als Grund vorschützen, alqd 2, 768.

cautes, is, f. spitzer Fels 11, 330. solida 12, 124. durae 4, 672. 7, 418. factum de cautibus antrum 1, 575.

cautus, a, um (caveo), behutsam, vorsichtig 5, 361. mensor 1, 136. maritus argwöhnisch 9, 751.

caveo, cavi, cautum, ere, sich hüten, verhüten, cave, ne 2, 89, exemplo caveo, ne wahre mich durch e. warnendes Beispiel 10, 685. — durch Verfügung feststellen, anerkennen, sic Pelasgorum foedere cautum est 5, 532.

caverna, ae, f. Höhle, Pl. imae 5, 502. 6, 698. caecae 5, 639. 15, 299.

cavo, atum, are, aushöhlen, scopulus fluctibus cavatur 4, 525. rupes cavata 9, 211. cavari parmam Höhlungen bekommen 12, 130.

cavus, a, um, hohl, ausgehöhlt, mons 11, 593. os cavum saxi 13, 892. venae Wasseradern 14, 792; submergere cava palude in b. Höhlung des Sumpfes 6, 371. poena, quae cava sunt inwendig 8, 670. aes eherner Kessel 4, 505. aena 6, 645. parma 12, 89. bucina 1, 335. conchae 4, 725. tympana 12, 481. texta carinae 11, 524. nubes 5, 251. nubila 5, 623. aures 12, 42. palmae 4, 353. rugae 7, 291. tempora gewölbt 2, 625. 7, 319. 10, 110. lumina eingesunken 8, 801.

Caÿcus f. Caïcus.

Caystros, i. m. Fluß in Lydien u. Jonien, durch seine vielen Schwäne berühmt 2, 253. 5, 386.

Cea, ae, f. die Insel Ceos (Κέως, Adj. Κεῖος) eine der Cycladen, antiqua 7, 368.

Cebrenis, idis, f. Tochter des troischen Flusses Cebren, Hesperie 11, 769 [Acc. Cebrenida].

Cecropides, ae, m. Nachkomme des Cecrops (b. L.), Theseus 8, 550 [Voc. Cecropida, mit Dehnung der Schlußsilbe in b. a. Arse]. — Pl. Cecropidae — Athenienses 7, 486. 671. [Gen. Cecropidum 7, 502.]

Cecropis, idis, f. Tochter des Cecrops, Aglauros 2, 806. — Pl. Cecropides die Töchter des Pandion, Procne und Philomela, als Athenerinnen 6, 667.

Cecrops, opis, m. der myth. Gründer der Acropolis von Athen und des athenischen Staates. Als Erdgebornem gab man ihm Schlangenfüße, dah. geminus zweigestaltig 2, 555. Seine drei Töchter Pandrosos, Herse und Aglauros 2, 784. [Cecropis 15, 427.]

Cecropius, a, um, cecropisch — attisch, arx 6, 70. 15, 427. portus 6, 446. cum Cecropio Eumolpo [mit Hiatus in b. 3. Fuß] 11, 93.

cedo, cessi, cessum, ere, fortgehen, Fortgang haben, bei manus bene cedere habe günstigen Erfolg 3, 862. res male cedit alcui schlägt übel aus 10, 80. — bes. weichen, zurückweichen 3, 81. 89. cedentes aurae 10, 59; vor etwas Dat. flammis 13, 7. di, quibus ensis et ignis cesserunt 15, 862. ebur cedit digitis giebt nach 20, 281; von e. Ort Abl. fonte 5, 311. campis 5, 314; entweichen, pudor cessit 10, 211. in auras verschwinden 14, 818; übergeben, vis aquae cessit in amnem 11, 143. asperitas verborum in buccas 14, 526. — nachgeben, den Vorrang einräumen, sich unterordnen, non cessisse piget 5, 231. 315. alcui 1, 752. alii cessere duobus 2, 18. deae 6, 82. 151. nulli cessura dearum Willens den Vorrang einzuräumen 6, 207. Minervae laudibus lanificae artis 6, 6. consiliis 13, 361; nachstehen, cedunt omnia Iovis regno 10, 148. nec mihi cedit nisi sorte 5, 529. 1, 464. 2, 539. 15, 855. — zu Theil werden, m. Dat. cesserunt piscibus undae habitandae 1, 74. cui cessit potestas proxima caelo 1, 593. 5, 368.

Celadon, ontis, m. 1) Gegner des Perseus 5, 144. — 2) e. Lapithe 12, 250.

celeber, celebris, e, viel besucht, pars (urbis) 13, 698. certamen 1, 446. undae mergis 8, 625. dea celeberrima colitur wird als Göttin feierlich (eig. unter sehr zahlreicher Theilnahme) verehrt 1, 747. venit celeberrima turba comitum zahlreich umgeben 5, 155. —

gefeiert, berühmt; minus **celebres** 13, 261. celeberrima toti Cypro am höchsten gefeiert 10, 270.

celebro, āvi, ātum, āre, zahlreich ob. häufig besuchen, beleben, füllen, bevölkern, domos 10, 118. 7, 872. tecta non silvas 4, 414. 10, 703. fretum 14, 558. carmine ripas erfüllen 2, 252. pars forum celebrant, pars aliquas artes e. Theil füllt d. Markt, e. Theil betreibt eifrig irgend welche Beschäftigungen 4, 444. atria celebrantur füllen sich von Besuch (wie bei den vornehmen Römern) 1, 172. — e. Fest (durch zahlreichen Besuch) feiern, begehen, festum 4, 4. 10, 441. sacra Bacchi 6, 588. Hyacinthia 10, 218. triennia 9, 642. nulla dies celebratior illuxit festlicher begangen 7, 430; überh. feiern, verherrlichen Baccheum templis 4, 606. dapes festumque canendo 5, 115; preisen, celebrabere servatrix als 7, 50.

Celennïa, unsicherer italischer Ortsname, praerupta 15, 704.

celer, ëris, e, schnell 3, 199 b. Fluß 3, 344. Diana 4, 304. sagitta 5, 367. carina 9, 447. lapsus per aëra 6, 216. volumen 2, 71. celerem metu celer urget amore 11, 774. 2, 589; was schnell eintritt, baldig, recursus 5, 450; zum Verbum, celeres peragunt 2, 119. 838. 4, 718. 9, 766.

Celmis, is, m. einer der idäischen Daktylen, phrygischer oder cretischer Dämonen, denen man die erste Bearbeitung des Eisens zuschrieb. Sie sind auch Wächter des auf Creta gebornen Jupiter. Celmis ward in Stahl verwandelt, weil er verrathen hatte, Jupiter sei sterblich. [Vgl. Celmi 4, 282.]

celo, āvi, ātum, āre, verbergen, verheimlichen 11, 180. aterum 2, 463. vultus manibus 4, 683. pudorem tenebris 3, 595. se mentita figuris 6, 326. 9, 76. aera parvo cibo 8, 856. 15, 476. culpam sub falsa imagine 9, 37. celatus Satyri imagine 6, 110. ignes 9, 516. sors celanda foret 3, 582.

celsus, a, um (cello in excello), hervorragend, erhaben, turres 2, 61. celso super aequora collo 11, 398. pectora stant celsa toris geschwellt von Muskeln 12, 402. cervus celsus in cornua hochragend nach d. Geweihen hin — mit hochrag. Gew. 10, 538. celsior loco erhabner durch seinen Platz — auf erhabnerem Platze 1, 178. si celsior ibis zu hoch 2, 205.

Cenaeus, a, um, auf dem Vorgebirge Cenäum auf Euböa, wo e. Tempel Jupiters war; cenäisch, Iuppiter 9, 136. Wenn es nach 9, 164 ff. scheinen kann, als versetze Ov. den Altar des cenäischen Jupiter auf den Oeta, so hat er nur als seinem Zweck nicht entsprechend weggelassen, daß Hercules, nachdem er bei seinem Opfer am Altare des cen. Jup. vergiftet worden war, nach Trachin im südl. Thessalien übersetzte, wo sich damals Deïanira aufhielt, und sich dann auf d. Oeta verbrannte.

Cenchreïs, ïdis, f. Gemahlin des Cinyras, Mutter der Myrrha 10, 435.

censeo, ui, censum, ēre, der Meinung sein, m. Acc. c. Inf. 4, 1.

census, us, m. b. Vermögensschätzung der röm. Bürger durch d. Censor, dah. Vermögen, Reichthum, ars illi sua census erat 3, 588. 8, 846. 6, 671. 15, 422; Pl. dare census pro nocte Schätze 7, 739.

Centaurus, i, m. Centaur, filius Centauri Chironis 2, 636; gew. Pl. Centauri mythischer Kriegerstamm in Thessalien, der den Oberkörper eines Menschen, die übrige Gestalt eines Rosses hatte, dah. bimembres, biformes (b. l.), semi homines 12, 536. Sie waren von Ixion u. einem Wolkengebilde, das der Juno glich, erzeugt, dah. Nubigenae, 12, 541. nubigenas feri 12, 211. 9, 123. 12, 504. Berühmt ist ihr Kampf mit den Lapithen 12, 210 ff. saevorum saevisime Centaurorum 12, 219. Durch Hercules besiegte sie. Als er nämlich bei dem Centauren Pholos einkehrte und den den Centauren gemeinsamen Weinvorrath geöffnet hatte, wurde er von d. übrigen Centauren, die der Weingeruch herbeizog, angegriffen, trieb sie aber mit Feuerbränden und Pfeilschüssen zurück 9, 191. 12, 541. 15, 284. — Centaurinnen 12, 404.

centimanus (nur Nom. u. Acc.), Adj. m. hunderthändig, centimanum Typhoëa 3, 303.

centum, hundert, bracchia der Giganten 1, 183. lumina (Argi) 1, 625. da centum (capitum) numero 9, 71. centum urbes — Creta, das bei Hom. ἑκατόμπολις das hundertstädtige heißt 13, 707. 9, 666. rector populorum centum Minos 7, 481. taurorum corpora centum Hecatombe 8, 152. bis centum b. 208. centum anni — saeculum Jahrhundert für Menschenalter, vixi annos bis centum 12, 188.

— als runde Zahl, centum linguae 8, 532. figurae, 11, 253. 13, 784. 953.

Cĕphălus, i. m. Sohn des Deïon, Enkel des thessalischen Aeolus (Aeolides 6, 681), Gemahl der Procris, der Tochter des attischen Königs Erechtheus, kommt als Gesandter der Athener nach Aegina, wo er das Schicksal seiner Gattin Procris erzählt 7, 493. 8, 4. 7, 665 ff. Von Aurora geraubt 7, 704.

Cĕphēnes, um, m. Name des von Cepheus beherrschten Aethiopenstammes 5, 1. 97.

Cĕphēsias [. Cephisias.

Cĕpheus, ĕi, m. Sohn des Belus, Bruder des Aegyptus, Danaus, Phineus, König der Aethiopen, Vater der Andromeda 4, 738. 770. [Acc. Cephea 5, 42.]

Cĕpheus, a, um, dem Cepheus gehörig, arva des C. 4, 669.

Cĕphīsias (Cĕphēs.), Idis, Adj. f. zum Fluß Cephisus gehörig, ora des C. 7, 438.

Cĕphīsis, Idis, Adj. f. — dem vor. Cephisidas undas 1, 369.

Cĕphīsus, ii, m. der Cephisier, der Sohn des Cephisos, Narcissus 3, 351.

Cĕphīsus, i, m. Fluß in Phocis, der am Parnaß entspringt. 3, 19. — der Flußgott, der mit der Nymphe Liriope den Narcissus erzeugt 3, 343 [Nom. Cephisos]. Von der Verwandlung eines seiner Enkel in eine Robbe ist sonst nichts bekannt 7, 388 [Acc. Cephison].

cēra, ae, f. Wachs, flava 8, 198. facilis leicht zu formen 15, 169. Hymettia 10, 285. sexangula Wachszelle 15, 382. compagine cerae 1, 711. beim Schiffbau verwendet 11, 514; Pl. 8, 488. 8, 198. 14, 532. odoratae 8, 926. haerentes 8, 670. novas 13, 818. — Wachstafel zum Schreiben, worauf man d. Buchstaben einritzte. vacua 9, 522. plena cera reliquit manum ließ keinen Raum mehr 9, 565. Pl. 9, 529; Brief 9, 596. 601.

Cērambus, i, m. hatte sich bei der deucalionischen Flut auf den Othrys geflüchtet und wurde hier von den Nymphen in e. Käfer verwandelt 7, 353.

Cērastae, arum, m. (κερασταί d. Gehörnten) alle Bewohner der Insel Cypern mit gehörnter Stirn, die, weil sie Fremdlinge opferten, von Venus in Rinder verwandelt worden. Doch soll die Insel Cypern selbst früher wegen ihrer vielen Vorgebirge Cerastis (κεραστίς die Gehörnte) genannt worden sein 10, 223.

cērātus, a, um, mit Wachs versehen, alae m. Wachs gefiedert 9, 712. harundo m. Wachs verbunden 11, 154.

Cerbĕrēus, a, um, dem Cerberus gehörig, os des C. 4, 501; Cerbereus rictus 14, 65.

Cerbĕrus, i, m. der breitköpfige (4, 450, nach Andern 50- oder 100köpfige) Hund, den die Echidna geboren hatte (Echidnea canis 7, 408. Medusaeum monstrum, weil Echidna von Chrysaor, dieser aber von Medusa stammte 10, 22), u. der den Eingang zur Unterwelt bewachte 4, 450. Hercules brachte ihn von dort zum Eurystheus 7, 413 [Acc. Cerberon]. 9, 185. wobei e. Mann vom bloßen Anblick zu Stein wurde 10, 65.

Cercōpes, um, m. die Cercopen, früher in Lydien, sollen dem Jupiter im Kampfe gegen die Titanen Hülfe versprochen, ihn aber nach Vorausempfang des Lohnes verhöhnt haben, weshalb er sie in Affen verwandelte, die nun die Pithecusen bevölkerten 14, 99.

Cercyon, ŏnis, m. Räuber in Eleusis, der die Reisenden mit ihm zu ringen zwang und sie tödtete, bis ihn Theseus überwand 7, 439.

Cereālis, e, der Ceres geweiht od. von ihr herrührend, Eleusis 7, 439. nemus 8, 741. semina 1, 123. munera Brod 11, 121. 13, 639.

cĕrĕbrum, i, n. Gehirn 12, 238 (ē). liquidum 12, 289 (ĕ).

Cĕres, ĕris, f. bei den Griechen Demeter, Tochter des Saturnus u. der Rhea, Schwester Jupiters 5, 564, dem sie die Proserpina gebar 5, 515. Sie lehrte die Sterblichen Ackerbau, gab ihnen den Samen der Feldfrüchte u. verbreitete unter ihnen gesetzliche Ordnung 5, 341 ff. (dea fertilis, 5, 642. frugum mitissima mater 6, 118. flava comas wegen der Farbe des Getreides, ebd. munus Cereris = Brod, Nahrung 10, 74). Sie bedient sich dabei des Triptolemus u. verwandelt den diesen bedrohenden Lyncus in e. Luchs 5, 646. 660. Ihr werden die Erstlinge der Feldfrüchte geopfert 8, 274, besonders auch das Schwein 15, 111. Hauptstätte ihres Cultus war Eleusis in Attica 7, 439; ihr Fest, die Thesmophorien fiel in d. Anfang des Herbstes 10, 431. Sie fährt auf e. Drachenwagen 5, 643; sucht ihr von Pluto geraubte Tochter 5, 438 ff.; straft den Frevel des Erysichthon durch Hungertod 8, 778 ff. Ihre Gegnerin Fames 8, 785. 814. Neptun wohnt ihr in Gestalt eines Rosses bei 6, 119. Sie liebt den Jasion

u. gebiert ihm den Plutus 9, 422. —
Melon. für Gemälde 8, 292. 11, 112. für
Brod ob. Nahrung, cura Cereris 8, 437.
cerno, crēvi, crētum, ĕre, eig. sondern,
scheiden, dah. mit d. Augen unterscheiden,
deutl. wahrnehmen, manifesta rotae
vestigia 2, 138. nil lacrimabile 2,
796; überh. sehen, erblicken, omnia
4, 195. sacra oculis profanis 3, 710.
5, 503. 13, 518. cernis parenti?, wie
du siehst 7, 757; m. Acc. des Part.
deam lugientem 2, 787. 4, 220. 12,
600; m. Acc. c. Inf. 15, 628. 776.
prophetisch sehen 15, 444. — Ger. cer-
nendus sichtbar, nulli cernenda 16, 844.
certāmen, Inis, n. Kampf um Entscheidung, bes. Wettkampf, celebre 1,
446. impar 11, 156. cursus Wettlauf 7, 792. 10, 560. pedum 12, 301.
certamina dieci inire 10, 177. übertr.
thalami Wettstreit um d. Vermählung 10,
807. certamine superare 8, 793. vinci
5, 301. Pl. v. einem 5, 314. 6, 42.
Anstrengung, cuius certamine pugnae
cognitus durch sein Ringen in welchem
Kampfe 12, 180. — Kampf überh.
magnum gegen d. calyb. Eber 8, 328. certamina Martis 8, 20. Pl. v. einem 5, 64.
certātim, Adv. um d. Wette 3, 244.
12, 241.
certē, Adv. gewiß, sicherlich 3, 455.
4, 701. 5, 345. certius amittere nur
gewisser 5, 510. — wenigstens 1, 195.
588. 2, 423. 543. 3, 266. 5, 616. 7,
13. 28. 8, 99. vel certe 9, 624. auf
certo 11, 478. at certo 8, 186. 11,
696. [hier ago im 1. Fall rührt 8, 99. 13, 640.]
certo, āvi, ātum, āre (cerno), um Entscheidung kämpfen, streiten, bes. im
Wettkampf, sich in e. Wettstreit einlassen 15, 77. certate nobiscum 5,
310. 6, 25. 13, 20. se certare professa est erklärte sich zum Wettstreit
bereit 5, 318; wetteifern, m. Dat. ri-
gori Alpino 14, 794. m. Inf. superare 5, 894. — Part. certatus um
was gestritten worden ist (selt.), Ambra-
cia certata lite deorum 13, 713.
certus, a, um (cerno), entschieden fest-
gesetzt, bestimmt, limitem 1, 69. orbis
d. vorgezeichnete Kreis der Rennbahn 6,
225. lege certa 5, 531. certa sua
est Ligdo sententia (ein Entschluß
steht ihm fest 9, 684. certum mihi
est m. Inf. es steht bei mir fest, bin
fest entschlossen 5, 533. 9, 53. 10, 39.
— zuverlässig, fest, sicher, amor 4,
156. moderamen 2, 67. mors 5,
29. fiducia 1, 357. pignora 2, 91.
spes votorum 9, 634. certá fama

constabat 15, 58. dah. deutlich, untrüg-
lich, omina 9, 595. signa 9, 600.
sortes 15, 647. — was nicht leblgebt,
sicher, sicher treffend, vulnera 1, 468.
certo impete 8, 859. non certi passus unsicher, weil ohne bestimmtes Ziel,
3, 175. certa sagitta 1, 519. hasta
12, 88. 8, 851. 12, 606. nimium certi arcus 12, 564. iam certa ira 4,
571. — bestimmt wahrnehmbar ob. wahrnehmbar, hinnitus 2, 668. linguae
iam certa loquentes so deutlich 5,
296. vestigia feras 4, 106. 10, 710.
— von Personen, in sich bestimmt,
entschlossen, m. Inf. certi non cedere
9, 43. 10, 894. 429. m. Gen. Ger.
certus eundi 11, 440; sicher über etwas
b. i. mit etwas bekannt, m. Gen. certi
futurorum 13, 722. certum facere alqm
rei bekannt machen mit, matrem ruinae
6, 268. 11, 415. certior ab illo (factus)
tantae cladis benachrichtigt 14, 290.
cerva, ae, f. Hirschkuh, Hindin, 1, 505.
6, 636. 7, 546. 11, 772.
cervinus, a, um, vom Hirsch, vellera
Hirschfell 6, 592.
cervix, icis, f. d. Nacken, von Menschen u. Thieren, Sing. 1, 485. 652.
2, 87. 421. 3, 18. 92. 5, 121 u. ö. 10,
195. coll. currus tractus cervice
draconum 7, 218; Pl. v. einem 1,
542. 4, 717. 6, 175.
cervus, i, m. Hirsch 1, 306. ingens 10,
110. vivax 8, 194. celsus in cornua
10, 538. trepidi 3, 356. cervo fugacior 13, 806.
cespes s. caespes.
cesso, āvi, ātum, āre (cedo). von
Thätigkeit lassen, dah. feiern, rasten 4,
87. non aurora cessantem vidit 5,
441. cessante meo pectore pro vestris rebus 13, 326. v. Dingen. ne doli
cessent, 7, 297. 13, 769. arae cessant stehen leer 8, 278; zögern, säumen
2, 279. 6, 421. Tartara quid cessant
näml. sich deiner Macht zu unterwerfen
5, 371. cessata tempora versäumte
Zeit 10, 669.
cestus s. caestus.
cēterus, a, um, der, die, das übrige,
Sing. tellus 1, 416. silva 8, 749.
pars 12, 154. turba 3, 236. 564. 12,
286. nox 12, 579.
Pl. (nur cetera) 1, 84. 2, 72. —
Subst. n. cetera das Uebrige 1, 77.
250. 318. 3, 113. 5, 222. 527: die
übrigen Bewohner 1, 365. cetera matris d. übrige Gestalt von d. Mutter
6, 713. cetera sunt hominis d. übr.
Gestalt ist die eines Menschen 11, 178.

ceu, *Adv.* gleichwie, ebenso wie 1, 135. 420. 3, 79. 4, 222. 5, 509. 9, 78. 170. 11, 26. 12, 487. 14, 825. 15, 808.

Ceus, a, um (Κεῖος), celisch, der cyclad. Insel Ceos (s. Cea) angehörig, gens 10, 120.

Ceyx, ycis, m. (Κήϋξ) Sohn des Lucifer (11, 346. sidereus coniunx 11, 445), König von Trachin am Oeta (11, 272. rex Oelaeus 11, 383), Gemahl der Alcyone 11, 384. Sein Tod u. seine Verwandlung 11, 411 ff. [*Acc.* Ceyca 11, 544.. 658.]

Chaonis, idis, *Adj. f.* chaonisch, arbor b. Eiche 10, 90. Das durch seine heil. Eiche berühmte Dodona näml. lag in Epirus, das nach dem alten Volksstamme der Chaones bei b. Dichtern auch Chaonia heißt. Eigentlich hieß so nur die nordwestl. Landschaft.

Chaonius, a, um, chaonisch, 1) = epirotisch (s. b. vor.), ainos 13, 717. — 2) aus der Stadt Chaonia in d. syrischen Landschaft Commagene 5, 163.

chaos, nur *Nom.* u. *Acc.* u. *Abl.* Chao, n. (τὸ χάος, a. dem Stamme v. χαίνω, weit offen stehen, gähnen), das Chaos, b. unermeßliche leere und lichtlose Raum vor b. Weltschöpfung; dann b. verworrene Masse der Grundstoffe 1, 7. 2, 299. — der gähnende Schlund der Unterwelt, ingens 10, 30. convocat noctis deos ereboque chaos (ft. ox) 14, 404.

Charaxus, i, m. e. Lapithe 12, 272.

Chariclo, us, f. e. Flußnymphe, die dem Centauren Chiron die Ocyroë gebar 2, 636.

Charops, opis, m. e. Lycier 13, 260.

Charybdis, is, f. Meerstrudel in b. sicil. Meerenge 8, 121. 13, 730. ratibus inimica 7, 63. avida 14, 75 [*Acc.* Charybdin.]

chelydrus, i. m. Schildkrötenschlange 7, 272.

Chersidamas, antis, m. e. Lycier 13, 259.

Chimaera, ae, f. feuerschnaubendes Ungeheuer in Lycien, das den Kopf eines Löwen, den Schwanz einer Schlange u. den Leib einer Ziege hatte 9, 647. Der Mythus hat seinen Ursprung in b. vulkanischen Beschaffenheit des Landes, wie auch e. Schlucht des Gebirges Kragos Chimära hieß.

Chimaerifera, ae, *Adj. f.* heißt Lycien, das die Chimära hervorgebracht hat, 6, 339. [Aus hier.]

Chione, es, f. Tochter des Dädalion, wurde, nachdem sie Zwillinge geboren, von Mercur den Autolycus, von Apollo dem Philammon, wegen ihrer Ruhmredigkeit von Diana getödtet 11, 301.

Chiron, onis, m. e. Centaur (geminus 2, 630. 6, 126. semifer 2, 633. biformis 2, 664), Sohn des Kronos u. der Nymphe Philyra (Philyreius heros 2, 676), bewohnte b. Gebirg Pelion in Thessalien. Apollo übergab ihm seinen Sohn Aesculap zur Erziehung 2, 630. Von Geburt war er unsterblich, als ihm aber zufällig ein mit b. Galle der lernäischen Hydra getränkter Pfeil des Hercules in den Fuß fiel u. er durch b. unheilbare Wunde von b. heftigsten Schmerzen gefoltert wurde, so gestattete ihm Jupiter, zu Gunsten des Prometheus, der dadurch von seiner Strafe befreit warb, auf seine Unsterblichkeit zu verzichten 2, 651. Er wurde hierauf unter dem Namen des „Bogenschützen" unter die Gestirne des Thierkreises versetzt. [*Acc.* Chirona 6, 126.]

Chius, a, um, zur Insel Chios an der Küste von Jonien gehörig, Chia tellus b. Insel Chios 3, 597.

chlamys, ydis, f. das wollene Oberkleid b. Männer bei b. Griechen, als Staatskleid oft m. Purpur gefärbt 2, 733. 13, 680. poenices 14, 345. Tyria m. tyrischem Purpur gefärbt 5, 51.

chorda, ae, f. b. (Darm-) Saite, *Pl.* 10, 145. querulae 5, 559.

chorea, ae, f. Reigentanz, festas choreas ducere 8, 581. 746. 14, 520.

chorus, i, m. Reigentanz, in chori speciem ludunt 3, 685. — eine vereinigte (nicht kriegerische) Schaar, der Diana 2, 441. der Musen 5, 270. der Bacchusfestgenossen 11, 86 (melior im Vergleich zu den thracischen Bacchantinnen).

Chromis, is, m. 1) Gefährte des Phineus 5, 108. — 2) e. Centaur 12, 333. [*Acc.* Chromis.]

Chromius, ii, m. e. Lycier 13, 257.

Chryse, es, f. Stadt an b. Küste von Troas m. einem Apollotempel 13, 174.

chrysolithus, i, m. (χρυσόλιθος Goldstein) b. Edelstein Chrysolith ob. Topas 2, 109.

Chthonius, ii, m. e. Centaur 12, 441.

Chytros, i, f. Stadt auf Cypern 10), 718.

cibus, i, m. Speise 1, 103. 4, 262. 8, 841; Köder, Lockspeise parvus 8, 855. fallaces 15, 476; Nahrung für b. Flamme, cibos 15, 352. — bildl. sororis Nahrung für 6, 480. — b. Essen als Thätigkeit, omnia cibus (genossene

Stelle) causa cibi **est Veranlassung** zum Essen 8, 842.

cicatrix, icis, f. Narbe von e. Wunde, vetus 12, 444.

Cicŏnes, um, m. Volk in Thracien am Hebrus 6, 710. 10, 2. 11, 3. 15, 313.

cicōnia, ae, f. Storch caudida 6, 97.

cicūta, ae, f. Schierling, viridis, Schierlingstengel 4, 505.

cieo, civi, citum, ciēre, in Bewegung setzen, aufrufen, vipereas sorores Stygia de valle ciet p. 662. terrena nomina civit 7, 248.

Cilix, icis, cilicisch, zur Landschaft Cilicien im südöstl. Kleinasien gehörig. Taurus 2, 217.

Cilla, ae, f. Stadt in Troas m. einem Apollotempel 13, 174 [Acc. Cillan].

Cimmĕrii, orum, m. fabelhaftes Volk, das die Sage im äußersten Westen des Erdraubes an den Ocean versetzte, wo es kein Sonnenstrahl traf 11, 592.

Cimōlus, i, f. eine der cyclad. Inseln 7, 463.

cingo, nxi, ctum, ĕre, rings umschließen, umgeben, fossae cingebant oppida 1, 97. aequora cingentia terras 2, 6. follis albis medium cingentibus 3, 510; mit etwas, urbem muris 4, 58. 13, 212. agros indagine 7, 766. praecordia cinguntur libro 1, 549. luminibus cinctum caput 1, 625. virgo cincta catervā matrum 12, 216. — umgürten, cinctae vestes gegürtt 1, 382. cincta ritu Dianae hochgegürtt wie Diana als Jägerin 1, 695. cinctae ad pectora vestes (Acc. limit.) um bei der Arbeit ungehindert zu sein 6, 59. — bekränzen, tempora 1, 451. coma cingitur quercu 11, 159. cinctum florente coronā 2, 27. — Pass. sich ringeln, cingitur (anguis) spiris facientibus immensum orbem 3, 78.

cinis, ĕris, m. Asche, 2, 216. tepidus 8, 641. Pl. 14, 577. Aschenregen 2, 231. — eines Todten 12, 615. ossa cinisque iacent 7, 521. 8, 496. maternus 13, 699. cinis sepulti 13, 503. Pl. hausti 8, 538. 13, 426. in cineres nosdem labi gleichfalls in Asche sinken 2, 628. — meton. post cinerem nach der Verbrennung (des Todten zu Asche) 8, 599.

cinnămum, i, n. Zimmet, Pl. 10, 308. quassa Stücke v. Zimmetrinde 15, 399.

Cinyphius, a, um, cinyphisch, vom Fluß Cinyps od. Cinyphos in Libyen, dah. — libysch od. afrikanisch 5, 124. chelydrus 7, 272. Iuba 15, 755.

Cinyras, ae, m. 1) assyrischer König, dessen Töchter Inno wegen ihres Uebermuthes in Stufen ihres Tempels verwandelte 6, 98. — 2) e. cyprischer Fürst, Sohn des Pygmalion, Vater der Myrrha (d. f.) u. des Adonis 10, 299. 712. [Acc. Cinyran 6, 98. Voc. Cinyra 10, 360.]

Cinyrëius, a, um, von Cinyras (2) stammend, virgo seine Tochter Myrrha 10, 369. iuvenis 10, 712 u. heros 10, 730 sein Sohn Adonis.

Cipus, i, m. Genucius Cipus sah, da er als siegreicher Feldherr auf dem Heimwege war, daß seiner Stirn Hörner (nach altem Glauben ein Symbol der Macht) entwuchsen. Als die Wahrsager das Wunder dahin deuteten, er werde, wenn er nach Rom komme, König werden, ging er aus Patriotismus freiwillig in die Verbannung 15, 565 ff.

circa, 1) Adv. ringsum 3, 411. — 2) Praep. m. Acc. ringsum, um, quem circa 3, 568. hunc circa 11, 613. [Steht mal nachgest.]

Circaeus, a, um, circäisch, der Circe gehörig, litus 14, 248. arva 14, 348. tellus das circäische Vorgebirg mit der Stadt Circeji 15, 718.

Circe, es, f. Tochter des Sonnengottes (Titan) und d. Oceanide Perse (14, 10. 4, 205. Titanis 13, 968. 14, 376. Titania 14, 382), Schwester des Aeetes, eine durch ihre Schönheit berühmte Zauberin auf der äischen Insel westl. vom circäischen Vorgeb. in Latium; bezaubert die Gefährten des Ulosses 14, 247 ff.; die Scylla 14, 40 ff.; den Picus 14, 285 ff.

circino, ivi, itum, ire (circinus), zirkelrund machen, auras durchkreisen, 2, 721.

circŭeo, (circum-eo), ivi od. ii, itum, ire, herumgehen, absol. ut vix circueant daß sie kaum umhergehen können 13, 826; um etwas, umschreiten, m. Acc. circuit moenia caeli 2, 402. aras 7, 258. modum trunci circuians, maßen umschreitend b. Stamm 8, 748. alqm 5, 157. freta circueunt Leucada 15, 290. — ringsumziehen, oras (des Gewebes) oleis 6, 101.

circuĭtus, us, m. (circueo) **Umkreis**, longo 2, 82.

circŭlus, i, m. b. Kreis, ultimus, der Polarkreis 2, 516.

circum, 1) Adv. ringsum, circumque infraque 4, 668. — 2) Praep. m. Acc. ringsum, um, 2, 40. 4, 492. 5, 623 u. s.

circum-do, dĕdi, dătum, dăre, umgeben, umschließen, litora 1, 87 mit etwas

Abl., Part. circumdatus: ponto 2, 272. nube 5, 251. muro 8, 621. ara cannis 6, 326. tempora vittis 13, 643. altima pars telae limbo 6, 127. frontem (*Acc. limit.*) circumdatus uvis umkränzt 3, 666. circumdata corpus (*Acc. limit.*) amictu umfleibet 4, 313. circumdata turbine venti mitten im Wirbelsturm 6, 310. — legen, schlingen um etwas, *Dat.* vincula collo 1, 631. 9, 459. bracchia collo circumdata 6, 479. retia lecto circumdata collocat apto 4, 181.

circum-fero, tŭli, lātum, ferre, umhertragen, vultus tamquam bracchia umherwenden, 3, 241. oculos 6, 181. 15, 674.

circum-flŭo, fluxi, ere, rings umfließen, spuma circumfluit rictus 3, 74. unda latus 15, 779.

circumflŭus, a, um, rings umfließend, umor 1, 30. amnis 15, 739. — rings umflossen, circumflua Thybridis insula 15, 624.

circum-fundo, fŭdi, fūsum, ĕre, rings umgießen, circumfusus aër 1, 12. — übertr. *Pass.* sich um etwas schmiegen, drängen, m. *Dat.* circumfunditur iuveni 4, 360. circumfusa collo parentis geschmiegt um 14, 586. circumfusus satelles um ihn gedrängt 14, 854. Nymphae circumfusae texere Dianam 3, 180.

circum-lĭno, lĭtum, ĕre, rings herumstreichen, m. *Dat.* sulphura circumlita taedis 3, 873. — rings bestreichen, bildl. circumlitus auro rings behaftet 11, 136.

circum-sŏno, ĕre, umtönen, Nereus circumsonat orbem umrauscht 1, 187. m. Inest ingenti circum clangore sonantem (castra) umschreien 12, 528.

circumsŏnus, a, um, umlärmend, turba canum 4, 721.

circumspectus, a, um, umsichtig, besonnen, non circumspectis viribus exigere ensem unvorsichtig 5, 171.

circum-spĭcio, spexi, spectum, ĕre, rings um sich schauen 6, 655. circumspice et posce 2, 95; m. indir. Fr. 1, 605. si sit illic, circumspicit 11, 679. — sich nach etwas umschauen, m. *Acc.* alqm 5, 72. utrumque polum 2, 794. suchend, sedes ubi aptas 15, 738. — ringsum beschauen, lucos 5, 265.

circum-sto, stĕti, āre, rings umstehen, 3, 249. circumstantes silvae 8, 441. m. *Acc.* alqm 2, 894. sacra 2, 717. aequor circumstetit demissam puppem 11, 505.

circum-vēlo, āre, umhüllen, aurato circumvelatur amictu 14, 263. [Nur hier.]

circum-vŏlo, āvi, ātum, āre, umfliegen etwas, spem 2, 719. remos alis 14, 507.

circum-volvo, vŏlūtum, ĕre, herumrollen, rota perpetuum circumvolvitur axem rollt unablässig um d. Achse 15, 522.

circus, i, m. der Circus, die längliche an beiden Seiten abgerundete Rennbahn, wo auch Thiergefechte gehalten wurden, apertus 12, 102.

ciris, is, f. Ciris, jetzt unbekannter Vogel, der buntes Gefieder, rothe Füße und einen purpurnen Busch auf dem Kopfe hatte. In ihn wurde Scylla, d. Tochter des Nisus, verwandelt 8, 151.

cista, ae, f. Kiste, Kasten 2, 554.

Cĭthaeron, ōnis, m. Gebirg zwischen Attika u. Böotien, dem Bacchus heilig, dem hier Feste gefeiert wurden 2, 223. 3, 702.

cĭthăra, ae, f. d. Cither, e. Saiteninstrument von ursprüngl. vier, später von sieben Saiten 11, 18, 171. citharam unm voce movere unter Gesangbegleitung rühren 5, 112. ad citharam ora vocalia movere zur C. Gesang anstimmen 5, 332. citharam nervis temperare beherrschen 10, 108. *Pl.* v. einer 1, 559. 10, 170; — Citherspiel clarus cithara 11, 317. *Pl.* 12, 157.

cĭtĭus, *Adv.* (*Comp. v.* cito) schneller 3, 729. 5, 635. serius aut cilius 10, 83. um so schneller, nach quo m. *Compar.* 7, 564.

cĭtra, 1) *Adv.* diesseits, nec citra mota nec ultra weder vor- noch rückwärts 5, 186. — 2) *Praep.* m. *Acc.* räuml. diesseits, citra pontum Helles (vom Tmolus aus gerechnet) 11, 195. constitit citra limenque forcsque außerhalb 7, 238; unter e. gewissen Maße bleibend, nec virtus citra genus est niedriger 10, 607. — zeitl. vor, citra Troiana tempora 8, 365. iuventam 10, 84.

cĭtus, a, um, (cieo) beschleunigt, rasch, fuga 1, 543. plantae 10, 591. Thermodon 2, 249. citus axis d. Schnelligkeit der Himmelsare 2, 75. — zum Verb. ite citi 3, 562. 15, 732.

Clus, a, um = Ceus (b. f.), Cia tellus d. Insel Ceos 3, 597.

civĭlis, e, d. Bürger betreffend, bürgerlich, iura 15, 832. bella Bruderkämpfe 3, 117. acies Bruderschlacht 7, 142.

civĭlĭter, *Adv.* wie es dem Bürger

gegen Bürger ziemt, billig, plus quam civiliter 12, 583.

civis, is, c. Bürger 7, 512. 628; Mitbürger 8, 116. 13, 234. 262.

clades, is, f. Niederlage, Verderben, 2, 291. futura 3, 191. publica des Staates 13, 506. von e. Pest 7, 552; Schaden, Unglück 5, 859. 8, 541. 11, 350. 13, 565; Verlust 8, 157. lucis ademptae 3, 515. nuntia suae cladis ihres eigenen Verlustes, da sie das eigene Kind getödtet 6, 654. Pl. (nur cladibus) Unglücksfälle, Leiden 8, 176. 13, 577.

clam, Adv. heimlich 13, 103. 432 u. s.

clamo, avi, atum, are, laut rufen, schreien, mit b. ausgerufenen Worten voce 'veni' magna clamat 3, 382. 2, 361. 3, 229. alcui zuschreien 9, 120. — m. Acc. Jemandes Namen rufen, Actaeona 'Actäon!' 3, 244. et matrem et comites 'Mutter! Gespielinnen!' 5, 398. 6, 106. frustra clamato parente 6, 325. 14, 397. clamata bei Namen gerufen, angerufen 2, 443; nomen ausrufen, ora patrium clamantia nomen 8, 229.

clamor, oris, m. Geschrei 1, 207. 3, 630. addunt cum clamore animos unter Geschrei 8, 389. sonant clamore viri lärmen mit G. 11, 485. magnus laut 5, 670. 9, 294. ingens 11, 18. laetus 15, 781. femineus 12, 276. secundus Beifallsgeschrei 8, 420. 4, 735. clamorque favorque Hendiad. st. clamor favoris 10, 658; Jubelgeschrei, Jauchzen 3, 707. iuvenilis 4, 28; Pl. clamoribus Zurufe 7, 120. maestis Jammerrufe 8, 447.

clangor, oris, m. Geschrei, Getreisch v. Vögeln, consonus 18, 611. ingenti clangore circumsonantem (castra) 12, 628.

Clanis, is, m. 1) Gefährte des Phineus 5, 140 [Acc. Clanin]. — 2) e. Centaur 12, 379 [Acc. Clanin].

Clarius, a, um, clarisch, zur Stadt Claros (s. f.) gehörig, deus Apollo 11, 413.

Claros, i, f. Stadt in Jonien mit e. Tempel u. Orakel des Apollo 1, 516.

clarus, a, um, klar, hell, 1) für d. Gesicht, vitrum hell 3, 855; deutlich hervortretend, certamina clara colore suo 6, 69; leuchtend, smaragdi 2, 24. aurum 15, 105. regia clara micante auro 2, 2. 11, 369. lumina 2, 110. Lucifer albo equo 15, 190. 4, 665. clarissima forma strahlend v. Schönheit 4, 791. — 2) für d. Gehör hell, laut, claro icto 2, 625. plangore 4, 138. voce 3, 703. latralibus 13, 808. — 3) übertr. hervorleuchtend, ausgezeichnet, caelicolae hervorragend 1, 174; berühmt, v. Menschen 2, 569. 10, 686. Numa 15, 3. clara non loco, nec origine gentis, sed arte 6, 8. carmine vocali citharaque 11, 317. decore 12, 189. coniuge diva 11, 218; clara fuit Sparte 15, 426. Athenae 5, 552. nomen 6, 425.

classis, is, f. Flotte, 8, 102. 13, 729. volucris 7, 460. Argolica 13, 659. Rhodiae ductor classis 12, 574. classe valet Seemacht (Ggs. milite) 7, 457. dicht. für e. einziges Schiff 15, 696; Pl. v. einer, Danaae 13, 92.

claudo, si, sum, ere, schließen, verschließen, portas obice 14, 781. 781 (clausura fuit würde sie verschlossen haben). alcui 8, 560. fores adamante clausae 4, 453. clauso sepulcro 15, 869. domos clausere serae 8, 620. pomaria moenibus 4, 646. fontes 15, 271. patriam 8, 115. iter 8, 548. fugam 5, 572. vitales vias et respiramina 2, 828. animam laqueo 7, 604. nox clausit lumina 3, 503. — einschließen, alqm 1, 631. quam clausam in ihrem Gefängniß 4, 698. quae urbes clauduntur ab Isthmo werden eingeschlossen (in der Peloponnes, Ggs. exterius sitae außerhalb der Pelop.) 6, 419. clausus erat pelago 8, 185; in etwas aquilonem Aeoliis in antris 1, 262. in tectis 8, 697. in undis 3, 548. clauserat Erichthonium cista 2, 554. ventos carcere 4, 663. claudor bara 14, 286. alluvis clausam teneri 6, 546. deum pectore clausum habere verschlossen 2, 641; — umgeben, silva claudit nemus 1, 568.

claustrum, i, n. meist Pl. claustra, orum, b. Verschluß, portarum claustra Thorschlüssel 8, 70.

clava, ae, f. die Keule, 9, 114. 286.

claviger, era, um (clava u. gero) e. Keule tragend, proles Vulcani b. Räuber Periphetes bei Epidaurus in Argolis, den Theseus erlegte, worauf er selbst dessen Keule trug 7, 436. — Subst. claviger b. Keulenträger, Hercules 15, 22.

clavus, i, m. Nagel 8, 653.

clemens, tis, mild, ruhig, qua sit clementissimus amnis 9, 116.

clementia, ae, f. d. Milde, victoria 8, 57.

Cleonae, arum, f. kleine Stadt in Argolis, dah. humiles unbedeutend 6, 417.

clipeātus, (clyp., clup.), a, um, mit Schilden versehen, beschildet 3, 110.

clipeus, (clyp., clup.), i, m., selt. clipeum, i, n. der große runde Schild, auro fulgens 8, 27. der Minerva 6, 78. des Achilles 12, 691. septemplex des Ajax 13, 2. clipei curvamen 12, 95. — bildl. b. Sonnenschild, dei clipeus 15, 192. [Heautr. 4, 762.]

Clitorius, a, um, clitorisch, von der Stadt Clitor in Arcadien, fons 15, 322.

clivus, i, m. Steige, aufwärts führender Weg, Abhang 8, 191. longus 8, 694. extensus clivo utroque mit beiden Seitenlehnen 11, 151. — Neigung nach der einen Seite (bei e. Tische) 8, 662.

Clymēne, es, f. Tochter der Tethys, gebar dem Sonnengott (Phöbus) den Phaëthon u. b. Heliaden. Vermählt war sie mit dem äthiopischen Könige Merops 1, 756. 4, 204.

Clymēnēius, a, um, v. Clymene stammend, proles Phaëthon 2, 19.

Clymēnus, i, m. Gefährte des Phineus 5, 98.

Clytie, es, f. Tochter des Oceanus u. der Tethys, Geliebte des Sonnengottes 4, 206, von welchem später verschmäht, sie sich in die Blume Heliotropium (Sonnenwende) verwandelt 4, 256 ff.

Clytius, ü. m. Gefährte des Phineus 5, 140.

Clytus, i, m. 1) Gefährte des Phineus 5, 87. — 2) Sohn des Atheners Pallas 7, 500. [Acc. Clyton.]

cŏ-ācervo, āvi, ātum, āre zusammenhäufen, luctus coacervati gehäuft 8, 485.

cŏāgŭlum, i, n. (con u. ago) Lab, getrockneter Kälbermagen, der in d. Milch gethan dieselbe zu Käse gerinnen läßt. Pl. liquefacta aufgelöst in d. kochenden Milch 13, 830. lac coagula passum der Wirkung des Labes ausgesetzt, zu Käse geronnen 14, 274.

cŏ-arguo, ui, ere, anschuldigen, aures domini 11, 193.

Cŏcālus, i, m. König von Sicilien, der den Dädalus auf seiner Flucht von Creta aufnahm u. ihn gegen d. verfolgenden Minos schützte 8, 261.

coctilis, e (coquo) durch Brennen bereitet, muri von Backstein 4, 58.

cŏdex, icis, m. Stamm, Klotz 12, 432.

coelestis, coelum f. caelestis, caelum.

coenum f. caenum.

cŏëo, ii, itum, ire, zusammengehen, zusammenkommen 6, 412. 8, 786. ad solitum coiere locum 4, 83. huc coeamus 3, 386; zusammentreten, ad bella coimus 9, 42; sich zusammenschaaren 3, 236. 716. 8, 300. 11, 24. 14, 239. cuncti coeamus 11, 377. — übertr. vereinigen, ut cornua (lunae) tota coirent 7, 179; zusammenwachsen, digiti coeunt 2, 670. membra coierunt complexu tenaci 4, 377; aequor coit zieht sich zusammen 5, 410; sich verbinden, taedae iure coiimcul 4, 60; sich paaren 9, 733. 10, 824. 11, 744. duo coeuntia corpora serpentum 3, 324.

coepi, pium, pisse, angefangen, begonnen haben, 9, 619. zu sprechen, sic coepit 9, 3; m. Inf. Acc. 1, 71. 221. 401 uö. esse metus coepit begann sich zu regen 7, 715; m. Inf. Pass. glebae coepere moveri 3, 106. membra coeperunt verti 10, 187. — Part. coeptus, a, um, begonnen, angefangen, marmor zu behauen angefangen, 1, 405. animalia modo coepta in ihrer Bildung nur begonnen 1, 426. iter 2, 699. sacra 13, 14. more versuchte Tödtung 10, 417.

coeptum, i, n. das Begonnene, Beginnen, Unternehmen, 9, 618. Pl. 1, 2. 8, 67. 492. 9, 486. 519. coepta tenuit hielt damit ein 8, 463. manus ultima coeptis imposita est 8, 200.

Coerānos, i, m. e. Lycier 13, 257. [Acc. Coeranon.]

coërceo, cui, citum, ēre (con u. arceo) zusammenpferchen, umschließen, amor solidum coercuit orbem 1, 31. vitta coercebat capillos 1, 477. 2, 413; zusammenhalten, terga ferarum coercet inguinibus uteroque exstante 14, 67. — In Schranken halten, zügeln, undas 1, 342. ora frenis 5, 643. 6, 226; zurückhalten, alqm 11, 78.

coetus, us, m. (coeo) Versammlung, Pl. coetus silentum (b. I.) 15, 08.; viriles Schaaren der Männer 3, 403; Gesellschaft, recedere de suo coetu 2, 465. coetu soluto nachdem d. Gesellsch. aus einander gegangen 13, 898. Pl. Iliacos in Ilium 11, 766.

Coeus, i, m. e. Titan, Vater der Latona, filia Coei 6, 366. sata Coeo 6, 185.

cŏgito, āvi, ātum, āre, (con u. agito) überdenken, überlegen, m. indir. Fr. 4, 44.

cognātus, a, um (con-gnatus — natus), verwandt durch gemeinsame Abstammung, cognata exempla verwandtschaftlich f. cognatarum der Schwestern 4, 431. In cognata corpora vertor in e. verwandten Leib, weil ihr Vater

auch zur Hälfte Roß ist 2, 663. corpora cognata cineri sepulto, weil daraus entstanden 12, 615. aldera weil
Cäsar zum Sterne geworden war 8, 839;
überh. verwandt, Kammerwandt, cognatum latus, s. cognati (Alcmaeo-
nis, s. Oeclides) 9, 412. per cognata
pectora oro bei unsrer Verwandtschaft
8, 498. litora Italiens, weil d. troische
Ahnherr Dardanus aus Italien stammen
sollte 12, 676. moenia Rom, weil
Pythagoras als einstiger Trojaner Euphorbus sich den Römern verwandt fühlt
15, 451. caelum der Erde verwandt,
wegen seiner früheren Vermischung mit
ihr 1, 81.

cognōmen, ĭnis, n. Beiname, grata
cognomine divas meae lieb wegen des
(gleichen) Beinamens meiner Göttin, der
Diana, die von dem alten Namen der
Insel Delos, Ortygia, den Beinamen
Ortygia hatte 5, 640.

cognōsco, nōvi, nĭtum, ĕre (con-gno-
sco=nosco), kennen lernen, cognosse
genus 2, 183. ritus 15, 4. cogno-
verat illam 6, 148. 7, 475; erfahren,
omnia cognoram 13, 247. 655; Pass.
bekannt werden, numquid mihi cognitus esset wäre er mir denn bekannt
geworden 8, 48. 9, 452. 12, 181. Part.
cognita res das Bekanntwerden des Vor-
falles 8, 511. nulli cognita cura 9,
727. nulli quam mihi cognitus 14,
5 erprobt, Hector nece fortis animae 12, 69. res usu durch Erfahrung
15, 365. — erkennen, cognorat nos
8, 280. vocem 7, 845. suos mores
14, 524. nec cognita Byblis ante
forem daß ich als Byblis nicht eher erkannt worden wär 9, 538. m. infin.
Fr. 8, 96; — wiedererkennen 2, 501.
8, 230. 4, 131. 291. 596. clipeum
15, 165. non cognitus unerkannt 10,
461. non cognoscendus unerkennbar
7, 723. 9, 283. 15, 539. — wahrnehmen durch d. Gesicht, sehen, quem
cognoscere posses 11, 570. amantem
10, 472. simulacra parentis 14, 112.
praepes tum primum cognita 14,
576. audita et cognita nobis 15,
307; durch d. Gefühl, spüren, pondus
2, 191.

cōgo, cŏēgi, cŏactum, cŏgere (con u.
ago), zusammentreiben, Lucifer stellarum agmina cogit (militär. Ausdr.)
schließt ihren Zug 2, 114. 11, 97; vereinigen, cornibus lunaribus coactis
in plenum orbem 10, 295. lac coactum geronnen 8, 666. 13, 796.
tellus cogitur glomerata unda ver-

bickt sich aus 15, 251. — mit Gewalt
zu etwas treiben, zwingen, nöthigen,
pia causa coëgit 6, 496. coget amor
9, 515. sic cogitis ipsi ubi selbst
solchen Zwang 5, 178. nullo cogente
ohne Zwang 1, 103. lacrimae coactae
abgedrungen (durch d. Mutterliebe) 8,
627; m. Inf. 2, 751. 3, 557. 7, 740.
deos cogam testes esse in foedera
7, 46. coëgit ee loqui 7, 852. Pergama vinci posse 13, 849. scire co-
actus erat 2, 615. superata fateri
cogor bin genöthigt mich für überwunden zu erklären 9, 546.

cōhaereo, haesi, sum, ēre, zusammen-
hangen, m. Dat. scopulo affixa cohaesit 4, 553. 11, 76. ligno 5, 125.

cōhĭbeo, ui, ĭtum. ēre (con—habeo),
zusammenhalten, einschließen, ventos
carcere 14, 224. in antris 15, 346.

cōhors, rtis, f. Schaar, Gefolge, assueta 11, 89.

colclo, s. conicio.

cōĭtus, us, m. eheliches Beiwohnen, Pl.
novos 7, 709.

Colchis, ĭdis, f. d. Colchierin, Medea
7, 296. 801.

Colchus, a, um, colchisch, zu d. Landschaft Colchis im Nordosten v. Kleinasien gehörig, litora 13, 24. venena
der Colchierin Medea 7, 394. — Subst.
Colchi, orum, m. die Colchier 7, 120.

collābor (con-labor), lapsus sum,
ŭbi, in sich zusammensinken 8, 295.
collapsa corpore toto est 11, 460.
Part. collapsus zusammengesunken 2,
617. collapsi artus 10, 186. occidit
collapsus in artus sank ohnmächtig in
die Kniee zusammen 5, 96. 7, 826.

collaudo (con-laudo), āvi, ātum, āre,
sehr loben, vocem 10, 365.

collĭgo, lēgi, lectum, ĕre (con-lego),
zusammenlesen, sammeln, equos 2, 398.
olus 8, 645. collecti flores 5, 399.
uvae de vilibus 8, 676; zusammenknüpfen, capillos in nodum 5, 170.
8, 319. collecta capillos (Acc. limit.)
hederā mit Epheu aufgeknüpft 5, 338;
übertr. verter in unam apicem collectus zusammengedrängt 13, 910. mentem collegit valido ab aestu sammelte
b. Besinnung 14, 352. — ansammeln,
dolor rabiem collegerat omnem 9,
212. sitim collegerat heftigen Durst
bekommen 5, 446. 6, 341. ab ipso
colligit os rabiem aus seinem eigenen
Wesen sammelt der Rachen die Wildheit,
bb. nimmt sie an 1, 234. odium a
Tyria paelice collectum der von der
tyrischen Buhle her gesammelte Haß 9,

258. — aus Zusammenstellung der Gründe folgern, schließen, m. Indir. Fr. 7, 732; m. *Acc. c. Inf.* 11, 380.

collis, is, m. Hügel, Anhöhe 1, 293. 343. cuneatus acumine longo 13, 779. sterilis 14, 90. herbifari 14, 9. collis apex 7, 79. colle Quirini b. quirinalische Hügel 14, 836. Palati 14, 33. *Pl.* v. einem, Romulei b. quirin. Hügel 14, 846. Palatini 15, 560.

col-lŏco, āvi, ātum, āre, wohin setzen, legen, aliquem stratis 10, 267. centum oculos pennis 1, 723. aliquem in thalamo einen Platz geben 2,626. lecto circumdata collocat apta legt sie ringsherum 4, 181. — zurechtsetzen, -rücken, chlamydem 2, 734.

collŏquium, ii. n. Unterredung 13,682.

col-lūcĕo, ēre, in hellem Lichte erscheinen, leuchten, ignibus 4, 408.

collum, i, n. b. Hals 1, 407. 631. summum b. oberste Theil b. Halses, b. Kehle 9, 77. resupino collo 1, 730. collo tenus 3, 182. per colla admirans über den Hals des dahinstürmenden Rosses 6, 237. qui tria colla canis (des Cerberus) vidit, medio (collo) portante catenas von denen der mittlere die Ketten trug. Der Sage nach wurde Einer beim Anblick des v. Hercules aus b. Unterwelt geholten Cerberus vor Schrecken zu Stein 10, 660. *Pl.* v. einem 1, 734. 2, 100. 673. 820. 864 u. s. colla iactare 8, 726.

col-luo, lui, lūtum, ĕre, benetzen, ora 5, 447.

cŏlo, ui, cultum, ĕre, einer Sache ob. Person Pflege ob. Sorgfalt zuwenden: den Acker, bebauen, arva 3, 584, rura colunt arbeiten im Felde 15, 367; Feldfrüchte bauen, fruges 15, 134; hortos pflegen 14, 627. culti horti 5, 635. 14, 656. culti arbusta Lycei 2, 710. quae tibi (st. a te) poma coluntur 14, 687. — einen Orte, den man bewohnt, bewohnen, undas 1, 576. flumina 2, 380. rura 11, 765. regnum nemorale 14, 331. Elin 2, 689. deae Helicona colentes 5, 663. — andern Dingen, pflegen, ehren, fidem rectumque 1, 90. culta mihi (st. a me) pax est 11, 297. quo rege homines, antistite Phoebus colebatur 13, 633. formam augere colendo durch Pflege, Putz 10, 534. *Part.* cultus geschmückt, culta venit 9, 462. thalami ebore culti 2, 737. — den Göttern, verehren, Phoebum 8, 350, qui coluere (deos) coluntur (ab iis) werden von ihnen hochgehalten 8, 724. Orlygiam studiis

ipsaque colebat virginitate deam 1, 694. silvas et rura colebat Panaque bewohnte u. verehrte 11, 146; aras sanctas colunt 8, 733. 6, 209. Junonis templa als der Beschützerin der Ehen 11, 578. sacra colere e. Fest feiern 4, 82. tua sacra colentes deinen heil. Dienst pflegen 15, 679.

cŏlōnus, i, m. (colo) b. Ackerbauer, Landmann 1, 272. 5, 479. 6, 318. 7, 135. 15, 873; übertr. die ackerbauenden Stiere, vastros colonos 15, 142. — Bewohner, veteres 15, 289. [Sardsch.]

Cŏlŏphōnius, a, um, aus Colophon, einer ionischen Stadt in Kleinasien 6, 8.

cŏlor, ōris, m. Farbe, caerulus 14, 555. albus 2, 541. nivis 2, 852. colores Tyrii Purpur 9, 340. flores mille colorum 10, 261. varios induta colores 1, 270. colorem nigrum trahere annehmen 2, 236. purpureum ducere 3, 485. leuchtende Farbe des Sonnengottes 4, 193; = Gesichtsfarbe 9, 535. color excidit 2, 601. 8, 99. color sine sanguine blutlose Bläße 6, 304. fugit et color et sanguis 10, 459.

cŏlŭber, bri, m. (männl.) Schlange 11, 775.

cŏlŭbra, ae, f. (weibl.) Schlange, cauda colubrae 6, 559. *Pl.* 4, 620. bes. Schlangenhaare der Erinyen 4, 475. 492. der Medusa 4, 784. crinita colubris 6, 119. des Cerberus 10, 21; b. Schlangenköpfe der lern. Hydra natis e caede colubris 9, 73. [Erst ū u. Berlsch. außer 4, 784 colūbras nach d. 3. Urspr.]

cŏlŭbrĭfer, ĕra, um, Schlangen tragend, monstrum b. schlangenhaarige Medusa 5, 241.

cŏlumba, ae, f. Taube 1, 506. 2, 537. placida 7, 369. trepidae 6, 605. Thisbaeae (schmäl. Brim.) 11, 300. par columbarum 13, 838; als Vögel der Venus, iunctis invecta columbis 14, 597. niveae 13, 674. Cythereiades 15, 386. [Birlsch. außer 6, 605.]

cŏlumna, ae, f. b. Säule 5, 160. 8, 700. sublimes 2, 1.

cŏlus, i, f. Spinnrocken 4, 229. 12, 474.

cŏma, ae, f. b. lange Haupthaar, Absollos 1, 559. Phaëthons 2, 124. aurea 12, 396. plurima üppig 13, 844. caerula (Tmoli) quercu cingitur 11, 158. comā seria sumere ins Haar (eig. *Abl. instr.*) 4, 7; *Pl.* 4, 657. molles 14, 554. comae rigebant 3, 100. stabant standen gesträubt 7, 631. positu variare comas mannichfaltig ordnen 2, 412. comas (*Acc. limit.*) effusae 13,

688. laniata 4, 139. passis comis 2, 239. raptata comis, 13, 410. — übertr. von Laub et. Nadeln der Bäume, arbor fulva comam (Acc. limit.) 10, 648. tonsa comam 11, 47. pinus succincta comas 10, 103.

cŏmans, ntis, mit langem Haar, progenitore comanti strahlenhaarig, Lucifer 11, 319. stella Haarstern, Komet (Spreng. zu sidus novum) 15, 749.

Combe, es, f. aus d. ätolischen Stamme der Ophier (dah. Ophias) Mutter der ätolischen Cureten, wurde auf der Flucht vor den Nachstellungen ihrer Söhne in e. Vogel verwandelt 7, 383.

combĭbo, (conb.), bĭbi, ĕre, einsaugen, sucos 7, 287. 13, 944. combibit os maculas 6, 465. ara cruorem 13, 410. Erasinus combibitur wird (v. d. Erde) verschlungen 15, 275.

cŏmes, ĭtis, c. (v. con u. eo Mitgänger) Begleiter, Begleiterin 8, 21. 14, 159. mortis Todesgefährte 3, 50. 4, 152; Theilnehmer an etwas, operis 3, 129. laborum 8, 586. sacrorum 11, 94; comites Gefolge 6, 649; fem. 2, 426. 588. 725. 3, 186. 4, 152. 648. 6, 250. 6, 108. 165. 495. huic comes est 10, 583. tibi comes veniam 11, 705.

Cŏmētes, ae, m. e. Lapithe 12, 284.

cŏmĭnus, s. comminus.

cŏmĭto, āvi, ātum, āre (Act. nur dicht.), begleiten, non comitavit Ulixen 13, 55. comitant vestigia 14, 259. comitate gradus nostros 8, 692. Part. comitatus begleitet (auch in d. claff. Prosa) m. Abl. choro 3, 441. virginibus 2, 813. natis 8, 216. pompa suorum 9, 687. turba Naiadum 10, 9.

cŏmĭtor, ātus sum, āri, begleiten, comitantur euntem sie auf ihrem Gange 4, 484. Part. turba comitante suarum 8, 594. 13, 402. 14, 235. paucis comitantibus 11, 275. 15, 631.

com-mĕmŏro, āvi, ātum, āre, erwähnen, erzählen, alqd 6, 2. proelia 9, 5. pericula 12, 162.

commendo, āvi, ātum, āre (con-mando), der Obhut Jemandes empfehlen, comitem 6, 495.

commentus, a, um (Part. m. paff. Bedeut. v. comminiscor), erdichtet, erlogen, 6, 565. 14, 464. milia rumorum commenta 12, 54. sacra d. auf Lug begründete Festfeier 3, 558. 4, 37. — Subst. commentum die Lüge, commenta retexit 13, 38.

com-mĕreo, ui, ĭtum, ēre, verdienen, meist in schlimmem Sinne, poenam 5, 552.

cŏmmĭnus, (comīn. a. con u. manus), Adv. im Handgemenge, im Nahkampf 8, 119. 18, 86; in d. Nähe concurrere hosti 5, 89. 12, 595; aus d. Nähe aggredi 12, 482. petere hostem ense 12, 129.

commissum, i, n. das Anvertraute, commissa tueri 2, 558.

com-mitto, mīsi, missum, ĕre zusammenkommen lassen, pugnam sich in e. Kampf einlassen 5, 75. proelia 5, 807. commissa proelia begonnene 12, 88. sermonem committere anknüpfen 6, 448; zusammenfügen, moenia commissa fidibus 6, 178. qua naris fronti committitur sich anschließt 12, 315. qua vir equo commissus erat mit d. Rosse zusammengewachsen, 12, 478. commissa in unum crura 4, 579. corpore toto verschränkt m. ganzem Leibe 4, 369. — Unerlaubtes zulassen, begehen, quid commisit Iason 7, 25, nefas 7, 427. 15, 127. iam nequeo nil commisisse nefandum kann nicht mehr frei vom begangenen Frevel werden, ihn nicht ungeschehen machen 9, 626. committit saepe repelli läßt es zu öfterer Zurückweisung kommen 9, 632. — überlassen, commissa habenas 2, 160. erus laqueis hineinstoßen 11, 74; anvertrauen, alcui alqd 10, 393. verba tabellis 9, 587. se ceras, d. h. ihr Geheimniß 9, 601. se undis 8, 550. nocti 13, 342. populos pugnae einem Kampfe aussetzen 14, 462. cui te commisit alendum 13, 431. commissus amor anvertraut 10, 418.

commŏdum, i, n. Vortheil. Pl. günstige Verhältnisse 11, 263. publica commoda d. gemeine Nutzen, das Gemeinwohl 13, 188.

com-mŏneo, ui, ĭtum, ēre, erinnern, mahnen, nec te natalis origo commonuit ist keine Mahnung für dich gewesen 12, 472.

com-mŏveo, mōvi, mōtum, ēre, in Bewegung setzen, flumina commota tremoribus orbis hervorgebrochen in Folge von 15, 271. — geistig erregen, postquam ira commota est nec minor hac metus 8, 549. commota admonitu erschüttert 9, 324.

commūnĭco, āvi, ātum, āre, gemeinschaftlich machen, sua Tydides mecum communicat acta macht mich zum Theilnehmer an seinen Thaten 13, 239.

commūnis, e (con u. munis), gemein, gemeinschaftlich, humus 1, 135. genus 1, 352. aurae 7, 127. usus communis aquarum est 6, 349. iudicium 8, 706. nomen sowol Knaben-

als Mädchenname 9, 710. hiems gemeinsam erlitten 14, 481. Graecia Gesammt-
griechenland 13, 199; m. *Dat.* paries
domui utrique 4, 66. littera pueroque viroque 13, 397; cum aliquo 13,
80. crimen commune cum tanto viro
13, 304. nata commune tecum mihi
est pignus onusque 5, 523. — *Subst.*
commune gentis Pelasgae gemeinsame
Macht 12, 7. communia gemeinsames
Verdienst 13, 271.

commūnĭter, *Adv.* gemeinsam, omnes
Alle mit einander 6, 262.

cōmo, compsi, comptum, ĕre, ordnen,
glätten, kämmen (die Haare) 1, 498.

compāges, is, *f.* (compingo) d. Zu-
sammenfügung, Gefüge, lapidum
compagibus 8, 30.

compāgo, ĭnis, *f.* (compingo), Zu-
sammenfügung, Verbindung, compagine ceras 1, 711.

compăreo (conp.), ui, ĕre, zum Vorschein kommen, non comparens pars
b. nicht vorhandene Theil 6, 410.

com-păro, āvi, ātum, āre, zusammenstellen, vergleichen, 13, 838.

I) compello, āvi, ātum, āre, anreden,
alqm 3, 147. talibus dictis 8, 787.

II) com-pello (conp.), pŭli, pulsum,
ĕre, antreiben, alqm ad bellum 5, 219.

compendium (conp.), ii, n. das bei
e. Sache Ersparte, namentl. durch Ab-
kürzung; abgekürzter Weg, Richtung,
compendia montis 3, 234.

compesco, pescui, ĕre, in Schranken
halten, zügeln, hemmen, ignes ignibus 2, 313. spatiantia bracchia 14,
830. sitim undā löschen 4, 102; unterdrücken, tristitiam 9, 396.

compingo, pēgi, pactum, ĕre (con-
pango), fest zusammenfügen, fistula
compacta centum harundinibus 13,
784.

com-plector (conpl.), plexus sum, i,
umschlingen, umfassen, maritum 12,
428. victorem umarmen 7, 144. colla
coniugis 1, 734. dextram generi 8,
494. ramos lacertis 1, 555. aram
passis capillis 9, 772. mare terram
complexum 8, 731. quantum aratro
complecti posses rings umpflügen 15,
619. — in Worte zusammenfassen, aussprechen, preces 10, 483.

com-pleo (conpl.), ēvi, ētum, ēre,
vollmachen, 1) räuml. anfüllen, urbem
12, 616. Aulida compleront mille
carinae 13, 182. atria complentur
turbā 5. 3; erfüllen, atria ululatu 6,
153. aëra tinnitibus 14, 537. gloria
complet orbem 12, 617. — 2) zeitl.

erfüllen, tempora materna 3, 312. 11,
311. quinque saecula vitae 15, 396.
816.

complexus (conpl.), ūs, m. das Umfassen, complexibus ambit quercum
von allen Seiten umflattern 12, 329.
Umschlingung, v. d. Schlange 3, 48.
Umarmung, complexu tenaci 4, 377.
Pl. 6, 249. dare complexus alicui
umarmen 8, 286. 10, 386. manus complexibus aufer 3, 390.

com-pōno (conp.), pŏsui, pŏsitum,
ĕre, zusammensetzen, pennas 8, 194.
componitur infans per suos numeros
durch alle s. Theile hindurch, Theil um
Theil 7, 126. — zurecht legen, ordnen,
se sich bz. die Kleidung 3, 318. vultus sänftigen 13, 767. mare compositum ruhig 8, 858. — zur Ruhe
legen, bringen, alqm toro auf b. Todtenbahre 9, 504. tumulo eodem beisetzen 4, 157. — tödten, composito Sci-
rone 7, 444. — schriftl. aufsetzen, verba
manu 9, 521. — zusammenstellen, vergleichen, parva magnis 5, 416. 15, 530.

compos, ŏtis, mächtig einer Sache, u-
nae mentis 8, 85.

com-prěcor, ātus sum, āri (verstärktes
precor). flehen, dem im *Conj.* stehenden Wunsche eingeschaltet, Cytherea
comprecor ausis annit 10, 640. 12,
285. 14, 379. [Steht im s. g.]

com-prendo (compr. a. comprehen-
do), prendi, prensum, ĕre, zusammenfassen, comprensus chlamydem
(*Acc.* limit.) ab auro den Mantel zu-
sammengehalten 14, 346; comprendere
dictis in Worte zusammenfassen 15, 160.
— ergreifen, erfassen, an sit comprensus 1, 537. linguam forcipe 6,
556. agger comprenditur ignibus
9, 234.

comprimo, pressi, pressum, ĕre (con-
premo), zusammendrücken, -pressen,
ora 6, 294. — unterdrücken, murmura
beschwichtigen 1, 206.

cōnāmen, ĭnis, n. Anfatz zu e. Anstrengung, zum Sprunge, sumpto conamine ab hasta posita 8, 308; b.
Anstrengung selbst, magnum magno
conamine misit 3, 60; Versuch, conamina mortis zu sterben 10, 360. —
Mittel zum Aufstehen, Stütze, adiutis
aliquo conamine nervis 16, 224.

cōnātus, ūs, m. Anstrengung, Bemühung, conatibus 4, 249.

con-căvo, āvi, ātum, āre, zu e. Höhlung zusammenkrümmen, bracchia in
arcus 2, 195.

concăvus, a, um, gehöhlt, m. e. ringe

umſchließenden Rande, aera die Metall-
becken (cymbala) b. b. Muſik, beſ. bei
ben Feſten b. Bacchus unb ber Cybele 4,
30. vgl. aera aere repulsa 9, 632.
vallis 8, 334. — hohl zuſammenge-
krümmt, bracchia Cancri 10, 127.
15, 380.

con-cēdo, cessi, cessum, ěre, weichen,
alicui: tempus puerile concessit iuventae 6, 719. operi meo concedite
gebet Raum 8, 893. — nachſtehen,
quantum concedant cornus ferro 12,
384. — zugeſtehen, alcui formam
Schönheit 12, 394. nihil praeter hanc
animam concede mihi 5, 222. si nil
conceditur ultra 10, 844. Subst. concessa (Neutr. Pl.) Erlaubtes 9, 454.

concentus, us, m. (concino) Zuſam-
menklang, concentu vocisque lyrae-
que 11, 11.

concha, ae, f. Muſchel, ſowohl in
Schaalen- als in Schneckenform 10,
260. neb. murex 5, 583. cava, 4, 725.
marinae 15, 264. lēvior conchis 13,
792. Sidonis b. phöniciſche ob. Purpur-
muſchel 10, 267. — r. zum Blasinſtru-
mente bienmbe, gewundene große Muſchel, sonans 1, 538.

concĭdo, cĭdi, ěre (con-cado), zu-
ſammenſtürzen, hinſtürzen 5, 77. 117.
8, 401. 9, 650. 12, 392. v. Thieren,
beſ. Opferthieren 8, 764. 10, 272. 7,
538. — ſinken, untergehen, concidere
gentes 15, 422. [Perfekt. 12, 391 con-
cidit im b. 8.]

concĭlĭum, ii, n. Vereinigung, hoc
mihi conc. tecum manebit 1, 710. —
Verſammlung, ferarum 10, 144. be-
rathende, Rath, vocare 1, 167. concilio praesente deorum 14, 812. concilium Graiosque patres adiere Hen-
biab. ſr. conc. Graiorum patrum 15,
645.

concĭpĭo, cēpi, ceptam, ěre (con-
capio), zuſammenfaſſen, ergreifen,
flammas Feuer fangen, 1, 255. silices
concipiunt ignem 7, 106. 15, 848.
aitim kriegen 5, 446; in ſich aufnehmen, concipit Iris aquas weil man
glaubte, ber Regenbogen ſauge mit ſ.
Schenkeln Feuchtigkeit auf 1, 271. bucina aëra ben Hauch 1, 337. terra
lacrimas 6, 397. annehmen 15, 856.
pennis non concipientibus auras auffangen 12, 569. — den Zeugungsſtoff
in ſich aufnehmen, befruchtet werben,
empfangen, umorque calorque concipiunt 1, 431. concipit wird ſchwan-
ger 3, 268. concipe laß dich befruchten
11, 272. quam Danaë conceperat
pluvio auro 4, 611. alea concipit
ex illo, cuius semine concepta est
abſtamm 10, 328. concepta de lupo
abſtammend von 8, 214. concepta
crimina portat bas verbrecheriſch Empfangene 10, 470. — geiſtig in ſich aufnehmen, excute conceptas pectore
flammas 7, 17. animo concipit iras
wird im Gemüth von Zorn ergriffen 1,
166. mente vaticinos furores im Geiſt
von prophetiſcher Verzückung 2, 640.
quem mens mea concipit ignam von
welcher Glut wird m. Seele ergriffen 9,
520. 7, 9. 10, 682. concipit aethera
mente faßt ben Gedanken baron 1, 777.
thalamos concipit faſſeil b. Geb. baron
7, 22. animo nefas 10, 362. 403.
animo maiora nach Höherem trachten
15, 6. spem mortis 6, 554. amorem
operis 10, 249. animo concipias m.
Acc. c. Inf. magſt bir vorſtellen 2, 77.
— in beſtimmte Worte zuſammenfaſſen,
ausſprechen, vota 7, 594. preces 8,
682. 14, 365. verba plenissima, quibus grates agit eine Fülle von Dankes-
worten 10, 290.

con-cĭto, āvi, ātum, āre, aufreizen,
antreiben, agmen 14, 239. alqm m.
Inf. 13, 226.

concĭtus, a, um (Part. v. concieo)
aufgeregt, flumina ſtürmiſch, reißend 7,
154. amnis imbribus 8, 79. puppis
pleno concita velo getrieben 7, 401.
navis concita sulcat aquas beſchleunig-
ten Laufes 4, 706. sagitta concita
tento nervo geſchnellt 6, 243. moles
8, 357. est concita insano cursu ſetzt
ſich in raſenbem Lauf 8, 711. concita
per alvas ſtürmend 6, 594. concita
membra fugae mandare eilig 11, 534.
— geiſtig aufgeregt, crimine vano 7,
829. gereizt, rabidā irā 7, 413. auf-
geſchüttelt 4, 619. getrieben, divino
motu 8, 168. angeregt, cupido concita a numine nostro 10, 690.

con-clāmo, āvi, ātum, āre, laut auf-
ſchreien 4, 691. 6, 227. 7, 843. 10,
385 (immer v. Einzelnen). — zuſam-
menrufen (ſelt.) socios 13, 73.

concŏlor, ōris, gleichfarbig, flos 10,
735; mit etwas Dat. dextro (umero)
6, 406. 11, 500.

concordĭa, ae, f. (cor) Eintracht,
discors 1, 433. ultima Veneris vestrae b. letzte Vereinigung eurer Liebe
15, 875. felix concordia (abstr. pro
concr.) Eintrachtsbilb, Appoſ. zu Theseus cum Pirithoo 8, 303. quae sit
concordia mixtis wie ſie ſich bei b.
Miſchung vertragen 14, 279.

concordĭter, *Adv.* einträchtig 7, 752.
concordo, āvi, ātum, āre (concors), zusammenstimmen, harmoniren, varios modos concordare 10, 147. m. etwas *Dat.* carmina nervis 1, 518.
concors, ordis (cor), einträchtig, concordi pace 1, 25. concordi sono dicere einstimmig sagen 5, 664. concordes moriemur 8, 473. 8, 708.
con-cresco, crēvi, crētum, ēre, zusammenwachsen, ora rigido rostro in e. Schnabel (eig. mittelst) 5, 673. — übertr. zusammenkleben, barba concreta sanguine 14, 201; sich verblüten, verhärten, gerinnen, spumas concresse 7, 416. sp. concreta 4, 537. concrevit saxo oborto durch d. Entstehen von Stein, durch Versteinerung 5, 202. imbres gelidis concrescere ventis 9, 220. concretum lac 12, 436. sanguis 13, 492. concreta sanguine m. Blut zusammengeronnen 12, 270.
concŭbĭtus, us, *m.* Beilager, Beischlaf 10, 853 (*Abl.*) 689 (*Gen.*) *Pl.* (*Acc.*) 4, 207. 10, 473. 14, 668. nefandos 6, 541. vetitos 9, 124. [Verb. anf. ob. 8. g. 10, 473. 689.]
con-cumbo, cŭbui, cŭbĭtum, ēre, des Beischlafs pflegen, cum alqo: concubiturus erat es war (v. Schicksal) bestimmt, daß er sollte 7, 387. alcni beiwohnen 10, 338.
con-curro, curri, cursum, ēre, zusammenrennen, montes mediis in undis b. symplegadischen Felsen (f. Symplegades) 7, 62; zum Kampf zusammentreffen, kämpfen 9, 46. mit Dem. *Dat.* comminus hosti 5, 89. 12, 595. 7, 30. concurrit Latio Tyrrhenia tota 14, 452. Hectoreo Marti mit Hector im Kampfe zusammentreffen 13, 276. cum alqo 13, 87.
concursus, us, *m.* b. Zusammenrennen, b. Zusammenstoß im Kampfe, caeli 15, 611 (*Acc.*). *Pl.* (*Abl.*) 6, 695. 11, 436. 14, 544; Symplegadas sparsas concursibus undarum elisarum durch d. Zusammenschlagen 15, 557.
con-custōdio, īvi, ītum, īre, zusammen bewachen, poma a dracone concustodita bb. außer den Hesperiden auch mit von e. Drachen bewacht 9, 190.
concŭtio, cussi, cussum, ēre (conquatio), zusammenschütteln, -schlagen. concussā manu signa dare durch Zusammenschlagen der Hände 11, 465. torum aufschütteln 8, 655. — stark schütteln, arma 1, 143. 7, 130. tela lacertis 12, 79. caesariem 1, 179. caput 2, 50. tempora 13, 644. —

erschüttern, omnia magno tremore 2, 277. orbem nutu 2, 849. agros membis oneratos motu capitis 8, 781. freta aufschütteln 8, 691. 7, 200. (Ggf. concussa — stantia). aries concutit arces 11, 509. moenia 13, 175. pectus et aegida 2, 755. — schlagen, klopfen, fores 2, 768.
condĭcĭo, ōnis, *f.* (condico) Bedingung 10, 569.
condĭtor, ōris, *m.* b. Erbauer, Gründer 4, 566. Romanae urbis Remulus 14, 849.
con-do, dĭdi, dĭtum, ēre, zusammenthun, bab. erbauen, moenia 3, 13. 14, 459. 15, 56. — zur Aufbewahrung bergen, messes 15, 126. Früchte einlegen, corna condita in faece 8, 665; Todte begraben, beisetzen, alqm sepulcro 7, 618. 8, 235. corpus monumentis avitis 13, 524. nutrix urnā 14, 442. ossa peregrinā ripā 2, 337. condi tumulo, non illa in alvo 14, 176. bildl. artus in alvum 14, 200. in viscera viscera 15, 88. — verbergen, vultus obductos 2, 330. 11, 255 (aequore). fontes se condiderant in viscera matris (Telluris) 2, 274. se in praecordia 6, 791. nube 15, 804. condi sich verbergen, in corpora pecudum 15, 458. terrā imā 15, 193. antro 3, 31. arbore 10, 521. visceribus matris 15, 219; bei Verwandlungen, guttura condidit arbor verdeckte 14, 523. condi sub eodem cortice 9, 382. summo cacumine 9, 389. — tief hinein-, hinunterstoßen, sceptrum in gurgitis ima 5, 423. ensem in pectus 13, 392. venabula in armos 8, 419. flammas in ora 12, 295. digitos in lumina einbohren 13, 561. stimulos in pectore 1, 727. venabula inguine 12, 453. telum iugulo 13, 459.
con-dūco, xi, ctum, ēre, zusammenziehen, nubila 1, 572. — vereinigen, verbinden, ramos cortice (beim Pfropfen) 4, 375.
cōnecto (conn.), nexui, nexum, ēre, zusammenknüpfen, conexis nodis 12, 130. bracchia digitis conexa tenere mittels der Finger verschlungen 9, 311.
con-fĕro, tŭli, collātum, ferre, zusammentragen, -bringen, simulacra 10, 694. dentes in corpore b. Zähne zusammen im Körper einschlagen 8, 286. luctantia pectora pectoribus beim Ringen Brust an Brust klemmen 6, 242. collato Marte bildl. — manu collata im Handgemenge 12, 379. zusammen-

stellen, vergleichen, faciem moresque duarum 7, 696. m. *Dat.* conferat Iris Ithacus Rhesum 13, 98. mecum confertur Ulixes 13, 6. 338. se cum alqo sich mit Einem messen (im Kampfe), mecum confer (te) 10, 603. — wohin bringen, es sich wohin begeben, huc 15, 143; verwandeln, alqm in saxum 4, 278. corpus in volnerem 12, 145. vultus versos contulerat in lotum bþ. verterat et contulerat 9, 348.

conficio, feci, fectum (facio), fertig machen; übertr. *Part.* confectus aufgerieben, erschöpft, senectâ 6, 37.

con-fido, fisus sum, ëre, vertrauen, auf Jem. *Abl.* socio Ulixe als Genossen 13, 218. confisus voll stolzen Vertrauens auf etw. *Dat.* figurae 10, 69. — b. Zuversicht hegen, m. *Acc. c. Inf.* 9, 257.

confinis, e, angrenzend, m. *Dat.* caput collo 1, 715. litora prato 15, 924.

confinium, ii, n. das Zusammengrenzen, Grenze, Grenzgebiet (Met. nur confinia) c. pontus abstulit den Zusammenhang 15, 291. Ausoniae Siculaeque terrae 14, 7. triplicis mundi (Erde, Meer u. Himmel) 12, 40. noctis a. serra 15, 592. lucis et noctis 7, 706. noctis cum luce b. Dämmerung 4, 401.

confiteor, fessus sum, ëri (con-fateor), eingestehen, gestehen 2, 52. 13, 270. tales affectus 7, 171. nutrici amorem 14, 703. m. *Inf.* 7, 165. *Part.* confessus eingeständig, confessas manus tendere die sich durch ihre bittende Haltung für überwunden erklärten 5, 215. *Subst.* confessi 10, 484. 468. — zu erkennen geben, se 3, 2. confessam amplectitur sie in ihrer wahren Gestalt 11, 264. confessa vultibus iram mit d. offenen Ausdruck des Zornes in d. Mienen 6, 35.

con-fluo, xi, ëre, zusammenströmen, huc 9, 741.

con-fodio, fodi, fossum, ëre, **durchbohren**, alqm harpe 5, 176.

confremo, ui, ëre, murmeln confremuëre omnes brachen in (unwilliges) Gemurmel aus 1, 199.

con-fugio, fugi, ëre, flüchten, Zuflucht nehmen, ad deos 8, 688. ad limina Palias 7, 299.

con-fundo, fudi, fusum, ëre, zusammengießen, -schütten, in chaos antiquum confundimur 2, 299; zusammenmengen, omnia ramo 7, 278. imperium, promissa, preces confundit in **unam** 4, 472. ora fractis in ossibus

vermengte (machte unkenntlich) d. Gesichtszüge auf den zerschmetterten Knochen 5, 58, vgl. 12, 251. — verwirren, fasque nefasque 6, 584. et iura et nomina 10, 346; trüben, vultum lunae 14, 367. in Verwirrung, Trauer versetzen, alqm 15, 770. *Part.* confusus verworren, turba Gewühl 12, 214. verba 12, 55. confusa verba fuerunt tönten verworren.

con-gëlo, ävi, ätum, äre, gerinnen ob. erstarren lassen, congelat in lapidem rictus serpentis 11, 60. — intranf. erstarren 15, 415. lingua congelat 6, 307.

congëries, ëi, f. (congero) Zusammenhäufung v. Stoffen, Masse, dispositam 1, 33; Haufen, silvae 9, 235. v. Trümmern 14, 576.

con-gëro, gessi, gestum, ëre, zusammentragen, -häufen, *Part.* congesta eodem semina rerum 1, 8. montes 1, 153. iura 7, 160. robora 12, 515. congestis armis durch d. Zusammenwerfen der Schilde 14, 777. — in suam sua viscera congerit alvom stopft in seinen Leib 8, 651. congestam corpus verschlungenes Fleisch 15, 89. — bildl. omnis spes in te congesta est ist auf dich vereinigt 8, 113.

congrëdior, gressus sum, i (gradior), zusammentreffen, zum Kampfe, congreditur geht auf mich los 8, 81; mit Jem. *Dat.* Cycno 12, 76.

congressus, us, m. das Zusammentreffen, *Pl.* congressus primi sua verba tulerunt die ersten Begegnungen hatten die ihnen zukommenden Reden, d. i. die üblichen Begrüßungsworte gebracht 7, 501.

cönicio, (spr. coniicio), ieci, iectum. icëre (con-iacio), gewaltsam werfen, schleudern, tela 5, 47. thyrsos 11, 28. torrem in ignes 8, 512. trabem in hostem 12, 511. venabula coniecta manibus 12, 454. inter ilia 8, 418. — gewaltsam hineinstoßen, cultros in guttura 7, 245. coniectum ferrum 8, 90. 7, 388. 13, 476.

coniugialis, e, die Ehe betreffend, ehelich, iura 6, 536. foedus Ehebund 11, 743. festa Hochzeitsfest 5, 3. [4. g.]

coniugium, ii, n. Verbindung, bef. Ehebündnis 7, 69. 10, 295. 621. 634. con-iugi tempora 8, 722. dos Hochzeitsgabe 14, 298. coniugium petere 10, 618; Liebesbündnis 2, 804. [Nordsaaf., nur 10, 634 im r. g.]

con-iungo, nxi, nctum, ëre, verbinden mit etw., victricem dextram dextrae b. siegreiche Rechte mit d. ihrigen

zu fassen 8, 421; se sich vermählten 14,
808. coniuncti hac ara vermählt 6,
423. *Part.* coniunctus verbunden,
gemeinschaftlich, coniuncta tela foramus gemeinsam 11, 378. coniunctis
passibus spatiari zusammen, neben
einander 11, 64. coniuncta gloria
nostra est ist e. gemeinschaftlicher, beiderseitiger 13, 95. coniunctior enger
verbunden, alcui 7, 485. 15, 509.
coniunx (coniux), iŭgis, c. (coniungo) Gatte, Gattin; masc. 1, 395. 605.
11, 445. 660. geminus Doppelgatte
6, 588. Pallantiadis Tithonus (s.
Aurora) 9, 421. quo coniuge felix
forer als besten Gattin 7, 80. tibi
me coniuge dir als meiner Gattin 13,
819. fem. 1, 146. 351. 362. 557. 610.
2, 423. Ioris 3, 256. regia Iuno
6, 332. 9, 259. ob Proserpina 10, 46.
coniuge Nympha Egeria 15, 482.
rapta Helena 12, 5. nova des Orcus
(es, Deianira 9, 103. des Anchises, Venus
14, 571. des Alcmäon, Callirroe (b. i.)
9, 411. puncta 14, 451. qui cum
coniuge lanias seiner Gattin 4, 468;
von e. Kuh nitidissimus 9, 48. Stute
10, 526.

con-iŭro, ävi, ätum, äre, zusammenschwören, sich verschwören. *Part.* coniuratus verschworen, coniurati arma
moveri 15, 763; verbündet in feindl.
Absicht, auch ohne Schwur agmina 5,
150. mille rates durch Schwur verbündete Schiffe 12, 6.

coni... s. coll.

connecto s. cōnecto.

connubium s. cōnubium.

cōnor, ätus sum, ärl, unternehmen,
versuchen, wollen, m. *Inf.* 1, 833. 637.
2, 348. 920. 4, 412. 6, 292. 9, 381.
ansetzen, conata quater flammis imponere ramum 8, 462.

con-queror, questus sum, i, **heftig
klagen**, sich beklagen 9, 147. **multa**
conquesti 14, 213.

consanguineus, a, um, **blutverwandt**, umbrae 6, 476.

consćĕlĕro, ävi, ätum, äre, an e. Verbrechen betheiligen, oculos videndo
7, 35.

conscendo, di, sum, äre (con-scando),
steigen, auf etw. in equos 6, 222. in
equos ternone pressos dh. den Wagen
14, 820. — m. *Acc.* hinaufsteigen zu,
aethera 3, 303. erklimmen, naturmals
3, 615. besteigen, classem 13, 442.

conscius, a, um, mitwissend, silva 2,
438. saxa 8, 547. si non conscia fiat
Mitwisserin 10, 416. numina conscia
sunto lassen Zeugen sein 2, 29); m.
Dat. der Sache, coeptis 7, 101. nox
conscia (est) sacris Mitwisserin, Zeuge
2, 588; m. *Gen.* d. Sache, arva conscia verti regis Zeugen der Verwandlung 7, 385. quorum nox conscia
sola est 13, 15; *Subst.* conscius omnis 4, 65. conscia facti 2, 707. —
sich bewußt einer Sache, *Gen.* culpae
2, 593. sibi diri facti 8, 630. sceleris 10, 367.

con-sĕnesco, sĕnui, äre, zusammen
alt werden, consenuere 2, 633.

consensus, us, m. Uebereinstimmung,
magno consensu von allen einstimmig
7, 771.

con-sentio, si, sum, ire, übereinstimmen, zustimmen 13, 315.

con-sĕquor, cūtus sum, i, auf dem
Fuße folgen, alqm 2, 518. — erreichen,
einholen, rates 3, 113. virum 10,
672. alqm rahnere 9, 126. telum
consequitur alqm 6, 235. 7, 683.
ignea motis velociter ignibus holt
das Feuer mit schnell geschwungenem
Feuer ein, indem sie durch schnelles
Schwingen der Fackel im Kreise e. Feuerrad bildet 4, 509. — überte omnia
verbis mit Worten erreichen, dh. aufzählen 15, 419.

con-sĕro, ui, sertum, äre, zusammenfügen, heften, tegmen spinis 14, 166.

con-sĕro, ävi, situm, äre, besäen,
bepflanzen, arva consita arboribus
1, 598.

consīdĕro, ävi, ätum, äre, beschauen,
betrachten, spatium victi hostis 3, 95;
m. indir. Fr. 12, 195.

con-sīdo, sēdi, sessum, äre, sich niederseten, niederlassen 13, 1. in umbra
5, 336. in caespite 10, 93. m. bloß.
Abl. hoc saxo 1, 679. tergo tauri
2, 869. monte imo 11, 151. mediis
castris 12, 627. — übertr. zusammensinken, nec adhuc consederat ignis
13, 408.

consilium, ii, n. Rath, 2, 140. 6,
30. 8, 563. quae consilioque manuque utiliter fecit mit Rath u. That
13, 205. consilii inops rathlos 9, 746.
— Entschluß, sapiens 13, 433. consilium facit consilii 11, 415. — Klugheit, satis consilii 6, 40. Pl. 13, 361.
[Verdank. nur 2, 146 im 2. F. 13, 202 im
4. F.]

con-sisto, stiti, äre, stehen bleiben 2,
766. 5, 255. 6, 100. procul 2, 22.
aras 1, 467. bleiben, hac terra 11,
407. citra limenque forasque 7,
838; Halt machen, consistite 6, 286,

consiste halt ein 8, 406. in orbe Hesperio 4, 828. limine constiterat 4, 486; stillstehen, von e. Fluß 15, 180. unda constitit frigore 9, 662. iaculum blieb stecken 3, 67; übertr. inne halten ira constitit 6, 627. — sich wohin stellen, constiterunt hinc—illinc 4, 71. ante deam 5, 462. constiterat quocumque modo stanb 1, 828. wohin treten, ad aras 10, 274. ad ramos 10, 510. in medio 10, 601. ante oculos 7, 73. sich wohin setzen, super ripam 6, 373. Platz greifen, illuc consistere nubes iussit 1, 64. loco 8, 181. Platz nehmen, iugis 7, 102. diversis partibus 6, 53. Platz haben, inter aves albas 2, 632; stehen 7, 573. 8, 868. 9, 397. in terris 1, 609. in axe 2, 59. ante torum 15, 653.

consĭtor, ōris, m. (consero) b. Pflanzer, uvae 4, 14.

consōlor, ātus sum, āri, trösten, parentem 1, 578. socios 13, 213. quo consolante doleres unter wessen Trö-stung würbest bu bein Leib bulben bß. wer würde bich in beinem Leibe trösten 1, 360. consolantia verba Trostworte 15, 491.

con-sōno, sŏnui, āre, im Einklang erschallen, regia consonat assensu populi precibusque faventum 7, 461.

consŏnus, a, um, zusammentönend, einstimmig, clangor 13, 610.

consors, tis, des gleichen Loses theilhaltig, bab. geschwisterlich, consorti sanguine des Bruders 8, 444. consortia pectora b. schwesterlichen Herzen — b. Schwestern 18, 683. — Subst. c. Genosse, Genossin, tori Ehegenossin 1, 319. bezgl. thalami 10, 246. Gattin, Iovis 6, 94; Bruder 11. 347.

conspectus, us, m. ber Anblick, conspectum fugit 2, 504.

conspĭcio, spexi, spectum, ĕre (conspecio), b. Blick auf etwas richten, erblicken, arcem 2, 794. arva 4, 698. 731. formosissimus conspiceris alto caelo 4, 19. mihi (st. a me) conspecta est primum 12, 526. conspectos ursos vor b. Anblick 2, 494. Gorgone conspecta burch b. Anblick 5, 202. 6, 455; m. Acc. c. Inf. Baucida conspexit frondere Philemon 8, 715. 14, 179. — Part. conspectus ange-schaut, in b. Augen fallend, iuventus herrlich anzusehen 12, 553. conspectior mehr bewandert 4, 796. stattlicher, platano 13, 794.

conspĭcuus, a, um, in b. Augen fallend, stattlich 8, 373. clipeo gladioque 12, 467.

constantia, ae, f. Beständigkeit, animi ber Sinnesart 11, 293.

consterno, āvi, ātum, āre, in Bestürzung setzen, equi consternantur werben scheu 2, 314. consternatus bestürzt, Timores 12, 60.

constĭtuo, ui, ūtum, ĕre, (con-statuo), aufstellen, bab. errichten, erbauen, sepulcrum 6, 569. moenia 9, 449.

con-sto, stĭti, stātum, āre, feststehen, bestehen bleiben, idem exitus constitit 12, 297. summā omnia constant 15, 258. — unpers. constat es steht fest, ist bekannt m. Acc. c. Inf. 7, 593. 12, 264. constabat certā famā 15, 58.

con-strŭo, xi, ctum, ĕre, zusammenhäufen, bab. bauen, nidum 15, 897.

con-suesco, suēvi, suētum, ĕre, sich gewöhnen, quam male consuescit 15, 463. consuevi bin gewohnt, pflege, m. Inf. consuerant sternere 8, 868. Part. consuetus gewohnt, cubilia 11, 259. se tollere in consuetas auras sich wie gewohnt erheben 2, 268. consueta pectora plangit die bessen gewohnte Brust 13, 491. consuetissima cuique verba am meisten gewohnt 11, 637.

consŭlo, ui, sultum, ĕre, berathend Sorge tragen für Jem. Dat. melius 2, 141. rerum consule summae 2, 600. nostris ignibus nimm Rücksicht barauf 14, 374. — Jem. um Rath fragen m. Acc. Phoebi oracula 3, 9. sacras sortes 11, 412. exta 15, 576. undas (m. inbir. Fr.) 4, 312. consultus de aliquo über Jem. (folgt an) 3, 346; bloß fragen, consulta (m. inbir. Fr.) 10, 369.

con-sūmo, sumpsi, sumptum, ĕre, aufwenden, tempora cum verbis (— et verba) inania consumere umsonst verschwenden 2, 575. verbrauchen, materiam ficti 9, 768. consumptia precibus erschöpft 8, 106; verzehren, aufzehren, viscera morsu 4, 113. omnem materiam 8, 575. omnia lenta morte 15, 236. lacrimis suis consumpta 9, 663. membra consumpta senectā 14, 143. — hinbringen, eine Zeit, noctem 8, 600.

con-surgo, surrexi, surrectum, ĕre, sich erheben 7, 129. 570. toro 7, 844. — emporwachsen, consurgere Romam 15, 431.

contactus, us, m. (contingo) Berührung, contactu sanguinis 4, 52. potenti wirksam 11, 111. Pl. viriles — viri 7, 240.

contāgium, ii, n. (contingo) befleckende od. ansteckende Berührung. *Pl.* terras contagia 15, 195. Ansteckung late agere contagia 7, 551.

con-tēgo, xi, ctum, ĕre, bedecken, alqd 9, 391.

con-temno, tempsi, temptum, ĕre, gering achten, verachten, alqm 2, 571. 3, 550. cantus Apollineos prae se 14, 519. contempta verba 14, 19. iura fontis b. Verachtung der Rechte 5, 425. — verschmähen, contempto munere Phoebi 14, 141.

contemptor, ōris, m. Verächter, superûm 3, 514. Olympi cum dis 13, 761. nostri 11, 7. ferri 12, 170. (flammas) 9, 240.

contemptrix, īcis, f. b. Verächterin, illa propago c. superûm fuit gottes-verächterisch 1, 161.

contemptus, us, m. Verachtung, patientior contemptus huius 13, 859. contemptu dolens 10, 681. m. *Gen. obi.* alumnae 2, 627.

con-tendo, tendi, tentum, ĕre, spannen, anspannen, arcus contentus 6, 286; übtr. geistig auf etw. gespannt, *Dat.* mens contenta exsiliis nur da-mit beschäftigt 15, 115. — sich vergleichen mit Jmn. cum consorte Iovis 6, 94. sich in e. Wettstreit einlassen 5, 315. 9, 8. cursu um b. Wette laufen 4, 303. pedibus cum alqo 10, 570. streiten, fictis verbis (Ggs. pugnare manu) 13, 9. contendo mecum 13, 79. — behaupten, m. *Acc. c. Inf.* 2, 855.

contentus, a, um f. contendo u. contineo.

conterminus, a, um, zusammengren-zend, angrenzend, danebenstehend, m. *Dat.* domus est terrae contermina unserer grenzt an 1, 774. tiliae con-termina quercus 8, 620. 4, 90. sta-bula ripae 8, 552; begrenzend, Sybaris conterminus nostris arvis (anb. Leba. Crathis et huic Sybaris nostris c. oris an unsern Küsten macht der Cr. u. der biesem benachbarte Syb. usw.) 15, 315.

con-tĕro, trivi, tritum, ĕre, zerreiben, pabula 14, 44.

con-terreo, ui, itum, ĕre, in Schrecken setzen, alqm 6, 287.

conticesco, ticui, ĕre (taceo), ver-stummen, schweigen, *Perf.* 5, 574. 6, 293.

contiguus, a, um (contingo), zusam-menstoßend, -grenzend, domos 4, 57.

contineo, ui, tentum, ĕre, (con-teneo), zusammenhalten, se urbis moenibus sich innerhalb der Stadtmauern halten 13, 208; übtr. geistig, se mulo con-tinet kaum noch hält, beherrscht sie sich 4, 351. m. folg. quin 7, 728. — fest-halten, deprensum hostem 4, 307. alqm carcere in Gewahrsam halten 11, 432. — in sich enthalten, mundus continet quattuor genitalia corpora 15, 240. — *Part.* contentus, a, um, durch ob. auf etw. beschränkt, fine trium zonarum 2, 131; damit zufrieden, non sum contentus begnüge mich nicht 7, 736. m. *Abl.* eo 1, 128. 5, 693. caelo suo mit b. Mitteln seines Himmels 1, 274. cibis 1, 103. furto 3, 207. fuga 5, 169. officio pedum duorum 1, 744; m. *Inf.* 1, 461. edidicisse artes paternas 2, 638.

contingo, tigi, tactum, ĕre (con-tango), berühren, neque adhuc con-tingere lutum putant b. Berührung 8, 123. auras mit b. Luft in Berüh-rung kommen 15, 416. bucina con-tigit ora 1, 340. alqd corpore 11, 103. pede undas 2, 457. ore cibos 5, 531. fontem (zum Trunke) 3, 409. aquas festem 15, 281; os ambrosia 14, 607. medicamine bestreichen 2, 123; übtr. libido me contigit ich empfand 9, 464. aures contingere zu Ohren kommen 1, 211. m. *Acc. c. Inf.* 15, 497. — erreichen, nec vox contigit ullum mortalem 2, 678. c. Ziel, treffen, certo telo alqd 8, 851; einen Ort, occasus 2, 169. portus 3, 634. 13, 708. fines 4, 668. arcem contigerant hatten schon erreicht 9, 217. 7, 6. betreten, Creten 8, 100, 184. — intr. zu Theil werden meist b. Günsti-gem, alcui 1, 404. 8, 269. 9, 761. 13, 359. 15, 449. soceri tibi Mars-que Venusque contigerant 8, 132. 12, 191. cui omnia contigerant alles Glück war zu Theil geworden 11, 268. idem contingere gaudent glücken 4, 748; m. *Inf.* contigit mihi nasci 10, 304. m. *Dat. c. Inf.* Iovis esse ne-poti contigit haud uni 11, 220.

contĭnŭo, *Adv.* sofort 11, 362.

contĭnŭus, a, um (contineo), zusam-menhangend, humus 8, 587. Leucada continuum veteres habuere coloni zusammenhangend m. b. Festland bh. als e. Halbinsel 15, 289.

con-torqueo, torsi, tortum, ĕre, m. Gewalt schwingen, *Part.* contorta hasta 5, 32. cuspis 8, 346. scep-trum valido lacerto 5, 422. contorto verbere m. geschwungenem Schleuder-riemen 7, 777.

contra, 1) *Adv.* gegenüber, ulmus erat contra 14, 661. vides contra uns gegenüber 7, 587. attollere oculos c. ihr gegenüber 6, 606; pervenire c. auf die entgegengesetzte Seite 4, 80. — entgegen, dagegen, pugnare 2, 484. niti 4, 361; contra dicere 9, 16. hunc contra alloquitur 11, 282. c. resequi alqm 13, 746. r. Verb. des Sagens andeutend, ille nihil contra dagegen, worauf 5, 80. 12, 232. [Der ego im 1. g. etliblari b. 16.] — 2) *Praep.* m. *Acc.* gegenüber 14, 47. nachgest. Messania moenia contra 14, 17. gegen, wider, contra data foedera 2, 757. c. suam salutem 6, 477; feindl. arma ferre contra alqm 4, 609. 15, 471. furens c. sua fata 8, 391. obliquare oculos c. diem 7, 411.

con-trăho, xi, ctum, ĕre, zusammenziehen, contractos undique fontes zusammengebrängt 2, 273. — durch Zusammenziehen verkleinern, verkürzen, Iuppiter contraxit tempora veris 1, 116. dies medius umbras 3, 144. membra 14, 95. orbem 15, 198. contrahi in brevem formam 5, 458. rictus contrahitur verkleinert sich 1, 741. 2, 262. — zuziehen, numinis iram alcui 2, 660.

contrārius, a, um, entgegengesetzt, Brit. tellus 1, 65. gegenüberliegend, Phrygiae contraria 13, 429; v. andern Gegensätzen, m. *Dat.* color contrarius albo 2, 541. vis calido vino 15, 824. aestus vento 8, 471. verba contraria dictis verbis v. entgegengesetzter Meynung 14, 301. contrarius evehor rapido orbi entgegen 2, 78. monitis stat contraria virtus steht entgegen 10, 709; feindlich illius operi 8, 814. flumina flammis 2, 380. ignis undis 8, 737. — *Subst.* contrarium b. Entgegengesetzte, in contraria mutare 3, 329. vertere 12, 179. saltu in contraria facto nach entgegengesetzter Richtung 2, 814.

contrecto, āvi, ātum, āre, (contracto), betasten, berühren, alqd 8, 607.

con-trĕmo, ui, ĕre, zitternd zusammenschrecken, erzittern, erbeben, *Perf.* 1, 189. quercus 8, 758.

con-trĭbŭo, ui, ūtum, ĕre, beisteuern, contribuĕre alqd 7, 231.

con-tundo, tŭdi, tūsum, ĕre, zusammenstoßen, quetschen, pectus contudit ictu 12, 85. nares breitquetschen 14, 96.

cŏnūbium, ii, n. (conn.), Vermählung, Ehe, mit Gen. Gen. Procnes 6, 428 [cunabla breiälb. i. Bettanf.]. *Plur.* conubia 1, 480. matris 12, 194. nostra mit mir 10, 618; in sinnl. Bedeut. Daphnes 1, 490. 11, 225. 14, 69. [Siets nach d. 4. Arst.]

cōnus, i, m. b. kegelförmige Helmspitze, pictus bh. die Helmspitze sammt buntem Helmbusch 3, 108.

con-vălesco, vălui, ĕre, Kraft gewinnen, mächtig werden, ignis convaluit 8, 478.

con-vello, velli, vulsum, ĕre, losreißen, pedes 8, 851. 12, 254. robora convulsa suā terrā 7, 204. — zerreißen, zermalmen, dapes dente 11, 123.

con-vĕnio, vēni, ventum, īre, zusammenkommen, illuc 1, 677. ad busta Nini 4, 88. 9, 797. 15, 667; sich versammeln, in arvum 7, 101. — zusammenpassen, non bene conveniunt maiestas et amor 2, 846; für etw. passen, m. *Dat.* sinistrae 18, 111. viribus istis 2, 55. *Part.* conveniens passend, angemessen, m. *Dat.* 9, 558.

con-verto, ti, sum, ĕre, umdrehen, umwenden, umkehren, se sich im Kreise 7, 189. se ad occasum 14, 386. colla ad freta 15, 516. conversa virga 14, 300. conversa terga fugae dare b. Rücken zur Flucht wenden 13, 879. Martem a se depulsum convertit in ipsos kehrte den Kampf gegen sie selbst 7, 140. 8, 768. — r. Person ob. Sache verkehren, verwandeln, terras in freti formam 11, 209. pallor convertit partem coloris in exsangues herbas b. Blässe verwandelt ihre Farbe zum Theil in bleiches Kraut 4, 267. convertor subitam in iram ich wandle mich zu plötzlichem Zorne 10, 689. tellus conversa 1, 88. simulacra ferarum ex ipsis in silicem aus ihrer ursprüngl. Gestalt in Stein 4, 781.

convexus, a, um, gewölbt, caelum 1, 26. foramina terrae 6, 697. vertex convexus ab aequoribus in aequora von Meer zu Meer bh. ein langer gewölbter Grat, der auf beiden Seiten ins Meer hervorragt 13, 911. — nach unten gew., abschüssig, iter 14, 154.

convīcĭum, ii, n. das Durcheinanderschreien (Met. nur *Pl.*), convicia Geschwätz, humanae linguae 11, 601; Schmähreden 1, 756. 6, 210. rustica 14, 522. iacere ausstoßen 6, 664. fundere in alqm 13, 806. addere 6, 362. facere alcui Vorwürfe 9, 302. 14, 710. non ferre 4, 548. — meton.

von d. schreienden Krähen, uemorum convicia die Schreier od. Lästerer der Wälder 5, 676.

con-vĭnco, vīci, victum, ĕre, überführen, alqm; unleugbar darthun, alqd: furor male convictus 13, 58.

convīva, ae, c. Gast beim Mahle 9, 237.

convīvĭum, ii, n. (vivo) d. Zusammensein beim Mahle, gemeinsames Mahl, Gastmahl (Dict. nur Pl.), convivia agitare 7, 431; v. einem 4, 784. 5, 5. 12, 222. foeda Lycaoniae mensae 1, 165. dictis implere 13, 875.

con-vŏco, āvi, ātum, āre, zusammenrufen, noctis deos ereboque chaoque (st. ex) 14, 404; zu e. Versammlung, amnes 1, 276. socios 13, 230. populumque gravemque senatum 15, 591.

co-ŏrior, ortus sum, īri, zusammen sich erheben, losbrechen, unda se admiserat coortis ventis durch d. vereinigte Losbrechen der Winde 11, 612.

I) cōpia, ae, f. Fülle v. Macht ob. Vermögen: des Besitzes, Reichthum ia- opem me copia fecit 3, 466. 8, 194; v. Nahrungsmitteln, nulla copia relevat famem 11, 129. rerum 8, 792. 838; Menge, procorum 10, 356. — Macht, Gewalt über etw., nostri über mich 8, 391. 18, 832. copia facta est mundi freier Spielraum über d. Welt 2, 157. non est data copia mortis Macht zu sterben 11, 796; Gelegenheit zu etw., aperti Martis 13, 208. modo copia detur bekäme ich nur Gelegenheit 13, 863. 6, 545. teli stände nur e. Waffe zu Gebote 12, 265. copia data est soceri Gel. den Schw. zu sehen 6, 447. 14, 70. facta est adeundi tyranni 11, 278.

II) Cōpia, ae, f. auch Bona Copia b. Göttin der Fülle ob. des Ueberflusses, mit e. Füllhorn dargestellt 9, 88.

cōpŭla, ae, f. die Koppel, Fangleine 7, 789.

cŏquo, xi, ctum, ĕre, kochen, alqd aere cavo 4, 505. cruor coquitur veneno geräth ins Kochen 9, 171.

cŏr, dis, n. Herz 5, 384. 8, 268. 12, 421. ferrum in corde gestare 7, 33; wo im D. Brust, alto de corde petiti gemitus 2, 622. gemitus trahere e corde 11, 709. — Herz als Sitz der Gefühle 9, 802. excute corde metum 8, 690. cor ferum salia 6, 291. 9, 178 dolorem tuli corde patruo 11, 829. Pl. corda 15, 514. noxia 10, 351.

cōram, Adv. in Gegenwart Anderer 9, 560.

corbis, is, m. u. f. Korb, corbe ferre 14, 644.

Cŏrinthĭacus, a, um, corinthisch, pontus 15, 507.

Cŏrinthus, i, f. Stadt an dem Isthmus zwischen der Peloponnes und Hellas, bimaris, weil sie in d. Nähe zweier Meere, des corinthischen und saronischen Golfes lag 5, 407. nobilis aere wegen der dort erfundenen Erzmischung aus Kupfer, Silber u. Gold (aes Corinthium) u. der Arbeiten daraus 6, 416.

cornĕus, a, um, aus Horn, hörnern, arcus 1, 697. cornea ora facit 8, 545.

cornĭger, era, um (cornu u. gero), Hörner tragend, gehörnt, Ammon 5, 17. 15, 809. taurus 15, 511. iuvencae 13, 926. cervi 7, 701. — Subst. corniger der Gehörnte, der Flussgott Numicius, da man d. Flussgötter mit Hörnern darstellte 14, 602.

cornix, icis, f. d. Krähe, garrula 2, 548. novem saecula passa, man glaubte, d. Kr. erreiche ein ungemein hohes Alter 7, 274.

cornu, us, n. Horn, der Thiere, rigidum 9, 85. gemino cornu 10, 922. 15, 511. collect. laniger flexo cornu 7, 818. boves cornu minaces 11, 67. 12, 108. Pl. 1, 641. 740. alta 3, 20. vara boum 12, 382. Tauri 2, 80. cervi Gewölbe 3, 194. votivi (b. s.) 12, 267. late patentia 10, 110. celans in cornua cervum 10, 539; als Symbol der Stärke bei Flussgöttern 9, 97. der Macht bei Cipus 15, 568ff.; als Füllhorn m. Früchten, praedives 9, 91. der Bona Copia 9, 88. — als Stoff, ora rigent cornu 14, 602. ungula perpetuo cornu ungespalten 2, 871. — meton. für das a. Horn Gefertigte: d. Bogen, flexile 5, 383. curvavit cornu 11, 324 (Pl. die Hörner des Bogens 1, 455. lenta 5, 55. arcus flexus a cornibus an den H. 2, 603); der hornförmige Ansatz der phrygischen Schalmei, tibia adunco cornu 3, 533. 4, 392. inflexo (infracto) 11, 16. — bildl. Pl. d. Hörner der Mondsichel 1, 11. dimidiae lunae 8, 682. extremae 2, 117. für luna 12, 261 (s. deduco). lunaria 2, 453. cornibus lunaribus in plenum coeolis 10, 296. iunolis 2, 844. ut tota coirent 7, 179. als Zeitbestimm. per novem cornua redeuntis lunae 10, 479. als Kopfschmuck der Isis 9, 689. imitata lunam cornua 9, 784. — hornförmige Blasinstrumente, Kriegsbörner, neris flexi 1, 98. 15, 784; die Enden der Segelstangen ob. diese selbst, cornua locare in summa arbore 11, 476. demittere 11, 469; die Flügel einer Schlachtordnung ob. dgl. dextra tueri 6, 361; ins Meer hervorragende Landspitzen, aequor inclusum angustis cornibus eng bei einander liegend 5, 410; die Nilmündungen, Nilus digestus in septem cornua 9, 774.

I) cornum, i, n. seltene Nebenform v. cornu 2, 874. 5, 388.

II) cornum, i, n. b. Kornelkirsche als Frucht 1, 105. autumnalia 8, 665. 13, 818. — Kornelkirschholz, Lanzenschaft daraus, aerata cuspide grave 8, 480. sine cuspide 12, 451.

cornus, i, f. Kornelkirschbaum, Kornelkirschholz 7, 678.

corona, ae, f. b. Kranz 15, 610. florens 2, 27. festa 10, 598. Pl. v. 337. 11, 91. 14, 315. — Goldreif um b. Stirn, Krone 8, 178. 161. clara auro gemmisque 13, 704. — Zuhörerkreis, vulgi corona stante 13, 1. [Verzeichn.]

Coronae, arum, m. b. beiden Jünglinge, die aus der Asche der Töchter des Orion entstanden 13, 692.

Coroneus, ei, m. König von Phocis, Vater der in eine Krähe verwandelten Corone 2, 569.

Coronides, ae, m. Aesculap als Sohn des Apollo u. der Coronis 15, 624.

Coronis, idis, f. Tochter des Phlegyas aus Larissa in Thessalien (Larissaea 2, 542). Apollo zeugt mit ihr den Aesculap, töbtet sie aber aus Eifersucht 2, 605 ff. [Acc. Coronida 2, 600.]

corono, avi, atum, are, bekränzen, coronata canistra 2, 713. templa 8, 264. clavus 15, 690. — umkränzen, silva coronat aquas 5, 388. 9, 335.

corporeus, a, um, vom Stoffe des animal. Körpers, von Fleisch, umerus 6, 407. dapes Fleischspeisen 15, 105.

corpus, oris, n. Körper als stoffliche Gestaltung jeder Art 1, 2. 18. oma in corpore terrae 1, 304. ceu (in) corpore marmoris wie auf b. Körper eines Marmorbildes 12, 487. genitalia corpora Zeugungsstoffe (Elemente) 15, 239. quot haberet corpora pulvis Körner 14, 137; ein körperliches Wesen (Ggs. vox) 3, 359. spem sine corpore amat körperlos 3, 417. nomen sine corpore 7, 830. effigies falsi apri nullo cum corpore ohne wirklichen Körper 14, 358. — bes. der thier. ob. menschl. Leib 1, 200. 428. 739. iuvenile 2, 150. summum b. Oberfläche des Körpers, b. Haut 8, 883. 9, 235. mutatum die Verwandlung 1, 650. quasi corpus Körperähnliches 11, 718. maiores corpore vires als im Verhältnis zu f. Körper 11, 843. membris et corpore maximus an Gliebern u. Leib (als Ganzes) 12, 403. Leib einer Gottheit 3, 612. sacrum 4, 410. corpora Leiber 5, 208 ff. äußere Gestalten (Ggs. mores) 7, 855. sine membris gliederlos 15, 883. dira Gigantum 1, 156. mortalia 2, 644. Troica 12, 605. pantherarum 3, 669; Pl. v. einem 1, 527. 3, 695. 4, 578. 7, 631. 8, 286. 255. 593. 10, 126. 11, 564. in cognata corpora vertor näml. in ein Roß 2, 668. — im Ggs. zu oma Fleisch, sine corpore et ossibus 4, 448. in corporis usum um als Fleisch zu dienen 1, 408. corpore adiecto durch Zuwachs von Fleisch 7, 291; lebendiger Leib (Ggs. ebar) 10, 265. 289. (Ggs. lignum) 14, 549. — b. entseelte Leib, Leichnam 2, 367. 8, 536. exsangue 2, 647. sine sanguine 11, 736. lelata 3, 55. Adissima ihr Leiber meiner Getreuesten 3, 58. v. einem 2, 326. — Körper = Körpergestalt 11, 404. simulatum 10, 253; Rumpf (Ggs. caput) 11, 794; Körpertheil, corpus femorum crurumque pedumque 14, 64. — Körperschaft 1, 156.

corrigo, rexi, rectum, ere (con-rego), zurechtrichten, cerae correctae wieder geglättet 9, 520; verbessern vola 2, 89. moram celeri cursu wieder einbringen 10, 069.

corripio, ripui, reptum, ere (conrapio), zusammenraffen, hastig ergreifen, lora 2, 115; gewaltsam erfassen, packen, alqm 9, 217. 12, 17. alque ita correpto (Abl. abs.) nachdem für ihn so gepackt 13, 500. — übertr. viam corripuere stürzten sich auf ihre Bahn 2, 158; v. Feuer, corripi flammis 2, 210. 12, 274. correptus ab ignibus 8, 514. correptam ardere 1, 257; hinraffen = verderben, imber corripit segetes 5, 483; v. e. Leidenschaft, correptus erfaßt, cupidine fratris 9, 455. 734. bezaubert, imagine viäe formae 3, 416. 4, 676. — zusammenfassend verkürzen, moras 9, 262. — (herunterreißend) hart anlassen, schellen, alqm 13, 69. 14, 407. dictis 8, 665. fletum sororis 6, 611.

cor-rumpo, rūpi, ruptum, ĕre, verderben; sittl. alqm bestechen 6, 461.

cor-ruo, rui, ĕre, zusammenstürzen 2, 403. 6, 126. 8, 776. rogus corruit alto igne mit hochlodernder Flamme 13, 601.

cortex, ĭcis, m. selt. f. (quam cortice 10, 512. 14, 630) Rinde des Baumes 2, 358. 4, 375. 8, 761. novus 1, 554. rugosus 7. 626. siccus 8, 613. lentus 9, 353. *Past.* 1. 122. — Schaale des Granatapfels, pallens 5, 637. lentus 10, 726.

cortina, ae, f. d. kesselförmige Dreifuß, worauf d. Pythia zu Delphi bei Ertheilung der Orakel saß; meton. für d. Pythia selbst 15. 635.

corusco, ĕre, zitternd bewegen ob. sich bewegen, linguä züngeln 4, 494.

coruscus, a, um, in zitternder Bewegung, vom Licht blitzend, schimmernd, radii 1, 768. lampades 12, 247.

corvus, i, m. d. Rabe, loquax 2, 535. als Weissagevogel dem Apollo heilig (ales Phoebeïus 2, 545), der sein Weib in Schwarz verwandelt 2, 632 u. selbst die Gestalt eines Raben annimmt 5, 329.

Corycides (*Gen.* um), Nymphae, die corycischen Nymphen, denen d. corycische Höhle am Parnaß geweiht war 1, 320.

corylus, i, f. d. Haselstaube, fragiles 10, 93.

corymbus, i, m. Blüthendolde, bes. des Epheu, gravidi 3, 665.

Corythus, i, m. 1) Krieger aus Marmarica 5, 125. — 2) e. Lapithe 12, 290. — 3) Sohn des Trojaners Paris u. der Oenone 7, 361.

costa, ae, f. Rippe, *Pl.* 5, 79. 12, 330. laterum 4, 796.

costum, i, n. duftende Wurzel des costus Arabicus, in Indien wachsend 10, 308.

Cous, a, um, coisch, von d. Insel Cos (Kos) im Südw. v. Kleinasien, matres (f. Eurypylus) 7, 363.

crabro, ōnis, m. Horniße 11, 335. 15, 368.

Cragos, i, m. Gebirg in Lycien 9, 646 [*Acc.* Cragon.]

Crantor, ōris, m. Waffenträger des Peleus, der im Kampfe der Lapithen gegen d. Centauren fiel 12, 361.

cras, *Adv.* morgen 15, 218.

Crataeis, ĭdis, f. e. Nymphe, Mutter der Scylla 13, 749.

crater, ēris, m. Mischgefäß, -kessel, bes. zum Mischen des Weines, gewöhnl. aus Metall u. mit erhaben gearbeiteten Bildwerken geziert, asper signis exstantibus 12, 236. caelatus (b. f.) eodem argento 8, 669. summus d. oberste Rand des Mischkessels 13, 701. [*Acc.* cratere 5, m. 8, 573.) — kesselartige Vertiefung, Schlund, tellus recepit currum medio cratere 8, 421.

cratēra, ae, f. Nebenform v. crater 12, 681 [*Acc.*].

crātes, is, f. Flechtwerk, Gefüge, a crate spinae 8, 806. laterum cratem der Rippen, Brustkorb 12, 870.

Crāthis, ĭdis, m. Fluß bei Sybaris in Lucanien 15, 315.

creātor, ōris, m. Erzeuger, Achillis Peleus 8, 309.

crēber, bra, um, häufig, meist *Pl.* amplexus 9, 523. gemitus 10, 508. sinus 15, 721; m. *Abl.* reich an etwas, iocus creber harundinibus e. dichtes Rohrgebüsch 11, 190.

crēdo, dĭdi, dĭtum, ĕre, anvertrauen, se caelo 2, 378. nocti 4, 827. ponto 13, 900. 14, 222. — Vertrauen schenken, trauen, m. *Dat.* bibulis talaribus 4, 731. vix sibi credens 11, 108; Glauben schenken, glauben, m. *Dat.* nil mihi credideris (*Vgl.* potes videre) 13, 825. nec vanis credite verbis (*Vgl.* aspicite) 13, 263. male credere ante actis misstrauen 12, 115. matri omnia credin 1, 764. crede mihi 1, 361. mihi crede 14, 31. 244. mihi credite 15, 264. *Pass.* m. *Nom. c. Inf.* huic Epaphus creditur de semine Iovis genitus esse 1, 749. *Part.* creditus (selt.) — postquam ei creditum est 7. 98. ora non credita dem nicht Glauben geschenkt wurde 15, 74. — glauben — für wahr halten 8, 860. 9, 141. 1, 400. si modo credimus 2, 330. 8, 811. mihi, crede, places 4, 228. parum credens 6, 213. sic credi volebat 12, 360; an etw. *Acc.* adulterium 7, 717. factum 10, 802. credita res auctore suo est 12, 532. utinam furor ille creditus esset 13, 43. m. *Acc. c. Inf.* esse deos 9. 203. *Part.* credentes die Gläubigen 8, 612. — glauben — meinen, credo eingeschl., meine ich, vielleicht 8, 611. m. *Acc. c. Inf.* 1. 196. 2, 90. 12, 455. credunt man 10, 257. nil crediderim durare diu 15, 260. credas man möchte, könnte gl. 5, 194. 10, 250. 11, 517; *Pass.* m. *Nom. c. Inf.* dignissime credi esse deus 4, 321. 5, 49; m. dopp. *Nom.* für etwas gehalten werden, credi posset Latonia 1, 696. 2, 89. 3, 610. 9, 625.

crēdŭlĭtas, ātis, *f.* Leichtgläubigkeit 13, 934. 15, 101. — personificiert 12, 59.

crēdŭlus, a, um, leichtgläubig, 3, 432. 8, 858. credula res amor est 7, 826.

crēmo, āvi, ātum, āre, verbrennen, tecta 2, 186. herbas 6, 457. trabes 8, 838. rates 14, 85. cremata est Ilion 14, 466. boum fibris crematis 13, 637; Beiname 12, 614. 13, 696. 14, 444. [Die bereitſ. Formen ſind im Verdicht.]

Crēnaeus, i, *m.* e. Centaur 12, 313.

crēo, āvi, ātum, āre, hervorbringen, erzeugen, vapor umidus omnes res creat 1, 433. quam (populum) terra creaverat 3, 116. crearat quattuor iuvenes 6, 679. quidquid mortale creamur 10, 18. *Part.* creatus erzeugt, geboren 1, 108. proles sine matre creata 2, 553. vobis animosa creatis euch geboren zu haben 6, 206. m. *Abl.* tellure 7, 30. eādem patriā 13, 868. illo genitore 11, 295. matre Palaestinā 5, 145. Maiā Mercur 11, 303. Telamone Aiar 12, 624. caelesti stirpe 1, 760; humili de stirpe 14, 699. [Die bereitſ. Formen im Verdicht. außer 10, 358.]

crēpĭto, āre, (crepo), heftig klappern, artus crepitant sub dentibus knirſchen 14, 196. *Part.* crepitante rostro 6, 97. ora tenui crepitantia rostro 11, 735; klirrend, arma 1, 143. 15, 783. raſſelnd, squama 15, 725. rauſchend, lapilli 11, 604. ramis crepitantibus auro 10, 648.

crēpo, ui, itum, āre, raſſeln, klappern, sistrum crepuit 9, 784.

crēpuscŭlum, i, *n.* (Mei. nur *Plur.*) crepuscula b. Dämmerung, beſ. Abenddämmerung 15, 651. sera 1, 219. dubiae lucis 11, 596; per opaca der Unterwelt 14, 122. [Vor d. s. s.]

crēsco, ēvi, ētum, ēre, hervorwachſen, wachſen, crescit seges clipeata virorum 3, 110. 3, 290. ut clivo crevisse putes 3, 191. crescunt loca decrescentibus undis 1, 345. *Part.* cretus entſproſſen, entſtammt, m. *Abl.* mortali semine 15, 760. Amyntore 8, 307. 13, 750. sanguine Sisyphio Ulysses 13, 31. 5, 85; ab origine eadem 4, 607. — heranwachſen, filia crevit 4, 210. creverat opprobrium generis Minotaurus 8, 155. opes crescentis Iuli 14, 583. — wachſen, zunehmen, crescit hiems 11, 490. ignis dolorque 8, 622. rabies 3, 567. seditio 9, 428. bella 11, 13. aitia 3, 416. amor 3, 325. fama e minimo 9, 139. moenia 15, 432. urbe civibus 7, 512. in latum 1, 336. in immensum 4, 661. in frondem crines, in ramos bracchia crescunt zu 1, 550. manus in ungues 2, 479. crescit in caput verbirgt ſich nach dem Kopfe 5, 547. crescentes anni b. Jahre wachſender Kraft 10, 24. crescendo mutare formam 15, 484. 1, 11. 4, 376.

Cressa, ae, *f.* d. Creterin, Telethusa 9, 703.

Crētaeus, a, um, cretenſiſch, taurus (j. Marathon) 7, 434. centum Cretaeae urbes (j. Crete) 9, 666.

Crēte, es, *f.* d. Inſel Creta im Süden des ägäiſchen Meeres 8, 118. 9, 735. 13, 706. 15, 540. incunabula Iovis, weil nach e. Sage Jupiter dort geboren war 8, 99. Bei Homer heißt d. Inſel die 'hundertſtädtige' (ἑκατόμπολις) 9, 666; dah. centum urbes, populi met. f. Crete 13, 707. 7, 481. [Acc. Creten u. Cretam. Abl. Creta 15, 541.]

crētōsus, a, um, kreidereich, rura 7, 463.

cribrum, i, *n.* Sieb, rarum 12, 457.

crimen, inis, *n.* Beſchuldigung, 2, 600. fictum 7, 824. 13, 60. vanum 7, 829. caelestia der Himmliſchen 6, 131. fingere crimina 13, 67. dicti sibi criminis gegen ſie erhoben 1, 766. falso crimine accusare 13, 308; Vorwurf 13, 64. longum tibi crimen e. bleibender V. für dich 8, 240. vera gegründet 14, 401. miseri sine crimine 3, 551. letum sine crimine 13, 57. nostro cum crimine uns zum V. 13, 46. locus est in crimine gilt für ſchuldig 7, 576. — Schuld, Verbrechen 1, 483. 2, 447. 462. 6, 474. 7, 719. 8, 120. dirum 2, 590. fortunae 8, 141. crimino verso m. Veränderung der Schuld 15, 502. crimine verus pater durch Schuld 9, 24. crimen placere putavi 5, 584. quod crimen est in iaculo haftet daran 7, 794. crimen trahere in se auf ſich nehmen 10, 68. per crimen aevum agere ſchuldvoll 10, 248. patior sine crimine poenam ſchuldlos 9, 372. non sine crimine nicht auf unſchuldige Weiſe 2, 433. *Pl.* v. einer, vulnus, mea crimina 10, 197. iacoli 7, 795. iugulati Phoci 11, 267. manifesta fari utero 3, 268. quod superest, parvum est in crimina zur Schuld 9, 629; meton. der die Schuld enthaltende Brief 9, 565. concepta das verbrecheriſch empfangene Kind 10, 470.

Crimīse, es, Stadt in Lucanien 15, 52 [Acc. Crimīsen].

crinālis, e, zum Haar gehörig, vittae Haarbinden 4, 6. 5, 617. 9, 771. *Subst.* crinale Schmuck zum Halten des Haares, curvum Diadem 5, 58.

crinis, is. m. d. Haar, das (einzelne) Purpurhaar des Nisus 8, 10. 86, 98; gew. collect. longus 1, 480. simplex 8, 319. hirtus 8, 801. Gorgoneus der Gorgo 4, 800. sparsus cervicibus 1, 542. per auram iactatus 11, 6. demisso crine als Zeichen der Trauer 6, 289. desgl. soluto 13, 684. crinem laniare 2, 850. scindere 11, 683. *Pl.* 1, 550. vagi 2, 675. hirsuti 12, 280. inornati 9, 3. caerulei (b. J.) 5, 482. casti des Priesters 15, 676. digni Apolline 8, 421. madidi murra 8. 555. deducere pectine crines 4, 311. — bildl. eines Haarsternes, flammifer 15, 849.

crinītus, a, um, behaart, colubris 6, 119. ora draconibus b. schlangenhaarige Haupt der Medusa 4, 771. sorores atro angue crinitae b. Erinnyen 10, 849.

crista, ae, *f.* d. Kamm ob. Busch auf d. Haupte von Thieren, draco cristā praesignis 7, 150. cristis et auro Semblad. st. cristis aureis 3, 32. cristis aureus altis goldfarbig am Kamme 15, 669; beim Wiedehopf, *Pl.* 6, 672.

cristātus, a, um, mit e. Kamm ob. Busch auf d. Kopfe geschmückt, draco 4, 599. alen ora cristati 11, 597; casnis pennis cristata mit e. Feder-busch gezlert 8, 25.

Crocāle, es, *f.* Nymphe im Gefolge der Diana 8, 169.

crocēus, a, um, safranfarbig, gelb, flos 3, 509. amictus 10, 1. rotae (Aurorae) 3, 150.

Crocos, i, m. wurde zugleich mit f. Geliebten Smilax in Blumen verwandelt, er in e. Safranstaube (κρόκος), sie in e. Winde (σμῖλαξ) 4, 283.

crocus, i, m. Safran, *Pl.* 4, 393.

Cromyon, ōnis, m. Flecken im korinth. Gebiete, dessen Umgegend e. Schwein verwüstete, das endlich Theseus erlegte 7, 435 (colonus arat Cromyona b. Gefilde v. Cromyon).

Croton, ōnis, m. italischer Heros, der den Hercules auf seiner Rückkehr aus Spanien beherbergte (Herculeus hospes 15, 8), aber von diesem unversehens getödtet wurde. Auf seiner Grabstätte wurde später d. Stadt Croton erbaut 15, 15. 55.

cruciātus, us, m. Marter, *Pl.* diris 9, 179.

crucio, āvi, ātum, āre (crux), martern, peinigen, cruciabere 2, 651. cruciatus 3, 604. 9, 292.

crudēlis, e (crudus), roh v. Charakter, grausam 1, 617. 7, 26. 10, 76. gaudia 6, 653. manus 14, 200. lumina 14, 728. crudelior ipso pelago gefühlloser 11, 701; übertr. poena 2, 612. vulnera 18, 531. arae 12, 453. coniugium 10, 621.

crudēlĭter, *Adv.* grausam, *Comp.* ecquis crudelius amavit qualvoller 8, 442.

crudus, a, um (st. cruidus v. cruor), roh, fühllos 4, 240. ferrum 6, 236.

cruento, āvi, ātum, āre, m. Blut be-flecken, tela 8, 424. *Part.* cruentato ore 4, 104. dextris 11, 28. blutig geschlagen 3, 572.

cruentus, a, um, blutbefleckt, blutig 1, 718. 8, 668. solum 4, 133. thalami 10, 620. digiti 3, 727. ore 11, 895. dapes 14, 211. guttae Blutstropfen 4, 816. 9, 814. Achilles bello cruentior ipso 12, 592. [Bericht.]

cruor, ōris, m. d. dem Körper entströmte Blut 6, 258. 8, 764. calidus 1, 158. puniceus 2, 607. rutilus 5, 83. fluidus 4, 482. castus der Jungfrau 12, 80. vetus altes, verdorbenes Bl. 7, 296. 339. ferarum 5, 148. cruor emicat alte 4, 121. se parat cruori humano Menschen-blut zu vergießen 15, 463. — meton. polluere ora cruore m. blutigen Spei-sen 15, 98. [Desgl. s. Bericht. außer 3, 148. 4, 451.]

crus, ūris, n. Unterschenkel, Schienbein; überh. Bein der Menschen u. Thiere 11, 74. traiecti cruris 5, 168. *Pl.* 1, 296. 509. velocia cervi 1, 306. sub-stricta 11, 752. apta natando der Frösche 15, 377. cum longis mutat bracchia cruribus 5, 197. 5, 455. 6, 148. — ungenau Fuß 5, 351.

cubīle, is, n. Lager, Lagerstätte 2, 592. 15, 501. consueta Lagerplatz 11, 259. *Pl.* eheliches sociare cubilia cum alqo 10, 635; meton. Vermählung, sperata 8, 55.

cubĭtus, i, m. (neb. cubitum, n.) Ellbo-gen, cubiti ossa 12, 343. cubito leva-tus 11, 621. 7, 843. innixus 8, 727. 9, 518. *Pl.* cubiti 14, 501.

cubo, ui, ĭtum, āre, liegen, cubat loro 11, 612.

culmen, inis, n. Höhepunkt, bes. Spitze v. Gebäuden, Giebel 1, 289. tecti 12, 480. thalami 6, 432. summae turris 5, 291. *Pl.* culmina villas 1, 295.

culpa, ae, *f.* Schuld, Vergehen 7, 69. 10, 200. monstrum culpae 10, 553.

conscia culpae 2, 593. culpam celare 2, 37. detegere 2, 546. culpae succumbere 7, 740. maledicta addere 5, 666. culpā carere 7, 724. si mora pro culpa est als Schuld gilt 13, 300.

culpo, āvi, ātum, āre, tadeln, alqm 10, 581. faciem 11, 322. non eloquitur, culpetne probetne 3, 256. 9, 524.

culter, tri, m. Messer, Haemonio (b. f.) 7, 314; Opfermesser, *Pl.* b. einem, *Acc.* 7, 244. 599. 15, 134. 735.

cultor, ōris, m. (colo) b. Pfleger, bah. b. Bebauer des Feldes 1, 425. 7, 853; Bewohner, aquarum 14, 4; Verehrer b. Gottheit, numinis 1, 327; aequi Pfleger des Rechtes 5, 100.

cultus, us, m. (colo) Pflege einer Sache: des Ackers; *Pl.* locorum Bebauungsarten 4, 766. — der Gottheit, Gottesdienst, culta venerari numina 6, 314. — des Menschen, bah. Tracht, Kleidung, Schmuck 3, 609. 6, 322. 9, 712. 10, 517. 13, 163. Dianae 2, 425. divite 5, 49. 12, 408. *Pl.* 6, 464; seine Bildung, cultusque artesque locorum 7, 59.

I) cum, *Praep.* m. *Abl.* mit, bez. Begleitung. Deucalion cum consorte tori adhaesit 1, 319. tecum venitque manetque, tecum discedet 8, 485. — Innenmengehörigkeit, sammt, penetralia cum sacris 1, 287. cum satis arbusta simul 1, 286. cum frondibus arbor 2, 212. qui cum coniuge 4, 468. Olympus cum dis 13, 761. cum meo tela eben= so wie die Hand 2, 619; fl. eines Attri= butes, dapes cum sanguine blutig 15, 87. effigies nullo cum corpore Körper= los 14, 358; fl. et: cum fulminibus ventos — ventos et fulmina 1, 56. cum Cyllene pineta Lycaei — pineta Lyc et Cyllenen 1, 217. cum ipso verba imperfecta — ipsum eiusque v. imp. 1, 520. deum Palaemona dixit cum matre Leucothea — et matrem Leuco= thea 4, 512. 2, 270. 470. 575. 4, 14. 436. 540. 6, 885. 345. 7, 744. 9, 436. 454. 10, 240. 13, 90. m. Präbic. im Pl. clamor cum plausu implevere litora 4, 735. — Gesellschaft, mit, bri, mecum considere 1, 670. esse cum alquo 5, 567. 10, 204. cum quis simul ipse re= sedit 7, 671. 9, 11. secum repetere 1, 389. requirere 15, 233. secum versf. dixit 4, 422. — Gemeinschaft ob. gemein= same Beziehung, quid tibi cum armis was hast du damit zu thun 1, 456. quod cupio, mecum est gehört mir selbst 3, 466. bah. nobiscum certate 5, 309. cum alquo pugnare 1, 20. loqui 6, 205.

queri habem 1, 733. miscere 1, 51. mutare 3, 198. — Derselben scin m. etw. Ammon formatus est cum cornibus, 328. stabant cum vestibus atris 8, 288. 8, 778. 859. — (Gleichzeitigkeit, zugleich mit, nudo cum corpore patuit crimen 2, 462. cum die surgere bh. mit Tagesanbruch 13, 677. mecum vires minuuntur Amoris zugleich mit den meinigen 5, 374. 6, 141. 253. 7, 348. (vgl. pariter cum). — begleit. Umstanb, mit, unter, cum murmure 2, 465. 18, 567. nullo cum murmure ohne 7, 186. c. stridore 8, 287. 9, 06. clamore 8, 889. gemitu 8, 521. lacrimis 8, 523. nostro cum crimine uns zum Vorwurf 13, 46. [Stellung, nicht hinter dem Relativ. — sanguine cum soceri 11, 313. — Mit angeh. que 1, 285, 286. 2, 215. 616 u.).]

II) cum (quom), *Conj.* 1) mit. a) m. *Ind.* wann — zu der Zeit wo, cum sol sub tellure est 1, 630. cum lucem Aurora reducet 3, 150. 11, 251. cum tecta cremaro 6, 814. tum cum se vo bann wann ich bewache 13, 582. tum cum cruciabere 9, 282. 13, 582. nunc cum pereo jetzt wo ich sterbe 7, 855. tempus erit, cum wo 14, 147; bej. in Vergleichen, thells m. *Praes.* thells *Perf.* ut canis cum leporem vidit 1, 538. 2, 623. 3, 704. 4, 714. qualis (Phoebus) cum deficit orbem esse solet 2, 382. 727. 810. 3, 373. 4, 122. 333. 346. — als — zu d. Zeit wo, cum clipeum pro classe tenebas 13, 352. cum manu impia saevit 1, 200. cum posuit urbem 3, 130. 6, 112. tum cum Maeoniam colebat damals als 6, 149. 334. 13, 473. Pergama tunc vici, cum vinci posse coegi 13, 349. 9, 756. 4, 572. 9, 596. tunc quoque legebal, cum vidit 4, 316. — während, cum tamen ille ferox vivit adhuc 12, 592. — so oft als, wann, aderis, cum laeta triumphum vox ca= net 1, 560. cum risi, arrides 9, 459. 7, 199. 13, 618. cum dextera caedis satiata erat, repetebam frigus 7, 808. 14, 53. cum percusserat ille lacertos, reddebat sonitum eundem 8, 497. 8. 82. 489. 15, 65. — sobald als, cum fratres caelo sum nactus aperto 8. 693. 697. obscurum nox cum fecerit orbem 2, 614. cum primum sobald 4. cum pr. aurora movetur 6, 48. 4, 292. 7, 859. cum prima copia facta est so= bald nur 11, 278. — wo b. Haupthand= lung im Nebensatz folgt m. *Perf.* od. *Praes. hist.*, als, da, impleverat querelis Eridanum, cum vox est tenuata viro 2, 372. 418. 870. 3, 146. 4, 695. 711.

5, 447. 6, 830. 9, 715 u.ö.; im Hptf-
geht vix vorher 1, 70. 2, 454. 13, 946.
iam 1, 599. 3. 8. 6, 243. 4 10. 520. 7,
77. 236 u.ö., etiamnum 7, 491., — b)
m. *Conj. Impf.* ob. *Plusqpf.* als, da 1,
156. 210. 635. 2, 672. 3, 476. tum cum
damals als 7, 361. 8, 19. dann wann.
vestes spectare juvabat tum quoque,
cum fierent 6, 18. — 2) causal m. *Conj.*
da 1, 107. 8, 411. — concessiv m. *Conj.*
da doch, obschon 1, 59. 84. 432. 2, 488.
531. 5, 553. 6, 65. 9, 549. 631. 10, 661.
11, 545. 14, 83. 672. 15, 257. 307. [Oft
m. angeh. que, meist im Nachsatz. 1, 453. 2,
458. 497. 4, 86. 617 u.ö.]

Cumae, ārum, *f.* Colonie der Euböer
(dah. Euboica urbs 14. 155) in Campanien, mit e. berühmten Tempel des
Apollo und der Höhle der Sibylla
14, 104.

Cumaeus, a, um, cumäisch (s. Cumae),
Sibylla 14, 712. dieselbe dux 14, 121.
virgo 14, 135.

cumba, (cymba), ae, *f.* Kahn, Nachen,
adunca 1, 293.

cumulo, āvi, ātum, āre, vollhäufen,
anfüllen, viscera Thyesteis menis
15, 462.

cumulus, i, *m.* d. aufgeschichtete Haufe,
immanis 12, 414. pulveris hausti 14,
187. aquarum Wasserwoge 15, 508.
— Zugabe über d. Maß, perfidiae cu-
mulum (Appos. zu perjuria) als Krone
11, 206. cladis (App. zu Capharea) als
Gipfel 14, 472.

cunae, ārum, *f.* d. Wiege 10, 392. 15,
405. labor cunarum in d. Wiege ge-
lernt 9, 67; meton. früheste Kindheit,
primis a. 8, 818.

cunctor, ātus sum, āri, zaudern, zögern, 8, 759. cunctantem 4, 652.
cunctatus 2, 105. brevi nach kurzem
Zögern 5, 32.

cunctus, a, um (a. coniunctus), meist
(Met. immer) *Pl.* cuncti, ae, a, alle
insgesammt, zusammen, animalia 9,
733. conatis e partibus 2, 227.
quamvis ea cuncta placerent 6,
154. ante cunctos (superos) neben
omnes 11, 578. *Subst.* cuncti Alle,
Sämmtliche 1, 206. 3, 646. 4, 701.
11, 877. cunctae 2, 460. 3, 716;
cuncta Alles 1, 190. 2, 805. 3, 424.
—alle Dinge 1, 431. = d. ganze Natur, cuncta silent 10, 446 jacent
15, 189. das All, moderantum cuncta
deorum 1, 85.

cuneatus, a, um, keilförmig, collis
13, 778.

cuneus, i, *m.* Keil. *Pl.* die ob. Plätze
zum Zusammenhalten der Schiffsbalken
11, 511.

I] **cupido**, inis, *f.* Verlangen, Begierde
7, 19. ventris 15, 172; nach ein. Gen.
currus 2, 104. regni 5, 218. palmae
6, 60. lucis 10, 182. leti zu sterben 11,
798. caedis Mordgier 1, 234. poenae
Rachgier 6, 671. ähnl. praedae 3, 215.
laudis 8, 300; liebendes Verl., nostri
cupidine captus 13, 762. virginis 13,
901. sinnliches, nudae formae 4, 346.
8, 143 9, 455. 10, 689. 14, 634. —
mas. 8, 74. femineus Verl. nach e.
Weibe 9, 734.

II] **Cupido**, inis, *m.* auch Amor, der
Liebesgott, Sohn der Venus 1, 469. e.
geflügelter Knabe mit Bogen u. Köcher
1, 456. 468. 4, 331. 5, 364. 9, 543.
10, 311. 535. Mit s. Pfeilen verwundet
er die Herzen der Götter und Menschen,
selbst den Pluto u. die eigne Mutter
1, 453. 5, 366. 7, 55 (maximus deus).
73. 10, 526. primo Cupidine tacta
zuerst v. Cup. berührt 10, 636. Auch mit
d. Fackel entzündet er dieselben 1, 461.
10, 312.

cupidus, a, um, begierig, verlangend
6, 467. cupidis nimis amplecti 11,
61. cupidi amantes sehnsüchtig Liebende 4, 679; m. *Inf.* mori 14,
215.

cupio, ivi u. ii. itum, ere begehren,
wünschen, alqd 8, 834. quam cupiens
falsam 1, 712; verlangen nach etwas
oder Jem. *Acc.* conubia Daphnes
3, 490. multi illam cupiere 3, 363.
426. aliquam zum Weibe begehren 10,
316. — m. *Inf.* wünschen, wollen 2,
184. 661. 3, 415. 4, 361, m. *Acc. c.
Inf.* 13, 230.

cupressus, i. *f.* die Cypresse, metas
imitata 10, 106. aenta 3, 155 [Abl.
cupresso].

cur, *Adv.* warum, weshalb, frag. 2, 291.
cur non 4, 593. 5, 371. 6, 42. anapher.
7, 31. 13, 220. in zweif. Fr. 2, 526. 4,
430; indir. 3, 581. 4, 701. 6, 498. —
relat. est cur m. *Conj.* es ist Grund vorhanden warum 2, 518. 13, 111. non est
cur 8, 721. meruisse cur pereat um
deshalb zu sterben 8, 491. superest
proles cur sustineam um deswillen 13,
546.

cura, ae, *f.* Sorge, Sorgfalt, Fürsorge.
dei 1, 48. deum 4, 574. humana 10,
330; um ein. Gen. imperator Arcadiae
suae 2, 405. Cereris (um Nahrung),
quietis 8, 437. futuri 9, 424. curam
incepti belli dimittere 13, 217. um
Jem. illius 5, 510. tuorum 12, 602.

curae esse alicui Jemandes Sorge sein 1, 250; sorgende Liebe, mutua cura duos habebat 7, 800. für Jem. sororis 6, 535. tui 10, 823. 14, 724. mei 11, 422; Sorgfalt im Ueberwachen, comitum 6, 461. cauti mariti 9, 751. im Suchen, ut vestram sentirent aequora curam 5, 557. in Schmuck u. Kleidung, cura adiuvat formam 2, 732. sorgfältiges Streben, huius amor curae 16, 7. vigili cura 15, 65. cura fuit velare se sorgte zu verhüllen 13, 479. cura tibi est videndi coniugis liegt dir am Herzen zu sehen 14, 835; Gegenstand der Fürsorge, cura pii dis sunt (anb. Crea. cura deum di sint — curantes ober qui curaverunt deos, die Verehrer) 8, 724. — Sorge, Besorgniß, Kummer, animi 10, 75. curam dimittere 1, 209. agere de alqo 9, 107. cura levatus 5, 600. curae graves 3, 318. vigilaces 2, 779. 3, 396. nox curarum maxima nutrix 8, 81; Liebeskummer 6, 498. 9, 729.

curālium, ii, n. die Koralle 15, 416. Pl. 4, 750.

Cūres, ium, f. Hauptstadt der Sabiner 15, 7. sati Curibus die Sabiner 14, 778.

Cūrētes, um, m. cretische Dämonen, denen Rhea den neugeborenen Zeus übergab, um sein Geschrei durch lärmende Musik u. Waffengeklirr zu übertäuben, damit ihn Kronos nicht hörte, verschlinge. Die Sage, daß sie aus Regen entstanden seien, ist sonst unbekannt. Später hingegen Curetes die Priester des lärmenden Zeusdienstes auf Creta 4, 282. [Acc. Curetes.]

Cūrētis, idis, Adj. f. von d. Cureten bewohnt, terra Creta 8, 153 [Acc. Curetida].

cūria, ae, f. die Curie, Versammlungsort des Senates zu Rom 15, 802; übertr. curia Troiae 13, 197.

cūro, āvi, ātum, āre, sorgen, sich kümmern, um etw. Acc. litora Cytherēa 10, 529. m. Inbir. Fr. 1, 480; non curare m. Inf. nicht daran denken 11, 370. 682. 12, 845. 14, 668.

curro, cucurri, cursum, ēre, von jeder schnellen Bewegung, daß. laufen 1, 511. 2, 588. ad litus cucurri 14, 219. ad vocem nach d. Stimme 7, 844. plus homine schneller als e. Mensch kann 11, 336. currendo omnes superare 7, 755; fliegen, medio limite 8, 203. fahren zu Schiff 3, 663; fließen 8, 557.

currus, us, m. der Wagen 15, 508.

curru ingredior 13, 252. habilis der Blumenwagen der Juno 2, 531. quadriiugus Jupiters 9, 277. levis der Ceres, womit sie durch die Luft fährt 5, 645. tractus cervice draconum d. Schlangenwagen der Medea, den ihr Großvater, der Sonnengott, sandte 7, 219. avi 208. atrorum equorum curru vectus Pluto 5, 360. Pl. v. einem, diurni der Sonnenwagen 4, 630. 2, 47 ff. curribus uti 2, 146. lunares d. Mondwagen 15, 790. des Pluto 5, 402 ff. der Ceres 6, 511 ff. 8, 796.

cursus, us, m. der Lauf 1, 703. 3, 199. timidus 1, 525. anhelus 11, 347. fidere cursu Schnelligkeit 7, 648, Pl. quadrupedis 6, 228. cursus declinare 10, 667. tolerare das anhaltende Rennen 5, 610; Lauf eines Flusses, cursu defrenato 1, 282. cursibus obliquis fluere 9, 18. — Wettlauf 7, 780. cursus certamen 7, 791. contendere cursu 4, 303. victa cursu 10, 570. Pl. 10, 638. — Flug 2, 838. 4, 787. aërius 6, 709. cursus inclinare 2, 721. — Fahrt zu Schiff, dant cursum austri 8, 3. cursus advertite vestros 3, 636. pelagi Seefahrt 11, 446. — Reise, felici cursu 15, 13. — bildl. meus dolor in cursu est hat seinen Fortgang 13, 509. 10, 401.

curvāmen, inis, n. Krümmung 8, 194. lato curvamine limes d. Elliptik 2, 130. des Regenbogens 6, 64. arcuatum 11, 590. spinae 8, 66. 672. falcis 7, 227. clipei 12, 95. Pl. ripae 9, 450. [Nur curvamine, curvamina; steht vor d. S. 3. außer 1, 227.]

curvātūra, ae, f. Krümmung, summae rotae d. oberste (äußerste) Radkrümmung, die Felgen 2, 108.

curvo, āvi, ātum, āre, krümmen, brachia 2, 62. cornu den Bogen 5, 383. trabes 7, 441. iter in eundem orbem krümmt den Flug zu demselben Kreis, bb. fliegt immer in demselben Kr. 2, 715. anni curvant alqm 9, 435. Pass. sich krümmen 2, 479. 8, 93. 15, 509. digiti curvantur in ungues 10, 699. Part. curvata cuspis des Skorpions 2, 199. crura curvata pisce zum Fisch gekrümmt 13, 963.

curvus, a, um, gekrümmt, membra vom Alter 8, 276. delphines wegen d. geschwellten Rückens 2, 265. litora 11, 352. arcus 11, 229. aequor die gewölbte Meeresfläche 11, 505. limes Regenbogen 14, 830. flumine curvo m. seinen Flußkrümmungen 8, 842. arbor 5, 536. sulco 5, 594. carinae 1, 298. naves 2, 163. lebetes 12, 243.

aratrum 3, 11. hami 11, 342. forceps 12, 277.

cuspis, idis, f. Spitze, des Pfeiles,
acuta 1, 470. der Lanze 2, 767. 8, 88.
hasta aeratae cuspidis 5, 9. prae-
acutae 7, 131; einer Pflanze, iunci
acuta cuspide 4, 299; Stachel des
Scorpions, curvata 2, 199. — meton.
b. Lanze selbst 8, 345. 12, 100. Peliaca
12, 74. Achillea 13, 680; Neptuns
Dreizad 12, 580. triplex 12, 594; b.
Schwert, pro longa cuspide wie ein
langes Schwert 8, 673.

custodia, ae f. die Bewachung, Wache
8, 672; Wachposten 8, 69. vigil 12, 148.
— meton. anser custodia villae Wächterin 8, 684.

custos, ödis, c. Wächter, Wächterin 2,
422. 4, 85. m. aquarum Hirt 2, 690.
armenti Rinderhirt 11, 348. Iunonius
nämlich Argus 1, 688. rudis somni b.
Drache, der b. goldne Vlies bewachte 7,
218: f. squama 1, 562 — meton.
Behältnis, custos telorum eburnea
Pfeilbehälter (f. wegen pharetra) 8,
321. turis Weihrauchbehälter 13, 703.

cutis, is, f. die Haut, menschl. 2,
583. 8, 276. 397. 876. 4, 577. dura
trocken, gespannt 8, 808; der Schlange
3, 64.

Cyane, es, f. ein Flüßchen, das aus
einem Sumpf entsprang und mit dem
Anapus verbunden in den westlichen
Winkel des großen Hafens von Syracus mündete 5, 409. 411. 417. Verwandlung der Nymphe desselben 5,
425.

Cyanee, es, f. Tochter des Flußgottes
Mäander, die dem Miletus den Caunus
u. b. Byblis gebar 9, 452.

Cybele, es, f. auch Mater deum 10,
104. 686. sancta deum genetrix 14,
536. Mater turrita wegen b. Mauerkrone auf ihrem Haupte 10, 696, eine
phrygische Göttin die hauptsächlich auf
den Bergen Iba u. Berecyntus verehrt
wurde 11, 16. 14, 535. Mutter des
Midas 11, 106, auf einem Wagen von
Löwen gezogen dargestellt 10, 704. 14,
538. Bei ihrem Gottesdienste wurde
mit Cymbeln und phrygischen Buchs-
baumschalmeien ein großes Getöse gemacht 14, 538. Sie verwandelt die
troischen Schiffe in Meernymphen 14,
546.

Cybeleius, a, um, der Cybele gehörig,
Attis von ihr geliebt 10, 104. frons die
Bäume ihres Löwenwagens 10, 704.

Cyclades, um, f. (Κυκλάδες v. κύκλος,
die im Kreise um Delos herumliegen-
den) die cycladischen Inseln im Ägäischen Meere 2, 264 [Acc. Cycladas].

Cyclops, öpis, m. (Κύκλωψ Rund-
auge) Cyclop. Cyclopes hießen: 1) die
Söhne des Uranus und der Erde, von
Saturnus in den Tartarus geflohen,
aber von Jupiter befreit, dem sie die
Blitze schmiedeten 1, 259. 3, 305. —
2) ein wildes, die Götter verachtendes
Hirtenvolk auf Sicilien, Menschen fres-
send, von riesigem Körper und mit e.
einzigen großen Auge auf der Stirne,
Cyclopum arva 14, 2. rictus 15, 93;
Sing. Cyclops der Cyclop Polyphemus 13, 744 ff. inmansuetus 14, 174.
249. [überwiegend ȳ. nur l. 259. 3, 305. 14,
174. 15, 93 ȳ.]

Cycneius, a, um, cycneisch, v. Cygnus,
dem Sohne des Apollo und der Hyrie,
einem schönen Jäger, der zwischen
Pleuron und Calydon in Aetolien hauste.
Ihm zu Liebe verrichtete Phyllius mehrere schwere Arbeiten, tödtete ohne eiserne
Waffen einen wilden Löwen, fing zwei
gewaltige Geier und schleppte endlich,
von Hercules unterstützt, einen Stier
mit der Hand zum Altare Jupiters.
Als er aber auf Geheiß des Hercules
dem Cycnus den Stier zu geben verweigerte, stürzte sich dieser aus Trotz in
den See Conope u. wurde von Apollo
in e. Schwan verwandelt. Cycneia
tempe 7, 371.

I) cycnus (cygn.) i, m. b. Schwan 2,
539. 13, 796. 14, 430. 509. carmina
cycnorum 5, 387. iuncti das Schwa-
nengespann der Venus 10, 708.

II) Cycnus (Cygn.), i, m. 1) Sohn
des Sthenelus, König v. Ligurien, Verwandter des Phaëthon, wird wegen seiner
maßlosen Trauer um diesen in einen
Schwan verwandelt 2, 367. 377. — 2)
Sohn Neptuns, König v. Colonae in
Troas, war unverwundbar, wurde aber
dennoch von Achilles getödtet und von
Neptun in einen Schwan verwandelt 12,
72 ff.

Cydoneus, a, um, cydonisch, von Cy-
donia, einer Stadt auf d. Nordküste v.
Creta, dah. — cretisch, pharetrae 8, 22.

Cyllarus, i, m. e. Centaur 12, 398.
421. Acc. Cyllaron 12, 408.

Cyllene, es, f. Gebirg in Arkadien 1,
217. 5, 607. 7, 386. Geburtsort des
Mercur, der dah. Cyllenius hieß.

Cylleneus, a, um, cyllenisch, v. Gebirge Cyllene, vertex 11, 304.

Cyllenis, idis, Adj. f. cyllenisch, dem
Cyllenier gehörig, harpe das Sichel-

schwert, welches Mercur dem Perseus lieh 5, 176.

Cyllēnius, ii. m. der Cyllenier (s. Cyllene), Beiname des Mercur 1, 713. 2, 720. 818. 5, 331. 13, 146. pacifer 14, 291.

cymba [. cumba.

Cynēlus, i, m. s. Lapithe 12, 454.

Cynthia, ae, f. Beiname der Diana von dem ihr heiligen Berge Cynthus auf Delos 2, 465. 7, 565. 15, 537.

Cynthus, i, m. Berg auf Delos, wo Apollo und Diana geboren waren 2, 221. 6, 204.

Cypārissus, i, m. s. schöner Jüngling auf Ceos, den Apollo liebte u. bei seinem Tode in e. Cypresse (κυπάρισσος) verwandelte 10, 121.

Cyprius, a, um, cyprisch 3, 220. tellus d. Insel Cyprus 10, 645.

Cypros, i, f. Insel zwischen Kleinasien und Syrien mit mehreren berühmten Tempeln der Venus 10, 270. 14, 698. [Acc. Cyprus 10, 718.]

Cythēréa, ae, f. Beiname der Venus v. der Insel Cythera südl. v. Laconien, wo sie verehrt wurde 10, 640. 717. 14, 487. 15, 803.

Cythēréias, ādis, Adj. f. der Cytherea gehörig. Cythereiadas columbas 15, 386.

Cythēréïs, ïdis. f. = Cytherea (d. i.) 4, 288.

Cythēréïus, a, um, 1) zur Insel Cythera gehörig, litora 10, 529. Subst. Cytherēa die Göttin von Cythera, Venus 4, 190. — 2) der Cytherea gehörig, heros Aeneas, d. Sohn der Venus 13, 625. 14, 584. [Vor d. e. a.]

Cythnos, i, f. eine der cyclad. Inseln 5, 252.

Cytōriācus, a, um, cytorisch, vom Berge Cytorus in Paphlagonien, wo viel Buchsbaum wuchs, mons d. Berg Cytorus 6, 132. pecten c. Kamm aus Buchsbaumholz 4, 311.

D.

Daedalīon, ŏnis, m. Sohn des Lucifer, Bruder des Ceyx, in einen Habicht verwandelt 11, 295.

Daedālus, i, m. (Δαίδαλος d. Kunstreiche) berühmter Bildhauer und Baumeister der myth. Zeit, aus Athen stammend, von wo er, weil er seinen Neffen Perdix umgebracht hatte, nach Creta floh 8, 183. 250. Hier erbaute er das Labyrinth 8, 159 ff.; da ihn aber Minos gegen seinen Willen zurückhalten wollte, entfloh er mit seinem Sohne Icarus vermittelst künstlicher Flügel 8, 183 ff. 9, 742. Sein Sohn stürzte ins Meer, er selbst gelangte nach Sicilien 8, 261 [Acc. Daedalon].

Damāsichthon, ŏnis, m. s. Sohn der Niobe 6, 254 [Acc. Damasichthona].

damma, (dama), ae, s. Thier, zweifelh. ob Damhirsch, Antilope, Reh, Gazelle od. Gemse. Pl. 1, 442. 10, 539. 13, 882.

damno, āvi, ātum, āre, verurtheilen, reos 15, 42. alqm falso crimine 13, 309. se sich selbst 3, 718. alqd 10, 323. damnatura non est delictu mariti will nicht verurtheilen 7, 834. zu etwas lumina aeternā nocte 3, 335. strafen, partem damnatur in unam hinsichtlich des einen Theils 11, 178. Part. damnatum verurtheilt wegen e. Verbrechens 13, 145. — tadeln, misbilligen, motas 13, 809. nimios amo-res 10, 577. visa 7, 643. damnandus lacto in uno labrinsworth nur in dem Einen, daß er nämlich die Mörderin Medea aufnahm und sich mit ihr vermähle 7, 402; verwerfen, tabellas 9, 533. lumina das Zeugnis seiner Augen 15, 568.

damnōsus, a, um, Schaden bringend, schädlich, artes 8, 215. mora damnosa est 11, 376. alcui 10, 707.

damnum, i, n. d. Verlust, crescere per damnum 9, 193. vestigia damni des Verlustes ihrer Tochter 5, 478. qua arte damnum nostri generis sit reparabile 1, 379. lucis ademptae 11, 197. capitis den das Haupt erlitten 9, 100. nemorum 8, 777. Pl. 11, 379. meton. d. Gegenstand des Verlustes matrem circum sua damna volantem um ihre verlorene Jungen 12, 16. — Schaden, Nachtheil, damno esse 2, 540. alcui 10, 340. damno graviore 7, 552. — Verderben, materiam praebet suo damno 2, 813 specioso (me) eripe damno 11, 133. Pl. Unglück, aliena 15, 648. 775.

Danaē, es, f. Tochter des Acrisius, Mutter des Perseus (d. i.) 4, 611. 6, 113. 11, 117.

Danaēius, a, um, v. Danaë stammend, heros Perseus 5, 1.

Danai, orum, m. die Danaer, dicht.

Benennung der Griechen von Danaus, dem myth. Gründer d. argivischen Herrschaft in der Peloponnes (f. Belides) 13, 134. 14, 472.

Dānāus, a, um, den Danaern (= Griechen) gehörig, res der Danaer 13, 59. classes 13, 92. flamma 14, 467.

Daphne, es, f. e. Nymphe, Tochter des thessalischen Flußgottes Peneios (bab. Peneīa u. Penēīs 1, 504), die vor Apollo fliehend in einen Lorbeerbaum (δάφνη) verwandelt wird 1, 452 ff.

Daphnis, idis, m. e. Hirt vom Gebirg Jda (in Creta ob. Phrygien), welchen e. von ihm geliebte Nymphe aus Eifersucht in e. Fellen verwandelte 4, 277.

daps, dăpis, f. (Met. nur *Pl.* dapes, dapibus) prächtiges Festmahl, celebrare dapes canendo 5, 113; überh. Mahl 8, 683. — Speisen 8, 571. 824. mensae exstructae dapibus 11, 120. cum sanguine blutige 15, 87. corporeae Fleischspeisen 15, 105. genossene 14, 212. 6, 664.

Dardănis, idis, *Adj.* f. dardanisch (f. Dardanius) 13, 412. [*Acc.* Dardanidas].

Dardănius, a, um, dardanisch, b. Dardanus, einem Sohne Jupiters, der aus Italien nach Troas eingewandert sein sollte u. hier der Stammvater der Troer wurde, daher — troisch, vales Helenus (b. f.) 13, 335. Iulus 15, 767. Roma v. Troja stammend 15, 431.

Dardanus, a, um, 14, 574 = Dardanius (b. f.).

Daulis, idis, f. Stadt in d. Landschaft Phocis, von wo e. Weg zum Parnaß führte 5, 276 [*Acc.* Daulida].

Daulius, a, um, daulisch, zu Daulis gehörig, rura 5, 276.

Daunus, i, m. König in Apulien, der den Diomedes aufnahm und ihm seine Tochter Euippe zum Weibe gab, Iapyx (b. f.), weil die Halbinsel zwischen dem tarentinischen Busen und dem ionischen Meere in d. ältesten Zeit von den Japygern bewohnt war 14, 458. arida arva Dauni weil Apulien für ein trockenes Land galt 14, 510.

dē, *Praep.* m. *Abl.* bez. b. Trennung ob. das Wegnehmen von etwas 1) örtl. von weg — von secedere de coelo 2, 465. missi de gente Molossa obsidis 1, 226. de caespite se levat 2, 427. de stamine pampinus exit 4, 397. tempora cingebat de qualibet arbore 1, 461. von — aus, von — her, de quo (loco) spectabat 11, 711. orti iidem de partibus 2, 160. de parte sinistra 12, 419; von — herab, de ilice stillant mella 1, 112. de caelo stella cecidit 2, 321. de nemore ibat rivus 2, 455. 4, 454. zona de poste revincta an 1, 379; von — herauf, alto de corde petiti gemitus 2, 622. de sulcis apparuit acies hastae 3, 107. dixit medio de gurgite 11, 249. — übertr. b. Abstammung, von — her, von, genus de coniuge tanta 3, 133. de Cecrope natae 1, 748. 2, 555. 3, 270. te fecit avum de sanguine nostro v. meiner Seite her 14, 588. viri de gente Lycia 6, 382. 9, 671. esse de plebe stammen aus 6, 10. 3, 583. flumina de tota terra 4, 440. quercus de semine Dodonaeo 7, 623. radius de Cytoriaco monte 6, 132. — den Stoff, von, aus, de duro est ultima ferro 1, 127. 405. de caulibus factum 1, 575. de vimine texta 2, 554. focus de caespite 4, 753. signum de marmore 5, 183; bei Verwandlungen de viro factus femina 3, 326. trunci de gemino corpore Dryades entstanden 8, 720. de tanto corpore parvam faciet 14, 147. — das Wegnehmen eines Theiles vom Ganzen, von, aus, de modo viginti restabam solus 3, 637. 1, 325. 743. hoc terrae de tot agris habeto 5, 136. tantum spatii de monte 1, 440. quicquam de vitae tempore 11, 699. de populo unus 3, 116. de plebe deus 1, 595. de grege vir 1, 661. verba novissima de multis 3, 361. audacissimus de omni numero 8, 624. — 2) causal, b. veranlassende Ursache, von, de femineo iactu reparata est femina 1, 413. terra percussa de cuspide 6, 80. humus de corpore fervet von der Hitze des Körpers 7, 560. qualia (murmura) de pelagi undis esse solent 12, 60. tardus de vulnere in Folge 10, 49; de quo tenet insula nomen 10, 297. dictu suo de nomine tellus 15, 648. stagnum suo de nomine nach ihr benannt 7, 381; aber, arbiter de lite iocosa 3, 332. pugnare de rogis 7, 610. quaeri de fide 7, 829. In Betreff, de quo consultus 3, 346. curam agere de aliquo 9, 107. um — willen, de armis arma feruntur 12, 621. — gemäß, de more 2, 711. 7, 606. 13, 637. patrio 12, 11. malum de more ein gewöhnliches Treiben 9, 730. [Stellung: de modo vigilat 3, 687. vertice de summo 7, 702. nomine de Nymphae 14, 434. — häufig m. que 2, 464. 3, 372. 4, 454. 514. 7, 640 uä.]

dēa, ae, f. b. Göttin 1, 381. sancta

1, 373. als Göttin, näml. Isis 1, 747. bellica Minerva 2, 752. silvarum Diana 3, 163. biel. virgo 12, 29. fertilis Ceres 5, 642. undas Taetis 11, 221. *Pl.* triplices b. brei Parzen 2, 654. triplices poenarum b. brei Rachegöttinnen, die Eumeniden 8, 481.

de-bello, ävi, ätum, äre, völlig überwinden, India debellata v. Bacchus 4, 605.

debeo, ui, itum, äre (de-habeo), v. Jem. etwas haben, bab. schuldig sein, schulden, debes mihi, nata nepotes 1, 481. oculos mundo debes v. Sonnengott 4, 197. urbem die Gründung einer Stadt 15, 444. praeconia rebus Herculis 12, 573. annos terrae Lebensjahre 15, 817. praemia non deberi indomitae dextrae man schulde nicht 13, 865. omnia debemur vobis wir sind mit allem, was wir sind und haben, euch verfallen 10, 32. *Part.* debitus was geschuldet wird, schuldig, alimenta für die dem Boden vorher anvertraute Saat 1, 137. spicula debita Troianis fatis dem Verhängnis Trojas geschuldet, bh. dazu erforderlich (s. Philoctetes) 13, 51. gebührend, hostia mihi debita Procne meine gebührende Feindin 6, 638. — verpflichtet sein, sich gebühren, müssen, m. *Inf.* omnia cernere debes 4, 195. Cephea d-bere mori 5, 43. dem Schicksal zufolge 9, 451. dem Naturgesetz nach 9, 748. 11, 877. debneram petiisse (aor. *Inf.*) ich hätte sollen 9, 700. 9, 591. 602. 729. 12, 418. debuit misereri er hätte müssen 8, 600. qua debebat soweit sie gesollt hätte 9, 456; dürfen, dici beatus nemo debet 3, 137. verdanken, alcui alqd 11, 3. salutem 7, 164. mortalia corpora tibi se debebant, sich bh. ihre Erhaltung, Rettung 2, 644. 7, 48. m. folg. quod 4, 70.

debilis, e, schwach 12, 106.

debilito, ävi, ätum, äre, schwach machen, lähmen, munus te debilitaturum 13, 118.

decem, zehn 15, 423.

decerpo, carpsi, cerptum, äre, (de-carpo), abpflücken, rupfen, aristas 11, 114. pabula manu 13, 913. pomum arbore 5, 536. *Part.* decerptae herbae 1, 615. 10, 819.

de-certo, ävi, ätum, äre, bis zur Entscheidung kämpfen, ferro in ultima 14, 804.

decet, uit, äre, nur 3. Pers. *Sing.* u. *Pl.* es ziert, steht wohl an, ipse timor decuit 4, 230. erubuisse decebat 4, 330. 8, 27. Jemandem *Acc.* quid se deceat 4, 312. 7, 733. *Pl.* iuvata decent umeros gestamina nostros 1, 457. vellera quae deceant 12, 411. 10, 266. 13, 850. omnia, quae deceant captam urbem was angemessen ist 14, 570. — es ziemt sich, m. *Acc. c. Inf.* 2, 14. caede, qua decuit (eam leniri) r. Opfer, wie es sich ziemt 13, 35. si me sceptra tenere decet 3, 265. 9, 181. quos decebat arma tenere sich geschickt hätte 3, 542. — *Part.* decens zierend, schön 1, 527. qua nulla decentior 12, 403. tempora longo crine decentia 1, 450.

decido, cidi, äre (de-cado), herabfallen, in mare 1, 809. in terram 12, 569. in praeceps sich hinabstürzen 12, 339. guttae e flore 9, 345. glandes Iovis arbore 1, 106.

decimus, a, um, b. zehnte 9, 714. signum des Thierkreises 9, 236. unda gilt für die schwerste 11, 530.

decipio, cepi, ceptum, äre (de-capio), beräcken, täuschen 3, 431. alqm 8, 123. 7, 92. 211. 6, 435. 11, 81. pisces lino et hamis 3, 587. taurum ligno (s. Pasiphaë) 8, 131. astu decipienda fuit 13, 194. *Part.* deceptus ave falsa 5, 117. imagine somni 13, 216.

de-clino, ävi, ätum, äre, von b. geraben Richtung abbiegen, ablenken, declinat cursus lenkt ihren Lauf ab 10, 667. neu te rota declinet 2, 188. se ab aliquo sich abwenden 7, 88. — übertr. auf Abwege gerathen, amor declinat artzt aus 9, 451.

declivis, e (clivus), abwärts geneigt, ripis declivibus zwischen 5, 591. 6, 399. via abwärtsführend 4, 432. 7, 419. spatium declivis Olympi die sich (westwärts) neigende Himmelsbahn 8, 487. flumina abwärtsrinnend 1, 39; bildl. iter declive senectae 15, 227. — *Subst.* declive Abhang, per declive über e. Abh. 2, 206.

decolor, öris, ohne s. rechte Farbe, entfärbt, India das dunkelfarbige, wegen der dunkeln Farbe der Einwohner 4, 21.

decor, öris, m. (decet) Anstand, Anmuth, tantus decor adfuit arti 6, 18; körperl. Schönheit, 1, 499. 7, 733. 10, 589. proles clara decore 12, 189. — meton. Schmuck, ablati tectura decoris 9, 98. decor est quaesitus ab istis 12, 90. decori esse 13, 819.

decoro, ävi, ätum, äre, (decus), schmücken, regia decorata est spoliis 5, 151.

děcŏrus, a, um, anständig, geziemend, ehrenvoll 9, 6. 13, 309. — schön, stattlich, formáque armisque 2, 773. decorum caput 6, 167.

dē-cresco, crēvi, crētum, ěre, allmälig abnehmen, (gleichs. zurückwachsen), cornua decrescunt 1, 740. aequora 2, 792. decrescentibus undis 1, 346.

dēcrētum, i, n. (decerno) Beschluß, ferrea veterum sororum der Parzen 15, 781.

dē-curro, curri (cucurri), cursum, ěre, hinablaufen, v. Gießbach hinabströmen 3, 569. — bis an e. Ziel hinlaufen, super aequora 14, 50. tuto mari hinsegeln 9, 511. — transf. einen Raum zu Ende laufen, novissima meta (b. s.) decursa est 10, 597.

dēcursus, us, m. das Hinablaufen, -rinnen, aquarum (Nom.) 15, 266.

děcus, ŏris, n. (decet) b. Zierde, expers sui decoris Glanz 2, 382. oris decus Schönheit des Mundes 3, 422; v. Personen, pompae 2, 725. nemoris Lycaei 8, 317. Pelasgi nominis 12, 612. praecipuum decus de gente Latia 14, 833. — Anstand, Würde, immemores decoris 6, 535. decus casti pudoris servare 13,480. regale 9,690. Ruhm, patrium 3, 548.

dēcutio, cussi, cussum, ěre (quatio), abschlagen, ense caput 5, 104.

dē-děcet, uit, ěre, es ziemt sich nicht für Jem. alqm: quarum usus me dedecet 6, 689.

dē-děcus, ŏris, n. Schande, Schmach 13, 227. heu dedecus ingens 12, 499. per dedecus ortus in Schande erzeugt 9, 20. inferre alcui anthun 6, 608; — schmachvolle That 2, 473; — schmachbringender Gegenst. visum 11, 184.

dē-dignor, atus sum, ari, als unwürdig abweisen, für unw. erachten, m. Inf. procumbere genibus Iovis 13, 586.

dē-do, dĭdi, dĭtum, ěre, übergeben, überliefern, alqm 13, 602. noxae 13, 664. — Part. deditus rei ergeben (a. Zuneigung), aequoribus 13, 921.

dē-dūco, xi, ctum, ěre, herabführen, undas in mare 1, 582. eluvie mons est deductus in aequor hinabgeschwemmt in b. Fläche 15, 267; hinabziehen, carinas in freta 6, 445. 8, 101. filum pollice vom Rocken 4, 36. poma ramos deducentia 15, 76. cornua lunae reluctanti canendo fl. lunam reluctantem, bei Mondfinsternissen glaubte man, werde b. Mond durch Zauber herabgezogen. Da sie aber nur bei Vollmond stattfinden, so ist b. Ausdr. cor-

nua ungenau 12, 264. vela herablassen 3, 663. carbasa malo 11, 477. 9, 233; vestes a pectore herabreißen, im Schmerz 6, 405. caesariem barbae dextra herabstreichen 15, 656. crines pectine herabkämmen 4, 311. — wegführen, inde boves 6, 322. — hinführen, zu etw., alqm manu 10, 462. ad latices 5, 263. — übertr. herabführen, carmen ab origine mundi ad mea tempora 1, 4. argumentum in tela deducitur wird auf dem Gewebe der Reihe nach abgehandelt 6, 69.

dē-fendo, di, sum, ěre, abwehren, vertheidigen, armenta 8, 297. Andron 13, 665. tot milia defendentia muros 12, 589. male defensa Troia 15, 770; raptam bello behaupten 6, 464; schützen, me mea defendit gravitas 9, 39. undas ab imbribus vor 4, 526. frondes a vulnere falcis 0, 384. defenditur aegide pectus 6, 79. squamis defensus 3, 63. urbs moenibus 11, 526.

dē-fenso, āvi, ātum, āre, eifrig abwehren 11, 374; schützen, umeros 13, 376.

dē-fensor, ŏris, m. Vertheidiger 13, 274 (Ajar).

dē-fero, tŭli, lātum, ferre, herabtragen, ramalia tecto 8, 645. sub aequora hinabführen 14, 601. deferri obsequio aquarum sich hinabtragen lassen 9, 117. — hintragen, -führen, (an e. Ziel) error detulit iaculum in Idan 5, 90. aura preces ad me 10, 612. vento delata est ad domum ließ sich hintragen 8, 810; bes. zu Schiff, quo me deferre paratis 3, 638. delatus in illam borthin 3, 690. 13, 770.

dē-fessus, a, um, ermattet, erschöpft, iubendo 9, 198.

dē-ficio, fēci, fectum, ěre (de-facio eig. zu Ende machen), zu Ende gehen, ars deficit 11, 537. silvae deficiant fehlen, wo sie hätte suchen können 9, 669. bis Kraft verlieren, ne deficeret 10, 56. 12, 518. nervi deficiunt 12, 668. manus ad coepta versagen den Dienst 8, 492. comites verlieren den Muth 14, 484. tota mente ganz b. Besinnung 9, 635. v. Sonnengott deficit verfinstert sich 4, 200. — transf. verlassen, im Stiche lassen, me mea deficit aetas 12, 448. amor linguam 9, 567. Phoebus orbem 2, 381. Part. defectus verlassen, artos sanguine 5, 96. cervix vigore 10, 191. — geschwächt, defecto poplite labi kraftlos 13, 477. amor ermattet 9, 154.

dē-fīgo, xi, xum, ĕre, hineinheften, einbohren, defixa solo cohaeserat 11, 76. ensem iugulo hineinstoßen, 13, 436.

dē-flecto, xi, xum, ĕre, wegwenden, lumina 7, 789.

dē-fleo, ēvi, ētum, ēre, beweinen, alqd 2, 239. fata nepotis 7, 388. alqm 10, 11. 15, 487.

dē-fluo, xi, xum, ĕre, herabfließen, herabgleiten, in latus 6, 229; abfallen, defluxere comae 6, 141.

dē-fŏdio, fŏdi, fossum, ĕre, eingraben, alqm humo 4, 239. 242.

dēformis, e, ungestaltet, phocae 1, 300 animal 14, 93. ora lato rictu 2, 481.

dēfrēnātus, a, um (frenum), losge-zäumt, cursu zügellos 1, 282. [Nur hier.]

dē-fungor, functus sum, i, zu Ende bringen, terrā defunctus der die ir-dische Laufbahn vollendet hat 9, 254.

dēgĕner, ĕris, ausgeartet, m. Gen. (bildl.) non degener patriae artis nicht entfremdet 11, 313.

dēgĕnĕro, āvi, ātum, āre, (degener) ausarten, degeneras bh. machst dich deiner edlen Abkunft unwürdig 6, 635. — m. Acc. limit. (selt.) equus dege-nerat palmas artet aus in Bezug auf die Palme, verlernt sie zu erringen 7, 543.

dē-grăvo, āvi, ātum, āre, durch s. Last niederdrücken, degravat Aetna caput 5, 352. litora den Strandboden niedertreten 13, 777.

dē-hisco, ĕre, sich spalten, moles fra-cta dehiscit 15, 890.

Dēiănīra, ae, f. Tochter des Oeneus, Königs von Calydon (Calydonis 9, 112) Schwester Meleagers 9, 149, wird die Gattin des Hercules, nachdem dieser um sie mit dem Flußgotte Achelous gekämpft hat 9, 9 ff. Nessus versucht sie zu rauben 9, 112. Sie veranlaßt den Tod des Hercules 9, 138.

dēicio, (spr. dejic.), ieci, iectum, ĭcere (de-iacio), herabstürzen, alqm saxo 1, 719; herabschlagen, mento in pectora deiecto 12, 255. — zu Boden werfen, alqd 9, 196. trabe deiecta viribus austri 12, 510; niederwerfen, Typhoëa 3, 303. moenia 12, 109. — bildl. de-iecto in humum vultu zu Boden ge-schlagen 8, 607.

dēinde, Adv. von da an, danach, dann, 1, 353. 3, 465. 5, 693. mox deinde 9, 143. [Immer m. Synizese zweisilb.]

Dēiŏnĭdes, ae, m. b. Sohn der Deïone, Miletus 9, 443.

Dēiphŏbus, i, m. Sohn des Priamus, nach Hector einer der ersten Helden unter den Trojanern 12, 547.

dēiectus, us, m. das Herabstürzen, d. Sturz, deiectu gravi (undarum) 1, 571.

dēiicio s. deicio.

dē-lābor, lāpsus sum, i, herabgleiten, -fallen 2, 300. 5, 469. ab acumine montis 12, 837. m. bloßem Abl. gra-dibus 15, 685; herabschweben, delabor Olympo 1, 212. 2, 838. delapsa ab aethere 1, 608. per auras 3, 101. in terram pictos per arcus 14, 838.

dē-lāmentor, āri, bejammern, unam delamentatur ademptam 11, 331. [Nur hier.]

dēlecto, āvi, ātum, āre, ergötzen, alqm 12, 155. spe 15, 203.

dēlectus, us, m. Auswahl, nullo de-lectu ohne Unterschied 10, 325.

dē-lēnio, īvi, ītum, īre, besänftigen, alqm carmine bezaubern 11, 163.

dēleo, ēvi, ētum, ēre, vernichten, zer-stören, famam operis 1, 445. delenda Pergama poscere 15, 219; (Geschrie-benes) auslöschen 9, 524. sororem den Namen Schwester 9, 528.

Dēlia, ae, f. d. delische Göttin, Bei-name der Diana von ihrem Geburtsort Delos 5, 639.

dēliciae, arum, f. Ergötzlichkeiten 13, 831.

dēlictum, i, n. (delinquo) das Ver-gehen, Pl. 7, 834. sua eigene 4, 685.

dēlĭgo, lēgi, lectum, ĕre, (de-lego) auserwählen, alqm socium tori 14, 678. delectos tauros 15, 364.

dē-līquesco, līcui, ĕre, zerschmelzen, zerfließen, corpus deliquit 4, 253. flendo 7, 681.

dē-lĭtesco, lĭtui, ĕre, (lateo), sich ver-stecken, fruticum recondita silvā de-lituit 4, 340.

Dēlĭus, ii, m. der Delier, Beiname des Apollo, weil er auf Delos geboren war und dort e. berühmten Tempel hatte 1, 454. 5, 329. 6, 250. 11, 174. 12, 598.

Dēlos, i, f. eine der cycladischen Inseln, Geburtsort des Apollo und der Diana, mit berühmtem Apollotempel (Apolli-nea orbe 13, 631), schwamm früher unstät auf dem Meere umher, erratica 6, 333. 15, 337. 6, 191. 6, 221. Der alte Name der Insel war Ortygia 15, 337. [Acc. Delon u. Delum.]

Delphi, orum, m. (Δελφοί) Orakel des Apollo, am Fuß des Parnasus in Phocis 9, 332. 11, 304, im Mittelpunkte des Erdkreises gelegen, orbe in medio positi 10, 168. 15, 631; früher im Besitze der Themis 1, 379. — bildl. Delphos meos recludam bh. den Schatz der mir von d. Gottheit eingegebenen Offenbarungen 16, 144.

Delphicus, a, um, delphisch, tellus 1, 515. templa 11, 414. *Subst.* Delphicus der Delphier, Beiname des Apollo von seinem Orakel zu Delphi 2, 543. 677.

delphin, inis, m. der Delphin, frenato delphine sedens 11, 237. [*Acc.* delphina (als Delphin) 6, 120.] *Pl.* 1, 302. curvi wg. des geschweiften Rückens 2, 266.

delubrum, i, n. Tempel, Heiligthum, *Pl.* 1, 673. 8, 707. 13, 589. 634. 15, 745. ditia donis 2, 77.

de-ludo, si, sum, ĕre, zum Besten haben, täuschen 8, 868. guttur delusum cibo inani 6, 626.

demens, tis (de-mens), von Sinnen, unsinnig 9, 638. thöricht 8, 641. demens credis omnia thörichterweise 1, 753. in unsinnigem Schmerze 9, 302.

dementer, *Adv.* unsinnig, dementer amoribus um die auf thörichte Weise ihrer Liebe gefolgt war, indem sie ihre Nebenbuhlerin verrieth 4, 259, vgl. 4, 284.

dementia, ae, f. Wahnsinn 13, 225.

de-mergo, si, sum, ĕre, versenken, dapes in alvum 15, 105. demersus undis 14, 515.

de-mitto, misi, missum, ĕre, herabsenden, -schicken, ex omni caelo nimbos 1, 261. currum ab aethere 7, 219. imbres caelo 2, 310. rivi se demittunt rinnen herab 8, 334; m. *Dat.* des Orts (dicht.) corpora Stygiae nocti 3, 695. iacubos ferrum einlaufchen 12, 278; hinablassen, cornua b. Rudern 11, 482. ornam in undas 3, 36; hinabwerfen, calculum in urnam 15, 44; hinabstoßen, ferrum in ilia 4, 119. ensem in armos 12, 491. telum per pectora 13, 091; versenken, alqd in alvum 8, 834. censum in viscera 8, 846; sinken lassen, caput 10, 192. vultus 10, 367. oculos 15, 612. *Part.* demissus herabgelassen, crinis als Zeichen der Trauer 6, 289. demissa in armos pendebant monilia hinunter auf 10, 112. puppis in b. Tiefe gesenkt 11, 505. si demissior ibis zu tief 8, 204. — bildl. demisere metu vultumque animumque ließen sinken 7, 135. spes animo ins Herz senken, darin aufnehmen 9, 468.

demo, dempsi, demptum, ĕre (de-emo), wegnehmen, robora postis 5, 128. Aesonis demptos mae situs 7, 303. demptis aristis abernten 1, 492; alcui bracchia cancro 15, 369. 10, 518. 13, 950. von etwas alqd demi posse huic populo 6, 197. deme meis annis (aliquos) 7, 168. quae tempora vitae dempsistis entziehen 14, 738. abnehmen 6, 603. vincla pedibus 3, 169. iuga equis 7, 824. dempto pondere aratri 15, 123. aere durch Abnehmen des Helmes 8, 32. capiti dempta corona 15, 810. sibi instrumenta ablegen 14, 767; m. *Abl.* wegnehmen, infantem ramis 9, 375. demptum cacumine nidus 13, 818. pomum arbore 11, 113. 14, 689; benehmen, dempto metu 2, 866. demit honorem aemulus 13, 16. vires sibi 8, 302; wegrechnen, si demas iugulati crimina Phoci mit Ausnahme der Schuld 11, 267. — bildl. deme silentia furto nimm ihm das Schweigen, das ihn bedeckt, brich d. Schweigen darüber 2, 700.

Demoleon, ontis, m. e. Centaur 12, 356. [*Acc.* Demoleonta 12, 368.]

de-molior, itus sum, iri, niederreißen, zerstören, robora prioris aevi 15, 228.

demugitus, a, um, m. lautem Gebrüll erfüllt, paludes 11, 375. [Nur hier.]

demum, *Adv.* erst — (später als erwartet), decimo demum anno 13, 209. tum demum da erst, da endlich 9, 418. 11, 268. 13, 891. — erst, vollends, immemor est demum 15, 122.

de-murmuro, ĕre, hermurmeln, carmen 14, 58. [Nur hier.]

de-nego, āvi, ātum, ĕre, entschieden verweigern, alqd 13, 186. alcui 4, 369.

deni, ae, a, je zehn, ante quater denos annos 7, 293.

denique, *Adv.* endlich, eine Reihe abschließend 9, 626. 13, 238. 15, 857. saepe—saepe—denique 2, 814. nunc—nunc—denique 4, 361. prima—post haec—denique 5, 430. schließlich 13, 120; unserm kurz, mit einem Wort entspr. 2, 96. 14, 652. — tum denique da erst, da endlich 3, 620. 4, 519. 5, 84. 7, 86. 867 (ju et sensi et docui). 8, 585. 9, 60. 10, 387. 664. 11, 18; tunc denique 5, 210. 471; nunc denique nun endlich, nun erst 9, 816; modo denique nur eben erst 3, 650.

dens, tis, m. d. Zahn 2, 776. 8, 825. avidus 11, 128. saevus 15, 98. v. Schlangen 3, 34. 10, 10. viperei 3, 103. 4, 573. 7, 122. aduncos 11, 776. b. Eber die Hauer 8, 288. 369. 400. Indi Elephantenzähne 6, 288.

Elfenbein 11, 167. — übertr. der Säge, perpetui 8, 246; des Weberkammes, insecti 6, 68. — bilbl. dentibus aevi 15, 235.

denseo, ēre, verdichten, *Pass.* sich ver-dichten, favilla densetur corpus in unum 13, 605. caelum 14, 369.

densus, a, um, dicht, m. an einander gedrängten Theilen, densior tellus 1, 29. litus von d. Wellen festgeschlagen 2, 576. frutices 1, 122. ulmus 2, 557. silvae 15, 488. nimbi 1, 269. nubes 11, 672. aër 16, 250. den-sissima nox 15, 81; — dicht gedrängt, dicht stehend, trabes 11, 360. 363. densi circumstant ministri 2, 717. — dicht besetzt, m. *Abl.* nemus densum trabibus dicht bewachsen 14, 360. vallis piceis 3, 155. specus virgis ac vi-mine dicht umgeben 3, 29. funale lampadibus dicht besteckt 12, 247. tra-mes caligine opaca dicht umschattet 10, 54. corpora horrent densissima saetis 15, 846.

dē-nūbo, psi, ptum, ēre, sich aus d. Elternhause verheirathen (vom Mäd-chen), in nullos thalamos in keine Ehe 12, 198.

Deōis, idis, *f.* d. Tochter der Deo (= Demeter ob. Ceres), Proserpina. Einer alten Sage zufolge gebar sie dem Ju-piter, der ihr als Schlange erschien, den unterirdischen Dionysos oder Dionysos Zagreus 6, 114. [*Acc.* Deoida.]

Deōius, a, um, der Ceres gehörig, da diese bei den Griechen auch Deo hieß, quercus 6, 748.

deorsum, *Adv.* abwärts, ignis deor-sum in aëra transit geht abwärts (dh. von der Reinheit des Feuers zu gröbern Stoffen sich verdichtend) in Luft über 15, 245. [zweisilb. m. Synk.]

dē-pello, puli, pulsum, ēre, vertrei-ben, Aurora depulerat stellas 7, 100. noctem 7, 835; a se depulsum Mar-tem den von sich abgewendeten Kampf 7, 140.

dē-pendeo, ēre, herabhangen, aria dependent tectis 4, 760. vellera lateri 8, 693. coma in armos 12, 898.

dē-perdo, didi, ditum, ēre, völlig ver-lieren, linguae usum 5, 552.

dē-pereo, ii, itum, ire, gänzlich ver-loren gehen, 15, 168.

dē-plango, nxi, nctum, ēre, durch Schlagen mit d. Händen (auf Brust u. Arme) bejammern, palmis domum Cad-meida 4, 546. ipsa anis deplangitur Ardea pennis betrauert sich selbst durch d. Schlag der eigenen Flügel 14, 580.

dē-plōro, āvi, ātum, āre, beweinen, bejammern, alqm 5, 62. deplorata co-lonia vota iacent 1, 272. deplorati Priamidae beweint als todt 13, 481.

dē-pōno, pōsui, pōsitum, ēre, able-gen, radios 2, 41. pallam 3, 167. lau-rum 6, 202; übertr. nomen 15, 543. metus 5, 363. 10, 118. depositura si-tim löschen 4, 98. bellum beendigen 8, 47. pudore deponendi (bella) 14,571. — niederlegen, latus in harenis 2,865. leporem in nido 6, 517. lyram in mu-rice 8, 18. caput strato alto 11, 649; übertr. zur Aufbewahrung niederlegen, anvertrauen, *Subst.* depositum das An-vertraute, fallere depositum um das A. 5, 480. 9, 120.

dē-posco, pōposci, ēre bringend for-dern, alqm Jemandes Bestrafung for-dern 1, 200.

dē-prěcor, ātus, sum, āri, durch Bitten abwenden, hoc unum von dem Einen bitte ich dich abzustehen 2, 98.

dē-prendo, di, sum, ēre (de-pra-hendo), erfassen, ergreifen, piscem in ulmo 1, 296. se in aquis 8, 429. ubi mors deprenderat 7, 581. auster na-vim 11, 663. nullae aquae tibi (fl. a te) deprendantur 4,459. quo quaeque in gestu deprensa est erfaßt wurde vom Bannspruch der Göttin 4, 560. depren-sum hostem 4, 366. 184. — bildl. an-treffen, 11, 772. erlappen, auf e. Un-recht, Nymphas cum Iove iacentes 8, 362. totiens deprensi mariti 1, 606. entdecken, furta 3, 6. 10, 390. depren-sus ingenio Ulixis 13, 304; mit d. Au-gen wahrnehmen, curas in pectore 2, 94. in feris deprensa (est) potentia morbi 7, 537.

dē-prĭmo, pressi, pressum, ēre (de-premo) niederdrücken, cornua 9, 83; eindrücken in d. Erde, depresso aratro 15, 618; versenken, carinam 14, 185. niederschmettern, duos 12, 262.

Dercētis, is, *f.* ob. Dercēto e. von d. Syrern verehrte Göttin, Mutter der babylon. Semiramis. Den Jüngling, von dem sie dieselbe geboren, ließ sie tödten, die Tochter in e. wüsten Gegend aussetzen, sich selbst aber stürzte sie in einen See bei Ascalon u. wurde in e. Fisch verwandelt. Man stellt sie als e. Weib mit e. Fischschwanze dar. [*Voc.* Derceti 4, 45.]

dē-rĭgo, exi, ectum, ēre (de-rego) ge-rade richten, *Part.* derectus gerade, tuba derecti aeris 1, 98. derectos quinque per arcus in gerader Richnung burch die fünf Zonen 2, 129. Vgl. dirigo.

dērĭgui, wofür dirĭgui (5, 186. 6. 803), *Perf.* v. ungebr. derigesco, ganz erstarren, pedes 2, 348. oculi 14, 754. dextera 5, 186. cervix 5, 288. metu 7, 115. malis vor Unglück 6, 303. [Verd. anf. außer 5, 186.]

dērĭpĭo, rĭpui, reptum, ĕre (de-rapio) herabreißen, velamina ex umeris 6, 567. — weg-, herausreißen, ensem vaginā 10, 476. S. auch diripio.

descendo, di, sum, ĕre, (scando), hin-absteigen 1, 398. 4, 380. limite curvo 14, 830. Castalio antro (fl. ex) 3, 14. in undas 1, 95. 2, 609. in fretum 11, 517. In b. Unterwelt, illac 4, 485. ad Styga 10, 13.—übertr. ferrum descendit in ilia hinablaßen 3, 67. unda in moenia navis hinabbringen 11, 532. descendere ad ipsum f. Abstammung bis auf ihn herab verfolgen 11, 754.

dē-sĕco, ni, sectum, ĕre, abschneiden, desectum gramen 14, 646.

dē-sĕro, ui, sertum, ĕre, verlassen, m. Btrl. *Acc.* agros 1, 422. montes patrios 4, 293. regnum 4, 476. patriam 9, 640. hinter sich laßen, Parthenopeïa moenia 14, 102. *Part.* desertus verlaßen, öde, ager 3, 606. — alqm 3, 478. morte 7, 850. im Stiche laßen, desertus Nestor 13, 64. 7, 850. 8, 824. lectus 7, 710. deserta (natura edax) deseret ignes ausgehen laßen 15, 355.

dēsīdērĭum, ii, n. Sehnsucht, nach etw. coniugis 7, 731.

dēsīdĕro, āvi, ātum, āre, sich nach etw. sehnen, verlangen, alqm 11, 545. foetus arbore demptos 14, 689.

dē-sĭgno, āvi, ātum, āre, abbilden, auf e. Gewebe, alqd 6, 103.

dē-sĭlĭo, ui, sultum, īre (de-salio), herabspringen, in undas 3, 681. 4, 353. alto saxo 7, 378. vom Wagen 10, 722. praeceps desilit curru ab alto 12, 128; herabfliegen, ab arce in terras 1, 674.

dē-sĭno, (īvi) ĭi, ĭtum, ĕre, von etw. ablassen, mit etw. aufhören, desinis? aut fugio 4, 336. quia desierim 9, 622; m. *Inf.* desinite fallere 5, 308. 8, 263. 10, '412. illud idem (esse) 15, 257. auctor desinit inquiri et bat e. Ende mit Forschen nach d. Urheber 1, 616; aufhören zu sprechen, endigen, loqui 13, 898. gew. ohne *Inf.* desierat 2, 47. 4, 167. 8, 725. desine 2, 816. 6, 215. — r. Ende nehmen, endigen, desierant imbres 5,

285. in quo desinimus amnes 8, 596. cauda desinit in piscem 4, 727.

dē-sisto, stĭti, stĭtum, ĕre, ablassen, ablaßen 10, 629. bello 14, 567; m. *Inf.* venae desistunt posse moveri hören auf 6, 307.

dēsōlātus, a, um (desolo), einsam gelassen, vereinsamt, terrae 1, 349.

dē-specĭo, ĕvi, ĕtum, ĕre, herabblicken, auf etw. alqd 2, 710. terras 4, 624. 15, 699. homines palantes 15, 151.

de-spēro, āvi, ātum, āre, d. Hoffnung aufgeben, verzweifeln 10, 371. posse frm 9, 724.

despĭcĭo, ĕxi, ĕctum, ĕre (de-specio), herabblicken, in agros 1, 601. in valles 11, 503; auf etw. *Acc.* nemus 3, 44. Tempe 7, 223. hostem 8, 368. ab aethere terras 2, 178. — übertr. geringachten, Minos despicitur 9, 439; verschmähen, Circen 14, 376. munera 13, 839. *Part.* despectus verschmäht 3, 404.

de-spondeo, di, sum, ēre, verloben, als Braut, alcui alqm 9, 715.

destĭno, āvi, ātum, āre, bestimmen, alqm imperio für b. Herrschaft 15, 3; festsetzen, beschließen, m. *Inf.* 8, 157. 10, 379.

destĭtuo, ui, ūtum, ĕre, (de-statuo), von sich wegstellen, bab. allein lassen, verlassen, alqm 8, 176.

de-stringo, inxi, ictum, ĕre, abstreifen; streifen=leicht berühren, aequora alis 4, 562; =leicht verwunden, ritzen, summum corpus 8, 382. pectus 10, 528. Cycnum 12, 101.

dē-struo, xi, ctum, ĕre, niederreißen, zerstören, omnia 15, 295.

dēsuētūdo, ĭnis, f. Entwöhnung, tardi desuetudine (an Anstrengung) 14, 436.

dē-suētus, a, um, (desuesco) bessen man sich entwöhnt hat, ungewohnt, desueta sidera cerno 6, 303. voces mihi desuetas 7, 646.

dē-sum, fui, esse, weg sein, fehlen 1, 77. 6, 410. id derat das fehlte noch 8, 268. verba animo desunt dem Füßen 3, 231. linguae 6, 585. loca vulneribus 3, 237. quaerenti defuit orbis (b. f.) 5, 463; bei etwas, defuit officio tristi 12, 4; qui lacriment desunt 7, 611. quantum est, quod desit ad plenum facinus wie wenig fehlt 15, 468; abgehen, mangeln, ut desint cetera 5, 527. nec tibi castaneae derunt 13, 819. Wo zwei e zusammentreffen, schrieb und sprach man nur eins. defuerunt 6, 585.

dē-tĕgo, xi, ctum, ĕre, aufdecken, enthüllen, detegit artus legt bloß, reißt d. Haut davon ab 9, 169. detecti patent nervi 6, 389. arcana 2, 756; bildl. culpam 2, 546.

dē-tergeo, si, sum, ēre, abwischen, lacrimas detersit 13, 746.

dētĕrior, us, Comp. v. ungebr. deter minder gut, geringer an Werth, auro 1, 115; v. Ansehen, deterior viro bb. quam viri facies 12, 400; sittl. Subst. deteriorn das Schlechtere, sequi 7, 21.

dē-tĕro, trīvi, trītum, ĕre, abreiben, aequore detritae conchae 13, 792.

dē-terreo, ui, itam, ēre, zurückschrecken, alqm ense 14, 296. deterritus 10, 600; abwehren, nefas 8, 766.

dē-testor, ātus sum, āri, unter Anrufung der Götter verwünschen, caput auntis hostili prece 15, 505.

dētĭneo, ui, tentum, ēre (de-teneo), abhalten, alqm 13, 301; festhalten bei etwas, beschäftigen, Pallas (b. f.) nos detinet 4, 38; hinhalten, diem euntem sermone detinuit brachte den Lauf des Tages hin 1, 683.

dē-torqueo, torsi, tum ēre, wegwenden, lumen ab aliquo 6, 515.

dētracto — detracto (b. f.) 13, 272.

dē-trăho, xi, ctum, ĕre, herabziehen, virgam non alta ilice 11, 109; abziehen, quid me mihi detrahis was ziehst du mir mich selbst ab? A. meine Haut, 6, 385. — ab-, wegnehmen, copulam canibus 7, 768. vittam capiti 9, 771. vultus ferinos 2, 524. animis errorem 3, 59.

dētrecto (u. detracto 13, 272), āvi, ātum, āre, herabziehen, -sehen, verkleinern, laudem 5, 246. benefacta 13, 272. — von sich ablehnen, verweigern, militiam 13, 36.

dē-trūdo, si, sum, ĕre, hinabstoßen, acumine in terram die Zehenspitzen 11, 72. corpus detrusum (esse) sub insania Tartara 12, 523.

dē-trunco, āvi, ātum, āre, vom Rumpfe hauen, caput 6, 769.

Deucălĭon, ŏnis, m. Sohn des Prometheus, vermählt mit Pyrrha, d. Tochter des Epimetheus, des Bruders des Prometheus; durch f. Sohn Hellen Stammvater der Hellenen; mit seiner Gattin allein aus d. großen Flut gerettet 1, 318 ff.

Deucălĭonēus, a, um, deucalionisch, undae, die durch. Wasserflut 7, 356.

dĕus, i, m. d. Gott, d. Gottheit im Allgem. 1, 21. 48. 7, 798. 8, 532. 10, 686. ultor e. rächender G. 14, 760. deus de plebe niebern Ranges 1, 595. sibi quisque est deus sein Gott 8, 73. deus est in utroque parente göttliches Geschlecht 18, 147; im Ggs. zum Menschen 1, 213. 220. 222. e deo corpus fies exsangue, deusque (fies) qui modo corpus eras aus e. Wesen göttlichen Geschlechts wirst du e. seelloser Leichnam, u. wieder, eben erst Leichnam, zum wirklichen Gott werden 2, 617; e bestimmter Gott arquitenens Apollo 1, 441. iuvenis berf. 1, 531. ales Mercur 2, 714. aequoris Neptun 4, 564. aequoreus berf. 12, 197. pecoris Pan 11, 160. maximus Amor 7, 55. berf. 8, 325. idem Vulcanus 12, 614, opifer Aesculap 15, 653. deus scitanti dixit b. Orakelgott, Apollo 10, 664. deus signa bis sex lustraverat d. Sonnengott 6, 571. qui deus fures terret Priapus 14, 640. *Pl.* dimelius (f. bene) 9, 497; als *Voc.* 1, 2. 4, 371. eingeschaltet 12, 546; maris 2, 531. pelagi 11, 247. raris ländliche 8, 580. summi Jupiter u. Juno 6, 89. nobiles höhern Ranges 1, 172. minores niebern Ranges 15, 546. magni (Ggs. Gigantes) 5, 320. veteres 10, 891. semideique deique 14, 673; *Gen.* deum 2, 280. 8, 445. 727. 10, 104, u.ö.; *Dat.* u. *Abl.* dis 2, 46. 645. 4, 197. 10, 88, in dis est es steht bei den Göttern 7, 24; per deos superosque meosque bei meinen Göttern bb. bei denen der Unterwelt, der ich bereits angehöre 7, 859. — meton. = göttliche Begeisterung, incaluit deo, quam clausum pectore habebat 2, 641. [*Pl. Nom.* dei 2, 369. 8, 660. 9, 211. 259. 14, 678. Der sehr häufige *Gen.* deorum nur im Versschl. 1, 58. 73. 83. 172. 2, 76. 9, 791. usw.]

dē-vasto, ātum, āre, verheeren, agmina ferro 13, 256.

dē-vēlo, āre, enthüllen, ora 6, 604. [Nur hier.]

dē-vĕnio, vēni, ventum, īre, an e. Ziel gelangen, in Scythiam 8, 797.

dēvertor f. divertor.

dēvexus, a, um (veho), abwärtsgeneigt, arva 8, 330. margo 9, 834.

dē-vinco, vīci, victum, ĕre, gänzlich besiegen, devictus 9, 80.

dēvius, a, um (via), vom Wege entlegen, rura 1, 676. 3, 370. lustra 3, 146. saxa 4, 778.

dē-volvo, volvi, vŏlūtum, ĕre, hinabwälzen, corpora in humum 7, 574; abwälzen, montes corpore 5, 355.

dē-vŏro, āvi, ātum, āre, hinunterschlingen, auras 8, 527. lacrimas introrsus 13, 540.

dē-vŏveo, vōvi, vōtum, ēre, geloben, weihen, soli tibi suos devovet annos 14, 683. — verwünschen, verfluchen, scelerata arma 5, 102. artes 8, 234. meum caput 13, 830. devota corpora fluchwürdig 10, 464.

dexter, tra u. tĕra, trum, rechts, dextera Naxos erat 3, 640. m. *Gen.* dextera Sigei profundi ara est sacrata rechts von 11, 107. dextra manus 5, 360. dextrum latus 13, 730. de dextro posti 5, 120. forem 2, 18. iubae 2, 674; dextra, sinistra parte 1, 45. dextris remis durch Rudern nach rechts 8, 598. *Abl.* dextra (sc. parte) rechts, rechterhand 14, 101. dextra laevaque 1, 171. nach rechts 3, 640. dextra laevane feratur 5, 187. a dextra zur Rechten 3, 181. 5, 252. a dextra laevaque 2, 25. 7, 499; *Comp.* dexterior (rota) zu weit rechts 2, 138. dexteriore armo am rechten Bug 12, 303. dexteriore laeva parte 7, 241. — *Subst.* dextra die Rechte, rechte Hand, 1, 553. 2, 848. 3, 593. fabrilis 4, 175. terribili 2, 81. melior mihi dextera linguā 9, 29. dextera dextrae iungitur 6, 447. 8, 421. dextras dare 7, 495. dextras utriusque poposcit 8, 506. fides dextraeque datae Versprechen und Handschlag 14, 297. *Nom.* dextera 5, 124. 186. 7, 787. 809. 10, 196 u.s.

Dīa, ae, f. alter Name der Insel Naxos 3, 690. 8, 174.

DIāna, ae, f. bei d. Griechen Artemis, Tochter Jupiters und der Latona, als Zwillingsschwester Apollos auf Delos geboren, Latonia 1, 696. Delia, Cynthia, dea Ortygia (b. l.), Phoebi soror 5, 330. 15, 550; Göttin der Jagd des silvarum 8, 163. iaculatrix 5, 375. pharetrata 8, 252. Dictynna (b. l.), celeris 4, 304: bes. m. hochgeschürztem Gewande, succincta 8, 155. ritu cincta Dianae 1, 695. 9, 89. 2, 425. Auch Mondgöttin, nocturna 15, 196 u. als solche Luna ob. Phoebe (b. l.) genannt. Sie blieb immer unvermählt 1, 487. 695. 5, 375. virgo dea 12, 28. In Folge d. Vermischung mit Hecate heißt sie auch Trivia 2, 416. Auf ihrer Flucht vor Typhoeus wird sie zur Katze 5, 330. Sie verwandelt den Actäon in e. Hirsch 3, 185; erlegt m. ihren Pfeilen d. Töchter der Niobe 6, 216 ff., sowie die ruhmredige Chione 11, 321; sendet, um sich an Oeneus zu rächen, den calydon. Eber 8, 415. 8, 272; hält die Flotte der Griechen in Aulis zurück, vertauscht aber d. Iphigenia, als sie ihr geopfert werden soll, mit e. Hirschkuh und entführt sie nach der taur. Chersones 12, 35. 13, 185. Von dort bringt Orestes die taurische Göttin nach Aricia in Latium (Diana Scythica 14, 331. Orestea 15, 489), woselbst sie die Egeria in eine Quelle verwandelt 15, 550. [Eigtl. im Birtsch. außer 8, 353. wol lang gebraucht(?).]

dīcio, ōnis, f. (dico) Gebot, Botmäßigkeit, sub Ascanii dicione 14, 609.

dīco, xi, ctum, ēre, reden, sagen, sprechen 5, 467. Ggs. facere handeln 13, 10. intonuit dicente dea bei d. Worten 14, 542. dictis quae nach Worten, die 12, 428. dicto vale 3, 501. 4, 79. pietatis nomine dicto bei d. Namen 10, 3. dictorum plura der nach mehr würde gesprochen haben 13, 966. dictu mirabile 14, 406. dicere verba minora des 6, 367. irrita 11, 40. opprobria 1, 769. crimen alcui gegen Jem. e. Beschuldigung erheben 1, 766; sagen zu Jem. *Dat.* 1, 558. 2, 464. 8, 122. 12, 388. der direct. Rede eingeschaltet 1, 377. 486. 590. 710. 2, 50. 428. 4, 769. 5, 179. 10, 276 u.s. nach vorherg. incipit 5, 678; sehr oft dixit u. dixerat sprach, hatte es gesprochen, nach geschlossener Rede, meist mit folg. et 1, 367. 466. 763. 2, 476. 843 u.s., at 2, 40. 5, 533. 10, 356. que 5, 59. 9, 204. 12, 266. neque 2, 300. 11, 379; dic m. Indir. Fr. 1, 879. 12, 177; dicor m. *Nom. c. Inf.* man sagt von mir, daß, ich soll, dicor pulsa (esse) 2, 503. quem dicitur Orphne peperisse 5, 539. 4, 57. — sagen = erzählen 4, 168. talibus exemplo dictis 6, 401. 1, 718. cantus dicti von mir berichtet 5, 662; — singen, besingen, mutatas formas 1, 1. carmina 5, 344. Iovis potestas mihi (sc. a me) dicta est 10, 150. — bestimmen, festsetzen, legem sibi dixerat ipse hatte für sich selbst b. Regel aufgestellt 13, 72. 6, 188. dicta arbor verabredet, bestimmt 4, 95. equi ausbeugen(?) 11, 218. — m. dopp. *Acc.* nennen, quem dixere chaos 1, 7. 178. 14, 434. deum Palaemona dixit 4, 542. felicem diximus Pirithoum preisen 12, 217; *Pass.* genannt werden, heißen, m. dopp. *Nom.* leti causa dicar 4, 151. 1, 394. 522. 2, 706. Meropis (filius) dici cupiens 2, 184. quae inhonoratae (dicemur) non et inultae dicemur soll ich ungeehrt, will ich nicht auch ungerächt heißen 8, 263;

nach Jem. genannt, dictae a Pallade
terrae Athen 2, 834. 7, 524 (Aegina).
5, 411. 8, 235. dicta suo de nomine
tellus 13, 648. ludos dictos serpentis
nomine 1, 447. 14, 348. — *Subst.* dic-
tum das Gesagte, *Pl.* b. Worte 1, 244.
3, 833. 15, 67. placida 1, 390. matris
1, 777. mutua dicta referre entgegnen
1, 656. talibus dictis affata est folgendermaßen 2, 783. Worte im Ggs. zur
That, res dicta secuta est 4, 550. Erzählungen 4, 389. Gespräche 15, 675.
Lehren 15, 479. Klagen 8, 584. Befehl
8, 814. faba dicta erblickte Fabeln 7,
616. [Das sehr häufige dixi u. dixerat nach
geschlossener Rede fast immer im Bersoni-
Aufnehmen 14, 118 u. mit folg. quo 8, 59. 8,
511. 9, 304. — dicentem f. dicentium 10,
657.]

Dictaeus, a, um, dictäisch, v. Berge
Dicte auf Creta; dah. — cretisch 9, 717.
rura 3, 2. 223. rex Minos 8, 43.

Dictynna, ae, *f.* die Netzstellerin, in
Creta üblicher Beiname der Artemis 2,
441. 5, 619.

Dictys, yos, *m.* 1) myrrhenischer Schiffer 3, 615. — 2) e. Centaur 12, 334.

di-dúco, xi, ctum, ĕre, aus einander
ziehen, nodos 2, 560. vestem 13, 264;
aus einander reißen, vestem 3, 480. continuam humum 8, 587; trennen, scheiden, alqm ab alqo 4, 372.

Didymae, arum, *f.* (Δίδυμαι Zwillinge) zwei kleine Inseln neben Evros
7, 469.

I) **dies,** ei, *m. u. f. Pl.* nur *m.* der Tag
2, 831. nitidus 8, 1. medius Mittag 8,
144. 10, 126. nona 7, 284. dies sacrifici Opfertage 13, 580. nocte dieque 2,
343. euntem diem detinuit sermone
den Lauf des Tages 1, 683. rogat in
diem moderamen equorum auf einen
Tag 2, 48. — Tageslicht 7, 411. nitidus 1, 603. immissus in b. Unterwelt
5, 358. alma dies hebetarat sidera 5,
444. volumina fumi infecere diem 13,
602. cadente die 4, 627. surgere cum
die 13, 677. — bestimmter Tag (*fem.*)
8, 519. 9, 598. Festtag 2, 711. 6, 486.
festa 10, 270. 12, 150. Todestag, ultima 3, 136. 15, 868. 873. — Zeit im
Allgem. (*fem.*) ante diem vor der Zeit
1, 148. 6, 675. nulla dies 4, 372. 15,
216; Frist, post diem longum 1, 346.
14, 148.

II) **Dies,** ei, *m.* die Personification d. Tages
2, 25.

diffāmo, āvi, ātum, āre (dis u. fama)
verlästern, adulterium diffamatum parenti indicat zeigt unter Verläsierung
qui 4, 286.

dif-fĕro, distŭli, dilātum, differre,
aus einander bringen, b. Zeit nach hin-
ausschieben, tempora e. Zeitpunkt 9,
766. irae 1, 724. poenae 3, 578. vindictam 12, 8. partem laborum 8, 174.
gaudia 4, 350. poenas in idonea tempora 2, 467. 11, 806. distulit ira etiam
ließ für e. Weile vergessen 6, 866. —
aufsparen, aufheben, quo differtis vi-
vacem anum 13, 519. Hector dilatus
erat decimum in annum bb. der Fall
Hectors 12, 76.

difficĭlis, e, schwer zu vollführen, schwierig 2, 447. labor 11, 201. via 3, 227.
causa 13, 190. ianua schwer wieder zu
finden 8, 173. — vom Charakter schwer
zu behandeln, alcui Jem. ungünstig gesinnt 4, 284.

dif-fīdo, fīsus sum, ĕre, kein Vertrauen haben, mißtrauen, monitis 1,
397.

dif-fŭgĭo, fūgi, ĕre, aus einander fliehen 2, 114. 7, 257. 8, 298.

dif-fundo, fūdi, fūsum, ĕre, durch Gießen ausbreiten, ergießen, freta 1, 56.
venenum in alqm 10, 24. via mali
(des Giftes) late diffusum 9, 162; übertr.
flamma in omne latus diffusa 9, 289.
dolorem flendo ausströmen 9, 143. —
von Sorgen zerstreuen, erheitern, animos munere Bacchi 4, 766. vultus 14,
272. diffusus nectare aufgeheitert 3, 318.

di-gĕro, gessi, gestum, ĕre, zertheilen,
Nilus in septem cornua digestus 9,
774; vertheilen, novem volucres in
belli annos auf b. Kriegsjahre 12, 21.
poenam in omnes 14, 460.

digĭtus, i, *m.* Finger 1, 500. 3, 727. 4,
569. digitorum vincula 9, 77. digito
ostendere 8, 574. qui digito silentia
suadet b. ägypt. Gott Horus Harpocrates (f. premo) 9, 692. digitis inter se
pectine iunctis kammähnlich verschlungen 9, 290. — Aufziehen 11, 79. 2, 375.
pedum 11, 71. digitis insistere 8, 398.
der Vögel 14, 502. exiles die Füße
der Spinne 6, 143; Finger und Zehen
2, 670.

dignor, ātus, sum, āri, für werth achten, würdigen, alqm honore 8, 568.
13, 949. caeli 1, 194. templorum 8,
521. turis 14, 130. alqm taedā 4, 326.
alqm virum Einen als Gatten, (ihr Gatte
zu sein 8, 826; m. *Inf.* nulla alite verti
dignatur 10, 158.

di-gnosco, ĕre, unterscheiden, alqd
15, 555.

dignus, a, um, würdig, werth einer

Sache, m. *Abl.* Iove 1, 168. 589. severa virginitate 3, 264. longā vitā 4, 100. 678. filia non illo digna parente die nicht verdiente 8, 847. crines digni Baccho 3, 421. facies deā 6, 182. geeignet für, dignos tempore fletus wie sie sich für die Lage schickten 4, 693; dignus sum bin werth, verdiene 15, 601. te coniuge digna est dich zum Gatten 8, 131. 5, 523; m. *Inf.* perire 1, 241. 8, 127. vivere 10, 633. amari 10, 336. meus esse negari 2, 43. dignior ipsa rapi 7, 697. dignissime credi eas deus 4, 321. 14, 833; m. *Sup.* digna relatu 4. 793; m. qui u. *Conj.* digna cui grates ageret werth, daß er mir 10, 681; absolui dignos Penates bessen werth, weil sie die Unthat nicht gehindert hatten 1, 231. nepos 14, 810. copia procorum 10, 356. digna (est) facies geliebt zu werden 6, 468. dignus eras (qui rogarere) 14, 80. — *Subst. Neutr.* digna relatu Erzählenswerthes 4, 703. pudore 13, 307.

digrĕdior, gressus sum, i (dis u. gradior), aus einander gehen, sich trennen, paulum 9, 42; weggehen, inde 10, 2.

di-lābor, psus sum, i, zerfallen, ungula dilapsa in ungues 1, 742. corpora dilapsa liquescunt 7, 550; zerfließen, corpus per auras dilapsum 14, 824.

di-lăcĕro, āvi, ātum, āre, zerreißen, zerfleischen, alqm 3, 260.

di-lănĭo, āvi, ātum, āre, zerfleischen, zerreißen, membra 6, 645. vincula 10, 387.

dīlāto, āvi, ātum, āre (dis u. latus) ausweiten, erweitern, rictus 6, 878.

dīlĭgo, lexi, lectum, ĕre, (dis-lego) eig. auslesen, dah. lieben, alqm 3, 472. 4, 204. dilecta est Diti (st. a Dite) 5, 395. *Part.* dilectus geliebt 3, 500. 6, 683. arma 11, 737. a deo 10, 107. m. *Dat.* st. a: deae 6, 755. superis 10, 153. officiis suis dilecta wegen 9, 308.

dīlŭvĭum, ii, n. (diluo) Ueberschwemmung 1, 434.

dīmĭdĭus, a, um, (dis u. medius) mitten getheilt, halb, luna 3, 682.

di-mitto, mĭsi, mĭssum, ĕre, aus einander gehen lassen, entlassen, agmen suum 15, 692; entsenden (nach verschiedenen Seiten), imbres caelo 2, 310; übertr. aciem omnes in partes 3, 381. animum ignotas in artes sendet b. Gedanken darnach aus 8, 188; ausbreiten dimissis ex omni parte flagellis 4, 867. — eine Sache gehen lassen, los lassen, puppim 8, 148; aufgeben, iter coeptum 2, 698. 11, 446. curam 1, 209. 13, 217. captam Troiam das schon so gut wie eroberte 13, 226.

di-mŏveo, mōvi, mōtum, ēre, aus einander schieben, Somnia manibus 11, 617. aus einander breiten, cinerem 8, 641; zertheilen, spalten, undas 4, 706. glaebam aratro 5, 341.

Dindўma, orum, n. Berg in Mysien, der Cybele heilig 2, 223.

Dīnlēus, a, um, zu Dinlä, einer Stadt in Großphrygien gehörig, incola 8, 710.

di-nŭmĕro, āvi, ātum, āre, abzählen, noctes 11, 574.

Dĭŏmēdes, is, m. Sohn des Tydeus, König von Argos, Tydides (b. [f.]) Oenides als Enkel des Königs Oeneus von Calydon in Aetolien 14, 512. daher auch Aetolius heros 14. 461. Er war einer der tapfersten und kühnsten Griechen vor Troja, verwundete die Venus, als sie ihren Sohn Aeneas schützen wollte 15, 769, u. führte bes. im Verein m. Ulysses viele gefahrvolle Unternehmen aus 12, 622. 13, 68. 100. 242. Auf b. Heimfahrt rettete ihn Minerva 14, 475. Später verließ er Argos u. kam nach langen, von der Venus über ihn verhängten Irrfahrten, und nachdem ein Theil seiner Gefährten in Vögel (aves Diomedeae) verwandelt worden war 14, 476, nach Apulien, wo er b. Tochter des König Daunus heirathete u. die Stadt Ἄργος ἵππιον (später Argyrippa) gründete 14. 457.

Dĭŏmēdēus, a, um, eneos, des Diomedes 15, 806.

Dirce, ēs, f. Quelle u. Bach bei Theben in Böotien 2, 239.

dīrĭgo, exi, ectum, ĕre (dis-rego), wohin richten, spicula dextrā 12, 606. hastam in alqm 8, 66. dentes ad inguina 8, 400. currum in hostem lenken 12, 78. Vgl. derigo.

dīrĭgui s. derigui.

dĭrĭmo, ēmi, emptum, ĕre (dis-emo), aus einander nehmen, trennen; übertr. litem schlichten 1, 21. certamina entscheiden 5, 314.

dīrĭpio, rĭpui, reptum, ĕre (dis-rapio), zerreißen, membra viri sunt direpta 3, 731; abreißen, velamina ex umeris 6, 587. vestem a pectore 9, 637. clamanti cutis est direpta 6, 387. direpti arbore rami 11, 29. direpta leoni pellis abgezogen 3, 52.

terga capro 15, 804. — herausreißen ensem vaginā 10, 475.

di-ruo, rŭi, rŭtum, ĕre, zertrümmern, zerstören, moenia 8, 550. urbes 12, 551. post diruta Pergama 13, 520.

dirus, a, um, furchtbar, entsetzlich, grausig, grausam, v. Menschen 5, 274. 8, 65. dea 14, 278. manus 8, 479. facta 6, 210. 538. caedes 8, 825. ictus 4, 499. crimen 2, 589. omen 5, 550. periuria 14, 99. amores 10, 426. cruciatus 9, 179. fames 8, 845. dapes 6, 663. lues 7, 528. bustum 13, 452. mugitus 7, 597. corpora Gigantum 1, 156. serpens 2, 451. — *Subst. Neutr.* dira Grauenvolles, canere 10, 800.

Dis, Dītis, m. (= dives der Reiche) Beiname des Pluto (dieser Name kommt in d. Met. nicht vor), Beherrschers der Unterwelt, die ihm durchs Loos zugefallen 5, 368. niger 4, 438. magnus 4, 511. imus tyrannus 4, 444. 5, 508. rex silentum 5, 856. umbrarum dominus 10, 16. Er ist Sohn des Saturnus, Bruder des Jupiter u. Neptun 5, 528. Saturnius 5, 420. Von Cupido verwundet 5, 384, raubt er auf s. Gespann schwarzer Rosse d. Proserpina 5, 360. 395. 402. 10, 28. Beschreibung seines Reiches 4, 432 ff. 10, 16 ff.

dis-cēdo, ssi, ssum, ĕre, aus einander gehen 15, 899. — fortgehen 3, 136. gradu verso 4, 336. discedens im Weggehen 6, 139. fortziehen 7, 364; sich entfernen 1, 398. 4, 228. templo 1, 381; übertr. entweichen, lux tarde discedere visa 4, 91. obscenae procul hinc discedite Sammae 9, 509. 10, 836.

dis-cerno, crēvi, crētum, ĕre, von einander scheiden, sondern, Nilus in septem ostia discretus b., 325; discretus getrennt, nec mors discreta fuisset ein Getrennter 11, 699.

discĭdĭum, ii, n. (discindo) Scheidung, Trennung 5, 530. b. Jermanti 14, 79.

disco, didĭci, ĕre, lernen, didicit prior loqui 3, 868. in medium discenda dabat 15, 66; erfahren, vernehmen, iura locorum 14, 118. m. Inbir. Fr. discite 4, 287. 8, 392. 438. hinc disce 14, 219.

discordia, ae, f. Zwietracht, fratrum 1, 60; Zwiespalt, incertae mentis 9, 630. 10, 445.

discors, dis (cor), uneinig, zwieträchtig, semina rerum 1, 9. concordia die Eintracht der Zwieträchtigen 1, 433. bella 9, 403. ventis 4, 621; mit einander unverträglich, nicht zusammenpassend, fetum discordem die Zwittergeburt, b. Minotaurus (s. Pasiphaë) 8, 133.

discrīmen, ĭnis, n. (discerno) das Unterscheidende, dah. Abstand, Zwischenraum, spatium discrimina fallit 8, 577. übertr. parvo discrimine committi potuisse nefas mit geringem Abstand von d. That, so daß nur wenig an d. That fehlte, um e. Kleines 7, 426. — Unterschied, nullum discrimen habere zeigen 1, 291. discrimina facere 10, 517. umbrae parvi discriminis Schattierungen von geringem Unterschied 6, 62. parvo discrimine verae sunt in silicem indem sie sich nach Erstarrung der Gesichtsfarbe nur wenig mehr vom Stein unterschieben 10, 242. — Unterscheidungsmittel, Probe, experiar discrimine aperto 1, 229. — b. entscheidende Moment, Gefahr, vitae 10, 612.

dis-cumbo, cŭbui, cŭbĭtum, ĕre, sich zum Essen niederlegen, indem man sich um d. Tisch vertheilt, toris 8, 566. 12, 155. 212.

dis-curro, curri, cursum, ĕre, aus einander laufen, sich zerstreuen, per silvas 14, 419.

discus, i, m. der Diskus, e. breite linsenförmige Scheibe von Stein ob. Metall, die man mit d. Hand in möglichst weite Entfernung zu schleudern suchte, certamina lati disci 10, 177.

discŭtĭo, ssi, ssum, ĕre (dis-quatio), zerschmettern, tempora 2, 625. ossa saxo 4, 519. ossibus discussi oris 5, 292; zerhauen, corticem 8, 761; zertheilen, fulmina discutiunt tenebras 11, 522. discussa nube durch Zerreißung 15, 70.

dīsĭcĭo (spr. disiic.), iēci, iectum, icere (dis-iacio), aus einander werfen, zerstreuen, nubila 1, 328; zerschmettern, ossa oris 12, 252. rota disicitur 15, 523; zerreißen, foedo disiectus vulnere 12, 866. vulnera ostendens disiectis membris 8, 726; zerraufen, capillos 11, 866.

dis-iungo, nxi, nctum, ĕre, losspannen, iuvencos 14, 646.

dispar, ăris, ungleich 9, 721. an Größe, calamis disparibus 1, 711. 8, 192. dispar fistula septenis cannis mit sieben ungleichen Rohren 2, 682; m. *Dat.* dispar huic effecta 15, 329.

dis-penso, āvi. ātum, āre, austheilen, oscula natos per omnes 6, 278.

dispergo, si, sum, ĕre (dis-spargo), zerstreuen, dispersa iacent 11, 35.

dispĭcĭo, spexi, spectum, ĕre (dis-specio), deutlich sehen, unterscheiden 3, 178. 3, 44. 7, 285.

displĭceo, ui, ĭtum, ēre (dis-placeo), missfallen 8, 493. 9, 527.

dis-pōno, pŏsui, pŏsĭtum, ĕre, aus einander legen, zertheilend ordnen, gramina 14, 266. dispositam congeriem secuit 1, 32. haec ubi disposuit antegen, lebt an f. Platz 1, 678.

dis-saepio, psi, ptum, ire, durch Umzäunung v. einander sondern, omnia limitibus 1, 69.

dissĭdeo, sēdi, sessum, ēre (dis-sedeo), uneinig sein, nicht übereinstimmen, sententia dissidet 15, 048.

dissĭlĭo, ui, ire (dis-salio), zerspringen, lamina dissiluit 5, 173. 12, 488; aus einander bersten, solum 2, 260.

dissĭmĭlis, e, unähnlich, m. Dat. homini 14, 94. 1, 252; m. Gen. sui 11, 278; abs. dissimilem animum nāml. der Kinderliebe Josons 7, 170.

dissĭmŭlātor, ōris, m. Verheimlicher, non d. veri amoris offener Geliebter 5, 61.

dis-simŭlo, āvi, ātum, āre, unter e. andern Gestalt verstecken, plumae dissimulant capillos 2, 374. natum cultu durch Verkleidung 13, 163. se non dissimulat nimmt keine andere Gestalt an 2, 731; verhehlen, gaudia 8, 853.

dissĭpo, āvi, ātum, āre, zerstreuen, zertheilen, venenum per oma 2, 801. tumulum radiis 4, 241. latrantes ictu 8, 344.

dis-socio, āvi, ātum, āre, aus f. Verbindung lösen, sondern, dissociata locis die räumlich gesonderten 1, 25.

dis-suādeo, si, sum, ēre, widerrathen 1, 619. 2, 53. suis bellum 12, 307.

dis-tendo, di, tum, ĕre, ausspannen, -strecken, bracchia 4, 491. distentus novem iugeribus 4, 458. uber (in) cruribus distentum (ita), ut vix circumeant strotzend geschwellt 13, 826. distenta mater b. ausgedehnte Mutterleib 15, 218.

dis-tinguo, nxi, nctum, ĕre. eig. durch Färbung scheiden, unterscheiden, alqd 1, 47. hederae distinguunt vela corymbis durchziehen bunt 8, 685. Part. distinctus: frontem nigram (Acc. limit.) ab albo medio mit Fleiss in d. Mitte gezeichnet 3, 221. distinctas floribus herbas buntgemalt 5, 266.

distincta brevibus sigillis sunt in kleinem Bildchen 6, 86.

di-sto, āre. von einander stehen, aequali spatio 6, 248. spatio räumlich getrennt sein 15, 244. ripae loco distantes, weil aus einander stehend 2, 241; der Abstammung nach, totidem gradus distamus ab Iove 13, 143. — afferat sein, sol ex aequo distabat meta utrāque 3, 145. pari spatio utrimque 10, 175. distat idem (Acc. gleichweit) utrāque terrā 8, 152. spatio distante in b. Entfernung 11, 715. Subst. Neutr. distantia Entferntes 5, 55. — verschieden sein, ultima distant 6, 87. von etw., quantum distat ab orba 6, 200. Abl. facta minis quantum distent 8, 439.

diu, Adv. lange Zeit, lange 1, 70. 807.

diurnus, a, um, zum Tag gehörig, currus diurni der Sonnenwagen 4, 630. ignes b. Sonnenfeuer 7, 192. — den Tag über, ministeria Tagesdienst 4, 215. curae Tagessorgen 8, 83.

dius, a, um, Nebenf. v. divus (δῖος), göttlich, profundum 4, 537.

diūturnus, a, um, von langer Dauer, diuturnior 3, 472.

di-vello, velli u. vulsi, vulsum, ĕre, zerreissen, corpus 4, 112. artus moru 8, 877. divellĕre (divulsĕre) boves 11, 38. divolsa membra 13, 865. noda remis gespalten 8, 139. — abscissa, ramum trunco 14, 115.

diversus, a, um, (diverto), von einander gewandt, bes. entgegengesetzt, diversā sede 4, 78. valle in zwei in entgegengesetzter Richtung liegenden Thälern 5, 164. diverso orbe seiner Heimat, dem Osten, entgegengesetzt, also im Abendlande 2, 823. diversus Aeas abendländisch, v. Griechenland aus gerechnet 15, 23. in partes diversas bracchia tendens 5, 419. 11, 262. poena im Ggf. zum Feuer 1, 260. tela diversorum operum Wirkungen 1, 469. duo nomina diversa trahunt unum pectus ziehen nach entgegenges. Seiten 8, 464. Subst. Neutr. petit diversa 2, 730. 3, 640 schlägt d. entgegenges. Richtung ein. — getrennt, entfernt, pascua 1, 665. — verschieden, diversa locis verschieden nach der Örtlichkeit, an verschiedenen Orten 1, 40. plebs habitat diversa locis 1, 173. 4, 406. 11, 50. diverso tractu 1, 59. partibus 6, 53. facies 2, 14. formae 1, 416. simulacra diversa figuris 5, 211. diversi nitent mille colores 6, 65. Ggf. unus 5, 141. tertius di-

versae artis von den vorhergenannten
versch. 11, 64t. foedera von den
himmlischen versch. 9, 501; m. Dat.
forma est diversa priori 9, 321; diversa sonare st. Adv. 10, 146.
di-vertor, i, sich (nach entgegengesetzter
Richtung) wohin wenden, ad meas
artes 9, 62 (Andere devertor).
dives, itis, reich, v. Personen 5, 302.
11, 187. divitis Nelei 2, 689. divitibus procis 2, 571. mundus 2, 95.
Achaïa 8, 268. regia 4, 468. humus
an Ertrag 1, 137. cultus 5, 49. dives
deus erat in illis 15, 651; an etw.
Abl. auro 2, 759. tellus amomo 15,
307. delubra donis 2, 77. Bona
Copia cornu meo mit in. Horne 9, 88.
Iove natus bubus Hiberia im reichen
Besitz der 15, 12; m. Gen. ditissimus
agri 5, 129; = reich geschmückt, dives
magno parata 6, 451. divitior formā 6, 452. [ditem z. no. ditia 3, 77.]
divido, visi, visum, ere, theilen,
aquam ex aequo 5, 585. arma 13,
102.
divino, avi, atum, are, b. Zukunft
voraussehen, ahnen, anima divinante
11, 591.
divinus, a, um, göttlich, semen 1, 78.
stirps 2, 633. divino concita motu
6, 158.
divitiae, arum, f. Reichthum, Schätze
15, 51. 425.
divus, a, um, göttlich, Cytherea 4,
288. gemellipara Latona 6, 315. coniunx des Peleus, Thetis 11, 218.
Iulius der unter die Götter versetzte
Iulius Cäsar 15, 842. Subst. diva
c. Göttliche, b. Göttin 1, 623. 5, 251.
449. 9, 310. 13, 589. 14, 12; mea
Diana 5, 640. triformis Hecate 7,
177; Pl. divi b. Götter 15, 136.
magni 6, 525. divorum nomine 3,
282. Gen. divum; numina divum
= divi 8, 543. divum rex Iupiter
12, 561.
do, dedi, datum, dare, geben, dabat
omnia tellus 1, 102. promissa dato
leiste das Versprochene 7, 94. non dare
promissa verweigern 2, 52; alcui munera 13, 850. sibi dat clipeum, dat
— dat 6, 78. oscula saxo 1, 376.
non sic a virgine danda 2, 431.
amplexum 9, 42. complexus 3, 286.
ubera reichen 4, 324. dextras 7, 495.
leges 5, 343. contra data foedera
(b. [.]) 2, 757. iura dare Recht sprechen 1, 575. 14, 806. fidem pacis
Versprechen 3, 128. Gib leisten 7, 46.
copiam (b. [.]). aciem ertheilen 1,

381. responsa populo 3, 340. solacia
bieten 8, 510. 9, 7. spem 14, 81.
documenta damus liefern 1, 415.
poenas erleiben 1, 242. mihi poenas
dabis wirst mir büßen 8, 544. potui
poenas tibi dedisse (aor. Inf.) von
dir bestraft werden 2, 608. 9, 579.
dant locum mensis secundis Platz
machen 8, 673. vulnus alcui beibrin-
gen, versetzen 1, 458. 9, 721; darbringen, weihen, tura 3, 733. serta
10, 433. vina pateris (Abl.) 15, 575.
inferias tumulo 13, 3. lacrimas spenden 2, 341. 11, 689. alcui 13, 489.
multum cruoris hingeben, opfern (im
Kampfe) 14, 580. cruorem als Opfer
12, 80; widmen, lucis pars ultima
mensae est data 7, 663. nox somno
12, 579. prima tempora illis 13,
302; im Impf. ausbieten, lux aeterna
mihi dabatur 14, 132; darbieten, vela
ventis ausspannen 1, 132. ob. bloß
vela 3, 639. 9, 175. lintea 8, 610.
7, 40. terga fugae zur Flucht wenden
5, 322. 12, 313. bloß terga (sc. hosti)
7, 73. 13, 224.; angeben, modum
requiemque remis 3, 619. dei, quod
turba sequatur wonach sich b. Menge
richten kann 13, 221. — verleihen,
gewähren, vergönnen, gestatten, os
sublime 1, 85. vires 6, 83. animos
5, 47. augurium 13, 650. eadem
lignoque tibique tempora damus 8,
454. vitam in unda mit b. Wasser
6, 357. cursum redeuntibus 8. 3.
veniam 1, 396. salutem 9, 580.
Aeneae des namen 14, 589. amorem
verhängen 1, 453. ignes erweden 10,
641. hoc datur ipsius actis ist e.
Zugeständnis an seine Thaten 9, 247.
si verbis audacia detur 1, 175. dare
unum nominis 2, 86. verbis transi-
tum 4, 76. tempus lassen 5, 189.
non longam opis moram 10, 643.
flamma ferrumque dabant iter öffnen
15, 441. tantum odiis iraeque dabat
soweit gab sie nach 4, 447. m. Inf.
ubi sistere detur 1, 807. magni
mihi muneris instar germanam vidisse (aor. Inf.) dabis 6, 444. 1, 486.
3, 338. 7, 692. 8, 351. 12, 596.
14, 696. dat auribus posse moveri
b. Fähigkeit sich zu bewegen 11, 177.
12, 556. 14, 644; m. Dat. c. Inf.
vobis dabitur immunibus esse 8, 691;
m. ne, da, femina ne sim 12, 202.
206; m. quod u. ut 14, 174. — überliefern, übergeben, hingeben, alqm
leto tödten 1, 670. 12, 73. neci 12,
458. 15, 110. exitio 13, 269. prae-

da dabitur draconi zur Beute 7, 31. **corpora tumulo** 2, 32. **somno** 6, 489. in rogos darauf legen 7, 608. **se in pontum** sich ins Meer stürzen 11, 784. **animam in luctus** versenken 2, 384. **bracchia ad funes** strecken nach 3, 679. **capillos retro** zurückwehen 1, 529; in Jemandes Gewalt geben, **det mihi se** 12, 584. 13, 831. als Gattin, **data est tyranno** 6, 436; anvertrauen, zur Obhut 6, 498. 13, 530. zur Erziehung 8, 314; überlassen, **dedimus summam certaminis uni** 5, 387. **frena** dem Roß den Zügel lassen 8, 231. — geben als ob. zu etw. m. dopp. *Acc.* **alqd munus** 9, 198. **pretium** 2, 701. **Iovem socerum** zubringen als 9, 14. 13, 855. **se comitem** 5, 250. 2, 588. **da mihi te talem** zeige dich in solcher Gestalt 3, 295; m. *Gerund.* **viscera nati matri laceranda** 4, 424. 647. 14, 707. 15, 472. **in medium discenda dabat** gab es seinen Schülern zum Besten 15, 66; m. *Inf.* **dedisti ferre tuos arcus** 5, 619. — zu sehen ob. zu hören geben, sehen ob. hören lassen, **voces** 9, 584. **sonitum** 3, 87. 7, 680. **gemitum** 2, 606. **murmura** 2, 788. **sibila** 4, 494. **balatus** 7, 540. **fragorem** 8, 841. **plangorem** 2, 346. **signum** 1, 220. 335. 4, 450. 3, 705. 7, 725. **notam** 7, 619. **omen** 7, 621. **pignora veri** 5, 247. **flammas non dare** keine (offene) Flamme 2, 811. **motus** machen 5, 629. **saltus** 4, 165. 8, 599. **plaga causas satis valentes ad letum non dedit** zeigte sich nicht wirksam genug ihn zu tödten 5, 174. — *Part.* **datus** nicht übers., **muneribus datis** 8, 268. *Subst. Neutr.* **data** Geschenke, **ingentibus dalis sollicitare** 6, 463. [**dederitis** 6, 357.]

dŏceo, ui, ctum, ēre, lehren, belehren, **ritus sacrificos** 15, 483. **huic tradiderat docendam progeniem** zur Unterweisung 8, 241. **scires a Pallade doctam** unterwiesen, nicht persönl., sondern durch göttl. Eingebung 6, 23. **fas est et ab hoste doceri** zu lernen 4, 428. m. indir. Fr. 10, 651. — zeigen, m. indir. Fr. 1, 210. 4, 428. 13, 214. **doce** sage 8, 575. — *Part.* **doctus** geschickt, geübt, **artes** 9, 748. **bracchia docta movent** 6, 60. **doctior illis — quam illae** 8, 168. m. *Inf.* **iaculo figere doctus erat, sed tendere doctior arcus** 6, 55; kundig, erfahren, **Tiresias** 3, 322. **ora** 15, 74; kunstgeübt, **sorores** b. Musen 5, 255. **Sirenes** 5, 555. **pollex** 11, 169.

dŏcŭmentum, i, n. (doceo) was zur Lehre dient, Beweis, *Pl.* **documenta damus** 1, 415. — Beispiel, **aliis documenta dature** warnendes B. 3, 579.

Dodōnaeus, a, um, dodonisch, von d. Stadt Dodona in Epirus, wo sich e. Orakel des Jupiter, das älteste in Griechenland, befand. Aus dem Rauschen der Eiche weissagten die Priester, **quercus de semine Dodonaeo** 7, 623.

Dŏdōnis, idis, *Adj. f.* dodonisch (s. Dodonaeus), **terra** 13, 710.

dŏleo, ui, ēre, Schmerz empfinden, körperl. **exhortantur dolentem** mich in meinen Schmerzen 9, 305. **rami dolentes** 10, 510. — geistig, sich betrüben, sich grämen, sich bekümmern, **quo consolante** (b. s.) **doleres** 1, 360. 3, 448. 480; über etw. **quid doleam** 10, 413. **quidquid dolet** all ihren Kummer 10, 893. **veluti de paelice vera** 7, 831; trauern, **leviter** 10, 133. **dolens aliis fit causa dolendi** in seiner Trauer 11, 345. über etw. *Abl.* **amissa sociorum parte** 14, 213. *Subst.* **dolens** die Trauernde 15, 549. *Pl.* 10, 142; klagen, beklagen, m. *Acc. c. Inf.* 2, 263. 8, 44. 10, 390. 12, 590. m. **quod** 8, 45. — sich gekränkt fühlen, unwillig sein, zürnen 10, 82. **quo magis doleas** 1, 757. **gravius iusto** 3, 334. **causa dolendi** des Zornes 2, 614; über etw. **quaerere quod doleam** worüber ich zürnen könnte 7, 720. m. *Abl.* **successu** 6, 130. **contemptu** 10, 684. **amisso vate sacrorum** über d. Verlust 11, 69. **si quis Hercule, si quis deo doliturus erit** an seiner Erhebung zum Gott e. Aergernis nehmen will 9, 257. m. *Acc. c. Inf.* 8, 280. 12, 582. m. **quod** 5, 24. — *Part.* **dolens** als *Adj.* schmerzend, schmerzlich, **nil vidisse dolentius illo = quam illud** 4, 248.

Dŏlon, ōnis, m. e. Trojaner, der sich unter d. Bedingung, daß er d. Rosse des Achilles erhalte, wenn man sich ihrer bemächtige, erbot, Nachts auf Kundschaft nach d. Lager der Griechen zu schleichen. Da aber in derselben Nacht auch Ulysses u. Diomedes in gleicher Absicht sich nach dem trojan. Lager begaben, so begegneten sie ihm, bemächtigten sich seiner u. tödteten ihn, nachdem sie d. begehrten Aufschlüsse von ihm erhalten hatten, **imbellis**, weil er sich ohne Kampf gefangen gab 13, 98. [*Acc.* **Dolona** 13, 244.]

Dŏlŏpes, um, m. Volksstamm im südwestl. Thessalien, **rector Dolopum** 12, 364.

dŏlor, ōris, m. Schmerz 2, 778. körperl. 1, 509. 8, 517. 10, 508. — geistig, Schmerz, Kummer, Gram 3, 469. 5, 574. 695. 13, 386. animi 10, 75. dolori est omnibus 1, 246. dolorem facere bereiten 4, 419. *Pl.* 1, 661. 2, 486; über etw. *Gen.* repulsae 3, 395. conjugis amissae 7, 689; Trauer populi 6, 267. Eifersucht 4, 256. 278. femineus 9, 151. Aerger, Reiz, occultus 2, 805. Unwille 1, 736. praeteriti Alcidae 12, 588. was b. Unwillen verursacht, Kränkung 6, 210. inulti 1, 426. — Meton. der Gegenstand des Schmerzes, tu dolor es meus 10, 198. dolor ultime matri 13, 494. [Dreisilb. G. meist Verschl.]

dŏlōsus, a, um, hinterlistig, trugvoll, gens 14, 92. artes 15, 473.

dŏlus, i, m. List, Betrug. (Met. nur *Pl.*) 2, 446. 7, 297. 726. 9, 799. fraudesque dolique 1, 130. 15, 120.

dŏmābĭlis, e, überwindlich, bezwingbar, nulla flammā 9, 263.

dŏmestĭcus, a, um, das Haus od. d. Familie betreffend, luctus häusliche Trauer 13, 578. Phoebe domestice Hausgenosse (s. Phoebus) 15, 865. — von Haus aus eigen, ira domestica illi vento 8, 688.

dŏmĭna, ae, f. (domus) Hausherrin, Herrin, Ggs. zum Diener 4, 6. 9, 312. 580. 15, 648; — Herrscherin, me sub domina est steht unter mir als Herrin, ist mir unterthan 6, 178. b. Rom domina rerum der Welt 15, 447; — Geliebte 13, 837; — Besitzerin, lingua moriens dominae vestigia quaerit 6, 560. signum sub imagine dominae e. Bildsäule in Gestalt ihrer Herrin, aus der sie durch Verwandlung entstanden ist 14, 759. 9, 665.

dŏmĭnor, ātus sum, āri. Herr sein, herrschen, in cetera über 1, 77. pestis dominatur in moenibus urbis 7, 553.

dŏmĭnus, i, m. (domus) Hausherr, Herr, domino digni Penates 1, 231; Ggs. z. Diener 2, 847. 8, 635. 848. 13, 487; — Herrscher, umbrarum Pluto 10, 16. fugerat et Samon et dominos den Tyrannen Polycrates 15, 62; — Gatte 7, 725. — Geliebter 9, 466; — Besitzer, lumina mirantia formam domini 3, 503. lamina domini in gutture fixa est 5, 173. 8, 685. 699. 11, 149. 13, 869. 839. clipei septemplicis 13, 2. Tirynthiorum telorum Philoctet 13, 402. nec prosunt domino artes ihrem Meister 1, 524.

dŏmo, ui, ĭtum, āre, zähmen, bändigen, b. Thieren, equos stimulo et verbere 2, 399. domiti leones 14, 538. 7, 874. deute premunt domito frena 10, 704. — bezwingen, überwältigen, alqm 9, 98. hastā 13, 172. numina ponti victa domas — ita domas, ut sint victa (zerrich bezwingen) 6, 370. Britannos 15, 752. domitis terris 15, 877; — löblen, alqm 1, 812. 8, 171. 9, 74. 188. victoria domito Cycno der Sieg, der in der Ueberwältigung des C. bestand 12, 164. — Übertr. weich kochen, partem tergoris ferventibus undis 8, 650.

dŏmus, us, f. Haus als Wohnung 8, 628. Alla Palast 6, 688. 3, 307. contiguae 4, 57. paries domui utrique communis 4, 66. in patris domum duxere 7, 496. in domo soceri spectabere 5, 228. paterna domo vidi 11, 438. domo egreditur 4, 484. domum ferre nach Hause, heim 12, 354. 13, 227. — Wohnung, neb. tecta 3, 761. regalis 1, 171. multiplici domo includere b. Labyrinth 8, 158. domus et templa deorum 15, 796; ohne b. Begr. des Hauses, tum primum subiere domus, domus antra fuere 1, 121. superae domus deorum 4, 736. b. Musen 5, 261. b. Höhle des Schlafgottes 11, 593. Gorgoneae 4, 779. b. Tempelbau als Wohn. des Peneius 1, 574. der Flüsse, ihre Quelle 1, 279. ventorum der Gegenden, woher sie wehen 8, 696. ultima b. Unterwelt 10, 34. Elysiae 14, 111. der Leib b. Menschen od. Thiere, animae novis domibus receptae 15, 159. in ferinas domos ire 15, 468. der Mutterleib, e domo emittere 15, 220. *Pl.* v. einer 8, 922. 15, 687. — Heimat 3, 637. 14, 169. exsul domus 9, 409. in domum vertere supremos vultus 11, 547. *Loc.* domi daheim, res domi gestae im Frieden 15, 748. inter bellique domique acta tot 12, 185. — b. Haus sammt den Bewohnern, occidit una domus 1, 240; — Hausbewohnerschaft, tota domus duo sunt 8, 636; — Familie, domus saepes est 10, 400. servator domus 4, 737; — Geschlecht, Cadmeis 4, 516. ab Agenore ducta 3, 257. orta domo parvā 6, 13. sata domus 4, 570. 13, 525. 8, 485. 541. 15, 462. [*Simp. Dat.* domui, *Pl. Acc.* in b. Reg. domos, aber domus 1, 121. 13, 712.]

dŏnec, *Conj.* so lange als m. *Ind.*

8, 712. — so lange bis, bis, bis daß
m. *Ind.* 1, 524. 3, 90. 4, 50. 601. 6,
189. 8, 299. 9, 411. 11, 249. 13, 87. 14,
359. (*Conj.* weg. *or. obl.* 1, 702. 5,
325. 10, 51); bis daß m. *Conj.* 11,
139. 15, 442.

dōno, āvi, ātum, āre, schenken 11, 114.
alqd 1, 622. 8, 110; weihen, caput
Iunoni iniquae 9, 296.

dōnum, i. n. Geschenk (Met. nur *Pl.*),
Cereris der Getreidesamen 5, 655. Cerealia Brod 11, 122. dare dona 9,
420. nec leviora datis (quam data)
dona remittunt 13, 702; v. einem
iugalia Brautgeschenk 8, 309. feralia
9, 113. parva zu klein 7, 753. sua
dona de vulnere trahentem den ge-
schenkten Jagdspeer 7, 846. dona privignae nurusque (Hebes d. [.]) die
Jugendreize 9, 416. irrita futura
(esse) 10, 52. b. Wahl eines Geschenkes
11, 102. — Ehrengeschenk, dona patru-
elia vom Vetter 13, 41; Opfergaben,
dona ferre 7, 159. templis 8, 445.
vovere 11. solvere 9, 794; Weih-
geschenke, delubra ditia donis 2, 77.
penetralia donis spoliare 13, 245.

Dorceus, ẹi. m. (δορκεύς v. δόρξ Reh,
b. Schlänger) Hundename 3, 210.

Dōris, ĭdis, f. Tochter des Oceanus u.
b. Tethys. Gemahlin d. Nereus, Mutter
der Nereiden, caerula 13, 742. [*Acc.*
Dorida s, 11. 742.]

dorsum, i, n. b. Rücken, tauri 2, 874.

Dōrylas, ae, m. 1) e. Rosamonier,
der für Perseus kämpft 5, 129. — 2) e.
Centaur 12, 380.

dōs, dōtis, f. (do) Mitgabe, Mitgift,
der Braut, qua dote vellet emi 8, 53.
coniugii Hochzeitsgabe 14, 298; überh.
Gabe, Geschenk 5, 15. 10, 648. bes.
der Natur ob. des Glückes, tanta dos
oris der Stimme 5, 562. corporis
körperlicher Schönheit 5, 583. formae
9, 717. *Pl.* dotes Vorzüge 4, 702.

dōtālis, e, zur Mitgift gehörig, pro-
mittunt regnum dotale als Mitgift
4, 706. 14, 569. tradere patriam
dotalem 8, 68. dotalia arva als Mitgift gegeben 14, 459.

dōto, āvi, ātum, āre (dos), mit e. Mitgift ausstatten, muneribus (s. ferali-
bus) dotabere mit Todtenopfern 13,
523. *Part.* dotatissima formá vortrefflich m. Schönheit ausgestattet 11, 301.

drāco, ōnis, m. Drache, Schlange 2,
561. 4, 715. 7, 368. 9, 68. cristatus
4, 599. caeruleus 12, 13. crinita
draconibus ora b. Schlangenhaupt 4,
770. b. Drache, der b. goldne Vlies ber

wacht, avidus 7, 31. insopitus 7, 56.
pervigil 7, 149. desgl. die goldnen
Aepfel der Hesperiden, vastus 4, 647.
insomnia 9, 190. am Wagen d. Ceres 8, 795. am Wagen d. Sonnengottes, den er Medea schickt, volucres
7, 218. Titaniaci 7, 398. [Die abgeleit.
Formen immer im Gedicht.]

Drōmas, ādis, f. (δρομάς Läuferin)
Hundename 3, 217.

Dryădes, um, f. (δρυάδες v. δρῦς)
Baum- und Waldnymphen 3, 507. 8,
746. 777. 11, 49. [*Acc.* Dryadas 6, 453.
14, 326.]

Dryas, antis, m. Sohn des Mars u.
Bruder des Thraciers Tereus, war bei
der calydon. Jagd 8, 307, sowie b.
Kampfe der Lapithen gegen b. Centauren
12, 311. [*Acc.* Dryanta 12, 290. *Voc.* Drya
12, 296.]

Dryōpe, es, f. Tochter des Königs
Eurytus b. Oechalia, Schwester der
Iole. Erst von Apollo geliebt vermählte
sie sich später m. Andraimon. Ihre Verwandlung in e. Lotusbaum 9, 331 ff.

dubie, *Adv.* zweifelhaft, gaudere sich
zweifelnd freuen 10, 287. nec dubie
u. ohne Bedenken 7, 508.

dubitābilis, e, zweifelhaft 1, 223.
13, 21.

dubito, āvi, ātum, āre (duo), nach
zwei Seiten hin schwanken, zweifeln,
in Zweifel, Ungewißheit sein, im
Glauben oder Urtheil 13, 940. ne dubita 2, 101. quo minus dubites 2,
44. 8, 620. 866. m. indir. Fr. 3, 612.
7, 677. an sit et hic (notus) dubito
10, 27. Doppelfr. 10, 610. 11, 740;
bezweifeln, anzweifeln, m. *Acc.* hoc
quis dubitet 6, 194. dubitatus parens 2, 20. dubitor an dea sim
man bezweifelt ob ich 6, 208. — im
Entschluß schwanken, unschlüssig sein,
8, 206. 7, 307. 9, 523. in fittl. Sinne
7, 740. m. indir. Fr. 6, 619. 10, 235.
m. an 10, 676. 697. Doppelfr. 15,
540; Bedenken tragen, quia dubitaret
4, 704. m. *Inf.* 6, 281. 9, 598. 13, 7;
zögern, 2, 461. 5, 385. 7, 332. 0, 116.
m. *Inf.* quid dubitas evertere 13, 169.

dubius, a, um (duo), nach zwei Seiten
hin schwankend, zweifelnd, ungewiß, im
Glauben ob. Urtheil, dubia mente
zweifelnden Sinnes 9, 473. 517. m.
Gen. salutis an Rettung 15, 438. non
dubium ratae de morte keinen Zweifel
daran hegend 4, 545. m. indir. Doppelfr.
iustitiā dubium (est) validiane potentior armis et durch Gerechtigkeit oder
6, 678. 10, 669. — zuschlässig, inter

utrumque volat dubiis Victoria pennis 8, 13. affectus ſtreitende Gefühls-regungen 8, 473. m. inbir. Fr. 8, 441. Torpilr. 4, 44. 5, 167. — b. Dingen zweifelhaft, unſicher, unbeſtimmt, dubio genitore creatus 5, 145. susurri dubio auctore von unſicherm Ge-währsmann 12, 61. lanugo noch un-beutlich 9, 398. 13, 754. nox häm-mernd 4, 401. crepuscula dubiae lucis 11, 596. — *Subst.* dubium das Zweifelhafte, b. Zweifel, in dubio est apes 1, 890. exitus 12, 522. m. inbir. Fr. 8, 45. 10, 374

dûco, xi, ctum, ëre, führen, leiten, nullo ducente ohne Führer 13, 781. vellem me quoque duxisses hätteſt mich mitgeführt 11, 697. alqm patriis in domum 7, 496. ad tumulum 13, 452. secum deos in proelia 13, 82. Titan tempora anni repetiti duxerat quinque per autumnos 8, 439. du-cere funera per urbem 14, 746. pompam 13, 699. choreas anführen 8, 581. 746. 14, 520. via ducit ad undas 3, 602. 4, 433. rerum ordine ducar will mich leiten laſſen 13, 161. wegführen m. *Abl.* quadrupedes praesaepibus 2, 121; als Gattin heimführen, alqam 2, 525. 9, 498. 12, 210. sua prae-mia victor duxit 10, 680. qui ducit der Bräutigam 9, 763. — ziehen, pon-dus aratri 7, 119. navem per ad-versas undas ſtromauf...rts 15, 732. ducere retia ducentia pisces das die Fiſche ziehende Netz ziehen 13, 922. herauszehen, pisces calamo 3, 785. frena anziehen, führen 15, 519. remos führen 1, 294. bracchia alterna (beim Schwimmen) abwechſelnd mit b. Armen rudern 4, 353; lanas durch die Kräm-pel 4, 34 (vgl. 2, 411). stamina beim Spinnen 4, 221. fila sequentia 11, 265. subtemen ductum inter sta-mina zwiſchen b. Fäden des Aufzugs durchgezogen 6, 67; c. Linie ziehen, orbem c. Kreis beſchreiben 8, 249. litteram in pulvere 1, 649. littera funesta ducta est ſteht (darauf) ge-ſchrieben 10, 216. in b. Baukunſt, arcum 3, 160. rimam duxerat paries be-kommen 4, 65. flamma apicem du-xit bildete c. spitze Zunge 10, 279; vom Albern, aequor habet, quas ducat, spiritus auras Luft zum Einziehen 12, 516. ducere frigus ab umbra ein-athmen 10, 129. ductus anhelitus igni heiß gezogen 7, 555. ducere su-spiria pectore aus b. Bruſt ziehen ob. ſtoßen 1, 656. ab imo pectore 10, 402; ubera beran ſaugen 9, 358; verziehen, vultum deae ad fastidia zum Ausdruck des Efels 2, 774. vul-tum ad suspiria 10, 402. — übertr. beran ziehend loden, verloden, ver-führen, silvas et saxa sequentia ſt. ut sequantur 11, 2. lumina in er-rorem 8, 161. mater imagine tauri ducta est 8, 123. somnos herbeiloden 2, 735; an ſich ziehen, annehmen, for-mam 1, 402. colorem purpureum 3, 485. pallorem 8, 760; hinziehen, ausdehnen, vitam longius 11, 702. — ber-, ableiten. genus ab alqo 6, 427. principium 13, 706. generis primor-dia ex aliis 15, 391. ortus ab Eli-de 5, 494. nec quicquam matris ab imagine ductum 9, 205. — c. Schluß ziehend, urtheilen, für etwas halten m. bopp. *Acc.* vires, quas haec habet insula, ventras ducite ſehi ſie für bie Euern an 7, 509.

ductor, öris, m. Führer, classis 12, 574.

dûdum ſ. iandudum.

dulcêdo, ïnis, f. Süßigkeit 14, 276, sanguinis Geſchmad, Reiz 11, 402; übertr. Lieblichkeit, vana Wolfang 5, 308. vocis 1, 709. des Citherſpiels 11, 170.

dulcis, e, ſüß, nectar 11, 605. her-bae 15, 78. dulcior uvâ 13, 795. *Subst.* dulce c. ſüßer Tranf 5, 450. — übertr. — lieblich, angenehm, onus 3, 39. lenimen senectae 8, 500. dulces annos exigere 7, 762. novitas 4, 284. edere dulci ore mit lieblicher Rede 12, 577.

Dulichius, a, um. dulichiſch, b. ber kleinen Inſel Dulichium bei Ithaca, welche ebenfalls Ulyſſes beherrſcht, por-tus 13, 711. dux Ulysses 14, 226. manus des Ulyſſes 13, 425. vertex 13, 107.

dum, *Conj.* 1) zeitl. während, indem, m. *Ind. Pr.* 1, 592. 2, 111. 142. anapher. 2, 683. 11, 712ff. *Pf.* 7, 530. *Impf.* 4, 781. (hier u. 1, 707. 4, 770 trotz *or. obl.*); ſolange, m. *Ind. Pr.* 2, 89. 147. 717. 4, 684. 6, 684. 9, 887. dum loquor bb. in ſo kurzer Zeit, als ich es erzähle 8, 609. *Pf.* 1, 314. 2, 544. 8, 683. — bis daß, m. *Ind. Pr. hist.* 1, 677. *Pf.* 3, 91. 7, 739; m. *Conj.* 2, 862. 3, 865. 4, 620. 8, 557. 9, 94. 11, 254. 13, 440. 14, 798. — 2) beſchränkend wenn nur, wofern nur, m. *Conj.* 10, 310. 312. dum ne wenn nur nicht 10, 318. [Mit dem *Ind.* vorzugsweiſe im Verlauf. ſehr oft mit angeſchlagnem que.]

dummŏdŏ, *Conj.* wenn nur, m. Cj. 5, 521. 8, 510. 9, 30. 479. 14, 690. dummodo Aiacis meritum non sit 13, 151. [Sind im Verlauf.]

dūmōsus, a, um, mit Gesträpp, Dornen bewachsen, saxa 10, 535.

dūmus, i, m. Gesträpp 12, 356.

dŭŏ, ae, ŏ, zwei 1, 855. duae 1, 45. quae voveam, duo sunt sind zwei Stücke 9, 675. duorum 1, 744. duobus 1, 316. duos 4, 495. Ggf. unus 2, 009. 8, 473. 12, 229; beide, duarum 7, 096. 9, 760. duabus manibus 6, 441. 15, 115. duos uns beide 7, 800. 8, 709. [Acc. aui duos. — Die beißb. Formen im Verlauf.]

dŭŏdēni, ae, a, je zwölf, cum sol duodena signa peregit so oft sie jedesmal die 12 Zeichen durchlaufen hat 13, 618.

dūplex, icis, doppelt, dūplex natura Doppelnatur 12, 503. et forma dūplex und doch e. Zwittergestalt 4, 378. dūplici cum prole m. seinen beiden Söhnen 7, 864. dūplici ramo m. den beiden Ästen 12, 268.

dūplico, āvi, ātum, āre, verdoppeln, duplicata est noctis imago doppelt schwarz 11, 550. — bildl. duplicata est vulnere krümmte sich in Folge e. W. 8, 293.

dūresco, dūrui, ĕre, hart werden, sich verhärten 8, 607. 15, 417. ora duruerant 2, 831.

dūrĭtĭa, ae, f. Härte 3, 64. 4, 751.

dūrĭtĭes, [ēi], nur *Nom. Acc.* u. *Abl.* Härte, duritiem ponere 1, 401.

dūro, āvi, ātum, āre, hart machen, verhärten, ossa fertur vetustas durasse in scopulos 7, 416. pellis duratur cortice zu Rinde (eig. minnelß) 10, 491. *Part.* duratus verhärtet, cutis 3, 676. 4, 577. digitos 4, 559; verdichten, lac durant coagula lassen gerinnen 13, 830. — Intrans. dauern, diu sub imagine eadem 15, 259. in hoc aevi bis auf unsre Zeit 10, 218; ausdauern, durastis decimum in annum 13, 066.

dūrus, a, um, hart. für d. Sinn. Gefühl, ferrum 1, 127. silex 2, 706. caules 4, 672. terra 7, 191. harena 4, 741. arva 11, 33. limen 14, 709. robur 12, 331. ungula 6, 220. cornus 9, 83. osse 12, 300. cutis v. trockener, gespannter Haut 6, 809. praecordia 7, 559. rauh, montes 14, 557. rubeta 1, 105; — undurchdring-lich, corpus 12, 131. latus 12, 482; verhärtet, palatum 6, 306; — hart-drückend, pes 2, 852. genua 12, 140. nexus [est] 9, 58; *Subst. Neutr.* mollia cum duris pugnabant 1, 20. - übertr. hart — unempfindlich, körperl. gegen Mühsal, genua 1, 414. umeri 12, 514. iuvenci 3, 584. marmor ab-gehärtet 14, 843; v. Gemüth plus ego dura tuli starken Herzens 9, 545. hart-näckig 5, 244. 13, 329; unempfindlich 14, 376. pectora 14, 693. durior quercu 13, 799. ferro 14, 712; hart-herzig, pater 9, 556. numquam mihi dure pater gegen mich 11, 647. 704. mens 9, 603. superbia 3, 351. fors unbarmherzig 10, 019. sortes grau-sam 13, 151; streng, finster, vultus 9, 260. puer duri oris stumpf 5, 451. - hart — drückend, iussa 7, 14. mini-storia 11, 694; — mühselig, venatus 4, 307. bellum 13, 298.

dux, dŭcis, c. Führer, Führerin, *masc.* 3, 562. 6, 324. me duce unter meiner Führung 8, 209; Herrführer, Latii 1, 560. Argolici 12, 627. pars una ducum 13, 61. Dulichius Ulysses 14, 226. Europaeus Minos 8, 23. Romanus An-tonius 15, 826; v. Thieren, gregis Widder 5, 327. 7, 311. armenti Stier 8, 882. — *fem.* 3, 12. 14, 816. ducibus Camenis unter Leitung 15, 482.

Dȳmantis, ĭdis, f. die Tochter des Dy-mas, Hecuba. [Acc. Dymantida 13, 620.]

Dȳmas, antis, m. Vater der Hecuba, der Gemahlin des Priamus, proles Dy-mantis 11, 761.

E.

ĕ j. ex.

ĕādem, *Adv.* (*Abl. sc.* parte) ebenda, nach qua 5, 290.

ĕbĕnus (heb.), i f. Ebenholz, ebeno in atra auf s. Gestell v. Ebenholz 11, 610.

ē-bĭbo, bĭbi, ĭtum, ĕre, austrinken, ubera 6, 312. amnes 8, 838.

ĕbrĭĕtas, ātis, f. Trunkenheit 12, 221.

ĕbrĭus, a, um, trunken, berauscht 4, 26.

ĕbur, ŏris, n. Elfenbein 6, 405. ni-veum 10, 248. tinctam m. Purpur gefärbt 4, 382; met. elfenbeinerne Bild-werke, nitidam 2, 3. ebore culti tha-lami 2, 737. Götterbilder, lacrimavit ebur 15, 792; elfenb. Schwertscheide, ense ebur vacuum 4, 148.

ĕburneus, a, um, elfenbeinern 10, 275. signa 4, 354. telorum custos

A, 320. — bildl. — weiß wie Elfenbein, colla 3, 422. 4, 335. terga 10, 592.

eburnus, a, um, dicht. Nebenf. v. eburneus 10, 270. sceptrum 1, 178. 7, 108. valvae 4, 185. capulus gladii 7, 422.

ecce, hinweisende und aufmerksam machende *Interj.* siehe da, auch bloß da, meist zu Anf. des Satzes 2, 441. 496. 635. 3, 100. 672. 4, 128. 708. 5, 74. usw., des Nachsatzes 2, 174. 6, 325. 7, 647 uö.; eingeschaltet adspice vultus, ecce, meos 2, 98. 3, 259. 4, 96 uö.; et ecce 7, 863. 10, 554. [Als Anf. des Satzes stets im Vordersatz. außer 2, 112. 9, 779, beidemal im Nachs.]

Echellus (oder Echēclus), i, m. ein Centaur 12, 450.

I) Echidna, ae, f. Otter, Schlange, tumidae der Furien 10, 313. Lernaea (d. s.) 9, 69. 158.

II) Echidna, ae, f. e. giftiges Ungeheuer, oben Jungfrau unten Schlange, gebar eine Menge Ungeheuer, wie den Cerberus, die Chimära, die lernäische Hydra, die Sphinx 4, 501.

Echidnēa canis, von d. Echidna stammend, Cerberus 7, 408.

Echinādes, um, f. e. Inselgruppe im ion. Meere am Ausflusse des Achelous. Ihre Entstehung 8, 588 [Acc. Echinadas].

Echīon, ŏnis, m. (Εχίων v. ἔχις Natter, also Schlangensohn) 1) einer der Thebaner, die aus den von Cadmus gesäeten Drachenzähnen entstanden waren 3, 126. Gemahl der Agaue, der Tochter des Cadmus, u. Vater des Pentheus; Erbauer eines Tempels der Cybele 10, 686. — 2) Sohn des Mercur, war bei der calydon. Jagd 8, 311.

Echīonĭdes, ae, m. Sohn des Echion, Pentheus 3, 513. 701.

Echīonĭus, a, um, dem Echion (2) gehörig, lacertus des Ech. 8, 345.

Echo, ūs, f. e. Nymphe, der Juno, weil sie dieselbe durch listiges Plaudern getäuscht, die Sprache soweit entzog, daß sie nur das von Andern gesprochene Wort nachsprechen konnte 3, 359. Von Narcissus verschmäht, verzehrte sie sich in Liebesgram u. ward endlich in Stein verwandelt, von dem nach immer der Schall zurücktönt 3, 370. 498.

ecquis, quid, subst. Fragepron. irgend Jemand, ecquis adest ist irgend Jemand da? 3, 580. ecquis crudelius amavit 3, 442. ecquam meministis 3, 444. — ecquid bloße Fragepartikel, wei, etwa 12, 588 etwa nicht (dreimal). in Doppelfr. mit folg. an 8, 138.

edax, ācis (ĕdo), gefräßig, verzehrend, ignis 9, 202. 14, 541. natura Elementi 15, 354. vetustas 15, 872; m. Gen. tempus edax rerum 15, 234.

ĕdĕra f. hedera.

ē-disco, didĭci, ĕre, erlernen, artes paternas 2, 638. usum 7, 99. m. Inbit. Fr. 13, 246. [Nur Pf.]

I) ĕdo, ĕdi, ēsum, ĕre, essen, verzehren, carnes 2, 768. viscera 14, 194. edendo 8, 842. ardor edendi Eßwulst, Heißhunger 8, 828.

II) ēdo, dĭdi, dĭtum, ĕre, herausgeben, bes. herverbringen, fetum olivae 6, 81. simul edita arma hervorgewachsen 7, 130; erzeugen, gebären, tellus edidit innumeras species 1, 430. geminos 6, 836. alqm partu 4, 210. 9, 678. 13, 487. flumine Gange edita e. Tochter d. Ganges 5, 48. corpora fungis pluvialibus erzeugt aus 7, 803. editus in lucem 15, 221. editus hac ille est (= in hac insula) 10, 298; veranlassen, pugnam 14, 325. — von sich geben, ausstoßen, hören lassen, sonum 3, 238. gemitus 2, 638. hinnitus 2, 669. latratus 4, 451. murmur 14, 280. vagitus 15, 466. questus 4, 588. mugitus ore 1, 687; herausfagen, sprechen, talia placido ore 8, 703. 12, 577; ausbrechen, nomen 9, 531; ausrufen, ausstoßen, verba exsecrantia 5, 105. 8, 754. 14, 745; ansagen, angeben, nennen, alqd 11, 850. notam 1, 761. nomen 8, 580. auctorem necis 8, 449. veros edidit ortus bat wahr angegeben 2, 48. m. Inbit. Fr. 3, 635. 13, 757; berichten, fata 11, 688. m. Acc. c. Inf. 9, 425. 11, 862. *Subst. Neutr.* edita Ausspruch, Befehl, Thaumantidos 11, 647.

ēdŏceo, ui, ctum, ĕre, genau belehren, gentem casus aperire futuros 15, 559; genau berichten, alqd 4, 769.

Edōnis, ĭdis, *Adj. f.* edonisch, von d. thracischen Volke der Edōni, bes. — thracisch, matres Edonidas 11, 69.

ĕdŭco, āvi, ātum, ăre, aufziehen, e. Kind 8, 314; v. Thieren u. Gewächsen quod pontus terra, aër educat wachsen läßt, ernährt 6, 830. humus educat herbas 15, 97.

ē-dūco, xi, ctum, ĕre, herausziehen, ferrum aus d. Feuer 12, 278. aus e. Wunde 6, 252. telum 12, 422. pinum (e) navalibus 11, 455. — herauffähren, aus d. Unterwelt, natam 5, 533. superas sub auras 5, 641.

— herausziehen, educta (signa au-laeorum) 3, 119.

Eëtiŏnēus, a, um, dem Eëtion, König v. Theben in Mysien u. Vater der An-dromache gehörig. Thebae 12, 110.

effectus, us, m. Wirkung, dispar ef-fectu 15, 929.

ef-fĕro, extŭli, ēlātum, efferre, her-austragen, bab. zu Grabe tragen, per funera septem efferor durch d. sieben Leichen werde ich ins Grab gebracht 6, 283; übertr. alqd sub auras etwas (Verborgenes) ans Licht bringen 11, 184. — emporheben, caput 10, 419. funale alte elatum 12, 248. nox ex-tulerat caput 16, 31. sol iubar 7, 663. — hervorholen, Gorgonis ora 5, 180; hervorfinden, tria ora 4, 450. caput antro 3, 87. undis 6, 487.

ef-fervesco, vi, ĕre, emporwallen, -brausen 1, 71.

effĕtus, (effoet.), a, um, entkräftet, corpus 7, 252. laniger annis 7, 312.

ef-ficio, fēci, fectum, ĕre (ex facio), herausbringen, zu Stande bringen, fer-tig machen, imago hominis effecta est fertig geworden 7, 129. iam iter effectum (est) ist zu Ende 6, 510. — hervorbringen, sonum 1, 708; bilden, arcum 3, 30. orbem 7, 180. formam acclivis litoris 9, 335. — machen zu etw. m. dopp. Acc. alqm puerum de virgine 9, 744. te ex aeterno patien-tem mortis 2, 654. Romam domi-nam rerum 15, 448. paupertatem levem 8, 684. — bewirken, machen, m. ut 4, 181. 13, 04. m. bloßem Conj. effice vertitur 11, 102.

effĭgies, ēi, f. (fingo) Nachbildung, Ebenbild, fingere in effigiem deorum 1, 83. — Gestalt, Herculis 9, 264. apri nullo cum corpore b. körperlose Gestalt eines Ebers 14, 358.

ef-flo, āvi, ātum, āre, herausblasen, mare naribus efflant 3, 686; aushauch-men, schnauben, ignes ore et naribus 2, 85. Vulcanum naribus 7, 104.

ef-flŭo, xi, ĕre, herausfließen, übertr. entgleiten, entschlüpfen, ornae effluxere manibus 3, 339; — unbenutzt ent-gehen, ne levis effluat aura 6, 235.

ef-fŏdio, fōdi, fossum, ĕre, ausgra-ben, opes 1, 140; ausgraben, humum 11, 180.

effoetus s. effetus.

effrēnus, a, um, zügellos, amor 6, 445.

ef-fŭgio, fūgi, ĕre, entfliehen, 4, 371. 459 uö., m. Acc. omnes 11, 339; ent-gehen, m. Acc. morsus 4, 724. vul-

nera 7, 383. ictus 8, 302. arma 7, 397. vim 5, 288. necem 7, 424. opes 11, 128. amorem Cyclopis 13, 745; vermeiden, effugito polum au-stralem 2, 132. crimen 7, 71. sca-lus 10, 342.

ef-fulgeo, fulsi, ēre, aufleuchten, Au-rora effulget 2, 141.

ef-fundo, fūdi, fūsum, ĕre, ausgie-ßen, -schütten, vires effundite vestras Wallermassen 1, 278. cruorem in auras 6, 253. veneno per vulnera effuso ausströmen 1, 414. Penēus effusus ab imo Pindo ergießen 1, 570. urna effudit lapillos 15, 45. — bildlich matres effusae comas mit aufgelösten Haaren 13, 698. que-stus in aëra effundere 9, 370; er-schöpfen, vires in uno 12, 107.

ĕgeo, ui, ēre, bedürfen, nöthig haben, m. Abl. auxilio 13, 71. moderamine 2, 67. 13, 302. — ermangeln, ent-behren, Part. egens entbehrend, m. Gen. lucis egens aër 1, 17. mensae non egentes tostae frugis 11, 120. homines rationis 15, 150.

Egĕria, ae, f. italische Nymphe, Rath-geberin u. Gattin des Numa, nach dessen Tode sie in t. Quelle verwandelt wurde 15, 547.

ē-gĕro, gessi, gestum, ĕre, heraus-schaffen, bab. auswerfen, tellurem scrobibus 7, 243. ausschöpfen, fluctus 11, 488. sanguine per fletus egesto erschöpfen 10, 136; von sich geben, da-pes 6 664.

ĕgŏ, *Pron.* ich, bes. in nachdrückl. Rede 1, 182. 230. 607. 2, 520. 743. 4, 110. ille ego 1, 757; im Gsf. 13, 8. 11. 21. 85. 67. 98. mihī 1, 197. 507. 13, 96. 380; mē miserum 1, 508. 651 uö. me mihi prodis mich mir selbst 2, 704. consilii satis est in me mihi in mir selbst 6, 40. sine me me pontus habet ohne daß ich selbst darin liege 11, 701. quid me mihi detrahis (b. s.) 6, 885. o me mihi carior als ich selbst 8, 405. hoc uten-dum est in me mihi gegen mich selbst 13, 388. *Pl.* nōs wir 1, 355. statt *Sing.* nostri 8, 581. 9, 428. nōbis 1, 391. 522. 8, 110 uö. — als *Gen. obj.* méi: amore zu mir selbst 3, 464. of-fensa gegen mich 7, 745. reverentia vor mir 9, 123. taedia an mir 14, 719. oblitus 13, 276. memores 13, 880. 14, 730. nostri: contemptor 11, 7. parens mein 7, 617. cupidine nach mir 13, 762. 8, 581. 9, 428; *Gen. part.* alqd mei von mir 14, 722. parte meliora mei 15, 875. [si figl. a. mihi 9, 191. 13, 542. mihi 6, 434. 13, 85. 131. 136. 809. 231. 542. 15, 620. — la me acal m. Cl... im ... 15, 776.]

egrĕdior, gressus sum, i (ex-gra-dior), herausgehen 4, 84. egredere 7, 649. m. *Abl.* domo 4, 483. lectis 7, 182. 11, 710. egressus silvā 3, 368. ratibus 8, 153. — hinaufsteigen, altius egressus 2, 136.

egrĕgius, a, um (grex), auserlesen, ausgezeichnet, formā 5, 49.

egressus, us, m. das Herausgehen, 11, 718 [*Abl.*]

ĕhen, *Intj.* Ausruf des Schmerzes, ach, wehe 3, 495.

ei (hei), *Intj.* wehe, ei mihi 1, 523. 6, 227. 7, 849. 8, 491. 9, 520. [Ein... im Bestand.]

ēiacto, avi, atum, are s. eiecto.

ē-iăcŭlor, ātus sum, āri, heraus-schleudern, longas aquas ausspritzen 4, 124. sanguis se eiaculatus in altum emicat (springt heraus u. spritzt in d. Höhe 6, 259.

ēicio, (spr. eiic), ieci, iectum, ĕre (ex-iacio), auswerfen, eiectae hare-nae 11, 615. corpus vom Meer 13, 636; ausspritzen, spumas aëno 7, 262

ēiecto, avi, atum, are (eicio), gewalt-sam auswerfen, harenas 5, 353. ore cruentas dapes ausspeien 14, 211; em-porschleudern, eiectata favilla 2, 231.

ēiclo s. eicio.

ē-lābor, psus sum, i, entfallen, ta-bellae manibus elapsae 9, 571; ent-schlüpfen 4, 361. alcui 9, 63.

Ēlătēus, a, um, von d. thessal. Fürsten Elatus stammend 12, 189. 407.

ēlectrum, i, n. Bernstein, 15, 316. *Pl.* Bernsteintropfen 2, 365.

Ēlĕleus, ĕi, m. (Ἐλελεύς v. d. Festruf (Ἐλελεῦ) Beiname d. Bacchus 4, 15.

ēlĕmenta, orum, n. (selt. *Sing.*) d. Ur-st. Grundstoffe, Elemente 1, 29. 15, 237. — übertr. d. Grundlehren des Wissens, Anfangsgründe, aetatis für ihr Alter 9, 719.

Ēlēus, a, um, elisch, aus d. Landschaft Elis stammend od. zu ihr gehörend, Namen Alphēus 5, 576. undas (f. Arethusa) 5, 487.

Ēleusīn, īnis, f. durch ihren Ceresdienst berühmte Stadt in Attika, dah. Cerea-lis 7, 439.

ēlĭcio, ui, itum, ĕre (ex-lacio), her-vorlocken, elicuere venas fontis 14, 789.

ēlīdo, si, sum, ĕre (ex-laedo), heraus-schlagen, ignes nubibus elisi 6, 696. 8, 339. animam miseis silvis elidite herausschmettern 12, 508; zerschmettern, elisi artus 14, 190. undae zertheilen 15, 338. eliso aëre pennis zertheilen 1, 466. — erdrücken, erwürgen, his elisa iacet moles Nemeaea lacertis 9, 197. fauces zuschnüren 12, 142. 14, 737.

ēligo, lēgi, lectum, ĕre (ex-lego), aus-wählen, wählen, aliqd 2, 380. sal-tus aptos 2, 498. manus 3, 289. pugnandi tempora 13, 365. ex om-nibus unam 10, 318. 11, 848. de tantis opibus illam praedam 13, 326. elige m. Indir. Fr. 9, 548. 12, 200. 11, 135. Doppelfr. 9, 25. *Part.* electus erwählt, erlesen, Nymphae als Schiedsrichterinnen 6, 316. terras 12, 414. Cithaeron ad sacra facienda 3, 702.

ē-līmo, avi, atum, āre, ausfeilen, catenas 4, 173.

Ēlis, ĭdis, f. 1) Landschaft im Westen der Peloponnes 9, 306. [*Acc.* Elin 2, 680. 5, 494. 608.] In Elis lag Olympia, wo alle vier Jahre die olymp. Spiele ge-feiert wurden, nec adhuc (in) Graiā Elide spectasse poterat quinquen-nem (b. l.) pugnam 14, 325. In Elis reinigte auch Hercules die Rinderställe des Königs Augias in einem Tage dadurch, daß er den Fluß Alphēus hinein-leitete 9, 187. — 2) d. Stadt Elis in d. genannten Landsch. 12, 550 [*Acc.* Elin].

Ēlix, ĭcis, m. (elicio) Abzugsgraben, Graben, limosus 8, 237.

ēlŏquium, ii, n. Beredsamkeit 13, 63. 322.

ē-lŏquor, cūtus sum, i, aussprechen, m. iubir. Fr. 3, 257.

Elpēnor, ŏris, m. Gefährte des Ulysses, der im Hause der Circe betrunken vom Söller herabstürzte u. den Hals brach, Elpenora nimii vini zu weindurstig 14, 252.

ē-lūdo, si, sum, ĕre, es Jem. im Spiele abgewinnen; beim Fechten einem Hiebe ausweichen, ihn parieren, alsa (usa) vulnera daß keinen Stößen aus-gewichen sei 12, 104; einem Verfolgen-den ausweichen, ihn täuschen, Satyros sequentes 1, 692. 8, 687. — überh. täuschen, Danaen 11, 117. *Part.* elu-sus 3, 870. Europa imagine tauri 6, 103, elusi iuvenum amores 13, 737.

ē-lŭo, lui, lūtum, ĕre, abspülen, cor-pus simul, simul elus crimen 11, 141.

ēlŭvies (ĕi), f. nur *Nom. Acc. Abl.* das Abspülen 15, 267 (*Abl.*).

Elymus, i, m. e. Centaur 12, 460.

Elysius, a, um, elysisch, zum Elysium, dem Aufenthalt der Seligen in d. Unterwelt gehörig, domos 14, 111.

Emathides, um, f. die Emathierinnen, die aus d. Landschaft Emathia in Macedonien stammenden Töchter des Pieros 5, 669.

Emathion, ŏnis, m. e. ephenischer Greis 5, 100.

Emathius, a, um, m. emathisch, von d. Landschaft Emathia in Macedonien, campi 5, 313; überh. = macedonisch. Halesus 12, 461; in noch weiterem Sinne auch Thessalien umfassend, Emathia caede iterum madefient Philippi durch e. zweite Schlacht auf emathischem Boden, wie schon einmal bei Pharsalus 15, 824.

e-mentior, itus sum, iri, erlügen, m. *Acc. c. Inf.* 5, 188.

e-mereo, ui, itum, ēre, ausdienen, seine Zeit als Soldat; bildl. emeritis medii temporis annis nachdem d. Jahre durchgedient sind 15, 226.

e-mergo, si, sum, ēre, trans. hervortauchen lassen, noctes emersae wenn sie (aus d. Meere) hervorgetaucht sind 15, 186. emersum viscera egerere hervorbrechen u. ausspeien 5, 664. — Intr. auftauchen 5, 604. sedibus Stygiis aus 14, 155.

e-metior, mensus sum, iri, einen Raum durchmessen, noctes emensae wenn sie ihren Raum durchlaufen haben 15, 186.

e-mico, ui, ātum, āre, hervorspringen, cruor emicat alte spritzt hervor 4, 121. in altum 5, 260. 0, 130; hervorrennen, carcere 10, 652; emporschießen, -steigen, ignea vis caeli emicuit 1, 27. aër in superos ignes 15, 243; aufspringen 1, 770; abschnellen, telum emicuit nervo 5, 87; bildl. flamma emicat ex oculis sprüht 8, 356; hervorspringen = hervorragen, scopulus alto gurgite 0, 226.

e-mineo, ui, ēre, hervor-, emporragen, alte 13, 697. in partes ambas 5, 189; bildl. vox eminet uns klingt vor 15, 607.

eminus, *Adv.* (e m. manus) aus der Ferne, cadere iaculo 8, 119. fortem esse 8, 406. leto dare alqm 12, 379.

e-mitto, misi, missum, ēre, hinaussenden, -lassen. Notum 1, 264. 11, 433. Typhoëa emissum ima de sede terrae 5, 321. fontes 15, 270. 8, 393. amnem 7, 338. lacrimas d. Faun lassen 11, 458. corpora e domo in auras 15, 220. animam sinu 15,

848. emissum ferrum entsendet 12, 84; hören lassen, vocem 4, 413. pectore 15, 657; von sich lassen, suam opem den eignen Helfer 15, 650.

emo, emi, emptum, ĕre, kaufen, qua dote vellet emi sich erkaufen lassen 8, 84.

e-morior, mortuus sum, mŏri, des Todes sterben 3, 391.

en, *Interj.* zur Erweckung der Aufmerksamkeit, sieh da, seht da, im Anf. des Satzes 5, 518. 13, 71. 496. en ego 5, 206. 14, 38. wiederholt en, ait, en udsum 5,40. 11, 7; dem ersten Worte nachgestellt, adspicite en 13, 264. totos en adspice crines 2, 283. 290. 8, 005. 7, 817. 15, 677. [Als Ausruf stets im Verlauf.]

Enaesimus, i, m. einer der Söhne des Hippocoon, wird vom calybon. Eber getötet 8, 362.

e-nĕco, ui, ctum, āre, ganz töten, zu Tode martern, caput enectum pondere terrae 4, 243.

enervo, āvi, ātum, āre, entnerven, verweichlichen, artus 4, 286.

enim, *Conj. postpos.* (verw. m. nam) zur Begründung od. Erläuterung dienend, denn, nämlich, 2, 400. 0, 687. 1, 597. neque enim s. neque; der Begründungssatz vorausgeschickt 1, 260; in kurzen parenthet. Erläuterungen, recordor enim 7, 913. 9, 242. cognovit enim 11, 622. 5, 260. 3, 630. 10, 424. 12, 88. 191. 389. 13, 494; elliptisch, so daß vorher e. Gedanke zu ergänzen, profeci quid enim totiens per iurgia? erg. obiurgare nolo 3, 262. sed enim s. sed.

Enipeus, ĕi, m. Nebenfluß des Apidanus in Thessalien, vom Othrys kommend 1, 579. [*Voc.* Enipeu 7, 229.] In d. Gestalt d. Flußgottes Enipeus berückte Neptun die Iphimedeia, d. Gemahlin d. Aloeus, u. zeugte mit ihr die thessal. Riesen Otos u. Ephialtes 6, 116.

e-nitor, nixus (nisus) sum, i, sich hervor- od. emporarbeiten, vix enituntur equi 2, 64. — trans. bei d. Geburt hervorarbeiten, gebären, enixa est prolem gemellam 9, 453. 2, 637. 11, 316. 761. 13, 748. utero infantem 9, 344. partu 1, 670. enixa partus nachdem sie das Kind geboren 8, 451. 6, 712.

Enōmos, i, m. e. Lycier. (*Acc.* Enomon 13, 260.]

enōdis, e (nodus), frei von Knoten, abies glattstämmig 10, 94.

ensis, is, m. das Schwert, falcatus

(b. j.) 1, 717. 4, 727. hamatus 5, 80. longus 5, 204. rigidus 3, 118. bellicus 3, 534. letalis 13, 892. satifer 12, 492. impius 14, 802. scelerati 15, 776. stricto ense 7, 286. ense vulnus recidere 1, 99. vagina liberat ensem 6, 551. *Pl. v. einem* Diomedeos 15, 806.

e-nŭmĕro, āvi, ātum, āre. aufzählen, 1, 215.

e-nūtrĭo, īvi, ītum, īre, ernährend aufziehen, puerum 4, 289.

ĕo, īvi u. ĭi, ĭtum, īre, gehen, veniunt euntque 12, 53. dum redit itque kommt u. geht 2, 409. huc it et hinc illuc 4, 342. obvius it illi 7, 111. 2, 75. ibimus una 11, 676. nec longius ibitis 5, 414. tutus eas 2, 096. ito bonis avibus 15, 640. (mit folg. *Imper.* colum, i, cape 12, 475. 15, 801. ite citi, ite 3, 562. retro ire zurückweichen 3, 61. omnia lustrat eundo im Gehen 5, 461. eunti mir auf meinem Wege 6, 823. in proelia zum Kampf schreiten 14, 545. ad solacia um zu trösten 6, 413. ut eat visura sororem 6, 476. m. *Sup.* venatum in silvas 7, 805; einhergehen, wandeln 2, 725. ora euntis dei 4, 264. bildl. per alta astra 15, 147; rennen, per auras 2, 209. medios in rogos 11, 833; fliegen 8, 117. si demissior ibis 8, 204. alis per auras 4, 700. pennatis serpentibus in auras 7, 350. bildl. non setius sagitta 10, 588; fahren 2, 137. 233. zu Schiff, flatu secundo 14, 227. euntem auf meiner Fahrt 8, 589. per amnes Stygios überfahren 14, 591; kriechen, ibat in sinus 4, 596. — weggehen, sich entfernen, i procul hinc 2, 464. 10, 841. sacris von b. Opfern 6, 201. aufbrechen 5, 287. ituros im Aufbruch begriffen 13, 220. reisen, certus eundi 11, 440. abreisen 6, 494. 11, 711. ituris abzureisen begriffen 13, 670; post altaria dahinter treten 5, 37. — losgehen, in adversum hostem gerade auf b. Feind los 8, 403. pectore in arma 11, 510. studio eundi im Eifer des Vordringens 8, 378. itum est in viscera terrae man drang ein 1, 188. — übertr. v. leblosen Gegenständen, euntem diem ben Lauf des Tages 1, 682. unum isse diem hingehen. 2, 331; fließen, strömen, flumina ibant 1, 111. 2, 456. 3, 571. nil obstabat eunti in seinem Lauf 3, 568. aquae sine vertice, sine murmure euntes 5, 687; fliegen, plumbum incandescit eundo 2, 728. longius it (cuspis) zu weit 8, 319. sagitta 8, 695; sich verbreiten, rumor it per oppida 6, 117. Mulciber per malum ad carbasa 14, 594; gelangen, dicta ad aures 12, 427; eindringen, plaga it longius weiter 3, 89. unda in arma ratis 11, 613; pompa ibat zog einher, bewegte sich 14, 748; puppes iturae zu segeln bereit 12, 10; spiritus ibat entzwei 6, 291. — bildl. per ignes, per gladios 8, 76. sub amplexus umarmen 7, 810. in poenas zur Strafe schreiten 5, 608. per cognata exempla dem Beispiel ihrer Schwestern folgen, eig. die dadurch vorgezeichnete Bahn durchlaufen 4, 490. in alqd in etw. übergehen 15, 488. sanguis in sucos verwandelt sich 10, 408. [It a. lit a, 3ta. Imos 10, 173. 14, 237. Imol a, 377.]

ĕo, *Adv.* dahin 7, 780.

ĕōdem, *Adv.* ebendahin, an eben denselben Ort 7, 789. 15, 570. redire eodem an b. früheren Ort 9, 451. 10, 03. congesta eodem auf ein u. denselben, auf einen Platz 1, 8. accedit eodem dazu kommt noch 6, 161.

Ēous, a, um (ἠῷος v. ἠώς die Morgenröthe), östlich, caelum 4, 197. — *Subst.* Ēous u. Ēoüs, i, m. der Frühe, eines der Sonnenrosse 2, 162.

Ĕpăphus, i, m. Sohn des Jupiter u. der Jo, die ihn in Aegypten gebar, wo er zugleich mit seiner Mutter göttlich verehrt wurde 1, 718. Die Griechen glaubten ihn im Apis der Aegypter wiederzufinden.

EphЎre, es, *f.* alter Name von Corinth 2, 240. 7, 891.

Ĕpĭdaurĭus, a, um, epidaurisch, von b. Stadt Epidaurus an b. Ostküste v. Argolis, mit e. Tempel des Aesculap, tellus 7, 436. litora 15, 048. nutrix 3, 278. *Subst.* Epidaurius b. epidaurische Gott, Aesculap 15, 723.

Ĕpĭmēthis, Ĭdis, *f.* b. Tochter des Epimetheus, Bruders des Prometheus, Pyrrha 1, 390 [*Acc.* Epimethida].

Epiros, i, *f.* Epirus, b. westl. Theil des nördl. Griechenlands 13, 710. herbida 8, 283.

Ĕpōpeus, ĕi, m. tyrrhenischer Schiffer 3, 619.

ĕpops, ŏpis, m. Wiedehopf 6, 674.

e-pōto, āvi, pōtum, āre, austrinken, neque adhuc epota parte = et nondum epota p. 5, 452; bildl. Lycus epulus est terreno hiatu verschlungen 15, 273.

Epŭlae, arum, f. köstliche Speisen 8, 671. 827. 840. 15, 82. regales 6, 488. calentes 8, 671. spec. Fleischspeisen 15, 478. b. Essen im Ggs. zum Trinken, epulis functi 4, 765. — reiches Mahl, Gastmahl 12, 211. in epulis epulas quaerit während des Mahles begehrt er nach neuem Mahle 8, 832.

Epŭlor, atus sum, ari, speisen, verzehren, non epulanda fuerunt man hätte sie nicht verzehren sollen 15, 110.

Epўtus, i, m. König v. Albalonga, Epytus ex illo (fuit) stammte von 14, 613.

Equa, ae, f. Stute 2, 663. 807. 690. 8, 873. 9, 731.

Equidem, versichernde Part., in d. Met. nur m. der 1. Pers. in d. That, fürwahr, allerdings, meist e. einzelnes Wort betonend u. diesem nachgestellt 2, 282. 7, 513. 8, 497. 13, 189. 14, 510. 15, 259; die 1. Pers. betonend, haud equidem credo metues Thetis 15, 359. m. Nachdr. den Satz beginnend, equidem vidi ich selbst 8, 722. [Steht im 1. Fuß, nur 7, 513. 8, 722. nach d. regelm. Cäsur.]

Equinus, a, um, zum Rosse gehörig, iubae Roßmähnen 12, 89. pedes Roßhufe 12, 874. fidis ope equina der Roßfüße 9, 125.

Equŭto, avi, atum, are, reiten, von e. Centauren iuben, certum in orbem 12, 468.

Equus, i, m. Pferd, Roß, acer 8, 701. fortes 6, 222. bello utiles 14, 321. bellator 15, 368. recentes nach frisch 2, 64. magnus in pulvere famae im Staube der Rennbahn 7, 542. albus des Lucifer 15, 190. nive candidiores der Tyndariden 8, 371. currus atrorum equorum des Pluto 5, 360. volucer Pegasus 6, 120. Thracis humano sanguine pingues (s. Thrax) 9, 194. b. Sonnenrosse, Solis equi 4, 214. alipedes 2, 48. volucres 2, 153. ignipedes 2, 392. anheli 4, 633. 15, 419; iungere equos 2, 118. conscendere in equos 8, 222. vectari equis 8, 374. campus assiduis (b. f.) equis palmatus 6, 219. equi consternantur 2, 314. exspatiantur 2, 202. ut Saturnus equo Chirona crearit bh. in Roßgestalt 6, 126. — meton. für Wagen, equos temone pressos conscendit 14, 820.

Erăsinus, i, m. Fluß in Argolis, der für e. unterirdischen Abfluß des Stymphal. Sees galt 15, 276.

Erĕbus, i, m. das finstere, unterirdische Todtenreich 5, 513. 10, 76. 14, 404.

Erechtheus, ei, m. König v. Athen, Sohn des Pandion, Vater der Orithyia u. Procris 6, 677. 701. 7, 697.

Erechthēus, a, um, dem Erechtheus gehörig, arces Athen 8, 547.

Erechthĭdae, arum, m. die Erechthiden, Nachkommen des Erechtheus, die Athener 7, 430.

Erechthis, idis, f. e. Tochter des Erechtheus, Procris 7, 726 [Acc. Erechthida].

ergō, Adv. der Folgerung, also, in d. Regel d. Satz beginnend v. 105. 640. 3, 279. 5, 477. 6, 719. 10, 337. 437 u.ö.; in folgernder Frage, meist mit d. Ausdr. des Unwillens 7, 51. 172. 8, 491. 9, 182. 495. 513. 13, 106; nach einer Unterbrechung wieder anknüpfend 1, 177. 431. 3, 370. 8, 637. 13, 620. (An d. 2. Stelle des Satzes 11, 338. in d. Frage an 4. Stelle 9, 495. an 5. St. 13, 107. — als Copulat. auch Declar. außer 8, 138. 5, 477. 10. 337. 638. — b. lange ō vor: e. Vocal elidiert in ergo ubi 1, 177. 434. 2, 612. 3, 372. 375. 4, 222. 380. 6, 719. 8, 637. 12, 24. ergo ego 7, 51. 174. 9, 182. 513. ergo operam 13, 148. opera 12, 171. ergo allis 12, 620. steht im 2. Fuß außer 7, 174.]

Erichthŏnius, ii, m. e. erdgeborner Sohn des Vulcanus 2, 553. 9, 421. bah. eine matre creata Lemnicolae stirpe 2, 757.

Eridānus, i, m. fabelhafter Strom, der im äußersten Westen Europas in d. Ocean münden sollte, u. an dessen Ufern Bernstein gefunden wurde. Später hielt man ihn für die Rhone od. den Po, maximus 2, 324. lucidus amnis 2, 365.

Erigdūpus, i, m. e. Centaur 12, 453.

ērĭgo, rexi, rectum, ĕre (ex-rego), auf-, emporrichten, erigite huc artus zu mir empor 9, 388. oculos 4, 116. vultum 14, 107. erectos tollere vultus 1, 86. erectus in auras 8, 43. 15, 512. erigitur richtet sich empor 1, 745. 15, 737. in latus 9, 518. fluctibus erigitur pontus bäumt sich 11, 497. in hostem bäumt sich gegen 12, 374; erigor erhebe mich um zu reden 13, 231.

Erigŏne, es, f. Tochter des Atheners Icarus od. Icarius 6, 125, wurde als Virgo unter d. Sterne versetzt (s. Icarus) 10, 451.

erilis, e (heril. v. erus od. herus), dem Herrn gehörig, sanguis des Herrn 3, 140. nomen der Herrin 10, 502.

Erinys, yos, f. griech. Name der Rachegöttin. Die Erinyen waren drei Schwestern, Alecto, Tisiphone u. Megära, Töchter des Uranus u. der Gäa, ob. auch der Nacht, sorores Nocte genitae 4, 452. triplices poenarum deae 8, 481. 10, 314. Eumeniden (b. j.), der lat. Name Furiae. Sie sind nicht nur Rachegöttinnen, die m. Schlangen gegürtet u. in den Haaren, Fackeln in den Händen, den Schuldigen verfolgen 10, 349. 9, 410, sondern reizen auch zu Verbrechen u. Wahnsinn 10, 314. fera 1, 241. horrifera 1, 725. infelix 4, 490. insana 11, 14. Schilderung derselben 4, 452 ff. 481 ff. [Nur Sing. Erinys, Acc. Erinyn 1, 725. Gen. im Versschl.]

eripio, ripui, reptum, ere (ex-rapio), herausreißen, torrem ab igne 8, 457. 3, 311. aede deam 13, 315. Thrax viventi pectore 15, 136. colla iugo 2, 315. hastile tergo 3, 71; abreißen, caput collo 4, 785. vincula collo 10, 386; entreißen, alqm flammis 2, 830. 14, 444. fluctibus 14, 476. animum membris 15, 845. nec mihi te Iuppiter eripiet 5, 12. alqm domino 9, 850. damno 11, 133. fatis 1, 358. furiis vom Wahnsinn heilen 15, 337; retten, alqm 13, 90. 14, 540; rauben, multa 6, 196. praemia 5, 35; übertr. entziehen, bearbmen, matri arbitrium secreta loquendi 4, 224. Antaeo alimenta parentis 9, 184. iter animam 12, 143. posse loqui eripitur b. Fähigkeit zu sprechen 2, 483. 15, 80. oculis ereptus erat 7, 776. nisi vatibus omnis eripienda fides 15, 283.

erraticus, a, um, umherirrend, Delos (b. j.) 6, 338.

erratus, us, m. Irrfahrt, Pl. longis erratibus 4, 567.

erro, avi, atum, ere, umherschweifen 15, 165. terris 6, 190. via 7, 577. toto in orbe 14, 680. per agros 14, 422, b. Heerden, per herbas 4, 536. illuc et illuc 11, 357. v. den Schatten der Todten 4, 443. 15, 798; sich ergehen, in hortis 5, 555; übertr. unschlüssig hin u. her schwanken, dubius alioactibus 8, 473; — sich überall verbreiten, pulmonibus errat ignis edax 9, 201. flamma per medullas 14, 351. neve mali causae spatium per latius errent sich durch zu weiten Raum ver-

breiteten u. dadurch an Wirkung verlieren 2, 802. — irre gehen, ne sit errandum 4, 87; fehlgehen, nec fraxinus errat 13, 122; übertr. neu nescia erres aus Unwissenheit e. Irrthum begehen 14, 131.

I) **error**, oris, m. das Umherirren, die Irrfahrt 1, 582. 14, 484. longis erroribus actus 15, 771; b. Labyrinth, lumina ducit in flexum errorem führt d. Augen in e. gewundenes Irrsal 8, 161; bildl. Ungewißheit, Zweifel, hunc animis errorem detrahe 2, 80. Pl. vagi Irrsinn 4, 502. — das Abirren vom Ziele, Verirren 8, 142. errore trahi dem Irregehen anheimfallen 2, 79; Fehlwurf 5, 90. nullus fuit error in hasta der Speer verfehlte sein Ziel nicht 12, 83; geistig Irrthum 3, 481. 447; Täuschung, implet errore vias 8, 167; irrthümliche Entscheidung, Fehlspruch 13, 113; Mißverständnis, nominis 7, 857.

II) **Error**, oris, m. der Irrthum personifiziert, temerarius 12, 59.

erubesco, ui, ere (ruber), erröthen vor Scham od. Zorn 1, 755. 2, 450. 6, 46. 8, 388. 9, 471. 10, 293. erubuere genae 7, 78. et erubuisse decebat (acc. Inf.) 4, 330. erubui dote corporis über 5, 584. [Nur Perf.]

erudio, ivi, itum, ire (rudis), unterweisen, bildt. m. Acc. d. Sache, artes 8, 215.

erumpo, rupi, ruptum, ere, hervorbrechen, clades erumpit in mediantes überfällt 7, 562.

eruo, rui, rutum, ere, herauswühlen, semina rostro 15, 113. eruitur Gryneus oculos (Acc. limit.) d. Augen werden ihm ausgewühlt 12, 269; herausreißen, pars pulmonis est eruta 6, 253; aufreißen, latus hasta 12, 477.

erus, (herus), i, m. d. Herr, im Ggf. zum Diener 8, 853.

Erycina, ae, f. Beiname der Venus vom Berge Eryx in Sicilien, wo sie e. Tempel baute 5, 363.

Erymanthis, idis, Adj. f. erymanthisch, v. Gebirg Erymanthus, silvas Erymanthidas 2, 499.

Erymanthus, i, m. 1) Fluß in Arcadien, Phegiacus von d. Stadt Phegia später Psophis genannt bei der er vorbeifließt 2, 244. — 2) Gebirg in Arcadien an d. Grenze v. Elis, galidus 5, 608 [Acc. Erymanthon].

Erysichthon, onis, m. Sohn des thessal. Königs Triopas, Vater der Mestra, wegen s. Verachtung der Götter burch unerschütterlichen Hunger bestraft 8, 738 ff. [Acc. Erysichthona 8, em.]

Erylus, i, m. Gefährte des Phineus 5, 79.

Eryx, ycis, m. (Ἔρυξ) 1) Berg im westl. Sicilien mit e. berühmten Venustempel 2, 221. 5, 364. — 2) Sohn der Venus, von welchem Berg u. Stadt Eryx ihren Namen hatten, sedes Erycis 14, 83. — 3) Gegner des Perseus 5, 196.

Et, *Conj.* und; knüpft oft nach geschlossener Rede an 5, 26.4. 11, 280. bes. nach dixit u. dixerat (b. f.); einen Ausruf des Unwillens 9, 203. 13, 6. 50. 388. selbst im Beginn der Rede: et te, Caeni, feram? 12, 470. m. Ergänzung eines Gedankens, et merito! (ich richte nichts aus) u. mit Recht 8, 697. 9, 595; eine Bestätigung, und wirklich, und in b. That, sub illis montibus, inquit, erunt. Et erant sub montibus illis 2, 703. visa dea est movisse suas, et moverat, aras 9, 782. 7, 695. 697. 5, 37. 272. 7, 217. 8, 796. 10, 557. 500; Unerwartetes, und da ob, da 3, 607. 6, 266; e. Ggstz. und doch, pudet et cupit 10, 371; nach e. negativ. Satze, sondern 15, 140; et tamen 3, 359. 7, 237. e. Einwurf anknüpfend 5, 373. 9, 505; erläuternd, und zwar 1, 426. 441. 11, 428; e. Ergänzung anknüpf., und somit, domum et regalia lecta 8, 204 (vgl. 1, 170). Andromedan et tanti praemia facti 4, 757. totum autumnum et felicia poma 9, 92. 5, 283. 405. 13, 400. 629. 14, 510. 15, 796; in b. Figur Hendiadyoin, cristis et auro fl. cristis aureis 3, 32. verbis et carmine fl. carminis 7, 203. terris et inerti sede relicta fl. in sede terrarum 15, 148; mehrmals wiederholt, wo es oft unübersetzt bleibt (Polysyndeton) 2, 153. 4, 593. 5, 613. 9, 477. 11, 318. mit que wechselnb 3, 172. 210. 422. 4, 15. 503. 7, 469; nicht übersetzt, wo es e. Relativsatz an e. Attribut knüpft 2, 63; von b. Wort getrennt, zu dem es gehört, unguibus et raras vellentem dentibus herbas fl. et dentibus 8, 800. 12, 183; et non 5, 667 (non est libera — ist uns verwehrt), im Ggs. falentis et non famurae 9, 562. 8, 62. 10, 637. 11, 84. [In b. Verb. ›und‹ wird et in b. Met. nicht nachgestellt, außer 7, 510 (bei Niese) seperat mihi milieu et hostem — et sup. mihi u. b.] — auch, in b. Regel vor b. betonten Worte 1, 2. 15. 89. 43. 51. 160. et ad ripas 1, 639 uö.; von vielem getrennt 2, 525 (et ducat). 3, 291 (ille deus timor est et deorum). 8, 270 (et deos). 9, 280 (et inultae). 13, 262 (et vulnera); dem betonten W. nachgest. primus et 8, 247; sed et sondern auch 13, 819. — correspondierend, et — et sowol — als auch, theils — theils, einestheils — anderntheils, nicht nur — sondern auch 1, 15. 329. 613. 693. 759. 2, 671. 3, 266. 446. 4, 229. 6, 524. 9, 627. felix et nato, felix et coniuge 11, 266. wie — so, et sensi et dixi 8, 311. zwar — u. doch, wiewol — doch, et cupio et nequeo 8, 506. et pudet et referam 14, 270. anakoluthisch, ohne baß ein zweites et folgt 5, 612; dreimal et 1, 732. 15, 634. viermal 9, 530. 14, 678; et — que fl. et — et 6, 458. 13, 641; que — et f. que.

Etenim, *Conj.* denn 14, 695.

Ethemon, ŏnis, m. Gegner des Perseus 5, 163.

Etiam, *Conj.* (et-iam) auch 1, 109. 635; noch hoc etiam restabat das fehlte noch 2, 471. etiam nunc auch jetzt noch 1, 857. 6, 312. noch 2, 147. etiam num auch jetzt noch, immer noch 4, 744. 7, 497. 10, 403. 11, 20. 14, 190. 15, 815. bis dahin noch 13, 668. noch 6, 203. 7, 190. 8, 313. — steigernb sogar 8, 699. 9, 623. 13, 485. beim *Comp.* plus etiam 2, 57. 8, 24. quin etiam ja sogar 5, 227. 14, 259. [etiam nunc u. etiam num sind nach b. regelmäß. Cäsur. — plus etiam, quia etiam, tunc, nunc etiam im Versanf.]

Etruscus, a, um, etrurisch, zu Etrurien in Oberitalien gehörig, gens 15, 558.

etsi, *Conj.* wenn auch, wenn schon, m. *Ind.* etsi non cecidit nicht wirklich gefallen ist 2, 822. 4, 317; sonum habet, etsi non hominis, tamen (talem) quem cervus edere non possit 3, 239.

Euagros, i, m. e. Lapithe 12, 292. [Acc. Euagrum 12, 290.]

Euan f. Euhan.

Euander, dri, m. wanderte aus Pallantion in Arcadien nach Latium ein, u. gründete am palatinischen Hügel b. Stadt Pallanteum 14, 456.

Euboea, ae, f. große Insel östl. von Mittelgriechenland 13, 660.

Euboïcus, a, um, euböisch, undae 9, 218. urbs Cumä in Italien, als Colonie der Euböer 14, 155. cultor aquarum Glaucus 14, 4. Anthedon, weil

Euböa gegenüberliegend 7, 232. 13, 905. röm so Aulis 13, 192 Subst. Euboi-cum (sc. mare) das eub. Meer 9, 226.

Euēnīnus, a, um, am Fluß Euenos wohnend, matres Calydonides 8, 527.

Euēnus, i, m. Fluß in Aetolien bei Calydon 9, *104.

Euhan (Euan), m. Beiname des Bacchus von d. bacchischen Festrufe εὐάν 4, 13.

euhoe (εὐοῖ), bacchischer Festruf, euhoe Bacche 4, 523. euhoe sonat 8, 397.

Euippe, es, f. Gemahlin des Pieros (d. s.) 5, 303.

Eumēlus, i, m. e. dem Apollodienst sehr ergebner Thebaner. Als bei e. Opfer s. Sohn Botres das Gehirn des geschlach-teten Schafes verzehrte, ehe es auf d. Altar gelegt war, schlug ihn der zornige Vater mit e. Feuerbrand zu Boden, wor-auf Apollo den Knaben in e. Bienen-specht verwandelte 7, 390.

Eumēnĭdes, um, f. (Εὐμενίδες d. Wohlwollenden) euphemistische Bezeich-nung der Erinyen (d. s.) 6, 430. 8, 484. 9, 410. 10, 46.

Eumolpus, i, m. e. thracischer Sänger, Schüler des Orpheus, der in Attica ein-wanderte u. dort die eleusinischen Myste-rien gründete, dah. Cecropius 11, 93.

Eupālāmus, i, m. einer der calydon. Jäger. [Acc. Eupalamon 8, 360.]

Euphorbus, i, m. Sohn des Panthoos, e. tapferer Trojaner, der v. Menelaus getödtet wurde. Pythagoras soll von sich behauptet haben, daß er zur Zeit des troj. Krieges dieser Euphorbus gewesen sei 15, 161.

Euphrātes, is, m. Fluß in Babylonien, dah. Babylonius 2, 248.

Eurōpa, ae, f. Tochter des phönicischen Königs Agenor, Agenore nata 3, 852. Von Jupiter in Gestalt e. Stieres nach Creta entführt, gebar sie ihm dort den Minos 6, 104. 8, 130. 2, 835ff.

Eurōpaeus, a, um, von der Europa (d. s.) stammend, dux Minos 8, 23.

Eurōpe, es, f. d. Erdtheil Europa, 5, 648.

Eurōtas, ae, m. Fluß in Laconien bei Sparta, Taenarius (d. s.) 2, 247. [Acc. Eurotan 10, 169.]

eurus, i, m. Südostwind, dann Ostwind überh. 1, 61. 7, 659. praeceps 11, 481. trux 15, 603. cadit eurus legi fich 8, 2. Pl. 2, 160.

Eurydĭce, es, f. Gattin des Orpheus 10, 31. 11, 63.

Eurylŏchus, i, m. Gefährte des Ulysses u. Führer der Schaar, die zuerst die Wohnung der Circe aufsuchte. Doch trat er nicht mit in diese ein u. entging so der Verwandlung 14, 252. 287.

Eurymĭdes, ae, m. Sohn d. Eurymus, Telemus 13, 770.

Eurynŏme, es, f. Mutter der Leucothoe, 4, 210.

Eurynŏmus, i, m. e. Centaur 12, 310.

Eurypylus, i, m. 1) e. tapferer thessal. Heerführer vor Troja, einer der Neun, die sich zum Zweikampfe mit Hector mel-deten, ferox 13, 356. — 2) König der Insel Cos, der v. Hercules erschlagen wurde, als derselbe von Ilium nach Cos kam u. die Bewohner sich seiner Lan-dung widersetzten. Die Frauen v. Cos sollen damals in Kühe verwandelt wor-den sein, weil sie sich schöner dünkten als Venus 7, 363.

Eurystheus, ü, m. Sohn des Sthe-nelos (dah. Stheneleïus 9, 173), Enkel des Perseus, König von Mycenä, der dem Hercules (d. s.) die zwölf Arbeiten auflegte 9, 203. Nach Hercules Tode verfolgte er dessen Nachkommen, u. als sie vor ihm nach Athen flohen, bekriegte er auch die Athener, wurde aber besiegt u. vom Sohne des Hercules, Hyllus, auf d. Flucht erschlagen 9, 274.

Eurytĭon, ŏnis, m. einer der calydon. Jäger 8, 311.

Eurytis, ĭdos, f. Tochter des Eurytus (1) Jole 9, 395 [Gen. Eurytidos].

Eurytus, i, m. 1) König von Oechalia auf Euböa, Vater der Jole u. Dryope 9, 356. — 2) e. Centaur 12, 220.

ē-vādo, si, sum, ĕre, herausgehen, m. Acc. über etwas hinausgehen, über-schreiten, vada, arva 3, 19; aus etw. hervorgehen, loca mortis 14, 188.

ē-vānesco, vānui, ĕre, vergehen, ver-schwinden 2, 117. 6, 47. 13, 883. 14, 358. evanuit in auras 11, 432.

evānĭdus, a, um, verschwindend, 6, 435.

ē-vĕho, xi, ctum, ĕre, emporführen, -tragen, Pass. emporfahren 2, 73. eve-hor schwinge mich empor 2, 558. evec-tus ad auras emporgelangt 14, 127.

ē-vello, velli, vulsum, ĕre, heraus-reißen, quercum terrā 12, 327. fauces pollicibus 8, 79. ferrum evulsum est 9, 129.

ē-vĕnĭo, vēni, ventum, īre, heraus-, zum Vorschein kommen, sich ereignen, geschehen, 3, 523. eveniunt optata deae 6, 370.

ēventus, us, m. Ausgang, Erfolg, pug-nae 13, 278. gravis 15, 808. Pl. per eventus suos bei den Erfolgen seines Unternehmens 7, 97; — exitus Ende

7, 333. eventu horum 10, 600). *Pl.* eventus illos meruisse 13, 573.

ē-verbĕro, āvi, ātum, āre, abschlagen, abschütteln, cineres alis, 11. 677.

ē-verto, ti, sum, ĕre, umkehren, umstürzen, tecta in dominum 1, 231. Athon in aequor flürzen 11, 555. eversae mensae die Umstürzen 12, 222. — zerstören, Troiam 13, 169. übertr. cum moenibus Troiae spem quoque (Troiae) eversam esse 13, 621.

ē-vestīgātus, a, um, (vestigo), ausgeforscht, *Subst. Neutr.* ingenüs evestigata priorum Erforschtes 15, 140.

ē-vinclo, nxi. nctum, īre, umbinden, evinclus crines (*Acc. limit.*) vittā 13, 076.

ē-vinco, vīci, victum, ĕre, vollständig besiegen, überwinden, amnes 1, 685. nubes oppositas 11, 709. eine örtl. Schwierigkeit, remis Scyllam et Charybdin 14, 76. angusta Siculi Pelori 15, 700.

ē-vitābīlis, e, vermeidbar. telum 6, 234.

ē-vīto, āvi, ātum, āre, vermeiden, non evitata (fraxinus) da ihm nicht ausgewichen wurde 12, 123.

ē-vŏco, āvi, ātum, āre, herausrufen, aufrufen, Auroram 11, 598. 4, 630.

ē-vŏlo, āvi, ātum, āre, heraus-, hervorfliegen 1, 961.

ē-volvo, vi, vŏlūtum, ĕre, aus einander wickeln, entwirren, alqd 1, 24; entrollen, vestes 6, 581. bildl. seriem fati 15, 152. — abwälzen, luctos silvas 12, 519.

ē-vŏmo, ui, Itum, ĕre, ausspeien, partem maris ore 15, 513.

ex od. ē (lezteres seltener u. nur vor Consonanten), *Praep.* m. *Abl.* aus, örtl. promere e pharetra 1, 468. von — aus, ex illa (turri) spectare 8, 20. vinxit ex uno nodo duo brachia 8, 248; von — her, cunctis e partibus von ob. auf allen Seiten 2, 247; von — herab, demittere ex omni caelo 2, 261. se iacit e culmine 5, 291. pendere ex umero 8, 820; von — auf, e terra relevare corpus 9, 319. — zeitl. sell. ex illo seitbem 8, 391. 1, 289. — bei das Herausnehmen aus e. Zahl od. Menge, e quis Phaethusa 2, 346. 1, 407. 4, 109. 466. e nobis maxima 6, 662. — ben Ursprung von Jem. ob. auf etw. nascitur e Phoebo 11, 316. Epytus ex illo fuit stammt von 14, 613. me pater ex alia genuit mit 9, 830. e terra genitum 1, 615. e sanguine natos 1, 162; aus e. Stoff ob. Mittel, rami, poma ex auro 4,

633. ex aere catenae 4, 177. 10, 115. vivitur ex rapto von 1, 111. — bei Übergang aus e. Sache in d. andere, ex aeterno patientem mortis efficient 2, 653. ex umeris armi flant 10, 700. humus e paludosa (humo) siccis aret harenis 15, 268. — Grund ob. Ursache, woraus etw. hervorgeht locus ex re nomen habet von 13, 569; in Folge, ex nimia pietate 6, 629. ex voto fecerat templa 10, 637; gemäß, nach, ex merito poenas subiere 5, 200. pendent ex foedere poenae 10, 599; einer Norm gemäß, ex ordine in ununterbrochener Reihe 2, 109. ex more 11, 150. 15, 593. ex aequo nach gleichem Verhältnis, gleichmäßig 8, 145. 4, 62. ex aliqua parte einigermaßen 13, 650. [e m. angeb. que 1, 461. 2, 96. 647. 5, 651 ob.]

Exādius, ii, m. e. Lapithe 12, 266.

exaestuo, āvi, ātum, āre, aufwallen, laesus exaestuat acrius ignis 13, 867. irā 6, 023. 13, 559.

exālo, āvi, ātum, āre f. exhalo.

exāmen, īnis, n. eig. das Zünglein an d. Wage, bab. Prüfung. *Pl.* legum examina servare 8, 551.

exāmĭno, āvi, ātum, āre, prüfen, pensas herbas 14, 270.

ex-ănĭmis, e, entseelt 10, 721. 11, 565. 13, 418. lingua 11, 53. artus 2, 336. nati 6, 372. *Subst.* der Entseelte, exanimi similis 7, 231. 11, 834.

ex-ănĭmo, āvi, ātum, āre, entseelen, corpora natant exanimata todt 2, 269.

ex-ardesco, arsi, ĕre, sich entzünden, sich erhitzen, limus exaruit sidere aetherio 1, 481; bildl. von Leidenschaften entbrennen, v. Zorn 1, 731. 2, 613. 12, 102. irā 13, 816; v. Liebe 2, 727. 6, 465; cupidine formae 4, 347. [Nur *Pf.*]

ex-aspĕro, āvi, ātum, āre, rauh, uneben machen; übertr. fretum quietum aus s. Ruhe in Aufruhr bringen 6, 7.

ex-audlo, īvi, ītum, īre, vernehmen, (deutlich) hören, exaudi 4, 141. 9, 132. preces 13, 856; voces hominum 7, 615. non exauditus vates; nicht mehr vernommen 11, 19.

ex-caeco, āvi, ātum, āre, blind machen, unsichtbar machen, flumina excaecata resident 15, 272.

excēdo, cessi, cessum, ĕre, herausgeben, 8, 456. aus e. Orte, tectis 2, 751. 9, 148. foribus 4, 85. thalamis 10, 469; weichen, caelo 11, 571. de pectore 8, 670. curam tui excessisse von mir gewichen sei 14, 736. — über etw. hinausgehen, m. *Acc.* fidem das Maß des Glaublichen übersteigen 7, 166. excessere metum mea bona sind über Befürchtung hinaus, darüber erhaben 6, 107.

excelsus, a, **um** (excello), hervorragend, erhaben, aedes 15, 842.

excido, cidi, ere (ex-cado), herausfallen, übertr. quod coelus excidit ore sam aus deinem Munde 7, 172; entfallen (aus der Hand) 2, 597. übertr. entfallen, entschwinden, pariter vultusque deo plectrumque colorque excidit Glück.. Farbe schwand, das Plectrum entfiel 2, 602. Auch et mens et quod opus dextra tenebat excidit 4, 176. luctus 8, 440. excidit, ut peterem ea entfiel mir, ich vergaß 14, 159. — abfallen, num exciderit ferrum (teli) 12, 106. — s. Sache verfehlen, m. *Abl.* magna excidit ausis es war ein großes Wagnis, womit er verunglückte (mit Anspielung an den Sturz) 2, 328.

ex-cio, civi, citum, ire, aufscheuchen, excivere canes avem latebris 10, 711. *Part.* excitus aufgescheucht, curis 2, 772. excitus hinc 8, 538. tumultu aufgescheuckt 11, 384.

excipio, cepi, ceptum, ere (ex-capio), ausnehmen, me excepto mich ausgenommen 2, 60. 8, 808. — aufnehmen, bei sb. in sich, alqm 7, 300. 402. Aenean animoque domoque in Haus u. Herz 14, 78. subiectis undis 2, 68. 8, 230. Eridanus excipit Phaëthonta 2, 324. electra 2, 366, humus exceptas guttas animavit 1, 619, als Gattin, alqm 9, 338. mit d. Armen 14, 461; empfangen, alqm in limine 7, 668. Iuppiter excipitur a Iunone 3, 285; an sich nehmen, oculos Argi 1, 722; auffangen, im Falle, alqm 8, 252. 504. 11, 785. collapsos arius 10, 186. 12, 423; laticem 3, 271. sanguinem 9, 131. ictus 12, 376; auffammeln pruinas 7, 268. — sich an etw. anschließen, quod placis inguina excipiat 13, 915. (unmittelbar) folgen, excipit autumnus 15, 209. — b. Rede aufnehmen, b. Wort nehmen, 4, 790. 5, 260. erwidern 5, 523.

ex-cito, avi, atum, ere, **aufrufen,** aufwecken, alqm 11, 634.

ex-clamo, avi, atum, ire, laut aufschreien 8, 341. 14, 741. Gsf. obmutuit 12, 538; aufschreien, ausrufen, m. Anführung der Worte 'me miserum!' exclamat 1, 651. 3, 117. 4, 336. 590. 6, 513. 7, 741. 11, 678. alicui Einem laut zuschreien 5, 13.

excludo, si, sum, ere (ex-claudo), ausschließen, exclusura deum 2, 815.

ex-coquo, xi, ctum, ere, auskochen, ignis ferrum excoquit ausschmelzen 14, 712.

excubiae, arum, f. Wachtposten, 13, 842.

ex-curro, cucurri, cursum, ere, auslaufen, Sicania excurrit tribus plagis in aequora 13, 724.

excuso, avi, atum, ere, (causor), entschuldigen, alqd 2, 301. 4, 256. vires als unzureichend 14, 462. verba excusantia dicere Entschuldigungen 9, 215.

excutio, cussi, cussum, ere (ex-quatio), herausschütteln, ignes (e nubibus) 11, 436; abschütteln, venti excutiunt florem 10, 789. florentia poma 14, 764. telum 12, 98. ignem de crinibus 12, 281. amplexus 9, 52. bildl. soporem 11, 678. Somnus excussit sich schüttelte sich von sich selbst ab, erwache 11, 621. — heftig schütteln, caesariem 4, 492. pennas 6, 703. habenas per colla iubaeque über 5, 401. excussa bracchia iacto, schüttle und werfe d. Arme 5, 596. nubes excussae 8, 359. excussa summa aufgeschüttelt aus 9, 605. — herausreißen, venabula rostro 10, 713. agua excussa, ore lupi 6, 528. facinus excussit ab ore rig ihm die Gräuelthat ßh. b. Giftbecher vom Munde 7, 423. — herabschleudern, m. *Dat.* (dicht.) subiecto Pelio Ossam 1, 155; herausschleudern, excutior curru 15, 524. aus d. Schiff 8, 627. fortschleudern, excusae glandes 7, 777. — übertr. austreiben, corde metum 3, 689. diros amores 10, 426. flammas 7, 17. 9, 746.

exemplum, i, n. (eximo) was aus e. Anzahl herausgenommen wird als Beispiel, Probe, hominum exempla manemus wir bleiben die (einzigen) Proben ob. Beispiele (Exemplare) b. Menschen 1, 366. — Beispiel, dem gefolgt wird 14, 867. exempla deorum sequi 9, 555. per cognata (b.L.) exempla ire dem Beispiel b. Schwestern folgen 4, 431. trahere alqd in exemplum etw. zum Muster nehmen 8, 245. cur haec exempla paravi als Muster aufstellen 9, 503. exemplum fuit er fand Nachahmung 12, 612; in sittl. Hinsicht, exempla mores reget 15, 834. metuunt exemplum das von mir gegebene Beispiel 8, 117. — warnendes Beispiel, talibus exemplo dictis 6, 401. in exemplo esse, ut zum warn. Beisp. dienen 9, 454. exemplo caveo, ne 10, 686. Strafexempel 6, 83. 8, 732. Beispiel zum Beweis 15,

367. exempla non mea nicht mein eignes 15, 195. criminis 7, 719. — als
Muster dienende Art u. Weise, exemplo nubis aquosae nach Art 4, 622.
pari exemplo 3, 122.

ex-eo, ii, itum, ire, herausgehen,
-kommen, huc exi 3, 454. inde 4, 355.
domo 4, 96. tecto 4, 489. limine 5, 44.
tenebrosa sede 5, 360; hervorkommen,
humo 13, 441. sepulcris 7, 206. infans in auras 7, 127; hervorbrechen,
silvis 10, 711. alvis 11, 366; ausstei-
gen, puppibus in litora 6, 520; heraus-
schiffen, portibus 11, 474; hervortreten,
exit Lucifer 15, 189. sol e nubibus 5,
571; v. leblosen Gegenständen, colles
exeunt 1, 343. ausfließen, cruorem
exire passim 7, 286. qua (fons) plurimus exit erquillt 11, 140. rivus saxo
ab imo 11, 602; hervorbringen, halitus
ore 3, 75. vox exierat sub auras war
herausgesprochen an d. Lüfte 3, 290.
clangor exit in auras erhebt sich 13,
610. — weggehen a. e. Orte, ihn verlassen, caeli statione 2, 115. 11, 206.
misera de sede 11, 789. conditor exit
urbe sua wandert aus 4, 565. tardius
exierant sich aufmachen 3, 234. tecto in
agros hinausziehen 14, 342; culmus
exit ab arvo entsteigt 7, 773. — hervorgehen, entstehen, iuvenes de favilla 15,
697. scorpius de parte sepulta 15,
371; herauswachsen, de stamine pam-
pinea exit 4, 397. pennae per ungues
8, 671. — aufsteigen, curribus in auras 5, 512. hinaufsteigen, liquidas sub
auras 12, 525. — über etw. hinausgehen, m. Acc. (dicht.) modum über-
schreiten 9, 632. vallos Avernas verlassen 10, 52.

exerceo, ui, itum, ēre, in Bewegung,
Thätigkeit setzen, beschäftigen, undas
lusibus 14, 556. guttur 8, 826. exer-
cebar in aequoribus beschäftigte mich
13, 921; üben, linguas litibus 6, 375.
apicula 13, 54. antiquas telas 6, 145;
artes 2, 618. 15, 360. morsus in aëra
Bisse in d. Luft thun 7, 780; ausüben,
auslassen einen Affect, iras 12, 583. 13,
614. odium 8, 846. in aliquo 9, 276.
dolorum ferro 12, 534. — plagen, beunruhigen, abmühen, incertas exercet
aquas die unschlüssigen Gewässer 8,
166; exerceor lasse mich plagen 2, 287.
Part. exercitus abgemüht, geplagt,
vestris rebus 13, 265. curis 7, 634.
15, 788.

ex-halo, āvi, ātum, āre, aushauchen,
flammam 15, 343. animam 8, 247. 11,
43. [exhalari animam m. Gött. in z. B.]

15, 528. animam exhalat in me nos-
troque in ore 7, 861. vitam 5, 62.
absol. ausathmen, sterben 7, 581; aus-
dünsten, nebulas 4, 434. 14, 370. 13,
601. nebulae exhalantur humo 11.
596. — Intr. (selt.) aura exhalat de
vallibus hauch herauf 7, 810. [ex-
halarunt 8, 547. exhalantes 7, 581 im
Zusatze.]

ex-haurio, hausi, haustum, ire, ausschöpfen, übertr. erschöpfen, leeren,
exhausta paene pharetra 1, 443. —
zu Ende bringen, von e. schwierigen
Werke, exhausta pericula überstanden
12, 161. Subst. exhaustum das Voll-
brachte, plus exhausto — quam exhaustum 5, 149.

exhibeo, ui, itum, ēre, (ex-habeo),
eig. heraushalten, dah. sehen lassen, tempora praesignia cornu 15, 611. Pallada exhibuit ließ b. Pallas erscheinen
6, 44. exhibita est Thetis zeigte sich
als Thetis 11, 264; zeigen, artem 10,
181. linguam paternam dh. die ver-
messene Zunge ihres Vaters 6, 213. notam linguae e. Merkmal seiner Zunge
14, 526. promissa exhibuere fidem
bewährten ihre Zuverlässigkeit 7, 323.

ex-horresco, horrui, ere, aufschau-
dern, exhorruit aequoris instar 4, 135.

ex-hortor, ātus sum, āri, aufmuntern,
anfeuern, equos 5, 403. 12, 78. se 8,
368. cives in hostem 13, 231. tauros
in illum hetzen 7, 36. me exhortor
in ambos stachle mich auf 10, 695; ermuthigen, dolentem 9, 306. trepidos
15, 162.

exigo, ēgi, actum, ēre (ex-ago), heraustreiben, hasta exacta est (in) cervice 5, 189. sagitta iugulo 12, 572. exigere ferrum per ilia es durch u. durch
stoßen, daß es auf der andern Seite wieder herausbringt 4, 734. bildl. senectam telis 7, 338. — in d. Höhe schwingen, ensis non circumspectis viribus
exactus 5, 171. — übertr. herausbringen, e. Forderung eintreiben, einfor-
dern, poenam Strafe, Rache üben 4,
190. 8, 125. 14, 478. an Jem. de matre
8, 580; fordern, id ipsum 5, 21; durch
fragen forschen, 5, 672; nach e. Maß-
stabe, nach etwas bemessen, humanos
ritus et diversa foedera ad caelestia
9, 501. secum alqd bei sich ermessen,
erwägen 10, 587. opus quod hae fa-
ciunt, exigit prüfen 14, 268; vollenden,
zu Ende führen, opus exegi 15, 871.
forma non satis exacta nicht genug
ausgeführt 1, 406. m. zeitl. Object exegit annum quattuor spatiis führte

zu Ende 1, 118. dies exactus erat war zu Ende 4, 399. exigere annos hinbringen 7, 752. aevum studiis 12, 209.

exiguus, a, um, klein, gering, pars 8, 650. lapillus 8, 18. aedes (Ggs. maxima terra) 8, 187. grande onus exiguo ore gerentes 7, 625. non exiguo sanguine (suorum) kein geringes Blut 6ab 12, 70. locus nulli populo exiguus est zu beschränkt für 4, 412. exiguas facere umbras verkürzen 3, 60. aqua e. wenig Wasser 3, 450. cinis 8, 496. spärlich lumen 10, 691. sanguis in Folge des Alters 7, 315. b. Krankheit 7, 590. schwach, aura 4, 138. fumi 15, 351. zeitl. kurz, requies 4, 629. labor exiguus Phoebo restabat 6, 488. Subst. exiguum temporis kurze Zeit 13, 868.

exilis, e, dünn, schwächlich, membra 5, 433. digiti 0, 143.

eximo, emi, emptum, ere (ex-emo), herausnehmen, ausschreiben, m. Abl. acervo 1, 24. — entziehen, poenae 7, 361.

exitiabilis, e, verderblich, telum 6, 257. caput 8, 425.

exitium, ii, n. (exeo) Verderben, Untergang 2, 290. virorum Lycia de gente 8, 383. huius in exitium 7, 406. exitio dare alqm weihen 13, 260. imminere exitio alicuius nach dem Verb. trachten 1, 146. 8, 379. — Meton. b. verderbliche Macht, exitium superabat opem 7, 527. von e. Person, exitium Troiae Achilles 13, 500.

exitus, us, m. (exeo) der Ausgang, b. Ende einer Sache 3, 549. 8, 60. 9, 726. 10, 8. 13, 502. caelum erit exitus illi die Aufnahme in d. Himmel 15, 429. — b. Erfolg 12, 121. 208.

exorabilis, e, erbittlich, non exorabilis unerbittlich 2, 618.

ex-oro, avi, atum, are, durch Bitten bewegen, exorata, non exterrita 5, 418. 9, 700. non exoratae arae durch keine Bitten bewegt 7, 691.

exosus, a, um, (odi) voll Hass, hasserfüllt, gegen etw. Acc. taedas iugales 1, 483. oculos 7, 387. fraudem 14, 02. terras dictas a paelice Regina 7, 524.

ex-pallesco, pallui, ere, erbleichen, erblassen, 1, 543. 10, 185. toto ore 4, 108, 8, 602. [Rar P?]

expedio, ivi, itum, ire, losmachen, (subtemen) digiti expediunt 6, 58.

ex-pello, puli, pulsum, ere, heraustreiben, sanguis expulit sagittam 6, 259. sontem animam per vulnera mille austreiben 6, 618. pariter animasque rotasque expulit (Zeugma) aus d. Leben zugleich u. den Rädern schmetterte er ihn 2, 313. pondus se expulit in auras brängte sich hervor 9, 705. sagittam arcu abschießen 8, 381. lauros ruptis undis expellitur wird ausgespien 15, 511. — vertreiben, verjagen, alqm 4, 651. aethere toto 2, 695. domo patria 11, 260. wegtreiben, invencos monte 2, 843; quietem b. Schlaf abschütteln 8, 828.

ex-pendo, di, sum, ere, abwägen, bildl. causam meritis 13, 150.

experientia, ae, f. Versuch, Probe, veri 1, 225. tide = fidei 7, 737.

experior, pertus sum, iri, versuchen, erproben, expertus vires equorum 2, 392; m. indir. Fr. 1, 722; versuchen etw. zu thun, m. Inf. 7, 175. — Part. experiens sich viel versuchend, unternehmend, Ulixes 14, 159. m. Gen. laborum 1, 414.

expers, ertis (pars), untheilhaftig, m. Gen. belli unbetheiligt 5, 91. viri unvermählt 1, 470. aequoris unberührt vom Meere 13, 727. sui decoris ohne seinen gewohnten Glanz 2, 381. undaeque cibique 4, 262. doloris frei 1, 410. necis 0, 252.

expeto, ivi, itum, ere, wonach trachten, begehren, alqm 13, 741. expetitur coniunx 9, 48; m. Inf. cognoscere 7, 476. 9, 550.

ex-pilo, avi, itum, are, ausplündern; genis oculos herausreißen 13, 562.

ex-pleo, evi, etum, ere, ausfüllen, luna explevit orbem 7, 530; übertr. erfüllen, vollleben, opus meum m. Amt 3, 640.

ex-plico, avi u. ui, atum u. itum, are, entfalten, entwickeln, explicat orbes 15, 720.

ex-ploro, avi, atum, are, ausspähen, erforschen, moenia caeli 2, 403. iter 10, 156. non exploratis ventis 8, 592. exploratum est m. Acc. c. Inf. 5, 362; m. indir. Fr. 15, 642.

ex-pono, posui, positum, ere, aussetzen, — ans Land setzen, landen, os expositum peregrinis harenis 11, 56; — ausstoßen, exponimur orbe terrarum aus d. Welt 8, 117. expositus 18, 48; — bloßstellen, zephyris expositum 13, 726. — übertr. auseinander setzen, darlegen, causas odii 4, 469. veros amores 10, 430.

ex-posco, poposci, ere, eig. absorbern, bab. bringend fordern, opem 9, 546;

erforbern, non parvas opes Mittel 11, 201.

exprimo, pressi, pressum, ĕre, (ex-premo), herausdrücken, ausdrücken, liquor exprimitur 12, 438; expressum curvamen spinae herausgedrückt, bh. deutlich heraustretend 3, 672. — übertr. ausdrücken — deutlich darstellen, incessus voltumque 11, 636.

ex-probro, āvi, ātum, āre (probrum), zum Vorwurf machen, vorwerfen, amico fugam 13, 69.

expugnācior, Comp. zum nagebr. ex-pugnax geschickter zu erobern, herba wirksamer 14, 21. [Nur hier.]

ex-pugno, āvi, ātum, āre, erkämpfen, erobern, coepta sich erkämpfen 9, 619. Part. expugnantior bezwingender, wirksamer, herba 14, 21.

exquiro, quisivi, quisitum, ĕre (ex-quaero), durch Fragen erforschen, 10, 394.

exsanguis, e, blutlos, umbrae 4, 443. animae 10, 41. signum Bildsäule, 2, 831: bleich, farblos, metu exsanguis 9, 224. tabum 15, 627. herbae 4, 267; leblos, corpus 2, 647. 4, 244. 5, 136. [Sing. Nom. Acr. Abl. Plur. exsangues.]

ex-satio, āvi, ātum, āre, völlig sättigen, clade exsatiata 6, 542.

ex-saturo, āvi, ātum āre, völlig sättigen, (belua) visceribus meis exsaturanda um sich zu sättigen 5, 19.

exsecror, ātus sum, āri (sacer), verwünschen, verfluchen, gentem Achivam 14, 191. licet exsecrere meum caput 13, 329. verba exsecrantia Verwünschungen 5, 105.

exsequiae (exequ.), arum f. (exsequor) Leichenbegängnis, Leichenbegleitung 13, 687.

exsequialis (exequ.), e, zum Leichenbegängnis gehörig, carmina Grablieder 14, 430.

ex-sequor (exequ.), secutus sum, i, ausführen, mandata 14, 602.

ex-sero (exer.), serui, sertum, ĕre, hervorstrecken, bracchia aquis 2, 271. caput ponto 13, 838. se sich hervordrängen 10, 505.

exsilio (exil.), ui, īre (ex-salio) herausspringen, 7, 320. aus d. Schiff 3, 670. silvas exsiluere loco 14, 406. oculi 12, 252. ignes nubibus 6, 696. hervorspringen, von e. Quelle 6, 77. — aufspringen, 9, 314. von etw. stratis 5, 35. gremio 10, 410.

exsilium (exil.), ii, n. (exul) Verbannung vom vaterländ. Boden 3, 5. 182. 8, 184. 13, 61. luebat exsilium poenam 3, 625. exsilio poenam pendere 10, 232; Pl. v. einer 15, 515.

ex-sisto (existo), stiti, stitum, ĕre, hervortreten, 3, 110. montes exsistunt 2, 264. Lycus bricht hervor 15, 274. gurgite medio exsiluit hob sich empor 5, 413. 13, 893. — werden, pater exstitit huius 13, 751. cupiens nuntia exsistere 6, 664.

ex-spatior (exspat.), ātus sum, āri, aus d. Bahn treten od. schweifen, ex-spatiantur equi 2, 202. ne longe ex-spatiemur equis 15, 451. flumina ex-spatiata ruunt 1, 285.

ex-specto (exp.), āvi, ātum, āre, eig. ausschauen nach etw., daher erwarten, alqd 3. 378. 7, 812. coniunx exspectatus erat oculis animoque 14, 417. exspectata diu obwol lange erwartet 13, 183. non exspectatae umbrae unerwartet 15, 564. Subst. ante exspectatum ehe es erwartet wurde 4, 790. 8, 5. — abwarten, ultima exspectanda dies 3, 136. hand exspectato vulnere ohne d. Todeswunde abzuwarten 7, 595.

exspes, nur Nom. hoffnungslos 14, 217.

ex-spiro (exp.), āvi, ātum, āre, aushauchen, auras 8, 121. animam 5, 106; absol. hervorblasen, ventorum vis exspirare cupiens 15, 300.

ex-sterno, āvi, ātum, āre, außer Fassung setzen. Part. exsternatus entsetzt 1, 641. 11, 77.

ex-stimulo, āvi, ātum, āre, aufstacheln, bildl. libido hunc exstimulat 6, 459. tigris exstimulata fame 6, 165.

ex-stinguo (ext.), nxi, nctum, ĕre, auslöschen, lumen 1, 721. flammas 15, 778. bildl. exstincta flamma 7, 77. — bildl. austilgen, vernichten, Romanum nomen 1, 201. Pass. erlöschen, nec ei lis prius est exstincta quam vita 7, 569. uterque (ignis et dolor) 8, 528; — sterben, primo exstinguor in aevo 3, 470. Part. exstinctus todt 12, 426. Amphion 6, 402. 11, 687. getödtet, fratres 8, 446. 11, 381. Subst. der Todte 4, 451. Pl. 10, 486.

ex-sto (exto), āre, hervorstehen, hervorragen, 2, 855. 8, 804. scopulus aquis 4, 232. ferrum de pectore 9, 128. 6, 236. Triton supra profundum 1, 332. anguis exstat rectior longa trabe ragt empor 8, 78. colla toris exstant sieht man f. Muskeln hervor, strobt davon 2, 854. Part. exstans 14, 67. harundo aus d. Köcher 10, 526. summis silvis 12,

931. crater signis exstantibus asper von Bildern in erhab. Arbeit 12, 235. crater exstans signis altis hervortretend mit hohen Bildern = mit hoch hervortretenden B. 5, 81. — sichtbar, vorhanden sein 6, 861. locus exstat ist noch vorhanden 12, 569.

ex-struo, xi, ctum, ĕre, aufhäufen, aufthürmen, exstructi morientum acervi 5, 88. mensae dapibus pollgeblüst mit 11, 120.

exsul (exul), ŭlis (ex u. solum), verbannt 13, 145. 510. 15, 61. 589; aus was Gen. mundi 6, 189. montisque domusque beraubt der Gesinnung und Heimat 9, 169. Subst. der Verbannte vagus 11, 408.

exsulto (exult.), āvi, ātum, āre (ex-silio), aufspringen, Sprünge machen 11, 78. in herba 2, 364; aufwallen beim Kochen, pars eavis aënis exsultat 6, 6 in. 7, 464; bibl. frohlocken 6, 283. 514. — herausspringen, undae exsultantes hervorsprudelnd 13, 893.

ex-surgo (exur.), surrexi, ctum, ĕre, sich erheben 3, 601.

exta, orum, n. d. Eingeweide, bes. die edleren der Opferthiere 2, 718. 15, 795. trepidantia exta consulit 15, 574.

extemplo, Adv. augenblicklich, sofort 1, 115. 770. 4, 178. 5, 508. 6, 140. 401. 7, 824. 15, 690. 663. [Steis vor d. rhythmäß. Cäsur außer 15, 663.]

ex-tendo, di, tum u. sum, ĕre, ausspannen, ausdehnen, extentam tumefecit humum bb. ita, ut extenderetur 15, 303. lutus curan extentam 12, 477. Tmolus extensus clivo utroque 11, 151. campos extendi sich ausbreiten 1, 43. rostrum extentam vorgestreckt 1, 536; zeitl. luctus extendit in aevum 1, 663.

ex-tĕnŭo, āvi, ātum, āre, verdünnen, extenuatur in aquas verdünnt sich zu W. 5, 439. curae extenuant corpus lassen hinschwinden 3, 396. — bibl. verringern, herabsetzen, facta deorum 6, 530.

externus, a, um, außerhalb befindlich, bah. auswärtig, fremd, orae 9, 19. aurae eines fremden Landes 13, 408. Venus Liebe zu einer Fremden 14, 369. augere vires externo robore 14, 461. Subst. der Fremde 4, 648. quid moror externis 8, 879.

ex-terreo, ui, itum, ēre, Jem. aufschrecken, in Schrecken setzen, alqm 13, 710. exterrita est propriā voce

1, 638. 4, 488. exorata, non exterrita 5, 418.

ex-tĭmesco, timui, ĕre, sehr in Furcht gerathen, 4, 337. 7, 194. 8, 607. vor Jem. alqm 2, 503. [Nur extimuit u. vor d. regelm. Cäsur außer in d. zweifelh. St. 8, 607 u. 15, 34.]

extĭmus, a, um (Superl. zu exter) der äußerste 1, 31.

ex-tollo, ĕre, emporheben, ad aethera vultus 13, 512.

extrā, Adv. außerhalb, Ggs. intus 11, 635. Comp. exterius mehr außerhalb, dann — Posit. urbes exterius silae außerhalb des Isthmos, nicht in der Peloponnes, sondern in Hellas 6, 420.

ex-traho, xi, ctum, ĕre, herausziehen, telum de vulnere 12, 119.

extrēmum, Adv. zuletzt, 11, 431.

extrēmus, a, um (Superl. zu exter ob. externus), der äußerste, letzte, räuml. oriens 7, 280. Ganges 4, 21. orae Scythiae 8, 788. recessus vallis hinterste 3, 157. angulus montis extremus pervenit gelangte nur mit d. äußersten Spitze 13, 883. cornua extremae lunae die Hörner der letzten Mondsichel 2, 117. in extremum orbem in den äußersten Theil der Erde 2, 251. axem 2, 617. — zeitl. d. letzte, anni 4, 448. temporaque nectae 6,675. pars querelae 2, 663. tonitrus der verhallende Donner 12, 52.

ex-turbo, āvi, ātum, āre, herausstören, austreiben, animas 15, 174.

ex-ŭlŭlo, āvi, ātum, āre, in Geheul ausbrechen, aufheulen 1, 233. 4, 621. 6, 597. [Nur exululat u. im Praesens.]

exuo, ui, ūtum, ĕre, ausziehen, ablegen, mortales artus 9, 204. pharetram umero 2, 419. vincula sibi abstreifen 7, 773. Allis exuit hac (pinu) hominem legte mittelst ihrer die Menschengestalt ab, indem er in e. Fichte verwandelt ward 10, 105; se alqua re sich einer S. entkleiden, bis te oëne montris 4, 591. — bibl. ablegen — sich entäußern, metum 1. 622. animum d. Leben verlieren 14, 777. [Nur exult, exue u. exuere.]

ex-ūro, ussi, ustum, ĕre, verbrennen, herbas 2, 792; bibl. ausbrennen = zerstören, cornua 7, 818.

exŭviae, arum, f. (exuo) was b. Körper abgezogen wird, b. Kriegs oder Jagdbeute, die aus der abgezogenen Rüstung ob. dem Fell d. Wildes besteht, ferarum 1, 470. vom calyb. über 8, 428.

F.

faber, fabra, um, kunstfertig in Behandlung harter Stoffe (Metall, Holz, Stein), aere b. Baukunst 8, 158. — Subst. faber, bri, m. t. Bearbeiter von dgl. Stoffen, Schmied 12, 278.

fabricātor, ōris, m. Verfertiger, Bildner, mundi 1, 157.

fabrĭco, āvi, ātum, āre, (faber), verfertigen, fabricaverat crateram 13, 683. pocula fabricata fago 8, 669. tela manibus Cyclopum 1, 259. [Nach e. 4 Arsc.]

fabrīlis, e, dem faber gehörig, kunstfertig, dextra 4, 175.

fabŭla, ae, f. (fari) Erzählung, Geschichte, f. non est vulgaris 4, 53. generis von d. Abstammung 8, 128. notissima des Tagesgespräch 4, 189. — Gedichtung, non fabula sutili rumor 10, 561; meton. Gegenstand der Dichtung ob. Sage, Thebae quid sunt nisi fabula 15, 429.

facies, ēi, f. Gesicht, Antlitz, des Menschen, facies non omnibus una 2, 13. 8, 32. 9, 367. torva 15, 567; eines Vogels, Kopf 6, 674. — b. ganze äußere Gestalt eines Menschen ob. Thieres 3, 523. 9, 609. humana 2, 661. virgines 8, 322. facies obnoxia maneit 5, 235. tauri 9, 850. volucris 12, 560. faciem traxere virorum nahmen an 1, 412. capere 1, 421. 13, 605. induitur faciem Dianae 2, 425. 850. faciem novare 4, 540. rapere durch Verwandlung 9, 327. vertere in faciem hominum 1, 160. in veram faciem redire 4, 231. facies inducitur illis una e. gemeinsame Gestalt 4, 374; spec. schöne Gestalt, Schönheit 6, 682. 7, 718. 10, 548. rara 14, 327. digna deā 8, 182; Pl. cera flectitur in multas facies 10, 286. — Gestalt, Aussehen, anderer Gegenstände, et mentis et oris Seelenstimmung und Miene 5, 568. locorum 6, 681. aquarum 8, 736. fetus vertitur in atram faciem 4, 178. noctis faciem facere 1, 602. in hederae faciem frondescere sich epheumäßig belauben 4, 395. loci Schönheit, Anmuth 3, 414. [Sonst. Nom. Acc. Abl. Pl. Acc.]

facile, Adv. leicht 14, 697.

facĭlis, e (facio), thunlich, leicht, zu formen, cera biegsam 15, 169; zu erlangen, titulus ziemlich 10, 602. deliciae 13, 831. — b. Charakter leicht zu behandeln, willfährig, faciles deos habere 8, 559. 9, 758.

facĭnus, ŏris, n. (facio) That, forte parare e. gewaltsame Th. 9, 150. bes. Uebelthat, Verbrechen 6, 539. 8, 90. 10, 448. 15, 469. hen facinus! Schandthat 6, 85. facinus defendere 15, 810. repellere 15, 777. in facinus trahere 4, 471. agere 5, 14. iurare 1, 242; meton. Verbrechen, für d. Gegenstand desselben, facinus excussit ab ore den verbrecherischen Becher, Giftbecher 7, 489. tu facinus es meum 10, 198.

facĭo, fēci, factum, ĕre, machen, thun, nefas 8, 483. scelus begehen 7, 340. opus verrichten 14, 268. saltum 2, 314. vestigia 14, 281. ista non precanda, sed facienda mihi 7, 38. quid faciat was soll er thun 1, 617. 2, 187. 3, 465. 6, 572. ne facito 13, 447. quod facit was sie wirklich thut 14, 491. non facienda urbi meae Unthunliches für meine Stadt 7, 485; sacra e. Fest feiern 3, 702. opfern, alcui 3, 36. nullum facit votum spricht noch keinen Wunsch aus 9, 405. convicia alcui Vorwürfe machen 9, 302. indicium rei verrathen 9, 586. iussa 2, 798. faciendis strenua iussis Ausführung 9, 307. facta puta, quaecumque iubes halte für gethan 4, 470. = vollführen, plum 13, 160. alqd fortiter 13, 230. utiliter consilioque manuque 13, 200. tria fecit quinquennia vollenden 4, 292. absol. handeln, Ggs. dicere 13, 11. — bauen, errichten, verfertigen, templa 10, 637. moenia 12, 26. aras 15, 731. aedes 8, 257. facta manu moles von Menschenhand 11, 720; bilden, signum factum de marmore 14, 813. antrum de cautibus 1, 575. cornua manu facta (esse) künstlich gebildet 2, 856; fama lanae faciendae Wollbereitung 6, 31. vestes factas fertige 6, 17. — machen, schaffen, anguem 4, 803. hominem divino semine 1, 78. fontem de corpore 15, 551. candida de nigris 11, 315. sibi locum 1, 27. faciem noctis 1, 602. viam in Tartara öffnen 5, 423. aditum ad alqm 7, 790. iter sceleri bahnen 15, 106. — verschaffen, verleihen, geben, ius caeli alcui 15, 89. decorem 10, 590. vires 4, 528. 8, 143. ingenium 7, 433. nomen 15, 96.

13, 617. omen 10, 453. arbitrium optandi muneris 11, 100. modum c. Ziel stecken 4, 258. operis finem abschließen 6, 102. copiam (b. l.) — m. bopp. Acc. machen, zu etwas machen, alqm beatum 1, 590. incertum 4, 132. certum rei benachrichtigen 6, 268. 11, 118. disertum 13, 229. alqd notum 12, 64. ratum in Erfüllung bringen 4. 388. irritum 3, 337. ora cornea 8, 548. orbem obscurum 2, 514. cuncta magna facit vergrößert 2, 805. alqm hostem 5, 94. alqm matrem 9, 492. testem avem 5, 644. animam iubar 15, 841. vitium (parietis) voce iter 1, 69. — machen, bewirken, verursachen, frigora 1, 56. notitiam 4, 59. somnos 7, 158. maciem 11, 793. amorem 1, 469. coniugium fisten 10, 295. moras alcui 9, 548. dolorem breiten 4, 419. strepitum 7, 840. gemitus 12, 487. oblivia alicuius vergessen lassen 4, 208. fidem glaublich machen 6, 566. discrimina 10, 517. spirae facientes orbem bilden 3, 77. internodia 6, 256. enesorum acervos aufthürmen 12, 114. vulnera schlagen 1, 520. 3, 232. linguam faciente durch Schuld der Zunge 2, 540. m. ut 13, 886. 14, 374. 781. 15, 8. m. ne hindern, daß nicht 13, 983. 14, 854. m. Conj. di facerent, sine patre forem 8, 72. 9, 490. 13, 875. moenia fac, condas auf! wolan! 3, 18. lac, facitote, bibat 9, 377 f.: m. Acc. c. Inf. fiere me facit 7, 691. 10, 357. faciendo passe capi Pergama dadurch, daß ich b. Einnahme v. Perg. erdglich habe 13, 374. bei bildl. Darstellungen, stare deum pelagi facit läßt stehen 6, 76. 308. 13, 692. — fac setze den Fall m. Acc. e. Inf. exitium fac me meruisse 2, 290. — faxo alte Form für fecero, m. Conj. fallat eam faxo 3. 271. 12, 594.

Pass. fio, factus sum, fieri, werden, geschehen, fit fragor 1, 269. murmur 15, 35. mihi timor commt mich an 2, 66. omnia fiunt ex ipsis (corporibus g. vitalibus) 15, 244. nec longior hora ... a mora est dauerte nicht länger 10, 730. corpus fit propius comm näher 11, 722; verletzigt, gebaut werden, paries cum fieret 4, 71. vestes 6, 13. — m. bopp. Nom. werden, zu ein. werden, caput ... minimum 6, 142. temeraria vox mea ... acta tua est 2, 51. si orbus fieres 3, 548. e deo fies corpus exsang. e u. 647. fit Cycnus avis 2, 377. ossa ... apis fiunt 4, 560. fit hostia busto (Dat.) wird geopfert 13, 452. — *Part.* ctus geworden, entstanden, undae

pedis ictibus factae 5, 264. specus natura 11, 235. folia de corpore aus 9, 368. de viro factus femina 3, 326. factis modo ramis mit den eben erst entstandenen Zweigen 1, 566. facta in ursa in die zur Bärin gewordenen 2. 485; geschehen, facto illo nachdem dies geschehen 6, 411. facta revocare Geschehenes rückgängig machen 9, 618. (fit, fiunt, fiar, fiat, fies, fieres, fieret, fierent, fieri.]

factum, i, n. das Gethane, d. That 3, 654. 10, 302. facto eodem pius et sceleratus 8, 5. spretae Dianae die Sendung des calyd. Ebers 8, 578. fera 8, 279. deorum 5, 390. dei das von e. Gott Gethane 3, 337. Vgl. minne 8, 432. — das Geschehene, Ereignis, Vorfall, mirabile 4, 271. 8, 611. facto recenti (Abl. abs.) bei d. Neuheit des Ereignisses 1, 164. *Pl.* das Geschehene 8, 635. Geschichte, tota notissima Cypro 14, 697. — Thatsache, Erfolg, mirabile 4, 747. 5, 255.

facundia, ae, f. natürliche Beredsamkeit 5, 677. 7, 505. 13, 137. 382.

facundus, a, um, beredt 6, 469. Ulixes 13, 92. facunde senex Nestor 12, 178. dicta 13, 127.

faenilia (foen. fen.), um, n. Heuboden, herbae positae fenilibus 8, 457.

faenum (foen. fen.), i, n. Heu, recens 14, 645.

faex, cis, f. Bodensatz einer Flüssigkeit, Hefe, corna condita in liquida faece Weinhefe 8, 665; v. nicht flüssigen Dingen, Niederschlag, terrem 1, 68.

fagineus, a, um, von Buchenholz, buchen, alveus 8, 652.

fagus, i, f. Buche 10, 92; Buchenholz, pocula fabricata fago 8, 669.

falcatus, a, um (falx), sichelförmig gekrümmt, ensis b. Schwert Mercurs mit e. sichelförmigen Ansatz, die harpe, womit er den Argus tödtete 1, 717. des Perseus 4, 727. novissima cauda falcata est 3, 681. sinus falcatus in arcus 11, 229.

falcifer, era, um, Sichel tragend, **ma**nus 13, 930.

fallacia, ae, f. Trug, Täuschung, tecti 8, 168. sumptae vestis 13, 164.

fallaciter, Adv. trügerisch 11, 643.

fallax, acis, trügerisch, Achilles 7, 826. Ulixes 13, 712. fallaces iurant voll Trug 3, 638. fiducia 11, 480. sollertia 1, 301. taurus 3, 1. fons 3, 427. vultus heuchlerisch 5, 270. cibi Lockspeise 15, 476. fallacior undis 13, 799.

fallo, fefelli (falsum), ĕre, täuschen,

trägen 1, 696. 8, 721. alqm 1, 491. 3, 434. 6, 117. 13, 771. custodes 4, 85. vulgus 5, 800. mandata mariti — maritum, qui mandavit 9, 697. fallat eam (fiducia formae) 3, 271. nec me mea carmina fallant im Stich lassen 14, 357. sperat falli 7, 872. *Pass.* fallor täusche mich 1, 606. 9, 460. 10, 287. 13, 774. fallor, an täusche ich mich, oder 13, 641. non fallare man dürfte sich nicht täuschen 11, 84 — alqd betrüglich entziehen, um etw. betrügen, depositum um das Anvertraute 5, 480. 9, 120; etwas um die ihm eigenthüml. Wirkung betrügen, unwirksam od. unmerklich machen, studio fallente laborem b. Anstrengung nicht fühlen lassen, erleichtern 6, 60. 14, 121. spatium fallit discrimina macht d. Abstand unmerklich 8, 677. medias horas sermonibus b. Zwischenzeit vertreiben 8, 651. actus labitur occulte fallitque gleitet verborgen u. unmerklich hin 10, 519. paene fefellimus omen hätten beinahe zunichte gemacht 12, 213. — verborgen bleiben, entgehen, matrem 13, 462. 10, 628. lumina 4, 177. 6, 66.

falsō, *Adv.* fälschlich 11, 662.

falsus, a, um (fallo), falsch, trügerisch lingua 2, 631. os Rede 10, 19. verba Unwahrheiten, Lügen 11, 206. fides Täuschung 15, 566. imago 9, 37. falsa ave deceptus trügerisches Vorzeichen 5, 147. vestigia 2, 871. simulacra ferarum Truggebilde 4, 404. fertilitas falsa iacet liegt als trügerisch barnieder 5, 482. — falsch, nicht wirklich, ungeächt, cani falsae graue Haare 6, 26. falsi sub imagine cervi unter der Truggestalt eines Hirsches 3, 250. 7, 350. effigies falsi apri 14, 358. falsa species viri 12, 473. falsa uva Trugbild einer Traube 6, 125. anguis 6, 75. non falsa ora wirklich 10, 292. — falsch, erdichtet, genitor 1, 754. 9, 24. manes die erdichtete Todte 6, 569. crimen 13, 308. odium 7, 297. pericula 4, 787. dicta Erdichtung 7, 615. falsum verum in aurum erlogenes Gold, weil Phineus des Perseus Abkunft von Jup. für e. Fabel hält 5, 11. mundus b. Unterwelt 15, 155. generis fabula falsa est 8, 123. — *Subst. Neutr.* falsa Falsches, Unwahres, veris addere fal-a 9, 138. 10, 427. falsa iurare falsch 13, 550.

falx, cis, *f.* Sichel 13, 766. aëna 7, 227. acuta 9, 393. Gartenmesser, Hippe, aduncam 14, 628. [Nur falcis, falce.]

fāma, ae, *f.* Gerücht, Sage 12, 86. 13, 698. vaga 8, 267. loquax 9, 137. libera 15, 853. vera est 5, 263. praenuntia veri 15. 4. famā celeberrimus 3, 339. von etw. novi fontis 5, 256. mali 6. 267. 9, 141. fama ferebat 12, 197. 200. fama est es gibt d. Sage. m. *Acc. c. Inf.* 2, 263. 3, 700. 4, 305. — Ruhm, Berühmtheit, Name, oppida quorum fama viget 7, 58. merita 8, 511. operis 1, 445. laborum 9, 14. formae 5. 580. vir tantae famae 7, 475. 542. famā vivam 15, 878. 14, 732; guter Name, Leumund, reverentia famae 7, 146. 9, 558. pro fama vestra vincite 8, 846. — Fama, ae, *f.* d. Göttin Fama, ihre Wohnung 12, 43 ff.

fāmes, is, *f.* d. Hunger, dira 8, 845. 11, 371. nach etw. vetitorum ciborum 15, 138. — Fames d. Hungergöttin, ieiuna 8, 791. pestifera 8, 784. Gegnerin der Ceres 8, 786; ihr Wohnsitz 8, 788 ff. [Nur *Nom. Acc. Abl.* letzterer stets famē 5, 165. 8, 784. 843. 11, 369. 13, 52.]

fāmula, ae, *f.* d. Dienerin, *Pl.* 4, 5. 14, 260.

fāmulāris, e, zum Diener gehörig. famularia iura dare Sclavenrecht geben, bb. zum Sclaven machen 15, 597.

fāmulus, i, *m.* d. Diener 11, 183. *Pl.* 1, 562 ud. domino famulosne 8, 635. suos die eignen, näml. seine Hunde 3, 229; famulus sacrorum des Bacchusdienstes 3, 574. Dianae der calybon. Eber 8, 272.

far, farris, *n.* Spelt, Dinkel, die älteste den Römern bekannte Getreibeart; überh. Getreide, farris acervos 5, 131.

Farfarus, i, *m.* auch Faburis, Nebenfluß der Tiber aus dem Sabinerlande 14, 330.

fas, *indecl. n.* was dem göttl. Recht od. der Weltordnung gemäß ist, Recht, fasque nefasque confundere 6, 585. 9. 652; fas est es ist recht, erlaubt, möglich, ziemt sich, qua fas est 9, 510. 748. m. *Inf.* et ab hoste doceri 4, 428. ubi fas erit animas ademptas reddere 2, 645. 57. 5, 417. 9, 385. fas piumque est ziemt sich u. ist fromme Pflicht 15, 867; fas habere für erlaubt halten, m. *Inf.* 2, 767.

fastidium, ii, *n.* Ekel, *Pl.* 3, 774 (s. duco).

fastigium, ii, *n.* Spitze des Giebels, Giebel, besond. von Tempeln und Palästen. *Pl.* 1, 373. summum 2, 3. aurea 15, 672.

fastus, us, m. Stolz, Hochmuth, Pl. lentos 14, 762.

fātālis, e (fatum), vom Schicksal bestimmt, verhängt, tyrannus 15, 602. ora fluminis Aesarei 15, 54. lex des Schicksals 3, 816. 10, 209. stamina Schicksalsfaden 8, 453; verhängnisvoll, lignum 8, 479. signum Minervae das Palladium, wovon der Untergang Trojas abhing 13, 381. aurum das Halsband, wodurch Eriphyle bestochen worden war (f. Oeclides) 9, 411. glaeba weil Tages aus ihr hervorging 15, 554. — verderblich, tödtlich, iaculum 5, 182.

fātāliter, Adv. der Bestimmung des Schicksals gemäß 12, 67.

fāteor, fassus sum, ēri, bekennen, eingestehen 9, 514. 10, 430. fateor rennübet 8, 127. 9, 362. 10, 643. 14, 440. alqd 3, 558. delicta 4, 685. nefas 6, 521. vera 7, 728. amores 9, 519. paupertatem fatendo sein Hehl daraus machen 8, 638. domus servatorem fatentur bekennen ihn als 4, 737. fassus deum sich als Gott zu erkennen geben 12, 601. me flammasque meas 6, 53; m. Inf. non posse 2, 389. 6, 356. 7, 83. superata fateri cogor mich für überwunden zu erklären 9, 545. amare fatendo durch Bekenntnis ihrer Liebe 12, 407; m. Acc. c. Inf. 3, 718. 4, 78. 8, 492. 10, 255. offen aussprechen 7, 632; m. indir. Fr. quid cuperet, fassura fuit 14, 352. [Deßsilb. z. mit Dehnung ∪–∪ Berschl.]

fāticănus, a, um, Schicksal verkündend, ore 9, 418. [Nur hier.]

fāticĭnus, a, um = dem vor. sortes 15, 436. [Nur hier.]

fātīdĭcus, a, um, Schicksal verkündend, weissagend, Themis 1, 321. vates 3, 348.

fātĭfer, ĕra, um, Tod bringend, ferrum 5, 251. ensis 12, 492.

fātīgo, āvi, ātum, āre, ermüden, alqm 8, 686. dentem in dente 8, 825. sonitu plus quam vicina nicht bloß die nächste Umgebung 1, 573. fatigatus 6, 260. bildl. lolium tribulique fatigant messes entkräften sie, lassen sie nicht aufkommen 5, 485.

fātum, i, n. (fari) Schicksalsspruch, Weissagung, est in fatis steht im Buche des Schicksals 1, 256. restabat fatis alqd 2, 655. — Schicksal, Verhängnis, als dämon. Macht, insuperabile 15, 807. obstabat 4, 249. Pl. fatorum arcana 2, 639. fata iubent 15, 584. volebant 3, 518. non ita sinunt 5, 534. si vivere diu dederint 7, 692. fata vincere 2, 617. superare 9, 430. — das vom Schicksal Bestimmte, Schicksal, Geschick, Verhängnis, grave 2, 805. se fati dixit iniqui (Gen. qual.) nannte sich mit Unglück behaftet, ein Unglückskind 7, 828. illi fatum non est contingere ihm ist vom Schicksal nicht bestimmt 2, 189. fato fungi sein Geschick erfüllen 11, 558. Pl. nepotis 2, 156. domus 4, 570. sic me mea fata trahebant 7, 816. 3, 176. 5, 289. fata novare sein Loos verändern 2, 848. nova fata sentire verwandelt werden 11, 759. — Verhängnis = Untergang, Tod, laetari fato pueri 5, 85. casus vertit iaculum in fatum latrantis 8, 412. Pl. 9, 578. sororis 6, 570. 5. tristia 10, 163. properata 10, 31. Troiana Trojas 13, 54. post fata 13, 180. in sua fata ruit 6, 51. quid vos in fata parentis armat zum Untergange 7, 846. ad vatis fata recurrant 11, 38. 6, 642. fatis erepta 1, 358. ad fata novissima pertulit intrepidos vultus bewahrte bis zum letzten Augenblick 13, 478.

Faunīgĕna, ae, m. Sohn des Faunus, Latinus 14, 449.

Faunus, i, m. alter König v. Latium, der nach s. Tode als Feld- und Hirtengott verehrt wurde 6, 329; Vater des Acis 13, 750. des Latinus 14, 449. Mit dem griech. Pan zusammengestellt dachte man ihn auch wie diesen vervielfältigt 1, 193. 6, 392.

faustus, a, um, günstig, Glück bringend, omen 6, 449. 9, 785.

fautrix, icis, f. (faveo) d. Gönnerin 9, 101.

[**faux, cis**], f. vom Sing. nur Abl., fauce etiam 14, 757. sonst Pl. fauces, ium, Schlund, Kehle, 8, 802. avidae 8, 829. viperae 7, 203. Giganteae des Typhorus 14, 1. arent 6, 355. premere 12, 609. elidere 12, 142. laqueo innectere 10, 378. faucibus haurire trinken 15, 320. — Meton. Mund, resolvo in verba 2, 282.

făveo, fāvi, fautum, ēre, günstig, gewogen sein, ventis faventibus 15, 49. im Wunsch ob. Gebet, o faveas 3, 618. mihi 6, 327. favet Fortuna 13, 394. numini 4, 702. 9, 231. humano generi favistis habt euch gnädig erwiesen 15, 759. precantibus 15, 870. — begünstigen, beistehen, amanti 2, 747. huic timori 7, 721. ingeniis 8, 262. iidem armis 13, 576. hac pro parte favent zeigen ihre Gunst 5, 152. — Beifall, Theilnahme schenken, suis verbis

3, 388. operi fleißig arbeiten 15, 367, precibus faventum der freudig Theilnehmenden 7, 451. bei heiligen Handlungen, animis linguisque (*Abl.*) favete seid andächtig mit Herz u. Mund 15, 677.

favilla, ae, *f.* glühende Asche, Funke 2, 284. neben cineres 2, 281. non acris 8, 867. tepida 14, 575. scintilla latet sub inducta fav. 7, 80. von d. Todtenverbrennung 13, 607; überh. Asche, cana 3, 525. atra 12, 604. sacrorum 6, 325. [Nur Sing. Berücksicht. außer 12, 604.]

favonius, ii, *m.* Westwind, *Gen.* favoni 3, 661.

favor, ōris, *m.* Gunst, Begünstigung 9, 246. 426. propensus 14, 705; Gunstbezeigung, Beifallsklatschen, clamorque favorque 10, 656; Andacht bei e. heil. Sache, praestant et mente et voce favorem 15, 682. [verächl.]

favus, i, *m.* Honigscheibe; Wabe, candidus 8, 677.

fax, ācis, *f.* Kienholz, Feuerbrand, *Pl.* 1, 493. 6, 614. multifidae 7, 259. avidae 14, 531. — Fackel, des Cupido 1, 461. *Pl.* 10, 312. der Erinyen, sanguine madefacta 4, 482. 508. saevae 10, 350; bei Leichenbegängnissen, quassae 3, 508; Hochzeitsfackel im Brautzug, von Hymenäus selbst getragen, atra dula fuma 10, 6; de funere raptae die schon als Leichenfackeln gedient 6, 490. Meton. für Vermählung de taeda sollemni iunget sibi 7, 48. — feurige Lufterscheinungen 15, 787. — bildl. faces furoris ein Feuerbrand für e. wüthende Leidenschaft, diese noch mehr zu entzünden 6, 480.

faxo s. facio a. E.

fecundus, a, um (foec.), fruchtbar, von e. Weibe 2, 472. Aeacidae fecunda fui für d. Aneiben 13, 505. solum 7, 417. colles 14, 347. orbis 8, 321. Lernaea (b. [.] serpens vulneribus fecunda erat durch ihre Wunden 9, 70; an etw. *Abl.* aquis wasserreich 3, 31. melle 8, 222. metallis 10, 220. — üppig machend, herba 1, 590. papavera 11, 605; reichlich fließend, dona 14, 791. — befruchtend, aurum (die Danaë) 4, 698.

fel, fellis, *n.* Galle 2, 777.

feles, is, *f.* d. Katze, Diana in e. solche verwandelt, fele 5, 330.

feliciter, *Adv.* glücklich 7, 659. 8, 4; in gelungener Weise, f. sculpsit ebur 10, 247.

felix, īcis, glücklich, v. Personen 2, 800. 3, 517. 6, 193. (übertr. felix iaculum vocabat 8, 36). ter felix 6, 51. felicior 10, 683. illis 14, 612. felicissima matrum 6, 155. durch ob. wegen etw. exilio 3, 132. morte sua 13, 521. felix et nato, felis et coniuge 11, 266. 7, 799. felicem diximus illa coniuge vivisen 12, 217. — v. Dingen, tempus 7, 511. felici curru 15, 13. Anchisi felicia vulnera dicit 8, 519; — Glück verheißend, omen 10, 5. signa mentis 7, 620; — v. glücklichem Erfolg, sententia 13, 819; — erfreulich, felicior aetas d. Jugend 14, 142. poma herzerfreuend 9, 92. 13, 719. 14, 627.

femina, ae, *f.* e. Wesen weibl. Geschlechtes 9, 734; d. Weib 1, 351. 413. lacera 14, 384. Ggs. zu vir 4, 280. 6, 314. zu puer Mädchen 9, 791. 794. edere partu feminam 9, 678; verächtl. 8, 433. 12, 470; m. dem Begr. der Schwäche 9, 790. 13, 591. plus quam femina virgo über weibl. Schwäche erhaben 13, 451. collect. d. weibl. Geschlecht femina reparata est 1,413. — v. Thieren, femina iuncta suo tauro e. Kuh sammt ihrem Stier 2, 701. aequitur sua femina cervum Hinbin 9, 732. als Weibchen 15, 400.

femineus, a, um, dem Weibe angehörig, weiblich, femineae sortis totidem weibl. Geschlechtes 6, 680. stirps Töchter 13, 651. iactus des Weibes 1, 413. dolor 9, 151. voces Weibergeschrei 3, 586. 4, 29. Venus Weiberliebe 10, 80. cupido Verlangen nach e. W. 9, 734. merces für Weiber 13, 185. non semineum vulnus wie man es nicht von e. Weibe erwartet, heldenmüthig 13, 693. verächtl. femineo Marte cadere im Kampfe mit einem Weibe, wie Paris hier genannt wird 12, 610. tela 8, 392.

femur, ōris, *n.* Oberschenkel, 8, 871. 11, 81. femori 3, 812. per utrumque femur 6, 143. femorum neben crura 14, 84.

fenestra, ae, *f.* Fenster, patulae 14, 752.

fera s. ferus.

feralis, e, sich auf den Todten beziehend, papilio auf Grabmälern befindlich als Sinnbild der überlebenden Seele 15, 374. — Tod bringend, dona 9, 213.

ferax, ācis (fero), fruchtbar, ergiebig, terra 1, 814. rus 1, 698. solum 7, 416. m. *Gen.* olivae 7, 470.

fere, *Adv.* in der Regel 7, 804; ungefähr, fere medius erat 10, 174. 2, 497. 3, 708; beinahe, fast, per duo fere quinquennia 12, 584.

feretrum, i, *n.* (fero) Todtenbahre 3, 508 (ĕ). armorum 14, 747 (ē).

ferīnus, a, um, von wilden Thieren, vellera 11, 3. domus Körper 15, 457. vultus Gestalt 2, 523. 7, 270, caedes 7, 675.

ferio, īre, schlagen, alqm 3, 330. se axe Schmerz 10, 386. pectora plangore 4, 554. 11, 682. anna tridente 6, 76. aquas ferioque trahoque beim Schwimmen 5, 596. subtemen pectine percusso festschlagen durch d. Stoß d. Kammes 6, 58; werfen, tympana saxo 12, 481; treffen, alqm ense 3, 119. 6, 641. sub alvum 12, 389. ora sarisā 12, 479. mit d. Pfeil 12, 566. secures feriunt colla boum 7, 428. ille mihi feriendus aper 3, 715. übertr. primo sole feriente cacumina 9, 93. 7, 804.

ferĭtas, ātis, f. Wildheit 1, 198. 239. 8, 137. 13, 768. paterna ihres Vaters 8, 601; wilde Gewalt 3, 304.

fero, tŭli, lātum, ferre, tragen, arcus 5, 520. robora umeris 12, 516. aetherium axem cervicibus 6, 175. nectar in ubere 15, 117. fetum utero 8, 132. alqm tergo vom Bespringen der Thiere 10, 326. esse ferendo im Stande sein zu tragen, operi 15, 403. ferrum ignemque in classes 13, 91. puppis fert alqm 7, 403; arma d. W. führen, kämpfen, contra alqm 4, 609. pro algo 13, 698. de armis arma feruntur (bildl.) 12, 62. tela coniuncta gemeinsam angreifen 11, 378. tela in unum mittuntque feruntque mit d. Geschossen einbringen 12, 495. — (getragen) bringen, dona Cereris 5, 655. totum autumnum cornu 9, 91. ursos domum 12, 351; herbringen, tura altaribus 7, 589. in aras 1, 248. Nymphis coronas 9, 337; überbringen, ceram 9, 596. tabellis sua verba ferenda dedit 14, 707; auxilium 2, 580. non nux, sed fletus 4, 693. opem 1, 380, 545. 11, 801, amplexus et opem nahte mit Umarmung u. Hülfe 8, 177. oscula geben 7, 739. vim alcui Gewalt anthun 3, 844. 14, 402. vulnera membris Bisse versetzen 4, 499; leges beantragen, geben 15, 833. sententiam v. Richter, d. Stimme abgeben 15, 43; mit sich bringen, si fors tulit 1, 297. bloß: vielleicht 11. 751. congressus primi sua verba tulerunt brachten d. üblichen Begrüßungsworte 7, 501. — beantragen, mit ob. an sich nehmen arcum pharetramque 9, 238. cineres secum 13, 426. unā feres Pergama 13, 412; solacia mortis ad manes 5, 73. 191. erhalten, honorem virtutis 6, 367. pretium certaminis

13, 19. 383. 5, 29. gaudia Genuß empfinden 9, 483. sacra tulere suam partem 12, 151. caelum et terra aequos calores 1, 134; impune ferre ungestraft bleiben, haud (non) impune feres 2, 474. 11, 207. 12, 285. 14, 383. 8, 491 [häufig.]; mit sich führen, fortragen, inania venti verba ferunt 8, 135. mutata ferar verwandelt, entführt werden 14, 152. vom Wasser, trabes 8, 551. nantem 8, 594; hinaustragen, bestatten, corpora nullis funeribus 7, 606. 13, 695. — an ob. auf sich tragen, mortalia 13, 950. patrium nitorem ore 11, 273; v. Früchten und dgl. ramos poma ferentes 14, 627. 4, 51. florem 10, 737. bab. hervorbringen, fruges tellus 1, 109. herbas 7, 224. tura 10, 300. übertr. Crete tulit miracula 9, 666. monstra 9, 736. — ertragen, aushalten, pondera tanta 13, 102. tela 13, 118; meist übertr. bef. mit Negat. cineres 2, 834. sitim 15, 269. famem 15, 355. lumina propiora 2, 23. convicia 4, 549. moras 11, 307. 10, 497. timorem 1, 860. taedia 13, 214. 14, 719. loci Iovem ferre nequiere ertragen 13, 707. leiden, dulden, dolorem corde 11, 329. partem caloris 14, 21. flammas moveoque feroque 3, 464. mit ansehen, mala tanta 1, 689. alqm non ferre unerträglich finden 1, 763. haud tulit utentem pugnae successibus ertrug nicht, daß er 12, 355; non tulit 4, 422. 6, 134. 8, 487. ultra 1, 669. ulterius 3, 487. alqd aegre über etw. zürnen, unwillig sein 8, 592. m. Inf. haud ferrem servire 13, 460. m. Acc. c. Inf. 12, 533. male 6, 467. animo meliore 9, 432. mitius 15, 495; m. Acc. c. Inf. non tulit litt nicht 9, 628. ferendum est man muß sich gefallen lassen 13, 555; m. quod, quod rapta. Teremus 5, 520; non ferendus unerträglich, victoria erit non ferendae invidiae 10, 629. — tragend ob. bebend bewegen, retro pedem zurückwenden 4, 134. passus 12, 136. vestigia ad festen 2, 21. gradus per 7, 181. 8, 36. gressus per urbem einherschritten 8, 275. lassos passus müde einherschritten 14, 120. membra trementi passu bewegen 3, 377. ritu ferarum 15, 222. sublimia inter nubes hoch erheben 12, 565. manus ad colla danach streben 4, 335; treiben, fert rates pronus 14, 548. qua tulit impetus amnes 1, 581. sic illum fata ferebant 3, 176. nisi te virtus opera ad maiora tulisset 5, 369.

fert animus Luſt ob. Neigung treibt ba-
za 1, 775. dicere b. Geiſt treibt mich
zu ſingen 1, 1 Paſſ. bauernſchl. v. heftigen Bewegungen, nunc huc, nunc illuc
fertur wird getrieben 4, 623. naves per
mare 2, 184. fertur ut pinus acta
boreā wird fortgeriſſen 2, 184. quo
feror laſſe mich fortreißen 9, 509. 10,
380. ferar super astra ſich empor-
ſchwingen 15, 876. in inferius ferantur
torrens abwärts gezogen 15, 241; ſtürzen per aëra 2, 321. in praeceps 2,
89. ad sacra 8, 530. ſich ſtürzen in
hostes 8, 339. 360. dextrā laevāque
feratur nach rechts ob. links 5, 107;
ſtürmen, v. Roſſen, per declive 2, 207.
5, 405. v. Hunden 3, 237. v. e. Schlange,
impete vasto 3, 80 v. Strom, quantus feror einherſtürmen 8, 583; fahren,
zu Schiff 6, 512. praeter litora 15,
702. per aequora 11, 443. bildl. magno aequore 15, 176; vox fertur de
gutture ertönt 2, 484. — mündl. zu-
tragen, bringen = melden, quodcumque ferat 11, 350. narrata alio 12, 57.
alqd ad alqm hinterbringen 1, 760.
ferentes m. Acc. c. Inf. mit b. Nach-
richt 14, 527; baß. überb. erzählen, ſa-
gen, ita fama ferebat 12, 197, 200.
m. Acc. c. Inf. 6, 470. 12, 533. beſ.
ferunt man ſagt, es heißt, es ſoll 1, 162.
168. 2, 341. 3, 399 uð. Paſſ. feror
m. Nom. c. Inf. man ſagt, daß ich,
ich ſoll. Saturnia fertur doluisse 3,
331. 252. 4, 245. Nymphae sensisse
feruntur 2, 451. 10, 240; mit b. Begr.
preiſen = efferre: felix et dis cara
ferar 7, 61. mecum certasse feretur
13, 20.

ferox, ōcis (ferus), von wildem Aus-
ſehen, baß. v. Charakter, wild, grimmig, Achilles 12, 593. Nessus 9, 101.
ira 11, 823. aper 4, 721. bellum 15,
483. Marte feroci 13, 11; trotzig 1,
758. 9, 31. m. Gen. ferox mentis
trotzigen Sinnes 8, 613. zornig 4, 237.
5, 35. dicta 9, 580; wildenb, dolore
vor 8, 68. — tapfer, kriegeriſch 13,
357. bello ferox 11, 294. Messene 8,
417.

ferrātus, a, um, m. mit Eiſen be-
ſchlagen, fraxinus 12, 324.

ferreus, a, um, eiſern, bracchia 8,
217. aries 11, 509; bildl. — unzerſtör-
bar, unabänderlich, decreta veterum
sororum 15, 781. — von eiſerner Dauer
13, 510. eiſenhart = hartherzig 14, 721.

ferrūgo, ĭnis, f. Eiſenroſtfarbe 2, 748.
obscura 5, 404. atra 15, 789; viridis
ferrugine barba roſtgrün 13, 960.

ferrum, i, n. Eiſen, durum 1, 127.
solidum 15, 810. nocens 1, 141. igne
rubens 12, 270. durior ferro, quod
Noricus excoquit ignis 14, 712. ferrum in corde gestare 7, 33. 9, 614.
— Meton. Eiſen, Stahl, für e. Eiſen-
inſtrument, acutum 8, 215. — Pflug-
ſchaar 7, 119. — Schreibgriffel 9, 522.
— Urt 8, 742. 751. — Meſſer 6, 643.
7, 316. 338. 15, 464. Schermeſſer 11,
182. Opfermeſſer 12, 455. 478; beſ. für
e. Eiſenwaffe, — Panzer 13, 392. —
Schwert 4, 119. 163. 720. 731. 6, 612.
8, 631 uð. — Lanzenſpitze 3, 67. 71.
81. 90. 5, 99. 8, 353. 12, 105. splen-
dens 8, 53. latum 8, 842. — Lanze
3, 148. 5, 132. 12, 84. grave 12, 314.
— Pfeilſpitze 2, 606. 6, 236. 251. aduncum wegen ber Widerhafen 9, 125; ferrumque ignisque (nach b. 3. Art) als
Marterwerkzeuge 3, 694. beſ. als Zer-
ſtörungsmittel: Feuer unb Schwert 8,
550. 13, 91. 844. ferrum flammamque
que 12, 651. — bildl. vom eiſernen
Zeitalter. ad ferrum venistis ab auro,
saecula 15, 260.

fertilis, e (fero), fruchtbar, terra 6,
396. Lycia 6, 316. den Ceres 5, 642.

fertilitas, ātis, f. Fruchtbarkeit 2,
243. terrae 5, 481.

ferula, ae, f. b. Stengel des Bärlam-
krautes; meton. der baraus gefertigte
Thyrſusſtab 4, 26.

ferus, a, um, wild, v. Thieren 1, 7.
373. corpora pantherarum 3, 669.
canes 13, 732. vastator b. Woll 11,
366. belua 13, 917. anguis 11, 56;
v. Gewäſſern, wildwachſend, robora 14,
391; Subst. ferus das Wild, wilde
Thier, v. Eber 8, 355. 382. 400. immanis 422; fera, ae, b. wilde Thier
1, 216. 249. 458. 475 uð. ber teume-
ſiſche Fuchs (l. pestis) 7, 765 e. Seeungeheuer 4, 709; auch Thier überb.
v. Roß 6, 77 (Anb. fretum). Pl. Spi-
pisces u. volucres 1, 75. 15, 83; bie
Thiergeſtalten des Thierkreiſes, formae
ferarum 2, 78. simulacra vasturum
ferarum 2, 101. 13, 294. — v. Perſonen
wild, unbändig, grauſam 13, 144. hostis 1, 185. tyrannus 6, 549. Cyclops
13, 780. Erinys 1, 241. nobigenae 12,
211. monstra b. Meduſenhaupt 5, 216.
cor 6, 282. ingenium 15, 85. animi
ardor 8, 469. vultus 13, 767. dextra
9, 65. Subst. ferus ber Wilde, Achelous 6, 614. ferae b. Bacchantinnen
11, 37. — übertr. v. Dingen, regia
Ditis 4, 438. fulmina 2, 61. facta 3,
219. vis ventorum 15, 299. sacra 13,

454. bella 7, 212. concursus 11, 486. arma 5, 4. praeda 7, 31. dolores 13, 317.

ferveo, bui u. vi, ēre, vor Hitze wallen, fervet medicamen 7, 263. *Part.* ferventes aquae siedend 1, 228. undae 8, 650. stagna ferventia rupta terra in e. Erdspalt 5, 406. vulnus belsprudelnd 4, 120. übertr. heiß sein, humus fervet de corpore von d. Hitze des Körpers 7, 560. bracchia Cancri solis vapore 10, 127. *Part.* ferventes aurae glühend 2, 229. — schäumend wallen, vom Gießbach 3, 571. pontus tauta vertigine 11, 549. undae aestibus von d. Brandung 14, 48. — bildl. animus fervebat ab ira walle auf, siede 2, 602. fervens ira 8, 466.

fervidus, a, um, (strebend) heiß, spuma heißsprudelnd 8, 287; übertr. fervidus ingenio hitzig 14, 485.

fervor, ōris, m. (siedende) Glut, Hitze, der Sonne, *Pl.* 2, 175. sicci 1, 119; bildl. posito fervore inventae 15, 209.

fessus, a, um, ermüdet, erschöpft 2, 422. 10, 128. venatu 3, 163. labore 5, 440. malis 9, 293. senilibus annis 7, 163. 9, 440. corpora 11, 625. membra 4, 215. pectora curis 8, 83. lobefmatt, caput 8, 502. anima 15, 627; entmuthigt. funeribus 15, 629; übertr. undae erroribus 1, 582. puppes 6, 519. carinae 11, 593. axes 4, 634.

festino, āvi, ātum, āre, eilen, sich beeilen, utraque festinant 6, 59. — transf. eilig bereiten, vestes 11, 575.

festinus, a, um, eilend, festinus advolat 11, 847.

festus, a, um, festlich, corona 10, 598. 15, 615. choreae 8, 581. ululatus 3, 528. pax 2, 795. festa dies 10, 270. 12, 160. festo tempore 8, 657. — festlich geschmückt, arces Palladia 2, 712. regia 12, 214. theatra 3, 111. *Subst.* festum e. Fest 6, 437. celebrare 4, 4. 5, 115. agere 11, 95. frequentare 3, 691. profanare 4, 390. *Pl.* v. einem 10, 277. annua 10, 431. coniugialia 5, 3. turbare 4, 33. festis Parilibus 14, 774.

fetura (foet.), ae, f. d. junge Zucht, v. Thieren 15, 327.

fetus (foet.), a, um, befruchtet, arvum 7, 129; fruchtbar, an, loca ulvis 14, 103 (Anbr. undis). — was Junge geworfen hat, ursa mit Jungen 13, 803.

fetus (foet.), us, m. das Gebären der Jungen; d. junge Brut ob. Zucht von Thieren *Pl.* 1, 433. bei Bienen 15, 382. das Junge, fetus lactens cervae 6, 637; v. Menschen Sprößling, fetum discordem (den Minotaurus) utero tulit 8, 133. geminos die Zwillingssprößlinge (l. Nyctela) 6, 111. — von Blumen oder Gewächsen, e. junger Sproß, olivae e. junger Oelbaum 6, 82; b. Frucht, arboreus 14, 625. *Pl.* 10, 666. arbutei 1, 104. 13, 820. pulli Maulbeeren 4, 161. gravidi Trauben 8, 294.

fibra, ae, f. Faser, Fiber, recurvas radicis 14, 633; bes. an den Eingeweiden 6, 391. — das Eingeweide selbst, von Opferthieren 15, 795. aegra 7, 600. *Pl.* 15, 136. pecoris 11, 248. 15, 580.

fibula, ae, f. Spange, Schnalle 2, 412. 14, 394. rusilis 8, 318.

fictilis, e (fingo), aus Erde ob. Thon gebildet, irden, thönern. *Subst.* fictilia, irdene Gefäße, omnia (in) fictilibus (ponuntur) 8, 668.

fidelis, e, treu, ehrlich, sententia 10, 319; zuverlässig, monitu 13, 772.

fideliter, *Adv.* item. *Comp.* quo fidelius 7, 563.

fides, ĕi, f. (*Gen.* fidĕ 3, 341. 6, 506. 7, 724. 737.) Glaube, res fidem habuit fand Gl. 9, 706. negare rei verlagen 7, 833. lacrimae fecere fidem verliehen, machten es glaublich 6, 566. deseit mihi f. seinen Gl. finden 10, 302. omnem f. eripere alicui entziehen 15, 283. non timida fide gaudete mit zuversichtl. Gl. 9, 792. — was Gl. findet, Treue, Redlichkeit 2, 552. 9, 672. fugit fides 1, 120. fidem rectamque colere 1, 90. testatus iusque fidemque 5, 44. per fidem oro 6, 408. corrumpere 6, 462. causa fidem impugnans das treue Worthalten 5, 151. ut fidē (st. fidei) pignus 6, 506. spondere fidem Verschwiegenheit 10, 395. eheliche Treue, temptamenta fidē 7, 728. 737. pudicam sollicitare fidem 7, 721. de fide quaesta est 7, 829; fidem dare e. Pfand der Treue, e. Versprechen geben 10, 81 (der Eurydice), e. Eid leisten 7, 46. pacis petiitque deditque 8, 128. fides dextraeque datae Versprechen und Handschlag 14, 297. — Glaubwürdigkeit, Zuverlässigkeit, Glaublichkeit, si qua fides (mihi est) wenn ich irgend Glauben verdiene 9, 55. 871. promissa exhibuere fidem 7, 823. fidem polliciti temptat 11, 107. temptamina fidē 3, 341. excedere fidem b. Maß des Glaublichen übersteigen 7, 106. res fide maior was kaum glaublich 4, 394. fide maius 3, 106. speque fideque maiora mehr als zu hoffen und glauben stand 7, 648; veri fide maiora was b. Glaublichkeit der Wahrheit übersteigt 3, 660. maiora fide gesät größere Thaten, als glaublich 12, 545. fides falsa trügerische Zuverlässigkeit — Täuschung 15, 566. — Bestätigung, Bürgschaft, pacis 12, 365. facti fidem (Appos. zu data munera solvit) als Bestätigung, daß es geschehen 11, 135. si qua fides addenda est rebus probata durch erprobte Dinge 15, 361; Erfüllung, dicta fides sequitur 3, 527. 6, 711.

fides (fidis), is, f. Saiteninstrument, Zither, fidem instructum gemmis 11, 167; meist Pl. fidibus marti Saitenspiel 6, 178.

fido, fisus sum, ere, vertrauen, sich verlassen, auf etw. Abl. cursu 7, 545. ope equina 9, 125. armis 8, 370; Dat. taedae non bene fisa 15, 827.

fiducia, ae, f. Vertrauen, Zuversicht 9, 721. Selbstvertrauen 5, 309; auf etw. Gen. vana pedum 9, 120. meriti 8, 88. muneris 7, 309. formae 2, 731. 8, 434. stolze Zuversicht, maternae formae der Mutter auf ihre Schönheit 4, 687. 8, 270. tantae laudis so hohen Ruhm streichen zu können 12, 525; fallax fid. m. quod 11, 430. — Unterpfand, Bürgschaft, vitae 1, 356. magni regni 8, 10.

fidus, a, um, treu 13, 63. 14, 83. coniunx 7, 843. pectora 9, 310. aures 10, 382. agmen comitum 3, 378. fidae minister 2, 837. fidissime 9, 569. fidissima custos 1, 562. nuntia 11, 585. corpora ihr Leiber meiner Getreuesten 3, 55; m. Dat. 13, 748. 5, 491. sorori 2, 745. parvo Iovi 4, 281. nox arcanis fidissima treueste Bewahrerin 7, 192; treu gemeint, ehrlich sententia Rath 13, 319.

figo, xi, xum, ere, heften, anheften, linguam ad mentum, mentum ad guttura 12, 458. dentes in acumine einschlagen 3, 84. ungues (in) cervicibus 4, 717. figitur ancora heftet sich ein, haftet 1, 297. naris fixa est medio palato hineinschlagen 12, 253. fixis post terga lacertis befestigen 6, 552; bildl. moenia terrae 8, 95. gelidis in vultibus 4, 141. oculos in virgine 4, 195. vultum 10, 601. lumina fixa tenere in vultu 7, 87. 13, 456. lumina terra 13, 543. — einbohren, in etw., telum in Nympha 1, 472. 13, 451. mucronem tempore 5, 116. 9, 84. lamina in gutture fixa est bohrte sich ein 5, 173. iaculum tellure 8, 413. Part. fixus angeheftet, fixo (in) aere (f. aes) 1, 91. stellae sub aethere 2, 204. fixa cacumine montis eingewurzelt 6, 311. piscis festhangend am Angelhaken 8, 868. spolia aufgehängt 8, 154. hastile feststeckend 3, 69. telu gerit fixa in pectore hat stecken 6, 227; eingebohrt, venabula corpore 9, 206. 3, 66. harundo sub aure 8, 352. — durchbohren, arcus figat omnia 1, 463. quamvis distantia 5, 56. fuerat fixurus pectora telo war schon im Begriff 2, 604. pectora cum robore sammt 12, 331. 3, 92. cervum 10, 131. 712. 14, 843. dextera fixa est 5, 124. Oryneus figitur in lumine wird in d. Augen gestochen 12, 268; robora rostro anhacken 14, 392.

figura, ae, f. (fingo) d. geformte Gestalt, Form 1, 436. hominum 1, 88. mentitae 6, 326. gemina tauri invenisque Doppelgestalt 8, 169. lapidis figuram trahere 3, 399. capere 15, 308. sumere 12, 556. dant adimuntque 8, 615. perdere 1, 547. 4, 409. immutare 7, 722. vertere 2, 689. variare 11, 241. mentiri 11, 263. transire in plures 8, 730. migrare in varias 15, 172. mutare cum 15, 374. — schöne Gestalt, Schönheit 10, 69. 14, 770.

filia, ae, f. d. Tochter 1, 481; dient zur dicht. Namenumschreibung, Cereris Proserpina 5, 376. Coei Latona 6, 366. Solis Pasiphae 9, 736. Circe 14, 33. 346; eines Pferdes 10, 320; Schwiegertochter 10, 467.

filius, ii, m. d. Sohn 1, 148. Veneris Cupido 1, 463.

filum, i, n. d. Faden, beim Spinnen, deducere 4, 86. Pl. lana suo fila sequente 4, 54. fila sequentia ducere 14, 265. bildl. d. Lebensfaden, den die Parzen spinnen 2, 654; des Gewebes 4, 396. 6, 68. 577. das Gewebe selbst, incepta 6, 34. von d. Raupen frondes intexere filis 15, 372; eines Knäuels filo relecto 8, 173. — Pl. d. Saiten der Leier, retemptat fila lyrae 6, 118. sonantia movere 10, 89.

findo, fidi, fissum, ere, spalten, zertheilen, Phoebus findit arva vaporibus 3, 152. fissa tellus 2, 211. aëra 4, 567. fissus erat partes rima 4, 70. lingua in partes duas 4, 587. fissa cortice 10, 512. 14, 630. findi sich spalten 15, 510.

fingo, nxi, fictum, ere, gestalten, bilden, formen, terram in effigiem deorum 1, 83. (carnem) in artus zu

Gliedmaßen 15, 331. effigiem apri 14, 859. simulacra naufraga darstellen 11, 628. fingi in omnes formas sich ge-stalten 14, 645. ficta imago nachgebil-dete Gestalt (Ggs. vera) 14, 323; fin-gere vultum die Miene formen, bh. freundlich machen 4, 319. — im Geiste sich vorstellen, sich denken, aurea fin-gens omnia 11, 116. qualia vult, fin-git mali sich aus, wie er will 6, 432. m. *Acc. c. Inf.* 14, 213. bes. finge 2, 74. 6, 197. 8, 114. 9. 500; erdich-ten, erlügen, causas 2, 745. non haec mihi (ft. a me) criminis fingi 13, 67. solum esse Iovem als dein Vater 9, 25. 6, 218. *Part.* ficta erlogen, ver-stellt, erheuchelt, gemitus 6, 565. gra-vitas 7, 308. languor 9, 767. furor 13, 37. adulter 7, 741 (And. lectus). vox Unwahrheit 9. 55. verba 13, 9. si non omnia vates ficta reliquerunt lauter Dichtung überliefern 13, 734. 935. crimen eingebildete Schuld 7, 824. *Subst.* fictum Lüge, Erdichtung 9, 707. men-sura ficti 13, 57. materia ficti zu Verwandten 9, 769. ficta loqui 1, 771. 6, 614.

finio, ivi u. ii, itum, ire, begrenzen, Tmolus finitur hinc Sardibus, illinc Hypaepis 11, 153. numero finita po-tentia beschränkt 8, 840. — endigen, beendigen, annuum 10, 79. mala 15, 033. bella triumphis 15, 747. finito Marte 14, 246. ieiunia füllen 11, 371. iras 14, 582. poenas 1, 735. metam 15, 502. cum luce dolorem fi. et lu-cem 6, 272. vitam 3, 251. aevum 15, 490. animam 7, 591. monitus 2, 103. cantus 5, 662. finierat hatte ge-endigt — zu Ende gesprochen 1, 586. 13, 123. 14, 441. — cavernas schließen (Ggs. aperire) 15, 345. [finierat steht im Bedeuts.]

finis, is, m. (*fem.* nulla cum fine 13, 755) Grenze, fine trium zonarum contentus 2, 131. *Pl.* Grenzen, Ge-biet, Land 4, 648. Illyrici 4, 568. Itali 15, 69. finibus in Lyciae 6, 310. patriae 10, 341. — übertr. Ende, Grenze, malorum 1, 733. labor in fine est steht am Ende 13, 373. in fine loquendi Schluß der Rede 3, 366. finis erat dictis 4, 389. operi finis (est) victoria d. Schluß der Arbeit 6, 81. operis finem facere abschließen 6, 102. finem imponere labori 6, 210. bello 8, 68. luctibus 15, 744. ponere in acumine endigen in 14, 503. finem potentia caeli non habet 8, 618. finis non est in ira 5, 215.

10, 471. finis abest 9, 633. sine fine endlos, unaufhörlich, unablässig 2, 387. 502. 4, 331. 11, 792. 12, 316. 13, 330. pretium sine fine unbegrenzt 7, 306. nulla cum fine 13, 755. lux caritura fine endlos 14, 132. ad finem lucis bis zum Ende des Tages 15, 619. ad finem servati amores bis ans Lebensende 11, 750; fine m. *Gen.* bis an, genus 1, 636.

finitimus, a, um, angrenzend, be-nachbart, proceres 6, 412. lacus 14, 332. *Subst.* finitimi die Grenznachbarn 8, 117.

fio s. hinter facio.

firmamen, inis n. Befestigungsmittel, Stütze, *Pl.* trunci 10, 491. [Nur hier.]

firmo, avi, atum, are, fest machen, so-porem 1, 715. — geistig ermutigen, stark machen, alqm 9, 089. animum 9, 745. — bestätigen als wahr, be-kräftigen, dicta Iovis 3, 331. minas re 3, 368. promissa numine 10. 430.

firmus, a, um, fest, stark, moenia 2, 403. obiex 11, 780. poples 15, 223; firmissimus patria ira am stärksten ge-rüstet 7, 457.

fistula, ae, f. Röhre, bes. (bleierne) Wasserröhre 4. 122. — die aus mehre-ren Röhren von ungleicher Länge zu-sammengesetzte Rohr- od. Hirtenpfeife 1, 033. dispar septenis cannis 2, 682 (vgl. 1, 711). rustica fistula disparibus paulatim surgit avenis 8, 191. compacta centum harundi-nibus 13, 784.

flagello, avi, atum, are, peitschen 3, 94.

flagellum, i n. Peitsche; übertr. *Pl.* die peitschenschnurähnlichen Fangarme des Meerpolypen 4, 367.

flagro, avi, atum, are, brennen, lodern, flagrans domus 7, 395. torris 8, 455. 12, 271. arae 7, 259; bildl. — leuchten, lumina flagrant 4, 347. cri-nis (And. Horailia) a lumine sidereus 14, 847; b. Leidenschaft brennen, glühen, 6, 460. cupidine 2, 104.

flamen, inis, n. (flo) b. Wehen des Windes, Windhauch 2, 875. ingens 11, 664. rami moti sine flamine 7, 629. 11, 600. *Pl.* Luftströme, Winde, 1, 59. 528. 263.

flamma, ae, f. loderndes Feuer, Flam-me, minus flammas 3, 996. semina flammae Feuerstoffe 15, 317. alimenta 14, 632. flammā lustrare 7, 261. flammas concipere Feuer fangen, in Fl. geraten 1, 255. flammis corripi 2, 210. sulphura rapiunt flammam 3, 371. flammas non dare 2, 811.

flammas imitans flammenähnlich 3, 2. Hectoreae Feuerbrände 12, 7. Opfer- ob. Altarflammen, sanctae 6, 161. Vestae 15, 773. primae erst angezündet 9, 150; meton. e. lodernder Ast 12, 295. b. Blitz, trifida 2, 325. vindex 1, 230. avita, weil Jupiter Aesculaps Großvater war 2, 616; Hitze, mixta cum frigore 1, 51. rapida 2, 123. fraternae ihres Bruders, des Sonnengottes 2, 451. — bildl. Glut, des Fiebers, latens 7, 551. avidae Feuer des Giftes 9, 172; des Zornes, emicat ex oculis, spirat quoque pectore flamma 8, 356. suffusus lumina (Acc. limit.) rubra flamma mit glühendem Roth 11, 368; brennende Gier, gulae 8, 846; bes. Liebesglut, 3, 372. 14, 350. extincta revixit 7, 77. Pl. 6, 466. 9, 725. 13, 173. flammas latentes hausit 3, 325. in flammas abiit 1, 495. flammas mareoque feroque 8, 464. conceptae pectore 7, 17. obscenae 9, 509.

Flammifer, era, um, Flammen tragend, flammend, pinus 5, 442. crinis 15, 849. feurig, aspergine 14, 796; Flammen schnaubend, hinnitus 2, 155.

Flatus, us, m. das Wehen des Windes, Windhauch, flatu secundo 13, 418. 14, 226. Pl. laetiferis flatibus 7, 532. nec pervia flatibus esset (hamus) 15, 302.

Flavens, ntis (flaveo), goldgelb, blond, cerae 8, 670. spicae flaventes auro 9, 689. colla (equi) 13, 848. villus 14, 97.

Flavesco, ere, gelb werden, tacto fulvae harenae 9, 36. pennis 5, 580. stramina flavescant wird gelbgelb, überwandelt sich in Gold 8, 701. malae flavescere coepere sich blond färben 6, 718.

Flavus, a, um, gelb, gelblich, mella 1, 112. cerae 8, 487. harena 14, 448. litus 15, 722. v. Flüssen, Lycormas 2, 245. — blond, blondgelockt, 3, 617. 9, 715. caput Apollos 11, 165. Minerva 2, 749. 8, 275. dah. flava virago 6, 130. flava comae (Acc. limit.) 9, 307. Ceres wegen d. Farbe der Aehren 6, 118.

Flebilis, e (fleo), beweinend, beklagenswerth, flebile visum (est) 13, 620. principium 7, 519; kläglich, pompa 11, 718. flebile nescio quid Klägliches 11, 52.

Flecto, xi, xum, ere, biegen, alqd 2, 821. parvo curvamine 8, 191. cornua (arcus) spannen 1, 455. 5, 56.

arcus 4, 303. sinus Krümmungen winden 15, 632. flector in anguem winde mich zu e. Schlange 8, 881. flecti sich biegen, quod flecti nequit 1, 409. quascumque partes (Acc. limit.) sedendo flectimur womit wir uns biegen 2, 831. 6, 308. cera flectitur in multas facies läßt sich biegen 10, 286. e. Biegung annehmen 10, 672; wenden, regimen carinae 3, 591. plaustrum 10, 447. vestigia ad 1, 372. aves illuc lenken 10, 730. qua flectat habenas 2, 169. quadrupedis cursus in orbem 6, 225. flectitur in gyrum wendet sich im Kreis 2, 718. oculos 8, 896. ora retro 3, 148. 10, 51. lumina a re in rem 8, 865. vultus ad alqm 4, 265. 10, 236. quocumque se acies oculorum flexerat 7, 531. Part. flexus, gebogen, gekrümmt, gewunden, cornua aeris flexi 1, 93. arcus flexus a cornibus an, eig. von an 2, 603. flexo circum tempora cornu 7, 313. genu 4, 340. lacerti 2, 196. orbes 9, 61. cannae 13, 894. error (b. l.) 8, 160. — übertr. beugen den Sinn, umstimmen, bewegen, duram mentem 9, 649. animos 4, 482. amantem 11, 450. ira duorum flectitur läßt sich 1, 378. sententia nullis precibus 11, 439. 400.

Fleo, evi, etum, ere, weinen 1, 367. 2, 676. flenti similis 8, 651. flentem fontes amplectimur 14, 305. fleturas colonus dem Jammer bestimmt ist 8, 291. flendo delicuit 7, 380. flendus beweinenswerth 14, 474. — tranf. (dichtl.) beweinen, alqm 5, 401. 10, 41. 14, 829. 6, 394 [flerunt], 11, 48 [fleverunt]. inultos dolores 4, 126.

Fletus, us, m. das Weinen, Thränen- guß, Thränen 6, 610. fletum miscuit cruori 4, 141. fletu super ora refuso 11, 657. tepido 4, 674. Pl. 1, 584. 4, 693. dare 6, 340. fundere 11, 672. sistere 14, 831. fletibus ora rigare 11, 419.

Flexilis, e, biegsam, cornu 5, 384.

Flexipes, idis, schlingfüßig, hederae 10, 99. [Nur hier.]

Flexus, us, m. d. Biegung, pati flexus sich biegen lassen 5, 430.

Flo, avi, atum, are, wehen 7, 654.

Floreo, ui, ere, blühen 10, 166. 11, 605. in spem bacarum 9, 341. Part. florens, Hymettus 7, 702. arva 2, 791. corona Blüthenkranz 2, 27. poma Fruchtblüthe 14, 761; bildl. blühend in Glück u. Hülle, Asia 13, 481. 7, 461.

florĭdus, a, um, blumig, blumenreich, floridior pratis 13, 790.

florĭlĕgus, a, um, Blüthensaft sammelnd, apes 15, 366. [Nur hier.]

flōs, ōris, m. Blume, Blüthe, thymi 15, 80. odorus 9, 87. purpureus 13, 395. albus 14, 291. croceus, foliis medium cingentibus albis unter weiße Narcisse 9, 509. varii 5, 390. 10, 123. mille colorum 10, 261. Tyrii 5, 390.' verni 5, 564. legere 4, 315. carpere 9, 343; meton. flores Blüthensaft 13, 928. — bildl. Blüthe der Jahre, perpetuus aevi 9, 436, senectus redit in florem 7, 216. primi flores aetatis Jugendblüthe 10, 85.

fluctus, us, m. Strömung, Flut, noster que marisque 8, 586. dat saltus 11, 525. (navis) fluctu icta latus 11, 607; öfter Plur. Fluten, Wogen 1, 310. 334. 4, 328. 9, 40. aequorei 15, 604. tumidi 11, 481. fluctibus obruere agros 11, 210. erigitur pontus 11, 497.

fluĭdus, a, um, fließend, triefend, sanguine fluidi rictus 14, 168; flüssig, cruor 4, 483. — übertr. schlaff, fluidos pendere lacertos 15, 231; er schlaffend, auflösend, calor 15, 862.

fluĭto, āvi, ātum, āre (fluo), fließen, per rictus aurum fluitare videres 11, 126. — bildl. wallen, vela malo fluitantia 11, 470.

flūmen, ĭnis, n. fließendes Wasser, Strömung, Flut 14, 419. flumine curvo implicuit Stromkrümmung 3, 342. Pl. Fluten eines Flusses 1, 280. 423. 8, 557. 9, 94. 115. limosa 1, 634. septemfluus Nili 15, 753. infera der Styx 1, 189. fontis 14, 788. lactis, nectaris wunderbare Milch- und Nectarströme 1, 111. — Fluß, Strom, rapidum 2, 637. turbatum imbre 13, 889. Hiberum (b. s.) der Oceanus 7, 324. Aesareum b. Fluß Aesar 15, 54. septem sine flumine valles stromlose Thäler 2, 256. declivia 1, 39. concita 7, 154. subsidunt 1, 344. septem Nilarme 5, 188. — Flußbett 1, 577. Ganges 5, 47. Eleum 5, 576.

flūmĭneus, a, um, zum Flusse gehörig, undae 14, 599. 15, 565. volucres Flußvögel 2, 253.

fluo, xi, xum, ĕre, fließen, strömen, curribus obliquis 9, 18. ambiguo cursu refluitque fluitque zurück u. vorwärts 8, 163. fluxit purpureus 12, 112. retro 13, 324. unda fluit (e) capillis 1, 206. 11, 656. palmis 11, 117. lac vimine querno 12, 436. lacrimae 2, 364. per ora 4, 582. sanguis 8, 762. viscera hervorquellen 8, 402. aurum ignibus schmilzt 2, 251; fluens cruore 7, 343. bracchia sudore 9, 57. — bildl. im Fluß sein, bb. im Zustande der Fortbewegung u. Veränderung, cuncta fluunt 15, 178.

fluviālis, e, zum Flusse gehörig, undae 1, 82. anas wilde Ente 11, 773.

fluvius, ii, m. d. Fluß 9, 111. Pl. 7, 535. 568.

focus, i, m. Feuerstätte, Herd 8, 641. eines Leuchtthurms 11, 393. Pl. v. einem 8, 671; Opferherd, Altar, de caespite 4, 753.

fodĭo, fōdi, fossum, ĕre, graben, dura arva 11, 33; untergraben, murum 11, 535. — durchbohren, guttura cultro 7, 315.

foecundus s. secundus.

foedo, āvi, ātum, āre, verunstalten, inguina foedari monstris 14, 60. caniliem pulvere 8, 529; beflecken, besudeln, sanguine tellurem 6, 238. 3, 523. vestes 7, 845. templa cruore 9, 182. foedata bracchia labo 14, 192. 13, 563.

foedus, a, um, schmutzlich, abscheulich, corpora 7, 548. vulnus 12, 366. volucris 5, 549. convivia 1, 166. foedum relatu 9, 167; sittl. adulterium 8, 155. amor 10, 319.

foedus, ĕris, n. Vertrag, Bündnis, parentum 7, 503. ex foedere gemäß 10, 599. Pl. v. einem, ea foedera nobis (sunt) von der Art ist unser Bündnis 7, 486. in foedera testes esse 7, 46; Ehebund coniugiale solvere 11, 744. thalami 7, 403. Pl. v. einem, lecti 7, 710. 852. socialia 14, 380; überh. Verbindung, Bund, Veneris Liebesbund 3, 294. alqo iuncti foedere Verwandtschaft 16, 460. — (auf Uebereinkunft beruhend) feste Bestimmung, Gesetz, Parcarum foedere cautum est 5, 532. naturae 10, 853. diversa (a caelestibus) foedera 9, 501. contra data foedera aufgestellt 2, 757.

foenilia, foenum s. faen.

foetura, foetus s. fet.

folium, ii, n. Blatt v. Bäumen, Pl. Laub 8, 642. 9, 389. 11, 9. mollia 4, 514. 742; v. andern Gewächsen 14, 269. truncat holus foliis abstatten 8, 647. Blumenblatt 10, 208. 13, 908. 789.

fons, tis, m. Quelle, illimis, argenteus 3, 407. liquidus 10, 122. spumiger 11, 140. altus 5, 575. secundus

14, 791. gelidos 4, 911. Medusaeus Hippocrene 5, 312. Clitorius 15, 322. Pl. v. einer s. 615. 4, 385. sacri 2, 464. vivi 5, 27. calidi Bajä in Campanien, durch s. Bäder berühmt 15, 713.

fontānus, a, um, zur Quelle gehörig, numina Quellgottheiten 14, 327.

[for] fātus sum, iäri, defect. reden, sprechen, fātur 7. 689. 11, 122. zu Jem. alcui 14, 167. Imper. fāre m. Inbtr. Fr. 4, 770. fatus erat 14, 596. 15, 813. sic fata 10. 731. fando durch b. Gerücht [m. Ellif. im 1. g. fande alqm] 15, 497.

fōrāb'llis, e, durchbohrbar, nullo ictu 12, 170.

fōrāmen, inis, n. (foro) gebohrte Oeffnung, buxus longo foramine m. langem, durch die ganze Flöte gehenden Bohrloch 4, 30. einer Wunde 9, 129; überh. Oeffnung, Loch, tenue 4, 123. mille 12, 44. densa cribri 12, 438. convexa terrae Gänge 5, 697.

forceps, ipis, m. u. f. Zange 6, 556. 9, 78. curva 12, 277 [Abl.].

forda, ae, f. trächtige Kuh 15, 791.

fōrem, es, et, ent, fore, ich würde sein, wäre, im Bedingas. 1, 359. 697. 3, 552. 7, 678. 738. 8, 46. 11, 15. 230. 212. 12, 8. 13, 129; Finals. 1, 35. 72. 151. 7, 604. 8, 72. 178. 9, 735. 11, 580. 14, 704. 15, 539. 760; Fragis. 8, 76. 6, 329. 9, 690. 11, 719; Relats. 7, 95. 9, 367; Folgs. 2, 472; Causals. 15, 302; nach quod 9, 710; im Conj. Pluspf. venata foret 2, 432. 3, 69. 8, 156. 7, 351. 356. 8, 849. 502. 9, 534. 14, 71. 15, 534. — fore — futurum esse 1, 190. 2, 758. 9, 256. 733. sic fore so solle es geschehen. 3, 639. quid fore te (Abl) credas soll mit dir werden 9, 75. omne fore illius Alles soll ihm gehören 13, 557. sibi f. cetera curae 1, 260.

fōris, is, f. Thür, Thürflügel, gew. Pl. 1, 563. 9, 763. caelatae 2, 819. acernae 4, 487. patuere 2, 768. patefacere 2, 113. aperire 10, 457. reserare 10, 384. pulsare 5, 448. intrare 9, 810. foribus reclusis 7, 647. v. einem Thürflügel, foribus dextris, sinistris 2, 18; überh. Eingang, antri 11, 605.

forma, ae, f. Gestalt, äußeres Ansehen einer Gabe 1, 17. litoris 9, 334. freti 11, 209. arboris 4, 131. volucrum 14, 509. terrae Lage, Zustand 1, 248. mutatae formae die Verwandlungen 1, 1. versa 4, 604; bes. des Menschen, humana 7, 612. mortalis 11, 203. virginea 3, 607. anilis 6, 43. deorum 1, 73. gratia formae 7, 44. formam novare 8, 853. capere 10, 212; Iperr. schöne Gestalt, Schönheit 1, 499. 530. 2, 572. 726. 773. 8, 503. 4, 193 uö. formae dos 9, 716. clarissima formä 4, 794. divitior formä 6, 452.

formica, ae, f. Ameise, fragileges 7, 625.

formidāb'llis, e, grausenhaft, furchtbar, lumen 2, 857. Orcum 14, 116. für Jem. alcui 2, 174.

formidātus, a, um (formidare), gefürchtet, pennae die Federleinen ob.-lappen (formidines), womit man bei b. Jagd einen Bezirk einschloß, um das Wild vom Ausbrechen abzuhalten 16, 475.

formido, inis, f. Grausen, Furcht, gelida 2, 200. pavida 2, 86. formidine terrere 4, 602. 14, 619. vor etw. mortis 15, 153 [Abl.].

formo, āvi, ātum, āre, gestalten, formen, bilden, formata terra 1, 384. signum e marmore 8, 419. in anguem zur Schl. gestaltet 9, 63. omnis imago formatur vagans gestaltet sich wechselnd 15, 178. Ammon formatus est cum cornibus ist dargestellt 5, 328; übertr. bilden, unterweisen alqm dictis 3, 288.

formōsus, a, um, wolgestaltet, schön 4, 319. 8, 20. os 3, 461. bos 1, 612. 2, 851. artus 4. 310. telum 7, 679. formosior solito 7, 84. formosissimus 4, 18. 209. formosus est oculis erscheint den Augen schön 9, 476. Subst. formosa die Schöne 5, 581. formosi die Schönen 10, 611.

fornax, ācis, f. b. Ofen, profunda 2, 229. terrena 7, 107; bildl. des Aetna, sulphureae 15, 340.

fors, [tis], f. nur Nom. u. Abl. b. Zufall, ignara 1, 453. si fors tulit 1, 207. bloß: vielleicht 11, 751; Geschick 2, 257. dura 10, 619. — Abl. forte als Adv. von Ungefähr, zufällig 1, 493. 2, 711. 8, 318. 597 uö.; si forte wenn vielleicht, etwa 2, 693. 538. 678. 10, 220. 13, 823. ne forte 1, 254.

forsitan, (fors sit an), Adv. vielleicht 8, 522. 9, 610. 11, 760. 12, 193. 15, 135. 257. m. Ind. 14, 160. 10, 461. m. Conj. 2, 76. 5, 833. 11, 791. 7, 816. 10, 560. im combin. Nachs. aut nunc quoque forsitan essem 7, 699. 8, 365. 9, 612.

forte, Adv. s. fors.

fortis, e, ſtark, rüſtig, kräftig, körperl. 5, 551. pectora 11, 462. manu for- tes von tapferem Arm 13, 360. cursu fortis 8, 210. armenta 7, 846. for- tissima animalia 12, 602. übertr. venti 11, 431. arma 7, 865. herbae kräftig wirkend 15, 534. male fortes undae unkräftig, ſchwächend 4, 285. — geiſtig tapfer, muthig, vir (Ggſ. disertus) 13, 384. miles 12, 64. virgo 13, 451. anima 12, 69. 13, 488. ſtarken Her- zens 7, 76. pectus 2, 764. manus 4, 149. acta 11, 222. 12, 575. equi 6, 221. tauri 9, 46. apri 10, 539. me fortior 8, 76. fortissimus heros 10, 207. o fortissime 4, 769 uͤ. ironiſch 13, 278. fortis fugacibus esto gegen 10, 543. *Subst.* fortes Tapfere, Ggſ. molles 8, 547. 13, 84. fortia tapfere Thaten, fortem ad fortia mini 13, 170. — gewaltſam, facinus 9, 150. dicta heftig, drohend 4, 652. [*Superl.* nach d. 4. Krſt außer 13, 84.]

fortĭter, *Adv.* kräftig 9, 28. non fortiter haeret asello nicht feſt, ſchlottrig 4, 27. fortius utere loris 2, 127. heftiger, arserunt ignes 6, 708. gewaltſamer, tormento 9, 218.

I) **fortūna**, ae, *f.* d. Zufall 7, 683. Schickſal 7, 757. 9, 677. 15, 493. crimen fortunae 3, 141. belli Kriegs- glück 8, 12. certaminis 10, 565. pugnae Entſcheidung 13, 90; Glück 3, 149. 10, 400. melior 7, 518. Phry- gum cecidit 13, 435; Unglück 13, 573. locorum, non sua 4, 568. Ungunſt loci 10, 335. — Glückeſtand, domus 13, 525. — der durch d. Loos beſtimmte Antheil, d. Loos, novissima fortuna triplicis regui 5, 368.

II) **Fortūna**, ae, *f.* d. Göttin des Schick- ſals u. Glückes 2, 140. 5, 140. 8, 195. 8, 73. faveat Fortuna 13, 334.

fortūnātus, a, um, beglückt, soror 4, 323. coniugium 2, 803. durch etw. felibus arboreis 15, 98.

fŏrum, i, n. d. Forum, d. Marktplatz zu Rom 15, 796. 841; übertr. 4, 444.

fossa, ae, *f.* (fodio) Graben, zum Schutz 12, 140. 13, 212. praecipites 1, 97; Grabe, patulae 7, 245. san- guinis 7, 258.

fŏveo, fōvi, fōtum. ēre, wärmen, al- veus accipit artus fovendos zum warmen Bade 8, 654. collapsam 2, 617. corpus resoventque foventque wärmen u. wärmen wieder, indem ſie ſich über d. kalten Leichnam werfen 8, 536. nomen aperto pectore intem ſie d. Bruſt auf d. Stelle des Steines

brüht 2, 339. aras ignibus bb. unter- hält Opferfeuer 7, 427. — hegen, pfle- gen, einen Ermatteten 7, 818. matrem 15, 450. vulnus 12, 424. corpus la- certum in unda 15, 532; bildl. im Geiſte hegen, vola animo 7, 833.

frăgĭlis, e (frango), zerbrechlich, co- ryli 10, 93.

fragmen, ĭnis, n. (frango) gew. *Pl.* fragmina Bruchſtücke, Trümmer, na- vigii 11, 561. 14, 563; Holzſpäne 8, 460.

frăgor, ōris, m. (frango) das Krachen, Praſſeln, v. brechendem Erhölz, gravis 11, 365. fragorem dare 8, 840. v. Donner 1, 269. aequoris 11, 485.

frăgōsus, a, um (frango), uneben, silvae 4, 778.

frăgum, i, n. Erdbeerkraut; *Pl.* fraga Erdbeeren, montana 1, 104. mollia 13, 816.

frango, frēgi, fractum, ēre, brechen, zerbrechen, alqd 5, 172. 478. moles iras aequoris 11, 730. ornum fragit suaque induit ilia fractae ſprießte die Zeichen auf den Baumſtumpf 12, 840. moles fracta dehiscit durchbrochen 13, 690. frangitur niger arcus aqua- rum bricht ſich 11, 669; zerſchmettern, ossa 12, 343. tempora 12, 349. zer- malmen, alqm a vertice 12, 433. — bildl. animum den Muth brechen 8, 508. fractus gebrochen — aufgerieben, mor- boque fameque 18, 52.

frāter, tris, m. Bruder 1, 145. cae- ruleus Neptun 1, 275. aurigena Per- seus 5, 250. prodigia secutu fratrem ſi. prodigia secuta prodigia fratris 11, 410. fratres die Winde 1, 60. 6, 693. gemini die Zwillingsbrüder, die Tyndariden 8, 372. terrigenae 3, 118. 7, 141. fratres pares fiunt in vulnere die beiden feindlichen (ſich ungleichen) Brüder, Eteocles u. Polynices, werden ſich gleich werden in d. Todeswunde (in- dem ſie ſich im Zweikampf gegenſeitig tödteten) 9, 405; von e. Hunde 3, 220. Bruder ſt. Geſchwiſterkind, Vetter 13, 31.

frāternus, a, um, dem Bruder ge- hörig, brüderlich, equi des Bruders 2, 208. flammae 2, 454. undae 7, 367. manes 8, 483. pax mit den Brüdern 3, 128. — dem Vetter gehörig, *Subst. Neutr.* fraterna das Erbe des Vetters 13, 31.

fraudo, āvi, ātum, āre, betrügen um etw., artus animā senili 7, 250. aman- tem, spe 14, 715. nec origine no- mina fraudo bb. halte in ihrem Namen (Myrmidones) ihren Ursprung aus

Ameisen (μύρμηκες) heißt 7, 654. frau-
datus inventä 10, 195.

fraus, dis, f. Betrug, List, Täuschung
3, 650. 7, 45. 15, 786. pia 8, 711.
sine fraude ohne Trug, ehrlich 2, 558.
Pl. fraudesque doliqua 1, 190.
magicae Zaubertrug 8, 534.

fraxineus, a, um, von Eschenholz,
eschen, hasta 5, 9. 12, 369.

fraxinus, i, f. d. Esche 7, 677. utilis
hastis 10, 93; meton. der aus Eschenholz gefertigte Speer 5, 143. 12, 123.
ferrata 12, 824.

fremebundus, a, um, schnaubend vor
Zorn 12, 128. 14, 188.

fremidus, a, um, tobend, turba 6, 2.
[Nur hier.]

fremitus, us, m. Getöse 12, 818 [usw.].

fremo, ui, itum, ere, dumpf brausen,
tosen, agri ululatibus 3, 528. tota
domus nimmt 1°, 47. Lydia tota
erschallt 6, 146. vulgus fremens 15,
608. superi vario sermone freme-
bant ließen mancherlei Reden laut werden 9, 419. brüllen vor Schmerz 9,
397. fremens zornschnaubend 1, 244.
tobend 4, 719. equus fremit wiehert
3, 704. lupi heulen 5, 627.

frendo, fresum eb. fressum, ere, knir-
schen, mit d. Zähnen, irä 8, 487.

freno, avi, atum, are, zäumen, frena-
tus delphin 11, 237. colla draconum
7, 220; zügeln, ora capistris 10, 125.

frenum, i, n. Zaum, Zügel, *Pl.* frena
5, 87. sonantia 5, 141. picta 4, 23.
remittere 2, 191. retinere 2, 192.
dare die Zügel lassen 6, 231. vana
ducere manu vergeblich anziehen 15,
519. frenis moderari 8, 795. ora
coërcere 5, 043; bildl. vom Steuer d.
Schiffes 2, 186.

frequens, ntis, häufig, oftmalig, redit
itque frequens 2, 419; zahlreich, ite
frequentes in Schwarm 6, 159. —
reich an, voll von, m. *Abl.* terra colubris 4, 620. columbis 15, 715.
silva trabibus 8, 349. amnis verticibus 9, 106.

frequento, avi, atum, are, häufig
besuchen, domos 9, 323. Eurotan 10,
169; beleben, bevölkern, Pactolon 11,
80; zuern e. Fest (in zahlreicher Gesellschaft) mitbegehen, feiern 3, 581. 661.
10, 430.

fretum, i, n. Meerenge, Sund, navi-
fragum die Küllische 14, 6. fretum
Siculique angusta Pelori ꝛenbied. st.
fretum angustum Sic. Pelori 13,
706. — (bildl.) Meer überh. 4, 440.
5, 6. 6, 312. 11, 486. 14, 668. Heu-

perium 11, 268. fretum secare 7, 1.
freto nare 8, 164. öfter *Pl.* 1, 36. 2,
258. 4, 552. 788. longa 7, 67. indignantia 11, 491. — d. Brunnen im
Erechtheum zu Athen m. salzigem Wasser
(θάλασσα Ἐρεχθηΐς) 6, 77.

frigidus, a, um, kalt 15, 340. membra 14, 743. oscula 11, 738. horror 9, 290. starr (vor Furcht) 7, 136;
subst. *Neutr.* frigida kaltes 1, 19.

frigus, oris, n. Kälte, Frost 1, 51.
vernum 14, 763. ignavum 2, 763.
Pl. Kälte 1, 36. kaltes Klima 2, 224.
— Kühlung 7, 809. ducere ab umbra 10, 129. *Pl.* 5, 390. — Kälte
des Todes, letale 2, 611; vor Furcht
ob. Schreck, corpus obsessum glaciali frigore 9, 589. 11, 416. — Frigus als Dämon der Kälte, iners 8, 790.

frondator, oris, m. Laubscherer 14,
649.

frondeo, ere, belaubt sein 8, 714
(*Inf.*). *Part.* frondens belaubt, oliva
semper fr. 8, 296. cacumen 8, 256.
thyrsi 4, 7.

frondesco, ere, sich belauben, in hederae faciem (u. f.) 4, 395. 15, 561.
(*Inf.*)

frondosus, a, um, laubreich 8, 410.

frons, ndis, f. Laub, Laubwerk 1, 44.
levis dünn 2, 557; caduca 7, 340.
saligna 9, 99. virens 11, 27. virga
fronde virens 11, 108. frondis honores Laubschmuck 1, 565. *Pl.* 1, 632.
2, 212. 3, 891. pampineae 3, 667.
— meton. Laubkranz, honor aesculeae
frondis 1, 649. v. Epheu ob. Weinlaub 3, 542. v. Lorbeer 6, 164.

frons, ntis, f. Stirn, b. Menschen u.
Thieren 1, 267. laeta 5, 570. a fronte
adversa vorn an d. St. 2, 476. speciosa cornibus altis 3, 21. *Pl.* 15,
608; bildl. eines Felsen 4, 527. —
übertr. d. Vorderseite, Fronte einer
Straße udgl., a fronte an 1, 173.

fructus, us, m. (fruor) Frucht, fruc-
tum parare bestellen 11, 91. — übertr.
Ertrag einer Sache, Lohn, hasne mihi
fructus refers? 2, 284.

frugifer, era, um, fruchttragend,
fruchtbar; mensa 5, 656.

frugilegus, a, um, Frucht sammelnd,
formica 7, 624. [Nur hier.]

fruor, fructus u. fruitus sum, i, ge-
niessen, sich des Genusses freuen, m.
Abl. virginitate 1, 487. somno 2, 779.
liberiore caelo 15, 301. vita leben
1, 585. einer Person, nato victore 8,
485. 9, 724. quo fruentur aetheriae sedes 15, 448.

frustra, *Adv.* eig. irrthümlich; vergeblich, umsonst 1, 233. 2, 676. 3, 432. frustra oblite 8, 140 u.ö.; m. *Adj.* expers belli 5, 91.

frustum, i, n. Stück einer Speise, Bissen 14, 212.

frutex, icis, m. Strauch, Strauchwerk, *Pl.* 9, 381. densi 1, 122. fruticum silva 4, 339. — Gezweig, *Sing.* 8, 719.

fruticōsus, a, um, buschig, vimina 8, 344.

frux, frūgis, f. Frucht, bes. Feldfrucht, sine fruge tellus 8, 789. fruge vivere 15, 301. tosta Brod 11, 120; gew. *Pl.* fruges, um 1, 109. 2, 288. 10, 433. mit b. Spergese, alimentaque mitia 5, 342. frugum mater Ceres 4, 118. genetrix 6, 400. primitias frugum 5, 274. 10, 433. — fruges das Opferschrot (mola salsa), ausgeschrot. Dinkel u. Salz, das man den Opferthieren vor dem Schlachten auf b. Stirn streute 15, 134.

fuga, ae, f. b. Flucht 1, 530. 5, 169. fugam inhibere 1, 511. tenere 1, 600. claudere 6, 572. parare sich zur Fl. anschicken 3, 47. dare, praebere terga fugae 5, 323. 10, 706. mandare membra fugae 11, 334. nulla fuga est capto kein Entrinnen 6, 518. Rettung, oravi fugam 14, 219; aus b. Vaterlande, Verbannung 10, 233. 11, 281.

fugax, ācis, zur Flucht geneigt, flüchtig 1, 541. 10, 543. capreae 1, 442. simulacra 2, 432. fugax pennis Pegasos mit flüchtigen Fittigen 4, 735. fugacior auri 12, 807.

fugio, fūgi, fūgitum, ere, b. Flucht ergreifen, fliehen 1, 129. 232. 701. in spatium 7, 783. luna caelo 10, 448. nubila 5, 286. tempora 15, 183. anima fugiens 10, 189; vor Jem. *Acc.* alqm 1, 515. 3, 456. ne fuge me 1, 587. accipitrem 6, 005; fliehen, vermeiden etw., conspectum incensumque 2, 594. conubia 14, 59. nomen amantis 1, 474. vina 15, 323. munera belli 13, 296. entfliehen, incendia 13, 718. enses 15, 808; einen Ort fliehen, meiden, sol locum 4, 488. litora 14, 287. patriam nefasque 9, 033. penates 7, 574. limina 7, 744. Samon 15, 60. — übertr. verschwinden, schwinden, fugiunt e corpore maciae 1, 739. macies 7, 290. vires 7, 859. color et sanguis 10, 453; multa me fugiunt (aus b. Gedächtnis) 12, 183.

fugo, āvi, ātum, āre, in d. Flucht treiben, vertreiben, nubes 1, 263. flammas Hectoreas a classe 13, 8. mortis timorem morte 7, 605. amorem 1, 468. volucres (ab) ore senis fugarant 7, 4. Lucifero fugante tempora noctis 8, 1. ardor de corde fugabitor austreiben 9, 502. tenebris fugatis 2, 144. fugatus illa regione terruit schreckte sie in die Flucht aus jen. Geg. 16, 817.

fulgeo, fulsi, ēre, blitzen, glänzen, leuchten, v. Gestirnen 2, 509. 72?. luna fulsit 7, 180. fulgens caelum 2, 17; v. Metall 1, 470. 13, 700. velamina fulgentia auro 8, 567. 9, 27. 10, 112.

fulgor, ōris, m. leuchtender Blitz 7, 619; leucht. Glanz, des Purpurs 4, 398. vestis 11, 617.

fulgur, ŭris, n. b. leuchtende Blitz, Wetterleuchten 14, 817. *Pl.* 3, 300.

fulica, ae, f. Wasserhuhn 8, 625.

fulmen, ĭnis, n. Blitzstrahl 1, 56. 14, 818. penetrabile 13, 857. inevitabile 3, 301. vaga 1, 596. fera 2, 61. micantia 11, 523. victricia 10, 151. mittere 1, 133. iactare 2, 808. spargere in terras 2, 312. — bildl. b. feurige Athem des calyd. Ebers 8, 299; b. schlagende Gewalt des Blitzes, fulmen habent apri in dentibus 10, 550.

fulmineus, a, um, zum Blitzstrahl gehörig, ignes des Blitzes 11, 523. ictus Blitzschlag 14, 619; blitzähnlich rictus 11, 368 (vgl. 10, 550).

fulvus, a, um, dunkelgelb, rothgelb 7, 679. harenae 2, 305. 9, 38. aes 1, 115. aurum 10, 648. lamina 11, 124. arbor fulva comam (*Acc. limit.*) v. goldnem Laube 10, 648. leones 1, 304. lupus 11, 771. capillus 12, 273. caesis fulva iubis equi 12, 86. alae 5, 610. 6, 707. 8, 146. murra 15, 390. nubes 8, 373.

fumidus, a, um, dampfend, altaria 12, 259; dampferfüllt, tecta 4, 405.

fumificus, a, um, Dampf erzeugend, mugitus Dampf athmend 7, 114.

fumo, āvi, ātum, āre, dampfen, rauchen 2, 200. 242. 295. 5, 57. tora fumabant 10, 273. atria ignibus der Opfer 13, 215. patriae fumantia tecta 13, 421. terrae fumantes sulphure b. liparischen Inseln 14, 87.

fumus, i, m. Rauch, Dampf, calidus 2, 232. lacrimosus 10, 6. turis 11, 248. nigri volumina fumi 13, 001. *Pl.* Dämpfe, Dampfwolken, exigui 15,

361. tenues 1, 571. tura odorant aëra fumis 15, 731.

funale, is, n. (funis) e. am Seile hangender Leuchter, Kronleuchter, lampadibus densum 12, 247.

funda, ae, f. Schleuder, lata 14, 825. Balearica 2, 728. more fundae 4, 618.

fundamen, inis, n. Grundlage, Grundfeste, magno fundamine res Rom. valet 14, 800. Pl. terrae Siculae 5, 301. rerum fundamina ponit 15, 433.

I) fundo, avi, atum, are (fundus), gründen, bene fundatis opibus Iuli 14, 583.

II) fundo, fudi, fusum, ere, gießen, vinum inter cornua 7, 594. super aequora 11, 247. pateram in aras 9, 160. laticem urnis 3, 172. fletus vergießen 11, 672. lacrimas in nomina 8, 510. 13, 490. ergießen, fundit Anigros aquas 15, 292. cruor humo fusus 10, 210. nimbi funduntur ab aethere ergießen sich 1, 260); schütten, ausschütten, odores in pectora 2, 628. fusi utrimque capilli herabhangend 9, 90. — übertr. hinstrecken, niederstrecken, alqm 13, 256. resupinum 15, 86. vulnere 5, 141. puero suo 12, 292. überwinden, agmina 6, 425. Part. fusus hingestreckt, gelagert, in herba 3, 438. humi 8, 529. in pellibus ursae 12, 319. — bildl. vitam cum sanguine ausströmen lassen 2, 610. verba ergießen 7, 248. 14, 429. in auras 12, 409. convicia in alqm 13, 300.

funereus, a, um, Tod bringend, torris 8, 512. bubo Tod verkündend 10, 453.

funestus, a, um (funus), Tod bringend, tödtlich, munus 2, 88. labos veneni 8, 49. taxus 4, 432. morsu 11, 373. domus funesta videtur 7, 575. — den Todten angehend, littora b. Buchstabe der Todtenklage (ai ai) 10, 216. manus durch e. Todten verunreinigt 11, 584.

fungor, functus sum, i, verrichten, vollbringen, m. Abl. officio pedum b. Dienst verrichten 2, 480. parte laboris 8, 547. mandato 8, 821. munere Opferspende 10, 273. epulis functi fertig mit 4, 765. simulacra functa sepulcris die b. Begräbnis durchgemacht, e. Begr. erhalten haben 4, 435. 10, 14. functus morte f. Todter 11, 583. fato fungi sein Schicksal erfüllen = sterben 11, 659.

fungus, i, m. Schwamm, Pilz, pluviales 7, 393.

funis, is, m. Tau 8, 775. auf Schiffen 3, 628. 14, 445. intorti 3, 679

funus, eris, n. Leichenbegängnis, Leichenzug 8, 430. miserabile 14, 751. corpora nullis de more feruntur funeribus ohne b. übliche Leichenbeg. 7, 607. 13, 690. 11, 540. portae non capiebant funera die Leichenzüge 7, 607. Pl. v. einem 8, 585. ducere per urbem 14, 746. funeribus dotari 13, 533. suprema funera b. schließliche Leichenbeg., b. letzte Ehre 3, 137; die Leiche 6, 282. 285. 8, 484. 13, 518. — Meton. b. Tod, finem morbi vident in funere 7, 566. funeris auctor 10, 199; das Sterben, b. Sterblichkeit, funera fluire 15, 616. funebus fessi 15, 528.

fur, furis, m. b. Dieb 14, 040.

furca, ae, f. Gabel, bicornis 8, 647; Pl. b. gabelförmigen Stützen eines Hauses 8, 700.

furiae, arum, f. (selt. Sing.) Raserei, Wuth, furiis agitata doloris, Bacche, tuas (furias) simulat die mit deinen Festen verbundene Raserei 6, 595. eripere furiis Wahnsinn 15, 327.

furialis, e, der Furien angehörig, venenum Furiengift 4, 500. sacra Fackelopfer 6, 431. — wahnsinnig, rasend, caedes 6, 657. furialia nata 6, 84. 11. 12. arma b. Geräth der bacch. Raserei 6, 591.

furibundus, a, um, rasend, wüthend 4, 513. 8, 107. 9, 637. taurus vacca adempta 13, 871. — begeistert 14, 107.

furiosus, a, um, rasend, unsinnig, amor 9, 737. vota 10, 870.

furo, (ui), ere, rasen, wüthen 3, 89. 122. 623. 15, 321. dolore 12, 478. pro pacta coniuge 14, 451. furit ardor edendi 8, 828. Part. furens turba 3, 710. morbis iraque 13, 822. contra sua fata indem er sich durch s. Unbesonnenheit in e. vorzeit. Tod stürzt 8, 391.

furor, oris, m. Wuth, Wahnsinn 3, 850. 479. 691. 4, 429. fictus 13, 36. 54. Pl. 4, 431. quis furor m. Inf. 6, 170. — wahnsinnige Leidenschaft, bes. Liebe 10, 397. igneus 9. 541. cibus furoris 6, 480. indulgere furori 9, 512. vincere ratione 7, 10. Pl. 9, 583. 602. — Begeisterung, Verzückung, vaticini furores 2, 640. [Dreisylb. 8. Berschl.]

furtim, Adv. verstohlner Weise 3, 518. 371. 4, 776. 11, 762. 14, 275.

furtivus, a, um, verstohlen, voluptas 4, 327.

furtum, i, n. Diebstahl 2, 687. anxia furti 1, 623; meton. für d. Gestohlene, Raub, furta nati, iuvencum e. Sohn des Bacchus Namens Thyoneus soll idäischen Hirten einen Stier geraubt, u. Bacchus d. Verfolger dadurch getäuscht haben, daß er d. Eiler in e. Hirsch, den Thy. in e. Jäger verwandelte 7, 369. — überh. Betrug 11, 313. *Pl.* Schliche, Ränke 3, 6. 13, 32. 104; bes. verstohlene Gesellschaft 2, 423. 3, 266. *Pl.* 1, 606. dulcia 9, 558. furta tori verstohlener Ehebruch 4, 174.

furvus, a, um, dunkelfarbig, düster, antra 5, 541.

fuscus, a, um, dunkel, nubila 5, 286.

fusilis, e (fundo), flüssig, aurum 11, 126.

fusus, i, m. Spindel beim Spinnen, teres 6, 22. versato fuso 4, 221.

futurus, a, um s. sum.

G.

Galanthis, idis, f. Dienerin der Alcmene. Weil sie d. Göttin Lucina überlistet, wird sie von dieser in e. Wiesel (γαλῆ) verwandelt 9, 306. [Acc. Galanthida 9, 316.]

Galatea, ae. f. eine Nereïde 13, 742. Geliebte des Acis, die jedoch auch d. Cyclop Polyphem mit s. Liebe verfolgt 13, 738 ff.

galea, ae, f. (lederner) Helm 1, 99. 8, 512. aëna 7, 121. 12, 130. 375. der Minerva 6, 79.

Gallicus, a, um, aus Gallien stammend, gallisch, canis e. Art Windhunde, die man zur Hasenjagd brauchte 1, 533.

Ganges, is, m. Fluß im äußersten Osten Indiens 2, 249. extremus 4, 21; als Flußgott 5, 47.

Gangeticus, a, um, vom Ganges = indisch, tigris 6, 636.

Ganymedes, is, m. Sohn des Tros, Bruder des Assaracus u. Ilus, des Erbauers v. Ilium, wurde wegen s. Schönheit von Jupiter in Gestalt seines Adlers in d. Olymp entführt u. zu seinem Mundschenken gemacht, Phrygius 10, 155. raptus Iovi fl. a Iove 11, 756.

Gargaphie, es. f. Thal in Böotien, das sich vom Cithäron nach Theben hinabzieht 3, 156.

garrulitas, atis, f. Geschwätzigkeit, rauca 5, 678.

garrulus, a, um, geschwätzig, cornix 2, 547. perdix 8, 237. Echo 3, 360.

gaudeo, gavisus sum, ēre, sich freuen, sich erfreuen 2, 862. 4, 736. gaudo 10, 443. nec timida gaudete 5de (d. f.) 9, 782. dubie 10, 267. über ob. an etw. *Abl.* sanguine 1, 235. exuviis 1, 476. honore 2, 684. clade 8, 258. dote corporis 5, 583. dapibus cum sanguine an blutigen Speisen 15, 87. gaudete malis nostris 8, 126. gavisa est nomine mater 9, 709; m. *Inf.* 2, 152. 4, 295. 8, 75. 9, 139. m. *Acc. c. Inf.* 2, 430. 4, 748. 8, 862. 11, 546. m. quod 9, 710.

gaudium, ii, n. Freude (Met. nur *Pl.*) 7, 796. crudelia 6, 653. capere empfinden 7, 513. genießen, spectatae formae ihre Schönheit zu schauen 14, 653. secura percipere nato recepto 7, 455. non retinere 12, 285. testari canto 8, 420. gaudia necis zu sterben 13, 463; Genuß, bes. Liebesgenuß, Wollust 4, 330. 5, 514. 7, 736. sperata 4, 368. sumere 11, 310. Veneris capere 12, 198. ferre empfinden 9, 483.

gelidus, a, um (gelu), kalt, eisig, saxum 1, 378. montes 1, 689. Lycaeus 1, 217. triones 2, 171. Arcti 4, 625; kühl, nemus 2, 455. valles 7, 810. antrum 11, 251. fons 4, 90. liquores 6, 347. ripa 14, 427; in Folge v. Furcht ob. Schreck, pavidus gelidusque eisig durchbebt 3, 688. gelidos in artus tremor penetrat 10, 423. dah. formido 2, 200. terror 3, 100; in Folge des Todes, artus 4, 247. corpora 6, 277. libertc. mors 15, 153. umbrae 6, 496.

gemebundus, a, um, stöhnend 14, 188.

gemellipara, ae, f. die Zwillingsgebärerin, diva Latona 6, 315.

gemellus, a, um, zwillingsgeboren, proles Zwillinge 9, 453. partus 6, 712. *Subst.* gemelli Zwillinge 11, 316.

gemino, avi, atum, are, verdoppeln, mercedem 2, 703. labor geminaverat aestum 6, 586. geminatus amor 10, 343. ignem 2, 220. ebrietas geminata libidine 12, 221; wiederholen, facinus 10, 471. vulnere geminato 12, 256. verba referunt geminata sprechen sie nach 15, 681.

gĕmĭnus, a, um, zwillingsgeboren, proles Zwillingskinder 6, 205. fetus Zwillingssprößlinge, Amphion u. Zethos 6, 111. Tyndaridae 8, 301. blef. fratres Zwillingsbrüder 8, 872. Subst. gemini Zwillinge 0, 838. — doppelt, zweifach, coniunx 6, 428. cruor 4, 161. nex 10, 64. vis 8, 473. vires 9, 193. des Mannes u. Rosses 12, 602. ope 8, 803. dah. zwiegestaltig, Cecrops (b. f.) 2, 555. b. Centauren 2, 630. 6, 126. 12, 419. gemina figura tauri invenisque Doppelgestalt 8, 169; beide, zwei, ein Paar, gemini fratres die beiden Br. 5, 107. sorores 8, 718. 7, 774. leaena cum gemina prole 4, 514. catuli ursae 13, 834. angues Schlangenpaar 5, 642. sidus Sternenpaar 8, 420. Arcti 3, 45. cornu 10, 222. aures 10, 116. dentes 8, 400. ninae 8, 818. vultus Beider 8, 718. arae 7, 260. scinditur amnis in geminas partes zwei Arme 15, 739.

gĕmĭtus, us, m. das Seufzen, b. Seufzer, Gestöhn 1, 732. 2, 488. morientis 10, 719. cadentum 5, 154. quae causa (sit) gemitus 9, 1. gemitum reprimere 9, 163. Pl. licti 6, 565. 7, 838. 8, 684. 9, 397. 10, 206. gemitus dare 8, 513. 2, 606. edere 2, 621. — übtr. plaga facit gemitus u. schrilles Getön 14, 487.

gemma, ae, f. eig. Knospe, Auge der Gewächse; Edelstein 8, 180. 11, 167. pura 2, 856. positas ex ordine 2, 109. als Petschaft 9, 566. Ring m. Edelsteinen, dat digitis gemmas 10, 264. Gefäß aus E. 8, 672. — bildl. b. Augen im Schweife des Pfauen, stellantes 1, 723.

gemmans, ntis (gemmo), von Edelsteinen strahlend, sceptra 8, 264.

gemmĕus, a, um (gemmo), mit Edelsteinen besetzt, monilia 10, 113.

gĕmo, ui, itum, ĕre, seufzen, röhren 2, 807. 3, 237. gemuit 10, 423. gemuere iuvenci 1, 124. equus 7, 544. multa gemens sonus laut röhrend 14, 739. m. Acc. c. Inf. arbor gemuit, sua robora flagellari 8, 94. — transf. beseufzen, alqm 13, 483. vita gemenda est 13, 464.

gĕna, ae, f. gew. Pl. genae Wangen 2, 856. 10, 46. maculae 8, 306. impubes 3, 422. erubuere 7, 78. seniles maduere 8, 210. siccare genas 10, 392.

gĕner, ĕri, m. Schwiegersohn, Albam 1, 145. 481. als Schw. 4, 701. 736. 9, 12. collect. 14, 801. Pl. 8, 183. 13, 509.

gĕnĕro, āvi, ātum, āre, erzeugen, semina generantia ranas 15, 375. generatus m. Abl. erzeugt von 16, 19.

gĕnĕrōsus, a, um, edel b. Abkunft, edelgeboren 8, 848. generosam a sanguine Teucri 14, 698. germen 9, 290. sanguis 13, 467. pectora 12, 234. generosior 9, 491. 13, 148. — edel f. Art u. Beschaffenheit nach, pruna 13, 818. generosi munus Iacchi (Wein) 4, 766. colles generosi palmite von b. Rebe auf b. Standort übtr. 15, 710.

gĕnĕtīvus, (genit.), a, um, angeboren, ursprünglich, imago 8, 831.

gĕnĕtrīx, (genit.), trīcis, f. Erzeugerin, Mutter 1, 757. 8, 310. 6, 712. Circen die Oceanide Perse 4, 205. Nereïs b. Nereide Thetis, b. Mutter Achills 13, 162. frugum Ceres 5. 490. — ehrende Anrede der Schwiegermutter 9, 326.

gĕniālis, e, was den Genius, ben Schutzgeist des Menschen, erfreut, erfreulich, fröhlich, heiter, uva berzerfreuend 4, 14. platanus, weil man sich in ihrem Schatten gern zum heitern Mahle lagerte 10, 95. serta 18, 929.

gĕniālĭter, Adv. fröhlich 11, 95.

gĕnĭtālis, e, zur Zeugung gehörig, corpora Zeugungsstoffe, Elemente 15, 239.

genitīvus f. gen etivus.

gĕnĭtor, ōris, m. (gigno) Erzeuger, Vater 1, 486. 517. falsum 1, 754. dubius 5, 145. mens in Orpheus Munde, Apollo 10, 167. Mercurs, Jupiter 2, 698. — als Ehrenname Vater, deûm Jupiter 14, 91. profundi Neptun 11, 202. genitor Urbis, Quirinus als Gründer Roms 15, 863.

genitrix f. genetrix.

gens, tis, f. (gigno) das durch Abstammung Verbundene, Geschlecht, Stamm 5, 190. 407. 6, 7. 13, 83. von e. Bund, Spartana 8, 208. — Volksstamm, Volk 1, 100. 8, 460. totas gentes (Unb. terras) cum populis suis ganze Stämme mit ihren Völkerschaften 2, 215. Molossa 1, 226. Tyria 3, 35. Tyrrhena 3, 576. odorifera (b. f.) 4, 209. illius gentis ducem von welschem Stamme 6, 323.

gĕnu, us, n. b. Knie, fine genus bis an 10, 536. flexus submisit 4, 340. Nixus (f. nitor II) genu 8, 182. opposito genu 5, 863. posito genu praesit knie nieder auf 6, 346. Pl. genua 2, 180. inclinare 11, 855. genuum

iunctura 2, 823. orbis 8, 807. genibus positis 1, 730. pronis 3, 240.
genualia, um, n. Kniebänder, picto
limbo 10, 593. [Nur hier.]
genus, ĕris, n. (gigno) Geburt, Abkunft 13, 140. tantum 1, 761. commune 1, 352. ducere ab alqo ableiten 6, 427. generis auctor Vater 4,
640. socia Blutsgenossin, Schwester
1, 620. generis fabula von deiner Abk.
8, 123. primordia Ursprung ihrer
Entstehung 15, 391. spec. hohe Abkunft
6, 153. 10, 607. gloria generis
magni 4, 640. — das Geborene,
Sprößling, genus Iovis Bacchus 4, 610.
Nachkommenschaft, de coniuge tanta
8, 123. — Geschlecht, Stamm, nostrum
der Menschen 1, 379. humanum 1,
203. mortale 1, 188. omne virorum
7, 745. parcum 7, 656. durum 1,
414. opprobrium generis 8, 155.
Volksstamm 6, 459; v. Thieren, ferarum 10, 705. avium 15, 387. Gattung 10, 552. — Gattung, Art von
Dingen, leti 8, 850. poenae 8, 782.
natürl. Beschaffenheit, locorum 4, 766.
germana-, a, um (germen), leiblich,
echt v. Geburt. Subst. germanus d.
leibliche, echte Bruder 5, 13. germani
caede 12, 240; germana d. leibliche,
rechte Schwester 2, 603. 6, 444. 623.
8, 242. 475. 778 uö.
germen, inis, n. Keim, Sproß 9, 280.
gero, gessi, gestum, ĕre, tragen, führen, onus ore 7, 625. clipeum 4,
782. ramum als Waffe 12, 443; bes.
an sich, vestes 11, 576. serta 2, 28.
frondis honorem 1, 565. vincla 4,
681. angues immixtos crinibus 4,
792. terga leonis 6, 121. virginis
ora 5, 553. cornua fronte 15, 596.
cornua gesserunt dh. wurden in Kühe
verwandelt 7, 364. quae bracchia
gessit, crura gerit was er als Arme
führt:, führt er als Beine 5, 455; an
sich haben, pectora, palmas 2, 585.
servitii signum cervice 8, 16. apicula crabronum cervice 11, 335.
tela gerit fixa in pectore hat stecken
6, 228. venabula fixa corpore 9,
206. tempora tecta pelle lupi 12,
380. vires sine mente 12, 363. nomen führen 8, 576. mores zeigen 7,
656; in sich tragen, in pectore ferrum
9, 614. vulnus mente tacita 5, 427;
auf sich tragen, terra viros urbesque
gerit silvasque feras-que 2, 15. Oete
arbores 9, 230. quot messis aristas,
silva gerit frondes, litus harenas
11, 615; Part. gerens, zuw. bloß mit,

substricta ilia 5, 216. 11, 752. ora
buxo pallidiora 4, 135. in vertice
picum 14, 314. tuta terga den Rücken
gedeckt 5, 161. — ausführen, verrichten, rem seine That 13, 104. maiora
fide größere Thaten als glaublich 12,
546. luce nihil gestum est 13, 100.
res domi gestae Thaten im Frieden
15, 748. bellum führen 7, 489. 8,
58 uö.; geritur alqd es geschieht etw.
8, 318. 9, 309. 11, 489. 12, 62.
gestamen, inis, n. (gesto. Met. nur
Pl.) was man trägt, Bürde, Last 1,
457. clipeus, gestamina laevae 15,
163. tanta trahere 13, 118.
gestio, ivi, itum, ire, leidenschaftl. begehren, verlangen, m. Inf. 4, 180. 6,
664.
gesto, āvi, ātum, āre (gero), an sich
tragen, lilia 12, 411. taurorum tergora septem 13, 347. mittit gestanda als Schmuck 2, 366; in sich, ferrum et scopulos in corde 7, 38.
gestus, us, m. Haltung, Bewegung
des Körpers, Geberde 4, 560. 5, 183.
manus Handbewegung 11, 673. gestu
rogare 6, 579. 14, 210.
Gigantes, um, m. d. Giganten, vom
Tartarus u. der Erde erzeugte Riesen
mit hundert Armen u. Drachenschwän-
zen statt der Füße 1, 157. 183. an-
guipedes 1, 184. Den Himmel zu
stürmen u. Jupiters Götterreich zu stürzen thürmten sie Berge auf einander;
aber Jup. bezwang sie mit d. Blitz u.
begrub sie unter d. aufgethürmten Bergen
1, 152. 5, 319. Schauplatz des Kampfes waren die campi Phlegraei (b. f.)
10, 151. [Acc. Gigantas 1, 152. 5, 319.
10, 150. Verdtschl.]
Gigantēus, a, um, den Giganten gehörig, membra des Giganten, näml.
Typhoeus, obwol er eigentlich nicht zu
d. Giganten gehörte 5, 346. ebenso fauces
14, 1. — gigantisch — riesig, lacertus
14, 184.
gigno, genui, genitum, ĕre, erzeugen,
hervorbringen, gebären, alqm 1, 489.
2, 570. qui te genuere — parentes 4,
322. quae te genuit 8, 48. me pater
ex alia mit 9, 330. uneigentlich von e.
Adoptivsohn, tantum genuisse virum
den Octavianus 15, 768. tellus florem
de caespite 13, 395. e terra genitum
(esse) 1, 616. de semine Iovis 1, 748.
14, 618. Part. genitus erzeugt, geboren,
bis genitus Bacchus geboren 3, 317. m.
Abl. nostro sanguine 2, 90. dis genitus vates 10, 89. sorores Nocte 4, 452.
5, 74. Subst. Lucifero genitus Sohn

des F. 11, 346. geniti Amphione 6, 221.

glaciālis, e, eisig, Hiems 2, 30. frigus 9, 582. polus v. 173. Scythia 8, 788.

glacies, ei, f. Eis, 2, 808. ventis adstricta 1, 120. lucidior glacie 13, 795.

gladius, ii, m. Schwert 5, 185. 12, 130 u.ö. capulus gladii 7, 422. stringere gladios 7, 341.

glaeba, (gleba). ae f. Erdscholle, 3, 106. 4, 264. auro madidae (b. f.) 11, 145. glaebas vertere 1, 426. dimovere aratro 5, 311. torquere 11, 29. resedit glaebā 14, 859.

glandifer, ěra, um, Eicheln tragend, quercus 12, 328.

glans, ndis. f. d. Eichel 7, 680. 8, 759. 10, 94. 11, 159. die eßbare 1, 106. glande famem pellens (collect.) 14, 216. — übertr. Schleuderkugel v. Blei 7, 777. plumbea 14, 826.

Glaucus, i, m. e. Fischer in Anthedon in Böotien, der nach dem Genusse eines Krautes ins Meer sprang u. in e. Meergott verwandelt wurde 7, 233. 13, 907. ff. bei Circe 14, 9 ff.

gleba s. glaeba.

globus, i. m. Kugel, Klumpen, sanguinis globos 12, 238.

glomero, āvi, ātum, āre, häufen, ballen, terram in speciem orbis 1, 35. lanam in orbes 6, 19. favilla glomerata in unum corpus zusammengeballt 13, 604. viscera multo sanguine mit Blut vermengt 8, 401. crusta mero 14, 212; zusammendrängen, verdichten, molle corpus glomerari spissa grandine sich in festen Hagel verdichten 9, 223. tellus cogitur glomerata unda aus 15, 251.

gloria, ae, f. Ruhm 3, 651. 8, 427. generis magni 4, 639. rerum 1. 649. 15, 748; meton. v. Pers., Lapithaeae gloria gentis (Caeneus 12, 510.

glorior, ātus sum, āri, sich rühmen, einer Sache, Abl. socero illo seinen als Schwiegervaters 6, 176.

gnāta, ae, f. Nebenf. v. nata Tochter 7, 346. [Nur nach e. langen Silbe.]

gnātus, i, m. Nebenf. v. natus Sohn 10, 348. m. pro 7, 160. 482. 500. 13, 288. [Nur nach e. langen Silbe.]

Gnīdos, i, f. (Κνίδος) Stadt a. d. Küste v. Carien, wo Venus verehrt wurde. piscosa 10, 531 [Acc. Gnidon].

Gnōsiācus, a, um, gnosisch, von d. Stadt Gnosus (Κνωσός) auf Creta, der Residenz des Minos, regnum 9, 609.

rex Minos 8, 52; dicht. — cretisch, ratem 7, 471. 8, 144.

Gnōsius, a, um, — Gnosiacus, dah. — cretisch 3, 208. castra 8, 40.

Gorge, es, f. Tochter des Königs Oeneus v. Calydon, Schwester Meleagers 8, 542.

Gorgo, ŏnis, f. Medusa, die bekannteste der drei Gorgonen, der Töchter des Phorcys, dah. Phorcynis 4, 743; ihre Schwestern Stheno u. Euryale. Sie hatte Schlangenhaare 4, 791. anguicoma 4, 699. crinita colubris 6, 110. vipereum monstrum 4, 615. 771 u. ihr Anblick verwandelte Alles in Stein 4, 781. Selbst ihr v. Perseus abgeschlagenes Haupt (4, 785) übt noch die versteinernde Kraft 4, 655. 5, 140 ff. 241. 249. Aus ihrem Blut entspringen Pegasus u. Chrysaor 4, 786. 6, 120, wie auch d. Schlangen Libyens 4, 618. Ihr Haupt setzt Minerva in ihre Aegis 4, 803. — Meton. d. Gorgonenhaupt 5, 202. 209.

Gorgoněus, a, um, der Gorgo (Medusa) gehörig, caput Gorgonenhaupt 4, 618. crinis 4, 801. vires 5, 196. domos 4, 779. [Bereanf.]

Gortȳnĭăcus, a, um, gortynisch, von d. Stadt Gortyn auf Creta; — cretisch, arcus 7, 778. Die Creter waren geübte Bogenschützen.

gracilis, e, schlank, capellae 1, 290. cacumen (cupressi) 10, 140; dünn, fein. catenae 4, 177. stamen 6, 54.

gradior, gressus sum, i, schreiten, gehen, gradere 1, 775. per Oeten 9, 205. lento gradiens 11, 179. ingenti passu 13, 776; vom Fahren 2, 80.

Grādīvus, i, m. (wahrscheinl. a. gravidivus b. gewaltige Gott) Beiname des Mars 14, 820. 15, 863. [mit ā Grādivus 6, 427.]

gradus, ūs, m. Schritt, tremulus 14, 143. insuetus 3, 36. verso gradu 4, 338. maiore, quam solita est 9, 787. Gang 3, 609. Pl. 8, 692. tardi 11, 357. ferre gradus lenten 8, 38. vagos 7, 184; bildl. primi (amoris) 4, 50. per gradus schritt- ob. stufenweise 2, 351. — b. Stellung b. Kämpfenden, in gradu stetimus 9, 43. — Stufe, Pl templi 1, 375. 6, 90. longi lang ansteigend 7, 587. sacri 8, 713. nitidi 15, 685; Grabe der Abstammung, totidem gradus distamus a Iove 13, 143.

Graecia, ae, f. Griechenland 13, 109.

Grāius, a, um, dicht. — Graecus 4, 16. 7, 214. 12, 64. 14, 325. 15, 9. marita Helena 12, 609. nomen d. Name

'Αφροδίτη ob. 'Αφρογένεια v. ἀφρός Schaum 4, 538. *Subst.* Graius der Grieche 14, 163, 220. *Pl.* Graii (Grai) 13, 414. 402. Graiorum 13, 241. Graiùm murus, Achilles 13, 281.

grāmen, ĭnis, n. Gras 1, 633. 3, 411. montanum 2, 841. inexpugnabile 5, 486. graminis herbae 10, 87. carpere 1, 299. desectum vernare 14, 646. gramine vivere 15, 84. *Pl.* Gras u. Kräuter 2, 407. Kräuter 14, 266. — als Zauberkraut 14, 34. 18, 936. vivax 7, 232. Lethaei suci 7, 152. *Pl.* 7, 137. 226.

grāmĭnĕus, a, um, m. Gras bedeckt, grasig, margo 3, 182.

grandaevus, a, um, hochbejahrt 5, 99. patres 7, 160. 8, 520.

grandis, e, groß, lumina 5, 545. membra 10, 237. ossa 9, 189. onus 7, 625. grande doloris ingenium est 6, 574. — vom Alter hoch, grandior aevo genitor höher bejahrt 6, 321. grandior aetas 6, 28. 7, 665. — v. Stoffen, grob, grobkörnig, elementa 1, 29.

grando, ĭnis, f. Hagel, 6, 892. hiberna 5, 158. spissa 9, 222. saliens 14, 543.

Grānĭcus, i, m. Fluß im nordwestl. Kleinasien; als Flußgott, bicornis 11, 763.

grānĭfer, era, um, Körner schleppend, agmen b. Ameisen 7, 638. [Nur hier.]

grānum, i, n. Körnchen, hordea tosti grani geröstete Gerste 14, 273; Kern, des Granatapfels 5, 537. 10, 736.

grātes, *Plur.* (gew. nur *Nom.* u. *Acc.*) f. b. Dank, agere sagen 2, 152. 8, 24. 9, 435. alcui: patri 6, 484. Veneri 10, 291. carminibus 7, 148.

I) grātia, ae, f. Gunst, Liebe, Wohlwollen, fratrum 1, 145. si qua est ea gratia wenn du daran irgend Gefallen hast 5, 378. alqa et mihi gratia (in) ponto est einige Gunst wenigstens besitze auch ich im Meere 4, 536; für Jem. matris 5, 515. nec fratris nec mea noch für mich 9, 293. si gratia ulla mea est wenn du einige Gunst für mich hast 6, 440; gratia promissi vestri die mir durch euer Versprechen erwiesene Gunst 11, 390; Freundschaft, parvi tibi gratia nostra est 4, 854. solida est mihi gratia tecum 13, 578. Iunonis für Juno 9, 264. — Anmuth, formae 7, 44. neque abest facundis gratia dictis 13, 127. — Dank, virtutis nostrae für meine 13, 448. gratia dis (sit) 7, 511. gratia redditur meritis D. erstatten für 6, 14. alcui pro re 2, 562. gratiam rependere facto für das Geschehene 2, 693.

II) Grātĭae, arum, f. die Grazien (gr. Χάριτες) die drei Töchter des Jupiter u. der Eurynome, Aglaia (heiterer Glanz), Euphrosyne (Frohsinn), Thalia (die Blühende), Göttinnen der Anmuth u. Begleiterinnen der Venus, dah. zur Weihe der Ehe erforderlich. [*Sing.* Gratia collect.]

grātor, ātus sum, āri, Glück wünschen 1, 578. 7, 142. alcui 6, 434. 9, 312. mihi 9, 244; c. Dank. ob. Freudenfest feiern. gratantibus 7, 182.

grātŭlor, ātus, sum, āri, Glück wünschen, alcui m. folg. quod 10, 306.

grātus, a, um, lieb, v. Personen, gratissime iuvenum 12, 367. 14, 281. 7, 814. alcui: gratam deo, gratam sorori 2, 758. nulla gratior hac Triviae 2, 416. mihi longe gratissime 12, 586; v. Dingen, lieb, angenehm, loca 10, 230. alcui: humus Minervae Attica 2, 709. loca (lux) fessis carinis 11, 393. grata cognomine divae meae mir lieb wegen des Beinamens meiner Göttin, der Diana, die auch b. Beinamen Ortygia (b. I.) führte 5, 641. volucris divùm regi 12, 561. pinus deùm matri 10, 104. munera puellis 10, 259. tibi pietas tuorum 1, 204. ulva paludibus womit sich Sümpfe gern bedecken 6, 345. — lieblich, anmuthig, gratus in ore vigor 12, 397. sors 5, 272. gratior solibus hibernis 13, 793. — Dankbar 14, 171. verba non testantia gratos 14, 307. [*Superl.* steht nach b. d. Arsis.]

grăvĭdus, a, um, beschwert m. Frucht, dah. schwanger, coniunx 9, 673. venter 10, 505. de semine Iovis 3, 260. übertr. tellus durch die hineingesäten Schlangenzähne 7, 128. m. Erdpech geschwängert 9, 680; v. Gewächsen, aristae 1, 110. messes, körnerschwer 8, 781. — übertr. schwer, voll, olivae 7, 281. fetus Trauben 8. 294. corymbi 3, 665. — übertr. reich an, m. *Abl.* Amathus metallis 10, 531.

grăvis, e, schwer v. Gewicht, silex 7, 139. harena 4, 740. pondus aratri 7, 118. catenae 15, 801. hasta zu schwer 13, 108. nimbi 11, 543. barba gravis nimbis 1, 206. maduere graves aspergine pennae (f. madesco) 4, 729. lastend, insula 8, 610. gurges 11, 558. wuchtig, gewichtig, deiectu 1, 571. unda 11, 498. hasta 12, 82. ictus 12, 288. lacertus 5, 142; bildl. torpor 1, 548. somnus 4, 784. dolor 5,

511. vulnus 4, 207. morbus 6, 876. ourae 3, 319. sol drückend 6, 339. aurae 7, 557. Minturnae m. drückender Atmosphäre, ungesund 15, 716. sidus b. schlimme Wetter 5, 282. animas be- läubend 4, 498. amentia 5, 511. no- men der Erinyen, schwer lastend, schwer zürnend 4, 451. Nereïdum 5, 17; schwer auf d. Gehör fallend, dumpf, fra- gor 11, 365. sonus 15, 527. graviore sono m. tieferem Tone 12, 203. — schwer — belastet, beschwert, cum tellus foret gravis obruta ponto schwer überschüttet 7, 355. quo plangente terram gravem von ihm belastet 12, 118. arbor fructu- beschwert 11, 244. uterus 10, 495. 9, 685. mille telis bedeckt mit 1, 443. pharetrā spolioque leonis 9, 113. dextera iaculo 14, 628. habenae auro 6, 228. cornum aeratā cuspide 8, 408. bildl. beschwert, inde (bibendo) graves 7, 570. vino truncus 10, 438. somno betäubt 1, 224. mero somno- que 3, 608. malis annisque gebeugt 4, 569. senectā 7, 299. — übertr. schwer zu tragen, schlimm, traurig, fatum 2, 306. damnum 7, 552. poenae 2, 467. nec mora mihi gravis est fällt mir nicht schwer 3, 471. even- tus 13, 508. exitus auspicio gravior (fuit) 10, 8. *Subst.* graviora minari schwerere Strafen 15, 33. — gewichtig — ernst, würdig, senatus 15, 590. ca- nere plectro graviore in erhabenerem Tone 10, 150.

grăvĭtas, ātis, *f.* d. Schwere, (Schwe- re) Gewicht, 12, 283. sui die eigene 1, 30. solita 2, 102. oneris 10, 678. corporis 12, 571. 15, 694. gravitas tendebat uterum d. schwere Bürde 9, 267. gravitate carens aether 1, 67. 15, 242; bildl. soporis 15, 21. sopor mirus gravitate 15, 321. — übertr. Schwerfälligkeit, Mattigkeit, ignava 2, 821. senilis 7, 478. oculi tarda gra- vitate iacentes 11, 618. — Würde, Ernst, regentis 1, 207. sceptri 2, 847. augusta 6, 73. Bedächtigkeit, ficta 7, 308.

grăvĭter, *Adv.* schwer; *Comp.* gravius iusto dolere 8, 343.

grăvo, āvi, ātum, āre, beschweren, unda pennas 6, 205. poma gravantia ramos 13, 812; bildl. gravatus somno betäubt 5, 658. caput niedergedrückt, gesenkt 10, 192. oculi morte 4, 146. — übertr. bedrängen, gravat in vitam nova vis 7, 19.

grĕmĭum, ii, *n.* Schoß 7, 66. 13, 638. 787. anile 10, 406.

gressus, us, *m.* (gradior) Schritt, presso gressu gehemmten, bb. lang- samen Schritte 3, 17. ferre gressus per urbem einherschreiten 6, 275.

grex, ēgis, *m.* Herde 3, 533. v. Rin- dern, de grege vir 1, 660. equarum 2, 690; bes. v. Kleinvieh (oft neb. armenta), *Pl.* 1, 513. 4, 635. lanigeri 8, 585. 6, 395. pecorum 11, 278. dux gregis Widder 5, 327. — übertr. Schaar, ob- sceni b. ausgelassenen Bacchusschaaren 3, 537.

gryps, ̆pis, *c.* Kranich 6, 92.

Gryneus, ̆i, *m.* e. Centaur 12, 260. 628.

gŭla, ae, *f.* Speiseröhre, Gurgel, im- placata 8, 846.

gurges, ĭtis, *m.* Strudel, tiefes Ge- wässer, Tiefe, des Meers, gravis lastend 11, 668. inferno de gurgite 11, 506. t. Meer selbst 4, 561. 15, 903. caeruleus 2, 528. Iberus 7, 324. Euboïcus 9, 227. parvus Seden 14, 51. recessus gurgitis Buchten 13, 903. gurgite ab hoc hier von d. Tiefe weg 8, 865; eines Teiches, imo e gurgite 8, 361. summo auf d. Oberfläche 8, 372; eines Flusses 5, 413. 597. 15, 714. sacer, weil er e. Nymphe birgt 5, 469. in gurgitis ima 5, 421. — übertr. Tiefe, Abgrund gurgite Stygio des Todtenreiches 5, 504. tecto gurgite lapsus 15, 275.

gutta, ae, *f.* Tropfen, *Pl.* sanguineae 2, 360. cruentae 4, 618. unter d. Regen als Unglückszeichen 15, 788. piceae 9, 669. calentes 7, 283. lēves 11, 515. Schweißtropfen, caeruleas 6, 639. — bildl. tropfenförmige bunte Flecke der Schlange, caeruleas 4, 578. der Stern- elbechse 5, 461.

guttur, ŭris, *n.* Gurgel, Kehle, 5, 179. 6, 236. 7, 110. raucum 2, 484. parum moderato gutture amnem trahere 15, 330. Hals, terna des Cerberus 10, 22. *Pl.* v. einer 3, 79. 90. 7, 814. 9. 78. 13, 944. velleris atri schwarzwollige Kehle fl. eines schwarzwoll. Schafes 7, 244. rumpere guttura würgen 3, 626. ferro durchschneiden 15, 464. auferre 7, 848. ligare laqueo 6, 135. mergus spatiosus in guttura lang von Hals, eig. nach dem Halse zu 11, 753.

Gyaros ob. **Gyarus,** i, *f.* eine der cyclad. Insel 5, 252. 7, 470.

gyrus, i, *m.* e. durch Bewegung beschrie- bener Kreis, flecti in gyrum 2, 718. redire in gyrum 7, 784.

II.

hăbēna, ae *f.* (habeo) womit man hält,
hab. *Pl.* Zügel 2, 151. 390. auro graves moderari 6, 223. leves agitare 7,
221. excutere per colla 5, 404. lentas
retro tendere 15, 520. flectere 2, 169.
vernis habenis 8, 813. repugnare habenis 2, 87; bildl. fluminibus im-
mittite habenas 1, 280. supprimere
habenas aërii cursus hemmen 8, 709.
— bildl. — Regierung, populi habenas
accipere 15, 481.
hăbeo, ui, itum, ēre, haben, besitzen,
amor habendi Habsucht 1, 131. alqd
1, 471. praemia 8, 851. pondus 9,
496. *Subst.* habentis pondus 1, 20.
plus invidiae quam laudis 5, 68. vulnus 13, 497. finem non habere 8, 019.
ius (b. f.) 13, 919; deos, animos 14,
669. mores 7, 656. salutem 9, 530.
solamen habeto 12, 80. habet lactea
nomen 1, 169. 5, 461. 9, 449. dolores
verba sua non habent entbehren 10,
606. quid viri 15, 879. res fidem habuit fand Glauben 9, 707. vola suos
habuere deos (f. suus) 10, 489. quem
poscitis habetis da habt, seht ihr 15,609.
puerum habere optat 4, 316. Procrin
habe 7, 712. nostro (clipeo)successor
est habendus mein Schild muß einen
Nachfolger haben 13, 119. zum Weibe
haben, di habuere suas sorores 9, 407.
de grege vir tibi habendus 1, 660;
m. *Inf.* quid maius dare habebant?
9, 668. m. Relat. u. *Conj.* nec habebat, quo loqueretur ein Mittel, um
5, 467. habeo, quod sanet ein Heilmittel 10, 307. nec quod specularer
habebam hatte nichts zu kundschaften
13, 217. 9, 426. 14, 487. si quid
habes (haft, weißt), quod vincere ferrum possit 6, 612. — innehaben, im
Besitz haben, sedem 6, 497. habendum
aëra permisit zum Besitz 1, 57. Creten
zum Wohnsitz 15, 540. sol habebat
spatium alterius medio bb. halte erreicht 2, 417. cetera venter habet
nimmt ein 8, 144; in f. Gewalt haben,
regnum 8, 495. urbem 8, 8. summam Palatinae gentis 14, 822. qui
vos habeoque regoque 1, 197. — an
ob, auf sich haben, tragen, habet unda
deos 2, 8. tumulus nomen 12, 2.
terra gramen 1, 633. arbor fetus
4, 161. aether quicquam terrenae
faecis behalte 1, 68. semper habe-
bunt te coma, te citharae 1, 558;
zeigen, nullum discrimen 1, 291.
vestigia 7, 775. gestum manus Ceycis
11, 672. vultus habet pacem 2, 858.
iram 10, 702. angulus unus (der Wê-
berei) Haemon 6, 87. 128. vestrum
opus Elis hat aufzuweisen 9, 187. —
vor, bei, mit sich haben, alqm ante oculos 1, 620. a dextra laevaque 7, 500.
dies fortunam brachte 3, 149. — in sich
haben, in sich schließen, animas parentum 15, 459. semina flammae 15, 347.
intus alqd 6, 656. quod scelus error
habebat? 3, 142. 6, 473. m. *Part. Pf.
Pass.* deum habebat clausum pectore
2, 611. flos habet inscriptum b. Aufschrift 10, 216; von Örtlichkeiten, besitzen, bergen, quem Andros habet
pro patre statt seines Vaters 13, 649.
Lemnos expositum 13, 46. 313. regia
dives Athamanta 4, 468. altera ripa
vestes 5, 602. si te pontus haberet
bedeckt 1, 361. 11, 701. silva, rus
habent deos zu Bewohnern 1, 604.
— befangen halten, fesseln, omnia
languor habet 7, 547. somnus regem
7, 328. 867. horror artus 9, 201. amor
socialis duos 7, 800. ardor multas
10, 81. — zu ob, als etw. haben, m.
bopp. *Acc.* hos operis comites 3, 129.
sorores socias impietatis 4, 4. me pacis
pignus 8, 48. nos suos zum Beistand
15, 821. Leucada habuere continuam
13, 289. sagittas promptas 3, 188.
deos faciles willfährig finden 5, 559.
satis notum alqd bekannt sein mit 15,
440. — für etw. halten, sas habere
m. *Inf.* 2, 767. satis habere m. *Inf.*
sich begnügen 15, 5. *Pass.* m. bopp.
Nom. Cocalus mitis habebatur galt
für 8, 862. 9, 333. 10, 325. potens
habitus (est) 7, 460. haberi inter
felices zu b. Gl. gerechnet werden 10,
298.
hăbĭlis, e (habeo), leicht zu handha-
ben, zu regieren, currus 2, 531.
hăbĭtābĭlis, e. bewohnbar, tellus 8,
621. plaga non habitabilis aestu 1,
49. quodcumque habitabile tellus
sustinet 15, 830.
hăbĭto, āvi, ātum, āre (habeo), inne
haben, bewohnen, terras 1, 105. tellus Bistoniis habitata viris (fl. a) 13,
430. habitata templa 15, 687. undae
cesserunt piscibus habitandae als
Wohnung 1. 74. — intrans. wohnen
1, 173. 4. 774. in antris 11, 147. sub
rupe 4, 114. illic 8, 790. Hypaepis
6, 13. maternā alvo 15, 217. *Subst.*

habitantes Bewohner, habitantum 14, 90.

habitus, us, m. d. äußere Haltung, bes. Kleidung, Tracht, habitu messoria 14, 643. Pl. habitus 8, 27. virgineos 13, 167.

habundo s. abundo.

hac, Adv. (Abl. v. hic, verst. parte) hier, da 1, 170. 2, 133. 10, 566. auf dieser Seite 13, 748. entspr. qua 2, 204. hac — illac da — dort 4, 360.

hactenus, Adv. bis dahin, soweit 5, 250. 332. 13, 700. 966. (anapher. wieberh.); nach Schluß der Rede ohne verb. dic. 11, 82. 14, 512. m. folg. et 2, 610. 7, 794. 10, 423. m. Imrf. hac Arethusa tenus 5, 642. [Ende des Vers- anf.]

haedus (hoed.), i, m. Böckchen, junger Ziegenbock. tener 13, 791. 898. 15, 466. — Pl. **Haedi**, zwei Sterne an d. linken Hand des 'Fuhrmanns', mit beren Untergang um d. Zeit d. Winter- sonnenwende d. stürmische Jahreszeit be- gann 11, 711.

Haemonia, ae, f. alter Name von Thes- salien, den man v. Hämon, dem Vater d. Thessalus ableiten 1, 568. 2, 543. 8, 543.

Haemonius, a, um, hämonisch (l. das vor.) 2, 599. 5, 306. 11, 409. proce- res 12, 213. matres 7, 159. Achilles 12, 81. iuvenis Jason 7, 132. urbs Trachin 11, 652. culter — Zauber- messer, da Thessalien durch Zauberei be- rüchtigt war 7, 314. arcus meton. d. Sternbild des Schützen, der als e. Cen- taur gedacht wurde. Die Heimat der Centauren aber war Thessalien 2, 81.

Haemos, i, m. 1) Gebirg in Thracien 10, 77. nondum Oeagrius der damals noch nicht v. Oeagrus, dem Vater des Orpheus, der sagnische hieß 2, 219. — 2) e. Thracier, der m. l. Schwester Rho- dope in die gleichnamigen Gebirge Thra- ciens verwandelt wurde, weil sich beide Zeus u. Hera genannt hatten 6, 87. [Acc. Haemon].

haereo, haesi, haesum, ēre, an etw. hangen, haften, hangen bleiben, fron- des male haerentes locker 3, 730. 10, 738. haerentem festhangend mit d. Hand am Holz 5, 136. 12, 188. hae- serunt radice pedes mittelst e. Wurzel 9, 351. 1, 551. an ob. in etw. in m. Abl., ob. Abl. ob. Dat. in rubetis 1, 105. in armo 3, 233. in cervice patria 1, 485. in gremio Iasonis 7, 66. in fune 3, 627. solo anwurzeln 4, 266. asello 4, 27 lilia haerentia virga 10, 191. unguibus 6, 580. amplexibus 7, 143. collo ducis 14, 806. radicibus um- schlungen halten 9, 366. membris festi- bangen 9, 168. carinae 8, 144; haften, stecken bleiben, cuspis in tergo visa est haesura 8, 348. ferrum ossibus haesit 8, 71. ligno 13, 100. telum clipei curvamine haesurum das Stecken bleiben sollte 12, 95. sagitta alae 12, 570. — übertr. verweilen, verharren, haften an e. Orte 13, 906. scopulis in eadem 3, 692. in arbore daran fest- halten 11, 244. mediis in amplexibus deprensi haerent werden festgehalten 4, 184. fontibus daran liegen bleiben 7, 568; bei ob. in etw. in gestu illo 4, 560. 5, 183. immotus vultu eodem 3, 419. telae 4, 35. — bildl. amor haftet fest 3, 395. quae (res) magis haereat pectore in d. Seele 12, 181. imago menti vor d. Seele stehen 14, 204. in ore alcs auf d. Lippen wohnen 10, 204. in vultibus patriis haften an 10, 850. in virgine wird von ihr gefesselt 2, 410. — zögern, in Ungewiß- heit sein, haeret, an haec sit 4, 133.

Halcyoneus, ei, m. Gelährte des Phi- neus 6, 135.

Halesus, i, m. e. Lapithe 12, 461.

haliaeëtos u. -tus, i, m. d. Seeadler 8, 146.

halitus, us, m. Hauch, niger 3, 75.

Halius, m. e. Lycier 13, 258.

Hamadryas, ădis, f. e. Baumnymphe, deren Leben von d. Lebensdauer ihres Baumes bedingt war, dann — Dryas, Baum- u. Waldnymphe überhaupt. [Acc. Pl. Hamadryadas 1, 690. 14, 624.]

hamatus, a, um, mit Haken versehen, dentes stachlicht 2, 799. harundo d. Pfeil mit Widerhaken 5, 381. ensis mit sichelförmigem Ansatz (s. harpe) 5, 80; hakenförmig, ungues 12, 663.

Hammon s. Ammon.

hamus, i, m. d. Haken, der Vogelklauen, curvi 11, 342; Angelhaken 3, 586. 8, 856. 15, 101. adunci 13, 934; Wider- haken des Pfeiles 6, 252; d. sichelför- mige Ansatz am Schwerte des Perseus, curvo tenus hamo 4, 720.

hara, ae, f. kleiner Stall, Schweine- kobe 14, 288.

harena (arena), ae, f. Sand, bibula 13, 901. mollis 2, 577. dura 4, 741. alta 9, 84. summa d. Oberfläche des Sandes 2, 573. fulva 10, 710. flava 14, 448. litorea 15, 725. parva ha- rend tumulatus unter e. niedrigen Sand- hügel 7, 361; Pl. 2, 865. 10, 701. 15, 268. attritae 2, 456. carae (Goldsand)

11, 88. Sandkörner 7, 267. 11, 615.
Sandboden 9, 61. 11, 355. Sandwüste
Libycae 4, 617. — Sanduser, Sand-
küste 8, 869. Phrygia 12, 38. Zan-
claea 13, 729. *Pl.* peregrinae 11, 56.
— b. Sandboden (Arena) des Amphi-
theaters, worauf die Kämpfe und Thierhetzen stattfanden, cervus periturus
matutina harena des Morgens in der
Arena zu sterben bestimmt 11, 26. —
übertr. die vom Aetna ausgeworfenen
Sandwolken, Sandregen, sog. vulcanische
Asche 5, 852.

hărēnōsus, a, um, sandreich, sandig,
Ladon 1, 702. terra, Libyen 14, 82.

Harpălos, i, m. (ἁρπαλός = ἁρπα-
λέος b. Räuber) Hundename 3, 222.

harpe, es, f. b. Sichelschwert, das
Mercur dem Perseus zur Tödtung der
Medusa geliehen hatte 5, 69. dah. Cyl-
lenis 5, 176.

Harpyia (dreisilb.), ae, f. (ἅρπυια b.
Räuberin) Hundename 3, 215.

hărundo (arundo). Inis, f. Rohr,
Schilf 1. 707. longa neben parva canna 8, 337. procera 13, 891. tremulae 11, 190. — meton. für das daraus
Gefertigte: Schilfkranz 9, 3. 100; Pfeil-
schaft 1, 472. b. Pfeil selbst 5, 392.
10, 528. 11, 525. hamata 5. 384;
Rohrpfeife aus neben einander gestellten
Rohren von ungleicher Länge, iunctae
harundines 1, 684. 13, 784. cerata
11, 154. Tritoniaca (b. f.) von Minerva erfunden 6, 384; Angelruthe,
tremula 8, 217. 656. 13, 923. 14, 651,
der aus Rohrstäbchen gefertigte Weber-
kamm, der die Fäden des Aufzugs aus
einander hält 6, 56.

hăruspex (arusp.), icis, m. Eingeweide-
beschauer, Zeichendeuter, Tyrrhenae
gentis 15, 577.

hasta, ae, f. langer Stab, bes. Speer,
Lanze 2, 786. gravis 12, 82. cuspide
aeratae 5, 9. acutae 6, 78. spicula
hastarum 8, 375. hastam mittere 12,
115. fraxineam quatere 5, 9. torquere 5, 137. dirigere in alqm 8, 66.
contorta 5, 32. — b. Thyrsusstab 11,
7. lēvis 6, 593. pampineis frondibus
velata 8, 667.

hastīle, is, m. Lanzenschaft 3, 69. 7,
676. *Pl.* lenta 8, 29. rigida 8, 285;
meton. b. Lanze, bina hastilia 14, 344.

haud, *Adv.* nicht eben, nicht gar
nicht (häufig durch Litotes nachdrücklich
verneinend u. deshalb gern im Versanf.) m. Adverbien, haud procul 5,
385. 7, 243. 8, 624. ultra 5, 420. ne-
quam 4, 553. aliter (b. f.) secus (b.

f.) haud impune feres 2, 474; m.
Verbis haud timeam würde mich nicht
eben scheuen 1, 176. haud equidem
credo 15, 859. 7, 595. 8, 443. 9, 405.
11, 469. 12, 132. 246. 546. 356. 13,
303. progenies haud infitianda parenti durchaus nicht 2, 34. fit, quod
haud fuerat 15, 185. h. satis est 5,
22. h. mora (est) f. mora. haud tamen 9, 125. 12, 464. 9, 446. 13, 64;
m. Adjectiven haud plura 2, 785. ulla
7, 840. uni 11, 220. ignotissima gar
nicht so 5, 510. 11, 225. 15, 782. 13,
249.

haurio, hausi, haustum, ire, schöpfen,
aquas 7, 571. undas 13, 535. liquores
6, 847; aus etw. schöpfen, totiens haustus crater aus dem so oft geschöpft
worden war 8, 679; übertr. schöpfen,
aufnehmen, pulverem cavis palmis 9,
35. aufsammeln, cineres hausti 8,
538; heraufholen, suspiratus tief aufseufzen 14, 129; ausfließen lassen, cruorem gleichs. durch d. Wunde ausschöpfen
7, 333. 13, 831; ausgraben, cineres
13, 425. terra hausta Grube 11, 187.
pulvis 14, 138. loca luminis haurit
bohrt die Augenhöhlen aus 13, 564.
durch e. tiefe Wunde aufreißen, pectora
ferro 6, 430. latus 5, 126. 9, 412.
femur 8, 371. — aufschlürfen, trinken,
aquas 7, 561. pocula ore 14, 277.
lacus faucibus 15, 820; bildl. einsaugen,
flammas latentes 8, 325. ignes pectore 10, 252. alqd oculis pectoris
mit b. Augen des Geistes trinken 15,
64. dicta auribus vernehmen 13, 787.
14, 509.

haustus, us, m. das Schöpfen, b. Trank,
Schluck, aquae 6, 356. haustus Bacchi
sumere alcui auf Jemandes Wohl
trinken 7, 450. accipe haustus sanguinis trinke mein Blut 4, 118; übertr.
haustus harenae e. Handvoll 13, 526.

Hēbe, es, f. Tochter der Juno (Juno-
nia 9, 400), ohne Vater erzeugt, dah.
Jupiters privigna 9, 416. Göttin der
vollen Jugendkraft (ἥβη) Gemahlin des
unter die Götter versetzten Hercules
(viri 9, 401), verjüngt den alternden
Jolaus 9, 400, sowie d. Söhne der Calliroe 9, 417.

hebenus f. ebenus.

hēbes, ĕtis, stumpf, mucro 12, 485.
ictus 12, 85; übertr. stumpfsinnig 13,
185.

hēbĕto, āvi, ātum, āre, abstumpfen,
abschwächen, sidera das Sternenlicht 6,
441. taurorum flammas 7, 210.

Hēbrus, i, m. Fluß in Thracien 2, 257.

Hěcăbe, es, od. Hěcăbă, ae, f. (Ἑκά-βη) Tochter des Dymas 11, 761. Dy-mantis 13, 620, Gemahlin des Königs Priamus 13, 404, Mutter Hectors 13, 486 u. zahlreicher anderer Söhne u. Töchter, wurde bei der Eroberung der Stadt dem Ulysses als Beute zugetheilt 13, 4?8, 485, in Thracien aber, nachdem sie sich an Polymestor wegen der Er-mordung ihres Sohnes Polydorus ge-rächt 13, 549. 858. In e. Hund ver-wandelt 13, 404. 567.

Hěcăte, es, f Göttin der Zauberei, Tochter des Perses u. der Asteria (nach And. der Oceanide Perse) 7, 174. 241. 14, 405. Perseis 7, 74; m. drei Köpfen ob. drei verbundenen Leibern dargestellt, triformis dea 7, 94. triceps 7, 194.

Hěcătěis, ldos, Adj. f. auf Hecate bezüglich. herba e. Zauberkraut 6, 139.

Hěcătěius, a, um, auf Hecate bezüg-lich, carmina Zauberformeln 14, 44.

Hector, ŏris, m. Sohn des Priamus u. der Hecuba 11, 758. 12, 3, d berühm-teste Held unter den Trojanern, tödtet den Protesilaus 12, 69; besteht e. Zwei-kampf mit Ajax 13, 87. 279; bricht in d. Schifflager ein 13, 7. secum deos in proelia ducit indem Jupiter den Apollo schickte um in e. Wolke gehüllt vor ihm herzuschreiten 13, 82. Im zehn-ten Jahre des Krieges wird er v. Achil-les getödtet 12, 77. 13, 178, u. sein Leichnam um die Mauern Trojas ge-schleift 12, 591, bis Priamus denselben mit Geld einlöst 13, 473. [Acc. Hectora 12, 75. 548. 607. 13, 174. 491.]

Hectŏrěus, a, um, des Hector, hasta 12, 67. flammae d. Feuer, das er in d. Schiffe der Griechen schleuderte 13, 7. Mars ob. tela Kampf m. Hector 13, 275. [Vor d. regelm. Cäsur.]

Hecuba s. Hecabe.

hěděra, ae, f. Epheu, in hederae fa-ciem 4, 395. als Schmuck der Sänger, collecta capillos (Acc limit.) hederā 5, 338. Pl. Epheuranken 3, 664. 6, 590. nexiles 6, 128. flexipedes 10, 99.

hel s. ei.

Hělěna, ae, f. (Helene 14, 669. Ἑλέ-νη) die durch ihre Schönheit berühmte Tochter des Tyndareus (Tyndaris 15, 233) ob. auch des Jupiter u. der Leda, Gemahlin des Menelaus, diesem aber durch Paris entführt u. dadurch Veran-lassung zum troj. Kriege 12, 5. 13, 200. Schon als Jungfrau wurde sie von The-seus geraubt, aber durch ihre Brüder be-freit 15, 233.

Hělěnus, i, m. e. Sohn des Priamus, besaß d. Sehergabe u. wurde deshalb v. Ulysses gefangen, um e. Ausspruch über das Schicksal Trojas zu geben; worauf er verkündete, daß Tr. nur mit Hülfe des Philoctet einzunehmen sei. Priami-des 13, 99. 15, 438. Dardanius vates 13, 335. Nach dem Falle der Stadt kam er mit Pyrrhus nach Epirus, wo er e. neues Troja gründete u. dem Aeneas weissagte 13, 723.

Hělĭădes, um, f. die drei Heliaden, Phaëthusa, Lampetie u. Aigle, Töchter des Sonnengottes von der Clymene, Schwestern des Phaëthon. Ihre Ver-wandlung in Schwarzpappeln (ob. Er-len) 2, 340ff, dah. nemus Heliadum = Schwarzpappeln 10, 91. Heliadum lacrimae Bernstein, den man für das aus der Rinde der Schwarzpappeln ge-träufelte Harz hielt 10, 263. vgl. 2, 364.

Hělĭce, es, f. 1) (Ἑλίκη ἑλίκω Dreh-gestirn, weil seine Drehung besonders in die Augen fällt) das Sternbild des gro-ßen Bären 8, 207. — 2) Küstenstadt in Achaia, die durch Erdbeben im J. 373 v. Chr. ins Meer versank 15, 294.

Hělĭcon, ōnis, m. Berg in Böotien, den Musen heilig, dah. virgineus 2, 219. 5, 254. deae Helicona colentes 5, 663; meton. die Sangeskunst des Heli-con 8, 533. [Acc. Helicona 5, 254.]

Hělĭx, ĭcis, m. Gefährte des Phineus 5, 87.

Helle, es, f. Tochter des Athamas u. der Nephele, Schwester des Phrixus (d. s.), von der der Hellespont s. Namen hat pontus angustus Nepheleidos Helles 11, 195.

Hellespontus, i, m. d. Meerenge zwi-schen der thrac. Chersones u. Kleinasien, longus 13, 407.

Hělops, ŏpis, m. e. Centaur 12, 334.

Hennaeus (Enn.), a, um, zur Stadt Henna ob. Enna im inneren Sicilien gehörig, berühmt durch ihre fruchtbare Umgegend u. einen Tempel der Ceres. moenia, die Stadt Henna 5, 385.

herba, ae, f. d. grüne Halm, herba recens turget 15, 204. primis segetes moriuntur in herbis im ersten Halm, bb. im ersten Aufkeimen 5, 482. 8, 290. herbae graminis 10, 87; Gras 1, 681. 2, 420. viridia 2, 864. amara 1, 632, Pl. Gras, Rasen 2, 792. 10, 8. semper virentes 4, 301. molles 4, 314. tene-rae 2, 851. distinctas floribus 5, 266. per herbas im Gras, fl. stratos per herbas 7, 836. Grasnarben 4, 635; Kraut, Pl. einer Pflanze im Ggs. zu flos 4, 267. innumerae 11, 603. spa-

noxae 2, 810. dulces 15, 78. cum sucis mitibus 14, 690. sine viribus wirkungslos 7, 327; Heilkräuter 10, 188.
15, 326. fortes. 15, 634. herbarum
potentia 1, 522; Zauberkraut, Heca-
teïs 6, 139. pollentes 7, 196. nimium
potentes 4, 49. cantatae 7, 98. 149.
10, 397 u.s.

herbĭdus, a, um, grasreich, Epiros
8, 283.

herbĭfer, fĕra, um, Gras tragend,
grasreich, colles 14, 9.

herbōsus, a, um, grasreich, grasig,
terra 10, 128. agger 14, 445. pascua
2, 849. arae 15, 574.

Hercŭles, is, m. (Ἡρακλῆς) Sohn
des Jupiter u. der Alcmene, einer Enkelin des Perseus, Iove natus 9, 104.
246ff. 15, 12. Alcmena natus 0, 23.
Alcīdes (d. [.]) Tirynthius (d. [.]). Als
seine Geburt bevorstand, hatte Jup. den
Göttern verkündet, wer zuerst vom Geschlechte des Perseus geboren würde, solle
über alle Nachkommen des Perseus herrschen. Da beschleunigte Juno, von An-
beginn die erbittertste Feindin des Hercu-
(9, 176), die Geburt des Eurystheus,
dessen Vater Sthenelos ebenfalls v. Perseus stammte, verzögerte dagegen die des
Hercules 9, 296. So wurde Eurystheus
Herrscher von Mycenä u. H. ihm dienstbar. Geboren wurde H. in Theben (dah.
Aonius 9, 112), wohin sein Stiefvater
Amphitryon von Tiryns hatte flüchten
müssen. Noch in d. Wiege erwürgte er
zwei von d. Juno gegen ihn geschickte
Schlangen 9, 67. Die berühmten 12
Arbeiten wurden ihm von Eur. auf Antrieb der Juno aufgegeben, weil er im
Wahnsinn seine eignen Kinder getödtet
hatte, dah. poena lussorum laborum
9, 22. 199. 15, 39. Sie sind 9, 184ff.
aufgezählt: 1) d. Entführung der Rinder des Geryon 184; 2) das Heraufholen
des Cerberus aus d. Unterwelt 185. 7,
410; 3) d. Einfangen des cretenj. Stieres 186; 4) d. Reinigung der Ställe
des Augias 187; 5) d. Verjagung der
stymphalischen Vögel 187; 6) d. Einfangen der Hirschkuh der Diana 188;
7) d. Erbeutung des Wehrgehenks der
Amazonenkönigin Hippolyte 189; d.
Holen der goldnen Aepfel der Hesperiden
190; 9) d. Einfangen des erymanthischen
Ebers 192; 10) d. Besiegung der lernäischen Hydra 192. 9, 69; 11) d. Tödtung
des thracischen Königs Diomedes 194;
12) d. Erwürgung des nemeischen Löwen 197. Ferner tödtete er den Busiris
9, 183 u. den Antäus 9, 184, besiegte

die Centauren 9, 191. 12, 541, u. trug
das Himmelsgewölbe auf seinem Nacken
9, 198. Auf seiner Rückkehr aus Spanien kehrte er in Italien bei Croton ein
15, 12; er nahm am Argonautenzuge
Theil u. befreite auf d. Rückkehr die
Hesione 11, 213; eroberte Troja 11, 215.
13, 23; kam dann nach Cos, wo er den Eurypylus tödtete 7, 364; kämpfte m. Achelous
um Deïanira 9, 13ff.; tödtete den Nessus 9,
104 ff.; besiegte den König Eurytus von
Oechalia 9, 136; bekriegte den Neleus
u. tödtete dessen Söhne 12, 540. Söhne
von ihm sind Hyllus 9, 279 u. Tlepolemus 12, 537. Sein Tod u. seine
Versetzung unter d. Götter 9, 157ff.
Als Gott hat er die Hebe zur Gemahlin
9, 401. Dargestellt wurde er mit der
Keule, dem Bogen und der Löwenhaut
9, 118. 235. claviger 15, 284. Seine
Pfeile erbt Philoctet 9, 233. 13, 52.

Hercŭlēus, a, um, des Hercules, artus 9, 102. lacerti 15, 291. vires
12, 554. arcus 12, 309. laus 12,
539. numen 15, 47. hospes Croton 15,
8. Trachin (d. [.]) 11, 627. Herculea
urbs Herculanum in Campanien 15, 711.

hēres, ēdis, m. der Erbe, primus der
nächste 13, 154. nominis 6, 239. 15,
819. studii 9, 589. heres tanti certaminis (Gen. qual.) non foret ambiguus der Erbe, um den sich so großer
Streit erhebt, wäre nicht zweifelhaft, bb.
dieser Streit um d. Erbschaft Achills
fände gar nicht statt 13, 120; übertr.
gemino herede dah. durch zwei Hälse,
die an der Stelle des abgehauenen wuchsen 9, 72.

herīlis s. erilis.

Hermăphrŏdītus, i, m. Sohn des
Hermes (Mercurius) u. der Aphrodite
(Venus) 4, 288. dah. amborum nomen
habens 4, 384; verwächst mit der Nymphe Salmacis zum Mannweibe 4, 383.
dah. natus biformis 4, 387.

hēros, ōis, m. Heros, Ehrenname von
Halbgöttern u. Göttersöhnen, Hercules
9, 157. 7, 410. Philyrēius Chiron
2, 676. Rhodopēius Orpheus 10, 50.
Berecyntius Midas 11, 106. Neptunius Theseus 9, 1. maximus Achilles 13, 644; von Fürsten u. Fürsten-
söhnen, Autonoēius der erlauchte Sohn
der Autonoe, Actäon 3, 198. Danaēius
Perseus 5, 1. Theseius Hippolytus
15, 492. Cinyrēius Adonis 10, 730.
Laërtius Ulysses 13, 124. Cytherēius
Aeneas 13, 625. 14, 584. Symaethius
Acis 13, 879. Megarēius Hippomenes
10, 659. Troezenius Lelex 8, 566.

Paphius Pygmalion 10, 290. Trachinius Ceyx 11, 351. Trojus Aesacus 11, 773. Cephalus 7, 496. 863. Peleus 11, 264; von Kriegshelden Held, maximus u. magnanimus Theseus 8, 572. 12, 230. Achilles 12, 98. 13, 166. fortissimus der Telamonier Ajax 10, 207. vgl. 13, 394. Narycius Ajax Oïleus 14, 468. Aetolius Diomedes 14, 461.

Herse, es, f. Tochter des Cecrops 2, 559. von Mercur geliebt 2, 724.

Hersilia, ae. f. Gattin des Romulus, eine der geraubten Sabinerinnen; nach dem Tode ihres Gemahls unter d. Namen Hora unter d. Götter versetzt 14, 830. 839.

hērus s. erus.

Hesiŏne, es, f. Tochter des troischen Königs Laomedon. Als dieser dem Apollo u. Neptun den für die Erbauung der Mauern Trojas bedungenen Lohn verweigerte, schickte ersterer e. Pest, letzterer e. Seeungeheuer, u. von beiden versprach das Orakel nur dann Erlösung, wenn Hes. dem Ungeheuer ausgesetzt würde. Hercules befreite sie, nachdem er sich die himmlischen Rosse des Laomedon ausbedungen; aber ebenfalls von diesem betrogen, eroberte er Troja u. theilte die Hes. seinem Gefährten Telamon als Beute zu 11, 217.

Hesperĭdes, um, f. die Hesperiden, Töchter der Nacht od. des Atlas, welche im äußersten Westen nebst einem schlaflosen Drachen den Baum mit goldnen Aepfeln bewachten, die nach ihnen die Aepfel der Hesperiden heißen 11, 114 [Acc. Hesperidas].

Hespĕrie, es, f. Tochter des troischen Flusses Cebren (bah. Cebrenis); ihr Tod 11, 769.

Hespĕrius, a, um, im Westen befindlich, westlich, abendländisch, litus 2, 142. amnes 2, 258. Naides 2, 325. axis der westl. Himmel 4, 214. orbis 4, 628.

Hespĕrus, i, m. der Abendstern 5, 441.

hesternus, a, um, gestrig, ignes 8, 842.

heu, Ausruf der Klage, ach! wehe! o! 2, 447. 612. 3, 229. 600. 6, 273. 13, 51. heu miser! 11, 720. heu facinus! 6. 85. 12, 498; eingeschaltet 4, 154. 11, 662.

hiātus, us, m. gähnende Oeffnung, Schlund, terreno hiatu 15, 773. lato 5, 357. specus tenebroso h. 7, 409; von e. Quelle, Bedrn, Pl. patulos 8, 162. — d. geöffnete Mund, Rachen,

auras captare hiatu 7, 557. einer Schlange, Pl. patulos 11, 60.

hibernus, a, um, winterlich, grando 5, 158. hiberno tempore 11, 745. soles Sonnenschein im W. 13, 793.

Hibērus, a, um, iberisch, von Hiberia (Ἰβηρία) der griech. Benennung der pyrenäischen Halbinsel, Namen der Ocean, weil er d. iber. Halbinsel im Westen umströmt 7, 324. pastor der breitköpfige Riese Geryon, der auf d. Insel Erytheia westl. von Iberien eine Rinderheerde weidete. Hercules tödtete ihn u. entführte die Rinder 9, 184. boves Hiberi 15, 12.

hic, Adv. hier, brit. 1, 318. 513. 703. anaphor. 3, 674. hic illic hier u. dort 7, 581. — hier = bei dieser Gelegenheit 6, 611. 13, 341.

hic, haec, hoc, Pron. demonstr. der ersten Person, dieser, der, anum hanc mich Alte hier 14, 676. haec vellera das mein 5, 27. 292. 8, 868. haec iniuria diese von mir erlittene Kränkung 12, 201. has domos diese unsre Behausung 5, 251. mea haec facundia 13, 137. penna hoc vulnere vulnus mit dieser, die ich dir jetzt verletzen will, die meinige 5, 341 u. b. zweiten Person, tua haec insignia 9, 776; auf ein Gegenwärtiges ob. Sichtbares hinweisend 1, 356. 710. 787. 768. timor die gegenwärtige 10, 775. oft anaphor. 3, 589. 564. 617 f. 14, 601 f. 634. haec domus, haec sedes, haec sunt penetralia Amnis; in hoc antro hier ist b. Wohnung usw. hier in einer Höhle 1, 574 f. litore in hoc hier auf b. Strande 8, 860. 11, 713. gurgite ab hoc von der Tiefe hier 8, 305. Neutr. hoc terrae dies Stückchen Erde 5, 185. hoc muneris dies Geschenk 9, 409. in hoc aevi bis auf b. gegenwärtige Zeit 10, 216. alqd simile huic 7, 13. in hoc in diesem Falle 8, 77. hoc magis u. hoc minus, desto nach que magis 11, 437. 722. 14, 303. ad haec hierauf, auf diese Worte, ohne verb. dic. 12, 542. haec et plura näml. dixit 14, 198. — auf b. zunächst erwähnten Gegenst. hinweisend 1, 21. 99. his näml. Indis 1, 448. unter mehreren nue auf den letztgenannten; dieser letztere 1, 87. 3, 135. 11, 582; auf e. folgenden Relativs. 2, 98. 7, 12. auf b. folgende Rede, hoc sermone mit folgender Rede 1, 206. 502. 2, 196. his mit folgenden Worten 8, 863; neben ille auf das Nähere hinweisend, quantum haec Niobe Niobe distabat ab illa 6, 273.

illis haec armis arma peto 13, 179. auf das Zuletztgenannte 1, 472. 5, 81. 12, 443. ob. wenigstens auf das der Vorstellung Näherliegende 1, 684, 639. 697. 3, 382. — correspondierend hi — hi bleibt — jene 12, 56. hic — ille 1, 469. et has et illas 13, 814. der eine — der andre 2, 351. 8, 205. 13, 693. hae — illae — pars 11, 29. hic — hic — ille — hic d. eine — d. andre — ein dritter, — noch e. andrer 11, 639. 3, 48. hic — ille — hic — ille 6, 205. haec — illa hier — dort 13, 398 ille — hic 1, 296. 4, 656. 11, 542. 15, 422. hic — alter 1, 293. hic — alii 11, 644. — e. solcher, hos usus 4, 524. 5, 111. 369. 11, 28. derartig, von haec est fortuna domus 13, 626. 593. — huius u. horum zuw. in abgeschwächter Beb. = den von der Poesie gemiedenen Formen eius eorum 1, 289. 2, 761. 4, 746. 11, 755. 14, 26. 10. 600. 11, 76. 14, 482. [huius u. horum mehrenteils im d. g. 12. 91. 13. 19. 69. 652. 14, 667. 15, 536. 761. 673.]

hiemālis, e, winterlich, nimbi 9, 105.

hiems, (hiemps), ěmis, f Winter 10, 165. 13, 812. pallor hiemsque (Hendiad. f. pallor hiemalis) 4, 436. Pl. 1, 117; meton. Kälte letalis 2, 827. — Unwetter, Sturm 14, 481. aspera 11, 490. saevit 13, 709. tenebrae hiemis 11, 521. Hiems b Winter, personificiert, glacialis 2, 30. senilis 15, 212.

hinc, Adv. örtl. von hier, von da 2, 708. 817. il hinc illuc 4, 342. i procul hinc 2, 464. procul hinc discedite weicht weit von mir 9, 509. poma hinc (ex arbore) decerpta 10, 649. 9, 342. hinc conterminus von dieser Seite her 15, 315; hinc — illinc einerseits — andrerseits 4, 71. fließt 11, 152. illinc — hinc 1, 610. — zeitl. hierauf 1, 218. 269. 5, 160. 12, 268. anapher. 7, 461. — in Folge davon, daher 9, 720. hinc disce hieraus 14, 819.

hinnītus, us, m. d. Gewieher, Pl. certos deutlich 2, 669. flammiferis 2, 154.

Hippăsus, i, m. 1) einer der calydon. Jäger 8, 313. — 2) e. Centaur 12, 352 [Acc. Hippason].

Hippŏcŏon, ontis, m König v. Amyclä in Laconien, sandte einen Theil seiner vielen (12 ob. 50) Söhne zur calydon. Jagd 8 314. 363.

Hippŏdămas, antis, m. Vater der Perimele (b. f.) 8, 592.

Hippŏdăme, es, f. Gemahlin des Piri-

theus. Bei ihrer Vermählung entbrannte der Kampf der Lapithen u. Centauren 12, 210ff.

Hippŏlŷtus, i, m. Sohn des Theseus u. der Amazone Antiope ob. Hippolyte. Von seiner Stiefmutter Phädra, der Tochter des Minos u. der Pasiphaë, bei Theseus verleumbet, als habe er ihr nachgestellt, ward er v. diesem vertrieben u. verflucht. Als er hierauf bei Trözen an d. Meeresküste hinfuhr, schickte Neptun einen Stier aus den Wogen, der die Rosse scheu machte, so daß sie den H. zu Tode schleiften. Aber durch Aesculap wieder vom Tode erweckt, wurde er zu Aricia in Latium als Gott Virbius, neben dem Heiligthum der dortigen Diana verehrt 15, 497ff.

Hippŏmēnes, ae, m. Sohn des Megareus 10, 575 (f. Atalanta). [Acc. Hippomenen 10, 600. Voc. Hippomene 10, 593. ext.]

Hippŏtădes, ae, m. Sohn des Hippotes, näml. Aeolus, der Gott der Winde 4, 663 11, 431. Hippotades regis domos 15, 707. regnum die äolischen (liparischen) Inseln nördl. v. Sicilien. 14, 86.

Hippŏthŏus, i, m. e. arcabischer König, war bei d. calydon. Jagd 8, 307.

hirsūtus, a, um, struppig, crines 12, 280. barba 13, 766. leo 14, 207. hirsutus amictu 14, 165. corpore (canis) 3, 222. canos capillos (Acc. limit.) 2, 30.

hirtus, a, um, struppig, crinis 8, 801. canities hirta stetit rigidis capillis 10, 425. saetae 13, 850. capellae 13, 927.

hisco, ěre, sich öffnen, aufthun, tellus hisce 1, 546; den Mund aufthun 11, 666. — transf. mit geöffnetem Munde herausbringen, nec quicquam hiscere audet kein Wort, 13, 231.

Hister ob. Ister, stri, m. der Ister, d. untere Donau 2, 249.

hodiernus, a, um, heutig 15, 197.

Hŏdĭtes, ae, m, 1) erster Bräutigam des Königs Cepheus 5, 97. — 2) e. Centaur 12, 457.

hoedus f. haedus.

hŏlus, eris, n. Kohl 8, 647.

hŏmo, inis, m. d. Mensch, als edelstes Geschöpf 1, 78. 86. vgl. deus 2, 621. deos hominesque voco 2, 578. Vgl. Thier, hominem locutum 5, 297; Mann 12, 431; hominem exuere die Menschengestalt ablegen 10, 105.

hŏnestus, a, um, geehrt, geachtet 15, 481.

honor (honos 13, 96), ōris, m. Ehre, Ggs. poena 2, 99. 3, 338. mixtus oneri 2, 634. *Pl.* meriti 13, 594. dare honorem ertheilen 13, 598. maior honos quaeritur istis (armis) quam mihi ich suche viel mehr Ehre für sie als für mich 13, 96. in honore esse in Ehren stehen 10, 170. dignari honore caeli dem Himmel anzugehören 1, 194. templorum einen Tempel zu besitzen 3, 521. socio ihrer Gemeinschaft 13, 949. Ruhm 13, 16. 272. virtutis 13, 153. ponere alqm falso in honore falschen Ruhm beilegen 5, 819; — Werth, est honor et lacrimis sind geschätzt 10, 501. — Ehrenplatz, nostro successit honori trat an meinen Ehrenplatz 2, 590. — Ehrengabe, Opfer 8, 277. 13, 447. turis honorem ferre 10, 681. tribuere 14, 128. adolere honores 8, 740; Ehrenpreis 8, 438. 7, 543. · frondis aesculeae 1, 449. meritum virtutis ferre 8, 387. *Pl.* 13, 287; Ehrenbank ohne honore recedere 11, 216. für etw. laborum 2, 387. fertilitatis referre Ehrenbank abtragen 2, 285; Ehrenschmuck 13, 614. frondis honorem Laubschmuck 1, 565.

honoro, āvi, ātum, āre, ehren, tumulum genitoris des bei d. ersten Aufenthalt in Sicilien verstorbenen Anchises 11, 84. *Part.* honoratus geehrt, stellae summo caelo durch e. Platz hoch oben am Himmel 2, 515. cani ehrwürdig 8, 9. rus als Ehrengeschenk verliehen, Ehrenacker 15, 617.

Hōra, ae, f. Name der unter d. Götter versetzten Gattin des Romulus, Hersilia 14, 851.

hōra, ae, f. d. Stunde, plena 10, 734. vacans 8, 612. tempestiva narratibus 5, 499. eadem 8, 709. levis flüchtig 15, 181. novissima des Lebens 4, 156. brumales des Winters 4, 199. — medias Zwischenstunden 8, 651. — Zeit, ad opem ferendam brevis hora est 4, 696.

Hōrae, ārum, f. die Horen, Göttinnen des Zeitwechsels, Töchter des Jupiter u. der Themis; als Tagesstunden 2, 26; schirren den Sonnenwagen an 2, 118.

hordeum, i, n. Gerste. *Pl.* hordea tosti grani (*Gen. qual.*) geröstete Gerstenkörner 14, 273.

horrendus, a, um, schauerlich, furchtbar, Medusa 4, 782. iter 14, 122. suci 14, 43. sibila 3, 38. draco uncis dentibus 7, 151. 1, 716. vox numeris laborum durch d. lange Reihe von Arbeiten 7, 8. m. *Dat.* ipsis silvis ein Schrecken für 13, 760. m. *Sup.* res horrenda relatu 15, 298.

horreo, ui, ēre, starren, saetae horrent 8, 285. corpora horrent densissima saetis 13, 846. *Part.* saxa horrentia silvis 4, 778. terga saetis 8, 428. lilia linguis 10, 191. — schaudern, sich entsetzen 8, 579. 802. 10, 414. 11, 458. membra horruerant timore 7, 851. quadrupedes horrent scheuen 15, 516; vor etw. *Acc.* ursos 2, 494.

horresco, horrui, ēre, zu starren beginnen, villis 2, 478. saetis 14, 279. (*Inf.*).

horreum, i, n. Scheuer 8, 293.

horridus, a, um, starrend, riget horrida cervix (apri) 8, 284. caesaries (cupressi) 10, 139; übertr. rauh, schauerlich, wild, hiems 15, 212. in rauher Gestalt 1, 514. horridus irā 8, 685. arma 1, 126.

horrifer, ēra, um, Schauer erregend, boreas 1, 65. 15, 471. Erinys 1, 725.

horror, ōris, m. Schauder, frigidus 9, 291. tremulus 9, 315.

hortāmen, inis, n. Ermahnung, longum 1, 277.

hortātor, ōris, m. d. Ermunterer, animorum der die Ruderer durch seinen Gesang ermunterte (gr. κελευστής) 8, 619. scelerum Mahner zu 13, 46.

hortātus, ūs, m. Ermahnung, Aufmunterung, his hortatibus in Folge dieser 7, 339. 3, 242.

hortor, ātus sum, āri, ermuntern, antreiben, equos 5, 421. canes 10, 537. quae non hortanda fuit 13, 193. m. *Inf.* sequi 8, 215; ermuthigen, timentem 10, 466.

hortus, i, m. Garten, riguus 8, 646. culti 5, 535. hortos colere 14, 624.

hospes, itis, c. Gastfreund, non hospes ab hospite tutus 1, 144. als Gast 8, 569. 11, 95. di hospites göttliche Gäste 8, 685. als Wirth, Herculeus Croton (d. i.) 15, 8. — Fremdling 2, 692. 4, 388. 639. 6, 330. 7, 21. 10, 228. 13, 760. Sidonius Cadmus 3, 129. hospes missus externis ab oris als Fremdling gekommen 9, 19. — Hospes Beiname Jupiters als Schützer des Gastrechts (Ζεὺς ξένιος) 10, 224.

hospita, ae, f. die Fremde 5, 498. 6, 100. — *Adj.* gastlich, tellus 6, 37.

hospitium, ii, n. Gastfreundschaft 4, 642. 7, 403. 15, 724. di hospitii 5, 45. hospitio recipere gastfreundl. aufnehmen 5, 658.

hostia, ae, f. Opfertier 15, 112. 735. menschl. Schlachtopfer 13, 452.

hostilis, e, feindlich, agmen 8, 89. ora canum 5, 628. busta des Fein-des 13, 515. hostili prece detestari 15, 505.

hostiliter, Adv. feindlich 11, 372. 14, 68.

hostis, is, c. b. (bekämpfende) Feind 1, 458. 504. 6, 276. 9, 178. ferus 1, 185. collect. 7, 510. 9, 41. 12, 66. hostes Pelasgi 13, 572; v. Thieren 7, 784. 8, 868. victor 3, 58; fem. 6, 588; m. Dat. Minos hostis amanti est 8, 45. 9, 179.

huc, Adv. hierher 3, 688. quare huc adsim hierher gekommen bin 2, 513. origine huc artus zu mir empor 9, 366. huc it et hinc illuc 4, 842. cum sint huc illa, haec illuc translata 15, 257. huc et illuc 10, 121. huc atque illuc 2, 357. 10, 376. nunc huc, nunc illuc 4, 522. huc illuc 6, 585. 12, 329; huc adde hierzu 3, 133. adice 6, 182.

humanus, a, um, dem Menschen an-gehörend, menschlich, genus 1, 203. sanguis 9, 194. mentes 1, 55. lingua 11, 601. cura 10, 329. im Ggs. zum Göttlichen, deus humana sub imagine 1, 213. ritus 9, 501. caput — homo 14, 131. visibus 15, 64. zum Thier, facies 2, 681. corpora 15, 167. vox 5, 568. humanam fi-guram f. humanarum aonum figu-ram 11, 175.

humecto f. umecto.

humeo f. umeo.

humerus f. umerus.

humidus f. umidus.

humilis, e (humus), was am Boden bleibt, niedrig, arcus 3, 30. pontes 8, 638. niedrig gelegen, Myconos (b. f.) 7, 463. Troia dem Erdboden gleich 15, 424. — Übertr. plebs 8, 583. stirpe 14, 699; unbedeutend, Cleonae 6, 417.

humor f. umor.

humus, i, f. Erdboden, Boden, Ggs. Himmel u. Wasser 6, 188. Ggs. Was-ser, surgit humus 1, 345. umida 5, 390. dives 1, 138. vernat humus 7, 284. humum signavit limite mensor 1, 136. defodit altā humo 4, 240. sedit humo nudā 4, 261. requies-cere hac humo 10, 557. figere hu-mo durā 9, 84. deiecto in humum vultu 6, 607; Locat. humi (ohne Attrib.) auf dem Boden, zu Boden, po-situs 3, 420. fusus 8, 529. procum-

bere 1, 376. sternere 2, 477. 13, 255. 5, 197. spargere 3, 105. dafür selt. humo: fusus 10, 210. iacet resupinus 4, 121. iecit arma humo 3, 127; Abl. humo vom Boden, surgere 2, 771. se movere 4, 264. se tollere 7, 640. exire 13, 442. attollere oculos 2, 448. summā humo tollebar von d. Oberfläche des Bodens 2, 587. corpus humo sublime referre hoch vom B. erhoben 13, 283. — [per.] Grund u. Boden 4, 636; Ackerboden, spargere semina partim rudi humo (Dat.), partim re-cultae 6, 647. dentes per humum 4, 572; Fußboden 5, 84. 7, 574; eines Wassers, aquae perspicuae ad humum 5, 588: Erdstrich, grata Minervae At-tica 2, 710. Delphos mediam humum orbis tenentes den mittelsten Fleck 15, 631.

Hyacinthia, orum, n. Fest zu Ehren des Hyacinthus (b. f.), das alljährlich im Sommer zu Amyclä bei Sparta u. im übrigen Laconien gefeiert wurde 10, 219.

Hyacinthus, i, m. Sohn des spartan. Königs Oebalus od. des Amyclas, Oe-balides 10, 196. Amyclides 10, 162. wird v. Apollo, der ihn liebt, durch e. Discuswurf getödtet u. in e. Blume verwandelt 10, 162ff. 185. [Acc. Hya-cinthon 10, 217.]

Hyades, um. f. (Ὑάδες die Regenbrin-ger v. ὕω) die Hyaden, Töchter des Atlas, sieben Sterne im Haupte des Stieres, deren Aufgang Regen verkündet. [Acc. Hyadas 3, 595. 13, 293.]

hyaena, ae, f. d. Hyäne 15, 410.

Hyale, es, f. eine Nymphe im Gefolge der Diana 3, 171.

Hyanteus, a, um; hyantisch, von Hy-antes einem alten böotischen Stamm, bab. — böotisch Aganippe 5, 312. Iolaus 8, 310.

Hyantius, a, um = Hyanteus, iuve-nis Actäon 3, 147.

hydra, ae, f. Wasserschlange 9, 192 (f. Lernaeus).

hydrus, i, m. Wasserschlange; überh. Schlange, turpes hydri am Haupte der Medusa 4, 801; Giftschl. 13, 804.

Hylactor, oris, m. (ὑλάκτωρ der Bel-ler) Hundename 3, 224.

Hylaeus, i, m (ὑλαῖος Waldmann) Hundename 3, 218.

Hyle, ae, m. e. Centaur 12, 378.

Hyleus, ei, m. einer der calydon. Jäger 8, 312.

Hylēus, i. m. e. Hyleer, aus Hyle, e. kleinen Stadt in Böotien 13, 681.

Hyllus, i, m. Sohn d. Hercules u. der Deianira, der nach Hercules Tode die Jole ehelichte 9, 279.
Hylonome, es, f. e. Centaurin 12, 405.
Hymen, enis (1, 480) ob. Hymenaeus, i, m. Gott der Vermählung 6, 429. 9, 762. Dabei zugegen 9, 796. 10, 2. trägt dem Hochzeitszug d. Fackel vor 4, 758. 10, 6. canere Hymenaeon den Hochzeitsgesang anstimmen, worin d. Gott Hymen angerufen wurde 12, 215.
Hymettius, a, um, hymettisch (s. d. folg.) cera 10, 284.
Hymettus, i, m. Berg in Attica, durch s. Honig berühmt, dah. semper florens 7, 702.
Hypaepa, orum, n. Stadt am Südabhange des Tmolus in Lydien, parva 6, 13. 11, 152.
Hypanis, is, m. Fluß in Sarmatien (j. Bog) wird a. Ende seines Laufes durch Aufnahme einer Quelle salzig 15, 285.
Hyperboreus, a, um, hyperboreisch, im äußersten Norden, gleichs. jenseits des Boreas befindlich. Pallene 15, 356.
Hyperion, onis, m. 1) Sohn des Uranus u. der Gäa, einer der Titanen, Vater des Sonnengottes Helios ob. Sol, Hyperione natus 4, 192. — 2) der Sonnengott selbst 8, 564. Hyperionis urbs d. Stadt des Sonnengottes (ägypt. Ra), Heliopolis in Unterägypten 15, 406. Hyperionia aedes sein Tempel daselbst 15, 407.
Hypseus, ei. m. Gefährte des Chineus [Acc. Hypsea 5, 74].
Hypsipyle, es, f. Tochter des Königs Thoas von Lemnos, welche, als zur Zeit des Argonautenzuges die lemnischen Weiber alle Männer der Insel ermordeten, allein ihren Vater Thoas rettete 13, 399.
Hyrie, es, f. gebar dem Apollo den Cycnus, (s. Cycneius). Aus Trauer über den Verlust ihres Sohnes zerfloß sie zu einem See, dem See Hyria in Aetolien 7, 371. 380.

I.

Iacchus, i, m. (Ἴακχος v. ἰάχω) Beiname des Bacchus v. dem Jubelgeschrei bei seinen Festen 4, 15.
Ialysius, a, um, ialysisch, v. Ialysos, einer Stadt auf Rhodus, Telchines 7, 365.
Ianthe, es, f. Tochter des Cretensers Telestes, Verlobte des Iphis 9, 715.
Iapetides, ae, m. cephenischer Sänger 5, 1...
Iapetionides, ae, m. Sohn des Japetos, Atlas 4, 632.
Iapetus, i, m. e. Titane, Vater des Prometheus (satus Iapeto), des Bildners der Menschen aus Erde und Wasser, wie eine spätere Sage erzählte 1, 82.
Iapygia, ae, f. das Land am tarent. Meerbusen (s. d. folg.) 15, 703.
Iapyx, ygis, m. 1) e. Sohn des Dädalus, der sich im südl. Italien niederließ, und nach dem das Land am tarent. Meerbusen Iapygia genannt wurde, Iapygis arva 15, 52. — 2) e. Iapygier, Daunus 14, 458. 510.
Iasion, onis, m. Sohn des Jupiter u. der Plejade Electra; von Ceres geliebt erzeugt er mit ihr den Plutus 9, 423 [Acc. Iasiona].
Iason, onis, m. Sohn des Aeson, des Königes von Iolcos in Thessalien, Führer des Argonautenzuges, Aesonides 7, 60, 77. Pagasaeus (d. s.). Den Aeson hatte sein Bruder Pelias der Herrschaft beraubt, u. da er fürchtete, sein Neffe Jason möchte dafür Rache nehmen, so gebot er diesem das goldne Vlies aus Colchis zu holen. Auf dem mit Hülfe d. Minerva gebauten Schiffe Argo, die für das erste Seeschiff galt (prima puppis 6, 721. primae ratis molitor 8, 302). zog Jason mit den berühmtesten Helden Griechenlands aus (Argonautae), gelangte nach vielen Abenteuern glücklich nach Colchis u. bemächtigte sich mit Hülfe der Medea, der Tochter des colchischen Königs Aeetes, des Vlieses 7, 6 ff. Er war auch bei d. calyd. Jagd 8, 302. 349. 411.
Ibi, Adv. daselbst, da, dort 1, 916. 707. 3, 173. 4, 217 uö. entspr. qua 1, 300; auf e. Person bez. 3, 610. [Weis im 1. Jus; b. Subst. für, lang in d. 6. Arsis vor crimali 11, 507.]
Ibis, is ob. Idis, f. der den Aegyptern heilige Vogel Ibis, ibidis alis latuit Cyllenius dh. unter der Gestalt eines Ibis 5, 331.
Icarus, i, m. 1) Sohn des Dädalus; sein Tod 8, 195 ff; nach ihm die Insel Icaria u. das icarische Meer benannt 8, 230. 235. — 2) (gewöhnl. Icarius) der erste Weinbauer in Attica, der von trunkenen Landleuten erschla-

gen wurde. Seine Tochter Erigone er-
hängte sich aus Trauer an e. Baum über
der Leiche ihres Vaters. Beide wurden
hierauf unter die Sterne versetzt, Icarus als Bootes, Erigone als Jungfrau
10. 450.

Icelos, i, m. (Ἴκελος der Ähnliche) e.
Traumgott 11, 640 [*Acc.* Icelon].

Ichnobates, ae, m. (Ἰχνοβάτης Fähr-
tengänger) Hundename 3, 207.

ico, ici, ictum, ere, schlagen, treffen,
mittelst Stoß, Hieb, Schuß u. dgl. ictus
erat 8, 255. aper 8, 352. icta hostia
15, 735. tellus 5, 423. puppis latus
(*Acc. limit.*) ûnclu 11, 507. aether
ululatibus erschüttert 9, 708. lingua
dedit voces vix icto aëre wovon die
Luft kaum bewegt wurde bh. kaum hör-
bar 9, 584. [Nur *Part.* ictus u. die damit
geblid. Tempora.]

ictus, us, m. der Schlag 7, 698. gravis
gewichtig 12, 288. baculi 3, 325. verberis 14, 820. clarus mallei 2, 625.
fulmineus Blitzschlag 14, 618. Ruderschlag, aequalis 11, 463. pedis ictibus
Pulsschläge 5, 264. sonantes 12, 375;
Stoß 3, 87. 7, 340. hebes 12, 85. cuspidis 12, 74; Hieb 8, 757. 775. des
Ebers, obliquus 8, 344. letiferi 8,
362; Wurf, validi 3, 84; Schuß 8,
384; Stich e. Schlange, diri 4, 499;
b. stechende Strahl, solis 3, 183, vom
Wasserstrahl, ictibus aëra rumpit im
Hervorschnellen 4, 124; das Treffen eines Gegenstandes (turba) impedit ictus,
quos petit Huber das gewünschte Treffen 8, 390.

Ida, ae u. **Ide**, es, f. Gebirg in
Phrygien bei Troja, ardua 12, 521.
umida 10, 71. celeberrima sootibus
(bei Hom. πολυπίδαξ der quellenreiche)
2, 218. umbrosa 11, 762. 13, 324. der
Cybele heilig 14, 535. [Nom. Ide, 464. Ida,
im Deutschl. außer 4, ...]

Idaeus, a, um, vom Ida, des Ida.
Daphnis 4, 277. antra 4, 280. nemus
7, 359. vertex 14, 535.

Idalie, es, f. Beiname der Venus vom
Berge Idalion auf Cypern, wo sie e.
Tempel hatte 14, 694.

Idas, ae, m. 1) Sohn des Messen. Königs
Aphareus, war bei der calydon. Jagd 8,
305. — 2) e. Cepheer 5, 90. — 3) Gefährte des Diomedes 14, 504.

Idcirco, *Adv.* um deswillen, darum 8,
751. 11, 449. m. folg. ut 13, 268. [Vor
b. regelm. Cäsur.]

idem, eadem, idem, *Pron.* ebenderselbe
3, 327. illud idem eben jenes 12, 119.
idem ego eben ich 8, 693. 697; der
gleiche 1, 47. 238 (viermal wiederh.).
410. 8, 454. wie früher 6, 41 Phoebus
distat idem (*Acc.*) utrâque terrâ um
das Gleiche, gleichweit 3, 152. m. *Dat.*
(dicht.) eadem nobis mit uns ob. wie
wir 13, 50; ein eben solcher 4. 594; ein
u. derselbe eodem in corpore 1, 428.
eadem hora 8, 709; immer derselbe, in
orbem eundem 2, 715. 721; m. folg.
qui derselbe wie 2, 748. 13, 244. —
durch Adverbien überf. ebenso. desgleichen 1, 562. 2, 628. 11, 72; zugleich
8, 135. 14, 99. 15, 182. 877; aber
auch 13, 798. (M. idem 1, 238. 8, 135.
636. 10, 739. 14, ... Indem 2, 100. 748. 3,
530. ... 4, 62. 9, 710. 11, 742. 13, 131.
13, 576.]

Ideo, *Adv.* deshalb, darum 1, 516.

Idmon, onis, m. e. Colophonier, Vater
der Arachne 6. 8.

Idmonius, a, um, von Idmon stammend, Arachne 6, 133.

Idomeneus, ei, m. b. tapfere Führer d.
Cretenser vor Troja 13, 358.

Idoneus, a, um, geeignet, passend, tempora 2, 467. 9, 611.

Igitur, *Conj.* also, demnach, folglich
(an 3. Stelle) 9, 492. 10, 626. m. Hohn
13, 9; (an 4. St.) 9, 593. 15, 760; b.
Faden der Erzählung wieder aufnehmend,
also 3, 332. 12, 608.

Ignarus, a, um, (in-gnarus), unkundig,
unwissend 3, 287. ignare 2, 100. ego
ignarus ich in meiner Unwissenheit 1,
658. ignari instigant unwissender Weise
3, 213. unwissend, was geschehen 3, 3.
5, 629. ignaro patri nata est femina
ohne daß er es erfuhr 9, 704. ignaros
videt ohne daß wir es wissen 13, 673.
nichts ahnend 6, 647. 9, 155. 11, 252.
übertr. dextra 7, 421; fors ignara der
blinde Zufall 1, 453. — unkundig, unbekannt mit etw., *Gen.*, futorum nepotis 2, 158. 8, 241. futuri 15, 815. malorum 11, 573. parentis 2, 496; m.
Acc. c. Inf. 6, 248. 8, 196; m. Indir.
Fr. 2, 191. — passiv unbekannt, proles
ignara parenti 7, 404.

Ignavus, a, um (in-gnavus), lässig,
träg, bubo 5, 550; übertr. thatlos,
preces 8, 73. letum 8, 518; frigus
die, weil sie erstarrend wirkt, selbst als
träge geschildert wird 2, 763. gravitas 2, 821. aestus erschlaffend 7, 529.

Ignesco, ere, Feuer fangen 15, 847.

Igneus, a, um, feurig 15, 341. vis
caeli 1, 26; bildl. brennend, furor
9, 511.

Ignifer, era, um, Feuer führend, feurig, axis 2, 59.

ignigena, ae, m. (gigno) der aus d. Feuer Geborne, Beiname des Bacchus (l. Semele) 4, 12. [Nur Gen.]

ignipes, pĕdis, feuerfüßig, equorum, deren Hufschlag Flammen erzeugt 2, 392.

ignis, is, m. Feuer, als Element 1, 53. aëre purior 15, 243. aquae pugnax 1, 432. edax 14, 541. rapax 8, 837. avidus 12, 280. altus hochlobernd 13, 601. levis 2, 488. ferrum ignisque (l. ferrum), igni torrere 1, 229. Pl. Feuerglut 2, 84. Flammen 2, 250. 213. 7, 115. fulminei der Blitze 11, 523. Brand Phaëthontei 4, 246. suscitat hesternos 8, 641; Feuerbrände 8, 698. inimici 8, 461; der Fackeln, rutili 4, 103. velociter moti 4, 509. helle Flammen 10, 7; Opferfeuer 1, 371. 4, 759. 7, 427. 13, 215. odorati 15, 574. sacil hochzeitliche, die bei d. Hochzeit auf d. Altären angezündet wurden 9, 796; Flammen des Scheiterhaufens 7, 810. supremi Begräbnisflammen 2, 620. 13, 583; Feuerstrahl = Blitz 2, 281. 3, 308. 1, 254. missos, a Jove 2, 378. trisulci 2, 840. rutili 11, 436. elisi nubibus 6, 389. 6, 696. Pl. v. einem, aevi 2, 313. 396. — meton. Glut, Hitze, solis 1, 417. 8, 205. anhelitus ductus igni in Glut gezogen 7, 555. Pl. 2, 729. der Sonne 4, 194. siderei 1, 778. Phoebei 5, 389. diurni die Tagesglut 7, 193. aëris 2, 271. — der feurige Glanz, Glut, Pl. Aurorae 4, 629. patrii des Vaters 11, 452. die Sterne, nocturni 4, 81. nitidi 8, 180. caret ignibus aether 11, 520. nox caret igne aus Sternenglanz 10, 450. — bildl. Feuer, Glut der Leidenschaft, Liebesfeuer, Liebesglut 4, 60. 195. 7, 717. 9, 465. 11, 445. mens concipit ignem 9, 520. carpitur igni indomito 10, 369. Pl. 3, 410. 6, 492. 708. inconcessi 10, 153. trahere ignes 4, 675. haurit ignem simulati corporis Leidenschaft für 10, 253; des brennenden Schmerzes, edax 9, 203. torrere caecis ignibus 8, 517; der Augen, oculi igne micantes 1, 498. 2, 83. 8, 284. 15, 674. [Pl. sowohl igne als igni.]

ignobilitas, ātis, f. Unbekanntheit, niedriger Stand, virorum 6, 319.

ignorantia, ae, f. Unkenntnis, veri 7, 92.

ignoro, āvi, ātum, āre, nicht wissen, m. indir. Fr. 1, 642. 4, 138. 7, 679. 9, 526. 11, 710. m. Doppelfr. 6, 31. 13, 913. (ne — ne). **ignorans quid facit** 10, 637.

Ignosco, nōvi, nātum, ĕre, (in-gnosco) eig. keine Kenntniß nehmen; verzeihen 9, 679. 10, 580. ignoscas entschuldige 3, 804; alicui: amanti 7, 85. matri 8, 491. casso meinem Bekenntnis 13, 189. [Conj. Praes. Imper. Inf.]

Ignōtus, a, um, (in-gnotus), unbekannt, was man nicht kennt, loca 4, 294. fluctus 1, 31. regio 3, 203. montes 3, 25. arbor 7, 672. figurae 1, 88. magnus von Unbekannten 10, 112. haud ignotissima inter Nymphas 5, 540. somnus venit in oculos sibi ignotos ihm unbekannt, da er nie in dieselben kam 7, 155; neu, sacra 3, 530. artes 8, 188. ungewohnt alae 8, 209; — unberühmt, nomen 9, 670. Achivi 12, 600; geheimnisvoll, ignotos deos ignoto carmine adorat 14, 366. auci 13, 911. Subst. c. Unbekannter 11, 720.

Ilex, icis, f. Steineiche, viridia 1, 112. nigra dunkelgrün 9, 605. non alta 11, 109; agitata 7, 586.

Ilia, ium, n. der untere Theil des Bauches, die Weichen 2, 67. 8, 413. subtricta 3, 216. repetita per ilia (l. repetu) 4, 734. in ima ilia gladium demittere 12, 441. 4, 119. 12, 340. 486.

Iliacus, a, um, ilisch, v. Ilium, agmen 13, 599. arces 13, 196. coetus 11, 766.

Iliades, ae, m. 1) der Ilier, Ganymedes 10, 160. — 2) Sohn der Ilia ob. Rhea Silvia, Romulus 14, 781. 824.

Ilicet, Adv. (i-licet) sofort, alsbald (dicht.) 15, 296.

Ilion, i, n. u. **Ilios**, i, f. dicht. Name der Stadt Troja 6, 95. 13, 408. ingens 13, 505. postquam alta cremata est Ilion [fem. wegen des Begriffs urbs] 14, 467.

Ilioneus, ĕi, m. e. Sohn der Niobe 6, 261.

Ilios, i, f. = Ilion (b. j.) 14, 467.

Ilithyia (vierfilb.) ae, f. Göttin der Geburt bei d Griechen, b. röm. Lucina (b. j.) entsprechend 9, 294.

Illac, Adv. auf jener Seite, dort 4, 436. 8, 186. nunc huc — nunc illac bald — dort 1, 360.

Illaesus, (inl.), a, um, unverletzt 7, 826. artus 12, 489.

Ille, a, ud, Pron. dem. der dritten Person, jener, auf einen entfernteren Gegenstand hindeutend 1, 2. 185. 196.

322. 483. ille aper ber Eber bort 3,
714. auf e. entferntem Ort 2, 702. illud idem telum eben jenes 12, 119.
Neutr. nil illo dolentius 4, 245. ex
illo trübem 3, 394; auf e. vorherg.
Relativ. 1, 312; im Gsf. 1, 478. 643.
ille quidem 14, 188. bef. ju hic (b. f.)
— auf etw. schon Bekanntes ob. Bedeu-
tenbes, ille pater rectorque deum 2,
848. ille ego liber ich sonst (als ein
ille, bb. nicht im vorliegenden Falle)
als freimütbig bekannt 1, 757. ille ego
sum jener anberweitig bir schon bekannte
bin ich 4, 226. ille ferox Achilles
12, 592. 608. 612. haec Hectoris
illa est parens 13, 512. m. Verehrung
ille opifex 1, 79. 12, 618. 14, 174.
illud ov 11, 41. 5, 561. illa tempestate 1, 183. 2, 680. — ohne besonb.
Nachbruck auf ben besprochenen Gegen-
stanb binweisenb, er, fie, es, 1, 28. 478.
503. 635. bef. vor quidem m. folg. sed
(f. quidem), Aeacides illi nämlich sit
11, 389. — ille — hic, f. hic. [illies
m. Effelt (f. g.) 6, 815. 11, 564. 15, 601.
(f. g.) 14, 492.]
illic, *Adv.* an jenem Orte, bort, 1, 674.
2, 5. 4, 298. 7, 264. anapbor. 1, 54. 5,
61. 68. 12, 59; entspr. qua 1, 15. ubi
1, 294. 2, 516. 18, 25; illic — illic ba
— bort 2, 316. hic illic ba u. bort 7,
581.
illido (inL), lisi, lisum, ere (laedo),
auf, gegen etw. schlagen, schmettern,
ossibus cervicis 5, 121. fronti 12,
250.
illimis (inL), e (limos), schlammfrei
3, 407. [nur bier.]
illuc, *Adv.* von jener Seite her, von
bort ber, illinc huc venit, hinc illinc
15, 166. illinc — hinc u. hinc —
illinc f. hinc.
illino (inL.), lévi, litum, ere, bestreichen, ceris illita überzogen 6, 670.
illuc, *Adv.* borthin, 1, 677. illinc huc
venit, hinc illuc 15, 166. m. huc (b. f.)
illuc et illinc hierhin u. borthin 11, 357.
illucesco (inL), luxi, ere, ju leuchten beginnen, v. Tage, anbrechen, erscheinen, nullus dies celebratior illuxit
7, 431.
illudo (inL.), si, sum, ere, spotten,
verspotten 3, 650. illudens nostras
artes 9, 66; jum Besten haben cervos
formidatis pennis 15, 475.
illustris (gew. inL.), e, lichtvoll, leuch-
tenb, caput 2, 50.
illyricus, a, um, illyrisch, v. Illyri-
cum ob. Illyria, bem Küstenlande am

abrial. Meere nörbl. von Epirus, fines
4, 568.
Ilus, i, m. Sohn bes Tros, Bruber bes
Assaracus u. Ganymedes, Erbauer v.
Ilium 11, 756.
Imago, inis, f. Abbilb, Bilb, Iovis 6,
74. visae formae 3, 416. 4, 676. caeli
fulgentis 2, 17. Asiae Sorentis 13,
481. feritatis 1, 239. repercussa im
Wasserspiegel zurückgeworfen 3, 434. in
imagine liquidae aquae im Spiegel-
bilb 13, 840. opposita speculi imagine Phoebus refertur im Gegenbilbe
bes Spiegels 4, 349. repetita mortis
imago Darstellung beines Tobes (bei
ben Abonisfesten) 10, 726. Bilb von
Stein ob. bgl. armata 5, 199. vaccae
9, 739. übertr. deceptus imagine alter-
nae vocis burch b. Nachahmung 3, 385;
Tragbilb, falsi genitoris 1, 751. 2, 37.
tauri 6, 103. 8, 122. falsi cervi 3, 250.
7, 360. Satyri 6, 110. übertr. Borspie-
gelung, mendacis amicitiae 7, 300.
Borwanb. sacri eines Opfers 14, 80;
Traumbilb, noctis 9, 474. somni 7,
649. 8, 824. 9, 686. 13, 216. somnus
redeat simili sub imagine 9, 480. —
Gestalt 6, 305. 14, 415. sine imagine
gestaltlos 1, 87. hominis 7, 128. genetiva 3, 331. posita imagine tauri 8, 1.
agrestis imagine 6, 122. humana sub
imagine 1, 213. 11, 627. 13, 273. 15,
259. signum dominae (b. f.) sub imagine 14, 759. 2, 804. somnia Ceycis
imagine 11, 587. 12, 25. 13, 714. nec
quicquam matris ab imagine ductam
9, 264. lunae 4, 202. luna solidā imagine spectavit terras 7, 181. nitidis-
sima solis 14, 768. Erscheinung, Aussehen, solis tristis imago (b. Sonne
soll während bes ganzen Jahres, wo Cäsar ermorbet wurbe, e. bleichen Schein gehabt haben) 15, 785. noctis 11, 550.
omnis im. formatur vagans 15, 178.
— im Geiste, Vorstellung, Gebanke
novi facti 8, 96. tantae caedis 8, 507.
ponti 11, 427. temporis illius 14, 204.
poenae in imagine tota est 6, 584.
13, 646.
imbellis (inb.), e, unfriegerisch, plectrum 5, 114. Dolon 13, 98. lacerti
unstreitbar 13, 109.
imber, bris, m. Regenguß, Blatregen
5, 483. grave sidus et imbrem (Epir-
reg.) 5, 282. imbre tumens 8, 549.
ab imbre percussis solibus in Folge
6, 69. Regensturm 6. 231. Pl. 8, 79.
4, 626. largi cadunt 11, 518. desierant 5, 285. demittere caelo 2,

310. Regentropfen 9, 220. [Abl. imbri 4, 103.]

Imbreus, ĕi, m. e. Centaur 12, 310.

Imbrĭfer, era, um, Regen bringend, austri 13, 725.

Imbŭo (inb.), ŭi, ūtum, ĕre, befeuchten, benetzen, nectare 4, 252. vestis sanguine imbuta 9, 163.

Imĭtāmen, ĭnis, n. d. Nachahmung, imitamine aequare veras formas 11, 626. Pl. antiquae vitae 4, 445. aetatis nostrae peragere nachahmen 15, 200. [Nur bei Ov.]

Imĭtātor, ōris, m. Nachahmer, fulminis 14, 618.

Imĭtor, ātus sum, āri, nachahmen, m. Acc. homines 11, 638. veras aves fl. veras avium pennas 8, 195. scripto imitabere gemitus nachsprechen 10, 206. Part. imitans: somnia varias formas 11, 613. picae omnia Alles nachschwatzend 5, 299. ähnlich, pruna ceras 13, 818. flammas flammenähnlich 2, 2. curru imitante triumphos ähnlich wie bei e. Triumphe 15, 252; imitatus faciem aquarum 8, 736. ähnlich, Tyrios colores 9, 340. cornua lunam mondähnlich 9, 783. cupressus metam spitzsäulenähnlich 10, 106; passiv. imitatus nachgeahmt, ähnlich, voluptas 9, 481.

Immā̆desco (inm.), mădui, ĕre, innerlich durchfeuchtet, durchdrungen werden 1, 158. 6, 396.

Immānis (inm.), e, ungeheuer, gewaltig, der äußeren Erscheinung nach, ferus 8, 422. terga ballaenarum 2, 10. membra 12, 501. ora 12, 260. scopulus 14, 182. cumulus 12, 514. 15, 508. acta 9, 247; übertr. gewaltig, unbändig, animis et undis 8, 583. studium loquendi 5, 678.

Immansuē̆tus (inm.), a, um, unbändig, 4, 287. Cyclops 14, 249. ingenium 15, 85.

Immē̆dĭcābĭlis (inm.), e, unheilbar, vulnus 1, 190. 10, 189. malum 2, 825.

Immĕmor (inm.), ŏris, uneingedenk, einer Wohltat 10, 682. 14, 173. undankbar 15, 122; m. Gen. decoris 8, 535. ipse sui 10, 171. 15, 445. nostri meiner 8, 681. ambagum nicht mehr gedenkend 7, 761.

Immensus (inm.), a, um, (metior), unermeßlich, mundus 2, 35. aether 10, 1. orbis 15, 435. pontus 4, 669. Ionium 4, 535. opes 6, 181. labor 1, 723. maßlos, fetus 10, 136. schranken- los, licentia 1, 309. potentia 8, 618.

viscera botenlos 8, 829. nitis cruoris unersättlich 13, 768. arcus ungeheuer 3, 47. 77. Subst. in immensum ins Unendliche 2, 220. 4, 661. per immensum durch d. unermeßlichen Luftraum 4, 621.

Immergo (inm.), si, sum, ĕre, eintauchen, versenken, nautas pelago 4, 423. manus hineinsenken 13, 563.

Immĕrĭtus (inm.), a, um, der etw. nicht verdient hat, parens Acrisius (um Perseus) 5, 237; der etw. nicht verdient, verschuldet hat, unschuldig, neptis 4, 531. nata 13, 185. 4, 070. 15, 504. latrans 8, 412. urbes 12, 550.

Immĭnĕo (inm.), ēre, herein-, herüberragen, arbos 4, 458. m. Dat. scopulus aequoribus 4, 525. collis apex arvis 7, 779. belua ponto ragt hervor über 4, 690. caelum orbi schwebt darüber 2, 7. aër his 1, 52. — bildl. verfolgend dicht daran sein 7, 785. tergo fugacis 1, 512; nach etw. trachten, m. Dat. exitio 1, 140. 6, 370.

Im-misceo (inm.), cui, xtum, ĕre, bei-, daruntermischen, m. Dat. ima somnis 7, 278. immixta fulgura ventis 3, 300. angues crinibus 4, 792.

Im-mītis (inm.), e, unbarmherzig, hart, grausam 5, 92. 7, 438. 10, 673. Ammon wegen f. harten Orakelsprüches 4, 671. umbra 13, 449. immitior hydro 13, 804. oculi 6, 621. hasta 8, 66. fata 13, 260. facta 14, 714. arma bei Gericht 15, 44; roh, genus haud immite virorum 13, 740. 759.

Im-mitto (inm.), mīsi, missum, ĕre, hineinschicken, -lassen, immissus dies d. eingelassene Tageslicht 5, 358. coronam immisit caelo ließ gen H. steigen 8, 179. pestis immittitur Thebis wird losgelassen gegen 7, 763. aurum aliis wird beigemischt 6, 88. Pass. sich hineinlassen, immittitur undis springt in d. Wellen 4, 357. immittor harenas gelange auf 3, 599; schleudern, in od. gegen etw. angues 4, 498. alqm flammis 6, 615. lanceam costis zwischen d. Rippen 12, 380. — loslassen, habenas alcui d. Zügel schießen lassen 1, 280. immisso volatu beschleunigtem Fluges 4, 718. — frei herabhangen lassen, immissi capilli herabhangend 5, 338. umerum per utrumque 6, 188. barba 12, 351.

Immō, Adv. zur berichtigenden Erwiderung, nein vielmehr, immo ita sit

neīn (nicht genug bamit) vielmehr so ki
es 7, 512.
Im-mōbĭlis (inm.), e, unbeweglich, im-
mobilior scopulis schwerer zu rühren
13, 801.
Im-mŏdĭcus, (inm.). a, um, unmäßig
groß, rostrum 6, 673. tuber 8, 808.
Im-mŏrĭor (inm.), mortuus sum, mōri,
auf ob. in etw. sterben, sorori 6, 296.
aquis 7, 571.
Im-mōtus (inm.), unbewegt, unbeweglich 15, 339. silex 6, 199. vultu immotus eodem haeret 3, 419. vultus
tenuit immotos 14, 602. 2, 602. immota tuetur terram 10, 386. lumina
stant immota 6, 305. immotas silent
frondes 7, 187; übertr. ungerührt,
immotas aures praebere 15, 465.
Immūnis (inm.), e (in u. munus), frei
von Dienstbarkeit, tellus 1, 101. m.
Gen. bos aratri vom Dienst des Pfluges
3, 11. operum 4, 5; von Weißenau 7,
229. — übertr. frei von etw. Gen.
mali 8, 690. necis 9, 253. Arctos
aequoris nicht ins Meer tauchend 13,
293.
Im-mūnītus (inm.), a, um, unbefestigt,
mauerlos, Sparte 10, 169.
Im-murmŭro (inm.), āre, hineinmur-
meln, m. Dat. terrae 6, 658. 11, 187.
Alcyonen undis den Namen Alc 11,
567. — gegen Jem. murren 8, 648.
[Nur immurmurat.]
Im-mūto (inm.), āvi, ātum, āre, verändern, umwandeln, figuram 7, 722.
formas 15, 455.
Im-par (inp.), păris, ungleich, mensae
pes erat impar 8, 661. an etw. Abl.
coloribus 10, 95. viribus nicht gewachsen 5, 610; übertr. certamen 11,
156.
Im-pătĭens (inp.), ntis, unfähig etw.
zu ertragen, zu leiden 14, 710. m.
Gen. viae der Anstrengung der Reise
nicht gewachsen 8, 322. oneris 7, 211.
irae nicht mächtig 13, 3. viri verschmä-
hend 1, 479. Nympharum ihre Gemeinschaft fliehend 4, 260.
Im-păvĭdus, a, um (paveo) unerschrok-
ken 14, 820.
Im-pĕdĭo (inp.), īvi u. ĭi, ītum, īre
(pes), eig. die Füße verwickeln, übertr.
umschlingen, crura visceribus impedit
12, 392. hederae remos 3, 664. praebet cornua sertis impedienda 2, 868.
— hindern, hemmen 9, 329. alqm 9,
555. 10, 678. narrare parantem 2, 435.
alqd 3, 205. cursum 1, 703. opus 8,
200. iussa 11, 481. ictus 6, 890. sacra Dianae gemitu störn 15, 490. la-

crimae impedire vocem erstickten
13, 745.
Im-pello (inp.), pŭli, pulsum, ĕre,
durch Stoß ob. Schlag in Bewegung
setzen, antreiben, treiben, impulerat
aura ratem 15, 697. puppes remige
5, 103 unda impellitur undā 15, 181.
impulsum manu avertit durch e. Stoß
mit d. Faust drehte er mich um 9, 63.
12, 118. impulsos retro dabat aura
capillos warf das von ihr getriebene
Haupthaar rückwärts 1, 529; bildl. impulit ferrum flammasque in meos
penates ließ los gegen 12, 552. —
schlagen, aequora remis 3, 657. impulsa tympana palmis 4, 29. chordae
angeschlagen 10, 145. impulit auras
mugitibus erschütterte 3, 21.
Im-pendo (iop.), di, sum, ĕre, auf-
anwenden, nil sanguinis in socios
für 13, 266. totum regnum daran-
setzen 6, 463. Part. impensus reichlich
ausgewendet, cura impensior eifriger
2, 405.
Impensa (inp.), ae, f. Aufwand, cruoris 8, 63.
Impense (inp.), Adv. mit Aufwand,
reichlich, Comp. impensius eifriger 6,
314. 7, 328.
Im-perceptus (inp), a, um, nicht wahr-
genommen, unentdeckt 9, 711.
Im-perfectus (inp.), a, um. unvollendet 1, 427. 526. infans (im Mutterleibe)
noch unausgebildet 3, 310.
Im-perfossus (inp.), a, um, un-
durchbohrt, ab omni ictu 12, 496.
[Nur hier.]
Impĕrĭum, ii, n. Gebot, Befehl, imperium, promissa, preces 4, 472. imperio pueri auf d. Gebot 7, 373. Herculis imperiis 9, 279. — Herrschaft 15,
3. über etw. Achaidos 7, 504. — Herr-
schaftsgebiet, Reich, proferre 6, 372.
relicto imperio 2, 371.
Impĕro, āvi, ātum, āre, gebieten, alqd
11, 629. famulis hoc 3, 562. m. Inf.
imperat horis iungere equos 2, 114.
8, 4. m. Acc. c. Inf. Pass. 8, 481. Act.
14, 831. m. Conj. leto det, imperat
1, 670. 13, 650. — regieren, beherrschen, m. Dat. illis (equis) 2, 170.
irae 9, 28.
Im-pervius (inp.), a, um, undurch-
schreitbar, unpassierbar, amnis 9, 106.
Impĕtus (inp.), us, m. m. den alten
Nebenf. Gen. impetis, Abl. impete 3,
79. 8, 359 (peto) d. gewaltsame An-
drang, des freisenden Himmelsgewölbes
2, 73. Anlauf des Ebers ob. Hundes,
certus 8, 359. suus sein gewohnter 7,

791. Schuß der Schlange vastus 3, 79.
Sprungkraft des Löwen 10, 651. Wagen-
schuß 1, 581 decimae undae Ansturm
11, 530. — geistig. Trieb, als Beweggrund des Handelns, quo trahat impetus 2, 356. qua impetus egit 2,
203. impetus est m. Inf es treibt
mich 2, 663. 5, 287. illi est 6, 461. 8,
78. 11, 392.
Im-piětas, (inp.), ātis. f. Pflichtver-
gessenheit, Gottlosigkeit 4, 4; impietate
pia est durch Pflichtverletzung (gegen d.
Sohn) pflichttreu (gegen d. Brüder) 8,
477.
Im-pīger (inp.), gra, um, unver-
drossen, rastlos 8, 311; zum Verb.
consedit ohne Säumen 1, 467., adit
1, 779.
Im-pius (inp.), a, um, pflichtvergessen,
ruchlos 6, 489 8, 128. 10, 345. impia
prima est ist zuerst eine ruchlose Tochter
7, 339. manus Rotte 1, 200. 9, 656.
domus 8, 485. ensis 7, 396. gottlos
14, 736. turba 3, 629. gens 10, 292.
vicinia 8, 690. manus Hand 8, 761.
Implācābīlis (inpl.), e, unversöhnlich
4, 452.
Im-plācātus (inpl.), a, um. unbesänf-
tigt, gula ungesättigt 3, 815.
Im-plěo (inpl.), ēvi, ētum, ēre. anfüllen, erfüllen, füllen, aures. villis 11,
176. caudam gemmis 1, 723. lumina
lacrimis 4, 684. praecordia sentibus
2, 799. ora implerunt fluctus 11, 666.
puppes remige bemannen 8, 103. lintea ventis 9, 693. Thebas sanguine 12,
110. deos muneribus fl. deorum templa
7, 428. auras hinnitibus 2, 155. ripas
querelis 2, 872. 3, 180. silvas mit d.
Erzählung deiner That 6, 527. clamor
cum plausu implevere domos 4, 736.
locum mugitibus impleverunt (spomb.
Aussg.) 7, 114. fama impleret urbes
9, 666. acta Herculis implerunt terras
odiumque novercae erfüllt u. gesättigt
9, 135. 12, 646. sermonibus auras 12,
56. errore vias 8, 166; voll machen,
luna orbem 9, 314. 11, 453. puer annum 9, 336. mensura roboris quinque
ter ulnas implebat beträg 8, 749;
ausfüllen, diem sermonibus 7, 662.
convivia dictis 13, 075; befruchtend
erfüllen, quam implevit fecundo
Iuppiter auro Danaë 4, 698. gemino
fetu 6, 111. uterum generoso germine 9, 280. Thetin Achille 11, 265.
— übertr. eine Obliegenheit erfüllen,
partes 1, 245.
Im-plīco, (inpl.), ävi, ätum u. ui,
itum, äre, umschlingen, alqm um-

flammern 4, 362. curvo flumine nur-
schließen 3, 813. alas umstriden 4, 364.
se rore maris sich umsclaben 12, 411;
um etw. schlingen, bracchia implicuit
collo (Dat.) 1, 762.
Im-plōro, (iupl.), āvi, ātum, āre, anflehen, alqm 13, 64. opem 8, 269.
Implūmis, (inpl.), e, ungefiedert, Flügel-
los 8, 718.
Im-plŭo, di, ēre, auf etw. regnen,
aspergine silvis 1, 673.
Im-pōno, (inp.), pōsui, pōsĭtum, ĕre,
darauf setzen, -legen, alqd 4, 719. cibos mensis 1, 230. 15, 73. igni laticem 7, 327. prosecta Aris 12, 152.
artus supremis ignibus 13, 588. cervicem clavae 9, 236. comae radios
2, 124. velamina salici 8, 594. sagittam nervo 8, 30. 881. alqm carinae darauf bringen 6, 511. dorso
manus imposita est daraufgeführt 2,
875. pede imposito daraufgestellt
8, 425. ore fratri imposito geherzt
6, 291. impositus mons 9, 66. torus
lecto 8, 656. m. super: haec super
imposuit aethera 1, 67. 2, 17. se
super imponit 15, 400. super imposita harundine 9, 100; einsetzen, ebur
6, 410; versetzen, au eb. in, ipsos
caelo 2, 507. 4, 613. 14, 811; anlegen, manum ultimam rei 8, 201.
13, 403. — bildl. finem e. Ziel setzen,
labori 6, 240 bello 8, 68. luctibus
15, 744; auflegen, poenas 2, 521.
leges hostibus 8, 102. onus impositum 15, 820; überlegen, maiestatem
4, 641. nomen avitum 9, 708. culpae speciosa nomina 7, 70.
Importūnus (inp.), a, um, unbequem,
unheilvoll, Capharens 14, 481. fata
10, 634. Tisiphone 4, 482; unver-
schämt 2, 475.
Imprĭmo (inpr.), pressi, pressum,
ĕre (premo), ein-, daraufdrücken, nere
stamina impresso pollice 8, 453.
signare impressä gemmä 9, 566;
aufstemmen, impressa hasta 2, 786.
Im-prŏbo (inpr.), āvi, ātum, āre, miß-
billigen, tabela, choreas 14, 521.
Im-prŏbus (inpr.), a, um, schlecht,
bös, improbe Böser! als Scheltwort
Scheltwort 4, 370. Unverschämter! 13,
112. beigl. improba 8, 136.
Imprōvīso (inpr.), Adv. unverberge-
sehn, unerwartet 14, 160.
Im-prūdens (inpr.), ntis, nicht ahnend, ohne es zu ahnen 8, 425. in
wissen 8, 65. 10, 130; unvorsichtig
10, 183.
Im-pūbes (inp.), ēris, dicht u. in frä-

ircr Profa is, noch nicht mannbar, impubibus annis 9, 417. genae impubes barttos 3, 122.

Im-pugno (inp.). ävi, ätum, äre, bekämpfen, meritum fidemque 5, 151.

Im-pulsus, (inp.), us, m. Anftoß,
Stoß, illius (molaris) 3, 61. pectoris 4, 708.

Impūnē (inp.), *Adv.* ungeftraft, ftraf-
los 5, 119. 6, 318. 9, 71. 13, 741.
761. per me haud impune meinem
feus 15, 233. videri fich ungeftr. fehen
laffen 15, 558. non impune feremus
bulbem 9, 279. ungeftr. wegfommen 6,
279. 494. non impune feras 11,
207. 12, 265. 14, 383. haud 2, 474.

Impūnis (inp.), e, ungeftraft 4, 800.
11, 67.

Im-pūto (inp.), ävi, ätum, äre, an-
rechnen, zufchreiben, mortem seniori-
bus annis 15, 470. natum illis bß.
ben Tob bes Sohnes 2, 400.

Imus f. inferus.

In, *Praep*, I) m. *Acc.* örtl. bez. b.
Richtung wohin: in, auf, nach, pervenire in mare 1, 41. mittere in
Tartara 1, 113. itum est in viscera
terrae 1, 138. nofas irrupit in aevum 1, 128. cortex in verba venit
trat bazwifchen 2, 363. fundere in
aras 9, 100. despexit in agros 1,
601. porrigit membra in spatium
2, 197. partes speculator in omnes
1, 667. in latus campi iecit nach b.
Seite hin 10, 674. crescit in caput
nach 5, 547. celsus in cornua cervus
nach b. Geweih hin, bß. mit hochrag.
Gew. 10, 538. spatiosus in guttura
mergus 11, 753. in latum in b. Weite
1, 336; in immensum 4, 601. iter
agere in rectum gerabaus 2, 715.
niter in adversum entgegen 2, 72.
damnatur partem in unam hinficht-
lich 11, 178; gegen, vertitur in pecudes 1, 235. fulmen mittere in auri-
gam 2, 312. in audaces non est
audacia tuta 10, 544. — will. auf,
bis auf, bis in, poenas differre in
idonea tempora 2, 467. honor du-
rat in hoc aevi 10, 218. durastis
decimum in annum 15, 666. für, in
futurum 1, 736. in breve tempus
13, 527. in diem für, auf einen Tag
2, 48. — bez. Uebergang in e. andern
Buftand: In, zu, redigere in membra
gliebern 1, 33. fingere in artus
(f. fugo) 15, 360. in effigiem 1, 83.
glomerare in orbem 1, 35. bef. bei
Verwandlungen, mutare in 1, 1. 409.
vertere in 1, 160. abire in 1, 230.

crines in frondem crescunt zu 1, 550.
guttas animavit in angues 4, 619.
— e. Bwed: zu, für, locus non sufficit in tumulos 7, 613. thyrsi non
haec in munera facti 11, 28. amor
dabit vires in vulnera 4, 150. iurare
in facinus zum Verbrechen 1, 242.
prodesse in causam 13, 29. multum
est in vota, in crimina parvum viel
für meine Wünfche, wenig zur Schulb
9, 629. in Circes odium (f. odium)
14, 71. pugno in mea vulnera ringe
mich felbft zu verwunden 7, 738. pecus natum in tuendos homines 15,
116. quod lumen in tot lumina habebas für fo viele Augen 1, 720. in-
quirere in annos nach 1, 148. laborant in spem auf 15, 367. florere in
spem bacarum 9, 341. — bie Art u.
Weife: nach, gemäß, in speciem chori
ludunt nach Art 3, 685. 15, 509. frondescere in hederae faciem epheuähn-
lich 4, 395. in vicem, vices, f. vicis.

II) m. *Abl.* bez. ein Sein ob. Ge-
fchehen an e. Orte: in, an, auf, pendebat in aëre tellus 1, 12. ossa in
corpore terrae 1, 393. templo Iunonis in Argis = Argivo 15, 164. in
Anthedone in b. Gegenb von, bei 13,
905. mora haerentis in rubetis 1,
105. stare in monilibus 1, 133. bei
ftellen, beften uf. pouere in terra 10,
129. figitur ancora in prato 1, 297.
mersis in corpore rostris 3, 240.
claudere in antris 1, 262. ducere
litteram in pulvere 1, 649. innerhalb, pestis dominatur in moenibus
urbis 7, 553. — in e. Buftanbe ob.
ob. Verhältniffe: In, bei, unter, tempore in illo Lage, Verhältniffe 1, 314.
alqs unus fuit in illo malo 2, 372.
in rege tamen pater est bei — troß
f. fönigl. Stellung 13, 187. in tantis
opibus 15, 91. hostis in armis adest
12, 65. ingens in pondere massae
5, 81. in dubio est 1, 396. in ambiguo est 1, 537. damnandus facto
in uno 7, 402. — unter e. Anzahl:
unter, primus in his 5, 8. 1, 426.
in quibus Aiacem barunter 13, 164.
in numero comitum 5, 555. pater
est in illis 2, 495. ne sit in omnibus unus 10, 216. — an ob. bei Per-
fonen: an, bei. in die est flebi bei 7,
24 fecit in Phoronide 2, 524.. in
illo scelus non invenies 8, 141. scelus est pietas in coniuge Tereo 6,
635. nec vos audiatis in illo crimina 13, 311. armis onus in dammis
1, 442. vires effudit in uno 12, 107.

veneris modum sibi fecit in illa 4,
268. aestuat in illa für 0, 491. ardet in virgine 9, 725. 8, 50. uritur in hospite 7, 21. capta est in
figura dei beim Anblick der Gestalt 14,
771. — innerhalb ob. während e. Zeit:
in, innerhalb, während, parvo in tempore 2, 668. 12, 512. in brevi spatio 1, 411. longo in aevo 3, 445.
14, 731. cursu in ipso 3, 199. in
petendo im Zustoßen 5, 185. [zw.
Subst. u. Adj. partem in omnes 1, 687. auras exit in aetherias 5, 512. corpore in
uno 1, 16. locato quod crimen in ipso est
7, 794 ob.; zw. Subst. u. Gen. speciem in
orbis 1, 33. pectus in amborum 4, 507.
amplexae in virginis ire 11, 771. faibus
in Lyciae 4, 340. gremio in Iasonis 7, 66;
von f. Gass. getr. in chori ludunt speciem
3, 685. in captae descendant moenia
navis 11, 532. in patria blandis haerem
cervice lacertis 1, 485. in aede Phoronide 1, 624. in magnae dominator moenibus urbis 7, 653. — Cf. m. qus, dif.
im 1. 8.]

Inachides, ae, m. r. Inachide, Nachkomme des Inachus, 1) Epaphus als
dessen Enkel 1, 763. — 2) Perseus, als
Sprößling des argivischen Königsge-
schlechtes 4, 720.

Inachis, idos (1, 611), f. Tochter des
Inachus, Io 1, 611; b. ägypt. Göttin
Isis, die die Griechen für ihre Io hielten 9, 687. — Adj. f. des Inachus,
ad ripas Inachidas 1, 640.

Inachus, i, m. Fluß in Argolis, der
bei Argos in d. Meer mündet. Der
Flußgott ist Vater der Io (b. f.) u.
ältester König von Argos 1, 583.

In-aequalis, e, ungleich, an Größe,
portus 5, 408. in d. Temperatur, autumni 1, 117.

In-amabilis, e, unliebenswürdig, unlieblich, regnum d. Unterwelt 4, 477.
14, 590.

In-ambitiosus, a, um, keinen Ehrgeiz erweckend, ehrgeizlos, rura 11,
765. [Nur hier.]

In-amoenus, a, um, nicht anmuthig,
unlieblich, regna d. Unterwelt 10, 15.

Inanis, e, leer, locus 8, 842. currus
2, 166. orbis 1, 348. luminis orbis
14, 200. sepulcrum (b. f.) 6, 568.
m. Gen. (dicht.) corpus inane animae entseelt 2, 611. 13, 488. tympana hohl 3, 537. ubera schlaff, weil
10, 391. lacerti muskel-, kraftlos 15,
229. 5b, moenia 7, 628. regna Ditis 4, 510. Tartara 11, 670. 13, 488.
Subst. inane d. leere Raum, Luftraum
1, 718. 6, 230. 9, 223. Pl. per inania 2, 504. — bildl. — nichtig, eitel,
inferiae weil Aesacus noch lebte 12, 3.
vulnera Bisse 3, 83. opes 7, 336. reditus 11, 576. simulacra Truggebilde
3, 868. cibus Trugbild d. Speise 8,
836. inania munera morti nutzlose
Todtenopfer 2, 340. tempora inania
consumere nutzlos aufwenden 2, 575.
inania venti verba ferunt vergeblich
8, 134.

Inaniter, Adv. vergeblich 2, 616.

In-aratus, a, um, ungepflügt, tellus
1, 109.

In-ardesco, arsi, ère, bei etw. entbrennen, amor specie praesentis in-
arsit 7, 83.

Inarime, es, f. die sonst Aenaria ge-
nannte Insel (l. Ischia) Neapel gegenüber 14, 89.

In-attenuatus, a, um, ungeschwächt,
fames 8, 844. [Nur hier.]

In-auratus, a, um, vergoldet, acanthus 13, 701.

In-calesco, calui, ère, warm werden,
sich erwärmen 2, 175. 9, 161. 15,
107. — übertr. sich erhitzen, entbrennen, acres animi incaluere 2, 87.
b. Liebe 2, 574. 3, 371. b. Begeisterung, entflammt werden, deo 2, 641.
[Perf.: Deukanf. außer 2, 574. 3, 371: vidit et incaluit.]

In-calfacio, ère, erwärmen, incalfacit
hostia cultros 15, 735. [Nur bei Ov.]

In-candesco, ui, ère, heiß werden 2,
728. ara incanduit ignibus 12, 12.

In-canus, a, um, ganz grau, labra
situ 8, 802.

In-cautus, a, um, unvorsichtig, hostis
13, 104. studio eundi 8, 379.

In-cedo, cessi, cessum, ère, einherschreiten 2, 445. 4, 739. 6, 452. 9,
91. passu inerti 2, 772. 10, 49.

Incendium, ii, n. Brand, Feuersbrunst
(Met. nur Pl.) 2, 215. 331. 13, 718.
irrita iactas incendia schleuderst Brand
14, 539. rapere incendia in Br. gerathen 15, 360.

Incendo, cendi, censum, ère (in-can-
do), anzünden; venas (fontis) heiß
machen 14, 792.

In-certus, a, um, ungewiß, unsicher,
aevum Lebenszeit 15, 874. haud incerta signa 15, 782. v. Pfeil 5, 382.
sol unbeständiger Sonnenschein 2, 808.
— im Geist, facit incertam pomi color 4, 131. auctor in incerto est
wer geworfen, ist ungewiß 12, 419.
schwankend, mens 9, 630. unschlüssig,
incerti, quid agant 15, 666. aquae

ob ſu vorwärts ob. rückwärts ſollen 8, 106. carina paret incerta duobus (vento et aestui) 8, 472.

Incesso, īvi u. cessi, cessum, ĕre, feindl. angreifen, alqm telis 14, 402. 13, 566; dictis ſchelten 13, 232. loquendo 5, 102. [Pr. lacessit. lacessere.]

Incessus, ūs, m. das Einhergehen, Gang. Pl. Gangarten 11, 636.

Incestus, a, um (castus), unzüchtig, medicamen 4, 388.

Incīdo, cīdi, cāsum, ĕre (in-cado), in ob. auf etw. fallen, m. Dat. arae 5, 104. undis hineinsinken 4, 198; bildl. lues incidit populis befiel 7, 524. in alqm auf Jem. ſtoßen 2, 500.

Incīdo, cīdi, cīsum, ĕre (in-caedo), einſchneiden, m. Dat. dentes ferro 8, 245. verba cortici einritzen 9, 529: m. Abl. fata incisa adamante perenni eingegraben 15, 813.

In-cingo, nxi, nctum, ĕre, umgürten, incingitur angue ſich 4, 483. incingere lauro umkränze dich 14, 720. incinctus cornua (Acc. limit.) cannis umflochten 13, 894. umſchließen, aras silva agresti 7, 242. fons incinctus hiatu (Acc. limit.) margine gramineo 3, 162.

Incipio, cēpi, ceptum, ĕre (in-capio), anfangen, beginnen 3, 377. 9, 523 (zu ſchreiben). silva incipit a plano 8, 330. barba erat incipiens im Sproſſen begriffen 12, 395. m. Inf. 8, 475. 15, 256. qua crus esse incipit wo d. Schienbein beginnt 6, 255; zu ſprechen beginnen, von etw. Acc. loci causa 8, 711. zu Jem. Dat. 3, 673. 9, 281. Part. inceptus angefangen, fila 6, 34. bellum 13, 217. labor 13, 207. partus 9, 301. Subst. inceptum das Begonnene, Beginnen 6, 50. 7, 145.

Incīto, āvi, ātum, āre, anreizen, oculos 3, 431.

In-clāmo, āvi, ātum, āre, an-, zu-ſchreien, 14, 179.

In-clīno, āvi, ātum, āre, biegen, neigen, genua (in) harenis niederbeugen 11, 355. cursus den Flug krümmen 2, 721. aquas ad litora hinlenken 11, 208. inclinatum temo abwärts geneigt 11, 257. oppida eingeſunken 12, 295.

Inclĭtus ob. inclĭtus, a, um (clueo), eig. von dem man hört, berühmt, Hector 13, 178. Iovis proles Hercules 9, 229. Inclite 8, 549. factis incli- tus 13, 173.

Inclūdo, si, sum, ĕre (in-claudo), einſchließen, alqm 6, 524. cervos

pennis formidatis 15, 475. bracchia tenui pinna 4, 408. nubibus aestus 7, 529. in etw. Abl. multiplici domo 8, 168. Part. inclusum onus die v. Himmelsraum eingeſchloſſene Erde 1, 47. nimbi die in d. Wolken eingeſchl. Regenfluten 1, 269. flammas 8, 460. unda 13, 903. aequor angustis cornibus 5, 410. tela pharetrā 5, 620. venti tergo bovis 14, 225. cavernis 15, 299. annus Piscibus (b. 1.) 10, 78; verſchließen, limina portis 12, 45.

In-coeptus = inceptus ſ. incipio.

In-cognĭtus, a, um, unbekannt, serpens 1, 438. oculis nostris, weil Phöbus nie d. Unterwelt ſah 9, 40.

Incŏla, ae, c. Einwohner, Bewohner 8, 720. maris 8, 731. ponti 13, 904. montis mit d. Begr. rauher Sitten 1, 512.

In-cŏlo, ni, cultum, ĕre, bewohnen, Othryn 12, 174.

In-cŏmĭtātus, a, um, ohne Begleitung 7, 185.

In-commendātus, a, um, keiner Scho- nung empfohlen, preisgegeben, tellus 11, 431. (Nur hier.)

In-comptus, a, um (como), vom Haar ungeordnet, ungekämmt 4, 261. ca- pilli 9, 789.

In-concessus, a, um, unerlaubt, spes 9, 638. ignes 10, 153.

In-consōlābĭlis, e, untröſtlich, keinem Troſte zugänglich, vulnus 5, 426.

In-constantia, ae, Unbeständigkeit, rerum 13, 646.

In-consumptus, a, um, unverbraucht, pars turis 7, 592. iuventa unver- gänglich 4, 17.

In-cŏquo, xi, ctum, ĕre, hinein ob. dazu kochen, illic sucos incoquit 7, 265.

Incrēmentum, i, n. (cresco) Wachs- thum, Pl. Zuwachs, populi 3, 103.

In-crĕpo, ui, itum, āre. ertönen laſſen, Iuppiter nubes increpuit ließ erdröh- nen 12, 52. — anfahren, ſchelten, alqm 5, 195. terras 5, 474. spa- tiosum aevum 8, 529. equos icto verberis 14, 821. increpor a cunctis 3, 646.

In-cresco, crēvi, crētum, ĕre, auf etw. wachſen, cuti increscere squamas 4, 577. insula increvit membris 8, 610. saxum ligno hineinwachſen 14, 565. — Zuwachs erhalten, zunehmen dolor increvit 9, 704. flumina lacri- mis suis anſchwellen 11, 48.

In-cruentātus, a, um, von Blut un- befleckt, m. Tmes. inque cruentatus 12, 497. [Nur hier.]

in-cubo, ui, itum, āre, auf etw. liegen, m. Dat. terrae 1, 684. foliis 4, 514. nidis 11, 746. umero 6, 593.

in-culpātus, a, um, **unbescholten, untadelig,** comes 2, 688. vita fideque 9, 173.

in-cultus, a, um, **unangebaut, agri** 7, 534.

in-cumbo, cubui, cubitum, ĕre, sich auf etw. legen, m. Dat. incubuit loco sich niederwerfen 2, 338. corporibus 6, 277. bubo tecto ließ sich nieder 6, 432. cum Palladis arbore palmae — palmae et Palladis arbori sich anlehnen 6, 335. lecto sich über das Lager lehnen 11, 657. toro 10, 281. ferro sich ins Schwert stürzen 4, 163. 14, 81. telo 12, 428; ad alqm sich niederbeugen zu 9, 835. hunc super 15, 21. — übertr. sich m. Eifer auf e. Beschäftigung legen, sich anstrengen 10, 657.

in-cunābula, orum, n. d. Windeln, dah. meton. Geburtsort, Wiege, Jovis 8, 99; bildl. d. zarte Kindesalter 3, 317.

in-curro, curri, cursum, ĕre, anrennen, einstürmen, incurrite mecum 5, 196. incursurus erat 5, 198. montes b. zusammenstoßenden Felsen (s. Symplegades) 7, 62. armentis einbrechen in 7, 546.

incurso, āvi, ātum, āre (incurro), gegen etw. anrennen, ramis 1, 302. stellis 2, 205. rupibus 14, 490.

incursus, us, m. d. Anlauf 8, 340 (apri). vires sumere incursu im Ansprung 11, 510. Ansturm, turbinis 11, 551. undarum 11, 496. Pl. 3, 83. 11, 730. — bildl. animus habet varios incursus nimmt Anläufe, faßt Anschläge 9, 152. [S. Ad. Pr. Acc.]

in-curvo, āvi, ātum, āre, krümmen, membra incurvata dolore 6, 245.

in-curvus, a, um, gekrümmt, carina 14, 534. 15, 514. agger 15, 690. lumbi 8, 804. incurva resedit 14, 850.

in-custōditus, a, um, **unbewacht,** boves 2, 684. 3, 15.

I) indāgo, āvi, ātum, āre, aufspüren, amores (und. irritare, instigare) 1, 462.

II) indāgo, inis, f. Umzingelung des Wildes, indagine cinximus agros 7, 766.

indĕ, Adv. von da, örtl. 1, 371. 2, 359. 714. 3, 438. 4, 386. — ex solio 2, 31. — e curru 2, 153. — e cortice 2, 364. — e Lycia 6, 323. — e Creta 10, 1. — e palude 11, 365. — a feris 11, 23; z. Gen. part. inde bina fl. luminum 1, 626. multos inde fl. eorum 7, 515. pars inde fl. lautis 13, 829; fl. membrorum 6, 645. — zeitl. hierauf 1, 151. 390. 666. 2, 578. 3, 106. 209. 314. 400 u.s. — causal: in Folge davon, daher 1, 414. 3, 401. 5, 356. inde graves näml. bibendo 7, 670. apparet inde cicatrix — de vulnere 12, 444. inde nives fieri — ex imbribus concretis daraus 9, 221.

in-defessus, a, um, **unermüdet** 9, 199.

in-defletus, a, um, **unbeweint,** animae die Seelen unbeklagter u. ohne d. üblichen Bräuche bestatteter Todten konnten die Styx nicht überschreiten 7, 611. [Nur hier.]

in-delectus, a, um, **nicht herabgeworfen,** ohne niedergestürzt zu werden 1, 289. [Nur hier.]

in-delebilis, e, **unzerstörbar** 15, 876. [Nur bei Ov.]

in-deplorātus, a, um, **unbeweint** 11, 670. [Nur bei Ov.]

in-destrictus, a, um, **ungestreift, ungeritzt** 12, 92. [Nur hier.]

in-detonsus, a, um, m. **ungeschorenem Haupthaar** 4, 12. [Nur hier.]

in-devitātus, a, um, **unvermieden, unvermeidbar,** telum 2, 605. [Nur hier.]

index, icis, m. (indico) Angeber, non exorabilis 2, 546. temerarius 7, 824. facti 6, 574. nullo sub indice auf keines Angebers Veranlassung 14, 34; meton. v. Sachen, Zeichen, Verräther, laesi pectoris 9, 535. — Index d. Probierstein (eig. Verräther), worein Battus verwandelt wird 2, 706.

India, ae, f. Indien, decolor wegen d. bunten Farbe seiner Bewohner 4, 21. debellata unterworfen v. Bacchus 4, 605. victa 15, 413.

indicium, ii, n. die Anzeige 7, 823. sceleris 6, 578. laquei 10, 417. corporis mutati peragere machen 1, 650; Verrath 4, 257. 5, 542. poena indicii für 4, 190. 15, 503. paternum ihres Vaters, des Sonnengottes 14, 27. vocis suae keine verrätherischen Worte 11, 188. rei facere e. Sache verrathen 9, 586. — das Anzeichen, summae intentis 7, 555.

indico, āvi, ātum, āre, anzeigen, alcui alqd 4, 287. 688; ansagen, alcui alqd 10, 406; ankündigen, m. Acc. c. Inf. 15, 596. m. indir. Fr. 15, 668.

indico, xi, ctum, ĕre, ansagen, bellum alcui ankündigen 6, 92.

indigena, ae, c. (indu — in u. gigno) der Eingeborene, Pl. 2, 810. 10, 644. 15, 325, 558. seniores 15, 11. — Adj.

einheimisch, heimisch, deus 6, 830. apri 14, 843.

Indiges, ĕtis, m. e. einheimischer Gott, dii Indigetes 15, 862; bes. Beiname des zum Gott erhobenen Aeneas 14, 608.

In-digestus, a, um, (digero), ungeordnet, moles 1, 7.

Indignor, ātus sum, āri, über etw. Unwürdiges unwillig, empört sein 9, 237. 6, 204. 14, 40. dis indignantibus zum Unwillen der Götter 2, 646. 15, 535. m. *Inf.* von indignabere vinci 10, 604. m. *Acc. c. Inf.* 11, 787. 14, 391. *Part.* indignans unwillig, zürnend, empört, lingua 8, 865. ora 1, 191. verba 8, 684. ursos widerstrebend 12, 854. freta 11, 491; indignatus unwillig, zornig 7, 377. *Gerund.* vestis lecto non indignanda e. Teppich, worüber sich d. Lagerstatt nicht zu beschweren brauchte, als wäre er zu kostbar 8, 869.

In-dignus, a, um, unwürdig einer Sache, unwerth, *Subst.* indigni die Unwürdigen 8, 367. — der etw. nicht verdient, collum 1, 631. lacertos 4, 188. m. *Inf.* crura indigna laedi 1, 508. — unverdient, nex 10, 627. indignis palmis pectora percutere unverdienter Weise 10, 728. parenth. indignum! o Schmach! 5, 37.

In-do, dĭdi, dĭtum, ĕre, hineinstecken, digitos amentis indere 7, 788.

In-doctus, a, um, ungebildet, vulgus 5, 308.

Indōlesco, dŏlŭi, ĕre (doleo), Schmerz, Unwillen empfinden, sich betrüben, sich ärgern 3, 495. über etw. *Abl.* facto 4, 173. id ipsum 2, 469. m. *Acc. c. Inf.* 2, 780. 9, 261. m. quod 11, 106.

In-domĭtus, a, um (domo), ungebändigt, iuvencae 13, 798. ignis 10, 370. irae 5, 41. unbezwungen, dextra 13, 865.

In-dōtātus, a, um, ohne Mitgift, indotata rapit auch ohne Aussteuer 4, 768; übertr. corpora indotata dantur in rogos unbegabt dh. ohne die übl. Todtenopfer 7, 609.

In-dūco, xi, ctum, ĕre, in ob. auf etw. führen, nubila heraufführen 7, 202. dah. darüberziehen, nubes terris 2, 307. tenebras rebus 2, 395. 15, 652. marmora rebus eine Steinkruste 15, 814. inducto pallore nachdem ihn Blässe überzogen 14, 755. summis inductum est aequor harenis nur über die Oberfläche des Sandbodens breitet sich d. Meer 11, 231. membris humanam formam umkleiden 7, 642. 4, 574.

Part. inductus darübergezogen, -gebreitet, nubes 1, 268 (caelo). 11, 498. caligo 1, 599. terra 8, 608. cortex 9, 391. favilla 7, 80. victima inducta cornibus aurum (*Acc.* wie bei indutus) vergoldet an d. Hörnern 7, 161. 10, 271.

Indulgeo, si, tum, ēre, nachsichtig sein, nachgeben, furori 9, 512. animo patruoque suoque Zorn 13, 698. amori 9, 598. sibi sh. s. Bequemlichkeit, sich pflegen 10, 534. animis f. Begierden freien Lauf lassen 7, 566. lacrimis 9, 142.

Indŭo, dŭi, dūtum, ĕre, anlegen, anziehen, vestes 11, 574. lugubria 11, 669. arma 11, 382. 14, 799. 13, 291. raptae insignia Bacchi 6, 599. scalas über d. Kopf nehmen 14, 650; übertr. tellus induit hominum figuras annehmen 1, 88. stipes frondes bekommt 7, 281. alcui: vultum virilem 6, 854. induit ilia fractae (orno) zog sie darüber, dh. spießte sie auf d. Baumstumpf 12, 340. *Pass. m. Acc.* (wie ἐνδύεσθαι) induitur aures aselli wird bekleidet mit 11, 179. sich etw. anlegen, induitur pallam 4, 483. atras vestes 8, 568. velamina 11, 589. 14, 45. umeris virus Lernaeae echidnae 9, 158. übertr. faciem cultumque Dianae annehmen 2, 425. 850. mortalem formam 11, 203. *Part.* indutus gekleidet in, angethan mit, chlamydem Tyriam 5, 51. vestes recinctas 7, 182. pallam 14, 262. varios colores 1, 270. — umhüllen, mit etw. lacertos induit toris umwickelt die Arme mit d. Wampen 9, 82.

In-dūresco, dūrui, ĕre, hart werden, sich verhärten, erstarren 4, 745. 9, 219. 15, 306. sanguis oris induruit so daß ihnen keine Schamröthe mehr in d. Wangen stieg 10, 241. saxo zu Stein, eig. durch Versteinerung 5, 233. trunco zum Stamm, eig. durch Verwandlung in e. Stamm 10, 106. [Nur indurui u. nach b. 4. Aufl.]

In-dūro, āvi, ātum, āre, hart machen, verhärten, nives 8, 692. hiatus 11, 60. induratum 14, 503.

Indus, a, um, indisch, dentes Elephantenzähne 8, 288. Elfenbein 11, 167. — *Subst.* Indus e. Inder 5, 47. *Pl.* positi sub ignibus sidereis 1, 778.

In-emptus, a, um (emo), ungekauft, corpus inemptum reddite ohne Lösegeld 13, 471.

In-eo, ii, ĭtum, īre, hineingehen, m. *Acc.* betreten, thalamos 3, 282. 4,

328. 10. 696. tectum 14, 752. templa 10. 722. Athenae 7, 723. fretum bei Fahren 14, 437. convivia dazu kommen 4, 764; v. Thieren, caper mit pecudes befpringt 1?, 327. — bibl. etw. beginnen, certamina disci 10, 177. Veneris foedus b. Liebesbund begehen 3, 294.

Inermis, e (arma), unbewaffnet, puer Bacchus 4, 558. bracchia 5, 173. — ohne volle Rüstung 13, 193.

Iners, ertis (ars), ungeschickt, unbehülflich, Subst. inartes 10, 602; unthätig, träg. voluntas 8, 678. bracchia 5, 848. passu inerti 2, 772. quid dubitatis inertes 7, 392. pondus 1, 8. Styx 4, 434. Frigus, selbst als träge vergestellt weg. der erstarrenden Wirkung 8, 790. morbus 7, 644. arbor recidit iners erfolglos 12, 961. letum thatenlos 7, 644; tela, anima 10, 76. Subst. Feigling 5, 275.

In-evitabilis, e, unvermeidbar, fulmen 8, 801.

In-excusabilis, e, was keiner Entschuldigung ob. Ausflüchte bedarf, tempus 7, 511.

In-exorabilis, e, unerbittlich, odium 5, 244.

In-experrectus (expergiscor), unerweckbar 12, 317. [Nur hier.]

In-expletus, a, um, ungesättigt, lumen 8, 439.

In-expugnabilis, e, uneinnehmbar, unüberwindlich, gramen 5, 486. pectus Amori für A. 11, 767.

In-exspectatus, a, um, unerwartet 12, 55.

In-famatus, a, um, übel berufen, dea Circe 14, 446.

Infamia, ae, f. übler Ruf, temporis 1, 211. 215. vetus e. alter Schimpf 2, 707; meton. von e. Verl. Schimpf, nostri saecli 8, 97.

Infamis, e, übel berufen, berüchtigt 4, 285. alae strigis 7, 269. caeso genitore 5, 148. terrae caede virorum Lemnos 14, 400. pabula horrendis sucis 14, 43.

Infans, ntis (for), was noch nicht reden kann, ganz jung, infantes nati 9, 414. ossa des kleinen Kindes 4, 518; Subst. kleines Kind 3, 561. 642. 7, 54. formosissimus 10, 622. noch ungeboren 7, 126. 10, 509. imperfectus 8, 310.

In-faustus, a, um, Unglück bringend, unheilvoll, gradu 3, 36.

Infectus, a, um (facio), unvollendet 4, 10. 6, 202.

In-felix, icis, unglücklich, v. Menschen 1, 534. 2, 179 u.ö. anima 7, 361. onus 14, 738; unglückselig, unheilvoll, Erinys 4, 490.

Inferiae, arum, f. (inferus) Todtenopfer 13, 367. 13, 516. inopes 13, 428. magno paratus 8, 490. dare tumulo 12, 3. damna inferias mittere Phoco suo schicke den Verlust als e. Todtenopfer für ihren Sohn Ph. 11, 381. 13, 615.

Inferius s. infra u. inferus.

Infernus, a, um, unten befindlich, bes. unterirdisch, inferno de gurgite auspicere 11, 506. — zur Unterwelt gehörig, rex Pluto 4, 261. tyrannus 5, 508. sedes b. Unterwelt 3, 504. 4, 433.

In-fero, tuli, illatum (tul.) ferre, hineintragen, -bringen, lumen 11, 680; illato lumine 10, 473. latices (in navem) 3, 691; intulit astris trug zu d. Sternen 9, 272. 15, 846; darbringen, piacula manibus 6, 569. — bibl. anthun, dedecus sibi illatum (esse) 6, 609; moram versetzen 11, 58.

Inferus, a, um, unten befindlich, bes. zur Unterwelt gehörig, unterweltlich, flumina 1, 190. — Comp. Inferior, us, weiter unten, Subst. in inferius ferri nach unten 15, 241; bildl. geringer, schwächer, omnibus (gleubus) als 13, 587. nomen non Hectore feinen geringern als H. selbst 11, 760. an etw., viribus 4, 608. virtute 9, 62. Subst. his non inferiora locutus nicht weniger Stolzes als dies 6, 702. — Superl. imus, a, um, der unterste, tiefste 8, 193. gurges 6, 364. solam lymphas 4, 298. sedes terrae unterste Ziele b. 331. cavernae 5, 502. Acheron 11, 504. tyrannus 4, 444. margo 3, 114. radicem 2, 589. pars 4, 525. suspiria 2, 774. aures b. Ohren an b. Wurzel 11, 177. Pindus Fuß des B. 1, 369. antro in b. Tiefe der Grotte 1, 583. 2, 761. saxo ab imo vom untersten Theile 11, 602. pectus sub imum 4, 162. frons 10, 315; b. innerste, penetralia 8, 458. 15, 636. venae 5, 397. pulmones 9, 702. Subst. ab imo von unten an 9, 362. ex imo aus b. untersten Tiefe 11, 490. Pl. summis imminuit ima das Unterste 7, 278. b. untersten Räume 9, 285. in ima in b. Tiefe 11, 557. b. Unterwelt, qui regit ima 10, 47. ima gurgitis 5, 421. lacunae 8, 336. fontis 14, 794.

Infesto, avi, atum, are, anfeinden, gefährden, latas 14, 734.

Infestus, a, um, unsicher, gefährdet, terra salubris 4, 620. — feindselig 8, 272. 15, 896. aloni 13, 328.

inficio, fēci, fectum, ēre (in-facio), etw. mit etw. anmachen, benetzen, färben alqd 2, 832. 3, 143. 4, 487. 6, 64. 10, 135. 191. velum purpureum umbras simulatas bb. ita inficit, ut similes fiant (velo purpureo) 10, 596. volumina fumi infecere diem verdunkelten 13, 602. nubes infectae adversi solis ab ictu 9, 181. infectus sanguine villos (Acc. limit.) 11, 396. — anstecken, verpesten, alqm tabe 2, 784. vitiatas auras profert. st. inficit ita ut vitientur 3, 76.

in-fidus, a, um, treulos, portus Strophadum tückisch, weil d. Troer bort von d. Harpyen belästigt worden 13, 710.

in-figo, xi, xum, ēre, hineinheften, infixum telum hineingeschoben 13, 393.

in-firmus, a, um, kraftlos, schwach, artus 6, 27. lacerti 10, 407 pennae gelähmt 12, 570.

in-fit, Verb. def. er fängt an, bes. zu reden. alcui zu Jem. 7, 511.

infitior (Dc.), ātus sum, āri (in-fateor), verleugnen, ableugnen, progenies haud infitianda parenti 2, 34. pretium 11, 205.

inflecto, exi, exum, ēre, beugen, Part. inflexus gebogen, gewunden, cornu 11, 16.

infligo, xi, ctum, ēre, auf etw. schlagen, schmettern, cratera viro 5, 83.

in-flo, āvi, ātum, āre, in ob. auf etw. blasen, inflata lucina 1, 340. buxum 14, 557. — aufblasen, inflata colla tumescunt 6, 377.

infrā, Adv. unterhalb 13, 603. circumque infraque 4, 668. m. quam: infra quam solet esse unter d. gewohnten Erhebung 3, 277. Comp. inferius, quam weiter unten als wo 1?, 420. ...lis tiefer als d. übrigen 2, 208. inferius (ingressus) terras cremabis zu tief 2, 137.

infringo, frēgi, fractum, ēre (in-frango), umbrechen, abbrechen, cornu 9, 86. lilia falten 10, 191. tibia infracto (nicht inflexo) cornu mit umgebogenem Horn 11, 16. bildl. ira infracta conatilit gebrochen, entkräftet 6, 627. — auf etw. schmettern, cratera viro 5, 83.

in-fundo, fūdi, fūsum, ēre, in, auf, über etw. gießen, tellus obruta infuso ponto 7, 355; bildl. animas formatae terrae einhauchen 1, 384. infusa collo mariti umschlingend 11, 386. umeris infusa capillos (Acc. wie bei indutus) b. Schultern übergossen mit 7, 183.

in-gemino, āvi, ātum, āre, verdoppeln, wiederholen, voces 3, 369. me miserum! ingeminat ruft wiederholt 4, 533.

in-gemo, ui, ēre, erseufzen, aufstöhnen 1, 164. 3, 774. 5, 202 ub. Umen 4, 450. solum 14, 407. [Nur ingemit, -is, ingemuit, -uere; Seidenf., nur 7, 317. 11, 838 ingemuit vos d. regelm. Däf.]

ingeniōsus, a, um, geistreich, erfinderisch, ad furtum 11, 313.

ingenium, ii, n. (gigno) b. angeborene Beschaffenheit des Geistes u. Gemütes, Geist 13, 362. pingue mananti 11, 118. Scharfsinn 13, 137. 805. carmine non intellecta priorum ingeniis 7, 760. 13, 143. Erfindungsgabe (doloris) 6, 576. Schöpfergeist (naturae) 3, 159. Dichtergeist, vivo ingenium faciente 7, 433. Genie, Talent, velox 8, 254. capax 6, 533. in etw., fabrae artis 8, 159. meton. ingenia Männer v. Geist 2, 793. 8, 252. — Sinnes-, Gemütsart 14, 26. mite 13, 188. servidus ingenio 14, 485. proles auevior ingeniis 1, 126. v. Thieren, ferum 15, 85.

ingens, ntis, ungeheuer, gewaltig, mächtig an Größe ob. Kraft, moenia caeli 2, 401. mare 3, 448. Troia 13, 169. 505. corpus 4, 691. quercus 6, 743. taurus 8, 763. crater iugens in pondere massao 5, 82. clipeus 13, 852. ingenti passu 13, 776. voce 8, 432. anhelitus oris 5, 616. vulnera 13, 537. irae 1, 164. aum 7, 176. dedecus 12, 498. verba großprahlerisch 13, 340; an Raben, Achilles 11, 265. nomen 3, 512.

ingēnuus, a, um, freigeboren, plebs 8, 871.

in-gěro, gessi, gestum, ěre, hineinthun, ingesto fontem medicamine tinxit 4, 388. 15, 80; darausthun, insula ingesta est membris daraufgeworfen 5, 346.

in-grātus, a, um, unliebsam, succensus verhaßt 2, 780. — undankbar, 2, 488. 4, 76. 5, 475. 7, 43. 711. 9, 302. ingratum et immemor 14, 173. numen 9, 701; dankbar, odores wofür d. Tobie nicht danken kann 2, 626.

in-grědior, gressus, sum, i (in-gradior), einhergehen, -schreiten 2, 442. 791. 4, 28. spectabilis 7, 498. daher kommen 7, 864. curru fahren einher 13, 252. — transf. betreten, tecta 1, 219. domum 7, 724. cubilia 11, 239. colles besteigen 14, 846. undas beschreiten 14, 46. aethera curru her, durchfahren 2, 532. pennis durchfliegen 2, 535. [Nur ingredior, -itur, ingrediens.]

inguen, inis, n, die Weichen des Leibes unterhalb der Hüfte 2, 833. 10, 715. 19, 454. in obliquo in der schrägen Neigung der Weichen 5, 132. Pl. 2, 353. 9, 353. 11, 67. summa b. oberste Theil der W. 8, 400. ultima 13, 915. — b. Schamglied, deus qui fures inguine terret (s. Priapus) 14, 640.

In-haereo, haesi, haesum, ēre, an, auf etw. hangen, haften 4, 370. inhaesuro similia gleich als würde er ihn eben lassen 1, 555. m. Dat. u. Abl. telum, quod inhaeserat illi 12, 427. tergo 9, 54. cervice 11, 409. crinis in vertice 8, 10. saxo sonus 8, 16. — bildl. nomen scopulis 7, 447. studio operatus inhaesi habe voll Eifer zu m. Beschäftigung gehangen 8, 865.

inhĭbeo, ui, ĭtum, ēre (in-habeo), anhalten, hemmen, nullo inhibente (equos) 2, 202. volentes 2, 128. fugam 1, 511. cruorem 7, 849. bipennem 8, 766. hindern, alqm 3, 565. concubitus 9, 124.

In-hönestus, a, um, ehrlos, inhonesta vela parare schimpflich 13, 924.

In-hönörätus, a, um, ungeehrt, 13, 41. quae inhonoratae (dicemur), non et dicemur inultae wenn ungeehrt will ich nicht auch ungerächt heißen 8, 280.

Inhospitus, a, um, ungastlich, tecta 1, 218. regna 11, 284. Syrtis 8, 120.

In-hŭmätus, a, um, unbeerdigt 7, 608.

in-ĭcĭo, (spr. iniic.), injeci, injectum, fulcere (in-jacio), daraufwerfen, nubem super me 5, 621. injecti flores darauf gestreut 15, 688. Aetna faucibus 14, 1. capilli umeris auf d. Schultern fallend 11, 270; anlegen, bracchia caelo um sich seiner zu bemächtigen 1, 184. collo um b. Hals schlingen 3, 389. digitorum vincula collo 9, 77. bildl. manum sich der Person Jemandes versichern (Rechtsformel) 12, 170.

Inĭmīcus, a, um (amicus), feindselig, pectora 5, 35. victrix 6, 288; v. Sachen, ignes 8, 461. aequora 14, 470. m. Dat. ratibus inimica Charybdis 7, 63. Subst. inimica e. Feindin 9, 548.

Inīquus, a, um (aequus), ungleich, uneben, mons rauh 10, 172; geistig, sich nicht gleich bleibend, nec iniqua mente mit Gleichmuth 8, 534; geg. Andre, unbillig, ungünstig, ira 5, 245. oculi 9, 476. index 13, 190. m. Dat. deus formosae iniquus mißgünstig 10, 611. cursus mit harten Bedingungen 10, 575. feindselig, Iuno 7, 523. 9, 396. iniqua Iunone unter d. feindl. Einwirkung der J. 9, 308. se lati dixit iniqui (Gen. qual.) mit feindl. Gesicht behaftet, ein Unglückskind 7, 828.

Injicĭo s. inicio.

Iniūria, ae, f. Unrecht, Beleidigung, Kränkung 2, 472. 9, 150. hoc factum non iniuria est, verum amor 5, 525. thalami 3, 267. haec diese von mir erlittene Kr. 12, 901.

Iniustē, Adv. ungerechter Weise 2, 878.

In-iustus, a, um, ungerecht 14, 772. sententia 11, 173. bellum 5, 210. ferrum vermessen, weil geg. d. Oberanführer gezückt 13, 441. iniusta regna tenebat unrechtmäßiger Weise 5, 277. iniusta iusta s. iusta.

Inl.... s. ill.

Inm.... s. imm.

Innäbilis, (no), undurchschwimmbar, unda 1, 16. [Nur hier.]

In-nätus, a, um, angeboren, libido 6, 458; murex darauf gewachsen 1, 332.

In-necto, xui, xum, ēre, umknüpfen, fauces laqueo 10, 378. crinem lauro umflechten 6, 161. colla lacertis umschlingen 11, 240, 252.

In-nītor, xus sum, i, sich auf etw. stützen, lehnen, m. Dat. u. Abl. Part. innitens mali 12, 916. baculo 11, 655; innixus sceptro 1, 178. hastae 14, 819. moderamine navis 15, 726. cubito 8, 727. alis getragen von 7, 401.

innŏcuus, a, um (noceo), unschädlich, animal 16, 191. — unsträflich 1, 327. 9, 373.

In-noxius, a, um, unschuldig 9, 829.

In-nŭbo, psi, ptum, ēre, hineinheirathen, vom Weibe, thalamis nostris in meine Ehe, dh. an meine Stelle als Gattin treten 7, 856.

innŭbus, a, um, unvermählt, 10, 567. 14, 142. laurus (b. f.) jungfräulich 10, 92.

In-nŭmerus, a, um, unzählig 1, 436. 480 u.ö.

In-nuptus, a, um, unvermählt, jungfräulich, Phoebe 1, 476.

Ino, ūs, f. Tochter des Cadmus, Gemahlin des Athamas, Schwester der Semele, deren Sohn Bacchus sie nach seiner Geburt aufzieht 3, 313; dah. matertera dei 4, 417. Juno macht sie deshalb wahnsinnig, so daß sie sich mit ihrem Sohne Melicertes ins Meer stürzt, worauf sie von Neptun in e. Meergöttin, Leucothee, verwandelt wird 4, 431 ff.

In-obrŭtus, unverschüttet, unbegraben 7, 356. [Nur hier.]

In-observātus, a, um, **unbeobachtet** 2, 544. 4, 341.

In-ŏpīnus, a, um, **unvermuthet**, inopino rheo 4, 292.

In-ops, ŏpis, **hülflos** 13, 510. 14, 217. vincenda 7, 2. — **unzureichend, dürftig**, inopi vieta 1, 312. domus 8, 832. inferiae ärmlich 13, 428. ... inopem me copia fecit 3, 466. vendit inops aus Armuth 8, 848; **entbehrend**, m. *Gen.* somnique cibique obit 14, 424. mentis besinnungslos 2, 200. geistesschwach 6, 37. consilii rathlos 9, 746.

In-ornātus, a, um, **ungeschmückt, schmucklos**, capilli 1, 407. 5, 472. 9, 3.

Inŏus, a, um, **der Ino (d. j.)**, Inoo raptu 3, 722. Inoos sinus 4, 497.

insp..... s. imp....

Inquam, *Verb. def.* **sagen**, der dir. Rede eingeschaltet, inquam 5, 618. 13, 942. inquit 1, 545. 689. 738 u.ö.; m. *Dat.* 8, 405. 12, 309. ad haec 3, 676; b. Subj. an e. andern Stelle eingesch. 'praebuimus longis' Pentheus 'ambagibus aures' inquit 'ut 3, 693. 5, 195. 8, 405; der dir. Rede nachgesetzt 3, 318. 8, 851. 10, 148. 12, 485. mit b. Subj. 3, 605. 11, 207. — inquam m. Nachdr. e. wiederholtes Wort betonend, his veneris, his, inquam, veneris ja auf diesen Sch. 13, 231.

Inquīno, āvi, ātum, āre, **besudeln, verunreinigen**, gurgitem venenis 14, 56.

Inquīro, quisīvi, quisītum, ere (inquaero), **nach etw. forschen, fragen**, ut auctor desinat inquiri damit das Forschen nach ihrem Ursprung e. Ende habe 1, 616. in patrios annos 1, 148. totum in orbem über d. ganzen Weltkreis hin 12, 63; m. inb. Fr. 1, 512. 9, 653.

Inr.... s. irr.

Insānia, ae, f. **Wahnsinn** 3, 670. 4, 628. **Raserei**, vino mota 3, 536. — **Insania** Dämon im Gefolge der Tisiphone, trepido vultu 4, 485.

In-sānus, a, um, **wahnsinnig, rasend**, cursus 8, 711. auster 12, 510. Erinys 11, 14. amores 9, 519.

Inscius, a, um, **unwissend, unkundig**, einer Sache 3, 148. ohne es zu wissen 4, 375. 10, 526. ohne etw. zu ahnen 5, 634. 8, 515. 9, 107. 14, 362. non inscius wissentlich 8, 66. m. *Gen.* veteris non inscius aevi wohlkundig 15, 11.

In-scrībo, psi, ptum, ere, **daraufschreiben**, flos habet inscriptum AI AI 10, 216. m. *Dat.* foliis gemitus 10, 215. 13, 398; den Namen des Schuldigen auf die Anklageacte schreiben, das Jem. als schuldig bezeichnen, mea dextera leto inscribenda tuo est ist als Ursache deines Todes zu bezeichnen 10, 199. inscripsere deos sceleri 15, 128. — bezeichnen, wie m. beigeschriebenem Namen, suo quemque deorum inscribit facies 6, 73.

In-sculpo, psi, ptum, ere, **einmeißeln, eingraben**, cornua postibus 13, 921.

In-sĕco, ui, ctum, āre, **einschneiden**, insecti dentes des Weberkammes 6, 58.

In-sĕquor, secūtus sum, i, **nachfolgen, folgen** 1, 504. 511. 13, 882. m. *Acc.* invitum 8, 141; verfolgen, qui insequitur der Verfolger 1, 540. alqm 10, 715. 11, 774. 12, 207. alqd lumine mit d. Auge 11, 468. saxum moribus 13, 566. crimen 8, 130. ora alce manibus auf Eines Gesicht einbringen 12, 234.

I) In-sĕro, sēvi, situm, ere, **hinein säen, -pflanzen, -pfropfen**, inserit virgam cortice 14, 61.

II) In-sĕro, ui, rtum, ere, **hineinfügen, -stecken**, digitos amento 12, 321. caput (laqueo) 14, 737. bracchia hineinzwängen zwischen f. Brust u. d. Arme des Gegners 9, 57. subtemen medium inseritur radiis der Einschlag des Gewebes wird mittelst des Weberschiffchens mitten zwischen die Fäden des Aufzuges eingeschossen 6, 57. bildl. oculos in pectora hineinblicken lassen 2, 94. — einw., daruntermischen, arma mercibus 13, 186. se civilibus bellis 3, 117. aliena nomina Aeacidis 13, 33.

Insĭdiae, ārum, f. **Ort, wo man nachstellt, Hinterhalt**, per insidias iter est 2, 78. — **Nachstellung, Trug** 1, 131. 13, 106. 14, 446. 15, 102. 799. struere 1, 198. parare alicui 15, 766. insidiis petere alqm Schlingen legen 9, 623.

Insĭdior, ātus sum, āri, **nachstellen**, hostibus 13, 212.

Insĭdiōsus, a, um, **voll Nachstellung, trugvoll**, hamus 7, 744. pocula 14, 294.

In-sīdo, sēdi, sessum, ere, **sich auf od. in etw. setzen**, digitos insidere membris sich eindrücken 10, 257.

Insignis, e (signum), **mit e. Kennzeichen versehen, ausgezeichnet**, durch etw. sceptro 7, 103. colla pictis frenis 4, 24. 8, 33. ora dentibus 8, 429. signum coronis 14, 315. jubar radiis 1, 768; in etw., jaculo mit d.

Wurfspeer 8, 394. — *Subst.* insigne,
bes. *Pl.* insignia Abzeichen, Bacchi
wie sie bei d. Bacchusfeier getragen wurden 6, 598. der Isis 9, 776. von Würde
u. Macht 8, 286.

insilio, lui, ire (in-salio), hinein- od.
daraufspringen, m. *Dat.* undis 8, 142.
ramis 8, 367. tergo 12, 346. huc 11, 731.

in-sisto, stiti, ere, sich auf etw. stellen,
auf etw. treten, m. *Dat.* u. *Abl.* ag-
geribus 15, 592. umeris Atlantis
15, 149. digitis 8, 398. castris in
d. Lager treten 8, 52. margine ripae
darauf springen 5, 598. ramis sich
niederlassen 5, 299. super fluctus
schweben 5, 558.

in-sõlïdus, a, um, ohne Festigkeit,
haltlos, herba 15, 203. [nur hier.]

in-sõlïtus, a, um, ungewohnt, labor
10, 554.

insomnis, e, schlaflos, draco 9, 199.

in-sõno, ui, ãre, ertönen, unda insonuit erbraust 4, 689. aether 6,
685. pennis rauschen mit 13, 608.
insonat calamis (*Abl. instr.*) läßt sich
hören auf 11, 161.

in-sons, ntis, unschuldig, an etw. *Gen.*
fraterni sanguinis 13, 149.

in-sõpïtus, a, um, der sich nicht einschläfern läßt, schlaflos, draco 7, 36.

inspicio, exi, ectum, ere (in-specio),
hineinblicken, betrachten, fibras 15, 137.
inspicitur alqd man hat Einblick in
etw. 13, 42.

in-spiro, ãvi, ãtum, ãre, hineinblasen,
in etw. *Dat.* conchae 1, 334. — einhauchen, alqd: virus 2, 800. graves
animos 4, 498. se viro 8, 819.

in-stãbïlis, e, nicht feststehend, unstät, naves feruntur instabiles 2,
164. locus 6, 191. instabiles facit
läßt sie nicht feststehen 11, 177. — worauf man nicht stehen kann, unbetretbar,
tellus 1, 16.

instãr, n. indecl. Gestalt, Ansehen,
m. *Gen.* nach Art, wie, aequoris 4,
135. clipei 13, 361. als, magni mo-
neris 6, 445. teli 12, 266. nominis
I, oris wirst mir gelten als 14, 124. deorum est i. so gut wie Götter 14, 569.

instigo, ãvi, ãtum, ãre, anreizen,
daraufhetzen, agmen 3, 243.

in-stïmülo, ãvi, ãtum, ãre, zur Thätigkeit anstacheln, Venerem verbis 14, 496.

instituo, ui, ãtum, ãre (in-statuo),
einsetzen, einrichten, ludos 1, 446.

in-sto, stiti, stãre, andrängen, eindringen 5, 162. 602. curru 12, 73.
vorwärtsdrängen 11, 358. auf Jem.
Dat. ingruentibus 14, 238. 9, 60. 12,
131. instantia ora 8, 82. *Subst.* instantes die Nahdringenden 6, 162. 12,
231. — bildl. nahe bevorstehen, poenae
instare 8, 772. 15, 794. tempora taedae
institerant 9, 770; in Jem. dringen,
mit Bitten 4, 485. 10, 391. imperatae
7, 323. instans turba procerum 10, 558.

in-stringo, nxi, ctum, ãre. umbin-
ben, instrictam fidem gemmis ein-
gefaßt (Aub. instructam) 11, 167.

instrümentum, i, n. Werkzeug, *Pl.*
necis 3, 698. mortis paratae 10, 485.
amilis die Hülfsmittel zur Darstellung
einer Alten, Maske 14, 767.

in-struo, xi, ctum, ãre, herrichten,
rüsten, convivia instructa pulchre
parata 4, 763. mensas epulis 8,
571. propositum ihr Vorhaben (Aub.
propositum munus instruxit remorari Tartara die beabsichtigte Gabe
mit d. Kraft ausgerüstet hatte, die Unterwelt, bb. den Tod aufzuhalten) 7,
276; bella gerere instructa sine
viribus illis ohne mit jenen Streit-
kräften gerüstet zu sein 14, 620. dei
ritibus instruitur rüstet sich mit 6,
691. se irä 13, 541. magos herbis
versehen 7, 196. fidem instructam
gemmis geschmückt 11, 167. — unterweisen, alqm 8, 203. instructos pectora dictis unterrichten 15, 479.

in-suëtus, a, um, ungewohnt, campus
dessen ungewohnt, weil es als heil. Feld
nicht bearbeitet werden durfte 7, 115.

insüla, ae, f. Insel, Eiland 6, 394.
7, 508. vasta 5, 340. — Insula die
Tiberinsel in Rom, zwischen Capitol u.
Janiculum 15, 710. circumflua Thybridis 15, 625.

insulto, ãvi, ãtum, ãre (insilio), auf
etw. springen, tanzen, carinae in-
sultant fluctibus 1, 134.

in-sum, fui, esse, in, an, auf etw. sein
7, 678. inerant lunaria cornua fronti
9, 688. inest virtus er besitzt 10, 618.

in-süo, ui, ãtum, ãre, einnähen, femori 3, 312.

insüper, *Adv.* darüber, exponere 13,
931. velatur 14, 264. — obendrein
5, 24. addere 4, 362. 7, 273.

in-süpërãbïlis, e, unüberwindlich,
bello 12, 613. fatum 15, 807.

in-surgo, surrexi, surrectum, ãre,
sich erheben 11, 530. — bildl. feindl.
geg. etw. *Dat.* regnis 9, 445.

in-tãbesco, bui, ãre, hinschwinden,
sich verzehren, videndo 2, 780; schmelzen, plumbea glans 14, 826. cerae,
pruinae 3, 487.

in-tactus, a, um, unberührt I, 101.

Intĕger, gra, um, unverlehrt 6, 411. clipeus 13, 118; jugendlich frisch 5, 50. m. *Gen.* (dicht.) aevi an Jahren 9, 441.

Intellĕgo (intelligo), exi, ectum, ĕre (inter-lego), einsehen, verstehen, non intellegit arma versteht sie nicht zu deuten 13, 295. non intellecta vox (Wort) 10, 365. carmina non intellecta priorum ingenis vom Scharfsinn 7, 769. ob intellectum ferarum sensibus 11, 42. extrema pars querelae parum intellecta est ließ sich nur ungenügend verstehen 2, 666. errathen, mortis causam 10, 380. merken, nullos ignes 9, 457. exemplis m. inbtr. Jr. 6, 83. m. *Acc. c. Inf.* 5, 29.

In-tempestivus, a, um, unzeitig, unzeitgemäß, cupido 10, 689. Minerva (b. J.) 4, 33.

In-templātus (intent.), a, um, unversucht, fortuna certaminis relinquitur mihi (= a me) intemplata 10, 585.

In-tendo, di, tum, ĕre, ausspannen an etw. coronas (Blumengewinde) postibus 14, 709. — bespannen, beziehen, telas stamine die Webstuhl mit d. Aufzug 6, 54. — ausstrecken gegen Jem. intendens palmas 6, 533. manus 9, 107. bracchia 10, 58. — übertr. animum rei auf etw. richten 6, 5. luctibus est intenta suis auf ihre eigene Trauer 13, 621.

Intentatus f. intemplatus.

Intento, āvi, ātum, ĕre (intendo), ausstrecken geg. Jem. manus 6, 671.

Inter, *Praep.* m. *Acc.* örtl. zwischen 1, 50. 301. 2, 140. 273. 5, 408. fluere inter regna dazwischen hin 9, 18; unter e. Menge, Zahl: unter 2, 509. 632. 4, 219. inter tot res secundas inmitten 3, 138. haud ignotissima inter Nymphas 5, 640. 1, 690. 5, 412. 6, 31; gegenseit. Bezeichnung bei. unter, zwischen, proelia inter 12, 538. inter se unter einander, similes 13, 835. volutare 11, 389. vincire 12, 480. iungi 1, 712. 4, 679. 9, 298. — zeitl. während, unter 12, 32. opus 7, 539. 8, 210. mandata 6, 605. [Nachg. umbras erat illa recentes inter 10, 49. quos inter Achilles, adm. sit 12, 176. — interque 9, 753. 10, 446. inter aeque 1, 329. 6, 547.]

Intercĭpio, cēpi, ceptum, ĕre (intercapio), dazwischen herausnehmen, colla intercepta videntur zwischen Kopf u. Rumpf 6, 879. — wegraffen, rauben, Cererem in spicis 8, 293. spem anni 15, 113. titulos 8, 433. res nostras 9, 122. alqm neci entzieben 10, 477.

Inter-dīco, xi, ctum, ĕre, untersagen, verbieten, alcui orbem bb. b. Aufenthalt daselbst 6, 333. spes interdictae 10, 836.

Interdum, *Adv.* bisweilen 2, 321. nach saepe 14, 708. interdum — interd. bald — bald 8, 736. modo — interd. 2, 190. interd. — modo — interd. 12, 518. f. modo.

Intĕreā, *Adv.* unterdessen 1, 388. 601. 2, 153. 391 ud. [Thrlts Butterf., thalt vor d. regelm. Gäf.]

Intĕr-eo, ii, itum, īre, untergehen, zu Grunde gehen 15, 165. omnia interitura 2, 308. ne genus intereat er-löschen 15, 698. sterben 3, 546. 10, 624. 11, 688. [interiit in 2. Ause 3, 646.]

Intĕrĭmo, ēmi, emptum, ĕre (interemo), tödten, alqm 13, 245.

Intĕrior, us, der innere, spatium 7, 670. *Superl.* intimus, a, um, b. innerste, praecordia 4, 507. 8, 251. ossa 11, 418.

Intĕrius, *Adv.* mehr nach innen, innerlich 8, 308.

Inter-mitto, misi, missum, ĕre, unterlassen, unterbrechen, laborem 3, 154. verba intermissa retemptat b. unterbrechen gewesene Rede 1, 745.

Internōdium, ii, n. (*Met. Pl.*) Raum zwischen zwei Gelenkknoten bzw. Gelenkhöhlung, mollia 8, 266. crurum die Schienbeinröhren 11, 793.

In-territus, a, um, unerschrocken 13, 198. interrita vultu 5, 506. vor etw. *Gen.* (dicht.) mens interrita leti 10, 616.

Inter-rumpo, rūpi, ruptum, ĕre, unterbrechen, querelas 11, 420.

Inter-sero, ui, rtum, ĕre, dazwischenfügen, einschalten, oscula verbis 10, 559.

Inter-texo, ui, xtum, ĕre, dazwischenweben, flores hederis intertextos 6, 128.

Inter-vĕnio, vēni, ventum, īre, dazwischenkommen, -treten, nox 8, 82. m. *Dat.* sollicitum alqd laetis 7, 454. plangor omni verbo 11, 708.

In-texo, ui, xtum, ĕre, einweben, aurum vestibus 3, 556. 8, 166. notas filis 6, 577. — umweben, umspinnen, hederae solent intexere truncos 4, 365. frondes filis (*Abl.*) 15, 372.

Intĭbum, (intub.), i, n. Endivie, e. Art Salat, *Pl.* 8, 666.

intĭmus ſ. interior.

in-tingo, nxi, nctum, ĕre, eintauchen, faces intinctas 7, 260.

in-tŏno, ui, āre, donnern, (Iuppiter) intonat 9, 311. unpſ. intonuit 14, 542.

in-tonsus, a, um, (tondeo), ungeſchoren, Smintheus 12, 595. capilli 1, 564. intonsus comus (Acc. limit.) — noch nicht mannbar, weil b. griech. Knaben b. Haar erſt ſchoren, wenn ſie mannbar wurden 5, 87. 6, 254.

in-torqueo, rſi, rtum, ēre, drehen, winden, intorti funes 3, 769. — r. Geſchoß geg. Jem. ſchleudern, iaculum 5, 90.

intrā, Praep. m. Acc. innerhalb, in, drin 11, 524. intra quoque viscera 6, 309. intra me deus est 7, 55. intra moenia ducit 6,600. — zeitl. intra morae breve tempus 11, 651. 13, 887.

in-trĕmo, ui, ĕre, erzittern, erbeben, intremuit terra 1, 284. quercus 7, 629. hasta 12, 371. intremuere 15, 635. genua timore 2, 180. 10, 458.

in-trĕpĭdus, a, um, unverzagt, pro se 9, 107. vultus 13, 477.

intro, āvi, ātum, āre, hineingehen, eintreten, in hortos 14, 658. puppis in portus einfahren 7, 492. — tranſ. betreten, domum 3, 308. tecta 1, 277. intrarant limina 7, 381. nemus 3, 55. si Romam intrarit 15, 597. einreißen in, m, fores 9, 809. portas 15, 588. 8, 638. caelum 4, 479. quo 4, 449. hineinſchiffen, portus 6, 446. landen an, litora 13, 24. orbem 13, 681. Sicaniam 13, 723. intres sinus nostros ziehe ein 7, 814. intrata mihi (— a me) est curia Troiae 13, 197. 9, 11.

intrŏĭtus, us, m. Eingang 4, 774 (Abl.).

introrsus, Adv. (a. introversus) nach innen, innerlich, lacrimas devorare introrsus 13, 539.

in-tŭmesco, mui, ĕre, auf, anſchwellen 1, 419. 10, 783. v. Fluß 8, 582. v. Zorn, zornig werden 2, 508. — bildl. ſich voll blähen, numero auf 5, 305. [Nur Pf. u. Verbaſ.]

intus, Adv. inwendig, drinnen 2, 560. 768. 7, 109. (Vgl. extra 11, 536 — im Haus 4, 82. in d. Bruſt 2, 94. 9, 465. 541. ſ. esse 11, 534. habes in deinem Leibe 8, 655; hierin, ducitur i. 10, 487.

in-ultus, a, um (ulciscor), ungerächt 8, 280. 9, 131. 415. ungeſtraft, dolorem 4, 426.

in-undo, āvi, ātum, āre, überströmen, guttur 14, 195.

in-ūro, ussi, ustum, ĕre, anfragen, sanguis inustus 12, 275.

in-ūtĭlis, e, unnütz 11, 100. corpus — kampfunfähig 12, 344. sibi inutilior ſich ſelbſt mehr zum Nachtheil 13, 38.

in-vādo, si, sum, ĕre, wohin eindringen, m. Acc. pinum (— navem) 11, 533. Scythiam 1, 65. me tremor invasit überfiel mich 14, 210; r. Angriff auf etw. machen, virgineos artus 11, 260. corpora victa sopore 14, 780.

in-vālĭdus, a, um, kraftlos 9, 413.

in-vĕho, xi, ctum, ĕre, wohin führen, tragen, mare invectae ins Meer 11, 54. — Pass. einherfahren, invectus einherfahrend, croceis rotis 8, 150. leonibus 14, 538. iunctis columbis 14, 597.

in-vĕnio, vēni, ventum, īre, auf etw. kommen, finden, antreffen, ausfinden, alqd 1, 426. 5, 587. 13, 423. 834. scelus in alqo 3, 142. inveni, quid referret 4, 797. Geſuchtes, alqm 1, 586. 11, 83. ianuam 8, 173. 15, 54. non inventa luctus eras levior reperta als wiedergefunden 1, 864; — erlangen, fax nullos invenit ignes 10, 7. 2, 729; Pass. ſich finden, lacrimae inveniebantur 8, 470. inventum est alqd es gab etwas 10, 156; — ausfindig machen, causas 3, 955. quid agat, non invenit 10, 372. — erſinnen m. Acc. c. Inf. 2, 552. — Subst. inventum, i, n. b. Erfindung 1, 521.

in-vergo, ĕre, darauf gießen, super invergens carchesia 7, 246 ff.

in-victus, a, um, unbeſiegt 13, 386. 15, 863. caestibus 5, 107. certamine cursus 7, 792; unbeſiegbar, corpus a vulnere 12, 167.

in-vĭdeo, vīdi, visum, ĕre, scheel ſehen, neidiſch ſein 5, 857. 8, 260. 431. eiferſüchtig ſein 4, 294. auf Jem. Dat. 9, 463; widerwillig anſehn, victibus priorum 15, 104. — (mißgünſtig) verweigern, non invidere gewähren, m. Acc. c. Inf. 4, 157.

invĭdia, ae, f. Neid, Mißgunſt 14, 229. 13, 139. Eiferſucht 10, 584. — Haß, Unwille, plus invidiae quam laudis 5, 66. victoria erit invidiae non ferendae (Gen. qual.) wird mir unerträgl. Haß zuziehen 10, 628. invidiae esse alcui 10, 731. invidiam facere alcui erregen geg. Jem. 4, 548. in invidia esse verhaßt ſein 6, 403. in-

...ridia muneris Unwille über 15, 537. invidiam a se removit b. Gehässigkeit der Entscheidung 12, 626. — Invidia als Göttin des Neides 2, 760. 770.

invidiosus, a, um, voll Neid, neidisch, voluptas 15, 234; voll Groll 5, 513. — Neid erregend, beneidet, opes procerum 4, 795. 9, 10, praemia 13, 414. Pactolos caris harenis wegen 11, 86. invidiosa suis e. Gegenstand des Neides für 6, 276; verhaßt, widerwärtig, comes 8, 144. quo mora foret invidiosior 7, 603. [i. V., nur 6, 276, u. s. w.]

invidus, a, um, neidisch, mißgünstig, paries 4, 73. iura 10, 331. m. Dat. nox coeptis 9, 485. aura non invida wohlwollend 10, 642.

invisus, a, um (invideo), verhaßt, lectus 2, 572. penates 9, 639. aurum 11, 130. anima 9, 180. alicui 3, 415. 10, 552.

invito, avi, atum, are, einladen, somnos 11, 604.

invitus, a, um, ungern, wider Willen 1, 613. invitus quando 9, 679. invitus probabit wenn auch widerwillig 9, 258. inviti oculi maduere gegen ihren Willen 6, 628. invitā novercā geg. b. W. der Stiefmutter 6, 326. 8, 395. 10, 161. grates agit parenti invito geg. seinen W. 2, 152. vim tulit invitae mir geg. meinen W. 4, 239. 7, 18. Cereris invitae gener geg. ihren W. 5, 415. invita ora notavit rubor 6, 46; widerstrebend, ignes 8, 514. pectora 4, 350. collum 9, 605.

invius, a, um (via), unwegsam 14, 789. aequora invia facere 12, 0. invia virtuti nulla est via 14, 113; unzugänglich, templa invia facere 11, 414.

in-voco, avi, atum, are, anrufen zum Beistand, alqm (deum) 10, 640. 11, 562; herbeirufen, matres 13, 561.

in-volvo, vi, volutum, ere, daraufwälzen, saxa super involvito 12, 507. einwickeln, -hüllen, involvitur fumo 2, 231.

Io, Interj. Ausruf wilder Lust, juh! 3, 713. 728. 4, 513; des Schmerzes, o! ach! 3, 442; beim Suchen, ho! he! 5, 625 (ohne Gl. et bis 'io Arethusa, io Arethusa!' vocavit). [Nach d. t. Ausg. des t. B.]

Io, us, f. Tochter des argolischen Flußgottes u. Königs Inachus. Von Jupiter geliebt, wird sie von ihm, um sie der eifersüchtigen Juno zu entziehen, in e. Kuh verwandelt, als solche aber von Juno dem hundertäugigen Argus zur Bewachung übergeben, bis dieser auf Befehl Jupiters v. Mercur getödtet wird. Hierauf in Wahnsinn versetzt, schweift sie bis nach Aegypten, wo sie endlich ihre frühere Gestalt zurückerhält, den Epaphus gebiert, und von den Aegyptern unter b. Namen Isis göttlich verehrt wird 1, 583. [Am. Io t, 584. 626. 629.]

Iolaus, i, m. Sohn des Iphikles, Neffe u. Gefährte des Hercules, u. auf bessen Bitten von s. göttl. Gemahlin Hebe wieder verjüngt 8, 310 [Hyantes Iolas m. Hiat. in d. d. Arse]. 9, 399. 430.

Iolciacus, a, um, iolcisch, v. Iolcos in Thessalien am pagasäischen Meerbusen, der Vaterstadt des Jason, portus 7, 158.

Iole, es, f. Tochter des Eurytus, Königs v. Oechalia, der die Iole dem versprochen hatte, der ihn u. seine Söhne im Bogenschießen besiegen würde. Doch als Hercules diese Bedingung erfüllt hatte, wurde ihm b. Iole gleichwol verweigert, worauf er Oechalia eroberte u. den Eurytus sammt seinen Söhnen tödtete. Die Eifersucht Dejaniras auf Iole wird Veranlassung zu Hercules Tode 9, 140. Nach seines Vaters Tode vermählte sich Hyllus m. Iole 9, 379.

Ionius, a, um, ionisch, aequor b. ionische Meer westl. v. Griechenland 13, 50. 700. [zweifelh. Lesart. Ionio lato 14, 344. Aus. anceps it.] Subst. Ionium (näml. mare) dasselbe, in Ionio immenso [m. Hiat. in d. d. Arse] 4, 535.

Iphigenia, ae, f. Tochter des Agamemnon, Königs v. Mycenä (daß; Mycenis 12, 34), soll zur Kühe der Diana geopfert werden, wird aber von dieser m. einer Hindin vertauscht u. nach Tauris entrückt 12, 31. 13, 183.

Iphinous, i, m. e. Centaur 12, 379.

Iphis, idis, f.) m. e. Jüngling auf Cypern 14, 699. [Acc. Iphin 14, 753.] — 2) f. Tochter des Cretensers Ligdus, wurde als Knabe aufgezogen u. später in e. Mann verwandelt 9, 668 ff. [Nom. Iphis 9, 715. 745.]

Iphitides, ae, m. b. **Sohn des Iphitus**, Coranos 13, 257.

ipse, a, um, Pron. selbst, im Ggs. zu andern Personen od. Dingen 1, 233. 511. ab ipsa (terra) 1, 40. ipso ego 15, 160. m. Nachdr. von e. bestimmten, nicht genannten Person, Jupiter 1, 178. 2, 390. Semele 3, 263. Ianthe 9, 757; — in eigner Person 3, 701. 6, 43. 8, 784. 9, 661. 10, 277. ipse vidi m. eignen Augen 8, 621. 7, 833. simul-

lacra ferarum ex ipsis in silicem conversa aus ihrer eignen Gestalt 4, 751;
ipse suos et selbst ihre eignen 5, 229.
398. 440. 6, 199. 8, 39?. 577. 9,
166. 10, 111. 215. 229. 277 uö.
in suis ipsum castris 13, 250. ipsa
tuas 13, 809. 815. immemor ipse
mi seiner eignen Würde 10, 171. 13,
463. ipsa sibi est oneri cervix sich
selbst 10, 195. se ipsa reseminet 15,
392. nostra ipsorum corpora unsere
eignen 15, 214; et ipse auch selbst 6,
3. 12, 213. 13, 223. 574. — gerade,
eben, id ipsum ebendies 2, 468. 5, 20.
9, 725. hoc ipso loco 11, 692. ipso
illo tempore 4, 207. ipso candore
eben durch ihren Schimmer 1, 169. remoramina ipsa nocebant gerade 8,
567. 1, 426. 6, 473. 8, 830. 9, 817.
10, 939. 12, 283. 373. 18, 105. nur
eben, gerade nur, ipsis moribus eripitur 1, 537. 7, 781. haec ipsa in
verba 2, 282. bloß, ipso visu durch
b. bloßen Blick 7, 366. nomine 9, 442.
ganz u. gar, ipsa erat Beroë 3, 278.
artificis status ipse fuit b. Stellung
war ganz u. gar die eines Künstlers 11,
169. — selbst = von selbst, von freien
Stücken 1, 101. 2, 382.

Ira, ae, f. Zorn, Iovis 1, 274. numinis irä in Folge des Zornes 10, 230.
maris 1, 330. caeli marisque 14,
471. fulminis 15, 811. tumida 2, 602.
violenta 8, 108. ferox 11, 323. iniqua 5, 245. memor 14, 694. concitus
rabidä irä 7, 413. satiata est 8, 252.
deorum flectitur 1, 378. infracta
constitit 6, 627. recessit 12, 36. recanduit 8, 707. contrahere numinis
iram 2, 859. placare 12, 28. reprimere 1, 755. irritare ad iram 8,
418. accensas imperare 9, 28. tacitä
exaestuat irä 6, 623. über etw. Gen.
dicti sibi criminis 1, 755. paelicis 4,
295. Pl. Zorn (eig. Zorngefühle), so-
litae 8, 72. ingentes concipere animo
erfaßt werden von 1, 166. sumere 2,
175. in indomitas ardescere 5, 41.
memores exercere 12, 583. veteres
finire 14, 582. solvere aufgeben 9,
273; aequoris iras frangit Zornan-
griffe 11, 729.

Irācundus, a, um, jähzornig, zornmü-
thig, vox 2, 488. leones 15, 86.

Irascor, i, in Zorn gerathen 7, 545.
jdraea, alcui 14, 41. divis 13, 196.
terrae 5, 491. montibus geg. b. Berge
wüthen, indem er Felsen losriß 9, 209.
m. quod 6, 269.

Irātus, a, um, erzürnt 6, 478. 7, 713.

13, 876. 14, 392. 2, 568 (an 2. Stelle
irata 'auch erzürnt'). irata memorque
8, 494. über etw. toliens spreto amore
7, 575.

Iris, is, f. Göttin des Regenbogens,
Tochter des Thaumas, Botin der Juno
(Thaumantias 4, 480. Iunonia 11, 85.
nuntia Iunonis 1, 271); von dieser
zum Schlafgott gesendet 11, 585 ff. fährt
sie auf ihrem Bogen zur Erde nieder u.
kehrt ebenso zurück 11, 590. 630. Sie
veranlaßt auf Junos Geheiß die Tro-
janerinnen bei d. zweiten Aufenthalt in
Sicilien die Schiffe anzuzünden, die jedoch Jupiter durch e. heiligen Regen
großentheils rettet 14, 85. Ihre Sendung
zu Persilia 14, 830. [Außer Nom. nur acc.
Irin 14, 830. Voc. Iri 11, 585.]

Ir-rĕprĕhensus (inr.), a, um, untadelig, responsa bq. wahre 8, 840.
[Nur bei Ov.]

Ir-rĕquĭĕtus (inr.), a, um, rastlos 1,
579. 5, 443. aors 2, 386. Charybdis
nie rubend 13, 730.

Ir-rideo (inr.), si, sum, ēre, über etw.
lachen, verlachen, verspotten 5, 115. 14,
714. credentes die Gläubigen 8, 612.
pia vota 1, 221.

Ir-rĭgo (inr.), āvi, ātum, āre, bewässern,
fibras radicis 11, 633.

Irrĭtāmen, ĭnis, n. Reizmittel, amoris
9, 133. animi avari 13, 434. Pl. 12,
103.

Irrĭtāmentum, i, n. Reizmittel, Pl.
malorum zum Bösen 1, 140.

Irrĭto, āvi, ātum, āre, zur Leidenschaft
aufreizen, erregen, alqm 14, 491.
hostem ad iram 8, 418. amores 1,
462. rabiem 3, 566. irritatus 2, 805.
gereizt, aufgebracht 13, 565. repulsā
13, 967.

Irrĭtus (inr.), a, um (ratus), ungültig,
irrita dona futura 10, 52. irritum fa-
core alqd 9, 886. — vergeblich, oscula 8, 427. tura ferre 7, 589. zum
Verb., labor anni irritus perit 1,
273. irrita tollens bracchia 11, 541.
incendia iactas 14, 539. wirkungslos,
ouspis non irrita fronte adhaesit
5, 34. bauerlos, moenia 12, 587. Subst.
Neutr. irrita Vergebliches, petere 7,
484. dicere 11, 40.

Ir-rōro (inr.), āvi, ātum, āre, auf
etw. träufeln, sprengen, liquores capiti 1, 371. — besprengen, crinem
aquis 7, 190. — intr. auf etw. träufeln, m. Dat. lacrimas irrorant foliis
9, 368.

Ir-rumpo, (inr.), rupi, ptum, ēre

herniubrechen 11, 636. nefas in aevum 1, 128. In etw. *Acc.* portas 15, 668.

Is, ea, Id, *Pron. dem.* er, sie, es, der, dieser, schwächer als hic auf Gewähntes hindeutend, mihi campus is est das ist mein Feld 6, 694. Aglauros ea est Agl. ist es 2, 785. contentus eo da mit 1, 220. eius 8, 16; auf vorherg. Relats. 3, 185. 13, 140; oft zu Anf. des Satzes, ea turba 3, 215. 4, 215. 9, 308. is 3, 127. 626. isque 4, 212. 10, 117. 11, 160. 247. idque 3, 70; id ipsum ebendies s. ipse. — ein solcher, von der Art, non is vultus in illo, ut timeam 7, 43. ea foedera nobis (sunt) derartig 7, 486. non ea cura est 13, 593. [Aus die g. is, ea, id, eam, eo u. einmal (8, 16) eius.]

Isis, Idis u. is, f. ä. ägypt. Göttin, in der d. Griechen ihre argivische Io zu finden glaubten (dah. Inachis 9, 687), Gemahlin des Osiris, mit e. Aehrenkranze u. dem Mondhörnern auf d. Haupt dargestellt 9, 688. Sie wurde auch in Griechenland u. Italien viel verehrt. [Voc. Isi 9, 773.]

Ismarius, a, um, ismarisch, vom Berge Ismaros in Thracien; dah. = thracisch, amnes 2, 257. Bacchae, weil Thracien ein Hauptsitz des Bacchuscultus war 9, 642. gentes wo Orpheus sang 10, 305. rex Polymestor 13, 530.

Ismenis, Idis f. d. Ismenierin, Tochter des böot. Flußgottes Ismenos, die Nymphe Crocale 3, 169. — *Pl.* Ismenides die Thebanerinnen als Anwohnerinnen des Ismenos 3, 733. 4, 31. 6, 159; die unter d. Namen Ismenides in Vögel verwandelten Begleiterinnen der Ino 4, 562.

Ismenius, ii, m. der Thebaner (s. Ismenis) 13, 682.

Ismenos, i, m. 1) Fluß in Böotien bei Theben 2, 244. — 2) e. Sohn der Niobe 6, 224.

Isse, es, f. Tochter des Lesbiers Macareus, dah. Macareis 6, 124.

Iste, a, ud, *Pron. dem.* der zweiten Person der eb. dieser da, von der Person des Angeredeten, decor iste diese deine Schönheit 1, 488. 2, 51. ista, quam cernis, umbra est das, was du da siehst 3, 434. isto, quod petis als das, was du da b. 7, 174. iste ego sum das da (die bisher von mir angeredete Person) bin ich selbst 3, 463. istas voces diese deine Worte da 6, 33. 2, 697. iste tuus clipeus 13, 117; von der ersten Person spiritus iste dieser mein 9, 617; in Prozeßreden vom Geg-

ner 13, 11. 19, 58. 157; auf Gegenwärtiges hinweisend 1, 457. 772. 2, 596. 3, 611. 4, 678. 13, 05. 101. status iste die gegenwärtige Lage 7, 509. litore in isto da auf dem Strande 8, 867; *Subst.* isti solche Leute 15, 468. ista diesen Ort da 4, 886. ista feres dies dein Unglück 15, 498.

Ister s. Hister.

Isthmus, i, m. Landenge, Isthmus, bes. v. Corinth, bimaris 6, 419. 7, 405 [*Acc.* Isthmos].

Ita, *Adv.* so, auf d. angegebne Weise 1, 69. 5, 534. 8, 168. bes. atque ita und so — nachdem dies geschehen, gesagt war, ab. indem dies geschieht 1, 228. 377. 711. 2, 657. 3, 22. 118. 4, 476. 6, 136. 8, 426. 10, 407. 611. 13, 251. 560. 15, 17. [Stets Verbaus. außer 5, 214.] — auf d. folgende hinweisend 1, 350. 2, 278. 9, 242. ita di iubeatis 4, 871. Ita sit 7, 512. auf e. folg. Vergl. m. ut 2, 184.

Italia, ae, f. Italien 15, 291. 701.

Italicus, a, um, italisch, litus 14, 17. orae 15, 9.

Italus, a, um, italisch, Enes 15, 59.

Iter, itineris, n. (v. eo d. Gang) das Gehen, iter remorari 11, 233. b. Reise, Fahrt, longum 10, 688. vastum 14, 438. per terras iter est 11, 425. 2, 78. iter affectum (erat) 6, 519. Flug 2, 547. 588. agere in rectum 2, 714. 8, 225. vertere 2, 730. — Weg, Straße, hac iter est ad tecta Tonantis 1, 170. 2, 133. 170. convexum 14, 154. carpere (b. f.) 2, 550. 14, 122. per aëra 10, 709. caecum explorare 10, 456. dare öffnen 15, 441. 4, 241. praebere 5, 602. claudere 8, 548. 14, 790. bildl. declive senectae 15, 227. iter fecit sceleri bahnen 15, 106. iter vocis für d. Stimme 2, 630. 4, 69. 9, 370. animae Athemweg 12, 142.

Itero, avi, atum, are, wiederholen, iterabat 'Ehen' 3, 490. 12, 47. semina iterant iactata streuen wiederholt 4, 748. — wieder erreichen, ianua nullis (st. a) priorum iterata 8, 172.

Iterum, *Adv.* zum zweiten Mal, wiederum, 1, 208. 2, 646. 3, 684. 4, 13. 5, 600 us. noch einmal 2, 215. 6, 212. iterum iterumque wieder u. wieder, immer wieder 11, 619.

Ithaca, ae, u. Ithace, es (14, 189), f. Insel des ion. Meeres westlich von Griechenland, Heimath des Ulysses 13, 711.

Ithacus, a, um, ithakisch, von Ithaca,

matrem 13, 512. Subst. Ithacus der Ithaker. Ulysses 13, 93. 108.

Itys, yis u. yos (6, 658), m. d. kleine Sohn des Tereus u. der Procne 6, 437. 620. [Acc. Ityn 6, 651. 652.]

Iūlus, ii, m. Julius Cäsar, divus, weil er unter d. Götter versetzt wurde. Sein Tempel lag am Forum 15, 842.

Iulus, i, m. Sohn des Aeneas, auch Ascanius gen. 11, 888; wurde für den Stammvater des julischen Geschlechtes gehalten, caput, quod de Dardanio solum mihi restat Iulo Julius Cäsar 15, 767. natus de sanguine Iuli Au-

gustus als Adoptivsohn Julius Cäsars 15. 417.

Ixīōn (4, 461), ŏnis, m. König der Lapithen in Thessalien, Vater des Pirithous 8, 403. 613. audaci Ixione natus 12, 210. Weil er sich der Juno zu bemächtigen suchte, wurde er in d. Unterwelt an e. Rad geschmiedet, das sich mit d. Schnelligkeit des Sturmwindes drehte 4, 461. Ixionis orbes 10, 42. Mit e. Wolkengebild, das ihm Jupiter statt der Juno unterschob, erzeugte er d. Centauren 12, 504. 9, 124. [Acc. Ixiona 4, 465.]

Ixīŏnīdes, ae, m. d. Sohn des Ixion, Pirithous 8, 566.

J.

iaceo, ui, ere, liegen, in solo 2, 420. terrā 7, 578. multā tellure im Liegen e. weites Stück Boden bedecken 8, 422. humo 4, 121. saxo 8, 109. nuberia 4, 493. iacentia summo tergo tetigere (Iliad) 9, 201. ante pedes 11, 13. circa alqm 3, 668. super corpora 14, 207. crines per colla 2, 673. iacuere ligati 4, 186; bei Tisch 9, 237; im Schlaf 11, 308. 614. sopita iacebat 9, 471; in Umarmung, cum aliquo 2, 508. 3, 363; todt, Arge iacea[t] 1, 730. 4, 244 u. ö. esse Clymeni 5, 98. 12, 442. passa ciraque iacent als 7, 621. exiguus cinis gelidaeque iacebitis umbrae (Zeugma) 8, 490; begraben, iacet positus eodem monte 14, 621. 1, 156; vernichtet, deplorata colonia vota iacent 1, 273. Ilion 13, 505; gesenkt, vultus moriens iacet 10, 194. vultus iacentes 4, 144. oculos vix tollere 11, 618; bildl. darnieder, am Boden liegen, alta iacet Calydon (schmerzgebeugt) 8, 525. fertilitas terrae vulgata per orbem cassa iacet liegt als nichtig darnieder 5, 482. besiegt, superata iacet (patria) 3, 114. 7, 647. victa iacet pietas 1, 149. — von Oertlichkeiten 8, 577. locus sub Atlante iacens 4, 772. litora sub utroque Phoebo 1, 338. gentes ab utroque Oceano 15, 829. terrae penitus penitusque iacentes 2, 179.

iacio, ieci, iactum, ere, werfen, funda iacit plumbum 2, 728. tela 8, 369. saxam in agmen 12, 261. arma humo 3, 127. lapides post terga 1, 394. vestem procul weit weg 4, 357. semina iacta gestreut 5, 485. se iacit e culmine turris wirft sich herab von 5, 291.

— bildl. v. Worten, talia verba iacit tota caelo streut solche Reden 15, 780. convicia ausstoßen 5, 665.

iactātus, us, m. das Hin- und Herwerfen, pennarum iactatibus das Schwingen 6, 703.

iacto, āvi, ātum, āre (iacio), wiederholt werfen, schleudern, fulmina 2, 308. incendia 14, 539. ossa post tergum 1, 383. cum saxa saxis (bl. in saxa) iactant 15, 347. semina iterunt iactata per undas 4, 749. — hin- u. herwerfen, schütteln, corpora 3, 685. colla 3, 726. excussa bracchia iacto schüttle u. werfe 5, 596. crines iactantur per terga flattern über 10, 592. 11, 6. vultus in sanguine 5, 59. 10, 721. labefacta robora 13, 829. hiems iactat viros 13, 709. iactabimur undā 11, 441. fluctibus 11, 700. in Ionio 4, 535. iactatae carinae 14, 561. ossa 7, 443. schwingen, pennas 2, 835. alas 4, 700. facem per eundem orbem 4, 508. — bildl. Reden um sich werfen, preces verba verschwenden 2, 816. talia prahlen 12, 476. m. Acc. c. Inf. Iuppiter, quo te iactas creatum 9, 23. Pan iactat munera Nymphis preist an 11, 153.

iactūra, ae, f. eig. das Wegwerfen; d. Verlust 5, 401. generis humani 1, 246. ablati decoris 9, 98.

iactus, us, m. d. Wurf, femineus des Weibes 1, 412. pomi 10, 671. telorum lapidumque 13, 566. [Acc.]

iaculābilis, e, zum Werfen geeignet, telum Wurfgeschoß 7, 680. [Nur hier.]

iaculātor, ōris, m. d. Schütze 12, 356.

iaculātrix, īcis f. d. Schützin, Diana 5, 375.

iaculor, atus sum, āri, t. Geschoß schleudern, fulmina 2, 61. saxa lacerto 14, 184. silicem in hostes 7, 139. Mopso iaculante vom Wurfe des W. 12, 456.

iaculum, i, n. (iacio) Wurfspieß 3, 54. 65. 119. 166. 4, 307 u.ö. lēve 2, 114. fatale mittere 5, 182. intorquere 5, 90. iaculo figere 10, 130. iaculo insignis mit — im Werfen des W. 8, 306.

iam, Adv. jetzt, nun, iam vale 2, 363. 758. iam — iam jetzt — jetzt, bald — bald 1, 111. — schon, bereits 1, 141. 253. iam sub luce als es bereits Tag wurde 1, 404. bereits wieder, iam accantes 1, 370. nunmehr 1, 335. 15, 871. gleich, iam tanget 8, 756. endlich 13, 836; sehr oft anapher. wiederh. 2, 182. 661. 8, 678. 717. 4, 351. 6, 519. 9, 466. 13, 784 u.ö. mit Chiasm. 3, 131; iam iamque schon schon, schon bereits, in jedem Augenblick 1, 535. 11, 723. iamiam 12, 588. iam — iamiam 14, 208; iam pridem 7, 277. iam nunc 13, 19. iam tunc 3, 345. iam tum 13, 921; iam non nicht mehr 3, 678. 4, 382. 6, 264. 6, 306 u.ö. iam iam non nicht, nein, nicht mehr 8, 136. non iam nicht mehr 10, 529. neque ob. nec iam u. nicht mehr 2, 231. 685. 3, 491. 6, 52. 366. 7, 774. 8, 231 u.ö. iam nequeo fors nicht mehr 9, 626. vix iam kaum mehr 4, 350. iam vix 10, 62; si iam, wennschon, si iam mea filia non est (digna praedone marito) wenn schon meine Tochter es nicht verdient 5, 622.

iamdudum (iand.), Adv. schon längst, m. *Praet.* 8, 658. 6, 74. 567. m. *Praes.* 7, 677. 772. 9, 27. — alsbald, sofort, m. *Praes.* 2, 843. 4, 405. m. *Imper.* 11, 482. 13, 457.

Ianigena, ae, f. die von Janus Erzeugte, b. Nymphe Canens 14, 381. [Nur hier.]

Ianua, ae, f. Thür, Pforte 11, 608. 14, 740. difficilis des Labyrinthes, schwer wiederzufinden 8, 173.

Ianus, i, m. alter italischer Gott, der mit zwei Gesichtern an einem Kopfe dargestellt wurde, das eine vor-, das andre rückwärts schauend, daher ancipiti (zweifelh. Lesa. Ionio) Iano 14, 334; Gott aller Anfänge (dah. b. Monat Ianuarius) u. der Eingänge, weshalb e. altes Thor zu Rom Ianus hieß 14, 785. potens 14, 789. Sein Tempel am Forum zu Rom hatte zwei gegenüberliegende Thore, die zur Zeit des Krieges geöffnet, im Frieden geschlossen waren. Seine Gemahlin Be-

nilia gebar ihm d. Nymphe Canens 14, 384.

iecur, ŏris u. iŏcinŏris, n. Leber, cervi 7, 273. carpsere volucres iecur des Tityus (b. [.]) 10, 43.

iēiūnium, iī, n. (Met. nur *Pl.*) d. Fasten, longa 1, 312. solvere 5, 534. — übertr. Hunger 8, 831. spargere in venis 8, 820. pascere 4, 263. finire 11, 370. sedare 15, 88. placare 15, 95. [Nach der 4. Urse außer 15, 88.]

iēiūnus, a, um, hungrig, nüchtern, Fames 8, 791.

iŏcōsus, a, um, scherzhaft 3, 832.

iŏcus, i, m. Scherz, agitare remissos iocos 5, 320.

iuba, ae, f. Mähne (Met. nur *Pl.*) des Rosses 2, 674. 5, 408. 6, 287. 13, 848. equinae 12, 80. des Löwen, fulvae 10, 699.

Iuba, ae, m. König v. Numidien, wurde v. Jul. Cäsar in d. Schlacht bei Thapsus im J. 46 v. Chr. besiegt u. tödtete sich selbst 15, 755.

iubar, ăris, n. d. strahlende Licht, bes. der Sonne 1, 768. 7, 663. nitidum 15, 187. — e. strahlender Stern 15, 841.

iubeo, iussi, iussum, ēre, etw. thun heißen, befehlen, Latona iubet 6, 162. 1, 281. illa di iubentis 4, 371. sic fata iubent 15, 581. idem parentque iubentque 8, 638. defessa iubendo est 9, 198; alqd: quaecumque iubes 4, 477. quid iubeat 11, 498. omnia 14, 686; m. bloßem *Inf.* iubet ire 3, 701. 9, 596. 13, 217. 419; m. *Acc. c. Inf. Act.* 1, 37. 55. 334. 609. 737. mit Weglassung des *Pron.* illum, eum nbgl. 1, 86. 2, 41. 465. 3, 102. 8, 639; m. *Acc. c. Inf. Pass.* 1, 43. 6, 437. 14, 278; m. *Conj. adhort.* iussi venires 4, 111. iube se condat 6, 792. 11, 587. 627. — *Pass.* iubeor man heißt, befiehlt mir, ich soll, dare vela iubemur 14, 437. 1, 594. 5, 113. 10, 441. 13, 853. quod erit iussus (facere) 14, 686. *Part.* iussus dem etw. befohlen ist, iussos conclari vidit 8, 753. diffugiunt iussi wie ihnen befohlen war 7, 257. intrarunt iussae natae 7, 331; geboten, anbefohlen, labores 9, 22. cecinit iussos receptus 1, 340. verba Aufträge 2, 743. iussos lapides mittunt wie geboten war, nach dem Gebot, Befehl 1, 399. 2, 844. 3, 105. 130. 697. 6, 163. 11, 142. lecta petit iussi regis wie befohlen 11, 591. iussum nomen veneratur 15, 680. *Subst.* iussum das Gebotene, Befehl, Gebot, iussi potens

4, 509. sonst *Pl.* 2, 678. patris 7, 14. facere 2, 798. 8, 154. 9, 307. peragere 2, 119. dei accipere 15, 641. iussis parere 1, 385. iussa superata 9, 15. minister iussorum 2, 837.

iūdex, ĭcis, *c.* Richter, Richterin 1, 93. sub iniquo iudice vor 13, 190. me iudice nach meinem Urtheil 2, 428. 10, 813. hac iudice 8, 24; Schiedsrichter 3, 335. 11, 157. 13, 715. iudice sub Tmolo vor dem Schiedsgerichte 11, 156.

iūdĭcĭum, ĭi, *n.* Richterspruch, Urtheil 11, 172; Beschluß 8, 700.

iŭgālĭs, e (iugum), ins Joch gespannt; *Subst. Pl.* iugales die ins Joch gespannten Thiere, Gespann, sacri 5, 661. — bildl. zur Ehe od. Hochzeit gehörig, ehelich, hochzeitlich, dona Hochzeitsgeschenke 3, 309. sacra Hochzeitsfeier 7, 700. taedae Hochzeitsfackeln, met. für Vermählung 1, 483. lux Hochzeitstag 9, 760. iura eheliche Pflichten 7, 715.

iŭgĕrum, ī (ra), *n.* Juchert, Morgen Landes, *Pl.* (gew. nach d. 3. Decl.) 1, 469. novem ingeribus distentus 4, 458.

iŭgŭlo, āvi, ātum, āre, b. Kehle abschneiden, schlachten, haedum 15, 467; überh. tödten, morden, 12, 81. medio iugulaberis ense 12, 484. iugulata paelex 9, 151. 11, 267.

iŭgŭlum, ī, *n.* eig. das Schulter u. Hals verbindende Schlüsselbein 12, 362. 5, 409; gew. Hals, Kehle 5, 78. 6, 258. apertum 13, 693. parare barbleten 6, 553. resolvere 1, 227. 6, 643. recludere 7, 286.

iŭgum, ī, *n.* (iungo) das an d. Deichsel befestigte Joch der Zugthiere 2, 162. 315. bos nullum passa iugum 3, 11. pressi iugo iuvenci 1, 124. 12, 77. *Pl.* 2, 109. 7, 324; meton. Gespann, bina 12, 482. — b. Webebaum, tela iugo vincta est 6, 55. — Gebirgsjoch, Gebirg, quoque iugo fl. et iugum, quo 9, 647. *Pl.* 2, 427. 8, 239. 4, 668. montis 10, 173. radiis matutinis subdita die Indischen Gebirge 1, 62. Höhen 7, 102. rupis iuga prima b. vorderste Spitze 4, 733.

iuncōsus, a, um, binsenreich, litora 7, 231.

iunctūra, ae, *f.* Verbindung, genuum Kniegelenk 2, 823. Bindehaut 1, 375. *Pl.* verticis Nähte der Hirnschale 12, 288.

iuncus, ī, *m.* Binse, acuta cuspide 4, 299. palustres 8, 336. vimina cum iuncis fl. et iuncos 6, 345.

iungo, nxi, nctum, ĕre, verbinden, vereinigen, quos hora novissima iunxit 4, 150. 11, 706. alqm alcui 1, 353. dextras inter se in einander fügen 6, 507. dextera dextrae iungitur man reicht sich 6, 448. oscula Küsse geben (b. Lippen an die des Andern drücken) 2, 357. 430. 6, 6:8. 9, 458. 10, 362. sich gegenseitig 9, 560; iunctae harundines 1, 683. 712. luna iunctis cornibus impleverat orbem durch Vereinigung 2, 344. 7, 530. res non bene iunctae 1. 9. ars cum viribus gepaart mit 8, 29. 10, 181. pectora cum pectore verschlungen 3, 601. 6, 244. erat cum pede pes iunctus 9, 44. digitis inter se pectine iunctis 8, 299; iungi sich vereinigen, verbinden 4, 376. qua lateri iungitur ala 12, 566. 299. mixta duorum corpora iunguntur durch Vermischung 4, 374; iungere equos zusammenjochen od. schirren 2, 118. iuncti boves Rindergespann 14, 3. cycni 10, 708. columbae 14, 597; ehelich verbinden, vermählen, se 14, 675. mit Jem. alcui 10, 82. alquam sibi face sollemni 7, 49. thalami foedere 7, 403. iunge deam patruo 5, 379. 7, 697. iungi alcui sich vermählen 10, 333. bildl. requiescit iunctā in ulmo ihm (dem Weinstock) vermählt 14, 685; v. Beischlaf, corpus alcui 9, 470: v. Bündnis, sibi alqm sich Jemanden verbünden 6, 428; v. Verwandtschaft, Freundsch., iunctus alcui verwandt 2, 368 u. ö. sanguine blutsverwandt 9, 498. eng verbunden, vertraut, iunctissimus alcui 5, 60. 9, 619; pectora 10, 70. iunctior 9, 649; bildl. selbeln me sibi iunxerat uni an sich allein 13, 752. catenae, quibus amantes inter se iunguntur 4, 680; v. Gemeinschaft, iuncto volumine serpunt in gemeinsamer Windung, bh. mit einander 4, 600. iuncta mors 5, 73. templa iuncta parenti gemeinschaftlich mit 1, 749. femina iuncta suo tauro c. Kuh sammt ihrem Stier 2, 701; v. örtlicher Nähe, iuncta palus huic est grenzt daran 11, 363. iuncta est laeri deae hält sich dicht an b. Seite 2, 449. iuncta aquilonibus Arctos benachbart 2, 132. 14, 755; zeitl. iunctae (diebus) noctes darauf folgend 11, 96.

Iūno, ōnis, *f.* bei d. Griechen Hera, Tochter des Saturnus u. der Rhea (hab.

Saturnia, d. [.]), von Oceanus u. Tethys aufgezogen 2, 527, Schwester u. Gemahlin Jupiters, Iovis et soror et coniunx 3, 265. socia generisque torique 1, 620. regia coniunx 6, 832. matrona Tonantis 2, 466. regina deorum 2, 512. maxima 3, 263. alta 8, 284. regia 6, 94. 14, 829. Beschützerin der Ehen 11, 576. pronuba 9, 762. 6, 428. bei Ehebündnissen zugegen 9, 796. Ihre Tochter ist Hebe 9, 400, ihr Sohn Vulcan 4, 173, ihre Botin Iris 1, 270, ihr heiliger Vogel der Pfau 15, 385, dessen Schweife sie b. Augen des getödteten Argus ansieht 1, 722. Ihre Eifersucht auf Io 1, 601 ff. auf Callisto 2, 466 ff. auf Semele 3, 261 ff. selbst auf Ganymedes 10, 161. Sie versetzt Ino u. Athamas in Wahnsinn 4, 421, verfolgt die Latona 6, 332, schickt e. Pest über Aegina 7, 523, ist erbitterte Feindin des Hercules 9, 21. 176, dessen Geburt sie verzögert 9, 284. 296, sowie auch der Trojaner u. des Aeneas 14, 582. 15, 774, anlangs selbst noch der Römer 14, 782. In Aegypten verwandelt sie sich in e. weiße Kuh 5, 330. — übertr. Iuno Averna b. unterirdische Juno, Proserpina 14, 114.

Iūnōnigĕna, ae, m. der v. Juno Geborene, Vulcan 4, 173.

Iūnōnius, a, um. der Juno gehörig. custos Argus 1, 622. Hebe als ihre Tochter 9, 400. Iris als ihre Botin 14, 85. Samos wegen des dort herrschenden Junocultus 8, 220.

Iuppiter, (Iupit.), Iŏvis, m. bei d. Griechen Zeus, Sohn des Saturnus u. der Rhea (dah. Saturnius, d. [.]), auf Creta geboren u. dort von d. idäischen Dactylen bewacht 8, 99. 4, 282, ob. in Arcadien 2, 405, entthronte seinen Vater u. theilte dann d. Welt mit seinen Brüdern Neptun u. Pluto 1, 114. 2, 292, wobei ihm d. Herrschaft über Himmel u. Erde zufiel 15, 858. 1, 328, sowie über d. gesammte Götterreich 1, 197. pater omnipotens 1, 154. rex superum 1, 251. divumque hominumque parens 14, 807. rector Olympi 2, 60. summus deum 2, 280; nur den Beschlüssen des Schicksals ist auch er unterworfen 9, 434. 1, 256. 5, 532. 15, 807. Als Zeichen seiner Macht trägt er das Scepter 1, 178. 2, 847, aber auch d. Blitz, den er schleudert 1, 197. 2, 61. 848. 12, 51. Tonans 1, 170, u. womit er auch d. Giganten niederschmetterte. 1, 154. Heilig ist ihm der Adler, der seine Blitze trägt 4, 713. 10, 158. 15, 386, u. die Eiche 1, 106. Er ist Schützer des Gastrechtes, Iuppiter Hospes (Ζεὺς ξένιος) 10, 224. Zur Gemahlin hat er seine Schwester Iuno (d. [.]), die ihm den Vulcan gebiert. In Menschengestalt bei Lycaon 1, 218, bei Philemon u. Baucis 8, 626; raubt als Adler den Ganymedes 10, 160, als Stier die Europa 2, 848. 6, 103; liebt die Io, die ihm den Epaphus 1, 588 ff., die Semele, die ihm den Bacchus gebiert 3, 261 ff.; überlistet in Gestalt der Diana die Callisto 2, 422 ff. Andere Verwandlungen, um Frauen zu berücken 6, 103 ff. Auf d. Flucht vor Typhoeus wird er zum Widder 5, 327. Vater des Mercur 1, 669. der Minerva 5, 297. der Proserpina 5, 516, des Apollo u. der Diana 1, 517. 6, 336. des Mars 14, 806. der Venus 14, 585. der neun Musen 6, 114. des Hercules 9, 14. 101. des Perseus 4, 611. 698. 6, 113. des Aeacus 7, 615. 19, 19. des Tantalus u. Amphion 1, 176. des Minos u. Rhadamanthus 9, 436. des Acrisius 13, 145. Auf dem Capitol zu Rom hatte er einen Tempel 15, 866. — meton. für Himmel ob. Luft, nec caelo Iovique se credit 2, 377. loci Iovem ferre nequire das Klima 13, 707. sub Iove unter freiem Himmel 4, 260.

iurgium, ii, n. Wortwechsel, Zank, Pl. 2, 424. 3, 261.

iūro, āvi, ātum, āre, schwören 2, 49. 3, 297. 6, 607. falso 13, 853. in facinus zum Verbrechen, sich dazu verpflichten 1, 242. bei etw. per numina 3, 271. Nymphae iurant per flumina bei ihren Flüßen 5, 316. 7, 94. 11, 451. m. Acc. c. Inf. 1, 769. 3, 31. per flumina infera 1, 188. iurares man konnte schw. 14, 848. Fut. 3, 638. 9, 401. 13, 853; Part. iuratus der geschworen hat, eadem in arma 11 13, 50. — schwörend anrufen, bei etw. schwören, m. Acc. Stygias iuravimus undas 2, 101. die iuranda palus bei dem d. Götter zu schwören haben 2, 46.

iūs, iūris, n. d. Recht, iusque fidemque testatus 5, 44. memor iuris 10, 355. iure faclae d. Recht der Ehe, dh. rechtmäßige Vermählung 4, 60. triste sepulcri Begugnis 13, 472; — rechtl. Bestimmung, Gesetz, naturae Naturgesetz 4, 279. Pl. 10, 331. locorum 14, 118. civilia bürgerl. Recht 15, 833. nouae 9, 551. Rechte u. Pflichten, coniugialia der Ehe 6, 536. ingalia servare 7, 715. parentum

Elternpflichten 8, 490. Elternrechte 10, 321. von b. Eltern eingegangene Verpflichtungen 7, 603. iura dare ob. reddere Rechtsprüche ertheilen, Recht sprechen 1, 678. regia alcui 14, 823. 13, 25. aequata populis gleiches Recht sprechen, bb. nach gleichem Recht regieren 14, 806. — Gerechtsame, fontis 5, 426. famularia iura dare Sclavenrecht verleihen, zum Scl. machen 16, 697; Unrecht, ius caeli auf 15, 30. minoris b. Recht, b. Macht des Verschenkens 8, 436. spolium mei iuris worauf ich e. Recht habe, mir gebührend, 9, 426; Macht, Gewalt, pars hic mihi maxima iuris hier habe ich das Meiste zu sagen 3, 622. tantam iuris habere 6, 270. 8, 730. mihi ius est m. *Inf.* 8, 730. iuris erit vestri wird euch angehören 10, 37, 725. Macht über etw., ius et moderamen equorum 2, 48. corporis huius 15, 874. ius habere in aequora 13, 910.

iusto, *Adv.* mit Recht, *Comp.* iustius m. größerem R. 4, 692. multo iustius weit ziemlicher 15, 688.

iustitia, ae, *f.* Gerechtigkeit 6, 678.

iustus, a, um, gerecht, dea 4, 646. oculi 13, 70. iustissimus auctor (legum) 8, 101. 15, 833. rechtschaffen 8, 704. iustissime Troum 14, 245. 7, 899. — gerecht, rechtmäßig, gegründet, bella 8, 58. arma 7, 469. curae 15, 788. preces 1, 377. ira 6. 2. non iusta alimenta unrechtmäßig erworbene 8, 874. *Subst.* gravius iusto als recht, billig 3, 833. *Pl.* iusta Billiges, petere 13, 466. 14, 767. die dem Todten gebührenden Ehren, iniusta iusta peregit das ungerechte Todtenrecht vollziehen, weil Coronis m. Unrecht getödtet worden war 2, 627. — beschaffen wie es recht ist, gehörig, gebührend, pondus 2, 163. forma est iusta wohlbeschaffen 2, 792. annos peragere 10. 86. ulterius iusto über b. gebührliche Maß 6. 470.

iuvenalis f. iuvenilis.

iuvenaliter, *Adv.* nach Jünglingsart 7, 805. m. Jugendkraft 10. 675.

iuvenca, ae, *f.* junge Kuh 1. 611. 652. 8. 15. indomitae 13, 798. überh. Kuh 2, 623. 8. 124. cornigerae 13, 920. [Stier betreffl.]

iuvencus, i, *m.* junger Stier, überh.

Stier 5. 122 uö. torvos 6, 115. Jungstier, laborifer 15, 129. *Pl.* 1, 124. 14, 648. duri 3, 584. — *Pl.* Rinder überh. 3, 813. 11, 352. [Stier betreffl.]

iuvenesco, ui, ere, zum (kräftigen) Jüngling werden 9, 431 (*Inf.*).

iuvenilis (iuvenalis) e. jugendlich, caput 1, 564. opus palaestrae 6, 241. sanguis 7, 334. anni 8, 632. via eines jungen Mannes 12, 465. corpus (mit b. Begr. der Leichtigkeit) 2, 150. annis annie iuvenilior 14, 639; signum eines Jünglings 14, 814. clamor von Jünglingen 4, 28. corpora 4, 50. 9, 556; jugendl. kräftig, pugnus 3, 626. [*Cod. Marc.* hat fast immer die J. auf alis.]

iuvenis, is, *Adj.* jung, jugendlich, deus Apollo 1, 531. alumnus Bacchus 11, 99. anni Jugendjahre, Jugend 7, 295. 14, 139. — *Subst.* Jüngling, junger Mann 1, 448. 2, 92. iuvenum pulcherrimus 4, 55. Ggf. puer 9, 852. 855. Phoebeïas Aesculap 15, 642. Aquilone creati b. Brüder Calais u. Zetes 7, 8. *Pl.* junge Mannschaft bef. eines Schiffes 4, 707. 11, 461.

iuventa, ae, *f.* Jugend, prima 10. 196. 11, 759. inconsumpta 4, 16. aeterna 14, 140. b. kräftige Jünglingsalter 15, 225. robur iuventae 9, 443. citra iuventam 10, 84. Ggf. tempus puerile 6, 719. — Iuventa, ae, *f.* Göttin der Jugend 7, 241.

iuventas, ätis, *m.* Jugend; meton. — junge Leute 3, 121. 7, 514. 10, 318. vicina 7, 785. conspecta 12, 553. saltatibus apta 14, 637.

iuvo, iuvi, iutum, äre, helfen, unterstützen, m. *Acc.* 1, 275. audentes deus ipse iuvat 10, 586. Fortuna manum 5. 140. iuvere rates Gnosiacas 7, 471. facundia iuvit mandatam causam 7, 505. se iuvet urbe vel agro 11, 282; absol. Fortuna iuvat 2. 141. vitä magis quam morte iuvatis nützen 15, 119. m. *Inf.* quid iuvabat docuisse 7, 858. 13, 965. — erfreuen. m. *Acc.* me iuvos 7, 814. quem neque bella iuvant neo tela 3, 551. 5, 682. iuvat m. *Inf.* es freut, esse sub undis 6, 370. meminisse 7, 797. 6, 17. 8, 138. 9, 486. 12, 162. 15, 93. 147.

iuxtā, *Adv.* daneben, esse 7, 622. 12, 235. accedere daneben treten 8, 809.

L.

lăbĕfăcio, fēci, factum, ere, wankend machen, lockern, lacului labefecit 3, 70. *Part.* labefactas 2, 402. quercus 8, 774. robora 12, 329; bildl. animus erschüttert 10, 375.

lābes, is, *f.* (v. labi eig. Fall, Sturz) Schmutzflecken, labe carens fleckenlos 15, 130. totus sine labe 2, 537.

lābo, āvi, ātum, āre, wanken, schwanken, labant cunei 11, 514. naves 2, 163. nulla loca labare 5, 362; bildl. res Troiana 15, 473. mens 6, 629.

I) **lābor**, psus sum, i, gleiten, sanguine conciderant lapsi ausgeglitten 5, 77. v. Schlangen, circum pectora 4, 493. per sinus labens in Bogen hingleitend 15, 721; v. Schwimmen, mille modis labens 5, 596. medio amne 11, 51. mann per aequora 14, 8; pennis per auras 8, 51. pronus per aëra lapsus gerade herunter gefahren (auf b. Wagen) 14, 821. sidus ab aethere 14, 846. per iter declive hinabgleiten 15, 227; v. Wasser fließen, rinnen 2, 406. 455. 15, 275. labentia flumina 1, 189. undae 5, 387. per rivum durch b. Bett des Baches hin 11, 603. lacrimae genis (fl. de) 2, 656. ab arbore lapsae geträufelt 10, 262; bildl. aetas labitur occulte 10, 519. tempora assiduo motu 15, 179. somnus in artus sich schleichen 11, 631. frigus per inguen verbreitet sich 2, 824. — fallen, sinken, lapsus ab arbore ramus 3, 410. catenae lacertis 3, 699. velamina tergo 4, 101. labi in cineres 2, 628. im Tode hinsinken 7, 859. 10, 198. super terram 13, 477; bildl. quo labor in welchem Abgrund 9, 520.

II) **lābor**, ōris, *m.* Anstrengung etw. zu erreichen, Mühe, 4, 293. 5, 243. 586. 12, 144. longus 1, 773. difficilis 11, 200. sociatus 8, 546. belli viaeque 13, 316. cunarum in b. Wiege geübt (s. Hercules) 9, 67. longi anni 1, 273. labores hominum 2, 401. bis sex die 12 Arbeiten des Hercules 15, 39. 9, 14. 22. 277. comites laborum 8, 565. famulas laboribus urgent mit Arbeiten 4, 35. labores mihi (= a me) acti 2, 897. labor est inhibere b. Mühe besteht im 2, 128. Anstrengung, etw. zu tragen, Mühsal, immensus 1, 728. insolitus 10, 564. labores bis quinque mensum sustinere (der

Schwangerschaft) 9, 500. 9, 675; Noth, Drangsal, Leiden, lunae durch b. Zauber (s. trahere lunam) 7, 207. 4, 531. 570. 9, 180. tolerare 9, 189. 14, 478.

lăbōrĭfer, ĕra, um, Anstrengung, Mühe ertragend, Hercules 9, 285. iuvencus 15, 129.

lăbōro, āvi, ātum, āre, Anstrengung machen etw. zu erreichen, sich mühen, sich bemühen, ut (giebt auch baß) dique hominesque laborent 9, 751. pro alqo 15, 816. in spem 15, 367. antrum arte nulla laboratum ausgearbeitet 3, 158. m. *Inf.* 3, 565. 10, 413. 13, 809. arma ferre laboro strebe danach 13, 285. — etw. zu ertragen, in Noth, Bedrängnis sein 1, 268. 2, 296.

Lābros, i, *m.* (λάβρος der Ungestüme) Hundename 3, 221.

lābrum, i, *n.* b. Lippe, *Pl.* 8, 802.

lāc, ctis, *n.* Milch 7, 247. niveum 13, 829. coactum 8, 666. 13, 796. coagula (b. s.) passum Käse 11, 274. concretum 12, 436. leaenae 9, 615. flumina lactis 1, 111. — übertr. Saft v. Kräutern 11, 606.

Lăcĕdaemŏnius, a, um, von Lacedämon ob. Sparta stammend, Tarentum 15, 50.

lăcer, ĕra, um, zerrissen 3, 522, artus 9, 169. zerfleischt, iuvenca 11, 409. verstümmelt, corpus 6, 562. 15, 532. caput lacerum cornu (*Abl.*) um ein Horn 9, 97. zertrümmert, currus 2, 318. tabulae Breitrümmer 11, 428. arces 11, 509. — zerfleischend, morsus 8, 877.

lăcĕro, āvi, ātum, āre, zerreißen, zerfleischen, ora, comas, vestem 11, 726. capillos zerraufen 14, 420. lacerata comas (*Acc. limit.*) 13, 534. corpus laceratur 2, 362. 3, 722. viscera laceranda dare 4, 424. — bildl. quälen, peinigen, alqm fame 8, 784.

lăcerta, ae *f.* b. Eidechse 5, 458.

lăcertōsus, a, um, muskelkräftig, coloni 11, 33.

lăcertus, i, *m.* b. Oberarm, Ggs. zu bracchium (b. Unterarm) 1, 501. subiecta lacertis bracchia sunt 14, 304. summus der oberste Theil des Armes 6, 407. — Arm überh. 1, 236. 565. 2, 10. gravis 5, 142. validus 9, 223. infirmi 10, 407. blandi 1, 484. — Scheeren bes Scorpion 2, 196. — übertr. Fluß-arme, porrigit (amnis) aequales lacertos 15, 741.

lacesso, ivi, itum, ĕre, reizen, angreifen, alqm 9, 58. 12, 228. feras 10, 546.

Lachne, es, f. (λάχνη Wollhaar) Hundename 3, 222.

Lacīnĭus, a, um, lacinisch, v. Vorgebirg Lacinium unweit Croton in Unter-Italien, mit e. berühmten Tempel der Juno, litora 16, 13. 701.

Lacōn, ōnis, m. b. Laconier, Hunde-name 3, 219.

Lacōnis, ĭdis, Adj. f. laconisch, mater 3, 228.

lacrĭma, ae, f. b. Thräne, lacrimam dare alcui eine Thräne weihen 11, 720. sonst Dict. Pl. 1, 732. 3, 459. piae 6, 535. miles cadebant 0, 806. lacrimae dare 2, 341. 4, 117. uð. fundere in nomina 8, 540. tenere 2, 798. re-tinere 1, 847. perfundere lacrimis 2, 330. lacrimis indulgere 9, 141. la-crimis obortis 1, 350. 4, 683. 6, 495. — bilbl. ber aus Bäumen schwitzende Saft, Harz ber Myrrhe 10, 501. 509. turis 15, 394. Heliadum (b.f.) Bern-stein 10, 263.

lacrĭmābĭlĭs, e, beweinenswerth 2, 798. bellum 8, 44.

lacrĭmo, āvi, ātum, āre, weinen, 6, 100. 7, 811. lacrimans 7, 863. 3, 460. lacrimantia lumina 13, 132; bilbl. — Thränen schwitzen, lacrimavit ebur 15, 792.

lacrĭmōsus, a, um, thränenreich, fu-nera 14, 746. zu Thränen reizend, fu-mos 14, 6.

lacteo, ēre, an b. Mutter saugen, *Part.* lactens: vitulus 2, 624. catulus 18, 547. fetus cervae 6, 637. — milch-ob. faftreich, annus lactens est vere novo 15, 201.

lactens, a, um, milchig, amor — lac 9, 358. 15, 78. via b. Milchstraße 1, 169.

lacto, āvi, ātum, āre, Milch geben, *Part.* lactantia ubera 6. 812. 7, 321. — Milch saugend, lactantes vitulos 10, 227.

lacūna, ae, f. (lacus) Vertiefung, Lache 8, 385.

lacūno, āvi, ātum, āre, mit getäfelter Deckenarbeit (lacunar) schmücken, sum-ma (atria) lacunabant conchae 8, 563.

lacus, us, m. Vertiefung, Becken, natürl. See, Teich, m. Ab- und Zugang des Wassers 1, 38. 15, 332. altae aquae

5, 385. mediocris aquae v. mäßiger Größe 6, 343. patuli 3, 379. Pl. u. cinum 5, 405. 6, 561. 7, 371. 15, 320; b. Wasserbecken einer Quelle 3, 479. pro fontibus lacuque (Sperg.) 3, 645; bilbl. qua pedem movi, manat lacus 5, 634. — künstl. Kühltrog, gebäus 9, 171. lacubus ferrum demittere 12, 278.

Lādon, ōnis, m. 1) Fluß in Arcadien, der in den Alpheus fließt 1, 702. — 2) Hundename 3, 218.

laedo, si, sum, ĕre, verletzen, beschädi-gen, verwunden, alqd 4, 741. 1, 608. laedi ferrum Schaden bekommen 12, 131. alqm 3, 128. 14, 40. hominem vulnere 4, 602. medullas telo 1, 478. laesum cor 12, 421. colla 3, 88. cor-pore non laeso ohne daß 12, 172. sil-vam durch Feuer 2, 408. herbas moram laesere benagen 13, 926; bilbl. illam, qui tectos laesit amores, laedit amore pari schädigen 4, 191. laedor fortuna loci ich leide durch 10, 835. laesus ignis gestört 13, 867. pectus verwundet 5, 535. — in sittl. Bez. verletzen, be-leidigen, kränken, alqm 2, 548. 527. 1, 547. 608. laesum numen 4, 8. ma-terna numbras 1, 387. socialia foe-dera 14, 380. laesus pudor beleidigtes Schamgefühl 7, 751. geraubte Unschuld 3, 450. *Subst.* laesa eine Gekränkte 14, 384.

Laelaps, ăpis, m. (Λαῖλαψ Sturm-wind) Hundename 3, 211. *Acc.* Lae-lapa 7, 771.

Laërtes, ae, m. Sohn des Arcesius, Vater des Ulysses. Laërte creatus 11, 625. 13, 141.

Laërtĭădes, ae, m. b. Sohn des Laërtes Ulysses 13, 48.

Laërtĭus, a, um, v. Laërtes stammend, heros Ulysses 13, 124.

Laestrȳgon, ŏnis, m. ein Lästrygon. Die Lästrygonen waren e. Volk men-schenfressender Riesen in Campanien 14, 233.

laetābĭlĭs, e, erfreulich 9, 255.

laetĭtĭa, ae, f. Freude, sentire laeti-tiam 10, 444. laetitiae esse alicui 8, 430. — Laetitia personificiert, vana 12, 60.

laetor, ātus sum, āri, sich freuen, fröhloden, 7, 147. über etw. *Abl.* pueri fato 5, 66. sospite nato 7, 495. lacrimis 9, 144; m. *Acc. c. Inf.* 15, 451. 3, 44.

laetus, a, um, froh, fröhlich, 1, 776. animus 4, 761. vox 1, 560. clamor 15, 731. ore 9, 242. vultus 10, 5. frons

beiter 5, 670. dextra 14, 688; über
etw. *Abl.* alumno 2, 644. monere 12,
208. 3, 292. 9, 786. laetior enoceam
8, 384. laetissimus hospite tanto 8,
589. — erfreulich, laetum (all) patriae
15, 579. festlich, triumphi 13, 251. 14,
719. *Subst. Neutr.* laeta [frohe Ereignisse 7, 454.

laevus, a, um, link, manus 5, 351.
umerus 12, 415. genu 9, 298. auris
12, 336. tempus 5, 116. latus 13, 73).
thalamus 2, 739. laevis remis saxa
fugit durch Rudern nach links 15, 703.
m. *Gen.* laevā Rhoetei profundi ara
est links von 11, 197. laevā a parte
von linksher 4, 655. 9, 82. linkerhand
7, 357. de parte 14, 102. laevā parte
links 7, 241. 8, 220. ohne pars: dextrā
laevāque 1, 171. 5, 187. a laeva
links 11, 108. a dextra laevaque
zur Rechten u. Linken 2, 25. laevam
pete steure links 8, 649. — *Subst.*
laeva (röm. manus) b. linke Hand
4, 782. 8, 321. 13, 847. 14, 844. 15,
163.

Laïades, ae, m. der Sohn des theban.
Königs Laius (Λάϊος), Oedipus, der
das Rätsel der Sphinx, eines Unge-
heuers halb Löwe, halb Jungfrau, das
d. Gegend von Theben unsicher machte,
löste und dadurch König von Theben
wurde. Das Rätsel war: was ist am
Morgen vierfüßig, am Mittag zwei-
füßig, am Abend dreifüßig? wer es
nicht lösen konnte, wurde von der
Sphinx getödtet, als es aber Oedipus
errieth, stürzte sie sich selbst von e. Felsen 7, 759.

lambo, mbi, bitum, ĕre, lecken, manus 1, 646. 3, 57. 4, 595. lambendo
15, 380.

lamentabilis, e, beklagenswerth, tributum 8, 262.

lamina (lammina), ae, f. e. dünne
Platte, hauptf. v. Metall, Metall-
platte, candens 9, 170. fulva Gold-
platte 11, 124; Schwertklinge 5, 173.
12, 488.

lampas, ădis, f. Fackel, pingues v.
Harz gesättigte Kienfackeln 4, 403. funale densum lampadibus coruscis
12, 247.

Lampetides, ae, m. orphenischer Sänger 5, 111.

Lampetie, es, f. eine der Heliaden (b.
f.), candida 2, 349.

Lamus, i, m. Sohn Neptuns, König
der Lästrygonen, Lami urbs das spätere Formiä im südlichen Latium 14,
233.

lāna, ae f. Wolle 4, 54. rudis 6, 19.
lanam mollire trahendo 2, 411.
fama lanae faciendae der Wollebe-
reitung 6, 31. *Pl.* 7, 541. 15, 118.
lanas ducere 4, 34. bibulas tingere
6, 9.

langueo, ĕre, matt, kraftlos sein, lan-
guenti manu 12, 818; übertr. amorem
languere putares 7, 81.

languesco, langui, ĕre, ermatten, ignis
dolorque languescunt 8, 523.

languidus, a, um, matt 2, 464. lumina 1, 718.

languor, ōris, m. Mattigkeit 7, 547.
mollia 11, 648. membra languore
solutis 11, 612. Unwohlsein, fictus
9, 767.

lanificus, a, um, Wolle bearbeitend,
ars Wollwebekunst 6, 6.

laniger, ĕra, um, Wolle tragend,
greges 3, 585. 6, 395. 7, 540. pecudes 13, 781. *Subst.* laniger b.
Schafbock 7, 312. [D. vierfilb. Formen im
Versauf.]

lanio, āvi, ātum, āre, zerreißen,
mundum 1, 60. amictus 4, 104. vestem (zum Zeichen der Trauer) 5, 398.
a pectore abreißen 11, 681. crinem
zerrauſen (zum Zeichen b. Trauer) 2,
350. 5, 472. vertice aus b. Scheitel
raufen 4, 558. zerfleischen 7, 349.
membra 14, 195. ora unguibus 12,
563. viscera praebebat lanianda 4,
457. laniata pectora plangens bб.
ita ut lanientur 6, 248. 13, 493.
Part. laniatas m. gr. *Acc.* sinus das
Busengewand zerrissen 2, 335. comas
b. Haare zerrauft 4, 139. passos capillos 6, 531.

lanūgo, inis, f. (lana) b. Flaum des
Barts, prima 12, 291. dubia noch
unbeutlich 9, 398. 13, 754.

Laŏmĕdon, ontis, m. König v. Troja,
Sohn des Ilus, Vater des Priamus,
der Hesione u. Antigone, ließ die Mauern
v. Troja erbauen 8, 98. 11, 757. 200
[*Acc.* Laomedonta].

Laŏmĕdontēus, a, um, dem Laomedon
gehörig, arva 11, 197.

lapidosus, a, um, steinig, montes 1,
44. ager 8, 790. undae voll Steinge-
röll 15, 28. [Nach b. a. Weise.]

lapillus, i, m. b. Steinchen, exiguus
8, 18. teretes 10, 260. crepitantes
des Baches 11, 604. zur Abstimmung.
nivei atrique 15, 41. 45. [Versfaß.]

lapis, idis, m. b. Stein, 1, 393. 2, 696.
casa lapis sunt 4, 660.

Lapitha, ae, m. ein Lapithe 12, 250.
Die Lapithen waren e. Volksstamm im

südwestl. Thessalien; ihr Kampf mit d. Centauren 12, 210 fl. 536.

Lāpĭthaeus, a, um, die Lapithen betreffend, gens d. Lapithenstamm 12, 530.

Lāpĭthēïus, a, um = Lapithaeus, tecta der Lapithenpalast des Pirithous 12, 417. proelia gegen d. Centauren 14, 670.

lapsus, us, m. d. Fallen; übertr. jede schnelle Bewegung: Flug, celeri per aëra lapsu 8, 216. Fall ob. Lauf eines Gewässers, ambiguus 8, 163. *Pl.* placidi 9, 95.

lăqueus, i, m. d. Schlinge 6, 134. 14, 7, 15. laqueo animam claudere 7, 604. innectere fauces 10, 878. zum Fangen *Pl.* 11, 73. 15, 473. 4, 178.

largus, a, um, reichlich, imber 4, 282. 11, 516. odores 4, 760.

Lārĭssaeus, a, um, larissisch, v. d. Stadt Larissa am Penëus in Thessalien 2, 542.

lascivio, ii, itum, ire, ausgelassen sein, agnus lascivit fuga flieht muthwillig 7, 821.

lascivus, a, um, muthwillig, ausgelassen 5, 686. puer Cupido 1, 456. lascivior haedo 13, 791.

lasso, avi, atum, ire, müde machen, ermüden, labor me lassavit 10, 554. alus et pectora abmühen 13, 614. lassor in harena müde mich ab 2, 577. lassatus ermüdet 13, 902. sequendo 9, 649. alae 1, 308. membra 6, 343.

lassus, a, um, ermattet 5, 625. et studio venandi et aestu 3, 413. cuncta lassa iacent 15, 188. os 10, 663. lumina 7, 578. passus 14, 120.

lātē, Adv. weit, weithin, l. serpere 2, 825. agere contagia 7, 551. tenent loca 4, 436. patens 8, 218. pendens 1, 268. prospiciens 11, 150. sparsus 2, 316. diffusus 8, 162. hamus l. rupta 13, 442. latius possederat in weiterem Umfange Besitz ergriffen hatte, bh. weitläuftigere Besitzungen hatte 5, 131.

lătĕbra, ae, f. (lateo) Versteck, Schlupfwinkel 3, 443. 5, 460. *Pl.* 4, 407. 10, 710. ferarum 1, 216. nemoris 4, 601 (ē); bildl. verba caecis obscura latebris unklar durch die dunkeln Verstecke, in die sich gleichs. der Sinn vertirgt, bh. durch dunkle Räthsel 1, 388 (ē).

lăteo, ui, ire, verborgen sein, sich verbergen 1, 502. 2, 265. 6, 298. latuere sub mamma 1, 70. torres sub gurgite 1, 290. scintilla sub favilla 7, 80. sub antris 2, 269. 4, 88. 14, 275. mater in stipite 9, 879. aether in nubibus 13, 582. silvis 3, 206. 393. sich verhalten, bergen, post clipeum late 13, 79. sub nomine dominae 15, 546; — unbekannt sein causa latet 4, 287. 7, 525. 576. usque adeo latet utilitas so wenig kennt man 6, 488; verborgen bleiben, mendacia imercepta latebant 9, 711. ars latet arte sua d. Kunst bleibt durch sich selbst verborgen, indem d. Kunstwerk nicht als solches, sondern als Natur erscheint 10, 253. *Part.* latens verborgen, flamma 7, 554. aurum 13, 853. sub nube 11, 591. vepre 5, 628. herbā 11, 775. heimlich, culpa 2, 545. flammae 8, 825. verba 9, 573.

lătex, icis, m. jede Flüssigkeit: Wasser 3, 171. 474. purus 7, 327. *Pl.* 4, 388. 5, 636. recentes 3, 601. sacri (der Hippocrene) 5, 263; Wein, latex meri 13, 653; Oel, Palladii 8, 275; Saft, pressos radice 14, 56.

Lătĭālis, e, oder

Lătĭāris, e, latinisch; — römisch, populus 15, 481.

Lătīnus, i, m. 1) Sohn des Faunus, König v. Laurentum in Latium, Vater der Lavinia, Faunigena 14, 449. — 2) ein König v. Alba longa 14, 611.

Lătīnus, a, um, latinisch, res Staat 14, 610. nurus 2, 368. Hamadryades 14, 623.

lătĭto, avi, atum, are, (lateo), sich verstecken, sich versteckt halten, per tecta 4, 405. latitans 14, 214. rupe unter 8, 211. 13, 786. sidera latitantia 10, 449.

Lătĭum, ii, n. Landschaft im westlichen Mittelitalien; meton. für d. Bewohner Tyrrhenia concurrit Latio 14, 452.

Lătĭus, a, um, latinisch, Latiums, gens 14, 832. montes 14, 326. 390. 422. aurae 15, 620; — römisch, duces 1, 560. nurus 15, 486. pinus (Schiff) 15, 742. arces d. Capitol 15, 582.

Lătōïs, ĭdis, f. die Tochter der Latona (Λητώ), Diana 8, 278 [*Gen.* Latoïdos].

Lătōïus, ii, m. d. Sohn der Latona (Λητώ) Apollo 11, 196.

Lătōna, ae, f. (gr. Λητώ) Tochter des Titanen Coeus (illa Coei 6, 366. Titanis 6, 185. Titania 6, 346) Mutter des Apollo u. der Diana, die sie dem Jupiter gebar, diva gemellipara 6, 315. 336. 160. da Juno dem ganzen Erdkreis verboten hatte sie aufzunehmen, irrte sie ruhelos umher, bis ihr b. schwimmende Insel Delos einen Platz bot, wo sie gebären konnte 6, 186 ff. 13, 635. Sie verwandelt lycische Bauern in Frösche 6, 330 ff.

Lātōnia, ae, *f.* b. Tochter der Latona, Diana 1, 696. 8, 394. 511.

Lātōnīgĕnae, arum, *m.* die beiden Zwillingskinder der Latona, Apollo u. Diana 6, 160.

Lātōus, a, um, der Latona (Λητώ) gehörig, arae 6, 274. *Subst.* Latous der Sohn der Latona, Apollo 6, 384.

Lātrātor, ōris, *m.* der Beller 9, 690.

Lātrātus, us *m.* Gebell, *Abl.* 3, 207. 7, 302. 13, 406. *Pl.* tres edidit e. breifaches 4, 451. latratibus 2, 491. 3, 231. ternis 7, 411. claris 13, 806.

Lātreus, ĕi, *m.* e. Centaur 12, 463.

lātro, āvi, ātum, āre, bellen 7, 65. 791. 13, 569. Dymantida latrasse, als Hund gebellt hatte fie in e. Hund verwandelt worden war 13, 620. latrans 8, 841. monstra 14, 60. *Subst.* latrans der Beller — Hund 8, 412.

lătro, ōnis, *m.* b. Räuber 7, 444.

lātus, a, um, breit, weit, ausgebreitet, campus 1, 315. orbis 5, 481. terrae 2, 307. aequor 4, 690. aquae 11, 356. ferrum 8, 342. bipennis 5, 79. discus 10, 177. funda 14, 825. aurum Goldstreif 6, 587. ricinus 2, 491. latius spatium 2, 302. *Subst.* in latum crescit in b. Weite 1, 386.

lătus, ĕris, *n.* b. Seite des animal. Körpers, penna latus vestit 2, 376. 865. mutare latus fich von e. S. auf d. andre schnellen 13, 937. lateri dependent vellera 6, 592. iuncta (est) lateri deae ift dicht an b. Seite 2, 449. Brust per latus summum b. oberste Theil der Br. 12, 572. laterum crates Brustkorb 12, 370. laterum costae 4, 726. latus haurire (b. J.) 5, 126. cognatum des verwandten Alcmäon 9, 412; andrer Gegenstände 13, 730. collis 18, 779. latus omne (lacus) alle Seiten 5, 388. des Schiffes 11, 475. ardua 11, 520. munire 11, 487. in latus nach b. S. seitwärts 3, 187. 6, 229. 9, 518. campi 10, 674. in omne latus nach allen Seiten 9, 239. in latus obliquum astitit stellte fich schräg nach b. Seite 3, 167. ensem in latus obliquat richtet schräg nach der Seite 12, 485. latere sinistro linke 7, 471.

laudo, āvi, ātum, āre, loben, preisen, laudando 10, 562. alqd 1, 500. ora Iovi (a Iove) laudata 2, 480. alqm 12, 648. laudemur et ipsae will mich auch selbst loben lassen 6, 3. *Part.* laudatus gepriesen, gerühmt, 14, 658. vultus 5, 59. facies 5, 582. signa artificum 12, 898. pavo 13, 802. virgo laudatissima formae dote hochgepr. 9, 716.

laurĕa, ae, *f.* Lorbeerbaum 1, 566. — Lorbeerkranz 2, 600.

Laurens, ntis, laurentisch, v. Laurentum, der Hauptstadt des Königs Latinus litus 14, 598. agri 14, 342; — latinisch, Picus 14, 336.

laurus, i, *f.* b. Lorbeerbaum 1, 450. dem Apollo heilig 1, 559 (laure), 6, 101. im delph. Heiligthum 15, 634 [b. End-filbe in b. 3. Wese vor et gedehnt]. innuba jungfräulich, weil die v. Apollo geliebte Daphne vor seiner Umarmung fliehend in e. Lorbeerbaum verwandelt wurde 10, 92. — meton. Lorbeerzweig, -kranz 6, 201. lauro 6, 161. Parnaside 11, 165. pacali 15, 591. *Abl.* lauru nitida (als Siegeszeichen) 14, 720.

laus, dis, *f.* Lob, Ruhm, pedum der Schnelligkeit 10, 563. plus invidiae quam laudis 5, 66. minimum est hoc laudis das ist mein kleinster Ruhm 13, 78. amor laudis 11, 627. fiducia tantae laudis 12, 625. aemula laudis 6, 83. detrectare laudem 5, 246. promissa cum laude (f. revertor) 13, 248. *Pl.* laudes (eig. Lobsprüche) Lob, Ruhm 1, 462. 13, 824. lanificae artis 6, 6. — meton. ruhmvolle That, Theseos laude 8, 203.

Lāvīnia, ae, *f.* Tochter des Latinus, um welche Aeneas mit Turnus Krieg führte 14, 570.

Lāvīnium, ii, *n.* Stadt in Latium, von Aeneas nach s. Vermählung mit b. Lavinia erbaut, sacrae Lavini sedes weil Aen. hier die aus Troja geflüchteten Penaten aufstellte 15, 728.

lăvo, lāvāvi, u. lāvi, lāvātum, lautum, āre, waschen, baden, ora fontibus 12, 413. lāvēre vulnera 15, 283. laverat palmas undis 11, 216. bespülen, mare lavit harenas 7, 267. netzen, vultum lavere lacrimis 9, 680.

lĕa, ae, *f.* b. Löwin 9, 648. saeva 4, 102. *Pl.* leae 14, 255.

lĕaena, ae, *f.* b. Löwin 4, 97. 814. 9, 616. 13, 547.

Learchus, i, *m.* Söhnchen des Athamas u. der Ino, von f. Vater getödtet 4, 516.

lēbes, ētis, *m.* (λέβης) eherner Kessel, Becken, curvi 12, 243.

Lēbinthos, i, *f.* eine der sporadischen Inseln südwestl. v. Kleinasien 8, 223.

lectus, i, *m.* Lager — Bett 4, 181. 7,

572. altus 10, 402; Lagerstatt 8, 856. saligus 8, 669; eheliches Lager 10, 437. 11, 471. foedera deserti lecti 7, 710. meton. Vermählung 6, 429; Todtenbahre 8, 537. 14, 758.

Leda, ae, f. Tochter des Thestius, Gemahlin des spartan. Königs Tyndareus. Jupiter nahte ihr in Gestalt eines Schwanes u. erzeugte mit ihr die Dioskuren Castor und Pollux u. die Helena 8, 100.

legatus, i, m. Gesandter 14, 527.

legitimus, a, um, gesetzmäßig, rechtmäßig, coniunx 10, 497.

lego, legi, lectum, ere, zusammenlesen, sammeln, fraga 1, 104. flores 4, 315. vimina 6, 344. nox soporem de lacte herbarum 11, 607. volucres semina lacta auflesen 5, 485; übertr. mit d. Augen gleichs. zusammenlesen, lesen 15, 814. verba minacia aere 1, 92. carmen 6, 582. folio legatur eodem er bh. sein Name 10, 208. ore legar populi bh. meine Werke 15, 878. nomen lectum in marmore 2, 838. lecta sibi (= a se) parte (tabellae) 9, 575; m. örtl. Obj. die einzelnen Punkten gleichs. auflesen ob. ablesen, saltus durchstreifen 5, 579. vestigia e. Spur folgen 3, 17. zu Schiff vorbeifahren, Inarimen Prochytenque 14, 90. 15, 705. — auslesen, wählen, viros ad bella 7, 660. idonea tempora 9, 611. sibi domum 12, 43. unum de tot millibus legi 13, 242. sorte sumus lecti 14, 251. *Part.* lectus auserlesen, trefflich, Phoebi lecte sacerdos 13, 640. manus juvenum 8, 300. proceres 10, 315. boves 6, 322.

Lelegeis, idis, *Adj.* f. dem Lande der Leleger angehörig, Lelegeides Nymphae 9, 652.

Lelegeus, a, um, den Legern (s. Leleges) gehörig, moenia b. Stabi Megara, weil in dieser Gegend von Alters Leleger wohnten 7, 443. litora von Megara 8, 6.

Leleges, um, m. weitverbreiteter vorhellenischer Volksstamm, nicht allein in Hellas u. in der Peloponnes, sondern auch in Kleinasien 9, 645 [*Acc.* Lelegas].

Lelex, egis, m. einer der calydon. Jäger aus Naryx in Locris 8, 312. bei Achelous 8, 617. Troezenius (ungewiß weshalb) 8, 567.

Lemnicola, ae, m. der Bewohner v. Lemnos, Vulcan, als dessen Lieblingssitz Lemnos galt 2, 757.

Lemnius, ii, m. der Lemnier, Vulcan 4, 185.

Lemnos, i, f. Insel im ägäischen Meere, südl. v. Thracien; galt wegen s. vulcan. Beschaffenheit als Wohnsitz des Vulcan, Vulcania 13, 313. Aufenthaltsort des Philoctetes 13, 40.

Lenaeus, i, m. ($\Lambda\eta\nu\alpha\tilde{\iota}o\varsigma$ d. Kelterer v. $\lambda\eta\nu\acute{o}\varsigma$ Kelter) Beiname des Bacchus, Lenaee pater 11, 132. 4, 14.

lenimen, inis, n. Linderungsmittel, Beruhigung 11, 450. dulce senectae 8, 500.

lenio, ivi, itum, ire, lindern, dolores 13, 317. materna vulnera 13, 599; besänftigen, umbras 8, 470. dea lenita est 1, 738. 12, 35.

lenis, e, sanft, gelinde, aura 7, 811. auster 11, 192. tepor 2, 811. nardus 15, 398. somnus 8, 823. volatus 12, 527. von e. Fluß 1, 580. lene n. *Adv.* lene spirans Favonius 0, 661.

leniter, *Adv.* sanft, gelinde, *Comp.* lenius 2, 809. 3, 509. 8, 855. 9, 704.

lente, *Adv.* langsam 3, 15. 11, 179.

lentiscifer, era, um, Mastixbäume (pistacia lentiscus) hervorbringend 15, 713. [Nur hier.]

lentus, a, um, biegsam, geschmeidig, arcus 2, 419. 5, 55. hastilia 8, 28. spina 3, 80. habenae 15, 520. aurum 0, 68. salix 8, 336. palmae 10, 102. radix 11, 78. zäh, cortex 9, 353. 10, 730; übertr. v. Charakter zäh, fastus 14, 761. lentior salicis virgis 13, 800. — langsam, passus 2, 572. tabes 2, 807. mors 15, 236; mati, iam lentus amor 7, 82.

leo, onis, m. d. Löwe 1, 506. hirsutus 14, 207. fulvi 1, 304. feri 11, 511. iracundi 15, 90. domitis invecta leonibus 14, 538. 10, 704. — Leo das Sternbild des Löwen im Thierkreise, violentus 2, 81. [D. dreisilb. Formen stets im Bacchs(ch).]

lepus, oris, m. d. Hase 1, 533. 5, 628. Pl. 13, 832. proni 10, 538.

Lerna, ae, f. Sumpf in Argolis 1, 597, wo d. hundertköpfige lernäische Hydra lebte (Lernaea hydra 9, 192. echidna 9, 60), der stets an der Stelle eines abgehauenen Kopfes zwei neue wuchsen. Hercules tödtete sie dadurch, daß er sofort durch Feuerbrände lebe Wunde ausbrannte u. den letzten unsterblichen Kopf unter e. Stein begrub 9, 74. In d. giftige Blut tauchte er seine Pfeile, Lernaeum venenum 9, 130.

Lernaeus, a, um f. Lerna.

Lesbos, i, f. Insel an d. Küste von Jonien, mit d. Hauptstädten Mitylene

n. Methymna, bab. Methymnaea 11,
55. [Acc. Lesbon 2, 591. 13, 173.]

letālis, e (letum), Tod bringend, tödlich, ensis 13, 802. hiems 2, 827.
undae 11, 515. frigus des Todes 2,
611. carmen bubonis Tod verkündend
10, 453.

Lēthaea, ae, f. Gemahlin des Olenos,
hatte die Götter beleidigt u. wurde deshalb mit ihrem Gemahl auf dem Ida
in Stein verwandelt 10, 70.

Lēthaeus, a, um, mit den Eigenschaften
der Lethe, lethäisch, sucus 7, 152.

Lēthe, es, f. Fluß der Unterwelt, aus
dem die Abgeschiedenen Vergessenheit alles
Erlebten tranken. Ov. läßt ihn auch
bei d. Wohnung des Schlafgottes fließen
11, 603.

letīfer, ēra, um (letum), Tod bringend, tödlich, ictus 8, 362. dextra
12, 606. vestis 9, 166. stabulis 7,
532. letifer ille locus b. Stelle ist
tödlich, bß. eine Wunde daselbst bringt
den Tod 5, 133.

lēto, āvi, ātum, āre, töbten, corpora
letata 3, 55.

Lētōïs, ïdos, Adj. f. der Leto (s. Latona) gehörig, Letoïdos Calaureae 7,
384.

Lētōïus, a, um, von Leto (s. Latona)
stammend, proles b. Sohn der Leto,
Apollo 8, 15.

lētum, i, n. d. Tod (meist dicht.), leti
genus 3, 850. ianua 1, 662. via
zum 11, 792. solacia im 8, 773.
causa comesque u. Begleiterin in demselben 4, 151. mens interrita leti vor
10, 616. cupidine leti zu sterben 11,
338. in partem leti venire dem Tode
verfallen 7, 564. letum moliri alcni
4, 462. triste parare 15, 763. leto
dare alqm töbten 1, 670. 3, 120.
547 uß. leto inerti mori 7, 544. cadere ignavo et sine sanguine leto
thatlos u. unblutig 8, 518.

Leucas, ādis, f. früher Halbinsel, später
Insel an d. Küste d. Acarnanien 15,
289 [Acc. Leucada].

Leucippus, i, m. Bruder des messen.
Königs Agenor, war bei d. calydon.
Jagd 8, 306.

Leucon, ōnis, m. (v. λευκός der Weiße)
Hundename 3, 218.

Leucōnöe, es, f. eine der Töchter des
Minyas 4, 168.

Leucōsïa, ae, f. (Λευκωσία, Λευκασ-
σία auch Λευκωσία für ein anderes
Leucosia) Insel bei Pästum 15, 708.

Leucōthöe, es, f. bei den Röm. Ma-
tuta, Name der in e. Meergöttin ver-
wanbelten Ino, cum matre Leucothea
st. et matrem Leucotheon 4, 542.

Leucōthöe, es, f. Tochter des babylon.
Königs Orchamus, vem Sonnengott geliebt 4, 196.

I) lēvis, e, glatt, iaculum 2, 414.
stamina 4, 221. modo levia colla
nur eben noch glatt 10, 698. ut sit
coma pectine levis 12, 409. non leves tophi uneben 8, 561. levior conchis 13, 792.

II) lĕvis, e, leicht, dem Gewicht nach
stipulae 1, 492. pennae 2, 581. sagitta 12, 570. hasta b. Thyrius 6,
593. currus 2, 150. 10, 717. tophi
8, 160. levis insula nabat, als leichte
Insel 6, 334. populi der Schatten,
weil körperlos 10, 14. leve pondus
erat zu leicht 2, 161. pondus aquae
levius pondere terrae 1, 53; übertr.
paupertatem effecere levem 8, 634.
levior luctus 1, 655. — der Beweg-
lichkeit nach, aër 11, 732. aura 1, 503.
4, 673 uß. aurae 8, 48. 8, 524 uß.
venti 15, 346. anguis 2, 671. pollex gewandt 4, 36. saltus behend 3,
599. 7, 767. hora flüchtig 15, 181.
vulgus rumorum ein lustiges Volk 12,
53. zum Verb. animus nutat levis
huc atque illuc 10, 376. — der Wirkung nach — schwach, aura 6, 283. 15,
697. ignis 3, 488. levius fulmen 3,
305. tactus 4, 180. guttae 14, 515.
stridor 4, 413. strepitus 7, 840. fronde — nicht zu dicht 2, 557. umbra
nicht zu düster 5, 536; übertr. — unbedeutend, geringfügig, munus 1, 620.
dona leviora datis (= quam data)
13, 702. damnum 14, 197. vulnus
8, 87. poena zu leicht 10, 698. carmen 11, 154. leviore lyrā opus est
weniger ernst 10, 152.

lĕvĭtas, ātis, f. Leichtigkeit 1, 28. 2,
164. sua ihr eigenthümlich 13, 806.
nimia levitate allzu lose Verbinbung
10, 738.

lĕvĭter, Adv. leicht, ova leviter versata favillā 8, 667. l. velle nicht
ernstlich 9, 622. dolere nicht zu heftig
10, 168. Comp. nec levius cadit
mit nicht geringerer Wucht 11, 854. sonare schwächer erdröhnen 11, 508.

lĕvo, āvi, ātum, āre, leicht machen, daß.
entledigen, corpora veste 10, 176. ramos ponderibus nidi 15, 404. colla
serpentum abschliren 8, 798. pendentem losmachen (von d. Schlinge) 6, 185.
14, 741. cum te Lucina partu levarit entbinden 9, 698. 312. übertr. curā
levatus 5, 500. — leicht emporheben,

alqm 8, 360. se de caespite 2, 428. paulum levatus emporgerichtet 3, 440. tellure 14, 302. cubito 11, 621. illas pluma levavit 4, 410. pennis levati 2, 159. 8, 212. 5, 675; stützen, baculis levati 8, 693; herabheben, alqd furcâ 8, 647. — übertr. erleichtern, heben, mildern, cladem 2, 281. poenam honore 3, 398. opus manuum sermone 4, 39. luctus 13, 514. metus 10, 466. amorem 14, 12. vino curasque similemque 12, 158. 15, 822. pluma levat casus mäßigt 11, 791. luctu alcs levari daran Freude (eig. Erleichterung) finden 5, 21.

lex, legis, f. Gesetz 9, 552. 15, 28. 71. sine lege 1, 90. leges dare 5, 843. 10, 880. farre geben (eig. beantragen) 15, 863; Regel, Ordnung, uno lege regellos 2, 204. 11, 489. legem sibi dixerat ipse hatte für sich selbst d. Regel (wie man ihn behandeln sollte) aufgestellt 13, 72; Bestimmung, fatalis des Schicksals 3, 316. 10, 203. nascendi der Geburt (als der Sohn eines Gottes) 2, 660. poenae Strafbestimmung 6, 137; Bedingung, lege certâ 5, 551. certaminis 10, 572. 574. dare aufstellen 7, 8. (m. ne) 2, 556. imponere hostibus 8, 101. accipere annehmen 4, 704. erhalten (m. ne) 10, 60.

libens, ntis (Part. v. libet), gern, freudig, 9, 244. moriar libens 14, 721.

libenter, Adv. gern, Comp. libentius lieber 3, 366.

I) liber, libri, m. d. Bast, unter d. Baumrinde, tenuis 1, 549. mollis 9, 389.

II) liber, era, um, frei, von Schranken, liberior aqua d. Wien 1, 42. liberius caelum freiere Luft 15, 301. loca haec ubi libera trado überlasse dir unbeschränkt 4, 387; v. Fesseln ob. Zwang, bracchia 13, 868. fama — fessellos 15, 853. sanguis freiwillig gegeben 13, 469. non libera als eine Unfreie 13, 465. — freigestellt, non est mora libera steht nicht frei 2, 148. 5, 667. — freimüthig, ille ego liber 1, 757.

III) Liber, eri, m. ursprüngl. e. alt-italischer Gott der Befruchtung, dessen Name nachher auf den griech. Bacchus (b. J.) übertragen wurde 3, 520. 4, 17. 7, 295. 8, 177. 11, 105. Er ertheilt den Töchtern des Anius d. Gabe, Alles in Brod, Wein und Öl zu verwandeln 13, 650. Was 6, 125 von seiner Ver-

rüdung der Erigone angedeutet wird, ist sonst unbekannt.

libero, avi, atum, are, befreien, frei machen, von etw. Abl. aures arboribus 11, 158. ensem vaginâ herausziehen 6, 551.

libertas, atis, f. d. Freiheit, loquendi 9, 559.

libet, uit ob. libitum est, ere, es beliebt, gefällt, m. Inf. (auch ohne Dat.) ich, du, er möchte wol, habe Lust, libet temptare 9, 631. 10, 341. 556. 13, 766. libebat clamare 3, 229.

libido, inis, f. sinnliche Begierde 6, 458. 562. 9, 576. 625. 10, 154. 12, 221. Wollust 9, 483.

libo, avi, atum, are, schöpfen, inde libati liquores 1, 871. undae libandae e vivis fontibus 8, 27. bildl. leicht berühren, summam harenam pede 10, 635. ausgießen, als Opfer, spenden (auch v. Flüssigem) primitias frugum Cereri, Palladios latices Minervae 8, 275

libro, avi, atum, are, wägen, ins Gleichgewicht bringen, darin erhalten, (tellus) ponderibus librata suis 1, 18. libravit corpus in alas bängte den Körper zwischen d. Flügel ins Gleichgewicht 6, 201. — schwingen, iaculum 7, 787. telum (b. Ari) in ictus 8, 757. librata fraxinus lacerto 5, 142. 6, 409. fulmen a dextra aure 2, 311. 624. discum libratum misit 10, 178.

Libyeus, a, um, libysch = africanisch, harenae 4, 617. orae 14, 77.

Libya, ae, f. Afrika 2, 237.

Libys, yos, m. 1) e. Lycier 3, 75. Adj. Libys Ammon 5, 828. — 2) tyrrheni-scher Schiffer 3, 617. 676.

licentia, ae, f. Freiheit, nach Willkür zu handeln, Ungebundenheit, Zügellosig-keit, ponti 1, 309.

licet, uit ob. licitum est, ere (eig. es steht feil, ist zu haben), es steht frei, ist erlaubt, quod licet 6, 203. quid liceat 9, 551. 554. cuncta licere 9, 554. selt. Pl. quibus ista licent 10, 329; liceat modo 8, 38. dum licet so lange es möglich ist 2, 857. 8, 717. 9, 146. qua licuit soweit es möglich war 2, 105. — m. Dat. der Pers. u. Inf. nec finire licet mihi morte dolores 1, 661. 2, 280. 3, 838. 6, 173; m. bloßem Inf. 2, 61. 63. 8, 478. 9, 486. 10, 19. suco liceat cognoscere mores man mag erkennen 14, 524; m. Acc. c. Inf. 2, 622. 13, 885; m. Dat. c. Inf. licet eminus esse fortibus 8, 406. — m. Conj. mag immerhin, audiat ipse licet 2, 429. 567. 3, 193. 4, 370. 8, 185. 394. 9, 741. 13, 18. 83. 328. 14, 171. sic amet ipse licet möge er selbst 3, 405. 12, 199. licet ipse aspicias du kannst selbst 14, 322. 15, 808. licebit m. *Conj.* placeat sibi quisque licebit jeder mag immerhin 2, 58. 13, 862. 8, 602. 755. 14, 355. [Nicht zu Anfang des Satzes, außer 13, 539. 14, 302.] Mit *Part.* abschoss (selt.), licet caeli regione remotos 15, 62.

Lichas, ae, m. Diener des Hercules 9, 155. [*Acc.* Lichan 9, 211. *Voc.* Licha 9, 211.]

ligämen, inis, n. Band, *Pl.* 14, 230.

Ligdus, i, m. ein Cretenser aus Phästus, Vater der Iphis 9, 670.

ligneus, a, um, hölzern, 10, 694.

lignosus, a, um, holzig, auß Holz bestehend, bracchia 11, 83.

lignum, i, n. Holz 1, 556. 6, 126. — Holzscheit, fatale 8, 479. 454. — hölz. Gefäß 8, 354. 12, 108. 371. — Holzgöß einer Kuh (s. Pasiphaë) 8, 132.

I) ligo, ävi, ätum, äre, binden, fesseln, matres radice tortā 11, 70. iacuere ligati 4, 188. manibus post terga ligatis 3, 575. verbinden, digitos ligat iunctura 2, 375. umbinden, pedes pennis 4, 665. vulnera verbinden 7, 849. guttura laqueo umschnüren 6, 134; übertr. aliquos concordi pace 1, 25. ligari cum alquo vinclo propiore sich verbinden 9, 550.

II) ligo, önis, m. Hacke, Haue, longi 11, 36.

Ligäres, um, m. Volk im nördl. Italien am obern Po bis zur Seeküste 2, 370.

ligustrum, i, n. Ligaster, Rainweide, e. Strauch m. weißer Blüte, niveum 13, 789.

lilium, ii, n. d. Lilie (Met. nur *Pl.*) 10, 191. 212. candida 4, 355. 5, 392. cänentia 12, 411.

Lilybaeon, i, n. das westl. Vorgebirg v. Sicilien 13, 726. 5, 351.

limbus, i, m. d. Saum, des Oberkleides, meist b. Purpur od. Gold 2, 734. aureus 6, 61. eines Gewebes, tenuis 6, 127. der Kniebänder, genualia picto limbo 10, 593.

limen, inis, n. Schwelle, der Thür 2, 814. 4, 450. 7, 288. 12, 281. altum 9, 397. durum 14, 709. — meton. Eingang, Thür 8, 168. 12, 46. tecti 5, 43; Wohnung, Haus, Semeles 3, 274. 13, 828. *Pl.* v. einer 7, 298. 744. 14, 702. 742; Gemach, *Pl.* v. einem 7, 331.

limes, itis, m. Grenzrain, Grenzlinie, longus 1, 136. übertr. Grenze, certi 1, 69. — Pfad, acclivus 2, 19. caeci 14, 370. curvus der Iris 14, 830. hoc limite ire 2, 600. recto fugere 7, 782. medio currere 8, 203. limes patet ad 7, 443. rectus est in obliquum lato curvamine d. Elliptik am Himmel, die d. heiße Zone schräg durchschneidet u. die beiden gemäßigten an d. Wendekreisen berührt 2, 130; = Flußbett, solito currere 8, 558. — bildl. Streifen, trahens flammiferum crinem spatioso limite 15, 849.

Limnäte, es, f. eine Flußnymphe, Tochter des Ganges 5, 48.

limosus, a, um, schlammig, elix 8, 237. gurges 6, 381. flumina 1, 634. 7, 6.

limus, i, m. Schlamm 1, 347. 15, 375. mollis 8, 365.

Limyre, es, f. Stadt in Lycien 9, 646.

lingua, ae, f. d. Zunge 2, 777. 4, 586. radix linguae 6, 557. tres vibrant linguae 3, 34. 7, 150. bisulca 9, 65; als Werkzeug der Rede 2, 550. 3, 366. humanae convicia 11, 601. cantu linguis sonantia ora 8, 532. non falsa 2, 631. magica 7, 330. usus linguae 5, 582. linguam solvere ad iurgia den Mund öffnen 3, 261; der Geschwätzigkeit 2, 540. der Schmähsucht 14, 625. turpes 6, 375. der Ruhmredigkeit, materna 4, 670. der Vermessenheit, paternam linguam exhibuit 6, 213. — übertr. die Staubbeutel der Lilie, lilia fulvis horrentia linguis 10, 191. die drei Spitzen Sicilens 13, 724.

liniger, era, um (linum u. gero) in Linnen gekleidet, turba der ägypt. Priester, die nur linnene Gewänder tragen durften 1, 747.

linquo, liqui, äre, lassen, zurücklassen, virus in corpore 11, 776. — verlassen, einen Ort, terras 2, 835. 14, 4. 15, 703. — im Stiche lassen, nervi liquerunt alqm versagten b. Dienst 8, 364. linquendus erat man hält ihn im St. lassen sollen 13, 72.

Linternum, i, n. Stadt in Campanien 15, 714.

linteum, ei, n. leinenes Tuch, Segel *Pl.* 13, 196. implere ventis 9, 592. dare (ventis) ausspannen 3, 640. 7, 40.

linum, i, n. Lein, Flachs, melon. b. leinene Faden 8, 198. Angelleine 13, 923. 3, 586. *Pl.* Tauwerk od. Segel der Schiffe 14, 554. Jägergarn 8, 148. nodosa 3. 163. 7, 807. plagarum 7, 787. Fischernetze 13, 931.

liquefacio, féci, factum, äre, flüssig

machen, schmelzen laffen, tura flammā 7, 161. *Part.* liquefactus zerschmolzen, aufgelöst 9, 175. medullas (*Acc. limit.*) im Mark 14, 431. coagula in der kochenden Milch 13, 830. — klar geworden, unda 8, 484. [liquefaciunt 7, 161.]

līqueo, līqui ob. līcui, ēre, flüssig sein, liquentes undas 8, 457. — klar, deutlich sein, liquet m. *Acc. c. Inf.* 11, 718. 14, 842.

līquesco, līcui, ēre, flüssig werden, 5, 431; durch Fäulnis verwesen 7, 550.

līquidus, a, um, flüssig, undas 1, 95. mel 7, 246. faex 8, 666. venenum 4, 500. cerebrum 12, 289. *Subst.* liquidum die Flüssigkeit 5, 454. — hell, klar, aquae 4, 851. ros des Quellwassers 3, 164. fons 10, 122. lymphae 8, 451. liquidissimus amnis 6, 400. 8, 162. Bacchus 13, 639. übertr. caelum der reine Aether (*Ggs.* spissus aër) 1, 23. aether 1, 67. 2, 532. aër 4, 667. aurae 12, 525.

I) **līquor**, ōris, m. Flüssigkeit jeder Art spissus 12, 437. Wasser perspicuus 4, 300. *Pl.* 1, 871. gelidi 6, 347. Gewässer 15, 318.

II) **liquor**, i, flüssig sein, fließen, zerfließen, (nur) liquitur in lacrimas 16, 549. träufelt 6, 312. — bildl. hinschwinden, tabe 2, 808. attenuatus amore 3, 490.

Līriŏpe, es, f. e. Wassernymphe, Mutter des Narcissus, caerula 8, 842.

līs, lītis, f. Streit 1, 21. deorum 13, 713. iocosa 3, 332. de terrae nomine 6, 71. arbitrium litis 12, 628. *Pl.* Gezänk 6, 375.

Līternum, i f. Linternum.

līto, āvi, ātum, āre, unter günstigen Vorzeichen opfern (gew. deo sacris) dicht. sacra 14, 156. — beim Opfern günstige Vorzeichen geben, victima nulla litat 15, 704.

lītŏrĕus, a, um, am Gestade befindlich, harena Ufersand 15, 725. uferbewohnend, cancer 15, 369. 10, 127.

littera (lit.), ae, f. Schriftzug, Buchstabe, funesta der Todtenklage (f. AI) 10, 216. communis pueroque viroque (f. ebb.) 15, 397. collect. Schrift, ducere in pulvere 1, 649. Schreiben, Brief, arcana 9, 510. Grabschrift, in sepulcro nos iunget littera 11, 706.

lītus, ŏris, n. Gestade, Küste, Strand des Meeres 1, 37. Ggs. ripae 1, 42. solidum 11, 232. ebenso densum (Ggs. mollis harena) 2, 677. spissum 15, 718. flavum 15, 722. hoc litore hier am Strande 11, 718. *Pl.* v. einem 2,

572. 4, 735 u.ö. non haec litora nicht dies Gestade, nach dem ihr steuert, ohne daß man es schon sah 3, 652. Küstenstrich 13, 924. — übertr. Strand eines Binnensees, iuncosa 7, 231.

līveo, ēre, bleifarbig, bläulich sein, livent robigine dentes 2, 776. *Part.* pruna liventia nigro suco 13, 817. terga einer Schlange 4, 715. bracchia von Schlägen 6, 279. pectora tundunt — ita tundunt, ut liveant 8, 535.

līvor, ōris, m. bläuliche Farbe, blauer Fleck, 10, 258. — Neid, personificiert 6, 129. 10, 515.

lŏco, āvi, ātum, āre, 1. Platz anweisen, wohin stellen, totidem plagas inter utramque (plagam) 1, 50. cornua in arbore befestigen 11, 476. templis locari 15, 818. sterili colle locatas Pithecusas gelegen, hallegend 14, 89.

lŏcus, i, m. Ort, Platz, Stelle, ullo loco 1, 661. hoc ipso loco gerade auf dieser Stelle 11, 693. locus notus b. gewohnte Aufenthalt 7, 676. natalia Geburtsort 8, 184. ventris erat pro ventre locus nur d. (leere) Platz des Bauches 8, 805. loco proximus dem Platz nach 1, 28. celsior = celsiore loco 1, 178. medius auf seinem Platze in d. Mitte 2, 31. locus non sufficit 7, 619. locum sibi facere 1, 27. dare alcui Platz gewähren 8, 602. machen 8, 673. locum requiemque petere Platz zum Bleiben u. Ausruhen 8, 628. subire in alium locum 1, 130. loco motus 5, 498; Raum, loco distantes ripae meil aus einander stehend 2, 241; *Pl.* loca Orte, Räume, Plätze 1, 510. 4, 111. grata 10, 230. septa 4, 436. crescunt loca decrescentibus undis die Plätze trocknen Landes 1, 345. luminis Augenhöhlen 13, 564. nulla kein Punkt 5, 367. Gegend, fortuna locorum 4, 566. 7, 55. Platz 2, 457. 3, 297. 11, 593. locis dissociata räumlich getrennt 1, 25. diversa locis verschieden nach d. Oertlichkeit 1, 40. — diversis locis 1, 178. — bildl. der geeignete Platz, est locus in vota ist ein Ort für Gebete, sind Gebete am Platz 14, 489. — Platz in d. Gesellschaft, Stand, non loco nec origine clara 8, 7.

lŏlium, ii, n. Lolch, Schwindelhafer, 5, 485.

longaevus, a, um, hochbejahrt, *Subst.* longaeva die Alte 10, 462.

longē, *Adv.* räuml. lang, collum longe porrigitur 2, 374. weit, weithin, terrae reductae aethere l. 4, 823. relinquere 11, 772. esse weit entfernt fein 10, 684. 11, 479. caput est a corpore longe 11, 794. abesse 6, 811. bildl. longe esse ob. abesse alcui ohne Nutzen fein, nichts helfen 8, 435. 4, 648; beim *Adj.* longe longeque potentior weit, ja weit 4, 825. l. gratissimus 12, 586. — von weitem, agnoscere 10, 719. *Comp.* longius weiter 11, 487. 2, 292. 718. 15, 111. 3, 88. 5, 414. longius it zu weit 6, 349. weiterhin 5, 831. 8, 861. — zeitl. longius länger 11, 703. 3, 120. 4, 230.

longus, a, um, lang, räuml. axis 1, 256. margo terrarum 1, 13. Hellespontus 13, 407. clivus 8, 694. gradus langanstreigend 7, 587. sulci 1, 123. rami 8, 760. crinis 1, 450. anguis 9, 63. pompae 1, 561. — hoch, trunci 4, 865. weit, cursus 4, 787. saltus 15, 377. circuitus 2, 82. amplexus 3, 48. aequora 3, 538. caelum 6, 64. weitläufig longo caelaverat argumento 13, 684. zeitl. tempora 4, 40. dies 1, 846. annus 1, 273. aevum 7, 176. vita 4, 109. senecta 6, 675. labor 1, 773. murmur 7, 251. ululatus lang gezogen 8, 708. lang dauernd, potentia 2, 418. longissima regna am längsten dauernd 10, 35. crimen bleibend 6, 240. longa mora est zu lange würde es aufhalten 1, 214. omnis erit mora longa wird zu lang dünken 8, 501. 11, 451. longior mora 10, 784. *Subst. Acc. Neutr.* longum laetari ein Langes — lange 5, 65.

loquax, ācis, geschwätzig, corvus 2, 535. fama 9, 137. loquaci linguā 9, 540.

loquor, locūtus sum, i, sprechen, reden 1, 233. Musa loquebatur: pennae sonuere redet noch, da 5, 294. posse loqui eripitur d. Fähigkeit zu 2, 483. caret os loquentis umore mein Mund beim Sprechen 6, 354. in fine loquendi Schluß der Rede 3, 868. loquendi materia Gesprächsstoff 12, 160. studium Schwatzsucht 5, 678. diu loquendo durch langes Plaudern 3, 279. loquendo pugnat mit Worten 5, 101. vince 9, 30. talibus dictis cum prole locuta est folgendermaßen 6, 205. pro alquo 13, 138. bildl. nutu signisque 4, 63. — m. *Acc.* haec Iunone locuta 4, 473. vera 10, 20. secreta 9, 559. pauca cum alqo 8, 705. plura locuturum 1, 525. u. alta loquendo Vielerlei plaudern 1, 682. tam certa so deutlich 6, 296. magna großsprecherisch 1, 751. 9, 31. 13,

922. his non inferiora 6, 702. verba minus violenta 8, 717. arma, arma! loquuntur rufen 12, 241. m *Acc. c. Inf.* vorreden, census dare me loquendo 7, 739; sprechend berichten, erzählen, ficta 1, 771. nota 2, 570. mira 7, 649. tua facta 6, 545. nomen casusque 1, 648. furta ausplaudern 2, 696. m. *Acc. c. Inf.* 7, 615. m. Indir. Fr. 4, 279.

lorica, ae, f. Panzer 3, 63. 12, 117.

lorum, i, n. d. Riemen (Met. nur *Pl.*) 10, 114; Zügel 2, 127. 145. 815. 15, 524. remittere 2, 200.

Lotis, idis, f. eine Nymphe, die vor Priapus flüchtend in e. Lotosbaum verwandelt wurde 9, 347.

lotos, i, f. d. Lotosbaum, der hauptf. in Afrika um die Syrten wächst, von dem aber Abarten auch in Italien vorkommen, mit süßer einer Bohne ob. Olive gleichenden Frucht (Jujuben- ob. Brustbeerbaum) aquatica 9, 341. 10, 96. [*Acc.* loton 9, 465.]

lubricus, a, um, schlüpfrig, colla draconis 4, 599.

luceo, xi, ēre, leuchten, oculi lucent 1, 289. in solio lucente smaragdis 2, 21. lympha lucens ad imum solum durchsichtig 4, 297.

lucidus, a, um, leuchtend, hell, klar, Pleias Maja 1. 669. amnis Eridanus 2, 365. lucidior glacie 13, 795.

Lucifer, eri, m. (d. Lichtbringer) d. Morgenstern 2, 733. 8, 2. 15, 789. clarissimus 4, 664. mit weißem Roß 15, 189. evocat Auroram 4, 629. stellarum agmina cogit 2, 115. 11, 48. 296. Vater des Ceyx u. Dädalion 11, 271. 346.

Lucina, ae. f. (die ans Licht Bringende) Göttin der Geburt, welche die Gebärenden anriefen 5, 304. 9, 204. 698. 10, 507. mille 510. diva potens uteri 9, 315. Sowol Diana als Juno hatten diesen Beinamen.

luctisonus, a, um, traurig tönend, mugitu 1, 732. [Nur hier.]

luctor, ātus sum, i, ringen, tanto molimine 6, 694. luctans aquila 6, 108. pectora 6, 242. 12, 331. oscula widerstrebend 4, 358; — sich mühen, m. *Inf.* remoliri pondera terrae 5, 354. 12, 489. 15, 519; lingua luctans loqui 6, 556. — im Gemüt, luctata diu nach langem Ringen mit sich 7, 10. 14, 701.

luctus, us, m. (lugeo) Trauer 2, 124. 3, 139. aeger 2, 320. um etw. *Gen.* Memnonis amissi 13, 578. *Pl.* Trauer (eig. Trauergefühle) 1, 663. rescindere 12, 543. maternos levare 13, 515. dat animum in luctus 2, 384. renovantur 14, 465. luctibus apti setus 4, 160. Trauerfälle, coacervati 8, 485. — meton. — Ursache der Tr., tradit ipsa suos luctus 9, 155. luctus eras levior verursachtest minder Tr. 1, 655. — Luctus als Dämon im Gefolge der Tisiphone 4, 484.

lūcus, i, m. d. heilige Hain 3, 178. 5, 391. 7, 95. vetustus 11, 360. Stygius 1, 189. sancti 15, 793. deorum 2, 76. Pl. v. einem 8, 742. lucos silvarum antiquarum aus alten Waldbäumen 5, 265. — übertr. Wald 3, 36. creber harundinibus dichtes Rohrgebüsch 11, 190. bildl. coma ut lucus umeros obumbrat 13, 845.

lūdo, si, sum, ere, spielen, scherzen 1, 659. 2, 815. 3, 685. 5, 892. 10, 200. cum alqo 13, 834. übertr. Maeandros ludit recurvatis in undis spielt in zurückgekrümmtem Wellenlauf, bh. krümmt gleichs. spielend s. Lauf rückwärts 2, 246. 8, 163. ager florum caloribus 15, 205. — alqm sein Spiel m. Jem. treiben, ihn täuschen, Nymphas 8, 408. 6, 113; — eludere eig. vom Fechter, der e. Hieb pariert, ausweichen, canes sequentes 7, 770.

lūdus, i, m. Spiel cupido ludi 10, 182. Pl. Kampfspiele, sacri celebri certamine mü d. vielbesuchten Wettkampf 1, 446.

lūes, is, f. Seuche, dira 7, 523. 15, 626.

lūgeo, xi, ctum, ēre, trauern, um einen Toten 6, 532. 8, 487. 10, 185. — betrauern m. Acc. natum in aëre ben in e. Vogel verw. Sohn 7, 390. 1, 585. 8, 402. 11, 273. fata sororis non sic lugendae nicht auf diese Weise, bh. nicht als Tote 6, 570. lugebere nobis (fl. a nobis) lugebisque alios 10, 141. te arbor luxit positis frondibus 11, 47.

lūgūbris, e, zur Trauer gehörig, Subst. lugubria Trauergewänder, induere 11, 669. — trauervoll, traurig 2, 834. 4, 691. 6, 485. ara lugubris sceleris (Gen. qual.) 10, 225.

lumbus, i, m. d. Lende, Pl. 8, 804.

lūmen, inis, n. Licht 2, 201. per tantum lumen tenebrae obortae oculis inmitten so großen Lichtglanzes umzog Tunkel d. Augen 2, 181. praebere 2, 331. 11, 572. sideris 14, 847. Glanz, argenti 2, 4. Pl. Lichtstrahlen, Strahlen, Licht 1, 10. 2, 23.

10, 293. solis 1, 183, 767. 2, 110, 333. 4, 200. radiata 4, 193. lurida 15, 788. dare terris 2, 149. Aurorae 7, 835. einer Leuchte 4, 220. — übertr. Augenlicht, ademptum 8, 337. 517. meton. Auge, unum 4, 776. 13, 773. collect. für beide, luminis orbis 1, 740. 2, 752. mentem cum lumine fl. et lumen 2, 479. obliquum 2, 787. formidabile 2, 857. torvum 9, 27. acre tollere 13, 570. timidum 10, 293. detorquere 6, 515. lumine insequi alqd 11, 468. Pl. flagrant 4, 347. umida 9, 536. cava 8, 801. adoperta somno 1, 714. morientia 9, 391. crudelia pascere 14, 728. fallere 4, 178. versare supremo motu 7, 578. suprema versare zum letzten Mal 6, 247. centum luminibus cinctum caput 1, 625. quod lumen in tot lumina habebas das Licht, das du für so viele Augen hattest, das dir in so viele Augen leuchtete 1, 720. — Lebenslicht, vitale relinquere 14, 175.

I) lūna, ae, f. d. Mond, aurea 7, 193. nivea 14, 367. dimidia 3, 682. rediens sich erneuernd 10, 479. luna pernocte 7, 268. cornua extremae lunae der letzten Mondsichel 2, 117. implorat orbem 2, 344. recessit minimos in orbes 15, 312. verbirgt sich bei Myrrhas Schandthat als d. Gestirn der keuschen Diana 10, 449.

II) Lūna, ae, f. d. Mondgöttin Diana (b. [.]), Phöbus Schwester, fährt wie dieser auf e. Wagen über d. Himmel, aber mit e. Zweigespann u. der Erde näher 2, 208. 15, 790; bezaubert 7, 207.

lūnāris, e, zum Monde gehörig, currus d. Mondwagen 15, 790. cornua 2, 453. 9, 688. 10, 296.

lūo, lui, lutum, ere, abspülen; bildl. büßen, abbüßen, eine Schuld, od. Strafe, meritas poenas 8, 689. exilium poenam luebat das Exil als Strafe 8, 625.

lūpus, i, m. d. Wolf 1, 237. canis 6, 529. 7, 550. fulvus 11, 772. in Stein verwandelt 11, 365ff. ambiguus zweigestaltig bh. ein Werwolf, e. Mensch, der d. Gestalt eines Wolfes annehmen konnte 7, 271. raptores lupi 10, 540.

lūridus, a, um, blaßgelb, bleich, membra eines Toten 14, 747. 11, 654. pallor 4, 267. lumina 15, 786. sulphura 14, 791. aconita 1, 147. horror (personificiert) 14, 198.

lustro, āvi, ātum, āre, durch e. Sühnopfer reinigen, mit Wasser, alqm roratis aquis 4, 480. 13, 951. 14, 605. magico ritu 10, 398. ter lustrat aenem flamma, aqua, sulphure reinigend um-wandeln 7, 261. — übertr. mustera, durchmustern, omnia eundo 5, 464. umspähen, caligine tectam 5, 622; durchwandern, terras 1, 213. agros 7, 235. pascua 6, 324. nemorum avia 1, 479. bis sex signa 6, 571. umkreisen, castra volatu 12, 527. rogum 13, 510.

lustrum, i, n. (luo = lavo) Morast, Schlupfwinkel des Wildes, Wald, Pl. devia 8, 148.

lūsus, us, m. das Spielen, Spiel, lusu 8, 199. lusibus virgineis 14, 556.

lūtĕus, a, um, gelbgelb, Aurora 7, 703. 13, 579. sulphura 15, 551.

lŭtŭlentus, a, um (lŭtum), schlammig, tellus 1, 434.

lux, lūcis, f. Licht, 1, 17. 2, 383. publica mundi b. Sonnengott 2, 35. auctor lucis 4, 258. sidera Sonnenlicht 4, 169. crepuscula dubiae lucis 11, 596. editus in lucem ans Licht geboren 15, 221. luce carentia regna b. Unterwelt 15, 531. eines Leuchtfeuers, turris, fessis lux grata carinis 11, 898. — Tageslicht, Tag 1, 772. 2, 594. 8, 149. 6, 494. Sgl. nox 4, 414. 400. 7, 706. in lucem tendere noctes 15, 186. luce bei Tage 1, 630. 11, 24. 13, 100. Sgl. nocte 2, 807. illa luce 7, 85. luce nova bei Tagesanbruch 13, 592. sub luce bei Tagesanbruch 1, 491. alma 15, 664. sera Abendlicht 15, 651. ingalia Hochzeitstag 9, 760. prima nostri tecum periculi (mit Bezug auf des Ajar luce nihil gestum 13, 100) 13, 204. lux subit 9, 93. praecipitatur aquis 4, 91. lucis pars ultima 7, 662. 8, 664. lucem videre = leben 9, 779. Pl. per novem luces 4, 262. 14, 227. — übertr. Augenlicht, adempta 3, 515. 14, 197. — bildl. Leben, aeterna 14, 182. cum luce dolorem finire 8, 272. gemina luce mihi carendum meines u. der Geliebten, die mein anderes Leben ist 14, 725.

luxŭries, ēi, f. üppiges Wachsthum 14, 629.

luxŭrio, āvi, ātum, āre, üppig sein, b. Fülle strotzen, membra luxuriant 7, 292; prangen, novus serpens 9, 267.

Lyaeus, i, m. (Λυαῖος v. λύω Sorgen-löser) Beiname des Bacchus 4. 11. 8, 274. 11, 67.

Lycābas, antis, m. 1) tyrrhenischer Schif-fer 3, 624. 673. — 2) e. Assyrer, Ge-fährte des Phineus 5, 60. — 3) e. Cen-taur 12, 302.

Lycaeus, i, m. Berg im südl. Arcadien, dem Pan heilig, gelidus 1, 217. 698. Adj. Lycaeus, a, um, lycäisch, collis 1, 698. nemus 8, 317.

Lycāon, ŏnis, m. König v. Arcadien, in e. Wolf (λύκος) verwandelt 1, 165 ff. notus feritate 1, 198. [acc. Lycaona s. 526.]

Lycāonius, a, um, lycaonisch, dem Lycaon gehörig, mensa 1, 165. Subst. Lycaonia die Lycaonkin, b. Tochter des Lycaon, Callisto 2, 496.

Lycētus, i, m. 1) Gefährte des Phineus 5, 86. — 2) e. Centaur 12, 350.

Lycēum, i, n. (Λύκειον dem Ἀπόλ-λων Λύκειος geweiht) e. Gymnasium bei Athen, von Pisistratus angelegt, v. Pericles erweitert, später durch Baum-pflanzungen verschönern, daß. culti ar-busta Lycei 2, 710.

Lycia, ae, f. Landschaft im südl. Klein-asien 4, 296. 9, 645. fertilis 6, 317. Chimaerifera 6, 339.

Lycīdas, ae, m. e. Centaur 12, 310.

Lycisce, es, f. (Λυκίσκη Wölfchen) Hundename 3, 220.

Lycius, a, um, lycisch, gens 2, 116. urbes 4, 296. Subst. Lycius b. Encier 13, 255.

Lycormas, ae, m. 1) Fluß in Aetolien, später Euenus genannt, flavus 2, 245. — 2) e. Cepheier 5, 119.

Lycōtas, ae, m. e. Centaur. [Acc. Lyco-tan s. 550.]

Lyctīus, a, um, lyctisch = cretisch, v. der Stadt Lyctos auf Creta, classis 7, 490.

Lycurgus, i, m. thracischer König, der mit e. Minderslachel ob. Beile (daß. bi-pennifer) die Pflegerinnen des Bacchus auf dem Berge Nysa schlug u. den Bac-chus selbst verjagte. Desshalb trifft den Lyc. durch Jupiter b. Strafe b. Blind-heit u. eines trüben Todes; nach An-dern ließ ihn Bacchus selbst von Pferden zerreißen ob. ans Kreuz schlagen 4, 22.

Lycus, i, m. 1) e. Centaur 12, 352. — 2) Gefährte des Diomedes 14, 504. — 3) Nebenfluß des Mäander in Groß-phrygien 15, 273.

Lydia, ae, f. Landschaft im westl. Klein-asien 6, 146.

Lydus, a, um, lydisch, urbes 6, 11. agri 11, 98.

lympha, ae, f. b. klare Wasser 3, 173. 5, 437. 15, 808. incola ad imum solum 4, 298. Phlegethontia 5, 544. Pl. 2, 459. 13, 531. liquidae 3, 451.

lymphatus, a, um (*Part.* v. lympho) wahnsinnig, pectora 11, 3.

Lyncestius, a, um, lyncestisch, im Gebiet der Lyncestae im südwestl. Macedonien, amnis „der Lyncestische" (nicht Attribut, sondern Name des Flusses) 15, 329.

Lynceus, i, m. Sohn des messen. Königs Aphareus, nimmt an d. calydon. Jagd Theil 8, 304.

Lyncides, ae, m. der Lyncide, Perseus (d. i.) als Nachkomme des Lynceus, Vaters des Abas 4, 767. 5, 99. 185.

Lyncus, i, m. scythischer König, den Ceres, weil er den Triptolemus ermorden wollte, in e. Luchs (*Λυγξ*) verwandelt 5, 650 ff.

lynx, cis, c. d. Luchs, *Acc.* lynca 5, 600. Bacchus hat sie aus Indien mitgebracht 15, 413 [*Acc.* lyncas] u. sie begleiten ihn ob. ziehen seinen Wagen 3, 668. colla bilugum lyncum 4, 25.

lyra, ae, f. Leier, Laute 4, 700. 11, 11. 50. aurata 8, 16. pulsa manu angeschlagen 10, 205. fila lyrae 5, 118. — bildl. Sangesweise, levior 10, 152.

Lyrceus, a, um, lyrceisch, v. Berge Lyrceum zwischen Arcadien u. Argolis, wo der Inachus entspringt, arva 1, 508.

Lyrnesius, a, um, lyrnesisch, v. der Stadt Lyrnesos in Mysien unweit Troja, die Achilles eroberte, moenia 12, 108. 13, 176.

M.

Macareis, idis, f. d. Tochter des Lesbiers Macareus, Isse [*Acc.* Macareida] 6, 124.

Macareus, ei, m. 1) Lapithe 12, 452. — 2) Gefährte des Ulysses 14, 441. Neritius 14, 159. [*Vok.* Macaren 14, 318.]

Macedonius, a, um (so des Verses halber f. Macedonius, wie auch bei griech. Dichtern *Μακηδονία* f. *Μακεδονία*) macedonisch, curiaca 12, 466.

macies, ei, f. Magerkeit 2, 775 u.s.

macto, avi, atum, are, zum Opfer schlachten 4, 755. 8, 580. 12, 151. 13, 185. 15, 114; überh. schlachten 5, 122. 15, 304; übertr. tödten, Penthea 4, 23.

macula, ae, f. d. Fleck, *Pl.* 5, 455.

maculo, avi, atum, are, beflecken, besudeln, sanguine ferrum 7, 315. 15, 107. 1, 719.

maculosus, a, um, gefleckt, vellus 3, 197. tigris 11, 245.

madefacio, feci, factum, are, benetzen, befeuchten, terram madefecit odore 4, 255. Philippi madefient caede 15, 824. *Part.* madefactus 6, 396. sanguine 4, 126. 481. 5, 76. 12, 301.

madeo, ui, ere, nass, feucht sein, lina cruore 8, 148. ensis caede 13, 380. vola nimbis triefen 11, 519. *Part.* lina madentia 13, 931. terrae caede 1, 149.

madesco, ui, ere, feucht, durchnäßt werden, tellus madescit ab austro 1, 66. maduere graves aspergine pennae — ita ut graves fierent wurden naß u. schwer 4, 729. pabula guttis 14, 408. oculi ss. genae lacrimis 6, 627. 10, 46.

madidus, a, um, naß, feucht 1, 264. 339. 422. von etw. sudore 2, 108. crines murra 3, 555. 14, 708; übertr. durchdrungen von etw. glaebae auro madidae goldgesättigt 11, 143.

Maeandrius, a, um, vom Flußgott Mäandros stammend, iuvenis Caunus 9, 574.

Maeandros, i, m. Fluß im westl. Kleinasien sprichwörtlich wegen seiner vielen Krümmungen 2, 246. 8, 162; als Flußgott 9, 451.

Maenalius, a, um, mänalisch, (s. b. folg.) antra Thalgründe 5, 608.

Maenalos, i, m. od. Maenala, orum, n. (*Μαίναλον* u. -*ος*) e. Gebirge Arcadiens, *Acc.* Maenalon 2, 415. horrenda latebris ferarum 1, 216.

Maenas, adis, f. (*μαινάς* v. *μαίνεσθαι* rasen) eine Mänade, rasende Bacchantin, *Pl.* 11, 22.

Maeonia, ae, f. alter Name für Lydien 3, 583. 6, 140.

Maeonis, idis, f. die Mäonierin, Arachne 6, 103.

Maeonius, a, um, mäonisch, = lydisch 6, 5. naulae 4, 421. ripae des durch Lydien fließenden Cayſtrus 2, 252.

Maera, ae, f. sonst unbekannte Frau, die in e. Hund verwandelt wurde 7, 362.

maereo, (moer.), ere, jammern, sono tenui 14, 429. m. quod 8, 519; jammernd ausrufen, talia maerens 1, 664. — trauern, betrübt sein, pectora maerent 10, 444. über etw. *Acc.* raptam deam 5, 426. *Part.* maerens jammernd, betrübt 8, 779. maerenti dextra plangere 11, 81.

maestus (moe.), a, um, voll Jammer, jammernd, maesto ore 5, 396.

querelae 3, 230. clamores Jammer-geschrei 8, 447. sonus maesto (sono) similis klagähnlich 11, 734. volucres 11, 44; voll Trauer, trauernd 5, 564. 9, 635. 11, 272. 711. genae 6, 304. maestissimus 3, 298.

magicus, a, um, magisch, zauberisch. fraudes Zaubertrug 3, 534. arma 5, 197. ritus 10, 398. lingua 7, 330. os 14, 58.

magis, Adv. mehr, in höherem Grade, m. mota 1, 766. m. gaudeat 10, 660. besser, haerere 12, 184. audire arcus besser gehorchen 5, 382. noch mehr, mi-ratur magis 10, 590. an magis oder vielmehr 4, 47. aut m. 15, 774. quo m. — (eo) m. j. quo. non m. — quam hebt das 2. Glied vor dem 1. hervor, kaum so sehr — wie 11, 218. 15, 787; beim Adj. zur Comparativ-bildung, m. auxius 1, 182. perlu-cida 2, 856. mirum noch wunderbarer 7, 130. 12, 174. 15, 817.

magister, tri, m. Lehrer 9, 718.

magistra, ae, f. Lehrmeisterin 6, 24.

magnanimus, a, um, hochherzig, muth-voll, Phaëthon 2, 111. heros Theseus 12, 240. Achilles 13, 298. Anchises 14, 118.

Magnetes, um, m. Bewohner der Halb-insel Magnesia im Südosten v. Thessa-lien 11, 408 [Acc. Magnetas].

magniloquentia, ae, f. Großspreche-rei, Prahlerei 14, 493.

magniloquus, a, um, großsprecherisch, ore 8, 396.

magnus, a, um, Comp. maior, Superl. maximus groß, der Ausdehnung nach, caelum 1, 176. orbis 1, 35. mag-num (molarem) magno conamine misit mächtig 3, 60. maius maius-que videri größer u. immer größer 7, 639. corpore maximus 13, 464. maior ambobus Olympus höher 2, 225; der Zahl, Menge nach, maxima pars 1, 311. copia maior 5, 338. magni ponderis aurum e. große Last Goldes 1, 750; dem Alter nach, maior älter 7, 500. 13, 359. bello maior et aevo Atrides im Kriege berühmter u. älter 12, 623. maxima sororum die Älteste 2, 547. 5, 662. aevo 7, 310; der Stärke nach, aestus 6, 586. tre-mor heftig 2, 476. vom Schall laut, vox 3, 882. clamor 5, 670. mur-mur 8, 551. — übertr. — bedeutend, v. Personen groß, mächtig, erhaben, berühmt, magnus Iuppiter 3, 260. Tonans 1, 170. di 5, 320. numen maius Iove 2, 429. maxima Iuno 3, 268. maxima opaci mundi die höchste Gebieterin, Proserpina 5, 507. maximum deus Amor 7, 55. magnus Achilles 12, 163. 615. vir iron. u. Aiar 13, 340. maximus heros The-seus 8, 572. maxime vir 12, 591. 13, 645. factis maxime 14, 108. modo maxima rerum die Mächtigste unter Allen 13, 508. maior sim, quam cui possit Fortuna nocere zu mächtig 6, 195. magnus animus hoher Muth 5, 181. magna manu mächtig 1, 596; v. Sachen, nomen 10, 608. fama 7, 512. genus hohe Abkunft 4, 340. solacia 5, 191. pericla 8, 969. praemia magna videntur zu groß 5, 35. magnum (est) quod-cumque paravi 6, 618. maiora ope-ra 5, 269. unum maiorem specie mirabere mehr noch d. Nutzen als d. Gestalt 7, 682. cuncta magna facit vergrößert Alles 2, 801. fide maius mehr als glaublich 3, 106. 660. 4, 394. munera voto maiora fideque größer als man wünschen u. glauben kann 13, 651. Subst. Neutr. magna Großes, petis 2, 54. 4, 594. 7, 55. magnis par-va componere 5, 416. maiora fide gessit größere Thaten 12, 545. magna loqui großprahlen 1, 751. 13, 222; v. Werth od. Preis, theuer, Abl. mag-no stare 7, 487. 10, 547. 12, 62. mag-no stat magna potentia nobis (And. magniloquentia) ihre große Macht gilt uns theuer (iron. — nichts) 14, 493. magno paratae inferiae um theuren Preis 8, 489.

magus, i, m. d. Zauberer 7, 195.

Maia, ae, f. eine der Plejaden, Tochter des Atlas (das. Atlantis), Mutter des Mercurius 2, 685; Maia creatus 11, 303.

maiestas, atis, f. Hoheit, Majestät 2, 847. verenda 4, 540.

mala, ae, f. Kinnbacken, Wange, Pl. 6, 718. 9, 398. 12, 291. 13, 754.

male, Adv. schlecht, übel, auf üble Weise, male defensa Troia 15, 770. — zum Unheil, m. usurus donis 11, 102. m. optatum aurum 11, 136. 9, 148. m. sedula 10, 438. m. vincitis auf unselige Weise 8, 509. unglücklicher Weise, m. sum sortita parentes, quos tu 9, 498. m. convicti furoris 13, 58; in sittl. Bezieh. m. moratus rauher 15, 95. conceptus infans verbrecherisch 10, 503. os m. ulta 7, 397. 440. — nicht recht, nicht völlig, kaum, m. sanus kaum mehr bei Sinnen 3, 474. 4, 521. si non m. sana fuissem recht bei Sinnen 9, 600. m. viva caro noch

nicht ordentlich lebend 15, 380. m.
haerentes frondes locker 3, 730. 10,
738. m. fortes unitae unkräftig 4,
285. m. ferre moras 5, 467. credere
12, 116. se continere sich kaum halten
4, 351. m. quin 7, 728.

maledico, xi, ctum, ĕre, schmähen,
schimpfen 6, 376. alcui 12, 298.

maledictum, i, n. Schmähung, Lästerung, Pl. 5, 860.

maligne, Adv. übelwollend 13, 271.

malignus, a, um, boshaft, saltus 6,
365. übelwollend, mißgünstig, leges
10, 329.

malleus, i, m. Hammer, Schlachtbeil
2, 625.

malo, malui, malle (magis u. velle),
lieber wollen, m. Inf. maluit posse
loqui 6, 659. m. folg. quam; precibus mavult quam viribus uti 6,
684. 9, 467. 10, 157. m. Inf. Praet.
mallem nescisse hätte lieber nicht gewußt 2, 660. 182. 12, 611. 13, 66;
m. Acc. c. Inf. 9, 28 (eligere malis —
...), 12, 456; m. Conj. 9, 467.

malum, i, n. Apfel 10, 677. redolentia 8, 675.

I) **malus**, i, m. Mastbaum 11, 476. altus
14, 533. summus b. Spitze des Mastes
11, 470. 15, 737.

II) **malus**, a, um, Comp. peior, Superl.
pessimus schlecht, dem Werth nach,
mala vota praedae — werthloses 13,
436. peior vena 1, 128; sittl. böse,
coniunx 7, 744. uteri mala pignora
8, 490; schlimm, unheilvoll, ardor 10,
342. sors ubi pessima rerum das
allerschlimmste 14, 489. — Subst.
malum, i, n. Uebel, Leiden — Krankheit, immedicabile 2, 935. naturale
9, 780. mortale wie es Sterbliche zu
treffen pflegt 7, 625. vis mali 8, 875.
des Giftes 9, 161. Pl. Schmerzen 9,
184. 298; das sittl. Böse, Uebel 2,
802. Pl. 1, 140; Unheil, Unglück 1,
289. 2, 382. 3, 291. 6, 267. 288. 8,
691. 13, 673. tanta mali moles Gefahr 11, 494. malo esse alcui 2,
697. gaudet malo über sein Unglück
11, 106. crescere malo Verlust 9,
74. Pl. Unglück, Leiden 1, 668. 733.
2, 334. 5, 244 u. ö. series malorum
Unglücksfälle 4, 564. peiora Schlimmeres 14, 489. das Schlimmste 1, 587.

I) **mando**, avi, atum, are (manus u.
dare), in eine Hand legen, anheimgeben, Fortunae cetera mando 2,
140; bildl. concita membra fugae
mandare die Füße eilig auf die Flucht
begehren 11, 331; anempfehlen 6, 504.

auftragen, befehlen, heißen 9, 679.
alqd alcui 12, 321. causam 13, 199.
7. 505. lacrimas 6, 471. m. Conj.
nec medeare mihi mando 14, 23.
9, 157. — Part. Subst. mandatum,
i. n. Auftrag, Befehl, mandato functa
8, 821. Pl. 8, 449. patriae 7, 495.
inter mandata 6, 505. dare 9, 681.
peragere 7, 802. exsequi 14, 802.
fallere 9, 697.

II) **mando**, di, sum, ĕre, fauen, dapes
14, 211. tristia vulnera (b. f.) 15, 92.
— verzehren, colonos 15, 142.

mane, Adv. früh, frühmorgens 9, 63.
7, 703. 15, 193. mane erat 11, 710.

maneo, nsi, nsum, ĕre, bleiben, an e.
Orte 3, 436. mane 1, 504. 11, 676.
loco 14, 70. (bisbl.) in statione 1, 627;
in e. Zustande bleiben, verharren, si
qua domus mansit stehen blieb 1,
288. 8, 697. in hoc renovamine 8,
729. sine vulnere 3, 62. imperfossus
manet 12, 406. flumina tuta 2, 242.
mens interrita 15, 514. hominum
exempla (b. f.) manemus 1, 366;
manet armata imago 5, 199. —
fortbauern, ira maris 1, 330. nulli sua
forma 1, 17. vox 8, 399. amor 11,
743. spiritus 9, 617. concilium mihi
tecum 1, 710. Oralium nomen mihi
manet ab illa b. griech. Name Aphrobite
a. ἀφρός Schaum 4, 538. aevis omnibus 2, 650. monimenta mansura
per aevum 6, 227. manens amor
bauernd 7, 854. — tranf. erwarten, bevorstehen, alqm, quis me manet
exitus 9, 726. 8, 80. 4, 695. 11, 510.
quem maneat victoria beschieden sei
9, 49.

manes, ium, m. (v. alten manus —
bonus) b. guten Geister, b. Seelen
der Verstorbenen, Stygii 5, 116. 13,
465. novi Neuverstorbener 4, 437. fraterni der Brüder 8, 488. paterni 14,
105. v. einem Todten, Achilles 13,
448. falsis der erdichteten Todten, weil
Philomela nicht todt war 8, 569. suos
manes videbit seinen eignen Geist in
b. Unterwelt 9, 406. — meton. für
Unterwelt sollicito manes 6, 699.
apud manes 1, 588. ferre ad manes 5, 73. propiora manibus antra
2, 303.

manifesto, avi, atum, are, offenbaren, sichtbar machen, latentem 13,
106.

manifestus, a, um (manus), handgreiflich, manifesta res est auf b.
That ertappt 7, 741. offenbar, sichtbar, deutlich, via 1, 169. vestigia 2,

133. signa 5, 468. forma hominis 1. 404. sed et umbra tamen manifesta doch aber auch als Schatten deutlich 11, 688. crimina 3, 268. libido deutlich empfunden 9, 483. nondum manifesta sibi est ist sich selbst noch nicht klar (über ihre Leidenschaft) 9, 461. *Neutr.* manifesta videre deutlich sehen 9, 695.

māno, āvi, ātum, āre, fließen, rinnen, fons 9, 664. lacus 5, 634. guttae inde 2, 360. de cortice 9, 660. ex arbore 10, 500. cruor undique 6, 388. sanguis palato 3, 85; von etw. lumina fletu 4, 674. penetralia labo 6, 646. antra manantia guttis 14, 515. — transl. fließen lassen, (selt.) marmora manant lacrimas träufeln 6, 312.

Manto, ūs, *f.* (Μαντώ Wahrsagerin) theban. Wahrsagerin, Tochter des Tiresias 6, 157.

mănus, ūs, *f.* d. Hand 1, 149. dextra, laeva 5, 350. manu tenere 1, 696. vincere im Faustkampf 1, 448. pugnare 13, 10. manu fortes von tapferem Arm 13, 360. Phineus manu cecidere von d. Hand des Phineus 5, 109. manibus supinis 8, 681. concussa manu signa dare 11, 465. voce manuque murmure compressit Handbewegung 1, 205. consilio manuque m. Rath u. That 13, 205. manum accipere 4, 584. confessas tendere 5, 215. tendere u. porrigere in undas 4, 556f. tollere ad sidera 9, 703. ferre ad colla 4, 335. vix tenuere nefandas 13, 203. manum inicere sich Eines Person ver- sichern 13, 170; b. schaffende Hand, manuum opus 4, 39. artifices manus admovere 15, 218. ultimam imponere rei b. letzte Hand an etwas legen 8, 200. bildl. bello 13, 408. manu facta (corona) künstlich gebildet 2, 856. moles v. Menschenhand gebaut 11, 729; bildl. — Gewalt, Macht, in manibus vestris vita est parentis 7, 335. ma- nus meae meine Hand, nennt Venus ihren Sohn Amor, weil sie durch ihn ihre Macht übt 5, 365. — bildl. e. Hand voll Leute, Schaar, Rotte, impia 1, 200. 3, 556. lecta iuvenum 8, 300. pro- cerum 13, 382.

Mărăthon, ōnis, *m.* u. *f.* Flecken in Attica, dessen Umgegend der vorher v. Hercules eingefangene cretensische Stier nach s. Freilassung verheerte, bis ihn Theseus bezwang u. ihn in Athen dem Apollo opferte, te mirata est Marathon 7, 434.

marceo, ēre, welk sein, marcentia gut- tura welk vom Alter 7, 314.

marcĭdus, a, um, welk 10, 192 (lilia).

măre, is, *n.* d. Meer, ingens 3, 448. apertum 8, 165. compositum 8, 857. tutum 9, 591. terram complexum 8, 731. restagnum Oceani 7, 267. utrum- que bei Corinth 7, 395. maris ira 1, 330. via 11, 747; mction. Meerwasser, acceptum 3, 686. — ros maris — ros marinus d. Pflanze Rosmarin 12, 410. [Nur Sing.]

Mărĕōtĭcus, a um, mareotisch am See Mareotis in Unterägypten, an. d. cano- bischen Nilmündung nahe bei Alexandria, arva 9, 773.

margo, ĭnis, *m.* Rand, terrarum 1, 14. tellaris summae der Erdoberfläche 10, 55. ripae 1, 729. 5, 598. au- laeorum 9, 114. der Schreibtafel 9, 565. gramineus Rasenrand 9, 162. [Nur Abl. Sing.]

mărīnus, a, um, dem Meere angehö- rig, virgo Meerjungfrau, Thetis 11, 223. di 13, 964. Nymphae 15, 568. conchae 15, 264.

mărĭta, ae, *f.* Gattin, Graia Helena 12, 609.

mărītus, i, *m.* (mas) Gatte, Gemahl, 1, 146. 605 u.ö. Amphion 6, 175. Iunonigena Vulcan, der Gemahl der Venus 5, 173. Phrygius Aeneas 14, 79. neque praedone marito digna est verdient nicht einen Räuber zum Gemahl 5, 521. cuius mariti esse velit angehören 10, 358. [Eig. Beiwort.]

Marmărĭdes, ae, *m.* Bewohner v. Marmarica zw. Aegypten u. Cyrene 5, 125.

marmor, ŏris, *n.* Marmor 3, 702. 11, 359. 14, 260. coeptum (b. f.) 1, 405. Parium 3, 419. niveum 14, 313. signum de marmore 5, 183. nomen in marmore lectum Grabstein 2, 888; mction. für Stein überh. 5, 214. 11, 404. flumen indocit marmora rebus Steinkrusten 15, 314; Marmorbild 5, 234. ceu (in) corpore marmoris icti 12, 487. duo marmora 7, 790. *Pl.* v. einem, lacrimae marmora manant 6, 312.

marmŏrĕus, a, um, von Marmor, marmorn, Paros 7, 465. recessus 1, 177. solum (templi) 15, 872. arae 9, 160. urna 14, 442. opus Mar- morbild 4, 675. os 6, 206. — bildl. — marmorweiß, palmae 3, 481. paelex 13, 746.

Mars, rtis, *m.* (auch Mavors d. f.) griech. Ares, Sohn des Jupiter u. der

Juno, der Kriegsgöttin 8, 20. 12, 91. 14, 808. Gradivus d. [f.] Vater der Harmonia, die er an Cadmus vermählt 8, 182. u. des Romulus u. Remus 15, 863. Sein Ehebruch mit Venus 4, 171. Gebr oft meton. für Kampf, Krieg 7, 140. 13, 860. eine Marte ohne Kampf 8, 540. 14, 450. Marte togaque 15, 747. finito Marte 14, 246. collato 12, 379. suo im Kampfe unter einander selbst 8, 123. apertus 13, 208. parentalis (b. [f.]) 13, 619. Hectoreus mit Hector 13, 275. femineo cadere im Kampf mit e. Weibe wie Paris 12, 610. Marte feroci valere 13, 11; — Kriegsmacht, vires sui Mavortis 8, 8. 61.

Marsўa, (ob. Marsyas), ae, m. e. Satyr, der die v. Minerva weggeworfene Flöte fand, und nachdem er ihr Spiel erlernt, den Apollo zum Wettstreit herausforderte. Dieser aber besiegte ihn u. zog ihm d. Haut ab 6, 388, worauf aus den um ihn geweinten Thränen d. Fluß Marsyas in Phrygien entstand 6, 400.

Martius, a, um, von Mars stammend, anguis 3, 32. miles des Mars, der röm. Kriegsmann, weil Mars als Vater des Romulus auch öfter Stammvater der Römer heißt 14, 798.

mas, maris, m. d. männliche Wesen, 9, 737. d. Mann 3, 321 (maribus). Knabe teneri 10, 84. marem parere 9, 676; v. Thieren 15, 410.

massa, ae, f. Maße, Klumpen, das Chaos 1, 70. multa schwer, groß 5, 81. Goldklumpen 11, 112. lactis coacti Käse 8, 666.

1) mater, tris, f. d. Mutter, mater vult fieri de Iove 8, 206. matrem facere alquam 9, 492. proles sine matre creata 2, 553. 756. matris alvum Mutterleib 1, 420. mater caerula des Achilles, Thetis 13, 288. equi volucris des Pegasus, Nebula 6, 120. frugum Ceres 6, 118. terra optima matrum als Erzeugerin aller Probukte 15, 91. der Quellen 2, 274. der aus den Drachenzähnen erwachsenen Männer 3, 125; von Thieren 12, 16. 15, 380; meton. für Mutterland, antiquam matrem petere 13, 678. Mutterleib, visceribus distentae matris 15, 219. Mutterliebe pugnant materque sororque 8, 463. — übertr. Pl. matres ältere (verheirathete) Frauen überh. 10, 431. Haemoniae 7, 159. Dardanides 13, 412. Ithacas 13, 512. 7, 363. 8, 527. 9, 304. 11, 69. matrumque patrum-

que turba der Väter u. Mütter 13, 729. mit nuruo ältern u. jüngern Frauen 3, 529. 4, 9. matrum nuruumque caterva 12, 216.
II) Mater deûm, d. Göttermutter, Cybele (b. [f.]) 10, 104. 686. turrita, weil sie mit e. Mauerkrone auf d. Haupte dargestellt wurde 10, 696.

materia, ae u. materies, ëi, [nur materiem 15, 155. 348 neb. materiam], f. Stoff zu etw. ob. woraus etw. besteht, materiam superabat opus 2, 5. praebere suo damno zum eigenen Verderben 2, 218. materiem habentem seminae flammae feuerstoffhaltige Masse 15, 348. Nahrungsstoff 8, 876. übertr. loquendi Gesprächsstoff 12, 160. ficti Erfindungsstoff 9, 769. valum für 15, 155. — Gegenstand, der etw. verursacht, pro materia dolere 8, 834, 10, 133.

maternus, a, um, mütterlich, der Mutter 1, 587. 762. 2, 968. 5, 259. 13, 599. alvus 15, 217. tempora die Monate vor der Geburt 3, 312. nomina der Muttername 8, 508. lingua der Cassiope (s. Andromeda) 4, 670. fiducia maternae formae der Mutter auf ihre Schönheit 4, 687. materno ortu Ursprung mütterlicherseits 13, 148. parte bb. mit f. sterblichen Theile 9, 251.

matertera, ae, f. Mutterschwester 2, 746. 3, 319. 719. novi dei (Bacchi) Ino 4, 416. [Nach d. 4. Urst.]

matrona, ae, f. verheirathete Frau 14, 883. Gattin, Tonantis 2, 466. inferni tyranni Proserpina 5, 508. saevi tyranni Procne 6, 661.

maturesco, turui, ëre, reif werden, heranreifen 11, 191; v. e. Jungfrau, maturuit nubilibus annis 14, 835.

maturus, a, um, reif, zeitig, v. Früchten, uva 8, 485. 13, 795. vota coloni 8, 291; v. d. Leibesfrucht, infans 7, 127. pondus 9, 665. zum Gebären reif, venter 11, 311. 9, 282; v. Lebensalter, senecta 8, 847. reifen Alters 10, 86. animo maturus et aevo 8, 617. maturior annis älter an 14, 617. bildl. autumnus 15, 20. — zeitig, früh, ego sum maturior illo bin zeitiger auf d. Platze 13, 300.

matutinus, a, um. zum Morgen gehörig, tempora Morgenzeit 13, 581. radii 1, 62. pruinae 3, 468. (in) matutina harena des Morgens in der Arena 11, 26.

Mavors, ortis m. alter Name des Mars 14, 806. scopulus Mavortis der Ares-hügel (Ἄρειος πάγος) in d. Nähe der

Burg v. Athen 6, 70. sacrum Mavortis arvom 7, 101; urten. f. Mars.
Mavortius, a, um, v. Mars stammend,
proles die Thebaner, die zum Thril aus
d. Zähnen der von Mars erzeugten
Schlange stammten, welche Cadmus getödtet hatte 3, 531. *Subst.* Mavortius
der Marssohn, Meleager, der bei Die-
len für e. Sohn des Mars galt 8, 437.
Mēdēa, ae, f. (*Μήδεια* weise Frau)
Tochter des colchischen Königs Aeetes,
Aeetias 7, 9. Colchis 7, 296. Phasias 7, 298, berühmte Zauberin, unterstützt den Jason bei den ihm von Aeetes
gestellten Aufgaben u. entflieht mit ihm
nach Griechenland 7, 11 ff. Hier verjüngt sie durch ihre Künste den Vater
Jasons, Aeson 7, 104 ff. sowie die nysäischen Nymphen 7, 296, u. nimmt an
Pelias Rache 7, 297 ff., worauf sie mit
Jason nach Corinth flieht. Als sich aber
dieser dort nach einiger Zeit mit d. Tochter des corinth. Königs Creon, Glauce
od. Creusa, vermählt, schickt Med., um
sich zu rächen, ihrer Nebenbuhlerin e.
vergiftetes Gewand u. einen vergifteten
goldnen Kranz, wodurch Glauce u. ihr
Vater sammt der Königsburg vom Feuer
verzehrt werden. Dann tödtet sie ihre u.
des Jason Kinder u. flieht auf ihrem
Schlangenwagen nach Athen, wo sie sich
mit Aegeus vermählt 7, 350. 403. Nach
e. vergebl. Versuche auch den Theseus zu
vergiften, flieht sie in Wolken gehüllt
auch von Athen 7, 406. 424.
mēdeor, ēri, heilen, ars medendi 7,
526. alcui 14, 23. *Subst.* medentes
die Aerzte 7, 561. artes medentum
15, 629. — übertr. Abhülfe bringen,
abhelfen, nostro medere labori 7,
837. amori 9, 653. timori 9, 775.
mēdĭcāmen, ĭnis, n. Heilmittel, validum 15, 533. Schutzmittel, sacrum
2, 122; Zaubermittel 7, 262. 311. in-
cestum 4, 388. triste 6, 140, *Pl.* 7,
116. 14, 285.
mēdĭcātus, a, um (*Part. v.* medico),
mit Heil- od. Zauberkräften versehen,
virga Zauberstab 1, 716.
mēdĭcīna, ae, f. (verst. ars) Heilkunst
1, 521.
mēdĭcus, a, um, heilend, ars Heilkunst
1, 618.
mēdĭŏcris, e, mittelmäßig, lacus mediocris aquas von mäßiger Größe 6,
343.
mēdĭtor, ātus sum, ēri, nachsinnen,
Part. meditatus *pass.* überlegt, aus-
gedacht, temptamenta 7, 727. verba
6, 521.

mēdius, a, um, in d. Mitte befindlich,
der mittlere, örtl. plaga 1, 49. quercus (b. f.) 1, 563. collis 7, 779. limite auf dem mittlern 8, 203. medio
(collo) portans catenas 10, 65. in
d. Mitte, mitten, medius resedit 13,
780. 10, 143. loco medius auf seinem
Platz in d. Mitte 2, 31. medius Phoebus auf d. Mitte seiner Bahn 11, 594.
medius inter tot gladios 7, 345. bis
sex caelestes medio Iove (*Abl. abs.*)
sedent sitzen Jup. in d. Mitte 6, 72.
porrigit (amnis) aequales lacertos
media tellure während Land in d. Mitte
ist 15, 741. subtemen inseritur medium
6, 57. ab albo medio durch e. weißen
Fleck in d. Mitte 3, 221. aequora medias terras cingentia die Länder in
seiner Mitte 2, 6. medius aether mitten zwischen uns 6, 696. media tellurem reppulit undā durch die dazwischen tretende Woge 15, 292. m. *Gen.*
in d. Mitte zwischen, aër medius caeli
terraeque 5, 644. 409. 6, 409. 8, 182.
10, 174. bildl. si quid medium mor-
tisque fugaeque 10, 288; den mittleren Theil, die Mitte eines Gegenstandes
od. Orts bz. mediam quercum d.
Mitte der Eiche 8, 744. medio ense,
Ggs. mucro 12, 484. medii per aequora ponti mitten durch d. Meeresfläche 2, 672. quantum medii caeli
funda plumbo transmittere potest
als mitten vom Luftraum 4, 710. sehr
oft im bloßen *Abl.* medio ponto auf
d. Mitte od. mitten auf d. Meere 1, 337.
orbe 1, 592. 12, 39. caelo 2, 64.
agmine 5, 1. tergo 8, 415. fronte
13, 773. mediis silvis 6, 453. rupibus 14, 160. 2, 801. 3, 66. 708 u.ö.
aber auch m. in (das meist in d. Mitte
steht), medio in aëre velavit pennis
mitten im Fall durch d. Luft 8, 258.
orbe in medio positi Delphi 10, 168.
unum lumen est in media fronte 13,
851. mediis in undis 7, 62. 9, 761.
in herbis 15, 100. 7, 842. 5. 9, 244.
10. 647. 15,' 554. 673. mediis in sepulcris mitten unter 13, 428; d. Hälfte
bz. media plus parte mehr als zur
Hälfte 1, 501. 3, 43. media tenus
alvo bis an d. halben Leib 13, 892. —
zeitl. medium erat breve tempus e.
kurze Pause folgte dazwischen 4, 167.
medium tempus Zwischenzeit 9, 134.
horae 8, 661. sermones Zwischenreden
7, 674; dies Mittag 3, 144. 10, 126.
medio in aestu mitten in 7, 811. 13,
811. mediis in amplexibus 4, 164.
— übertr. medium vulgus Leute mitt-

leren Standes 7, 432. plebs 11, 283. viri media de plebe 5, 206. 9, 306; medius fratris et sororis als Mittelsmann zwischen 3, 564. — *Subst.* medium b. Mitte 2, 417. 3, 510. in medio 3, 39. 8, 677. 11, 235. consistit 10, 601. bloß medio in b. Mitte 2, 137. 11, 610; übertr. Oeffentlichkeit, Gemeinsamkeit, in medium referre alqd etw. zum Besten geben 4, 41. in medium discenda dare als Gemeingut 15, 66.

Medon, ontis, m. 1) tyrrhenischer Schiffer 3, 671. — 2) e. Centaur 12, 303.

medulla, ae, f. (medius) das Innere der Knochen u. Pflanzen, Mark, media 10, 492. bibula 4, 744. *Pl.* humanae 15, 390. albae 14, 208. Apollineae Apollos 1, 473. resoluta totis medullis 9, 484. liquefacta tenues medullas (*Acc. limit.*) 14, 431. [Bendschl.]

Medusa, ae, f. eine der Gorgonen (s. Gorgo) 4, 655. 743. 781. 5, 69. 217. 246. [Bendschl.]

Medusaeus, a, um, der Medusa gehörig ob. von ihr stammend, ore 5, 249. praepes Pegasus 5, 257. fons Hippocrene 5, 312. monstrum Cerberus, den die Echidna, die Tochter des von Med. stammenden Chrysaor, geboren hatte 10, 22. [Ber. b. regelm. Cäsur.]

Megareius, a, um, von Megareus stammend, heros Hippomenes 10, 659.

Megareus, ëi, m. Enkel Neptuns, Vater des Hippomenes, lebte in b. böot. Stadt Onchestus, bah. Onchestius 10, 605.

mel, mellis, .n. Honig, 8, 292. *Pl.* mella 14, 274. 15, 80. flava 1, 112.

Melampus, ödis, m. (μελάμπους Schwarzfuß) Hundename 3, 206.

Melanchaetes, ae, m. (μελαγχαίτης Schwarzhaar) Hundename 3, 232.

Melaneus, ëi, m. (μελανεύς Schwarzer) 1) ein Centaur 12, 306. — 2) Hundename 3, 222.

Melantho, üs, f. Tochter des Deucalion, welche Neptun in Gestalt eines Delphins berückte 6, 120.

Melanthus, i, m. tyrrhen. Schiffer 3, 617.

Melas, anis, m. Fluß in Thracien, nördl. von Chersones. Mygdonius von b. thrac. Volksstamme der Mygdones, der indeß im nördl. Macedonien wohnte 2, 247.

Meleagros u. -grus, i, m. Sohn des Königs Oeneus von Calydon u. der Althäa, Besieger des calybon. Ebers 8, 270ff.

299. 385. 515. Oenides 8, 414. Calydonius heros 8, 324. Mavortius (b. l.) 8, 437. [*Acc.* Meleagron 8, 270. *Voc.* Meleagre 8, 549.]

Melicertes, ae, m. Sohn des Athamas u. der Ino, mit dem sich seine Mutter im Wahnsinn ins Meer stürzt, worauf er b. Neptun in e. Meergott Namens Palaemon verwandelt wird 4, 525 [*Voc.* Melicerta]. 542.

melior s. bonus.

mellifer, ëra, um, Honig eintragend, apium 15, 383.

membrana, ae, f. dünne Haut, Häutchen 4, 407. squamea Schuppenhaut 7, 272.

membrum, i, n. Glied (Met. nur *Pl.*), des animal. Körpers 1, 555. 2, 197. candida 2, 607. immania 12, 501. tremebunda 4, 134. membris valens 9, 108. membris languore solutis 11, 612. ipr. Hände ob. Arme, disiecta 3, 724. membra tendere ad sidera 7, 580. Füße, membra fugae mandare 11, 334. Schamtheile 6, 616. — übertr. trunca carinae 11, 559. nemorum 14, 541. in membra redigere gliedern 1, 33.

memini, isse, sich erinnern, eingedenk sein, pars est meminisse doloris noch b. Erinnerung ist schmerzhaft 9, 291. 485. parenth. memini 5, 585. 15, 160; an etw. *Gen.* beati temporis 7, 797. 13, 250. malorum 12, 542. 15, 775. *Acc.* ecquem 3, 445. 11, 363. plura 12, 184. haec 13, 957. vulnera 12, 461; m. *Inf.* meminit irasci denkt daran zornig zu werden 7, 545. m. *Acc. c. Inf.* 12, 453. 13, 816. 14, 724 (memento). m. indir. Fr. 4, 603.

Memnon, önis, m. Sohn des Tithonus, eines Bruders des Priamus, u. der Aurora, König der Aethiopen; zog seinem Oheim Priamus zu Hülfe, wurde aber von Achilles vor Troja getödtet 13, 579. 595. Aus seiner Asche entsteht eine Art schwarzer Habichte, die man Memnonides nannte 13, 600. 618.

Memnonides, um s. Memnon.

memor, öris, eingedenk, m. *Gen.* ignis iniuste missi 2, 378. amorum 9, 621. 4, 642. 8, 259. 10, 954. 11, 380. 13, 58. 14, 562. mei 14, 730. nostri meiner 8, 585. memor ipsa sui ihrer eignen Würde 13, 453. m. *Acc. c. Inf.* 9, 149. 14, 598. m. indir. Fr. 3, 549; absol. mente memor 15, 161. memori mente requirere 7, 521. memori animo notare im Gedächtnis 9, 778. memori ore salutare 8, 508. 10, 201. einer Wohltat eingedenk, populus dankbat 9, 245. einer Beleidigung ob. Schuld, irata memorque zornig u. grollend 8, 494. memor irā 14, 694. 12, 583. exigere memorem poenam rächend 4, 190. 14, 477. — zum Andenken dienend, memores tabellae Gedenk-täfelchen, worauf v. d. Gottheit empfan-gene Wohlthaten genannt ob. bildl. dar-gestellt waren 8, 744.

memŏrābĭlĭs, e, denk-, merkwürdig, spolium 4, 616. munus 14, 225; rühmlich, gepriesen, nomen 6, 12. 10, 606. nomen Vacchi memorabile erat totis Thebis 4, 416.

memŏro, āvi, ātum, āre, in Erinne-rung bringen, pia verba 14, 813; berichten, erzählen, alqd 7, 510. 863. 15, 326. facta 13, 13. nondum me-moratis omnibus 4, 688. m. indir. Fr. 11, 280. memorant man erzählt m. *Acc. c. Inf.* 2, 176. 3, 318. 6, 714. 7, 408. im Pass. m. *Nom. c. Inf.* bo-ves memorantur procerissime 2, 694. 15, 360. *Gerund.* memorandus merk-würdig, acta 13, 955; überh. bemerken, sprechen, talia 8, 396. 10, 209. 12, 230. m. *Acc. c. Inf.* 4, 273. *Subst. Neutr.* memorata das Bemerkte, b. Rede, deae 7, 714.

Mĕnāleus, ĕi, m. ein Cephener 5, 128.

mendācĭum, ĭi, n. d. Lüge, Pl. 9, 711. aus der eigenen 9, 189.

mendax, ācis, lügnerisch, trüglerisch, -ce 9, 922. amicitia 7, 300. forma Truggestalt 3, 439. mendaci umbrā pietatis Trugbild 9, 460. pennas trü-gerisch 10, 189.

Mendēsĭus, ĭi, m. ein Mendesier, aus d. Stadt Mendes in Unterägypten an einer der Nilmündungen 5, 144.

mendōsus, a, um, fehlerhaft 12, 399.

Mĕnĕlāus, i, m. jüngerer Sohn des Atreus, minor Atrides 12, 623. 15, 162. 805. Bruder des Agamemnon, König v. Sparta. Die Entführung seiner Gemahlin Helena durch Paris wurde d. Veranlassung zum troj. Kriege. Nach d. Ankunft vor Troja wird er mit Ulysses als Gesandter in d. Stadt ge-schickt, um die Rückgabe der Helena zu bewirken 13, 203.

Mĕnĕphron, ŏnis, m. e. Arcadier, der mit seiner Mutter in Blutschande lebte 7, 386.

Mĕnoetes, ae, m. e. Lycier, den Achilles vor Troja tödtete 12, 116.

mens, ntis, f. Sinn, Sinnesart 2, 832. profana 2, 833. pia 8, 767. saeva 2, 470. dubia zweifelnd 9, 473. 517. Charakter, feminea 10, 244. mentis ferox 8, 613. Gemüth, Herz 1, 55. 357. mentis vitium Knappheit 4, 200. facies Gemüthsstimmung 5, 568. non iniquā mente m. Gleichmuth 8, 634. vulnus gerit mente tacitā 5, 427. mentes ex aequo captae 4, 62. 9, 520. virgineae 5, 274. mentes mul-cere 10, 301. patria Vaterherz 12, 582. materna Muttergefühl 8, 499. freundl. Gesinnung, mens propior fuit 2, 369. signa mentis tuae 7, 620. mentem vertere 11, 421. Lei-benschaft, quae mens agit te in faci-nus 5, 14. 10, 320. Zorn, Erbitterung, mentis quoque viribus 12, 369. Seele, mens antiqua mansit 2, 485. 3, 203. — Geist 15, 63. Ggs. membra 4, 499. memor 7, 521. caeca umbüstert 4, 502. quis furor mentes attonuit 3, 532. mentis praesagia 6, 510. oracula augustae mentis 15, 145. 2, 640. concipit aethera mente faßt den Gedanken danach 1, 777. dicta adice mentem Aufmerksamkeit 14, 819. mente notare Gedächtnis 13, 788. mentem subit ich erinnere mich 12, 472. Vernunft 7, 20. sana 8, 86. Verstand, stolida 11, 149. Einsicht, mentis capacius altae 1, 76. vires sine mente geris 13, 368. Besinnung 3, 99. mens excidit 4, 175. rediit 6, 531. mentis inops besinnungslos 2, 200. exaul mentis 9, 409. men-tem colligere 14, 852. tota mente se recipere ganz wieder zur Bes. kom-men 5, 275. — Wille, Absicht, mentem labare sensit 6, 629. mentes deûm scrutari 15, 137.

mensa, ae, f. Tisch, Tafel, woran man speist, acerna 12, 254. convivia Ly-caoniae mensae 1, 165. ponere men-sam 8, 660. 5, 40. mensā remotā 15, 676. evorsae 12, 222. imponere cibos mensis 1, 230. 6, 488. in-struere mensas epulis 8, 571. supe-rorum tangere fiera an 6, 173. *Pl.* v. einem 6, 661. 11, 119. — meton. Mahlzeit, Schmaus, lucis pars ultima mensae est data 7, 662. 12, 154; *Pl.* Gerichte 6, 647. 8, 831. 15, 462. secundae Nachtisch 8, 673. 9, 92 (Appos. zu totum autumnum et felicia poma).

mensis, is, m. Monat 7, 700. 5, 567. bis mensum quinque labores der Schwangerschaft 8, 500. — Mensis Per-sonification des Monats 2, 25.

mensor, ōris, m. (melior) d. Feld-messer, cautus 1, 136.

mensūra, ae, f. Maß, Körpermaß, mensura minor est parvā lacertā 5,

158. posterior superat partes priores d. Länge der Hintertheile 15, 378. brevior est capillis d. Haar ist kürzer 9, 789. roboris Umfang 8, 748. ficti 12, 57. gloriae 12, 613.

menta, ae, *f.* (auch mentha μίνθη) Münze, e. duftendes Kraut, virentes 8, 568. olentes (Proserpina soll die v. Pluto geliebte Nymphe Mentha in dieses Kraut verwandelt haben) 10, 729.

mentior, itus sum, iri, lügen 9, 878. 10, 28. mentiar nisi will eine Lügnerin sein 2, 514. alqd: fugae causam 11, 281. gloriam rerum erlügen 4, 650. sacrum 6, 648. centum mentita figuras 11, 253. puerum indem sie das Mädchen für e. Knaben ausgab 9, 708. m. *Acc. c. Inf.* 1, 615. (illum) lapsum (esse) 8, 251. *Part.* mentitus pass. erlogen, nomine 10, 439. figurae zur Täuschung angenommen 6, 826.

mentum, i, n. d. Kinn 11, 620. 12, 141.

meo, avi, atum, are, wandeln, quā sidera lege mearent 15, 71.

merces, edis, *f.* Lohn, geminata (est) 2, 702. für etw. tanti operis 11, 214. qua mercede zum Lohn wofür 12, 473. 7, 688. 2, 529.

Mercurius, ii, m. griech. Hermes, Sohn des Jupiter u. der Plejade Maja, einer Tochter des Atlas 1, 672. 2, 697. Atlantide Maia natus 2, 685. 1, 670. 2, 742. 11, 303. Atlantiades 1, 682. 2, 704. 8, 627. Cyllenius d. s. Bote der Götter, dah. mit Heroldsstab (caduceus), Flügelschuhen u. Reisehut 1, 671. Caducifer 2, 708. 8, 627. velox 2, 818. deus ales 2, 714. alipes 11, 312. 4, 756. 2, 708. pacifer 14, 291; auch mit d. einschläfernden Ruthe 1, 671. 716. 2, 735. 11, 307, die ihm auch Thüren öffnet 2, 819. Gott der List u. aller schlauen Unternehmungen, stiehlt d. Rinder des Apollo 2, 685 u. verwandelt d. Battus in Stein 2, 706; tödtet auf Befehl Jupiters den Argus mit der harpe 1, 670 ff., giebt diese dem Perseus zur Tödtung der Medusa 4, 754, giebt dem Ulysses das moly 14, 291. Mit Jupiter bei Philemon u. Baucis 8, 627; verwandelt sich in einen Ibis 5, 331; stielt die Herde 2, 724 u. versteinert deren Schwester Aglauros 2, 818; zeugt mit Venus (Aphrodite) den Hermaphroditus 4, 288, mit Chione den Autolycus 11, 303, durch dessen Tochter Anticlea er des Ulysses Urgroßvater mütterlicherseits ist 13, 146.

mereo, ui, itum, ere u. **mereor**, eri, verdienen 2, 279. 6, 127. alqd: triumphos 15, 757. poenam 3, 654. 10, 154. 14, 469. supplicium 5, 666. 10, 484. exitium 2, 290. quid 2, 291. 13, 49. eventus 13, 575. verschulden, nefas 9, 872. terra nihil meruit 5, 492; m. *Inf.* pati poenas 1, 243. 15, 112. formosa videri 4, 319. 13, 314. 9, 563. u. *Acc. c. Inf.* 9, 268. meruisse, cur pereat um deshalb zu sterben 8, 492; sich verdient machen um, si quid merui de te bene 7, 854. — *Part.* merens schuldig, cives odere merentem 8, 116; meritus pass. verdient, fama 3, 511. honores 13, 594. 8, 397. poenae 8, 689. dicta 6, 660. act. der etw. verschuldet hat, schuldig, lingua 11, 326. nihil meritum saxum ganz unschuldig 2, 707. meritus torquetur verdientermaßen 11, 180.

mergo, si, sum, ere, eintauchen, versenken, viros, carinas 14, 240. fuerat mersura war schon im Begriff 14, 72. mersa villa 1, 295. 8, 601. in etw. equos in Hibero flumine 7, 324. membra in aere cavo 7, 317. in undis 7, 349; alqm aquis 14, 482. vertice 8, 556. mersa cavernis 5, 639. palude 8, 696. bildl. sontes Stygia unda — tödten 10, 697. ab Iove mersa suo Stygias penetrabit ad undas 8, 272. margor tauche mich ein, tauche unter, aequore 11, 796. 5, 598. sub aequore 13, 878. 14, 548; bracchia in aquas 3, 489. ratem in ima 11, 557. corpus sub aequora 13, 948. mea viscera in sua 14, 204. — übertr. vultus in cortice 10, 498. mersis in corpore rostris tief eingeschlagenes Gebiß 3, 249. mersae res das Unglück infolge der Ueberschwemmung 1, 580.

merges, i, m. d. Taucher, e. Wasservogel 8, 625. spatiosus in guttura 11, 753.

Meriones, ae, m. der tapfere Wagenlenker des Königs Idomeneus v. Creta 13, 359.

meritum, i, n. Verdienst 5, 14. 161. 7, 45. 12, 546. ex merito nach Verdienst 6, 200; Verschulden 2, 551. 8, 503. — *Abl.* merito mit Recht 6, 271. 8, 50. et merito (s. et) 6, 567. 9, 585.

Mermeros, i, m. e. Centaur 12, 305.

Merops, opis, m. König der Aethiopen, Gemahl der Clymene 1, 763. Meropis (filius) dici 2, 184.

merus, a, um, rein, lauter, ros 4, 263. undae 15, 328. vina unvermischt u.

Wasser 15, 331. — *Subst.* merum un-
vermischter Wein, dicht. überh. Wein
3, 608. 8, 572. 9, 238. via meri 14,
274.
merx, rcis, *f.* Waare, femines für
Weiber 15, 168.
Messanius (Messen.), a, um, messa-
nisch, moenia b. Stadt Messana (j. Messina) in Sicilien 14, 17.
Messapius, a, um, den Messapiern,
einem Volksstamme in Calabrien gehörig,
arva 14, 514.
Messéne, es, *f.* Stadt der Landschaft
Messenien in der Peloponnes, ferox
wegen der in den Kriegen geg. Sparta be-
wiesenen trotzigen Tapferkeit 6, 417.
Messénius, a, um, messenisch, arva 2,
689. moenia 12, 549. Vgl. Messanius.
messis, is, *f.* (meto) d. Ernte, sei es
auf d. Felde ob. eingebracht 11, 113.
514. *Pl.* 8, 293. triticeae 5, 486.
frugiferae 5, 556. gravidae 8, 781.
condere messes 15, 126. als Zeitbe-
stimmung, ter centum messes videre
14, 146.
messor, óris, *m.* Schnitter, durus 14,
643.
méta, ae, *f.* Meta, kegelförmige Spitz-
säule am Wende- u. Endpunkte der
röm. Rennbahn 10, 664. metas imitata cupressus 10, 106; meton. b. Rennbahn bis zur Zielsäule, novissima meta
decursa est d. letzte Zielsäule wurde
zurückgelegt, denn d. Rennbahn wurde
auch mehrmals hinter einander durchlaufen 10, 597. — bildl. Ziel, Grenze,
ad metam tendere 15, 453. sol ex
aequo metā distabat utrāque im
Osten u. Westen 3, 145. positae in
litore Hesperio 2, 142.
metallum, i, *n.* Metall 10, 220. 531.
— *Pl.* Erzgruben, Bergwerke 15, 707.
Methymnaeus, a, um, methymnäisch,
v. Methymna, einer der Hauptstädte der
Insel Lesbos, Lesbos 11, 55.
Métion, ónis, *m.* Vater des Erechtiten
Phorbas 5, 74.
métior, mensus sum, íri, messen, ab-
messen, animo utramque beide Strecken
2, 188. annum 4, 226. — bildl. durchmessen einen Raum = zurücklegen, duas
partes lucis 8, 564. aquas carinā
durchschiffen 8, 449.
méto, messui, messum, ére, mähen,
niedermähen, matura vota coloni 8,
291.
métuo, üi, ére, in Furcht sein, fürchten, de coniuge 7, 68. alqd: omnia
3, 281. cladem 5, 359. sublimia 8,
259. nomen sine corpore 7, 830.

id metuens aus Furcht davor 4, 646.
alqm 10, 349. cur metuaris ab hoste
13, 114. sic erit metuendus Ulixes
13, 62. 502. m. ne daß 8, 64. 10,
56. 256; m. *Inf.* (meist dicht.) sich
scheuen etw. zu thun, loqui 1, 746. 2,
860; *Gerund.* metuendus furchtbar,
multa ac metuenda vieles Furchtbare
15, 24. m. *Gen.* der Beziehung, belli
metuenda virago furchtbar im Kampf
9, 785. — fürchten m. scheuen Ehrer-
bietung, alqm 6, 177. *Part.* metuens
m. *Gen.* metuentior deorum gottes-
fürchtiger 1, 323.
métus, us, *m.* Furcht 1, 91. metu
vor, aus Furcht 4, 228 u.d. vano metu pavere 9, 249. metu vacuus 8,
582. ponere metum 3, 634. 5, 296.
4, 128. exuere 1, 623. excutere
corde 3, 690. facere alcui 5, 323.
mea bona excessere metum 8, 197;
vor etw. *Gen.* venantum 2, 492.
sceleris futuri 8, 468. Indicii 15, 503.
m. ne, esse metus coepit ne begann
sich zu regen, daß 7, 715. *Pl.* Besorg-
nisse, Furcht, mortis 10, 482. pone
metus 1, 736. deponere 5, 369.
Schüchternheit, virginei 10, 466. —
meton. was Furcht einflößt, Schrecknis,
loca plena metus 4, 111.
méus, a, um, mein, der meinige 1,
3, 521. meae, näml. aetati 3, 641.
per deos meos denen ich angehöre, bb.
der Unterwelt 7, 863. quae mea culpa
was für e. Schuld von meiner Seite 11,
421. quia tam meus est, non est
meus 10, 530. meus — mein Sohn
2, 42. Minos meus mein Sohn M.
9, 437. 13, 595. Iupiter meus mein
Gemahl J. 2, 479. meus Acis m.
lieber A. 13, 786. Tydides m. Freund
13, 351. o mea o meine liebe 14, 761.
nec fratris nec mea gratia noch für
mich 2, 293. 6, 441. amor meus 9,
511. meum est m. *Inf.* es ist m. Art
13, 278. m. quod m. Werk ist es, daß
13, 173. 237. *Subst.* mei die Meinigen 4, 534. meine Angehörigen 13,
510. m. Gefährten 14, 511. m. Unterthanen 7, 583. 618. pars mearum
meiner Verehrerinnen 9, 696. *Voc.*
meus 4, 155. — mein eigen, exempla
non mea 15, 496. — meiner mächtig,
vix meus 3, 689.
míco, ui, āre, zucken, venae micant
6, 390. radix ultima linguae 6, 557.
crura micantia bebend entschlüpfend
9, 37. — b. leuchtenden Gegenst. fun-
keln, blitzen, zucken, igne micant oculi
8, 281. 3, 93. 1, 498. 15, 674. sidera

micuerunt 7, 217. 188. 325. 15, 850. micantes stellae 7, 100. radii 2, 40. 7, 411. fulmina 11, 522. aurum 2, 2.

Midas, ae, m. phrygischer König, Sohn des Gordius u. der Göttin Cybele, dah. Berecyntius heros 11, 106; von Orpheus in b. Bacchuscultus eingeweiht 11, 92; v. Apollo durch Eselsohren gestraft 11, 163 ff. [Acc. Midan 11, w. 164.]

migro, āvi, ātum, āre, wandern, anima in varias figuras 15, 172.

miles, ĭtis, m. (v. mille eig. Tausendgänger) Krieger, Soldat 11, 525. radis 13, 290. Persei Streiter für P. 5, 201. Sgl. dux 13, 367. collect. für Kriegsvolk 1, 99. 5, 276. 7, 456. 510. 8, 368. 12, 64. 13, 662. novus neuausgehoben 7, 885. Martius 14, 799. Amull die Kriegsmacht des L. 14, 772. — fem. Söldnerin, Phoebes 2, 415.

Milētis, ĭdis, f. b. Tochter des Miletus, Byblis [Acc. Miletida 9, 635].

Milētus, i, m. Sohn des Apollo u. der Dejone (Dejonides 9, 443) wandert, mit Minos verfeindet, von Creta nach Kleinasien aus, wo er b. Stadt Milet gründet 9, 444 ff. u. mit b. Nymphe Cyane die Zwillingsgeschwister Caunus u. Byblis zeugt 9, 453.

militia, ae, f. Kriegsdienst, militiam detrectare 13, 37. — Kriegszug, qua militia sit tibi cognitus 13, 180. pars militiae Theilnehmer an 7, 483. 11, 216.

mille, tausend; sehr oft als runde Zahl 1, 44?. 2, 452. 3, 522. 4, 439. 11, 302. rates der Griechen (nach Homer waren es 1186) 12, 7. wiederh. 15, 791. *Subst. Pl.* milia, tot 1, 325. multa serpentum 7, 534. rumorum 12, 54.

Milon, ōnis, m. Athlet zu Croton, berühmt durch ungeheure Stärke, Zeitgenosse u. Anhänger des Pythagoras 15, 229.

milvus, i, m. d. Falke 2, 716.

Mimas, antis, m. Vorgebirge in Jonien bei Colophon 2, 222.

minae, ārum, f. Drohungen 2, 397. 857. 3, 561. re minas firmat 3, 368. vim minis addit 4, 651. Sgl. facta 3, 439.

minax, ācis, drohend 15, 673. animi 6, 689. boves cornu 11, 37. vox 2, 483. verba Strafandrohungen 1, 91. 5, 669.

1) **Minerva,** ae, f. bei den Griechen Pallas Athene, Tochter Jupiters, aus bessen Haupt geboren, Iove nata 4, 800. 5, 297. Tritonia ob. Tritonis (b. s.) vgl. Pallas. Göttin der Weisheit, der Künste u. Kunstfertigkeiten (1, 38. 6, 6. 23. Erfinderin der Flöte 6, 381. favet ingeniis 8, 252) u. der kriegerischen Thatkraft, dea bellica 2, 752. 765. 4, 754. 6, 46. bellatrix 8, 264; blieb immer unvermählt, virgo 2, 765. 4, 754. 5, 375. 14, 468. sincera 8, 664. Dargestellt blondgelockt, flava 2, 749. 8, 275, mit Helm, Schild u. Speer, auf b. Brust die Aegis mit dem Gorgonenhaupt 2, 755. 4, 799. 803. 8, 78. armifera 14, 475. Ihr Vogel die Eule, früher die Krähe 2, 568. Um den Besitz von Attica, das die Hauptstätte ihres Cultus war (humus grata Minervae 2, 709. sacra arx Minervae 8, 250. 2, 712) u. die Ehre Burg u. Stadt zu benennen, stritt sie mit Neptun, der zum Geschenk für das Land eine Quelle ob. e. Roß hervorspringen ließ 6, 77, während durch sie der Oelbaum emporsproßte, der ihr dah. heilig war, Palladis arbor 6, 335. baca Minervae 8, 661. 275. Die Götter erkannten ihr b. Sieg zu 6, 71 ff. Zu Athen wurden ihr alle vier Jahre die der Sage nach b. Erichthonius gestifteten großen Panathenäen gefeiert, wobei edelgeborne Jungfrauen in feierlichem Zuge heilige Geräthe in Körben zu ihrem Tempel auf der Acropolis trugen 2, 711 ff. Sie übergiebt ben Erichthonius ben Töchtern des Cecrops 2, 553. sendet die Invidia zu Aglauros 2, 752. verwandelt Arachne in e. Spinne 6, 26 ff., ben Perdix in e. Vogel 8, 252. das Haar der Medusa in Schlangen 4, 798. Sie ist Gönnerin u. Beschützerin vieler Helden, wie des Perseus 4, 754. 5, 46. 250, des Cadmus 3, 102, des Theseus 12, 360, des Diomedes 14, 475. — Minervae Phrygiae signum das Palladium (s. Pallas) 13, 337. 361. — meton. für Kunstfertigkeit, intempestiva 4, 33. [Siehe Berhalt.]

11) **Minervae promuntorium,** Vorgebirg in Campanien, nach j. Capo bella Minerva 15, 709.

minister, stri, m. Diener 3, 26. 7, 255 u.ö. fide minister fossorum meorum 2, 837. quo ministro durch bessen Hülfe 9, 233; Opferdiener 2, 717. 12, 31. [Berdicht. außer 2, 837.]

ministerium, ii, n. b. Dienst 2, 750. scelerisque artisque des Frevels u. seiner Kunst als Steuermannes 3, 645. diurna 4, 216. dura 11, 625. [Bei b. regelm. Cäsur.]

ministra, ae, f. Dienerin 9, 90. 306. 324.

mĭnistro, āvi, ātum, āre, bedienen, bes. bei Tisch, dah. darreichen, =bieten, Iovi nectar 10, 161. tura dis 2, 289. arma contra boream 15, 471. [Berstell.]

mĭnĭtor, ātus sum, āri, drohen, minitantem vulnere cuspide 2, 100. minitantia ora Drohungen ausstoßend 12, 848.

Minōis, idis, f. b. Tochter des Minos, Ariadne 8, 174.

mĭnor, ātus sum, āri, drohen, similia minanti 13, 442. mit etw. cauda 15, 371. alqd: bellum 7, 456. 13, 662. proelia 2, 659. indicium 10, 417. nescio quid crudele 6, 467. multa ac metuenda 15, 24. 38. nec plura minata 8, 193; m. *Acc. c. Inf.* 15, 627.

Minos, ōis, m. Sohn des Jupiter u. der Europa 9, 437. dux Europaeus 8, 23. 120. 122. König v. Creta, mächtig auf b. Meere u. ringsum gefürchtet 7, 460. 9, 442. rector centum populorum, weil Creta bei Homer das hundertstädtige heißt 7, 481; bekriegt wegen seines in Athen getödteten Sohnes Androgeos die Athener 7, 456; desgl. Megara 8, 6ff.; läßt für b. Minotaurus das Labyrinth bauen 8, 157ff.; verfolgt ben geflüchteten Dädalus nach Sicilien, wo er [. Tab Anbet 8, 261. [*Acc.* Minoa 9, 441.]

Minturnae, arum, f. Stadt an b. Nordgrenze Campaniens, an b. sumpfigen Mündung des Liris, graves 15, 716.

mĭnuo, ui, ūtum, ĕre, verkleinern, artus 7, 317. ramalia klein machen, zerschneiden 8, 645. verringern, laborem 4, 295. 7, 208. luctus 15, 639. necis gaudia 13, 463. pudorem 10, 454. mecum vires minuuntur Amoris f. cum meis viribus 5, 374. minuendo corpus alebat indem er davon zehrte 8, 875.

mĭnus, *Adv.* weniger, minder, bei *Adj.* m. grata 1, 204. 3, 717. 5, 392. 6, 899; me m. uno 12, 554. m. (quam) medium 11, 478; nec m. — u. ebenso 2, 840. 13, 157. 358; quo m. [. quo.

Minyae, arum, m. alter griech. Volksstamm, ber [. Namen von c. König Minyas führen soll, dessen Hauptstadt Orchomenos in Böotien war. Die Herrschaft ber Minyer erstreckte sich auch auf b. südl. Thessalien, wo sie b. Hafenstadt Jolcos am pagasäischen Golfe besaßen, u. ba von hier b. Argonauten auszogen, so werden diese Minyae genannt 6, 720. 7, 1. 8. 115.

Minyēias, ĭdis, f. Tochter des Minyas ([. b. folg.) 4, 1.

Minyēĭdes, um, f. die drei Töchter des myth. Königs Minyas von Orchomenos in Böotien, Leucippe, Arsippe, Alcithoë, die v. Bacchus in Fledermäuse verwandelt wurden 4, 32. [*Acc.* Minyeïdas 4, 425.]

Minyēĭus, a, um, proles = Minyeïdes 4, 389.

mirabĭlis, e, wunderbar, factum 4, 271. 747. opus 8, 199. mirabile est m. *Acc. c. Inf.* 8, 136. visum (est) mirabile m. quod 12, 165. mirabile! als Ausruf eingeschoben 3, 326. desgl. mirabile dictu 14, 406. — bewunderungswerth, alqa re 8, 424.

mirācŭlum, i, n. b. Wunder (Met. nur *Pl.*): 5, 181. 9, 567. 11, 346. tanti monstri (b. [.) 7, 294; Wundergestalt 2, 193. 3, 672. [Nach b. 4. Ause.]

mirātor, ōris, m. b. Bewunderer, rerum 4, 641.

mĭror, ātus sum, āri, sich wundern, verwundern, staunen 7, 120. 10, 252. mirans verwundert, staunend 12, 489. ora mirantia 14, 418. mirantes spectant voll Verwunderung 8, 422. vultus mirantis ber Verwunderung 5, 206; über etw. *Acc.* bewundern 2, 111. 358. cuncta 3, 421. lucos 1, 301. numerum 7, 627. factum 8, 578. 4, 641. decorem 10, 596. lumina mirantia formam 3, 503. mirantes dicta die Bewunderer seiner Worte, b. Schüler des Pythagoras, denen jeder Ausspruch des Meisters für unumstößliche Wahrheit galt 15, 67. mirata diu undas 5, 264; m. *Acc. c. Inf.* 1, 608. 7, 370 (miraturus erat). 538. 12, 87. 14, 389. se tam celerem über solche Schnelligkeit an sich 3, 199. m. quod 2, 858. m. indir. Fr. 3, 51. *Gerund.* mirandus wunderbar, factum 7, 758.

mirus, a, um, wunderbar, origo 1, 252. mora 12, 556. fata 9, 327. res 6, 390. facta 8, 747. sopor 15, 821. novitas 15, 408. arte 10, 247. more 13, 670. magis miram noch wunderbarer 7, 130. 12, 174. 15, 317. mirum! parenth. Ausruf 7, 790. 11, 51. mirum (eam hoc) potuisse 6, 583. mirum, nisi 7, 12. ähnl. mira res 13, 893; mirum est m. *Acc. c. Inf.* 12, 559. *Subst. Neutr.* mira loquar 7, 649.

misceo, ui, xtum, ēre, mischen, mengen, mixta duorum corpora iunguntur — ita ut mixta sint verbinden sich zu

einer Mischung 4, 379. speciat in ni-
veo candore mixtum ruborem in der
Weise die damit gemischte Röthe 3, 423.
alqd cum: cum caelestibus undis
aequoreae miscentur aquae mischen
sich 11, 520. ambrosia cum nectare
mixta 14, 606. 4, 728. 6, 454. mixta cum frigore flammā durch Mischung
der Hitze mit K. 1, 51. vina miscenda
cum Styge (d. f.) 12, 321. m. *Abl.*
ob. *Dat.* sanguis mixtus tabe veneni
9, 130. 1, 82. 4, 504. auctorem
(d. f.) muneris miscuerat puris undis 11, 126. 14, 44. rubor mixtus
candore 3, 491. nebulae caligine
11, 595. carica palmis 8, 674. placidis dictis fortia (dicta) miscens 4,
652. mixtae viris matres mittent unter 3, 529. 2, 850. 12, 54. 14, 255.
fletum cruori miscuit 4, 141. se
mihi 5, 638; übertr. cum luctu miscuit iram 13, 549. audacia mixta
pudori 9, 827. honor oneri verknüpft
mit 2, 684; vom Beilager, sic se tibi
misceat sich vereinigen mit 13, 866. —
e. Trank mischen, bb. durch Mischung
bereiten, aconita 1, 147. 7, 406. pocula durch Mischung des Weines m.
Wasser 10, 160. 12, 318. — bildl. in
Aufruhr bringen, freta 11, 491. proelia erregen 5, 156.

miser, era, um, elend, unglücklich,
beklagenswerth 3, 551. o multum
miseri parentes 4, 155. miserrima
coniunx 11, 658. 4, 151. miserrimus
luget voll tiefsten Jammers 1, 584.
miserrima liquitur tabe auf d. jäm-
merlichste Weise 2, 807. me miseram!
1, 506. 651. 3, 201. me miseram!
10, 834 [Vertauf. unter 7, 845]; res
miserae Unglück, Elend 6, 675. 7,
614. 15, 682. — übertr. v. Affecten
jammervoll, unglücklich, amor 14, 703.
furor 3, 479. querelas 2, 342. pudor bemitleidenswerth 10, 411.

miserābilis, e, beklagenswerth, puer 2, 829. puer 3, 495. corpus 8,
596. salum 6, 90. bustum nati 6,
865. funus 14, 751. genus poenae
bemitleidenswerth 8, 762. miserabile
visu parenth. als Ausruf 13, 422. mi-
serabilem esse alcui für Jem. 8, 783.
— klagend, kläglich, carmen 5, 118.
6, 682. [Siehe nach d. 4. Verse.]

misereor, itus sum, eri, Erbarmen
fühlen, sich erbarmen 6, 469. 11, 138.
13, 855. alcs 4, 534. 8, 600. 9, 561.
780. 14, 12. caeli 2, 294. (Nur Imper.
miserere u. Inf. misereri 6, 488.)

miseror, atus sum, ari, bemitleiden,

bedauern, superis miserantibus durch
d. Mitleid 11, 741. miseratus voll
Mitleid 11, 339. 6, 135. für, über,
vagantem 6, 189. 11, 784. labores
4, 531. *Gerund.* miserandus bemit-
leidenswerth-, bejammernswerth 1, 850. 4,
110. 9, 143. miserande 11, 704. 728.
für Jem. *Dat.* miseranda vel hosti
6, 276. 9, 178.

mite, *Adv.* mild, sanft, mitius feras
ruhiger 15, 496.

mitesco, ere, mild werden, Gemüse
durch Kochen, flammā 15, 78; geistig,
mild gestimmt werden 14, 687.

Mithridātēus, a, um, mithridatisch,
nomina 15, 755. D. Reich Pontus in
Kleinasien wurde von e. Reihe von Köni-
gen beherrscht, von welchen Mithribates
VI. od. d. Große der bedeutendste war.
Durch seine Besiegung war Pontus bereits durch Pompejus im J. 66 v. Chr.
zur röm. Provinz geworden. Cäsar besiegte im J. 47 dessen Sohn Pharnaces,
der sich empört hatte.

mitis, e, mild, oliva vom Oel auf d.
Baum übertr. 7, 277. uci 14, 690.
alimenta 2, 269. 5, 342. 15, 478.
mitior natura Beschaffenheit 1, 408. —
v. Gemüth, mild, freundlich, bes. v.
Gottheiten, mite (est) deûm numen
11, 134. 4, 81. mitior esses 2, 435.
nunc ais mitissimus 14, 578. mitis
Lucina 10, 510. mitissima Ceres 5,
497. 6, 118. 9, 422. Themis 1, 380.
ingenium parentis zärtlich 13, 187.
menschenfreundlich 8, 261. verba 2,
816; taurus sanft, gutmüthig 2, 860;
übertr. lacrimae 6, 505.

mitra, ae, f. orientalische Kopfbedeckung,
Mütze, Haube, picta 14, 654.

mitto, misi, missum, ere, schicken, sen-
den, alqm ad umbras Tartareas 6,
676. in has sedes 14, 98. aprum per
agros 8, 282. ad capienda Pergama
12, 445. me visendae sorori zum
Besuch 6, 441. corpora missa neci
in d. Tod geschickt = gestorben 7, 606.
= getödtet 15, 109. hospes missus
externis ab oris gekommen 9, 19. vestem 9, 154. salutem 9, 591. electra
noribus gestanda 2, 366. damna inferias exstincto Phoco als Todtenopfer
11, 381. foci epulas mittere calentes 8, 671; gehen lassen, nec me in-
deploratum mitte sub Tartara 11, 670.
currum in Trilonida urbem richten,
lenken, 5, 645; abschicken, tabellas 8,
572. auxilium 11, 587. — entsenden,
werfen, schleudern, iaculum 8, 411.
hastam in alqm 5, 83. fulmen 2,

312. 878. lapides post vestigia 1, 399. discum in auras 10, 179. clavam trans ripam hinüber auf 9, 114. misso thyrso durch d. Wurf des Th. 3, 712. missa sagitta abgeschossen 8, 698. mittens der Schütze 8, 847; werfen, stürzen, alqm in aequora 3, 627. Saturnum in Tartara 1, 113. praecipitem ex arce 8, 251. corpus e turribus 8, 40. de turribus 18, 415. se saxo ab alto 11, 340. se super pontum hinaus ins Meer, so daß sie beim Sprunge darüber schwebte 4, 580. 11, 790. per inane missus 4, 718. — entsenden, loslassen, vix bene missus erat (canis) 7, 774; c. Laut von sich geben, hören lassen, sibila 9, 88. 15, 670; bildl. ablassen, mitte precari 3, 614.

Mnemonides, um, f. (Patronymicum zu Μνημόνη) die neun Musen als Töchter der Mnemosyne (d. f.) 6, 280. [Acc. Mnemonidas 5, 268.]

Mnemosyne, es, f. (Μνημοσύνη od. Μνημόνη [Erinnerung]) Mutter der neun Musen, die sie dem Jupiter gebar. Daß dieser ihr als Hirt erschien, wird sonst nicht berichtet 6, 114.

moderamen, inis, n. Lenkungsmittel, navis Steuerruder 15, 726; Lenkung, Leitung 15, 362. certum 2, 67. equorum 2, 48. rerum des Staates 6, 677. Pl. des Schiffes 8, 644. [Zuerst in d. Art.]

moderate, gemäßigt, moderatius curre 1, 510.

moderator, oris, m. der Mäßiger, nec moderator adest bei dem Uebel Schranken setzen könnte 7, 561. — b. Lenker, Regierer, volucrum equorum der Sonnengott 4, 245. harundinis 9, 856.

moderatus, a, um, gemäßigt, fratre moderatior 14, 619. moderatior Aiax der bescheidnere, näml. Aiax Oileus (d. f.) 13, 356. oscula 2, 491. non moderatus amor maßlos, grenzenlos 4, 234. guttur mäßig 15, 390.

moderor, atus sum, ari, c. Maß setzen, amori 9, 669. — regeln, regieren, lenken, habenas 8, 228. dracones frenis 8, 795. harundine lituum 15, 923. moderante dextra 3, 593. moderantum cuncta deorum 1, 83.

modestus, a, um, maßvoll, bescheiden, vultus sittsam 4, 682.

modicus, a, um, mäßig, v. Größe ob. Stärke, murus 8, 621. strepitus 8, 569. Zephyri gemäßigt 15, 699.

modo, Adv. nur, beschränkend, im beschränkenden Wunsch m. Conj. nur, wenn nur, modo faveant numina 4, 702. teli modo copia detur 12, 265. 13,

863. liceat modo 8, 38. 5, 272. 527. 7, 177. 14, 3. utinam modo 5, 344. modo ne 13, 135; m. Imper. modo vos absistite bleibt ihr ihm nur fern 3, 557. 8, 488. 691. 11, 251. 13, 565. 15, 583. iam modo exsere caput nur endlich 13, 838; beim Relat. quantum modo femina possit soviel eben, wenigstens 2, 434; si modo wenn anders m. Ind. 1, 760. 775. 2, 830. 3, 234. 5, 524. 11, 452. 12, 394. 14, 356. 643. m. Conj. 6, 454. wenn nur 1, 547. — zeitl. eben nur, vor ganz kurzem, pes modo tam velox 1, 551. 87. 410. 426. 2, 848. 3, 121. 5, 423. 7, 513. 10, 522. 698. 13, 483. de tot modo milibus die eben nur noch da waren 1, 325. de modo viginti 3, 687. Ggs. nunc 1, 299. modo denique nur eben erst 3, 650. 7, 15; modo — modo bald — bald 2, 208. 414. 866 u.ö. dreimal 4, 721. 8, 881. modo — interdum 2, 189. modo — modo — interdum 4, 197. 11, 499. 12, 410. modo — interd. — nunc 3, 77. 13, 541. modo — nunc 8, 290. 606. 9, 766 u.ö. modo — modo — nunc 6, 663. 10, 187. modo — nunc — nunc 11, 65. nunc — nunc — modo — modo 8, 873. modo — modo — nunc — nunc — modo 8, 752. modo — nunc — saepe 9, 766. modo — nunc — modo — saepe — saepe 6, 871. modo — saepe — nunc — saepe 4, 810. modo — modo — saepe — interd. 14, 703.

modulor, atus sum, ari, nach d. Tacte singen ob. spielen, carmina voce 14, 341. harundine 11, 154. Part. modulatus pass. in e. Melodie gebracht, verba ipso dolore modulata zum Gesang gestaltet 14, 428.

modus, i, m. Maß, trunci Umfang 8, 748; Zeitmaß, Takt, modum dare remis 3, 618; Tonweise, musikal. Töne varii concordant modi 10, 147. — Maß, Ziel, Grenze, nec modus est 9, 172. modus abiit 11, 14. modum exire 9, 631. sistere 15, 493. amoris 10, 877. Veneris modum sibi fecit in illa machte seiner Liebe mit ihr e. Ende 4, 258. is modus est das ist d. Schluß der Arbeit 8, 102. — übertr. b. (verhältnismäßige) Art, Weise, loricae modo nach Art 3, 63. talibus modis solchermaßen 1, 181. 4, 54. mille modis 5, 696. quo modo auf welche Weise, wie 1, 360. 13, 215. quocumque modo constiterat wie auch immer 1, 628.

moenia, ium. n. (munio) Mauern, zum Schutze e. Stadt 2, 214. 3, 449. 550. 4, 608. ardua 3, 61. Troiae moliri 11, 199. eines Gartens, solida 4, 646. Gehöftes 6, 573. bildl. caeli 2, 401. navis Schiffswände 11, 532. — meton. Stadt, Hennaea — Henna 5, 385. Troiana — Troia 13, 23. 7, 368. 12, 109. 549. 14, 102. Rhegi — Rhegium 14, 5. Ciconum 6, 710. nova harenosae terrae Carthago 14, 82. Graia Croton 15, 10. Bacchiadae (d. i.) posuerunt moenia Syracus 5, 408. 9, 634. condere moenia 3, 13. 15, 56. constituere 9, 449; Palast, Circaea 14, 253. intra sua 8, 800.

molaris, is, m. (mola) Mühlstein; dicht. jeder große Stein, Steinblock. 3, 59.

moles, is, f. schwere Masse, Last, rudis indigestaque 1, 7. mole sua bis sie selbst aufgethürmt 1, 156. silvarum 12, 523. saxea Steinblock, -masse 12, 283. 8, 357. 13, 887. 916. clipei 12, 75. solidorum tororum 15, 230. Nemeaea der nemeische Löwe 9, 197. Pl. magnis molibus (Trinacridis) subiectus Typhoeus 5, 347. — e. massenhafter Bau, mundi moles operosa d. mühsam u. kunstvoll bereitete Weltbau 1, 258. bildl. 15, 482. Felsmauer, solida 4, 773. Damm, Uferdamm, eines Flußes 1, 279. des Meeres 2, 12. 9, 40. 13, 923. Hafendamm, facta manu 11, 729. — bildl. gewaltige Last, Anstrengung, pondera tantae molis eine so gewichtige Last, wie b. Regierung Roms 15, 1. tanta mali moles (est) so ungeheuer droht die Gefahr 11, 494. quanta mole parentur insidiae 15, 765.

molimen, inis, n. anstrengende Bemühung, Anstrengung, tanto molimine luctor 6, 694. 12, 357. ipso sceleris molimine frevlerische Bemühung 6, 478. Pl. rerum molimina Staatsumwälzungen 15, 578. — meton. — moles rerum, tabularia molimine vasto von massenhaftem Bau 15, 809.

molior, itus sum, iri (moles), etw. Schweres in Bewegung setzen, molire per aethera currum führt empor 2, 185; m. Gewalt schleudern, sagittas in pectus 5, 367. — übertr. mit Anstrengung unternehmen, versuchen, quid molior 10, 820. bereiten, letum alcui 4, 462. genus poenae miserabile 6, 782. triumphos rüsten 14, 719. moenia Troiae aufführen 11, 199; m. Inf. 2, 582. sich anschicken 12, 249. 15, 604. [Impf. mollbar 8, 581.]

molitor, oris, m. d. Unternehmer von etw. Schwierigem, primae ratis Erbauer 8, 302.

mollesco, ere, weich werden, 10, 239. — bildl. schlaff, weiblich werden 4, 366.

mollio, ivi u. ii, itum, ire, erweichen, semina mollit humus 7, 123. saxa molliri coepere sich erweichen 1, 402. 5, 429. 14, 549. artus serventibus aquis weich kochen 1, 229. 15, 79. ceram pollice weich machen 8, 199. schmelzen 8, 326. humum foliis weich füttern 4, 742. ungula glaebas mollierat zu welchem Staube zermalmen 8, 220. lanam trahendo (d. i.) 2, 411. repetita vellera mollire wiederholt durchkrämpeln 6, 21. übertr. alqm bz. seinen Sinn 5, 244. 13, 823. bildl. tela forent mollita mildern 11, 15. — verweichlichen, erschlaffen laßen, membra 4, 881. [Impf. mollibat 8, 21. 8, 199.]

mollis, e, weich, von Stoffen, corpus 9, 221. mollior plumis 13, 786. muscus 8, 562. ulva 8, 855. folia, herbae 4, 314. coronae 3, 555. tiliae 10, 92. fraga 13, 816. pabula zart 7, 284. praecordia 1, 549. latus 14, 710. internodia poplitis 6, 256. ora 10, 124. comae 14, 554. velamina 4, 345. 5, 594. harena 2, 577. limus 8, 385. fretum (Ggf. duri montes) 14, 558. aurae 15, 512. zephyri 13, 726. Subst. mollia cum duris 1, 20. — übertr. preces sanft 8, 876. vultus 10, 609. — weichlich, languor 11, 648. somni 1, 685. otia behaglich 1, 100. Subst. molles Weichlinge, Ggf. fortes 8, 547.

molliter, Adv. weich, sanft 11, 785.

Molossus, a, um, molossisch, zum Volk der Molosser im öst. Epirus gehörig, gens 1, 226. rex Munichos, dessen Haus von Räubern überfallen u. in Brand gesteckt wurde. Um ihn u. s. Kinder zu retten, verwandelte sie Jupiter in Vögel 13, 717.

Molpeus, ëi, m. Gegner des Perseus 5, 168. [Acc. Molpea 5, 163.]

moly, yos, n. (μῶλυ) e. Wunderkraut, das Mercur dem Ulysses geg. d. Zauber der Circe gab 14, 292.

momentum, i, n. (a. movimentum v. moveo) Bewegung [Mer. nur Pl.], parva 4, 180. momenta sumit utroque neigt sich 10, 376. — Wendepunkt in d. Zeit, Augenblick 15, 185. — bildl. Beweggrund, potentia 11, 285.

monedula, ae, f. b. Dohle 7, 468.

moneo, ui, itum, ere, eingedenk machen, erinnern, ermahnen, monendo non proficere 6, 40. 10, 542. parentib. moneo 14, 247. alqd: eadem 15, 32 u. alqm: se non falsa moneri 10, 427. conjugis aures vocibus his monuit gab f. Gattin diese Erinnerung zu hören 9, 674. m. ut 8, 204. 10, 543. m. Inf. removere 7, 755; matrem 6, 52. 9, 599. 10, 708. talibus exemplis monitae 3, 732. absol., eine Lection ertheilen 9, 98. — verkünden, vera 13, 775. übra monet m. Acc. c. Inf. 15, 795; verbum proprium von Träumen 9, 701. 15, 82.

monile, is, n. Halsband, Pl. aurata 5, 52. gemmata 10, 113. longa 10, 264.

monimentum (monum.), i, n. (moneo) Erinnerungszeichen, Denkmal [Rel. nur Pl.], stirpis 1, 159. gemini cruoris 4, 161. saevitiae 4, 550. luctus 10, 725. mansura per aevum 5, 227. Grabdenkmal, Grab, avita 13, 524.

monitum, i, n. (moneo) Erinnerung, Mahnung [Rel. nur Pl. monitis] 15, 140. caelestibus 1, 397. paternis 2, 126. Rathschläge 14, 293. Warnungen 10, 709.

monitus, us, m. Ermahnung, Mahnung, Warnung, fideli monitu praedicere 15, 723. Pl. 2, 103. 3, 210. deorum 7, 600; monitu alcs auf Eines Geheiß 8, 127. Iovis 15, 216 (v. einem Traume).

mons, ntis, m. Berg, Gebirg 8, 555. arduus 1, 316. cavus 11, 598. iuga montis iniqui 10, 172. montis numina 1, 320. incola 1, 512. summi 14, 38. gelidi 6, 68. duri 14, 557. lapidosi 1, 44. operti arbore 5, 612. nescio qui montes (f. Symplegades) 7, 68. — meton. für Berggott, sanctus Tmolus 11, 172.

monstro, avi, atum, are, zeigen, weisen, nemorum umbras 1, 591. viam 8, 603. patrem 13, 417; anzeigen, furta tori furtique locum 4, 174. aurum relictum 13, 552.

monstrum, i, n. widernatürliche Erscheinung, Wunderzeichen, quidquid monstro portenditur isto 15, 571. Wundererscheinung, Wunder 4, 483. 14, 412. 12, 175. 14, 567. wunderbare Verwandlung 2, 367. 9, 667. tanti monstri miracula das Wunder solch merkwürdiger Verwandlung 7, 294. Pl. v. einer 2, 675; wunderbare Gestalt, variarum monstra ferarum 14, 414. Pl. v. einer 4, 591. 5, 459; Ungeheuer 4, 745. 13, 912. 1, 437. aequoreum Seeung. 11, 211. vipeream Medusa 4, 615. Medusaeum (b. f.) Cerberus 10, 22. biforme Minotaurus (f. Pasiphaë) 8, 155. 170. omnia monstra ferre jegliche Gattung des Ungeheuerlichen hervorbringen 9, 786. monstra liquidi vaneni die scheußlichen Giftsäfte 4, 500. Pl. v. einem, fera 5, 216. 11, 391; in ähnl. Sinne 8, 100. monstrum culpae b. Scheußlichkeit der Schuld 10, 553.

montanus, a, um, auf ob. an Bergen befindlich, cacumina Berggipfel 1, 310. antra 11, 147. fraga 1, 104. gramen 2, 841. numen Berggottheit 6, 331. collect. 5, 786.

monticola, ae, c. Bergbewohner, Adj. Silvani 1, 193. [Nur hier.]

Monychus, i, m. e. Centaur 12, 499.

Mopsopius, a, um = attisch, von e. alten attischen König Mopsopus, iuvenis Triptolemus 5, 661. muri von Athen 6, 423.

Mopsus, i, m. Sohn des Ampyx, e. Weissager unter d. Lapithen, nahm am Argonautenzuge u. an d. calydon. Jagd Theil, Ampycides sagax 8, 316. 350; desgl. am Kampfe geg. d. Centauren 12, 456. 524.

mora, ae, f. Verzug, Verzögerung 1, 167. 5, 501. opis 10, 542. longa querela mora est poenae 6, 215. insis mora segnis abesto 9, 562. quae mora sit sociis was aufhalte 2, 51. breve morae tempus Verzugsfrist 11, 651. spectandi mora Aufenthalt beim Schauen 4, 199. annua e. Aufenthalt von einem Jahre 14, 308. nec plena longior horā facta mora est es währte nicht länger als 10, 735. nulla mora est ich bin bereit 13, 458. in indice der Richter ist bereit 11, 161. trahere moram e. Aufschub hinziehen 9, 767. pelle moram laß des Zögerns 2, 838. 7, 48. 10, 659. Pl. tolle moras 13, 556. rumpe brich ab 15, 583. moras quaerere Aufschub 2, 461. facere alcui 8, 848. male ferre 6, 467. corripere verkürzen 9, 282. damnare 13, 808; mora est m. Inf. es würde aufhalten 3, 225. longa zu lange 1, 214. 5, 207. 463. 13, 205; nulla mora est ohne Verzug 1, 869. desgl. haud mora (est) 6, 53. 14, 362. nec mora (est) n. ohne Verzug, unverzüglich 1, 717. 3, 46. 4, 120. 344. 481. 6, 686. 7, 820. 8, 416. 580. 9, 166. 10, 159. 11, 324. 13, 225. 954. 14, 273. 845. parva mora est sumpsisse nach kurzem Verzug hat er ergriffen 1, 671. mit folg. que 8, 671. — längere Zeit, Dauer, belli 8, 21. laboris 12, 20. longa fuit medii mora temporis lang war die Zwischenzeit 9, 184. morā tabescere durch d. Länge d. Zeit 15, 362. Abl. morā mit d. Zeit, allmählich 1, 402. 13, 890. [sec mora, haud mora, nulla mora est, parva mora est, pelle (tolle) moram fieß Verzug(,) auch longa mora est außer 5, 207. etc.]

morātus, a, um (mos), gesittet, geartet, male moratum venter 15, 95.

morbus, i, m. Krankheit, subitus 7, 587. gravis 8, 876. Pl. tristes Krankheitserscheinungen 7, 601.

mordeo, momordi, morsum, ēre, beißen, in etw. hastile momordit 8, 69. iaculum ore indem es in d. Mund gedrungen war 4, 143. harenas ore 9, 61. alqd dente laues 13, 943. benagen, vito morsa 15, 114; übertr. fibula mordebat vestem hatte zusammen 8, 318. 14, 394. — bildl. quälen, dolore mordetur 2, 806.

moribundus, a, um, sterbend, 6, 291. 10, 716. moribundo vertice 5, 84. 12, 118. [Nach d. 3. Urfz. 7, 651 nach d. 4.]

morior, mortuus sum, mori, sterben, posse mori cupiens 2, 651. duo animā moriamur in una 3, 473. 2, 609. übertr. primis segetes moriuntur in herbis 5, 482; Part. moriens 3, 590. vulnere saevo 10, 131. vultus 10, 194. lumina 9, 391. manus 8, 228. digiti 5, 117. artus 12, 423. Subst. morientum acervi 5, 88; moriturus 9, 506. leto inerti 7, 544; mortuus tobi 9, 504. [Alter Inf. moriri: cupidus moriri 14, 215.]

moror, ātus sum, āri, verweilen, weilen, bleiben 9, 147. 13, 517. paulum morata nach kurzem Verweilen 9, 810. 10, 32. morando allmählich 1, 421; moratus ibi (est) 11, 712. in una sede an einem Platze 2, 846. alqa sede 15, 667. cum alqo bei jem. 14, 312. beim Erzählen, hac in parte 7, 303. extremis bei Fremden 8, 878. haften, totum moratum est decimo orbe blieb stecken 12, 97. oculi paulum tellure morati 13, 125. 14, 108; zögern 10, 661. nec longius (plura) moratus u. ohne längere Zögern 4, 280. 12, 322. m. Inf. quid moror abnuere 15, 531. — trans. aufhalten, fugientem 13, 907. alqm longa ambage 7, 520. 14, 473. lumina ore durch ihren Gesang 14, 340. Hectoris arma 12, 446. crescentem truncum amplexa morabar das Dachlen des Stammes durch m. Umarmung 9, 361. vota verzögern 8, 71. vincula morantia 7, 773. [Treibt sich. Formen verschl. außer 11, 712.]

Morpheus, ei, m. (μορφεύς v. μορφή d. Gestaltenbildner) e. Traumgott 11, 671. [Acc. Morphea 11, 635. 647.]

mors, tis, f. Tod, 4, 152. 8, 483. 11, 782. certa 5, 29. acerba 14, 187. lenta Tötung 15, 236. necopina Meuchelmord 1, 224. mortis patiens sterblich 2, 858. timor 7, 604. loca Totenreich 14, 126. Pl. totidem mortes e. so vielfältiger Tod 11, 538; melon. — der Tote, inania morti munera 2, 340.

morsus, us, m. d. Biß, morsu fero 4, 113. funesto 11, 373. lacero 8, 877. morsus avidos 4, 724. vanos exercere in aëra 7, 786. inferre 11, 58. morsibus insequi saxum 13, 568.

mortalis, e, sterblich, 1, 223. genus 1, 188. vulgus 11, 640. semen 15, 760. mortalia semina e. Menschensaat 3, 105. quidquid mortale creamur 10, 18. corpora 2, 843. pectora 4, 201. artus 9, 268. forma 11, 203. species 8, 628. — übertr. einem Sterblichen angehörig, menschlich, irdisch, sors 2, 56. facta der Sterblichen 14, 729. temptamenta 15, 628. malum visum (est) mortale wie es Sterbliche zu treffen pflegt, ein natürlich menschliches 7, 525. non est mortale Sache eines Sterblichen 8, 56. nil quod credi posset mortale 3, 610. — Subst. mortalis der Sterbliche 9, 18. propositum mortali maius größer als es für e. Sterblichen ziemt 7, 276. meist Pl. 1, 86. 247. 5, 550. 6, 31; neutr. mortalia menschl. Angelegenheiten 13, 70.

morum, i, n. Maulbeere 4, 127. — Brombeere 1, 105.

morus, i, f. Maulbeerbaum 4, 90.

mos, moris, m. Brauch, Sitte, more suo 2, 345. priorum 10, 218. sacra novi moris neu aufgebracht 3, 581. de more dem Brauch gemäß 2, 711. patrio nach Vätersitte 12, 11. malum de more e. gewöhnliches Leiden 8, 730. nullis de more funeribus ohne d. übliche Leichengepräng 7, 606. ex more 14, 156. Pl. Sitten, mores gerere haben 7, 655. regere regeln 15, 835. Sinnesart, Charakter 7, 694. 717. 14, 524. pudici 7, 785. mores animusque Sitten u. Sinnesart 4, 767. — Art u. Weise, bes. Abl. more nach Art, iuvencae 1, 745. leonis 14, 207. ferarum 7, 387. 4, 722. 5, 122. fundae 4, 518. miro more 13, 670.

mōto, īvi, ātum, āre (moveo), hin- u. herbewegen, stagna motamae 4, 46.

mōtus, ūs, st. b. Bewegung, nervi motum negant 12, 568. motu tremiscere 7, 687. tremulo 8, 375. supremo versare lumina 7, 579. motu oris 3, 461. capilis 8, 780. pedum 14, 789. dextrae Taßen 10, 455. motus dare corpore 5, 629. reddere 6, 306. motibus burch Schwingen 10, 7. undae Wellenbewegung 11, 739. terrae Erdbeben 12, 521. 1, 284. — Fortbewegung, assiduo motu labuntur tempora 15, 179. — geiftig, tanto motu traxit suspiria Erregung 2, 753. divino concita motu Begeisterung 6, 158.

mŏveo, mōvi, mōtum, ēre, bewegen, lacertos 11, 674. pedes ad numerum 14, 620. qua movi pedem (ſetzen) 5, 634. bracchia in herbas niederlaſſen 2, 569. moti digiti beweglich 14, 364. dextram nec citra mota nec ultra 5, 186. manum in viscera movere hineinſtoßen 12, 492. caput neigen 8, 603. ſchütteln, tempora 3, 516. capillos cum capite 6, 167. crinem per aëra 3, 726. colubras 4, 475. 492. ſchwingen, pennas 2, 547. 15, 99. talaria 4, 667. ora vana movet vergeblich 2, 825. vocalia ora ad citharam 5, 332; geſchüttelt 7, 585. moli venti bas Säuſeln bes Windes 1, 707. velociter moti ignes geſchwungen 4, 509. erſchüttern, terram, mare, sidera movit 1, 180. moenia cum turribus 8, 61. silvas 7, 205. aras 9, 782 (et moverat hatte ihn wirklich erſchüttert). 15, 672. motam tremoribus orbem 15, 798; movere terram umbrechen (mit b. Pflug) 8, 102. limum saltu aufrühren 6, 365. arma erheben 5, 219. 197. 11, 391. 12, 320. aliena mit fremdern Waffen fechten 9, 76. citharam cum voce rühren unter Geſangbegleitung 5, 112. nervos ad verba 10, 40. fila sonantia 10, 89; moveri ſich bewegen 2, 821. 4, 552. 10, 115. 251. 11, 177. glaebae coepere moveri 3, 106. venae ſchlagen 6, 307. — fortbewegen, codice, quem vix juga bina moverent 12, 482. se hinc 2, 817. aura plumas fortwehen 8, 197. mota loco von meinem Platze gerückt 5, 498. se movit humo erhob ſich 4, 264. Aurora se movet 14, 228; ſibl. ändern, fatum 15, 808. verwandeln, quorum forma semel mota est 8, 729. — übertr. erregen, bella 9, 404. proelia 14, 670. ea moveri bieſer Aufruhr erhebt ſich 6, 45. unde movet tonitrus 2, 308. nebulas 7, 424. risum 3, 778. insaniam 3, 538. flammas Liebesglut 3, 464. dolorem 5, 400. iram 8, 355. soporem einſchläfern 11, 807. lacrimas anheben zu weinen 11, 674. vocem carmine b. Stimme zum Liebe erheben 10, 147. carmen ore sacro anheben 14, 21. 10, 149. deus ora movet begeiſtert meinen Munb 15, 143. — geiftig bewegen, erregen, praecordia intima 4, 507. Alcyone Ceyca movet bewegt ſein Gemüth 11, 544; ergrimen, cunctos et res et moverat auctor 8, 725. reverentia alca me movet 2, 510. 9, 128. omine 11, 710. irā motus 1, 766; Einbruck auf Jem. machen, dicta Iovis movere deos 10, 547; antreiben, veranlaſſen, ut movebat amor 1, 531. dictis et tempore motae 5, 263; anreizen, aufſtacheln, alqm 3, 707. arma animum motura virilem 13, 165. motae thyrso 9, 641; Eindruck machen, ſchaden, alqm 5, 181. 9, 195. formidine in Furcht ſetzen 14, 519. moti voce 11, 679. motura tonitrua mentes 1, 55; in Verwunberung, Staunen ſetzen, alqm 1, 395. 7, 758 u.ſ.; rühren 14, 220. nala patrem moveat 5, 516. 6, 358. 635. moveant animos Actaeonis umbrae 3, 720. mota est pro virgine virgo 2, 579. saxa movebo 6, 547. 13, 48. verba motura silices bie hälten rühren können 9, 303. nec quicquam voce moventem 11, 40; ſchmerzen, alqm 9, 327.

mox, *Adv.* balb, nach kurzer Friſt 1, 109; balb barauf 1, 403. 2, 587. 696. 3, 592. gleich barauf 9, 118; nach primo hierauf, balb barauf 1, 222. 2, 336. 661. 13, 607. 14, 519. mox deinde 9, 148. nach primum 1, 581. 8, 504. 14, 72. 15, 556. wieberh. 3, 108 u.

mūcro, ōnis, m. b. Spitze bes Schwert 4, 162. ent habes 12, 485; meton. Schwert 1, 227. 5, 116.

mūgio, īvi, ītum, īre, brüllen, v. Rinbern 1, 746; übertr. solum mugire iubeo v. unterirbiſchem Donner 7, 206.

mūgītus, ūs, m. Gebräll ber Rinber, luctisono mugitu [Getöſ.] 1, 732. *Pl.* mugitus dare 15, 510. edere 1, 637. diros 7, 597. mugitibus 15, 465. impulit auras 8, 21. locum impleverunt [Getöſ.] 7, 114. armentorum [Getöſ.] 5, 165; übertr. lapides visi mugitus edere raucos 14, 409.

mulceo, si, sum, ēre, ſtreicheln, ſtreichen, palearia 7, 117. colla 10, 118.

capillos virga 14, 296. fächeln, um-
fächeln, zephyri mulcent flores 1, 108.
somnus alqm pennis 8, 824. 11, 625;
bildl. schmeicheln, canor mulcendas natus ad aures 5, 561. mentes 10, 301.
—übertr. besänftigen, beruhigen, aquas
1, 331. feras 14, 339. alqm dictis 1,
391. te tua fistula mulcet 2, 683.
Mulciber, eris u. eri, m. (v. mulceo
der Erweicher des Metalles) Beiname
des Vulcanus (b. s.) 2, 9. 9, 423;
meton. für Feuer 9, 263. 14, 533. [Nom.]
multicavus, a, um, vielhöhlig, löcherig, pumex 8, 561. [Nur hier.]
multifidus, a, um, (findo), vielfach
gespalten, faces 7, 259. 8, 644.
multiforus, a, um (foris) viellöcherig,
buxum 12, 158. [Nur hier.]
multiplex, icis, vielfältig, multiplici
domo vielfach verschlungen, d. Labyrinth
8, 158.
multo, Adv. (eigtl. Abl.) um Vieles,
m. Compar. altior 11, 513. instius
15, 598. plura 6, 196.
multum, Adv. sehr, miseri 4, 155.
multus, a, um, Comp. plus, pluris,
Superl. plurimus, a, um, viel, reichlich, sanguis 1, 157. unda 4, 102.
silva 8, 776. proci 9, 10. est anaphor. wiederh. 3, 353. 13, 821 (multae
näml. oves); groß, weit, massa 5, 81.
multa tellure iacere e. weites Stück
Boden 8, 422. multa gemens sonus
lautstöhnend 14, 739; Subst. multi
Viele 1, 478. 11, 320. 14, 455. Vgl.
unus 3, 544. 665. neutr. multum, m.
Gen. cruoris viel Blut 14, 529. caeli
e. großes Stück 2, 187. Pl. multa Vieles
12, 183. 14, 809. multa loquendo
durch vieles Reden 1, 682. multa ac
metuenda vieles Furchtbare 15, 24. quid
e multis 4, 43. hoc cum multis 14,
310. — plus, mehr, plus cupit, quo
plura besto mehr, je mehr 8, 834. plus
affectas quam 2, 57. m. Gen. seri-
tatis 8, 187. vigoris 8, 790. invidiae
quam laudis 5, 68. (caeli) e. größeres
Stück 2, 188. Adv. exercet plus quam
civiliter iras 12, 583. plus te omnibus,
plus quam credis amo 14, 676. plus
homine currere schneller als e. Mensch
kann 11, 337. plus quam vicina über
d. Nachbarschaft hinaus 1, 573. plus
quam femina virgo über das Weib
erhaben 13, 451. ohne quam: media
plus parte mehr als zur Hälfte 1, 601.
3, 43. Pl. in plures figuras 8, 730.
pluribus in virgis 4, 747. tela grandine plura 5, 158. Subst. plura Mehreres 1, 525. 2, 658. 12, 164. 13, 180.

plura moratus ein Mehreres bb. länger
12, 322. multo plura 6, 196. — plurimus, am meisten, sehr viel, meist
Pl. animalia sehr viele 1, 425. vulnera
3, 251. nomina e. große Anzahl Namen
4, 16. ostentis, quae plurima viderat
deren so viele 4, 565. 10, 244. Subst.
plurima sehr Vieles 4, 43. 13, 307. —
sehr stark, häufig usw., coma plurima
in üppigster Fülle 13, 844. silva am
dichtesten 14, 361. cum plurimus (feror)
am wasserreichsten 8, 552. 11, 140. cum
sol plurimus erat medio orbe am
heißesten schien 14, 53. deus, qui plurimus urit pectora so heftig 9, 624.
plurima nantis in ore Alcyone am
häufigsten 11, 562.
mundus, i, m. Welt, Weltall, 1, 3. 2,
116. 6, 189. immensus 2, 157. vastus
13, 110. aeternus 15, 239. dives 2,
95. melior 1, 79. mundi fabricator
1, 57. magni primordia 15, 67. moles
operosa 1, 258. regnum 1, 182. lux
2, 35. oculus 4, 228 [n. Erll. in 1. a.].
mundus triplex Himmel, Erde, Meer
12, 40. triformis 15, 859; pars tertia
mundi b. Unterwelt 5, 373. besgl. regna
novissima mundi 14, 111. mundus
opacus 5, 607. sub terra positus 10,
17. falsus erblichen 15, 155.
munimen, inis, n. (dicht.) Befestigungs-
werk, Schutzwehr, munimine solidae
molis 4, 773. somnus munimine cingo
13, 212.
munio, ivi, itum, ire, befestigen, latus
(navis) schützen, durch Verstopfen der
Ruderöffnungen 11, 467. portus mu-
niti aggere 15, 690.
munus, eris, n. Dienst, der Jem. ob-
liegt, Geschäft, munera belli 13, 296.
thyrsi non haec in munera facti zu
diesem Dienste 11, 28. — Gefälligkeit,
Begünstigung, Hülfe, triste 9, 4. servabere munere nostro 7, 93. 8, 502,
sine munere vestro ohne eure Beihülfe
bb. ohne daß ihr mir die Augen zu-
brächt 8, 390. munere noctis 10, 476.
sortis 13, 277. nepotum 14, 774. —
Geschenk, Gabe, funestum 2, 88. naturale decoris 14, 684. caeleste daß
dem Aeneas b. Aufnahme in d. Himmel
gewährt wird 14, 594. sine nomine ohne
namentliche Bezeichnung 3, 288. Cereris
sunt omnia munus 5, 843. munus
Cereris Nahrung 10, 74. frugum 5,
476. munera Cerealia Brot 11, 122.
13, 639. munus Bacchi Wein 4, 765.
12, 578. Pan iactat sua munera seine
Erfindung, die Hirtenflöte 11, 153. Penelopae für P. 13, 511. muneris auc-

tor b. Gebet 8, 430. f. auctor. Geberin 7, 157. ius muneris b. Recht etw. zu schenken 8, 436. me muneris esse tui baß ich (= mein Leben) c. Geschenk von dir bin 14, 125. manus accipere 4, 565. optare 11, 101. hoc muneris dederat bies Geschenk 8, 400. manus dare alqd als Geschenk 8, 133. petere 1, 616. poenam pro munere poscis Strafe, nicht ein Geschenk ist, was bu forberst 2, 99. pro munere poscimus neum kein Gesch., nur b. Nießbrauch 10, 37. *Pl.* v. einem 2, 55. 4, 383. 8, 95. Vulcania Vulcans 2, 106. publica 8, 351. solvere (b. f.) 11, 104. 135; Opfergabe, Weihgeschenk, munera dare templis 9, 791. 8, 266. deos muneribus implet 7, 428. munere fungi b. Opferspende vollbringen 10, 273; Totenopfer, inania munera morti 2, 341. matris 13, 523. 525.

Munychius, a, um munychisch = athenisch, v. Munychia Halbinsel u. Hafenstadt bei Athen, agri 2, 709.

murex, icis, m. Purpurschnecke, -muschel, ∞ II. 1, 392. 8, 683; meton. Purpurfarbe, Phocaico 6, 9. Tyrio 11, 166. [Abl. murice 8. 9.]

murmur, uris, n. Gemurmel menschl. Stimmen 8, 420. fit in urbe 15, 35. ingens 7, 645. vulgi 13, 124. beim Gebet, tacito murmure 6, 203. pavido 6, 827. precibus et murmure longo mit deutlich ausgesprochenen u. mit leise gemurmelten Gebeten 7, 251; Geflüster, parvo, minimo 4, 70. 83. nescio quod 5, 597; Murren des Unwillens 8, 431; *Pl.* verborum 10, 382. parvae vocis 12, 49. parva dare 2, 788. verworrene Rufe, comprimere 1, 206. — v. Thieren, Gebrüll, murmora reddere 10, 702. Gegrunz, raucum edere 14, 281. Geknurr 13, 567. — v. anderm lauten ob. leisen Geräusch, bes Wassers, cum murmure labens 2, 455. 11, 603. sine murmure euntes geräuschlos 5, 587. magno murmure Gebrause 8, 559. 9, 40. *Pl.* ponti 11, 330; der Bäume, nullo cum murmure saepes silent ohne c. Geflüster 7, 106. *Pl.* Brausen 15, 604; inflati buxi bumpfer Schall 14, 537. [murmur, murmure, murmura.]

murmuro, avi, atum, are, murmeln, flebile 11, 53.

murra f. myrrha.

murus, i, m. Mauer, modicus 8, 821. Stadtmauer 11, 523. 535. *Pl.* 11, 204. 277. coctiles 4, 58. vocales v. Megara 8, 14. Phrygii Trojas 12, 148; meton. für Stadt, muros intrare 15, 616. patrios b. Vaterstadt, Argos 5, 236. Tiryns 9, 103. Mopsopii (b. f.) Athen 6, 423. — bildl. = Schutzwehr, murus Graium Achilles 13, 281.

Musa, ae, f. die Muse. Es gab neun Musen, Töchter des Juppiter u. der Mnemosyne, Mnemonides b. f.; ihre Namen: Clio, Euterpe, Thalia, Melpomene, Terpsichore, Erato, Polymnia, Urania, Calliope. Sie sind Göttinnen des Gesanges, der Dichtkunst (bah. von Dichtern u. Sängern angerufen 15, 622. Musa parens Calliope, Mutter des Orpheus 10, 148) u. überh. der Künste u. Wissenschaften, doctae sorores 5, 255. Ihr Wohnsitz ist der Parnasus u. Helicon, ersterer mit b. castalischen Quell, letzterer mit b. Quellen Hippocrene u. Aganippe, deae Helicona colentes 5, 662. Thespiades, Aonides (b. f.). Auf b. Flucht vor Phineus legen sie Flügel an 5, 288. Ihr Wettstreit mit b. Töchtern des Pieros 5, 302 ff.

muscus, i, m. Moos, turpis 1, 374. mollis 8, 562.

mustum, i, n. Most; meton. für Weinlese, ter centum musta 14, 146.

mutabilis, e, veränderlich, si pectus mutabile est tibi wenn dein Sinn sich ändern läßt 2, 145.

mutilo, avi, atum, are, verstümmeln, mutilatae cauda colubrae 8, 659.

Mutina, ae, f. Stadt in Oberitalien (Gallia cisalpina) | Modena 15, 823. In Mut. wurde Dec. Brutus, einer v. den Mördern Cäsars, durch M. Antonius belagert. Octavianus zog im Auftrage des Senates geg. Antonius, besiegte denselben mit Hülfe der beiden Consuln Hirtius u. Pansa (43 v. Chr.) u. befreite Mutina.

muto, avi, atum, are (a movito), ändern, verändern, fata 9, 434. vias spirandi 15, 844. mutata est facies neco 11, 659. vel dies vel voluntas fuerat mutanda 9, 599. mutato nomine 9, 487. mutare sich ändern, amores 14, 89; verwandeln, alqd 1, 2. alqm 1, 704. 14, 15. mutando perde figuram 1, 547. omnia mutantur verwandeln sich 15, 185. in einen in esse 1, 409. in iuvencam 1, 611. in latices 5, 636. in contraria 8, 329. euros in austros 7, 660. plumis in avem mutata mittels der Federn 8, 150. color e nigro est mutatus in album 15, 45. quo mutet eos in was 10, 285. *Part.* mutatus oft substant. zu übers. in nova corpora mutatae formae die Verwandlungen in (μεταμορφώσεις) 1, 1. corporis mutati indicium ihrer Verwandlung 1, 650. 7, 283. mutatus heros die Verwandlung des Heros 10, 731; vertauschen, patriam auswandern 15, 29. latus v. Fischen, sich von einer Seite auf die andre schnellen 13, 936. mit etw. manus cum pedibus 3, 198. figuram cum papilione 15, 374. Abl. Mycenida cerva 12, 84. lupum marmore mutavit bh. verwandelte ihn in 11, 404. Neptunus mutatus iuvenco in e. Stier verwandelt 6, 115. tauro membra (Acc. limit.) 9, 81. fila mutantur palmite verwandeln sich in 4, 397. alite 11, 742. angue 15, 890; eintauschen geg. etw., quem mutem (aor. Inf.) velim cum rebus, quas totus possidet orbis 7, 59. auratis vestibus atras vertauschte die goldgestickten mit schwarzen 8, 448.

mutus, a, um, stumm 9, 655. muta silet 10, 389. silentia 4, 433. 7, 184. 10, 53. quies 11, 602. corpus 11, 786.

mutuus, a, um, wechselseitig, gegenseitig, cura 7, 800. per mutua vulnera cadunt 3, 123. 7, 141. mutua vulnera sensit fühlte auch ihrerseits d. Wunde 14, 771. dicta reddere Reden wechseln 8, 717. nec mutua nostris dicta refers entgegnest nichts auf meine Worte 1, 655.

Mycăle, es, f. 1) Vorgebirg in Jonien Samos gegenüber 2, 223. — 2) thessalische Zauberin 12, 263.

Mycēnae, ārum, f. Stadt in Argolis, deren König Agamemnon war 15, 426. altae 15, 428. Pelopeiades 6, 414.

Mycēnis, idis, f. die Mycenerin, Iphigenia 12, 84 [Acc. Mycenida].

Mycōnos, i, f. eine d. cyclad. Inseln 7, 463.

Mygdōnis, idis, Adj. f. mygdonisch — lydisch, da die aus Thracien eingewanderten Mygdones zwischen Lydien u. Kleinphrygien wohnten. Mygdonides nurus 6, 45.

Mygdōnius — thracisch f. Melas.

mÿrica, ae, f. die Tamariske, e. am Wasser wachsender strauchartiger Baum der südl. Gegenden, mit bitterer Rinde, schwanken Zweigen u. kleinem Laube, tenues 10, 97.

Myrmīdŏnes, um, m. (Μυρμιδόνες) die der Sage nach aus Ameisen (μύρμηκες) entstandnen alten Einwohner v. Ägina. Homer nennt so das unter Achilles Führung stehende Volk v. Phthia in Thessalien, wohin des Achilles Vater, Peleus, Aeacus Sohn, geflohen war. 7, 654 [Acc. Myrmidonas].

I) Myrrha, ae, f. Tochter des cyprischen Fürsten Cinyras, Mutter des Adonis, wird wegen ihrer unnatürlichen Leidenschaft zu ihrem Vater in den gleichnamigen Strauch verwandelt 10, 312.

II) myrrha, ae, f. (richtiger murra das in der Aussprache dem griech. μύρρα gleich war) d. Myrrhenstrauch, e. arabisches Balsamgewächs 10, 310. salva 15, 399. — der aus dessen Saft bereitete Balsam, Myrrhe 8, 535. 6, 53. 10, 601. Pl. 4, 803.

myrtētum, i, n. Myrtengebüsch, Pl. 9, 335.

myrtĕus, a, um, von Myrten, silva Myrtenwald 11, 234.

myrtus, i, f. d. Myrtenbaum, bicolor weil es Myrten m. rothen u. m. schwärzl. Beeren gibt 10, 98.

Myscĕlus, i, m. e. Achäer, Sohn des Alemon, Gründer v. Croton 15, 20.

Mÿsus, a, um, mysisch, v. der Landschaft Mysia im nordwestl. Kleinasien, Caicus 15, 277.

N.

Năbătaeus, a, um, nabatäisch, dicht. — arabisch, v. dem arabischen Volksstamm der Nabatäer, regna 1, 61. Subst. Nabataeus der Nabatäer 5, 163.

Naïăs, ǐdis, f. = Naïs (b. f.) 1, 691. Pl. Naïades 14, 328. Naïadum 4, 304. 6, 329. 10, 9.

Naïs, ĭdis, f. (Ναϊς, Pl. Ναΐδες d. Schwimmenden) e. Wassernymphe, bes. Fluß ob. Quellnymphe, Najade 4, 49. Pl. Naïdes 1, 642. 2, 325. 4, 289. 6, 579. 9, 87. 10, 514. 11, 49. 14, 786. sorores weil Narcissus Sohn des Flußgottes Cephisus u. der Najade Liriope ist 3, 506. Acc. Naïdas 6, 453. 9, 657; Meernymph., aequoreae 14, 557. — met. Nymphe übertr. 1, 691. [Erkl. Verdau(.)]

nam, Conj. begründend denn 1, 2. 195. 15, 842 uö.; erläuternd denn, nämlich 1, 22. 2, 329. 3, 168. 4, 657. 6, 271. 7, 669. 8, 630. 11, 217. 15, 487; in eingeschalteten Begründungs- ob. Erläuterungssätzen 1, 818. 2, 345. 970. 4, 43. 8, 860. 9, 114. 11, 487. 870. 12, 86. 177. 383. 14, 819. 15, 131; e. erläuternde Erzählung ob. Schilderung beginnend 2, 5. 536. 660. 4, 551. 6, 157. 321. 7, 372. 8, 189. 9, 397. 11, 160. [Nachgestellt, dem 1. Wort 11, 1en. 1en. dem 2. Wort 9, 869.]

namque, *Conj.* verstärktes nam, erläuternd u. begründend denn, nämlich 1, 361. 3, 519. 8, 241. 9, 844. 856. 10, 525. 605. 788. 11, 316. 15, 584; in parenth. Sätzen 1, 687. 14, 841; im Beginn v. Erzählungen 8, 851. 8, 273. 9, 108. 285. 10, 109. [Sowol vor Konsonanten als Vocalen. Nachgestellt, dem 1. Wort a, 572. 10, 515. cum duce namque meo 14, 312.]

nanciscor, nactus sum, i, erlangen, erreichen, *Part.* nactus m. örtl. Dat. litus 14, 440. nemus 2, 455. locum 6, 608. silentia ruris 1, 232; Ruder, nactus praedam 5, 606. locum tempusque 14, 872. 9, 573. recessus 18, 902. alimenta 7, 416. trabem 12, 511. signa pedum 13, 548. Cinyram gravem vino 10, 438. antreffen, nactus sum fratres 6, 698.

Nāpe, es, *f.* (νάπη Waldthal) Hundename 8, 214.

Nār, āris, *m.* Nebenfluß der Tiber von Umbrien her, praeceps 14, 550.

Narcissus, i, *m.* Sohn des böot. Flußgottes Cephisus u. der Najade Liriope. Nachdem er die Liebe der Nymphe Echo verschmäht, verliebt er sich in sein eigenes im Wasserspiegel erblicktes Bild u. verzehrt sich in ungestillter Sehnsucht, worauf er in d. gleichnamige Blume verwandelt wird 8, 846 ff.

nardus, i, *f.* Narde, indische Gewürzpflanze mit ährenförm. Blüthe, aus der das Nardenöl gewonnen wurde, dah. lenis 15, 398.

nāris, is, *f.* Nasenloch; Nase 6, 141. 12, 353. 515. panda 3, 675. mediā nare 5, 188. *Pl.* Nasenlöcher, patulas 8, 686. cavae 12, 485; Nase 2, 85. 15, 513. adamanteas 7, 104. resimae a fronte 14, 95. naribus utilis Agre durch ihre Spürnase 3, 212. naribus acres canes scharfspürend 7, 806.

narrātus, us, *m.* Erzählung, veniet hora tempestiva narratibus meis, cur mota sim loco 5, 499. [Nur hier.]

narro, āvi, ātum, āre, erzählen 4, 42. alqd 5, 466. vires dei 4, 418. amores 5, 576 uö. alicui 2, 813. 7, 827. 14, 485. miracula de consorte 11, 346. bloß de alqo 4, 44; m. indir. Fr. 2, 452. 4, 130. 7, 687. m. *Acc. c. Inf.* 2, 599. 8, 192. 13, 843. narror man erzählt von mir 14, 731. m. *Nom. c. Inf.* 15, 512; *Subst.* neutr. narrata das Erzählte 12, 57.

Narycius, a, um, aus Naryr, einer Stadt der ozolischen Lokrer 8, 312. heros Ajax Oileus (b. |.) 14, 468; Narycia, (sc. urbs) die v. den Locrern im süd. Bruttium gegründete Stadt Locri 15, 705.

Nasamoniacus, a, um, nasamonisch, vom libyschen Volke der Nasamones, südwestl. v. Cyrenaica 5, 129.

nascor, nātus sum, i, erzeugt, geboren werden 15, 255. femina natus erat er war als Weib geboren 12, 175. quid eis nata als was 9, 747. nascendi lege Bestimmung der Geburt 2, 550. tempora 8, 406; m. de ab. ex, de paelice 2, 489. de tigride 7, 82. 9, 813. de stirpe dei 11, 318. de matris sanguine aus 4, 786. e Phoebo von 11, 316. e sanguine 1, 162. m. *Abl.* ipsum (Pegason) materno sanguine (Medusae) nasci 5, 259; *Part.* natus geboren, erzeugt, entstammt, o modo nate 8, 455. proles sancta de coniuge nata Tiberius 15, 836. de sanguine natus Iuli Augustus 15, 447. de paelice natus Bacchus 4, 422. sorore natus avoque suo 10, 521. Iove natus e. Sohn Jupiters 4, 645. Mercur 1, 678. Iove nata b. Tochter 5, 297. Maiā natus Mercur 2, 685. Apolline Aesculap 15, 639. Agenore Cadmus 3, 51. Echione Pentheus 3, 526. nate dea Achilles 12, 86. Aeneas 14, 246. 15, 489. Phocus als Sohn der Aeribe Psamathe 7, 690. nati rege Molosso b. Söhne 13, 717. Agenore nata Europa 2, 858. *Subst.* natus (vgl. gnatus) b. Sohn, 2, 629. 8, 134. volucer Amor 5, 864. natus erit facto pius et sceleratus eodem b. Muttermörder Alcmäon (s. Oeclides) 9, 408. nati furtum (b. |.) 7, 359. natum obiectat illis den Tod des Sohnes 2, 400. nate 1, 769 uö. nati (Terrae) b. Giganten 1, 157. infantes 9, 414. nati Kinder 6, 838. 13, 645. populus natorum 8, 198; Adoptivsohn, Octavianus 15, 819. 850; nati v. Thieren: Junge 3, 215; nata Tochter 1, 482. 584. 654. 2, 784. 8, 134 uö. Iovis Minerva 4, 800. — überh. geschaffen werden, entstehen, natus homo est 1, 78. qua nimus origine nati 1, 415. de patri viscere apes nascuntur 15, 366. 7, 370. nascendi spatium Entstehungsperiode 1, 427. flumina natas exhalant nebulas aufgestiegen, 13, 602. wachsen 14, 38. aconita dura caute 7, 418. flos de vulnere 18, 396. nascentia poma 14, 763. nati sine semine flores 1, 108. virgae sub aequore 4, 742. umbrae sponte sua 5, 591. pennae per brachia 5, 549. 6, 714. 8, 543. *Part.*

natus geschaffen zu ihr., canor mulcendas ad aures 5, 561. sinistra ad
furta 13, 111. Cithaeron ad sacra
2, 223. pecus in tuendos homines
15, 117. lingua in periuria 14, 99.
Parthenope in otia 15, 711. m. *Dat.*
anima laboribus 9, 180. m. *Inf.* animal natum tolerare labores 15, 121.
natālis, e, d. Geburt betreffend, solum
Geburtsland 7, 52. locus 8, 184. origo
b. ursprüngliche Geburt 12, 471. urspr.
Entstehung 13, 609. — *Subst.* natalis (sc.
dies) m. Geburtstag, Herculis 9, 285.
Pl. meton. für Lebensjahre 14, 138.
2, 497. bis senis natalibus actis (*Abl.
abs.*) der zurückgelegt hatte 8, 243. 13, 753.
natīvus, a, um (nascor), von Natur
entstanden, natürlich (Ggs. zum Künst-
lichen) arcus 3, 160. pumex 10, 692.
nāto, āvi, ātum, āre, schwimmen 2, 268.
11, 566. 8, 606. placidis undis 13, 899.
crura natantia 14, 551. crura apta
natando 15, 376.
nātūra, ae, f. (nascor) d. Natur, als
schaffende Kraft, nec solem natura proprium fecit 6, 850. 10, 245. 304. 15,
88. melior 1, 21. rerum novatrix
15, 253. im Ggs. zur Kunst, specus
naturā factus 11, 235. 3, 158. m.
dem Begriff des Gesetzmäßigen, naturae ius Naturgesetz 4, 279. foedus
potentia naturae 10, 353. non vult
natura 9, 758. 10, 330. 15, 68. —
als Geschaffenes u. zwar als Ganzes,
unus erat vultus naturae 1, 6; als
Einzelnes Geschöpf, Wesen, si modo
naturae formam concedimus illi 12,
394. duplex Doppelwesen 12, 503.
Clement, edax (Feuer) 15, 354. amor
alterius naturae 13, 916. — Natur
— natürliche Beschaffenheit, rerum 15,
6. aetheris est melior illic 15, 194.
mitior 1, 403. curaliis eadem natura
remansit 4, 750. 5, 205. b. Personen
3, 376. 10, 67. naturam novat 8, 189.
nātūrālis, e, natürlich, dem Lauf der
Natur gemäß, malum 9, 730. pavor
10, 117; von d. Natur gegeben, angeboren, munus decoris 14, 684.
naufrāgus, a, um, schiffbrüchig, naufragus interiit durch Schiffbruch 11,
896. simulacra b. Bild eines Schiff-
brüchigen 11, 628. *Subst.* naufragus
der Schiffbrüchige 11, 668. 719.
Nauplīădes, ae, m. d. Sohn des Nauplius, Palamedes (d. i.) 13, 39. 310.
nauta s. navita.
nāvāle, is, n. Standort der Schiffe,
Schiffswerfte, siccum 3, 651. *Pl.* navalibus educta pinus 11, 455.

nāvifrăgus, a, um, Schiffe zerschmel-
ternd, fretum die sicilische Meerenge
m. Scylla u. Charybdis 14, 6.
nāvigium, ii, n. Schiff, fragmina na-
vigii 11, 561. *Pl.* 14, 563.
nāvigo, āvi, ātum, āre (navis u. ago),
schiffen, supra segetes 1, 298. — transf.
beschiffen (sell.) aequor Ionium 15, 50.
nāvis, is, f. Schiff 11, 632. cita 15,
732. concita sulcat aquas rostro 4,
706. curvae 2, 163.
nāvĭta u. nauta, ae, m. Schiffer, *Sing.*
nur navita 1, 188. 3, 590. 11, 361
(= Fischer). 14, 74. coll. für Schiffsmannschaft 11, 475. 13, 419. [b. V.,
nur 1, 133 z. g.] *Pl.* nur nautae 3,
632. 652. 4, 423. 9, 228. 16, 294. 710.
Naxos, i, f. d. größte unter d. cyclad.
Inseln. Dort herrschte bacchischer Cultus
3, 640. 649. [*Acc.* Naxon 3, 636.]
ne, angehängtes Fragwort, gewöhnl. an
d. betonte Wort, in einfacher dir. Fr.
unüberſ. tune es quaesita per omnes
terras nata 1, 653. 2, 74. 285. 3,
532. 7, 69. 9, 186. 429. 10, 681. 15,
768. anaphor. wiederh. 9, 218. 514.
10, 347. zweif. prodamne ego regna
parentis 7, 38. 14, 173; in bisjunct.
dir. Fr. zweif. ne — an 3, 204. ne —
ne, im 2. Glied oder 8, 538. 15, 503.
bloß im 2. Glied ne oder, repetam
Calydona morerne 9, 147. — in indir.
Fr. ob 1, 249. bisjunct. ne — an
ob — oder 1, 585. ne — ne ob—oder 8,
256. 13, 912. bloß im 2. Gl. ne
oder, oder ob, gratentur consolen-
turne 1, 578. dextrā laevāne feratur
5, 167. 6, 329. 678. 8, 44. 635. 10,
563. 13, 756. — an Fragwörter zur
Verstärkung angehängt, anne b. s. quone
8, 476. [Steht an d. 1. Wort des Frag-
satzes od. ⋅gliedes angeh.]
ne, 1) neg. *Adv.* beim *Imper.* nicht,
ne fuge 1, 597. 12, 809. ne dubita
2, 101. 5, 835. ne facile 13, 447. 15,
140. 2, 550. 6, 50 u.ß.; beim prohibit.
Conj. nur nicht; daß nur nicht, ne
prona cadas 1, 508. 13, 271. tantum
ne posceret nur daß nicht, nur solle er
nicht 6, 54. 9, 31. dum ne wenn nur
nicht 10, 819. modo ne — neve 13,
135. — 2) *Conj.* m. *Conjctv.* daß nicht,
damit nicht, um nicht 1, 191. 745. 8,
518. 9, 248. 15, 453 u.ß. ne quis 2,
402. 6, 539. ne quisquam 2, 812.
9, 710. 11, 724. ne nulla daß wenigstens ein 1, 159. ne non omnia Crete
monstra ferat damit ja Cr. alle Arten
Scheusale zeuge 9, 735. ne non templ-
aret um nicht unversucht zu lassen

10, 12. ne non sequeretur (aura)
daß mich b. Wind nicht im Stich laſſe
9, 589. ne non aequalis damit nicht
ungleich 1, 34. ne non libera 13, 465.
ne putes, nos quoque non aliqua ex
parte sensimus procellam 13, 656;
nach wollen, wünschen, bitten, volo 4,
470. opto 10, 589. oro 7, 856. 14,
704. rogo 7, 250. verbieten, legem
dare 2, 558. warnen, admonere 2,
555. hindern, abhalten, gravitas facit,
ne permittat hindert es bis hin zu
ſchaubern 12, 292. obvius ire, ne ohne
daß 2, 75. verhüten caveo b. [. ex-
plorat, ne quid ob nicht etwas 2, 402;
nach Ausdr. der Furcht daß 1, 251. 3,
69. 444. 5, 357. 7, 16. 715. 8, 64.
10, 56. 258. 14, 185.

Nebrophonus, i, m. (νεβροφόνος
Hirschkalbtödter) Hundename 3, 211.
nebula, ae, f. Nebel, Dunst, Nebel-
weise, nebulā velatus 12, 598. Pl.
1, 54. 267. 4, 434 uö. volucres 1,
602. vallem nebulas aequantia 6, 21.
nec f. neque.
neco, avi, atum, are, tödten, alqm 3,
40. 8, 688. 9, 679.
necopinus, a, um, unvermuthet, mors
Meuchelmord 1, 224. — nichts ver-
muthend, perdere alqm necopinum
12, 596.
nectar, aris, n. b. Göttertrank Nectar
8, 318. 10, 161. caeleste 4, 252. odo-
ratum 4, 250. 10, 732. dulce 14, 606.
bildl. haustus aquae mihi nectar
erit 6, 356. — meton. e. ebles Getränk,
Meth, flumina nectaris 1, 111. Milch
15, 117.
nectareus, a, um, von Nectar, aquae
Nectarsäfte 7, 707.
necto, xui u. xi, xum, ere, knüpfen,
Part. manus ex ordine nexae verknüpft 9, 747. catenae adamante
nexae aus Stahl geschlungen 7, 412.
bracchia nexa nodis vipereis um-
knüpft 4, 491.
Nedymnus, i, m. e. Centaur 12, 350.
nefandus, a, um (ne u. fari), eig.
nicht auszusprechen, verrucht, manus 8,
781. 13, 203. caedes 15, 174. ferrum
8, 489. concubitus 6, 540. sacra 10,
228. dapes 15, 75. domus des Ver-
ruchten 6, 601. nil nefandum committere 9, 626.
nefas, n. indecl. was gegen b. göttl.
Gesetz ist, Sünde, Unrecht, Frevel 1,
129. 392. 2, 505. committere 7, 427.
15, 127. aggredi 7, 71. ulciscor fa-
cioque 8, 483. pati u. animo concipere 10, 352. fugere 9, 632, pro-

hibere 10, 322. deterrere 8, 766.
merere b. Frevel (gegen die Nymphe
Lotis) verschulden 9, 372. videre 11,
70. fasque nefasque 6, 585. 9, 551.
fassus nefas frevelhafte Absicht 6, 524;
meton. frevelhafte Erscheinung. Gräuel
10, 307. — das Ungöttliche, carmen
purgans nefas 15, 952.
neglego, xi, ctum, ere, vernachläſſi-
gen, neglecti capilli ungeordnet 2, 413.
nego, avi, atum, are, nein sagen, verneinen, leugnen 8, 322. alqd 6, 24.
non negabit hoc 2, 568; m. Acc. c.
Inf. leugnen, sagen daß nicht 2, 893.
9, 578. 4, 8. 13, 875. Pass. m. Nom.
c. Inf. pietas negatur damnare me
leugnet, daß 10, 329. nec tu dignus
es meus esse negari als mein Sohn
verleugnet zu werden 2, 42. — alcui
Einem eine abschlägige Antwort ertheilen
10, 47. 18, 741. alcui alqd verweigern, abschlagen 2, 52. arma 13, 8.
14, 527. manus 1, 621. praemia 7,
876. officium 2, 885. auxilium 15,
648. vitam necemque 10, 487. coniugium 10, 634. veniam pro coniuge
10, 58. fidem indicio Glauben versagen 7, 839. requiem 1, 541. tellus-
que tibi pontusque negatur 8, 98.
alqm alcui Jemandes Besitz 10, 619.
18, 131. se alcui 9, 752. Sol negat
mihi se videndam versage mit seinem
Anblick 1, 771. vela ventis entziehen
11, 487; m. Inf. sich weigern, hro 14, 250.
Neleïus, ii, m. b. Sohn des Neleus,
Nestor 12, 577.
Neleus, ëi, m. Sohn Neptuns 12, 558.
König des triphylischen Pylos in Elis,
Vater Nestors, reich an Roßherden 2,
689, von Hercules bekriegt 12, 550.
[Gen. Nelei zweisilb. 2, 689.] — Adj.
Neleus, a, um, neleïsch, Pylos 6, 418.
sanguis 12, 558.
Nelides, ae, m. Sohn des Neleus, bis
sex Nelidae 12, 553.
Nemaeus, a, um, nemeisch, von der
Stadt Nemea in Argolis, moles der
dort hausende Löwe, den Hercules, weil
er unverwundbar war, in seinen Armen
erdrückte 9, 197; seine Haut Nemaeo-
rum vellus 9, 235.
Nemese, es, f. unbekannter Ort in Unteritalien (Andre Tamesen) 15, 52.
nemo (ne-homo, Gen. neminis fehlt),
Niemand 2, 389. 3, 137. 9, 667. nemo
nisi (b. [.) 2, 687. [Nur Nom., teut
5 15, 800(?)].
nemoralis, e, im Walde befindlich,
antrum 3, 157. regnum Dianae waldig
14, 331. [Nur bei Ov.]

nĕmŏrōsus, a, um, waldreich, Oete 9, 165. Palatium 14, 822. silvae baumreich, 10, 687.

nempē, *Conj.* (nam-pe, vgl. quippe) dient zur Erläuterung, nämlich 2, 474. 4, 194. 12, 93. 332. 759; zur Versicherung, doch sicherlich, offenbar 2, 664. 7, 66. 9, 497. 737. 13, 178. 15, 352. anapher. 7, 53. [Sowol zu Anf., als in mitten des Satzes.]

nĕmus, ŏris, n. Weide bietender Wald, dann Wald überh. 2, 418. 1, 479 u.ö. gelidum 2, 455. densum trabibus 14, 360. nemora alta Waldung 1, 591. ingens quercus una nemus sie allein ein Wald 8, 744. nemus Heliadum (d. i.) Gehölz 10, 91. — *spec.* Hain, Götterhain 15, 545. des Venus 1, 568. Cereale 8, 741. umbrosum 7, 75.

nĕo, nēvi, nētum, nēre, spinnen, stamina nentes 8, 453.

Nĕoptŏlĕmus, i, m. auch Pyrrhus (d. i.) genannt, Sohn des Achilles 13, 455.

Nĕphĕle, es, f. eine Nymphe, Begleiterin der Diana 3, 171.

Nĕphĕlēis, ĭdos (11, 195), f. Tochter der Nephele, der Gemahlin des Athamas, Helle.

nĕpos, ōtis, m. Enkel 1, 484 u.ö. des Cadmus, Actäon 3, 138. 174. spem nepotum auf 1, 659. — *Pl.* die Enkel — Nachkommen (dicht.) 15, 444. seri 6, 138. venturi 15, 835. aevo nepotum 15, 17. [Die bei Gr. übl. Formen im Verzeichn. nepotibus ö. ?]

neptis, is, f. Enkelin 7, 401. 4, 531 (Ino war durch ihre Mutter Harmonia Enkelin der Venus).

Neptūnius, a, um, von Neptun stammend, heros Theseus, der bei Manchen für e. Sohn Neptuns galt 9, 1. proles Cycnus 12, 72. Hippomenes als Urenkel Neptuns 10, 639. 665. [Nach der 4. Mess.]

Neptūnus, i, m. griech. Poseidon, Sohn des Saturnus, Bruder des Jupiter u. Pluto, Beherrscher des Meeres u. der Gewässer überh., die ihm beim Losen um d. Weltherrschaft zugefallen waren 9, 595. 4, 533. caeruleus frater 1, 275. rector pelagi 1, 331. 11, 207. pelagi deus 2, 573. numen ob. rex aquarum 4, 532. 10, 606. 2, 270. 1, 276. Zeichen seiner Würde der Dreizack (deus, qui cuspide temperat undas 12, 580. Tridentifer 8, 595. tridentiger genitor maris 11, 202), womit er auch d. Erde erschüttert 1, 283. Baut mit Apollo die Mauern v. Troja 11, 202. 12, 26. 587; verwandelt Ino u. Melicertes in Meergottheiten 4, 539; verleiht der Mestra b. Fähigkeit sich zu verwandeln 8, 851; desgl. dem Periclymenus 12, 558; stellt der Corsae nach 2, 574; verwandelt sich bei s. Liebesabenteuern in verschiedene Gestalten 6, 115 ff. Vater des Cycnus 12, 72. des Neleus 12, 558. Großvater des Megareus 10, 605.

nĕque u. **nēc** (ohne Unterschied vor Vocalen u. Consonanten). *Conj.* und nicht 2, 161. 168. nec u. neque adhuc u. noch nicht 1, 182. 5, 404. 506. 6, 669. u. nicht mehr 10, 255. nec u. neque iam u. nicht mehr 2, 291 u.ö. (s. iam), nec minus u. nicht minder, u. ebenso 2, 340. nec quicquam u. nichts 1, 8. 68. nec ullus u. keiner 2, 415. 6, 669. nec umquam u. niemals 8, 709. nec nisi u. nur, s. nisi; und zwar nicht 1, 594. 3, 96. 5, 493. 12, 507; auch nicht 1, 330. 2, 84. 224. 241. 3, 471. 8, 369. 9, 671. 12, 70. 100, 303. 13, 352. 14, 592. 15, 340 [meist Versanf.] — nicht einmal, selbst nicht 1, 274. 561. nachgest. poteris nec morte revelli 4, 158. 11, 311. 471; noch überhaupt 10, 548; aber nicht, doch nicht 1, 688. 2, 377. 578. 686. 4, 76. 5, 119. 126. 582. 8, 836. 9, 481. 761. 10, 643. 11, 174. 370. 809. 12, 195. 14, 642. nec iam aber nicht mehr 3, 701. 4, 243. nec minus 10, 206; nec non [angezienut; nach d. 3. Mess. ab. Verdanf.] und nicht minder, und auch, probat nec non quaerit 1, 613. 2, 616. 6, 462. 7, 818. 13, 368. 14, 98. 15, 270. anapher. 7, 830. 15, 427. nec non et u. ebenso auch 7, 452. 8, 749; nec tamen [nicht neque; Verdanf. außer 8, 77]. doch nicht, dennoch nicht, 2, 14. 3, 288. 4, 817. 6, 150. 7, 171. 453. 8, 381. 9, 763. 10, 566. 11, 407. 12, 40. 575. 13, 18. 29; nicht zwar, freilich nicht 3, 96; neque enim (seltener nec en. 3, 638. 12, 27. 13, 900. 14, 25) denn nicht 1, 680. 2, 23. 301. 621. 3, 396 u.ö. [meist nach d. 3., sonst nach d. 2. Mess.]. — knüpft Sätze ob. Satzglieder an, von denen nur ein Wort negiert wird, nec Perseus ausus aber P., der nicht wagte 4, 730. 5, 80. nec dubium de morte ratae u. da sie nicht zweifelten 4, 515. neque adhuc epotā parte — et nondum epotā parte 5, 452. nec canā suspiria mota patenti — et susp. motu causā non patenti ohne offenliegende Ursache 9, 537. nec renovatus ager canebat aristis u. ohne umgearbeitet zu sein 1, 110. 3, 194. 4, 216. 12, 822. 6, 622. nec levibus tophis structa — et tophis

non levibus 8, 561. nec inhospita tecta
— et tecta non inhospita 15, 15. nec
iners voluntas — et vol. non iners 8,
678. nec longae referuntur vina senectae — et vina ref: non longae
sen. 8, 672. nec se sine crimine prodit — et se non sine cr. pr. 2, 431
nec se fatetur scire — et fatetur se
nescire 11, 492. 7, 280. 508. 9, 792.
11, 570. 12, 65. 15, 539. — knüpft
Anknüpfungssätze an, so daß „auch" zu
inquit od. ait, die Negation zu e. Worte
der directen Rede gehört, 'nec longius
ibitis' inquit st. et 'non longius ibitis' inquit 6, 44. 'nec sum potiunda' inquit st. et 'non sum pot.' inquit 10, 669. 'neque' ait 'sine numine vincta' st. et ait 'non sine num.'
11, 263. — nach e. negat. Satze noch,
non illo melior quisquam nec amar-
tior aequi vir fuit 1, 322. 14, 790.
wieder?, 1, 11. 3, 410. 4, 299; corresp.
nec — nec weder — noch 1, 305.
2, 51. dreimal 2, 170. 191. 3, 491.
564. 4, 302. 308. 5, 881 und viermal 3, 448. 6, 534. 7, 806. nec..
que — nec. que, hier nicht — dort
nicht 16, 41. einestheils nicht — anderntheils nicht 15, 252. nec..qui-
dem — nec — nec nicht einmal —
noch — sondern 2, 667. neque iam
— nec weder mehr — noch 2, 585.
nec — et wie nicht — so 2, 42. einestheils nicht — anderntheils 4, 378. 8,
21. 620. 12, 521. 14, 841. nec —
que sowohl nicht — als auch 2, 251. 9, 435.
nicht sowol — als 2, 811. — nec
st. neve und nicht bringt Imper. 1, 462.
2, 454. 3, 117. 477. 5, 281. 8, 433.
550. 9, 122. 11, 669. 13, 263. 839.
846. 14, 376. nec — nec 2, 135.
13, 474; beim prohibit. Conj. 2, 129.
8, 431. 792. 9, 380. 523. 698. 11,
283. 12, 455. 13, 139. 15, 178. 176.
nec — non weder — noch 8, 710. [Nach-
gest. 1, 305. 6, 4. 12, 345.]

nequeo, ivi u. ii, itum, ire (ne-queo),
nicht können, 8, 506. hoc si nequeo
9, 503; m. Inf. nequit 1, 400. 6, 653.
nequeunt 2, 821. 7, 570. 11, 467.
nequeat 2, 488. nequiret 12, 385.
nequiere 13, 707. iam nequeo kann
nicht mehr 9, 626. 13, 309.

nequiquam (nequicqu. u. nequidqu.),
Adv. vergeblich 2, 577. 4, 78. 6, 93.
438. 9, 564. 10, 9. 11, 738. 13, 870.

Nereis, idis, f. (Nereis ion. Νηρηΐς)
eine der 50 Töchter des Nereus, Nereide,
Meernymphe, Nereis Galatea 13, 749.
pulchra Thetis 11, 259. [Voc. Nerei

19, 829. Acc. Nereida Psamathe 11, 398.
441. Nereida 11, 93. Plur. Nereides 1, 1.
11, 361. bei Gifte 14, 264. Nereidum numen
(s. Andromeda) 5, 17.]

Nereius, a, um, den Nereus stammend,
iuvenis Phocus, als Sohn der Nereide
Psamathe 7, 685. genetrix b. Nereide
Thetis, b. Mutter des Achilles 12, 162.

Neretum, i, n. Stadt der Sallentiner
in Calabrien 15, 51.

Nereus, ei, m. e. Meergott, der mit seiner
Gemahlin Doris die 50 Nereiden zeugte 11,
361. 13, 742. [Acc. Nerea 2, 268. 11, 24.]
— meton. für d. Meer selbst 1, 187. 12, 24.

Neritius, a, um, neritisch, 1) = ithakisch, vom Berge Neritos od. Neriton
auf Ithaca, ratis das Schiff des Ulysses,
das vom Blitz zerschellt wurde, als seine
Gefährten von den Rindern des Helios
gegessen hatten 14, 563. Subst. Neritius der Neritier = Ithaker, Macareus 14, 159. — 2) von d. kleinen Insel
Neritos bei Ithaca; domus 13, 712.

nervosus, a, um, flechsenreich, poples
6, 258.

nervus, i, m. Sehne, Flechse, Pl. 6,
389. 8, 364. 9, 173. 10, 234. 525.
rupti vulnere 12, 567. — die daraus
gefertigte Bogensehne, 5, 67. 8, 381.
11, 324. adductus 1, 455. tentus
6, 243. sonuit ab arcu 6, 286. nervis temperare arcum beherrschen 10,
108. Sehne der Wurfmaschine 8, 357.
— Pl. die Saiten eines Saiteninstru-
mentes 1, 518. percussi 5, 340. 11, 5.
pulsi ad carmina 10, 16. movere
nervos schlagen 10, 40. nervis temperare citharam 10, 108.

nescio, ivi u. ii, itum, ire, nicht wissen,
furtum 2, 423. nescierunt hoc 9, 349.
nesciae futura 2, 660. m. indir. Fr. 1,
588. 2, 234. 3, 480. 721. m. Acc. e. Inf.
non nescit nicht unbekannt ist ihm 12, 27.
— nescio quis, qui [zweifelh. nescio un-
gewiss. Verlauf, od. vor der regelm. Cäsur]
ich weiß nicht wer, was für einer, die
Stelle eines unbestimmten Pronom. vertretend, nescio quis 6, 392. 7, 822.
quem 1, 590. quam 9, 492. quid 9,
309. quis deus 7, 12. qui montes 7,
62. quos gemitus 7, 830. quam spem
3, 457. quid flebile 11, 52. 8, 467.
quid quasi corpus 11, 716. quod
murmur 5, 697. verächtlich 1, 461. 7,
59. 15, 844. et audeta Titanida
nescio quo Coea satam mihi praeferre 6, 185. nescio quid, quod so
wenig, daß es 12, 616.

nescius, a, um, nicht wissend, unkundi-
ger Weise, aus Unwissenheit 2, 88. 503.

14, 181; m. Gen. voti was sie bitten sollte 10, 481. unkundig, von 1, 614. servati seiner Rettung 7, 380, nicht ahnend, fatorum 9, 336; m. Acc. c. Inf. 12, 1; m. indir. Fr. 2, 869. 9, 49. 155. 14, 5. ungewiß ob 1, 578.

Nessaeus, a, um, des Nessus, sanguis 9, 153. manus 12, 454.

Nessus, i, m. e. Centaur, biformis 9, 121, der auf s. Rücken die Reisenden über d. ätolischen Fluß Euenus trug. Nahm Theil am Kampfe gegen d. Lapithen 12, 309. Sein Tod durch Hercules u. s. Rache 9, 108 ff.

Nestor, oris, m. Sohn des Neleus, König v. Pylos, Pylius 8, 365; nahm als Jüngling an d. calydon. Jagd Theil 8, 313. 465, sowie am Kampf der Lapithen u. Centauren, den er später erzählt 12, 169 ff. Im trojan. Kriege schon hochbejahrt, war er weg. s. Beredsamkeit u. reichen Erfahrung einer der angesehensten Führer der Griechen, facunde senex 12, 178. 577. [Acc. Nestora 13, 68.]

neu f. neve.

neuter, tra, um, Gen. neutrius keiner von beiden, neutrumque et utrumque 4, 379. neutra arma (b. s.) sequi 5, 91.

nevē u. neu (b. Stellen m. neu in ( )), Conj. = et ne und nicht, beim Imper. nach vorherg. Imper. discedite, neve eripite 4, 223. 5, 491. 9, 565. 10, 352. 546. 13, 748. 15, 777; beim prohib. Conj. nach vorherg. Conj. adhort. nata patrem moveat, neu sit tibi cura vitior illius (5, 516). 13, 462. nach modo ne noch 13, 136. nec — neu u. weder — noch (8, 710). ohne vorherg. Conj. u. daß nur nicht 11, 430, nach vorherg. Imper. 13, 472. — im Finalsatz und daß nicht, damit nicht, so daß 'und' d. Hauptsatz anknüpft, ne zum Finals. gehört, neu me morte deserat, oro — et oro, ne (7, 850). neve sinat — et (petet) ne sinat 9, 415. (1, 72). 1, 151. 445. 2, 395. 482. (683). 802. 4, 87. (716). 800. 7, 137. 397. 8, 791. 10, 679. (11, 90). 13, 306. 14, 484. 759. neu — neve u. damit weder — noch (7, 189); so daß zu 'und' hinzuzudenken seito 6, 40. (7, 520). 14, 16. (14, 181). 478; so daß 'und' zu alt gehört, ne zum Ausführungssatz, 'neve maneas' ait — et ait: ne maneas 11, 136.

nex, necis, f. gewaltsamer Tod, Mord 4, 115. 7, 488. 10, 477. auctor necis 8, 449. 9, 214. neci dare alqm töten 12, 459. mittere 15, 109. neci oc-cumbere 13, 499; als Strafe 7, 424. 10, 233. 627. non meritae necem 2, 398; Tödtung, Medusae 5, 246. — Tod überh. 10, 64. 487. somnus similis neci 7, 328. expers necis 8, 255. corpora missa neci gestorben 7, 606.

nexilis, e, zusammengeknüpft, geschlungen, plagae 2, 499. hederae 6, 128.

nexus, us, m. Verschlingung, Windung, nexu recurvo 3, 561. beim Ringen, arto 6, 242. duros nexus 9, 58. der Schlange, nexibus 15, 659. volubilibus 3, 41.

ni, Conj. = nisi wenn nicht, wofern nicht, m. Conj. 5, 465. 6, 302. 13, 662. 14, 73. 15, 366. 522. mit Ind. 15, 594.

nidor, oris, m. Fettdampf vom Opfer dis acceptus 12, 153.

nidus, i, m. Nest, altae 6, 517. volucrum 12, 15. nidum construere 15, 397. facere 8, 251.

niger, nigra, um, dunkelfarbig, schwarz, e nigro (colore) color est mutatus in album 15, 46. corpora 4, 578. villi 2, 478. sanguis 12, 326. vulnera 1, 444. venenum 2, 198. tabum 2, 760. sucus (pruni) 13, 817. poma 4, 52. nox 15, 187. nubes 10, 449. fumus 13, 601. halitus 3, 76. arcus aquarum 11, 368. nigra pedes (Acc. limit.) 7, 468. totus (equus) nigrior pice atra 12, 402. pontus Stygia unda 11, 500. nigri Ditis wie Alles der Unterwelt angehörige schwarz u. dunkelfarbig gedacht wurde 4, 438. lignum geschwärzt 8, 648. ara favilla 6, 325. ilex dunkelgrün 9, 685. Subst. candida de nigris facere 11, 314. [s. der grimmer jung.]

nigrans, ntis (b. nigro schwarz (ein), schwarz, alae 2, 535.

nigresco, grui, ere. schwarz werden, Inf. 2, 581. 3, 671.

nihil, zusgz. nil (a. ne-hilum nicht e. Fläschen, nicht d. Geringste), nichts, Subst. indecl. n. nihil interit 15, 165. vetitum est 5, 273. quod nihil est metuit ein Nichts 7, 830. nihil est quod m. Conj. 5, 497. 8, 465. 25. nihil adicere keine weitere Schuld hinzufügen 9, 628. nil agis du erreichst damit nichts 8, 140. nil proficere 13, 84. nihil meritae 2, 707. nil prosunt artes 10, 189. illa nihil (sc. dixit) 7, 743. ille nihil contra (b. s.); m. Gen. nihil opis 7, 644. nil opis 11, 661. sanguinis 13, 956. nil habet sui fein eignes Wefen 3, 485. de bove nil superest 1, 743; nil lacrimabile 2, 796. nefandum 9, 626. dolentius 4, 246. tale 8, 440. 12, 202; nil nisi nichts als (f. nisi). nil nisi iam nichts mehr als 9, 867. nihil praeter (b. f.). — Adv. in nichts, durchaus nicht, nil opus est coniuge 10, 565. fine 14, 24. [nihil m. langer Endfilbe in d. 4. Arfis 7, 644.]

nil f. nihil.

Nileus, ëi, m. Gegner b. Perseus 5, 187.

Niligena, ae, c. am Nil geboren, turba 1, 747 (richtiger Linigena).

Nilus, i, m. der Nil in Aegypten mit 7 Mündungen 2, 254. septemfluus 1, 423. septemplex 5, 187. septen discretus in ostia 5, 324. 9, 774. papyrifer 15, 753. Am Nil endigt b. Irrfahrt ber Jo 1, 728. Warum feine Quellen unbefannt 2, 254.

nimbosus, a, um, von Regengüffen begleitet, turbo 11, 651.

nimbus, i, m. Regenguß, -flut [Met. nur Pl.] 1, 261. 266. 3, 300. 11, 519. 15, 788. densi 1, 269. hiemales 9, 105. graves ceciderant 14, 548. Regenwolfen 1, 328.

nimis, Adv. zu sehr 1, 494. 7, 15.

nimium, Adv. zu sehr, allzusehr, potens 5, 292. nur gar zu 4, 49. saeva 4, 547. laudata 6, 682. certus 12, 561. u. diu 6, 38. placui 1, 647. gaudet 10, 868. coepit formosa videri 9, 482.

nimius, a, um, zu groß, zu viel, sol, imber 5, 483. levitas 2, 164. vires 8, 847. pietas 8, 529. amores 10, 577. Elpenor nimii vini unmäßig im W. 14, 252. hoc si nimium 4, 75. non erat hoc nimium wäre nicht zu viel gewesen 13, 232. nimium vidisse 3, 525. Subst. nimium feritatis 8, 304.

Ninus, i, m. assyrischer König, Gemahl der Semiramis 4, 88.

Niobe, es, f. Tochter des phrygischen Königs Tantalus u. der Dione, einer Tochter des Atlas 6, 172. 174. Tantalis 6, 211, Gemahlin des Königs Amphion von Theben 6, 178. Ihr u. ihrer Kinder Schicksal 6, 148 ff.

Niseias, a, um, von Nisus (b. f.) stammend, virgo d. Tochter des Nisus, Scylla 8, 35.

nisi, Conj. verneint bedingend, wenn nicht, wofern nicht, m. Ind. arceor aris, nisi concurritis 6, 209. miram, nisi hoc est 7, 12. m. Fut. ex. mentiar nisi videritis 2, 514. 3, 521. 7, 29. 9, 680; m. Conj. quis hoc credat, nisi sit pro teste vetustas es gelte denn 1, 400. pectora rapisset, nisi post altaria isset 5, 38. 8, 876. — nach Negationen außer, als, nemo nisi 2, 687. nullus nisi 6, 207. 8, 92. 868. 10, 650. 11, 545. nil nisi 1, 743. 3, 892. 4, 426. 9, 494. 10, 69 us. ne quisquam nisi 13, 390. 12, 346. nec quicquam nisi 1, 8. 6, 888. 9, 352. numquam nisi 1, 442. non — nisi nur 2, 817. (ungetrennt) 3, 667. 13, 744. haud — nisi 9, 404. nec — nisi u. nur 7, 256. 8, 298. 10, 569. 11, 766. [ungetrennt, Verdauf.] 3, 251. 7, 127. 9, 251. 11, 442. 12, 414. 15, 838. u. nur wenn 15, 94; desgl. nach negativen Sätzen 5, 629. 7, 26. expers doloris erat, nisi quam fecere sorores 4, 419. 2, 778. quid faciat mater, nisi eat als daß 2, 356. 10, 61. quid nisi dedecus was, als 13, 227. 10, 234. 15, 429. 430. quo nisi wozu, als 13, 518. — nisi quod außer daß, abgesehen davon daß, nur daß, m. Ind. 2, 481. 4, 673. 13, 486. 896. 14, 784; nisi si ausgenommen wenn, es müßte denn sein daß, m. Ind. 5, 20. 615. 10, 200. 14, 177, 561.

Nisus, i, m. Bruder des Aegeus, König v. Megara, hatte auf b. Haupt e. purpurnes Haar, wovon fein Leben u. f. Herrschaft abhing. Seine Tochter Scylla beraubte ihn aus Liebe zu Minos desselben, worauf er in e. Seeabler verwandelt wurde 8, 8. 146.

niteo, ere, glänzen, mille colores 6, 66. talaria 2, 736. bacae 10, 116. arbor v. Gold 10, 647. neo. quo prius, ore nitebat wie früher 11, 690. Part. nitens glänzend, palla 14, 262. iuvenca schmuck 1, 610. flos nitentior Tyrio ostro 10, 211; übertr. prangend, Tritonia arx nitens ingeniis opibusque 2, 795.

nitidus, a, um, glänzend, schimmernd, glitzernd, aurum 9, 689. villus des goldnen Vließes 6, 720. ensis 10, 475. ebur 2, 8. gradus templi 15, 685. aula 11, 764. ignes (b. Sterne) 8, 180. nitidissimus puro orbe Phoebus 4, 348. 14, 83. dies 1, 600. 8, 1. imber 15, 157. undae 3, 407. pisces 1, 74. laurus 14, 720. oliva 7, 470. übertr. palaestra von Öl glänzend, weil sich b. Ringer mit Öl salbten 6, 241. vacca schmuck 2, 694. 9, 47.

1) nitor, öris, m. Glanz, galeae 13, 105. glänzende, leuchtende Schönheit 1, 552. des Sonnengottes 4, 231. 235. patrius feines Vaters Lucifer 11, 271.

II) **nitor**, nisus u. nixus sum, i, sich auf etw. stemmen, stützen, in capulo sceptri nitente ministrā 7, 506. nixus scopulo 4, 733. Nixus genu der Knie-ende (ὁ ἐν γόνασι) d. Sternbild am nördl. Himmel 8, 182. — sich anstren-gen, beim Gebären, kreisen, in Wehen liegen 9, 302. 10, 508; beim Ringen, nitens contra sich entgegenstemmen, da-gegen ringen 3, 861. 9, 50; beim Vor-wärtsstreben, nititur ad me strebt zu mir 8, 462. in adversum entgegen 2, 72. terrā ut in aequore sich vorwärts bewegen 13, 986; etw. zu erreichen m. *Inf.*, sich mühen, vincere fata 2, 618. nititur pugnatque resurgere 6, 349. 8, 694. 11, 702. 18, 383.

niveus, a, um (nix), schneeig, schnee-weiß, candor (oris) 3, 428. frons 10, 138. pennae 2, 536. columbae 15, 716. villi 8, 218. iuvenca 1, 652. 5, 330. marmor 14, 813. vestis 10, 432. vittae 13, 644. lac 13, 829. poma 4, 89. ligustrum 13, 789. luna 14, 367.

nivosus, a, um, schneereich, Paeones 6, 318.

nix, nivis, f. Schnee, 2, 852. alta 1, 50. nive candidiores equi 8, 878. *Pl.* 2, 292. 15, 69 uö. nivibus solutis 8, 555. Schneeflocken 9, 221.

Nixi, orum, m. sollen drei röm. Ge-burtsgottheiten gewesen sein, deren knie-ende Statuen sich auf d. Capitol befan-den, patres 9, 294.

I) **nixus**, us, m. *Pl.* d. Geburtswehen, pares man hielt Geburtswehen in glei-cher Zahl für günstig 9, 294 (zweifelh. Lesart).

II) **Nixus genu** s. nitor.

nō, āvi, āre, schwimmen, 1, 304. 2, 11. nābat 6, 884. navit in undis 15, 336. nantis 11, 562. nantem 8, 594. nando 9, 110.

nōbilis, e (nosco), kenntlich, bekannt, berühmt, Corinthus aere 6, 416. — von edler Abkunft, erlaucht, Alcmene 8, 543. di höhern Ranges 1, 172. — seiner Art nach vortrefflich, edel, equae 2, 690. nobilior palmā 13, 794.

nōbilitas, ātis, f. edle Abkunft, Adel 9, 672. 13, 22. per matrem Cylle-nius altera addita est nobilitas ist b. Cyllenier als anderer hoher Ahnherr zugebracht 13, 146. — adliger, edler Sinn, non ea nobilitas animo est 7, 44.

nōbilito, āvi, ātum, āre, berühmt machen, nobilitata templo berühmt 15, 702.

nŏceo, ui, ēre, schaden, quid templaro nocebit 1, 397. nocet esse deum 1, 662. vis nocendi 5, 457. nocendo prosum 2, 519; alcui: haec nocere mihi 9, 613. 8, 195. 662. 8, 407. no-citura erant domino sollte schaden 11, 148. 104; m. quod 9, 21; schaden durch Zauber 10, 399; hinderlich sein, nocet esse sororem daß ich seine Schwester bin 9, 478. alcui 9, 759. turba nocet iactis (telis) 8, 891. — *Part.* nocens schädlich, verderblich, nocens ferrum ferroque nocentius aurum 1, 141. causa nocens cladis 7, 526. virus 2, 800. radice nocenti 14, 56; schuldig, nostra nocens anima est 4, 110. vo-luit videri nocens als der Schuldige 10, 69.

nocturnus, a, um, nächtlich, ignes b. Sterne 4, 81. Diana d. Mond 15, 196. nocturnos ululasse canes zur Nacht-zeit 15, 797.

nōdōsus, a, um, knotenreich, knotig, lina 8, 153. robora knorrig 8, 691.

nōdus, i, m. Knoten, zur Verknüpfung, capillos in nodum colligere 8, 170. 8, 319. nodi conexi 12, 480. viperei verknotete Schlangen 4, 491. nodos di-ducere 2, 560; im Holze 7, 675; Ge-lenkknoten des Zirkels 8, 247.

Nōēmon, ŏnis, m. e. Lycier 13, 258 [*Acc.* Noēmona].

nōlo, nōlui, nolle (non-volo), nicht wollen, illa quidem nollet hätte es nicht gewollt, wenn sie näml. anders gekonnt hätte 1, 438. quod nollem 13, 863. m. *Inf.* 2, 518. 4, 686. su-mere noluit ulla (arma) wollte gar keine nehmen 13, 40. tibi nubere nulla nollet jede würde wollen 10, 822. con-tingere nolis man möchte nicht 15, 281. noli m. *Inf.* laß ab 11, 862; m. *Acc. c. Inf.* 9, 257. 13, 486. 15, 221); m. *Conj.* nolim rata sit 4, 475. nollem tibi visa fuissem 10, 682.

nōmen, inis, n. d. Name, amantis 1, 474. virgineum einer Jungfrau 8, 801. sine corpore e. körperlosen Namen 7, 830. si das huius nominis usum des Namens 'Vater' 2, 36. nomina san-guinis der Blutsverwandtschaft, die Na-men 'Bruder, Schwester' 9, 466. nomine Parnasus mit Namen 1, 817. nomine dicere alqm 7, 840. 10, 814. serpen-tis nomine dictos nach dem Namen 1, 447. bezgl. a nomine 5, 411. 8, 285. u. de nomine 13, 648. 14, 434. nomine quemque vocatum jeden beim Namen 5, 212. 402. nomine divorum unter d. N. 8, 282. 14, 760. munus sine nomine ohne namentl. Bezeichnung 3, 289. sub eodem nomine mansit 1, 410. nomen mihi est, nomen habeo habe d. Namen, heiße. nomen epops volucri (est) 6, 674. nomen formosae habebam 5, 581. lactea nomen habet f. lacteam 1, 169. Maeaea f. Maeaeam 6, 100. Insula es heißt die Insel 15, 740. aetas, cui fecimus aurea nomen f. aureae nennen 15, 96. nomen gerere 8, 575. addere beilegen 9, 857. trahere d. f. tenere behalten, puellae der Syrinx 1, 712. herile ihrer Herrin der Myrrha. 10, 502. nomen suum ferre iubebit bei d. Adoption 15, 837. *Pl.* v. einem 14, 396. materna der Müttername 8, 506. nomina praestare geben 10, 739. fecit aquae 14, 616. tenuit repetita nomina Latinus erhielt noch einmal d. Namen Latinus 14, 612. signata saxo nomina Namenszüge 8, 540; ad nomen bei d. Namen bd. bei der Nennung des Namens 3, 243. 4, 146. — Name = Familie, Lygdus ignoto nomine 9, 670; — Volk, Stamm (Alles, was diesem Namen führt) Romanum 1, 201. Pelasgum 12, 613. — Name — Berühmtheit, Ruf, clarum 11, 286. nomen auguris erat magnum 3, 512. erit indelebile 15, 876. memorabile quaesierat 6, 12. meton. für e. Person, magnum nomen superabitur Sextus Pompejus, der Sohn des Pomp. Magnus, wurde bei Mylä u. Messana im J. 36 von Agrippa, dem Admiral Octavians, besiegt 15, 825. — Name im Ggs. zur Wirklichkeit 15, 430. vana 15, 154. speciosa 7, 69. — nomina auf Veranlassung, rücksichtlich, aetatis 10, 467.

nōmĭno, āvi, ātum, āre, nennen — e. Namen geben, m. dopp. *Acc.* hunc vulgus Phobetora nominat 11, 641. 13, 699. — beim Namen rufen, tua te Thisbe nominat 4, 144. 11, 567.

nōn, *Adv.* nicht; oft nachdrückl. den Satz beginnend 1, 162. 2, 53. 5, 218. 13, 917. häufig anaphor. wiederh. 1, 512. 3, 437. 534. 581. 4, 178. 6, 423. 7, 545. 549. 558. 8, 205. 11, 600. 666; viermal 1, 98. fünfm. 12, 622. non tamen f. tamen; nach dummodo 13, 152. nach ut im Finals. 13, 447. im Ggs. 2, 56. non una nicht bloß eines 1, 240. non vox 3, 859. et non f. et. at non f. at. — mit dem negierten Worte einen Ggs. bildend, non ullus 2, 762. non usquam 1, 586. non aequalis ungleichförmig 1, 34. non bene übel 1, 0. 2, 846. n. notus unbekannt 4, 504. 6, 721. n.

cognitus unerkannt 10, 461. n. facienda Unthunliches 7, 485. n. apparens unsichtbar 4, 391. n. exorabilis 2, 546. 6, 234. n. moderatus maßlos 4, 234. n. liber 13, 465. n. utilis verderblich 15, 103. 2, 549. non vacca e. nicht wirkl. Kuh 1, 621. non semel zu wiederholten Malen 1, 692. non dare verweigern 1, 618. 2, 52. non sinere verwehren 18, 210. bei negativen Begriffen, non nego bestätige 2, 568. n. inscius mit Wissen 8, 66. wol kennend 15, 11. n. iniqua mente Gleichmuth 8, 834. n. invidus wohlwollend 10, 642. n. invidere gönnen 4, 167. n. dissimulator offener Bekenner 5, 61. nec non f. neque. ne non f. ne. non nisi f. nisi. — von d. negierten Worte getrennt 3, 584 (non — arva). 5, 440 (non — Aurora). 8, 532 (non — persequerer). 10, 628 (non — ferendae). durch ille: non illud Pallas, non illud carpere Livor possit opus 6, 129. 13, 167. — als Fragwort — nonne nicht? nach vorherg. quid? 15, 199. 255. 302.

Nōnăcrĭa, ae, *f.* die Nonacrierin — Arkadierin, vom Berg ob. d. Stadt Nonacris in Arrabien, Atalanta (f. Tegeaea) 8, 426.

Nōnăcrīnus, a, um, nonacrinisch — arkadisch (f. d. vor.) 1, 690. virgo Callisto, d. Tochter Lycaons, die, weil sie dem Jupiter den Arcas geboren, von Juno in e. Bärin verwandelt, dann aber von Jupiter als Sternbild des Bären an d. Himmel versetzt wurde 2, 409 ff.

nondum, *Adv.* noch nicht 1, 94. 97. 164. 370 ud. zu vulgatum 7, 238. zu firmo 13, 228.

nonne, Fragw. nicht? m. Erwartung einer bejahenden Antw. 5, 376. 9, 608. 15, 362. 362.

nōnus, a, um, der neunte 7, 234. erst b. neunte 13, 277.

Nōrĭcus, a, um, norisch, v. d. röm. Provinz Noricum (j. Oberösterreich, Steiermark, Kärnthen), die durch treffliches Eisen berühmt war 14, 712.

nosco, nōvi, nōtum, ĕre, kennen lernen, erfahren, noverat faciem 3, 22. norat nomina 8, 21. quae toties nosset furta mariti 1, 606. sehen, si se non noverit 3, 348; erkennen, alqd 11, 680. 15, 529. alqm 7, 651. 14, 161. voce noscar 14, 163; *Perf.* novi habe erkannt, kenne, weiß, me 13, 640. 14, 358. bene si noris wenn du mich recht kennen wirst 13, 808. plus etiam quam nosse sat est als zum kennen genügt

8, 24. patrios penates 1, 773. no-
rant litora 1, 96. 4, 43. noverat
ventos 1, 132. unde hos novi weiß
von vielen 9, 508; verstehen, sich auf
etw. verstehen, clipei caelamina non
norit 13, 291. nil nisi proelia nosti
13, 210. — *Part.* notus, a, um, bekannt, locus prodigio 6, 321. saltus
13, 872. Ambraciam, Actiaco quae
ab Apolline nota est durch den act.
Apollo 13, 715. vestis 4, 117. manus 14, 640. per totam Lesbon notissima res 2, 591. 14, 696. fabula
b. berühmte Geschichte, b. Tagesgespräch
4, 189. notus in illo rure senex 2,
687. non nota Dianae 4, 304. res
mihi nota est 3, 329. 10, 681. non
sibi notior ille est quam mihi 14, 679.
notum facere m. *Acc. c. Inf.* 12, 64.
fieri 2, 473. satis notum habere alqd
von etw. hinlängl. Kenntnis haben 15,
439. *Subst. neutr.* nota Bekanntes 2,
670; gewohnt, vada 1, 370. locus 7,
576; altbekannt, berühmt, notae pietatis alumnus 14, 443. delubra 13, 634.
notissima formā Oechalidam 9, 330;
berüchtigt, notus feritate Lycaon 1, 198.
noster, stra, um, *Pron. poss.* unser,
vix ea nostra voco unser wirkliches
Eigenthum 13, 141. — [sehr oft fl. meus 1, 211. 457. 462. 519. 659. 655. 772.
nostrum Aeacon meinen Sohn 2c. 9, 435.
nota, ae, f. Merkmal, Kennzeichen,
mille notae 2, 452. caedis 6, 670.
turbare notas 8, 160. notam linguae
exhibere 14, 525. ede notam generis 1, 761; Zeichen, notas reddere
erwiedern 11, 466. — Vorzeichen, veri
7, 600. notam fulgore dedit 7, 619. —
Zeichen — Buchstab, purpureas notas
filis intexuit 6, 577. — Mal von e. Con-
tusion, notam sine vulnere fecit 11, 9.
notabilis, e, bemerkbar 1, 169.
noto, avi, atum, are, mit Zeichen versehen, bezeichnen, rubor ora notavit
färben 4, 329. 6, 46. sentes crura ritzen
1, 509; bab. schriftl. aufzeichnen 9, 524.
— übertr. tadelnd bezeichnen, tadeln,
se notatam (esse) 9, 261. — sich etw.
merken, nomen 12, 461. memori animo lassa 9, 778. 14, 813. 15, 814.
mente audita 13, 788. oculis (*Abl.*)
alqd den Augen einprägen 3, 595. 11,
714. visu dem Gesicht 15, 660; bemerken, wahrnehmen 9, 538. alqm
venientem 2, 710. alqd 10, 597. lacrimas 3, 459. vitium nulli (fl. a
nullo) notatum 4, 62. 6, 244. m. indir.
Fr. 9, 580. [Dreisilb. 8. im Verzeichn.
außer 11, 714.]

notus, a, um f. nosco.
Notus, i, m. der (Regen bringende)
Südwind, personificiert 1, 264 ff.
novātrix, icis, f. Erneuerin, rerum
15, 252. [Nur hier.]
novem, neun, luces 4, 292. 14, 827.
noctes 10, 434.
novēnī, ae, a, je neun, annis jedesmal in 9 Jahren 8, 171. terga novena boum neun auf einmal 12, 97.
noverca, ae, f. Stiefmutter, invitā
novercā Juno 6, 336. ebenso 9, 15.
135. 181. scelerata des Hippolytus ist
Phädra 15, 498. b. Stiefkinder hassend,
terribiles 1, 147.
noviens (novies), *Adv.* neunmal 5,
304. 10, 296. bei heil. Formeln, carmine noviens dicto (= dreimal drei)
13, 952. bei Zauber 15, 358. ter
noviens 14, 58.
novitas, atis, f. Neuheit — neue, un-
gewöhnliche Erscheinung, Art 8, 681.
rerum 2, 31. furoris 3, 350. mali 11,
127. mirandi facti 7, 758. monstri 8,
166. mira novitas e. ungewöhnliches
Wunder 15, 409; Neuigkeit — neue
Geschichte, dulcis 4, 284.
novo, avi, atum, are, erneuern, repetitum vulnus aufs Neue wiederholen
12, 387. momenta cuncta novantur
erneuern sich 15, 186; neu erfinden,
alqd novandum est 9, 145; neu gestalten, verändern, verwandeln, naturam 8, 189. naturae iure novato 4,
279. formam 8, 853. 11, 261. corpus 8, 879. nomen faciemque 4, 541.
9, 674. 15, 258. bis fata novabis
von Aesculap, der, obwol ein Sohn
Apollos, erst von Jupiters Blitz erschlagen, dann aber unter d. Götter versetzt wurde 2, 648. [Dreisilb. 8. Verzeichn.]
novus, a, um, neu, Ggf. antiquus
früher, monstra 1, 437. corpora 1, 1.
figurae 15, 309. cum novo sanguine
weil der Eber schon einmal geblutet 8,
417. fata Verwandlung 11, 759. auctor
12, 58. sedes 15, 35. cornua nova
reparare erneuern 1, 11; — neuent-
standen, terra 6, 609. cortex 1, 554.
rami 2, 358. pabula, herbae frisch
gewachsen, jung 10, 122. 14, 347.
serta frisch geflochten 2, 663. ver jung
2, 27. lux 13, 592. coniunx neuver-
mählt 5, 152. manes d. Seelen Neuverstorbener 4, 436. incola ponti 13,
904. deus 4, 417. volucres neuge-
schaffen 5, 674. ranae 6, 381. serpens
erneuert, gehäutet 9, 266. miles neu
ausgehoben 7, 884. Troia 11, 199; —
noch nicht dagewesen, unerhört, wunder-

ber, avis 2, 377. flos 10, 206. factum 8, 96. res 9, 397. 15, 552. pestis 9, 200. Venus 9, 728. monstrum 9, 668. alae 4, 425. cursus 7, 780. ars 1, 709. ambage verborum novorum räthselhafte, wunderliche Worte 14. 58; — ungewohnt, unbekannt, Liber 3, 520. via 7, 19. irae 2, 176. ignis 4, 195. rigor 4, 745. votum 3, 488. vox 1, 678. latratus 7, 362. cornus 1, 840. fluctus 1, 910. sacra novi moris neumodisch 3, 581. — Superl. novissimus der äußerste, letzte der Reihe ob. der Zeit nach, nov. exit als der letzte 2, 115. 11, 296. signa pedum 4, 544. meta (b. f.) 10, 597. plaga 10, 873. verba 2, 863. 3, 361. 11, 255. lux 1, 772. hora 4, 156. tempora 11, 757. fata (b. f.) 18, 478; Örtl. b. unterste, crura 13, 963. cauda b. unterste Theil des Schwanzes 3, 681. regna mundi b. Unterwelt 14, 111; dem Range nach, fortuna (b. f.) b. letzte Loos 6, 368. [Superl. steht 5. 6.]

I) nox, ctis, f. Nacht 1, 210. atra 10, 451. nigra 15, 187. caeca 11, 521. umida 2, 143. dubia 4, 401. media Mitternacht 7, 184. noctis medium 10, 368. avis b. Eule 2, 564. di 14, 404. faciem 1, 602. duplicata noctis imago est 11, 550. tacitae imago Traumbild 9, 474. nox surgit ab aquis (des Oceans) 4, 92. densissima extulerat caput sidereum 15, 31. nocte in b. Nacht, Nachts 1, 224. 2, 806. silenti 4, 84. nocte dieque 2, 343. 4, 260. sub noctem gegen b. Nachtzeit 4, 79; meton. — nächtl. Unwetter 14, 471. — nächtl. Unternehmen 13, 253. — nächtl. Bellager 7, 739. - bildl. Nacht für Dunkel, Stygia nox 8, 695; des Todes, lumina nox clausit 9, 503. centum oculos nox occupat una 1, 721; oculi natantes sub nocte atra 5, 71. der Blindheit, aeterna 2, 385. perpetuā sub nocte trahere senectam 7, 2; der geist. Blindheit, Unwissenheit, animi 6, 652. quantum mortalia pectora caecae noctis habent 6, 479.

II) Nox, ctis, f. Göttin der Nacht, Tochter des Chaos, Mutter der Furien 4, 452. 14, 404.

noxa, ae, f. (noceo) Schaden, sine noxa 15, 334. — Schuld, die b. Schaden anrichtet 1, 214. — Strafe, noxae dedere alqm 13, 663.

noxius, a, um, schuldig, corda 10, 351.

nubes, is, f. Wolke 1, 54. aquosam 4, 522. atrae 2, 790. caecae 14, 916. spissae 5, 621. densae 11, 572. bibulae 14, 368. cavae 6, 695. assiduae 1, 66. nubes inducere terris 2, 307. 1, 268. nube vehi 15, 149; als Mittel der Götter sich selbst den Blicken zu entziehen, recondita nube fulvā 3. 278. 5, 261. 6, 217. Andere zu verbergen 5, 621. 12, 82. 15, 537. 804.

nubifer, era, um, Wolken tragend, Apenninus 2, 226.

nubigena, ae, den Wolken entstammt, Subst. m. Pl. die Wolkensöhne, die Centauren (b. f.) feri 12, 211. 641.

nubilis, e, heirathsfähig 11, 302. nubilibus annis maturuit 14, 306.

nubilus, a, um, wolkig, bewölkt, auster 11, 663. Subst. neutr. nubila Gewölk 1, 357. 2, 209. fusca 5, 236. tristia 6, 690. pendentia 1, 269. cava 5, 628. umida surgunt 9, 8. fugiebant 5, 296. nubila inducere 7, 202. pallere 7, 201. disicere 1, 328. von e. Wasserfall, nubila conducit tenues agitantia fumos 1, 572. — bildl. umbunkelt, dunkelbeschattet, antra silvā 14, 514. via taxo 4, 432. Thybris umbrā 14, 447; von b. Miene: umwölkt, toto nubila vultu 5, 512.

nubo, psi, ptum, ere, eig. sich verhüllen, von b. Braut sich vermählen, heirathen 5, 418. aloni 10, 621. nubimus ambae lassen uns heirathen 9, 763. Part. nuptus vermählt, cui sis nupta marito 6, 634. bildl. si non nupta foret (vitis ulmo) 14, 666. Subst. nupta, f. die Vermählte, nova nupta b. Neuvermählte, Glaule oder Creusa (s. Medea) 7, 394. Eurydice 10, 8. Hippodame 12, 223.

nudo, avi, atum, are, entblößen, corpora 1, 527. ubera 10, 891. faciem dempto aere (Helm) 8, 32. iacentem armis 12, 439. silvae cacumina ostendunt nudata (aquis) 1, 348.

nudus, a, um, entblößt, unbekleidet, nackt 2, 28. 3, 176. 5, 596. corpora 9, 459. pectora 3, 481. praecordia 7, 559. lacerti 1, 501. der Flügel beraubt 8, 227. capilli unverhüllt, ohne Binde 4, 261. 7, 183. ungedeckt, ungeschützt, ora 12, 479. m. Acc. limit. nuda pedem 7, 183. vestigia 8, 670; übertr. humus 4, 261. sine frondibus arbor nuda riget 13, 691. ferrum das gezückte Schwert 8, 068, dagegen 6, 235 die eiserne Pfeilspitze, die aus dem Halse hervorragt. m. Gen. (selt.) Othrys nudus arboris erat b. Baumwuchs 12, 512. — bildl. bloß — allein,

ausschließlich, nudum operum certamen 13, 158.

nullus, a, um, *Gen.* īus. *Dat.* ī, Kel-
ner 1, 10. 291. *Pl.* 3, 855 (anaphor.)
nulla praeter sua litora 1, 96. nullis paratibus Mangel an aller Zurüstung
8, 688. nullus umquam niemals einer
8, 386. ne nulla damit wenigstens ein
1, 158. 2, 694. nullam opem patruus
sponsusve tulisti weder als Oheim noch
als Verlobter irgend welche 5, 23. et
nullus 7, 586. 8, 740. 858. 12, 45.
nullusque 1, 392. 8, 683. 9, 464.
11, 581 uß. damnum mihi nullum
est gilt mir für nichts 14, 197. nullus
sum es ist aus mit mir, nulla est Alcyone 11, 684. vellem nulla forem
lebte gar nicht mehr 9, 785. 11, 579.
Hector nullus erat lebte noch gar nicht
12, 447; mit 'ohne' übers. nullo cum
murmure 7, 136. n. delectu 10, 824.
n. ordine 8, 277. n. vindice 1, 89.
n. superibus 7, 606. nulla mora est
s. mora. — *Subst.* Keiner, Niemand,
nulla nisi Niemand als 11, 545. nulla
nollet Jede würde wollen 10, 621. *Dat.*
nulli s. nemini 4, 67. 8, 783. 9, 402.
727. 10, 650. 14, 14. 162. 15, 844.
nulli deorum 6, 207. nulli — nulli
rei (? richtiger wol auf tellus, unda,
aër bez.) 1, 17. *Abl.* nullo veniente
3, 883. premente wenn sie Niemand
niederhält 15, 242. cogente ohne daß
sie Jemand nöthigte 1, 103. inhibente
2, 202. 3, 700. 7, 684. 13, 781.

num, Fragw., das e. verneinende Antw.
erwarten läßt, dir. wol? etwa? denn
etwa? 4, 571. 12, 878. 15, 530. anaphor. wiederh. 9, 743. 13, 158. zweif.
optima num sumat 13, 40. numquid
mihi cognitus esset denn wol 8, 46.
— indir. ob etwa 12, 105. wiederh.
13, 841.

Numa, ae, *m.* (Pompilius) zweiter König v. Rom, von Geburt Sabiner 15,
4. Die unbegründete Sage, daß er zu
Croton den Pythagoras gehört habe 15,
4 ff. 461.

numen, inis, *n.* (nuo) b. Wink, Wille,
bes. der Gottheit, superorum numine
1, 411; göttl. Macht 10, 690. Hercu-
leo numine 15, 47. si flumina numen habetis 1, 545; göttl. Wesen,
Aeneae des numen quamvis parvum
wenn auch nur niedern Grades 14, 589.
— meton. b. Gottheit selbst 11, 540.
2, 395. 858. magnum 5, 428. caeleste 1, 868. supernum 15, 128. laesum 4, 8. amicum 10, 278. vanum
8, 560. numinis cultores 1, 527. ira
2, 659. 6, 313. non sine numine
vincis ohne Hülfe der Gottheit 11, 288.
promissa numine firmat durch Anrufen
der Gottheit, durch e. Eid 10, 480. per
numina iuro 9, 871. deûm numen b.
Gottheit 11, 184. numina divûm 6,
543. 8, 739. numen Bacchi 4, 416.
numine sub dominae lateo 15, 546.
meum 6, 172. nostra 5, 279. montanum 8, 381. numen pelagi 11, 392.
aquarum 4, 532. commune regno-
rum duorum der Ober- u. Unterwelt
6, 666. alumnus numen b. göttl.
Zögling 4, 421. numina rustica 1,
192. ruris 2, 16. silvarum 6, 392.
fontana 14, 328. terrena unterirdische
7, 248. positi sub terra mundi 10,
17. montis die Musen, denen der Parnaß heilig war 1, 520. Musae, numina
vatum 15, 692; *Sing.* collect. grave
et implacabile die Erinnyen 4, 452.
grave Nereïdum 5, 17. montanum
die Berggottheiten 8, 786; *Pl.* von einer
6, 4. 44. Stygii torrentis 3, 291. ge-
melliparae divae Latona 6, 315. Hercu-
lap 15, 650. 675.

numerabilis, e, zählbar, zu zählen,
5, 588.

numero, avi, atum, are, zählen, alqd
6, 391. 7, 448. pecus 13, 824. numeratur septimus ist der Zahl nach der
siebente 4, 218. 10, 617. urna effudit
numerandos lapillos zur Zählung 15,
45; aufzählen, gentes 15, 830; unter
etw. zählen, rechnen, alqd in vestris
10, 435.

numerus, i, *m.* b. Zahl, Anzahl, numero eodem, sc. zonarum 1, 47. de
centum (capitum) numero 9, 71. numero novem an Zahl 5, 298. numerus ex agmine maior b. Mehrzahl 14,
508. amici numeri maioris 14, 496.
Pl. numeri magnorum laborum e.
lange Reihe 7, 8. — Zahl — Menge,
Schaar, audacissimus omni de numero 8, 623. 11, 525. in comitum
numero eratis bloß: unter ihren Begleiterinnen 5, 555. numerum accessit ad harum 2, 446. — übertr. Takt
in b. Musik ob. beim Tanze, ad numerum motis pedibus 14, 520. — *Pl.*
numeri b. Theile eines Ganzen, animalia trunca suis numeris Glieder
1, 428. componitur infans per suos
numeros Theil um Theil 7, 126.

Numicus, ii, *m.* kleiner latinischer
Küstenfluß südl. von Rom 14, 599.
Gen. Numici [Berüsat.] 14, 328.

Numidae, arum, *m.* Volk im nördl.
Africa, wo j. Algier. Sie wurden unter

ihrem König Juba, der zur pompejan. Partei gehörte, mit dieser bei Tharsus im J. 46 von Cäsar besiegt, rebelles 15, 751.

Numĭtor, ōris, m. Sohn des alban. Königs Proca, von s. Bruder Amulius der Herrschaft beraubt, später aber von s. Enkeln Romulus u. Remus wieder eingesetzt 14, 773.

numquam (nunq.), *Adv.* niemals 1, 736. numquamque 9, 693. et numquam usus und zwar ohne je 1, 441. numquam nisi immer nur 13, 222.

numquid s. num.

nunc, *Adv.* jetzt, gegenwärtig 3, 192. 4, 760. wiederh. 10, 657. Ggs. zu früher 1, 167. 747. 2, 541. 3, 304. 540. zu modo 1, 900. zu quondam .6, 88. etiam nunc auch jetzt noch 1, 357. nunc quoque auch jetzt, noch jetzt [theils 1. theils 4. J.] 4, 602. 750. 5, 677. 9, 226. 11, 141. 13, 622. 1, 235. 2, 706. 4, 561. 9, 290. 684. 14, 73; Ggs. zu später 2, 849. zu mox 4, 159. iam nunc 13, 19; corresp. nunc — nunc bald — bald 2, 864. 4, 360. 622. 7, 64. 8, 165 ud. nunc — interdum 15, 240. nunc — nunc — saepe 11, 503. s. auch modo. — jetzt, nun — unter den jetzigen, so bewandten Umständen 1, 58. 278. 865. 660. 2, 609. 3, 479. 6, 181. 10, 339. 11, 700 ud.

nuncŭpo, āvi, ātum, āre, m. Namen nennen, m. dopp. *Acc.* quem turba Quirini nuncupat Indigetem 14, 608.

nuntia (nunc.), ae, *f.* Botin, Verkünderin, Iunonis Iris 1, 270. ōdiissima vocis meae 11, 585. luctus 5, 549. cladis 6, 654. leti 14, 726.

nuntio (nunc.), āvi, ātum, āre, verkünden, alqd 11, 666. fera arma 5, 4.

nuntius (nunc.), ii, m. Bote, Verkünder, cladis 11, 849.

nūper, *Adv.* neuerdings, neulich, vor Kurzem 1, 30. 294. 454. 688. erst vor Kurzem, kürzlich 9, 791. tam nuper quam nuper 2, 633.

nŭrus, ūs, *f.* Schwiegertochter 6, 39. 183. 13, 509. Alcmenes Deïanira (d. s.) 9, 642. dona nurus der Hebe, durch Hercules Iupiters Schwiegertochter 9, 416. — *Pl.* (dicht.) junge Frauen überh. 6, 45. 588. 9, 844. nuribus Latinis 2, 366. matresque nurusque ältere u. jüngere Frauen 3, 529. 4, 9. matrum nuruumque caterva 12, 216.

nusquam, *Adv.* nirgends 3, 509. est nusquam existiert nirgends 3, 433. — ist loci 1, 587; = niemals, nusquam recta acies (est) 2, 776. 8, 515.

nūto, āvi, ātum, āre (nuo), mit d. Kopfe hin u. her nicken, im Schlaf, *Part.* nutantem 1, 717. nutanti mento 11, 620; übertr. tegmina capitum nutantia picto cono 3, 108. — bildl. schwanken, animus nutat levis huc atque illuc 10, 875.

nūtrīmen, ĭnis, n. Nahrungsmittel 15, 351.

nūtrio, īvi, ītum, īre, nähren, membra fessa 4, 216. quod animal ventis nutritur et aurā das Chamäleon 15, 411. semina solo nutrita 1, 420. pōpulus undā 5, 590. nutrit ignes foliis 8, 643. amorem 1, 496. 6, 493.

nūtrix, īcis, *f.* Ernährerin, Amme, die in d. alten Zeiten fortwährend d. treue Dienerin u. Beratherin ihres Pfleglings bleibt 3, 278. 4, 324. 6, 462. 9, 376. 707. 10, 382. 14, 703. litora nondum nutricis habentia nomen (s. Caieta) 14, 157. 442. nutrices Bacchi die nyseïschen Nymphen (s. Nyseïdes) 7, 295. — bildl. nox curarum maxima nutrix Nährerin 8, 81.

nūtus, us, m. das Winken, d. Wink, *Abl.* nutu 2, 849. 8, 612. nutu signisque loquuntur 4, 63. nutu signa remittis gibst durch Winken erwiedernde Zeichen 8, 460.

nux, nŭcis, *f.* Nuß, collect. 8, 674.

Nycteïs, ĭdis, *f.* Tochter des böot. Königs Nycteus, Antiopa, welche dem Iupiter, der sich ihr in Gestalt eines Satyr genaht hatte, die Zwillingssöhne Amphion u. Zethos gebar 6, 111.

Nyctēlĭus, ii, m. ($N\nu\kappa\tau\acute{\epsilon}\lambda\iota o\varsigma$ v. τῆς Nacht) Beiname des Bacchus von s. nächtl. Festen ($\nu\nu\kappa\tau\acute{\epsilon}\lambda\iota\alpha$) 4, 15.

Nyctēus, ĕi, m. Gefährte des Diomedes 14, 504.

Nyctĭmēne, es, *f.* Tochter des Nycteus ob. Epopeus, wurde in e. Nachteule verwandelt 2, 590. 493.

Nympha, ae u. **Nymphe**, es, *f.* Nymphe. Die Nymphen sind Halbgöttinnen, durch die man sich die Natur belebt dachte 1, 192. 2, 18. 3, 403; sie wohnten theils in d. Gewässern, Naiades d. s. colentes undas 1, 576. 2, 238. pelagi 4, 747. 13, 736. marinae 14, 566; theils auf d. Bergen, Oreades 6, 15. 11, 153; theils in Wäldern, Dryades ob. in einzelnen Bäumen, Hamadryades (d. s.) 8, 771. Nympha Peneïa Daphne 1, 472. Nympha coniunx Egeria, Numas Gattin u. Rathgeberin 15, 482. Nymphae Sicelides 5, 412. Corycides

1, 320. Avernales ber Unterwelt 5, 540. Nymphen als Richterinnen im Wettstreit ber Musen mit b. Töchtern bes Pierus 5, 314; bei Circe 14, 264. [*Sing. N.* vorwieg. Nymphe 1, 744. 2, 461. 1, 277 ab. -a 8, 636. *Gen.* Nymphae 4, 347. *Acc.* Nympham 1, 701. -en 14, 635. *Voc.* Nympha 1, 504. *Abl.* -a 1, 478. 15, 482.]

Nymphaeum, i, n. ben Nymphen heiliger Plaß ob. Hain 4, 260 (Anb. Nympharum).

Nysëïdes (um) Nymphae, bie Nymphen bes Berges Nysa in Indien (nach Anb. in Thracien), welche b. Bacchus erzogen 3, 314; ihre Verjüngung 7, 295.

Nysëus, ëi, m. Beiname bes Bacchus b. Berge Nysa, wo er erzogen wurde (f. b. vor.) 4, 13.

O.

o, *Interj.* o! 9, 428. o vellem 10, 355. quisquis es, o faveas 8, 613. sunt o sunt iurgia tanti 2, 434. 7, 797. o felicem coniuge matrem 10, 422. o quoties [Ausruf.] 8, 375. 10, 661. 14, 648. o si 14, 192. o utinam [Verwünsch.] 1, 363. 8, 467. 8, 501; bes. b. b. *Voc.* o superi 1, 196, o soror, o coniunx, o femina 1, 351. 2, 35. 3, 641 uö., puer o dignissime 4, 321. Iuppiter o 7, 615. dique o communiter omnes 8, 262. genus o mortale 15, 139. vom *Voc.* getrennt, quid o tua fulmina cessant, summe deum 2, 279. per o tua lumina, pulcherrime 14, 372. rex, ait, o salve 15, 581. 12, 590. 2, 426. 4, 114. 155. 573. 5, 242. 269. 7, 164. 8, 140. 405. 594. 866. [Mit Plural o ullore. o ego 2, 580. 3, 51. 6, 461 Verwünsch. o et de Latii, o et de gente Sabina praecipuum decus 14, 832.]

ob, *Praep. m. Acc.* wegen, ob hoc deswegen, näml. ob decorem 13, 91.

ob-ambulo, avi, atum, are; umherwandeln, in herbis 2, 851. — *transf.* Astraea umwandeln 14, 188.

ob-duco, xi, ctum, ere, überziehen, bildl. luctus annis obductos rescindere vernarbt 12, 543. vultus obducti umzogen, umwölkt 2, 329.

ob-eo, ivi u. ii, itum, ire, umziehen, ora cacumen obit 1, 552. limbus chlamydem 5, 51. pallor ora überzieht 11, 418.

obicio (spr. obiic.), ieci, iectum, obicere (ob-iacio), entgegenwerfen, -halten, vorhalten, oculis animoque Erinys 1, 725. oculis nubem vorziehen 12, 31. 15, 637. — bildl. verwerfen, zum Vorwurf machen, cladem 4, 516. vobis digna pudore 13, 307. obiecta (crimina) 13, 312.

obiex, obicis (spr. obiicis v. obicio), m. vorgeschobener Riegel, obice firmo claudere 14, 780. — übertr. vorgesch. Hindernis, Damm, ab obice saevior in Folge bes D. 3, 671.

obitus, us, m. Untergang, der Gestirne, ortuque obituque bei U. der Sonne 15, 810. — der Tod, ante obitum 3, 137. obitum timentes 15, 161.

oblecto, avi, atum, are (ob-iacto), zum Vorwurf machen, obiectat illis natum bh. ben Tod bes Sohnes 2, 400.

oblectamina, um, n. Ergötzlichkeit 9, 342; Trost-, Beruhigungsmittel, suarae sortes, hominum (Anb. animi) oblectamina 11, 412.

ob-ligo, avi, atum, are, an etw. binden, verbinden; bildl. verbinden, verpflichten, obligor fühle mich (euch) verbunden, verpflichtet 9, 248.

ob-lino, levi, litum, ere, bestreichen, *Part.* oblitus (lupus) sanguine rictus (*Acc. limit.*) besudelt 11, 367. 4, 97. frena spumis bespritzt 15, 519.

obliquo, avi, atum, are, seitwärts richten, ensem in latus (b. l.) 12, 486. oculos contra diem verbergen 7, 412.

obliquus, a, um, seitwärts, schief, schräg 10, 490. 747. ictus seitwärts geführt, schräg 8, 344. 757. 10, 712. in obliquo inguine in der schrägen Neigung der Weiche 5, 182. obliqua bracchia tendens seitwärts gewandt 5, 215. obliquo lumine schielend 2, 787. saxa querliegend 8, 551. ripae gekrümmt 1. 39. cursibus obliquis fluere 9, 18. in obliquum scelus est limes in schräger Richtung 2, 130. in latus obliquum schief nach b. Seite 3, 187. iacere ab obliquo von seitwärts 10, 675.

obliviscor, oblitus sum, i, vergessen, m. *Inf.* paene est oblita tollere hätte beinahe vergessen 2, 439. 4, 677; *Part.* oblitus uneingedenk, m. *Gen.* veterum honorum 7, 543. meritorum 8, 140. regisque ducumque meique 13, 276. pecorum 13, 763. non oblita animorum wol gedenk 13, 550; m. *Inf.*

equi obliti ad metam tendere 15,
458. m. *Acc. c. Inf.* 14, 186; m. indir.
Fr. 2, 493. 14, 559.
oblivium, ii, n. Vergessenheit [nur nur
Pl.], caecae mentis 4, 502. m. *Gen.
obj.* meriti 7, 45. oblivia multarum
fecit ließ Viele vergessen 4, 206. oblivia tibi (fl. a te) acta esse Herculeae
laudis daß vergessen worden ist 12, 539.
ob-mutesco, mutui, ere, verstummen,
obmutuit dolore 13, 588.
obnoxius, a, um, unterworfen, m.
Dat. fatis tadem 11, 742. morti 14,
600. nullis iussis 15, 853. — unterwürfig, facies 5, 235.
ob-orior, ortus sum, [ri, entstehen,
zum Vorschein kommen, tenebrae sunt
oculis per tantum lumen obortae
mitten durch solchen Lichtglanz zog sich
Dunkel vor s. Augen 2, 181. lacrimae obortae hervorbrechend 1, 350. 3,
656. 4, 683 ud., aufgestiegen 11, 458.
13, 539. concrevit saxo oborto durch
das Entstehen v. Stein, dh. durch Verwandlung in St. 3, 308. 10, 67.
obp... s. **opp...**
ob-ruo, rui, rutum, ere, überschütten,
:bedecken, begraben, alqm 13, 884. tauros vergraben 15, 864. iudicium vocis
tellure regestā 11, 189. agros fluctibus 11, 210. 1, 309. 7, 345. caput
mersum ruptā undā — obruit ruptā
undā et mergit 11, 569. arbor pectora 10, 496. semina obruta sunt
sulcis 1, 124. bildl. obruor toto oceano 9, 694; *Part.* obrutus überschüttet,
cumulo 13, 514. begraben 1, 156. 13,
448. verba 11, 193.
obscenus, a, um (ob u. caenum),
unzüchtig 10, 236. greges bis ausge-
lassenem Bacchusschwarm 3, 537. lectus
10, 465. dicta 14, 522. spes 9, 488.
flammae 9, 500. Salmacis obscenae
undae (*Gen. qual.*) weg. ihrer entman-
nenden Wirkung 15, 319. *Subst. neutr.*
obscena Schamglied, Priapi 9, 347.
obscūrus, a, um, dunkel, finster, ohne
Licht 2, 514. antrum 4, 100. trames
10, 54. stabula obscura silvis im
dunkeln Versteck des Waldes 6, 521.
Lucifer zum Zeichen b. Trauer 11, 570.
obscurus mortalia pectora terret b.
Sonne in ihrer Verfinsterung 4, 201;
— dunkelfarbig, ferrugo 5, 404. —
bildl. unkenntlich, dunkel, Pallas versteckt unter d. Gestalt der Alten 6, 86.
v. Worten = unverständlich, verba obscura caecis latebris (b. s.) 1, 388.
carmen 14, 57. vates die Sphinx wegen ihrer Räthsel 7, 761. b. e. Bild —

unbeutlich 3, 475. res obscura est
wenig bekannt 6, 319.
obsequium, ii, n. Nachgiebigkeit, Willfährigkeit, amantis 8, 298. aquarum
willfährige Strömung 9, 117.
ob-sequor, secutus sum, i, Folge leisten, willfahren 1, 488.
ob-sero, sevi, situm, ere, besäen, bepflanzen, *Part.* rura obsita pomis
13, 719; bildl. terga conchis besät 4,
725. silva bacis 11, 284.
ob-servo, avi, atum, are, auf etw.
Acht geben, beobachten, greges hüten
1, 514. res observata colonis (*Dat.
fl. a*) 15, 373.
obses, Idis, c. Geisel, m. 1, 237. f.
me accepta obside 8, 48.
obsideo, sedi, sessum, ere (ob-se-
deo), besetzt halten, aditum 4, 490.
palus obsessa salictis besetzt 11, 368.
bildl. corpus obsessum frigore ergriffen 9, 582. — belagern, obsessa
Mutina 15, 822. artus obsessi gleichsam belagert v. Alpheus 5, 832. Trachas
obsessa palude umgeben 15, 717.
ob-sisto, stiti, stitum, ere, sich ent-
gegenstellen 3, 620. obstitit 4, 490.
5, 420. fugienti animae den Weg
verlegen 12, 425; wehren, nos obsti-
timus 15, 599. vix obstititur illis,
quin 1, 58.
ob-stipesco (stup.), stupui, ere, betäubt werden, in Bestürzung, Verwirrung gerathen 7, 727; staunen 1,
884. 7, 522. 8, 618. 766. 10, 550.
565. 12, 18. 18, 940. 14, 350; er-
schrecken, sich entrüsten 3, 844. Über
eim. *Abl.* forma 2, 726. [*Nur Perf. u.
sterd Dichterspr. außer* 7, 777.]
ob-sto, stiti, statum, are, entgegenstehen, im Wege stehen, quercus obstitit retro eunti 3, 92. 568. 8, 344.
13, 137. obstantes nebulae 2, 159.
14, 769. silvae 8, 80. obstantia fata
13, 372. Somnia im Wege liegend 11,
616. — bildl. widerstreben, hinderlich
sein, hindern, obstat dens 7, 12.
reverentia 10, 261. an obstem Wi-
derstand leisten 9, 148. alcui 1, 18.
4, 73. 249. 12, 182. obstitit surgen-
tibus ensis 5, 77. pudor incepto 7,
145. bellum officio 8, 422. obstari
animae daß seine Seele gehindert werbe
11, 788. obstantes remi widerstreb-
3, 676. colubrae widerspänstig 4, 475.
ob-strepo, ui, itum, ere, dazwischen
lärmen, :tosen, obstrepuere 4, 592.
m. *Dat.* sono citharae übertosen 11, 18.
ob-struo, xi, ctum, ere, entgegen-
thürmen, verbauen, obstructa saxa

8, 570; verbana, versperren, terras et undas obstruat (Minos) 8, 186.

ob-strūsus, a, um (v. obstrudo ob. obtrudo), verhüllt, carbasa pullo mit Schwarz gesäumt 11, 48.

obstupesco s. obstipesco.

ob-sum, offui, obesse, entgegen sein, schaden, hinderlich sein, alcui 7, 562. 11, 820. id unum, quod obest das eine Hindernis 9, 404. mater obest der Gedanke an sie ist mir hinderlich 13, 463.

obtĭcesco, ticui, ĕre (taceo), verstummen, obticuit 14, 523.

obtūsus, a, um (ob-tundo), abgestumpft, telum 1, 471.

ŏb-umbro, āvi, ātum, āre, überschatten, coma umeros 13, 845. lacus templum 14, 837.

ŏb-uncus, a, um, einwärtsgekrümmt, pedes (aquilae) 6, 516.

ŏb-ustus, a, um (uro), angekohlt, sudes 12, 299.

ob-verto, ti, sum, ĕre, entgegenkehren, remos obstantes auf d. entgegengesetzte Seite wenden 3, 676. pendentes remos lateri d. herabhangenden Ruder quer über Bord legen, was geschah, wenn man zu rudern aufhörte 11, 475; geg. etw. hinkehren, -wenden, arcus in alqm 12, 605. se ad partem alqm 5, 231. quo mentem cum lumine 2, 470. obversus faciem (Acc. limit.) in agmen 12, 467.

obvĭus, a, um (via), entgegen, obvia turba ruit 15, 730. obviam procedere 7, 515. obvius undis carpe viam 11, 158. obviam ire alcui entgegen gehen 7, 111. 2, 75 (m. folg. ne). esse begegnen 15, 764. obvia lumina portant tragen entgegen 14, 419. ligno obvia succedit schmiegt sich dem Holz entgegen 10, 497. obvia flamina entgegen wehend 1, 528.

occallesco, callui, ĕre (ob u. callum), e. dicke Haut bekommen, sich verbilden, rostro (Abl. instr.) zum Rüssel 14, 282.

occāsus, us, m. d. Untergang der Sonne, occasus et ortus 1, 354. — Sonnenuntergang, als Gegend, Westen, solis ab occasu ad ortus 5, 445. Pl. prospicit occasus, respicit ortus 2, 190. 4, 626. 14, 386.

occĭdo, cĭdi, cāsum, ĕre (ob-cado), niedersinken; hinsinken im Tode, fallen — getötet werden 5, 144. 6, 301. 7, 440. minimo vulnere 6, 265. occidit ab Achille 13, 597; überh. sterben 10, 10. 628. occiderat mater 6, 10.

14, 742. 805. vivat an occidat 7, 24. occidimus ich bin tot 11, 662. 684. — untergehen — zu Grunde gehen, una domus 1, 240.

occĭduus, a, um, untergehend, sol 1, 63. Phoebus 14, 416; sich zum Tode neigend, senecta 15, 227.

occŭlo, ui, tum, ĕre, verbergen, verhüllen, caput 2, 256. alqm antris 3, 316. invencam sub imagine cervi 7, 360. terras caligine 1, 600. aëra nubibus 14, 817. [Nur Perf. u. Verdanf.] Part. occultus verborgen, geheim, sagitta 12, 596. dolor 2, 806.

occulte, Adv. verborgen 10, 519.

occulto, āvi, ātum, āre, verstecken, boves silvis 2, 686.

oc-cumbo, cŭbui, cŭbĭtum, ĕre, niedersinken im Tode 7, 437. — erliegen 12, 457. alcui: ferro 12, 207. neci 15, 499.

occŭpo, āvi, ātum, āre (ob u. capio), sich bemächtigen eines Ortes oder Gegenstandes, in Besitz nehmen, collem hinaufsteigen 1, 293. montis cacumen 1, 667. scopulum erklimmen 4, 528. murum 11, 528. currum besteigen 2, 150. rumor occupat sermonibus orbem erfüllt 8, 147. totum occupat anguis nimmt meine ganze Gestalt ein 4, 585. spiritus quoslibet artus 15, 166. saxum artus 14, 757. magna pars pedum digitos wird v. Leben eingenommen 14, 502. somnus corpora überkommt 7, 635. torpor, tremor artus ergriff 1, 548. 3, 40. cupido, pavor, horror alqm 10, 690. 12, 135. 14, 198. nox oculos bedeckt 1, 721. sudor artus 5, 632. ne communia solus occupet sich gemeinsames Verdienst allein anmaßen 13, 272. — überfallen, überraschen, alqm 4, 716. 11, 239; zuvorkommen im Angriff, Phoenicas 3, 48. mittentem 12, 343. audentem 8, 899.

oc-curro, curri cursum, ĕre, entgegen kommen, begegnen, alcui 3, 10. Maeandros sibi occurrens sich selbst 8, 164; entgegen gehen, alcui 7, 476.

occursus, us, m. Entgegenkommen, Begegnung, occursu 14, 356. stipitis durch Anrennen an 15, 523.

Ocĕānus, i, m. der große Strom, der nach d. Meinung der ältesten Zeit d. Erde rings umflutete 13, 292. refluum mare Oceani 7, 267; dann das große Weltmeer, bes. im Westen 15, 12. gentes ab utroque iacentes Oceano nach beiden Oceanen hin, dem westl. u. östl. 15, 830. bildl. toto obruor Oceano

9, 594. — der Gott Oceanus, Sohn des Uranos u. der Gäa, Gemahl seiner Schwester Tethys 9, 499. senex 2, 510; nimmt den Glaucus unter d. Meergötter auf 13, 951.

ōcior, us, Compar. schneller 1, 641. ocior aurā 1, 502. non ocior illo exit hasta 7, 776. m. Inf. conscendere antemnas 8, 618.

ōcius, Adv. (sell. Pos. ociter) schneller 12, 228; je eher, je lieber, wie das Homerische θᾶσσον 1, 242.

octāvus, a, um, der achte 8, 327.

octōnī, ae, a, je acht, bis octonis annis sechzehn 5, 60. octonis natalibus iterum actis 13, 753.

ŏcŭlus, i, m. Auge [Pl. oculī 4, 728], oculi torvi 5, 92. superbi 6, 169. immites 6, 621. quamvis iniqui 9, 476. umentes 11, 464. igne micantes 1, 499. 15, 674. morte gravati 4, 145. lucent 1, 289. oculos tollere 11, 619. 15, 570. attollere humo 2, 448. 6, 606. immotos tenere 2, 502. demittere 15, 612. flectere 8, 696. reflectere 7, 341. retorquere 10, 696. avertere 2, 770. profanos removere 7, 256. figere in alqo 4, 197. oculis notare 8, 596. oculis animoque 4, 129. acies oculorum 7, 564. ante oculos esse 2, 188. 8, 507. adesse 7, 635. ponere 2, 803. habere 1, 629. stare 12, 429. consistere 7, 72. — bibl. mundi oculus d. Weltauge, b. Sonnengott 4, 228. oculi pectoris des Gristes 15, 64.

Ocyrhoë, es, f. Tochter des Chiron u. der Chariclo, hatte die Gabe der Weissagung u. wurde v. Jupiter in e. Stute verwandelt 2, 683 ff., worauf sie d. Namen Hippo ob. Hippe d. Stute erhielt 2, 675.

ōdi, isse, nicht gern haben, urbes 11, 764. quae modo voverat, odit mare es gern los 11, 128. se ist unzufrieden mit sich 2, 613. 614. 616; hassen, alqm 9, 116. 9, 22. 10, 314. alqd 11, 128. lucem 2, 383. vitam 7, 683.

ōdium, ii, n. Haß 8, 259. 4, 469. 5, 218. geg. Jem. Gen. Cyclopis 13, 755. in Circes odium um ihren Haß geg. C. auszulassen 14, 71. tyrannidis 15, 61. mori Abneigung gegen 15, 829. in alqm 12, 544. cum alqo Freundschaft mit 7, 297. alcs implere sätti- gen 9, 135. inexorabile exercere auslassen 5, 245. paternum in prole den Haß geg. b. Vater 9, 275. odio esse alcui verhaßt sein 2, 438. Pl. Hassesgefühle 4, 448.

ŏdor, ōris, m. Geruch, einer Sache, odore tacti 7, 288; Wolgeruch — wolr. Stoff 4, 258. nexili corpus divino odore 14, 605. Pl. 2, 628. 15, 400. largis satiantur odoribus ignes 4, 759; übler Geruch, Gestank, vitiantur odoribus aurae 7, 548.

odōrifer, era, um, Wolgerüche her- vorbringend, gens d. morgenländische Volk 4, 209.

odōro, āvi, ātum, āre, mit Wolgeruch erfüllen, aëra fumis 15, 734. Part. odoratus durchduftet, duftend, nectar 4, 250. 10, 732. cerae 8, 226. ignes d. Weihrauch 15, 674.

odōrus, a, um, wolriechend, flos 8, 87.

Odrysius, a, um, odrysisch = thracisch, von d. thrac. Völkerschaft der Odrysae, rex 6, 490. Subst. Odrysius der Obrys- fer = Thraker, Polymestor 13, 554.

Oeagrius, a, um, dem thrac. König Oeagrus, dem Vater des Orpheus gehö- rig, Haemos 2, 219.

Oebalides, ae, m. d. Sohn des spart. Königs Oebalus, Hyacinthus 10, 196.

Oebalius, a, um, volnus des Oebaliden Hyacinthus 13, 396.

Oechalia, ae, f. Stadt auf Euböa, victor ab Oechalia (s. Iole) 9, 136.

Oechalides, um, f. die Frauen v. Oe- chalia 9, 331.

Oeclides, ae, m. d. Sohn des Oicles Amphiaraus, e. berühmter Seher aus Argos, (vates 9, 407), der seinen Tod voraussah, wenn er an dem Zuge der Sieben geg. Theben Theil nähme, u. deshalb mitzuziehen verweigerte. Aber seine Gattin Eriphyle, von Polynices durch das goldne Halsband der Harmo- nia bestochen, beredete ihn dennoch zur Theilnahme, worauf er wirklich vor Theben s. Tod fand. indem ihn auf d. Flucht die Erde verschlang 9, 406. Früher war er bei d. calyd. Jagd 8, 317.

Oedipodionius, a, um, dem theban. Könige Oedipus, dem Sohne des Laius u. der Jocaste gehörig, Thebae 15, 429.

Oeneus, ĕi, m. König v. Calydon, Sohn des Parthaon, Parthaone na- tus 9, 12; Vater des Meleagros, Ty- deus u. der Dejanira. Diana rächt sich an ihm für ihre Vernachlässigung an e. großen Opferfeste durch Sendung des calydon. Ebers 8, 273 [Acc. Oenea]. 486.

Oeneus, a, um, dem Oeneus gehörig, agri 8, 281.

Oenides, ae, m. Nachkomme des Oe- neus, 1) sein Sohn Meleagros 8, 414. —

2) fein Enkel Diomedes, Sohn des Tydeus 14, 612.

Oenōpia, ae, f. früherer Name der Insel Aegina. Letzteren gab ihr erst Aeacus
nach seiner Mutter Aegina 7, 472.

Oenōpius, a, um, önopisch = äginetisch,
muri 7, 490.

Oetaeus, a, um, ätäisch, am ob. auf
dem Oeta (d. i.), arva 1, 313. flamma
9, 249. rex (Ceyx, weil Trachin am
Oeta lag 11, 383.

Oete, es (Οἴτη, lat. Oeta), f. Gebirg
zwischen Thessalien u. Mittelgriechenland 2, 217. ardua 9, 230. masc. ne-
morosus 9, 166. altus 9, 204. [Berschl.]

offendo, di. sum, ĕre (ob-fendo),
anstoßen, offensus pes was als übles
Omen galt 10, 452. — bildl. bei Jem.,
Jem. verletzen, beleidigen, offensa est
5, 463. *Part.* offensus 2, 519. durch
etw. indicio 14, 27. repulsa 14, 42.
10, 228. tanta magistra daß man ihr
eine so hohe Lehrmeisterin beilege 6, 24.
vitiis abgeflossen durch 10, 214.

offensa, ae, f. Anstoß, Verletzung,
Kränkung, offensa repulsae wegen d.
Verletzung durch Zurückweisung 16, 508.
— daraus folgender Haß, offensa mei
gegen mich 7, 745. *Pl.* odium offen-
sasque in alqm 12, 514.

of·fĕro, obtŭli, oblātum, offerre ent-
gegenbringen, arma ultro von selbst
angreifen 14, 800. offer mihi ora
coniugis zeige mir 14, 842; darbieten,
oblata praeda 8, 246. se alcui 1,
644. se ad prima pericula 13, 42.

officium, ii, n. Dienst, Dienstleistung,
9, 109. 8, 489. officium tibi sit dir
soll es als Dienst gelten 6, 131. remigis 13, 367. huius tegminis 12,
92. officio pedum fungi 2, 480. 1,
744. inter officium turbamque sacri
12, 82. honor officii für 2, 286.
officium negare alicui 2, 385. in pio
cadit officio 6, 250. triste der Todten-
bestattung 12, 4. nonus in officio
bei seinem Dienstanerbieten 13, 277;
Dienstwilligkeit, officium spondet com-
misso amori verspricht für 10, 418.
Pl. dilecta officiis suis wegen 9, 308;
Freundes- ob. Liebesdienst, oblitus
officio bellum d. Nachbarpflicht der
Theilnahme 8, 422. Aufmerksamkeit,
turbae sequentis das ehrerbietige Ge-
leite, das man Vornehmen gab 15,
692; Pflicht, praestare alicui erfüllen
7, 337.

Oīleus, ĕi u. ĕos, m. König der Locrer. Sein Sohn Ajax wird daher
Ajax Oïleos Sohn des Oïleus genannt zum Unterschied vom gleichnam.
Sohne des Telamon 13, 622. [Hier u.
Theron c. … einzige Beispiele dieser Gene-
tivform des Namens auf -eus in d. Met.]

Olĕa, ae, f. Olivenbaum, Pl. Oliven-
zweige, pacales 6, 101.

Olĕaster, stri, m. d. wilde Oelbaum
14, 525.

Olēnīdes, ae, m. d. Sohn d. Olenos
12, 433.

Olēnius, a, um, olenisch, von d. Stadt
Olenos in Achaja, capella d. Ziege
Amalthea, die den Jupiter als Kind in
Aegion unweit Olenos nährte u. deshalb
von ihm unter d. Sterne versetzt wurde
3, 594.

Olĕnos, i, m. wurde mit s. Gattin Le-
thäa auf dem Ida in Stein verwandelt,
trotzdem daß er der letzteren Schuld auf
sich nehmen wollte 10, 69. Die Fabel
ist sonst unbekannt.

olens, ntis (*Part. v. oleo*), riechend,
u. zwar duftend, menthae 10, 729;
stinkend, stagna olentia sulphure
6, 404.

Olĕāros, i, f. eine der cyclad. Inseln
7, 469.

olim, *Adv.* d. Zeit von d. Vergangenh.
ehemals, einst 4, 55. 7, 292. 406. (Ggs.
nunc 8, 624; schon lange 2, 186. —
von d. Zukunft einst 15, 434. — d.
jeweilige Wiederholung bez., m. *Praes.*
zu Zeiten, zuweilen, cum ferreus olim
aries concutit arces 11, 508. 14, 429.
[Berschl. außer 2, 466.]

olīva, ae, f. d. Olive, Oelbaum, semper frondens 8, 295. mitis vom Oel
auf d. Baum übertr. 7, 277. fetus
edentis olivas 6, 82. ramus olivae
als Symbol des Friedens 7, 498. unten.
silvestris d. Stab aus wildem Oelbaum 2, 681. — Olive als Frucht nitida 7, 470. gravidae 7, 281.

olīvum, i, n. dicht. = oleum Oel, sucus pinguis olivi 10, 176.

ŏlor, ōris, m. Schwan 7, 372. 379.

olōrīnus, a, um, dem Schwan gehörig, also des Schwanes 6, 109. 10, 719.

olus, ĕris s. holus.

Olympus, i, m. 1) Berg im nördl. Thessalien, der für d. Wohnsitz der Götter galt
1, 154. 2, 225. 7, 225; dah. meton. der
himmlische Wohnsitz der Götter, summo
delabor Olympo 1, 212. vasti rector
Olympi 2, 60. 9, 499. magni cum
dis contemptor Olympi 13, 761.
Himmelsgewölbe, declivis 6, 470. —
2) Schüler u. Freund des Marsyas, der

ihn im Flötenspiel unterrichtete 6, 393. [Verschl.]

ōmen, ĭnis, n. Vorbedeutung, Vorzeichen, vanum 2, 597. günstig: felix 10, 8. amici numinis (Appos. zum folg. W.) 10, 276. fausto omine unter günstigen Anzeichen 6, 448, vgl. 9, 785. quod das mihi, pigneror omen 7, 621. omen fallere (d. [.) 12, 218. omina reddidit votis gab uns durch Wünsche Gutes verheißende Anzeichen 14, 272; ungünstig 9. 572. 767. 11. 719. dirum 5, 550. certa 9, 595. tristia dedit babo 15, 791. facere letali carmine geben 10, 452. procul omina talia di pellant bb. das dadurch Verkünbete 15, 687.

omnĭpŏtens, ntis, Alles vermögend, allmächtig, pater omnipotens = Iuppiter 1, 154. 2, 304. 401. 3, 336. 9, 271. Subst. der Allmächtige = Iuppiter 2, 505. 14, 816. [Einst. vor d. regelm. Gsf.]

omnis, e, aller, jeder, nefas 1, 129. luctus 8, 449. quod petis omne feres 11, 287. ab omni parte von allen Seiten 1, 34. partes in omnes 8, 381. omnis deus 8, 426. arbor 13, 820; ganz, caelum 1, 281. solum 2, 260. corpus 3, 38. caput 2, 40. lacrimis absumitur omnis 5, 427; oft Ggf. unus 2, 13. 3, 715. 10, 317. 12, 495. — Subst. omnes Alle 1, 524. 3, 513. 14, 469. omnia Alles 1, 5. 69. 2, 32. Cereris sunt omnia munus 5, 343. omnia pontus erat 1, 292. unum erat omnia vulnus 15, 529. non omnia grandior aetas, quae fugiamus, habet nicht lauter Dinge, die man fliehen möchte 6, 28. nondum memorata omnibus 4, 688. — alle Geschöpfe omnia languor habet 7, 547. omnia debemur vobis wir mit allem, was wir sind und haben 10, 32. — Alles zusammen, Ggf. singula 9, 608 ff.

Onchestĭus, iĭ, m. e. Onchestier, aus d. böot. Stadt Onchestus, wo Neptun e. Tempel hatte 10, 505.

ŏnĕro, āvi, ātum, āre, belasten, stipes olivis oneratur belastet sich 7, 281. Part. agri onerati messibus 8, 701. arbutus pomo 10, 101. bracchia telis 5, 109. tempora turpi pudore 11, 180.

ŏnĕrōsus, a, um, lastend, schwer 9, 54. 15, 240. onerosa graviusque (hasta) zu brückend u. schwer 13, 108. aër onerosior est igni 1, 53. onerosior altera sors est macht mehr Last 9, 676.

ŏnus, ĕris n. Last, Bürde 4, 530. 10,

876. 12, 517. grande 7, 625. aequatum 2, 165. dulce 9, 339. inclusum die vom Himmelsraum umschlossene Erde 1, 47. sinistrae 2, 681. 12, 89. plaustri e. Wagenlast 12, 282. impatiens oneris 7, 211. sibi oneri esse 10, 195. oneri ferendo esse (f. fero) 15, 403; Leibesbürde 10, 506. 513. uteri 10, 481. — bildl. Last = drückendes ob. schwierige Aufgabe, Mühe, honor mixtus oneri 2, 634. onus a se removit 12, 626. impositum feret 15, 820; = Gegenstand der Sorge, nata commune est onus mihi tecum 5, 523.

ŏpācus, a, um, schattig, silvas 6, 687. 8, 376. vallis 11, 277; beschattet, herba 3, 438. unda 14, 330. terrae von d. Nacht 11, 607. — bildl. dunkel, caligo 10, 54. crepuscula 14, 122. antra 13, 777. mundus d. Unterwelt 5, 507. Tartara 10, 20. in viscera opacae matris der in ihrem Innern dunkeln Mutter, der Erde 2, 274.

ŏpĕrĭo, uī, pertum, īre, bedecken, alqd 10, 496. scopulus operitur ab aequore 4, 732. alqm alā 4, 425. operiri bracchia plumis sich bedecken 5, 672. operti arbore montes 5, 612. litus algā 11, 283. — zumachen, scrobes 11, 189.

ŏpĕror, ātum sum, ārī, sich beschäftigen, Mühe geben, Part. operatus beschäftigt mit etw. Dat. studiis Dianae 7, 746. studio operatus inhaesi hing voll Eifer an m. Gewerbe 8, 865.

ŏpĕrōsus, a, um, arbeits-, mühevoll, mandi moles operosa mühevoll bereitet 1, 258. templa 15, 687. — wirkungsvoll, wirksam, herba 14, 22.

Ophĕltes, ae, m. tyrrhenischer Schiffer 3, 605. 641.

Ophĭas, ădis, f. die Ophierin aus d. ätol. Stamme der Ophier 7, 383.

Ophīŏnīdes, ae, m. d. Sohn des Ophion, d. Centaur Amycus 12, 245.

Ophĭūsĭus, a, um, ophiusisch = cyprisch, von d. alten Namen der Insel Cypern, Ophiusa, ărva 10, 229.

ŏpĭfer, ĕra, um, Hülfe bringend, hülfreich, deus Aesculap 15, 653; Subst. opifer der Hülfebringer, Hülfreiche, Apollo als Heilgott 1, 621.

ŏpĭfex, ĭcis, m. Werkmeister, rerum 1, 79; Künstler 8, 201.

ŏportet, uit, ēre, es ist nöthig, gebührt sich, ut oportuit wie es sich gebührt hätte 7, 729.

opperior, itus u. portus sum, iri, warten, m. dum bis 9, 96.

oppidum, i, n. Stadt [Rel. nur Pl.] 1, 97. 5, 365 u. ö.

op-pōno, pōsui, pŏsitum, ĕre, entgegensetzen, -halten, bracchia 9, 83. genu contis bagegenstemmen 12, 347. opposito genu geg. b. Bogen 5, 383. oppositae nubes entgegenstehend 10, 179. 14, 708. imago speculi Gegenbilb ob. Widerschein bes Spiegels 4, 349. Rhegion oppositum contra Zancleïa saxa gegenüberliegend 14, 47; vorhalten, zum Schutze, manum fronti 3, 278. 12, 386. molem clipei 13, 75.

opportūnus, a, um, passend gelegen, geeignet, latebra 8, 443. pŏpulus sich passend barbietend 10, 555.

opprĭmo, pressi, pressum, ĕre (ob-premo), unter-, nieberbrücken, saxea moles oppressit socium erschlug 12, 284. ora loquentis zuhalten 3, 296. oppressi vultus niebergebrückt burch b. Glut u. ben Aschenregen 2, 275. — bilbl. überwältigen, alqm 5, 150. 12, 538.

opprŏbrium, ii, n. (ob u. probrum) schimpflicher Vorwurf, Beschimpfung, opprŏbria dicere 1, 758. — b. Sache, die zum Schimpf gereicht, Schimpf, Schanbe, opprŏbrium generis Minotaurus 8, 155.

op-pugno, āvi, ātum, āre, gegen etw. ankämpfen, bestürmen, molem 9, 41. carinam 11, 531.

I) [ops] Sing. nur opis, opem, ope, f. Mittel etw. auszurichten, nec opes exponere parvas 11, 201. bah. Pl. opes Vermögen, Reichthum, Schätze 2, 795. 3, 590. 11, 146. 209. 15, 91. immensae 6, 181. patriae 8, 844. effodiuntur 1, 140. opibusque virisque potens 6, 426; Macht, Herrschaft, bene fundatis opibus Iuli 14, 583. rexit Ausonias opes 14, 773. Orci b. mächtige Reich 14, 117. — Sing. Hülfe, Beistanb, opis nihil 7, 614. 11, 661. mora 10, 643; opem orare 1, 648. poscere 2, 676. implorare, petere 8, 269. ferre 2, 805. 8, 177. fer opem 1, 380. 545. 2, 700 u. ö. afferre 8, 601. exilium superabat opem 7, 527; ope mit Hülfe, Nympharum 7, 854. qua mit wessen 3, 633. serā 2, 617. geminā 8, 663. virginea ber Jungfrau, Ariabne 8, 172. equinā ber Roßfüße 9, 125. ope lactis alere mittelst Milch 9, 339; meton. = Helfer, suam opem non emittere 15, 550.

II) Ops, ŏpis, f. altitalische Göttin bes Getreibesegens, Gemahlin bes Saturnus. Inbem man Saturnus u. Ops bem griech. Kronos u. Rhea, ben Kinbern bes Uranus, gleichstellte, erschienen sie zugleich als Geschwister 9, 498.

optābĭlis, e, wünschenswerth, tempus 9, 759.

opto, āvi, ātum, āre (vgl. optimus), als bas Beste wählen; wünschen, neque haec non optasse, neque Illa non iorasse potest weder kann sie b. Wunsch ungeschehen machen, noch er ben Schwur 3, 297. alqd 1, 488. 2, 66. 102. 8, 705. necem bloß wünschen 4, 116. male optatum aurum 11, 136. 2, 148. optandi muneris arbitrium 11, 100; m. ut 3, 290. 11, 565. 581. m. ne 10, 588. m. bloßem Conj. (vorausgeht) 2, 141. 7, 512. 10, 275. 14, 567. m. Inf. 4, 187. 816. 5, 559. 10, 364. 11, 128. 13, 708; sper. begehren als Göttin ob. Gatten, alqam 8, 325. 12, 192. 10, 622. — Subst. neutr. optata bas Gewünschte, b. Wunsch 11, 104. 14, 136. deae 6, 370.

1) ŏpus, ĕris, n. Werk, Arbeit 3, 151. 728. mannum 4, 59. pacis 5, 112. inter opus 8, 210. operi favere (b. [.]) 15, 367. immanes operum Arbeit 4, 5. admonitor operum 4, 664. Felb-arbeit 7, 539. arma operis am 11, 84; Beschäftigung, Thätigkeit 2, 411. 8, 147. 8, 815. iuvenile palaestrae 6, 241. opus meum explet Am 3, 849; Unternehmen, operi meo concedite 8, 593; Wirkung, hastae 12, 112. tela diversorum operum 1, 409; Arbeit = Arbeitsstoff, digitis subigebat opus 6, 20. — künstl. Arbeit, Kunstwerk, materiam superabat opus 2, 5. 111. 4, 175. admirabile 8, 14. 13, 200. finem operis facere 6, 102. 130. artis tantae 13, 290. marmoreum Marmor-bilb 4, 675. 10, 249; Bauwerk, Bau, ponit opus bas Labyrinth 8, 160. b. Mauern v. Troja 11, 205. 13, 593; Werk eines Schriftstellers, Dichtung, opus exegi 15, 871. — vollbrachtes Werk, That 1, 445. 9, 187. 11, 214. 15, 751; maiora 5, 269. 12, 187. 13, 171. operum certamen 13, 159.

II) ŏpus, Indecl. m. est [nur so] es ist nöthig, sic opus est 1, 279. 2, 785; m. Abl. es bedarf einer Sache, auxis 7, 215. non longis ambagibus 4, 478. nil tibi opus est coniuge bu bebarfst 10, 565. 8, 78. 15, 638. fine meine Liebe zu enbigen 14, 24. 770.

ōra, ae, f. Rand, Saum, eines Gewan-bes, summa 3, 480. 5, 388. Pl. extremae 6, 101. — eines Landes, Küste, orae Chiae telluris 3, 597. Italicae 15, 9. 14, 77. Scythicae des schwarzen Meeres 7, 407. patriae 11, 516. Ufer eines Flusses, Cephisias ora des Cephisus 7, 438; Grenze u. meton. Land, Gebiet, externae 9, 19. Scythicae 5, 649. Aoniae 13, 682. Ciconum 10, 2. caelestes Räume 9, 254. aspera ora die Oberwelt 10, 26.

orāculum, i, n. (syncop. oraclum 1, 321; v. oro) das Orakel [Met. nur n.], 1) als heil. Anstalt der Spruchertheilung (zu Delphi) 1, 321. Phoebi (zu Delphi) consulere 3, 6. 15, 631. (zu Delos) adire 13, 677; bildl. augustae mentis 15, 145. — 2) Orakelsprüche 1, 392. 491. [Steht nach d. 4. Arse.]

ōrātor, ōris, m. Redner; Unterhändler, Gesandter, audax 13, 196.

orbātor, ōris, m. Berauber der Kinder, Berwaiser, nostri mein 13, 500. [Nur hier.]

orbis, is, m. Kreislinie, Kreis, orbem ducere beschreiben mit d. Zirkel 8, 249. in eundem orbem curvat iter krümmt d. Flug in denselben Kr., fliegt immer in demselben Kreise 2, 715. iactare facem per eundem orbem 4, 508. flectere quadrupedis cursus certum in orbem in d. bestimmten Kr. 6, 225. 12, 468. versare corpora in orbem 8, 416. von d. Windungen der Schlange, immensus 3, 77. flext 9, 64. torquet, explicat orbes 3, 41. 15, 720; Kreislauf, der Sonne, medio orbe in d. Mitte ihres Kr. 1, 592. 11, 353. 14, 53; Kreisschwingung, rapidus 2, 73. Umkreis, rumor occupat magnum orbem 6, 147. — der volle Kreis entw. scheiben-, ob. kugelförmig, terram glomeravit in speciem magni orbis 1, 35; der Sonne, soli unicus orbis 13, 853. nitidissimus puro orbe 4, 348; Scheibe des Mondes 2, 453. 7, 180. plenus 10, 206. luna orbem impleverat 2, 344. explevit 7, 530. plenum retexuit 7, 531. recensuit minimos in orbes zur kleinsten Gestalt seiner Scheibe 15, 312; Wellkreis 2, 849. toto in orbe 1, 6. 12, 65. 15, 177. orbe medio 12, 39. Phoebus orbem temperat 1, 770. deficit 2, 382; Erdkreis, Erde 1, 524. 346. 621. 2, 514. 8, 98. solidus 1, 31. latus 9, 795. immensus 15, 435. totus 1, 187. 727. 2, 642. extremus das äußerste Ende der Erde 2, 254. telluris 15, 652. terrarum 2, 7. 8, 117. orbem interdicere (b. s.) 6, 333. quae-

renti desuit orbis nichts von d. Erde war mehr übrig 5, 463; meton. Theil des Erdkreises, Erdtheil, Erdstrich, peregrinus 1, 94. alienus 7, 27. diversus 2, 323. Hesperius 4, 628. fecundus der fruchtbare Theil der Erde 8, 821. noster 10, 306. qui meus est orbis welches Stück Erde mein ist 8, 100; Knäuel, lanam glomerabat in orbes 6, 19; Rad, Ixionis 10, 42. Pl. paterni, weil d. Centauren als Söhne des Ixion galten 9, 123; Discusscheibe 10, 188; d. kreisförmig geschnittene Lage von Stierhaut im Schilde, decimus 12, 97; luminis orbis Augenhöhle 1, 740. 752. 14, 200. genuum Kniescheibe 8, 808.

orbo, āvi, ātum, āre, einer zugehörigen Sache berauben, Eltern ihrer Kinder, fulmina orbatura patres 2, 391. m. Abl. leaena orbata catulo 13, 547; d. Schiff des Steuermannes, pinus orbata praeside 14, 88.

orbus, a, um, einer zugehörigen Sache beraubt, m. Abl. 13, 41. regio suis animantibus 1, 72. terra mortalibus 1, 247. lintea suis ventis 13, 195; bes. der Kinder beraubt, Kinderlos [ohne Adj.] 6, 98. 200. 301. 8, 487. 11, 380. senectus 6, 27. — m. Gen. luminis 3, 518. 14, 189. Memnonis 13, 595.

Orchămus, i, m. babylonischer König, Gemahl der Eurynome, Vater der Leucothoë 4, 212.

Orchomĕnos, i, f. Stadt in Arcadien (nicht zu verwechseln mit Orch. in Böotien), ferax 6, 416. [Acc. Orchomenon 6, 607.]

Orcus, i, m. bei d. Römern der Gott der Unterwelt, dann d. Unterwelt selbst, formidabilis Orci opes d. mächtige Reich 14, 116.

ordior, orsus sum, īri, beginnen, bes. zu reden miranti deae sic orsa (est) 5, 300. fabulam 4, 54. dicere 4, 167. loqui 4, 320. 6, 28. [orsa ohne est, außer 4, 167.]

ordo, ĭnis, m. Reihe, radiorum 2, 108. sanguinis der Abstammung, Stammbaum 13, 152. ordine perpetuo Reihenfolge 11, 766. rerum der Ereignisse 13, 161. dentes stant triplici ordine 3, 34. ordinibus geminis 11, 462. refer ordine carmen in gehöriger Folge 5, 335. 7, 520. 9, 5. 11, 96. ponere in ordine alqd 8, 189. ex ordine in ununterbrochener Reihe 2, 109. 7, 650. 8, 747. 15, 733. nullo ordine ohne r. Reihe zu beobachten, ohne

Ordnung, bald hier bald da 6, 277. sine ordine 6, 389. — Ordnung = Regelmäßigkeit, nec, quo prius, ordine currunt so ordnungsmäßig wie früher 2, 163. 9, 438.

Oreas, ădis, f. (Ὀρειάς v. ὄρος Berg) e. Bergnymphe 8, 787 [Acc. Oreada].

Orēsitrŏphos, i, m. (ὀρεσίτροφος auf d. Bergen ernährt) Hundename 3, 233.

Oresteus, a, um, orestëisch, v. Orestes, dem Sohn Agamemnons. Dieser soll d. Bild der Diana, das er zugleich mit s. Schwester Iphigenia von d. taurischen Halbinsel zurückbrachte, in Aricia in Latium aufgestellt haben, dah. Orestea Diana 15, 489.

orgia, orum, n. d. lärmende Festfeier des Bacchus 4, 1. 11, 93.

Orĭbāsus, i, m. (Ὀρείβασος Bergsteiger) Hundename 3, 210.

oriens s. orior.

orīgo, ĭnis, f. (orior) Ursprung, Anfang 14, 563. natalis (d. f.) 12, 471. 13, 609. suboles origine mira 1, 252. qua simus origine nati 1, 415. nec origine nomina fraudo (d. f.) 7, 654. mundi 1, 3. fulminis 15, 69. crabronis 15, 368. Abstammung 4, 213. gentis 6, 7. patruelis vom Vatersbruder 1, 352. aequorea vom Meergott 10, 617. ab origine cretus edem 4, 607. — meton. Urheber, menoris mundi 1, 79. Pegasus huius origo fontis 5, 262. sunt huius origo Stammväter 11, 755; Stamm, Geschlecht 1, 186.

Orion, ŏnis, m. riesenhafter Jäger aus Hyria in Böotien, der nach s. Tode als Sternbild an d. Himmel versetzt wurde, in Gestalt eines Mannes mit gezücktem Schwert u. einem Gürtel von glänzenden Sternen 8, 207. 13, 294. Seine beiden Töchter Menippe u. Metioche brachten sich, als Theben von den Leiden großer Trockenheit u. Pest nach e. Orakelspruch nur dadurch befreit werden konnte, daß man zwei Jungfrauen opferte, freiwillig zum Opfer dar 13, 692. [Nach h. s. Orie.]

orĭor, ortus sum, īri (Praes. nach d. 3. Conjug.), sich erheben, aufgehen, v. Gestirnen, sol oritur 1, 774. Phoebus oriens 11, 594. Phoebe 8, 11. Lucifer ortus erat 4, 665. v. Wind, euros ortos isdem de partibus 2, 160. v. Pflanzen 10, 212. oreris 10, 166; entstehen, hervorgehen, ab his oriuntur cuncta 1, 481. aconiton ortum esse e dentibus Echidnee canis 7, 408. flos de san-

guine 10, 735. geboren werden 6, 197. per dedecus 9, 26. Part. ortus entstanden, erzeugt, Dryades in montibus ortae 14, 326. 557. entstammt, damo parva 6, 13. gens Corintho 6, 407. Nymphae undis aut montibus 8, 402. entsprungen, Hypanis Scythicia de montibus 15, 285. — Subst. oriens, (verst. sol), ntis, m. Sonnenaufgang, meton. d. Land gegen Sonnenaufg., d. Osten, Orient 4, 20. 56. 10, 816. extremo oriente 7, 266.

Orios, i, m. e. Lapithe. [Acc. Orion 12, 262.]

Orites, ae, m. ein Centaur 12, 457.

Orīthyia, (viersylb.), ae, f. (Ὠρείθυια) Tochter des att. Königs Erechtheus, von Boreas geraubt 6, 683. 7, 695. [fremdl. Bertschl. Acc. Orithyian 6, 707.]

Ornēus, i, m. e. Centaur 12, 302.

orno, āvi, ātum, āre, schmücken, tempora frondibus 6, 103. 14, 733. vestibus artus 10, 263. monilia ornabant collum 5, 52. nondum ornata capillos (Acc. limit.) geordnet 11, 385; alqm relatis (armis) als Ehrenlohn 13, 122.

ornus, i, f. d. Bergesche 10, 101.

Ornytĭdes, ae, m. Sohn des Ornytus, einer der calybon. Jäger 8, 371.

ōro, āvi, ātum, āre (os, oris), in e. Vortrag reden; bes. bitten, Reden 4, 704. 659. 10, 17. orantem auf ihre Bitte (And. errantem) 6, 324. um etw. Acc. opem 1, 548. finem malorum 1, 783. poenam alos 8, 779. fugam (d. f.) 14, 219. veniam 7, 748. alcui rei 8, 689. socer non orandus erat, mihi sed faciendus Erechtheus ich mußte mir Er. zum Schwiegervater nicht erbitten, sondern ihn dazu machen (And. vi sed) 6, 701; alqm bitten, anrufen 14, 405; m. Inf. oravere regas ire ad solacia 6, 413. m. ut 1, 704. 11, 279. 10, 405. 15, 632. supplex oro per superos, ut 6, 499. m. ne 7, 850. 853. 14, 704. m. flektet. Conj. [dem es nachsteht] traderet oravit 1, 704. favens oramus 2, 747. 7, 482. 14, 108. 15, 646. 663. m. Imper. 13, 879. (oro eingeschalt.) 1, 510. 10, 31. quod, oro, ne facite 15, 139.

Orontes, ae u. is, m. Fluß in Syrien 2, 248.

Orpheus, ĕi, m. berühmter thracischer Sänger, Sohn Apollos u. der Muse Calliope, od. des thrac. Königs Oeagrus, lehrt den Midas u. Eumolpus d. Bacchusfeier, Thracius 11, 92. vates Thracius 11, 2. Rhodopeius 10, 11. Apollineus 11, 8; steigt in d. Unterwelt, um s. Gattin Eurydice wiederzuerlangen 10, 18. Als dies mislungen, birgt er sich in die Einsamkeit, wo d. Bäume seinem Gesange folgen 10, 77. 90, u. verschmäht alle Frauenliebe 10, 79, was s. Tod durch thrac. Bacchantinnen herbeiführt 11, 8 ff. 66. [Acc. Orphēa 11, 5. 23. Voc. Orpheu 11, 44.]

Orphēus, a, um, des Orpheus, voce 10, 3. triumphus (s. titulus) 11, 22.

Orphne, es, f. (ὀρφνη Finsternis) Nymphe der Unterwelt, Geliebte des Acheron, Mutter des Ascalaphus 5, 539.

ortus, us, m. d. Aufgang der Sonne, occasus et ortus 1, 354. solis ab ortu in Folge des Sonnenaufganges 8, 49; als Zeit, ortuque obituque 15, 310. ad finem lucis ab ortu von Tagesanbruch an 15, 619. sexto Pallantidos ortu 15, 700; als Gegend, Aufgang, Osten, rutilus 2, 112. Pl. patrios des Vaters 1, 779. neben occasus 2, 190. 4, 626. 5, 445. 14, 386. — Ursprung, Abstammung, ad fluminis ortus Quellen 11, 139. ortu Samius 15, 60. ortu materno mütterlicherseits 13, 148. Pl. veros edidit ortus hat dir wahr angegeben 2, 48. ab Elide ducimus ortus leiten der 5, 494. [Sing. ortus, ortu, Pl. Acc. ortus.]

Ortygia, ae f. Insel, worauf d. älteste Theil von Syracus lag, zwischen dem kleinen u. großen Hafen dieser Stadt 5, 499. 640.

Ortygie, es, f. alter Name der Insel Delos 15, 337.

Ortygius, a, um, ortygisch — delisch, den Diana, weil sie auf Delos geboren war 1, 694, vgl. 5, 640.

I) **os**, ŏris, n. Mund, formosum 3, 461. mutum 8, 574. pium 7, 172. fatidicum 9, 418. verum 10, 209. magniloquum 8, 349. pavido ore 1, 588. laeto 9, 242. tristi 11, 460. blando 13, 555. uno ore einstimmig 12, 241. ore trahere auras 2, 230. in ore esse auf d. Lippen 7, 708. 11, 544. 562. haerere 10, 204. Pl. v. einem 1, 339. 3, 295. 9, 399. vocalia 11, 8. Lippen 5, 332. 446. ora ad ora admovet 12, 424. indignantia solvit öffnete 1, 181. repressit 6, 583. vana movet bewegt vergeblich 8, 825; v. Thieren, Rachen, Maul 1, 234. 687. 6, 528. 7, 29. patulum 15, 513. ore cruentato 4, 104. 11, 396. tria des Cerberus 4, 450. hostilia canum 5, 629. Pl. v. einem 1, 588. 2, 81. 861. 7, 783. saeva 4, 716. Gebiß 5, 643. spumantia quadrupedis 6, 226. mollia 10, 125. Schnabel 15, 397. cristatum des Haushahns 11, 597. ora cornicis 7, 274. adunca 11, 343; bildl. Oeffnung eines Thores, ora patentis Jani 14, 790. aus der e. Fluß entspringt, cavum saxi 13, 892. Lycus alio renascitur ore 15, 274. fontibus ora relaxant 1, 281. Mündung, Amasei fluminis ora 15, 54. — Mund meton. für Rede, Wort, usus oris 2, 360. falsum os täuschende Rede 10, 19. ore placido 3, 147. 11, 282. mendaci 9, 322. dulci edere 12, 577. supremo vocare mit d. letzten Laute des Mundes 8, 521. Stimme, Gesang, ore morari flumina 14, 340. tanta dos oris 5, 562. — meton. das ganze Gesicht, Antlitz 2, 775. 4, 106. 6, 801. 9, 787. 10, 411. roseum 7, 705. puerile 10, 631. sublime 1, 85. timidum 5, 234. decus oris 2, 423. puer duri 5, 451. Pl. v. einem 1, 93. 562. 2, 122. 481. 831. 3, 187. 202. pulchra 1, 484. caelestia eines Himmlischen 2, 622. mortalia 7, 88. ora retorsit Tmolus ad os Phoebi 11, 163. ante ora vertitur schwebt vor d. Augen 5, 274. Gesichtszüge 5, 58; Schönheit des Antlizes, ore movere alqm 7, 29; der ganze Kopf 4, 412. 5, 292. 11, 57. Pl. Medusae 4, 656. 743. 5, 180. crinita draconibus 4, 771. leae 9, 648. e. Ebers, dentibus insignia 8, 429; d. ganze Gestalt, posito ore viri 5, 637. Pl. 9, 866. [os, oris, ore, ora.]

II) **os**, ŏssis, n. Knochen, Gebein, ex osse 5, 39. duro osse revellit sudem 12, 300. Pl. ossa 1, 883. 409. 473. 2, 336 u.ö. in corpore terrae 1, 394. arida 8, 804. infantia des kleinen Kindes 4, 519. ignis ad ossa pervenit bis ins Mark 7, 747. totis ossibus perceperat aestum 14, 700. 2, 410. intima 11, 417; Todtengebeine 2, 836. 7, 445. 11, 707. 13, 56. ossa cinisque iaceant 7, 521. meton. für deren Ruhestätte, ossibus oscula dantem 13, 424. [osse, ossa, ossibus.]

osculum, i, n. (os, oris) Mündchen [Nom. aus Pl.] 1, 499; überh. Mund, oscula ore tegit 13, 491. — Mäulchen, Kuß, sororia 4, 334. frigida 11, 738. oscula dare m. Dat. der Person od. Sache 4, 222. 5, 504. 8, 211. 1, 376. 555. 646. iungere (ohne Dat.) 2, 357. 430. 6,

626 uö. figere terrae 8, 24. in vallibus 4, 141. porrigere lymphis 3, 451. luctantia carpere 4, 368. dispensare 8, 278. ferre 7, 729. admovere 10, 344. interserere verbis 10, 559. venite ad oscula nostra 8, 386.

Osiris, is u. Idis, m. ägypt. Gott der Fruchtbarkeit, wurde von f. Bruder Typhon, dem Gott der verzehrenden Sonnenglut, erschlagen, worauf f. Gemahlin Isis f. Leichnam lange suchen mußte, um ihn zu bestatten. Dieses Suchen u. endliche Finden des Os. wurde durch e. jährl. wiederkehrendes Fest gefeiert u. dargestellt, dah. nunquam satis quaesitus Osiris 9, 693.

Ossa, ae f. Berg in Thessalien 1, 155. 2, 225. 7, 224.

Ossaeus, a, um, vom Ossa, ora 12, 319.

ostendo, di, sum u. tum, ĕre (obtendo eig. vorhalten) zeigen, sehen lassen, caelo terras ostendit 1, 348. 347. 3, 112. 724 uö. alqm alcui 15, 512. m. inbit. Fr. 4, 430. — hinzeigen, digito 8, 574. auf etw. lapidem 2, 697. 11, 753. 18, 381.

ostento, avi, atum, are, wiederholt auf etw. hinweisen, Tydiden nobis vultu et murmure 13, 351.

ostentum, i, n. Wunderzeichen 4, 565.

ostium, ii, n. (os, oris) Mündung e. Flusses, septem (Nili) 2, 255. 5, 324. Tiberina 15, 728.

ostrum, i n. d. Saft der Purpurschnecke, Purpur 8, 8. Tyrium 10, 211.

Othrys, yos, m. Gebirg in Thessalien 2, 221. 7, 225. 12, 513. [Acc. Othryn 7, 353. 19, 175.]

otium, ii, n. Ruhe, Müßiggang [Nom. ...us Pl.] 4, 307. 5, 333. mollia 1, 100. in otia nata Parthenope zum R. 15, 711.

ovile, is, n. Schafstall, tepidis in ovilibus 13, 827.

ovis, is, f. Schaf 15, 471. Pl. 1, 304. 7, 311. placidae 13, 927.

ovo, avi, atum, are, frohlocken, über etw. successu 12, 293. 13, 85.

ovum, i, n. Ei 15, 387. Pl. 8, 687. ponere 8, 258.

P.

pabulum, i, n. Nahrung, Futter [Nom. Pl.] der Thiere, caelestia carpere 4, 217. ad nova ducere 10, 121. bildl. pabula dare morbo 8, 876. — Gras, Kräuter 8, 212. 13, 943. 14, 406. mollia 7, 284. infamia horrendis sucis 14, 43.

pacalis, e (pax), zum Frieden gehörig, friedlich, oleae als Friedenssymbol 6, 101. laurus 15, 591.

Pachynus, i, f. d. südl. Vorgebirge Siciliens, Afrika gegenüber, vara est ad austros 13, 725.

pacifer, era, um, friedebringend, Cyllenius Mercur 14, 291.

paciscor, pactus sum, i, e. Vertrag schließen, übereinkommen, ausbedingen, pretium 7, 806. quod et meritis et voce est pactus (Zeugma) sowol verblümt, als auch ausdrücklich ausbedungen hat 5, 28. m. ut 4, 703. m. Inf. census dare paciscitur 7, 739. 9, 425. Part. pactus (pass.) verabredet, .verbungen, arbor 4, 116. taeda 9, 722. coniunx (Sabinta) versprochen 14, 451. pacto pro moenibus auro 11, 204.

paco, avi, atum, are (pax), zum Frieden bringen, beruhigen, Isthmon sicher machen 7, 405. Part. pacatus beruhigt, mare 13, 440. aequor 15, 723.

Pactolis, idis, Adj. f. pactolisch, Nymphae Pactolides 6, 16.

Pactolos, i, m. Fluß in Lydien, der Goldsand führte. [Acc. Pactolon 11, 87.]

pactum, i, n. (paciscor) Vertrag, Uebereinkommen, alemus pacto 2, 815. pacta placeat 4, 91.

Padus, i, m. d. Fluß Po in Oberitalien 2, 258.

Paean, anis, m. Beiname des Apollo als heilender Gott 1, 566. — der ihm zu Ehren angestimmte Lob- od. Festgesang. Paeana voca stimme den Ausruf io Paean! an bb. stimme e. Loblied an 14, 720.

paelex (pelex, pellex), icis f. Kebsweib, Buhlin des Ehegatten, Nebenbuhlerin in b. Liebe des Gatten 1, 622. 2, 469. 4, 235. 547. 9, 144. sororis 6, 587. matris 10, 347. Argolica Jo 1, 726. Tyria Europa 8, 258. paelicis ira über d. Nebenb. 4, 235. 277. dictae a paelice (Aegina) terrae 7, 524.

paene, Adv. beinahe, fast 1, 443. p. orbus 13, 647. p. simul 5, 895. p. puer 9, 398. p. cremarat beinahe schon verbrannt hatte 14, 85. m. Ind. perf., wo im D. der Conj. p. oblita est beinahe hätte sie vergessen 2, 438. 4, 877. 7, 727. 12, 218. 14, 191.

paenitet (poen.), uit, ēre, es reut, verursacht Reue, m. Acc. der Pers. u. Gen.
b. Sache, amantem poenae den Liebenden reut, er bereut 2, 612. Phinea
invveti belli 5, 210. (eam) acci 10,
461. m. Inf. paenituit iurasse patrem
2, 40. 4, 614; unzufrieden, überdräs-
sig sein, capitis prioris Caicum pae-
nituisse ferunt 15, 279.

Paeônes, um, m. die Päonier, e. Volksstamm im nördl. Macedonien 5, 313.
[Acc. Paeonas nivoses.]

Paeônis, idis, f. e. Päonierin 5, 303.

Paeônius, a, um, des Päon (od. Pä-
an) bh. des heilkundigen Apollo, ope
Paeoniā 15, 535.

Paestum, i, n. auch Posidonia, Stadt
in Lucanien, durch ihre Rosen berühmt,
tepidum 15, 708.

Pagasaeus, a, um, pagasäisch, v. dem
Hafenort Pagasä bei Jolcos in Thessalien, wo d. Schiff Argo gebaut wurde,
dah. puppis 7, 1. carina 13, 24. Iason 8, 349. silva 12, 412.

Palaemon, ŏnis, m. bei d. Römern Por-
tumnus; Name des in e. Meergott verwandelten Melicertes (d. f.) des Sohnes des Athamas, dah. Athamantiades
13, 919. [Acc. Palaemona 4, 542.]

Palaestinus, a, um, aus Palästina,
mater 5, 145. Subst. Palaestini die
Palästiner im weitern Sinne für Syrer
4, 46.

palaestra, ae, f. Ringschule, nitida
voll Oel glänzend, weil sich d. Ringer
m. Oel salbten 6, 241.

palam, Adv. vor d. Leuten, öffentlich
9, 638.

Palamēdēs, is, m. Sohn des euböischen
Fürsten Nauplius (dah. Naupliades
13, 39) nöthigte den Ulysses (f. Ulixes)
durch Enthüllung seines verstellten Wahn-
sinnes zur Theilnahme am troj. Kriege,
wofür sich jener dadurch gerächt haben soll,
daß er heimlich im Zelte des Pal. eine
Menge Goldes verbarg u. diesen dann
beschuldigte, er sei d. Priamus bestochen.
Als man nun d. Gold fand, wurde Pal.
von den Griechen getödtet 13, 56. [Acc.
Palameden 13, 308.]

Palātīnus, a, um, palatinisch (f. d.
folg.), colles der palat. Hügel, Romulus soll einst vom aventinischen nach
d. palat. Hügel f. Lanze geschleudert haben, die dort festwurzelte u. zu e. Cor-
nelkirschbaum wurde. An diesen knüpfte
sich die Sage, so lange er grüne, werde
auch Rom blühen 15, 560; — latinisch,
gens 14, 622.

Palātium, ii, n. einer der sieben Hügel
Roms, in colle Palati 14, 333. ne-
morosi 14, 822. [Beidschl.] — weil
Augustus hier f. Wohnung nahm, Kaiser-
palast, Kaiserburg, Palatia caeli 1, 176.

palātum, i, n. d. Gaumen 6, 306. 12,
253. venemiferum 3, 85. palato
dure alqd 15, 141. [Beidschl.]

palear, āris, n. die am Halse des Stieres herabhangende Haut, Wampe, (meist)
Pl. palearia 2, 854. pendula 7, 117.

Palīci, orum, m. Zwillingssöhne Jupiters und der Nymphe Thalia, die in
Sicilien göttl. verehrt wurden. Bei ihrem
Heiligthum, in d. Mitte zwischen Henna
u. Syracus, waren zwei heiße Schwefel-
quellen, die in e. tiefen See entsprangen,
stagna Palicorum 5, 406.

Palilis f. Parilis.

palla, ae, f. langes Obergewand der
(röm.) Frauen 3, 169. longa 2, 672.
nitens 14, 262. ornoro rubens der
Tisiphone 4, 483; des Boreas, pulve-
rea 6, 705. des Apollo, wo er mit d.
Saitenspiel auftritt, saturata Tyrio
murice 11, 166.

Pallādĭus, a, um, der Göttin Pallas
(d. f.) gehörig, Athenae 7, 723. arces d. Burg v. Athen 7, 399; von ihr
stammend, latices Oel 8, 275.

Pallantias, ădis, f. Aurora als Abkömmling des Titanen Pallas 15, 191.

Pallantis, idis, f. Aurora (f. d. vor.).
[Gen. Pallantidos 15, 700.]

I) **Pallas**, ădis, f. griech. Name der Minerva (d. f.) 2, 553. 712. 834. 3, 102.
5, 46. 6, 23. 26. 8, 252. Palladis arbor d. Oelbaum 6, 335. Pallas noe
destinet als Vorsteherin der künstl. weibl.
Arbeiten 4, 38. rapta Pallas ein ur-
altes Bild der Pallas zu Troja (das
Palladium), von dem man glaubte, es
sei vom Himmel gefallen u. schirme d.
Stadt durch seine Gegenwart. Ulysses
u. Diomedes raubten dasselbe, indem sie
sich Nachts heimlich in d. Stadt schlichen
13, 99. 337. [Gen. Pallados 12, 360. Acc.
Pallada 5, 263. 375. 6, 36. 12, 151.]

II) **Pallas**, antis, m. Sohn des Pandion, Bruder des Königs Aegeus v.
Athen, Pallante creati 7, 500. 665.

Pallēnē, es, f. westl. Landzunge der
macedon. Halbinsel Chalcidice, Hyper-
borea 15, 356.

palleo, ui, ēre, blaß, bleich sein 9,
581. ora pallebant metu 8, 455.
venae animae sanguine 2, 824. von
d. Sonne bei Sonnenfinsternis 4, 203.
7, 300. Part. pallens bleich 11, 691.
vor Furcht 4, 524. metu 9, 111. 18,
74. collum 10, 381. bracchia 7, 345.

bleichgelb, cortex 5, 537. gelb, arva
pallentia glaebis auro madidis 11,
145. — entfärbt, missfarbig sein, fastigia pallebant musco 1, 374.
pallesco, pallui, ĕre, bleich werden,
erblassen 8, 759. palluit 2, 180. 7,
136. 15, 764. arbor 14, 407. color
pallacrat 12, 582. — gelb werden,
saxum palluit auro 11, 110.
pallidus, a, um, blaß, bleich 9, 215.
bracchia 14, 754. corpora aquale-
bant pallida 15, 627. ora buxo
pallidiora 4, 135.
pallor, ōris, m. Blässe, bleiche Farbe
2, 775. 7, 290. 8, 801. 14, 578. lu-
ridus 4, 267. Avernus 4, 487 (?).
simillimus buxo 11, 418. pallorem
ducere sich m. Blässe überziehen 8, 760.
pallore inducto 14, 755. pallor
hiemsque 1, 486. — Pallor personificiert 8, 790.
palma, ae, f. 1) flache Hand [auf Pl.]
2, 341. 584. indignae (b. f.) 10, 723.
marmoreae 3, 481. cavae 4, 352.
6, 35; überh. Hand 1, 616. 4, 29. 11,
116. tremulae 5, 102. palmas tollere ad sidera 6, 368. tendere 8,
840. intendere 6, 532. — 2) b. Palm-
baum 6, 335. tremula 15, 396. lentae, victoris praemia 10, 102; b. Palme — Palmzweig als Siegeszeichen,
meton. für Sieg, stolida 8, 60. palmas degenerare (b. f.) 7, 543. — b.
Frucht der Palme, b. Dattel, rugosae
8, 674.
palmes, ĭtis, m. b. Rebschoß 4, 397.
8, 294; b. Weinstock 14, 663. Sur-
rentinus 15, 710.
palmifer, ĕra, um, Palmen hervorbringend, Arabes (= Arabien) 10, 478.
palor, ātus sum, āri, hin- u. her-
schweifen, bildl. palantes homines in
ihrem Urtheil schwankend 15, 150.
palpito, āvi, ātum, āre, zucken, zap-
peln, lingua palpitat (b. ausgeschnit-
tene Zunge) 6, 660.
palpo, āvi, ātum, āre, streicheln, pectora manu 2, 867.
paludōsus, a, um, sumpfig, e paludosa (humo) 15, 268.
palus, ūdis, f. Pfuhl, Sumpf 8, 596.
15, 717. palus, quam fecit maris
unda paludem 11, 363. cavā palude in b. Höhlung des Sumpfes 6,
371. dis iuranda palus b. Styx
(hier personificiert) 2, 46. Stygiae
paludes die Sumpfgewässer der Styx
1, 717. udae 1, 418. liquidae stehende Gewässer 1, 324. stagnata paludibus 15, 269. Pl. v. einem 11, 375.

— v. stehendes Gewässer, See, Tritoniaca 15, 358.
paluster, stris, e, zum Sumpf gehörig, calami Sumpfrohr 1, 706.
canna 4, 298. ulvae 11, 366. iunci 8, 336. undae 14, 103. fulicae
8, 625.
Pamphāgus, i, m. (παμφάγος Alles
verschlingend) Hundename 3, 210.
pampineus, a, um, zur Weinranke
gehörig, frondes Weinlaub 3, 667. —
rankenreich, rankend, vites 10, 109.
pampinus, i, m. u. f. belaubte Weinranke 4, 387.
Pan, Pānis, m. Hirtengott, mit Füßen
u. Hörnern eines Bockes, deus pecoris 11, 160. semicaper Pan 14,
515. montanis habitantem semper
in antris 11, 147; verfolgt b. Nymphe
Syrinx 1, 699; wagt auf f. Hirtenpfeife b. Wettstreit mit Apollo u. wird
überwunden 11, 153 ff. [acc. (immer) Pana
1, 705. 11, 147. 171.] Ähnlich wie Faunen
u. Satyrn auch in b. Mehrzahl gedacht,
pinu praecincti cornua Panes 14,
638. vgl. 1, 699.
Panchāeus, a, um, panchäisch, v.
Panchaia, einer fabelhaften Insel im
erythräischen Meere östl. v. Arabien, mit
herrlichen Producten, rura 10, 478.
Panchāïus, a, um — Panchaeus (b.
f.), tellus 10, 309.
Pandīon (6, 426), ŏnis, m. Sohn des
Erichthonius, König v. Attica, Vater
der Procne u. Philomele 6, 436. 495.
666. [acc. Pandiona 6, 676.]
Pandīonïus, a, um, pandionisch, bem
Pandion (b. f.) gehörig, Athenae 15,
430.
pando, ndi, passum, ĕre, ausbreiten,
passis comis aufgelöst, als Zeichen
b. Trauer 3, 233. capilli 5, 513.
8, 531. 9, 772. 11, 49. im Wahnsinn
4, 521. — übertr. eröffnen, kundthun,
pande requirenti nomen 4, 680.
tuos casus 14, 221. m. indir. Fr.
15, 632.
Pandrōsos, i, f. eine der drei Töchter
des Cecrops 2, 559. 738.
pandus, a, um, gekrümmt, gebogen,
naris 3, 674. rostrum des Schweines
10, 713. 14, 282. 15, 112. cornua 10,
271. asellus 4, 27. rami pondere
autumni 14, 660.
Panomphaeus, i, m. (Πανομφαῖος
Urheber aller Orakel) Beiname Jupiters,
unter welchem ihm auf b. Küste v. Troas
e. Altar errichtet war, Panomphaeus
Tonans 11, 198.

Pănŏpe, es, f. alte Stadt in Phocis am Cephisus 3, 19.

Pănŏpeus, ĕi, m. einer der calydon. Jäger 8, 312.

panthēra, ae, f. der Panther, pictae als Begleitung b. Bacchus 3, 669.

Panthŏïdes, ae, m. b. Sohn des Panthoos, Euphorbus 15, 161.

păpāver, ĕris, n. Mohn 10, 190. *Pl.* papavera 11, 605.

Păphias, a, um, paphisch (s. b. folg.) — cyprisch, heros Pygmalion 10, 290.

Păphos, i, 1) f. Stadt auf b. Insel Cypern, wo Venus verehrt wurde. [*Acc.* Paphon 10, 530.] — 2) m. Sohn des Pygmalion, von dem obige Stadt den Namen haben soll. [*Acc.* Paphon 10, 297.]

păpĭlio, ōnis, m. Schmetterling, ferali 15, 374.

păpȳrĭfer, ĕra, um, b. Papyrusstaude hervorbringend, Nilus 15, 753. [Nur Ov.]

pār, păris, gleich, par aetas, par forma fuit 9, 718. amor 12, 416. utrumque fuit par gleichgroß 13, 758. testa parem fecit (pedem) gleichhoch 8, 662. *Abl.* pari exemplo 3, 122. spatio 10, 175. Actoridae pares 8, 308. nixus (b. f.) 9, 294. fient pares in vulnere fratres (f. frater) 9, 405. paribus alis se sustulerat gleichmäßig schwebend 2, 708; alcui: animus par formae 14, 324. an etw. par aetate iuventus gleichaltrig 7, 514. pares annis animisque 7, 668. hac mensurā (gloriae) est par sibi durch dies Maß seines Ruhmes ist er sich selbst gleich, erreicht er b. Maß seiner eignen Größe 12, 619. — gleichalterig, alcui 10, 441. — gleich stark, gewachsen, alcui viribus 4, 663. sequitur parem ihm an Schnelligkeit gewachsen 7, 785. Actoridae pares das Zwillingspaar der Actoriben 8, 308. — *Subst.* n. ein Paar, par columbarum 13, 833.

Pāraetōnĭum, ĭi, n. Hafenstadt Libyene nahe bei Aegypten, m. Isicultus 9, 773.

părātus, ūs, m. Zurüstung, Prunt, convivia pulchro instructa paratu 4, 763. nulla paratibus Mangel an allen Zurüstungen 8, 683; in b. Kleidung, Schmuck, dives magno paratu 6, 451. *Pl.* cultus et paratus 8, 454.

Parcae, arum, f. die Parzen, die drei Schicksalsgöttinnen, Clotho, Lachesis u. Atropos, die den Menschen ihr Schicksal zutheilen, ihren Lebensfaden spinnen u. abschneiben, tres ob. triplices sorores 15, 808. 8, 452. Ihre Bestimmungen sind unabänderlich, u. selbst Jupiter wie d. übrigen Götter sind ihnen unterworfen, ferrea decreta veterum sororum 15, 781. Parcarum foedere cautum est 5, 532. Ihr Webstuhl 15, 808. Ihr Erscheinen bei b. Geburt Meleagers 8, 452.

parco, pĕperci, parcĭtum u. parsum, ēre, (sparen, m. *Dat.* stimulis 2, 127. — schonen, verschonen, parce schone meiner 2, 361. parcite 6, 264. m. *Dat.* mihi 9, 726. quibus unda pepercit 1, 311, 14, 431. Troiae 12, 25. pudori 10, 411; wahren, luminibus 5, 248. — m. *Inf.* sich hüten, parce temerarius esse 10, 545. parcite temerare corpora dapibus nefandis 15, 75. 174.

parcus, a, um, sparsam, genus 7, 656.

părens, ntis, c. (pario) Erzeuger, Erzeugerin, Vater, Mutter, altus parente parentem den Vater (Amphiaraus) durch Ermordung der Mutter (Eriphyle) 9, 407. uterque parens beide Eltern 13, 147. *masc.* 1, 578. 752. 764. 2, 813. 8, 85. parens natorum quinque 13, 645. meus Iliusque parentes Eltr. 4, 155; übertr. Großvater, Acrisius 5, 237. *fem.* 1, 749. 2, 496. 629. 5, 466. 6, 102. 8, 475. 9, 183. magna 1, 383. regia 13, 484. Una parens Calliope 10, 148. — Ehrenname männl. u. weibl. Gottheiten, Vater, Mutter, divumque hominumque Jupiter 14, 807. Eleleus 4, 15. Amphitryoniades 15, 48. alma Cybele 14, 546. — *Pl.* parentes Eltern 3, 583. 4, 164. 9, 493. *Gen.* parentum 3, 580. 7, 503. b. Thieren 11, 744. more parentum ihrer Erzeuger, der Stiere 15, 566; übertr. Voreltern, iura parentum 7, 503. (Dreisilb. Formen Verzeichn. außer 1, 762.)

părentālis, e, zur Todtenfeier der Eltern gehörig, Marte parentali im Kampfe zu Ehren des todten Erzeugers 13, 619.

pāreo, ui, itum, ēre, auf Jem. Befehl erscheinen, gehorchen, Folge leisten 3, 104. 4, 9. paruerant 4, 225. nisi paruerit 15, 24. paretur man gehorcht 6, 162. idem parentque lubentque sind Herrn u. Diener 9, 636; alcui 8, 472. 15, 582. iussis deae 1, 385. monitis paternis 2, 126. sociis parentibus umbrae 13, 449.

păries, ĕtis, m. Wand, 4, 66. 73.

1) Părīlis, e, die latin. Hirtengöttin Pales betreffend, deren Fest zu Rom am 21. April gefeiert wurde, u. zugleich als

Gründungstag der Stadt gall, festis Parilibus 14, 774.

II) părīlis, e (dicht.), gleich, [auf] parili arte 7, 305. honore 8, 568. aelate 8, 631. cupidine 14, 29. ex aere 10, 115. leto dedit 5, 478.

pārio, pĕpĕri, partum, ĕre, gebären, vom Weibe 2, 609. marem 9, 676. peperisse duos 11, 318. alqm ex alqo von Jem. 5, 541. alcui 14, 334. inferias hosti peperi 13, 516. ore parere 9, 323. paritura 5, 304. 6, 187. 8, 503. Latona pariens 13, 635. *Subst.* pariens die Gebärende 9, 321. 10, 507. timidae parientes 9, 293. — übertr. hervorbringen, terra parit opes 15, 92. animalia 1, 417. quae gloria tibi parta est hast du gewonnen 12, 293. mihi victoria parta est 13, 348.

Pāris, ĭdis, m. Sohn des Priamus, Bruder des Hector, wurde durch d. Raub der Helena Veranlassung zum troj. Kriege 12, 4. timidus raptor Graiae maritae 12, 609. 13, 202. Aus e. Zweikampf m. Menelaus rettet ihn Venus, indem sie ihn in e. Wolke birgt 15, 805. Auf Apollos Veranlassung erlegt er den Achilles durch e. Pfeilschuß. [*Acc.* Parin 12, 601. 15, 700.]

părĭter, *Adv.* auf gleiche Weise 7, 637. m. folg. et, que ob. que — que, ebensowohl — als, immanis p. animis et undis 8, 583. p. ponderis gravitate morisque 10, 673. 13, 539. p. studioque locoque 5, 267. 11, 360. 13, 597. — zugleich mit Jem. zusammen, p. adire 1, 369. incedere 3, 445. adolescere 4, 376. — zugleich, gleichzeitig 7, 409. 8, 208. 9, 583. p. accendit et ardet 3, 426. p. sanguinis globos cerebrumque 12, 238. 2, 754. 12, 529. 13, 522. 14, 498; p. cum zugleich mit, verbd. p. cum voce figurā 2, 688. 3, 92. 99. 6, 279. 10, 294. 14, 662. 850. getr. p. vitam cum sanguine fudit 2, 610; p. m. que — que zugleich — und, p. animáque rotisque expulit 2, 312. 505. 601. 11, 828. 15, 25. p. et — et 2, 674. 11, 558. pariter wiederh. 11, 442. 6, 717. 9, 324. 759. 12, 30. dazw. 11, 305. 13, 418. tempora sic fugiunt pariter pariterque sequuntur 15, 183. 10, 722.

Pārĭus, a, um, parisch, von d. Insel Paros, marmor 3, 419.

parma, ae, f. kurzer, runder Schild, dicht. überh. Schild 12, 130. cava 12, 89.

Parnāsis, ĭdis, *Adj. f.* parnassisch, laurus am Parnaß gewachsen 11, 165.

Parnāsĭus, a, um, parnassisch, Themis 4, 643. templa 5, 278.

Parnāsus, i, m. Berg in Phocis, den Musen u. dem Apollo heilig, an dessen Fuße Delphi lag. Für heilig galten bes. zwei Spitzen, die jedoch nicht den Gipfel des Berges bildeten, zwischen denen d. castalische Quelle floß 1, 317. 11, 339. umbrosa arx Parnasi 1, 467. biceps 2, 221.

pāro, āvi, ātum, āre, bereiten, vorbereiten, rüsten, thalamos taedasque alicui 1, 658. rogum 2, 619. instrumenta necis 3, 698. sacra Iovi 9, 136. vela (zur Abfahrt) 13, 324. letum alcui 15, 762. talia fata 14, 213. insidias 15, 765. quo transitus inde paratur bereitet sich vor 15, 489. bereit halten, iugulum 6, 553. bereit machen, membra pugnae 9, 34. vincla lacertis 13, 667. sive tela sive fugam parabant rüsten 3, 48. herrichten, vincla 4, 183. fractum be-stellen 11, 32. quo facto praemia, quae mercede viri speciem pararis erkaufen 12, 473. magno parate in-ferias thuer 8, 489. cur haec exempla paravi aufstellen 9, 608; sich rüsten, anschicken zu etw., bella 7, 456. facinus 9, 150. magnum (est) quodcumque paravi 8, 018. quid Troia pararet im Schilde führen 13, 246. vim parat [Gewalt.] will mit Gewalt anthun 2, 570. 5, 248. 11, 210. 14, 770. m. *Inf.* etw. zu thun, inicere bracchia caelo parabat 1, 184. 225. 249. 2, 850. 437. 3, 115. 633 u.d. — *Part.* paratus bereit, rictu in verba parato zum Sprechen 13, 568. famulae ad talia sacra angestellt 14, 811. mors vorbereitet 10, 364. paratior um so bereiter 5, 603. paratus sum ad vim 11, 294. m. *Inf.* exspectare 3, 377. [Theilw. s. Bersicht.]

Pāros, i, f. eine der cyclad. Inseln, berühmt durch ihren weißen Marmor 8, 221. marmorea 7, 465 [*Acc.* Paron].

Parrhāsis, ĭdis, f. die Parrhasierin, aus d. Landschaft Parrhasia in Arkadien 2, 460.

Parrhāsĭus, a, um, parrhasisch (s. d. vor.) 8, 315.

pars, rtis, f. Theil eines Ganzen, sincera 1, 191. tertia mundi 5, 372. duas lucis zwei Drittel 8, 564. extrema columnae 5, 172. ultima cursus 10, 672. quota Lernaeae serpentis 9, 69. nulla votorum 9, 785. sua laudis der ihm gebührende 13, 351. pars ex illis (saxis) davon 1, 407. revulsa e monte e. Stück 13, 882. in hac parte bei diesem Theile meines Gedich-tes 10, 302. media plus parte mehr als zur Hälfte 1, 601. 3, 43. tua haec vocato pro parte nach Verhältnis des (auf dich kommenden) Theiles 11, 287. scinditur amnis in geminas partes zwei Arme 15, 739. pars ima caudae b. unterste Schwanzende 8, 91. partes des Körpers 2, 820. legendae 13, 479. partem damnatur in unam hinsicht-lich des einen Gliedes 11, 178. parte materia th. mit f. sterblichen Theile 8, 261. parte meliore sui viget 9, 269. 15, 875. pars optima — divina 14, 604. pars animae meae me mihi carior 8, 406. quae pars abeit wel-cher Theil ihrer selbst 11, 473; wiederh. altera pars — pars altera 1, 429. (poma) candida parte, parte rubent zum Theil 3, 483. — e. einzelnes Glied einer Mehrheit, pars meorum einer von meinen Unterthanen 7, 683. me-arum eine meiner Verehrerinnen 9, 696. m. una: pars una comitum 2, 426. ducum 13, 51. pecoris 14, 288. 6, 677. 9, 90. 11, 482. pars militiae Theilnehmer an 7, 483. 11, 216; r. Theil — mehrere, dah. oft mit Präb. im Pl. 1, 244. 4, 272. 414. 493. 6, 221. 846. 7, 604. 8, 331. de nobis 11, 373. 6, 221. maxima b. Mehr-zahl 1, 811. pars — pars 4, 272. 4, 493. pars maxima — pars 3, 643. pars inde (= membrorum) exsultat, pars stridunt 6, 846. parte oculorum — parte 1, 688. dreimal 4, 444. 8, 331. pars — alii 1, 244. 11, 557. pars — pars — alii 11, 355. alii — pars — pars 11, 486. pars — pars — quaedam 2, 11. pars — multi 15, 648. hae — illae — pars 11, 29; dreitenber Theil, Partei, utraque 8, 255. 12, 117. 14, 590. 668. hac pro parte (dh. pro Perseo) favent 5, 152. in partes abstrahi zur Parteinahme 6, 93. — örtlich Stelle, Plat, celebris (urbis) 13, 696. qua parte resedit 10, 88. Gegend, orti ludem de partibus euri 3, 160. Seite (rimae) 4, 79. dextra sinistra parte 1, 46. 6, 162. hac — illa parte auf b. einen — auf b. an-bern S., hier — dort 8, 667. illic — in hac parte dort — hier 2, 317. di-versis partibus 6, 53. nulla parte nir-genda 12, 47. in nulla parte 14, 398. in nullam partem nirgendhin 8, 864. partem in omnem nach allen Seiten 3, 70. partes in omnes 1, 667. 3, 381. 4, 640. in diversas partes 6, 419. quattuor in partes certamina quattuor addit Edem 6, 85. 91. laeva a parte von links her 4, 655. 12, 272. ab omni parte von, auf allen S. 1, 31. 9, 36. parte ab utraque 15, 754. ligat pedes parte ab utraque — utrumque pedem 4, 666. ex omni parte 4, 367. 11, 490. cunctis e par-tibus 2, 227. ex alqa parte einiger-maßen wenigstens 13, 666. laterum e parte duorum von beiden Seiten her 15, 740. diversa de parte 13, 612. 954. 12, 419. — Antheil an etw., pars maior in illis sit Diomedis 13, 102. pars hic mihi maxima iuris (f. ius) 3, 622. in partem adhibere pe-ricli zur Theilnahme ziehen an 11, 447. leti venire dem Tode anheimfallen 7, 661. nostri chori ventura die du dich unser Schaar zugesellt haben würdest 5, 279. in partem veniat mea gloria tecum komme zur Theilung mit dir, sei mir mit dir gemeinschaftlich 8, 427. — zugetheilte Rolle, Aufgabe, Obliegen-heit, partes implent 1, 245.

Parthāon, ŏnis, m. König v. Calydon, Vater des Oeneus, Parthaone natus 9, 12. — **Parthāŏnĭus**, a, um, von die-sem Stamme, domus 8, 541.

Parthĕnĭum nemus, Gebirg zwischen Arkadien u. Argolis. Dort fing Hercules die der Diana heilige Hirschkuh mit golde-nem Geweih u. ehernen Füßen, nachdem er sie durch e. Pfeilschuß gelähmt (eine der 12 Arbeiten) 9, 188.

Parthĕnŏpe, ēs, f. alter Name der Stadt Neapolis in Campanien, nata in otia 15, 712. — **Parthĕnŏpēĭus**, a, um, parthenopeïsch, moenia b. Stadt Neapolis 14, 101.

particeps, ĭpis (pars u. capio), theil-nehmend, Subst. Theilnehmer, operum 3, 147.

partim, Adv. (Acc. v. pars) theilweise, partim — partim theils — theils 1, 228. 436. 7, 220. chiast. 1, 40. 5, 189. 15, 526.

partior, ītus sum, īri, theilen, ur-bem populis 7, 653. partitae usum unius luminis welche theilten 4, 775.

partus, ūs, m. das Gebären, b. Ge-burt (Nom.) 9, 874. (Abl.) 2, 472. 8, 504. partu edere gebären 4, 209. 5, 517. 18, 485. recenti reddere neu gebären 15, 379. eniti 1, 669. cum te parto Lucina levarit entbin-ben 9, 698. Pl. inceptos partus te-nere aufhalten 9, 301. sustinere 9, 300. — b. Leibesfrucht, das Kind, par-tus enixa gemellos Zwillinge 6, 712. Pl. v. einem 8, 451.

parum, *Adv.* zu wenig, valere 7, 137. p. intellecta est ließ sich nicht mehr völlig verstehen 2, 666. p. credens noch nicht völlig 5, 213. p. iusta 4, 547. moderatum 15, 330; p. mihi est m. *Inf.* es genügt mir nicht 5, 666. 6, 3. 8, 69.

parvus, a, um, *Comp.* minor, *Superl.* minimus klein, der körperl. Ausdehnung nach, Seriphos 6, 242. ratis 1, 319. casa 8, 699. penates 8, 637. fores niedrig 5, 446. artus 4, 407. natus 9, 387. 4, 231. 522. animalia 15, 363. cibus 8, 655. vulnus 12, 421. curvamen 8, 191; der Zeit nach kurz, parva mora est 1, 671. tempore parvo 6, 442. 12, 512. dem Alter nach jung 15, 402. minor jünger 7, 476. Atrides 12, 623. aetate 7, 499. minimus de stirpe virili 13, 620; der Menge nach wenig (Vgl. multum) 9, 629. opes 11, 201. potestas linguae beschränkt 3, 367; der Stärke nach gering, schwach, momenta 4, 180. vires 7, 859. vom Schall leise, vox 11, 187. murmura 2, 788. 12, 49. minimo murmure 4, 70. 412; der Bedeutung, dem Werth ob. Ansehn nach, parva dona zu klein, gering 7, 758. parvi tibi gratia nostra est gilt gering 4, 651. minor von geringerem Werthe 13, 354. orta domo parva aus niederm Geschlecht 6, 13. minores casas von Geringeren 5, 282. di minores niedern Ranges 15, 545. 858. parvum numen (b. f.) 14, 589. verbis minoribus uti bescheidener sprechen 6, 151. verba minora des bemitleidger als sie sich für e. Göttin ziemen 6, 368. — *Subst.* n. parva (Geringes) 2, 214. parva magnis componere 6, 417; minus m. *Gen.* saevitiae 3, 806. luris 8, 738. hoc minus et minus est mentis 11, 723; minimum est, quod obstat eine ganz geringe Kleinigkeit 3, 453. fama e minimo crescit 9, 139. minimum laudis mein geringster Ruhm 13, 76.

pasco, pavi, pastum, ere, weiden, vom Hirten, greges, armenta 6, 395; übertr. nähren, rurigenas pavere feram exitio pecorumque suoque 7, 765. Pergama Danaas flammas 14, 467. amorem 9, 749. ieiunia rore mero lacrimisque hinhalten 4, 263; bildl. weiden, ergötzen, lumina exanimi corpore 14, 729. — *Pass.* weiden, sich weiden, sich nähren, vom Vieh 1, 630. frondibus 1, 632. montano gramine 2, 841. pastus geweidet 3, 409. genährt, sanguine 8, 170; übertr. ignis

pascitur per artus frißt um sich 9, 202; bildl. sich weiden — sich ergötzen, pascere nostro dolore 6, 280. cladibus 9, 176.

pascuum, i, n. Weideplatz, Trift, meist [Nom. nur] *Pl.* 1, 597. 685. 6, 821. herbosa 2, 689. Solis equorum 4, 214.

Pasiphaë, es, f. Tochter des Helios, Solis filia 9, 736, Gemahlin des Königs Minos v. Creta, faßte unnatürliche Liebe zu e. von Neptun gesandten weißen Stiere 8, 186 u. gesellte sich ihm im Holzbilde einer Kuh 8, 132. 9, 740, worauf sie den Minotaurus gebar, ein Ungeheuer mit Mannesgestalt, aber mit einem Stierkopf, discors foetus 8, 133. 169. Um ihn zu verbergen, ließ Minos von Dädalus das Labyrinth bauen u. nährte ihn hier m. Menschenfleisch. Zu diesem Zwecke hatte er den von ihm besiegten Athenern einen Tribut von sieben Jünglingen u. sieben Jungfrauen auferlegt, die alle neun Jahre nach Creta geschickt wurden, um in d. Lab. geschlossen zu werden. Der dritten Sendung, tertia sors 8, 171, schloß sich Theseus freiwillig an u. tödtete den Minotaurus (s. Theseus) 8, 155 ff.

Pasiphaëïa, ae, f. d. Tochter der Pasiphae u. des Minos, Phädra, Gemahlin des Theseus, Stiefmutter des Hippolytus (b. f.) 15, 500.

passim, *Adv.* (pando) hier u. da zerstreut, allenthalben ohne Ordnung 1, 67. 4, 779 uö. p. sparsa 2, 193. palantes 15, 150. spatiari 14, 629.

passus, us, m. (pando) Schritt, admisso 1, 532. inerti 2, 772. tardo 10, 49. trementi 3, 277. anili 10, 533. alite 10, 587. ingenti 13, 776. sicco trockenen Fußes 10, 654. lentis 2, 573. non certis unsicher 3, 175. coniunctis neben einander 11, 64. aversa retro ferre 12, 137. lassos ferens müden Schrittes wandelnd 14, 128.

pastor, oris, m. d. Hirt 1, 513. 676 uö. liber (b. f.) 9, 184.

pastorius, a, um, zum Hirten gehörig, pellis Hirtenfell 2, 680. sibila 13, 785.

Patareus, a, um, patareisch. von Patara, Stadt in Lycien mit altem Apollocultus, regia 1, 516.

patefacio, feci, factum, ere, aufmachen, öffnen, patefecit vias aquarum 1, 284. fores 2, 819. valvas 4, 185. sulcum aratro 3, 104. lux patefecerat orbem aufdecken, erschließen, nachdem er von Nacht bedeckt gewesen war 9, 705.

păteo, ui, ēre, offen stehen, domus 12, 46. atria tota patent sich ganz offen 4, 763. portae patentes 15, 583. 14, 790. limes patet tutus 7, 444. caelum 8, 186. Crete 8, 118. ora lepidis vantis (*Dat.*) 7, 557. de-tecti patent nervi liegen offen 6, 389. patuit mihi pervius aether (b. s.) 5, 554. paries 4, 78. late patentia cornua 10, 110. flaffen, rima 11, 515. ferrum 13, 392. clipeus mille plagis 13, 119; sich öffnen, fores 2, 768. 3, 699. solum 5, 357. terra rapinae 5, 492; frei, offen daftehen, -liegen, signa tota patent 3, 114. turris arce patens summā 11, 393. campus late patens 6, 218. sich erstrecken, qua terra patet 1, 241. Romana potentia 15, 877; bloßliegen, terga 4, 725. übertr. preisgegeben sein, virginitas Phoebo 14, 133. — bildl. offen stehen = zu-gänglich sein, commoda nostra patent 11, 482. quoad (pectus) patuit ferro 13, 392 — offenes Gehör leihen, numen patet confessis 10, 493. 488; offen-bar sein, offen liegen 1, 518. crimen 2, 462. 13, 312. patet probatum 15, 37. adulterium 6, 155. facinus tam patens 13, 311. nec causa patenti u. ohne offenliegende Ursache 9, 537. re patuit, quid facundia posset 13, 383.

păter, pătris, m. Vater, dedit hoc pater Dianae ihr Vater 1, 487. si pater emat Hippodamas u. Bola wie er sein soll 6, 599. in rege tamen pater est 13, 187. rex pātrem vicit 12, 30. pātres Sabini deren Töchter geraubt waren 14, 775. pātris 1, 485. 7, 498. pātris 8, 115. 199. 10, 347. pātri 8, 130. pātrem 3, 568. pātrem 0, 25. pātre 8, 72; b. Thieren 10, 326. — übertr. Ehrenname männl. Gott-heiten, omnipotens Jupiter 1, 154. 2, 304. berselbe Saturnius 1, 163. magne 7, 617. optime 7, 627. pater rectorque deûm 2, 848. 15, 860. Baccho pater 13, 869. Lenaee p. 11, 132. Nixi pātres 9, 294; Schmeichel-name eines Aelteren 10, 468; *Pl.* Väter der Stadt = Patricier, patres (Ggf. medium volgus) 7, 431. — Senat. pātres 15, 486. concilium Graiae-que pātres Senblab. R. cono. Gra-iorum patrum 15, 645; *Pl.* Väter = ältere Männer, matres grandaevique pātres 7, 160. matrumque pātrum-que turba 15, 729.

pătera, ae, f. (paleo) flache Trink-schale ob. Opferschale 9, 160. 13, 704. 15, 575.

păternus, a, um, dem Vater angehörend, von ihm ausgehend, väterlich, des Va-ters, currus 2, 47. monita 2, 126. artes meines Vaters Prometheus 1, 363. lingua ihres Vaters Tantalus 6, 213. indicium (h. s.) 14, 87. unum hoc possum appellare paternum mein väterl. Erbtheil 8, 681; odium pater-num exercebat in prole den Haß gegen b. Vater 9, 274. [Beschl.]

pătientia, ae, f. das Erdulden, bab. Standhaftigkeit 9, 164. Geduld 14, 486. Langmuth, quae iam patientia nostra est 5, 873. Nachsicht 5, 657.

pătior, passus sum, i, leiden, dulden, erleiden, erdulden, alqd 4, 51. 11, 442. mala 15, 157. ultima belloque fretoque 14, 483. poenas 4, 467. 9, 372. necem 10, 627. vincla 6, 553. vim 4, 239. von Jem. alca 9, 332. 12, 197. nefas corpore 10, 352, quid sis passa was (für Schimpfliches) 12, 474. vulnera erhalten 6, 297. 13, 591. fronti vulnera passuras von b. Wunde bedroht 12, 386. repulsam erfahren 2, 97. 8, 289. soporem in Schl. ver-fallen 15, 821. flexus sich biegen laffen 5, 430. bos nullum iugum passa tragen 3, 11. cornix novem saecula passa über die hingegangen 7, 274. lac coagula (b. s.) passum 14, 274; ertragen, aushalten 10, 26. vix moram 4, 360. mille vulnera 12, 171. raro proelia 13, 117. vertragen, stratum, velamina 7, 658. sich gefallen laffen, vix me patiuntur 2, 86. von b. Begattung, Venerem 14, 141. passa bovem est 9, 740. marem tergo 16, 410. — übertr. zulaffen, geschehen laffen 5, 377. 8, 497. 9, 408. utinam id passa forem 6, 502. me patiente mit meiner Bewilligung 14, 540. m. *Inf.* ob. *Acc. c. Inf.* laffen, patitur tangi läßt sich berühren 1, 644. silva locum nullo sole tepescere passura der nicht würde haben erwärmen laffen 3, 412. non patiar tantum monstrum contingere Creten 8, 99. 7, 288. 856. 8, 443. 11, 175. 14, 400. 15, 615. 846. — *Part.* patiens fähig zu ertragen, zu erleiden m. *Gen.* flammae 2, 123. laboris 5, 611. 7, 656. mortis 2, 652. patientior contemptus huius essem würde eher ertragen 13, 859.

Pătrae, arum, f. Stadt in Achaia 6, 417.

pătria, ae, f. Vaterland, Heimath 2, 823 ud. patriam mutare auswandern 15, 29.

pătrius, a, um, dem Vater gehörig, väterlich, des Vaters, anni 1, 148. flumen 1, 588. amore eines Vaters 6,

499. irā 7, 457. mente 12, 682. caelum seines Vaters 9, 210. ripa des vä-
terlichen Flusses 9, 450. 11, 769. domo
11, 269. — von den Vätern stammend,
mos Väterfitte 12, 11. decus von d.
Vätern ererbt 3, 548. ara 11, 315. —
vaterländisch, heimisch, montes 4, 293.
muri 5, 236. (von Tirone) 9, 103.
agri 14, 476. sedes 15, 22. di 13,
412. mos 8, 848.

pătrŭĕlis, e, vom Vatersbruder (patruus) stammend, origo Ursprung vom
Vatersbruder 1, 352. — vom Sohn des
Vatersbruders (Dritter) herstammend, dona 13, 41. — *Subst.* Sohn des Vatersbruders, Vetter 13, 157. *Pl.* 4, 462.

pătrŭus, i, m. Vatersbruder, Oheim
5, 28. der Venus als Tochter des Jupiter u. der Dione ist Neptun 4, 532.
des Memnon ist Priamus, Bruder des
Tithonus 13, 596. iunge deam patruo (Proserpinam Plutoni) 5, 379.
— *Adj.* patruus, a, um, dem Vatersbruder angehörig, corde mit dem Herzen
des Oheims 11, 829. animo 13, 597.

pătŭlus, a, um (pateo), offenstehend,
offen, os 15, 513. rictus 6, 378. hiatus
patulos ut erant gröffnet wie er war
11, 60. nares 3, 686. fenestrae 14,
752. somnus 7, 245. hiatus fontis 3,
162. lacus 2, 379. — übertr. weit,
canistra 8, 675. weit ausgebreitet, Iovis
arbor 1, 106. rami 7, 622. weitge-
schweift, arcus 8, 30.

paucus, a, um, meist *Pl.* wenige, et-
liche, oscula 14, 658. — *Subst. Pl.*
pauci Wenige 11, 275. 14, 496. pauca
Weniges 15, 508. — wenige Worte 7,
674. 8, 705. haec pauca 7, 852.

paulātim (paullat.), *Adv.* allmählich
2, 827. 866. 3, 113. 490 u.ö.

paulum (paull.), *Adv.* ein wenig 2,
277. 3, 61. 440 u.ö.; — kurze Zeit 8,
873. p. morata nach kurzem Verweilen,
Verzug 8, 810. 10, 32.

pauper, ĕris, arm 3, 584; ärmlich, voluntas 8, 678. *Subst.* der Arme, pau-
peris est numerare pecus 13, 824.

paupertas, ātis, f. Armuth 8, 633.

păvĕfactus, a, um, erschreckt 9, 314.
13, 878. 15, 838.

păvĕo, pāvi, ēre, vor Furcht beben,
zittern 2, 169. 873 u.ö. metu 9, 249.
m. de 5, 356. m. *Inf.* zagen etw. zu
thun, laedere 1, 386. *Part.* pavens
bebend, bestürzt, erschrocken 1, 376.
8, 89. novitate rerum 2, 31. paven-
tum 14, 412. agna 6, 527. equi terrore 2, 398.

păvĭdus, a, um, vor Furcht bebend,
zitternd 3, 99. angstvoll 5, 438. pavidus gelidusque eisig durchbebt 3, 688.
pavida metu 6, 706. pavidum os
1, 386. formido zagend 2, 66. timor
7, 630. murmur ängstlich 8, 327. *Acc.
neutr.* st. *Adv.* pavidum blandiri
ängstlich, schüchtern 9, 569.

pāvo, ōnis, m. d. Pfau, laudatus 13,
602. picti 2, 532.

păvor, ōris, m. Zaghaftigkeit, Furcht,
Entsetzen 8, 198. naturalis 10, 117. 66.
12, 136. — Pavor als Dämon 4, 485.

pax, pācis, f. Friede, concors 1, 25.
festa 2, 795. fraterna mit d. Brüdern
3, 126. pacis opus 5, 112. artes 15,
484. pacem colere, tenere pflegen,
festhalten 11, 297. — übertr. — Ruhe
2, 858. animi 11, 624. dum flumina
pacem habeant 9, 94. — pace alcs
mit Zustimmung, Erlaubnis Jemandes,
deae 7, 705.

pecco, āvi, ātum, āre, sündigen, sich
versündigen, sich vergehen 8, 718. 7,
748. 11, 132. quid peccavere 10, 231.
m. folg. quod darin daß 9, 458.

pecten, inis, m. Kamm, zum Kämmen
der Haare 12, 409. Cytoriacus 4, 311;
beim Weben, percusso pectine durch
d. Stoß des Kammes 6, 58. — bildl.
digiti inter se pectine innecti kamm-
artig 9, 299.

pecto, xi, xum, ĕre, kämmen, capillos
13, 738. 765. angues de crinibus 4, 454.

pectus, ŏris, n. Brust, trepidat schlägt
1, 651. 2, 66. alto pectore aus tiefer
Br. 1, 657. *Pl.* v. einer Pers. 2, 83.
584. 605. 656. 777. 827 u.ö. summa
d. oberste Theil der Brust 11, 620; meton. für d. ganze Pers. periura pectora
vertit in silicem 2, 705. fidissima
3, 58. consortia — die Schwestern 13,
663. per cognata bei unsrer Verwandtschaft 8, 498; das Innere der
Brust, reserato pectore 8, 663. —
meton. Herz als Sitz der Gefühle, Sinn
1, 495. 7, 709. 8, 464. 13, 946. vacuum (v. Liebe) 1, 520. laesum 9,
535. inexpugnabile Amori 11, 768.
si pectus mutabile est tibi 2, 145.
timidum 11, 448. toto pectore mihi
grator von ganzem H. 8, 244. mortalia 4, 201. curis lenis 8, 84. dura
14, 693. iunctissima 10, 71. *Pl.* v.
einer Pers. 7, 28. 10, 444. anxia 11,
411; Gefühl für d. Schöne, rudis et
sine pectore miles 13, 290; als Sitz
der Denkkraft, Geist 13, 326. 360. mortalia 6, 472. res haeret pectore 12,
185. pectus instruere 15, 479. oculis
pectoris haurire 15, 64.

pĕcus, ŏris, n. Vieh als Gattung 1, 680. 2, 288. 3, 409. 9, 884. deus pecoris Pan 11, 160. fibra pecoris von Opferthieren 11, 784. saetigerum 14, 287. *Pl.* Herden 7, 764. — kleines Vieh, als Ziegen, Schafe 18, 821. 763. oves, placidum pecus 15, 116. greges pecorum (Ggs. armenta) 11, 278.

pĕcus, ŭdis, f. e. Stück Vieh, e. Widder 7, 318. e. Schaf 15, 680. *Pl.* Vieh-herden 1, 236. 288. 8, 214. Ggs. fera 11, 600. Herdenthiere 15, 452; bes. v. Kleinvieh, lanigerae 13, 781. Ziegen 10, 827. neb. armenta 8, 298. 15, 84.

pĕdes, ĭtis, m. Fußgänger, pedes er-rat in silva zu Fuß 14, 366.

pĕdĭca, ae, f. Fußschlinge zum Vogel-fang, *Pl.* 15, 473.

Pēgăsus, i, m. e. geflügeltes Roß, welches zugleich mit d. Riesen Chrysaor (fruter), dem Erzeuger des Geryones u. der Echidna, aus d. Blute der ge-tödteten Medusa entstand 4, 786. [*Acc.* Pegason] 5, 259. Medusaeus praepes 5, 257. Durch seinen Hufschlag ent-sprang auf d. Helicon der Musenquell Hippocrene 5, 257. 262.

Pĕlăgon, ŏnis, m. einer der calydon. Jäger 8, 360. (*Acc.* Pelagona).

pĕlăgus, i, n. das Meer, (meist dicht.) 2, 273. 4, 423. 9, 185. saevum 14, 680. pelagi rector, deus Neptun 1, 331. 2, 573. Nymphe 4, 747. numen d. Nereide Psamathe 11, 392. carpua Meerfahrt 11, 446.

Pĕlasgi, orum, m. ein Volk, das in d. ältesten Zeiten einen großen Theil v. Griechenland bewohnte, daß dicht. — Graeci 7, 188. 12, 19. 13, 128. 14, 562. 15, 452. — *Adj.* **Pĕlasgus**, a, um, pelasgisch = Graecus, gens 12, 7. nomen 12, 612. classis 13, 268. urbes 7, 49. [Herrschaft.]

Pĕlātes, ae, m. 1) e. Libyer 5, 124. — 2) e. Lapithe, Pellaeus 12, 255.

Pĕlĕthrŏnĭus, ii, m. der Pelethronier, aus d. thessal. Landschaft Pelethronium in d. Nähe des Pelion 12, 452.

Pēleus, ĕi, m. zweiter Sohn des Aeacus, Königs von Aegina, Bruder des Telamon u. Phocus 7, 477. 13, 151. Aeacides 11, 246. Gemahl der Nereide Thetis, die er durch List bezwingt 11, 217. 260. 12, 193, hat also Jupiter zum Groß-, Nereus zum Schwiegervater 11, 218. Aeacides nepos 11, 227. Vater des Achilles 11, 766. 13, 155; nimmt an d. calydon. Jagd Theil 8, 309. 380; betheil. am Kampfe der Lapithen geg. d. Centauren 12, 366. 388; wird, weil er s. Bruder Phocus getödtet, aus d. Heimath verbannt u. kommt zu Ceyx nach Trachin 11, 266 ff., wird aber erst von Acastus entsühnt 11, 409. [*Acc.* Pelea 11, 372. 407. 13, 846. *Voc.* Peleu 11, 251. 249.]

pelex s. paelex.

Pĕlĭăcus, a, um, aus dem Bergwald des Pelion (b. s.), cuspis 12, 74.

I) **Pēlĭas**, ădis, *Adj. f.* (s. d. vor.) ha-sta 18, 109.

II) **Pēlĭas**, ae, m. Bruder des Aeson, den er der Herrschaft über Jolcos beraubte, u. dessen Sohn Jason er zum Argonauten-zuge nöthigt. Die Rache an ihm 7, 298 ff.

Pĕlĭdes, ae, m. d. Sohn des Peleus, Achilles 12, 605. 619.

Pēlĭon, ii, n. u. **Pēlĭos**, ii, m. Wald-gebirg in Thessalien, südl. vom Ossa 1, 155. altum 7, 224. umbrosum 7, 352. 12, 513.

Pellaeus, a, um, pelläisch, von d. Stadt Pella in Macedonien, arva 5, 302. *Subst.* Pellaeus e. Peller 12, 254.

pellex s. paelex.

pellis, is, f. Fell, Haut, des Menschen 6, 390. 10, 493; v. Thieren, der Schlange 9, 266. atra 3, 64. annosae senectae 7, 237. des Bären, villosa 12, 319. als Kleidung od. Schutz, leonis 3, 53. pastoria 2, 680. pectora pelle tegi — die Bacchantinnen umhüllen d. Schulter mit e. Fell, namentl. des Hirschkalbes 4, 6. tempora tecta pelle lupi bh. mit e. Helm daraus 12, 381.

pello, pĕpŭli, pulsum, ĕre, stoßen, schlagen, Haemus aquilonibus pulsus 10, 77; anschlagen, lyra pulsa mann 10, 205. pulsi nervi 10, 16. tinni-libus aeris pulsi 14, 536. — ver-treiben, verjagen, alqm 2, 630. 3, 547. pulsa Junone verstoßen 2, 525. aus etw. *Abl.* urbe 15, 594. regnis 10, 586. tutela Minervae 2, 563. ab urbe 3, 624. ab agris 14. 477; alqd: nubila 6, 690. tenebras 7, 703. cre-puscula pepulere lucem 15, 651. glande famem 14, 216. amentia pulsa est dolore 5, 511. macies pulsa fugit 7, 290. di procul pellant talia omina fernhalten 15, 588. pelle moram laß das Zögern 2, 838. 10, 669. 7, 48. pulso pudore ohne Scham 6, 875.

pelluceo, pellucidus s. perl.

Pĕlŏpēïas, ădis, *Adj. f.* dem Pelops ob. dessen Geschlecht gehörig, Pelopeia-des Mycenas 6, 414.

Pĕlŏpēïus, a, um, dem Pelops (b. s.) gehörig = phrygisch, arva 8, 622.

Pēlops, ŏpis, m. Sohn des phrygischen

Königs Tantalus, Bruder der Niobe, Vater des Atreus u. Thyestes. Er wurde von seinem Vater den Göttern, um sie auf die Probe zu stellen, zerstückt als Speise vorgesetzt, von diesen aber, da sie den Frevel erkannten, wiederbelebt. Da jedoch eine Schulter fehlte, die Ceres unaufmerksam aus Gram über ihre verlorene Tochter verzehrt hatte, so setzten sie ihm eine elfenbeinerne ein 6, 404 ff. Pelops zog dann in die nach ihm benannte Peloponnes, wo er die Herrschaft des Pelopidengeschlechts begründete 6, 414.

Pělōros, i, m. das nordöstl. Vorgebirg Siciliens, Italien (Ausonien) gegenüber 13, 726. Ausonius 5, 350. fretum Siculique angusta Pelori Hdschr. fl. fretum angustum Siculi Pelori 15, 706.

Pēnātes, ium, m. die Schutzgottheiten des Hauses u. der Familie, deren Bilder im Innern des Hauses in d. Nähe des Herdes aufgestellt waren 1, 231. Caesarei des cäsarischen Hauses 15, 864. profugos Penates posuistis aufstellen 3, 539. bildl. patriaeque meosque Penates b. Schutzgottheiten meines Vaterlandes u. meines Hauses st. mein Vaterland u. mein Haus 6, 91. — meton. Haus, Wohnung 5, 155. 496. 7, 574. patrios 1, 773. parvos tetigere 8, 637. regis adiit 5, 650. ponere s. Wohnsitz gründen 1, 174; Heimat 9, 446. 639. 12, 551. [Verschst. unter Penatibus 8, 446.]

pěnātĭger, ěri, die Penaten tragend, penatigero Aeneae [dat. im 5. g.] 15, 450. [Nur hier.]

pendeo, pěpendi, ēre, hangen, glacies pependit 1, 120. pendenti vaginā 10, 475. an etw. in cervice 1, 652. collo 10, 113. poma arbore pendentia 4, 881. 147. carbasa an den Rahen aufgebunden, hangend 6, 232. serta super ramos 8, 722. glandes circum tempora 11, 150; hangen bleiben, telum veste 5, 68; herabhangen von etw. e poste 5, 127. ex umero 6, 820. capilli fronte 10, 138. collo 1, 497. palearia armis 2, 854. aranea ligno 4, 179. pendens vestis vom Webstuhl herabhangend 4, 395. remi während des Ruderns 11, 475. caelum schwer herabhangend 7, 580. late pendentia nubila 1, 268. Saidos pendere lacertos schlaff herabhangen, 15, 231. chlamys pendet apte sitzt passend 2, 733. litus pendet ist abhängig 11, 233; schweben 4, 363. pennis medüsi Flügel 6, 667. 7, 379. 11, 341. in aëre 1, 12. 8, 202. aethere 2, 726. 5, 676. super Libycas harenas 4, 617. in auras 8, 145. antra pendentia vivo saxo mit schwebenden Bogen, gewölbt von 13, 810. nidi pendentes aequore schwimmend auf 11, 746. — bildl. schweben = ungewiß sein, belli fortuna pendebat adhuc 8, 12. meta 11, 351; abhangen von, res Romana praeside ab uno 14, 809. ausgeben von, bellum ab uno corpore et ex una origine 1, 186.

pendo, pěpendi, pensum, ěre, wägen, zuwägen, bes. die Wolle zum Spinnen, dah. übertr. zutheilen, pensas herbas 14, 270; bezahlen, weil b. Geld anfängl. zugewogen wurde, tributum 8, 293. poenas Strafe zahlen, leiden 4, 670. 10, 599. exailio vel nece 10, 232.

pendūlus, a, um, herabhangend, palearia 7, 117.

Pēnēïs, ïdis, Adj. f. peneïsch, zum Fluß od. Flußgott Penēus (d. f.) gehörig, von ihm stammend, undas 1, 544 [Acc. Peneïdas]. Nympha Daphne, b. Tochter des Penēus 1, 472. 504 [Var. Peneï].

Pēnēïus, a, um, peneïsch (s. d. vor.) Daphne 1, 452. arva 12, 209. Subst. Peneïs, ae, f. die Peneerin, b. Tochter des Penēus 1, 525.

Pēnělŏpe, es, f. Gemahlin des Ulysses, Penelopes socer Laertes 8, 315. Penelopae manus für P. 13, 511.

pěnētrābĭlis, e, durchdringbar, corpus nullo penetrabile telo durchbohrbar 12, 166. — act. durchbohrend, telum 5, 67. fulmen 13, 857.

pěnētrālis, e, innerlich, signum penetrale Minervae im innersten Heiligthume bewahrt 13, 337. Subst. n. penetrale gew. Pl. penetralia b. innern Räume, Gemächer des Hauses 6, 640. ima 8, 458. magni amnis 1, 574. Somni 11, 593; spec. der gewölbte Raum im Innern des Hauses, Hauscapelle, wo sich b. Altäre u. Bilder der Hausgötter (sacra) befanden, penetrale patriam das Heiligthum des väterl. Hauses 15, 85. Pl. 1, 287. 12, 245.

pěnētro, āvi, ātum, āre, eindringen, lumen in Tartara 2, 260. nidor in aethere 12, 153. tremor in artus 10, 424. vapor ad ima fontis 14, 793. morbi ad viscera 7, 601. vox ad aures 12, 42; wohin gelangen, verbringen, ad Stygias undas 3, 272. ad urbem 15, 8.

Pēnēus od. Pēnēos [2, 243], i, m.

Hauptfluß Thessaliens, vom Pindus kommend 1, 569, der kurz vor seiner Mündung das durch s. Schönheit berühmt Thal Tempe bildet 7, 230. — dessen Flußgott senex, weil d. Flußgötter meist als Greise gedacht wurden 2, 243. Vater der Nymphe Daphne 1, 472.

penitus, *Adv.* tief nach innen, im Grunde, terrae penitus penitusque iacentes tief u. tiefer 2, 179. — tief aus dem Innern, p. suspiria trahere tief aufseufzen 2, 753.

penna, ae, *f.* Feder 1, 722. 8, 189. niveae 2, 536. als Helmschmuck 8, 25. am Theil 6, 258. formidatae (b. f.) 15, 475. — Flügel, Fittig, bes. *Pl.* 2, 159. 548. leves 2, 581. pennas movere per aëra 15, 99. sumere bh. in e. Vogel verwandelt werden 13, 673. 4, 47. 5, 96. der Gottheiten, des Windes 1, 267. 6, 703. des Schlafes, placidae 8, 823. des Traumes 11, 662. des Amor 1, 466. der Victoria, dubiae 8, 13. meton. die Flügelfedern Mercurs 1, 675. 2, 836. des Perseus 4, 665. 5, 11; d. Flügel von Schlangen 7, 234. vipereae 7, 391. der Bienen 15, 384; bildl. pennis adiutus amoris 1, 540; Sing. collect. 2, 376. pennâ trepidante 1, 506. 5, 605. color pennâ 8, 686.

pennatus, a, um, geflügelt, serpentes 7, 350.

penso, āvi, ātum, āre (pendo), wägen, abwägen; übertr. laudem cum sanguine, den Ruhm gegen d. Blut der Tochter, bh. den Ruhm damit aufwägen, 13, 192. pensa hoc vulnere vulnus bezahlt mit dieser Wunde deine Wunde, büße dafür 5, 94. hunc titulum redditis meritis nostris pensandum als Bezahlung, Entgelt für 13, 372.

pensum, i, n. (pendo) die den Mägden täglich zur Verarbeitung zugewogene Wolle, dah. Tagesaufgabe, Aufgabe 4, 10; data pensa trahere 13, 511.

Pentheus, ĕi, m. Sohn des Echion u. der Agave, einer Tochter des Cadmus, widersetzt sich vergeblich der Aufnahme des Bacchuscultus in Theben u. wird, weil er dadurch den Gott gereizt, von seiner eignen Mutter u. den übrigen Bacchantinnen auf dem Cithäron zerrissen 3, 514 ff. [*Acc.* Penthĕa s. voc. 4, 22.] nachdrückl. für me 3, 561. — *Adj.* Penthĕus, a, um, des Pentheus, caede 4, 429.

Peparethos, i, *f.* eine der cyclad. Inseln 7, 470.

per, *Praep.* m. *Acc.* 1) örtl. durch, durch — hindurch, ire per ignes 6, 76. Penëus volvitur per Tempe 1, 569. laedit medullas per ossa 1, 473. per tantum lumen tenebrae sunt obortae 2, 181. zwischen — hindurch, per cornua tauri gradieris Haemoniaeque arcus 2, 80. durch — hin, saxo per corpus oborto 10, 67. 2, 652. oscula dispensat per osculos 6, 278. tela spargere per Achivos durch d. Reihen hin 12, 600. infans componitur per suos numeros Theil um Theil 7, 130. auf dem Wege durch, tantos labores per aequora sustinui 14, 479. per auras induruit 9, 219; über, darüberhin 2, 109. ire per amnes 14, 591. per iuga montis 10, 172. per litora 2, 572. agi per saxa 2, 491. terrere per orbem 1, 727. flumina ruunt per campos 1, 285. spargere per humum 4, 573. crines iaciantur per terga 10, 592. iacebat per colla 2, 673. 3, 169. membrana porrigitur per artus 4, 407. 5, 548. volvi per crura (equi) 6, 237. per herbas (versl. stratus ob. iacens) 7, 838; räuml in, auf, an, per urbes templa tenet 1, 749. 3, 839. 511. 7, 49. 12, 191. per orbem opifer dicor 1, 521. passim per agros perque vias vidimo 4, 779. coli per aras 6, 171. per tecta latitant hier u. da im Hause 4, 405. per silvas vivit 10, 567; darunter hinweg, per aequoris undas 5, 498; entlang, per viam 7, 410. labi per iter declive hinab 15, 227. — 2) zeitl. durch — hin 1, 117. per omnia saecula vivam 15, 878. hindurch, während, lang 4, 67. 5, 227. primos per annos 7, 798. 15, 266. per novem luces 4, 262. 11, 96. 10, 434. per novem cornua redeuntis lunae 10, 479. per somnum 11, 675. virtus spectata per tot labores 5, 243. memorare per iter den Weg entlang 14, 154. — bez. die wirkende Ursache, durch, vermittelst, bei Personen, per me patet 1, 517. 2, 614. 7, 40. 13, 146. 178. per quem videt omnia tellus durch dessen Vermittelung 4, 227. per quos durastis durch deren Hülfe 13, 366. per me haud impune miniscelus nicht ungestraft 13, 283; bei Sachen, auxilium quaerere per sortes 1, 368. 2, 36. cadere per vulnera 3, 128. 251. per oculos perit 8, 440. per funera septem efferor 6, 283. per mille dolos aditu facto 7, 726. crescere per damnum 9, 193. quaerere coniugem per pericula 10, 576. dextera spectata

per ferram 14, 109. per fata lice-
bat von Seiten des Schickſals 13, 585.
per annos poterat spectasse vermöge
ſeiner Jahre 14, 324. per se von ſelbſt
(eig. durch ſich ſelbſt), von freien Stücken
1, 208. 8, 680; bei Bitten, Beſchwörun-
gen u. Schwüren, bei, per summa caput oravit 1, 765. 6, 477. 498.
7, 852. 10, 392. 13, 375. 14, 701.
per mare, per omnia numina jurant
3, 658. per flumina iuro infera 1,
188. 788. 5, 316. 7, 96. per si quid
merui de te bene ſt. per id, quod
de te bene merui, si quid est 7, 854.
per si quid superest 13, 377. vom
Acc. getrennt, per tibi nunc ipsum
3, 658. per ego haec loca 10, 29.
per o tua lumina 14, 372. — 4) bez. die
Art u. Weiſe, per gradus ſtufenweiſe
2, 354. per vices 4, 40. per dedecus auf ſchmachvolle Weiſe 9, 26. per
luctus 13, 744. per vim gewaltſam
6, 608. 13, 223. per crimen ſchuldvoll 10, 242. per sinus labens in
Krümmungen 15, 721. [Eutſang: spatium per talius 2, 802. 5, 168. 272. 10, 592.
per talues adversi gradieris cornua tauri
3, 50. 5, 512. per adhuc humana ora 4, 583;
Wie engeb. quo nais Berlauf, 2, 164. 354.
4, 40. 562. 771. 780. 5, 308 u.f.]

per-ago, egi, actum, ere, durch-, zu
Ende führen, causam priorem 15, 36.
regnum aevumque endigen 15, 485.
iustos annos durchleben 13, 26; vollenden, vollführen, vollziehen, quidquid superi voluere, peractum est
6, 619. sol duodena signa peregit
vollen Lauf durch dieſelben 13, 618
(vgl. 6, 571). facta 14, 745. mandata 7, 502. 14, 480. edita 11, 647.
iudicium 1, 680. nox vicem (mit d.
Tage) 4, 218. quas vices elementa
peragant durchlaufen 15, 283. simulamina nachahmen 10, 727. imitami-
na 13, 200. otia in Müßiggang leben
1, 100. querelas klagen 4, 413; durch-,
zu Ende ſprechen, talia 6, 619.

per-aro, avi, atum, ere, durchfurchen,
bibl. ora rugis 14, 96. — einritzen,
(ſchreibend) in d. Wachstafeln, talia 9,
564.

per-bibo, bibi, ere, ganz einſaugen,
lacrimas 6, 397.

per-calesco, alui, ere, durchwärmt
werden 1, 418.

per-cello, culi, culsum, ere, nieder-
ſchmettern, alqm 12, 312. stipite 5, 58.

per-censeo, ui, ere, durchmuſtern;
durchwandern, orbem 2, 595.

perc)pio, cepi, ceptum, ere (per-ca-

pio) in ſich aufnehmen, somnos 11, 144.
aestum ossibus 14, 790; annehmen,
rigorem 4, 746. auffangen, auras 8,
208; empfinden, gaudia 7, 455.

per-curro, cucurri u. curri, cursum,
ere, durchlaufen, radio stamina telae
durchſchießen 4, 275. — darüber hinlaufen, stantes aristas ſo daß die
Aehren aufrecht ſtehen. bleiben 10, 655.

percútio, cussi, cussum, ere (per-
quatio), durchſchüttern, daß gewaltſam
ſchlagen, treffen, terram tridente 1,
283. terra percussa de cuspide 6,
80. aëra pennis 10, 159. percussis
pennis durch Schlagen 1, 466. percussa recanduit unda vom Schlage 4,
530. percusso pectine durch d. Stoß
6, 53. colla securi 15, 126. caput
verbere virgae 14, 300. pectora
mento 11, 620. percusso collo vom
Schlage auf 12, 488. percussus ab
apro getroffen 8, 215. als Zeichen der
Trauer, des Schreckens, pectora palmis
8, 179. 481. 5, 473. 10, 723. 11,
82. lacertos claro plangore 4, 138;
percussi nervi bei Anſchlag der Saiten
5, 340. 11, 5. — durchbohren, alqm
5, 98. Ditem harundine in cor 5,
384. non alte percusso corde 6, 266.
percussa victima (cultris) 15, 34.
percussis solibus ab imbre wenn d.
Sonnenstrahlen in Folge des Regens
gebrochen werden 6, 63.

perdix, icis, c. ein nicht näher zu be-
ſtimmender Vogel; die Alten verſtanden
unter περδιξ ſehr verſchiedenartige Vögel,
gew. das Rebhuhn, auf das jedoch Ovids
Schilderung nicht paßt, garrula 8, 237.
— Perdix, m. Neffe des Dädalus, von
dieſem aus Künſtlereiferſucht von d. Burg
Athens herabgeſtürzt, aber v. Minerva
in e. Vogel verwandelt 8, 255.

per-do, didi, ditum, ere, zu Grunde
richten, verderben, alqm 3, 264. 4,
108. 7, 693. 10, 512. necopina
morte 1, 224. mortale genus 1, 188.
zu nichte machen, vernichten, alqd 8,
438. figuram 1, 547; tödten, alqm
1, 444. 3, 544. 4, 149. 13, 177. 15,
94. 477. sagitta 12, 590. perdens
caelum tödtende Atmoſphäre 7, 580.
— unnütz anwenden, verſchwenden,
blanditias 1, 531. spicula sanguine
plebis 12, 601. tempora precando verlieren 11, 286. — verlieren, einbüßen,
omnia 13, 527. colorem 3, 100. figuram 4, 409. hominis formam 13,
405. notas veri 7, 601. alqm 13, 498.

per-domo, ui, itum, ere, gänzlich bezwingen, perdomita serpens 1, 447,

pĕrĕgrīnus, a, um (ager), ausländisch, fremd, Sicaniam peregrina colo als Fremde, Ausländerin 6, 495. terra 3, 24. 9, 634. orbis 1, 94. ripa 2, 387. harenae 11, 66. serpens 9, 691. amnes aus der Ferne kommend 8, 836. ornore der Fremdlinge 9, 182.

pĕrennis, e (annus), d. ganze Jahr hindurch, immerwährend, ewig, perennis ferar super astra 15, 875. aidus 8, 177. sceptrum 15, 585. adamas 15, 813.

pĕr-ĕo, ĭi, ĭtum, īre, eig. durchlaufen, dah. verloren-, zu Grunde gehen, perit labor anni 1, 273. pereunt urbes 2, 214. domus 1, 240. 8, 485. Pergama peritura dem Untergange geweiht 13, 168. periturae viribus ignis mit, wenn ich zu Grunde gehen soll 2, 280. 3, 299. per oculos perit ipse suos 8, 440. si non perierunt omnia mecum Alles, dh. alles göttl. u. menschl. Recht 8, 548. pereant meg damit 8, 55. — sterben, umkommen 5, 20. 7, 16, 522 (periere). 855, 8, 127. 365 (periisset). per mutua vulnera 7, 141. ictu fulmineo 14, 818. pereuntem cuspide 13, 580. periture bestimmt zu sterben, dem Tode geweiht 3, 579. 8, 598. 11, 896. cervus bei den Thierhetzen im Amphitheater 11, 26. peii bin todt 11, 700. [periit mit langer Mit. in d. 3. Reise 14, 618.]

pĕr-erro, āvi, ātum, āre, durchirren, durchschweifen, orbem 8, 6. terras 15, 53. arva 12, 209. Lyciam 9, 646. populos 11, 645. freta classe 7, 460. sinus 4, 497.

per-fĕro, tŭli, lātum, ferre, bis wohin tragen, bringen, ad Procnen 6, 580; übertr. bis ans Ende ertragen, dolorem tacito ore 12, 538. pericula durchmachen 14, 560. bewahren, intrepidos vultus ad fata novissima (bis zu) 13, 478.

perfĭcĭo, fēci, fectum, ĕre (per-facio), vollenden, perfecta stamina 6, 578. perfectis annis, quos terrae debuit 15, 817.

perfĭdĭa, ae, f. Treulosigkeit 11, 208.

perfĭdus, a, um, treulos, Troia 13, 246. lumina 13, 661; Subst. perfide Treuloser 2, 704. perfida 7, 742.

per-fŏro, āvi, ātum, āre, durchbohren, duo pectora des Rosses u. Mannes, wo sie zusammengewachsen waren 12, 377.

perfringo, frēgi, fractum, ĕre (per-frango), durchbrechen, Olympum fulmine 1, 154. tempora durchstoßen 12, 273.

per-fundo, fūdi, fūsum, ĕre, übergießen, überströmen, membra cruore 2, 607. artus liquido rore 8, 164. loquentem polentā mixtā cum liquido 5, 454. penates sanguine 5, 156. nomen lacrimis 2, 389. terra perfusa sanguine 1, 157. 7, 396.

Pergăma, i, n. [Mel. nar Pl.] Pergama, ōrum, d. Burg v. Troja, oft dicht. für Troja selbst 12, 445. 591. 13, 169. 219. 320. 520. 14, 467. alta 13, 374. soli mihi Pergama restant dh. bauen die Leiber von Pergamum noch fort 13, 507; bildl. und Pergama rapta feres das den Flammen entrissene Perg., dh. die Heiligthümer der Stadt 15, 442.

Pergus, i, m. kleiner See bei Henna in Sicilien 5, 386.

pĕr-horresco, horrŭi, ĕre, durch u. durch schaudern, perhorruit [s. g.] aequor 6, 704. orbis 1, 208. Aetna clamore 13, 877.

periclum s. periculum.

Pĕrĭclymĕnus, i, m. Bruder des Nestor; sein Tod 12, 556.

pĕrĭcŭlum, dicht. synkop. pĕrĭclum, i, n. Versuch, Probe; dah. Gefahr, in partem adhibere pericli 11, 447. nostri tecum pericli meiner Ges. mit dir, dh. unsrer gemeinschaftl. Gef. 13, 204. temerarius meo periclo auf meine Gef. 10, 546. pericula ponti 14, 489. falsi mundi 15, 155. spreto noctisque hostisque periclo u. vom Feinde 13, 248. non falsa 4, 787. adita atque exhausta 12, 161. quaerere 2, 565. adire 14, 119. vitare 4, 130. magnis periclis in 8, 268. orion. das was Gefahr droht, sua tractare pericla mit seiner eignen Gefahr tändeln 8, 196. suum reperire periclum den Eber 8, 833. [Immer pericula u. stets im 5. g., außer 8, 196 pericla; sonst synkop. a. stets im Versisch.]

Pĕrĭmēle, es, f. die vom Flußgott Achelous geliebte Tochter des Hippodamas. Von ihrem Vater deshalb ins Meer gestürzt, wird sie auf Bitten ihres Geliebten von Neptun in e. Insel verwandelt 8, 590 ff.

pĕrĭmo, ēmi, emptum, ĕre (per-emo), eig. gänzl. wegnehmen, dah. vernichten, tödten, alqm 4, 110. 6, 129. 9, 74. 12, 252. *Part.* peremptus 3, 97. 8, 58. 13, 521. [peremi, peremptus stets im Versisch.]

Pĕrĭphas, antis, m. wegen s. Gerechtigkeit in Attica zum König gewählt u. wie ein Gott verehrt, will ihn Jupiter besbalb mit b. Blitze tödten, verwandelt ihn jedoch auf Apollos Fürbitte in e. Adler u. sein Weib Phene in den Falken dieses Namens (φήνη) 7, 400 [vac. Periphä]. — 2) e. Lapithe 12, 449 [Acc. Periphanta].

periurium, ii, n. Meineid [Rel. aus Pr.] 11, 206. 14, 91. 99. [s. g.]

periurus, a, um, meineidig, pectora 2, 705. bis periura moenia Troiae wegen des doppelten Meineides des Laomedon 11, 215.

per-luceo (polluc.), luxi, ēre, durchleuchten, durchscheinen, perlucentes librae 6, 391. perlucens amictus durchsichtig 4, 313. alas 4, 411.

perlucidus (polluc.), a, um, durchsichtig, fons 8, 161. bulla 10, 733. cornua 2, 858.

per-luo, lui, lutum, ēre, überspülen, baden, alqd: artus 4, 510. perluitur lympha badet sich 8, 173.

per-maneo, nsi, nsum, ēre, verbleiben 9, 788. 15, 805. 326. innuba permaneo 14, 142. 12, 24.

per-maturesco, turui, ēre, völlig reif werden 4, 165.

per-misceo, ui, mistum u. mixtum, ēre, vermischen, generi cruorem cum sanguine soceri 14, 802.

per-mitto, misi, missum, ēre, bis wohin werfen, schleudern, onus in hostem 12, 282. scopulum in undas 14, 182. — übertr. überlassen, permisit aëra habendum zum Besitz 1, 58.

per-mulceo, si, sum, u. ctum, ēre, sanft überstreichen, lumina virga 1, 716. comas glatt streichen 2, 738; streicheln, colla draconis 4, 599. 7, 221.

pernox, ctis, die Nacht hindurch, luna pernocte wenn b. Mond b. Nacht hindurch am Himmel steht, bh. bei Vollmond 7, 268.

perōsus, a, um (Part. Perf. Dep.) voll Haß geg. etw., m. Acc. ignem 2, 879. lucem 4, 414. opes 11, 146. genus virorum 7, 745. Achillem 12, 582. pectora dura 14, 693; überdrüssig einer Sache, longum exsilium 8, 133.

perpetior, pessus sum, i, (per-patior), standhaft erdulden, fulmina 14, 479. multa perpessi 7, 5. 12, 38. m. Inf. es über sich gewinnen, memorare 14, 466; dulden, gestatten, m. Acc. c. Inf. 3, 632.

perpetuo, Adv. fortwährend, virens 10, 97.

perpetuus, a, um, in Einem fort, ununterbrechen, ordine 11, 755. dentes e. ununterbrochene Reihe von Zähnen 8, 246. carmen deducite perpetuum in ununterbr. Folge 1, 4. cornu ungespalten 2, 671; zeitl. immerwährend, ver 5, 391. nox 7, 2. flos aëri 9, 436. virginitas 1, 486. poenae 4, 467. frondis honores immergrünender Laubschmuck 1, 565. rota perpetuum axem circumvolvitur fi. perpetuo 15, 522.

perquiro, quisivi, quisitum, ēre (perquaero), sorgfältig aufsuchen, alqm 8, 8.

Perrhaebus, i, m. ein Perrhäber aus b. Landschaft Perrhäbia im nördl. Thessalien 12, 172.

perrumpo, rupi, ruptum, ēre, durchbrechen, hasta perrupit laterum cratem 12, 370.

Persēis, idis, f. b. Tochter des Titanen Perses (nach And. der Oceanide Perse), Hecate 7, 74 [Gen. Perseidos].

Persēius, a, um, dem Perseus gehörig, des Perseus, castra 5, 128.

Persēphŏne, es, f. griech. Name der Proserpina (b. f.) 5, 470. 10, 15. 730. [Berkanf.]

per-sequor, secutus sum, i, nachfolgen 8, 378. alqm 4, 151; feindlich verfolgen, quis te furor persequitur 5, 642; übertr. etw. weiter verfolgen, in etw. fortfahren, scelus 8, 774; vollständig ob. ausführlich berichten, tristia dicta 8, 534. ne persequar omnes aufzählen 12, 500.

Perseus, ĕi, m. (Περσεύς) Sohn des Jupiter u. der Danaë, Enkel des Königs Acrisius v. Argos, Acrisioniades 5, 70. Danaëius heros 5, 1. Abantiades, Lyncides, Agenorides, Inachides (b. f.). Dem Acrisius war prophezeit, daß ihn b. Sohn seiner Tochter Danaë tödten werde. Obwol er aber diese deshalb in e. ehernes Gemach einschloß, gelangte doch Jupiter in Gestalt eines goldnen Regens zu ihr, u. sie gebar den Perseus 4, 611. 698. 6, 113. aurigena frater (Minervae) 5, 250. Acris. setzte nun Mutter u. Sohn in e. hölzernen Kasten aufs Meer. Dieser wurde an b. Insel Seriphos angetrieben, wo Polydectes beide aufnahm. Später suchte er sich jedoch des herangewachsenen Perseus zu entledigen u. befahl ihm das Haupt der Medusa zu holen. Perseus vollführte dies, indem ihm die Nymphen Flügelschuhe liehen, um damit durch b. Luft zu fliegen 4, 616. 665. Mercurius sein sichelförmiges Schwert (harpe) 4, 666.

727. 5, 176 u. Minerva einem glänzenden Schild, worin er d. Bild der Medusa erblickt, ohne sie selbst anzusehen 4, 782. Abenteuer seiner Rückkehr 4, 615ff. Versteinerung des Atlas 4, 657. Rettung der Andromeda u. Vermählung mit ihr 4, 670ff. Kampf geg. Phineus 5, 1ff. Versteinerung des Prötus u. Polydectes 5, 236ff. [Gen. Persei zweisilb. im 6. F. 5, 301. Acc. Persea 4, 611. 5, 30, 33. Voc. Perseu 4, 770. 5, 190, 216.]

Perseis, idis, f. Perseïn, Landschaft am persischen Meerbusen [Acc. Persida 1, 69].

perspĭcio, spexi, spectum, ĕre, genau betrachten, serpentem 15, 660. opus 2, 112. durchmustern, terras hominumque labores 2, 405. herbas 7, 226. — bildl. mit d. Geiste durchschauen, omnia animo 15, 65.

perspĭcuus, a, um, durchsichtig, liquor 4, 300. aquae ad humum 5, 588.

per-sto, stiti, statum, ĕre, auf demselben Platze stehen bleiben 3, 385. Symplegades immotae perstant fest stehen 15, 839. — übertr. in demselben Zustande, unverändert bleiben, nihil est, quod toto perstet in orbe 15, 177. 237; beharren bei etw. 3, 701. 14, 568. remorum in verbere 8, 862. in incepto 6, 60. in caede 11, 402. m. Inf. prohibere 6, 361. certare 13, 77. auf seinem Sinne 4, 368.

per-stringo, strinxi, strictum, ĕre, ganz zusammenziehen, gravem uterum ganz einschließen 10, 495.

per-terreo, ui, itum, ĕre, sehr in Schrecken setzen, Part. perterritus ganz erschreckt, famulae 9, 141; ganz erschrocken 2, 254. 9, 349. cerva 11, 771.

per-timesco, timui, ĕre, in große Furcht geraten 14, 440. 15, 34. vor etw. Acc. sonos 1, 638. lupos 2, 495. alqm 9, 445; m. ne daß 14, 186. [Nur pertimui u. Verwandt.]

per-ūro, ussi, ustum, ĕre, ganz durchbrennen, ausbrennen, domitam echidnam indem d. Wunden ausgebrannt wurden 9, 74.

per-vēnio, vēni, ventum, īre, bis wohin kommen, gelangen, huc 2, 765. in mare 1, 41. in summum montis 13, 909. in agmen Iliacum 12, 599. ad insulam 4, 95. ad regem 8, 89. Cypron (ob. Chytron) 10, 718; von Tönen, pervenire ad aures 5, 256. 7, 694. 9, 8. 8, 134. bildl. m. bloßem Acc. verba non pervenientia aures nostras 3, 462. oscula non pervenientia contra auf die entgegengesetzt-

Seite 4, 80. angulos montis pervenit ad illam erreicht 13, 883. pestis ad colonos ergriff 7, 552. ignis ad ossa drang bis in 7, 748. dolor ad omnes drang zu allen 13, 181. honor ad omnes superos kam an alle 8, 278.

per-vĭdeo, vidi, visum, ēre, überblicken, Sol pervidet omnia 14, 375.

pervĭgil, ilis, stets wachend, draco 7, 149. — die Nacht durchwachend 10, 369.

pervĭus, a, um (via), Durchgang gestattend, domus non p. venlo 2, 762. nec pervia flatibus esset (humus) keinen Durchgang bei 15, 802. loca nec iaculis nec equo 8, 377. 14, 361. gladio loca p. non sunt keine Stelle läßt durchbringen 12, 483. pervia tellus praebet iter e. Gang durch d. Erde 5, 501. patet mihi pervius aether d. Weg durch d. Luft 5, 664. iaculum pervia tempora fecit machte e. Loch durch 12, 835.

pēs, pĕdis, m. Fuß, b. Menschen u. Thieren 1, 649. pedum digiti Fußzehen 11, 71. summa Fußspitzen 4, 343. pedis vestigia Fußsohlen 5, 592. pedum vestigia Fußspuren 7, 775. signa 4, 544. 8, 333. sonitus von Fußtritten 5, 616. pedes primi Vorderfüße 9, 319. equini Roßhufe 12, 374. bisulcus der Stiere 7, 113. bifidi der Schweine 14, 304. avium Klauen 5, 553. obunci 6, 518. curvi 12, 561; Sing. coll. nuda pedem 7, 189. pede venire zu Fuß 5, 654. pedem referre zurückkehren 2, 439. retro ferre den Fuß zurückschwenken, umkehren 4, 134. (pedes) 14, 756. pedem vertere 8, 869. trepido pede fugit 4, 100; alas umero pedibus (Dat.) an d. Füße 1, 671. ligat parte ab utraque pedes — utrumque pedem 4, 666. pedem offendere 10, 452. pedibus praedam petit im Lauf 1, 534. fiducia pedum auf d. Schnelligkeit der Füße 9, 121. laus pedum 10, 563. pedibus utilis 3, 212. pedum certamen Wettlauf 12, 304. pedibus contendere, vincere im Wettlauf 10, 570. 1, 448; eines Tisches 8, 661. pede mensae convaleo 12, 254. e. Ruhebett 8, 656. — bildl. sub pedibus timor est man ist über d. Furcht erhaben 14, 490.

pestĭfer, ĕra, um, Verderben bringend, verderblich, venter 1, 459. rictus 3, 74. manus 4, 406. ignis 8, 477. Fames 8, 784.

pestis, is, f. Seuche, Pest 7, 563. — bildl. Verderben bringendes Leiden 8,

177. 200; Verderben bringendes Unge-
ziffer, altera pestis der teumessische
Fuchs auf d. Gebirge Teumessos bei
Theben, der d. Umgegend verheerte 7, 764.
pĕto, ivi u. ii, itum, ēre, erstreben,
m. dril. Obj. streben wohin, *Acc.* alta
in d. Höhe 15, 243. mons petit astra
steigt zu 1, 316. stellae petunt terras neigen sich zur 2, 116. wohin gehen,
templa 5, 276. regia tecta 13, 638.
eilen, summa 2, 200. 806. aethera 2,
437. aequor 6, 399. portas 14, 780.
Euboea duabus natis (*Dat.* fl. a)
petita est 13, 661. ziehen, litora 2,
844. fahren, curru Troezena 15, 506.
venis Epidauria litora 15, 634. 3,
597. schiffen, alta aequora 14, 178.
quae terra vestrā carinā petitur 14,
184. steuern, laevam (partem) 3, 642.
diversa d. entgegengesetzte Richtung einschlagen 2, 780. 3, 649. aufsuchen,
stagna 2, 379. latebras 4, 407. vineta Timoli 11, 87. lectum 11, 471.
suchen, tuta 10, 714; nach e. Person
ob. e. Gegenstande hin, *Acc.* ausziehen
nach, vellera radiantia 6, 721. aufsuchen, simulacra puellae 10, 280.
aura mihi petebatur 7, 811. suchen,
colla assueta (in gewohnter Weise) 4,
597. alqm amplexu umarmen wollen
6, 604. langen nach, colla 6, 640.
greifen nach, corpus 11, 675. quo pe-
tius abis wenn man nach dir greift 3,
455. flamma petebat artus Ledie nach
9, 240. nacheilen, saxum 4, 460. aurum 10, 676. verfolgen, praedae umbram 14, 362. holen, undas 3, 27.
praemia ex illis scopulis petisses
(hättest sollen) 5, 26. alqd ex praecipiti vom Abgrunde 13, 878. lapides
extremo oriente petiti 7, 268. genitus alto de corde heraufholen 2, 622.
feindl. auf Jem. ob. etw. losgehen,
vatem 11, 27. alqm ferro 12, 444.
irritamina 12, 108. losfahren, facibus
ora 10, 350. 11, 57. angreifen, ipsa
petenda mihi est 3, 263. 9, 39. alqm
insidiis, Schlingen legen 9, 623. werfen
nach, petat hunc an illam 5, 31. 12,
122. lapillo saxa 8, 18. schießen, volucres petendo 18, 63. zielen nach,
telum petit alqd 7, 683. moles muros 8, 358. peti invenem zum Ziel
genommen werden 7, 135. 15, 766.
tergum petitum wonach er zielt 6,
348. quod petitur das Ziel 8, 351.
alqm ense hauen nach 5, 80. 185. 12,
130. — erstreben — zu erlangen, zu
besitzen streben, patrem matris adul-
terio 9, 25. formae fama mihi (a

me) numquam petita est 5, 580. 6,
30. imperium peti es sei abgesehen
auf 7, 504. trachten nach, pedibus
praedam, salutem 1, 534. letum
alcs 15, 108. suchen, somnum 13, 676.
quod petis hinc, propiore loco petisses (hättest sollen) 15, 687. auxilium ab hoste (beim) 5, 179. horam
vacantem zu treffen suchen 9, 612. verlangen, begehren, quid petisti 2, 33.
magna 2, 54. aequa 7, 174. irrita
7, 484. iusta 18, 466. munus 2, 44.
praemia 8, 92. pignora 2, 91. dapes
8, 824. colloquium 13, 552. thalamos 6, 700. Aiax armis, non Aiaci
arma petuntur Aj. für die Waffen,
nicht d. Waffen für Aj. 18, 97. populo
petenti dem Volke auf sein Verlangen
3, 840. m. *Inf.* vicisse 14, 571. 8,
421. terra petita 5, 685. *Subst.*
neutr. petita das Begehrte 14, 110;
erbitten, bitten um etw. *Acc.* auxilium
7, 507. opem 8, 271. fidem 8, 125.
pacem 15, 829. hospitium requiemque 4, 642. alqd ab alqo alcui Jem-
and um etw. für Jem. 9, 413. petit
hanc munus erbittet zum Geschenk 1,
816. m. ut, quae tamen ut detis,
peto (tamen zu peto) 6, 362. petit
per suam salutem, ut 6, 477. m.
ne 9, 413. m. bloßem *Conj.* petit
orbe se iuvet 11, 261; begehren, Jemand, dum petit, petitur 3, 426.
alqm zum Begleiter 2, 567. zum Freund
ob. Gefährten 13, 238. zum König,
ultro petitae 15, 480. socer petitus
9, 11. zum Geliebten ob. Gatten, werben um 9, 627. multi illam petiere
1, 478. 4, 697. multae illum 12,
404. divitibus procis (*Dat.* fl. a) pe-
tebar 2, 571. 10, 576. petens Bewerber 9, 518. 1, 478. 14. 872. [peto
m. ă (4. Thesi) 6, 359. — petīt m. langem
uit. (3. Arse) 9, 618. (4. A.) 18, 444. — petisse 6, 700. petisse 9, 623. — Derselbe
mit d. Messung ◡_◡ Dreisilb. außer 3, 26?
455.]
Petraeus, i, m. e. Centaur 12, 327.
Pettalus, i, m. Gefährte des Phineus
5, 115.
Peucetius, a, um, zum Lande der Peu-
cetier im südl. Apulien gehörig, sinus
— sinus Tarentinus 14, 514.
Phaeaces, um, m. die aus Homer bekannten Bewohner der Insel Scheria
(Corcyra) 13, 719.
Phaedimus, i, m. Sohn der Niobe 6,
239.
Phaeocomes, ae, m. e. Centaur 12,
431.

Phaestias, ădis, f. eine Phästierin aus d. cretischen Stadt Phästus 9, 716 [*Pl. Acc.* Phaestiadas].

Phaestius, a, um, phästisch, zur Stadt Phästus auf Creta gehörig, tellus 9, 669.

Phaëthon [1, 755. 777. 2, 84. 54.], ontis, m. (Φαίθων der Leuchtende) Sohn des Phöbus u. der Clymene, der nachherigen Gattin des äthiop. Königs Merops 1, 755. 2, 184. Sole satus 1, 761. Clymeneïa proles 2, 19. Zum Beweis seiner Abkunft von Phöbus erbittet er von diesem auf einen Tag d. Lenkung des Sonnenwagens, aber nicht im Stande die Sonnenrosse zu zügeln, gerät er von d. Bahn u. verursacht einen allgemeinen Weltbrand, bis ihn Jupiter durch s. Blitz zur Erde schleudert. Sein Grab am Eridanus 1, 761 bis 2, 339. [*Acc.* Phaëthonta 2, 342.]

Phaëthonteus, a, um, den Phaethon angebend, ignes aus den Ph. verzehrte 4, 246.

Phaëthontis, ĭdis, Adj. f. phaethontisch, volucris der Schwan, weil Cycnus, des Sthenelus Sohn, ein naher Freund des Phaethon, wegen seiner allzuheftigen Trauer um diesen in e. Schwan verwandelt worden war 12, 581 [*Acc.* Phaëthontida].

Phaëthusa, ae, f. (Φαέθουσα die Leuchtende) eine der Heliaden (Töchter des Sonnengottes), Schwester des Phaëthon 2, 346.

Phantasos, i, m. (d. Gaukler v. φαντάζω) e. Traumgott 11, 642.

phărětra, ae, f. Pfeilbehältnis, Köcher 2, 439 ud. sagittifera 1, 468. capax 9, 231. exhausta 1, 443. picta 2, 421. 4, 306. *Pl.* v. einem 1, 559. 15, 684 (an der Bildsäule des Apollo zu Delphi). lēves 10, 132. [phărētra zum Beischl. — phărētra 2, 419. 421. 3, 165. 9, 113. 231. 13, 660.]

phărětrātus, a, um, Köcher tragend, puer = Amor 10, 525. Diana 3, 252.

Pharos, i, f. kleine Insel bei Alexandria in Aegypten, später mit d. Festlande durch e. langen Damm verbunden 15, 287. [*Acc.* Pharon 9, 772.]

Pharsālia, ae, f. d. Gegend v. Pharsalus in Thessalien, bekannt durch d. Schlacht zwischen Cäsar u. Pompejus im J. 48 v. Chr. 15, 823. Vgl. Emathius.

Phasias, ădis, f. die am Phasis Geborene, Medea 7, 298.

Phāsis, ĭdis u. ĭdos, m. Fluß in Colchis 2, 249. limosus 7, 6.

Phēgēus, a, um, dem Phegeus, König von Psophis gehörig, der seinen Schwiegersohn Alcmäon durch [. Söhne ermorden ließ, enals (s. Callirhoë) 9, 412.

Phēgīacus, a, um [. Erymanthus.

Phēne, es, f. (φήνη eine Falkenart) Gemahlin des Periphas (d. l.) 7, 399.

Phēnēos, i, m. Er bei d. gleichnamigen Stadt in Arcadien. Sein Name war auch Styx, u. [einem Wasser wurde löbliche Wirkung zugeschrieben 15, 332 [*Acc.* Pheneos].

Phērētĭădes, ae, m. Sohn des Pheres, Admetus, König v. Pherä in Thessalien, war bei d. calydon. Jagd 8, 310 [*Acc.* Pheretiadē et m. status in d. 2. Urse].

Phiale, ae, f. Nymphe im Gefolg der Diana 3, 172.

Philammon, ŏnis, m. Sohn des Apollo n. der Chione, berühmter Sänger 11, 317.

Philēmon, ŏnis, m. ein phrygischer Landmann 8, 631 ff. [*Acc.* Philemona 8, 714.]

Philippi, orum, m. Stadt in Macedonien, wo Octavianus u. Antonius die Mörder Cäsars im J. 42 v. Chr. besiegten 15, 824.

Philoctētes, ae, m. Sohn des Pöas, Poeante satus 9, 233. Poeantia proles 13, 45. Poeantiades 13, 313, zündete den Scheiterhaufen an, auf welchem sich Hercules verbrannte u. erbte dafür dessen Bogen u. Pfeile 9, 233. 13, 51. Auf dem Zuge nach Troja erkrankte er in Folge eines Schlangenbisses an e. lästigen Wunde, u. wurde deshalb auf d. Rath des Ulysses auf d. Insel Lemnos zurückgelassen 13, 46. Hier fristete er sich kümmerlich, bis ihn d. Griechen im 10. Jahre des Krieges in ihr Lager holten, weil nach e. Orakel Troja nur mit Hülfe der Pfeile des Hercules erobert werden konnte 13, 54. 313. 402. [*Voc.* Philoctetē 13, 329.]

Philomēla, ae, f. Tochter des attischen Königs Pandion, Schwester der Procne, wird von ihrem Schwager Tereus entehrt u. hierauf in e. Nachtigall verwandelt 6, 451 ff.

Philyrēius, a, um, philyreïsch, heros der Centaur Chiron als Sohn der Nymphe Philyra u. des Saturnus 2, 676. tecta dessen Wohnung auf dem Gebirge Pelion 7, 352.

Phineus, ĕi, m. 1) Bruder des äthiop. Königs Cepheus, dessen Tochter Andromeda ihm versprochen gewesen war, ehe Perseus dieselbe gewann. Sein Kampf mit Perseus 5, 8 ff. [*Acc.* Phinea 5, 92. 210. *Voc.* Phineu 5, 89. 231.] — 2) König

v. Salmydessus in Thracien, der d. Gabe der Weissagung besaß. Da er diese gegen d. Willen der Götter anwendete, auch seine Söhne auf Antrieb ihrer Stiefmutter hatte blenden lassen, so machten sie ihn blind u. peinigten ihn durch die Harpyien, geflügelte Unholde mit Jungfrauenantlitz u. Geierklauen (virginae volucres), die ihm die vorgesetzten Speisen entweder raubten ob. mit Koth besudelten. Erst durch die geflügelten Söhne des Boreas, Zetes u. Calaïs, welche den Argonautenzug mitmachten, wurden die Harpyien verjagt 7, 8.

Phinēus, a, um, dem Phineus (1) gehörig, des Phineus, manus 6, 109.

Phinis [Voc. Phini], f. Gemahlin des Periphas (b. s.; Andere Phene) 7, 800.

Phlegĕthontis, idis, Adj. f. zum Phlegethon (Φλεγέθων der Feurige), einem Strome der Unterwelt, gehörig, lympha, des Phlegethon 5, 544. unda 15, 532.

Phlĕgon, ontis, m. (φλέγων der Flammende) eines der Sonnenrosse 2, 154.

I) Phlĕgraeos, i, m. e. Centaur 12, 378 [Acc. Phlegraeon.]

II) Phlĕgraeus, a, um (φλεγραῖος v. φλέγω brenne), phlegräisch, campi der Schauplatz des Kampfes der Giganten geg. d. olympischen Götter, wo sie den Blitzen Jupiters erlagen. Man verlegte sie nach der macedon. Halbinsel Pallene ob. nach Campanien, beides vulcanische Landstriche 10, 151.

Phlĕgyas, arum, m. ein mit d. Minyern von Orchomenos verwandter räuberischer Volksstamm, der nach Delphi zog u. den dortigen Tempel plünderte, aber von Jupiter durch Donner u. Erdbeben vernichtet wurde 11, 414.

Phlĕgyas, ae, m. Gefährte des Phineus 5, 87 [Acc. Phlegyan].

Phŏbētor, ŏris, m. (φοβήτωρ der Furchterwecker) e. Traumgott, der auch Icelos hieß 11, 640 [Acc. Phobetora].

phōca, ae, u. phoce, es [7, 989], f. Meerkalb, Robbe, Seehund 2, 267. tumida 7, 869. deformes 1, 300.

Phōcaīcus, a, um, 1) phocisch, zur Landschaft Phocis in Mittelgriechenland gehörig, tellus 2, 569. — 2) phocäisch, von d. ionischen Küstenstadt Phocäa in Kleinasien, muros 6, 9.

Phōcēus, a, um, phocisch (s. d. folg.) rura 5, 276. Subst. Phoceus der Phocier 11, 348.

Phōcis, idis, f. Landschaft in Mittelgriechenland, westl. v. Böotien 1, 313.

Phōcus, i, m. jüngster Sohn des Königs Aeacus v. Aegina u. der Nereïde Psamathe 7, 477. 668. Nereïus iuvenis 7, 685. natus dea 7, 690; wird von s. beiden Brüdern Peleus u. Telamon getödtet 11, 267.

Phoebe, es, f. d. Schwester des Phöbus, Diana (b. s.) 6, 216. 12, 36. innupta 1, 476. als Jagdgöttin 2, 415. als Mondgöttin 1, 11. aurea 2, 723.

Phoebēïus, a, um, dem Phöbus gehörig, phöbeïsch, des Phöbus, ales der Rabe 2, 545. Byblis als seine Enkeltochter 9, 663. iuvenis Aesculap als sein Sohn 15, 642. anguis d. Schlange, unter der sich Aesculap barg 15, 742.

Phoebēus, a, um = Phoebeïus, sortes 3, 130. ignes 5, 389. Rhodos wegen des dortigen Sonnencultus 7, 365.

Phoebus, i, m. (Φοῖβος der Leuchtende) Beiname des Apollo (b. s.) 1, 451. 463. 6, 122. 215 u.ö. Phoebi soror Diana 5, 330. 15, 550; bes. als Sonnengott 1, 752. 2, 24. 36. 399 u.ö. daher meton. für sol 3, 151. 4, 349. 715. repercusso Phoebo durch Wiederstrahlung der Sonne 2, 110. occiduus 14, 416. oriens mediusve cadensve 11, 594. litora sub utroque iacentia Phoebo unter Auf- u. Niedergang 1, 338; als Gott der Weissagung 3, 10. 18. 13, 632. antistita Phoebi Cassandra 13, 410. oracula Phoebi 8, 8. 13, 677. 15, 631; des Saitenspiels 11, 164; als Bogenschütz 8, 31. 350. 13, 501; domesticus Hausgenosse des Augustus, weil ihm Aug. auf dem palat. Hügel neben seiner Wohnung e. Heiligthum gegründet hatte 15, 865.

Phoenissa, ae, Adj. f. phönicisch, Tyros 15, 288.

I) Phoenix, icis, m. 1) ein Phönicier 3, 46 [Pl. Acc. Phoenicas]. — 2) Sohn des Amyntor aus Thessalien, Erzieher des Achilles, war bei der calyd. Jagd 8, 307.

II) phoenix, icis, m. der fabelhafte, sich selbst immer neu gebärende Vogel Phönir der ägypt. Sage, der mit dem Sonnencultus in Heliopolis (Sonnenstadt, Hyperionis urbs) in Unterägypten in Verbindung steht. Er ist das Symbol einer größern regelmäßig wiederkehrenden Zeitperiode, deren Dauer verschieden angegeben wird. Man schilderte ihn dem Adler ähnlich, mit rothem u. goldenem Gefieder 15, 393. 402 [Acc. phoenica].

Phōlas, i, m. e. Centaur 12, 306.

Phorbas, antis, m. 1) Anführer der

Phlegyer (b. f.), plünderte den delph. Tempel u. forderte die dorthin Ziehen-den zum Faustkampf heraus, bis ihn Apollo tödtete 11, 414. — 2) Gefährte des Phineus, Syenites 5, 74. — 3) ein Lapithe 12, 322.

Phorcīdes, um, f. die zwei Gräen, Töchter des greisen Meergottes Phorcys, die zusammen nur Ein Auge u. Einen Zahn hatten, welche sie abwechselnd gebrauchten. Sie bewachten den Zugang zu ihren Schwestern den Gorgonen. Perseus beraubte sie dadurch ihres Auges, daß er im Moment des Wechsels (dum traditur), wo selbe nicht sehen konnten, seine Hand unterschob u. dasselbe entwendete 4, 775.

Phorcynis, ĭdis, f. Medusa als Tochter des Phorcys 4, 743 (Gen. Phorcy-nĭdos); meton. für ihr abgeschlagenes Haupt 5, 230 [Acc. Phorcynida].

Phorōnis, ĭdis, f. Io, die Tochter des Inachus, als Abkömmling des Phoro-neus. Da Phoroneus Sohn des Fluß-gottes Inachus u. König v. Argos war, Io selbst aber bei Ov. (1, 684) Tochter des Flußgottes Inachus ist, so folgt er, indem er sie Phoronis nennt, einer an-dern Genealogie, welche die Io von e. zweiten Inachus, einem Nachkommen des Phoroneus abstammen läßt 1, 668 [Gen. Phoronĭdos]. Argolica 2, 524.

Phrixēus, a, um, vom Phrixus, dem Bruder der Helle herrührend. Beide stammten vom König Athamas von Or-chomenos aus dessen erster Ehe mit Ne-phele. Als sie von ihrem Vater auf Antrieb ihrer Stiefmutter Ino geopfert werden sollten, entflohen sie auf e. gold-wolligen Widder, den ihnen Mercur sandte, durch die Luft. Helle fiel in das Meer, das von ihr Hellespont heißt, u. ertrank; Phrixus aber kam nach Colchis, wo er den Widder dem Jupiter opferte, das goldne Fell aber (b. goldene Vlies) dem Aeetes übergab, der es in e. Haine aufhängte, u. es von e. schlaflosen Drachen bewachen ließ, vellera des Phrixus 7, 7.

Phrȳges, um, m. die Bewohner der Landschaft Phrygien (b. f.) 11, 91; oft meton. für Troer 12, 70. 612. 13, 389. 435. 15, 452.

Phrȳgia, ae, f. Landschaft im nord-westl. Kleinasien 6, 146. 177. 13, 429.

Phrȳgius, a, um, phrygisch, vestes 6, 166. arva 8, 162. colles 8, 621; oft meton. für troisch 10, 155. harena 12, 39. campi 13, 579. muri u. Troja 12, 148. arces 13, 44. arma 13, 432. clades 14, 562. Minerva (b. f.) 13,

337. tyrannus Laomedon 11, 203. vates Helenus 13, 721. maritus Aeneas 14, 79. nepotes die Enkel der Troer 15, 444.

Phthīa, ae, f. Stadt im südöstl. Thes-salien, wo Peleus herrschte 13, 156.

Phȳleus, ĕ, m. Sohn des Königs Au-geas von Elis, war unter den calydon. Jägern 8, 308.

Phyllēus, a, um, aus d. Stadt Phyllos in Thessalien, iuvenis Caeneus 12, 479.

Phyllĭus, ĭi, m. Freund des Cycnus, dem zu Liebe er eine Anzahl schwerer Arbeiten verrichtete (f. Cycneus) 7, 372.

piācŭlum, i, n. Sühnopfer, piacula manibus infert um die Todten freund-lich zu stimmen 6, 569.

pica, ae, f. Elster 5, 676. imitantes omnia 5, 299.

picea, ae, f. Pechföhre, Kiefer 3, 155. 10, 101. cortex piceae 9, 669.

piceus, a, um (pix) pechschwarz, ca-ligo 1, 265. 2, 239. nubes 11, 549. venenum 2, 800.

I) pīcus, i, m. Specht 14, 814.

II) Pīcus, i, m. Sohn des Saturnus, König v. Latium, Gemahl der Nymphe Canens, Saturnia proles 14, 320. Laurens 14, 336, von Circe in einen Specht verwandelt 14, 320 ff.

Piĕros, i, m. Fürst von Pella in Mace-donien, dessen neun Töchter von den Musen im Wettgesange besiegt, in Elstern verwandelt werden 5, 302.

piĕtas, ātis, f. die liebevolle hingebende Gesinnung gegen Personen und Dinge, die zu lieben wir durch heil. Bande der Natur verpflichtet sind, treue Liebe, Frömmigkeit; geg. d. Angehörigen 1, 149. 9, 383. verwandtschaftl. Liebe 10, 383. Kindespflicht 7, 72. 10, 321. 324. Kindesliebe 6, 509. 7, 336. 169. 10, 366. 14, 109. 443. Vaterliebe 9, 679. 12, 29. Mutterliebe 6, 629. 8, 508. Geschwister-liebe 9, 460. Bruderliebe 13, 663. Gattenliebe 6, 635. 15, 549; geg. d. Herrscher, Treue, tuorum 1, 204: Pflicht gegen Mitgeschöpfe, Barmherzigkeit, salvā pietate 15, 109. 173.

piger, pigra, um, verdrossen, träg, senectus ohne Thatkraft 10, 396; übertr. frigore pigra starr 2, 174. radices zäh 1, 551.

piget, uit, ēre, es verdrießt, m. Gen. actorum mihi (a me) laborum sie verdrießen mich 2, 386; es reut mich 6, 386. m. Inf. cognosse genus 2, 189. non cessasse 5, 221. esse secutum 11, 778. 9, 681. 13, 808.

pignĕror, ātus sum, āri, zum Unter-pfand nehmen, omen 7, 621.

pignus, ŏris u. ĕris, n. Pfand, Unter-
pfand, amoris 8, 92. fide (Gen.) 6,
506. pignora dare 2, 38. 3, 283.
rata 15, 683. veri 5, 247. alqm pignus pacta dare 12, 365. habere
8, 48. pro quo me pignus habe 14,
679; Beweis, Wahrzeichen, veteris
formae 7, 497. sacrorum 6, 603.
quo pignore vindicet urbem Wahrzeichen seiner Macht 6, 77. — übertr.
weil nur Werthvolles zum Unterpfand
dienen konnte, ihnen Angehörige wie
Kinder, Enkel, Pfand, nata commune
tecum mihi est pignus onusque 5,
829. domus cum pignoribus 11, 543.
pignora cara, nepotes 3, 134. Pl.
b. einem, uteri pignora 8, 490.

pigrē, Adv. träg 2, 771.

pila, ae, f. Ball, zum Spielen, pictae
10, 262.

Pindus, i, m. Gebirg im nordwestl.
Thessalien, mit b. Quellen des Penäus
1, 570. 2, 225. 7, 225. 11, 554.

pinetum, i, n. Fichtenwald, Pl. 1,
217. succincta 15, 604.

pineus, a, um, von Fichtenholz, fichten,
texta 14, 530.

pingo, nxi, pictum, ĕre, malen, alqd
tabula 10, 515; überh. bildl. darstellen, acu sticken 6, 23. durch Weberei
6, 71. 83; Part. pictus bunt, pharetra 2, 421. 4, 306. conus 3, 108.
frena 4, 24. pilae 10, 262. uvae 4,
398. pavones 2, 532. pantherae
buntgefleckt 3, 669. carina bunt ange-
strichen 3, 639. 6, 511. vestes bunt
gewirkt 3, 556. 6, 131. atrata 8, 33.

pinguesco, ĕre fett werden, sich mä-
sten, alqa re 15, 69.

pinguis, e, fett, feist, humano sanguine gemästet mit 9, 194. — fettig, oli-
vum 10, 176. harzig, lampades 4,
402. alimenta 15, 362. — übertr. v.
Geist, schwerfällig, ingenium pingue
mansit 11, 318.

pinna, ae, f. Feder, Flügel, formidatae (b. J.) die bunten Federlappen bei
b. Jagd 15, 475; übertr. b. Flügelhaut
der Fledermäuse, Schwinge, tenuis 4,
408. b. Floßfeder, Flosse 3, 678. —
bildl. Epise, Sicania excurrit in aequora tribus pinnis 13, 724.

pinniger, ĕra, um, Flossen tragend,
piscis 13, 963.

pinus, us (u. i), f. Fichte, Föhre 1,
95. 7, 442. alta 12, 267. annosa 12,
357. succincta comas hirsutaque
vertice, grata deûm matri dieß, die
Pinie 10, 103. Fichtenstamm 13, 782;
meton. Fichtenkranz pinu caput praecinctus acuta 1, 699. 14, 638. Kienfackel, flammiferas 5, 442. bes. b.
Schiff (Sing.) 3', 621. 11, 456. 533.
14, 88. 248. acta borea 2, 185. Latia
15, 742. [Sing. Nom. pinus, -um, -u, Pl.
Acc. pinus.]

pio, āvi, ātum, āre, durch e. Opfer
versöhnen, sühnen, hostilia busta
piasti 13, 515. more morte pianda
est 8, 483.

Piraeus, a, um, zum Piräeus, dem
Hafen von Athen, gehörig, litora des
Piräeus 6, 446.

Pirēnis, idis, Adj. f. zu der den Musen
heiligen Quelle Pirene auf d. Burg v.
Corinth gehörig. Ephyren Pirenida
Corinth mit seiner Pirene 7, 391. undas Pirenidas der Pirene 2, 240.

Pirīthŏus, i. m. Sohn des Ixion, proles Ixionis 8, 403. Ixione natus 8,
613. 12, 210. Ixionides 8, 566. König
der Lapithen in Thessalien, treuer Freund
des Theseus 8, 303. 404. 12, 229; ist
mit diesem bei der calyd. Jagd u. bei
Achelous 8, 566; deorum spretor men-
tisque ferox 8, 613. Seine Vermählung mit Hippodame wird Veranlassung
zu dem Kampfe der Lapithen u. Centauren 12, 210 ff. 330 ff. [Berdanf. ab.
vor b. regelm. Cäsur.]

Pisa, ae, f. Stadt in d. peloponnesischen
Landschaft Elis 5, 494.

Pisaeus, a, um, von Pisa stammend,
Pisaeae Arethusae [m. Stat. in b. b.
Arse] 5, 409.

piscātor, ōris, m. Fischer 14, 651.

piscis, is, m. Fisch 1, 296. nitidus 1,
74. tortilis 13, 915. pinniger 13,
963. taciti 4, 50. pisces calamo ducere 3, 587. pisce vehi 2, 13. cauda
desinit in piscem 4, 727. — Pisces
das Sternbild der Fische, in das b.
Sonne im Februar tritt, dah. annus
inclusus Piscibus indem b. Fische am
Ausgang u. Eingang des alten röm.
mit b. März beginnenden Jahres standen,
es gleichs. einschlossen 10, 78 (m. schmück.
Epith. aequorei). Sing. coll. Piscis
aquosus (b. J.) 10, 165.

piscōsus, a, um, fischreich, Gnidos
10, 531. Aulis 12, 10.

Pisēnor, ŏris, m. e. Centaur 12, 303.

Pitāne, es, f. Hafenstadt in Aeolis in
Kleinasien 7, 357.

Pithēcūsae, arum, f. (v. πίθηκος
Affe) die Affeninseln, felsige Klippen
bei Cumä 14, 90 (andere Ableitung des
Namens bei Plin. h. n. 3, 6).

Pitthēïus, a, um, dem Pittheus (b. J.)

gehörig, neque adhuc Pitthea Troezen damals noch nicht von P. beherrscht 6, 418.

Pitthēus, a, um = Pittheïus, Troezen 15, 296, 506.

Pittheus, ëi, m. Sohn des Pelops, König v. Trözen, Großvater des Theseus 8, 622.

pĭus, a, um, pflichttreu 10, 851. socer frustra pius gewissenhaft 5, 162. pia sunt oracula frei von Frevel od. Unrecht 1, 892; geg. d. Götter fromm 8, 681. 15, 840. matres 10, 431. vota 1, 221. mens 8, 767. prece 6, 161. favor 15, 681. tura 6, 161. 11, 577. quos (deos) appellare vati fas piumque est frommer Pflicht ist 15, 867. *Subst.* pii die Frommen 8, 724. arva piorum 11, 62; geg. d. Angehörigen fromm, liebend, liebevoll 15, 405. sorores 8, 520. frater 11, 329. coniunx, mater 13, 801. tam pia eine so gute Tochter 10, 366. Tereus creditur esse pius gilt für e. liebenden Gatten 6, 474. facto eodem pius et sceleratus durch ein u. dieselbe That ein liebender u. ruchloser Vater 8, 5. 9, 408. ut quaeque pia est, impia prima est jede, jemehr sie eine liebende Tochter ist, ist zuerst gottlos 7, 839. impietate pia est durch Verleugnung der Mutterpflichteine pflichttreue Schwester 8, 477. officium 6, 250. militia vni zur Rache für d. Sohn unternommen 7, 483. iura parentum 8, 499. metus 11, 869. fraus 9, 711. querelae 11, 420. lacrimae 6, 535. causa liebevoller Beweggrund 6, 496. pio ore 7, 172. verba väterlich 14, 813. *Subst.* pius der Fromme, Aeneas 13, 626; geg. d. Gebieter treu 4, 551.

pix, picis, f. Pech 14, 532. atra 12, 402.

plăcābĭlis, e, was sich besänftigen, versöhnen läßt, ira sacris pl. (est) 10, 399.

plăceo, ni, itum, ēre, gefallen 1, 548. crimen placere putavi 5, 584. alcui 1, 512. 2, 475. 543. fratri bella placebant 11, 298. nec tibi placeat via wähle nicht 2, 129. sibi placere von sich eingenommen sein 2, 58. *Part.* placitus beliebt, gewählt, herbae 7, 226; placet es wird, ist beschlossen, ich will, poena placet diversa 1, 260. 2, 279. pacta placent 4, 91. mori placet sie beschließt den Tod 10, 378. coepta placent ich beschließe 8, 67. m. *Inf.* placuit precari numen 1, 367. 8, 822. si placet vera nomina rebus addere wenn wir wollen 5, 535. m. *Acc. c. Inf.* 14, 804. non placet mihi arma moveri ich will nicht daß 11, 691.

plăcĭdus, a, um, gefällig, mild, sanft, freundlich, victor 8, 57. placidissime, Somne, deorum 11, 623. placido ore m. freundl. Wort 3, 146. 8, 708. 11, 262. pl. pectore emittere voces 15, 667. pl. verba 1, 390. pl. dictis fortia miscere 4, 552. pl. vultu 15, 692. columba 7, 369. zephyri 1, 107. austri 8, 8. amnis 1, 702. somnus 6, 489. 8, 823. quies 9, 469. friedlich, oves 13, 927. 15, 116. dracones 4, 503. rabie, pl. mente ferre 13, 214. lapsus (fluminis) 9, 95. undae 13, 899. dies bh. sturmfrei 11, 745. tenore 3, 113.

plăco, āvi, ātum, āre. beruhigen, aequora 11, 432. ieiunia stillen 15, 94; besänftigen, versöhnen, iram deae 12, 28. numen 13, 461. manes 13, 448. gnädig stimmen, Pallada sanguine vaccae 12, 151. deos inferos precibus 7, 251. aras fl. der Gottheiten, denen er errichtet war 15, 574. *Part.* placatus besänftigt, placatus mitisque adsis 4, 81. ore placato annuit 14, 598.

I) **plăga**, ae, f. Erd- ob. Himmelsstrich, Zone, Pl. 1, 48. caeli 11, 518. caelestes 12, 40. — Netz, Stellnetz, Pl. nexiles 2, 499. lina plagarum positarum 7, 767.

II) **plăga**, ae, f. Schlag, Streich, Stoß, sedet 3, 88. potentia vestrae plagae b. Wirkung davon, daß man euch schlägt 8, 328. clipeus mille patet plagis 13, 110. Hieb 10, 373. 12, 497. Stich 5, 175.

plango, nxi, nctum, ěre. mit Geräusch schlagen, terram moribundo vertice 12, 118. pectore matrem die Mutter Erde 8, 125. volucris plangitur schlägt sich mit den Flügeln, flattert 11, 75; aus Trauer Brust u. Arme schlagen, pectora palmis 2, 584. lacertos 9, 637. femur dextra 11, 81. laniata pectora plangens bh. ita plangens, ut lanientur 6, 248. plangi sich (aus Trauer) schlagen 5, 675. 8, 527. — absol. plango laut klagen 3, 505.

plangor, ōris, m. geräuschvolles Schlagen, bes. von Brust, Armen, Haupt zum Zeichen heftiger Trauer 3, 498. 4, 691. 10, 727. claro plangore percutit lacertos 4, 138. 6, 532. solito plangore ferire pectora 4, 554. plangorem dare sich vor Trauer schlagen 2, 846. 8, 447.

planta, ae, f. Fußsohle, Pl. termae 2, 736. citae 10, 591. timidas reducere plantas 6, 107.

plānus, a, um, eben, flach, campus 6, 218. Seriphos 7, 464. planissima

campi area 10, 66. 15, 297. *Subst.*
planum die Ebene 8, 330.
platănus, i, *f.* die Platane 12, 14.
alta 13, 794. genialis 10, 95.
plaudo, si, sum, ĕre, klatschen, Beifall,
plausit pennis 8, 238. alcui; quia
ciconia ipsa sibi plaudat crepitante
rostro 6, 97. — transf. klatschend schlagen, plausis alis circumvolant remos
mit Klatschen der Fittige 14, 507. 577.
pectora praebet plaudenda 2, 867.
plaustrum, i, *n.* d. Lastwagen, onus
plaustri c. Wagenlast, ἁμάξιον 12,
282. — der Wagen, als Gestirn, plaustrum flexerat Bootes 10, 447. *Pl.*
2. 177.
plausus, us, *m.* das Klatschen mit den
Händen 11, 17 (*Pl.*), bes. Beifall klatschen, plausu 4, 735. 10, 668.
plebs, plēbis, *f.* d. Volksmenge, bab. d.
Bürgerstand, (im Ggs. zum Adel, ingenua 9, 671. esse de plebe 6, 10;
das niedere Volk, humilis 3, 583. viri
media de plebe aus d. mittleren Volks-
schicht, des Mittelstandes 5, 207. 11, 283.
populi plebsque (Ggs. reges ducesque) 11, 615, übertr. plebs (deorum)
die niedere Götterschaar 1, 173. deus
de plebe niedern Ranges 1, 595. gemeine Soldaten, sanguine plebis 12,
602.
plectrum, i, *n.* d. Schlägel, zum Anschlagen der Citherseiten 2, 601. 11,
168. pl. imbelle tenere 5, 114; meton. Tonweise, plectro graviore canere 10, 150.
Plēĭas, ădis, *f.* eine Plejade, Tochter
des Atlas u. der Oceanide Pleione. Der
Plejaden waren sieben u. sie wurden
als Siebengestirn in d. Sternbild des
Stieres versetzt. Eine derselben Maia,
gebar dem Jupiter den Mercurius, lu-
cida Plejas 1, 670. Ihre Schwestern
waren die Hyaden, deren eine, Dione,
d. Mutter der Niobe war, Pleiadum
soror 6, 174. [*Acc.* Pleïadas 13, 293.]
Plēĭŏne, es, *f.* Tochter des Oceanus,
Gemahlin des Atlas, Mutter der Plejaden, bab. Atlantis Pleionesque nepos
Mercur 2, 743.
plēnus, a, um (pleo), voll, über 15,
117. venae 3, 73. uterus schwanger
3, 268. 344. amnes 1, 344. velum
7, 491. orbis (lunae) 7, 531. 10, 296.
plenissima fulsit luna in ganzer Fülle
7, 180. cera vollgeschrieben 9, 564. m.
Gen. atria plena rosarum 2, 113. 14,
10. pocula meri 9, 238. domus fri-
goris 2, 763. loca metus, timoris 4,
111. 10, 29. cuncta pacis 15, 103.
sonus querelae klagenvoll 11, 794.
vox terroris schreckenvoll 2, 484. animi
magni plenissima pectora 5, 184.
plena patris befruchtet von ihrem Vater
10, 469; m. *Abl.* turres milite 8, 358.
praesaepia corporibus laceris 9, 195.
Troia pl. erat viris 13, 198. serpens
venenis 9, 691. ore singultibus pleno
6, 609. annus successibus reich an
8, 273. — voll = vollständig, hora
10, 734. pleno anno nach Vollendung
eines Jahres 11, 191. facinus 15, 469.
plena est promissi gratia ventri vollständig ist die Gunst, die ihr mir durch
euer Versprechen erwiesen habt, der Ausführung bedarf es nicht 11, 390. plenissima verba, quibus gratias agit
die vollständigsten Dankesworte 10, 290.
somni tief 7, 253.
plērumque, *Adv.* meistens, gewöhnlich 12, 277.
Pleurōn, ōnis, *f.* Stadt in Aetolien,
südl. vom See Hyrie 7, 382.
Pleurōnĭus, ii, *m.* der Pleuronier (s.
b. vor.) 14, 494.
Plexippus, i, *m.* einer der Thestiaden
(b. f.) 8, 440.
plūma, ae, *f.* Flaumfeder, Feder, *Pl.*
5, 545. 6, 198. 14, 498. canae 2,
374. leves 15, 357. *Sing.* coll. Flaum,
Gefieder 2, 583. 4, 410. 5, 583; pluma
fuit was sie vom Falle zurückhielt 8,
150. — meton. plumae Federbett, molles 10, 269.
plumbeus, a, um, bleiern, glans
Schleuderblei 14, 825.
plumbum, i, *n.* Blei 1, 471. einer
Wasserröhre, vitiato plumbo 4, 122;
Schleuderblei 2, 727. tortum 4, 710.
plumeus, a, um, voll Flaum, torus
11, 611.
plus f. multus.
pluviālis, e, zum Regen gehörig,
aqua Regenwasser 8, 335. fungi durch
R. erzeugt 7, 393. sidum R. bringend
3, 594.
pluvius, a, um, zum Regen gehörig,
aurum Goldregen 4, 611. pluvio caelo
bei Regenwetter 10, 738. anster Regen
bringend 1, 66.
pōcŭlum, i, *n.* Becher, Pokal [Met-
aus V.] 12, 243. fabricata fago 8,
607. plena meri 9, 238. p. einem
7, 421. 14, 283. 287. 295; meton.
Becher für d. Trank darin, pocula
miscere 10, 160.
Poeantīădēs, ae, *m.* d. Sohn des Pöas,
Philoctetes 13, 311.
Poeantius, a, um, von Pöas stammend, proles Philoctetes 13, 45.

Poeas, antis, m. Vater des Philoctetes, Poeantis natus 9, 233.

Poemenis, idis, f. (ποιμενίς Hirtin) Hundename 3, 215.

poena, ae, f. Sühne od. Buße für e. Vergehen, Strafe 1, 91. 260. poena non honor est 2, 98. crudelis 2, 612. levis 10, 698. poena verae figurae 10, 234. lusorum laborum weil die Arbeiten dem Hercules (d. s.) als Strafe auferlegt waren 9, 22. für etw. fueli 10, 803. indicii 4, 190. 670 uö. lex poenae Strafbestimmung 8, 197. Bestrafung, poenam orare alcs 8, 779. sine poena ungestraft 6, 4. oft *Pl.* wo deutsch *Sing.*, graves 2, 467. poenas pati 4, 467. subire 5, 200. solvere erleiden (eig. zahlen) 1, 209. dare 1, 243. alcui von Jem. bestraft werden 2, 608. 6, 544. morte 9, 579. poenas (poenam) pendere maternae linguae 4, 670. exsilio 10, 232. meritas luere büßen 8, 689. (poenam) pro caede 8, 825. poenas imponere 2, 521. capere verborum üben 2, 833. exigere (eig. eintreiben) 8, 125. de vulnere 14, 477. (poenam) indicii 4, 190. poenas finire 1, 735. ire in poenas zur Bestrafung schreiten 5, 668. poenam merere 10, 154. levare honore 8, 838. poenae relinqui 7, 41. eximi 7, 351; Rache, poenae cupido Rachgier 6, 671. amor 8, 450. poenae in imagine tota est 6, 586. 13, 546. poenarum deae triplices die Rachegöttinnen, d. Eumeniden 8, 481.

poeniceus, a, um s. puniceus.

poenitet s. paenitet.

polenta, ae, f. Gerstengraupen, tosto 5, 450. mixta cum liquido 5, 451.

Polites, ae, m. Gefährte des Ulysses, fidus 14, 251.

pollens, ntis (*Part. v.* polleo vermögen), mächtig matrona 5, 508. herbae wirksam 7, 196.

pollex, icis, m. der Daumen 4, 31uö. levi 4, 86. 6, 22. marmoreo 13, 746. praetemptat pollice chordas 5, 339. 10, 145. docto 11, 170. [unter pollicibus 9, 79 nur pollice u. Auß im 5. 8., außer 11, 170 Versauß.]

polliceor, itus sum, eri, versprechen 7, 309; *Subst.* pollicitum, i, n. das Versprochene, d. Versprechung 11, 107.

polluo, ui, utum, ere (pro-luo), beflecken, verunreinigen, ora cruore 15, 98. populos afflatu 2, 794. polluti semel penates 5, 155; bildl. entweihen, entheiligen, naturae foedus 10, 352. sacros fontes 2, 464.

polus, i, m. der Pol, sowol der Erd- als der Himmelsachse, uterque 2, 295. australis 2, 131. glacialis 2, 173. rotalis polus der Drehung der Himmelspole 2, 75.

Polydaemon, onis, m. Gefährte des Phineus 5, 85 [*Acc.* Polydaemona].

Polydamas, antis, m. (Πολυδάμας; aber schon bei Homer des Metrums wegen Πουλυδάμας) e. troischer Held 12, 547 [*Acc.* Polydamanta].

Polydectes, ae, m. König der Insel Seriphos, der die Danaë u. den Perseus (d. s.) bei sich aufnahm, letzteren aber später nach dem Haupt der Medusa ausschickte. Nach s. Rückkehr verwandelte ihn Perseus in Stein 5, 242 [*Voc.* Polydecta].

Polydoreus, a, um, des Polydorus (d. s.) sanguis 13, 629.

Polydorus, i, m. jüngster Sohn des Priamus, den dieser, um ihn der Kriegsgefahr zu entziehen, nebst einer großen Menge Goldes seinem Gastfreunde, dem thrac. König Polymestor anvertraute. Dieser aber tödtete nach Eroberung Trojas seinen Schützling und bemächtigte sich des Goldes 13, 432. 530. 536.

Polymestor, oris, m. König der Bistonen auf der thrac. Chersones (s. Polydorus) 13, 430. Hecubas Rache an ihm 13, 551 [*Acc.* Polymestora].

Polypemon, onis, m. Vater des Sciron (d. s.), Großvater der Alcyone (neptis). Diese Letztere wurde von ihrem Vater Sciron wegen Buhlschaft ins Meer gestürzt, aber in einen Meeresvogel (ἅλκυών) verwandelt 7, 401.

Polyphemus, i, m. ein Cyclop (bloß Cyclops 13, 744. 755. 780). Sohn des Neptun, der vergebens d. Liebe der Nereide Galatea zu gewinnen suchte 13, 765 ff. Als Ulysses mit s. Gefährten in seine Höhle kam, verzehrte er einen Theil derselben, wurde aber dafür von Ul., der ihn vorher mit Wein berauscht hatte, seines Auges beraubt 14, 167 ff. [*Acc.* Polyphemon 13, 772. 14, 167.]

polypus, i, m. (πολύπους Vielfuß bor. πώλυπος) der Meerpolyp 4, 366.

Polyxena, ae, f. Tochter des Priamus u. der Hecuba, die auf der thrac. Chersones dem Schatten des Achilles geopfert wurde 13, 448.

pomarium, ii, n. Obstgarten, *Pl.* 4, 646. 14, 635.

Pomona, ae, f. eine Baumnymphe, die sich um d. Cultur der Baumfrüchte verdient macht, dab. römische Gartengöttin 11, 623.

pompa, ae, *f.* e. feierlicher Aufzug, bei den Panathenäen 2, 715. Triumph-zug 1, 561. comitata pompā suorum 9, 687. Leichenzug, flebilis 14, 749. ducere pompam cineri materno den Trauerzug zu Ehren der mütterl. Asche führen 13, 699; meton. das Fest-gepränge, das bei Festaufzügen vorge-tragen wurde, pompa praelata 10, 219.

pomum, i, *n.* jede Baumfrucht 11, 113. Sing. coll. 4, 132. 165 (Maulbeere). rubens (arbuti) 10, 101. Pl. 9, 87. alba, nivea 4, 51. 80. putria 7, 585. felicia 13, 719. 14, 627. florentia Fruchtblüthen 14, 704; Äpfel 8, 483. poeniceum Granatapfel 5, 536. aurea 10, 650. ex auro 4, 638. ab in-somni concustodita dracone b. gol-benen Äpfel der Hesperiden, die Atlas von f. Töchtern, den Hesperiden u. mit ihnen von einem nie schlafenden Drachen bewachen ließ. Hercules ließ sich von Atlas drei der Äpfel holen u. trug unterdeß das Himmelsgewölbe (nach An-dern tödtete er den Drachen u. holte fie felbst) 9, 190.

pondus, eris, *n.* Gewicht, Schwere, Last eines Körpers 9, 41. 273. terrae, aquae 1, 52. 15, 241. 247. corporis 12, 339. serpentis 3, 39. grave aratri 7, 118. arbor prostravit pon-dere silvam 8, 776. aurum magni ponderis e. große Last Goldes 2, 750. crater ingens in pondere multae massae in seiner massenhaften Schwere 5, 81. sine pondere habentia pon-dus, bb. habentia pondus iis, quae sine pondere erant Gewichthabendes mit Gewichtlosem 1, 20. Pl. adieci pondera malo 10, 677. tellus pon-deribus librata suis durch ihr Gleich-gewicht in b. Schwebe erhalten 1, 13. — übertr. e. schwerer Körper, e. Last, iners 1, 8. arboreum Baumlast 12, 514. pandos autumni pondere ra-mos 14, 660. Discus 10, 179. 181. schwerer Stein, ingens 13, 86. sucro pondere violari pinum 3, 621. Lei-besbürde einer Schwangeren, tectum 9, 289. maturum 9, 685. 704. Pl. 13, 108. 288. terrae 5, 354. nidi 15, 404. — bildl. Last, Bürde, pondera tantae molis e. so schwer lastende Bürde wie d. Regierung Roms 15, 1. senec-tae 9, 439; Gewicht — Bedeutung, quod pondus somnia habent 9, 496.

pono, pŏsui, pŏsitum, pŏnere, stellen, legen, setzen, hinstellen, -legen, -setzen, mensam 8, 660. 5, 40. 11, 119. po-situm sedile 8, 639. aënum 7, 262. natus 13, 643. ponere taedas et fragmina 8, 460. casses 5, 579. me-ram in gemma austragen 8, 572. 6, 489. in ordine pennas 8, 189. po-sitae ex ordine gemmae 2, 109. sine lege capilli regellos liegend 1, 477; Horae spatiis aequalibus auf-gestellt, geordnet 2, 26. positis tape-tibus allia hoch aufgeschichtet 19, 636. polo proxima posita est serpens 2, 173; m. in u. Abl. corpora in terra 10, 128. latus in limine 14, 709. dextram in stipite 1, 553. vestigia in undis 2, 871. pedes in margine 3, 114. ora in saepibus 8, 258. metae in litore positae 2, 142. ae-gis in pectore befestigt 2, 754. alqm in aethere in b. Himmel versetzen 10, 132; m. in u. Acc. stipitem in flam-mam 8, 459; m. bloßem Abl. mem-bra solo 8, 246. capillos tellure 9, 650. se toro 11, 472. signum aede 14, 315. epulas mensis 6, 488. ve-stigia longo clivo 8, 694. positae senilibus herbae aufgespeichert 6, 457; ponere ante pedes 13, 782. canos ad tempora ansehen 3, 275. 14, 655. rerum fundamina mole sub ingenti 15, 433. me hic posuit gab mir hier meinen Platz 15, 642. corpora ibi lagern 1, 300. humi po-situs gelagert 3, 420. positus gele-gen, Delphi orbe in medio 10, 168. Indi sub ignibus sidereis 1, 778. mun-dus sub terra 10, 17. mons prope litora 13, 909; aufstellen, bauen, lo-cos dis 4, 753. Penates 1, 174. hac Tyron, hac profugos posuistis sede Penates habt gegründet u. aufgestellt 3, 539. urbem 8, 130. 15, 59. moe-nia 5, 408. 9, 634. templa 4, 606. opus das Labyrinth 8, 160; beisetzen, einen Todten, corpora tumulo 8, 236. iacet positus eodem monte 14, 621. aufbahren, toro 9, 504: hinlegen als Weihgeschenk, weihen, sectos posuere capillos 3, 509. serta 6, 723; auf-stemmen, positā hastā 8, 366. darauf-lehnen, pharetram premebat positā cervice 2, 421; niederlassen, senken, positis genibus 1, 729. 6, 346. — beiseite, ab-, weglegen, telum 1, 330. fulmina 2, 391. cassidem 14, 806. positis armis unter Waffenruhe 12, 147. velamina 2, 460. de corpore 4, 345. pennas 1, 675. e corpore 11, 652. laurum capillis 6, 202. frondes 11, 46. tabellas sumptas 9, 525. bildl. duritiem 1, 401. rigorem 5, 430. maciem 7, 612. senectam

9, 266. canitiem 7, 289. posito viri ore 5, 637. imagine tauri 3, 1. metus, metum 1, 736. 8, 634. curas 9, 607. fastus 14, 762. iram besänftigen 8, 474. posituro morte dolores da ich endigen werde 3, 471. positus durch ohne Überf. posito velamine 3, 192. pudore 7, 557. querelā 4, 285. ambagibus 10, 19. — bildl. poena mors posita est als Strafe aufstellen 15, 29. omnis salus in te posita est beruht auf dir 3, 648. spem ponere in arto räuml. beschränken 9, 683. finem in acumine endigen in 14, 503. Gigantes falso in honore in falschem Glanze hinstellen, falschen Ruhm beilegen 5, 819. ponere ante oculos 2, 804. post alqm poni nachgestellt werden 2, 544. questus ubi ponat niederlegen 9, 276.

pontifex, icis, m. (pons u. facio Brüdenbauer), Name der Oberpriester zu Rom, die das höchste priesterl. Collegium bildeten. Ihr Vorsteher hieß pontifex maximus welche Würde Jul. Cäsar seit 64 v. Chr. bekleidete 15, 763.

pontus, i, m. das Meer (dicht.) 1; 15, 309. 337. 855. 861 u5. apertus 11, 397. caeruleus 13, 838. Corinthiacus 15, 507. angustus Helles Meerenge 11, 195. aequora ponti 2, 872. murmura 11, 330. numina 5, 369. omnis pontus erat 1, 292.

Pontus, i, m. Königreich im nördl. Kleinasien am Pontus Euxinus 15, 756.

poples, itis, m. Kniekehle, nervosus 6, 258. poplite succiso 8, 364. poplite succiduo genua intremuere 10, 458. a dextro poplite pressa laevum genu (Acc. limit.) das rechte Knie über das linke Knie gelegt 9, 298; Knie überh., poplite tenus 5, 593. poplite submisso 7, 191. defecto 15, 477. nondum firmo 15, 223. poplitibus suberant genualia 11, 693.

pōpulābilis, e, verheerbar 9, 262. [Nur hier.]

pōpulāris, e, demselben Volke angehörig, einheimisch, heimisch, flumina 1, 577. 11, 54. oliva 7, 498. gener 9, 20. caede populari vom Tode seiner heimlichen Bewohner 12, 112. Arachne ihre Landsmännin Meogän 6, 150. tibi popularis (fuit) deine Landsmännin 12, 191.

pōpulātor, ōris, m. Verheerer, operis nostri 12, 593. Troiae 13, 655.

pōpulifer, ēra, um, Pappeln tragend, pappelreich, Sperchios 1, 579.

pōpulor, ātus sum, āri, eig. mit Volk übergehen, verheeren, flammā populante capillos 2, 319. feris populandas tradere terras 1, 249.

I) **pōpulus**, i, m. Volk, Bevölkerung 8, 290. der Erbe 1, 252. eines Landes, Staates, einer Stadt 8, 103. 6, 267. Quirini 15, 572. Achivus 13, 118. Latiaris 15, 481. populi rector 9, 245. Ggf. unus 8, 833. populus superamur ab uno 12, 499. Pl. Völker 1, 363. 2, 793. als Species u. gens: gentes(Unb. terrae)cum suis populis 2, 215. populi, quos Achaia cepit 8, 268. Aethiopum 2, 236. Ligurum 2, 370. Thracum 10, 83. rector centum populorum Minos (d. [.) 7, 481. — Bevölkerung eines Staates 6, 170. 7, 101. 628. 652. 14, 463. 15, 729. — Volk = Volksmenge, Menge, Schaar 8, 116. 840. 7, 451. 13, 474. 15, 606. nec ulli populo (locus) exiguus est 4, 442. e populo natorum mille suorum 11, 635. problerisch, populus meorum 6, 198. per leves populos simulacraque functa sepulcro Senblab. ä. per l. populos simulacrorum sep. functorum 10, 14. duo populi v. Vögeln: Schwärme 13, 612. — Volk, Ggf. patres 15, 486. senatus 15, 590. populi plebsque Ggf. reges ducesque 11, 645.

II) **pōpulus**, i, f. Pappel, nutrita undā 5, 590. 10, 555.

porrigo, rexi, rectum, ĕre (prorego), vers. ausstrecken, manus in undas 4, 557. bracchia caelo (Dat. dicht.) am 1, 767. alicui zu Jem. 8, 458. porrecta bracchia 11, 83. membra in spatium signorum duorum 2, 197. alqm in herbis 7, 254. scopulus porrigit frontem in aequor 4, 527. amnis aequales lacertos mediā tellure um d. Land in d. Mitte (eig. während d. Land in d. Mitte ist) 15, 741. collum longe porrigitur streckt sich aus 2, 875. porrigar serpens in longam alvum 4, 575; ausbreiten, nec bracchia longo margine terrarum porrexerat Amphitrite 1, 14. alas per bracchia über 8, 544. membrana porrigitur per artus breitet sich aus 4, 408. radix per unguem 10, 491. — hinstrecken, darreichen, darbieten, herbas 1, 645. flores nato 9, 343. ad ora 2, 661. aconita nato 7, 420. oscula lymphis 3, 451. munera dextrā 8, 95. — übertr. ausdehnen, verlängern, brumales horas die Stunden des Winlers. Die Römer theilten seit Gebrauch der Sonnenuhr den natürl. Tag in zwölf Stunden, die nach den Jahreszeiten verschiedene Länge hatten. Indem d. Sonnengott länger am Himmel verweilte, wurden d. Stunden verlängert 4, 199.

porta, ae, f. Thor, Thür, limina nullis inclusit portis 12, 45. portas refringere 6, 597. e. Stadt 14, 797. Pl. 7, 607. clausae 8, 449. apertae 4, 439. patentes 16, 583. septem b. Theben 13, 685. Argolicas claudere 8, 560. aeratas recludere 8, 41. claustra portarum 8, 70. — übertr. Thor, Pforte = Eingang, Taenaria 10, 13.

portendo, di, tum, ere, (pro-tendo), durch e. Vorzeichen verkünden, quidquid monstro portenditur isto 15, 571.

portentificus, a, um, Scheusale zeugend, venena 14, 55.

portitor, öris, m. b. Fährmann, Charon, der auf s. Nachen die Seelen der Verstorbenen über die Styx in d. eigentl. Todtenreich brachte 10, 73.

porto, ivi, ätum, ere, tragen, alqm 12, 846. natos in sinu 6, 388. uteri onus 10, 481. neb. ferro 10, 470. catenas 10, 65. sacra supposito vertice auf b. Kopfe 2, 713. sidera caudâ 15, 395. stimulos manu 14, 647. lumina obvia 14, 419. — übertr. führen, bringen, alqm secum 7, 157. iussa patris verba per auras 2, 744. portantes lumina currus 2, 888.

portus, us, m. b. Hafen 11, 231. sonst Pl. [Acc.] 13, 708. puppibus aptos 3, 596. inaequales die beiden Häfen u. Syracus, deren kleinerer nordöstl., b. größerer südöstl. von b. Halbinsel Ortygia lag 5, 408. v. einem 3, 634. 6, 445. 7, 158. 492. 8, 5. 18. 711. 14, 232. 15, 690. [Abl. portibus 11, 474. portubus 15, 710.]

posco, pöposci, ere, fordern, verlangen, alqd 2, 97. vellera Phrixea 7, 7. oscula 4, 334. dextras utriusque 6, 506. solitos cursus 10, 688. opem 9, 677. poenam pro munere (s. pro) 2, 99. usum pro munere 10, 87. equos pretium poposcerat als Preis 13, 255. tantum praemia 7, 376. 14, 298. delenda Pergama 13, 219. repetitum aevum alcui für 9, 424. solacia tumulo 7, 483. m. Inf. esse sacerdotes 8, 708; alqm 8, 655. 13, 820. 15, 609. minimam 6, 800. regis filia poscitur monstro für 11, 212. poscimur man verlangt uns 2, 144. poscitur Alcithoë wird aufgerufen 4, 274. poscimur Aonides 5, 333. herausfordern zum Kampf, alqm 13, 87; m. Acc. der Person u. Sache, alqm aurum 9, 411. nomine quemque vocalem opem 5, 213. poscor meum Laelapa man fordert von mir meinen L. 7, 771. humus poscebatur segetes 1, 138. [poposcerit, poposcerat 5. g.]

pösitor, öris, m. b. Erbauer, moenia positoris habentia nomen 9, 449. [Nur Cv.]

pösitus, us, m. b. Lage, posito variare comas 2, 412.

possideo, sēdi, sessum, ēre, besitzen, res, quas totus possidet orbis 7, 59. omnia possideat, non possidet aëra 8, 197. totum aequor sub pectore habet 4, 690.

possido, sēdi, sessum, ēre, in Besitz nehmen, amor ultima 1, 31. pontus cetera 1, 355. arces 5, 239: possedi habe im Besitz, Herse medium (thalamum) possederat 2, 739. non possederat alter latius kein zweiter hatte weitläuftigere Besitzungen 5, 180. [Aus possedit, possederat; letzteres 5. g.]

possum, pötui, posse (a. potis sum), im Stande sein, können, vermögen, gew. m. Inf. resistere 1, 288. quos potui solos, näml. tollere 1, 731. m. aor. Inf. Perf. mea poena volucres admonuisse pötest 2, 565. 608. 5, 725. 8, 63. 15, 459. 542; potui hätte können, Graecia tum potuit Priamo quoque flenda videri 14, 474. 2, 608. 9, 605. pöteram hätte können, poteras considere 1, 679. 821. 2, 451. 4, 257. 5, 369. 8, 47. 835. 9, 124. 488. 535. 604. 10, 614. 12, 204. 446. 13, 248. 14, 30. 325. possis man könnte 5, 6. 437. 6, 890. 8, 323. 12, 620. 13, 664. posses man hätte können 7, 85. 8, 463. 9, 293. 10, 562. 11, 570. 13, 695. 15, 520. Danaën eludere posset hätte gekonnt 11, 117; es über sich vermögen, gewinnen, si potes parere monitis paternis 2, 116. posse pati volui wollte es über mich vermögen, es zu ertragen 10, 25. 7, 178. 341. 9, 514. 11, 185. 15, 467; b. Macht haben, potuit vertere Maeonios nautas 4, 422. dum potes näml. uti consiliis nostris es steht dir frei 2, 147; posse m. Inf. b. Fähigkeit zu, posse loqui eripitur 2, 483. dat posse moveri 11, 177. posse figuras sumere dederat 12, 556. posse queri reliquit 14, 100; m. vielleicht überf. longa tempora lacrimarum munera

vos poterunt werden euch vielleicht erwarten 4, 696; non possum non m.
Inf. kann nicht umhin zu, nec ille potest non memor esse 9, 620. nec Palias hasta potest non onerosa esse 13,
109. — m. *Acc.* vermögen, quod unum
potes 1, 657. quid posset 12, 70.
tantum medicamina possunt 14, 285.
9, 429. quantum iniuria posset 9,
150. omnia deos posse 4, 273. nihil
posse artes medentum 15, 629. mi-
rantem potuisse bb. superos hoc potuisse 6, 269. — *Part.* pŏtens, ntis,
vermögend, mächtig, Lucina 5, 303.
natura 10, 352. potentior omnibus
9, 758. mali moles potentior arte
11, 494. Vulcanum potentem sentiet die Macht des Feuers 9, 251. Ardea dicta potens 14, 574. manus
durch d. Zauberstab, den sie führt 1,
672. nimium potens m. allzuviel Macht
begabt 9, 292. 9, 614. durch etw.
classe 7, 460. opibusque virisque 6,
416. tot generis natisque 14, 509.
iustitiā validisve potentior armis (sit)
8, 678; — mächtig wirkend, momenta
11, 285. contactu potenti 11, 111.
308. herbae wirksam 4, 49; überlegen,
nobilitate potens essem 13, 22. caelicolae potentes b. Gottheiten höhern
Ranges 1, 173; reich, glücklich, illa
longe potentior cunctis 4, 325. tanto
potentior (quam opinatus sum) Ger-
md. der Lobpreisung, wie reich du doch
bist 11, 657. — mächtig einer Sache,
im Besitz von etw. m. *Gen.* diva potens uteri mächtig über die Geburt,
Lucina 9, 315. potens voti Herrin des
Erflehten 8, 80. (cornum) futurum
potens voti im Begriff das erwünschte
Ziel zu erreichen 8, 400. iussi potens
nachdem sie das Befohlene erreicht 4, 510.
auch ohne *Gen.* potens bin ich erreiche das Gewünschte 8, 50. potentior essem würde mehr erreichen 10,
340. seu me fortuna potentem fecerit zum Herrn meiner Wünsche 10,
603. votum potens e. Wunsch, der sein
Ziel erreicht hat, erfüllt ist 8, 715. [Dru-
bb. S. Vertisch, außer 8, 120.]
post, 1) *Praep.* m. *Acc.* hinter (Ggstz.
ante) räuml. post tergum, terga 1,
383. 394. 2, 187. 3, 575. 10, 670.
p. vestigia 1, 399. ire p. altaria 5,
36. latere p. clipeum 13, 79. — zeitl.
nach 1, 125. p. diem longam 1, 848.
p. talia dicta 1, 776. p. tela adunca
13, 482. p. Hectora nach Hectors Tode
12, 607. p. omnia nachdem sie Alles
verloren 13, 495. post haec hierauf

darnach 5, 131. 8, 668. post ea 6,
180. 15, 25. — vom Range nach, primus Cepheum post regem 5, 97.
poni post alqm nachgestellt werden 2,
694. [Mit angeh. que l, 348.] — 2) *Adv.*
nachher, longo post tempore lange
Zeit nachher bb. nach dem ersten Zusammentreffen mit ihm 7, 494. 9, 670.
10, 180. 14, 818.
postĕrus, a, um, nachfolgend, lux
9, 795. nox 10, 471. aurora 4, 81.
7, 100. 15, 665. posterior mensura
das Maß des Hinterkörpers 15, 878.
[Steig l. 3.]
postis, is, m. Pfoste, bes. der Thür,
dexter 5, 120. laevus 5, 123. summus 10, 870. gemini 14, 796; *Pf.*
meton. Thür, Pforte 2, 767. 14, 709.
733. alti 11, 114. humiles 8, 638.
sacri des Tempels 7, 602. aerati die
Rauduscula porta in Rom 15, 621.
Aeolii weil Athamas e. Sohn des Aeolus war 4, 486. (in) postibus Au-
gustis des Augustus 1, 562. [*Abl.* posti
5, 120.]
postmŏdŏ, *Adv.* bald nachher 12, 5.
post-pōno, pŏsui, pŏsitum, ĕre, im
Range nachstellen, alqm alom 6, 211.
postquam, *Conj.* nachdem, m. *Ind.*
Pf. 1, 24. 205. p. ira tyranni commota nec minor hac metus (commo-
tus) est 6, 550; m. *Praes. hist.* 2,
403. 11, 680. 15, 628. neben *Pf.* 12,
616. 14, 461; m. *Pluspf.* 8, 875;
m. *Impf.* e. eingetretenen Zustand bezeichnend, der während der Handlung
des Hauptsatzes fortdauert, p. sub Iove
mundus erat, subiit argentea proles
1, 113. 7, 10. 6, 294 (nisi p. spiritus ibat zweifelh.). neben *Pf.* 11, 718.
postŭlo, āvi, ātum, āre, fordern, sibi
aurum 2, 761. mittor quo postulat
nauis 13, 215. m. ut 13, 295.
pŏtens s. possum.
pŏtentia, ae, f. Vermögen etw. auszurichten, Macht, Gewalt, haec una potentia nostra est dies eine nur ist es,
was ich vermag? 4, 427. 2, 620. nulla
potentia longa est 2, 416. caeli 8, 618.
magicae linguae 7, 330. morbi 7, 537.
formae (Schönheit) 10, 578. regni tui,
Venus b. Macht deiner Herrschaft 13,
759. 14, 493. mea potentia meine
Macht nennt Venus ihren Sohn Amor,
durch den sie ihre Macht ausübt 5, 365;
Wirkung, herbarum 1, 522. 14, 14.
vestrae plagae davon daß man euch
schlägt 3, 328. — Macht, Herrschaft,
Romana 15, 877. über etw. magni

regni 6, 153. rerum Weltherrschaft 2, 259.

potestas, ātis, f. Macht etw. zu thun, novandi corporis 8, 880. parva linguae der Zunge 8, 306. sic est mea magna potestas so bewährt sich meine Macht als groß 2, 522. — Macht, Herrschaft, Iovis 10, 149. potestas proxima caelo st. proxima potestati caeli die Herrschaft über die Gewässer 4, 533.

potior, ītus sum, īri, sich bemächtigen, einer Sache ob. Person, m. Abl. auro 7, 156. praedā 8, 96. thalamis petitis 11, 250. sceptro 15, 585. rate 13, 384. captivo 13, 251; erreichen, erlangen, votis 11, 265. auro 11, 242. ope 11, 527. petitis 14, 110. optatis 14, 138. den Besitz einer geliebten Person, sč 14, 641. aus Ianthe 9, 797. amata 8, 405. amore 10, 428. sich in Besitz setzen, Hesione datā 11, 217. non est potiunda tibi nicht für dich erreichbar 9, 753. 10, 669; erreichen einen Ort, monte 6, 254. vertice Parnasi 11, 339. litore 11, 85. Phrygiā harenā 12, 38. 13, 729. urbe 15, 406. domo natāque Latini gelangt zum Haus u. in Besitz 14, 449. — in Besitz sein, voto 9, 315. tu tuis armis, nos te poteremur 13, 130. [Gieß potītur 7, 156. 9, 60. 813. 797. 11, 317. 285. 339. 527. 13, 779. 14, 449. potēremur 13, 130. potērentur 14, 641. potīere. Außer potītus seine Form mit i.]

potior, us, ōris (Compar. zu potis mächtig) vorzüglicher 13, 35. pectora sunt potiora manu 13, 869; lieber, werther 14, 169.

potius, Adv. vielmehr, lieber 5, 166. 8, 55. 9, 699. 10, 292. 12, 163 (auch zu loqueretur).

poto, āvi, ātum u. pōtum, āre, trinken, flumina 1, 634. potura 6, 347. potus getrunken, flumen 15, 313. aquae 15, 334.

prae, Praep. m. Abl. vor; in Vergleich mit, Apollineos cantus prae se (st. prae suis cantibus) contemnere 11, 155.

praeacūtus, a, um, vorn zugespitzt, cuspis 7, 131. [prae kurz].

praebeo, ui, itum, ēre, (prae-habeo), hinhalten, darbieten, terga Phoebo sonnen 4, 715. non terga fugae, sed pugnae pectora zuwenden 10, 706. praebita praecordia 13, 476. illaesos artus miranti preisgeben 12, 489. se (telis) 12, 101. aurem vocibus leihen 7, 821. aures dictis 6, 1. cantibus 5, 334. ambagibus 3, 692. immotas mugitibus 15, 465. m. Gerundiv. pectora palpanda 2, 866. colla manibus mulcenda 10, 119. viscera lavanda 4, 457. capillos pectendos alcui 13, 788; gewähren, geben, epulas 15, 62. materiam damno suo 2, 213. alimenta parenti 8, 874. furori 3, 479. lumen 2, 832. lumina mundo 1, 10. umbras capiti 10, 11. latas alicui velamina zur Hülle 15, 119. alas 13, 806. iter 5, 502. viam undis 11, 515. usum baculi als Stock dienen 13, 782.

prae-cēdo, cessi, cessum, ĕre, vorangehen 11, 65. vidi praecedere longam ante pedes umbram 5, 614. fama praecessit ad aures brang voran 9, 137.

praeceps, cipitis (prae u. caput), kopfüber, jählings, praecipitem misit stürzte ihn kopfüber hinab 8, 250. praeceps desilit a curru 12, 128. immisso praeceps per inane volatu beschleunigten Fluges jählings durch d. Luft hinabstürzend 4, 718. über Hals u. Kopf, eilig, praeceps cucurri 7, 844. praecipitem rapite hunc 3, 694. nox fuit praeceps emitob eilig 9, 486; jählings einherstürmend, boreas 2, 185. eurus 11, 481. v. Fluß reißend, Nar 14, 330. — v. Oertlichkeiten abschüssig, jäh, Tmolus 1, 97. viae 2, 207. Subst. neutr. praeceps d. jähe Tiefe, ne ferar in praeceps 2, 69. volvi, decidere in pr. 2, 320. 12, 339. bildl. si quid est petendum ex praecipiti vom Abgrund zu holen 13, 378.

praeceptum, i, n. Vorschrift, Lehre, Pl. volandi tradere 8, 208. 243.

prae-cingo, nxi, nctum, ĕre, umgürten, umschließen, cervix praecingitur auro 14, 395. praecinctus umkränzt, m. Acc. des Theiles, Pan pinu praecinctus caput 1, 699. cornua pinu 14, 638.

praecipio, cēpi, ceptum, ĕre (prae-capio), vorausnehmen, Iuppiter praecipiet dona privignae (Hebes) wird das Geschenk der Hebe, näml. die volle Jugendkraft (für sie) vorausnehmen, ihnen vorausgewähren 9, 417. — vorschreiben, ermahnen, m. ut 9, 654.

praecipito, āvi, ātum, āre (praeceps), jäh hinabstürzen, currum scopulis 15, 518. (b. Sphinx) praecipitata iacebat 7, 760. cadit (unda) praecipitata mit jähem Sturz 11, 556. lux praecipitatur aquis (Dat.) sinkt in die Gewässer (des Oceans) hinab 4, 92.

praecĭpue, *Adv.* vorzugsweise, hauptsächlich 8, 720. 12, 164. 13, 544. 803.
pr. pia 4. 551. [Stets a. E.]
praecĭpuus, a, um, vorzüglich, pr.
decus de gente Latia 14, 833. ausgezeichnet, Marte togāque 15, 747.
praeclūdo, si, sum, ĕre (prae-clau-
do), vor Jem. verschließen, iter 14,
790. praeclusa ianua leti 1, 662;
übertr. verschließen, vocis usus prae-
cluditur 2, 658.
praecōnium, ii, n. (praeco) laute Lobpreisung, *Pl.* 12, 573.
prae-consūmo, sumptum, ĕre, vorher aufwenden, aufreiben, vires 7,
469. [Nur Ov.]
prae-contrecto, ĕre (tracto), vorher
betasten, bildl. (eam) videndo mit den
Blicken 8, 478. [Nur hier.]
praecordia, orum, n. das Zwerchfell,
das Herz u. Lunge von d. Eingeweiden
trennt; meton. d. Brust 8, 606. 9, 172.
13, 945. mollia 1, 549. dura in terrā
ponunt 7, 559. intima rupit 6, 251.
13, 476. genibus premere 12, 140. se
in scelerata pr. condere 8, 791. —
Brust, Herz als Sitz des Empfindens
u. Denkens 2, 799. intima movit 4,
607. praecordia mentis Umschreib. b.
meus 11, 149.
prae-corrumpo, ruptum, ĕre, vorher
bestechen, alqm donis 14, 134. prae-
corrupta (von Juno) 9, 296. [Nur Met.]
praecŭtio, cussi, cussum, ĕre (prae-
quatio), voranschwingen, taedas dem
Hochzeitzuge voran 4, 759.
praeda, ae, f. Beute, auf d. Jagd 1,
504. 3, 225. 246. 4, 045. canum 11,
37. praedae umbra 14, 362. animalia
tutae praedae sicher zu erbeuten 10,
537. v. Fischfang 13, 936; im Kriege,
praedae mala sors 13, 485; — Raub
3, 878. 3, 606. 13, 200 (die dem Menelaus geraubten Schätze). fera 7, 31.
nefanda 8, 86. praedae cupido 8,
620. 14, 229; bildl. den Flammen entrissene Beute 13, 626.
praedātor, ōris, m. d. Beutemacher,
Räuber, aprorum Erbeuter 12, 306;
abiect. praedator Iovis ales räuberisch
6, 516.
prae-dē-lasso, ĕre, vorher ermüden,
incursus aquarum 11, 750. [Nur hier.]
prae-dīco, xi, ctum, ĕre, vorhersagen,
alqd 13, 723. praedicta cornua ange-
lündigt 15, 609.
praedīves, ĭtis, sehr reich, praedivito
cornu reichgefüllt 9, 91.
praedo, ōnis, m. Räuber, praedone

marito digna non est verdient nicht
einen Räuber zum Gemahl 5, 521.
praedūrus, a, um, sehr hart, tempora
12, 349.
prae-fĕro, tuli, lātum, ferre, voran-
tragen, praelata pompa 10, 219. —
übertr. voranstellen, vorziehen, alqm
alcui 5, 29. 8, 186. 11, 581. se
Dianae sich über Diana stellen 11, 321.
se sibi praeferri er sich selbst 2, 430.
cunctis praeferrer gener 4, 701. caelo
praefertur Adonis 10, 532. alqd rei
15, 852. Iovis thalamos meo amori
praeferret hätte vorgezogen 7, 801. omnibus illis praetulit mittere vestem
9, 153. *Part.* praelatus vorgezogen,
munere sortis 13, 277. o patriae
praelate 8, 109. praelata puellis ausgezeichnet vor 4, 56.
prae-fīgo, xi, xum, ĕre, vorn anheften, praefixum rostrum (navis)
4, 706. — vorn beschlagen, cornua
praefixa ferro mit eisernen Spitzen 7,
112.
prae-fŏdio, fōdi, fossum, ĕre, vorher
vergraben, aurum 13, 60.
prae-fringo, frēgi, fractum, ĕre, vorn
abbrechen, pinus praefracta 12, 868.
praemium, ii, n. Belohnung, Lohn,
Preis [Mel. nur praemia], 2, 694. 5,
26. taurum suprema pr. poscenti
als letzten Preis 7, 876. 10, 571. victoris pr., palmae Siegespreis 10, 102.
duxit sua pr. victor führte seinen
Siegespreis (b. Braut) heim 10, 680.
pr. petere 8, 92. 13, 18. parare 12,
472. dare alcui 13, 870. data pr.
nolet bh. ei data esse 9, 257. solvere
14, 810; für etw. *Gen.* non falsae
linguae 2, 631. et pr. tanti facti
(Spazierfrage zu Andromedan) 4, 757.
sceleris alcui praestare 8, 105 (da-
geg. 13, 483 sceleris pr. c. zum Verbrechen verlockender Preis). mentis piae
cape pr. 8, 767. Lohn = Strafe, facti
8, 503. — Gewinn, Beute, pr. raptae
virginitatis 8, 850. spectat sua pr.
raptor 6, 518. Grai Dardanidas matres trahunt invidiosa pr. 13, 414.
prae-mŏneo, ui, ĭtum, ĕre, vorher-
erinnern, vorherverkünden, nefas 15,
785.
praemonĭtus, us, m. Vorherverkündi-
gung, *Pl. Nom.* dedam 15, 800.
prae-nosco, nōvi, ĕre, vorher kennen
lernen, te famā praenovimus 12, 86.
praenuntius (adj.), a, um, vorher-
verkündigend, pr. sibila 15, 670. m.
Gen. verba praenuntia cladis 8, 191.
fama pr. veri 15, 3.

praepĕs, ĕtis, geflügelt; *Subst.* b. Vogel, Iovis 4, 714. praepetes su- bili 13, 617. *fem.* tum primum co- gnita (ardea b. Reiher) 14, 576; das Flügelroß Pegasus, Medusaeus (b. f.) 5, 257.

prae-pōno, pŏsui, pŏsĭtum, ĕre, ver- anstellen, auditos caelestes visis 6,170. übertr. vergleichen, aliam nobis 7, 42. 8, 137. Pico cunctis praeposito 14, 336. — versetzen zur Aufsicht, Ilithyia praeposita parientibus vorstehend 9, 283.

prae-questus, a, um, *Part.* der vorher geklagt hat, multa nach vielen voraus- geschickten Klagen 4, 251. [Nur hier.]

praerĭpĭo, rĭpui, reptum, ĕre (prae- rapio), verwegrauben, -nehmen, prae- repta coniunx da Andromeda vorher dem Phineus versprochen gewesen war 5, 10. gaudia 11, 310.

prae-rumpo, rūpi, ruptum, ĕre, vorn abreißen, retinacula classis 14, 547; vorn durchbrechen, hasta praerupit la- terum cratem 12, 870. — *Part.* prae- ruptus, a, um, abschüssig, fell, silva 1, 568. rupes 1, 719. Celennia 15, 704.

praesaepe, is, n. Krippe 7, 644. Pl. 9, 195. alta 2, 120.

praesāgium, ii, n. Vorempfindung, Vorahnung [Vit. nur praesagia], men- tis 6, 510. 15, 439. vatum 15, 879; Prophezeiung, linguae 2, 550. [Nach b. d. Wrs.]

praesāgus, a, um, vorausempfindend, -ahnend, pectora 10, 444. m. *Gen.* futuri 11, 452. suspiria praesaga luc- tus 2, 124; weissagend, verba senis des Tiresias 3, 514.

praescīus, a, um, vorauswissend, -kun- dig, m. *Gen.* venturi 6, 157. 9, 418. venturi isti 13, 162. imbris 6, 231.

praesens, ntis (*Part.* b. praesum), gegenwärtig, örtl. 7, 83. concilio prae- sente deorum in Gegenwart 14, 812 qui praesens funera finiat durch seine Gegenwart 15, 846. 536. in eigener Person 9, 802. 11, 688. 14, 692. prae- sens videbor werde in eigener Person gesehen werden 14, 727. vidi praesens mit eigenen Augen 6, 320. 13, 825. 14, 306. ut praesens spectem 10, 343. nec enim praesentior illo est deus näher gegenwärtig, weil er selbst Bacchus ist 8, 622. — durch seine Gegenwart wirksam, mächtig, praesens adnuat ausis 7, 178. odium Cyclopis amorue Acidis in nobis fuerit praesentior 13, 757; hülfreich, dea 14, 123. Mu- sae, praesentia numina vatum 15, 622. — zul. opus 3, 153. *Subst. neutr.* praesentia b. gegenwärtigen Ereignisse, die Gegenwart 6, 401.

praesentia, ae, f. d. Gegenwart, Pari- dis 12, 4. — Einwirkung durch Gegen- wart, Nacht, veri 4, 612.

prae-sentio, sensi, sensum, ire, vor- hermerken, ahnen, coniugis adventum 1, 610. amorem 10, 404.

praesepe f. praesaepe.

praesĕs, ĭdis (prae u. sedeo), vor etw. sitzend, bah. schützend, praeside deo unter dem Schutz eines Gottes 1, 691. — *Subst.* b. Vorsteher, Beschützer, caruerunt praeside Delphi 10, 168. orbata praeside pinus der Steuermann Palinurus, der Nachts über Bord fiel 14, 88. Herrscher 14, 809. quo prae- side rerum durch dessen Herrschaft über d. Welt 15, 758. [Nur Abl.]

praesignis, e, vor Andern ausgezeich- net, anguis cristis et auro 3, 32. 7, 150. virgo facie 12, 217. victima vittis et auro 15, 131. tempora ge- mino cornu 15, 611.

prae-sto, stĭti, stătūrus, ĕre, voran- stehen, bah. vorzüglicher sein, über- treffen, m. *Dat.* femineis quid tela virilia praestent 8, 392. m. *Acc.* ho- minum cunctos ingenti corpore prae- stans 4, 631; *Part.* praestans, ntis, vorzüglich, ausgezeichnet, corpora praestanti formā 9, 452. praestantior omni numero 11, 525. omnibus vir- ginibus 2, 724. animus omni telo treflicher 3, 54. laude pedum for- maene bono praestantior 10, 563. victima praestantissima formā 15, 130. — Gewähr leisten einem für etw. alcui alqd: Aeolus praestat nepo- tibus aequor steht ihnen gut für d. Meer bh. für bessen Ruhe 11, 748. — leisten, gewähren, hos usus 4, 524. praemia sceleris 8, 105. omnia 12, 203. 14, 171. ora praestant vocis iter 9, 369. cornua vicem teli prae- stantia b. Stelle versehen 12, 381. quan- tum tibi praestem 13, 591. officium patri erfüllen 7, 337. venti praestant nomina flori geben ihr den Namen, Anemone (Windröschen) b. griech. ἄνε- μος Wind 10, 739. sucos alieno alumno 14, 631. pium praestant fa- vorem beweisen Andacht 15, 682.

prae-stringo, nxi, strictum, ĕre, zu- schnüren, uterum einschließen, 10, 495.
prae-struo, struxi, ctum, ĕre, vorn verbauen, unzugänglich machen, porta fonte fuit praestructa 14, 798.

prae-sūo, ũi, ūtum, ĕre, vorn benähen,
bah. vorn bededen, hasta foliis prae-
suta 11, 9.

prae-tempto, (tento), āvi, ātum, āre,
vor sich her laffen, silvas manu 14,
180. — vorher versuchen, pollice chordas ein Vorspiel anstimmen 5, 339.
vires Mavortis sui 8, 7. animi sententiam vorher erforschen 9, 589.

prae-tendo, di, tum, ēre, vorstreden,
praetenta cuspis 8, 63. tela 8, 341.
arma 12, 376. vor sich halten, velamenta manu supplice 11, 279. —
vorziehen, borüberbeden, vellera lateri 12, 415.

praeter, Praep. m. Acc. an ob. vor
etw. vorbei, tela volant praeter utrumque latus 5, 159. 14, 559. 15, 701.
f. auch praetervehor. — außer — ausgenommen 8, 542. omnes pr. Nioben
6, 287. omnia pr. colorem 11, 404.
9, 491. nulla pr. sua litora 1, 96.
nil praeter 3, 591. 5, 221. 14, 664.

praetĕrĕā, Adv. außerdem 4, 16. 7,
763.

praetĕr-ĕo, ĭi, ĭtum, īre, vorbeigehen
10, 668 (läuft vorbei). — transf. Jem.
überholen, euros 2, 160. praeterita
est virgo 10, 680; vorbeischiffen bei,
has (Pithecusas) 14, 101. Tarentum
15, 51; bildl. übergehen — unerwähnt
laffen, alqm 4, 284. praeterita Alcides 12, 598. — unberücksichtigt laffen,
hos 11, 616. praeterita Latoïs 8,
278. [praeteriit m. langer Mitt. in b. 2.
Weise 14, 101.]

praeter-vĕhor, vectus sum, ĭ, vorbeifahren, bei etw. Acc. Dulichios
portus praeter erant vecti (Tmesis)
18, 713.

prae-tinctus, a, um (Part. v. nicht
gebr. prae-tingo), vorher benetzt, semina praetincta veneno, weil b. Zähne
nach von b. giftigen Drachen stammten,
ben Cadmus getödtet hatte. Minerva
hatte e. Theil berf. an Aeëtes übergeben
7, 123.

prae-uro, ussi, ustum, ĕre, vorn anbrennen, anfengen 9, 74.

praevālĭdus, a, um, sehr stark 3, 219.

prae-verto, ti, sum, ēre, zuborfom-
men u. baburch verhindern, praever-
tunt me fata 2, 657.

prae-vĭdeo, vidi, visum, ēre, vorher
erbliden, cultros praevisos in unda
(des Wasserbedens beim Opfer) 15, 135.

prae-vĭtĭo, ātum, āre, vorher verderben, gurgitem 14, 55.

praevĭus, a, um, vorauswandelnd,
praevius anteit 11, 65. m. Gen. l'al-
lantias praeviae lucis 15, 190.

prātum, ī, n. Wiese, viride 1, 297.
13, 924. floridior pratis 13, 790.

prĕcārius, a, um, durch Bitten erlangt; verächtl. erbettelt, erbergt, forma 9, 76.

prĕcor, ātus sum, āri, beten, Gebete
sprechen 1, 220. pro alqo 3, 614. verba precantia Gebete 2, 482. 6, 164.
7, 590. 9, 159. [ι. u. d. 8.] Subst. pre-
cans der Betende 15, 132. voces precantum 12, 38. 15, 870; zu Jem. Acc.
anflehen, caeleste numen 1, 367. pris-
cos deos 15, 593. — überh. bitten,
flehen, 14, 692. 8, 721. 4, 237. precando durch Bitten, Flehen 2, 574. 6,
261. 11, 286. um etw. Acc. id 7, 24.
hoc 9, 548. non ista precanda, sed
facienda mihi 7, 37. alcui alqd einem
etw. (Böses) anwünschen, Laërtiadae
precaris, quae meruit 13, 48; bei
etw. (beschwörend) per cunas 10, 892;
m. ut 9, 785. 10, 892. 11, 387. m. ne,
neu sit tibi cura, precamur, vilior
illius 5, 516. m. bloßem Conj. rata
sint sua visa precatur 9, 703. besonb.
precor m. Imperat. ob. Conj. (meist
eingeschoben u. dem Imp. ob. Conj.
nachfolg.) este, precor, memores 8,
543. 2, 861. 4, 770. 5, 218. 281. 9,
775 u3. tibi sint, precor, ista malo
2, 597. 7, 620. 9, 508. 12, 121. vorhergeh.
di, precor, prohibete 10, 821. 8, 601.

prĕhendo, (syncop. prendo, di, sum,
ēre, ergreifen, faffen, dextram pre-
hendit (Pf.) 7, 69. comis prehensa
12, 223. sonst sync. prendi et prendere 10, 58. 5, 457. prensam sibi (fi.
a se) 1, 705. prensi ursi 12, 356. pren-
sa capillis 2, 476. 12, 347. prenso rudente 8, 616. prensurum (me)
14, 203.

prĕmo, premi, pressum, ēre, drüden,
preffen 4, 369. manu nubila 1, 268.
premo laevum genu (Acc. limit.) a
dextro poplite bas linke Knie unter
bem rechten 9, 298. ora ore küffen 10,
292. digitos digitis et frontem fronte
bringen auf 9, 45. frena mann halten
8, 37. frena dente in d. Zaum beißen
10, 704. bes. festhalten, alqm 11, 254.
cornua tauri 9, 186. terga ballaenarum lacertis umschlingen 3, 9. grana ore zerbrüchen 5, 538. latices premi
radice nocenti auspreffen 14, 55. —
belaften, beschweren, Lilybaeo crura
premuntur 5, 351. colla frenis 4,
25. aratro 7, 211. pressi iugo iuvenci 1, 124. equi colla (Acc. limit.)

iugo 12, 77. limone 14, 819. limen
ingemuit pressum a sacro corpore
unter der Last 4, 449. bildl. pressus
gravitate soporis unter d. Druck eines
schweren Schlafes liegend 15, 21. caelum spissa caligine premit terras
lastete darauf 7, 529. tamquam fortuna locorum, non sua se premeret
auf ihm lastete 4, 567; daher auf etw.
sitzen, premere terga equorum 8,
223. 8, 34. 14, 343. alqm 2, 869. sich
auf etw. setzen, sedilia 5, 817. auf
etwas stehen, terga ferae 4, 719.
axes 2, 148. auf etw. treten, caput
pede imposito 8, 425. beschritten, verso
pede premat harenam 8, 869. auf
etw. liegen, hoc, quod premia, terrae
5, 135. 7, 608. gramen 10, 557. puppim cervice imposita 15, 699. torum
ore (mit dem Gesicht daraufliegen) 10,
411. bildl. totidem plagae tellure
premuntur liegen auf der Erde darunter,
näml. unter den himml. Zonen 1, 48.
cum decimum premeretur sidere signum als d. zehnte Zeichen (des Thierkreises) unter der Sonne lag, als sie
darüberstand 9, 286. sich auf etw. stützen,
terram posito genu knie nieder auf
8, 347. pharetram posita cervice 2,
421. bedecken, tot iugera ventre 1,
459. pressus humo equus mit Erde
bedeckt 15, 369. cortex premit inguina 9, 363. lamina fulva dapes
11, 124. bildl. nox premitur tenebris
hiemisque suisque bedeckt sich 11, 521.
— zusammendrücken, zudrücken, guttura (Acc. limit.) forcipe pressa 9,
79. silva premat fauces soll ihn er-
sticken 12, 509. presserat ora vapor
schließen 2, 283. galeae vincla presso
subdita mento eng unter dem Kinn
befestigt 12, 141. dah. übertr. einschrän-
ken, einengen, humum vicinia nulla
premebant 4, 636. fretum gemino
litore premunt 14, 6. luxuriem falce
14, 629. — eindrücken, ferrum in
gutture (Anb. in guttura) 3, 91. sagitta pressa est gravitate corporis
12, 571. aratrum pressum (in terram) 3, 104. vomer 11, 31. signa
pedum 8, 332. — niederdrücken 15,
242. tellus pressa est gravitate sua
1, 30. sidera pressa latuere 1, 70.
pressae latent turres versenkt 1, 290.
pars virorum gurgite pressa gravi
11, 558. pressa cervix gesenkt 11,
335. übertr. nec preme currum lenk
nicht zu tief 2, 135. pressa Ara tief
am Horizont stehend 2, 139. bildl. facta
premant annos die Thaten würden die
Jahre gleichsam niederdrücken, überwie-
gen 7, 449. — bildl. unterdrücken,
clamor pressus gravitate regentis 1,
207. qui vocem premit digitoque
silentia suadet der ägypt. Gott Horus
Harpocrates, Sohn des Osiris, der mit
d. Finger auf d. Munde dargestellt
wurde, was die Griechen als Symbol des Schweigens auffaßten 9, 692.
voces ore premere den Laut im
Munde 14, 779. schweigen 9, 764; anhalten, hemmen, presso gressu m.
gehemmtem bh. langsamem Schritt, Schritt
für Schritt 3, 17; bedrängen, crimi-
nibus alqm 14, 401. durch Verfolgung
sic me ferus ille premebat 5, 804;
auf etw. dringen, nachdrückl. darauf
bestehen, propositum 2, 104.
prendo s. prehendo.
prenso (a. prehenso), āvi, ātum, āre,
wiederholt nach etw. greifen, fassen,
tumulos 13, 424.
presso (a. premo), āre, wiederholt drücken, cineres ad pectora 8, 536. ubera
dent manibus pressanda 15, 472.
prētiōsus, a, um, kostbar, werthvoll,
pretiosior aere 1, 115. auro 8, 79.
prētium, ii, n. Werth, Preis, Lohn,
laboris 4, 739. pugnae 9, 47. certaminis ferre 13, 19. pr. sine fine unbegrenzt 7, 306. negate mihi arma
(eius) cuius equos hostis pr. pro
nocte poposcerat Dolon hatte sich als
Preis für s. nächtl. Kundschaft die Rosse
Achills ausbedungen, wenn man sie eroberte 13, 259. pr. instiari 11, 205.
pr. dare alqd als Lohn 2, 701. pre-
tio patebant crimina durch d. ge-
fundenen Preis des Verrathes 13, 312;
Lohn in schlimmem Sinne — Strafe,
mora pretium tardis 10, 572. quod
pr. speret pro ausis 6, 84.
[prex, precis] f. Nom. u. Gen. Sing.
ungebr. Bitte, Gebet, prece finita 1,
548. non spreta 8, 952. vinci 6,
483. sollicita patere 8, 271. hostili
detestari 15, 505. cum prece tura
— tura et preces 6, 161; häufiger Pl.
inalae 1, 877. 3, 406. ignavae 8, 73.
promissa, preces 4, 472. 14, 18. preces valuere 13, 89. preces molles
adhibere 3, 876. admovere 6, 689.
concipere 8, 682. 14, 865. complecti
10, 483. exaudire 13, 855. repellere
14, 877. precibus moveri 1, 765. precibus annuere 8, 952. repugnare 8,
73. minas addere 2, 397. precibus
consumptis 8, 106. precibus et murmure longo (s. murmur) 7, 251. [Nur
prece, preces, precibus.]

Priamēïus, a, um, dem Priamus gehörig, des Pr. coniunx Hecuba 13, 404.
Priamīdes, ae, m. b. Sohn des Priamus, Helenus 13, 99. 723. 15, 438.
Pl. Priamidae die Kinder des Pr.
13, 482. [Gntbej.]

Priāmus, i, m. Sohn des Laomedon,
letzter König v. Troja 11, 757. Gemahl
der Hecuba, Vater des Hector, Paris u.
zahlreicher andrer Söhne u. Töchter; bei
b. Eroberung der Stadt von Neoptolemus dem Sohne Achills am Altar
Jupiters getödtet 12, 1. 607. 13, 201.
404. 409. 470. 520. 14, 474.

Priāpus, i, m. Gott der Frucht- u.
Weingärten, in denen sein roh geschnitztes
Bild zum Schutz geg. Diebe u. Vögel
häufig aufgestellt war 9, 347. Sein At-
tribut war e. Sichel u. ein übergroßes
Schamglied 14, 640.

pridem, *Adv.* verlängst, iam pridem
schon längst 14, 758. areus 7, 277.

primItiae, arum, *f.* die Erstlinge,
frugum anni 9, 274. dant spicea
serta primitias Fr. als Erstlinge 10, 433.

primō, *Adv.* zuerst 3, 600. 7, 280.
anfänglich 2, 444. 4, 631. 9, 457. 10,
659. 11, 673. primo — mox 1, 721.
2, 386. 860. 9, 142. 13, 607. 14, 513.

primordium, ii, n. (ordior) b. erste
Anfang, Ursprung [gewöhnl. *Pl.* Met.
nur primordia]. gentis 6, 190. loci
15, 58. mundi 15, 67. primordia
generis docent ex aliis den Urspr.
ihrer Entstehung 15, 391. [s. a.]

primum, *Adv.* zuerst 3, 112. u. folg.
mox 1, 577. 8, 504. 15, 555. inde
11, 20. deinde 5, 592. proximus 8,
347. s. auch tum u. tunc pr., cum pr.,
ut pr., ubi pr., quam pr. — zum
ersten Mal 11, 89. 12, 526. 13, 641.

primus, a, um s. prior.

prin--cipium, ii, n. b. Anfang, flebile
7, 518. ab aevi principiis 2, 366.
principio im Anfang, zuerst 1, 34. 7,
528; Ursprung, doloris 7, 796. principium ducere a sanguine Teucri
13, 706.

prior, us, ōris, *Compar.* der vorher
kommt, bes. der Zeit nach, der frühere,
vorige, aetas 9, 225. aevum 15, 228.
anni 15, 445. facta 6, 816. damna
15, 775. sedes 15, 158. populus 1,
251. natura 10, 67. vultus 1, 738.
prior veni früher 13, 34. nulla verba
priora locuti sumus kein Wort vorher
14, 307. *Subst.* priores die Vorgänger
7, 759. 8, 179. Vorfahren 15, 104.
146. 539. more priorum 10, 218;
der erstere, ob der erste bei nur zwei
Gegenständen 13, 442. caedes 5, 443.
einem b. erste Theil des Processes, die
Untersuchung 15, 37. prior — alter 8,
413. zuerst, prior veni 4, 112. 1, 385.
3, 356. 6, 518. 5, 511. — brit. veniens unda urget priorem die vor-
dere 15, 182. priores partes (Ggs.
posterior mensura) b. Vordertheile
15, 378. [Abl. priori 8, 443. — b. vat-
flg: formen im Gerätschl. außer 4, 318. 14,
507. 15, 168.] — *Superl.* primus, a,
um, zeitl. der früheste, erste, origo
mundi 1, 3. ratis 8, 302. hostia 15,
111. segetes moriantur primis in
herbis 5, 482. primo sole feriente
cacumina Sonnenstrahl 0, 93. primus
et ultimus ardor 14, 682. primo aevo
Zeitalter 7, 392. in aevo Lebensalter
3, 470. primis annis 3, 313. iuventa
10, 196. anni Jugendjahre, Jugend
7, 216. 8, 313. 9, 399. 12, 183. 13,
596. prima pugna zu Anfang des
Kampfes 12, 262. flammae eben erst
entzündet 9, 159. zuerst, aurea prima
sata est aetas 1, 89. 3, 107. signa
dantem 11, 466. prima e caede ferarum 15, 106. spes mihi prima fuit
generi, secunda nepotum zunächst —
sodann 1, 659. primi vidistis amantes
4, 73. 2, 740. 12, 108. 14, 688. anapher. primal 3, 711. 5, 341. cum prima copia facta est = cum primum
11, 278. — räuml. der vorderste, undas 2, 871. unda b. vorderste Theil
des Wassers 11, 375. aedes des Hauses
5, 254. rupis fuga 4, 733. primo
saxo auf b. Rand des Felsens 4, 544.
primi artus b. vordersten Fußspitzen 8,
398. pedes Vorderfüße 9, 319. moles,
quae primas aequoris iras frangit
zuvörderst bricht 11, 729. prima via b.
erste Theil des Weges 2, 63. — der
Reihe ob. dem Range nach, primus
heros b. nächste 13, 154. primus sociorum b. erste 8, 605. primus Cepheuum
post regem 5, 97. primum fuit non
coepisse, secundum das Beste wäre
gewesen — das Nächste 9, 618.

priscus, a, um, von ehrwürdigem Alter,
alt, Belus 4, 213. mos 15, 593. re-
ligio 10, 692. di 15, 593. — ehemalig, vormalig, facundia 5, 677
nomen 14, 850. cultores 7, 863.
prisci sacravere senes vormals weihten
die Alten 10, 645.

pristīnus, a, um, ehemalig, vorig,
mens 3, 203.

prius, *Adv.* früher, vorher 1, 135.
190. 3, 108. 174. 218. 4, 84. 603. 13,
896. 14, 73. zuvor (ehe dies geschah)

2, 609. zuerst in Bezug auf nur zwei
Gegenst. 7, 797. 10, 178; eher, lapis
iste prius tua furta loquetur (als
ich) 2, 696. m. folg. quam eher als
7, 569. prius — — quam m. *Ind.*
12, 634. 14, 523. m. *Conj.* 11, 831.
14, 37.

privigna, ae, *f.* Stieftochter, Jupiters,
Hebe (b. s.) 9, 416.

I) prŏ, *Praep. m. Abl.* vor etw., das
man im Rücken hat, clipeum pro classe
tenebas 13, 352; dah. bezeichnet es das
Vor. ob. Eintreten zum Schutze ob. Besten einer Gegenst., für, im Kampfe,
pugnare pro 5, 151. bella gerere
pro nato perempto zur Rache für 8,
58. 7, 482. arma movere pro coniuge um mir b. Gattin zu erkämpfen
5, 219. 11, 461. vincere pro fama 3,
544. interire pro fontibus 3, 546 m.
Wort, Bitte, Gebet, loqui pro 13, 138.
precari 3, 614. supplex sum 6, 493.
vota suscipere 7, 449. ad aras venire
pro viro 11, 579. m. Fürsorge, timere
pro 9, 241. anxius pro regno 1, 182.
intrepidus pro se 9, 107. mota est
pro virgine virgo 2, 579. hac pro
parte favent 5, 152. laborare 15,
816. pro socio regno iunge deam
patruo zum Frommen unsrer gemeinschaftl. Herrschaft 5, 378. b. Pfand-
stellung, pro quo me pignus habe
14, 679. — das Eintreten an Stelle
eines andern Gegenst. Statt, anstatt, für,
pro toro terrae incubat 1, 633. pro
me tenet altera caelum 2, 513.
pro lumine adempto scire futura
dedit 3, 337. pro se salutent in seinem
Namen 6, 508. pro munere poscimus usum statt Geschenkes nur den
Nießbrauch bb. kein Gesch., uur b. N.
10, 37. 2, 99. 1, 42. 649. 706. 3, 509.
4, 215. 5, 436. 6, 143. 8, 805. 10,
702. 12, 509. 13, 649. 886. 14, 65.
280. 15, 425. als, wie, si mora pro
culpa est als Schuld gilt 13, 300.
nisi sit pro teste vetustas 1, 400.
omnia accipit pro stimulis 8, 480.
prominet rostrum pro longa cuspide
8, 679. — als Entgelt für, gratiam
reddere pro 2, 803. pretium sperare
6, 84. pacto pro moenibus auro 11,
204. 2, 750. date pro navibus arma
13, 94. 7, 739. poenam luere pro
caede 3, 625. pro quo zur Strafe
dafür 10, 239. — bez. e. Verhältnis
ob. Maß, nach, gemäß, pro materie
dolere 3, 334. 10, 133. minimam
pro corpore vocem emittunt ihrer
Körpergröße gemäß 4, 412. 13, 864.

pro parte nach Verhältnis des (auf
dich kommenden) Theiles 11, 287. pro
se quisque jeder für s. Theil ob. seine
Person bb. jeder einzelne 3, 642. [Stel-
lung: corpore pro Nymphae 1, 706. —
m. angeh. que bes. Verdansf. 1, 633. 2, 750.
5, 514. 515.]

II) prō (proh), *Interj.* Ausruf des
Staunens ob. der Klage ach! o! m.
Voc. pro superi 8, 472. luppiter 11,
41. 13, 5. Venus 9, 482. getr. 13, 758.

prōāvītus, a, um, von d. Voreltern
stammend, regna der Ahnen 13, 416.

prōāvus, i, *m.* Urgroßvater *Pl.* Voreltern, Ahnen 13, 140.

prŏbo, āvi, ātum, āre (probus) b.
Güte einer Sache prüfen, beurtheilen,
ficta ab imagine veram nach dem
nachgemachten das wahre Bild 14, 823.
— gut heißen, billigen (Ggs. culpo)
3, 258. 9, 624. alqd 8, 618. factum
3, 620. Iovis dicta 1, 244. meliora
7, 20; loben speciem vaccae 1, 613.
ulmum 14, 662. artesque locumque
5, 271. carmina iustamque iram 6,
2; alqm an Jem. Gefallen finden 12,
224. 13, 210. qui probat, ipse pro-
batur der Gefallen findet, findet ihn
an sich selbst 8, 425. — machen, daß
Jem. etw. billigt, annehmlich machen,
causam (alcui) 11, 449; glaublich machen, vix probabo 15, 409. fictum
crimen 13, 69. beglaubigen, darthun,
beweisen, res probat vocem auguris
8, 350. re dicta probare 9, 127. crimen patet probatum 15, 37. res probatae erwiesene 15, 361. probor pater
esse (dicht.) beglaubige mich als Vater
9, 92.

prŏbrum, i, *n.* schimpfliche That, Unzucht, 10, 695.

Prōca, ae, *m.* König v. Alba longa,
Vater des Numitor u. Amulius 14, 622.

prō-cēdo, cessi, ssum, ēre, hervorgehen, ab aula 14, 46. inventus obvia processit kam entgegen (aus d.
Stadt) 7, 515; verwärts gehen, in
agros 2, 685. passu anili ad litus
13, 639.

prŏcella, ae, *f.* Sturm, adversae 11,
484; bildl. Kriegssturm, Kriegsunge-
witter 13, 656.

prŏcer, ēres, *m.* fast immer *Pl.* proceres, um, b. Vornehmen, Fürsten,
Häupter des Staates 12, 155. 13, 126.
370. 15, 446. 616. 666. Suitimi 6, 412.
lecti 10, 316. Cepheni 4, 764. Hae-
monii 12, 213. vulgusque proceresque 3, 530. 8, 526. *Gen.* procerum
4, 791. 8, 21. 13, 382.

prōcērus, a, um, hoch-, schlank gewachsen, harundo 13, 891. procerior
alno 13, 790.
Prōchўtē, ēs, f. Insel an d. campan.
Küste, unweit des Vorgeb. Misenum
(s. Procïda) 14, 89.
Prōcne s. Progne.
Prōcris, is, f. Tochter des attischen
Königs Erechtheus, Erechthis 7, 726.
Schwester der Orithyia 7, 695, Gemahlin
des Cephalus. Ihr Schicksal 7, 694 ff.
708. [Acc. Procrin 7, 707. 712. 825. Voc.
Procri 6, 681.]
Prōcrustēs, ae, m. (Προκρούστης
d. Ausrecker) e. Räuber in Attica, der
die Reisenden dadurch tödtete, daß er sie
auf e. Bett legte u. je nachdem sie zu
lang ob. zu kurz waren, sie gewaltsam
ausreckte, ob. ihnen ein Stück abhieb.
Von Theseus widerfuhr ihm das Gleiche
7, 438.
prŏcŭl, Adv. fern, esse 2, 458. 8,
502. esse bleibt f. 13, 466. i pr. hinc
sich entfernen 2, 464. vade pr. 4, 649.
pr. consiste 8, 405. pr. adstanti fern
(v. Kampfe) 5, 114. pr. hinc cernis 14, 244. pr. a patria 2, 323.
haud pr. a moenibus 5, 585. 9, 340.
haud pr. huic (quercui) stagnum est
(Amb. hinc) 8, 624; in der Ferne, pr.
videre 2, 841. 4, 99. 8, 809. 12, 320;
in einiger Entfernung 1, 866. pr. hinc
7, 888. consistit 2, 32; weit weg, abs-
cedere 6, 362. recedere 8, 589.
hinc discedite 9, 509. hinc ire 7,
255. 10, 341. hinc este bleibt weit
weg 10, 300. relinquere 14, 446. ia-
cēre 4, 357. di pr. pellant 15, 587;
von fern, aus der Ferne, audira 12,
50. 13, 787. despectare 15, 161. procul est videnda aus d. Ferne nur
darf man sie sehen 14. 244. — zeitl.
fern, dies aderit, quam non pr. au-
guror esse 8, 519.
prōcalceo, āvi, ātum, āre (pro-calco),
vor sich niedertreten, -stampfen, segetes 8, 290. virum 12, 374.
prō-cumbo, cŭbui, cŭbitum, ĕre,
vorwärts sich niederlassen, -werfen 8,
23. 414. procumbit uterque pronus
humi 1, 375. ante pedes alumnae
10, 415. terrā 2, 347. niederfallen,
niedersinken, in margine ripae positis
genibus 1, 730. in terram toto vultu
14, 281. terrae (dicht.) 5, 122. genibus Iovis 13, 585. sterbend 12, 292.
457. 15, 282. nostra manu 13, 269.
von d. Mauern einer Stadt, procubuisse solo 13, 176. [procubuit, pro-
cubuere, procubuisse versaut.]

prō-curro, cucurri u. curri, cursum,
ĕre, verlaufen, bildl. bracchia pro-
currunt strecken sich vor 11, 230.
prōcus, i, m. d. Freier, Pl. 4, 795. 0,
10. divites 2, 571.
prōdeo, ii, itum, īre (pro-eo), hervorgehen, -treten, inde prodit anus
5, 449. übertr. ferrum prodierat (aus
d. Erde) 1, 142. immodico prodibant
tubere tali 8, 808. — zum Vorschein
kommen, prodit bellum 1, 142.
prōdĭgiōsus, a, um, reich an Wundern, atria Circes 13, 968; wunderbar,
cura 9, 727.
prōdĭgium, ii, n. Wunderzeichen, Wunder 6, 321. prodigia fratris fratrem-
que secuta das Wunder am Bruder
u. das dem Wunder am Bruder gefolgt
war 11, 411; übertr. v. einer Person
Wundererscheinung, non ego prodigium 13, 917.
prōdĭgus, a, um, verschwenderisch 15,
81.
prōdĭtio, ōnis, f. Verrath 8, 58. 115.
prō-do, dĭdi, dĭtum, ĕre, hervorbringen, -holen, ora Medusae 4, 656. —
übertr. zum Vorschein bringen, factum
14, 741. — verrathen = verrätherisch
anzeigen, cuncta 13, 246. crimen vultu
2, 417. dedecus 11, 183. insidias 13,
106. agricolam 11, 192. se hosti 14,
180. me mihi prodis? mich mir selbst
2, 704. se sich entdecken 2, 439; — verrätherisch preisgeben, regna parentis,
weil dem Aeetes prophezeit war, daß
seine Herrschaft dauern werde, so lange
er im Besitz des goldnen Vliesses sei 7,
69. rem Danaam 13, 59. 7, 485.
moenia prodita 8, 126. im Stiche
lassen, proditus a socio est 13, 67.
prō-dūco, xi, ctum, ĕre, hervorführen,
prolem ab nido in aëra 8, 214; her-
vorlocken, virum 13, 323; übertr. ignes ad flammas aufblasen 8, 643.
proelium, ii, n. Kampf [Met. nur
proelia], inter Lapithas et Centauros
12, 537. minari ?, 859. movere 14,
671. miscere 5, 156. pali 13, 117. commissa pr. 12, 66. in pr. ire 14, 545.
deos in pr. ducit 13, 82; übertr.
Streit, committere 5, 307.
Proetides, um, f. d. Töchter des argiv.
Königs Proetus, Lysippe, Iphinoe u.
Iphianassa; durch Bacchus, weil sie
seinen Dienst verachteten, in Wahnsinn
versetzt, sodaß sie Kühe zu sein glaubten,
wurden sie von dem Seher Melampus
am elitorischen Quell davon befreit, wobei d. Reinigungsmittel dem Brauche
gemäß hinterrücks in d. fließ. Wasser

geworfen wurden 15, 326 [Acc. Proe-
tidas.]

Proetus, i, m. Zwillingsbruder des
Acrisius, den er aus Argos vertrieb,
wofür ihn Perseus in Stein verwandelte 5, 238.

prōfāno, āvi, ātum, āre, entweihen,
festum 4, 390.

prōfānus, a, um, was vor dem Heiligthum (fanum) bleibt, dah. unheilig,
ungeweiht; in Heiliges uneingeweiht,
oculis profanis sacra cernere 3, 710.
7, 255. — übertr. ruchlos, gottlos,
Erysichthon 8, 840. Phorbas 11, 414.
mene 2, 833. manus 2, 755. — Unglück bedeutend, avis d. Unglücksvogel,
der Uhu 6, 543. bubo 6, 431.

prōfectō, Adv. in d. That, wahrlich
3, 820. 4, 328. 8, 72. [Verschl.]

prōfectus, ūs, m. (proficio) Fortgang, Erfolg, sine profectu 9, 50.

prō-fero, tuli, lātum, ferre, hervor-
tragen, -holen, corpus ad auras 7,
252. torrem 8, 480. caput hervorstrecken 6, 372. — übertr. ausdehnen,
erweitern, imperium 5, 372.

prōficio, fēci, fectum, ēre (pro-fa-
cio), vorwärtskommen, etw. ausrichten,
quid profeci 3, 262. monendo 6, 41.
nil acumine ferri 12, 84. bracchia
non profectura precando die durch
ihr Flehen nichts ausrichten sollten 6,
261. 13, 411.

prōficiscor, fectus sum, i (proficio),
sich aufmachen, ausziehen, Sidone pro-
fectus 4, 572. Tyria de gente pro-
fecti die tyrischen Auswanderer 3, 35.

prōfiteor, fessus sum, ēri (fateor),
frei bekennen, verum 9, 738. — sich
erbieten, bereit erklären, quae se certare professa est zum Wettkampf 5,
513.

prō-for, fātus sum, āri, heraussagen,
ausrufen, profatur 9, 473. sprechen,
zu Jem. alcni 11, 290.

prōfugus, a, um, vorwärtsfliehend,
flüchtig 1, 727. currus 15, 506. classis
(profugi. — zur Flucht gewendet) 13,
229; landes-, heimatflüchtig 3, 7. 4,
568. 9, 640. 11, 407. 14, 457. Penates 3, 539.

prō-fundo, fūdi, fūsum, ēre, ausgießen, vinum in tura 13, 636. Pass.
hervorströmen 5, 784. lacrimae pro-
fusae hervorströmend 7, 91. 9, 680. 11,
418. 657.

prōfundus, a, um (fundus), bodenlos,
tief, fornax 2, 229. Subst. profundum,
i, n. die Tiefe, bes. Meerestiefe, Meer
1, 331. dium 4, 537. tumidum 11,
202, Siculum 7, 65. Sigeum u. Rhoe-
teum 11, 197. 14, 223. summo profundo auf d. Oberfläche der Tiefe 2,
267. [Verschl.]

prōgĕnies, ēi, f. (progigno) Nachkommenschaft, was ihre eigenen Kinder
6, 155. — e. einzelner Abkömmling,
Sprößling 2, 34. 4, 3. 8, 242. 9, 246.
regia 11, 754. übertr. sua progonies
sein Sohn, der v. Cäsar adoptierte Enkel
seiner Schwester, (C. Julius Cäsar Octavianus, später Augustus genannt 15,
750.

prōgĕnĭtor, ōris, m. Ahnherr; neb.
genitor Großvater, comune Lucifer
11, 319.

prō-gigno, gĕnui, gĕnĭtum, ĕre, hervorbringen, erzeugen, alqm 8, 128.
9, 670.

Prōgne, es, f. (Πρόκνη, Procne)
Tochter des attischen Königs Pandion,
Gemahlin des thrac. Königs Tereus,
dessen Unthat an ihrer Schwester Phile-
mela sie dadurch rächt, daß sie ihren kleinen
Sohn Itys dem Vater als Speise vor-
setzt, worauf sie in e. Schwalbe verwandelt wird 6, 428 ff. [Mit ō s, 468.]

prōgrĕdior, gressus sum, i (pro-gra-
dior), hervorschreiten, porta 8, 87.

prōhĭbeo, ui, ĭtum, ēre, (pro-habeo),
ab-, zurückhalten, prohibente se trotz
seiner Abwehr 5, 45. populo 15, 610.
orantem 6, 361. accessus viriles 14,
635. enses abwehren 15, 777. von
etw. Abl. alqm urbe 15, 600. terrā
8, 119. Triones gurgite 2, 528. quid
prohibetis aquis? 8, 349. m. Inf.
mores prohibebant credere 7, 717.
9, 595. leges prohibent discedere
verbieten 15, 28; hindern, verhindern,
alqd 8, 47. nefas 10, 322. aditus
d. Landung 12, 66. plura dolor pro-
hibet mehr Worte 11, 708. exiguā
prohibemur aquā durch 3, 450. m.
Inf. ob. Acc. c. Inf. 7, 579. 9, 59.
329. anni prohibent alqm bellare
5, 101. prohiberis posse dare hoc
iterum 2, 646. sentiri moram prohibent 8, 652. 13, 339.

prōicio (spr. proïc.), iēci, iectum,
icere (pro-iacio), vor sich hinwerfen,
proiecta cadavera ante postes 7, 602.
zu Boden werfen, tabellas 9, 575.
wegwerfen, virgineos habitus 13, 166.
übertr. proiecto pudore m. Verleugnung
der Scham 6, 545. — hinauswerfen,
-treiben, alqm ab urbe 15, 504.

prōlēs, is, f. (pro u. olesco wachsen)
das Hervorwachsende, Sprößling, Kind
2, 746. eine prole 10, 298. gemina,

gemella Zwillingskinder 6, 205. 9,
453. Sohn, des Hercules, Hyllus 9,
274. duplici cum prole mit f. beiden
Söhnen 7, 864. Semelefa Bacchus
8, 520. Apollines Aesculap 15, 533.
640. Lycaoniae 2, 496. sine matre
creata (f. Erichthonius) 2, 553. sanc-
tā de coniuge nata Tiberius, e. Sohn
der Gemahlin des Augustus Livia aus
ihrer früheren Ehe mit Tiber. Claudius
Nero, den Augustus adoptierte 15, 836.
Tochter, regia Nisi 8, 90. Dymantis
Hecuba 11, 761. Elatefa 12, 189; das
Junge eines Thieres, leaena cum gemina prole mit ihren beiden J. 4,
614. — collect. Geschlecht, Nachkommenschaft, Mavortia des Mars (f. Mavortius) 8, 531. Minyeïa die Töchter
des Minyas 4, 389; die Jungen eines
Vogels, tenera 8, 214; meton. Geschlecht
für b. Zeitalter, worin es lebt, argentea 1, 114. aënea 1, 125. [Nur Plur.
proles, -is, -em, -e.]
Prōmēthīādes u. **Prōmēthīdes,** ae,
m. b. Sohn des Prometheus Deucalion
1, 390.
prōmĭneo, ui, ēre, hervor-, hereia-
ragen, 6, 673. collis in pontum 13,
778. coma in vultus 13, 845. [Nur
prominet L. ?]
prō-mitto, misi, missum, ēre, voraus
ankünden, versprechen, verheißen, alqd
1, 252. regnum dotale 4, 705. torum 7, 91. conubia 12, 195. alcui
praemia 14, 810. auxilium 13, 325.
spem 3, 467. quid ante mihi pro-
mittat 3, 605. non haec mihi litora
promisistis nicht diese Küste, nach
der ihr jetzt steuert 3, 653. sibi promittere reditus 11, 576. tibi me
promittere noli mich bh. meine Rückkehr 11, 662. m. *Acc. c. Inf. Fut.*
redituram (eam) promittes 6, 443.
Part. promissa porta (von Juno) 14,
797. rapina 14, 818. messes 8, 293.
munera 11, 213. *Subst.* promissum
das Versprochene, Versprechen, promissi testis 2, 45. gratia promissi
vestri die durch euer Versprechen erwiesene Gunst 11, 390. *Pl.* 4, 472. 7,
462. 11, 454. v. einem, promissa
dare das Versprochene leisten 7, 94.
non dare 2, 51. promissa vera fuerunt 15, 18. exhibuere fidem 7, 322.
prōmo, mpsi, mptum, ēre, (pro-emo),
hervorholen, tela e pharetra 1, 468.
hervorstrecken, defossos vultus 4, 242.
— *Part.* promptus, a, um, als *Adj.*
zur Hand, fertig, bereit, aënea proles
promptior ad arma 1, 126. promptae

habere sagittas 3, 188; promptum
est m. *Inf.* es ist leicht, geläufig,
cognoscere 3, 96. nec mihi dicere
promptum nec facere est isti 13, 10.
mihi dicere bin im Stande 14, 841.
promontorium f. promunturium.
promptus, us. m. nur *Abl.* prompto
übl. das Sichtbarsein, Bereitsein, in
promptu mihi est es ist mir leicht, m.
Inf. regere 2, 80. comprendere dictis
13, 161.
prōmuntūrium (fälschlich promontorium), ii, n. Vorgebirge, pr. Minervae f. Capo della Minerva in Campanien 15, 709.
prōnĕpōs, ōtis, m. Urenkel, 10, 606.
Iovis 13, 142.
prōnŭba, ae, f. die Eheschützerin, Beiname der Juno 8, 428. 9, 762.
prōnus, a, um, vorwärtsgeneigt, toto
pectore 8, 44. ut erat pronus beim
schnellen Reiten 8, 237. genibus pronis 8, 240. prona spectant animalia
terram 1, 84. procumbit pronus
humi 1, 376. stravit humi pronam
mit b. Gesicht 2, 477. ne prona cadas
auf das Gesicht 1, 508. 8, 379. in pectus cadit pronus 4, 579. pronus
abit in profundum kopfüber schießt er
11, 792. pronus per aëra lapsus gerabe heruntergefahren 14, 821. fert
rates pronas vorwärts hinab 14, 548.
pronus erat Titan zum Untergange
geneigt 11, 257; vorwärtsschießend,
-rennend, currus 5, 424. lepores 10,
539. carcere pronus emicat 10, 652.
— v. Oertlichkeiten abschüssig, via prona est 2, 67. — übertr. geneigt wozu,
in Venerem 6, 459.
prōpāgo, ĭnis, f. Ableger v. Gewächsen; dann übertr. Abkömmling, Sprößling, tua vera propago 2, 88. ver-
culu 11, 312. collect. Nachkommenschaft, Geschlecht 1, 160 [Streifen.]
prŏpĕ, 1) *Adv.* nahe, örtl. *Compar.*
propius accedere 2, 41. 508. fit propius corpus 11, 722; zeitl. prope adesse 9, 674; beinahe, prope sola 13,
450. — 2) *Praep.* m. *Acc.* nahe bei,
pr. moenia 6, 218. 10, 891. 11, 592.
15, 909. 14, 76. 15, 298.
prō-pello, puli, pulsum, ēre, hinaus-
treiben, -stürzen, alqm e scopulo in
profundum 8, 593. — vor sich niederwerfen, propulsa silva (Gehölz) 8, 840.
prōpensus, a, um, (*Part.* v. pro-pen-
deo), geneigt, favor 14, 706.
prŏpĕre, *Adv.* eilig, propere ite 8, 201.
prōpĕro, āvi, ātum, āre, eilen 1, 510.
2, 128. 8, 138. 9, 145. 10, 658. sedem

ad unam 10, 33. quo 5, 599. pro-
perato sacris 6, 201. properantibus
remis 8, 657. m. *Inf.* properabat
adire 4, 317. 7, 250. 10, 183, 11,
466. — transf. eilen, beschleunigen,
neque adeo est properatus amor (durch
b. erlesenen Pfeil) 5, 396. *Part.* properatus beschleunigt, verschnell, vox
3, 296. tabellae 9, 587. fata (Tod)
10, 31. gloria rerum im Fluge er-
rungen 15, 748.

prŏpĕrus, a, um, eilig, venit properus
7, 647.

prŏpinquus, a, um, nahe, terra 11,
723; benachbart, urbes 6, 412. m. *Dat.*
Lyciae propinquos Caras 4, 296.

prŏpior, us, ōris, *Compar.* näher, drtl.
ripa 5, 698. propiore loco (in den
sibyllinischen Büchern) 15, 637. neque
propiora lumina ferebat eine größere
Nähe des Lichts 2, 29. si non Crete
miracula propiora tulisset in größerer
Nähe 9, 668. flammā propiore calet-
cit von beste näherer Flamme erglüht
sie 3, 872. m. *Dat.* spatio propiore
terrae 2, 207. 4, 202. antra mäni-
bus 3, 305. quo propior quisque
est aegro 7, 543. leto 7, 155. sceleri
10, 460; zeitl. aetas propior meae
(aetati) näherstehend 3, 341. a facto
propiore priora renarrant von dem
näherliegenden Ereignis ausgehend 6,
316; verwandtschaftl. vinclo propiore
ligari enger 9, 550; geistig, mente
propior aloni 9, 368; der Beziehung
nach, cura sie mehr angehend 13, 578.
— *Superl.* proximus, a, um, der
nächste, drtl. proximus steterat zunächst 12, 258. proxima terga no-
vans boum nächstfolgend 12, 96. amor
ganz nahe 8, 411. m. *Dat.* adr proximus est illi levitate locoque steht
zunächst 1, 25. litora proxima sunt
zephyro 1, 64. serpens, quae proxima posita est polo glaciali 2, 173.
via proxima leto 8, 899. huic proximus zunächst stehend, -befindlich 5, 184.
6, 230. *Subst.* proximus ein ihm zunächst Stehender 11, 751; zeitl. proximus rexit opes zunächst folgte in b.
Herrschaft 14, 772. pr. post nonam
aurora 14, 268. victoria der jüngste
12, 164. nach primus 3, 283. 8, 847;
der Ähnlichkeit nach, forma proxima
cycnis am ähnlichsten 14, 509. pectora
pr. laudatis signis artificum sehr
ähnlich 12, 398; an Bedeutung zunächst
stehend, potestas proxima caelo st.
potestati caeli 4, 638. regna undae
proxima (regno) mundi 6, 594.

Prŏpoetĭdes, um, f. Mädchen zu Amathus auf Cypern, die, weil sie b. Gottheit
der Venus leugneten, in Stein verwandelt wurden, obscenae 10, 238. [Acc.
Propoetidas 10, xm.]

prŏ-pōno, pŏsui, pŏsitum, ĕre, aussetzen als Preis des Wettstreites, pro-
posita arma 13, 150. — übertr. sich
versetzen, vornehmen, *Part.* propo-
situs vorgenommen, opus 3, 161. pelagi cursus 11, 448. munus 7, 276.
Subst. propositum, i, n. Vorsatz,
Vorhaben, premit propositum 2, 104.
mortali maius hh. maius quam mortalem decet sterbliche Kraft übersteigend
7, 276. propositi tenax 10, 405.

prŏprius, a, um, zu eigen gehörig, eigen,
vox 1, 638. undae 5, 638. nec solem
natura proprium fecit zum ausschließl.
Eigenthum 6, 350.

propter, *Praep.* m. *Acc.* nahe bei, an,
propter humum volitat 8, 258. — wegen, pr. pondera senectae 9, 437.

prōra, ae, f. das Vordertheil des
Schiffes, prorae tutela 3, 617; meton.
für Schiff, barbara 14, 154.

Prōreus, ĕi, m. tyrrhenischer Schiffer
3, 634.

prŏrĭpio, rĭpui, reptum, ĕre (pro-
rapio), hervor-, fortreißen, se sich fort-
stürzen 14, 422.

prŏ-rumpo, rūpi, ruptum, ĕre, hervorbrechen, Thybris in mare 14, 448.

prŏ-scindo, scĭdi, scissum, ĕre, aufreißen, campum ferro 7, 119.

prōsecta, orum, n. (pro-seco) was
vom Opferthier zum Opfer abgeschnitten
wurde, die Opfereingeweide, imponere
aris 12, 152; überh. Eingeweide, lupi
7, 271.

prō-sĕquor, cūtus sum, i, b. Geleit
geben, geleiten 13, 679; nachfolgen, begleiten, reginam in freta 4, 551.

Prōserpĭna, ae, f. (griech. Περσεφόνη)
Tochter des Jupiter u. der Ceres 5, 376.
514, wird von Pluto geraubt u. zur
Beherrscherin der Unterwelt gemacht 5,
391 ff. 505. 530. 554. regina erebi 5,
543. regia coniunx 10, 46; verwandelt
den Ascalaphus in e. Uhu 5, 544, die
von Pluto geliebte Nymphe Mentha in
e. Pflanze 10, 730; lebt theils in b. Un-
ter-, theils in b. Oberwelt 5, 566. [Nach
b. 4. Aufl.]

prŏsĭlio, ĭi, īre (pro-salio), hervor-,
herausspringen, prosiluit [m. Betonung
der Ultr. in b. 3. Arse] 6, 658. aus b. Cze-
mach 11, 395. aus b. Bett 7, 579.
flumina prosiliunt 15, 273. sanguis

[...] hervor 6, 260; aufspringen, prosiliunt 12, 390.

prō-specto, āvi, ātum, āre, auf etw. (vor sich) schauen, pontum e puppi 8, 651. forum ab aede 15, 842.

prō-spĭcĭo, spexi, spectum, ĕre (prospecio), vor sich ausschauen, ab tumulo 3, 604. nomine prospicientis der Ausschauenden 14, 761. bildl. vorsorgend ausschauen, in futuri temporis aetatem vorsorgen für 15, 836. — transf. vor sich hinschauen nach ob. auf etw. oculis aequora 8, 573. fretum 11, 715. occasus (Ggs. respicio) 2, 190; überschauen, bildl. silva prospicit arva devexa 8, 330. (Tmolus) late prospiciens freta 11, 150; vor sich erblicken, lacum 6, 343. cetera mersa palude 8, 697. alqm 8, 237. 14, 753.

prō-sterno, strāvi, strātum, ĕre, vor sich niederwerfen, alqm 8, 361. humi 5, 197. silvam pondere 8, 776.

prō-sum, prō-fui, prōdesse, nützen, corpore tantum prōdes 13, 365. nocendo 2, 519. in causam für meine Sache 13, 29. quid hoc prodest? 2, 589. 10, 542. quid membra immania prosunt 12, 501. nil prosunt artes 10, 189. alcui 1, 806. 524. 2, 224. 4, 193. 5, 87. m. Inf. nec profuit hydrae crescere 9, 192. 13, 935. m. Dat. c. Inf. armentis fortibus esse 8, 554. m. Acc. c. Inf. quid prodest esse satam progenitore comanti 11, 320. m. folg. quin, nec profuit illi pater, quin 6, 98.

prō-tĕgo, xi, ctum, ĕre, vorn be-, verdecken, ora frondibus 3, 393; schützend decken, fratrem aegide 5, 46. alqm armis 8, 894. puppem pectore 13, 98; Part. protectus bedeckt m. Acc. brd Thetis, umeros capillis 2, 685. tempora capillo 12, 273. pectora barbā 12,351. überdeckt, hominemque equumque 12, 431.

prō-tendo, tendi, tentum, ĕre, vor-, ausstrecken, bracchia in mare 14, 191. protenta tela 11, 511.

prō-tĕro, trivi, tritum, ĕre, niedertreten, florentia arva 2, 791.

prō-tervus, a, um, ungestüm, ora canum 14, 63; keck, frech, manus 5, 670. 12, 283. dicta 13, 933.

Prōtĕsĭlāus, i, m. e. thessalischer Anführer, der zuerst unter den Griechen an die troische Küste sprang, aber auch einem Orakelspruch zufolge, welcher demjenigen, der zuerst d. troische Küste betreten würde, den Tod weissagte, zuerst fiel 12, 68.

Prōtĕus, ĕi, m. e. weissagender greiser Meergott, der viele Gestalten annehmen konnte 8, 731. 13, 918. ambiguus 2, 9. senex 11, 221. Er pflegte sich bei den Inseln Carpathus ob. Pharos aufzuhalten, Carpathius vates 11, 249. [Acc. Protea 2, 9. Voc. Proteu 8, 731.]

Prōthŏēnor, ŏris, m. e. Cephener 5, 98. [Acc. Prothoënora.]

prōtĭnus, Adv. (pro u. tenus) örtl. vor sich hin, vorwärts, caput pr. incidit arae 5, 104. — zeitl. sofort, sogleich 1, 128. 262. 474. 2, 21. 425. 760. 4, 252. 512 u.ö. [Stets l. ?.; auch 3, 104. 10, 52. 11, 418 4. 8.. 7, 68. 8, 8?. 14, 1?? l. ?.]

prō-turbo, āvi, ātum, āre, vor sich hertreiben, alqm 8, 526; vor sich wegstoßen, niederwerfen, pectore silvas 3, 80.

prōvĭdus, a, um, voraussehend, mens provida est steht d. Zukunft voraus 7, 712; m. Gen. veri providus augur 12, 18.

prō-vŏlo, āvi, āvi, āre, hervorfliegen; bildl. hervorstürzen, -jagen, 12, 462.

prō-volvo, vi, vŏlūtum, ĕre, fortwälzen, Nymphas in freta 8, 586.

proxĭmĭtas, ātis, f. das Zunächststehen; nahe Verwandtschaft 10, 340. 13, 154.

proxĭmus, a, um s. propior.

prūdens, ntis (a. providens), vorsichtig, einsichtsvoll, klug, senatus 15, 641. prudens tenebat deam sermone flüglich 3, 864.

prūdentia, ae, f. Einsicht, Klugheit, meton. von e. Pers. aevi prudentia nostri du Weisester 12, 178.

prūĭna, ae, f. Reif, Pl. 7, 268. matutinae 3, 488.

prūĭnōsus, a, um, voll Reif, bereift, herbae 4, 82. tenebrae 5, 443.

prūna, ae, f. glühende Kohle 8, 525.

prūnĭceus, a, um, vom Pflaumenbaum, torris 12, 272. [Nur hier.]

prūnum, i, n. die Pflaume, Pl. 8, 675. 13, 817.

Prȳtănis, is, m. e. Lycier 13, 258 [Acc. Prytanin].

Psămăthe, ēs, f. (ψάμαθος sandiges Meeresufer) eine der Nereiden, Mutter des Phocus, caerula 11, 397. Nereis orba 11, 380.

Psĕcas, ădis, f. Nymphe im Gefolg der Diana 3, 172.

Psōphis, ĭdis, f. Stadt in Arcadien am Erymanthus 5, 607 [Acc. Psophida].

Ptĕrĕlas, ae, m. (πτερέλας v. πτερόν der Geflügelte) Hundename 3, 212.

pūbes, is, f. b. mannbare, erwachsene Mannschaft, Achiva 7, 56.

pūblicus, a, um (altenth. poplicus), das Volk ob. b. Staat angehend, clades des Staates 13, 506. causa Sache des Volkes, Gemeinwol 12, 29. commoda 13, 188. — übertr. Allen gemein, allgemein, lux publica mundi b. Sonnengott 2, 35. munera ber Natur 6, 251. vota 7, 450.

pudet, uit, ere, es verursacht Scham, es schämt sich Jem. mit u. ohne Acc. ber Person, pudet et cupit sie schämt sich 10, 371. et pudet et referam ich 14, 279; m. Inf. puduit videre ich 13, 233. 9, 531. nec te pudet esse parentem nostri 7, 617. puduit modo magna locutum cedere ich 9, 31. nec Sparten puduit Hyacinthon genuisse 10, 217; m. Acc. c. Inf. pudet haec opprobria dici potuisse ich 1, 758.

pudibundus, a, um, schamerfüllt 3, 393. 9, 568. 10, 421. ora 6, 604.

pudicus, a, um, keusch, züchtig, fides 7, 720. mores 7, 734. thalami von züchtigen Jungfrauen 3, 262.

pudor, oris, m. Scham, Schamgefühl 1, 129. 618. 3, 205. 6, 327. deponendi (bella) 14, 571. laesus 7, 751. tacito pudore victus 7, 743. pudore eius Scham 1, 755. pudore pulso ohne Sch. 6, 375. proiecto 6, 544. posito 7, 587. digna pudore Schämenswerthes 13, 807. pudor est referre ich schäme mich 14, 18. pudori est narrare er sch. sich 7, 587; bes. das Jungfräul. Schamgefühl 7, 72. 146. 9, 515. 527. 10, 241. 411. castum 13, 480. Unschuld, pudorem rapere 1, 600. auferre 6, 616. signa laesi pudoris verloren 2, 450. — übertr. b. Ursache ber Scham, b. Gegenstand, ber sie verursacht, Schande, Schmach 2, 594. 3, 552. 9, 578. neque erit nobis gener ille pudori 6, 526. tempora onerata turpi pudore 11, 180. hunc pudorem (Minotaurum) removere (e) thalamis 8, 157. (Dreisilb. 2. Betschl. außer 1, 755. 3, 552.)

puella, ae, f. Mädchen, Jungfrau 1, 712. 2, 436. casiae 2, 711. (Dreischl.)

puellaris, e, mädchenhaft, studium 5, 393. candor 10, 594.

puer, eri, m. Knabe 9, 332. puerum (esse) mentita es sei r. Knabe 9, 706. lascivus Cupido 1, 456. bes. pharetratus 10, 525. aeternum Bacchus 4, 18. bes. inermis (Ggf. viri) 8, 558. dilecti superis 10, 152. neb. iuvenis,

poterat puer iuvenisque videri 8, 362. si puerum iuvenes fallitis 3, 665. puer virgineā formā 3, 607. 8, 323. duri oris 5, 451. paene puer 9, 398; Jüngling (Ggf. femina) 9, 791. 794.

puerilis, e, kindlich, blanditiae 6, 626. vagitus eines kleinen Kindes 15, 466; jugendlich, anni 2, 55. 5, 400 (von einem Mädchen); zum Knaben gehörig, tempus puerile das Knabenalter 6, 719. virgineus vultus in ore puerili bes Knaben ob. Jünglinge 10, 631. facies quam puerilem dicere in virgine posais knabenhaft 8, 323.

puerpera, 1) Subst. ae, f. Wöchnerin 6, 337. 9, 313. — 2) Adj. nur puerpera als fem. ob. neutr. verba b. Entbindung beförbernd 10, 511.

pugna, ae, f. Kampf 5, 208. 9, 34. pugnae amor 8, 705. pretium 9, 47. fortuna 13, 90. eventus 13, 278. successus 12, 355. primā pugnā bei Beginn des K. 12, 242. committere pugnam 5, 75. cuius certamine pugnae burch f. Ringen in welchem Kampfe 12, 180; Kampffpiel, pugna quinquennis Graiā Elide 14, 325.

pugnax, ācis, kampflustig, zum Kampf geneigt, m. Dat. cum sit ignis aquae pugnax geg. b. Wasser 1, 432; Subst. ber Kampflustige 13, 354.

pugno, avi, atum, are (v. pugnus), eig. mit b. Faust kämpfen, kämpfen 13, 69. 172. 209. 220. pugnandi tempora 13, 364. pugnando superare 9, 30. pugnare contra (Adv.) 2, 436. manu 13, 10. loquendo 5, 102. bellum pugnat utroque mit Hülfe des Eisens u. des Goldes 1, 142. pugnare pro alqo 5, 201. pro causa 5, 150. de rege 7, 610; übertr. pugnant materque sororque mit einander 8, 463. arte medendi militär 7, 526. m. cum, mollia cum duris 1, 20. pugnat diu sententia secum 15, 27. m. Dat. (bicht) frigida calidis 1, 19. — bildl. ringen, streben nach etw. pugno in mea vulnera ringe mich selbst zu verwunden 7, 738. m. Inf. (bicht) pugnat evincere somnos 1, 685. se attollere 2, 822. 7, 772. 9, 79. 851. 543. 11, 703. militar pugnatque resurgere 5, 349.

pugnus, i, m. Faust, iuvenilis 3, 626.

pulcher (pulcer), chra, um, schön, herrlich anzusehen, facies 14, 827. ora 1, 484. imago 2, 804. iuventus 7, 514. paratus 4, 763. recessus 7, 670. funera 13, 695. pulchrior, Subst. eine Schönere 2, 542. pulcherrima bc sie sehr schön war 3, 344. virgo 9, 9.

12, 180. (Ceres) 5, 750. pulcherrime als Anrede 9, 492. 14, 373. rerum bu Schönster von Allen 5, 49. — übertr. geistig u. sittlich schön, edel, herrlich, ruhmvoll, pulchros plosque melus 11, 369. vulnera ipso pulchra loco 13, 263. pulcherrime ductor classis 12, 574. v. Aesculap 15, 678.

pullus, a, um, dunkelfarbig, fetus 4, 160. velamen 11, 611. *Subst.* pullum dunkler Gewandstoff 11, 48.

pulmo, ōnis, m. Lunge 2, 801. 6, 252. 12, 872. *Pl.* imi 9, 201.

pulso, āvi, ātum, āre (pello), heftig schlagen, repagula pedibus 2, 155. humum moribundo vertice 5, 84. 4, 138. ora viri capulo 12, 138. 234. terras grandine 5, 692. puppis pulsata sonat vom Schlage 11, 509. peitschen, fluctus pulsabant cacumina 1, 310. litora 1, 42. latera (navis) 11, 529. delphines robora 1, 803. klopfen an etw. postes cuspide 2, 767. fores 5, 449. stampfen, solum pede bisulco 7, 113. campus pulsatus equis 6, 210. 487. — bildl. treiben, quae te vecordia pulsat 12, 228.

pulvĕrĕus, a, um, staubig, solum 7, 118. — stäubend, palla 6, 705.

pulvĕrŭlentus, a, um, voll Staub 2, 256.

pulvinar, āris, n. Weihepolster, worauf bei festlichen Gelegenheiten die Götterbilder u. die ihnen dargebrachten Opfergaben gelegt wurden. *Pl.* alta 14, 827.

pulvis, ĕris, m. Staub 1, 649. altus 4, 106. calidus (b. S.) 7, 775. haustus 9, 35. 14, 186. pulvere foedare canitiem als Zeichen tiefer Trauer 8, 528; meton. die stäubende Rennbahn, equus magnae in pulvere famae 7, 542.

pūmex, ĭcis, m. Blasstein, vivus 3, 159. nativus 10, 692. multicavus 8, 561. [Abl.]

pūnĭcĕus u. **poenĭcĕus**, a, um, — punicus punisch, poen. pomum b. Granatapfel 5, 636. — purpurfarben, roth, poen. color 4, 127. cruor 2, 607. 13, 887. sanguis 4, 728. vestes 12, 104. poen. chlamys 14, 845.

pūnĭcum, i, n. (verst. malum) punischer Apfel, Granatapfel; meton. für b. Baum, der blutrothe Blüthen trägt, *Pl.* 10, 787.

pūnĭo, īvi, ītum, īre (poena), strafen, quod non ego punior daß mich nicht mein Gewissen straft 9, 779.

puppis, is, f. Schiffshinterthell, alta 15, 727. adunca 3, 651. recurva 8, 141. 11, 464. *Pl.* 14, 550. — meton. b. ganze Schiff 8, 860. Attica 7, 492. Pagasaea die Argo 7, 1. puppe venire 5, 659. secare aequor 11, 479. *Pl.* 3, 606. aeratae 9, 103. iturae 12, 10. fessae 6, 520. [puppis, puppim 8, 141. 148. 15, 698. puppem 14, 664. puppe außer puppi 3, 651. puppes, puppibus.]

purgāmen, ĭnis, n. Reinigungs-, Sühnungsmittel (gewöhnl. Wasser, Schwefel u. Feuer), *Pl.* purgamina mentis 15, 327. sumere purgamina caedis ab alqo Sühnung erhalten 11, 409.

purgo, āvi, ātum, āre, reinigen, purgatur märi sich (b. trüber Flüssigkeit) 1:1, 890; übertr. religiös reinigen, entsühnen, carmen purgans nefas 15, 952.

purpŭra, ae, f. Purpurschnecke; dann Purpurfarbe 4, 398; meton. Purpurwolle 6, 61. Purpurgewand 3, 556. Purpurhaar 8, 80.

purpŭrĕus, a, um, purpurn, zh. zunächst roth, dann aber strahlend, glänzend überhaupt, color 8, 465. vestis 2, 28. tiarae 11, 181. capistra 10, 125. velum 10, 698. notae 6, 577. uvae 13, 814. vites 8, 676. flos 13, 396. crinis 8, 98. fores Aurorae 2, 113. 6, 49. purpureae aurorae [m. Flor. im 5. 8.] 3, 184. Calcus fluxit purpureus caede 12, 111; in Purpur gekleidet, rex resedit purpureus 7, 103. 8, 83.

pūrus, a, um, rein — unbefleckt, sacra 2, 713. puras manus tollens ad sidera weil vor b. Gebet gereinigt 9, 702. os unberührt von unreiner Kost 15, 898. aequor, weil man glaubte, das Meer dulde nichts Unreines 2, 580. aëre purior ignis 15, 243. gemma durchsichtig 2, 856; — unvermischt, latex 7, 847. undae 11, 125. vinum 7, 694; von reinem Glanze, nitidissimus puro orbe Phoebus 4, 348. — übertr. frei v. etw. campus ab arboribus 8, 709.

pŭtātor, ōris, m. Beschneider der Bäume, vitis 14, 649.

pŭter, pŭtris, e, faulend, de putri viscere 15, 365. putria poma 7, 585.

pŭtĕus, i, m. b. Brunnen, capaces 7, 568.

pŭto, āvi, ātum, āre, rechnen berechnen; schätzen, tanti putat connubia nostra 10, 618. für etw. halten, meliora für noch vorzüglicher 1, 502. turpe 13, 487; m. dopp. Acc. neve haec commenta patelis 14, 464. 759. verum taurum putares für e. wirklichen hätte man b. Stier gehalten 6, 104. crimen placere putavi 5, 584. facta puta, quaecumque iubes habe für geschehen 4, 477. — glauben, meinen, ut puto 8, 60. ut putat 3, 606. non fallere putando man dürfte sich in dem Glauben nicht täuschen 11, 84; m. *Acc. c. Inf.* 1, 587. 705 uö. putant man glaubt 7, 416. putes man möchte glauben, posse putes tangi 8, 458. 1, 242. 8, 191. 9, 38. 545. 10, 664. 11, 84. 114. putares man hätte geglaubt, corpora pennis pendere putares 6, 667. 7, 82. 791. 11, 337. quas tu vix ire putares 5, 589. velle puta nimm an, du wolltest 10, 354. 14, 483; putor m. *Nom. c. Inf.* man glaubt von mir, daß ich, primus hic deus vidisse putatur adulterium 4, 171. 8, 885. 15, 111; parenthetisch puto in at puto einen Einwurf anknüpfend, aber, meine ich, aber vielleicht 2, 566. 3, 386. 11, 426. 18, 523. [at putō, sowie at putō 3, 60 mit kurzer Ultr. u. im L. S., dar 3, 288 5. 8. Dreisilb. S. Berdich.]

putrefacio, feci. factum, ere, in Fäulnis übergehen lassen, *Pass.* putrefio, in Fäulnis übergehen, spina putrefacta est 15, 389.

Pygmaeus, a, um, pygmäisch, zu den Pygmäen, einem fabelhaften Zwergvolke, das nur fausthoch war (πυγμή Faust) gehörig, mater ist Gerana (γέρανος Kranich) od. Oinoë, die, weil sie die Hera u. Artemis verachtet hatte u. sich selbst von ihrem Volke göttlich verehren ließ, von Hera in einen Kranich verwandelt wurde. Zugleich wurde Feindschaft zwischen den Kranichen u. dem Pygmäenvolke gesetzt 6, 90.

Pygmalion, ōnis, m. ein Cyprier, der aus Elfenbein das täuschende Bild einer Jungfrau verfertigte, welches endlich auf seine Bitten durch Venus Leben erhielt 10, 243.

Pylius, a, um, zur Stadt Pylos gehörig, agri 2, 684. — *Subst.* Pylius, ii, m. der Pylier, Nestor, weil er aus Pylos stammte und darüber herrschte 8, 365. 12, 537. 542. — dem Pylier Nestor gehörig, anni des Pyliers 15, 838.

Pylos, i, f. Stadt im triphylischen Elis in d. Peloponnes, aber auch in Messenien. Wahrscheinlich war es ersteres, was Neleus beherrschte, Nelëa 6, 418. [*Acc.* Pylon 12, 550.]

pyra, ae, f. Scheiterhaufen 9, 231. 14, 80.

Pyracmos, i, m. e. Centaur 12, 460 (*Acc.* Pyracmon).

Pyraethus, i, m. e. Centaur 12, 449.

Pyramus, i, m. e. Babylonier 4, 55ff.

Pyrēneus, ëi, m. e. thracischer Fürst, der Daulis in Theris eroberte u. den Musen Gewalt anthun wollte, wobei er umkam 5, 274.

Pyrētus, i, m. e. Centaur, geminus 12, 449.

Pyrōis, entis, m. (Πυρόεις der Feurige) eines der Sonnenrosse 2, 153.

pyrōpus, i, m. Mischung aus Erz u. Gold, Goldbronce, flammas imitans 2, 2.

Pyrrha, ae, f. Tochter des Titanen Epimetheus, Epimethis 1, 390. Titania 1, 395, Gemahlin des Deucalion 1, 350.

Pyrrhus, i, m. auch Neoptolemus genannt, Sohn des Achilles u. der Deïdamia, der Tochter des Königs Lycomedes v. Scyros 13, 155. Bei der Eroberung v. Troia tödtet er b. Priamus 13, 409 u. opfert nachher die Polyxena den Manen seines Vaters 13, 455.

Pythia, orum, n. die dem pythischen Apollo zu Delphi alle 4 Jahre gefeierten pythischen Kampfspiele 1, 447.

Python, ōnis, m. e. Drache, den Apollo am Parnasus tödtete 1, 438. [*Acc.* Pythōna 1, 460.]

Q.

qua, *Adv.* (*Abl.* verst. parte, via) wo 1, 610. 681. 718. 2, 62. 8, 227. 4. 21. 11, 140. 12, 125. qua vocat ira sequemur auf dem Wege, wo 2, 669. qua cava sunt auf der hohlen Seite 8, 670. entspr. illic 1, 15. ibi 1, 299. hac 2, 703. eādem 5, 290; indir. frag. 2, 169. 170. 4, 437. qua veniat auf welchem Wege 5, 651. — soweit 1, 187. 7, 460. qua terra patet 1, 241. 15, 877. qua nil obstabat 3, 568. qua licuit 2, 106. 10, 164. qua usque potest 3, 802. 8, 352. qua debebat 9, 454. fas est 9, 610. — *Adv. indef.* irgendwo, ne qua 6, 233.

quācumque, *Adv.* wo nur immer 2, 791. 3, 570. 4, 28. 7, 282; soweit immer 12, 399.

quadriiugus, a, um, vierspännig,

currus 9, 272. *Pl.* quadriiugi (verſt. equi) das Viergeſpann 2, 168.

quadrupēdans, ntis, auf vier Füßen trabend, von e. Centauren 12, 450.

quadrupes, ĕdis, vierfüßig 15, 222. *Subst.* b. Roß, (dicht.) 6, 266. *Pl.* 15, 517. die Sonnenroſſe 4, 217. animos 2, 84.

quaero, quaesīvi, quaesītum, ĕre, ſuchen, per arva piorum 11, 62. quaerenti defuit orbis 5, 463; alqm: 5, 556. (quaesistis). 623. alium 5, 181. natam 5, 445. Hectora per acies 12, 75. quaeritur, qui sustineat man ſucht (Einen 15, 1. filia matri (ſt. a matre) est quaesita 5, 439. 1, 658. alqd: terras 1, 307. viam 10, 504. dominas vestigia 6, 560. ubera 7, 321. auxilium 1, 368. pericula 9, 565. moras 9, 461. 11, 461. verba 6, 584. quaerit, si qua vestigia supersint 11, 693; vermiſſen, Boeotia Dircen 2, 239; ſuchen, begehren, verlangen, facilem titulum 10, 602. in epulis epulas 8, 832. res quaerit arbitrium duorum 9, 505. neque gloria mihi quaeritur ſuche nicht für mich 9, 58. quaeritur istis, quam mihi maior bonos 13, 95. decor est quaesitus ab istis (armis) habe von ihnen begehrt 12, 90. m. *Inf.* ſuchen etw. zu thun, wollen, si quaeris descendere 11, 758; erſtreben, victoria quaeritur sollicitis armis 14, 453; erlangen, erreichen, quaesierat nomen memorabile 6, 12. vix fuga saltem mihi (ſt. a me) quaesita (est) 14, 236. *Subst.* quaesitum, i, n. das Erworbene, quaesiti tenax, et qui quaesita reservent 7, 657. — forſchen, fragen, bene si quaeras 8, 141. etw. ob nach etw. *Acc.* talia 1, 260. omnia 7, 685. verum 5, 16. genus locorum 4, 767. fortunam pugnae 13, 89. germanam 6, 564. quaesitis virginis annis 10, 440. *Subst.* quaesitum, i. n. das Gefragte 4, 794. Jemanden nach etw. alqd ab alqo: hoc a Pallade quaeras 2, 567. a se se quaeri daß man ſie ſelbſt nach ihr frage 8, 862. m. indir. Fr. 1, 614. 637. 2, 512. 3, 328. 5, 298. 6, 164. si quaesieris 13, 756; quaeri in Frage ob. Betracht kommen, nec sanguinis ordo, sed virtutis honor spoliis quaeritur in istis 13, 153.

qualis, e, *Pron. relat.* wie beſchaffen, wie, qualis esse solet 2, 382. qualem decet esse (faciem) sororum 2, 14. 14, 658. 828. ähnlich wie 3, 682. 6, 63. 453. 10, 736. 13, 50. talis — qualis ſo — wie, ſo geſtaltet — wie 6, 50. 14, 768. qualis — talis wie — ſo, in der Geſtalt wie — ſo 3, 203. 7. 619. 10, 515. 15, 803. quantus et qualis — tantus et talis in der Größe u. Geſtalt wie — ſo 3, 284; indir. ſr. was für ein, wie, qualem optet habere virum 10, 363. 7, 752. 11, 186. D, 590.

qualiscumque, qualecumque, *Pron. relat.* wie auch immer beſchaffen, qualiacumque vides in welchem Zuſtande immer 11, 288; adjectiviſch, tollit qualescumque manus wie ſie auch immer beſchaffen ſein mögen 2, 487.

quam, *Adv.* wie ſehr, wie, bei *Adj.* quam difficile est 2, 447. qu. felix esses 3, 517. 2, 520. 10, 631. qu. nullum sit mihi damnum wie ſollte mir für nichts gelten 14, 197. bei *Adv.* quam bene 9, 488. male 15, 463. ſ. auch quamprimum. beim *Verb.* quam nolim 9, 475; quam — tam wie — ſo, quam mater cunctas, tam matrem filia vicit 4, 211. 12, 220. wiewohl — doch, quam danda neci, tam non epulanda fuerunt 15, 110. tam — quam ſ. tam; nach Comparativen u. ähnl. Ausdr. als 1, 205. 573. als daß, instius aevum exanl agam, quam me videant Capitolia regem 15, 589. nach prius b. ſ. nach malle: mavult, ille se vocet Byblida quam sororem 9, 467. 6, 684. 10, 157. nach infra 2, 278. nach ante b. ſ. nach non (haud) alius, non (haud) aliter ſ. alius. aliter. nach aeque 10, 166.

quamlibet, *Adv.* wie ſehr immer, noch ſo, quamlibet ignotas manus 10, 119.

quamprimum, *Adv.* ſo bald als möglich, quamprim. redito 6, 501.

quamquam, *Conj.* wie ſehr auch, wiewohl, obgleich, im Conceſſivſ. [meiſt. m. folg. tamen) m. *Ind.* 1, 185. 395. 2, 732. 3, 186. anaphor. 7, 466. 8, 811. m. *Conj.* 14, 465. m. bloßem *Adj.* quamquam invita 1, 613. — das eben Geſagte berichtigend, wiewohl, m. *Ind.* 7, 37. 8, 575. 9, 328. 13, 500.

quamvis, 1) *Adv.* wie ſehr du willſt, wie ſehr auch, wenn auch noch ſo, wenn ſchon, bei Adjectiven u. Participien, qu. junctus wie nahe auch verwandt 2, 368. qu. mitem wie zahm auch 2, 860. qu. distantia noch ſo Entfernetes 5, 54. oculis qu. iniquis noch ſo ungünſtige 9, 476. Aeneae des numen qu. parvum 14, 589. 1, 629. 3, 494. 628. 4, 206. 232. — 2) *Conj.* im Conceſſivſ. wie ſehr auch, obſchon, obgleich [ſelten

m. folg. tamen 1, 646. 11, 718. 13, 853] m. *Conj.* 2, 495. 6, 154. 376. 7, 207. 8, 270. 852. 10, 146. quamvis absit wie weit es auch entfernt sei 12, 41. qu. obstet wie hinderlich mir immer ist 12, 182; m. *Ind.* 1, 686. 2, 177. 668. 3, 170. 4, 256. 269. 6, 12. 490. 8, 814. 9, 125. 471. 11, 87. 225. 718. 761. 12, 312. 13, 883. 15, 599. anaphor. 5, 580. 9, 540. quamvis tamen oderat illam dennoch, wie sehr auch 2, 782. — das eben Gesagte berichtigend, wiewol, m. *Ind.* 8, 56. 575. 9, 485. 13, 469.

quando, *Adv. indef.* zu irgend einer Zeit, einmal, si quando cernunt 11, 24.

quandocumque, *Adv. indef.* einmal wann es auch immer sei, irgend einmal, qu. mihi poenas dabis 6, 544.

quandoquidem, *Adv.* da nun einmal 5, 93. 9, 116. 12, 485. [Begründ.]

quantus, a, um, wie groß, quanta potentia regni est tui 13, 758. 15, 88. quantum est esse Iovis fratrem welch großer Vorzug ist es 5, 527. aspice, sim quantus 13, 842. quantus erat so groß er war 4, 657. 13, 441. urbs, quanta nec est nec erit so groß wie 15, 445. viribus, quantas ira dabat mit so großer Strahl wie 5, 33. in formam, quantam ipsa capit zu der Größe wie 15, 381. aprum, quanto maiores tauros non habet Epiros so groß, daß die Stiere, die Epirus hat, nicht größer sind 8, 282. cultu, quantus esse potest soweit er möglich ist 12, 408. m. tantus wie, tanto corpore est, quanto (serpens est) 3, 44. tantus videbor, in quantum debent caelestia corpora verti, bsbs. quantus esse debet, in quem cael. corpora vertuntur 15, 662. quantus feror, tantus eram wie ich einherstürme, so mächtig war ich 8, 582. quantus et qualis — tantus et talis s. qualis. — *Neutr.* quantum als *Subst.* wie Großes, wie viel, quantum egi 2, 520. quantum iniuria possit 9, 150. 13, 591. quantum erat was Großes wäre es gewesen fl. wie Geringes 4, 74. quantum est, quod desit wie wenig fehlt da noch 9, 551. in quantum quaeque secuta est die wie weit, bsbs. auf der Stelle, bis zu der 11, 71. m. *Gen. part.* quantum noxae 1, 214. caecae noctis welch dunkle Nacht 6, 472. tantum— quantum medii caeli ein solches Stück als mitten vom Luftraum 4, 709. — als *Adv.* wie viel, wie weit, quantum distat ab orbe 6, 200. 8, 439. quantum concedant cornua ferro 12, 384. so viel, so weit, quantum suspicor 9, 461. reminiscor 13, 642. valuere soweit sie vermochten 4, 543. 9, 360. quantum ira sinit 6, 167. quantum modo femina possit soweit eben 2, 434. — *Abl.* quanto um wie viel, beim *Compar.* u. ähnl. Begriffen, entspr. tanto um so viel, quanto levius est pondus aquae pondere terrae, tanto est onerosior igni 1, 52. 2, 722. quanto animalia cedunt cuncta deo, tanto minor est tua gloria nostra 1, 464. cetera silva tanto sub hac fuit, quanto herba sub omni silva um so viel — wie 8, 749. quanto ratem qui temperat, anteit remigis officium, tantum ego te supero 13, 386.

quare, *Adv.* aus welcher Ursache, weshalb, relat. 14, 664; dir. fr. 2, 664; indir. fr. 2, 512. 4, 295. 14, 816.

quartus, a, um, der vierte 2, 154. 10, 617. quarto zum vierten Male 9, 51.

quasi, *Adv.* als wenn, gleichsam, quasi sensurum gleich als würde er 9, 228. quasi nescia 1, 614. nescio quid quasi corpus Körperähnliches 11, 716.

quatenus (quatinus), *Adv.* in wie weit, in so fern, cause — weil 8, 784. 14, 40.

quater, *Adv.* vier mal 2, 344. 11, 332. ter qu. beri, vier mal 4, 734. 6, 183. 12, 133. 14, 206. [u. s.]; terque quaterque 1, 179. 2, 49. 12, 288. qu. deni 7, 293.

quatio, quassum, ere, schütteln, erschüttern, quercum huc illuc 12, 320. terras 15, 71. si terrae motibus quatiatur Jde 12, 521. tecta quati videntur 4, 402. schwingen, pennas 4, 677. lacertos 8, 227. hastam 5, 8. 8, 375. venabula 8, 404. quassae faces damit sie besser brennen 3, 508. — *Part.* quassus zerbrochen, cinnama Stücke von Zimmetrinde 15, 399.

quattuor, (quat.), vier 1, 118. 6, 86. 12, 15.

que, *Conj.* (stets einem Worte angehängt) und, knüpft in der Regel nahe Zusammengehöriges an, sowol einzelne Begriffe als ganze Sätze, rudis indigestaque moles 1, 7. potentes clarique caelicolae 1, 174. dextra laevaque 1, 171. voce manuque 1, 205; e. Steigerung desselben Begriffes, penitus penitusque u. immer tiefer 2, 179. maius maiusque 7, 689. rursus rursusque 10, 288. longe longe-

que weil weil 4, 325. iam iamque f.
iam; Erläuterungen, und zwar, populus superamur ab uno, vixque viro
12, 500. 8, 748. 13, 128. 14, 438. 15,
245. daher in der Sperrgese, und somit,
ad tecta Tonantis regalemque domum 1, 171. crimen causamque
dolendi 2, 614. 5, 342. 6, 664. 7, 75.
8, 158. 10, 434. 13, 678. 14, 66. 15, 7.
59. 748. u. in d. Figur Hendiadyoin,
in equam cognataque corpora vertor fl. in cognata corpora equae 2,
683. pro fontibus lacuque für d.
Wasserbecken ihrer Quelle 3, 645. per
leves populos simulacraque functa
sepulcro fl. simulacrorum functorum
sep. 10, 14. in auras aëraque fl.
aërias 15, 247. concilium Graiosque
patres fl. Graiorum patrum 15, 645.
fretum Siculique angusta Pelori fl.
fretum angustum Sic. Pelori 15, 706.
ad facinus diramque caedem fl. di-
rae caedis 15, 802; und überhaupt,
chrysolithi positaeque gemmae 2,
109; zuweilen auch Entgegengesetzte,
aber 5, 870. 6, 250. 301. 13, 706.
14, 236. und doch, mortem timens
cupidusque mori 14, 215. nach e.
Negat. sondern 1, 628. 6, 368. 716. 8,
793. 9, 265. 274. 10, 48. 12, 196. 14,
593. 682. 15, 252; nach e. Negat. einen
ebenfalls negierten Begriff (fl. ve) oder,
noch, nec iners pauperque voluntas
nicht lässig ob. armselig 8, 678. neu
dubites absitque luae fiducia formae 14, 32. — öfters wiederholt, um
rasche Folge ob. Gleichzeitigkeit zu bezeichnen (Polysyndeton) fugere pudor
verumque fidesque 1, 129. Bacchum-
que vocant Bromiumque Lyaeumque
ignigenamque satumque iterum so-
lumque bimatrem 4, 11. 1, 256. 2,
854. 3, 226. 609. 5, 395. 484. 607. 6,
302. 597. 7, 51. 195. 463. 536. 8, 22.
312. 10, 313. 386. 11, 642. 12, 434.
13, 257. 687. 14, 214. oft mit et
wechselnd 1, 193. 2, 15. 5, 432. 651.
6, 416. 688. 7, 197. 10, 267, f. auch
et. — Sehr oft an e. Wort des Neben-
satzes, bes. am b. Relativum gehängt,
obwol d. Copula zum folg. Hptsatze gehört, quodque cupit sperat fl. et
sperat, quod cupit 1, 491. 133. 159.
657. 720. 2, 173. 191. 233. 251. 259.
268. 839. 841 uf. 7, 59 (— et Aeso-
nideu, quem mutasse velim). 8,
219 (— et credidit esse deos, qui).
8, 280 (— et, quae inhonoratae dicemur, non et inultae dicemur).
quoque magis credas fl. et, quo m.

er, 3, 290. 872. 448. 4, 64. detque
sibi veniam rogat fl. et rogat, det
a. ven. 1, 386. 670. 6, 507. 1, 707.
3, 606. 4, 180. 7, 95 (et per numen,
quod luco foret in illo). 12, 533. 13,
658; oft an e. Wort der directen Rede,
wo d. Copula zum verb. dic. gehört,
quidque tibi cum fortibus armis?
dixerat fl. et dixerat, quid 1, 456.
735. 763. 2, 33. 642. 3, 644. 4, 887.
5, 195. 290. 6, 262. 7. 487. 8, 481.
559. 689 uf. — correspondierend que
— que [sehr beliebt bei Ov., §. im 5. Buche
25 mal, u. vorwiegend im Deutschal.] verknüpft eng verbundene Begriffe, sowol
— als auch, theils — theils, nicht
nur — sondern auch, gewöhnl. aber
nur durch einmaliges und zu übersetzen,
fraudesque dolique 1, 180. qui vos
habeoque regoque 1, 197. terque
quaterque 1, 170. 267. 480. 500.
620. 741. 769. und zugleich 2, 561.
768. divesque miserque 11, 127.
dreimal quod eritque fuitque estque 1, 517. 2, 601. 3, 171. 5, 44. 7,
547. 9, 551. 11, 36. 13, 91. 276. 15,
486. 727. fünfmal 12, 459. 15, 671.
zweimal in einem Satze fractus mor-
boque fameque velaturque alitarque
avibus 13, 52. verknüpft Sätze, ad-
animusque viro primasque intravi-
mus sedes 5, 284. 6, 436. 7, 89. 8,
853. 11, 328. 849. 12, 468. 13, 862.
14, 595; que — et, verkn. einzelne
Begriffe, Argosque et Sparte 6, 414.
5, 500. 6, 689. 7, 541. 10, 482. 11,
387. 12, 94. precibusque et murmure longo 7, 251. und zugleich, neutrumque et utrumque videntur 4,
579. 739. Sätze 1, 29. 674. 4, 147.
5, 616. 11, 27; que — ac: satisque
ac super genug u. übergenug 4, 429;
neque — que, f. neque; nec que
— que und weder — noch, nec po-
tiit horamque animumque vacantem
9, 612. 4, 204. — que freier an e.
Wort gehängt, zu dem es nicht gehört,
Venus et Iuno sociosque Hymenaeus ad ignes conveniunt fl.
Iuno Hymenaeusque socios ad ignes
9, 796. iudicium sanctique placet
sententia montis fl. iud. et sententia sancti m. 11, 172. Tenedonque suoque Eetioneas implevi sanguine Thebas fl. Tenedonque Thebasque impl.
12, 109. licet exsecrere meumque de-
voveas caput fl. devoveasque 13, 329.
admiraturque colorem caesariemque
fl. coloremque caesariemque 13, 918.
variat faciemque novat fl. variat fa-

ciem novatque 15, 255; an d. zweite
Wort gehängt, dum resque niuit 2,
89. quid ainque 2, 551. quid liceat-
que 9, 551. suä convulaque robora terrä 7, 204. turbä volucrum-
que 10, 144. bes. wo das 1. u. 2.
Wort gleichs. eines bilden, nescio quoque audete salam 6, 185. exhibita
estque Thetis 11, 264. 14, 801. 15,
894. cum pedibusque 8, 196. de
totque sororibus 4, 417. per seque
8, 630. in pectusque 4, 579. 5, 139.
7, 492. ad caelumque 11, 181. 15,
570. 14, 219. pro materiaque 10,
188. 14, 595. ante omnesque 8, 617.
inter seque 1, 389. 6, 507. [Ov. gebraucht que, das gleichs. von Fluss des Verses
fortbeil. m. Bosilleta, z. B. im 4. Buch, que 343.
et 154 Mal. — Sehr oft hängt es es an dia-
stellige Worte, bes. im Versansf., z. B. in Buch
1—5 an res, opes, ver, mors, sol, pars, vis,
nox, vox, lex, cor, tot, tres, est, sunt, alt,
it, stat, dat, qui, quae, quod, quid, cui,
quem, quo, qua, quos, quas, is, id, me, te,
se, mox, vix, iam, bis, ter, ut (Adv. u.
Conj.) dum, cum (Conj. u. Praep.), is, per, e,
de, pro, a aur 8, 631. post aur 4, 346;
ferner an inter 1, 689. 6, 507. 9, 753.
praeter 5, 159. 11, 404. 14, 859. supra 1,
331. nullus 1, 372. 6, 439. semter 4, 579 u.
schreibt es an b. u. 4023. Wörter, Mithridatele 16,
766. Lacedaemonium 15, 50. Athamantia-
des 13, 919. Acheloiadum 14, 87 (5. B.). —
que im Nachsatze, wo es war b. Anfang des
folg. Verses erhibirt wird 4, 11. 780. 6, 507. —
que lang gebraucht in b. Krisis des 2. Fusses,
doch nur wenn e. positio que folgt 1, 193. 3,
535. 4, 19. 6, 484. 7, 385. 8, 526. 10, 263. 308.
11, 50. 290. 13, 257. 258.]
quĕo, quivi, quitum, ire, können, m.
Inf. 4, 248. 15, 2. 79. [queat, queunt.]
quercus, us, f. d. Eiche 3, 91. 6,
620. alta 7, 630. ingens annoso robore 8, 743. Deoia (b. s.) 8, 758.
sacra Iovi de semine Dodonaeo 7,
623 vgl. 13, 716. glandifera 12, 328.
annosa 13, 799. — meton. Eichenkranz,
quercu coma cingitur 11, 158. b.
Bürgerkrone v. Eichenlaub, welche b.
Thür am Palast des Augustus auf
b. palat. Hügel schmückte 1, 563 (zu
beiden Seiten der Thür standen Lorbeerbäume, daß mediam tuebere quercum).
quĕrĕla, ae, f. Klage, Beklage 2,
871. 665. miserae 2, 342. longa
qu. mora est poenae 6, 216. que-
relam sistere 7, 711. positä quere-
lä cum Kl. 4, 233; Klaglaute der
Thiere, maestae 8, 289. peragunt

levi stridore querelas 4, 413. plenus querelae sonus Klglich 11, 734.
quernus, a, um, von Eiche, stipes
Eichstamm 8, 369. aichene Keule 12,
343. vimen von Eichenruthen 12, 436.
quĕror, questus sum, i, klagen, sich
beklagen 1, 637. 9, 440. sonum que-
renti (sono) similis 1, 708. etw. ob.
über etw. Acc. talia 13, 870. multa
4, 84. 8, 176. flebile nescio quid 11,
52. verba motura silices 9, 304.
fata 5, 298. parva 2, 214. ieiunia
8, 834. siccatos fontes 13, 690. sors
querenda foret 8, 551. 15, 493. m.
de: de fide 7, 829: de coniuge
quicquam 10, 61. m. Acc. c. Inf. 2,
347. 9, 245. 525. 7, 648. 9, 420. 700.
10, 61. 76; cum alqo sich mit Jem.
streitend beklagen, mit ihm hadern 1,
733. cum falis 10, 724. — übertr. b.
Thieren, Klaglaute ausstoßen, rauco
stridore 14, 100.
quĕrŭlus, a, um, klagend; sanft tönend, chordae 5, 339.
questus, us, m. das Klagen, die Klage,
gemitu questuque 15, 489. Pl. questus edere 4, 588. effundere in aëra 9,
370. questus ubi ponat aniles 9, 276.
1) qui, quae, quŏd, Pron. relat.
welcher, welche, welches, der, die, das,
dem Genus nach auf d. Subst. im
Trub. bezogen, quae vena fuit mas
über war 1, 410. Creten, qui mens
est orbis 8, 100. bages, unus erat
vultus in orbe, quem dixere chaos
1, 7; auf e. gedachtes Wort bez. (Con-
structio ad sensum) genus — qui
quaesita reservent fl. homines 7,
657. (imago hominis) quos ubi vi-
derunt 7, 131. meum est, qui dantem terga retraxi, fl. ego feci 13,
287. — b. Relativsatz häufig seinem
Subst. vorangestellt, quod tegit omnia,
caelum 1, 5. 70. 97. 133. 139. 195
us.; das Subst. in den Relativsatz selbst
gezogen, occiduo quae litora sole te-
pescunt fl. litora, quae 1, 68. 842.
407. 636. 720. 2, 54. 173. 246. 641.
591. 830. 841 us. quae iam patientia nostra est fl. ea patientia, quae
wie jetzt unsre Nachsicht ist 5, 873; r.
Relativs. m. quod auf e. ganzen Satz
bezogen, der häufig erst nachfolgt 2, 524.
quod non potuere vetare, ex aequo
captis ardebant mentibus ambo 4,
61. 3, 377. 4, 684. 6, 908. 9, 677. 13,
220. 14, 491. 568. 15, 817. 825; Relativs. mit e. Nebensatz verschränkt, miles erat Persei, pro quo dum pugnat fl. qui, dum pro eo pugnat 5,

201. quem vos nisi pellitis st. qui nisi eum pellitis 15, 594. — das Relat. anaphor. wiederholt 8, 850. 852. 13, 103. 354. unverbundene coordinierte Relativsätze 1, 458. 9, 75. 13, 8. 742. 11, 194. 13, 122. der zweite umfaßt den ersten, wird aber im D. durch und angeknüpft 2, 186. 6, 339. 13, 15. 49. — Relativsätze durch e. Subst. ob. Adj. überf. quod nihil est metuit ein Nichts 7, 829. quod petitur d. Ziel 5, 850. quod obest id habebimus unum dies eine Hindernis 9, 494. quae sibi praelata est die ihr Vorgezogne 14, 42. quae magis audiat arena gehorsamer dem Degen 5, 389. quae magis ardeat feuriger 15, 208. — qui nach idem wie 2, 748. 13, 844. ebenso in unvollständigen Relativsätzen, nec, quo prius, ordine currunt 2, 169. 73. 9, 493. 10, 212. 11, 490. 12, 45; ostentia, quae plurima viderat, deren so viele 4, 564. 10, 244. Abl. quo, quia denn Compar. in Vergleich mit dem, der 3, 615. 6, 180. 381. 13, 405. 14, 653. — das Relat. dient zur Anknüpfung der Sätze u. wird durch d. Demonstr. oft mit Hinzufügung v. und, aber, nun, denn übgl. überf. 1, 21. 40. 82. 11, 782. 12, 218. 13, 20. 63. 14) nö: qui quidem s. quidem. — qui m. Conj. im Absichtssatz, quae (Junium) tutus spectes damit du es sicher schaust 2, 149. qui citharam moveres daß du 5, 112. 9, 154. 11, 647. quae colat um sie zu bewohnen, zur Wohnung 2, 380. 8, 678. 6, 77. 8, 795. 9, 812. 13, 665. 15, 689. undas quas perdant das sie verlieren sollen 4, 469. 5, 865. 11, 574. 626. 13, 221. 553. mittunt qui petant Männer, die sollen 15, 643. alqm o sociis, in quem non saeviat ira gegen den wüthen könnte 14, 199; im Folgesatz, wo qui von der Art, daß, ein solcher, daß er, pignora da, per quae tua vera propago credar 2, 38. 855. 3, 239. 345. 456. 4, 177. 290. 5, 4. 6, 713. supremum vale, quod iam vix auribus acciperet so leise, daß 10, 62. non omnia grandior aetas, quae fugiamus, habet lauter solches, was 6, 29. Acrisius superest, qui moenibus arceat (als ein solcher) der 4, 608. 5, 181. 8, 735. 789. qui perdere posset Rectora, dedi den, welcher 13, 177. 4, 400. pudor est, qui suadeat (dasjenige) was 1, 518. quam modo volueret Tydidae hasta ich, die 15, 769. saucius aurand et quod dominari

in cetera posset 1, 77. leve pondus erat, nec quod cognoscere posset 2, 161. 54. 763. 4, 803. 5, 382. 7, 657. 11, 570. 724. 15, 208. maior sum, quam cui possit Fortuna nocere als daß mir 6, 195. plura quam quae 13, 160. digna, cui grates ageret daß er mir 10, 681. sunt qui credere possint es gibt welche, die 9, 203. 12, 25. 15, 317. 380. (vag. m. Ind. 5, 42. 8, 728). iuveni qui referret riam, der 4, 797. 10, 156. habet, cui studeat 9, 425. 277. non habuit, quae bracchia tenderet 1, 681. 2, 309. 12, 517. 14, 463. 487. nec habebat, quo loqueretur etwas, womit 5, 467. nil, quod credi .posset mortale 8, 610. 5, 437. 9, 867. quantum est, quod desit 9, 581. nec ulla erat, quae me caperet 7, 802; at qui s. ut. — qui m. Acc. c. Inf. in der orat. obl. 4, 774. 14, 225. 281. [cuius var 2,9; cui prät einfüll.; Der. a. Abl. quis s. quibus s, xxo. o quis s, 344. cum quis s, 141. 7, 671. 11, 482. — nirmals cum angehängt. (für oft beg. qua s. qua.]

II) qui, quae, quod, Pron. interrog. sowol subst. als adject. welcher, wer, was für einer, dir. qui casusve deusve 14, 162. quae caussa 2, 33. 436. 3, 654. quae mea culpa (est) welcher Art ist 10, 200. quae mea culpa was für eine Schuld von meiner Seite 11, 421. quo modo, quo consolante 1, 359f. qua ope 3, 682. quod scelus 7, 171. 794. 9, 495. 10, 281. 13, 647. quae non solacia dixit dh. alle erdenklichen 10, 132. — indir. subst. qui sit quoque satus wer — was für e. Mann 11, 279. 719. 15, 595. quae sit wer — welche Bewandnis es mit ihr habe 1, 848. cui placeas 1, 512. quem fugias 1, 515. cuius fuerit was für e. Manne er angehört habe 12, 620. quod cruoris dederit wie viel Blut 18, 482; adj. qui sit status 11, 492. quae sit sententia 8, 822. 1, 247. quod numen sit 3, 611. 6, 84. quod sit admissum, quae vindicta von welcher Art 1, 210. cui sis nupta marito 8, 634. quo facto, qua mercede 12, 472f. qua e silva von welcher Art Gehölz 7, 676. quae freta, quas terras 4, 788; Abl. (eig. Locativus) qui adverb. wie, qui agas? [mit Verstärkung der Gleims] 2, 74. nescio qui s. nescio. quia, Conj. weil 1, 18. 2, 796. 8, 67. 7, 419. 576. 9, 832. 10, 243. 339. 626. 11, 719. 12, 352. 13, 40. 42; m. Conj. weil ja (v. putatur abhäng.) 15, 12.

quia dederim (Gedanke des Bruders) 9, 622.

quicumque, quaecumque, quodcumque, *Pron.* wer, was nur immer, m. *Ind.* quicumque iuvenum vicerat 1, 418. quaecumque es wer du immer sein magst 9, 312. 14, 378. quaecumque ea (est) was für e. Bewandtnis es immer mit ihr haben mag 5, 217. quodcumque est 10, 405. 2, 102. magnum (est), quodcumque paravi 6, 618. quaecumque dicenda fuerunt 2, 593. 4, 477. quaecumque flamina fugant nubes 1, 263. quocumque modo constiterat 1, 628. partes, quaecumque flectimus alle Theile, welche 2, 820. 1, 354. 15, 412. quicumque habitatis, leones all ihr Löwen, die ihr 4, 114. quodcumque fuit populabile alles, was 9, 262. 15, 72. quaecumque obnoxia morti (sunt) 14, 600; m. *Conj.* 8, 75.

quidam, quaedam, quoddam, *Pron.* ein gewisser, einer, quidam Myscelus 15, 19. quaedam forma eine Art Gestalt 1, 404. culpa etwas Schuld 9, 610. tempore quodam einmal 2, 552. queudam Tyrrhenâ gente 3, 576. quaedam — quaedam manche — manche, einige — andre 1, 426. pars — pars — quaedam 2, 13.

quidem, *Adv.* zur Hervorhebung eines vorhergeh. Wortes, bes. Pronomens dienend, das dann häufig im D. nur stärker betont wird, nach ille 14, 188. nach qui (diesen Burschen) 8, 557. — vor e. folg. Gegensatze zwar, vor tamen 1, 209. 519. 6, 186. 519. 9, 535. 785. 13, 160. 751. 15, 578; vor sed 2, 855. 3, 247. 14, 387. 15, 74. bes. ille quidem 1, 488. 488. 2, 434. 622. 10, 708. 11, 180. 15, 698. wobei ille quidem oft durch allerdings zu übers. 2, 593. 4, 247. 5, 54. 849. 506. 6, 672. 9, 225. 10, 4. 573. 12, 545. 14, 459; vor verum 9, 476; illa quidem primo — paulatim allerdings zuerst 9, 457. nòn ille quidem assuetos vultus habebat — pallentem vidi 11, 689. — nec — quidem — nec — sed: nec verba quidem, nec equus sonus videtur, sed es scheinen nicht einmal Worte, noch 2, 667. [Illa quidem mein Bruder.]

quies, etis, *f.* b. Ruhe, mola 11, 602. Somne, quies rerum 11, 623; baß. Schlaf 3, 437. alta 7, 186. quietem capere 1, 628. expellere 3, 828. resolutus placida quiete 9, 469. prima quies aderat b. erste Zeit b. Nachtruhe 5, 83. mediâ quiete 15, 188. species quietis Traumgesicht 9, 472. — meton. Ruheplatz, grata quies Scyllae 14, 52.

quiesco, ēvi, ētum, ēre, ruhen 2, 489. sopita quiescet 11, 251.

quiētus, a, um, ruhig, fretum, quod quietum ventorum rabies exasperat aus seiner Ruhe in Aufruhr bringt 5, 6.

quilibet, quaelibet, quodlibet, jeder beliebige, quilibet alter 2, 388. de qualibet arbore 1, 451. quoslibet artus 15, 166.

quin, *Conj.* daß nicht, ohne daß, m. *Conj.* nach e. negat. Satze, nec profuit Ilion illi, quin 6, 96. male me contini, quin 7, 729. 9, 72. nach Ausdrücken des Hinderns, vix obsistitur, quin 1, 60. nec lacrimae me tardarunt, quin referrem zurückbringen 13, 283. — in Fragen warum nicht, quin animam eripis 6, 539. 9, 745. quin tuta times warum nicht auch fürchten, wo Alles sicher ist 7, 47; im Ausruf, quin adspice sieh doch ja zu 7, 70. — bekräftigend u. steigernd quin etiam ja sogar 5, 227. 14, 258. quin nunc quoque ja auch jetzt noch 9, 290.

quini, ae, a, je fünf 1, 742. 2, 670. ter ad quinos (annos) st. ad ter qu. 3, 851.

quinque, fünf 2, 129. quinque superstitibus — qu. viris 3, 126. 12, 459. bis quinque 8, 600. 579. 11, 96. ter quinque 2, 497. quinque ter 9, 749.

quinquennis, e (annus), fünfjährig, was alle fünf Jahre geschieht, pugna die olympischen Spiele, die alle 4 Jahre (also Anfangs- u. Endjahr der Periode mitgerechnet in jedem fünften Jahre) gefeiert wurden 14, 325.

quinquennium, ii, n. (annus) Zeitraum v. fünf Jahren, duo zehn Jahre 12, 584. tria fecit zurücklegen 4, 292.

quintus, a, um, der fünfte 1, 46.

quippe, *Adv.* zur Bekräftigung ob. Erläuterung dienend, denn, nämlich 2, 852. 9, 620. 11, 71. 495. 12, 360 (fortes sunt). 14, 91. 525. 15, 84. quippe ubi denn, nämlich wenn 1, 430. [Steht vorausf.]

Quirinus, i, m. Name des unter die Götter versetzten Romulus 14, 834. 851. trabeatus 14, 828. genitor urbis 15, 862. genitor Quirini Mars 15, 863. Quirini populus, turba b. röm. Volk 15, 756. 14, 607. collis der quirinalische Hügel 14, 836. [Steht voraus.]

Quiris, itis, m. ein Quirit, römischer Bürger. Seit der Vereinigung der Römer mit b. Sabinern u. Cures führten ſie ben gemeinſamen Namen Quirites 15, 600. *Sing. collect.* 14, 823. [Gretſch.]

I) **quis, quid**, *Pron. interrog. subſt.* wer, was, dir. u. indir. quis ille est 15, 607. quis credat 1, 400. 242. 3, 6. quem manet victoria (ſt. utrum) 9, 49. quis superum 2, 437. quid tibi (est) cum fortibus armis 1, 456. quid nocebit 1, 397. 2, 33. 589. quid faciat, agat was ſoll er thun 1, 617. 5, 211. quid anapäſt. dreimal 14, 381. quid sit Hymen, quid Amor, quid sint conubia 1, 480. 13, 782. 15, 88. 14, 2. oblita, quid esset 2, 493. 551. 4, 603. quid fore te credas was glaubſt bu, wirb mit bir werben 9, 75. quid sis nata als was 9, 747. 12, 474. quid praestent tela virilia = quantum 8, 392. quid e multis 4, 43. quid rerum geratur was alles 12, 62. quid animi tibi foret wie zu Muthe 1, 258. 5, 628. — quis, quid non wer, was nicht — jeber, Alles, quis non tulit 7, 589. cui (ſt. a quo) non audita est 15, 319. quem non blanda deae potuissent verba movere 6, 360. 7, 96. quid non sentit amor 4, 68. 7, 167. 14, 687. — quid, weshalb, quid me fugis 3, 883. 2, 100. 279. 3, 97. 432. 4, 73. 5, 349. 687 u.ſ. anapäſt. 15, 154. quid veniat 11, 622; wie, quid? non haec omnia sol videt? 13, 852. 15, 199. 285. 308. quid, si comantur (capilli)? 1, 498. 9, 149. 827. quid cum Thracis equos vidi? 9, 194. quid, quod ſteigernb, wie nun, baß, was ſagſt bu bazu, baß, mehr noch, quid, quod nec cetera desunt? 5, 529. 6, 475. 7, 62. 9, 595. 13, 222. 296. 14, 687. anapäſt. breimal 10, 616 ff. [Verſchaf. außer 5, 582.] — quis abjeci. welcher, was für einer, quis furor 3, 531. clamor 8, 652. casus 4, 142. exitus 9, 726. eventus 13, 279. usus 10, 651. 13, 211. ille locus 8, 574. locus Aiaci 13, 156. deus 10, 611. auctor 13, 9. [qualeve ?, 437. quidque 1, 456. ?, 191. 4, 470. 808 u.ſ.]

II) **quis, quâ, quid**, abj. **quod**, *Pron. indef.* irgend wer, was, irgend einer, beſ. nach si, ne, ſubſt. si quis 9, 256. 11, 554. wenn man, si quis audiat 12, 50. 481. 4, 854. 575. si quem 12, 166. si quos 13, 469. ne quis Iuvenum 10, 583. cur quis 2, 518. si qua est formosior 9, 459. si quid 2, 300. per si quid merui (ſt. per) 7, 854. 13, 377. si quid medium 10, 233. si quid audax 13, 378. si quid aliud 8, 42. si quid veri 15, 272. ne quid 2, 402. si qua latent 1, 502; abj. si quis amicus adest 5, 180. si quis deus adfuit wenn überhaupt e. Gott 7, 793. advena 10, 225. casus 14, 192. nisi quem (risum) 2, 778. si qua est ea gratia wenn das überhaupt e. Gunſt iſt 6, 378. mea facundia, si qua est wenn ſie irgenb in Betracht kommt 13, 137. ne quod facinus 6, 539. si quas ira boves vidisti wenn etwa einige 2, 699. si qua numina 10, 483. vestigia 11, 698.

quisquam, quaequam, quicquam (quidqu.), *Pron.* irgenb einer, ‚Jemanb, meiſt ſubſt., in negal. Sätzen, non quisquam nicht einer, keiner 2, 69. ne quemquam falleret bannit ſie Niemanben 9, 710. ne quicquam bamit nichts 11, 224. tale 2, 812. nec quicquam unb nichts 11, 40. tale berartiges 2, 666. 13, 873. nec quicquam nisi u. nichts als 1, 8. 5, 388. aber nur 9, 852. nec quicquam terrenae faecis 1, 68. umoris 9, 224. antiqui 14, 396. de vitae tempore 11, 698; abjeci. non quisquam vir 1, 322. nec cuiquam deo 3, 836. — in Fragen m. negal. Sinn, dolebis, a quoquam quod sit servata? 5, 24. 7, 172. 10, 676 (cuiquam ſt. a quoquam).

quisquĕ, quaeque, quidque, abj. **quodque**, *Pron.* jeber, quisque 2, 58. 8, 72. quisque anguipedum 1, 183. quaeque harum 11, 76. cuique de multis ministris 14, 705. quoque in folio 14, 269. pro se quisque (ſ. pro) 8, 842; oft nach suus: sua cuique domus funesta videtur 7, 575. 1, 59. 6, 73. 8, 424. 13, 139. 15, 252. vor suus 1, 507. 4, 80. 7, 575; *Sing.* als Appofition bei e. Subſt. ab. Obj. im *Plur.* cum sua quisque regant flamina 1, 59. fugiunt penates quisque suos 7, 575. 4, 80. quam quisque probabant 12, 224. nomine quemque vocatos exhortatur equos 5, 402; im Relativſaß, quo quaeque in gestu depressa est 4, 550. 7, 563. 11, 71. 543. 18, 660. — tonloſes allemal, ut quaeque pia est je nachbem allemal eine kinbl. Liebe beſißt, bb. jebe, jemehr ſie kinbl. Liebe beſ. 7, 339. 8, 343. meiſt m. *Superlat.* tellus, ut quaeque altissima (est) je nachbem jeber Theil am höchſten war, bb. allemal, wo ſie am höchſten war 2, 210. tenuissima quaeque allemal bas Zarteſte 5, 431.

quisquis, quidquid (quicqu.), *Pron.* wer, was nur immer, m. *Ind.* 4, 365. 6, 394. quisquis fuit deorum 1, 32. quisquis adeat 4, 598. moveatur, quisquis adest 12, 176. quisquis es 1, 679. 2, 692. 8, 454. 618. 8, 865. 11, 721. 12, 80. quidquid habet dives mundus 2, 95. 8, 619. 9, 526. quidquid erit welches Geschlechtes er immer sein wird 9, 699. quidquid mortale creamur so viel ihrer unter uns sterblich geboren werden 10, 18. precatur, ut sibi committat, quidquid dolet allen ihren Kummer 10, 893. [Nur quisquis, quidquid. — quisquis es u. adest Berdanf.]

quivis, quaevis, quidvis, abl. quodvis, *Pron.* jeder, den du willst, jeder beliebige, quodvis munus 2, 44.

quo, *Adv.* (eig. *Abl.*) beim *Compar.* um was, je, quo magis — magis hoc 11, 437. 14, 302. quo magis — hoc minus 11, 722. ohne entspr. Demonstr. quo proplor quisque est aegro, citius in partem leti venit 7, 563. 10, 460. 3, 372. 4, 69. 8, 884. 888. — wohin, interrog. u. relat. quo abis? 3, 455. 633. 5, 599. 8, 491. 11, 676. 15, 469. verstärkt quonam abis 3, 477. quo eat 2, 233. quo numquam Phoebus adire potest 11, 594. 2, 355. quo simul venit sobald er dahin 2, 19. 470. 8, 165. sedile, quo superiniecit textum worauf 8, 640; in was, dubitat, quo mutet eos 10, 235; wozu — zu welchem Zweck, quo haec Ithaco 13, 108. quo ferrea rumto 13, 516 ff. — damit, m. *Conj.* quo nova funera cernam 13, 518. bes. beim *Compar.* damit desto, quo maior sit fiducia 7, 309. 608. 10, 674. quoque animo meliore feratis fl. et quo 9, 483. quoque magis doleas 1, 757. 5, 290. 448. 9, 336. 12, 174. 14, 685. quoque minus dubites 2, 44. 8, 620. 866. 578. [quoque magis u. minus Berdanf. außer 9, 336. 12, 174.]

quoad (ob. quo ad, bah. einsilbig) *Adv.* wie weit, in wie weit, quoad patuit ferro 13, 392.

quocumque, *Adv.* wohin nur immer, quo se cumque acies oculorum flexerat (m. Tmesis) 7, 554.

quod, *Adv.* (eig. *Acc.*) was das anlangt, daß, wenn, quod petit haec 9, 766; zur Anknüpfung an b. Vorhergehende binemd vor si u. uä., quod si wenn nun, also 1, 598. 2, 293. 5, 416. 7, 712. 10, 88. 883. denn wenn 13, 95. quod tua si 11, 439. quod nisi 7, 350. 11, 241. quod quoniam weil nun einmal 10, 203. — *Conj.* weil, m. *Ind.* 5, 517. 10, 80. 13, 34. 148 f. m. *Conj.* 4, 202; daß, zur Begründung einer Gemüthsstimmung m. *Ind.* nach doleo 8, 45. feremus 5, 580. mihi grator 9, 245. gratulor 10, 806. ingratus esse 14, 172. movit te 8, 112. visum est mirabile 12, 166. ei mihi 1, 823. me miseram 10, 384. m. *Conj.* nach dolebis 5, 24. indoluit 11, 105. maeret 8, 518. se odit 2, 613. irascens 8, 263. gavisa est 9, 710. miratur 2, 859. 13, 915. fiducia animum tangat 11, 431. solamen habeto 12, 81; zur Erklärung bicarab m. *Ind.* nach manus tuam est 7, 435. 9, 779. officium 2, 286. meritum non sit 13, 151. meum est 13, 173. 15, 751. ille dedit 14, 174. reum esse 13, 313. fatemur debere 4, 77. nec turpe puta 15, 848. quid prodest 12, 502. 13, 155. ne noceat 9, 21. haud satis est 5, 22. 15, 127. adde quod f. addo, nisi quod f. nisi, quid quod f. quia — m. *Conj.* obgleich, quod sit spectabilis 7, 705.

quondam, *Adv.* zu irgend einer Zeit, von d. Vergangh. einmal, einstmals, 1, 751. 2, 450. 536. 3, 493. in agris quondam suis 2, 490. Ggf. nunc 12, 244. 531. 6, 88; beim Praes. (bef. in Vergleichen) manchmal, zuweilen 6, 191. 9, 170.

quoniam (a. quom — cum u. iam), *Conj.* da einmal, weil denn 1, 194. 557. 4, 654. 5, 101. 178. 684. 6, 496. 8, 708. 10, 624. 13, 181. 15, 143. quod quoniam weil nun einmal 10, 203.

quoque, *Conj.* auch, unmittelbar nach b. betonten Worum 1, 57. 101. 256. 361 f. 695 uö. missos quoque ignes auch den Wurf 2, 598. facta quoque in ursa auch in ihrer Verwandlung als Bärin 2, 485. iactor quoque fluctibus geschleudert werde ich auch von b. Wellen 11, 700. nunc, tum, tunc quoque, f. nunc, tum, tunc) steigernd fogar, felbft 1, 145. 2, 60. 868. 5, 569. 6, 27. 9, 430. 11, 435. 14, 474. 684. 672; ferner gestellt, derant quoque litora ponto fl. litora quoque 1, 292. intra quoque viscera 6, 309. zu lumina 4, 847. zu poenam 10, 806. zu flumina 11, 47. zu gloria 11, 560. zu ferrum 12, 181. zu cruribus 12, 403. zu Nestora 13, 68. zu per matrem 13, 146.

quŏt, *Adj. indecl.* wie viele, relat. 14, 137 (folgt tot). indiv. fr. 10, 346. 13, 823; totidem — quot ebenso viele — wie 3, 384. 6, 586. 11, 538. 614.

quŏtiens (quoties), *Adv.* wie oft, als Ausruf 3, 375. 10, 661. 14, 643. anaphor. 2, 489. 3, 427. 15, 490. indir. fr. 7, 734. — relat. so oft 3, 495. 6, 469. 11, 566. folgt totiens 9, 451. 10, 164.

quŏtus, a, um, der wievielste, pars quota Lernaeae echidnae (= ein wie kleiner) 9, 69. quota pars illi rerum periere mearum bb. ein wie kleiner Theil meiner Unterthanen sind jene Gestorbenen 7, 522.

quum f. cum II.

R.

rābĭdus, a, um, wüthend, ira 7, 413. rabidi ruunt 12, 494.

rābĭes (nur *Acc.* rabiem, *Abl.* rabiē), f. Wuth, Raserei, Wildheit 1, 234. 4, 503. 9, 212. retenta 3, 567. saeva ventorum 5, 7. equorum 15, 521. saevit rabieque fameque 11, 369. stat canum rabie für concr. steht auf den wüthenden Hunden 14, 66.

rācēmĭfer, ĕra, um, Beeren tragend, Traubentragend, (in den ihn schmückenden Weingewinden) Bacchus 15, 413. [Nur Dat.]

rācēmus, i, m. Raum der Weintrauben, meton. Weintraube od. -beere, varii 3, 484.

rădĭo, āvi, ātum, āre, strahlen, valvae radiabant argenti lumine 2, 4. postes radiare videntur (sieht man) 11, 115. radians aurum 4, 637. galea ab auro 13, 105. vellera radiantia nitido villo 6, 720. sidera 7, 325. astra 9, 272. *Part. pass.* radiatus mit Strahlen versehen, lumina strahlenförmig 4, 193.

rădĭus, ii, m. b. Stab; *Pl.* die Speichen des Rades, radii rotarum 2, 317. radiorum ordo 2, 108. — das Weberschifflein, worauf der Einschlag des Gewebes (subtemen) gewickelt wurde, radius de Cytoriaco (b. f.) monte von Buchsbaumholz 6, 132. radio percurrere stamina telae 4, 275. radii acuti 6, 57. — übertr. *Pl.* die Strahlen eines Gestirnes, der Sonne 2, 171. 4, 82. primi 7, 804. matutini die Morgenstrahlen 1, 62. cornaci 1, 768. b. Strahlenkrone des Sonnengottes 2, 124. micantes 2, 41; lunae 4, 99.

rădix, īcis, f. b. Wurzel d. Pflanzen 4, 126. arborea 8, 379. torta 11, 70. lenta 11, 76. bibula 14, 623. radices agere per glaebas 4, 254. (flos) radice tenetur 4, 269. 14, 292. herbas radice revellere 7, 326. pes pigris radicibus haeret mittelst 1, 551. 9, 351; eßbare Wurzel, Rettig 8, 666. D. als Zaubermittel, nocens 14, 56. — übertr. v. Federn, pluma radices imas egerat in cutem 2, 583; das Unterste, woran etw. festsitzt, Wurzel, Grund, Fuß, radix ima linguae 6, 557. imi radices montis 15, 549. saxum, quod adhuc viva radice tenetur der noch auf seinem natürlichen Grunde (im Innern der Erde) festsitzt 14, 713.

rādo, rāsi, rāsum, ĕre, schaben, scharren, terra rasa equamis 3, 75; übertr. radere freta sicco passu darüber hinstreifen 10, 654.

rāmāle, is, n. Astholz, gew. *Pl.* Reisig, arida 8, 644.

rāmōsus, a, um, vielästig, bildl. von b. lernäischen Hydra, ramosa natis e caede colubris 9, 73.

rāmus, i, m. Ast, Zweig, alti 1, 305. longi 2, 352. teneri 2, 359. frondosi 8, 410. arens 7, 277. bifurcus 12, 442. patuli 7, 622. pandi autumni pondere 14, 660. olivae 7, 498. ex auro 4, 638. fulgens auro im avernischen Haine, der den Zugang zur Unterwelt öffnet 14, 114. crepitantes fulvo auro 10, 648. meton. — torris 8, 462. rami R. arbor 10, 510. — übertr. Ast, des Hirschgeweihes, duplex 12, 268.

rāna, ae, f. Frosch 6, 381. virides 15, 375.

rāpax, ācis, raubgierig, reißend, Scylla 7, 65. ignis 8, 837. undae 8, 550.

rāpĭdus, a, um, reißend, agmen (canum) 3, 242. rapidissima volucris raubgierig 2, 716; von Wind, Wellen ud. venti 1, 36. 14, 764. aura 8, 209. flumen 2, 587. undae 7, 6. 9, 104. aequor 6, 398. orbis Kreisschwingung 2, 73. — bildl. — verzehrend, flamma 2, 123. 12, 274. ignis 7, 326. sol 8, 225.

rāpīna, ae, f. Raub 5, 492. 14, 818. vetus der einstige Raub der Proserpina 10, 28.

rāpĭo, ui, raptum, ĕre, raffen, reißen, fuoale ab aede 12, 247. torrem ab aris 12, 271. socerum ab alqo ent= reißen 9, 754. frondes arbore 3, 730. virgo rapta sinu matris 13, 450. hasta de vulnere 5, 137. repagula de posti 5, 120. fortreißen, flumina rapiunt arbusta, pecudes 1, 287. 311. ventos cursuum 8, 471. 14, 470. equi currum per avia 2, 205. caelum ra= pitur assidua vertigine 2, 70. quo te rapit fiducia pedum 9, 121. quo te rapis wohin fließt du 11, 676. prae= cipitem rapite hunc eilig fortschlep= pen 3, 694. rapimur 18, 420. mem= bra rapi videres fortschleifen 15, 528. bibl. quo rapior lasse mich fortreißen 8, 491. sensi penitus rapi alterius naturae amore 15, 946; gewaltsam entführen, germanam 6, 598. 7, 704. sublimem in die Höhe 4, 363. 7, 222. in patriam 6, 811. inter nubila raptum 9, 271. vento rapiare licebit 14, 355. 2, 506. rapta Pergama 15, 442. anima de corpore 15, 840. rauben, alqm 12, 225. 6, 464. sig= num Minervae e mediis hostibus 13, 387. dignior ipsa rapi 7, 697. non rapienda fuit 5, 416. rapta est Diti (st. a Dite) 5, 395. raptus ge= raubt 3, 3. 7, 695. coniunx Helena 12, 5. Iovi (st. a Iove) Ganymede 11, 756. alqm alcui 5, 19. lumen alcui 13, 773. umores 2, 287. pudo= rem 1, 500. rapta virginitas 8, 650. rapta alcui facies durch Verwandlung geraubt 9, 327. *Subst.* raptum das Geraubte, der Raub, vivere ex rapto 1, 144. rapto 11, 291. — aufraffen, heftig ergreifen, arma 2, 508. ligones 11, 87. angues 4, 498. raptae ca= rinae (von d. Charybdis) 13, 751. bibl. sulphura rapiunt flammam werden von d. Flammen ergriffen 3, 574. 15, 350. rasch annehmen, in sich aufnehmen, comas nigrum rapuere colorem 7, 289. virga vim monstri 4, 745. rasch in Besitz nehmen, Andromedan 4, 759; wegreißen, iacentes 8, 361. stipite rapto durch Wegreißen 8, 504. antem= nas herunterreißen 11, 489. linguam ferro auferreißen 6, 617. — zerreißen, volucres anguesque 11, 22.

rapto, āvi, ātum, āre (rapio), gewalt= sam fortreißen, =schleppen, raptator 2, 234. 12, 923. raptata comis 13, 410.

raptor, ōris, m. Räuber 5, 402. 6, 518. 710. alieni honoris 8, 438. ti= midus Graiae maritae Paris 12, 609; als *Adj.* raptores lupi räuberisch 10, 540.

raptus, us, m. das gewaltsame Abrei= ßen, Inoo raptu durch einen Riß der Ino 3, 722.

raresco, ĕre, sich verdünnen, in liqui= das aquas 15, 246.

rārō, *Adv.* selten 13, 117.

rārus, a, um, dünn stehend, herbae 8, 804. bab. einzeln, rari cani 8, 567. tela 12, 600. weitläufig, cribrum löcherig 12, 437. — übertr. selten 1, 145. rarum adibat 11, 766. rarissima templa 13, 588. — ausgezeichnet, rara quidem facie, sed rarior arte ca= nendi 14, 337. quercus rarissima patulis ramis von höchst seltener Aus= breitung der Äste 7, 622.

rāsĭlis, e (rado), geglättet, fibula 8, 818.

rastrum, i, n. b. schwere Hacke mit Zacken, Karst. tellus rastro intacta 1, 101. *Pl.* rastra 14, 2. rastri graves 11, 36. rastris pectere capillos 13, 765.

rătĭo, ōnis. *f.* (reor) Rechnung, Be= rechnung; übertr. Verhältnis, Art u. Weise, qua ratione 1, 688. 4, 409. 18, 371. nova ratione 4, 188. — vernünftige Überlegung, Vernunft, Einsicht, ho= mines rationis egentes 16, 150. ra= tione vincere furorem 7, 10. 14, 701.

rătĭs, is, *f.* Floß; (dicht.) Schiff, Kahn 3, 667. prima b. Schiff Argo 8, 302. Troiana 14, 220. ratis rector 11, 493. arma 11, 513. parvā rate vectus 1, 319. *Pl.* 7, 63. 471. 8, 143. mille 12, 7. ante rates Angesichts der Schiffe 13, 6. agere victrices rates 15, 754.

ratus, a, um s. reor.

raucus, a, um, rauh od. dumpf tönend, guttur 2, 484. vox 6, 377. garru= litas 5, 678. ore 5, 600. stridore 8, 287. 14, 100. murmure 18, 567. 14, 280. mugitus 14, 489. soni (tym= panorum) 4, 591. unda brausend 11, 765.

rĕbellis, e, aufrührerisch, Numidae 15, 754.

rĕbello, āvi, ātum, āre, b. Kampf erneuern 9, 81. 13, 819.

rĕ-calfacio (calef.), fēci, factum, ĕre, wieder warm machen, telum sanguine 8, 444.

[rĕ-candesco] nur *Perf.* recanduit, wieder weiß werden, unda schäumte weiß auf 4, 530. — wieder erglühen, heiß, warm werden, tellus aestu 1, 435; bibl. ira 3, 707. toto ore 7, 78. [Nur Act. — s. 3.]

rĕ-cēdo, cessi, cessum, ĕre, zurück= weichen, sich zurückziehen, nebulas re= cedere iussit 1, 609. Eurum ad Au= roram 1, 61. insula procul recessit bat sich weit abgesondert 8, 589. procul a telo ausweichen vor 12, 359. zurückkehren, in tecta 7, 99. sine honore 11, 216. luna minimos in orbes 15, 312. vom scheinbaren Zurückweichen einer Oertlichkeit für den sich Entfernenden, mecum simul mea terra recedit mit mir entschwindet ihm zugleich mein Land 8, 139. 11, 466; entweichen, thalamo 9, 701. anima exhalata in ventos in die Lüfte 11, 43. bildl. pulsus recesserat ardor 7, 76. ira maris schwinden 12, 36. [D. breitfll. Formen im Berdschl. außer 15, 312.]

recens, ntis, frisch, jung, neu, virga 4, 744. serta 8, 723. faenum 14, 645. latices 8, 601. limus 1, 424. sanguis 4, 505. squama 9, 267. Ggf. prior, causa 8, 260. 78. — neu entstanden, geschaffen, tellus 1, 80. populi 7, 652. alae 11, 737. ora 15, 557. rami 9, 393. anima einer Neuverstorbenen 15, 848. 8, 488. umbrae 4, 434. seditio im Entstehen begriffen 12, 61. — jüngst geschehen, recenti facto bei d. Neuheit des Ereignisses 1, 164. recenti caede boum 4, 96. recenti partu 15, 379. diluvium 1, 434. recentia vina 15, 26. thalami 7, 709. = frisch gestörtt, equi 2, 68. arma frisch geschärft 8, 570. [D. breitfll. Formen im Berdschl. außer recentem (m. Gllf.) 15, 848.]

re-censeo, ui, censum u. itum, ére, durchzählen, mustern, captivos pisces 13, 932; aufzählen, Priamidas deploratos 13, 481.

receptus, us, m. d. Rückzug, canere receptus (in Pros. receptui) zum R. blasen 1, 340.

recessus, us, m. das Zurückweichen, canere recessus zum Rückzug blasen 1, 340. c. zurückgezogener, entlegener Ort, extremus (vallis) Winkel 3, 157. luminis exigui 10, 691. spelunca longo recessu mit weithineln sich erstreckendem Raume 11, 592. Pl. seducti Meeresbucht 13, 902; bef. im Haus der Ort, wo man sich zurückzieht, Zimmer, marmoreo 1, 177. pulchro 14, 261. Pl. 7, 670. [Nur recessu, Acc. Pl. recessus u. feld Berdschl.]

recīdo, reccidi, recāsurus, ére (cado), auch m. Dehnung des re im Praes. u. dann (weniger gut) reccido geschrieben, zurückfallen, recoidit in terram 10, 190. bildl. vom Zurückfallen eines Vorwurfes, quod in ipsam recidat 6, 212. — wohin fallen, gelangen, in quem (mundum) recidimus der wir anheimfallen 10, 18.

recīdo, cīdi, cīsum, ére (caedo), ab-, wegschneiden, abhauen, caput 9, 71. barbam falce 13, 766. vulnus ense recidendum est 1, 191. qua e silva recisum von welcherlei Gehölz abgeschnitten 7, 676.

re-cingo, nctum, ére, losgürten, tunicas 1, 398. vestes recinctas 7, 182. recingor gürte mich los 5, 593. recingitur anguem (Acc. limit.) gürtet sich die Schlange los 4, 511.

recīpio, cēpi, ceptum, ére (capio), wiedernehmen, wiedererhalten, erlangen, natam 5, 575. pro gnatis receptis 7, 159. 11, 101. vitam 15, 635. totidem quot dixit verba 3, 384. me recepi alium fand mich als einen andern wieder 13, 959. me tota mente habe ganz b. Besinnung wiedergefunden 5, 275. — se recipere sich zurückziehen, in Rhodopen 10, 77. — aufnehmen, ratis Troiana Graium recepit 14, 230. 8, 829. alqm hospitio 5, 658. fretum flumina de tota terra 8, 835. übertr. deo recepto in sich aufnehmen 14, 107; m. Abl. des Ortes, alqm templo domoque 13, 883. deum templo arieque bh. ihm e. Tempel u. Altäre errichten 14, 608. thalamo animoque im Ehrgemach u. Herzen 9, 279. 14, 297. currus medio cratere 5, 424. nec caelo nec humo nec aquis dea vestra recepta est 6, 168. 3, 504. receptus urbe 7, 516. 15, 584. portubus 13, 709. 15, 159. flumina campo liberioris aquae 1, 41. (aber sidera in caelo am Himmel 2, 529.) übertr. parte oculorum sopor receptus est 1, 686. intima ossa receperunt frigus kalter Schauer drang bis in 11, 417. hasta media nare recepta mitten in d. Nase gedrungen 5, 138. in talum serpentis dente recepto 10, 10. sanguine serpentis per saucia membra recepto 2, 652. [recepi, receptus fett Berdschl.]

reclīnis, e, zurückgelehnt 10, 558.

reclūdo, si, sum, ére (claudo), wieder aufschließen (Ggf. claudo) portam 14, 781. — aufschließen, öffnen, fores 7, 647. portas hosti 8, 41. arcis viam 14, 778. übertr. iugulum ense 7, 285; bildl. recludam Delphos meos bh. den Schatz der mir von d. Gottheit eingegebenen Offenbarungen erschließen 15, 144.

re-cognosco, nōvi, nĭtum, ére, wieder erkennen, cuncta 11, 62.

re-collĭgo, lēgi, lectum, ére, wieder sammeln, übertr. primos annos die

Jugendjahre wieder erhalten 7, 216. se sich wieder zusammentreffen 9, 745.

rĕ-condo, didi, dītum, ĕre, wieder verbergen, caput strato alto 11, 649. oculos wieder schließen 4, 146. — an e. entlegenen Ort bergen, verbergen, terra opes recondiderat tief 1, 139. m. Abl. reconditus imo antro 1, 583. silvā 1, 339. nube 8, 273; (bildl.) tief hineinstoßen, gladium lateri in die Seite 12, 482.

rĕcordor, ātus sum, āri (cor), sich ins Gedächtnis zurückrufen, sich erinnern, parenth. recordor enim 7, 813. quantum recordor 15, 426. m. Acc. damna generis 15, 774. m. Acc. c. Inf. recordatus 13, 705.

rector, ōris, m. (rego) Lenker, Leiter, des Schiffes, Steuermann 9, 166. 6, 232. 11, 482. ratis 11, 493; Herrscher, Olympi 2, 60. superûm 1, 668. deûm 2, 848. 15, 599. memoria populi rectorque paterque 9, 245. 15, 860. pelagi 1, 331. 4, 798. maris 11, 207. Seriphi 5, 242. Dolopum 12, 364. populorum centum Minos (s. centum) 7, 481.

rectus, a, um (rego), gerade gerichtet, gerade, recto limite 7, 782. trunco 2, 572. 7, 640. acies nusquam recta (est) 2, 776. rectior longā trabe 8, 78. iter agere in rectum geradeaus 2, 715. — subst. recht, Subst. n. rectum, das Rechte 7, 72. colere 1, 90.

rĕ-cubo, āre, zurückgesetzt liegen, olorinis sub alis 6, 109.

rĕcultus, a, um (Part. v. re-colo) wieder bebaut, humus nachdem er lange unbebaut gelegen 5, 647.

rĕ-cumbo, cŭbui, ĕre, sich niederlegen, 9, 286; niederfallen 7, 559. auf etw. Abl. cervix umero recumbit 10, 195.

rĕ-curro, curri, cursum, ĕre, zurückeilen, ad vatis fata 11, 88.

rĕcursus, us, m. Rückfahrt, Rückkehr, apes recursus 11, 454. Pl. celeres 6, 450. bibl. non habent mea vela recursus es gibt für m. Schiff keine Rückkehr 9, 594.

rĕ-curvo, ātum, āre, zurückkrümmen, recurvatis ludit Maeandros in undis weil er sich in s. Lauf häufig gleichsam spielend zurückkrümmt 2, 246.

rĕcurvus, a, um, rückwärts gekrümmt, gekrümmt, cornua 5, 527. puppis 8, 141. 11, 464. 15, 696. nexus hederae 8, 664. fibras radicis 14, 632.

rĕcūso, āvi, ātum, āre (caus.), Einwand geg. etw. erheben, sich weigern 6, 61. m. Inf. parēre 1, 585. 10, 171. 14, 466. verweigern, sich einer Sache weigern, supplicium 10, 484. quod victa recusem 6, 25; zurückweisen, alimenta 6, 697. dominum 8, 848. sua bona verleugnen 13, 139.

red-do, reddĭdi, ĭtum, ĕre, zurückgeben, alqm 5, 521. mihi redde meos 7, 618. neque reddĕre Canenti 14, 388. redditur mihi sie schenkt sich mir wieder 7, 752. animas ademptas 2, 644. animam bis datam 8, 505. vitam 15, 534. iuvenem annos alcui 7, 296. vires amori 9, 154. illi sua reddita forma est 8, 870. pars magna virorum in aëra reddita non est 11, 558. Erasinus redditur trill wieder hervor 15, 276. redditus orbis erat hergestellt 1, 348. redde hostem bring wieder her 13, 78. reddere lumina zurückstrahlen 2, 110. novissima verba zurücktönen 5, 361; erwidern, oscula 10, 256. notas 11, 466. eundem sonitum plangoris 8, 496. has voces 2, 695. tot verba 9, 29. mutua dicta Reden wechseln 8, 717. omina votis (s. omen) 14, 372; wiedergeben für Empfangenes, et segetem, frugiferas messes 6, 456. gratiam pro re 2, 563. tantis meritis 5, 15; übergeben Empfangenes, aurum nato 15, 553. — hergeben gleich. als Schuld, vitam pro alqo 10, 202. ertheilen, geben, honorem alcui 13, 272. hunc titulum meritis pensandum reddite 13, 872. iura alcui 13, 26. 14, 823. omnibus faciem suam ihre eigenthümliche Gestalt (im Bilde) 6, 121; von sich geben, onus (bei d. Geburt) 10, 513. partu catulum gebären 15, 380. hören lassen, sonum 8, 770. 11, 601. 12, 52. vocem 15, 836. stridores 11, 606. pro verbis murmura 10, 702. — referre berichten, crimina iaculi 7, 795. reddere motus Bewegungen machen 6, 308. — in e. gewissen Gestalt ob. Eigenschaft zurückgeben, zu etwas machen, m. dopp. Acc. illum avem reddidit 8, 253. viscera saxea 15, 313. alqm spectatorem 12, 187. pass. obscura reddita forma est wurde verdunkelt 3, 475.

red-ĕo, ĭi, ĭtum, īre zurückkehren 1, 291. 2, 626. redit itque kommt u. wiederkommt 2, 409. reditura vela zur Rückkehr bereit 7, 664. retro 15, 249. a flumine 1, 588. colle Lycaeo 1, 698. ad laticem 3, 474. unde redibam 7, 718. ad me redito 6, 508. ad regna Ditis 4, 511. in locum 13, 77. amnes in fontes rediere 7, 200. in gyrum 7, 784. sub aequora 3,

684. domum 10, 442. eodem 9, 451. jährl. Hyacinthia annua redeunt 10, 219. rediens luna sich erneuernd 10, 479. redeuntia solis lumina 14, 423; übertr. somnus 9, 480. forma prior 3, 331. umerique manusque 1, 741. mens rediit 6, 531. 9, 589. 13, 859. sensus in pectora a mero 3, 631. furores 9, 583. deus in iuvenem in s. Gestalt als Jüngling 14, 766. in veram faciem 4, 231. senectus in florem 7, 216. Iolaus in annos, quos egit 9, 431. vulgus redit ad praesentia wendet sich (mit seinem Gedanken) zurück 6, 401. [rediit m. langer Silbe 13, 356. 14, 519 (3. M.) 14, 766 (4. M.).]

rĕdĭgo, ēgi, actum, ĕre (ago), zurückbringen, übertr. non redigar ad numerum duorum 6, 199. ad minimum onus 14, 149. in membra redigere congeriem gliedern 1, 33.

rĕdĭmīcŭlum, i, n. (redimio) Band ob. Kette um Hals ob. Stirn, Pl. 10, 265.

rĕdĭmĭo, ii, ītum, īre, umbinden, umkränzen, redimitus sertis 9, 288. m. Acc. limit. crines harundine 9, 3. tempora mitrā 14, 654.

rĕdĭmo, ēmi, emptum, ĕre (emo), loskaufen, bildl. befreien, retten, nec te tua forma redemit 12, 393. — erkaufen, auro ius sepulcri 13, 472.

rĕdĭtus, ūs, m. Rückkehr 5, 542. spes reditus 13, 94. Pl. v. einer, inanes sibi promittere 11, 576.

rĕd-ŏleo, ui, ēre, Geruch verbreiten, duften 4, 393. redolentia mala 8, 675. mella thymi flore 15, 80.

rĕ-dūco, xi, ctum, ĕre, zurückführen, bringen, aversos de classe 13, 329. te mecum 13, 383. Auroram lucem 3, 150. fuga vos a morte wegführen 14, 187; zurückziehen, plantas 6, 107. remos ad pectora 11, 461. — übertr. in formam reducere in s. Gestalt bringen 15, 381.

rĕduncus, a, um, zurückgekrümmt, rostrum 12, 562.

rĕfello, felli, ĕre (fallo), als falsch zurückweisen, widerlegen, opprobria 1, 759.

rĕ-fĕrio, īre, zurückschlagen, Phoebus referitur speculi imagine Strahl zurück 4, 349.

rĕ-fĕro, rettŭli [aus te], rĕlātum, ferre, zurücktragen, -bringen, alqm 14, 182. 8, 446 (in s. Stadt). vento referuntur Libycas ad oras zurücktreiben 14, 77. relatus ad sedem Erycis zurückgeführt, weil Aeneas schon vor s. Aufenthalt in Carthago in Sicilien ge-

wesen war 14, 88. corpus 13, 263. arma 13, 122. nullo referente ohne daß es Jem. zurückbringt 7, 684. spolium heimbringen 4, 615. 9, 188. vina rursus referuntur wird wieder weggetragen 8, 672. digitis ad frontem saepe relatis wiederholt an d. Stirne bringen 15, 567. aura refert talaria weht zurück 10, 591. domus vocem wirft den Laut z. 12, 47. zurückwenden, caput 3, 245. lumina revocata eodem aufs neue zurückbahnen 7, 790. pedem zurückkehren 2, 489. zurücktreten (vor Schrecken) 15, 586. Tellus rettulit os in se zog zurück 2, 808. se sich zurückziehen, caeli melioris ad auras 4, 476. ab aestu et maris et caeli 14, 52. — übertr. wiederbringen, Früheres, wiederholen, antiquas figuras 1, 437. vultum illius temporis 13, 443. rictus (Anb. ritus) Cyclopum 15, 93. cornua miram formam referentia wiedergeben (bildl.) 15, 620. verba geminata nachsprechen 15, 681. obruta verba 11, 103. Alcyonen refert wiederholt ihren Namen 11, 563. ins Gedächtnis zurückrufen, sich selbst, convivia 1, 165. visa tacitā mente 15, 27. mente memor refero m. Acc. c. Inf. 15, 451. Andern, erinnern an etw. foedus et iura parentum 7, 503. — dagegenbringen, fertilitatis honorem Ehrenamt abtragen 2, 286. — erwiedern, ille refert 2, 35. 3, 387. verba 8, 462. talia dicta 7, 481. 14, 28. nihil 3, 392. nec mutua nostris dicta refers erwiderst nichts auf meine Worte 1, 656. — hinterbringen, audita 7, 825. dicta 9, 581. mandata 8, 810. 14, 881. berichten, erzählen, refer 13, 747. ille refert 11, 852. 7, 687. verba 1, 700. vera 3, 859. fata 9, 528. casus 14, 473. carmen ordine 5, 335. Solis amores 4, 170. pugnam 12, 169. 537. exitium 6, 388. digna relatu 4, 793. foedum relatu 9, 167. res horrenda relatu 15, 298. suspiria (b. s.) 13, 738. anführen, Ampyca quid referam 12, 450. quos referre mora est 3, 225. 9, 15. m. Acc. c. Inf. 4, 797. 9, 15. 12, 540. 14, 223. m. Nom. c. Inf. (dichter.) rettulit esse pronepos 13, 141. m. indir. Fr. 7, 794. 11, 167. Subst. n. relata Bericht, Erzählung 6, 214; sagen, sprechen, talia verba 1, 700. 13, 908. vera 5, 271. 7, 704. — rechne unter etw. inter meritorum maxima refert m. Acc. c. Inf. 7, 302.

rĕfert, rĕtŭlit, rēferre (a. res u. fert),

es kommt darauf an, liegt daran, quid hoc refert was thut das zur Sache 13, 268. nec refert m. indir. Fr., u. es ist gleichviel, ob 8, 638.

rĕ-ficio, fēci, fectum, ĕre (facio) wiederherstellen, alqm 13, 172. erquicken 7, 818. refectus wieder zu sich gekommen 7, 827.

rĕ-flecto, xi, xum, ĕre, zurückbeugen, -wenden, oculos abwenden 7, 341. longos reflectitur ungues (Acc. limit.) biegt sich zurück an den Krallen, bh. bekommt lange zurückgebogene Kr. 8, 647.

rĕ-fluo, ĕre, zurückfließen, refluitque fluitque zurück u. vorwärts fließt 8, 162.

rĕfluus, a, um, zurückflutend, mare Oceani in Ebbe u. Flut ab- u. zuströmend 7, 267.

rĕ-formo, āvi, ātum, ĕre, wieder umgestalten, reformatus ora (Acc. limit.) primos in annos wieder zum Jüngling umgestaltet 9, 399. dum, quod fuit ante, reformet bis sie d. Gestalt, die sie vorher hatte, wieder annimmt 11, 254.

rĕ-foveo, fōvi, fōtum, ĕre, wiedererwärmen, einen im Tode Erkalteten 10, 187. corpus refoventque foventque wärme u. wärmen wieder 8, 536.

rĕfrigĕro, āvi, ātum, āre, abkühlen, membra undā 13, 903.

rĕfrigesco, frixi, ĕre, erkalten, cor refrixit 12, 422.

rĕfringo, frēgi, fractum, ĕre (frango), aufbrechen, portas 6, 597; losreißen, vestes 9, 208.

rĕ-fugio, fūgi, ĕre, zurückfliehen, weichen, 2, 443. 501. 9, 206. vor etw. Acc. se vor sich selbst 1, 541. oscula 1, 556. ora canum 14, 82. porrecta munera 8, 95. meiden, virilem contactus 7, 239. 14, 636. omnem Venerem 10, 79.

rĕfugus, a, um, zurückfliehend, unda 10, 42.

rĕ-fundo, fūdi, fūsum, ĕre, zurückgießen, aequor in aequor 11, 488. — aus-, ergießen, fletu super ora refuso 11, 657.

rēgālis, e, königlich, domus 1, 171. tecta 3, 204. atria 5, 2. sceptrum 5, 422. decus 9, 690. epulae 6, 488. armentum 2, 842. Iovis imago regalis est 6, 74.

rēgāliter, Adv. nach Königs Art, tyrannisch 2, 397.

rĕ-gero, gessi, gestum, ĕre, zurückbringen, -werfen, regesta tellus (in d. Grube) 11, 188.

rēgĭmen, ĭnis, n. die Lenkung, me-ton. b. Steuerruder 11, 552. carinae flectere 3, 593.

rēgīna, ae, f. Königin 4, 552. 6, 590. 11, 389. 13, 545. deorum Iuno 2, 512. 3, 265. erebi 5, 543.

rēgĭo, ōnis, f. Richtung, Landschaft ob. Himmelsstrich. Gegend 1, 72. 8, 232. ignota 2, 203. caeli Himmelsraum 15, 62. Pl. 6, 459. 7, 223. 10, 306. quamvis regionibus absit durch wie weite Strecken es auch entfernt sei 12, 41.

rēgĭus, a, um, königlich, coniunx parens 13, 463f. Iuno 6, 94. 9, 21. regia coniunx Iuno 6, 332. 9, 259. Proserpina 10, 46. ales b. Adler Jupiters 4, 362. iura (Rechtsprüche) 14, 823. des Königs, tecta 13, 638. turris 8, 14. proles regia Nisi b. Tochter des Königs N. 8, 90. virgo Königstochter 2, 570. 7, 22. progenies Königssohn 11, 754. — Subst. regia, ae, f. (verst. domus) Königspalast, -burg 7, 452. 8, 154. dives 4, 468. beata 12, 214. Patarēa von Patara 1, 516. Cadmi 3, 177. 4, 470 (Königshaus, meton. = Königsgeschlecht). Solis 2, 1. fera Ditis 4, 438 (der Hof, die Hofhaltung). caeli Himmelspalast, -burg 1, 257. 2, 298.

regno, āvi, ātum, āre, Herrschaft üben, herrschen 13, 844. nec, quo prius, ordine regnat 9, 438. in terra illa 14, 284. in aequore 13, 854. Tusco profundo 14, 223. quo (monte) regnarat 14, 820; übertr. fera regnat Erinys 1, 241. 11, 14. ebrietas 12, 221. ardor edendi per viscera 8, 829. — transf. (dicht.) Part. regnatus beherrscht, m. Dat. der that. Perf. arva regnata parenti von 8, 623. Buthrotos vati Phrygio 13, 720.

regnum, i, n. (königl.) Herrschaft 14, 804. Iovis 10, 148. socium 6, 378. über etw. mundi 1, 182. regnum capere ab alqo 14, 814. tenere 11, 270. 13, 649. peragere 15, 485. regni cupido 5, 218. fiducia magni regni 8, 10. potentia regni tui, Venus 13, 758. victoria tanti regni über b. Herrsch. (der Herden) entscheidend 8, 49. Pl. v. einem 7, 38. 9, 445. iniusta tenere 5, 277. humani generis über 10, 35. vague undae proxima (regno) mundi 8, 595; übertr. Gewalt, Macht, alqd regni est in carmine 14, 20. — meton. Reich, caeleste 1, 152. triplex des Himmels, des Meeres u. der Unterwelt 5, 368. Iuppiter temperat regna mundi triformia des Himmels, der Erde u. des Meeres 15,

859. inamabile der Unterwelt 4, 477. 14, 590. Calydonis von C. 8, 495. Gnosiacum 9, 669. *Pl.* b. einem 7, 461. 472. 9, 18. Troiana 9, 232. nec inhospita regna tenemus 11, 284. dotalia 14, 562. b. Unterwelt inania Ditis 4, 511. inamoena 10, 15. novissima mundi 14, 111. luce carentia 15, 531.

rēgo, xi, ctum, ĕre, richten, lenken, quadrupedes 2, 86. 393. ora spumantia equi 9, 34. missum telum 7, 684. flamina 1, 59. mores regere 15, 835; beherrschen, regieren, populos et urbes 2, 370. 4, 212. 6, 179. regnum 11, 270. opes Ausonias 14, 773. qui vos habeoque regoque 1, 197. vos etiam et me quoque fata regunt 9, 434. qui regit ima filum 10, 47. *Subst.* regens, ntis, der Herrscher 1, 207.

rēicio, (spr. reiicio), iēci, iectum, Icere (iacio), zurück-, abwerfen, vestem ex umeris 2, 582. de corpore 9, 32. colubras ab ore 4, 475. pectora nitentia contra a se zurückdrängen 9, 51. — bildl. zurückweisen, verschmähen, vulgares reice taedas 14, 677. quem fueram non reiectura nicht zurückgewiesen haben würde 9, 513. si reicerer 9, 608.

rē-lābor, psus sum, i, zurückgleiten, -sinken 8, 615. 10, 57. 11, 619.

rē-languesco, langui, ĕre, ermatten, matt hinsinken, moribunda relanguit (verblich) 6, 291.

rē-laxo, āvi, ātum, āre, erweitern, fontibus ora 1, 281.

rē-lēgo, lēgi, ctum, ĕre, wieder auflesen, filum wieder aufwickeln 8, 173; übertr. wieder durchlaufen, in Worten ob. Gedanken, suos labores sermone 4, 570.

rē-lĕvo, āvi, ātum, āre, wieder erheben, corpus e terra 9, 318; übertr. erleichtern, lindern, aestus 7, 815. laborem requie unterbrechen 15, 16. wiedern, famem 11, 129. sitim 6, 354. austrahen lassen, membra sedili 8, 639. relevari entbunden werden (v. e. Schwangern) 9, 676. dolentem trösten 15, 498.

rĕligio (v. rē-lĕgo, des Sinnes halber m. langem rē u. davon auch relligio geschr.), ōnis, f. Verehrung heiliger Gegenstände, Gottesdienst, recessus prisca religione sacer 10, 693.

rē-līgo, āvi, ātum, āre, anbinden, alqm 4, 685; religatam bracchia (*Acc. limit.*) ad cautes die Arme ge-

sselt an 4, 572. pinum in litore 14, 248. classemque litore 13, 439. vincula foribus 14, 785. funis religatus ab aggere an 14, 445. tempora religata recenti faeno umbunden 14, 645.

rē-linquo, līqui, lictum, ĕre, zurücklassen, faces 1, 494. mea tela 5, 687. operis arma 11, 34. velamina lapsa tergo 4, 101; crinem in tumulo 13, 428. greges sub valle 11, 277. membra relinqui videres liegen bleiben 16, 526. quod cuique (fl. a quoque) relictum est 11, 543. mallet esse relictus 13, 56. limus in fronde 1, 347; hinter sich lassen, arva Lyrcea 1, 598. 7, 857. 9, 646. 10, 478. insidias et tecta deae 14, 448. multum caeli post terga relictum (est) 2, 167. Cythno Gyaroque relictis 5, 252. 4, 668. 11, 772. iuvenem post terga 10, 670. 662. cum ipso verba imperfecta ihn samt seiner unvollendeten Rede 1, 526. tangentia ora 1, 538. zurückl. quod fuit ante, relictam est liegt hinter uns 15, 184; hinterlassen, beim Tode, armenta 3, 585. nil 3, 590. si non omnia ficta reliquerunt vates überliefern 13, 734; verlassen, terras 1, 150. litus 2, 576. patriae tecta 13, 421. urbis claustra 4, 88. tritum spatium 2, 167. caelo relicto nachdem er d. Richtung gen Himmel verlassen 2, 730. 8, 649. orbe relicto (im Tode) 15, 869. ista tecum bleib u. diesen Ort 4, 836. alqm 11, 704. 13, 966. corpus exsangue 5, 136. simulacra nostra 15, 658. equi terga 14, 362. incepta fila 6, 34. lumen vitale 14, 175. vitam 13, 522. sanguis reliquit corpus 3, 39. vita alqm 11, 827. animus euntem 10, 459. rima bifidos pedes 14, 808; pflichtwidrig verlassen, im Stich lassen 13, 71. alqm 8, 119. 108. 11, 423. bildl. plena cera reliquit manum pararantem reichte nicht weiter für d. schreibende Hand aus 9, 564; aufgeben etw., davon abstehen, lassen, temptamenta fide (*Gen.*) 7, 727. sua vota 9, 520. thalamos ornatos 10, 620. sceptri gravitatem 2, 847. fortuna certaminis mihi (fl. a me) intemptata relinquitur bleibt von mir untersucht 10, 585. Cretā Deloque relictis 16, 541; in e. gewissen Zustand (zurück) lassen, ossa confusa in ore 12, 251. nec cognoscenda reliquit mihi ora — et non cognosc. 15, 589. mora infecta 6, 302. antra relinquantur frigida werden kalt zurückbleiben 13, 349. arae

sine ture relictae 8, 277. thalamo
sine teste relicto ohne Zeugen lassen
4, 225. übrig lassen, lassen, minimam
relinque 6, 299. multo plura 6, 198.
vocem alcui 4, 589. 14, 163. posse
queri 14, 100. cornua 10, 236. arma
relicta videt 12, 144; überlassen, bella
relinque viris 12, 476. pinum dis
votisque anheimstellen, den Göttern u.
seinen Gelübden an dieselben 2, 186.
preisgeben, poenae 7, 41. leto poenae-
que relictus 14, 217. [Die dreisilb.
Formen sind im Versschl. (Vokal), ausgenommen nur 10, 459. 670. 12, 144. 131. 476.]

rĕ-lūceo, xi, ēre, widerstrahlen, domus vestis fulgore reluxit 11, 817.

rĕ-lūcesco, luxi, ēre, wiederaufleuch-
ten, erglänzen, solis imago reluxit
14, 768. bildl. flamma reluxit flammte
wieder auf 7, 77.

rĕ-luctor, ātus sum, āri, dagegen-
ringen, luna reluctans dem Zauber
widerstrebend 12, 264.

rĕ-māneo, mansi, mansum, ēre, zurückbleiben, bleiben 1, 552. 3, 493. 9,
203. remane 3, 477. verbleiben, cu-
ralii eadem natura remansit 4, 750.
5, 563. 677. 6, 181. 255. [remansit
Versschl.]

rĕ-mēo, āvi, ātum, ēre, zurückkehren,
remeat per arcus über 11, 632. re-
meabat ab hoste 15, 569. remeasse
in patriam 15, 480.

rēmex, ĭgis, m. (remus u. ago) Ruderer, remigis officium 12, 367. Sing.
collect. puppes implere remige 8, 103.
velo et remige intrat portus 6, 445.

rēmĭgĭum, ii, n. Ruderwerk, der Flügel 8, 228.

rēminiscor, i, sich ins Gedächtnis
zurückrufen, sich erinnern, quantum
reminiscor 12, 642. m. Gen. Satyri
6, 383. m. Acc. acta notata oculis
11, 714. hunc se reminiscitur er-
innert sich seiner als einer solchen 7,
298. m. Acc. c. Inf. 1, 256.

rĕ-mitto, misi, missum, ĕre, zurück-
schicken, -senden, alqm alcui 6, 601.
7, 718. telum zurückschleudern 5, 35.
95. si me fata remittant mich zurückkehren lassen 11, 451. sonos, ad
quos sua verba remittat auf bis 3,
378. 500; erwidern, signa 3, 460.
dona 13, 702. — von sich ausgehen
lassen, von sich lassen, aranea de
ventre remittit stamen 6, 144. nebulas remitti terrä umenti aus-
bünsten 1, 604. quidquid vesica remisit 15, 414. — los-, lockerlassen,
lora 2, 200. frena 2, 191. 6, 228.

bildl. vom Steuer, navi frena remisit
2, 165. manus iunctas 9, 314. re-
misi digiti 4, 229. tunicae 5, 399.
vincla 9, 315. — übertr. nachlassen,
zulassen, gestatten, quod natura remittit 10, 830. m. Inf. nec res dubitare remittit 11, 376. Part. re-
missus ausgelassen, ioci 3, 319. [D. dreisilb. Formen sind Versschl.]

rĕ-mōlior, ītus sum, īri, von sich abwälzen, pondera terrae 5, 351.

rĕ-mollesco, ĕre (mollis), wieder
weich, erweicht werden, cera sole 10,
285. unda, quae constitit frigore,
sole 8, 682. — übertr. sich erweichen,
besänftigen lassen, numina precibus
victa remollescunt 1, 378.

rĕ-mollio, ītum, īre, verweichlichen,
artus 4, 266.

rēmōrāmen, ĭnis, n. Verzögerung,
Hemmnis, Pl. remoramina 9, 567.
[Nur hier.]

rĕ-mŏror, ātus sum, āri, zögernd zurückbleiben, remorata 4, 137. — transf.
verzögern, aufhalten, ituros 13, 220.
iter durch Einhalten in d. Sumpf 11,
238. Tartara bb. den Tod 7, 276.
iactu pomi remorata 10, 672.

rĕ-mŏveo, mōvi, mōtum, ēre, weg-
schaffen, entfernen, comites 6, 649.
monstra 5, 216. partem fuga removit forttreiben 12, 635. alqm ab armis 13, 432. thalamis 8, 157. me
ministerio sceleris sich zurückziehen
ben 3, 645. manus ex oculis, weil
man ihr wie einer Sterbenden b. Augen
zudrücken will 9, 390. manus viriles
tactu virgineo fernhalten 13, 467.
oculos profanos arcanis 7, 256. comas a fronte ad aures zurückstreichen
5, 488. nubes 3, 274. 1, 328. tegumen 1, 674. 12, 91. formam anilem
verschwinden lassen 6, 43. mole remotā
nach Beseitigung 1, 279. dapibus 8,
571. 13, 676. obstantia fata removi
13, 378. aurora removerat ignes
nocturnos (= stellas) verscheuchen 4,
81. soporem 8, 493. a se onus in-
vidiamque removit von sich abwälzen
12, 626. Part. remotus amiserat, ab
aula 11, 764. deos caeli regione
remotos 15, 62. Diomede remoto
ohne Diom. 13, 100. pars domus
remota abgelegen 8, 638. [removi,
remotus im Versschl., nur 5, 488. 6, 63.
11, 764. 13, 432 nach der 2. Thesis des 4. F.]

rĕ-mūgio, īre, dagegen brüllen, durch
Brüllen antworten, ad mea verba re-
mugis 1, 667.

Rēmŭlus, i, m. König v. Alba longa 14, 616.

rēmus, i, m. Ruder, meist [Plur. aus] *Pl.* 3, 619. 8, 188. remos ducere 1, 294. reducere ad pectora 11, 462. subducere 11, 486. obstantes obvertere 3, 676. pendentes lateri obvertere 11, 475. remorum in verbere persultant 8, 662. properantibus impellere aequora 8, 667. dextris, laevis remis durch Rudern nach b. rechten, linken Seite 3, 598. 15, 709; übertr. alarum remi 6, 558.

rĕ-narro, āvi, ātum, āre, wiedererzählen, facta 5, 685. priora 8, 816.

rĕ-nascor, nātus sum, i, wiedergeboren werden, corpore de patrio 15, 402. übertr. Lycus renascitur alio ore entspringt wieder aus 15, 274.

rĕnideo, ēre, erglänzen, strahlen, ore renidenti (vor Freude) 8, 197.

rĕnŏvāmen, inis, n. Erneuerung, neue Gestalt, in hoc renovamine 8, 729. [Nur hier.]

rĕ-nŏvo, āvi, ātum, āre, wieder erneuern, alces annos 8, 425. lacrimas 11, 472. luctus 14, 465. renovata proelia 5, 166. senectus per sucos 7, 216; übertr. vom Acker umarbeiten, renovaverat arvum 15, 125. nec renovatus ager u. ohne umgearbeitet zu sein 1, 110.

rĕ-nŭo, ŭi, ĕre, durch Winken abschlagen, renuente deo ohne Zustimmung 8, 325.

rĕor, rătus sum, rēri, rechnen, glauben, meinen, quid rear ulterius 10, 400. nec dubium ratae de morte u. da sie mich zweifelten 4, 545. m. *Acc. c. Inf.* 1, 394. 5, 203. 7, 541. 11, 438. 12, 505. 13, 14. 65. 14, 203. (rēbar). somnos ratos aurum esse in b. Meinung 14, 229; für etw. halten m. dopp. *Acc.* marmoreum ratus esset opus 4, 675. te rebar tutam 13, 497. (reor, rear, rebar, ratus sum.) — *Part. Pf. Pass.* rătus, a, um, berechnet, bestimmt, gültig, rata pignora dare 15, 668. temptamina ratae vocis der Gültigkeit seines Wortes 3, 341. rata facere verba in Erfüllung bringen 4, 387. nolim rata sit (noctis imago) daß es in Erfüllung ginge 9, 475. rata sint sua visa precatur 9, 703. 14, 816.

rĕ-pāgŭla, orum, n. Riegel, Balken zum Vorschieben, Thürriegel, portae 14, 783. robusta 5, 120; Schranken 2, 155.

rĕpandus, a, um, rückwärts gekrümmt 8, 680.

rĕpărābĭlis, e, wieder ersetzbar, qua arte damnum sit reparabile 1, 379.

rĕ-păro, āvi, ātum, āre, wieder herstellen, populos 1, 363. ex aliis alias figuras 15, 253. femina reparata est 1, 413. nec Phoebe cornua nova reparabat erneuerte 1, 11. se reparare sich erneuern 15, 392; übertr. wieder kräftigen, membra labori (für 4, 216. 11, 625.

rĕ-pello, reppŭli [aus lo], rĕpulsum, ĕre, zurücktreiben, Troas a carinis 13, 278. inde repulsus 11, 838. ver hiemem repellit verjagt 10, 164. repagula zurückschieben 2, 157. tellurem mediā undā zurückdrängen 15, 292. cute reppulit ließ abprallen 3, 64. fraxinus inde repulsa est velut a muro prallt ab 12, 124. — zurückstoßen, alqm manu 10, 527. 14, 296. mensas 6, 661. aras 8, 164. aera aere repulsa gegen einander geschlagen 3, 533. impressā hastā tellurem reppulit stieß von b. Erde ab, schwang sich von ihr auf 2, 786. pedibus tellure repulsā in nubes abiit durch e. Stoß der Füße gegen b. Erde 4, 711. tellus repulsa est (remis) in die Ferne gerückt (Vgl. admotum est fretum) 8, 512. — zurück-, abweisen, ipsam precesque 14, 377. 9, 632. 10, 82. procis repulsis 13, 735. 860. 2, 817. temptamina 7, 735. abwehren, facinus 15, 777. [V. derselb. Formen m. der Messung $\cup\,-\,-$ ob. $\cup\cup-\cup$ im Versschl. außer 8, 512.]

rĕ-pendo, di, sum, ĕre, dagegen darwägen, übertr. gratiam facto erstatten für 2, 694; vergelten, bezahlen, hac dote vitam servatae 5, 15.

rĕpens, ntis, plötzlich, plötzlich ausbrechend, seditio 12, 61.

rĕpentĕ, *Adv.* plötzlich 4, 402. 686.

rĕpentīnus, a, um, plötzlich, tumultus 5, 5.

rĕ-percŭtio, cussi, cussum, ĕre, zurückwerfen, tellus discum repercussum in aëra subiecit durch den Rückprall 10, 184. repercussa imago 8, 484. repercusso Phoebo durch Widerstrahlung der Sonne 2, 110. aere repercusso clipei in der Erzspiegelung des Schildes (eig. *Abl. instr.*) 4, 783.

rĕpĕrio, reppĕri [aus lo], rĕpertum, īre, eig. wiedererfahren; wiederfinden 5, 519. nata mihi (st. a me) reperta est 5, 518. 14, 161. tu non inventa luctus eras levior repertā als wiedergefundene 1, 654; finden, antreffen, alqm 1, 607. 14, 398. dominum matri für 13, 487. vestigia 5, 477. sibi aditum 14, 653. suum periculum 8, 333. ossa 2, 337. vestem 4, 108. quantum noxae sit ubique repertum 1, 214. caput reperitur caesum in extis 15, 795. 7, 592; erfinden, serrae usum 8, 246. fistulam 1, 687. [reperitur Sprache.]

rĕ-pĕto, īvi u. ii, ītum, ĕre, wiedererstreben, bes. wieder-, aufs neue holen, undas 4, 463; wiederaufsuchen, wohin ob. zu etw. zurückkehren, m. *Acc.* locum 11, 711. frigus et umbram 7, 809. lacerum corpus libidine 6, 562. numquam repetenda terra 13, 947. caelum 5, 530. domum 3, 204. Sicaniam 5, 464. 9, 147. 10, 530. patrios muros 9, 103. portus 14, 232. carinam 3, 604; wieder vernehmen, opus propositum 3, 151. repetito munere Bacchi 12, 578; wieder angreifen, -treffen, repetendus erit man wird d. Angriff auf ihn erneuern müssen 9, 616. repetita per illa exegit ferrum durch die wiederholt getroffenen Weichen 4, 734. repetita percussit pectora palmis schlug wiederholt, immer aufs neue 5, 473. repetita robora caedit führt immer neue Schläge auf 8, 769. novat repetitum vulnus erneuert wiederholt 12, 287. repetita vellera mollibat krämpelte wiederholt durch 6, 21. — wiederholen, repetita sibila 15, 684. mortis imago 10, 726. aevum erneuert 9, 428. sors annis novenis (f. Paniphus?) 8, 171. annus wiederkehrend 6, 439. celebrant repetita triennia 9, 641. Latinus tenuit nomina repetita führte aufs neue diesen Namen 14, 611. oscula non iterum repetenda die er nicht wiederholen sollte 8, 212. im Gedächtnis, secum verba 1, 388. faciem 6, 491. speciem quietis 9, 472. wiedererzählen, ordine 7, 520. — berholen, hervorholen, suspiria 13, 739. pectore 2, 125. [repetisse 8, 563. 14, usw.]

rĕ-plĕo, ēvi, ētum, ēre, wieder anfüllen, iugulum sucis 7, 287. venas sanguine 7, 344. repleri sich wieder füllen 8, 679. — er-, anfüllen, litora voce 1, 338. iuga querelis 3, 239. cornu repletum pomis 9, 87. füllen — sättigen, corpora carne tosta 12, 156.

rĕ-pōno, pŏsui, pŏsitum, ĕre, zurücklegen, weg-, bei Seite legen, pensa infecta 4, 10. tela reponuntur 1, 259. sumptas figuras ablegen 12, 557. — niederlegen, colla in plumis 10,

269. cunas suas aede Hyperionis 15, 407. — wieder herstellen, amissam virtutem 13, 235.

rĕ-porto, āvi, ātum, āre, zurücktragen, verba audita 3, 360.

rĕ-posco, ĕre, zurückfordern, Helenam 13, 200. arma 13, 180. regem 14, 401; wiederfordern, amissam virtutem 13, 235. [Berichtigung.]

rĕ-prĕhendo, syncop. rĕprendo, di, sum, ĕre, zurück-, festhalten, membra reprensa relinqui 15, 526.

rĕprĭmo, pressi, sum, ĕre (premo), zurückdrängen, dolor ora repressit zudrücken, schließen 6, 583; übertr. unterdrücken, iram pudore 1, 755. gemitum virtute 9, 168. [Berichtigung.]

rĕ-pugno, āvi, ātum, āre, dagegenkämpfen, widerstreben, frustra, Medea, repugnas 7, 11. 11, 239. ungehorsam sein 15, 854. m. *Dat.* habenis 2, 87. amori 10, 319. dictis patris 2, 103. entgegenstehen 8, 376. volo forma repugnat 1, 489. ignavis precibus Fortuna ist Feind 8, 73.

rĕpulsa, ae, f. (repello) Zurückweisung 9, 581. 18, 967. Veneris 14, 42. repulsae dolor 3, 395. offensa 15, 603; abschlägiger Bescheid, Verweigerung, nullam patiere repulsam 2, 97. 3, 289. vota sint secura repulsae 12, 199. [Berichtigung.]

rĕ-purgo, āvi, ātum, āre, wieder reinigen, caelo repurgato 5, 266. — durch Reinigen entfernen, quidquid in Aenea fuerat mortale, repurgat 14, 603.

rĕquies, ētis, f. *Acc.* u. *Abl.* meist [Metr. aus] requiem, requiē Ruhe, Erholung, Rast, 10, 317. 15, 16. 8, 557. multorum dierum 12, 146. amoris vor 10, 177. requiem negare 1, 541. 12, 135. petere 4, 629. 642. 8, 628. requiemque modumque dare remis Pause 3, 618. requies erat illa labori nach (eig. für) b. Mühe 7, 812. requie sine ulla 15, 214. [Nur *Nom. Acc. Abl.*]

rĕ-quiesco, quiēvi, ētum, ĕre, ausruhen, rasten 10, 688. herbā 3, 12. terrā Sabaeā 10, 480. — ruhen, quod rogis superest, unā requiescit in urna 4, 166. caelum requievit in illo 4, 662. vitis in ulmo 14, 665.

rĕ-quiro, quīsīvi, quīsītum, ĕre, (quaero), aufsuchen, suchen, qua te regione requiram 8, 232. iuvenem oculis animoque 4, 129. ossa 2, 336. — nach etw. fragen, forschen 4, 680. dominos illic famulosne requiras 8, 635. armenta 2, 692. meritum 2,

551. facta 13, 211. causam 10, 388. 13, 940. m. indir. Fr. 3, 9. 7, 470. 757. 14, 608. 15, 6. secum, cur 15, 238. — verlangen, si primus requiritur heres 13, 154. vermissen, multos inde 7, 515. 521. [D. breislis. Formen im Gebrauch.]

res, rĕi, f. Ding, Sache, Gegenstand, 1, 439. 12, 244. credula res amor est 7, 826. mille res sine nomine unnennbar 7, 275. rerum novitas 2, 31. inconstantia 13, 646. natura 15, 6. causae 15, 68. semina 1, 9. 419. copia rerum b. Speisen 8, 792; des Besitzes, res nostrae mein Eigenthum 9, 122. meae meine Unterthanen 7, 522. pars rerum tuarum deines Reiches 9, 20; *Pl.* die Gesammtheit der Dinge, Alles, quid rerum geratur was Alles geschieht 12, 62. beim *Superl.* pulcherrime rerum von Allen 8, 49. maxima rerum die Höchste unter Allen 18. 608. fortissima rerum animalia 12, 502. sors ubi pessima rerum das allerschlimmste 14, 489. b. Welt, opifex rerum 1, 79. rerum domina 15, 447. caput 15, 736. quo praeside rerum durch dessen Herrschaft über d. W. 15, 758. summa rerum Weltall 2, 300. potentia Weltherrschaft 2, 858. tabularia rerum Weltarchiv 15, 810. rebus tenebras inducere 2, 395. — Sache = Sachlage, Verhältnis, res sinit 2, 89. vetat 10, 854. adimit spem 9, 750. dubitare remittit 11, 376. Zustand, Verhältnis, bes. *Pl.* res secundae Glück 5, 188. miserae Unglück 6, 575. Jammer 7, 614. 14, 632. mersae (s. mergo) 1, 360. — Sache = Thatsache, thatsächl. Erfolg, res probat 8, 360. res probatae 15, 361. parenti. cognita res nau 15, 865. observata colonis 15, 373. That (Ggs. Wort), res dicta secuta est 4, 550. re dicta probat 9, 127. minas firmat 3, 868. patuit 13, 388. rebus iisdem 14, 385. bes. *Pl.* Thaten, res Herculis 12, 573. gloria rerum 4, 849. 15, 748. mirator rerum 4, 641. rem gerere 13, 104. res domi gestae 15, 748. — Ereignis, Vorfall, Geschichte 8, 725. 9, 706. 12, 185. 532. 13, 935. nova 9, 397. 12, 498. 15, 552. cognita 8, 511. obscura est 6, 319. parenti. mira res o Wunder 13, 893. fide maior kaum glaublich 4, 394. horrenda relatu 15, 298. rerum ordine ducar Begebenheiten 13. 161. locus ex re nomen habet den

Namen Cynosema (κυνὸς σῆμα) b. Grabmal der Hündin auf b. thrac. Chersones unweit Sestos 13, 569. — Angelegenheit, bes. öffentliche, res Danaa der Danaer 13, 59. vestras 13, 265. 326. der Staat, Latina 14, 810. Romana 14, 809. Troiana 15, 437. bes. *Pl.* rerum moderamen 6, 677. status 7, 509. molimina 15, 578. fundamina 15, 498.

re-scindo, scidi, ssum, ěre, wieder aufreißen, bildl. luctus annis obductos 12, 543; übertr. wieder aufheben, ungültig machen, iussa Iovis 2, 877. acta deum 14, 784.

re-scisco, īvi u. ii, ītum, ěre, erfahren, si rescierit furtum 2, 424.

rě-sěco, cui, ctum, āre, abschneiden, radices 7, 264. capillos 11, 182. partem de tergore 8, 649.

rě-sěmino, āre, wiedersäen, wiedererzeugen, ales quae se reseminet 15, 392. [Nur hier.]

[rě-sěquor] nur resecūtus sum, mit b. Erwiderung folgen, antworten, alqm 6, 88. 8, 863. his contra resecuta est natam 13, 749.

rě-sěro, āvi, ātum, āre (sera), aufriegeln, öffnen, fores 10, 384. valvas 4, 762. moenia 8, 61. reserato pectore 6, 663. oracula augustae mentis 15, 145.

rě-servo, āvi, ātum, āre, aufbewahren, quaesita 7, 857; aufsparen, Pergama tibi se reservant für dich 13, 168.

rěsěs, idis, der sitzen bleibt, ausruht, resides iubemur corpora intro fretum nachdem wir der Ruhe gepflegt 14, 436.

rěsídeo, sēdi, sessum, ěre (sedeo), sitzen bleiben, sitzen, orba resedit inter natos 6, 302. res medio agmine 7, 102. residens in antro 1, 575. in ara 9, 310. in gremio 13, 787. eques in tergo 10, 124. Erycina monte suo auf dem ihr heil. Berge Eryx in Sicilien 5, 364. [Nur resedit a. residens; ersteres im Bereich.]

rě-sído, sēdi, ěre, sich niedersetzen, -lassen, medius resedit = medio colle 13, 780. glaebā 14, 689. qua parte balsilba 10, 88. cum quis 7, 671; bildl. dum aquae resident sich setzen bh. in ihren gewöhnl. Stand zurückkehren 9, 95. flumina excaecata resident ziehen sich unsichtbar in b. Erde zurück 15, 272. [Bereich.] nachlassen, sich legen, ardor resederat 7, 76.

rěsilio, ui, īre (salio), zurückspringen, in lacus 6. 374. zurückprallen, grando a tecti culmine 12, 480; bildl.

in breve spatium sich zusammenziehen, verkürzen 3, 577.

resimus, a, um, zurück-, aufwärts-gebogen, nares a fronte resimae 14, 95.

rĕ-sisto, stiti, ěre, stehen bleiben, ad revocantis verba 1, 503. restitit 2, 500. 6, 327. 15, 569. machte Halt, 15, 691. — widerstehen, alcui 9, 191. tanto malo 1, 289. ventis 15, 389. resistite sceleri 10, 322. pestis, cui nec virtute resisti, nec telis armis-que potest 9, 200.

rĕ-solvo, vi, sŏlūtum, ěre, Gebun-denes, Festes ubgl. auflösen, lösen, cinctas vestes 1, 382. resoluta ca-tenis (*Abl.*) von 4, 738. tellus resoluta in ihre Bestandtheile 15, 245. vis mali flammis geschmolzen 9, 161. tua fila resolvent abschneiden 2, 654. jugulum mucrone 1, 227. 6, 643. homum in partes trennen 8, 587. passa erat nebulas ventis ac sole resolvi sich trennen 14, 400. nubibus resolutis sich öffnen 11, 516. fauces haec in verba öffnen 2, 282. ora suspecialo sono zu dem erwarteten Laut 13, 126. die Spannkraft des Körpers durch Schlaf lösen, somnus habebat regem resoluto corpore 7, 326. resolutum carmine in plenos somnos 7, 253. resoluta placi-dā quiete 9, 469. durch Wollust, re-soluta totis medullis aufgelöst 8, 484.

resŏnābĭlis, e, wiedertönend, Echo 3, 358.

rĕ-sŏno, āvi, ātum, āre, wiederhal-len, aether latratibus 3, 231. re-gia turba confusā 12, 214. specta-cula plausu 10, 668. saxa resonan-tia 8, 18; erschallen, aera resonant 4, 833. pleni camini prasseln 7, 106. telorum custos flirren 6, 520.

resŏnus, a, um, wiederhallend, voces 3, 496.

respergo, spersi, sum, ěre (spargo), besprengen; zerstreuen, quidquid fue-rat mortale respergit aquis 14, 604.

respĭcĭo, spexi, spectum, ěre (spe-cio), zurückblicken 3, 383. 4, 389. 12, 314. ad patrias oras 11, 547. nach eb. auf etw. *Acc.* comites 3, 27. 7, 389. 11, 66. 14, 129. tantum 11, 354. litus relictum 2, 874. anti-quas aras 15, 686. nati alas 8, 216. ortus (Sgl. prospicit) 2, 190. — hinblicken, nach etw. alqm 6, 224. re-spice sich bei 11, 659. litora clas-semque 13, 4. übertr. mit b. Gelise, aliorum casus 15, 494. — erblicken, sidera solis 14, 173.

respiramen, inis, n. b. Athemweg, das Athmen, respiramen iterque ani-mae eripere den Luft- u. Athemweg 12, 143. *Pl.* respiramina claudere 2, 828. [Rut Met.]

re-spondeo, di, sum, ēre, antworten 3, 580. 6, 98. multa 11, 448. fle-bile 11, 53. alcui sic 2, 742. nulli sono libentius responsura die seinem Ruf lieber antworten wollte 3, 387. — entsprechen, gemäß sein, haec men-sura (gloriae) illi viro respondet 12, 618.

responsum, i. n. b. Antwort, bes. Orakelspruch, Prophezeiung, *Pl.* deūm 13, 336. irreprehensa dare 8, 310. vatis aguntur 3, 527.

re-stagno, āre, übertreten v. Gewäs-sern, mare restagnans 11, 364.

restĭtuo, ui, ūtum, ĕre (statuo), wiederherstellen, flumina 2, 407. in seinen vorigen Stand versetzen, alqm (bh. nimmt ihm wieder b. Kraft Alles in Gold zu verwandeln) 11, 136.

resto, stiti, āre, widerstehen, wider-streben, 3, 628. 7, 411. 13, 947. — übrig sein, bleiben 4, 581. 5, 437. 14, 439. restabam solus de modo viginti 3, 688. 15, 767. ultima re-stabat 6, 298. 8, 847. quo ferrea resto 13, 516. nescio quid de Achil-le 12, 615. plaga novissima 10, 373. pars ultima cursus 10, 673. unus dies 9, 770. labor exiguus Phoebo 6, 486. 9, 80. 14, 396. pars optima restitit illi 14, 604. ne quod faci-nus tibi restet 6, 539. bis centum corpora pugnae für b. Kampf, waren noch kampffähig 5, 203. ultimus re-stabas, Nile, labori zuletzt warst du ihrer Mühsal noch übrig 1, 788. ge-nus mortale in nobis restat besteht nur noch aus uns 1, 365; übrig sein = fehlen, restabat satis alqd ihrer Weissagung fehlte noch etwas, daß näml. Chiron unter b. Sterne werde versetzt werden 2, 655. si Troiae fatis alqd restare putatis zum Untergange Tro-iae 13, 379. hoc etiam restabat, ut 2, 471. m. *Inf.* verba referre 1, 700; — fortdauern, soli mihi Pergama re-stant bh. die Reste von Pergamum 13, 507.

rĕ-sūmo, mpsi, mptum, ĕre, wieder nehmen, positas tabellas 9, 625. pennae resumptae 4, 665. specie caeleste resumptā wieder annehmen 15, 743. vires wiedergewinnen 9, 59. geminas vires indem an b. Stelle eines abgehauenen Kopfes zwei neue wuchsen 8, 198.

resupinus, a, um, zurückgebengt 15, 580. collo 1, 730. ore 3, 462. resupino pectore vertit warf ihn rückwärts um, so daß er rückwärts fiel 12, 138. resupinum fundere rückwärts niederstrecken 12, 86. tulerat gressus resupinus per urbem mit (stolz) zurückgeworfenem Haupte 6, 275; auf d. Rücken liegend 5, 84. 362. 12, 220. resupina natant auf d. Rücken 3, 267. iacuit resupinus 4, 121. 12, 334.

rĕ-surgo, surrexi, surrectum, ĕre, sich wieder erheben 5, 349; bildl. scintilla agitata in veteres vires 7, 81. cornua lunaria resurgebant nono orbe erstanden neu, erneuerten sich 2, 453. 8, 11.

rĕ-suscito, ĕre, wiedererwecken, positam iram 8, 474. 14, 495.

rĕ-tardo, āvi, ātum, āre, aufhalten, hemmen, instantia ora cuspide 3, 82.

rēte, is, n. Netz, meist Pl. retia 4, 177. bes. Jagdnetze 7, 767. 10, 171. 15, 473. retia tendere 4, 513. 8, 331. cervis 7, 701. agitare cervos in retia 3, 366. Fischernetze 11, 362. 13, 923. ducentia pisces 13, 922. [Nur retia.]

rĕ-tĕgo, xi, ctum, ĕre, aufdecken, pectus entblößen 13, 459. clipeo retecto = wegziehen, 12, 132. ne solum retegatur lato hiatu sich öffnen 5, 357. Lucifero retegente diem erschließen 8, 1; bildl. aufdecken, enthüllen, commenta 13, 38. responsa deûm 13, 335.

rĕ-tempto (tento), āvi, ātum, āre, wieder, aufs Neue versuchen, verba 1, 746. leti viam 11, 792. saepe retemptatis precibus 14, 382. fila lyrae noch einmal in d. Saiten greifen 5, 117. m. Inf. refringere vestes 9, 208.

rĕ-tendo, di, tum, ĕre, zurück-, losspannen, arcum 2, 419. retentos arcus 3, 166.

rĕ-texo, xui, xtum, ĕre, e. Gewebe wieder auftrennen; bildl. wieder auflösen, rückgängig machen, luna ... nata retexuit orbem durch Abnahme 7, 531. lata 10, 31. idem retexitur ordo dieselbe Reihenfolge wird rückwärts durchgemacht 15, 249.

rĕ-tĭceo, ui, ēre (taceo), auf e. Frage stillschweigen 1, 655. loquenti dem Redenden gegenüber 3, 357. — verschweigen, alqd 11, 185.

rĕtinācŭlum, i, n. (retineo) „Landfestung" eh. das Tau, womit die Schif-

se am Ufer befestigt wurden, [Mel. nur retinacula) classis solvere 8, 102. 11, 712. toria 15, 696. stuppea 14, 547. [Nach d. 4. Ausg.]

rĕtĭneo, ui, tentum, ĕre (teneo), zurückhalten, alqm 13, 809. 10, 342. 11, 687. volacres ore fesseln 14, 340. pedes retinebat harena 2, 586. retenta est radice 2, 849. ab arborea radice 8, 379. in fune 9, 629; festhalten, dominum 8, 235. manum 6, 127. caesariem ministrâ 12, 849. frena 2, 192. stirpes Latanâ pariente retentae 13, 635. cuspis pulmone retenta est blieb zurück 12, 372. — übertr. zurückhalten, manum (von Thätlichkeiten) 6, 35. ab ore ministri 9, 578. lacrimas 1, 647. gaudia 12, 285. verbis dolore retentis 10, 174. retine (näml. te, dextrâ lintea dantem) 3, 642. rabies retenta gehemmt 8, 566; behalten, bewahren, semina caeli 1, 81. alqd animae retinentia membra 6, 644. pignora veteris formae 7, 497. humanam figuram fl. figuram humanarum aurium 11, 175. virga retenta est 1, 675. [retentus Berichl.]

rĕ-torqueo, torsi, tortum, ĕre, zurückdrehen, wenden, retorsit caput in terga 3, 68. ora 4, 718. ora ad os Phoebi 11, 163. wegwenden oculos 10, 696.

rĕ-tracto, āvi, ātum, āre, wieder berühren, vota (b. l.) manu 10, 288; bildl. wieder besprechen, wieder überdenken, fata domus 4, 569. mecum deae memorata 7, 714. vota 10, 370. [Berichl.]

rĕ-trăho, xi, ctum, ĕre, zurückziehen, dantem terga 13, 237. se ab ictn por 3, 67.

rētro, Adv. rückwärts, aura retro dabat capillos wehte zurück 1, 529. r. dare colla zurückziehen, 3, 88. r. ire zurückweichen 3, 91. z. treten 9, 849. z. kehren 14, 231. r. redire zurückkehren (durch d. Reihenfolge der Elemente) 15, 249. retro versus 4, 656. r. flectere 3, 187. 10. 51. 15, 685. ferre 4, 184. 14, 755. 12, 136. agere 3, 612. 12, 268. finere 13, 824. tendere 15, 520. [rětro 4, 656. 11, 253. 13. 371. 14, 231. 15, 249.]

rĕ-tundo, tŭdi, tūsum, ĕre, abstumpfen, tela retusa cadunt 12, 493.

reus, i, m. u. **rēa**, ae, f. der, die Angeklagte, Schuldige, squalidus 15, 38. manifesta rea est 7, 741. reus agitur spretarum legum wird angeklagt

wegen 15, 36. reum esse, quod an-
gellagt werden, daß 13, 314.
rĕ-vello, vellī u. vulsi, vulsum, ĕre, losreißen, montem 14, 181. pinum 12,
356. vestis frustra temptata revelli
9, 108. herbas radice 7, 226. sudem osse 12, 300. cornu a fronte
9, 86. silvas a silvis revelli (*Pf.*)
8, 594. morte solā a me revelli
poteras 4, 152. ferrum ex osse revulsum est 5, 30. revulsum sede suā
11, 554. axis temone 2, 316. limen
tellure 12, 291. [D. breiflb. Formen
Berssch.]
rĕvĕrentĭa, ae, *f.* Scheu. Ehrfurcht
vor Heiligem 7, 609. vor Jem. *Gen.*
si te nulla mei reverentia movit 9,
123. 2, 510. nostri vor mir 9, 428.
famae vor dem Leumund 9, 556;
Scham 10, 251.
rĕvertor, (selt. reversus eum), i, zurückkehren, reversurum 11, 453. inde 2, 714. quo 8, 113. Stymphalide
silvā 5, 585. vertice Cylleneo 11,
303. ad alqm 6, 563. ad limen 8,
167. iu domos 8, 822. sub antra
13, 777. promissa cum laude po-
teram reverti Nestor hatte dem, der
das Wagnis bestehen würde, versprechen:
„Groß wäre d. Ruhm ihm unter d.
Himmel, rings in der Menschen Geschlecht" 13, 246. — übertr. mit Wort
ob. Gedanken zu etw. ad mandata
Prognes 6, 468. von etw. Gethanem,
es rückgängig machen, vellet posse reverti 10, 461. [D. breiflb. Formen
Berssch.]
rĕ-vinclo, nxi, nctum, īre, umbinden,
-fesseln, revincta est 5, 22. zonā de
poste revinctā 10, 379. ad dura
saxa revinctus 11, 212. [Berssch.]
rĕ-vīresco, virui, ĕre, wieder grünen
2, 408; bildl. wieder jung werden 7,
305.
rĕ-vīvisco, vixi, ĕre, wiederaufleben,
bildl. exstincta flamma revixit 7, 77.
rĕvŏcābĭlis, e, was zurückgerufen
werden kann 5, 254.
rĕvŏcāmen, ĭnis, n. das Zurückrufen,
Pl. Versuche zurückzurufen 2, 596.
[Aus Ov.]
rĕ-vŏco, āvi, ātum, āre, zurückrufen
1, 503. fluctus 1, 855. lupus revo-
catus obwol zurückgerufen 11, 401. —
übertr. von e. Unternehmen — warnen
pedis offensi signo est revocata 10,
452; gelidos artus in vivam calorem 4, 248; facta Geschehenes rückgängig machen 8, 618; erneuera, longum aevum soceri 7, 177. lumina

revocata eodem referre aufs neue
7, 789.
rĕ-vŏlo, āre, zurückfliegen, telum 7,
684; wiederherfliegen, Daedalus cera-
tis alis 9, 742.
rĕ-volvo, vi, vŏlūtum, ĕre, zurückrol-
len, *Pass.* revoluta eodem est lauf
zurück 10, 63; übertr. quid in ista
revolvor was lasse ich mich daraut
zurückbringen 10, 335.
rĕ-vŏmo, ŭi, ĕre, wieder ausspeien,
vorut revomitque carinas 13, 731.
rex, rēgis, m. König, rex patrem vicit 12, 30. in rege tamen pater est
auch in seiner Person als König ist er
dennoch Vater 13, 187. quo rege *Abl.
abs.* 13, 632. Jupiter, rex superūm
1, 251. divūm 12, 561. Pluto, infernus 2, 261. silentum 5, 356. umbrarum 7, 249. Neptun, aequoreus
8, 603. aquarum 10, 606. auch Achelous, rex aquarum als d. größte Fluß
Aetoliens 9, 17. d. Schlafgott als König der Träume 11, 591. rex der
Troja ist Agamemnon 13, 217. 276.
328. reges die beiden Atriden 13, 232.
magnus Agenor 2, 844. Dictaeus u.
Cnosiacus Minos 8, 43. 52. Oetaeus
Geоr 11, 383. Ismarius Polymestor
13, 530. Hippotades rex Aeolus
15, 707.
Rhādămanthus, i, m. Sohn des Jupiter u. der Europa, Bruder des Minos,
wegen s. Gerechtigkeit nach s. Tode einer
der drei Richter in d. Unterwelt 9, 436.
[*Acc.* Rhadamanthon 9, 440.]
Rhamnūsĭa, ae, *f.* Beiname der Neme-
sis, der Rächerin des frevelnden Uebermuthes, vom Flecken Rhamnus in Attica,
wo sie e. berühmtes Heiligthum hatte
3, 400.
Rhamnūsĭs, ĭdis, *f.* = Rhamnusia
die Rhamnusierin 14, 694.
Rhānis, ĭdis, *f.* Nymphe im Gefolge
der Diana 3, 171.
Rhēgĭon, ĭi, n. (Ῥήγιον, echt lat. Form
Regium) Stadt an d. Südwestspitze v.
Italien, an d. Meerenge v. Messina 14,
48. [*Gen.* Rhegi 14, 5.]
Rhēnus, i, m. der Rhein 2, 258.
Rhēsus, i, m. thracischer König, der
den Troern zu Hülfe gezogen war. Als
Ulysses u. Diomedes den Dolon (d. s.)
getödtet u. sich vollends in das feindl.
Lager geschlichen hatten, fanden sie ihn
mit seinen Dienern schlafend, tödteten
ihn u. entführten seine herrlichen Rosse
13, 98. 249.
Rhexēnor, ŏris, m. Gefährte des Dio-
medes 14, 504.

Rhŏdănus, i, m. d. Fluß Rhone in Gallien 2, 258.

Rhŏdĭus, a, um, rhodisch, von d. Insel Rhodos, Rhodiae ductor classis Tlepolemus 2, 574.

Rhŏdŏpē, ēs, f. 1) Gebirg in Thracien 2, 222. 6, 589. alta 10, 77. — 2) eine Thracierin, die in d. gleichnamige Gebirge verwandelt worden sein soll (s. Haemos) 6, 87.

Rhŏdŏpēĭus, a, um, rhodopeïsch, vom thrac. Gebirg Rhodope, meton. — thracisch, vates u. heros der thracische Sänger Orpheus 10, 11. 50.

Rhŏdŏs, i, f. 1) Insel südwestl. v. Kleinasien, wo Sonnencult herrschte, dah. Phoebëa 7, 365 [Acc. Rhodon]. — 2) Nymphe der Insel Rhodus, vom Sonnengott geliebt, dem sie sieben Söhne gebar 4, 204.

Rhoetēus, a, um, rhöteïsch, vom Vorgeb. Rhoetēum in Troas, nördl. von Sigeum, profundum 11, 197.

Rhoetus, i, m. 1) Gefährte des Phineus 5, 38. — 2) e. Centaur 12, 271. 285.

Rhymĭtĭum, unsicherer ital. Ortsname 15, 705.

rictus, us, m. (rigeo) der aufgesperrte Mund, v. Menschen, Pl. v. einem 11, 126. b. Rachen des Cyclopen 14, 108; v. Thieren Rachen, Maul 1, 741. lato 2, 181. in verba parato zum Sprechen bereit 13, 568. patulos 6, 378. Cerbereos Cerberusrachen 14, 65. Pl. v. einem 1, 640. lati 3, 674. pestiferos 3, 74. spumantes 4, 97. apertos 11, 59. fulmineos 11, 807. [rictus, -a, Pl. -us]

rīdeo, rīsi, rīsum, ēre, lachen, lächeln 2, 429. 704. 8, 458. 4, 188, 616 u.s. — transf. verlachen, verba senis 3, 514. lacrimas 8, 657.

rīgeo, ēre, starr, steif sein, starren, genuum iunctura riget 2, 823. ora indurata cornu 14, 503. comae rigebant sträubten sich 8, 100. Cerealia dona rigebant waren starres Gold 11, 122. v. strotzender Fülle, arva rigent semine percepto iam veteris venae starren von den aufgenommenen Körnern der schon alten Goldader bh. von Goldsand 11, 145. — emporstarren, summa pars (scopuli) 4, 527. moenia 6, 573. Tmolus riget arduus 11, 150. cervix riget horrida 8, 284. eine frondibus arbor nuda riget 13, 691.

rīgesco, rigui, ēre, erstarren 9, 357. 14, 564. electra sole 2, 364. lacertos riguisse 4, 555. corpora rigu-erunt Gorgone visa erhärten zu Stein 5, 209.

rĭgĭdus, a, um, starr, hart, silices 9, 225. 614. rostrum 5, 673. cornu 9, 85. ensis 3, 118. hastilia 5, 285. saetas 6, 428. 13, 846. capilli struppig 13, 785; emporstarrend, mons 8, 797. capilli gesträubt 10, 425. — übtr. hart, streng, parens 2, 813; rauh, Mars 8, 20. Sabini 14, 797. manus 14, 647.

rĭgo, āvi, ātum, āre, wässern, ora fletibus überströmen 11, 419.

rĭgor, ōris, m. Starrheit, Härte, rigorem sumere 10, 139. percipere 4, 746. ponere ablegen 1, 401. 5, 430. 10, 283. — strenge Kälte, Alpinus 14, 794. [Berdschl.]

rĭgŭus, a, um, bewässert, hortus 8, 646. 10, 190. 13, 797. [Nach der 3. Arse.]

rima, ae, f. Spalt, Riß 2, 260. 13, 891. 15, 301. rima patet 11, 516. rimam ducere bekommen 4, 65. rimas agere 2, 211. im Huf der Thiere 14, 304.

ripa, ae, f. Ufer eines Flußes 1, 729. 10, 74. 11, 769. Ggs. litora 1, 42. gelida 14, 427. loco distantes 2, 241. obliquae 1, 39. declives 5, 591. virides 2, 371. carmina ripae 9, 449. ripa stagni 6, 373. — Flußbett 15, 277.

Rhipheus, ĕi, m. e. Centaur 12, 352 [Acc. Rhipea].

rīsus, us, m. das Lachen 2, 776.

rītē, Adv. (Abl. — ritu) nach rechtem Religionsgebrauch, Phoebus r. colebatur 13, 633; übtr. gebührend, auf gebührende Weise 15, 144. 7, 708; mit Recht, si maxima Iuno r. vocor 3, 264. 14, 488.

rītus, us, m. religiöser Gebrauch, magico 10, 398. sacrificos 15, 483. dei ritibus nach den Bräuchen 6, 591; übtr. Gebrauch, Sitte, Art, humanos 9, 500. Sabinae gentis 15, 5. ritu m. Gen. nach Art, Dianae 1, 695. 9, 89. 10, 538. bacchantum 7, 258. volucrum 8, 717. ferarum 15, 222.

rīvus, i, m. Bach 2, 456. tenues 5, 435. pluvialia aquae 6, 334. aquae Lethes 11, 603. bildl. rivus lacrimarum 9, 655.

rōbīgo (rubigo), ĭnis, f. Rost an Metallen; Fäule, Brand der Zähne 2, 776. 8, 801.

rōbur, ŏris, n. Kern-, Stammholz, ossa robur agant treiben 10, 492. sub robore creverat infans 10, 503. Pl. Stämme 1, 303. 7, 204. 12, 515. fera

14, 391; bef. Eichstamm, Eiche 3, 92. 8, 748. sacrum 8, 753. durum 12, 881. quercus annoso robore 8, 743. *Pl.* v. einem 8, 91. 7, 632. 8, 769. 12, 329. Eichenholz 14, 649. *Pl.* 11, 82. poetis b. eichene Holzwerf 5, 123. meton. das daraus Gefertigte, nodosum Eichenfeule 12, 349. — übertr. Stärke, Kraft, sui roboris esse von gewohnter St. 2, 404. inventae 9, 444. roboris expers 15, 202. *Pl.* robora prioris aevi 16, 229. assumere 16, 421; Kriegsmacht, externum 14, 454. *Pl.* 7, 510.

rŏbustus, a, um, aus Kern- ob. Eichenholz, repagula eichene 5, 120; übertr. stark, kräftig, robustior annus 15, 206. aetas 207.

rōdo, si, sum, ère, nagen, benagen, arentia saxa 13, 691.

rŏgo, āvi, ātum, āre, fragen nach etw. 8, 863. 13, 828. m. indir. Fr. 1, 248. 6, 329. 328. 8, 58. 9, 2. 11, 290. Jemand, alqm, si roges Amathunta, an 10, 220. nach etw. alqd, *Pass.* qua veniat, causamque viae nomenque rogatus 5, 651. — fragend angehen, bitten 8, 240. 9, 762. ulterius iusto 6, 469. valuisse rogando 2, 183. um etw. *Acc.* quicquam tale 2, 566. lympham 5, 449. currus paternos 2, 47. finem erroris 14, 484. veniam roga tuis dictis 6, 88. non haec mihi (st. a me) terra rogata est habe mir erbeten 8, 863. roganda fuit war zu erbitten (von b. Mutter) 5, 415. Jem. alqm, Iovem monitu 3, 288. has auxilium 14, 787. anflehen, umbrarum regem 7, 249. quem voce rogabat 5, 223. non omnes esse rogandos 6, 263. hoc estote rogati 4, 154. rogata die Gebetene (Dienerin) 6, 579. rogari poteras konntest um dich werben lassen 14, 30. roger, an ne rogem soll ich um mich werben lassen ob. werben 3, 465; für Jem. bitten pro algo, dum rogat, pro qua rogat, occidit 6, 301. pro sancto morte rogari non sustinet sich anflehen zu lassen 11, 583; m. ut 1, 735. 4, 164. 6, 679 (gestu). 13, 951. m. ne 3, 396. 7, 249. 11, 695. m. bloßem *Conj.* det mihi veniam rogat 1, 886. 8, 285 (rogato *Imper.*). 4, 31. 6, 508. 12, 176. m. *Acc. c. Inf.* 14, 139.

rŏgus, i, m. Scheiterhaufen zum Verbrennen der Todten 13, 610. 15, 156. arduus 13, 601. ignes rogique brennende u. nicht brennende Holzstöße 13, 697. rogum parare 3, 508. 2, 619. dantur in rogos altos 7, 609. *Pl.* v. einem 11, 393. quod rogis (*Dat.*) superest (b. f.) 4, 166; bildl. b. Herb. worauf Althäa das für Meleager verhängnisvolle Scheit verbrennt 8, 478.

Rōma, ae, f. Rom, Dardania 15, 431.
Rōmānus, a, um, römisch, tellus 14, 600. res Staat 14, 809. nomen 1, 201. urbs b. Stadt Rom 14, 846. 15, 736. — Subst. Romanus, i, m. der Römer, Romane 15, 637. 654.

Rōmēthium, unsicherer ital. Ortsname 16, 705.

Rōmŭlēus, a, um, romulisch, des Romulus, urbs Rom 15, 625. colles der quirinalische Hügel zu Rom 14, 845.

Rōmŭlus, i, m. Sohn des Mars u. der Rhea Silvia ob. Ilia 15, 863. Iliades 14, 781. 824. Enkel des alban. Königs Numitor, mit s. Zwillingsbruder Remus Gründer der Stadt Rom, genitor urbis 15, 862; kämpft mit den Sabinern 14, 800. Das Wunder mit seiner Lanze 15, 561. Seine Apotheose 14, 806 ff. vgl. Quirinus.

rōro, āvi, ātum, āre, thauen, Aurora toto in orbe 13, 622. — übertr. thauen, träufeln, triefen, rorant pennaeque sinusque 1, 267. rorantes comae 5, 466. ora rorantia madidā barbā 1, 339. antra fontibus 3, 177. 14, 786. rorant multā aspergine spritzen mit e. Tropfenregen 3, 683. — transf. spritzen, roralis aquis lustravit mit auf sie gespritztem Wasser 4, 480.

rōs, ōris, m. Thau, mero 4, 263; übertr. v. andern träuselnden Flüssigkeiten (dicht.), Quellwasser, liquido 3, 164. Meerwasser, stillanti rore 11, 57. Schweiß, e capillis ros cadit 5, 635. Thränen, lumina suffundit lepido rore 10, 360. lacrimarum rore 14, 708. — ros maris (= ros marinus) b. Pflanze Rosmarin, rore maris 12, 410.

rŏsa, ae, f. die Rose 12, 410. *Pl.* 2, 113.

rŏsārium, ii, n. Rosengarten, *Pl.* 15, 708.

rŏsĕus, a, um, rosenfarbig, os 7, 705.

rostrum, i, n. (rodo) v. Vögeln Schnabel 5, 545. rigidum 5, 673. durum 11, 738. aduncum 8, 147. 12, 562. immodicum 6, 673. tenue 11, 763. sine acumine 2, 376. crepitans 6, 97; v. Hund Schnauze, Gebiß 1, 536. 3, 249; v. Eber Rüssel sammt Hauern, aduncum 8, 371. pandum 10, 713. 14, 282. 15, 113. — übertr. Schnabel des Schiffes, praefixum 4, 706.

rŏta, ae, f. Rad am Wagen 2, 108.

317. 15, 532. collect. vestigia rotae 2, 133. — meton. b. Wagen, rotā vincere 1, 448. neve sinisterior rota te ducat ad Aram zu weit links 2, 139. rotis croceis invecta 3, 150. rotis expulit 2, 312. turba rotarum 6, 219.

roto, āvi), ātum, āre, wie e. Rad im Kreise brehen, schwingen, more fundae rotat (Learchum) per auras 4, 518. terque quaterque rotatum 9, 217. igne rotato circum caput 12, 296. rotatis polis ber Kreisschwingung ber Himmelsare 2, 74. nivibus rotatis berum gewirbelt 9, 221. [rotatus Geräusch.]

rubefacio, fēci, factum, ēre, röthen, rubefecit sanguine metas 6, 383. cornua rubefacta cruore 12, 362. sanguine tellus 13, 394.

rubeo, ui, ēre, roth sein, dei clipeus (b. Sonnenschild) mane rubet 15, 193. poma parte rubent 3, 484. litora rubebant v. Blut 12, 71. sanguine 11, 375. Part. rubens roth, röthlich, arbutus onerata pomo rubenti 10, 101. digiti 2, 575. palla cruore 4, 482. ferrum igne 12, 277. luna sub candore zur Zeit seines Glanzes (bei Monbfinsternis) geröthet 4, 332. terga rubentia Tyrio suco bb. mit rothen Decken v. torischem Purpur bebedt 8, 222.

ruber, rubra, um, roth, flamma feuriges Roth 11, 368.

rubesco, rubui, ēre, sich röthen, aurora 3, 600. mundus 2, 116. matutina tempora 13, 581. saxa rubuerunt sanguine 11, 19.

rubeta, orum, n. Brombeergesträuch, dura 1, 105.

rubigo s. robigo.

rubor, ōris, m. Röthe 3, 423. 4, 268. 7, 555. 13, 968. subitus 6, 47. tenuem ruborem trahere 3, 482. 10, 594. des Zornes 8, 466. ber Scham 2, 450. 4, 329. verecundus 1, 484. [D. breisilb. Formen im Geräusch. anher 3, 450.]

rudens, ntis, m. Schiffstau 3, 616. Pl. Tauwerf 11, 474. 495.

rudis, e, unbearbeitet, roh, v. Stoffen, moles 1, 7. tellus 1, 87. 429. lana 6, 19. humus unbebaut 5, 646. v. Kunstproducten, textum 8, 640. signa 1, 406. — übertr. geistig ungebildet, miles 13, 290. unerfahren (in b. Liebe) 10, 536. pectus 9, 720. unbekannt mit etw. Gen. custos rudis somni 7, 213.

ruga, ae, f. Runzel ber Haut, weist [Plur. nur] Pl. 3, 276. cavae 7, 291. aniles 14, 96. 15, 232.

rugosus, a, um, runzelig, cortex 7, 626. palmae, weil gerochnet 8, 674.

ruina, ae, f. (ruo) Sturz, Einsturz, nec metuant ullas ruinas 15, 812. meton. Trümmer, Pl. veteres 15, 424. — bilbl. Sturz = Verderben, subita 1, 202. 6, 268. patriae 8, 499. [Geräusch.]

rumor, ōris, m. Gerebe, Gerücht 10, 561. rumor facti it per oppida 6, 147. Pl. vagi 11, 647; b. Volfsstimme 3, 253. — Rumores, um, m. die Gerüchte personificiert, milia Rumorum 12, 55.

rumpo, rūpi, ruptum, ēre, brechen, zerbrechen, durchbrechen, iuncturas verticis-ictu 12, 289. loricam 12, 117. et aes et terga novena boum 12, 96. aëra ictibus 4, 124. ruptus gebrochen, unda 11, 569. 15, 511. spalten, humum 5, 639. stagna ferventia ruptā terrā bi einem Erbspalt 5, 406. vipereas fauces zerbersten lassen 7, 203. guttura pugno würgen 3, 627. ruptus gebersten, exit homo late ruptā 10, 442. angues 10, 490; durchbohren, -schneiden, -hauen, pectora telo 5, 36. praecordia ferro 6, 251. 13, 476. guttura ferro 15, 465. colla securi 12, 249. rupti vulnere nervi 12, 567; zerreißen, vestes 6, 131. sinum, capillos 10, 723. viscera calcata 12, 391. — durchbrechen lassen, fontem rupit ungula Medusaei praepetis schlug hervor 5, 257. — bilbl. brechen = vernichten, aufheben, silentia sermone 1, 208. voce 384. 11, 598. rumpe moras 15, 583. ferrea decreta veterum sororum zerreißen 15, 780.

ruo, rúi, rūtum (ruitūrus), ēre, stürzen, einherstürmen, rennen, flumina per campos 1, 285. impetus decimae undae 11, 530. quadriiugi 2, 167. canes 3, 208. utro ruat (Ligris) 6, 166. aper 8, 343. qua ruit (Hector) 13, 83. turba ruit ruunt 3, 529. 7, 475. 11, 350; einstürmen 12, 134. 491. totidem mortes ruere videntur 11, 538. auf Jem. turba in alqm 3, 715. — einstürzen, herabstürzen, atria ruent 2, 296. saxum ruituram bestimmt wieber herabzustürzen 4, 460.

rupes, is, f. (rumpo) schroffer Fels 4, 114; Abgrund, per rupes scopulosque 3, 226. per saxa et rupes 5, 613; Felsabhang, praerupta 1, 719.

cavata ausgehöhlter Felsabhang 9, 211; Schlucht, mediis rupibus Aetnae 14, 160; Klippe, iuga prima rupis 4, 783.

ruricola, ae, das Feld bebauend, boves 6, 479. Phryges phrygische Bauern 11, 91. *Subst.* m. der Feldbebauer vom Pflugstier 15, 124. — das Feld bewohnend, Fauni 6, 392.

rurigena, m. auf dem Lande Geborene, Landkind 7, 766. [Nur hier.]

rursus, *Adv.* wiederum 8, 327. 11, 149. anaphor. 11, 437. rursus referre 7, 789. 8, 672. rursus rursusque wieder u. wieder 10, 288.

rus, ruris, n. *Pl.* nur rura, Land, Feld, insofern es bebaut wird, honoratum Ehrenacker 15, 617. ferax 1, 694. apes rura colunt arbeiten im Feld 15, 357; als Ggs. zu Stadt, Wald u.s. ruris numina, di 2, 15. 8, 580. silentia 1, 232. rus amare 14, 627. rura inambitiosa colere bewohnen 11, 766. 146; für, in illo rure 2, 689. *Pl.* rura Gefilde, devia 1, 676. 3, 370. Dictaea 3, 2. Panchaea 10, 478. Phaeacum pomis obsita 13, 720.

rusticus, a, um, ländlich, fistula 8, 191. numina 1, 192. turba der Bauernhäuse 8, 348. *Subst.* rusticus b. Landmann, Bauer 2, 699. — v. Sinn u. Sitten, rustica erubui dote corporis in länd- licher Einfalt 5, 583; bäurisch, roh, convicia 14, 522.

rutilus, a, um, hochroth, cruor 5, 82. capilli feuerroth, in übertreibender Dar- stellung von der den Römern so impo- nirenden Haarfarbe der nördlichen Völ- ker 2, 635. 6, 715. — roth od. röth- lich glänzend, von Licht u. Feuer- scheinungen, ortus 2, 112. flamma 12, 294. ignes 4, 403. des Blitzes 11, 434. capilli bei Lichtgottheiten 2, 819.

Rutuli, orum, m. Volk in Latium, mit b. Hauptstadt Ardea 14, 455. 528. *Sing.* Rutulus der Rutuler d. i. Turnus 14, 567.

S.

Sabaeus, a, um, sabäisch, den Sabaei einem Volke in Arabia felix gehörig, terra 10, 480.

Sabini, orum, m. Volk in Mittelitalien; ihr Kampf geg. Rom 14, 797. *Adj.* Sa- binus, a, um, sabinisch, gens 14, 832. 15, 4. patres b. Väter der geraubten Sabinerinnen 14, 775. corpora 14, 800. [Sehr selt.]

sacer, sacra, um, der Gottheit heilig, als ihr gehörig od. geweiht. Tmolus als Berggott 11, 168. num sacer fuerat ille serpens als v. Mars erzeugt 4, 571. aether als Wohnsitz der Götter 1, 254. fontes 2, 464. 5, 573. amnes 6, 396. gurges 5, 469. sedes Lavini (b. f.) 15, 727. domus 11, 618. ae- des 14, 315. fores 15, 407. postes 7, 602. gradus 8, 713. recessus sa- cer religione prisca 10, 693. arx Minervae 8, 250. corpus 4, 449. pondus 8, 621. ore 14, 11. voce 2, 278. dextra 14, 278. sortes 1, 368. 11, 412. ludi 1, 446. iugales 5, 661. robur 9, 782. Mavortis arvum 7, 101. tus 14, 180. medicamen 9, 122; heilig — geweiht m. *Dat.* quercus Iovi 7, 623. vallis Dianae 3, 156. cervus Nymphis 10, 109. — *Subst.* sacrum, i, n. heiliger od. geweihter Gegenstand, Heiligthum, meist *Pl.* Götterbilder, Altäre u.dgl. 1, 287. 10, 695. sacra (Troiae) et sacra altera, patrem 13, 624. heil. Geräthe, pura 2, 713. Heiligthümer als Ort, trifor- mis deae 7, 94. — heil. Handlungen, Festfeier, Feste eines Gottes 2, 223. 3, 576. Bacchia 3, 518. ignota 3, 680. novi moris 3, 581. arcana der Ceres, woran nur Frauen Theil nahmen 10, 434. Dianae 15, 489. begehen, feiern, facere 3, 702. colere 4, 32. (tua sacra colentes beim Dienste pflegend 15, 679.) Bacchi trieterica celebrare 6, 587. sacrorum vates 11, 68. comes 11, 91. pignora 6, 603. sacra iugalia Hochzeitsfeier 7, 700. Iovi 7, 709. 9, 703; Opfer, sa- crum 13, 481. patrii moris 6, 648. officium sacri 12, 53. sub imagine sacri 14, 80. salis sacri 6, 201. *Pl.* 2, 717. 8, 580. fera 13, 451. nefanda 10, 228. furialia Rachopfer 8, 482. alcui facere 3, 26. 7, 244. parare 9, 180. 12, 11. sibi sacra parari daß zu ihrer Opferung Anstalt getroffen werde 13, 444. sacris litatis 14, 156; Zauberbräuche 14, 811. [Bei Position vorwiegend l, selten u. nur vor s. langen Silbe l, sacram 15, 421. sacri 6, 201. 12, 22. sacra 14, 315. sacrorum 3, 574. 11, 94. sacros 7, 602.]

sacerdos, ötis, m. b. Priester 4, 4. 10, 693. Cereris 5, 109. Phoebi lecte sacerdos 13, 640. der b. Opfer der Polyxena vollziehende Neoptolemus 13,

475. Cäsar als Pontifex Maximus 15, 778.

sacrārium, ii, n. Ort zum Aufbewahren von Heiligthümern, Heiligthum. *Pl.* v. einem 10, 695.

sacrĭfĭco, āvi, ātum, āre, Opfer bringen, opfern 14, 84.

sacrĭfĭcus, a, um, zum Opfer gehörig, securis Opferbeil 12, 249. sacrifici dies Opfertage 13, 590. ritus 15, 483.

sacrĭlĕgus, a, um, tempelräuberisch, bah. gotteschänderisch, ruchlos, dextra 14, 539. *Subst.* sacrilegus, m. der Gottesschänder 4, 23. 6, 703. 817. *fem.* sacrilega die Gottesschänderinnen (weil d. Sänger unter besonderem Schutze der Gottheit standen) 11, 41.

sacro, āvi, ātum, āre, einer Gottheit weihen, heiligen, agrum 10, 846. cornu 9, 88. ara est sacrata Panomphaeo Tonanti 11, 198. *Part.* sacratus geheiligt, Vesta sacrata inter Caesareos Penates (f. Vesta) 15, 864. ossa Crotonis 15, 55. iura parentum 10, 321. Erigone sacrata pio amore parentis 10, 451.

saecŭlum (sec.), syncop. saeclum, l, n. e. Menschenalter (33½ Jahr), cornix novem saecula passa 7, 274. — Jahrhundert, nostri infamia saecli 8, 97. saecula 15, 281. 895. per longa 4, 67. 15, 446. per omnia 6, 208. 15, 878. tot saecula vestrae vitae aguntur gehen hin 8, 444. septem acta mihi 14, 144. — Saecula, orum, die Jahrhunderte personificirt 2, 26.

saepĕ, *Adv.* oft 1, 428. 2, 65. anapher. wiederh. 1, 481. 2, 313. 4, 626. 8, 746. 9, 207. 652. corresp. saepe — saepe oft — oft 8, 465. 785. modo — saepe — nunc — saepe 4, 310 ff. f. auch modo. *Comp.* saepius 4, 508. 685.

saepes (sepes), is, f. Zaun, Hecke, *Pl.* 1, 493. 7, 166. 8, 253.

saeta (seta), ae, f. das kurze grobe Haar der Thiere, Borste, [Met. nur *Pl.*] des Rindes 1, 739. des Ebers od. Schweines 8, 385. horrent 8, 285. rigidae 8, 428. saetis horrescere 14, 279. des Cyclopen 13, 846. hirtae 850.

saetĭger (setig.), ĕri, Borsten tragend, pecoris saetigeri 14, 289. sues saetigeros 10, 519. *Subst.* b. Borstenträger bh. Eber 8, 376.

saevio, ii, itum, īre, wüthen, toben 2, 400. v. Thieren 8, 416. rabieque fameque 11, 369. fera in umbram 4, 713. in pecudes 8, 296. in aves 11, 345; hiems saevit 13, 709. in quem mea saeviat ira 14, 193. cinis sepulti in genus hoc 13, 504; m. *Inf.* manus impia saevit sanguine Caesareo Romanum extinguere nomen 1, 201. [Nur saevit, saeviat.]

saevĭtia, ae, f. Wildheit, Heftigkeit, des Boreas 6, 688. des Blitzes, minus saevitiae 8, 306; Zorn 4, 550. [Verschl.]

saevus, a, um, wild, wüthend, v. Thieren, ferae 4, 404. lea 4, 102. canes 7, 64. ora 4, 715. bracchia des Scorpions 2, 82; v. Göttern u. Menschen wild, zornig, grausam, mens 8, 470. Hector 13, 177. Achilles 12, 582. tyrannus 6, 581. Iovis coniunx 9, 198. nimium saeva in paelice gravisam an 4, 547. Diana 13, 185. proles saevior ingeniis 1, 126. saevior indomitis iuvencis 13, 798. saevorum saevissime Centaurorum 12, 219. manus 5, 477. dens 15, 82; v. Sachen, pontus 14, 439. 559. venti 12, 8. 5. 6. ignes 2, 313. saevior ibat vom Gießbach 8, 571. bellum 6, 464. caedes 1, 161. clades 7, 561. vulnus 10, 131. bipennis 8, 766. telum 12, 381. faces 10, 350.

sagax, ācis, von scharfen Sinnen, v. Hund scharfspürend 3, 207. canibus sagacior anser schärfer hörend 11, 599; übertr. scharfsichtig von e. Seher 8, 316. m. *Inf.* (dicht.), ventura videre 5, 146.

sagitta, ae, f. Pfeil, volucris 9, 102. celeris 8, 380. certa 1, 519. occulta 12, 596. Scythica 10, 588. semel missa 8, 695. acta est per iugulum pennis tenus 6, 258. Herculis 13, 51. iterum visurae regna Troiana (f. Philocteten) 9, 232. [Griech. Genush.]

sagittĭfer, ĕra, um, Pfeile tragend, pharetra 1, 468.

sal, salis, m. *Pl.* salles, amaris salibus 15, 286.

Salămis, īnis, f. Stadt auf d. Insel Cypern, von Teucer dem Sohne Telamons gegründet 14, 760.

salictum, i, n. (salix) Weidengebüsch. *Pl.* cava 5, 590. densa 11, 363.

salignus, a, um, von Weiden, weiden, lectus 8, 659. sponda pedesque 8, 656. fronde 9, 99. [Verschl.]

salio, ii u. ui, sultum, īre, springen, hüpfen, ranae in gurgite 6, 382. cauda colubrae 6, 559. saliens grando 14, 543. salientes pisces zappelnd 3, 587. venae saliunt klopfen, pochen 10, 289. salientia viscera 6, 390. pectora 8, 605.

salix, icis, *f.* Weide 13, 800. curva 5, 594. lenta 9, 336. amnicolae 10, 96.

Sallentinus, a, um, sallentinisch, dem Volke der Sallentiner in Calabrien gehörig, Neretum 15, 51.

Salmacis, idis. *f.* 1) Quelle bei Halicarnasus in Carien, die in d. Ruf stand, daß ihr Wasser weiblich verweichlichend wirke, dah. obscenae undae (*Gen. qual.*) 15, 319. 4, 286. — 2) d. Nymphe dieser Quelle, die mit Hermaphrobitus zum Mannweibe zusammenwächst 4, 306 [*Voc.* Salmaci].

saltātus, us, *m.* das Tanzen, saltatibus apta inventus 14, 657.

saltem, *Adv.* wenigstens 2, 126. 390. 4, 334 u.ö.

I) **saltus**, us, *m.* das Springen, b. Sprung, saltu 3, 42. 8, 365. levi 7, 767. agresti 14, 521. longis saltibus 15, 577. saltum, saltus dare machen 4, 552. 2, 165. 3, 599. 688. fluctus saltus dat intra texta carinae 11, 524. saltum facere 2, 314.

II) **saltus**, us, *m.* Waldtrift, Waldung, toto saltu 9, 47. *Pl.* 2, 498. 699. saltus legere 5, 578. silvá et notis saltibus 15, 872.

sālus, ūtis, *f.* Wohlfahrt, Heil, omnia in te posita est 3, 643. petit perque suam contraque suam salutem 6, 477. Rettung 1, 534. salutem debere 7, 164. quaerere fugá 14, 236. salutis spes 7, 564. salutis dubius 15, 438. — meton. Wunsch des Wohlergehens, Gruß, dictá acceptáque salute 14, 11. 271. salutem afferre alcui blatea 6, 624. quam nisi tu dederis, non est habitura salutem, hanc tibi mittit amans den Wunsch des Wohlergehens, das ihr nicht zu Theil werden wird, wenn du es ihr nicht verleihst 9, 530.

salūtifer, ēra, um, Heil bringend, sors 15, 632. salutifer toti orbi 2, 642. venit urbi 15, 744.

salūto, āvi, ātum, āra, grüßen, begrüßen, matrem 9, 378. deum laeto clamore 15, 731. absentem pro se memori ore salutent 6, 508. regem mich als König 7, 651. socerum 4, 786. montes agrosque 3, 25. zum Abschied, assuetas domos 15, 687. vox salutantum 5, 295.

salvē (*Imper.* v. salveo wol sein), sei gegrüßt 2, 428. 17, 590. 15, 561.

salvus, a, um, wolbehalten, salvá pietate (*Abl. abs.*) unbeschadet der Pflicht geg. d. Mitgeschöpfe 15, 109.

Samius, ii, *m.* ein Samier (s. Samos 1), vir ortu Samius der berühmte Philosoph Pythagoras, der, um 580 v. Chr. auf Samos geboren, mehrjährige weite Reisen, bes. nach Aegypten machte. Als er bei s. Rückkehr das Vaterland durch d. Tyrannei des Polycrates unterdrückt fand, wanderte er nach Unteritalien aus, wo er, vorzügl. in Croton, zahlreiche Schüler um sich sammelte. Er starb um 504 zu Metapontum 15, 60.

Samos, i, *f.* 1) Insel an d. Westküste Kleinasiens, Iunonia weg. des dort herrschenden Cultus der Juno 8, 221. [*Acc.* Samon 15, 41.] — 2) Insel im ion. Meere, bei Homer Σάμος u. Σάμη, später Cephallenia, zur Herrschaft des Ulisses gehörig 13, 711 [*Acc.* Samon].

sānābilis, e, heilbar, nullis herbis 1, 523.

sanctus, a, um (*Part.* v. sancio), unverletzlich, heilig, ehrwürdig, v. (Göttern u. göttlichen Dingen, dea 1, 872. 9, 691. deûm genetrix 14, 536. mons Tmolus als Berggott 11, 172. luci 15, 793. arae 3, 738. flammae 6, 164; sanctius his animal e. erhabeneres Geschöpf 1, 76. — titl. reia, ehrwürdig, coniunx Livia, die Gattin des Augustus 15, 836.

sanguineus, a, um, aus Blut, blutig, guttae 2, 360. 14, 408; blutig, blutbefleckt, manus 1, 149. caedes 13, 85. lingua 3, 67. pectus 9, 126.

sanguis, inis, *m.* Blut, nec sanguine sanguis alitur 15, 176. generi cruorem sanguine cum soceri permiscuit ensis 14, 802. ater 12, 256. niger 12, 326. puniceus 4, 727. calidus 6, 238. vivus 5, 436. spissus 11, 367. concretus 13, 492. humanus 9, 194. iuvenilis 7, 334. virgineus 13, 28. Actaena = Actaeorum 8, 170. maternus = matris 5, 289. consors = consortis 8, 444. sceleratus 5, 293. sons 13, 562. generosus 13, 457. liber 13, 469. votus den Göttern 8, 265. giftiges, serpentis 2, 652. sanguinis haustus (d. [.]) 4, 118. nil sanguinis keinen Tropfen Bl. 13, 267. b. Blut in d. Wangen u. im Körper, oris induruit so daß keine Schamröthe mehr in d. Wangen stieg 10, 241. relinquit corpus 3, 59 et color et sanguis fugit 10, 459. stabam sine sanguine blutlos, bleich 14, 210. silex sine sanguine blutlos 5, 249. corpus 11, 736. color 6, 804. letum sine sanguine unblutig 9, 618. epulae 13, 82; bildl. spara lunares sanguine currus 15, 790. — meton. Blut = Mord, Tödtung, sanguine gaudet 1, 235. Caesareo Calore 1, 201. fraterno tecto 11, 268. Cretaei sanguine tauri um der Tödtung willen 7, 434. plebis 12, 609. multo sanguine fudi unter vielem Blutvergießen 13, 256. 12, 71. — meton. Blut — Geschlecht, nostro sanguine genitum 2, 90. 5, 85. 13, 31. 706. materno a sanguine iunctus v. mütterl. Seite her 2, 368. te fecit avum de sanguine nostro von meiner Seite her 14, 589. aliena sanguine nostro 9, 326. Neleï sanguinis auctor 12, 558. 13, 142. sanguinis ordo Geschlechtsfolge, Stammbaum 13, 152. Blutsverwandtschaft, nomina sanguinis bb. die Namen Bruder, Schwester 9, 466. iunctam sibi sanguine ihm blutsverwandt 9, 498; — Kind, pro meo sanguine 5, 615. laudem ut cum sanguine penset 13, 192. [sanguis 12, 127 (d. Texte).]

sanies, ëi, f. verdorbenes Blut 7, 838. — übertr. gift. Geifer 4, 494.

sano, ävi, ätum, äre, heilen, vulnera 14, 23. habeo, quod sanet carmine et herbis ein Heilmittel von Zaubersprüchen u. Kräutern 10, 397.

sanus, a, um, gesund; geistig, bei gesundem Verstand, vernünftig, cui sano 7, 737. mens Vernunft 8, 85. male sanus nicht recht bei Sinnen 3, 474. 4, 521. si non male sana fuissem recht bei Sinnen 9, 600. sanior 7, 18. 9, 542.

sapiens, ntis (Part. v. sapio) klug, verständig, weise, a sapiente puella 10, 622. consilium 13, 433. Subst. der Kluge, pugnacem sapiente minorem esse 13, 354.

sapienter, Adv. klüglich, weise, agere 13, 377. sapientius 2, 102.

sapio, ivi u. ii, ere, eig. schmecken; klug, verständig sein, si sapies 14, 675.

sarcina, ae, f. Bürde, matri prima sarcina fuerat Leibesbürde 6, 224.

sarcülum, i, n. leichter Hacke, Pl. 11, 36.

Sardes, ium, f. Hauptstadt v. Lydien, magnae 11, 137. 152.

sarissa, ae, f. die Sarisse, lange Stoßlange von 21 bis 24 Fuß, Hauptwaffe der macedon. Phalanx, Macedonia 12, 466. 479.

Sarpedon, onis, m. Fürst der Lycier u. tapfrer Bundesgenosse der Troer, von Patroclus erlegt, Lycius 13, 255.

satelles, itis, m. Trabant, Begleiter, collect. 14, 354.

satio, ävi, ätum, äre, sättigen, canes satiatae sanguine 3, 140. ignes satiantur odoribus 4, 759. fretum aquis wird satt 8, 836; übertr. cor ferum satia 6, 282. 9, 178. ira satiata (esse) fertur 3, 252. satiatos m. Gen. (bidl.) gesättigt an, ferinae caedis 7, 808.

satis u. sat [8, 24], genug, hinlänglich, Adv. nec satis hospitium est genügt 7, 403. id satis fuerat hätte genügt 15, 108. id mihi satis est 4, 127. 11, 85. unum vulnus satis illi erat ad fata 6, 642. quod orbibus satis esse poterat hätte genügen, hinreichen können 8, 632. non satis est m. folg. Hauptsatz nicht genug 2, 358. 8, 863. haud satis est quod nicht genug daß 5, 92. 15, 127. satis est m. Inf. es genügt, vidisse 1, 500. 14, 590. 8, 24. nymphae flere 14, 420. m. Acc. c. Inf. esse Iovem 3, 283. 8, 502. 13, 319; non satis habet cognosse ist nicht zufrieden 15, 4; m. Gen. satisque superque sacri 8, 201. consilii satis est in me mihi habe genug 6, 40. satis mihi est animi m. Inf. 3, 559. m. Dat. c. Inf. cum sit satis esse fideli 13, 219. — bei Adj. s. tutos 1, 196. 357. 2, 385. 431. 7, 737. nulli (avi) satis aequus seinem recht freundlich 11, 344; bei Verb. fortunam dies habuit satis 3, 149. 12, 489. satisque ac super ostendit genug u. übergenug 4, 429.

satur, ra, rum, satt, gesättigt, capellae 15, 472. saturos suco ambrosiae 2, 120.

Saturnïus, a, um, von Saturnus stammend, proles Picus 14, 320. — Subst. Saturnïus, ii, m. der Saturnier, Sohn des Saturnus, Jupiter 8, 703. pater Saturnius 1, 163. Saturnius Iuppiter 9, 242; Pluto 5, 420; Saturnïa, ae, f. b. Tochter des Saturnus, Juno 1, 612. 616. 722. 2, 531. 3, 271. 293. 333. 365. 4, 464. 6, 330. Saturnia Inno 4, 448. [Nach b. 4. Urse; nach b. 3. Rise 1, 435. 8, 203. 9, 176. 14, 782.]

Saturnus, i, m. Sohn des Uranus u. der Gäa (des Himmels u. der Erde). Solange er über d. Welt herrschte, war d. goldene Zeitalter. Er wurde jedoch von Jupiter gestürzt u. in d. Tartarus gestoßen 1, 113. Zur Gemahlin hatte er seine Schwester Ops (d. f.) 9, 498. Kinder von ihm waren: Jupiter (15, 858), Neptunus, Pluto, Juno, Ceres, Vesta; außerdem Picus (s. Saturnius)

u. der Centaur Chiron, den er in Gestalt eines Rosses zeugte 6, 126.
satūro, āvi, ātum, āre, sättigen, leones saturati caede armenti 10, 541.
palla Tyrio murice 11, 166.
Satyri, orum, m. die Satyrn, die ausgelassenen Begleiter des Bacchus 4, 25.
11, 89. Später ähnlich den Faunen als
ländl. Gottheiten aufgefaßt, mit kleinen
Hörnern u. Bocksfüßen 1, 193. 692.
6, 393. 14, 637. *Sing.* in Gestalt
eines Sat., Jupiter 6, 110. der Satyr
Marsyas 6, 383.
saucius, a, um, verwundet, verletzt 2,
361. 8, 719. agna 8, 527. mem-
bra 2, 662. saucius vulneribus 12,
206. morsu 11, 373. armo 12, 302.
wundenbedeckt 9, 204. *Subst.* saucius
der Verwundete 12, 280; v. leblosen
Gegst. tellus vomeribus 1, 102. trabs
recuri 10, 373. glacies sole 2, 809.
saxeus, a, um, steinern, von Stein
14, 73. 15, 318. moles 12, 289.
saxea facta versteinert 4, 557. stupuit
ceu saxea wie versteinert 6, 609.
saxificus, a, um, versteinert, vultus
Medusae 5, 217.
saxum, i, n. Felsblock 1, 679. e monte
revulsum 12, 341. des Sisyphus 4,
460. 13, 26. obstructa 3, 570; Felsen, altum 11, 340. arentia 13, 691.
dumosa 10, 535. silvis horrentia 4,
778. saxa moves gemitu 13, 48. 14,
338. per rupes, scopulos, saxa 8,
226. 5, 618. Klippen 15, 704. —
Stein überh. 1, 400. 2, 707. gelidum
1, 876. vivum 5, 317. 13, 810. re-
sonantia 8, 18. saxa saxis iactare
15, 347. bei Versteinerungen 2, 830.
4, 752. 6, 309. serpentis imagine
12, 23. umor oculorum induruit
saxo durch Versteinerung 5, 233. als
Material, saxa columnae 5, 160. solido saxo structa moenia 6, 573. simulacra facta de saxo 7, 358. Grabstein 2, 326. 8, 539.
scaber, scabra, um, rauh, fauces robigine 8, 802.
scala, ae, f. gem. *Pl.* b. Leiter 14, 650.
scelerātus, a, um, durch Frevel befleckt, limina Thracum 13, 628. sedes die Stätte des Frevels, der Tartarus 4, 456. — frevelhaft, verrucht,
ruchlos, v. Menschen 1, 127. 6, 213.
noverca 15, 498. facto pius et sceleratus eodem 8, 5. ne sit scelerata,
facit scelus 7, 340. sceleratior illo
11, 781. praecordia 8, 792. viscera
4, 113. sanguis 5, 293. arma 5,
102. munera 8, 94. amor habendi
1, 131. *Subst.* sceleratus b. Frevler,
Bösewicht 5, 87. 8, 497. 754.
scelētus, i, m. Skelett, Gerippe, 10,
225.
scelus, eris, n. Frevel, Verbrechen 3,
142. 5, 278. lugubre 10, 225. sceleris ministerium 3, 645. molimen
8, 473. indicium 6, 578. praemia
8, 106. futuri metu 8, 465. sibi
conscia 10, 387. hortator scelerum
13, 45. scelus facere begehen 7, 340.
persequi 8, 774. effugere 10, 342.
in scelus addendum est scelus 8,
484; — frevelhaftes Wort, quod scelus excidit ore 7, 172.
sceptrum, i, n. (σκῆπτρον) Scepter,
Herrscherstab 13, 680. eburnum 1,
178. 7, 108. regale 5, 422. capulus sceptri 7, 506. *Pl.* v. einem,
caelestia manu tenere 1, 596. 11,
560. gemmantia 3, 265. — meton.
für Herrschaft 14, 570. sceptrum tradere alcui 14, 819. tenere 14, 812.
perenni potiere 15, 585. summa
dati sceptri 13, 192. gravitas 2,
847. *Pl.* loci sceptra capere 6, 677.
Schoenēius, a, um. vom böot. König
Schöneus (Σχοινεύς) abstammend, virgo Atalanta (b. [.]) 10, 660. *Subst.*
Schoeneia die Tochter des Schöneus 10,
609.
scilicet (a. sci licet), *Adv.* zur Bekräftigung dienend, natürlich, offenbar
2, 90. 7, 792. scilicet plus est? fürwahr ist es denn mehr 15, 752. freilich 6, 484. sed scilicet aber freilich
8, 185. 13, 920; m. Bitterkeit ob. Iro-
nie, freilich 2, 471. 3, 647. 5, 22.
13, 288. scilicet vellem (ferrem) ihr
meint wol freilich, ich würde 13, 460.
in b. Frage also 15, 91. — erklärend
nämlich 4, 341. 9, 346.
scindo, scidi, scissum, ere, zerspalten,
nebulas 2, 159. freta ictu der Ruder
11, 463. fistula scinditur bekommt e.
Spalt 4, 129. amnis in geminas partes spaltet sich 15, 739. zerreißen, sinus das Busengewand 10, 386. crinem
zerraufen 11, 683. scissae capillos
cum veste — capillos et vestem (*Acc.*
limit.) das Haar zerrauft u. das Gewand zerrissen 4, 546. 8, 526. abreißen, vestem a pectore 7, 848. 9,
166.
scintilla, ae, f. Funke 7, 80.
scio, ivi, itum, ire, wissen 3, 443.
15, 623. alqd 12, 440. 13, 203.
multa 14, 696. futura 3, 338. m.
Acc. c. Inf. 2, 392. 10, 427. sciet
er soll wissen 9, 258. scite 15, 142.

scires man konnte wissen, erkennen 1, 182. 6, 28. scit bene 13, 68. m. indir. Fr. 2, 170. 4, 410. 5, 520. 6, 680. — erfahren, crimen per alqm 2, 616. 10, 419. tamquam tunc denique raptam (esse) scisset 5, 472. m. indir. Fr. 18, 672.

Sciron, ŏnis, *m.* e. Räuber in Megaris, der die Reisenden zwang ihm im Meere d. Füße zu waschen, wobei er sie in d. Tiefe stieß. Von Theseus widerfuhr ihm das Gleiche 7, 444. Nach ihm sind d. scironischen Felsen am Isthmus benannt 7, 447.

scitor, ātus sum, āri (scisco), erforschen, erfragen, omnia 2, 548. causam viae 2, 511. nomen dei 2, 741. digna relatu 4, 793. m. de, de coniuge wegen 10, 664. bei Jem. ab alqo, scitabere ab ipso 1, 775. 10, 357. m. indir. Fr. 11, 622. [*Alter Inf.* scitarier 2, 741.]

scitus, a, um (*Part.* v. sciscor), erfahren, kundig, vadorum 9, 108.

scopulus, i, *m.* hervorragende Felsspitze, Klippe 3, 220. 593. 4, 525. 11, 788. 18, 801. brevia emicat gurgite 9, 228. Mavortia der Areshügel neb. der Burg d. Athen 8, 70. scopuli Sirenum (b. [.]) 14, 88; großes spitzes Felsstück, immanem misit in undas 14, 182; bildl. scopulos in corde gestare Felsen 7, 83.

scorpius, ii, *m.* (σκορπίος) d. Scorpion 15, 271. — Scorpios, ii, *m.* das Sternbild des Scorpion, das sonst mit s. weitgekrümmten Scheren den Raum zweier Bilder im Thierkreise einnahm (2, 197), bis man später den Scheren den Namen der Wage gab 2, 198. [*Acc.* Scorpion 1, c.]

scribo, psi, ptum, ĕre, einritzen, schreiben 9, 528. scripta soror fuerat geschrieben hatte gestanden 'Schwester' 9, 528. *Subst.* scriptum, i, *n.* das Geschriebene, d. Schrift 10, 206.

scrobis, is, *m.* selt. *f.* Grube, scrobibus duabus 7, 243. *Pl.* v. einer, scrobibus opertis 11, 189.

scrutor, ātus sum, āri, erforschen, mentes deûm 16, 137.

sculpo, psi, ptum, ĕre, meißeln, schnitzen, ebur 10, 248.

Scylacēus, a, um, von Scylacēum, einer Stadt in Bruttium, litora 15, 702.

Scylla, ae, *f.* 1) eine durch ihre Brandung gefährliche Klippe in d. sicilischen Meerenge 14, 70. 73, ursprüngl. e. Nymphe, Tochter der Cratäis, vom Meergotte Glaucus geliebt 13, 730. 967.

14, 18, aber durch e. Zauber der Circe in e. Scheusal verwandelt, aus dessen Leibe reißende Hunde hervorwuchsen 14, 52 ff. 7, 85. — 2) Tochter des Königs Nisus v. Megara 8, 17. Nisëis virgo 8, 35, die aus Liebe zu Minos ihrem Vater seines purpurnen Haares beraubt (s. Nisus) u. dann von Minos verschmäht, sich ins Meer stürzt u. in den Seevogel ciris verwandelt wird 8, 91 ff.

Scyros, i, *f.* 1) Insel nordöstl. v. Euböa, Sitz des König Lycomedes, dessen Tochter Deïdamia dem Achilles den Pyrrhos gebar 13, 156 [*Acc.* Scyron]. — 2) Stadt in Klein-Phrygien, von Achilles erobert 18, 174 [*Acc.* Scyron].

Scythia, ae, *f.* das Land der Scythen, Gesammtname der nördl. Länder Europas u. Asiens von d. untern Donau bis zum casp. Meere 1, 64. 2, 224. glacialis 8, 788.

Scythicus, a, um, scythisch, oras 5, 649. v. den Küsten des schwarzen Meeres 7, 407.] montes 15, 285. sagitta d. Hauptwaffe der Scythen war Bogen u. Pfeil 10, 588. Diana (b. [.]) 14, 331.

Scythides, um, *f.* die Scythinnen 15, 360.

sē-cēdo, ssi, ssum, ĕre, bei Seite gehen 11, 184. quamvis secessit obwol er aus ihrer Nähe ist 6, 490; weggehen, sich entfernen, de coetu 2, 466. sich trennen, a corpore 8, 467.

sē-cerno, crēvi, crētum, ĕre, absondern, scheiden, flores 14, 267. stamen secernit harundo (b. [.]) 5, 56. caelum ab aëre 1, 93. *Part.* secretus abgeschieden, entlegen, pars domus 9, 737. montes 11, 765. litora 12, 196. secretaque silva Gereng. zu nemus umbrosum 7, 75. *Subst. neutr.* secreta e. entlegener Ort 13, 668. secreta nemorum entlegene Waldungen 1, 694. — bildl. *Part.* secretus geheim, artes 7, 138. *Subst. neutr.* secreta Geheimes, loqui 4, 224. 9, 559. Geheimnis 2, 856. abdita 2, 749.

seclus s. saeclum.

sĕco, cui, sectum, āre, schneiden, limes sectus est in obliquum ist in schräger Richtung geschnitten 2, 130. cortex sectus in die e. Einschnitt gemacht ist 9, 659; abschneiden, herbas secuere 13, 930. sectam partem (de tergore) 8, 650. secti capilli als Zeichen der Trauer einem Todten geweiht 8, 608. — scheiden, theilen, congeriem 1, 33. zonae secant caelum 1, 46. — durchschneiden, durchziehen wie mit e. Furche,

freta puppe 7, 1. 11, 479. undae
vada nota secantes 1, 370.

secundus, a, um (sequi), der folgende,
nächste, zweite, der Reihe nach, pomum
10, 671. mensae Nachtisch 8. 673.
nach primos zunächst 1, 659. coepta
expugnare secundum est das Nächste
9, 619; dem Schall, Werth nach, tela
zweiten Grades 3, 307. Marte secundum esse alicui (bildl.) Einem nachstehen 13, 360. — folgend, v. Wind,
dah. günstig, flatu secundo 13, 418.
14, 726. v. Meeresströmung, aestu
secundo 18, 680. 726; übertr. res
secundae Glück 8, 138. tonitrus bei
d. Griechen der auf d. rechten, bei d.
Römern der auf d. linken Seite gehörte
7, 619. clamor Beifallsgeschrei 8, 420.
[Verschl. außer 1, 859.]

securifer, eri, Streitaxt tragend, se-
curiferum Pyracmon 12, 460. [Nur
hier.]

securis, is. f. Beil, Axt, als Waffe
securim ancipitem doppelschneidig 8,
397. Opferbeil, securi 15, 126. sa-
crifica 12, 249. secures 7, 428. Holzart, securi 8. 28. 8. 741. 754. 10,
372. securibus 9, 374. [D. dreisilb.
formen Verschl.]

securus, a, um (a. se — sine u. cura),
sorglos, unbekümmert 1, 100. 11, 428.
gaudia 7, 455. hostis horum unbekümmert 12, 129. artus um d. Flamme
8, 240. secura (subl) summa malorum macht unbekümmert 14, 490. um
etw. Gen. futuri 6, 157. suis um d.
Schwein 7, 436. vola animi secura repulsae unbesorgt um, sicher vor 12,
199; der Sorge enthoben, sorgenfrei
7, 662. 9, 785. secura natâ receptâ
5, 572. — übertr. v. Orten sicher, ne
foret terris securior aether 1, 151.

secus, Adv. anders, meist [Neg. nur]
m. Negat., in Vergleichen non secus
quam nicht anders als, ebenso wie
2, 727. 6, 455. 12, 102. 480. haud,
non secus ac 9, 40. 15, 180. m.
folg. ita 8, 162. [non, haud secus Verschl.
auf.]

sed, Conj. des Gegensatzes, aber, doch,
jedoch, allein 1, 160. 190. oft nach
quidem (b. f.) bei Einwürfen 1, 897. 5,
333. sed scilicet aber freilich 3, 135.
13, 920. sed et aber auch 11, 688.
15, 496. 10, 27. sed tamen [meist
Verschl.] aber dennoch, aber doch, doch
2, 290. 3, 395. 4, 401. 604. 5,
234. 607. 6, 46. 7, 718. 730. 8,
128. 434. 9, 682. 10, 27. 120. 445.
11, 688. 13, 278. 15, 500. nach-
brücl. wiederh. sed tamen — sed —
sed tamen 5, 607. 7, 718. sed enim
auf d. Vermischung eines abwehr. u.
begründenden Satzes beruhend, aber,
aber freilich, aber natürlich 1, 503 (=
sed deus sequitur, non enim sustinet). 6, 152 (= sed praeter cetera
progenies, neque enim coniugis artes usw. sic placuere). 5, 636.
7, 667. 9, 248. 10, 323. 11, 13.
401. 12, 516. 13, 141. 14, 641. —
nach e. negat. Satze sondern 1, 93.
138. 274. 405. non tantum — sed
nicht nur — sondern 1, 138. sed et
13, 319. non solum — sed et 8, 755.
nachdrückl. wiederh. 1, 595. 6, 612.
dreimal 5, 17. [Nachgestellt 3, 744. 5,
350. 6, 701. 7, 559. 8, 691. 9, 608. 11,
542. 12, 447. 14, 476.]

sedeo, sēdi, sessum, ēre, sitzen 1,
667. 2, 831. 7, 186. sederat spec-
tator als 10, 575. sedendo beim
Sitzen 2, 820. m. in u. *Abl.* in mole
2, 12. in saxo 10, 44. thalami in
culmine 6, 432. in solio 2, 23 (aber
bloß solio 8, 650. 14, 261). m. bloßem *Abl.* sedibus altis 6, 73. humo
undâ 4, 261. marmoreo recessu 1,
177. 14, 261. cumbâ aduncâ 1, 293.
frenato delphine 11, 237. ante fores
4, 453; bildl. — lagern, fronte sedent
nebulae 1, 267. pallor in ore 2, 775.
von e. Schloß, plaga sedet sitzt 9, 68.
ossa sederunt in cerebro stecken 12,
289. festsitzen, nunc sedet Ortygie
15, 337.

sedes, is, f. Sitz — Sessel, altae 8, 72.
— Wohnsitz, Behausung 1, 574. 5, 497.
10, 38. caelestis 4. 447. inferna 3,
504. tenebrosa 5, 869. scelerata der
Gottlosen 4, 456. Erycis 14, 83. senatus 15, 848. Pl. 1, 218. 14, 96.
510. 15, 35. 738. aetheriae 2, 513.
5, 348. 15, 449. infernae 4, 439.
Stygiae 14, 155. silentum 15, 772.
sacrae Lavini 15, 728. patriae 15,
22. Behausung der Seele, b. Leib,
priore sede relicta 15, 159. 11, 768.
— Platz, Stätte 2, 646. 4, 78. hac
sede posuistis Tyron 8, 639. Ruheplatz 6, 187. 7, 445. Grund, Boden,
ima de sede terrae emissum 5, 821.
Athon Pindumve revulsos sede suâ
11, 655. terris et inerti sede relictâ
Hendiad. fl. inerti sede terrarum 15,
148. dum solidis sedibus adsitas auf
festem Boden 2, 147.

sedile, is, n. Sitz, Sessel, posito sedili 8, 639. sedilia facta viro saxo
5, 317.

sēdĭtĭo, ōnis, f. Spaltung, Aufruhr, turbida 9, 427; personificiert als Begleiterin der Fama, repens plötzlich entstrebend 12, 61.

sēdo, āvi, ātum, āre, machen daß sich etw. setzt, stillen, beruhigen, sitim 3, 415. ieiunia 15, 83. sedatis ventis sich beruhigen 15, 349.

sē-dūco, xi, ctum, ĕre, bei Seite führen, hunc blandā manu 2, 691. bei Seite setzen, vina paulum seducta 8, 673 — sondern, trennen, castra (b. s.) 13, 611. *Part.* seductus ab agmine 3, 379. tellus ab aethere 1, 80. entfernt, entlegen, terras longe seductus 4, 823. recessus gurgitis 13, 902.

sēdŭlĭtas, ātis, f. Emsigkeit, Geschäftigkeit 10, 409.

sēdŭlus, a, um. emsig, geschäftig 8, 640. apis 13, 928. male sedula nutrix unheilvoll geschäftig 10, 438.

sēges, ĕtis, f. b. Saat auf d. Felde, von d. Aussaat bis zur Ernte, arida 2, 213. 12, 274. aristae segetis canae 10, 655. clipeata virorum 3, 110. *Pl.* 1, 137. 272. 295. 5, 482. crescentes 8, 290. — Aussaat, concurret suae segetis (*Gen. qualit.*) tellure creatis hostibus den Feinden seiner eigenen Aussaat, die er selbst gesäet 7, 80. (Anb. richtiger suae segeti, wozu hostibus Appositum ist.) — Getreide, als reife Frucht 13, 662.

segnis, e, lässig, säumig 3, 246. non segnior alite 7, 770. mora 3, 568. segnibus actis durch lässiges Handeln 13, 500.

sēlĭgo, lēgi, lectum, ĕre (lego), auslesen, -wählen, Vertomnum tori socium tibi selige 14, 678.

semanimis s. semi animis.

sĕmĕl, Adv. ein mal = ein einziges mal 14, 591. 844. sagitta semel missa bei einmaligem Schuß 8, 595. Ggs. iterum 2, 845. plures 8, 729. non semel = wiederholt 1, 692. — tonloses einmal, bei Dingen, die nicht mehr zu ändern sind, semel pollutos penates 5, 155. ut semel imposita est carinae 6, 511. cum semel 11, 433. si semel 13, 101.

Sĕmĕle, es, f. Tochter des Cadmus. Von Jupiter geliebt, wird sie von der eifersüchtigen Juno, die in Gestalt ihrer Amme zu ihr kommt, beredet, denselben zu bitten, ihr in gleicher Gestalt zu erscheinen, wie er die Juno umarme. Als er ihr nun als Donnergott naht, verbrennt Semele von seinen Blitzen; doch rettet Jup. den noch ungeborenen Bacchus aus den Flammen 3, 261 ff. paelex Tyria 3, 258.

Sĕmĕlēĭus, a, um, von Semele stammend, proles Bacchus 3, 520. 5, 329. 9, 641.

sēmĕn, ĭnis, n. Samen, v. Pflanzen, quercus de semine Dodonaeo 7, 623. natos sine semine flores ungesäet entsprossen 1, 108. *Pl.* Samenkörner, Samen 4, 749. 5, 480. 15, 112. Cerealia 1, 123. iacta 5, 485. spargere humo 5, 646. bildl. v. d. gesäeten Drachenzähnen, nova semina eine neue Art Samen 4, 573. praetincta veneno 7, 123. mortalia eine Menschensaat 3, 105. v. Goldsand, semen iam veteris venae Römer der schon alten Goldader 11, 144. — v. Menschen u. Thieren, mortali semine cretus 15, 760. genitus de semine Iovis 1, 748. 3, 260. cuius semine concepta est ales 10, 828. impia semina fert utero 10, 470. semina tantum maternā habitavimus alvo 15, 215. meton. für Sprößling, sua semina 2, 629. — übertr. Samen = Stoff, divino semine 1, 78. semina rerum Grundstoffe, Elemente 1, 9. secunda 1, 419. caeli 1, 81. flammae Feuerstoffe 15, 347. generantia ranas Zeugungsstoffe der Frösche 15, 375.

sēmēsus, a, um (a. semi-esus) halbverzehrt 2, 771.

sēmĭ ănĭmis, e, (so, ob. semanimis schrieben die Alten, nicht semianimis), halblebend, halbtodt 7, 577. 845. lingua 5, 106. artus 14, 209.

sēmĭcăper, pri, m. von halber Bocksgestalt, Halbbock, Pan (b. s.) 14, 515. [Nur Ov.]

sēmĭcrĕmus, i, halbverbrannt, stipite 12, 287. [Nur hier.]

sēmĭdĕus, i, m. Halbgott, wie die Nymphen, Satyrn, Faunen ua. *Pl.* 1, 102. semideique deique 14, 673.

sēmĭfer, ĕra, um (ferus), halbthierisch; *Subst.* semifer v. Halbmensch, b. Centaur Chiron 2, 633. *Pl.* die Centauren 12, 406.

sēmĭ hŏmo, ĭnis, m. Halbmensch, *Adj.* semi homines Centauri 12, 536.

sēmĭlăcer, ĕri, halbzerfleischt 7, 341. [Nur hier.]

sēmĭmas, ăris, wf. Halbmann, Zwitter, semimarem 4, 381. *Adj.* semimari ab hosta zwitterhaft 12, 506.

[sēmĭnex] nĕcis, halbtodt, seminaces artus halberkaltet 1, 228.

Sĕmĭrāmis, ĭdis, f. mythische Königin v. Assyrien, Tochter der syr. Göttin Der-

celis. Sie soll die aus Backsteinen errichteten Mauern Babylons gebaut haben
4, 58, u. zuletzt in e. Taube verwandelt worden sein 4, 47. — *Adj.* Se-
mirāmĭus, a, um, sanguine Geschlecht
der Semiramis 5, 85.
sēmĭvĭr, vĭri, m. Halbmann, Zwitter
4, 386.
semper, *Adv.* jederzeit, immer 1, 558.
505.
sēnātus, us, m. der hohe Rath, Senat
zu Rom, gravis 15, 590. prudens (m.
Präd. im *Pl.*) 15, 611. sedes senatus
die Curie 15, 843. [Preisch.]
sěnecta, ae, f. (dicht. u. in d. spätern
Pros.) Greisenalter 6, 500. 7, 337.
14, 143. longa 6, 37. 875. annosa
7, 237. matura 3, 847. occidua 15,
727. senectae pondera 9, 437. gravis
senectā 7, 290. inopem trahere
7, 2. posita senecta 9, 266; übertr.
v. Sachen hohes Alter, vina non longae senectae 8, 672. [Nur *Gen.*, *Acc.*,
Abl.; nie Deutsch.]
sěnectus, ūtis, f. Greisenalter 7, 215.
10, 396. haec dies mein 5, 27. spatiosa 12, 186. annosa 13, 517. aegra 14, 143. [Nur *Nom.*; Deutsch.]
sěnex, sěnis, *Adj.* bejahrt, greis,
Priamus 13, 400. Numitor 14, 773.
v. Flußgöttern 1, 580. 2, 243. Proteus 11, 221. *Compar.* senior be-
jahrter, älter 8, 715. 15, 229. 838.
Inachus 1, 646. Somnus 11, 646.
iudex 11, 157. indigenae '15, 10.
annis höhere 15, 470. — *Subst.* senex
e. Greis, Alter 2, 688. 3, 514. 7,
261. 10. 646. quique senex = et senex, qui (f. Silenus) 4, 26. princi
senes 10, 646. iuvenumque seuum-
que 7, 612; *Compar.* senior der Ältr,
Greis 2, 702. 12, 182. als Anrede
12, 510.
sēni, ae, a, je sechs, bis senis natalibus actis 8, 213; sechs auf ein mal,
sena leonum vellera 12, 429.
sěnīlis, e, greis, greisenhaft, anima
7, 250. umbra 14, 117. gravitas 7,
478. anni Greisenjahre 7, 168. 13,
60. genae 8, 210. vultus 8, 529;
bibl. hiems 15, 212.
sensim, *Adv.* allmählich 2, 870. 4, 254.
sensus, us, m. Gefühl, Empfindung,
Sinn, mors curuit senem 12, 348. timor abstulit omnem sensum animumque 14, 178. *Pl.* 10, 490. ferarum sensibus 11, 43. — Besinnung,
sensus redeunt in pectora 3, 631.
sententia, ae, f. Gesinnung, Meinung,
3, 322. dissidet 15, 618. eadem est

sententia nobis bin noch gleichen Sinnes wie früher 6, 41. animi Herzens-
meinung 9, 588; gefaßte Meinung, Entschluß 9, 517. pugnat secum 15, 27.
certa mihi est 8, 684. flecti non potest 11, 499. stat sententia es ist fest
beschlossen, sic 1, 243. m. *Inf.* 8, 67;
abgegebene Meinung, Rath, non haec
sententia tantum fida, sed et felix
13, 316. Entscheidung, Richterspruch,
sancti montis 11, 172. sententia tri-
tis lata est b. Verdammungsurtheil
fällen 15, 43. sententia candida facta
der in Weiß verwandelte Urtheilspruch,
weil d. schwarzen Steinchen sich in weiße
verwandelt hatten 15, 47.
sentio, sensi, sum, ire, fühlen, empfinden, famem 8, 812. sitim 14, 632.
oscula 10, 293. ignes 7, 116. Vulcanum 9, 252. cannm fera facta
(Ggf. videre) 3, 248. mutua vulnera 14, 771. laetitiam 10, 443. mens
est, quae sentiat ictus empfinden soll
4, 499. nec mens mea cetera sensit
13, 957. (scopulum) quasi sensuram
nantae calcare verentur 9, 218. m.
Acc. c. Inf. pectus trepidare 1, 554.
riguisse lacertos 4, 555. 577. 8, 516.
(Ggf. dicere) ingratum (esse) Iovem
2, 488; hören, nescio quod murmur
5, 597. nec Tartara sentit bekommt
nicht zu sehen, bh. stirbt nicht 12, 619;
b. Wirkung von etw. spüren, erfahren,
pondus 9, 273. opus meae hastae
12, 112. hostem (in) tumulo 13, 504.
procellam 13, 656. nova fata die
Verwandlung 11, 759. te, Neptune,
equum als Roß (bei d. Begattung) 6,
119. übertr. von leblosen Ggst. carina
numinis onus 15, 694. vim geminam
9, 472. purpura Tyrium aënum hat
den tyr. Kessel gekostet, ist darin gefärbt
6, 61. montes pastoria sibila spürten
es, bh. bebten davon 13, 786. ut vestram sentirent aequora curam daß
auch d. Meere eure sorgfältige Nachfor-
schung erführen, daß ihr sie auch auf d.
Meer ausdehnen könntet 5, 557. Phar-
salia sentiet illam 15, 823. — m.
b. Geiste merken, absol. 3, 905. 463.
611. sensimus, amas 10, 408. alqd
3, 107. adulterium 2, 545. culpam 2,
451. furtum 2, 657. fraudem 3, 651.
officium meum 8, 499. amorem 10,
637. hamos 8, 858. quid non sentit
amor 4, 73. m. *Acc. c. Inf.* 1, 604.
2, 230. 416. 8, 862. 15, 208. *Pass.*
m. *Nom. c. Inf.* oscula, quae sentiri possent non esse sororia von
denen man hätte merken können, daß

fie 9, 539. u. indir. Fr. 10, 277. 846. 12, 595. 71. 13, 762; merten, den Sinn v. etw. 10, 434. Verständnis haben für etw. animus sensurus ventros honores 13, 287.

sentis, is, m. Dornstrauch, Dorn, meist [Masc. nur] Pl. 1, 509. bildl. praecordia hamatis sentibus implet bh. mit stachelndem Neid 2, 799.

sentus, a, um, dornig, unbebaut, loca late senta 4, 436.

sē-pāro, āvi, ātum, āre, absondern, trennen, nos 3, 448. geminas Arctos 3, 45. Aonios ab Oetaeis arvis 1, 313.

sēpĕllo, īvi, pultum, īre, begraben, sepultae cinis 13, 615. 15, 370. Subst. sepultus der Begrabene 8, 235. 13, 503. [Begräbl.]

sēpes s. saepes.

sē-pōno, pŏsui, pŏsĭtum, ĕre, bei Seite legen, aussondern, unam de mille sagittis 5, 381; bildl. — weg-legen, graves curas 3, 319.

septem, sieben 2, 205. 5, 326. septem Triones ib. (.) 2, 528.

septemfluus, a, um, siebenfach strö-mend, siebenarmig, Nilus wegen s. sieben Mündungen 1, 422. flumina Nili 15, 753. [Nur Ov.]

septemplex, icis, siebenfach, clipeus weil aus siebenfacher Stierhaut 13, 2. Nilus (vgl. b. vor.) 5, 187.

septēni, ae, a, je sieben, dispar septe-nis fistula cannis 2, 683.

septimus, a, um, der siebente 6, 191. septimus numeratur a Belo 4, 213.

sēpulcrālis (sepulchr.), e, zum Be-gräbnis gehörig, arae (b. f.) Leichen-glut 8, 480. [Nur Ov.]

sepulcrum (sepulchr.), i, n. Grab, Grabstätte 2, 343. 7, 206. 13, 423. 15, 389 patrium 15, 405. fraterna 8, 505. Alqm condere sepulcro 7, 618. 8, 234. Grabmal 9, 503. 11. 705. inane ($\kappa\epsilon\nu o\tau\acute{\alpha}\phi\iota o\nu$) in der Ferne Verstorbenen ob. solchen errichtet, deren Leichnam nicht zu erlangen war 6, 668. b. Grab-mal, das die Griechen dem Achilles in Thracien errichteten 13, 447. — meton. Begräbnis, ius triste sepulcri 13, 472. simulacra functa sepulcris (s. fungor) 4, 435. 10, 14. [Begräbl.]

sěquor, sěcūtus sum, i. folgen, nach-folgen, tempora fugiunt pariter pa-riterque sequuntur 15, 183. usque sequens 3, 21, in quantum quaeque secuta est 11, 71. animo oculisque 13, 529. secuturo similis 5, 289. nec sua sequi sinebam ließ nachkommen 7, 807. turba sequens geleitend, be-gleitend 15, 691. sequentia traxit nubila in suum Geleit 3, 299. 11, 2. m. Acc. praecedentem 11, 65. so-rores 1, 643. alqm ad bella 7, 658. Phinea secuti Gefährten, Begleiter 5, 157. parens folgt dem gleichschnellen bh. bleibt nicht hinter ihm zurück 7, 785. sua femina cervum 9, 782. terga alicuius Jem. im Rücken s. 3, 32. ve-stigia 1, 532. signa pedum 4, 543. curvamina ripae 9, 450. laus sua illa sequente nachrücken 4, 54. vgl. 14, 265. ne non sequeretur aura euntem daß mich b. Wind auf meiner Fahrt nicht im Stiche ließ 9, 589. sich anschließen, Perseïa castra (b. f.) secutus 5, 128. neutra arma (b. f.) 5, 91. sacra dei 3, 576; der Reihe nach folgen, lon-gam pennam breviore sequenti (AW.) 8, 190. zeitl. hodierna luna sequente minor est 15, 197. prodigiis fratrem secutis st. fratris prodigium secutis 11, 410. dicta fides sequitur 3, 527. 8, 711. gemitus sunt verba secuti 8, 884. 9, 761. 13, 123. vocem hasta 12, 82. somni fugam lux 15, 664. 'me miserum' dicturus erat, vox nulla secuta est erfolgte 9, 201. — verfolgen, Ggs. fugere 2, 576. 3, 228. volvitur Ixion et se sequiturque fugitque sich selbst 4, 461. sequentes Satyros 1, 692. sequens der Verfolger 7, 783. 14, 519. m. Acc. feras 3, 498. hostem 13, 548. genitus Pan-dione 6, 668. spem vanam 14, 364. — folgen, nachgeben, von etw. gelockt, secutae faciem loci 3, 414. silvae secutae carmina 11, 45. melius se-querere volentem 14, 28. 35. ne me fugiens ventos sequerere 11, 695. bildl. magna sequar 7, 56. exempla deorum 9, 555. deteriora befolgen 7, 21. det, quod turba sequatur 13, 221. — übertr. Folge leisten, sequar ora moventem deum 15, 143. qua vocat ira sequemur 5, 668. si modo verba sequantur ihrer Bemühung zu sprechen 1, 647. nec vox temptataque verba sequuntur (linguam) 11, 326. ut re-tia sequantur leves tactus 4, 180. lignum vix (manum trahentem) 12, 872. nec sequitur ducentem lacteus umor fließt dem Saugenden nicht 9, 358. — erreichen, spem Veneris 9, 738. frigus letale secutum est cor-pus inane animae ergriff 2, 611. [Zu-weilen Pass. Formen mit d. Bedeutung ‿—— u. ‿‿— im Versschl.]

sēra, ae, f. Thürriegel 8, 629. tristis 14, 710.

sĕrēnus, a, um, heiter, hell, klar, caelum, 2, 821. caelo sereno (*Abl. abs.*)
bei 1, 168.
sēries (außer *Nom.* nur seriem, se-
rie), f. d. Reihe, malorum 4, 564. fati
Reihenfolge 15, 152. Ahnenreihe 13, 29.
Sēriphos, i, f. eine d. cyclad. Inseln,
parva 6, 242. [*Acc.* Seriphon 5, 251.
7, 464.]
sermo, ōnis, m. (sero aneinander
reihen) Gespräch, Unterhaltung 1, 683.
4, 570. 7, 861. 12, 159. sermonem
committere anknüpfen 6, 448. captare
3, 279. aliquid in sermone est ist
Gegenstand des Gesprächs 12, 165.
longo tenere alqm 3, 864. fallere
sermonibus horas 8, 651. 14, 121.
pauca mediis sermonibus locutus
nach wenigen Zwischengesprächen 7, 674.
— b. zwanglose, nicht förmliche Rede
11, 174. vario sermone 4, 59. 9, 419.
hoc sermone silentia rupit 1, 208.
Erzählung 10, 679. a sermone senis
surrexere toris nach d. Erzählung 12,
578. — das Gerede der Leute, *Pl.* rumor occupat sermonibus orbem 6,
147. rumores implent aures sermonibus 12, 56.
I) sērō, *Adv.* spät, zu spät 2, 612;
Comp. serius später 4, 105. 198
(als sonst). serius aut citius 10, 33.
II) sēro, sēvi, satum, ēre, säen, sati den-
ten 7, 124. *Subst. neutr.* sata, orum,
die Saaten auf d. Feldern 1, 286. —
übertr. erzeugen, hervorbringen, bes.
Part. satus erzeugt, geboren, entsprossen, satus iterum der zweimal Geborene,
Beiname des Bacchus (d. i.) 4, 12. m.
Abl. quo sit satus 11, 280. hoc te Sole
satum (esse) 1, 771. non esse satum
Nereide 12, 93. Sole satus Phaethon
1, 751. Sole sata Circe 14, 10. Titanida nescio quo Coeo satam 6, 185.
Lucifero genitore satus 11, 271.
matre una sati 5, 141. satus Iapeto
d. Sohn des Japetus 1, 82. 8, 883. 9,
283. 13, 123. sata Tiresia d. Tochter
des Tir. 6, 157. satus Pelia 7, 322.
sati Curibus stammend 14, 778. m.
a. largo satos ab imbri 4, 282. —
übertr. hervorbringen, schaffen, aurea
prima sata est aetas 1, 89.
serpens, ntis, f. verst. bestia, m. verst.
draco (serpo) Kriechtier; Schlange,
m. unentsch. Genus 9, 648. 10, 10.
11, 59. serpens longo corpore 11,
639. serpentum 7, 534. 8, 798 serpentibus atris 14, 410. *fem.* 2, 772.
dira die lernäische Hydra 2, 652. peregrina, plena somniferis venenis

Schlange, mit der häufig Isis dargestellt
wurde, von Ov. als d. ägypt. Giftnatter
Aspis aufgefaßt 9, 694. im Bergleich
m. Salmacis 4, 362. *masc.* 12, 17.
(vgl. draco 13 u. 23). magnorum
3, 325. die von Cadmus getödtete Mars-
schlange 3, 62. 97. 545. 4, 571. caeruleus 3, 38. unter der sich Jupiter
birgt, varius 6, 114. In die sich Achelous
verwandelt, unam (Gsf. d. lernäisch. H.)
9, 69. im Bergl. m. Hercules, novus
9, 266. Aesculaps Schlange 15, 669 ff.
Der Drache Python 1, 439. 464. (aber
1, 447 perdomita). — b. geflügelten
Schlangen am Wagen der Medea, pennatis serpentibus 7, 350 (vgl. 7, 218
dracones). der Ceres 8, 798 (vgl. 8,
795). — b. Sternbild der Schlange
(vgl. anguis) polo glaciali proxima
2, 173.
serpentīgĕnae, arum, m. die Schlan-
gengeborenen, die aus der Schlangen-
zähnen entsprossenen Männer, serpen-
tigenis 7, 212. [Nur hier.]
serpo, psi, ptum, ēre, kriechen, schleichen, v. Schlangen 12, 13. per humum
15, 689. iuncto volumine (d. i.) 4,
600. v. Fluß, in freta 14, 599. v.
Gewächsen, sich kriechend verbreiten, hederae 3, 665. liber per colla 9, 389;
übertr. v. Krebsgeschwür, um sich greifen,
late solet serpere 2, 826.
serra, ae, f. d. Säge 8, 248.
serta, orum, n. (sero aneinander
reihen) Gewinde v. Blumen u.dgl.,
Kränze 2, 867. 8, 746. dependent
tectis 4, 760. pendentia super ramos
8, 723. spicea 2, 28. 10, 433. ge-
nialia 13, 929. serta coma sumere
ins Haar (*Abl. instr.*) 4, 7. sertis
redimitus 9, 238. — Iron. von d.
Schlinge, um sich aufzuhängen 14, 736.
sērus, a, um, spät, vesper 4, 415.
crepuscula 1, 219. lux d. Abendlicht
15, 651. nepotes 6, 188. anni d.
Greisenjahre 6, 28. 8, 435. bellum mit
dem es spät geworden 13, 403. seros
pedes assumere spät 15, 384; zu spät,
ope 2, 617. serum accedere labori
13, 297. *Comp.* serior nostro aevo
später, als mein Leben dauert 16, 868.
servātor, ōris, m. Erretter, domus
4, 737.
servātrix, īcis, f. Erretterin 7, 50.
servio, ivi u. ii, itum, ire (servus),
als Sklave dienen, alcui 13, 460;
übertr. dienen, aegro 7, 563; übertr.
dienstbar, untertan sein, omnis arbor
tibi serviet 13, 920. pontus illi 15, 831.
Capitolia servitura Canopo 15, 828.

servītium, ii, n. Dienstbarkeit 3, 16.
servo, āvi, ātum, āre, in seinem Bestand erhalten, bewahren, retten, eandem formae 15, 170. veteris vestigia formae 1, 237. 9, 227. 265. omnia praeter colorem 11, 405. servato nomine mit Beibehaltung 9, 348., amorem 4, 270. 11, 750. suum callem (in) cortice einhalten 7, 626. litus servat vestigia erhält sichtbar 11, 232. torris servatus diu servaverat annos 8, 459. sedem schirmen 5, 497. servaturi Capitolia ansores bestimmt zu retten 2, 538. fata alqm servant 14, 861. qui te casusve decusve 14, 168. animas duas in una 11, 388. 13, 78. amantem (Vgl. perdere) 9, 547. servabere munere nostro 7, 93. servatus gemini 5, 15. 7, 56. servata meā virtute wenn sie gerettet ist 4, 703. servati nescia daß er erhalten ist 7, 380. — aufbewahren, aufsparen, alcui alqd 13, 837. uni mea gaudia servo 7, 736. pars bibenda servatur 13, 880. tergus diu servatum 8, 649. signum 14, 760. quo me servas, senectas 13, 517. ad Herculeos servaberis arcus 12, 309. servor uni bewahre mich nur für einen 7, 736. — bewahren, bewachen, hüten, lumina servantia 1, 584. 627. greges 2, 690. Io servandam tradidit Argo 1, 624. 4, 647. limen 10, 383. aditus 8, 69. 12, 148. noctis confinia 13, 592. ignes 15, 730. nubemque locumque 5, 631. über etw. wachen ob. etw. halten, iura ingalia non bene servare 7, 716. examina legum 9, 552.
sessilis, e, bequem zum Sitzen, tergum 12, 401.
sēta s. saeta.
sētius (unrichtig secius), Adv. (nicht verwandt mit secus) anders, non setius angilla nicht anders als 10, 586. haud setius quam 11, 634.
seu s. sive.
sevērus, a, um, ernst, streng, virginitas 9, 254.
sē-vōco, āvi, ātum, āre, bei Seite rufen, alqm 2, 836.
sex, sechs 2, 16. bis sex 4, 220. 6, 72. 571. 12, 553 f. 15, 39.
sexangulus, a, um, sechseckig, cera 15, 382.
sextus, a, um, der sechste 15, 700. sexta resurgebant cornua lunae zum sechsten mal 8, 11.
si, Conj. der Bedingung wenn, m. Ind. einen wirklichen Fall bezeichnend, si fors tulit 1, 297. si nemo est wenn es keinen gibt 2, 389. est vestrae si tanta potentia plagae wenn wirklich ist 3, 828. si deus ullus in illo (aethere) est 6, 548. 13, 49. si silvis clausa tenebor, implebo silvas 6, 546. anaphor. si haec superi cernant, si numina divûm sunt aliquid, si non perierant omnia mecum 6, 542. 2, 298. 3, 263; in Bitten u. Gebeten mit einer Thatsache, worauf der Wollende fußt — wenn es wahr ist, daß, so wahr, si precibus numina iustis victa remollescunt, si flectitur ira deorum, dic, Themi 1, 877. 545. 2, 527. 6, 440. 7, 615. 8, 350. 10, 274. 483; einen Gedanken durch d. Voraussetzung, daß dem wirklich so sei, beschränkend, wenn nämlich, wenn wirklich, Phoebe pater, si das huius mihi nominis usum 2, 34. nunc narres, si poteris narrare 3, 193. 7, 18. reperta est, si reperire vocas amittere certius 5, 519. 13, 670. a quo sit victus, si victus ab ullo est 12, 181. mea haec facundia, si qua est wenn ich wirklich einige besitze 13, 137. 7, 793. 5, 878. — m. Conj. einen angenommenen Fall bezeichnend, wenn, im Fall daß, gesetzt daß, si verbis audacia detur 1, 175. 6, 545. si totum spectes 3, 45. bene si quaeras 8, 141. tecum discedet, si tu discedere possis 3, 436. nec, si sciat, imperet illis 2, 170. 11, 702. im Vergleich 4, 354. 375. 9, 205. m. folg. tum 7, 32. im Wunsch, wenn nur, si liceat 9, 487. si possem 8, 51. m. Conj. Impf. u. Plusqpf. einen nicht eintretenden ob. nicht eingetretenen Fall bezeichnend, si te pontus haberet, me quoque pontus haberet 1, 361. 358. 620. 8, 517. 7, 18. 677. 8, 598. wenn nur, vinci si possent caestibus enses 5, 108. 8, 603. — mit andern Worten verbunden: si quis wenn etwa ein, si qua domus mansit 1, 288. si quis amicus adest 5, 190. s. quis; si forte, si modo s. forte, modo; quod si, nisi si s. quod, nisi; si tamen quondam spuma fui wenn dennoch (trotz anderer Nachrichten über meine Abkunft) 4, 537. si tamen hoc scelus est (trotzdem daß es gegen mein Gefühl geht) 10, 323; si quidem begründend, wenn ja 10, 104. 11, 219; non si selbst nicht wenn, non si Venus ipsa veniret 7, 802; si non wenn nicht 1, 690. m. nachdrückl. Regierung eines Begriffes, si non inveneril im Fall des Nichtfindens 3, 4.

271. 2, 627. 13, 783. si non sit frater im Fall er nicht mein Bruder wäre 9, 477. wenn nur nicht, si non sibi visa fuisset 6, 156. si non esset nulli miserabilis wenn nur für Jem. 8, 782. wenn auch nicht, m. folg. tamen 2, 328. 11, 706. m. folg. at 11, 706. (si nec — nec — at 3, 293. si nullus — at 9, 123). si non superare, morari doch wenigstens aufhalten 12, 446. so auch si etiam 13, 808. — in abhäng. Frage- u. Zweifelssätzen ob, ob etwa, temptat, si quem 4, 248. circumspicit, si sit illic 11, 678. quaerit vestigia, si qua supersint 11, 893. si quid prodesse monendo possit ob sie wol könnte 10, 642.

sibilo, āre, zischen, v. Schlangen 4, 589. v. Eisen im Kühltrog 12, 279.

sibilus, i, m. Pl. dicht. sibila das Zischen, Gezisch, v. Schlangen, horrenda mittere 8, 88. 15, 670. dare 4, 494. 15, 684. Hirtenpfeife, pastoria Hirtenpfeife 13, 786.

Sibylla, ae, f. hochbejahrte Weissagerin des Apollo, die in e. Grotte bei Cumä in Campanien ihre Orakel ertheilte, vivax 14, 104. templa Cumaeae Sibyllae eben jene Grotte 15, 712.

sic, Adv. so, auf solche Weise, auf Vorhergehendes hinweisend 1, 16. 32. sic stat sententia 1, 243. sic visum superis 1, 386. sic cogitis ipsi 5, 178. non sic lugendae sororis nicht auf d. beschriebene Weise, bh. nicht als Tobte 6, 870. sic fortis sit cetera turba castrorum tuorum wie wir es eben gesehen 12, 285. sic quoque fallebat auch so, obwol sie keinen goldenen Bogen hatte 1, 688. sic tamen dennoch auch so, obwol mich kein Loos zu gehen nöthigte 13, 243; oft anaphor. wiederh. 2, 621. 3, 402. 11, 727. 13, 62. sic amet ipse licet, sic non potiatur amato auf gleiche Weise, ebenso 3, 405; im Vergleich, auf gleiche Weise, ebenso, so 1, 200. 422. 506. 8, 111. 568. 8, 191. bef. nach vorausgeh. ut 1, 47. 495. 539. 2, 155. 720. 827. 3, 489. 706. 7, 62. 128. 8, 840. 9, 223. 368. 663. 10, 194. 375. 11, 78. 513. 529. 13, 649 (selten auf folg. ut bezogen 5, 604. 10, 733). nach velut 8, 377. 708; ut — sic b. concessiver Satzverbindung vertretend wiewol — doch, f. ut; sic (so zw. B. 9, 498. 15, 260. 273. 275. — auf Folgendes hinweisend, bei Verbis des Sagens, sic respondit 2, 742. sic orsa loqui 4, 820. sic ait 4, 695. sic est affata 5, 255. ohne solches cum sic Aeonides 7, 161; in der Betheurung ob. im Wunsche, sic das deus aequoris artes adiuvet, ut nemo litore in isto constitit 8, 554. sic mare compositum, sic sit tibi piscis in unda credulus wie du mir näml. meine Bitte erfüllst: dic, ubi sit 8, 557. sic tibi nec vernum nascentia frigus adurat poma usw. wie du mich erhört 14, 763. — in solchem Grade, so sehr, quod sic exarserit 2, 618. quam sic dolor ipse decebat 7, 783. sic tergum sessile (est) 12, 401. m. folg. ut wie, sic placuere illi, ut sua progenies 8, 154. m. folg. ut dass, sic omnes, ut so vollständig alle, dass 13, 674.

Sicania, ae, f. dicht. = Sicilia, das metrisch nicht verwendbar war 5, 464. 495. 13, 724. [Verdanf.]

Sicanius, a, um = Siculus, harenae 15, 279.

sicco, āvi, ātum, āre, trocknen, genas 10, 362. lacrimas 8, 469. 9, 395. capillos 2, 12. sole an 11, 770. siccata manu capillos (Acc. limit.) 5, 575. vulnera 10, 187. sol pruinosas herbas 4, 82. retia 11, 362. 13, 931; austrocknen, Hebrum 2, 257. siccati fontes 13, 690. (Latona) siccata sidereo ab aestu 6, 911.

siccus, a, um, trocken, Ida 3, 218. siccae campus harenae 2, 262. 15, 368. litus 2, 870. navale 3, 661. cortex 8, 642. sicco passu radere freta 10, 654. 14, 60. sicca voce, der man anhört, dass der Mund trocken ist 2, 278. Subst. neutr. sicca das Trockne 1, 19; v. der Witterung — regenlos, servores 1, 119.

Sicelis, idis, Adj. f. (v. Σικελία) sicilisch, inter Sicelidas Nymphas 5, 411.

Siculus, a, um, sicilisch, terra 5, 361. 14, 7. arva 8, 283. Aetne 13, 770. Pelorus 15, 706. profundum 7, 66. undae das sicil. Meer, wo, u. zwar bei Mylä u. Messana, Sextus Pompejus, der Sohn des Pomp. Magnus (magnum nomen) von Agrippa, dem Admirale Octavians, im J. 36 v. Chr. besiegt wurde 15, 825.

sicut, Adv. so wie, sicut erat wie es wirklich d. Fall war 12, 205; oft zur Bezeichnung eines Zustandes, worin sich gerade Jem. befindet, bes. sicut eram, erat: sicut erant, undae nati, wie sie waren 3, 178. 5, 601. 6, 244. 657. 13, 584. sicut inhaerebat 4, 370.

Sicyonius, a, um, aus d. Stadt Sicyon in der Peloponnes, in d. Nähe des corinth. Meerbusens 3, 216.

sidereus, a, um, den Gestirnen ange

hörig, ignes, die Sternenlichter 15, 665. coniunx siementstammt 11, 445. gestirnt, caelum 10, 140. caput (noctis) 15, 81. — der Sonne angehörig, ignes Sonnengluten 1, 779. lux 4, 169. aestus 6, 311.

sido, sēdi, ĕre, sich setzen, sich niederlassen, sedit 1, 682. in limine 2, 814. sub arbore 4, 95.

Sidon, ōnis, f. Stadt in Phönicien, Vaterst. des Cadmus 4, 572.

Sidōnis, idis, f. 1) Subst. die Sidonerin, die aus Sidon stammende Dido, Gründerin v. Carthago, die den Aeneas bei sich aufnahm, aber von ihm verlassen, sich unter dem Vorwande eines großen Opfers auf dem Scheiterhaufen selbst tödtete 14, 80. — 2) Adj. sidonisch, tellus 2, 840 [Acc. Sidonida]; = phönicisch, concha 10, 267.

Sidōnius, a, um, sidonisch, hospes (ŏ) Cadmus 3, 129. Sidoniae comites die thebanischen Begleiterinnen der Ino, weil d. Thebaner zum Theil aus Sidon stammten 4, 543.

sidus, ĕris, n. Gestirn, Sternbild 8, 178. pluviale Oleniae capellae 3, 591. grave sidus et imbrem (Sperrg.) vitare weil manche Gestirne bei ihrem Auf, ob. Niedergang für Regen bringend galten 5, 282; e. einzelner Stern (meist dicht.) 14, 846. 846. 15, 749. d. Sonne 9, 286 (s. premo). aetherium 1, 424. — meist Pl. d. Gestirne 1, 71. alta 2, 71. caelestia 6, 372. nocent segetibus durch Nässe ob. Hitze, die sie bringen 6, 481. dies hebetarat sidera d. Sternenlicht 5, 444. caelum cum tot sideribus 4, 682. sideribus similem oculi 1, 499. b. einem Gest. sidera solis d. Sonnengestirn 14, 172; oft meton. für Himmel, auch wo d. Sterne nicht sichtbar zu denken sind 1, 153. terram, mare, sidera movit 1, 180. ad sidera tollere voltus 1, 86. 781. palmas 6, 868. 9, 175. 702. ad sidera pendentis caeli 7, 580. ad caelum et sidera 2, 487. vertice sidera tangam als Bild des höchsten Glückes 7, 61. — bildl. von d. Augen, geminam sua lumina, sidus 8, 420. v. Pfau, quae caudā sidera portat 15, 385.

Sigēus u. Sigēus, a, um, sigäisch, v. Vorgeb. Sigeum in Troas, zwischen welchem u. dem Rhoetēum sich das Schifflager der Griechen befand, Sigeia litora 13, 8. Sigeum profundum 11, 197. litora 12, 71.

sigillum, i, n. (Demin. v. signum) fast nur Pl. Bildchen, brevia 6, 85.

significo, āvi, ātum, āre, bezeichnen, anzeigen, nuta, quid velint 3, 643. luctum 13, 689; Zukünftiges, quid mihi significant visa 9, 495. 15, 576.

signo, āvi, ātum, āre, mit e. Zeichen versehen, bezeichnen, humum longo limite 1, 136. saxum carmine 2, 376. e. Brief siegeln, impressa gemmā 9, 566. cera novis figuris signatur wird in neue Gestalten gebildet (elg. Abl. instr.) 16, 109; zeichnen, färben, signarat lanugine malas 12, 754. cruor herbam 10, 210. caelum arcuato curvamine 11, 590. signata sanguine pluma est 8, 670. 12, 125. — einzeichnen, -graben, signata saxo nomine 5, 539. — übertr. fama signata est loco ist bezeichnet durch d. Ort, durch ihn bezeigt 14, 439.

signum, i, n. Zeichen, Kennzeichen, signo, non nomine dicam 15, 595. servitii 3, 16. signa sui generis 7, 423. caedis tenere 4, 160. pedum Fußspuren 4, 644. 12, 548. premo 9, 898. vulneris 12, 444. signa dare (m. Acc. c. Inf.) 1, 220. manifesta 5, 468. latrato 8, 207. prima zuerst e. Zeichen geben 11, 485. casta s. signa castitatis ließ d. Keuschheit erkennen 7, 716. laesi pudoris 2, 460. promissae rapinae das Zeichen zum Raube 14, 618. v. Trompetensignalen, signo dato 1, 334. aere canoro signa dedit tubicen 3, 705. 10, 652. signa remittere erwidern 8, 460. nuta signisque loquuntur 4, 63. — Anzeichen, Vorzeichen, offensi pedis signum 10, 452. certa dare 9, 600. felicia mentis 7, 621. caelestibus indicare 15, 868. — bildliche Zeichen, Bildsäule 15, 671. exsangue f. 881. signum dominae sub imagine die Bildsäule, die des Bild ihrer Eignerin (der Anaxarete) trägt 14, 759. penetrale Minervae 13, 337. 381. signa patriorum deorum 18, 412. laudata artificum 12, 598. rudia 1, 406. eburnea 4, 354. signum de marmore 6, 183. invenile de marmore factum 14, 513. e marmore formatum 9, 419; Bilder, Bildwerke, auf Theatervorhängen 3, 112. auf Erzgefäßen, crater asper signis exstantibus hervortretend, bb. erhaben gearbeitet 12, 235. crater exstans altis signis 5, 81. signa fulgent (in) aere 12, 700. — b. Himmelszeichen, bes. die 12 Sternbilder des Thierkreises 2, 16. 197. bis sex 6, 571. decimum (s. premo)

9, 286. cum sol duodena signa peregit 13, 619.

silentium, ii, n. Stillschweigen, Schweigen [Plur. nur silentia] 12, 48. 9, 692.
tenere 1, 206. alta agere in Schweigen liegen 1, 349. rumpere sermone,
voce 1, 206. 384. 11, 598. furto
silentia deme 2, 700. ruris 1, 232.
vasti regni 10, 80. muta noctis 7,
184. der Unterwelt 4, 439. 10, 53.
[s. g.]

Silenus, i, m. e. Satyr, Erzieher (11,
99. 101) u. steter Begleiter des Bacchus,
e. älter, glatzköpfiger Alter, meist trunken u. auf e. Esel reitend 11, 90. senex 4, 26.

sileo, ui, ēre, schweigen, v. Menschen,
silet 2, 450. 4, 681. 6, 583. 632 u.ö.
muta silet virgo 10, 389. siluere sorores 4, 274. saepes, frondes, aër 7,
187. cuncta 10, 446. nocte silenti 4,
84. Subst. silentes die Schweigenden,
b. Schatten der Unterwelt, rex silentum Pluto 6, 356. silentum sedes 15,
772. animae 14, 411. umbrae 15,
797. silentibus 13, 25; b. Schüler des
Pythagoras, denen längere Zeit schweigen-
des Zuhören zur Pflicht gemacht war,
coetus silentum 15, 60. [silenti, silentum Durtsch.]

silex, icis, m. [f. rigidas silices 9, 614]
harter Feldstein, Kieselstein, gravis 7,
139. silices torquere 11, 30. als Symbol der Härte, verba motura duros
silices 9, 304. 614. 11, 45; bei Verwandlungen überh. Stein, immotus 6,
199. silicem sine sanguine fecit 5,
249. in silicem vertit 2, 708. 4,
781. 10, 242. Pl. rigidi Gestein 9,
225; Kalkstein, torrens fornace soluti
7, 107.

silva, ae, f. Wald 1, 44. 302. 475.
alta 14, 304. umbrosa 1, 693. sola
2, 489. secreta 7, 75. praerupta
claudit nemus steiler Bergwald 1, 689.
myrtea 11, 233. multam silvam
prostravit 8, 776. 14, 514. Iunonis
Avernae Hain 14, 114. densae 15,
488. opacae 8, 657. fragosae 4, 778.
silvarum dea Diana 3, 163. nomina
6, 392. summis silvis implicit die
Gipfel der Wälder 1, 572. summis exstans silvis 13, 832. Pl. Waldung,
vetustae 8, 521. nemoreae 10, 687.
proturbat obstantes 8, 50. lucos silvarum antiquarum uns alter Waldung
8, 265. — Buschwerk, Gehölz, fruticum
4, 339. agrestis 7, 242. propius 8,
841. plurima qua silva est 14, 361.
qua e silva recisum von welcher Art

Gehölz 7, 678. — meton. — Wald-
blume, congeries silvae 9, 235. silva premat fauces e. Wald, bh. eine
Masse geschleuderter Bäume 12, 509.
mimae silvas 12, 508. 519. 628.

Silvanus, i, m. altitalischer Gott des
Waldes, Feldbaues u. der Heerden 14,
639. Ov. erlaubt sich ihn auch in d.
Mehrzahl einzuführen wie d. Faunen u.
Satyrn, monticolae 1, 193.

silvestris, e, zum Walde gehörig, des
Waldes, antra 13, 47. umbra 13, 815;
im Walde gewachsen, baculum aus
Waldholz 2, 681.

Silvius, ii, m. Sohn des Ascanius, König v. Alba 14, 611.

similis, e, ähnlich 6, 328. 454. 7, 749.
similes annos (Anb. Pylios) 15, 838.
m. Dat. patri 6, 622. flenti 3, 652.
secuturo 5, 289. oculos sideribus 1,
499. sonus quaerenti (sono) 1, 708.
11, 731. Superl. simillimus illi fraude
13, 32. annus aevo pueri 15, 201.
1, 406. 4, 288. 11, 417. 13, 540;
inter se similem 13, 835.

Simois, entis, m. (Σιμόεις) Fluß bei
Troja 13, 324.

simplex, icis, einfach (Ggs. mehrfach)
non simplex vulnus 6, 264; — schmucklos, criale erat e. 3, 319; v. Gemüth
arglos 5, 635. animal 15, 121.

simplicitas, atis, f. Einfachheit, Na-
türlichkeit des Sinnes, Naivetät 5, 400.

simul, Adv. zugleich, zusammen, Gleichzeitigkeit bezeichnend, tres latratus simul edidit 4, 451. paene simul visa
est dilectaque raptaque Diti 5, 395.
omnia trita simul zusammengerieben
4, 604. me quoque tolle simul mit
dir zusammen 11, 441. non simul
egimus von dir getrennt, ohne dich 11,
699. simul (sedent) mit ob. bei ihr
14, 264. wiederholt 9, 302. viermal
6, 245. chiastisch, corpus simul, simul
eius crimen 11. 141. 8, 718. m. et,
hanc simul et legem sie u. zugleich d.
Bedingung 10. 60. 13, 16. m. que,
Troia simul Priamusque cadunt 13,
404. 12, 117. m. que — que, hominemque simul protectas equumque
12, 431. m. cum, cum satis arbusta
simul 1, 286. 7. 671. 8, 149. 11,
393. — simul ac (auch zusammen simulac) m. Ind. Perf. sobald als 1,
129. 2, 167. 7, 285. 14, 349. 15,
398; ebenso simul allein m. Ind. Perf.
sobald als, sobald 2, 19. 470. 3,
177. 466. 4, 449. 456. 672. 769. 5,
471. 6, 262. 7, 720. 9, 129. 11, 95.
616. 13, 515. 14, 11. 254. 277. 15,

45, 577. [Sowol *simul ac* als *simul* ſt는 m. vorherg. Relativum im Versanf., zur Sed *simul* s., 629. At *simul* s, 449. — simulac vor c nur 15, 594.]

simulac f. simul

simulacrum, i, n. Abbild, Bild [Nom. nur simulacra] lignea deorum 10, 694. hominum ferarumque in silicem conversa 4, 780. naufraga Bilder eines Schiffbruches 11, 628. inania lyncum Trugbilder 3, 663. ähnl. falsa ferarum (v. Luchsen, Panthern u. Tigern) 4, 404. b. Bilder des Thierkreises, simulacra vastarum ferarum 3, 194. *Pl.* v. einem, nostra 15, 658. puellae 10, 280. draconis facta de saxo vielleicht die von Apollo in Stein verwandelte Schlange (11, 58) auf d. Insel Lesbos 7, 358. — Schattenbilder der Verstorbenen, functa sepulcris (f. fungo) 4, 435. leves populi simulacraque functa sepulcris Hembiab. st. simulacrorum sep. functorum 10, 14. v. einem, parentis 14, 112.

simulamen, inis, n. Nachahmung, *Pl.* simulamina peragere plangoris 10, 727.

simulator, oris, m. Nachahmer, figurae Gestaltnachahmer 11, 634.

simulo, avi, atum, are (similis), ähnlich machen, equam 2, 668. nachahmen, tuas furias, Bacche brauchein 6, 596. naturam artem 3, 158. alqm die Gestalt Jemandes annehmen, anum 3, 275. 6, 26. 11, 310. corpus simulatum nachgebildet 10, 253. Troia nachgerabmt 13, 721. simulatas inficit umbras bb. ita inficit, ut similes fiant (purpureo velo) färbt sie mit ähnl. Farbe 10, 596. m. *Acc. c. Inf.* bildl. darstellen, simulat percussam terram edere foetum olivae 6, 80. — Verstellung üben 13, 299. m. *Inf.* sich stellen, als ob, abire 2, 697. discedere 4, 338.

sincerus, a, um, unverfälscht, echt; bildl. rein v. Beimischung, nulla est sincera voluptas 7, 453; — züchtig, Minerva 6, 684: unversehrt, gesund, pars 1, 101. corpus sine vulnere sincerumque fuit 12, 100.

sine, *Praep.* m. *Abl.* ohne, bez. Trennung ob. Entbehren, si sine me fatis erepta fuisses 1, 368. 7, 40. sine me me pontus habet ohne daß ich wirklich darin liege 11, 701. stabant arae sine ignibus 1, 874. erant sine iudice tuti 1, 93. sine lege ohne Hülse des Gesetzes 1, 90. sine vestibus ullis 11, 654. 6, 399. 7, 598. 15, 296. requie sine ulla 15, 214. sine maushörlich 2, 502. sine lege regellos 1, 477. sine imagine gestaltlos 1, 87. sine profectu erfolglos 9, 60. sine veste unbekleidet 3, 185. natos sine semine flores ungesät entsprossen 1, 108: oft b. Stelle eines Attributes vertretend, rostrum sine acumine 2, 876. sine fruge, sine arbore tellus 8, 789. rudis et sine pectore miles 13, 290. vis sine pondere gewichtlos 1, 26. valles sine flumine flußlos 2, 256. columbae lotae sine labe ganz fleckenlos, 2, 537. herbae sine viribus wirkungslos 7, 327. nomen sine corpore, körperlos 7, 330. 3, 417. corpora sine membris gliederlos 15, 863. silex, color, corpus sine sanguine blutlos 5, 249. 6, 804. 11, 736. telum sine sanguine unblutig 8, 518. munus sine nomine ohne namentl. Bezeichnung 3, 288. res sine nomine unnennbar 7, 276. pretium sine fine unbegrenzt 7, 806. tumuli sine corpore leer (f. tumulus) 11, 429; statt *Subst.* sine pondere Gewichtloses (habentia pondus pugnabant iis *quae sine pondere erant*) 1, 20.

singuli, ae, a, einzelne, singula Einzelnes 11, 107. quorum singula 8, 608.

singulto, atum, are, schluchzen, röcheln; sell. transf. ausröcheln, animam 5, 134.

singultus, us, m. das Schluchzen, singulta 11, 420. *Pl.* pleno singultibus ore 6, 609.

Sinis, is, m. ein Räuber auf d. corinth. Landenge, der d. Reisenden an zwei herabgebeugte Fichtenwipfel band, durch deren Zurückschnellen sie zerrissen wurden; Theseus bereitete ihm d. gleiche Schicksal 7, 440.

sinister, stra, um, links, umerus 12, 882. 8, 405. cubitus 9, 518. latum 6, 582. ingulo an d. linken Seite des Halses 12, 572. sinistra parte (Ggs. dextra) auf d. linken Seite, links 1, 46. 5, 162. a (de) parte sin. von links her 2, 359. 12, 419. latere flage 7, 471. fores 2, 18. sinisterior rota zu weit links gelenkt 2, 139. — *Subst.* sinistra, ae, f. (verst. manus) die Linke 3, 681. 4, 788. 7, 506. 12, 89. 847. 13, 111. 15, 655. [Verstärkt]

sino, sivi, situm, ere, eig. hinlegen, liegen lassen: übertr. lassen, geschehen lassen, gestatten, absol. dum res sinit 2, 89. non ita fata sinunt 5, 594. quantum ira sinit 6, 167; m. *Inf.* nec scire sinunt tenebras 4, 410. 8, 327. 10, 20. m. *Acc. c. Inf.* 1, 195.

630. 3, 69. 4, 41. 71. sine me dare lumina terris 2, 149. 10, 396. sine (eum) ferre 5, 77. sinitis capi näml. Tyron et penates 3, 540. m. *Conj.* nec sinit, incipiat 3, 375; m. *Acc.* quod sinit 3, 877. nec sinat hoc Hecate würde zulassen 7, 174. non sinat hoc Aiax soll es wehren 13, 219. — *Part.* situs hingelegt, begraben, hic situs est Phaëthon 2, 327; im geograph. Sinn gelegen, urbes sitas exterias (b. s.) 6, 420.

Sinuessa, ae, f. Stadt im nördl. Campanien 15, 715.

sinuo, avi, atum, are, bogenartig krümmen, arcus 8, 30. 381. corpus in orbes sinuavi 9, 64. sinuari sich krümmen, cornua lunae 3, 682. anguis in arcus 3, 42. cubiti in alas 14, 501. vestes bauschen sich 2, 875. sinuata (unda) hochgewölbt 11, 558. gurges in arcus ausgebuchtet 14, 51.

sinuosus, a, um, bauschig, vestis 5, 68.

sinus, us, m. bauschige Krümmung, bsch. Bausch, Falte des Gewandes auf der Brust, Busengewand, sinum implere (floribus) 5, 393. rapit als Zeichen des Schmerzes 10, 722. in sinu portare natos 6, 338. 18, 426. emisit sinu animam (Caesaris) 15, 818. *Pl.* v. einem 4, 497. 7, 814. in sinus caros (m. Uebertr. von b. Person auf b. Gewand) 5, 898. sinus scindere 10, 386. laniata sinus (*Acc. limit.*) 9, 335; meton. der darunter befindl. Theil des Körpers, b. Brust, rapta sinu matris 13, 450. 4, 516. in sinu iuvenis posita cervice 10, 658. — Meerbusen, Bucht, Haemoniae sinus falcatus in arcus 11, 229. *Pl.* v. einem, Chaonios 13, 717. 14, 513. 15, 52. — Thalgründe, Maenalios sinus 5, 608. — Krümmung, e. Schlange, Beclit sinus 15, 689. per sinus crebros labens 15, 721.

Siphnos, i, f. e. der cyclad. Inseln 7, 466 [*Acc.* Siphnon].

Sipylus, i, m. 1) Berg in Lydien 6, 149. — 2) Sohn der Niobe 6, 231.

Sirenes, um, f. d. Töchter des Flußgottes Achelous, Acheloides 5, 552, u. Gespielinnen der Proserpina, nach deren Raube sie am Unterkörper in Vogelgestalten verwandelt wurden, während sie am Oberkörper Jungfrauen blieben, die durch ihren Gesang die Vorbeischiffenden bezauberten, doctae 5, 555. Sirenum scopuli drei kleine fel-

sige Eilande an d. Küste v. Campanien 14, 88.

sisto, stiti, statum, ere, stellen, hinstellen, crater sistitur 8, 669. ante aras 15, 132. sistetur ripä in illä 9, 109. sistere terrä petitä sollst qugesetzt werden 3, 635; bildl. siste modum setze ein Maß 15, 493. — zum Stillstehen bringen, Einhalt thun, einstellen, opus praesens 8, 153. immensos labores 5, 490. bellum 14, 803. querelas 7, 711. fletus 14, 834; zur Ruhe bringen, beruhigen, mare turbatum 7, 164. 200. — intransf. sich stellen, stehen bleiben, Fuß fassen, ubi sistere detur 1, 307.

sistrum, i, n. die beim Isisdienst gebrauchte Metallklapper, die b. Klagen um Osiris begleitete, sonabile 9, 784. *Pl.* 9, 693. comitantia (te) aera sistrorum 9, 778.

Sisyphius, a, um, des Sisyphus, sanguine Sisyphio cretus Ulysses, der nach Einigen ein Sohn des Sis. war 13, 32.

Sisyphus, i, m. Sohn des Aeolus, Aeolides 13, 26, Bruder des Athamas, König v. Corinth, als verschlagener grausamer Räuber berüchtigt; weshalb er in d. Unterwelt fortwährend e. Felsstück e. Anhöhe hinaufwälzen mußte, das, sobald er im Begriff stand b. Gipfel zu erreichen, sofort wieder zurückrollte 4, 460. 10, 41. [*Acc.* Sisyphon 4, 466. 13, m.]

Sithon, onis, m. e. sonst unbekannter Mensch, der bald Mann, bald Weib war, dah. ambiguus 4, 280.

Sithonius, a, um, sithonisch, v. thracischen Volk der Sithonier, dah. = thracisch, nurus 6, 588. agri 13, 571.

sitio, ivi, itum, ire, dürsten 9, 761. sitientes 14, 277.

sitis, is, f. Durst, arida 11, 129. nach etw. cruoris 13, 768. sitim sentire 14, 632. colligere 5, 446. 6, 341. ferre 15, 269. levare 12, 160. relevare 6, 354. sedare 3, 415. deponere 4, 98. compescere undä 4, 102. nec sitis est exstincta prius quam vita 7, 569; bildl. — Begierde 3, 415.

I) **situs,** a, um s. sino.

II) **situs,** us, m. d. Schimmel ob. Rost an alten u. lange liegenden Sachen, übrtr. Schmutz, labra incana situ 8, 802; übertr. d. mißfarbige Unebenheit der Haut im Alter 7, 290. *Pl.* 7, 303 [.Acc.].

sive ob. seu, *Conj.* oder wenn; bes.

disjunctiv sive — sive [ses es daß — ses es, ses es daß — oder, mag — oder mag. m. Ind. sive hoc insania fecit, sive timor 3, 870. 1, 78. dreimal 5, 44. seu — seu 4, 580. 14, 26. 123. seu — sive 10, 80. 15, 824. sive — seu 15, 156. sive — seu — sive — seu 6, 19; so daß auf jedes Glied sofort b. Opifat folgt, sive ille Cerealia munera dextra contigerat, Cerealia dona rigebant: sive dapes convellere parabat, lamina fulva dapes premebat 11, 121. 14, 20. dreimal 15, 812. seu — seu 8, 25. 10, 608. seu — sive 4, 321. 639. 15, 672. seu — sive — sive 10, 807. sive — seu 4, 327; m. *Conj.* facies, quam sive puellae, sive dares puero hätteft du es einem Mädchen ob. Knaben gegeben 9, 712.

smāragdus, i, m. Smaragd, e. Edelstein v. hellgrüner Farbe 2, 24.

Smilax, ăcis, f. Geliebte des Crocos, wurde in e. Windenart (σμῖλαξ) verwandelt 4, 283.

Smintheus, ĕi, m. Beiname des Apollo in Troas, der Mäusetödter, als Schutzgott geg. d. Feldmäuse, intonsum 12, 585 [*Acc.* Sminthea].

sŏcer, ĕri, m. Schwiegervater, Schwäher 1, 145. 2, 526. pater soceri futuri b. Sonnengott, b. Vater des Nectra 7, 96, Penelopes Laërtes v. Ithaca 8, 315. *Sing.* collect. 14, 802. *Pl.* soceri Schwiegereltern 3, 132.

sŏciālis, e, gesellig, bes. ehelich [in dieser Bedeutung nur bei Ov.], amor 7, 800. foedera 14, 380.

sŏcio, āvi, ātum, āre, gemeinsam machen, cubilia cum alqo theilen 10, 635. carmina percussa nervis vereinigen mit d. Schlag der Saiten 11, 5. sociatus labor gemeinschaftlich (b. calydon. Jagd) 8, 546.

sŏcius, a, um, gemeinsam, verbunden, regnum 5, 378. classis 13, 353. vitta 14, 662. per apes socias 13, 375. honor Ehre der Gemeinschaft 13, 949. ignes Hochzeitsopferfeuer 9, 796. — *Subst.* socius, ii, m. Genosse, generis 8, 269. tori Ehegenosse 14, 678. sacrorum Theilnehmer an 11, 94. der Jagd 8, 361. 386. 420. im Kriege Kamerad 13, 67. socio confidit Ulixe auf Ul. als Kameraden 13, 240. *Pl.* 13, 73. 213. 226 u.s. Schiffskamerad, sociorum primus 3, 605. Gefährte 3, 51. 13, 631. 14, 71. 193 u.s.; socia, ae, f. Genossin, tori 6, 621. 10, 268. generisque torique Blut- u. Ehe-

genossin, Juno 1, 620. *Pl.* impietatis 4, 3.

I) sŏl, sŏlis, m. d. Sonne, aureus 7, 663. altissimus 3, 50. 1, 592. occiduus 1, 63. lumina solis Sonnenlicht 1, 135. solis ab occasu solis ad ortus 5, 445. — Sonnenlicht, incertus 2, 808. nec sol admittitur infra 13, 603. sole carens domus 9, 762. primo sole feriente cacumina 9, 93. — Sonnenwärme 13, 811. gravis 8, 389. nimius 5, 483. cum sol plurimus erat 14, 51. sole rigescere 2, 361. topescere 3, 412. *Pl.* soles Sonnenstrahlen, Sonnenschein, aetheriis 1, 435. hibernis gratior 13, 793. solibus percussis ab imbre wenn d. Sonnenstrahlen in Folge des Regens gebrochen werden 6, 63.

II) Sōl, Sōlis, m. der Sonnengott, bei d. Griechen Helios, Sohn des Hyperion, Hyperione natus 4, 192. 241. auctor lucis 4, 257. volucrum moderator equorum 4, 245. candidus 15, 30. verräth den Ehebruch der Venus mit Mars 4, 171; seine Liebesabenteuer 4, 170 ff. Vater der Circe 14. 10. 33. 346. 376, der Pasiphaë 9, 736, des Aeetes 7, 96, der Heliaden (b. s.). In den spätern Sagen gewöhnlich mit Phöbus vermischt 1, 751 ff. 2, 394. Sein Palast 2, 1 ff.

sŏlācium (solatium), ii, n. Trost, Beruhigung, [Met. nur solacia] solacia iunctae mortis gemeinsam zu sterben 5, 73. für ob. bei etw., verae formae 4, 604. leti 8, 773. mortis 5, 191. 13, 698. solacia dicere, adhibere alcui Trost zusprechen 11, 329. 9, 651. quae non solacia dixit bb. alle erdenklichen Trostgründe 10, 132. dare alcui Trost ertheilen 9, 7. ire ad sol. um zu trösten 6, 418. tumulo solacia posco Beruhigung für d. Todten im Grabe, dem d. Rache Beruhigung ist, Sühne 7, 483. quae dedero vobis solacia bb. der zur Sühne für d. Brüder geopferte Sohn 8, 510. tibi morte mea mortis solacia mittam 11, 782.

sŏlāmen, ĭnis, n. Trost, solamen habeto mortis im Tode 12, 60.

sŏleo, ĭtus sum, ēre, pflegen, gewohnt sein, ut soleo 2, 573. 448. maiore gradu, quam solita est als gewöhnlich 9, 788. m. *Inf.* ubi ludere saepe solebat 1, 639. 2, 69. 273. dicere sim solitus 7, 818. 8, 17. non aliter quam poma solent, näml. ruborem trahere 3, 483; mil saepe verbunben 1, 639. 8, 17. 13, 417. *Part.* solitus gewohnt, resecare 11, 181. 7, 270. als *Adj.* gewohnt, gewöhnlich, virtus 9, 103. timor 13, 76. labor 6, 210. irae 3, 72. caedes 1, 234. artes 11, 242. plangor 4, 551. nitor 4, 231. gravitas 2, 182. locus 4, 83. limes 8, 557. solitâ perluitur lymphâ 3, 173. spectans in solitam undam 8, 499. ira solita est illi vento ist ihm gewohnt 6, 086. *Subst.* n solitum das Gewohnte, Gewöhnliche, formosior solito als gewöhnlich 7, 81. 9, 103. solito velocius 14, 888.

sŏlĭdus, a, um, bicht, feft 1, 409. terra fester Boden 11, 72. Ggſ. Luft 10, 180. Ggſ. undae 14, 49. sedes fester Boden (Ggſ. currus) 2, 147. orbis (Ggſ. umor) 1, 31. solidissima tellus (Ggſ. fretum) 15, 262. litus 11, 282. ferrum 9, 614. 15, 810. saxum 6, 573. moenia 4, 646. tecta 3, 698. tori 15, 230. bilbl. gratia feste Freundſchaft 12, 578. — ungeteilt, ganz, trabes 8, 551. solido trunco 12, 356. luna solidâ imagine spectavit terras mit f. vollen Bilbe 7, 181.

sŏllĭum, ii, n. Thronseſſel 3, 273. lucens smaragdis 2, 24. avitum 6, 650. sollemne 11, 262.

sollemnis (sollennis), e, eig. v. jährl. wieberkehrenben Feierlichkeiten: übertr. festlich, feierlich, solium 11, 262. fax (Vermählung) 7, 49. verba feierliche Formeln od. Weihgeſänge bei Hochzeiten ubgl. 10, 4.

sollers, rtis, erfinberiſch, geſchickt, sollerti astu 4, 776. sollertior isto 13, 87.

sollerter, *Adv.* geſchickt in e. Kunſt *Comp.* sollertius 11, 835. 14, 624.

sollertia, ae, f. Geſchicklichkeit in e. Kunſt, Gewanbtheit, Erfinbungskraft 6, 676. 9, 741. 13, 327. est nobis fallax meine Erfinbungskraft 1, 391.

sollĭcĭto, âvi, âtum, âre, ſtark bewegen, erſchüttern, manes totumque tremoribus orbem 6, 899. stamina pollice b Saiten anſchlagen 11, 170. — übertr. beunruhigen, m. Bitten ubgl. beſtürmen, deam 4, 473. maritum precibus 9, 683. Helene non pluribus esset sollicitata procis (*Dat.* ſt. a) 14, 670. zu verführen ſuchen, pudicam fidem 7, 721. ipsam ingentibus dalls 8, 463.

sollĭcĭtus, a, um, beftig erregt, arma eifrig geführt 14, 403; übertr. im Ge-

müth beunruhigt, bekümmert, senecta 6, 500. pectus 2, 126. sollicitâ prece 8, 271. voco 10, 639. 14, 708. terrae 15, 786. besorgt, wachsam, caves 11, 599; ſorgenvoll, sollicitum alqd 7, 451.

sōlor, ātus sum, āri, trösten, alqm 6, 292. 13, 747. timidum pectus 11, 468. se imagine sponsi 6, 299. solantia verba Troſtworte 11. 685.

I) sōlum, *Adv.* nur, allein, bloß, nec — solum 6, 17. non solum — sed et 8, 735. — verum etiam 13, 817. 15, 450.

II) sōlum, i, n. das Unterste eines Ggſ. Boden, Grund, marmoreum b. Fußboben bes Tempels 15, 672. caeleste b. Boden bes Himmelsgewölbes 1, 73. lympha lucens ad imum usque solum 1, 298. beſ. Erdboben 2. 260. 420. 4, 134 u.ö. ne solum pateat 5, 857. vivax 1, 420. ferax secundumque 7, 417. pulvereum 7, 113 procumbere solo zu Boben finten 13, 176. ponere membra solo 6, 216. meton. Boben — Land, natale Geburtsland 7, 62. melius glücklicher 7, 67. tristo 8, 787. haec terra mihi gratior omni solo 5, 495.

sōlus, a, um, allein, solus Acrisius superest 4, 607. hoc solum negarem 2, 62. 8. 70. solae cessatis Athenae 6, 421. tollens vultus, quos potuit solos 1, 731. soli tibi 14, 683. nec communia solus occupet 13, 271. Ggſ. omnes 14, 409. allein, einzig, nec dolor hic solus 8, 210. femina sola superates 1, 351. nur, allein, prosum sola nocendo 2, 619. nec solam fidem spondere 10, 395. 7, 68. 788. 11, 638. 15, 494; m. *Gen.* od. de. ex, Naïadum 4, 804. 791. hoc solum de tot votis 11, 582. restabam s. de modo viginti 3, 688. solus ex omnibus 6, 638. — allein, — ohne Begleitung, times sola intrare 1, 593. — einsam, verlassen 1, 859; v. Orten einsam, silva 2, 489. loca 7, 819. solus in arvis 8, 10. in antris 8, 394.

solvo, vi, sŏlūtum, ĕre, Gebundenes löſen, catenas 3, 700. crinales vittas 4, 6. crines 11. 682. soluti capilli 3, 170. adducta bracchia 9, 52. pharetram ben Dedel öffnen 5. 880. retinacula classis 8, 101. 11, 712. 15, 696. funis solvitur 14. 445. rates solvere bamit abſegeln 14, 86. — bilbl. foedus coniugiale 11. 743; ben burch Schweigen gebunbenen Munb, ihn öffnen, ora talibus modis 1, 181;

8, 428. talibus verbis 15, 74. ternis ululatibus 7, 101. linguam ad
iurgia loslassen 8, 261; die Fesseln des
Schlafes, veluti clamore ait solutus
sopor 8, 630; den angespannten Körper durch Schlaf, alta quies solverat
homines 7, 186. somnus curas et
corpora 10, 369. solutus sopore,
languore 8, 817. 11, 648. 612. b.
bindende Gebot des Fastens, ieiunia
brechen 5, 535; c. gleichs. verschlossenes
Räthsel, carmina non intellecta priorum ingeniis (Dat. st. a) 7, 760; c.
bindendes Versprechen, Gelübde, Schuld,
bezahlen, erfüllen, dona, vota, opfern
8, 794. 705. deo 7, 652. Iovi vota
corpora taurorum centum 8, 153.
munera c. (versprochenes) Geschenk gewähren 11, 104. praemia promissa
14, 811. auch poenas erleiden, weil
b. Strafe urspr. Sühngeld war 1, 209;
= absolvere freisprechen, alqm 15, 48.
— Vereinigtes, Ganzes auflösen, in
aëra solvi animam sich auflösen 15,
845. coetu soluto sich trennen 13,
898. auster solvit navim zerschellen
11, 664. data munera aufheben, verschwinden lassen 11, 135. nivem schmelzen 2, 853. de monte 8, 555. silices terrena fornace soluti mürbe ge-
brannt 7, 107; bildl. solutus annis
aevoque aufgerieben 8, 712. iras solvere aufgeben 9, 274. [solutus Persef]
somnifer, era, um, Schlaf bringend,
einschläfernd, virga 1, 672; bildl. be-
täubend, tödtlich, venena 9, 694.
somnium, ii, n. [Nof. nur somnia]
Traum, Traumgebilde 9, 475. v. einer
Traumgestalt, Ceycis imagine (Abl.
qual.) 11, 688. — Somnia, orum, n.
b. personificirten Traumgottheiten, vana 11, 614. Söhne des Somnus 11,
633. geflügelt 11, 650.
somnus, i, m. Schlaf, neci similis 7,
829. gravis tenet alqm 4, 761. venit in oculos 7, 155. occupat, solvit corpora 7, 634. 10, 868. abit 7,
643. lenis mulcebat Erysichthona
placidis pennis 8, 523. somnum petere suchen 13, 676. somno gravis
1, 224. gravatus 5, 658. vincta 11,
238. lumina adoperta somno 1, 714.
placido dantur sua corpora somno
bir ihm (Nachts) gehörenden Leiber 6,
489. somni imago c Traumbild 7,
649 8, 824. rudis somni 7, 213. Pl.
7, 163. 663. pleni 7, 253. molles
Schläfrigkeit 1, 685. somnos ducere
et arcere 2, 735. invitare 11, 601.
in somnis während 15, 668. — Som-

nus, i, m. b. Schlafgott 11, 623. ignavus 11, 593. König u. Vater d. Traumgottheiten 11, 601. 634. seine Wohnung
11, 586. 592 ff.
sonabilis, e, klangreich, tönend, sistrum 9, 784. [Nur hier.]
sonitus, us, m. Schall, Geräusch, sistrorum 9, 777. pedum v. Fußtritten 5, 616. pharetrae Klirren 6, 250.
sonitum dare 3, 37. reddere 3, 498.
Getöse 1, 573.
sono, ui, itum, äre, schallen, tönen,
lyrae, tibia, cantus sonant 4, 762.
393. concha sonans 1, 338. aes 12,
46. fila 10, 89. terra sonat rasa
squamis 3, 75. Cithaeron cantibus
8, 703. domus clamore 12, 235.
enses tinnitibus 5, 204. ora sonantia centum linguis 8, 532. toben,
sonant clamore viri, stridore ruden-
tes, undarum incursu gravis unda,
tonitribus aether 11, 495. ferrum
igniusque 8, 550. rauschen, fons 8,
161. unda 8, 139. 11, 891. carbasa
mota 13, 418. sonuere (pennis) 13,
608. pennae per auras 5, 294. prasseln, flamma 9, 739. 7, 110. knistern,
ambusti nervi 9, 172. tura 15, 734.
zischen, colubrae 4, 492. spumae sonantes 11, 501. schwirren, nervus ab
arcu 6, 286. klirren, b. Lanze in umero 12, 123. sonantia frena 2, 121.
dröhnen, ictus sonantes 12, 375. nec
levius (puppis) pulsata sonat 11, 508.
m. abverbial. Acc. diversa sonare verschieden tönen 10, 116. tale sonat
populus so erbraust 15, 604. — trans.
ertönen lassen, 'euhoe Baccha' sonat
4, 523. 6, 597. lyra te sonabit dh. beinen
Namen, wird dich besingen 10, 205.
sons, ntis, sträflich, schuldig, anima
6, 618. sanguine sonti 13, 563. m.
Abl. sons fraterno sanguine 11, 268.
Subst. der Schuldige, Pl. 2, 522. 10, 697.
sonus, i, m. Ton, Laut 1, 636. hominis 3, 287. equae 2, 667. loquendi 11, 036. citharae 11, 18.
plangoris 14, 749. tenuis 1, 708.
14, 439. gravior tiefer 12, 203. sonum reddere hören lassen 11, 601.
12, 51. dare 11, 735. 14, 740. ter-
ribilem stridore schrecklich zischend 12,
276. gravem c. dumpfes Gekrach 15,
827. in medio sono mitten im Sprechen 5, 193. concordi sono dicere
einstimmig sagen 5, 644. Ruf 8, 887.
Schall 3, 401. Getön, armorum 5,
154. Rauschen, sonum dedit quercus
7, 629. Geschrei 14, 578.
sopio, ivi, itum, ire, einschläfern,

draconem herbis 7, 149. custodem sopitis 7, 213. sopita iacebat lag [im Schlaf 9, 471. 11, 251. cunctis venis sopitus dh. bis ins innerste Leben vom Schlafe betäubt 12, 317.

sōpor, ōris, m. tiefer Schlaf 1, 686. 11, 606. soporem firmare 1, 715. mirum gravitate pati 15, 321. excutere 11, 677. virga movens soporem einschläfernd 11, 307. curā removente soporem 6, 498. alto sopore solutus 8, 817. corpora victa sopore 14, 779. pressus gravitate soporis 15, 21. [Die dreisilb. Formen im Versschl. außer 8, 817.]

sōporifer, ēra, um, Schlaf bringend, aula Somni 11, 586.

sorbeo, ui, rptum, ēre, einschlürfen, verschlingen, fretum 7, 64. flumina sorbentur a terra 1, 40. sorptas carinas 13, 731; bildl. verzehren, flammae sorbent praecordia 9, 172.

sordidus, a, um, schmutzig, Autumnus calcatis uvis besprizt 2, 29. terga suis geschwärzt v. Rauch 5, 648.

soror, ōris, f. Schwester 1, 643. 2, 14 u.ö. maesta Iovis Ceres 5, 564. doctus d. Musen 5, 255. d. Parzen, triplices 8, 452. tres 15, 808. veteres 15, 781. d. Furien, nocte genitae 4, 451. 471. vipereae 6, 662. atro angue crinitae 10, 349. e tribus una soror 10, 314. — metän. Schwester = nahe Verwandte, Geschwisterkind, Pyrrha (f. Deucalion) 1, 351; = gleichartige Genossin, liquidae d. Flußnymphen des Ladon, da Syrinx auch e. Nymphe war 1, 704. 4, 305. von Vögeln 13, 608. [Die dreisilb. Formen im Versschl. außer 8, 840.]

sorōrius, a, um, schwesterlich, oscula 4, 334. 9, 539.

sors, rtis, f. d. Loos, das man wirft ob. zieht 2, 201. 13, 242. sortem manu voluitia dh. daß mein Loos heraustäme 13, 88. sorte sumus lecti 14, 251. sine sorte prior canit ohne erst geloost zu haben, wer zuerst singen sollte 5, 318. — metän. weil Orakel oft auf Loostäfelchen gezogen wurden, Orakelspruch, dei 10, 567. vetusta 4, 643. salutifera 15, 633. sortem dare 1, 381. 4, 643. Pl. sacrae 1, 368. 11, 412. certae 15, 647. fatidicae 15, 436. s. einem Phoebeae 8, 130. durae 13, 181; Loos = Schicksal, sors tua mortalis 2, 56. s. fuit irrequieta 2, 386. quaerenda 3, 551. pessima rerum 14, 489. gratam sortem habemus 5, 272. auch Geschlecht, altera dh. das weißliche 9, 676. totidem feminae sortis 6, 680. auctoris 3, 329; Loos = durch d. Loos zugefallner Theil, mala sorte praedae 13, 485. nec cedit mihi nisi sorte hinsichtlich des ihm zugef. Looses, der Unterwelt 5, 529. vgl. 5, 368; — der Einem zukommende Antheil, tertia sors, die v. d. Athenern nach Creta zu liefernde Anzahl v. Jünglingen u. Jungfrauen (f. Pasiphaë), Sendung 8, 171.

sortior, ītus sum, īri, durch d. Loos erhalten, sortitus regna undae Neptun 8, 595; überh. erlangen, erhalten, male sum sortita parentes, quos tu dieselben wie du 9, 493. Priamus sortitus novissima Troiae tempora dem zugetheilt waren 11, 758. flumina ripas loco distantes 2, 241. inventus spatium brevis vitae 3, 124.

sospes, ĭtis, wohlbehalten, unverfehrt 9, 99. 10, 401. 11, 580. per me 7, 40. laetatur sospite nato über d. Rettung d. Sohnes 7, 423. sospite Scylla so lange Sc. lebt 14, 39. Turno 14, 574. te 15, 440.

spargo, rsi, rsum, ēre, streuen, zerstreuen, ausstreuen, membra per undas 13, 866. 7, 441. graniferum agmen in arvis 7, 638. sparsa sunt late vestigia currus 2, 318. sparsi sine ordine flores 14, 266. semina humo rudi (Dat.) 5, 647. dona Cereris per agros 5, 655. dentes humi, per humum, in agros 3, 105. 4, 573. 7, 122. fulmina in terras 1, 253. 10, 151. tela per ignotos Achivos 12, 600. sparsi per colla capilli 3, 169. 1, 542. canes zerstreuten 3, 243. sparguntur von d. Griechenflotte 14, 470. spargere mille locis du. bh. deine Gliedmaßen werden zerstreut werden 3, 522. pinus late sparsuras corpora zerreißen 7, 442. aussprengen, succos veneni 14, 403. venenum medio pulmone 2, 801. sparsum venenam in ihr verbreitet 4, 520; bildl. nox soporem spargit per terras 11, 607. fama nomen per urbes 3, 207. leidnia in venis 8, 820. sparsus Cyclades 2, 264. miracula in caelo 2, 193. — bestreuen, besprengen, alqm pulvere 9, 35. gramina Lethaei suci 7, 152. agros spumis 7, 415. capilli sparsi caede besprizt 6, 657. sparsas vestus sanguine foedare = ita foedare, ut sparsae sint 7, 845. sparkas Symplegadas concursibus undarum 15, 338. sparsus tempora (Acc. limit.) canis 6, 567. 15, 211.

membra veneno 15, 859. vultum
ferrugine 15, 790. bibl. nox caelum
sparserat astris 11, 309. Phoebus
occiduus litora Tartesia mit j. Strahl=
en 14, 416.”

Spartānus, a, um, spartanisch, von
Sparta, gens 3, 208.

Sparte, ēs, f. Stadt Sparta in La=
coniæ 6, 414. 10, 217. immonita
10, 170.

spătĭor, ātus sum, āri, spazieren,
wandeln, lentis passibus per litora
summā harenā 2, 573. coniunctis
passibus 11, 64. spatiantibus lato
arvo beim Wandeln 4, 87. — sich aus=
breiten, spatiantem alae 4, 364. bracchia spatiantia passim 14, 629.

spătĭōsus, a, um, was e. großen Raum
einnimmt, geräumig, weit, groß, corpus 8, 56. ulmus weit ausgebreitet
14, 661. limite lang 15, 849. spatiosus in guttura lang von Hals, eig.
in d. Richtung des Halses 11, 753. —
zeitl. lang ausgedehnt, lang dauernd,
aevum 8, 520. senecta 12, 186. vetustas 15, 623. bellum 15, 206.

spătĭum, ĭi, n. Raum, Strecke, die
man zurücklegt, viae 8, 704. fugit in
spatium in d. Weite 7, 783. bab.
Laufbahn, tritum relinquere 2, 168.
sol altum habebat spatium alterius
medio belli luna, bb. zurückgelegt 2,
417. pulsabant spatium declivis
Olympi 6, 487. — Zwischenraum,
Entfernung, spatium fallit discrimina
8, 577. positae spatiis aequalibus
2, 26. distare spatio aequali, pari
8, 248. 10, 176. pinus spatio sum-
mota 11, 469. spatio propiore clare
näher stehen 13, 284. propiore terrae ferri in näherer Entfernung von
d. Erde 2, 207. spatio distant sind
räuml. von einander entfernt 15, 241.
spatio distante in d. Entfernung 11,
715. — übertr. Raum, interius eines
Gebäudes 7, 670. duorum signorum
2, 197. tantum spatii de monte
1, 44”. per latius errare 2, 802. —
Ausdehnung, Größe, oris et colli 2,
672. victi hostis 3, 95. dat spatium collo verlängert 3, 195. aures
trahit in spatium in d. Länge 11,
176. in breve spatium resilire sich
verkürzen 3, 677. circulus spatio
brevissimus der engste 2, 517. —
Zeitraum, Zeit, aevi, vitae Lebenszeit
15, 871. 8, 124. tuae vitae e. Stück
von d. Leben 7, 173. transire spatium inventae 15, 225. nascendi
Entstehungsperiode 1, 427. ponendi

Zeit zum versetzen 10, 183. in brevi
spatio innerhalb 1, 411. brevi spatio
silet kurze Zeit 7, 307. spatio eodem in einem u. demselben Augen=
blick 10, 385. medio noctis zur Zeit
der Mitternacht 9, 688. quattuor
spatiis exegit annum 1, 118.

spĕcĭes, ēi, f. d. äußere Ansehn, usum
specie maiorem als es den Anschein
hat 7, 682. altius specie 10, 528.
in speciem m. Gen. nach Art. Ähn=
lich wie, chori 3, 685. montis 15,
509; (Gestalt 13, 984. 15, 252. mortalis Menschengestalt 8, 626. hominis
7, 125. falsa viri erlogen 12, 478.
specie caeleste resumptā Göttergestalt
15, 743. orbis 1, 35. Schönheit 7,
83. 682. vaccae 1, 612. Pl. [Acc.]
innumeras 1, 436. novas 15, 420.
quattuor (anni) 15, 199. — Erschei=
nung im Traume, viri 11, 677. quietis Traumgesicht 9, 473.

spĕcĭōsus, a, um, ansehnlich, schön,
glänzend, frons cornibus altis 8, 90.
nomina 7, 69. damnum 11, 133.

spectābĭlis, e, sichtbar, campus undique sp. 3, 709. — ansehnlich, herrlich, 7, 496. roseo ore 7, 705. auro
intexto vestibus 6, 166.

spectācŭlum, i, n. [zuw. nur specta-
cla] Anblick, Schauspiel, spectacula
capere oblatae praedae genießen 8,
246. novi cursus 7, 780. — Schau=
platz, resonant plauso 10, 668.

spectātor, ōris, m. Zuschauer, cursus
10, 575. multorum operum 12, 187.

spectātrix, īcis, f. Zuschauerin, fuli
9, 359.

specto, āvi, ātum, āre (specio), genau auf, nach etw. sehen, schauen, ad
lo 1, 628. ad lumina solis 1, 767.
in undam 3, 499. spectant armenta
schauen zu 9, 48. spectante iuvenca
vor d. Augen 2, 623. 5, 22. spectan-
tia lumina 6, 66. spectandi mora
4, 199. m. Acc. terram 1, 84. campos latarum aquarum 11, 356. Boo-
ten 8, 206. nunc vultum, nunc vulnera nati 13, 543. frontem 15, 608.
spectatae consulit undae in die sie
schaute 4, 312. deum pecoris nach
11, 160. 4, 196. dum alqd spectare
potest, me spectat 7, 840. anblik=
ken, alqm torvo lumine 9, 38. 13,
558. alterno vultu et hunc et Persea 5, 31. anschauen, alqm 6, 478.
518. se in aqua 8, 505. 420 gaudia spectatae formae d. Vergnügen
des Anblicks 14, 653. certamina
Martis 8, 20. pugnam quinquennem

14, 824. serpentem 3, 98. 8, 423. betrachten, cultum faciemque gra-dumque 3, 609. vultus in aqua 13, 787. ed totum (serpentem) spectes in ihrer ganzen Länge betrachtet 8, 45. factas vestes 6, 17. schauen, erblick-ten, molem 1, 770. classis specta-ri poterat 7, 491. immensae spec-tantur opes 6, 181. quae urbes spec-tantur ab Isthmo 6, 420. multa spectata primis sub annis 12, 189. spectabere serpens als Schl. 8, 98. lacertos spectat inanes erblickt kraft-los 15, 229. m. *Inf.* spectat inorna-tos pendere capillos sieht 1, 497. m. *Part.* spectarat euntem hatte ihn ab-fahren sehen 11, 711. bos volantes 11, 750. pereuntem sehe seinen Unter-gang an 7, 34. — bildl. v. Pflanzen, cacumine caelum spectare zum Him-mel blicken 10, 140. terram 10, 193. luna solidā imagine spectavit terras 7, 181. v. Oertlichkeiten wohin liegen Peloros spectat Arcton 13, 727. ter-rae quae spectant litora 15, 53. — übertr. prüfend betrachten, erproben, spectemur agendo lassen wir uns er-proben 13, 120. spectatus erprobt, bewährt, alter caestibus, alter equo 8, 301. dextera per ferrum 14, 109. virtus per tot labores 5, 243. harpe caede Medusae 5, 69.

spĕcŭlor, ātus sum, āri, spähen, aus-spähen, partes in omnes 1, 867. ab almo, quid facerent 2, 557. m. *Acc.* quod specularer 13, 247.

spĕcŭlum, i, n. Spiegel 15, 232. op-posita speculi imagine (f. imago) 4, 349.

spĕcus, ūs, m. b. Höhle 11, 235. vir-gis ac vimine densus 3, 39. caecus tenebroso hiatu 7, 409.

spēlunca, ae, f. Höhle, Grotte 10, 692. longo recessu 11, 592.

Sperchēis, īdis, *Adj.* f. zum Fluß Sperchios gehörig, ripae 2, 250. un-dae 7, 230.

Sperchīonīdes, ae, m. Abkömmling des Sperchios, b. Aethiops Pyretus 5, 86.

Sperchīos, ī, m. Fluß in Thessalien, der am Tymphrestus entspringt u. in b. malischen Golf fließt, populifer 1, 579.

sperno, sprēvi, sprētum, ĕre, ver-schmähen, spernentem sperne 14, 35. spreta 3, 393. spreto amore 7, 376. m. *Inf.* spernit deferri 9, 117. pre-cibus spretis zurückweisen 1, 701. 8, 852; verachten, alqm 3, 513. deum 4, 390. spreverere deam 6, 318. 4, 469.

spreta weil man sie verachtet 8, 281. spernere praesagia 2, 550. vanum omen 2, 597. consilium 6, 30. mina-cia verba 5, 689. odium illius 14, 493. periclo spreto 13, 243. spreta-rum legum reus 15, 36. spernenda futuris verächtlich für 10, 684.

spēro, āvi, ātum, āre, hoffen 7, 632. sperando 1, 496. alqd 1, 481. 13, 18. sibi praemia 2, 631. m erlangen hoffen, aetherias sedes 5, 318. meam virginitatem 14, 134. m. *Inf. Praes.* tenere 1, 536. falli 7, 832. *Part.* sperata voluptas 2, 802. gaudia 4, 368. cubilia 8, 55. bracchia inicere sperato collo des Ersehnten 3, 389; iron. — fürchten, pretium 6, 84.

spēs, ĕi, f. Hoffnung 1, 638. 9, 749. in dubio est 1, 396. spem dare 14, 31. promittere 3, 457. adimere 9, 760. in spem laborant 15, 367. spe quoque fraudat amantem 14, 715. spe majora als man hoffte 7, 648. *Pl.* 9, 597. interdictae 10, 336. ob-scenae 9, 468. inanes agitare 7, 336. easdem affectare 5, 377. per spes socias oro 13, 875. 14, 704; auf etw. generi, nepotum 1, 659. Veneris 9, 739. salutis abiit 7, 555. votorum certa est auf Erfüllung meiner Wünsche 9, 534. puppes, spem vestri reditus 13, 94. 11, 454. mortis concipere 6, 554. Junonis capere sich der Juno zu bemächtigen 12, 506. florebat in spem bacarum so daß er Beeren hoffen ließ 9, 341. Troiae cum moenibus spem quoque (Troiae) eversam esse näml. auf e. bessere Zukunft 13, 624. *Pl.* spes hominum primae 15, 217; spes erat m. *Acc. c. Inf.* (posse) 14, 666. 7, 404. — meton. Hoffnung = das Gehoffte, Gegenstand der Hoffnung 2, 719. spes invidiosa procorum 4, 795. 8, 10. spem sine corpore amat 8, 417. vanam sequens 14, 364. anni intercipere 15, 113. spe potitur b. Gehofften erreicht 11, 827. [spes, spem, spe, *Pl.* spes].

spīca, ae, f. b. Aehre, *Pl.* 8, 292. 9, 689.

spicĕus, a, um, von Aehren, serta Aehrengewinde ob. -kränze 2, 28. 10, 433.

spicŭlum, i, n. [Dem. zu spicula] Spitze eines Geschosses, hastarum 8, 375. me-ton. b. Geschoß selbst, Pfeil 12, 601. Troianis fatis debita b. Pfeile des Hercules (s. Philoctetes) 13, 54. *Pl.* von einem, certa 12, 606. — Stachel, crabronum 11, 335.

spīna, ae, f. b. Dorn, *Pl.* 14, 166. —

Gräte des Fisches. *Pl.* 8, 214; Näd-
gret 14, 553. 15, 389. lentae spinae
curvamen 3, 66. 673. spinae cratos
8, 806; meton. b. Rücken 6, 880.
spineus, a, um, aus Dornen, vincula Dorngewinde 2, 769.
spinosus, a, um, dornig, herba 2, 810.
spira, ae, *f.* Windung einer Schlange,
spiris facientibus immensum orbem
3, 77.
spiramentum, i, n. Athem-, Luftloch,
Pl. 15, 343.
spiritus, us, m. Hauch der Luft 7, 830.
— Athem 12, 517. oris 15, 303. meton. — Leben, dum sp. manebit 9,
817. abiit in auras 8, 528. 6, 294.
Griß, sp. quoslibet occupat artus 15,
167. [Nur *Nom. Sing.*]
spiro, avi, atum, are, wehen, blasen,
austri spirarunt letiferis flatibus 7,
532. valentius 11, 481. lene (st. *Adv.*)
spirans favonius 9, 661: flamma spirat pectore ab b. Gr. 8, 858. —
athmen — leben 14, 172. spirandi vias
Athemwege 15, 344.
spisso, avi, atum, are, verdichten,
spissatus ignis 15, 250.
spissus, a, um, dicht gedrängt, litus
dicht briandet 15, 718. grando dest 9,
222. dic, aer des niedern Dunstkreises
1, 23. nubes 5, 621. 11, 691. caelum spissa caligine 7, 528. liquor
12, 438. sanguis geronnen 11, 367.
splendeo, ere, glänzen, blinken, splen-
dens ferrum 3, 53.
splendesco, splendui, ere, glänzend
werden, erglänzen, succo olivi weil
man sich vor d. gymnast. Uebungen m.
Oel salbte 10, 177.
splendidus, a, um, glänzend, schimmernd, crinis ostro 8, 8. bracchia
goldschimmernd 11, 131. venabula 8,
419. splendidior fulget Lucifer 2,
722. Galatea splendidior vitro 13, 791.
spolio, avi, atum, are, der Kleidung
berauben, bes. den erlegten Feind der
Rüstung, ausplündern 12, 440. victum
12, 148. cur spolieris erit e. Grund,
daß du ausgeplündert wirst 13, 114;
übrh. berauben, m. *Abl.* parentem
crine 8, 86. alqm sociis 14, 71. penetralia donis 12, 246. arborem auro
4, 644. rima spoliata tegmine cerae
11, 514. spoliata auch beraubt 6, 199.
spolita suos capillos (*Acc. limit.*) 15,
213.
spolium, ii, n. b. die abgezogene Haut
eines Thieres, leonis 3, 81. 9, 113.
b. goldene Vlies 7, 156. — das dem
erlegten Feind abgenommene Beutestück
12, 462. memorabile viperei monstri b. Haupt der Medusa 4, 615. spolium mei iuris mir zukommend 8, 421
fixa 8, 154; überh. Beute 11, 552
sceleris 8, 87. *Pl.* b. Waffe des todten
Achill als Beute des Siegers im Wettstrei
13, 163. *Pl.* v. einem Beutestück 7, 157
sponda, ae, *f.* Bettgestell, saligna
8, 656.
spondeo, spopondi, sponsum, fre-
geloben, celeres recursus 6, 450.
fidem 10, 395. officium commissc
amori 10, 418.
sponsa, ae, *f.* die Verlobte 4, 826.
sponsus, i, m. der Verlobte 5, 23. 229.
sponte, (*Abl.* v. ungebr. spons), aus
Selbstverpflichtung, aus eignem An-
triebe, von freien Stücken 11, 486.
15, 82. grw. sponte sua 1, 90. 2, 126.
tua 9, 447; von selbst, ohne andre
wirkende Ursache, sponte sua 1, 417.
8, 699. (anaphor.) 5, 591. 7, 541. 8,
680. 15, 553. [Erst 1. 8.]
spretor, oris, m. (sperno) d. Verächter, deorum 8, 613.
spuma, ae, *f.* Schaum, Gischt v. Thieren, fervida 8, 288. stridens 8, 417.
albida Geifer 3, 74. *Pl.* 11, 867.
albentes 15, 519. Cerberei oris 4,
501. 7, 415; des Mars, concreta 4,
538. sonantes 11, 501; e. kochraben
Flüßigkeit, tumentes 7, 263. 282.
spumans, atis (*Part.* v. spumo), schäumend, rictus 4, 97. ora 6, 226. 8,
34. terga equi spumantia schaumbedeckt 14, 368.
spumeus, a. um, schäumend, torrens
spumeus ibat 3, 571.
spumiger, era, um. Schaum führend,
schäumend, fons 11, 140.
spumosus, a, um, schaumbedeckt, schäumend, undae 1, 570.
spuo, ere (spuo), ausspeien, dentes
cum sanguine mixtos 12, 266.
squaleo, ui, ere, starren von etw. labo
2, 700. 15, 627. serpentibus 14, 411.
squalentia ora Medusae v. Schlangen-
haaren 4, 656.
squalidus, a, um, v. Schmutz starrend,
dah. in e. schmutziges, dunkles Trauer-
gewand gehüllt 10, 74. reus 15, 88.
bildl. in Dunkel gehüllt, von dem trau-
ernden Phöbus 2, 381.
squama, ae, *f.* b. Schuppe 3, 675. 9,
267. crepitans 15, 726. *Pl.* 3, 63.
75. 4, 45. 577.
squameus, a, um. schuppig, membrana 7, 272.
squamiger, era, um, Schuppen tragend, schuppig, cervices 4, 717.

squāmōsus, a, um, schuppenreich, schuppig, orbes 3, 41.

Stăblae, arum, f. Stadt am Golf v. Neapel 15, 711.

stăbŭlor, ātus sum, āri, im Stalle stehen, stabulantur in antris sind in ihren Höhlenställen 13, 832.

stăbŭlum, i, n. (v. sto, Standort) Stall, Viehgehöft, [Plur. nur /n./ alta mit hoher Umfassungsmauer 5, 627. 6, 521. 8, 553. stabulorum moenia 8, 578.

stagno, āvi, ātum, āre, von stehenden Gewässern bedeckt, überschwemmt sein, orbis stagnat paludibus 1, 324. stagnata paludibus v. Sümpfen bedeckt 15, 269.

stagnum, i, n. stehendes Gewässer, Sumpf, Teich, (Lands-) See 5, 411. 6, 320. 8, 624. suo de nomine nach ihr benannt 7, 881. lucentis ad imum usque solum lymphae 4, 297. stagni ultima 4, 300. Pl. 2, 379. immensa 1, 38. v. einem 4, 46. Palicorum olentia sulphure (Exereg. zu lacus) 5, 406.

stāmen, inis, n. (sto) der Aufzug des Gewebes, der bei den Alten aufrecht stand 4, 397. 6, 55. gracili stamine intendere telas b. Webstühle damit beziehen 6, 54. Pl. stamina stantis telae 4, 275. suspendere telā 6, 576. b. Fäden des Aufzuges 8, 57. — der Faden beim Spinnen, tenuissima 4, 179. levia 4, 221. versare 4, 31. pollice torquere 12, 475. fatalia nentes b. Schicksals- ob. Lebensfäden, den b. Parzen spinnen 8, 453; Faden der Spinne 6, 145. — Pl. b. Saiten der Cither, sollicitare pollice 11, 169.

stătio, ōnis, f. Standort, Stellung, Kämpferstellung 9, 34. — militär. Posten, Wache, statione caeli exit am Himmel 2, 115. bildl. von b. Augen des Argus, in statione manebant blieben auf Wache 1, 627.

stătŭo, ŭi, ūtum, ĕre, aufstellen, errichten, aras 7, 240. templa 14, 128. — übertr. festsetzen, beschließen, sic di statuistis 4, 661. m. Inf. 7, 720. 13, 546. velle mori 10, 132. m. ut 4, 84.

stătus, us, m. b. Stellung, artificis status ipse fuit b. Stellung war völlig die eines Künstlers 11, 169. — übertr. Stand, Zustand, Lage, rerum mearum meines Reiches 7, 509. qui sit status 11, 492. neque hic est nunc st. Aurorae 13, 594.

stella, ae, f. b. Stern, stellae diffugiunt 2, 114. cecidisse videtur 2, 322. sub aethere fixae 2, 205. micantes 7, 100. stellarum agmen sublime 11, 97. comans Haarstern, comet (Exereg. zu novum sidus) 15, 749. 850.

stellans, ntis, Sternen gleich [schimmernd, gemmae 1, 723.

stellātus, a, um, m. Sternen bedeckt, bildl. Argus mit Augen besternt 1, 664. stellatus corpora (Acc. limit.) guttis gestirnt, mit Bez. auf den Namen stellio Sterneidechse 5, 461.

stĕrĭlis, e, unfruchtbar, tellus 8, 789. collis 14, 89. ulvae 4, 299. — übertr. fruchtlos, nutzlos, amor 1, 496.

sterno, strāvi, strātum, ĕre, aus-, hinbreiten, virgas 4, 743. vestes 8, 658. torum 8, 431. stratae herbae 7, 254. — überbreiten, bedecken, congeriem silvae vellere 9, 238. (pontus) sternitur spumis bedeckt sich 11, 501. tellus strata est corporibus 14, 800. — niederwerfen, nieder-, zu Boden strecken, alqm 5, 88. robore 12, 351. Troica corpora ferro 12, 604. 74. stravimus Pythona sagittis 1, 460. moribundam stravit harenā 10, 716. 9, 84. humi pronam 2, 477. 12, 265. omne armentum 11, 372. 394. vulgus erat stratum lag hingestreckt 7, 585. sternere trabes 9, 209. sternuntur segetes 1, 272. 8, 291. nemus incursu 8, 340. stravit moenia 12, 550.

Sthĕnĕlēĭus, a, um, von Sthenelos, König in Ligurien stammend, proles Cycnus 2, 367. — v. Sthen. dem Sohne des Perseus stammend, Eurystheus 9, 273.

Sticte, es, f. (στικτή die Gefleckte) Hundename 3, 217.

stillo, āvi, ātum, āre, tröpfeln, träufeln, mella de ilice 1, 112. stillanti rore 11, 57. — transf. träufeln lassen, Part. stillatus geträufelt, electra de ramis 2, 361. myrrha cortice 10, 501.

stĭmŭlo, āvi, ātum, āre, stacheln, anstacheln, stimulari furoribus 4, 430. stimulatus irā 4, 235. causā utrāque 8, 550.

stĭmŭlus, i, m. Stachel zum Antreiben der Thiere 2, 399. Pl. 14, 647. parce stimulis 2, 127. — bildl. quälender Stachel, caecos in pectore condidit 1, 726; Sporn = Aufmunterung, omnia accipit pro stimulis furoris wie einen Sporn 6, 480. stimulos adicere noch mehr anspornen 1, 214.

stipes, itis, m. Baumstamm 1, 553.

2, 351. 9, 879. 15, 523. quernus 8, 388; Baumast, vetus 7, 279; hölzerne Keule, quernus 12. 342; Holzkloß, Scheit zum Verbrennen 5, 67. 8, 451. 504. semicremus 12, 297. Feuerbrand, Stygius 10, 813.

stīpo, āvi, ātum, āre, eng zusammendrängen, dicht umgeben, des stipata est turbā comitum 3, 188.

stīpŭla, ae, f. Halm des Getreides, Stroh, *Pl.* 8, 630; b. Stoppeln, die man ziml. hoch stehen ließ, um sie der Düngung halber anzuzünden, leves 1, 493.

stirps, rpis, f. b. untere Stamm, Wurzelstock der Pflanzen 15, 575; Baumstamm, duas stirpes Latonā pariente retentas 13, 636. vgl. 6, 836. — bibl. Stamm, Geschlecht lebender Wesen 1, 159. 6, 402. divinae stirpis alumnus 2, 633. caelesti stirpe creatus 1, 700. 3, 543. humili de stirpe creatus 14, 699. nascitur de stirpe alipedis dei 11, 312; Nachkommenschaft, virilis Söhne 13, 549. femineae Töchter 13, 651. s. einzelner Sprößling, stirps Lemnicolae 2, 757.

stīva, ae, f. Pflugsterz 8, 218.

stō, stěti, stātum, āre, stehen, Ggs. sitzen, vulgi stante coronā 13, 1, Ggs. fliegen 4, 676. anapher. stābat 2, 27. unā dabri 8, 196. propior 12, 389. spatio propiore näher 12, 794. proximus ut steterat 12, 208. in litore 8, 860. arduus arce 5, 289. ante oculos 12, 429. in gradu stetimus 9, 43. stat canum rabie auf b. wüthenden Hunden, die ihre Füße erfeßten 14, 66. b. leblos. Ggst. silva vetus 3, 28. carinae in montibus 1, 133. ara lacu medio 8, 326. arae sine igulbus 1, 374. dentes triplici ordine 3, 34. lumina immota genis 6, 305. hasta toro stehen bleiben 5, 34; sich auf b. Füßen erhalten 7, 577. vires standi 13, 50; stehen bleiben 10, 42. 13, 879. hos stetil 3, 20. puppis aequore 3, 660. ut altera pars (b. eine Arm des Zirkels) staret 8, 249. stehen bleiben, ferrum in inguine 5, 132. hasta terrā 8, 415. radice novā 15, 562; ruhig stehen, stantibus aquis bei ruhigem Staub der Gewässer 4, 732. stantia freta 7, 201; aufrecht stehen, stans tela 4, 276. stantes aristas percurrere über b. Aehren hinlaufen, so daß sie stehen bleiben 10, 655. stabant comae starren gesträubt 7, 631. cristae in vertice 6, 672. pectora celtoris regi b. Muskeln geschwellt 12,

401; v. Bauwerken fertig dastehen, s: bant Thebae 3, 131. opus 11, 20 dauernd stehen, fortbestehen, stare d Thebas 3, 549. ne regia Cadi staret 4, 471. — übertr. festsiehe stal sententia es ist fest beschlossi 1, 243. 8, 67. stare pacto bei Vertrage beharren 3, 818; auf ser Seite stehen u.s. stant mecum voi sororis 7, 54. stal monilia contrari virtus 10, 709; zu stehen komme: stabunt tibi foedera magno theuer 7, 487. 10, 547. 12, 69. Iron. magn stal magna potentia nobis wir kaufe: sie theuer (Anb. magniloquentia) 14 497.

stŏlĭdus, a, um, dumm, thöricht 5 305. 13, 327. mens 11, 140. lingu.. 13, 306. aures 11, 174. palma thöricht erstrebt 6, 50. stolidissime votum 13, 774.

strāges, is, f. (sterno) das Niederwerfen, Niederlage, canum b. Hinsterben 7, 538.

strāmen, inis, n. (sterno) Stroh 5, 447. *Pl.* 8, 701.

strātum, i, n. (sterno) das Hingebreitete, Lager aus hingebreitetem Decken ob. Polstern 7, 558. altum 11, 649. *Pl.* v. einem 8, 84. 10, 967; Decken, strata picta bunte Bettdecken 8, 83.

strēnuĭtas, ātis, f. Regsamkeit, Thätigkeit 9, 320.

strēnuus, a, um, emsig, eifrig, faciendis iussis (Dat.), zum Vollziehen der Befehle 9, 307.

strepĭtus, us, m. Geräusch, Getöse 11, 365. 14, 215. modicus 9, 669. levis 7, 840. strepitum (um) facere 11, 650. 14, 782.

strīdeo, di, ēre u. strīdo, di, ěre, zischen, ferrum stridet im Kühltroge 12, 279. cruor stridit 9, 171. pars veribus stridunt 6, 616. stridens spuma 8, 417. stridente foramine unter Zischen 4, 123; rauschen, stridentes alae 4, 616. freto stridens einherrauschend 13, 904.

strīdor, ōris, m. b. Zischen, v. Schlangen, ferus 9, 65. b. Flebermäuse, levis 4, 413. raucus b. Schwein-Grunzen 9, 287. v. Essen Geschrei 14, 100. b. Tauwerk Knarren 11, 496. bezgl. von b. Thür, stridores reddere 11, 608.

strīdŭlus, a, um, zischend, fax stridula fuit fumo 10, 6.

stringo, nxi, strictum, ěre, streifen — leicht berühren, ales summas undas 11, 733. aequor summum stringitur aura 4, 136. canis vestigia rostro

b. Füße 1, 536. — leicht verwunden, coluber strinxit pedem deute 11, 776. — Waffen aus der Scheide streifen, ziehen, stringite gladios 7, 833. stricti gladii 15, 800. tela 3, 535. stricto ense 7, 445. 8, 207. 14, 296.

strīx, īgis, f. d. Ohreule, die den Alten für e. Art Unhold galt, strigis infames alae 7, 269.

Strŏphădes, um, f. zwei kleine Inseln im ion. Meere südl. v. Zakynthos, Strophadum portus infidi, weil d. Trojaner dort von d. Harpyien belästigt wurden 13, 709.

strŭo, xi, ctum, ĕre, schichten, auf einander häufen, congestos montes ad sidera 1, 153. arbores in pyram 9, 231; bauen, errichten, moenia structa solido saxo 6, 573. atria pumice 6, 562 structum utrimque theatrum (b.s.) 11,25; an einander fügen, structae avenae die zur Hirtenpfeife in einer Reihe zusammengefügten Rohre 1, 677. — bildl. etw. (Böses) anstiften, insidias alcui 1, 198.

Strȳmon, ŏnis, m. Fluß in Thracien 2, 257.

stŭdeo, ui, ēre, ich eifrig bemühen, alcui für Jem., ihn begünstigen 9, 426.

stŭdiōse, Adv. eifrig. Comp. studiosius 5, 578.

stŭdiōsus, a, um, voll Eifer für etw., m. Gen. eifrig bemüht um, equorum 14, 321. arborei fetus 14, 625. nemorum e. Liebhaber v. Wäldern 7, 675.

stŭdium, ii, n. Eifer, puellare 5, 394. immane loquendi Schwatzsucht 5, 678. eundi Begierde zu kommen 8, 379. studio fallente laborem 6, 60. 4, 295; für Jem. Ergebenheit, studiis ardentibus 1, 199. für e. Sache, Beschäftigung, Neigung 5, 267. 14, 634. venandi 3, 413. virilia 12, 208. studiis colebat deam 1, 691. studiis operata Dianae 7, 746. Gewerbe, studii successor et heres 8, 680. studio operatus inhaesi 8, 865. Kunstfleiß 6, 12.

stultus, a, um, dumm, ignes thörichte Liebesglut 9, 746. mens 11, 146.

stŭpeo, ui, ēre, betäubt, starr sein vor Schrecken ob. Verwunderung 2, 191. 11, 539. stupuit ceu saxea ad auditas voces war wie versteinert 5, 509. Orpheus gemina nece coniugis 10, 64. bab. stocken, stupuit Ixionis orbis 10, 42; staßen, staunen 3, 381. 4, 346. 10, 287. 15, 553.

stuppĕus, a, um, aus Werg, retinacula 14, 547.

stŭprum, i, n. Unzucht 2, 529.

Stȳgĭus, a, um s. Styx.

Stymphālis, ĭdis. Adj. f. stymphalisch, v. See u. Fluß Stymphalos im nordöstl. Arkabien, silva 5, 585. undae b. Stymph. See, Aufenthaltsort der stymphal. Vögel, die eherne Krallen u. Schnäbel hatten u. ihre Federn wie Pfeile abschießen konnten. Hercules scheuchte sie durch Klappern auf u. erlegte sie mit d. Bogen 9, 187.

Stymphēlus, i, m. e. Centaur 12, 459.

Styx, ȳgis, f. Fluß des Todtenreiches, das er neunmal umkreiste, imers 4, 431; bei ihr schwuren die Götter ihren heiligsten u. unverletzlichsten Eid, die iuranda palus 2, 46. 1, 189. 737. 2, 101. 3, 290; meton. — aqua Stygia 12, 322. — Todtenreich, ad Stygen descendere 10, 13. quid Stygen timetis 15, 154. — Adj. Stȳgius, a, um, stygisch, der Styx, unda 10, 697. 11, 500. 3, 272. aqua 3, 504. vallis 6, 662. lucus 1, 180. amnes 5, Stgr 14, 591. paludes 1, 737. torrens 5, 290; meton. — dem Todtenreich angehörig, sedes 14, 155. urbs 4, 437. gurges b. Tiefe des Todtenreiches 5, 504. nox 3, 695. umbrae 1, 139. stipes höllisch 10, 313; bildl. — so schauerlich wie d. Styx, höllisch, os 5, 76. bubo Tod verkündend 15, 791.

suādeo, si, sum, ēre, rathen, pudor suadet illins 1, 618. — transl. rathen, anrathen, nullum nefas 1, 892. aliud cupido, mens aliud 7, 20. suasit amor facinus 8, 90. boreas viam räth zur Fahrt 13, 418. silentia suadere 9, 692. m. Inf. requiescere 10, 688. 15, 650. m. ut 13, 315.

sŭb, Praep. I. m. Abl. unter, räuml. auf d. Frage wo? quamvis sint sub aqua. sub aqua maledicere temptant 6, 376. perdere s. undis 1, 200. mergere s. aequore 13, 878. 14, 549. latere s. gurgite 1, 290. s. antris 2, 269. 5, 541. sedit s. Iove 4, 260. s. arbore 4, 95. fraga nata s. umbra silvestri 13, 815. litora s. utroque iacentia Phoebo 1, 338. mundus s. terra positus 10, 17. stellae fixae s. aethere 1, 304. rerum fundamina ponere mole sub ingenti 15, 433. unten an, unterhalb, telum habet sub harundine plumbum 1, 471. s. moenibus urbis 13, 261. s. montibus am Fuß 1, 689. 2, 705. s. Ida 11, 762. 4, 772. parvae cannae longa s. harundine 8, 337. cetera silva tanto fuit s. hac (quercu) war um

so viel niedriger 8, 780; unten in, innerhalb, sub valle greges reliquit
11, 277. ignes caluere a. ossibus 2,
410; darunterhin, labi a. terris 5, 504.
— zeitlich innerhalb, während, bei,
occidit primis sub annis 13, 598. 12,
168. a. nitido die 1, 603. a. adventu
Iavoni 9, 661. a. luce bei Tagesanbruch 1, 464. luna a. candore rubens
zur Zeit seines Glanzes bh. bei Vollmond 4, 332. — causal, d. Einfluß
eines Zustandes ob. Umstandes bezeichnend: unter Herrschaft, Führung, Oberbefehl, sub Iove mundus erat 1, 114.
16, 860. me sub dominā regia Cadmi est 6, 178. 4, 639. a. Iapyge
Dauno moenia condiderat unter d.
Herrschaft 14, 458. omnes a. Diomede
viri 14, 492. causam tenui a. iniquo
iudice vor 13, 190. iudice a. Tmolo
ad certamen venit vor dem Richter-
stuhl des Tm. 11, 156. numine a. dominae lateo unter d. Schutze 15, 546;
unter Gestalt, Namen ubgl., humana
a. imagine 1, 213. 2, 804. 11, 627.
a. imagine somni unter Gestalt eines
Traumbildes 9, 686. somnus redeat
simili a. imagine 9, 480. agit sua
vota sub illa unter jenem Namen 6,
488. a. eodem nomine mansit 1, 410;
unter Einfluß, in Folge, auf Veranlassung, vitam exhalare sub acerbo
vulnere 5, 62. nullum a. illo igne
facit votum 9, 464. nullo a. indice
in arma veni 18, 31. petit dapes a.
imagine somni in Folge eines Traumbildes 8, 624. me a. his tenebris nimium vidisse 3, 525. oculi natantes
a. nocte atra 5, 71. Bacchi a. nomine risit bei 4, 534. — II. m. Acc.
räuml. unter auf d. Frage wohin? sub
aequora redeunt 3, 634. reverti a.
antra 13, 777. ablatus est a. occasus
unter d. westl. Himmel 4, 626. aptato
mucrone pectus a. imum 4, 162.
usque a. Orchomenon bis unter d.
Mauern v. Orch. 5, 807; hinunter in,
a. inania Tartara mittere 11, 870;
hinauf in ob. an (eig. unter), eduxit
me superas a. auras 6, 641. 12, 525;
hinaus an (eig. unter), exit vox a.
auras 3, 296. efferre a. auras 11,
184; darunterhin, a. terras labi 1,
189. — zeitl. um, gegen, sub ipsum
nascendi spatium 1, 426. sub noctem 4, 79. 11, 480. 13, 729. [Erkl-
ung: massa a. illa 1, 70. tellure a. alta 1,
630. rege a. hoc 4, 533 ub. nomine a. dominae 15, 546.]
sub-cresco f. succr.

sub-do, didi, ditum, ēre, darunter
thun, legen, caput subde fonti 11,
141. flammam (pyrae) 9, 234. pontus
aequora subdit equis Solis unter-
breiten 4, 631. se aquis sich darunter
bergen 4, 722. Iuppiter subdidit (Tel-
chinas) fraternis undis versenkte sie
ins Meer 7, 367. Part. subditus darunter gelegt, lenta 8, 662. vincla galeao
mento darunter befestigt 12, 141. carina
mediis navigiis darunter befindlich 14,
563. iuga radiis matutinis darunter
gelegen 1, 68.
sub-dūco, xi, ctum, ēre, darunter
wegziehen, subductā tellure nachdem
sich d. Erde unter ihm geöffnet 9, 406.
— entziehen, faciem humanam 2, 661.
vires Achivis 13, 61. se a vulnere
sich dem Bisse 7, 781. — in d. Höhe
ziehen, remos einziehen 11, 486.
sub-ēdo, ēdi, ēre, unterfressen, unter-
höhlen, scopulum subederat unda 11,
783.
sub-ēo, ii, ītum, īre, unter etw. gehen,
-treten, hineingehen, -treten, in nemoris latebras subiere v. Schlangen hin-
einkriechen 4, 601. quo postquam subiit 3, 165; meist m. Acc. umbra subit
terras 11, 61. paludem untertauchen
15, 358. domus 1, 121. tecta 6, 669.
casas minores von Geringeren 5, 263.
penates regia 5, 650. atria 8, 562.
antra 12, 417. nemus 2, 418. nemorum secreta 1, 594. foramina terrae einbringen 6, 697. lympha venas
5, 437; bildl. sich einer Sache unterziehen, sie auf sich nehmen, poenas
erdulden 5, 200. — herantreten 3, 648
(an d. Steuer). 7, 115 (an d. Stiere).
sich nähern v. Schiffenden, hac subeunt
Teucri 13, 729; bildl. dazutreten, subit
priori (causae) causa recens 3, 260.
— übertr. an Iem. Stelle treten, pulchra subit facies 14, 827. in alcs
locum 1, 180. folgen, argentea proles 1, 114. lux 9, 93. nox 7, 631.
tempus subibat 4, 899. m. Acc. Alba Latinum 14, 612. furcas columnae 8, 700. — in d. Gedanken kommen, einfallen, animum vor d. Seele
treten 7, 170. mentem 12, 472. ab-
fol. subeunt illi fratres 11, 512. Hectoris umbra 12, 591. plurima 15,
307. m. Acc. c. Inf. 2, 755. [subiit
1, 114. 7, 170 (4. Musc).]
sub-īgo, ēgi, actum, ēre (sub-ago),
unterjochen, bezwingen, reges gentes-
que 11, 299; durcharbeiten, terram
vomere 11, 31. opus (d. Material)
digitis 6, 20.

sŭbĭcĭo (ſyr. subiic.), iēci, iectum, Icere (sub-iacio), darunter werfen, -legen, dextra manus subiecta est Peloro 5, 350. 347. excussit subiecto Pelio Ossam 1, 155. bracchia pallae darunterhalten 3, 167. subiectis bobus (aratro) darunterjochen 15, 618. bracchia sunt subiecta lacertis darunter anfügen 14, 304; bildl. unterwerfen, herbarum potentia nobis (est) subiecta unterthan 1, 622. unter d. Haube belbringen, apes est virginibus subiecta (im Stillen erregt 7, 304; *Part.* subiectus darunter gelegt, ignis 1, 229. undae untergebreitet 2, 68. pennae (indem sie in Vögel verwandelt wurden) 13, 718. cultri dem Opferthier, nachdem es durch e. Nackenhieb gefällt war, unten an d. Kehle gesetzt, um es zu schlachten 7, 599; darunter befindlich, pectora (loricae) 12, 117. terga ferarum 14, 66. umeros subiectaque terga 13, 914; darunter liegend, v. Oertlichkeiten, arva 7, 638. 779. vineta 1, 298. undae 13, 438. aequora 8, 673. Tempe 7, 222. — v. unten in d. Höhe werfen, ducum in aëra 10, 184.

sŭbĭtō, *Adv.* plötzlich 2, 535 ud.

sŭbĭtus, a, um, (subeo), was unerwartet kommt, plötzlich, timor 2, 190. tremor 3, 40. formido 14, 618. ira 9, 574. 10, 683. ululatus 3, 179. concursus 14, 544. ruina 1, 202. 6, 268; plötzlich entstanden, aquae 1, 315. pennae 6, 660. alae 11, 341. praepetes 13, 617. volucres 14, 508. olor 7, 872. fratres 3, 123. morbus 7, 637. radix 2, 849.

sŭbĭectō, āre (subicio), darunter legen, manus 4, 359.

sŭbĭicio ſ. subicio.

sub-Iungo, nxi, nctum, ēre, hinzufügen, carmina percussis nervis ein Lied mit dem Anschlag der Saiten verbinden 5, 340.

sublīmis, e, emporgerichtet, hoch, erhaben, os 1, 85. agmen stellarum 11, 97. via 1, 168. montis cacumen 1, 666. columnae 2, 1. lectum Gemach 14, 752. templa sublimia longis gradibus hochliegend 7, 587. torus sublimis in ebeno hochaufgebettet auf 11, 610. sublimis constitit 15, 673. eodem solio 6, 650. 14, 262. se attollit 4, 721. despicere videtur (puppis) 11, 503. vectus erat super Europen hoch durch d. Lüfte 5, 648. inter nubes sublimia membra ferre hoch erheben 12, 665. sublimem rapere serpentem 4, 363. corpus humo sublime referre hoch vom Boden erhoben 13, 263. *Subst. Pl. n.* sublimia das Hohe, Erhabene 8, 359. — übertr. sublimes animos habere hohen Stolz 4, 421.

sub-mergo (summ.), rsi, rsum, ēre, untertauchen, membra palude 6, 371. ferrum submersum in unda sibilat 12, 279; bildl. submersa toto obruor oceano versenkt 9, 693.

sub-mitto (summ.), mīsi, missum, ēre, niederlassen, senken, latus, caput in herba 3, 23. 502. genu flexum 4, 340. submisso poplite in terra 7, 191. vertice gesenkt 8, 638. — bildl. unterwerfen, unterordnen, citharae cannas 11, 171. submissus unterwürfig, demüthig, manus 5, 235. voce 7, 90.

sub-mŏveo (summ.), mōvi, mōtum, ēre, entfernen, wegtreiben, alqm 1, 664. 5, 158. instantes 12, 231. populum aris 6, 274. di te submoveant orbe suo sollen dich von ihrer Erde verstoßen 8, 97. übertr. Phoebeos ignes frondibus fernhalten 5, 389.

sub-necto, xui, xum, ēre, unten anknüpfen, velum antemnis (*Dat*) 11, 483.

sub-nixus, a, um (nitor), sich unten an etw. lehnend ob. anschließend, barba capillis subnixa 6, 715.

sŭbŏles, is, *f.* (sub-olesco) d. Nachwuchs, Sproß 1, 251.

subp . . . ſ. supp.

sub-ruo, rŭi, rŭtum, ēre, untergraben, robora prioris aevi 15, 228.

sub-scribo, psi, ptum, ēre, unten hinschreiben, causa subscribi sepulcro als Todesursache auf das Grabmal hingeschrieben werden 9, 563.

sub-sĕquor, secūtus sum, i, auf d. Fuße folgen 3, 17.

sub-sīdo, sēdi, sessum, ēre, sich niedersetzen, in ara 9, 297. — bildl. sich senken, iussit subsidere valles 1, 43. Tellus subsedit paullum in Folge der Austrocknung 2, 277. flumina fallen 1, 813. obvia subsedit senkte sich entgegen 10, 498. ebur subsidit digitis (*Dat.*) sinkt unter d. Fingern ein, läßt sich von ihnen eindrücken 10, 284.

sub-sisto, stĭti, ēre, still stehen, Halt machen, hic substiterat 14, 158. utraque pars substitit positis armis machten e. Stillstand 12, 147. — bildl. einhalten, aufhören, clamor 1, 207.

sub-sterno, strāvi, strātum, ēre, darunterbreiten, cinnama 15, 399.

sub-stringo, nxi, ctum, ēre, hinauf-
binden, zusammenziehen; *Part.* sub-
strictus schmächtig, mager, ilia 3, 216.
crura 11, 752.

sub-sum, fui, esse, unter etw. sein, sich
befinden, m. *Dat.* genualia suberant
poplitibus 10, 593. pectora collo 12,
420. — in d. Nähe sein, myrtea silva
subest 11, 234. m. *Dat.* templa mari
11, 359.

subtēmen (subtegmen), ĭnis, *n.* (aus
subteximen) der Einschlag des Gewebes, der mittelst des Weberschiffchens (radius) zwischen d. Fäden des Aufzuges
eingeschossen wird. subtemen inseritur
medium wird mitten dazwischen geschossen
6, 55.

subtĕr, *Praep.* m. *Acc.* u. *Abl.*; m.
Acc. unterhalb, unter etw. hin, s. imas
ablata cavernas 3, 602.

sub-texo, xui, xtum, ēre, unter etw.
weben; übertr. darunter zusammenziehen, nubes patrio capiti, näml. Soli
14, 368.

sub-trăho, xi, ctum, ēre, heimlich entziehen, se belli labori 13, 316.

sub-věho, xi, ctum, ēre, herauf-, her-
anführen, subvecta ponto agmina 6,
422. subvecta curru per aëra aufge-
fahren 8, 796.

subverto, verti, versum, ēre, umstürzen, subversa obruor Oceano nie-
dergeworfen 9, 598.

sub-vŏlo, āre, in d. Höhe fliegen 11,
790. 14, 507. 577.

suc-cēdo, ssi, ssum, ēre, unter etw.
gehen, -treten, tectis 2, 768. 8, 849.
iussae aquae 11, 142; = unter s. Gemeinschaft treten, successit Achilles
Danais trat unter d. Reihen der Danaer
(des Wortspiels halber: folgte ihnen)
13, 134; an Jem. Stelle treten, Nyc-
timene nostro successit honori trat
an meinen Ehrenplatz 2, 590. lumen
in auras 11, 60. in vota alcs in Jem.
Wünsche eintreten 11, 227. annum suc-
cedere in quattuor species nach u.
nach eintreten 15, 199. nachfolgen, folgen, Silvius illi 14, 610, 15, 2. Pisci
Aries 10, 165. astra diurnis ignibus
7, 193. iubar nitidum nocti 15, 187.
tertius annus decimo 9, 714. post
illas aënea proles 1, 125. quis melius succedat Achilli als Erbe 13,
133. — succedit mihi alqd es geht
von Statten, gelingt mir, successurum
Minervae 2, 788. id putat successisse
duabus es sei ihnen beiden glücklich gelungen 6, 484.

succendo, ndi, nsum, ēre, anzünden,
pinus ab Aetna en 5, 413. succensae
templa 13, 418. — bildl. succensus
entflammt, cupidine 8, 74.

successor, ōris, *m.* Nachfolger, nostro (clipeo) novus est successor habendus 13, 119. in etw. studii 3, 589;
Erbe, alqo successore uti Jem. zum
Erben haben 13, 51.

successus, us, *m.* d. glückl. Erfolg
[Abl.] 3, 495. caedis 12, 298. 13, 85.
ictus 8, 384. b. gelungene Arbeit der
Nebenbuhlerin 6, 130. *Pl.* [Acc.] 2,
781. successibus pugnae 12, 355.
plenus successibus annus Erträgnisse
8, 273.

succido, cĭdi, cĭsum, ēre (sub-caedo),
unten abschneiden, -hauen, herbas 7,
227. sacrum robur 8, 752. unten durch-
hauen, succiso poplite 8, 364.

succĭduus, a, um, unter sich einsinkend,
poplite 10, 458.

suc-cingo, nxi, nctum, ēre, aufgür-
ten, -schürzen, *Part.* succinctus aufge-
schürzt, anus R, 660. Diana 3, 156.
nymphe ritu succincta Dianae 9, 89.
succincta r. D. vestem (*Acc. limit.*)
10, 536. bildl. pinus succinctus comas (*Acc. limit.*) das Haar aufgebunden, weil sie meist nur am Gipfel
Zweige u. Nadeln trägt 10, 103. s.
pineta 15, 603. — unten umgürten,
succingitur canibus alvum (*Acc. lim.*)
13, 732.

suc-cresco (sub-cr.), ēvi, ētum, ēre,
von unten heraufwachsen, cortex ab
imo 9, 352. bildl. nachwachsen, vina 8,
680.

suc-cumbo, cŭbui, cŭbitum, ēre, niedersinken, omnes succubuisse oculos
1, 714. — bildl. unterliegen, tibi uni
13, 856. virtutem succumbere turbae
5, 177. simili culpae 7, 749.

suc-curro, curri, cursum, ēre, zu Hülfe
eilen, beistehen 8, 209. miseris rebus
15, 632.

succŭtio, cussi, cussum, ēre (sub-
quatio), in d. Höhe rütteln, currus
succutitur alte emporschnellen 2, 166.

sūcus (succus), i, *m.* Saft, Feuchtigkeit
1, 407. corporis 8, 397. ambrosiae
2, 120. amomi 15, 394. olivi 10,
176. Tyrius tyrischer Purpursaft 6,
222. Lethaeus (b. l.) 7, 152. *Pl.* 9,
211. 14, 631. mites 14, 090. Zaubersäfte 7, 215. 267. 14, 275. 299. Heca-
teïdos herbae 6, 139. veneni 14, 403.
acres 7, 268. validi 7, 316. horrendi
14, 43.

sūdes, is, *f.* Pfahl, sude obusta 12,
299. sudem 12, 300.

sudo, āvi, ātum. āre, schwitzen, sudantes lacerti 4, 707. — trans. schwitzen, ausschwitzen, tura ligno sudata 10, 308.

sudor, ōris, m. Schweiß 9, 87. 11, 33. caeruleus 9, 173.· frigidus occupat artus 6, 692. nigri veneni bos (in Folge b. Hitze) ausgeschwitzte schwarze Gift 2, 198.

suf·ficio, fēci, fectum, ĕre (sub-facio), ausreichen, genügen, für Jem. uni 8. 839. locus in tumulos 7, 618. (genügend) zu Gebote stehen, nec verba volenti sufficiunt 4, 599.

suf·fundo, fūdi, fūsum, ĕre, untergießen, unterlaufen lassen, lingua est suffusa veneno ist unterlaufen 2, 777. suffusus lumina (Acc. limit.) rubrā flammā mit feurigem Roth 11, 368. suffunditur ora (Acc. lim.) rubore wird im Antlitz übergossen 1, 484. suffundit lumina tepido roro füllt b. Augen 10, 300.

sug·gĕro, gessi, gestum, ĕre, zuführen, darbringen, tellus divitias 15, 82.

suī, sibi, sĕ. Pron. pers. seiner, ihrer, sich, ihr, auf d. Subj. desselben od. des regierenden Satzes bezogen; m. Nachdruck, tellus pressa est gravitate sui ihres eignen Wesens 1, 35 nil habet sui nichts Eigenes, kein eigenes Wesen 3, 435. parte sui meliore viget 9, 269. immemor ipse sui seiner Gottheit 10, 171. memor ipsa sui ihrer eigenen Würde 13, 458. sibi quisque est deus sich selbst 8, 72. si non sibi visa fuisset sich selbst 6, 156. 1, 850. 14, 679. ipsa sibi est oneri cervix 10, 195. sibi se praeferri er sich selbst 2, 430. excussit sibi se schüttelte sich von sich selbst ab 11, 621. se cupit sich selbst 3, 425. a se se quaeri 8, 862; in eng m. dem Hilfssatz verbundenen Participial- u. Nebensätzen, proicit acceptas lectā sibi (st. a se) parte tabellas 9, 575. collapsa, ut sibi narratur, cecidit — re sibi narratā 7, 827. irascitur illi, quae sibi praelata est — sibi praelatus 14, 42; secum 1, 389. 9, 132. 15, 233. verst. sit 4, 222. inter se unter einander f. inter. per se von sich selbst f. per. pro se quisque f. pro. [Acc. sese 14, xxx. sibi 7, 773.]

sulco, āvi, ātum, āre, mit Furchen durchziehen, furchen, harenam tracto aquamae 15, 725. navis sulcat aquas rostro 4, 707; übertr. cutem rugis 3, 276.

sulcus, i, m. d. Furche 3, 104. 107. 7, 539. longi 1, 123.

sulphur (sulpur, sulfur), ŭris, n. Schwefel, olentia sulphure stagna 5, 405. terrae fumantes s. calenti (Hypereg. zu Hippotadae regnum) 14, 87. lustrare sulphure 7, 261. Pl. vivacia 3, 374. lurida 14, 791. lutea 15, 351. [sulphure, sulphura.]

sulphŭrĕus (sulf., sulp.), a, um, schwefelig, fornaces 15, 340.

sum, fŭi, esse, sein, I. vorhanden sein, existieren, quod eritque fuitque estque 1, 517. desierant simul ora loqui, simul esse 9, 392. credere esse deos 9, 201. esse putat nusquam 1, 587. esse metus coepit entstehen 7, 715. est in satis es steht im Schicksalsbuch 1, 256. in dis est bei b. Göttern 7, 24. nihil opis esse in superis es gebe keine Hülfe 7, 641. bes. est u. sunt es gibt, non galeae, non ensis erant 1, 99. si nemo est 2, 389. 1, 450. 3, 305. 14, 49. sunt anaphor. 15, 76. 78. hic est nox 8, 671. 15, 594. quod est usquam 12, 41. Im Beginn von Ortsschilderungen [Beschaul.] est via 1, 168. 4, 432 nemus 1, 564. locus 2, 195. 8, 788. 5, 409. 9, 334. 10, 644. 11, 229. 215. 592. 13, 429. sunt litora 13, 924; im Beginn einer Erzähl. erat Indus Athis 5, 47. 99; leben, est genitor Peleus, est Pyrrhus filius illi 13, 155. rege sub hoc Pomona fuit 14, 623. Capys ante fuit 14, 614. stehen, ubi Troia fuit 13, 429. sich befinden, lucos esse illic 2, 78, et erant sub montibus 2, 703. non est Bacchus in illis darunter 4, 273. 5, 99. ne Iuppiter sit in illa sich unter ihr verberge 2, 444. vetus infamia est in saxo haftet an 2, 707. 7, 794. sunt qui es gibt welche, die m. Conj. 9, 303. 12, 26. 15, 817. 389. m. Ind. 6, 12. 8, 724; est cur m. Conj. es ist Grund vorhanden, weshalb 2, 519. 13, 114. neque erat cur 8, 721; non est = non licat m. Inf. tangere non est 3, 478. — wirklich sein, si sum regina 3, 265. opto, Iuppiter ut sit 8, 281. est si tanta potentia 3, 328. 7, 15. sicut erat wie es wirklich der Fall war 12, 205. 13, 135. est alqd es will etw. bedeuten 12, 93. 13, 241. si numina divum sunt alqd 6, 543. — m. Dat. haben, besitzen, spes mihi fuit 1, 659. qui color nubibus esse solet 3, 184. oft m. Nachdruck anaphor. 1, 192. 4, 149. 13, 266. 610. 827. m. Weglassung v.

est, quae tibi causa viae 2, 33. 3, 622. 4, 640. 6, 674. quid tibi cum armis was haſt du zu thun mit 1, 456. — II. ſein als Copula zwiſchen Subj. u. Prädicat, omnium pontus erat 1, 392. 15, 520. esto contentus 1, 461. este memores 3, 543. tua cetera sunto 5, 222; bei *Adverb.* f. longe u. procul; m. *Praepos.* esse ante oculos alcui ſtehen 8, 507. sub algo 6, 168. in honore 10, 170. pro teste dienen ſtatt, als 1, 460. 6, 609. 13, 686. ex aere beſtehen aus 12, 46. de ferro 1, 127. de plebe ſtammen aus 6, 11. quod cupio, meum est beſitze ich ſelbſt, iſt mein eigen 3, 466. finis non est in ira b. Seen hat keine Gränze 5, 245. 3, 304. 7, 789. 13, 351. esse in dubio, in ambiguo, in incerto b. f. in crimine als ſchuldig gelten 7, 576. in invidia verhaßt ſein 5, 403; m. *Gen.* possess. gehören, angehören, cujus velit esse mariti 10, 358. 1, 613. 7, 646. 12, 620. 13, 109. 15, 831. juris erit vestri wird euch angehören 10, 37. me muneris esse tui deiner Gnade angehör 14, 120. es iſt b. Sadm, b. Zeichen, timidi est optare necem 4, 115. 13, 824. haec virginei timoris esse 10, 361; m. *Gen.* qual. sui roboris esse von gewohnter Stärke ſein 2, 404. vultus melioris zeigen 5, 301. victoria non ferendae invidiae erit wird verbunden ſein mit 10, 628; m. *Gen.* pret. parvi est tibi gratia nostra gilt gering 4, 684. f. tanti; m. *Dat.* einem für ob, als qu, gelten, scelus hoc patriaeque patrique sit 8, 130. 79. 14, 124. hostis tibi sum als Feind gelte ich dir 9, 178; m. *Dat.* des Zweckes, wozu gereichen, malo tibi ista sint 2, 697. 1, 246. 2, 540. 5, 526. 8, 430. sibi oneri esse ſich ſelbſt e. Laſt ſein 10, 195. auxilio alcui 12, 90. huic nemus est odio iſt verhaßt 2, 438. esse ferendo im Stande ſein zu tragen 9, 085. oneri ferendo 15, 403; m. *Abl.* unde quovis sit armento von was für einer Heerde 1, 614. qualis est tanto corpore bei 3, 44. solutis capillis 3, 170. — *Indic.* wo im Deutſchen b. *Conj.* non erat hoc nimium wär geweſen 13, 222. 9, 478. 10, 633. 11, 231. ante erat sententia praetemptanda 9, 588. non coepisse primum fuit das Erſte wäre geweſen 9, 519. 4, 109. 15, 110. fuit hoc, fuit utile re wäre, ja es wäre gut geweſen 11, 697. dies fuerat mutanda wär geweſen 9, 598. 713. — fueram

eram 2, 570. 659. 3, 630. 10, 601. im *Plusqpf.* vaticinata fuerat 6, 158. 12, 120. 195. 14, 284; fuissem, si non religata fuisset 4, 603. im *Plusqpf.* = essem, si non sibi visa fuisset 6, 158. 2, 820. 7, 146. 10, 632. 15, 523. fuero im *Fut. ex.* 7, 660; futurus sim als *Conj. Fut.* 1, 248. — Formen v. sum weggelaſſen: sum im *Opt.* paelex ego facta sororis 6, 537. pronepos ego regis aquarum 10, 606. im Nebenſatz 9, 178; es im *Opt.* tu mihi magna voluptas 7, 817. 15, 40. im *Nebſ.* seu des tu praesens, seu dis gratissima 14, 123; ſehr oft est im *Opt.* barba gravis nimbis 1, 266. 617. 765. 2, 747. 776. 5, 291 uß. in Fragen quid hoc? ubi pes? 4, 592. 5, 170. 7, 16. 8, 65. 574 uß. im *Perf.* sio visum superis 1, 366. 527. 783. 4, 20. 54 uß. de grege tibi vir habendus 1, 660. im *Nebſ.* Relativſ. 5, 27. 217. 253. 7, 861. 460. 9, 234 uß. nach quod 5, 520. im Zeitſ. 2, 455. 702. 6, 252. 447. 7, 525. 10, 735. 12, 535 uß. Bedingſ. 9, 55. 371. 10, 233. 15, 283; oft sunt im *Opt.* 2, 855. 4, 290. 322. 561. 5, 553. 7, 480 uß. im *Nebenſ.* 7, 37. 14, 600. 810; erat ob. fuit im *Opt.* 5, 609. 6, 519. 7, 772. 8, 349. 10, 8. 11, 260. 13. 319. 14, 824. im *Nebſ.* 3, 615. 4, 75. 5, 618. 7, 665. 11, 712. 13, 407 (eras); fuerat 8, 255; sit, im *Opt.* gratia dis 7, 511. im *Nebſ.* miratur, quod tam formosus 2, 659. In inbir. Fr. 3, 721. 4, 380. 6, 678. 7, 565. 9, 1. 10, 552. 11, 684. 14, 2; esset, docui quis usus in illis 10, 061; esse 7, 646. regelm. beim *Inf. Fut.* gewöhnl. beim *Inf. Perf.* u. *Gerund.* (es fehlt jedoch 1, 749. 5, 247. 7, 303. 409. 9, 26. 11, 778. 12, 93. 13, 623. 12, 28. 13, 14). — *Part.* futurus, a, um, fuga tarda futura est wird künftig langſam ſein 13, 116. (cornum) futurum potens voti im Begriff zu erreichen 5, 409; als *Adj.* zukünftig, bevorſtehend, populus 8, 103. socer 7, 96. tempus 15, 834. casus 15, 559. luctus 15, 782. mora brobenb 13, 74. scelus beabſichtigt 8, 465; *Subst. Pl.* futuri b. künftigen Menſchen 10, 684. neutr. futurum das Zukünftige, b. Zukunft, cura futuri 0, 424. securus futuri 5, 137. 11, 457. 15, 815. in futurum 1, 735. *Pl.* futura 9, 660. 3, 338. futurorum certi 13, 722. Sgl. forem.

summa, ae, f. (*fem.* v. summus) die die

einzelnen enthaltende Hauptzahl, Summe, das Ganze, Gesammte, meritorum 7, 166. certaminis den gesammten Wettkampf 5, 197. rerum d. Weltall 9, 800. sceptri Oberbefehl, -herrschaft 13, 192. gentis Palatinae 14, 622. verborum Hauptinhalt 14, 815. o. ali b. Hauptsache des Unglücks 13, 673. summā omnia constant im Ganzen 15, 268.

summos, a, um f. superus.

sūmo, mpsi. mptum, ĕre (sub-emo), nehmen, ergreifen, arcum 2, 414. iaculum 4, 306. arma 7, 482. 8, 261. 12, 40. facem 4, 481. pocula dextrā 7, 421. bucina sumitur illi (f. ab) er ergreift 1, 835. 14, 284. aquas flumine 7, 189. grana de cortice 5, 537. in Empfang nehmen, erhalten, aurum 2, 759. ventos 14, 226. purgamina caedis ab Acasto 11, 409. (zu sich) nehmen, haustus Bacchi alcui auf Jem. Wohl 7, 450; anlegen, annehmen, vestem 13, 164. insignia 8, v88. seria comā (in) 4, 7. alas 6, 288. 4, 47. 6, 96. alas pedibus (an), virgam manu, tegumen capillis (auf) 1, 672. einer Gestalt ob. e. Aussehen, figuras 12, 557. speciem hominis 7, 125. 5, 637. rigorem 10, 139. temperiem 1, 430. animos serpentis 9, 645. iras 2, 175. vires incursu sammeln 11, 510. vires in cornua in b. Hörner legen 8, 882. — bildl. nehmen, empfangen, laudem a crimine Lob aus b. Schuld ernten 6, 474. gaudia genießen 11, 310. ne petite auxilium, sed sumite 7, 507; nehmen, vornehmen, prima temptamina Probe machen 9, 311. momenta utroque 10, 376. conamen ab hasta posita 8, 366; nehmen, wählen zu etw. algm socerum 2, 526. arbitrum 8, 132.

sŭper, I. Adv. räuml. darüber, oben darauf, tumulum e. addit harenae 4, 240. e. invergere 7, 246. involvere 12, 507. stat e. 2, 151. e. imponere 9, 100. 15, 400. larga e. obsita conchis auf b. Oberfläche 4, 725. — übtr. darüberhinaus, noch dazu, außerdem, e. promittere 4, 705. dare 12, 206. referre 15. 308. satisque ac super genug u. übergenug 4, 430. satisque superque sacri 6, 201. — II. Praep. m. Acc. u. Abl. [Verr. zur Acc.] räuml. über 2, 284. 10, 595. 11, 568. ut sol e. aequora saxum über bb. außerhalb des Meeres 4, 752. pendere e. Libycas harenas 4, 617. se tollere e. aequora 2, 265. e. fluc-

lus insistere 5, 558. oberhalb, e. ripas factae aras 15, 731. oben auf, collem super 10, 88. 6, 373; darüberhin, e. segetes navigat 1, 295. 2, 720. 5, 253. 846. 7, 351. 11, 443. 657. seria pendentia e. ramos 8, 723. se mittit e. pontum stürzt sich hinaus ins Meer (f. mitto) 4, 528. 11, 790. tendere palmas e. aequora 8, 849. e. aequora fuso 11, 247; hinauf über, serur e. astra 15, 876. hinauf an, se tollere e. aëra 12, 518; darüber hinaus, e. vultus crescente cacumine 8, 716. crescit onus e. ora caputque 12, 510. — übtr. darüber hinaus, super omnia vor Allen 6, 526. 8, 877. [Nachgestellt bei Pros. u. im Versb. auf, haec e. 1, 67. 2, 17. haec e. 15, 21. quem e. 18, 156. quae e. 14, 507. me e. 6, 529; doch auch collem e. (s. g.) 10, 84.]

sŭpĕrātor, ōris, m. Ueberwinder, Gorgonis 4, 699.

sŭperbia, ae, f. Stolz 6, 164. dura 8, 364.

sŭperbio, īre, stolz sein auf etw., nomine avi 11, 218.

sŭperbus, a, um, der sich über Andre erhebt, stolz, hochmüthig 4, 167. oculi 8, 169. verba 14, 713 pavone superbior 13, 802. Ainei non est superbum tenuisse für Aj. ist es nichts Stolzes, worauf er stolz sein könnte 11, 17; auf ob. wegen etw. Abl. Phoebo parente e. 752. 9, 444. spolio 7, 155. caede ferarum 2, 442. victo serpente 1, 451. [Beischr. außer 9, 442. 14, 715.]

sŭpĕr-ēmĭneo, ēre, überragen. omnes 3, 182.

sŭper-fundo, fūdi, fūsum, ĕre, darübergießen, superfusus lymphae 2, 459.

sŭpĕr-inĭcio (spr. inic.) inieci. iniectum, ĕre, darüber werfen, quo superiniecit textum 8, 640.

sŭpernus, a, um, oben befindlich, numen himmlisch 15, 128.

sŭpĕro, āvi, ātum, āre, über etw. hinausgehen, intrans. b. Oberhand haben, sonus armorum superat übertönt 5, 154. fleges, pugnando 9, 30. melius poterit superare (aor. Inf.) sine caede 8, 63; übrig sein ob. bleiben, erhalten bleiben, nec tempora vitae longa superant 5, 470. superat serpentis imagine sexum als e. Euin in Gestalt 12, 23; reichlich vorhanden sein, superat mihi miles et hosti ich habe reichlich für Krieger mich u. dem Feind, mich zu vertheidigen u. b. Feind

ju befiegen 7, 610 (Anb. superat mihi
miles et hostes u. meiner Truppen
Zahl übersteigt die der Feinde, s. et).
— transf. übertragen, cacumina nubes
1, 317. tantum supero te steh höher
als du 13, 308. posterior mensura
partes priores überstiegen 15, 378;
über etw. gehen, setzen, retia salta
7, 767. superentur flumina sollen
durchschwommen werden 9, 115; übertr.
übertreffen, aequales legendo 5, 394.
aliqua amando 14, 611. materiam
superabat opus 2, 5. exilium opem
war mächtiger als d. Hülfe 7, 527. bes.
überwinden, besiegen, Iovem 2, 436.
omnes telis 5, 366. currendo 7, 755.
angues 9, 67. vires alea certamine
9, 793. nec rabies equorum supe-
rasset has vires 15, 521. superando
inertes 10, 602. populos superamur
ob uno 12, 499. superata fateri cogor mich für besiegt zu bekennen 9, 545.
bello superatus 12, 364. superata
iacet patria 8, 114. superare dolores
virtute 8, 517. fata 8, 430. siegreich
ausführen, superata iussa novercae
9, 15. bewältigen, et virginem et
unam vi superat 8, 525.

super-stes, itis (super-sto), darüber-
stehend, unda superstes velut victrix
despicit undas übertragend (b. übrigen
Wogen) 11, 552. — als übriggebliebener
übleibend, überlebend, femina sola superstes 1, 351. quinque superstitibus
indem nur noch fünf am Leben waren
3, 126. am Leben bleibend, ne violem
vivos superstes 10, 435.

super-sum, fui, esse, übrig sein, 3,
398. 13, 491. 527. si quid adhuc superest 2, 300. 13, 377. plus exhausto
(Abl.) superest 5, 149. miserae mihi
plura supersunt 6, 284. quantum
superesse videret wie er noch übrig
sah 11, 351. unum videt superesse
de tot modo milibus 1, 325. 743.
4, 594. m. Inf. superat videre 14,
145. 7, 149; m. Dat. überdauern,
überleben, quod rogis superest was
davon übrig bleibt, b. Asche 4, 166.
tanto dolori 11, 703.

superus, a, um, oben, oberhalb befindlich, der obere; dah. himmlisch,
aurae 9, 101. deorum domus 4, 735.
ignes 15, 248. Im Ggf. zur Unterwelt,
di 7, 853. aurae 5, 641. 10, 11. ora
Oberwelt 10, 26; Subst. Pl. superi d.
Himmlischen, b. Götter 1, 170. 2, 57.
3, 507. 4, 188 uö. Gen. superum 1,
161. 2, 437. 3, 514. 5, 319. rex superum 1, 251. 10, 155. rector su-

perum 1, 668. superorum 6, 173.
— Superl. 1) suprēmus, a, um, der
oberste, äußerste, dah. auch der letzte,
munus 10, 134. praemia 7, 376. oscula 8, 278. vale 6, 509. 10, 62. s.
vultus vertere in domum 11, 547.
lumina vertere supremo motu 7,
679. suprema lumina vertere zum
letzten Mal 6, 246. s. ore vocare mit
b. letzten Laute des Mundes 8, 521.
ignes b. Scheiterhaufen 9, 620. 13, 583.
funera b. schließliche Leichenbegängnis
8, 137. [ü außer s, aal. 10, 181.] — 2)
summus, a, um, b. oberste, höchste,
räuml. arx 1, 27. 168. aether 1, 608.
fastigia 2, 3. cacumina 2, 792; substant. zu übers. Olympus b. oberste Gipfel des Ol. 1, 212. caelum b. Höhe
des H. 11, 505. turres Zinne des Th.
8, 40. arbor Wipfel des B. 14, 15.
ulmus 1, 296. silvae Wipfel der W.
1, 572. tellus Erdoberfläche 10, 55.
humus Oberfläche des Bodens 2, 587.
undae 2, 457. 11, 733. profundum
2, 267. aequor 4, 136. harena 2,
573. 10, 701. 11, 231. corpora 2, 285.
tergum 2, 201. artus 8, 367. aures
b. obere Theil der Ohren 3, 195. pectora oberste Theil d. Br. 11, 620. lacertus 6, 409. rota 2, 108. taedas
3, 373. alae Spitzen der Fl. 4, 562.
lacus b. oberste Rand des S. 9, 335.
atria b. Decke der Vorhalle 8, 663.
Subst. n. summum b. oberste, höchste
Punkt, candidus in summo est (sol)
15, 191. Pl. summa das Oberste, summis immiscuit ima 7, 278. b. höchsten
Räume 2, 206. pedum b. Fußspitzen
4, 343. b. oberste Theil der Füße nach
den Beinen zu 9, 352; übertr. summa
malorum b. höchste Grad der Leiden
14, 490. — b. letzte, versus 9, 565. —
dem Range nach b. oberste, höchste,
Iuppiter 13, 27. rector deum 13,
599. di 6, 89. summe deum 2, 280.
4, 756.

super-vēnio, vēni, ventum, ire, dar-
überkommen, terra supervenit crura
überzog, bedeckte 10, 493.

super-vŏlo, ire, darüber fliegen, totum supervolat orbem 4, 641.

supīnus, a, um, rückwärtsgebogen,
manus zurückgebogen, vom Handgelenk,
wie Betende ob. Flehende thun 3, 691.

sup-plĕo, ēvi, ētum, ēre, (ergänzend)
ausfüllen, füllen, inania moenia 7,
628. vulnera lacrimis 4, 140. rugae
supplentur adiecto corpore 7, 291.

supplex, icis, (m. gebeugten Knien)
demüthig bittend, flehend 1, 611. 2,

477. 5, 214. 8, 261. 13, 856. genibus pronis supplex 8, 240. *turba* der Angeklagte mit s. Freunden, die durch Trauergewänder u. demüthige Bitten d. Mitleid der Richter zu erwecken suchten 1, 92. supplex peto 6, 352. 9, 418. vultus s. munit 6, 234. supplice voce rogare 2, 396. 6, 32. supplice manu praetendens velamenta 11, 279. supplex sum pro patria siehe für 6, 493. 11, 400. s. pro tam furialibus ausis Verzeihung flehend für 11. 12. ut supplex tibi sim dea daß ich eine Göttin dich anflehe 14, 374. veni tibi supplex pro meo sanguine flehend zu dir 6, 514.

supplĭcium, ii, *n.* das Niederknien bei d. Bestrafung, dah. Todesstrafe, schwere Strafe, triste 10, 485. merere 5, 668. supplicium suum est ist ihre eigene Marter 2, 782.

supplĭco, āvi, ātum, āre, demüthig bitten, m. *Dat.* indignis 6, 347.

sup-pōno (sub-p.), pŏsui, pŏsitum, ĕre, darunterlegen, -stellen, ignem herbis 2, 810. 6, 456. sulphura fonti 14, 791. pectus fluminibus 13, 953. manus iactatis curinis 14, 661. dentes vipereos terrae 3, 102. cetera terrae in d. Erde graben 15, 370. tauros iugo darunter bringen 7, 18. terga cavernis darunter stemmen 6, 698. manu supposita darunter schieben 4, 777. vertice supposito portare auf d. Kopfe 2, 712. — zur Vertauschung unterschieben, venam lacrimis 9, 658. supposita cerva 12, 34.

supprĭmo (subpr.), pressi, pressum, ĕre (sub-premo), unterdrücken, hemmen, Amenanus suppressis fontibus aret 15, 280. supprimit vocem 1, 715. pars ultima vocis in medio suppressa sono est 5, 193. cum vitá fuga suppressa est Halt setzen 11, 777. habenas aërii cursus anhalten 8, 709.

suprā, *Adv.* darüber 3, 58 (ŭ) — *Praep. m. Acc.* räuml. über, s. profundum exstare 1, 331 (ŭ). aequora s. caput vertere 12, 955 (ū). s. segetem 1, 295 (ā).

suprēmum, *Adv.* zum letzten mal (Ggs. primum) 12, 526.

suprēmus, a, um s. superus.

sūra, ae, *f.* Wade, *Pl.* teretes 11, 80.

surdus, a, um, taub, surdior aequoribus 13, 804; übertr. = unzugänglich für Ermahnungen, mens 9, 654.

surgo, surrexi, surrectum, ĕre (sub-rego), sich in d. Höhe richten, sich erheben 2, 820. 5, 77. 13, 871. surrexere deae 4, 456. surgere signa solent 3, 112. humo 2, 771. solio 8, 273. vom Nachtlager 10, 364. 11, 689. 15, 26. toro 9, 702. cum die 13, 677. vom Mahle 12, 227. loris 12, 579. zum Sprechen, Singen 5, 338. surgit ad hos um zu ihnen zu sprechen (τοῖσι δ' ἀνίστη) 13, 2; übertr. Sol surgit eoo caelo 4, 197. nox ab aquis aus d. Meer aufsteigen 4, 92. humus 1, 315. montes 1, 44. bulla 10, 734. nubila 8, 2. v. Pflanzen aufgehen, emporsprießen, virga lutea surrexit 4, 255. lucus 11, 190. 7, 264. 13, 891. v. Meere 15, 508. surgens fretum 14, 711. — bildl. fistula surgit disparibus avenis steigt an, indem d. neben einander gefügten Röhre immer länger werden 8, 192.

Surrentīnus, a, um, surrentinisch, v. d. Stadt Surrentum am Golf v. Neapel (j. Sorrento), palmes 15, 710.

sūs, ūis, *c.* Schwein 15, 112. suis 7, 435. 14, 286. terga 8, 813. suem 10, 710. saetigeros sues 10, 549. d. calydon. Eber 8, 272. vulnificus sus [verwund.] 8, 360.

suscĭpio, cēpi, ceptum, ĕre (sub-capio), auf sich nehmen wie e. Last, übernehmen, unternehmen, vota thun 9, 305. pro alqo 7, 450. bellum cum alqo 14, 451. *Subst. neutr.* suscepta das Unternehmen, magna 11, 200.

sus-cĭto, āvi, ātum, āre, aufrichten; erwecken, ignes hesternos anfachen 8, 642.

sus-pendo, ndi, nsum, ĕre, aufhängen, arcum 2, 440. piscem hamo 16, 101. alveus clavo suspensus ab ansa am Nagel mittelst des Henkels 8, 653. stamina telá daran (in herabhangender Lage) befestigen 6, 576. *Part.* suspensus erhoben, primos in artus auf d. äußersten Fußspitzen 8, 398. — bildl. in d. Schwebe, in Ungewißheit lassen, animos dubia gravitate 7, 308.

suspĭcio, spexi, ctum, ĕre (sub-specio), emporblicken 5, 296. nach etw. *Acc.* caelum 11, 506. ramos 14, 660. bildl. quae tellus tuam matrem a parte sinistrá suspicit das zu deiner Mutter (der Plejade Maja) von linker her emporblickt bh. Phöniciern, das dem auf d. Olymp zu benleuben u. südwärts blickenden Jupiter links lag 2, 840. — bildl. beobachten, dah. *Part.* suspectus verdächtig, lacus suspectus ambiguis aquis 15, 353. non dare suspectum (est) 1, 518.

suspĭcor, ātus sum, āri, argwöhnen,

murmahen, quantum suspicor motu oris aus 5, 461. m. Acc. c. Inf. 7, 646.

suspirātus, us, m. das Aufathmen, Seufzen, suspiratibus haustis tief aufseufzen 14, 129.

suspirium, ii, n. das Aufathmen, Seufzen, [Mrz. nur suspiria] suspiria ducere animo, alto pectore 2, 774. 1, 656. ab imo p. 10, 402. repetere sollicito p. 2, 125. trahere penitus 2, 753. mota suspiria 9, 537. vultum ima ad suspiria duxit verzog ihr Gesicht zu tiefen S. 2, 774. — mit ten. Liebe, referens suspiria ihre Liebe verbergend 13, 738.

su-spī~ro, āvi, ātum, āre, aufseufzen, 1, 707. 3, 280. 7, 480. ab imis pectoribus 2, 655.

sustineo, ui, tentum, ēre (sub-teneo) aufrecht halten, stützen, infirmos artus baculo 6, 27. 4, 27. se 10, 193. se also sich in d. Luft erhalten 4, 411. praetenta arma emporhalten 12, 376; halten, tragen, fidem a laeva 11, 168. umeris axem 2, 297. serpentem 4, 363. angues, quos fecit, in pectore d. Bild des Medusenhauptes 4, 803. auro cadentem 8, 149. aether deos 13, 587. Ide lapides 10, 71. quodcumque habitabile tellus sustinet 15, 831; aufhalten, hemmen, fugientem animam herbis 10, 188. — übertr. ertragen, sich unterziehen, labores 8, 800. 14, 479. pondera tantae molis 15, 2. aushalten, Stand halten, tantos aestus 2, 228. instantes 5, 162. Hectora qui solus, qui ferrum ignemque Jovemque sustinuit totiens, unam non sustinet iram 13, 384. 88. Summas 13, 8. non sustinere patentem Gines Bitten nicht widerstehen können 14, 788. m. Inf. ertragen, aushalten, es über sich vermögen, wagen, currere 5, 609. vivere in breve tempus 13, 527. ire illac 4, 446. 6, 563. ac praeferre Diannae 11, 322. bes. m. Negat. non ultra sustinet rogari 11, 584. 1, 590. 6, 367. 14, 781. 8, 606. 9, 439. 10, 47. 13, 584; aufhalten, hinhalten, incurrunt 5, 83. partum 9, 300.

sus-tollo, ere, (dicht.) in d. Höhe heben, vultus ad aethera 13, 542.

susurro, āvi, ātum, āre, flüstern, zischeln, mure in d. Ohr, eig. mitteilt 3, 643. I) **susurrus**, i, m. das Murmeln, Flüstern, Pl. Susurri d. personif. Flüsterreden, dubio auctore 12, 61. II) **susurrus**, a, um, flüsternd, lingua 7, 825. [Nur hier.]

suus, a, um, Pron. poss. sein, ihr, gewöhnl. auf das Subj. desselben ob. des regierenden Satzes bezogen 2, 556. 9, 703. 11, 227; auf b. Obj. ob. e. Dat. desselben Satzes, rapiunt penetralia cum suis sacris 1, 287. ars illi sua census erat 5, 568. 1, 491. 2, 186. 832. 4, 805. 6, 155. 489. 7, 754. 8, 672. 684. 732. 11. 164. 13, 361. 464. 15, 101. 115. oft bei ipse u. quisque b. s. — oft m. Nachdruck sein, ihr eigen, sua illum oracula fallunt 1, 491. 13, 96. 763. 2, 213. 702. 3, 229. 4, 424. 431. 462. 567. 685. 6, 460. 7, 846. 9, 139. 497. 11, 48. 877. 13, 464. 621. 15, 115. land sua fila sequente dem aus ihr gedrehten Faden 4, 54. mole sua bis sie selbst aufgethürmt 1, 156. Marte suo im Kampf unter einander selbst 3, 122. illa suam vocal hanc nennt ihn ihr Eigenthum 6, 332. suo sanguine m. dem Blute ihrer eignen Einwohner 12, 108. suis montibus auf ihren heimischen Bergen 1, 94. robora convulsa sua terra aus ihrem mütterlichen Boden 7, 204. iam suus schon wieder in seiner eigentl. Gestalt 14, 166. vix sua erat war kaum mehr bei sich 8, 35. fl. eius 15, 819. sponte sua f. sponte; sein, ihr gehörig, erravit in agris quondam suis 2, 490. per ora non sua das Unflis, das nicht das seine war 3, 203. suum fore credit 9, 728; sein, ihr eigenthümlich, nulli sua forma manebat 1, 17. 30. 72. 401. 2, 224. 685. 6, 73. 121. 8, 464. 9, 600. 10, 460. 13, 139. 606. primi congressus sua verba tulerunt die ihnen zukommenden Worte 7, 601. 8, 274. 10, 606. pars est sua laudis in illo er hat b. ihm gebührenden Theil des Ruhms 13, 361. expers sui decoris seiner gewohnten 2, 382. 404. 7, 784. 8, 659. 1, 626; nahe gemüthl. Beziehung bezeichnend, sein, ihr lieber, ud. ab Iove suo 3, 272. 4, 269. 5, 541. 8, 618. 9, 797. 11, 66. s. Cynthia ihre verehrte 7, 754. s. Caesaris ihres theuern 15, 844. Arcadiae suae, weil Jup. dort geboren war 2, 406. sui Timoli ihm werth 11, 86. s. Pergama sein theures 13, 501. cum Iove suo mit ihrem Gem~l Jup. 3, 363. suum Penthea ihren Sohn 3, 712. 11, 341; günstig, willfährig, vota suos habuere deos b. Wunsch fand ihm willf. Götter 4, 378. 10, 489. nos (deos) suos habebit wird uns zu Helfern haben 16, 821. lintea orba suis suent ventis 13, 195. — Subst. Pl. v. d. Seinigen, Ihrigen = Angehörige 3, 581. 4, 91. 6, 267. Leute ob. Begleiter 5, 212. 9, 687. Freunde 6, 276. Stammesgenossen 12, 307. 14, 468. Nachbarn 3, 693; f. suam seine Tochter 8, 571. Pl. turba suorum ihrer Begleiterinnen 6, 594. [suarum, -arum, Verzeichn.]

Sybaris, is, 1) f. Stadt in Unteritalien im Südw. des tarent. Meerbusens 15, 51 [Acc. Sybarin]. — 2) m. Fluß bei dieser Stadt 15, 315 (f. conterminus).

Syenites, ae, m. Syenit aus Syene in Oberägypten 5, 74.

Symaethis, idis, f. Tochter des Flußgottes Symäthus in Sicilien, Mutter des Acis 13, 750.

Symaethius, a, um, von Symäthus stammend, heros Acis 13, 879.

Symplegades, um, f. die symplegadischen ob. zusammenschlagenden (v. συμπλήσσω) Felsen am Eingange in d. Pontus Euxinus. Nachdem es dem Schiffe Argo gelungen war hinburchzusegeln, blieben sie stehen 15, 338. 7, 62. [Acc. Symplegadas.]

Syrinx, ngis, f. e. Nymphe, die in Rohr verwandelt wurde, woraus dann Pan d. Hirtenflöte (σῦριγξ) fertigte 1, 691. 705 [Acc. Syringa].

Syros, i, f. cyclad. Inseln 7, 461. [Acc. Syros].

Syrtis, is, f. Name zweier Meerbusen (die große u. kleine Syrte) an d. Nordküste v. Afrika, mit gefährl. Sandbänken u. unwirthlichen sandigen Küsten, inhospita 8, 120.

T.

tabella, ae, f. [Met. nur Pl.] Täfelchen, bes. m. Wachs überzogenes Schreibtäfelchen, meton. Brief, blandae 14, 707. Pl. v. einem 9, 523. 571. 575. 587. 601. — Votivtäfelchen, memores Gedenktäfelchen, die man m. Bezeichnung der empfangenen Wohlthat den Göttern weihte 8, 744. [Verzeichn.]

tabeo, ēre, an Verzehrung hinschwinden, corpora tabent 7, 541.

tabes, is, f. Verwesung, Verzehrung 15, 156. lenta 2, 807. — verwesende Feuchtigkeit, Jauche, Gift 2, 781. funesta veneni 2, 49. 9, 130. enaeca 9, 176. [nur Abl.]

tabesco, tabui, ēre, sich verzehren, in Verwesung übergehen, schmelzen, quaecumque corpora calore tabuerint 15, 363. tabuerant cerae 8, 227; aus Gram, qui sic tabuerit 3, 445. 4, 259. luctibus 14, 432.

tabula, ae, f. Tafel, Brett, Pl. laceae Bretttrümmer 11, 428. — bemalte Tafel, Gemälde, tabula pingi 10, 516.

tabularium, i, n. Ort zur Aufbewahrung wichtiger Schriften, Archiv, Pl. rerum Weltarchiv 15, 810.

tabum, i, n. verweste Feuchtigkeit, Moder, nigrum 2, 760. dem Körper entflossenes Blut 6, 646. 14, 199. — verzehrende Krankheit, Blutflechen, corpora squalebant exsangui tabo 15, 627. [nur Abl.]

taceo, ui, itum, ēre, schweigen 1, 758. 4, 790. Nais ab his tacuit hierauf 4, 329. 8, 611. lingua tacet 11, 326. — tranf. verschweigen, amores 4, 276.

alios 12, 552. 13, 177. (myrrha) nulli tacebitur aevo (fl. ab) wird von keinem Zeitalter ungenannt bleiben 10, 502. m. Acc. e. Inf. 12, 27.

taciturnus, a, um, schweigsam, schweigend, Phoebum taciturnus adorat 2, 18. taciturna latrat 8, 34.

tacitus, a, um, schweigend, stumm 11, 189. umbrae (der Unterwelt) 5, 191. pisces 4, 50. tacitorum more luporum 14, 778. tacitā mente 5, 437. ore 12, 588. vultus 3, 241. affectus 7, 147. ira 6, 623. pudor 7, 743. helfe, vox 9, 300. murmur 6, 203; übtr. nox 9, 474. cursus (eines Flusses) 14, 601.

tactus, us, m. Berührung, potens 11, 808. levis 4, 180. tactu alea 4, 745. 13, 653. assiliente aquae 6, 106. harenae Bestreuung mit 9, 30. virgineo der Jungfrau 13, 466. viriles der Männer 10, 434. [tactam, tactem, Pl. tactus.]

taeda, ae, f. Kienholz, Pl. Kienspäne 5, 480; Kienfackel, summae b. oberste Theil der Fackeln 3, 373. bes. die im Brautzug getragenen Hochzeitsfackeln, iugales 1, 483. praecutere 4, 758. — meton. Hochzeit, Ehebündnis 1, 763. 4, 326. 9, 760. 15, 826. pacta 9, 722. taedae iure coissent durch d. Recht der Ehe bb. durch rechtmäßiges Ehebündnis 4, 60. Pl. v. einem, taedas parare 1, 638. vulgares reicere 14, 677.

taedium, ii, n. Ekel, Ueberdruß. [Wie nur taedia] an etw. Gen. mei 14, 718.

longa laborum 14, 168. longi belli 12, 213. taedia rei capere Überdruß an etw. bekommen 9, 616. in taedia vitae agi 10, 825. 492. Widerwille geg. etw., lecti 7, 572.

Taenărĭdes, ae, m. der aus Tānarus (s. d. folg.) in Laconien stammende, meton. der Laconier, Hyacinthus 10, 183.

Taenărĭus, a, um, tănarisch, v. Stadt u. Vorgebirg Tānarus in Laconien, wo e. Eingang in d. Unterwelt sein sollte, portā durch (eig. mittelst) d. tānar. Pforte 10, 13; auch = laconisch, Taenarias Eurotas [Beischl. m. Deßa. v. us] 2, 247.

Tāges, ĕtis u. is, m. e. Enkel Jupiters, der einst in Etrurien vor einem Pflüger aus der gezogenen Furche emporstieg u. die Etrusker in d. Kunst der Zeichendeutung unterrichtete 15, 558 [4m. Tagen].

Tāgus, i, m. Fluß in Spanien (j. Tajo) 2, 251.

tālāria, um, n. (talus) d. Flügelschuhe ob. -sohlen Mercurs 2, 736. — des Perseus 4, 667. 730. — bis an d. Knöchel reichendes Gewand 10, 591.

tālis, e, so beschaffen, e. solcher 1, 441. talia dicta solche Worte 1, 776. 3, 287. neo quicquam tale u. nichts derartiges 2, 566. nil tale 8, 440. tale nihil 9, 479. qualis — talis ob. umgek. s. qualis. Subst. n. talia Solches, Derartiges 1, 200. bes. = solche Worte 1, 250. 664. 713. 2, 394. talibus 5, 549. talibus atque aliis 13, 228; auf Folgendes hinweisend, bes. mit Ausdrücken des Sagens, talis sonus 8, 770. verba 1, 700. t. voce 5, 307. t. modis 1, 181. t. dictis 2, 782. auch bloß talibus alloquitur u.s. folgendermaßen 8, 728. 11, 298. 14, 847. talibus hanc verst. alloquitur 15, 807; m. folg. ut, gratia talia, ut 2, 562.

tālus, i, m. d. Knöchel am Fuße 4, 343. 8, 808. 10, 10.

tam, Adv. so sehr, so bei Adjectiven u. Adverbien, t. velox 1, 551. t. puerilibus annis 2, 55. 869. 3, 620. 4, 574. tam meus est so sehr der meine 10, 839; tam — quam ebenso — wie, tam nuper — quam nuper 2, 539. t. violasse deum quam non agnosse nepotem paenitet 4, 613. lacrimis vultum lavere tam qui mandabat, quam cui mandata dabantur 9, 681. ebenso gewiß — wie, tam vera — quam veri maiora fide 3, 659. t. huis potiar angitia, quam cum potitus vate 13, 834. non tam — quam nicht so — wol — als vielmehr 3, 256. 9, 5. quam — tam s. quam.

Tămăsēus (-ēius), a, um, tamasisch, v. der Stadt Tamasus auf Cypern, ager 10, 644.

tămen, Conj. doch, jedoch, dennoch 1, 246. 512. oft nou tamen [Nachdr.] 1, 127. 2, 59. 3, 447. 621. 4, 871. 5, 174. 630. 6, 199. 8, 257. 751. 9, 821. 10, 600. 11, 87. 449. 767. 12, 561. 623. 14, 559. 754. 15, 547. 799. haud tamen, nec tamen, sed tamen, et tamen s. haud, nec, sed, et. m Nachdruck zu Anfang des Satzes dennoch 3, 181. 368. 6, 67. 7, 110. 831. 8, 629. 9, 738. 12, 92. 13, 425; im Nachsatz von Conditional- u. Concessivsätzen doch, dennoch, si qua domus mansit, culmen tamen unda tegit 1, 289. 2, 328. s. auch si. nach etsi 3, 238. nach licet 2, 59. 4, 371. 13, 84. gewöhnl. n. quamquam, seltn n. quamvis s. quamquam u. quamvis [Belegst. 1, 185. 10, 543. 11, 708. 15, 844]. nach Participien u. andern Wörtern m. concessivem Sinn, telum vitatum tamen veste pependit 5, 68. 7, 343. 494. 9, 446. inter mille viros murum tamen occupat unus 11, 828. in rege tamen pater est 13, 187. sed sic quoque erat tamen Acis auch in dieser Verwandlung war er dennoch A. 13, 896. 15, 607. m. Ergänzung eines Concessivs. 3, 719 (obwol er s. Schuld erkannte). 4, 251 (obwol ich dich nicht wieder ins Leben rufen kann). 4, 587 (wenn ich dennoch, trotz andrer Nachrichten). tamen (quamquam ad publica munera veni) supplex peto, ut ea detis 8, 352; nach quidem s. d. — doch wenigstens, urias primo, mox ossa requirens, repperit ossa tamen 2, 337. 11, 470. 706. 13, 55. 446. 14, 803. [Stellung: per tamen 5, 60. 5, 612; an 3. Stelle 1, 187. 7, 485. 3, 738. 513. 719. 6, 56. 8, 470. 475 u.s.; an 4. Stelle 3, 187. 4, 401. 790. 6, 329. 9, 396. 10, 77. 700. 11, 185. 13, 128. 305. 14, 450; an 6. Stelle 15, 261.]

tamquam (tanq.), Adv. sowie, gleichwie, guttae inde manant t. de vulnere 7, 360. circumfert vultus t. sua bracchia gleichsam wie 3, 241. t. sensura gleich als würde er es fühlen 10, 269. — Conj. gleich wie wenn m. Conj. tamquam modo denique fraudem senserit 3, 650. 4, 566. 5, 471. 6, 471. 7, 753. 11, 720. 13, 437. 543.

Tănăis, is, m. Fluß in Scythien (j. Don); dessen Flußgott 2, 242.

tandem, *Adv.* Erreichung des Zieles nach langem Zögern bezeichnend, endlich, endlich einmal, doch endlich, finxit tandem poenas 1, 745. 748 (nach so langem Mißgeschick). 2, 794. 5, 519. 7, 5. 740 uö.; doch einmal 9, 8.

tango, tĕtĭgi, tactum, ĕre, berühren 1, 638. quod tangere non est (vgl. adspicere) 3, 478. patitur tangi läßt sich berühren 1, 644. corpus 11, 736. virginis os virgā 11, 308. 14, 278. 413. anguis, quem tetigisse (aor. *Inf.*) timerent 8, 733. tangendo singula 11, 107. aequora 8, 149. cacumine terram 8, 756. vertice sidera als Bild höchsten Glückes 7, 61. tacto ab aëre in Folge der Berührung der Luft 4, 751. 15, 415. frondes frigore tactae 3, 720. dracones odore 7, 236. comas medicamine benetzt, besprengt 6, 140. 15, 314. beim Verzehren berühren, non lupi corpora tetigere 7, 550; m. örtl. Obj. betreten, gradus templi 1, 375. parvos penates 8, 637. lucum infausto gradu 3, 36. mensas superorum baran sitzen 6, 173. erreichen, Nilum 1, 729. metas 2, 143. litora 8, 146. portus 7, 158. Gorgoneas domus 4, 779. tanges aethera mit deinem Duste 4, 251. nahe kommen, sidera iactatis pennis 4, 789. baran liegen, angrenzen, templa tangentia litus 15, 723. terga caput tangunt 6, 370. quod tangit, idem est b. Berührungspunkte der Farben gleichen sich 6, 67. — geistig rühren, Eindruck machen, vota tetigere deos. tetigere parentes 4, 164. nulli illum iuvenes, nullae tetigere puellae 3, 355. seu te gloria tangit 4, 639. 2, 293. 527. 7, 26. 10, 614. 13, 965. berühren, amor rude pectus 9, 720. ergreifen, tangit et ira deos 8, 279. cura Venerem 9, 426. fiducia animum erfassen 11, 480. tactus ergriffen dolore 7, 688. loci natalis amore 8, 184. cupidine 10, 636. bewegen, non tangeris exemplo arboris 14, 667. in Staunen setzen, Nymphas nova res 15, 552. nec eas sua tangit origo kümmert sie nicht 14, 558. **tanquam** s. **tamquam**.

Tantălĭdes, ae, m. Agamemnon als Urenkel des Tantalus; denn Atreus war e. Sohn b. Pelops, dieser b. Tant. 12, 626.

Tantălis, idis, f. Niobe als Tochter des Tantalus 6, 211.

Tantălus, i, m. 1) e. Sohn Jupiters, Vater des Pelops u. der Niobe, König v. Phrygien. Zu d. Mahlzeiten der Götter gezogen, verrieth er deren Geheimnisse 6, 173. 213. Ferner zerstückte er, um die Götter auf d. Probe zu stellen, seinen Sohn Pelops u. setzte ihnen denselben als Speise vor. Dafür wurde er in d. Unterwelt von ewigem Durst u. Hunger gepeinigt, während er im Wasser stand, das stets zurückwich, wenn er trinken wollte, u. während Zweige m. Früchten über s. Haupte hingen, die stets zurückschnellten, wenn er nach ihnen langte 4, 458. 10, 41. — 2) Enkel des vorigen, Sohn der Niobe 6, 240.

tantum, *Adv.* nur, bloß 1, 656. 2, 355. 3, 392. 4, 264. 8, 607. m. *Imper.* t. miserere 13, 855. m. *Conj.* t. sit causa timendi nur sei erst Ursache zur Furcht vorhanden 9, 557. 2, 745. 13, 462. tantum ne m. *Conj.* nur daß nicht 8, 54. 9, 21 (Iron.); non tantum — verum etiam nicht nur — sondern auch 13, 343. non t. — sed nicht nur — sondern 1, 137. — sed et sondern auch 13, 318.

tantummŏdŏ, *Adv.* nur, bloß 1, 675. 7, 743. 8, 806. 12, 85. 15, 424. [Nach b. 3. Arse.]

tantus, a, um, so groß 1, 60. mundus 15, 264. urbe 15, 633. tot ac tanta bona 2, 96. terror 1, 202. so gewaltig, moles 15, 1. malum 1, 288. motus Zorn 2, 753. vox 13, 876. so heftig, dolores 1, 661. 4, 278. cupido 8, 74. so gräßlich, caedes 8, 507. so schrecklich, facinus 13, 310. so scheußlich, monstrum 8, 100. so schwierig, opus 11, 214. so hell, lumen 2, 181. so reich, opes 13, 626. 15, 81. so herrlich, dos oris 5, 562. so hoch v. Geburt, coniunx 8, 133. magistra 8, 24. genus 1, 761. so berühmt, vir 5, 192. rex 15, 2. hospes 8, 569. *Subst.* tantus e. so Hochgeborner, Edler 10, 604. tantorum victor so hoher Helden 12, 608; auf quantus bezogen b. s.; m. folg. ut 2, 753. 3, 828. 12, 605. — *Neutr.* tantum so viel, valere 3, 582. posse 9, 429. irae dabat 4, 448. folgt quantum wie 11, 354. m. *Gen.* spatii de monte 1, 440. favillae 2, 284. iuris 6, 270. timoris 13, 84. sanguinis 15, 423. ruris 15, 617; so weit, t. aberat (j. quantum) 4, 709. 8, 696. t. te supero (nach quanto) 13, 368; tanti als *Gen. pret.* tanti esse so viel werth sein, gelten 10, 310. 613. non est tibia t. (um deshalb so Schreckliches zu bulben) 6, 380. artes non fuerant tanti gallen mir nicht so viel, um deshalb verwandelt zu werden 2, 659. 11, 779. sunt, o sunt iurgia tanti b. Zank lohnt sich der Mühe 2, 424. tanti putare alqd so hoch schätzen 10, 618; *Abl.* tanto beim *Comp.* um so viel, beste, t. magis 5, 802. t. potentior 11, 494. als Formel der Lobpreisung 11, 857]. potens; tanto — quanto ob. umgek. s. quanto.

†tapēte [is], n. (τάπης, ητος) [*Sing.* Acc. tapeta, Abl. tapete, Pl. tapetia u. Acc. tapetas, Abl. tapetibus u. tapetis] Teppich, positis tapetibus altis auf hochgebreiteten bh. auf hohe Polster gebreitet 13, 638.

tardē, *Adv.* langsam 4, 91. *Comp.* tardius langsamer, ire 12, 305; später 8, 234.

tardo, āvi, ātum, āre, hemmen, aufhalten, nec me lacrimae tardarunt, quin 13, 283. tardatus nullo timore 4, 529. vulnere 13, 81. — intransl. säumen, ausbleiben, nimium tardans Ulixes 14, 611.

tardus, a, um, langsam, säumig 2, 177. Ggs. velox 10, 572. tardus gravitate senili 7, 478. aetate 8, 686. gradus der Rinder 11, 357. tardo de vulnere passu 10, 49. fuga 13, 116. ne sermo sit tardior cursu 10, 670. gehemmt, tardus vulnere equi 13, 65. träg, tardi desuetudine 14, 486; spät, tarda sit illa dies spät komme er 15, 868. conamina tardae mortis verspätet, weil ihm b. Entdeckung zuvorkam 10, 390. referunt tardi qui spät 0, 816. — langsam machend, abstumpfend, vetustas 12, 182.

Tărentum, i, n. Colonie der Lacedämonier an b. Südküste v. Unteritalien, Lacedaemonium 15, 50.

Tarpēia, ae, f. e. römische Jungfrau, die den Sabinern geg. das Versprechen reichen Lohnes den Zugang zum Capitel öffnete, nachher aber von jenen dadurch getödtet wurde, daß sie ihre Schilde auf sie warfen 14, 776. — *Adj.* Tarpeius, a, um, tarpejisch, arces das Capitol, wo sich e. Tempel Jupiters befand 15, 866.

Tartărěus, a, um, dem Tartarus ob. überh. b. Unterwelt angehörig, umbrae der Unterwelt 6, 676. 12, 257.

Tartărus, i, m. *Pl.* Tartara [Mei. aur (a)], der Tartarus, e. finsterer Abgrund in b. Unterwelt, Aufenthalt der Verdammten u. der v. Jupiter gestürzten Titanen, tenebrosa 1, 118; meton. b. Unterwelt überh. 2, 260. 5, 371. 423. inania 11, 670. 12, 523. opaca 10, 21. bildl. für b. Tod, remorari Tartara 7, 276. nec Tartara sentit sieht nicht b. Tart., schmeckt nicht b. Tod 12, 619.

Tartessius, a, um, tartessisch v. Tartessus, einer alten phönic. Colonie im südwestl. Spanien an b. Mündung des Bätis, litora = b. äußerste Westen 14, 416.

Tātius (Titus). ii, m. König der Sabiner, der erst Rom bekämpfte, dann mit Romulus gemeinschaftl. Rom beherrschte, aber bei e. Aufstaube zu Lavinium umkam 14, 775. 804.

I) Taurus, i, m. Gebirge in Kleinasien 2, 217.

II) taurus, i, m. b. Stier 2, 701. 6, 103. corniger 15, 511. trux 9, 80. als Opferthier, bes. für Jupiter 4, 756. 7, 695. 15, 695. ingens 8, 769. candida tauri colla 12, 248. taurorum corpora centum e. Hecatombe 8, 152. als Herdenstier 13, 871. 8, 297. fortes 9, 46. Zuchtstier, validi 7, 539. Kampfstier im Circus 12, 102. b. cretensische Stier, den Hercules fing 9, 186. Cretaeus 7, 434. b. Stiere des Aeetes 7. 29. 35. 111. 210. aeripedes 7. 105. b. Stier des Phyllus 7, 374. tauri gemina iuvenisque figura b. Minotaurus 8, 160. — Taurus, i, m. b. Sternbild des Stieres im Thierkreise 2, 80.

taxus, i, f. der Taxus- ob. Eibenbaum, dessen Beere für e. starkes Gift galt, dah. funesta 4, 432.

Tāygěte, es, f. Tochter des Atlas, eine der Plejaden (b. s.) 3, 595.

Tectăphos, i, m. e. Lapithe 12, 433 [Acc. Tectaphos].

tectum, i, n. (tego) Dach, culmen tecti 12, 480. *Pl.* v. einem 9, 701. = Dachboden 8, 644. — meton. Haus als Gebäude ob. Wohnung (Obdach) 1, 287. 4, 414. 6, 669. tecta urbis 4, 86. tecti limen 5, 43. tecto vilare imbrem unter Dach 5, 281. caelestia Wohnungen 2, 136. oft *Pl.* v. einem 1, 218. 276. 2, 20. 751. 5, 287. 6, 691. regalia Palast 3, 204. regia 13, 638. imi tyranni 4. 444. solida Gefängnis 3, 607. caeca b. Labyrinth 8, 158. neben domus 1, 170. 2. 761. 706. 3, 204. 6, 138. 15, 15; Behausung, auch wo kein eigentl. Haus zu verstehen, b. Höhle des Schlafgottes 11, 691. des Chiron, tecta Philyreia

(b. f.) 7, 352; Gemach, sublime 14, 752. fumida 4, 405.

Tĕgēaea, ae, f. die Tegeäerin aus Tegea in Arcadien, Atalanta, b. Tochter bes Jasus, die von e. Bärin gesäugt worden sein soll. Sie war bei b. calyd. Jagd u. verwundete den Eber zuerst 8, 317. 380.

tĕgĭmen (tegum.), sync. tegmen, Inis, n. Bedeckung, Hülle, tegimen pellis leonis erat 3, 62. tegimen sumpsisse capillis Mercuri Reisehut 1, 672. 674. tegmen spinis consertum Bekleidung 14, 166. huius tegminis officium der Waffenhülle 12, 92. tegmina capitum Helme 3, 108. tegmen cerae b. Wachsverkleibung der Ritzen des Schiffes 11, 514.

tēgo, xi, ctum, ĕre, decken, bedecken, caelum omnia 1, 5. nix duas plagas 1, 50. herba solum 2, 420. frondes poma 4, 638. humus ossa 15, 56. casa stramine tecta 5, 447. 8, 630. oscula tegit ore 13, 491. verhüllen, castos vultus aegide 4, 800. nubes sidera 10, 449. — bekleiben, umhüllen, pectora pelle 4, 6. nantem pennis 11, 786. vite caput tegitur 8, 592. sich, galeá tegi, non fronde 9, 612. bestreuen, dulce, quod tostá texerat polentá 8, 460. — schützen, texi iacentem (clipeo) 13, 75. toto corpore 8, 299. *Part.* tectus bedeckt, verhüllt. Numicius harundine 14, 598. torus velamine 11, 611. tecti nubibus gehüllt in 6, 217. caligine 2, 293. antrum arboribus beschattet 12, 212. atria marmore bekleibet 14, 260. m. *Acc. limit.* vultum caligine 1, 265. umeros murice 1, 332. pectora velleribus 11, 8. malas lanugine 12, 291. — verdecken, verbergen, algm 5, 624. silva tegebat arma 7, 75. 13, 822. partes tegendas des Körpers 13, 479; übertr. furta sub nomine fraterno 9, 558. causam doloris 13, 748. quo magis tegitur, tectus magis aestuat ignis 4, 64. tectus verborgen, geheim, pondus 8, 288. tecto gurgite lupam 15, 275. amores 4, 191. adulter versteckt (Anb. 8ctus) 7, 741.

tegumen s. tegimen.

tēla, ae, f. (a. texela b. texo) Gewebe 4, 10. 6, 69. 127. stans, weil b. Aufzug bei b. Alten aufrecht stand 4, 275. antiquas telas exercere 6, 145. — b. auf ben Webstuhl gespannte Garn, b. Aufzug 6, 55. — Webstuhl 4, 35. 394. barbarica 6, 576. intendunt stamine telas 6, 54. — Weberschiffchen 13, 691 [in dieser Bedeutung nur hier].

Tĕlămōn [s, sos], ŏnis. m. Sohn des Königs v. Aegina Aeacus 13, 25, Bruder des Peleus u. Phocus 7, 476. 669. 13, 151, Vater des Ajax Telamonius, Telamone creatus 12, 624. 13, 22. 346 [Aeschl.]: war bei b. calyd. Jagd 8, 309. 378, bei b. Argonautenzuge 13, 24 u. bei b. Einnahme Trojas durch Hercules, wobei ihm die Hesione als Beute zu Theil warb 11, 216. 13, 23. Weil er mit Peleus s. Bruder Phocus getödtet hatte, wurde er von s. Vater verbannt 13, 145 u. begab sich nach der Insel Salamis, das er später beherrschte.

Tĕlămōnĭădes, ae, m. b. Sohn des Telamon, Ajax 13, 231.

Tĕlămōnĭus, ii, m. der Telamonier, Ajax als Sohn des Telamon 13, 194. 266. 321. [Noch b. 4. Urse].

Telchines, um, m. e. sagenhaftes Geschlecht von Metallarbeitern auf Rhodos, zugleich als Zauberer u. mit bösem Blick behaftete Dämonen berufen. Jupiter versenkte sie deshalb ins Meer, fraternis subdidit undis 7, 365 [Acc. Telchinas].

Tĕlĕbŏas, ae, m. e. Centaur 12, 441.

Tĕlĕmus, i, m. Sohn des Eurymus, e. alter Seher 13, 770.

Tĕlĕphus, i, m. Sohn des Hercules, König v. Mysien. Von Achills Lanze am Flusse Caicus verwundet, verhieß ihm e. Orakelspruch Heilung durch den, der ihn verwundet habe; worauf ihm Ach. Rost von s. Speere auf b. Wunde schabte u. ihn so heilte 12, 11. 13, 171.

Tĕlestes, ae, m. e. Creter, Vater der Janthe 9, 717.

Tĕlĕthūsa, ae, f. Gattin des Ligdus, Mutter der Iphis 9, 682. 696. 766.

tellus, ŭris, f. b. Erde als Weltkörper 1, 12. 48 (fl. in tellure). sive est animal tellus 15, 312. telluris orbis 15, 652. cum sol tellure sub alta est tief unter b. E. 1, 630; als Element im Ggs. zu Luft u. Wasser 1, 15. 16. 20. 80. 87. 15, 241; als festes Land im Ggs. zum Meer 1, 291. 341. 8, 704. tellus repulsa est in b. Ferne gerückt (burch Rudern) 8, 512. — Erdboden, Erdreich 1, 102. inarata 1, 109. omnes 1, 604. rudis 1, 420. dura 10, 184. summa Erdoberfläche 10, 85. pervia e. Gang unter b. Erde 5, 501. multá tellure iacere auf e. weiten Stück Boden 8, 422. Fußboden 3, 76. adoperta marmore 8, 702. erat umi-

da musco 8, 562. — Land, Gebiet
2, 839. 3, 9. contraria der gegenüber
liegende Theil der Erde 1, 65. hospita
8, 837. sine fruge 8, 789. mea mein
Heimatland 7, 53. Delphica 1, 515.
Trachinia 11, 269. Aegyptia 5, 323.
Phaestia 8, 870. Aetnaea Sicilien
8, 260. Cypria Cyprus 10, 645. Chia
Chios 8, 697. — Tellus, ūris, f. die
Erdgöttin, Mutter Erde, alma 2, 272.
301. 7, 196. vgl. Terra.

telum, i, n. Wurfwaffe, Geschoß, vul-
nificum 2, 504. Speer, Lanze 3, 109.
5, 158. 8, 424. 12, 95. iaculabile
7, 680. volatile 7, 841. certum 8.
361. lato vibrantia ferro 8, 342.
tela conicere 5, 43. mittere 12, 495.
concutere 12, 79. torquere 12, 99
(Pl. v. einer); Pfeil 1, 443. 468. 2,
440. 605. 616. penetrabile 5, 67.
non evitabile 6, 234. Tirynthia 13,
401. rara spargere 12, 601. Pl. v.
einem 6, 228. 290. Amoris 5, 366.
10, 311; Blitze 1, 259. secunda (b. f.)
3, 307; Stein 11, 10; geschleuderter
Fichtenstamm 12, 359. — übertr. jede
Waffe zum Angriff 3, 58. 554. 12,
245. tela parare 3, 46. ferre 11,
379. sumere 11, 382. neb. arma
(Wehr) 9, 201. 11, 378. 882. 511;
Schwert 13, 392. stricta 3, 535. uncum des Perseus, die harpe (b. f.) 4,
666. Pl. v. einem, Threicia 13, 537;
Opfermesser 13, 456; Art 5, 79. tela
virilia 8, 392. Heljart 8, 757; Neptune Dreizack, tricuspis 1, 330; Horn
des Ebers 8, 883. teli habet instar
cornua cervi 12, 266; bildl. die Waffen
des Boreas 6, 687.

temerarius, a, um, unüberlegt, unbe-
sonnen 1, 514. 4, 2. 8, 89. index 7, 824.
auctor belli 5, 8. turba procorum
10, 574. virtus 8, 407. tela 2, 616.
bella 11, 13. Error 12, 59. Venus 9,
553. vox mea temeraria facta est
tuā (voce) 2, 50.

temero, āvi, ātum, āre, schänden, beflecken, patrium cubile 2, 592. 15,
501. sacraria probro 10, 695. verunreinigen, fluvios venenis 7, 535.
corpora dapibus nefandis 15, 75. temerata est voluntas besiedelt, unrein 9,
627.

Temesaeus, a, um, temesäisch, v. Temese (f. b. folg). aera (schmiedendes
Erz.) 7, 207.

Temese, es, f. Stadt im Gebiete der
Bruttier in Unteritalien, berühmt durch
alte Erzgruben, Temeses metalla 15,
707.

temo, ōnis, m. Deichsel 2, 107. 10,
447. 11, 257. 14, 819.

Tempē, indecl. neutr. Pl. Thal des
Peneus in Thessalien, kurz vor s. Ein-
mündung ins Meer, zwischen dem Olympus u. Ossa, durch s. Naturschönheit berühmt 1, 569. Thessala 7, 222. —
meton. schönes Waldthal überh. Cycnela
7, 371.

temperies, ēi, f. d. rechte Mischung,
ubi temperiem sumpsere umorque
calorque 1, 430. v. Wärme u. Kälte,
gemäßigtes Klima 1, 51. (angenehme)
Temperatur, aquarum 4, 844. Mäßi-
gung, inter iuvenemque senemque
temperie medius 15, 211.

temperius, Adv. (Comp. vom adverb.
Abl. temperi — tempori) zeitiger 4,
198.

tempero, āvi, ātum, āre, einer Sache
das rechte Maß geben, bes. regeln,
regieren, sol temperat orbem, regieri,
indem sie die Tages- u. Jahreszeiten
regelt 1, 770, vgl. 4, 169. ratem 18,
366. deus, qui cuspide temperat
undas Neptun 12, 580. 94. Iuppiter
arces aetherias 15, 859. Augustus
orbem 15, 869. deus, qui nervis temperat citharam et arcum beherrscht
10, 108.

tempestas, ātis, f. Zeitpunkt, Zeit,
illa tempestate 1, 163.

tempestivus, a, um, der Zeit nach angemessen, geeignet, für etw. Dat. hora
tempestiva narratibus 5, 500; reif,
tempestivus caelo für 14, 584.

templum, i, n. d. abgegrenzte freie
Raum, worin d. Augur seine Beobach-
tungen anstellte; dann jeder geweihte,
heilige Ort, Heiligthum, zB. die Curie
des Pompeius 15, 801. bes. Tempel 1,
375. 750. 4, 798. 8, 700. Pl. v.
einem 8, 521. 10, 646. 686. 11, 859.
578. 15, 666. 722. Parnasia 5, 278.
Delphica 11, 414. sublimia 7, 587.

templamina (teut.), um, n. Versuche,
Proben, fide (Gen.) 3, 341; Versuchun-
gen, repellere 7, 784. [Nur Pl.]

templamentum (teut.), i, n. Versuch,
Probe [Akk. nur Pl.] mortalia Heil-
versuche der Menschen 15, 629; Versu-
chung, fide (Gen.) 7, 728.

templo (tento), āvi, ātum, āre (v.
tendo) wiederholt berühren, betasten,
pectora 10, 284. temptatum ebur
10, 283. venas pollice 10, 289. —
übertr. einen Versuch, Probe machen,
quid templare nocebit 1, 397. 9,

651. 10, 26. etw. versuchen, proble-
rem. pollice chordas 10, 145. habenas 2, 390. factum mirabile 4, 747.
fugam 11, 77. talia temptanti inquit auf ihre derartigen Versuche 14,
37. cuncta temptata (erse) 1, 190.
2, 819. verba temptata 11, 326.
temptati lacerti b. Arme, womit sie
es versuchte 4, 585. versuchen zu erlangen, thalamos illos 12, 193. m.
Inf. 1, 684. 2, 172. 3, 802. 669. 4,
85. 564. 6, 878. venlis frustra temptata revelli 9, 168. m. ai, ob 4,
248; erproben, prüfen, fidem pollicit
11, 107. nostro tua corpora ferro
temptemus 12, 491. manus temptan-
tes (folgt an) 10, 251. templatae
vires herbae erprobt 14, 22; c. Versuch auf Jem. machen, alqm versuchen,
auf b. Probe stellen 9, 623. in Ver-
suchung führen, frustra temptatus 15,
801. ne non temptaret et umbras
unversucht lassen 14, 12. precibus temptata repugnat m. Bitten angegangen
11, 239.

tempus, öris, n. Zeit, edax rerum
15, 234. medium Zwischenzeit, Pause
4, 167. 15, 226. puerile Knabenalter
6, 719. noctis 8, 818. breve morae
tempus Verzögerungsfrist 11, 651. tempus
dare Z. lassen 5, 169. tempus erit,
cum, wo 14, 147. illo tempore ba-
mals 11, 39. 272. tempore quodam
einmal 2, 552. hiberno 11, 745. festo
5, 657. tempore longo refecta nach
(rtg. in) 7, 828. parvo in tempore
innerhalb 2, 668. 12, 612. tempore
crevit amor mit b. Z. (rtg. burch) 4,
60. Pl [Ovid nur *Nom.* u. *Acc.*] tempora labuntur 15, 179. Troiana 8,
366. matutina 13, 582. noctis Stunden
8, 2. 11, 306. veris Tage 1, 116.
longa vitae 8, 469. lacrimarum 4,
696. senectae Jahre 3, 317. 8, 676.
materna Monate des Kindes vor der Geburt 3, 812. cessata Augenblicke 10, 669.
tempora eadem lignoque libique damus Lebensdauer 8, 454. t. longa
videri non sivit b. Stunden 4, 40.
taedae Zeitpunkt 9, 721. 769. t. differre 9, 766. irae 1, 721. poenas
3, 578. t. sua complere seine Zeit
erfüllen 11, 311. 15, 817. perdere
11, 766. inania consumere 2, 575.
prima dare alcui widmen 13, 502.
— Brfalter, infamia temporis 1, 211.
ad mea tempora 1, 4. — b. rechte,
passende Zeitpunkt, nacta locum tempusque 14 872. apta, idonea 9, 573.
612. pugnandi tempora eligere 13,

651. tempus est m. *Inf.* es ist Zeit
zu 10, 657. t. adest solvere promissa
14, 808. — Zeit = Zeitverhältnisse,
Lage, beatum 7, 798. felix et inex-
cusabile (est) 7, 511. tempore in
illo 1, 314. fletus digni tempore 4,
693. tempore motae 5, 283. — b.
Schläfe am Haupte (eig. b. rechte Stelle)
laevum 5, 116. sonst Pl. 1, 451. 2,
275. 6, 26. 11, 181. cava 2, 025.
7, 312. 10, 116. 11, 169. 12, 133.
velatus tempora (Acc. limit.) vitta
5, 110. 8, 507.
tenax, ācis, festhaltend, complexus fest
4, 377. vinctum 11, 252. bitumen
haltend, klebrig 9, 660; m. *Gen.* quaesiti das Erworbene 7, 657. übertr. propositi an 10, 405.
tendo, tetendi, tentum (tensum), anspannen, dehnen, arcum 2, 604. 5,
55. in alqm 12. 561. tentus nervus
6, 243. retia 4, 513. alcui 7, 701.
vincula morantia 7, 773. venicum
15, 304. gravitas uterum 9, 287.
opus matrem 10, 506. retro habenas
rückwärts anziehen 15, 520; ausspannen,
strecken, bracchia zur Bitte 5, 176.
215. (e) sinu 6, 358. alcui 1, 636.
2, 477. 8, 723. caelo (bicht.) 2, 580.
9, 210. ad silvas 3, 441. membra
ad sidera 7, 580. palmas super aequora 8, 849. manus in undas 4,
556. manus tetendi ad discedentem
11. 687. tenditur in longam alvum
dehnt sich aus zu 4, 576; übertr. wohin richten, iter ad dominum 2, 547.
— intrans. seine Richtung wohin nehmen, wohin streben, eilen, ad oras
Ciconum 10, 3. ad metam 15, 453.
ad portus 15, 690. huc 10, 34. noctes tendere in lucem gegen b. Tag
bringen 15, 186.
tenebrae, arum, f. Dunkel, Finsternis,
der Nacht 2, 395. 594. pruinosae 5,
443. tenebris fugatis 2, 144. pulsis
7, 703. per ten. egredi 4, 93. silvarum 1, 475. hiemis des Unwetters
11, 521. der Unterwelt 15, 154; der
Blindheit 3, 515. 525. des Schreckens,
natant ante oculos 12, 136. sunt
orbortae oculis 2, 181. [tenebrae nur
Versdhl. 5, 443. 7, 703.]
tenebrosus, a, um, dunkel, finster, Tartara 1, 113. sedes des Pluto 5, 359.
spissus tenebroso hiatu 7, 409.
Tenĕdos, i, f. kleine Insel an b. troischen Küste mit e. Heiligthum des Apollo 1, 516; b. Achilles erobert 12, 109.
13, 174. [Acc. Tenedon.]
teneo, ui, tentum, tre. halten, fest-

halten, mit d. Hand ob. ähnl. sceptra manu 1, 598. dextera cornu tenet 9, 86. tenuisse (aor. *Inf.*) canes
an d. Leine 10, 172. Asterien aquilā
luctante teneri 6, 108. stipite
crura teneri 2, 351. silvae limum
tenent 1, 347. navale puppim 3, 661.
flos tenetur radice hangt daran 14,
292. umschlungen, umfaßt halten, colla lacertis 2, 100. 6, 476. 3, 450. 7,
143. 10, 256. templa 13, 413. clausum tenere silvis 6, 516; übertr. hunc
tenet (hält ihn nicht von sich 10, 583.
bewahren, pacem 11, 297. tellus vestigia 5, 198. silentia beobachten 1,
206. verwahrt halten, claustra portarum 8, 70. behaupten, currum 2,
328. causam e. Sache durchsetzen 13,
190. einhalten, viam 2, 79. behalten,
nomen antiquum 13, 897. 10, 502.
nomen tenuisse puellae habe bei d.
Benennung des Instrumentes d. Namen des Mädchens (Syrinx) beibehalten
1, 712. haben, nomen (morgus) 11,
795. vulnus in pectore levans mit
e. Wunde 7, 842. gefangen halten,
fesseln, gravis somnus tenet alqm
4, 784. cura alqm 9, 728. error
amantem 3, 447. Cyllaron una tenet 12, 408. altera captum tenet
hält gefangen 14, 379. Ioles ardore
teneri 9, 140. binden, lege teneri
10, 203. ma teste teneris durch m.
eignes Zeugnis bist du überführt 7,
742. — inne haben, in Besitz haben,
aliis murum tenentibus intus (auf d.
Innenseite) 11, 536. cum semel te-
nuerunt aequora venti in Besitz genommen haben 11, 433. oracla 1,
321. templa 1, 750. 7, 568. caelum
2, 513. deus Delphos Delonque tenens 9, 332. confinia lucis et noctis 7, 706. iam tenens ripam auf
dem Ufer (befindlich) 9, 118. delphines silvas 1, 302. astra caeleste solum 1, 73. contiguas domos bewohnen 4, 57. rura Dictaea daselbst weilen 3, 2. turba tenet atria erfüllt
12, 53. pallor hiemsque loca beherrschen 4, 436. tellus Aetnaea tenebat
Daedalon beherbergte 8, 260. einnehmen, tantum spatii 1, 440. salix
ima lacunae 8, 336. rostrum os d.
Stelle des Mundes 2, 376. frondes
caput umschließen 9, 855. locum et
regna tenentem im Besitz 13, 649.
Latinus tenuit repetita nomina cum
sceptro führte zum zweiten Male diesen
Namen 14, 611. — erreichen, portus
8, 5. partem remotam domus 6,
638. Hesperium fretum 11, 257.
Ciconum populos 6, 710. Italiam
15, 701. Linternum tenetur 15,
713. alqd tenuisse, quidquid spe-
ravit Ulixes 13, 17. — in e. Richtung halten, manus tenui a pectore
varas von d. Brust nach auswärts gekrümmt 9, 33. oculos immotos in
alqm unbeweglich gerichtet auf 2, 502.
lumina fixa in vultu 7, 87. dah. als
Schilderausdruck tenere — cursum tenere nach e. Orte hinhalten, steuern,
Diam 8, 690. inter utrumque tene
2, 140. — zurück-, aufhalten, hemmen, alqm 2, 177. longo sermone
3, 364. annua mora nos illic tenuit 14, 808. 1, 167. cursus reditura
vela 7, 664. 12, 10. inceptos partus
9, 301. coepta einhalten mit 8, 463.
pudor ora tenebit verschließen 9, 515.
an sich halten, vocem 10, 421. schweigen 4, 168. lacrimas 2, 796. 7, 189.
manus vix tenere bb. hielten sie
kaum v. Gewalttat zurück 13, 208.
iram beherrschen 5, 420. u. ne 7, 146.
[Dreisilb. Formen mit der Messung — ◡ ◡
Perfect. außer 3, 265.]
tĕner, ĕra, um, zart, welch, mater
Cupidinis 9, 482. Nymphae 11, 153.
ulnae 9, 652. herbae 2, 851. 8, 23.
rami schwach 2, 859. balatus 7, 319.
aër dünn 4, 616; jugendlich zart, infans 8, 311. proles 8, 214. mares
10, 84. haedus 13, 791. corpus 4,
345. forma 8, 354. malae 13, 754.
annus tener est vere novo 15, 201.
tĕnor, ōris m. (teneo) b. ununterbrochene Fortgang, placido tenore in
ruhigem Fortg., ruhig hinter einander
fort 9, 113.
Tēnos (u. Tĕnne), i, *f.* e. der cyclad.
Inseln 7, 469.
tentamen, tentamentum, tento s.
tempt.
tentōrium, ii, n. (tendo) [Met. var
tentoria] Zelt 13, 249. candida 8, 43.
tĕnuis, e, dünn, fein, liber 1, 549.
amictus 4, 104. membrana 7, 272.
pinna 4, 408. aura 8, 179. 827.
fumi 1, 571. unda seicht 3, 161. 8,
558. durchsichtig 6, 351. animae silentum lustig 14, 411. schmal, rima
4, 70. foramen 4, 123. limbus 8,
127. rostrum 11, 735. rivi 6, 485;
schwach, zart, myricae 10, 97. medullae 14, 431. rubor 3, 482. umbrae Schattierungen 6, 62. sonus leise
1, 708. 14, 429. *Superl.* tenuissimus
aër 15, 246. stamina 4, 178. cauda
der schmalste Theil des Schwanzes 4,

726. tenuissima quaeque überall das Zarteste 5, 431.

tenuo, āvi, ātum, āre, verdünnen, aethra in undas 15, 551. tenuatus amor 15, 248. auras aufhellen, klären 14, 388. tenuantur tereti acumine verschmälern sich zu (eig. mittelst) 4, 580. luna tenuata retexuit orbem durch Abnahme 7, 531; schwächer machen, vox verusque via est tenuata viro b. Stimme geschwächt u. b. Stimmweg verengt 14, 398. 2, 373.

tenus, *Praep.* postpos. m. *Abl.* bis an, collo t. supereminet omnes bb. mit b. ganzen Haupte 8, 182. 2, 275. talo t. 4, 343. pennis t. 6, 258. capulo t. 12, 491. pectoribus t. 15, 513. 673. poplite deinde t 5, 698. curvo t. hamo 4, 720. media t. alvo 13, 898. 14, 59.

tepeo, ēre, lau, warm sein 10, 281. ferrum a caede 4, 168. tellus sanguine 5, 76. sole tepente 3, 489. auris tepentibus 1, 107.

tepesco, pui, ēre, lau, warm werden, occiduo sole 1, 62. 8, 412.

tepidus, a, um, lau, warm, lac 7, 247. 9, 339. fetus 4, 674. 10, 360. 500. cinis 8, 641. favilla 14, 575. Ignem weil darunter noch b. warme Körper ist 9, 365. venti 7, 566. Paeantum 15, 708. ovilia 13, 827. Nerea tepidis latuisse sub antris bb. auch b. kühlen Grotten in b. Tiefe des Meeres seien warm geworden 2, 269. mater die durch b. vergossene Blut warm gewordene Erde 8, 125; bildl. haud tepidos ignes keineswegs bloß lau 11, 225.

tepor, ōris, m gelinde Wärme, schwache Glut, leni tepore cremantur 2, 811.

ter, *Adv.* drei mal 7, 324. 9, 50. wiederh. 13, 610. anaph. 2, 270. 4, 625. 11, 419. o ego ter felix 8, 51. ter quini 2, 551. quinque ter 8, 749. ter centum (wiederh.) 14, 146. bis terque 4, 517. ter quater [versunf.] drei, vier mal 4, 734. 6, 133. 12, 133. 14, 206. terque quaterque 1, 179. 2, 49. 9, 217. 12, 288. bei heiligen ob. Zaubergebräuchen 7, 153. 14, 387. anaph. 7, 189. dreimal 7, 261. ter noviens 14, 58. bei Vorzeichen 10, 278. 452. (anaph.) 15, 684.

terebro, āvi, ātum, āre, durchbohren, terebrata anrß 6, 260.

teres, ĕtis (tero), abgerieben, gerundet, glatt, virga 2, 735. fusus 6, 22. lapilli 10, 260. auras 11, 80. tereti acumine 4, 580. collo 10, 113.

Tereus, ĕi, m. 1) thracischer König, Sohn des Mars 6, 427, der für seine im Kriege geleisteten Dienste vom König Pandion v. Athen, dessen Tochter Procne zur Gemahlin erhielt. Seine Schandthat an Procnes Schwester Philomela u. seine Verwandlung in e. Wiedehopf s. 6, 424 ff. [*Acc.* Tereu 6, 515. 647. *Voc.* Tereu 6, 491. *Abl.* Tereo (zwiesilb. im 6. B.) 6, 635.] — 2) e. Centaur 12, 353 [*Acc.* Terea].

tergeo u. **tergo,** si, sum, ēre u. ēre, abwischen, tergere mensam 8, 663. lacrimantia lumina tersit 13, 132. tersus abgewischt, sauber, plantae 2, 736.

tergum, i, n. b. Rücken v. Menschen u. Thieren 2, 860. 3, 232. 4, 101. 6, 379. summum b. Oberfläche des R. 2, 201. sessile (ent) 12, 401. immania ballaenarum 2, 10. post tergum iactare hinter sich 1, 388. 394. eques in tergo residens 10, 124. murum tergo pati, ferre von der Gestaltung der Thiere 15, 409. 10, 926. sol erat a tergo im R. 5, 614. übertr. carinae ventos accipiunt a tergo 12, 37. *Pl.* v. einem 3, 68. 4, 725. 6, 698. 9, 102. eburnea 10, 592. sordida suis 8, 648. respiciens comites sua terga sequentes ihr im Rücken 3, 22. manibus post terga ligatis 3, 575. post terga relinquere hinter sich 2, 187. 10, 670. equi premere 8, 34. 6, 223. 14, 313. liventia praebere Phoebo sonnen 4, 715. tuta terga gerens im R. gedeckt 5, 161. terga vertere (zur Flucht) 8, 363. terga dare (v. einem u. mehreren) ben R. wenden (zur Flucht) 13, 524. 237. Cupido victa dabat 7, 73. felicior aetas t. dedit 14, 143. terga dare fugae 5, 333. 12, 313. conversa 13, 879. terga praebere fugae 10, 706. — meton. abgezogene Haut, Fell, bovis 14, 223. terga novena boum 12, 97. *Pl.* v. einem, leonis 6, 123. horrentia suetis 8, 429. direpta capri 15, 305.

tergus, ĕris, n. b. Rücken v. Menschen u. Thieren, terguaque latusque 5, 434. de tergore suis 8, 649. — meton. abgezogene Haut, taurorum tergora septem für den daraus gefertigten Schild 13, 347.

terni, ae, a. je drei, dreifach, guttura des Cerberus 10, 22. pariter ternis latratibus implevit auras mit dreien auf ein mal 7, 414. dreimalig. ululatibus 7, 190.

tĕro, trīvi, trītum, ĕre, reiben, zerreiben, pabula 14, 41. omnia trita
simul untereinander gerieben 4, 504.
carinae terunt vincla streifen darüber 1, 298; abreiben, colla trita labore 15, 124. dentes wetzen 8, 369.
tritum spatium d. betretene Bahn 2,
167. abstumpfen, ferrum 12, 167.
terra, ae, f. d. Erde, als Weltkörper
1, 34; als Element, terrae pondus 1,
52; als Ganzes, bef. im Ggf. zu Meer
ob. Himmel, Erde, Land 1, 75. litora
terrae 1, 37.   viscera terrae 1,
138.   qua terra patet 1, 241. sehr
oft *Pl.* ante mare et terras 1, 5.
caelo terras et terris abscidit undas 1, 22. 150. 151. 195. 329. 609.
674. 2, 6. 116. 178. 14, 811. 15, 148.
margo terrarum 1, 14. orbis terrarum Erdkreis 2, 7. 8, 118. sub terras
unter d. Erde hin 1, 189. domitis terris 15,877; Land, als Festland im Ggf. zum
Meer 2, 870. *Pl.* 6, 105. 11, 211.
per terras iter est 11, 425. 5, 654. —
Land — Landschaft 3, 635. 663. 5,
481. 491. nostra 1, 774. peregrina
3, 24. utraque beide Gegenden in Ost
u. West 8, 152. Asis 5, 648. Dodonis 13, 716.   Ausonia Siculaque
14, 7. *Pl.* Länder, Lande 1, 218. 5,
342. Landstrecken 15, 263. Landstücke
8, 877. Stellen festen Bodens 1, 307.
d. einer Landschaft, dictae a Pallade
Athen 2, 834.   dictae a paelice
Regina 7, 524. infames caede virorum Lemnos 15, 400. Ausoniae 14,
320. — Erde — Erdboden 1, 84. 833.
2, 347. 407. 5, 75. 7, 578. 10, 490.
alra 6, 555. dura 7, 191. solida
11, 72. — Ackerboden, mota 8, 102.
als Stoff der Bildnerei, formata 1,
364. — Erde, als Erzeugerin 1, 398.
optima matrum 15, 92. — Terra,
ae, f. d. Erdgöttin, bei d. Griechen
Gaea, Mutter der Titanen u. Giganten, geboren aus dem Blute der gelösten
Giganten e. neues Menschengeschlecht
(vgl. Tellus) 1, 157.
terrēnus, a, um, aus Erde bestehend,
erdig 1, 408. faex erdiger Bodensatz,
Niederschlag 1, 68. irden, formar aus
irdenem Ziegeln 7, 107. — zur Erde
gehörig, irdisch, *Subst. neutr.* terrena die irdischen Räume 2, 730; unterirdisch. hiatus 15, 273. numina 7, 248.
terreo, ui, itum, ĕre, in Schrecken
setzen, schrecken, alqm 8, 555. 561. 4,
489. 725.   nubila mentem 1, 357.
barbara agmina moros 6, 423. loca
proxima 11, 365.   externas auras

latratu 13, 406. 7, 362.   territus erschreckt 1, 232. 4, 232; durch Schrek-
ken scheuchen, fures 14, 640. profu-
gam per orbem 1, 727. fugatas
terruit scheuchte sie in d. Flucht 14,
518. metu territa 2, 492.
terrestris (terrester). e, zum Lande gehörig, armis terrestribus in Kämpfen
zu Lande 14, 479.
terrĭbĭlis, e, schrecklich, entsetzlich 6,
395. 13, 772. novercae 1, 147. vultus 1, 266. dextra 2, 61. equi 5,
421. sonus 12, 276. tubae 15, 784.
terrĭfĭcus, a, um, Schrecken erregend, caesaries 1, 179.
terrĭgĕna, ae, c. der Erdgeborene
seri 7, 36. *Adj.* Typhoeus 5, 325.
fratres 3, 118. 7, 141.
terror, ōris, m. Schrecken, gelidus 3,
100. vox plena terroris 2, 484. terrore paventes 13, 230. 2, 398. über
etw. *Gen* subitae ruinae 1, 202. —
Schrecknis, Schrecken, terror erat
populis 1, 440. — Terror, ōris, m.
Dämon im Gefolge der Tisiphone 4, 485.
tertius, a, um, der dritte 2, 850. 8,
861. pars 5, 372. als drittes 1, 126.
tertius diversae artis ein dritter von
11, 641. ab Iove tertius (est) Aiax
(abwärts) d. dritte 13, 28. tertius
Titan finierat annum zum dritten
mal 10, 78.
tesca, orum, n. Einöden 7, 99.
testa, ae, f. Scherbe 8, 662.
testis, is, c. Zeuge, 5, 543. testis
adesto als Z. soll gegenwärtig sein 2,
46. sunt mihi di testes 9, 642. testes esse in foedera zu dem Bündnis 7, 46. me teste teneris durch
m. eignes Zeugnis 7, 742. pro teste
est vetustas 1, 400. crimen patet
sine teste probatum 15, 37; — Augenzeuge, testis abest somno 9, 481.
thalamo sine teste relicto 4, 225.
13. 15.
testor, ātus sum, āri, bezeugen, be-
kunden, dolores gemitu 2, 486. gaudia dictis 5, 660. cantu 8, 238.
clamore secundo 8, 420. verba non
testantia gratos 14, 307. m. indir.
Fr. 9, 151. *Part.* testatus pass. be-
zeugt, offenkundig, dedecus 2, 473.
orbe testati labores 9, 277. — als Zeugen anrufen, superos 2, 304. deos
8, 608. iuxque fidemque 5, 44.
testūdo, ĭnis, f. d. Schildkröte; rau-
wen. Schildspiel 2, 737.
Tēthys, ўos, f. eine Titanin, Gemahlin ihres Bruders Oceanos 9, 499. 13,
951. cana 2, 509; Mutter der Clu-

mene 2, 156; öffnet den Sonnenroſſen b. Himmelspforte 2, 158 u. nimmt Abends b. Sonnenwagen in ihre Wogen auf 2, 69; verwandelt b. Aeſarus in b. Vogel Taucher 11, 784. [Acc. Tethya 2, 69.]

Teucer, cri, m. 1) älteſter König v. Troja, der aus Creta eingewandert ſein ſoll 13, 705. — 2) Sohn des Telamon u. der Heſione, Stiefbruder des Ajax, zeichnete ſich vor Troja vorzügl als Bogenſchütze aus 13, 157. Nach ſeiner Rückkehr b. Troja von ſ. Vater aus Salamis verwieſen, ging er nach Cypern, wo er e. neues Salamis gründete 14, 698.

Teucri, orum, m. Teucrer, Benennung der Troer nach dem alten troj. König Teucer 13, 705. 728. — Adj. **Teucrus**, a, um, teucriſch = troiſch, carinae 14, 72.

Teuthrantéus, a, um ſ. Caicus.

texo, ui, xtum, ére, weben, purpura texitur 6, 62; übertr. zuſammenfügen, flechten, flores per cornua 10, 123. cista de vimine texta 2, 551.

textum, i, n. Gewebe, rude 8, 640; übertr. Gefüge, cava texta carinae Balkengefüge 11, 524. pinea 11, 531.

thálámus, i, m. Gemach, im Innern des Hauſes 2, 738. 9, 157. 10, 709. Pl. v. einem 2, 797. amatus der Geliebten 4, 219; Schlafgemach 9, 701. 10, 456. pudici 3, 282. Pl. v. einem 8, 817. 10, 469. paterni 8, 84. bef. eheliches Schlafgemach 2, 528. thalamum ineamus eundem 4, 828. thalamo recipere 9, 279. 11, 297. Brautgemach 6, 412. Pl. v. einem 9, 146. — meton. Ehe, Vermählung, Athamantis mit Rib. 4, 420. thalami consors Ehegenoſſin 10, 446. thalami foedere iungere 7, 403. iniuria 8, 267. certamen um 10, 317. bef. Pl. cruenti 10, 630. recentes 7, 709. Iovis mit J. 7, 801. sororum 9, 507. alieni orbis nach einem fremden Welttheil 7, 22. ante suos thalamos 6, 148. thalamos parare 1, 658. petere 6, 700. dare gewähren 10, 671. temptare (b. ſ.) darum werben 12, 193. thalamis incubare (b. ſ.) 7, 856.

Thaumantéus, a, um, thaumantiſch, v. Thaumas, dem Sohne des Pontus u. der Erde ſtammend, virgo Iris, deſſen Tochter 14, 845.

Thaumantias, ádis f. d. Tochter des Thaumas, Iris 4, 480.

Thaumantis, idos (11, 647), f. = Thaumantias.

Thaumas, antis, m. e. Centaur 12, 303.

theátrum, i, n. Schauplatz, Theater, facta 8, 111. structum utrimque Uebertragung des griech. ἀμφιθέατρον Amphitheater, das zwei an ihren breiten Seiten zuſammengeſetzten Theatern glich 11, 25. — meton. Zuhörerſchaft titulus Orphéi theatri der in der Zuhörermenge beſtehende Ruhm des O 11, 22.

Thébae, arum, f. (Θῆβαι) 1) Hptſt. v. Böotien 3, 540. 563. 4, 416. 5, 253. Aoniae 7, 761. von Cadmus gegründet 3, 13t. Amphionis arces 15, 427. Oedipodioniae 15, 429. ſiebenthorig 13, 685. 691. Thebae bella movent 9, 103 bezieht ſich auf d. Krieg der Sieben geg. Theben. Polynices, von ſ. Bruder Eteocles aus d. Herrſchaft über Th. verdrängt, fand Unterſtützung bei mehreren griech. Fürſten, Abraſtus v. Argos, den Argivern Amphiaraus, Capaneus, Hippomedon, dem Tydeus aus Calydon u. Parthenopäus a. Arcadien, die mit ihm e. Kriegszug geg. Th. unternahmen, dabei aber ſämmtlich bis auf Adraſtus umkamen. Letzterer veranlaſte 10 Jahre ſpäter b. Söhne der gefallenen Helden zu e. neuen Zuge geg. Th. (der Krieg der Epigonen, in Folge deſſen d. Stadt erobert u. zerſtört wurde. — 2) Stadt in Myſien (bei Homer Θῆβη), wo Eetion, der Vater der Andromache, König war, Eetioneae 12, 110; von Achilles zerſtört 13, 173.

Thébáis, idis, f. eine Thebanerin, Pl. Thebaides 6, 163.

Thémis, idis, f. Tochter des Uranus u. der Erde, Göttin der geſetzlichen Ordnung u. des Rechtes; vor Apollo Vorſteherin des berb. Orakels, fatidica 1, 321. Parnasia 4, 643, vgl. 9, 403. 419. [Acc. Themin 1, 321. Voc. Themi 1, 379.]

Théreus, éi, m. e. Centaur 12, 353. [Acc. Therea].

Thēridámas, antis, m. (Θηριδάμας Wildbändiger) Hundename 3, 233.

Thermódon, ontis, m. Fluß in Cappadocien in Kleinaſien, an welchem die Amazonen wohnten, citus 2, 249.

Thermódontíácus, a, um, thermodontiſch, (ſ. d. vor.) Thermodontiaco caelatus balteus auro das goldne Wehrgehenk der Amazonenkönigin Hippolyte, das von Hercules erbeutet wurde 9, 189. bipennis die Streitart der Amazonenkönigin Penthesilea, die den Troern zu Hülfe kam u. durch Achilles fiel 12, 611. [Bertanf.]

Théron, ontis, m. (Θήρων der Jäger) Hundename 3, 211.

Therses, ae, m. e. Thebaner, Gastfreund des Anius, Ismenius 13, 682.

Thersites, ae, m. e. äußerst häßlicher u. unverschämter Mensch unter d. Griechen vor Troja, der bei der 13, 323 erwähnten Gelegenheit den Agamemnon zu schmähen u. auf d. Rückkehr zu bringen wagte, aber von Ulysses gezüchtigt wurde.

Thescĕlus, i, m. Gegner des Perseus 5, 182.

Thesēïus, a, um, v. Theseus stammend. heros sein Sohn Hippolytus (d. s.) 15, 492.

Thēseus, ĕi, u. ĕŏs, m. Sohn des Königs Aegeus v. Athen 15, 856. Aegides 8, 174. 405 (nach Andern Neptunus, Neptunius heros 9, 1) u. der Aethra, einer Tochter des trözenischen Königs Pittheus. Bei seiner Rückkehr von Trözen nach Athen legte Aegeus seine Schuhe u. sein Schwert unter e. Felsblock u. befahl der Aethra, wenn sie von ihm e. Sohn gebären sollte u. dieser so stark sei den Felsblock zu heben, ihn mit d. Schuhen u. dem Schwert seines Vaters nach Athen zu schicken. So kommt Th., nachdem er bereits eine große Zahl Heldenthaten verrichtet hat (ihre Aufzählung 7, 433—450), aber noch unbekannt zu dem Aegeus, nach Athen 7, 404, wo ihn Medea durch List umbringen will, als der Vater noch rechtzeitig am Griffe des Schwertes den Sohn erkennt 7, 421. Der dritten Tributsendung athenischer Jünglinge u. Jungfrauen nach Creta schließt er sich freiwillig an, tödtet den Minotaurus u. gelangt mittels eines Wollknäuels, das ihm des Minos Tochter Ariadne gegeben, aus dem Labyrinthe 8, 171. Er entführt hierauf die Ariadne, verläßt sie aber auf d. Insel Naxos 8, 174 ff. Treuer Freund des Pirithous 8, 303. 405. 12, 227; nimmt an d. calyd. Jagd Theil 8, 303; weilt auf d. Rückkehr bei Achelous 8, 546 ff.; kämpft gegen d. Centauren 12, 227. 343 ff. [*Gen.* Theseōs 8, 263. *Acc.* Thesea 8, 262. 17, 348. *Voc.* Theseu 7, 433.] — *Adj.* Thesēus, a, um, laude durch d. ruhmvolle That des Th. 8, 268.

Thespiădes (um), deae, d. thespischen Göttinnen heißen d. Musen von der dem Helicon benachbarten Stadt Thespiä in Böotien, mit altem Musentempel 5, 310.

Thessālis, ĭdis, f. Thessalierin 12, 190.

Thessālus, a, um, thessalisch, Thessalien, der nordöstl. Landschaft Griechenlands, angehörig, Tempe 7, 222. — *Subst.* Thessalus der Thessaler, Erysichthon 8, 768.

Thestĭădae, arum, m. d. beiden Söhne des ätolischen Königs Thestius, Toxeus u. Plexippus, Brüder der Althäa, der Mutter des Meleager, welche beide nach Bändigung der calyd. Jagd erschlägt 8, 304. 434 ff.

Thestĭas, ădis, f. d. Tochter des Thestius, Althäa 8, 452. 473.

Thestĭus, ii, m. (s. Thestiadae) 8, 487.

Thestŏrīdes, ae, m. Sohn des Thestor, Calchas, der Seher der Griechen im troj. Kriege 12, 19. 27.

Thētis, ĭdis, f. Tochter des Nereus u. der Doris 11, 221. aequorea 11, 226. Nereïs 12, 93, Gemahlin des Peleus 11, 217. 399, Mutter des Achilles 11, 265, für den sie von Vulcan neue Waffen erbittet, nachdem die vorigen durch Patroclus Tod in die Hände der Troer gefallen waren, caerula mater 13, 288. [*Voc.* Theti 11, 237.]

Thīnĕïus f. Tyaneïus.

Thisbaeus, a, um, thisbäisch, von d. Küstenstadt Thisbe in Böotien, deren Umgegend reich an Tauben war, columbae 11, 300.

Thisbe, es, f. e. Babylonierin, Geliebte des Pyramus 4, 55.

Thŏacles, ae. m. Waffenträger des Phineus 5, 147.

Thŏas, antis. m. König v. Lemnos, Vater der Hypsipyle 13, 399.

Thŏus, i, m. (Θοός der Schnelle) Hundename 3, 220.

Thrācia, ae, u. **Thraece** (Threce), es, f. (Θρᾴκη ion. Θρῄκη) das nördl. v. Macedonien liegende Land 6, 435; dichter. überh. das von Griechenland nördl. liegende Land 7, 223.

Thrācïus, a, um, thracisch, Orpheus 11, 92; *Subst.* Thracius der Thraker, Tereus 6, 661.

Thrāx, ācis, m. e. Thracier, *Pl.* Thraces 6, 682. Thracum populi 10, 83. 13, 565. rex Polymestor 13, 436. scelerata limina wegen des Mordes an Polydorus 13, 628; spec. Thrax der thrac. König Diomedes, der seine Rosse mit dem Fleisch an seine Küste verschlagener Fremdlinge fütterte. Das Gleiche geschah ihm selbst von Hercules 9, 194.

Threce f. Thracia.

Thrēïcius, a, um (Θρηίκιος) = Thracius, litur 13, 439. vates Orpheus 11, 2. miles 6, 276. tela 13, 537. Tereus 6, 424. Rhodope 6, 87.

Thūrīnus, a, um, zur Stadt Thurii

im Südw. des tarent. Meerbusens, dem früheren Sybaris, gehörig, amnis 15, 52.

Thybris, idos, m. griech. u. dichtl. Form für Tiberis d. Fluß Tiber bei Rom 14, 427. 448. altus 15, 624. Apenninigena 15, 432. [Acc. Thybrin 3, 269.]

Thyestēus, a, um, von Thyestes, dem Sohne des Pelops, Bruder des Atreus. Wegen einer ihm vom Bruder angethanen Schmach tödtete Atreus die beiden Söhne des Thy. u. setzte sie diesem als Speise vor, dah. mensae Thyesteae 15, 462.

thymum, n. u. **thymus**, m. i, (θύμον u. θύμος) Thymian, Quendel 15, 80.

Thyōneus, ĕi, m. Beiname des Bacchus v. s. Mutter Semele, die unter dem Namen Thyone verehrt wurde 4, 13.

thyrsus, i, m. der m. Epheu ob. Weinlaub umwundene Stab, an d. Spitze mit e. Pinienzapfen, den die Theilnehmer an d. Bacchusfeier trugen, Thyrsus, Bacchusstab 3, 542. 719. 9, 641. frondentes 4, 7. fronde virentes 11, 28.

tiāra, ae, f. Tiara, morgenl. Kopfbedeckung vornehmer Männer, nach oben spitz zugehend u. um d. Ohren zusammengebunden, Pl. purpureae 11, 181.

I) Tibĕrīnus, i, m. albanischer König, der im Fluß Albula ertrank, worauf dieser Fluß d. Namen Tiberis erhielt 14, 614.

II) Tibĕrīnus, a, um, dem Fluß Tiber angehörig, des Tiber, ostia 15, 728.

tibia, ae, f. Schienbein; meton. d. (ursprüngl. beinerne) Flöte od. Pfeife 4, 761. 6, 386. longa multifori buxi 12, 158; tibia adunco cornu die phrygische Schalmei m. einem gekrümmten hornähnlichen Ausgange, der d. Schall verstärkte, vorzügl. bei d. Cultus der Cybele u. des Bacchus gebräuchlich 3, 533. 4, 392. Berecynthia inflexo cornu 11, 16.

tignum, i, n. Balken 4, 180. 8, 684.

tigris, idis u. is, m. bichl. [Mel. not] f. Tiger 5, 164. Gangetica 6, 637. maculosae tigridis 11, 245. de tigride natus 7, 32. 9, 613. Pl. tigres 3, 545. 8, 668 (begleiten d. Bacchus). Armeniae 8, 121. Armeniaeque tigres 15, 86. — Tigris Hundsname 3, 217.

tilia, ae, f. d. Linde 8, 620. molles weg. d. Zartheit ihres Laubes 10, 92.

timeo, ui, ēre, in Furcht sein, fürchten 2, 717. invidiā timet 10, 584. omni a parte timetur man ist in Furcht 10, 874. hortatur timentem die furchtsame, ängstliche 10, 466. causa timendi 9, 556. timendo durch m. Besorgnis 2, 91; m. Acc. alqm 8, 71. 10, 542. altores deos time 14, 694. quin tuta timens 7, 47. Styga 15, 154. mortem 14, 215. fraterna fata 8, 442. iudicis ora 1, 98. praesagia mentis 6, 510. cuncta sibi insidiis nullamque timentia fraudem erant 15, 102. reor eam timendos 11, 438. leones alli timendi für Andern furchtbar 10, 709; pro alqo: timuere dei pro vindice terrae 9, 241; m. Dat. comiti 8, 213; m. ne daß 1, 254. 2, 444. 7, 18. — Scheu vor etw. haben, thalamos sororum 9, 507; sich scheuen etw. zu thun, m. Inf. timet sola intrare 1, 593. 12, 246. 14, 180. m. aor. Inf. haud timeam dixisse 1, 176. quem tetigisse timerent 8, 783. [Dreisilb. Formen m. Messung ◡—◡ Beischl. außer 7, 718.]

timĭde, Adv. furchtsam, schüchtern 1, 745. 9, 215. 10, 274 (zu dixit).

timĭdus, a, um, furchtsam 2, 550. os 5, 234. pectus 11, 448. cursus 1, 525. timidas reducere plantas furchtsam zurückzieben 6, 107. timidus vidit voll Furcht 10, 65; zaghaft 8, 612. parientes 9, 283. nec timida gaudet fide bb. mit zuversichtlichem Glauben 9, 792; verzagt, felg 13, 664. raptor Graiae maritae 12, 609. sinistra 13, 111. animus 13, 38. timidi est optare necem 4, 115. timidissime Phineu 5, 224. 13, 115; schüchtern, timidis votis opem exposcere 9, 545. t. lumen ad lumina attollens 10, 293; behutsam, Ulixes 14, 671; m. Gen. (bichl.) timidus deorum gottesfürchtig 5, 100.

Tīmōlus f. Tmolus.

timor, ōris, m. Furcht 1, 539. 3, 205. pavidus 7, 630. mortis 7, 604. et mihi timor videre es kommt mich Furcht an 2, 66. timorem ferre 1, 369. ponere 10, 408; Furchtsamkeit, Schüchternheit, solitus 13, 78. virgineus 10, 361; personificiert Timores Besorgungen, Schrecken, conterriti 12, 60. — meton. was Furcht erregt, Gegenstand der Furcht, Schrecken, Schrecknis, tantum trahit ille timoris 13, 84. loca plena timoris 10, 29. timor ille Phrygum 12, 612. deus ille timor (est) et deorum 8, 291. [Dreisilb. Formen Beischl. außer 11, am.]

tinĕa, ae, f. Raupe, agrestes 15, 373.

tingo (tinguo), nxi. nctum, ĕre, benetzen, gemmam lacrimis 9, 567. ora lacrimis 2, 821. corpora superfusa lymphis 2, 459. India tingitur Gange

4, 21. humus sanguine tincta 5, 293.
fontem medicamine vergisten 4, 388;
eintauchen, pinum aequore 11, 455.
corpora flumine 12, 413. lamina candens tincta lacu 9, 171. vestigia in
undis 4, 348. 5, 592. faces in foma
sanguinis 7, 760. equos in aequore
15, 419. tingi aequore (in aequore)
sich eintauchen 2, 172. 530; färben,
herbas adspergine 3, 86. poma pu-
niceo colore 4, 127. lanas murice
6, 9. cultros sanguine 7, 599. ora
cruore 14, 237. vis aurea tinxit flumen 11, 142. tinctus gefärbt, vestis
sanguine 4, 107. ebur m. Purpur 4,
332. strata conchâ Sidonide 10, 267.
manus, habenas ferrugine 2, 796.
5, 401.

tinnītus, us, m. Geklirr [Nom. nur Acc.
m.] tinnitibus aontis 5, 204. aeris
acuti 6, 589. aeris pulsi 14, 536.
[Nach b. 2. Arse.]

tinnŭlus, a, um, klingend, schallend,
aera (= cymbala) 4, 393.

tīnus, i, f. ein dem wilden Lorbeer ähn-
licher Baum m. bläulichen Beeren 10, 98.

Tīrĕsĭas, ae, m. e. Thebaner, der
7 Jahr lang in e. Weib verwandelt
war. Der Zorn der Juno ließ ihn er-
blinden, wogegen Jupiter ihn durch b.
Gabe der Weissagung entschädigt 3,
323 ff. 6, 157.

Tīrynthĭus, a, um, tirynthisch, aus
der Stadt Tiryns in Argolis, heros
Hercules, weil sowol Alcmene als Am-
phitryo aus Tiryns stammten u. er selbst
später dort seinen hauptsächl. Wohnsitz
hatte 7, 410. tela des Tirynthiers Hercules 13, 401. — Subst. Tirynthius
der Tirynthier, Hercules 9, 66. 268.
12, 564; Tirynthia, ae, die Tirynthie-
rin, Alcmene 6, 112.

Tīsĭphŏne, es, f. (Τισιφόνη Rächerin
des Mordes) eine von b. Furien 4, 474.
importuna 4, 482.

Tītān, ānis, m. 1) ein Titan. Titanes
hießen b. Kinder des Uranus u. der
Gäa, 6 Söhne: Saturnus (Kronos),
Hyperion, Cöus, Crius, Oceanus, Japetus, u. 6 Töchter: Rhea, Phöbe, Themis, Tethys, Mnemosyne, Thia. Saturnus beherrschte zuerst mit ihnen die
Welt, bis Jupiter ihre Herrschaft stürzte
u. sie in den Tartarus verstieß 1, 113.
— 2) der Sonnengott (Sol, Helios)
als Sohn des Titanen Hyperion 1, 10.
6, 438. 10, 79, 174. 11, 257. — 3)
Phöbus als Sonnengott 2, 118.

Tītānis, ae, u. Tītānis, ĭdos, f. Tochter ob. Abkömmling eines Titanen, 1)

Latona als Tochter des Cöus 6, 185.
346. — 2) Diana als Enkelin des Cöus,
ob. als eins gedacht mit der Mondgöttin
Selene, der Tochter des Hyperion 3, 173.
— 3) Pyrrha als Enkelin des Japetus
1, 395. — 4) Circe als Tochter des
Sonnengottes (Titan) 13, 968. 14, 14.
376. 382. 438. (Nom. Titanis 1, 395. 3,
173. 6, 346. 14, 382. 438. Gen. Titanidos
13, 968. Acc. Titanida 6, 185. 14, 376. Voc.
Titani 14, 14.]

Tītānĭăcus, a, um, dem Sonnengott
(Titan) gehörig, dracones b. Schlan-
gengespann, das Medea von ihrem Großvater, dem Sonnengott, erhielt 7, 398.

tĭtŭbo, āvi, ātum, āre, wanken, tau-
meln, v. Trunkenheit 3, 608. 15, 331.
annisque meroque 11, 90. titubantes
artus 4, 26.

tĭtŭlus, i, m. Aufschrift 9, 793. —
Ehrenname, Ruhm. huno praedae
titulum 4, 845. servatae pubis Achi-
vae 7, 56. Orphei triumphi (Appos.
zu volueres usw. Anb. theatri, b. f.)
den Ruhm des Triumphes des Orpheus.
Der Aufzug des Or. mit den durch s.
Gesang bezauberten Thieren wird mit
e. Triumphzug verglichen. In dem b. be-
zwungenen Völker aufgeführt wurden
11, 23. facilem quaerere superando
inertes 10, 602. minorem victori
dare 12, 331. hanc titulum reddite
13, 572. Pl. 7, 446. 15, 855. titulos
alce intercipere 8, 433.

Tītyŏs, i, m. e. riesiger Sohn der Erde,
den Jupiter, weil er sich an b. Latona
vergangen hatte, in b. Tartarus schleuderte. Dort bedeckte sein Körper 9 Morgen Landes u. zwei Geier fraßen fortwährend seine immer neu wachsende
Leber 4, 457. 10, 43.

Tlēpŏlēmus, i, m. Sohn des Hercules,
Anführer der Rhodier vor Troja 12, 537.
574.

Tmōlus u. Timōlus, i, m. weinreiches
Gebirge in Lydien 2, 217. 11, 152. vineta Timoli 6, 15. 11, 86. — b. Gott
dieses Geb. 11, 156.

tōfus (tophus), i, m. Tufstein, e. po-
röse Steinart, Pl. lāves 3, 160. von
lāves 8, 561.

tŏga, ae, f. (tego) b. Toga, das faltige
Oberkleid der Römer im Frieden; meton. als Friedenssymbol für b. Frieden
selbst. Marte togâque in Krieg z. Frieden 15, 747.

tŏlĕro, āvi, ātum, āre, ertragen, aushalten, vaporem 2, 301. 11, 603. labores 9, 289. 15, 121. cursus 5, 610.
[Nur tolerare.]

tollo, sustuli, sublatum, tollere, aufheben, in d. Höhe heben, molarem dextra 8, 60. cratera manibus duabus 5, 82. limen in umeros 12, 282. pharetram 2, 440. 10, 657. lacrimantem gremio hebt auf den Schoß 10, 406. tolluntur aulaea in d. Höhe ziehen 3, 111; erheben, se humo 7, 640. caput 4, 244. alto fonte 5, 574. frontem ad caelum 3, 20. manus ad aethera 3, 404. palmas ad sidera 5, 366. bracchia ad caelum 6, 279. 261. vultus caelo (Dat.) 13, 668. vultus ad sidera 1, 86. 731. oculos 11, 463. 15, 679. ad proceram 13, 128. alqm in querula caeli 14, 814. se super aëra hinauf in 12, 519. zum Fluge in d. Luft, corpora non alte 8, 258. pendentem alis sustulit 11, 311. sublatus in aëra pennis 7, 361. se super aequora in auras 2, 268. se hinc paribus alis 2, 708. tolli sich erheben, humo 2, 587. dei clipeus terrā imā 15, 191. tollor so erhebe mich dahin, steige hinauf 7, 780; an Bord eines Schiffes nehmen, me quoque tolle simul nimm auch mich mit 11, 441; ein neugeborenes Kind als das seine aufnehmen, um es aufzuziehen 9, 699. — aufheben, wegnehmen, entfernen, lina 3, 153. vultus Medusae 5, 217. vom Felde einernten, farris acervos 5, 131; bildl. beseitigen, clivum (mensae) 8, 663. crimina cum corpore 13, 457. tollite solantia verba weg damit, lasset 11, 685. moras 13, 668. artes dolosas 15, 474. sustulit pariter ipsosque nefasque erhob für zugleich (an d. Himmel als Gestirne) u. verhütete d. Frevel (des Muttermordes) 2, 506.

Tonans f. Tono.

tondeo, totondi, tonsum, ēre, scheren, tonsus capillus 8, 151. arbos tonsa comam (Acc. limit.) 11, 47.

tonitrus, us, m. u. **tonitruum,** i, n. Donner, tonitrum secuti nimbi 14, 542. Abl. tonitru 14, 817. secundo 7, 619. Pl. tonitrus 3, 301. movere 2, 308. tonitribus aether sonat 11, 495. tonitrua 1, 55. extrema 12, 51.

tono, ui. āre, donnern, Iuppiter an venti tonarent 15, 70. — Part. Tonans, ntis, m. der Donnerer, Jupiter, magnus 1, 170. 2, 466. Panomphaeus 11, 198.

tophus f. tofus.

tormentum, i, n. Marter-, Folterwerkzeug; meton. Marter, Folter, Pl. dira 3, 695. doloris 14, 718. — Wurfmaschine für schwere Geschosse 9, 218. 14, 183. Pl. 3, 549.

torosus, a, um (f. torus), muskelreich, colla boum 7, 429.

torpeo, ēre, starr, erstarrt sein 5, 196. 13, 541.

torpor, ōris, m. Erstarrung, gravis 1, 548.

torqueo, torsi, tortum, ēre, drehen, winden, stamina pollice 12, 475. caelum sidera celeri volumine 2, 71. serpens orbes 3, 42. tortus gewunden, anguis 2, 138. 4, 483. radix 11, 71. retinacula 15, 696; beim Schleudern schwingen, schleudern, tortum plumbum durch die Luft gewirbelt 4, 709. torquere hastam in alqm 5, 137. 7, 132. hastilia 8, 24. iaculum 12, 323. cornum 8, 408. tela 12, 99. silices 11, 30. — bei d. Folter verdrehen, dah. übertr. martern, foltern, meritus torquetur ab auro 11, 130.

torrens, ntis, v. Gewässern brausend, reißend; Subst. m. e. reißendes, wildes Wasser, Gießbach 3, 568. 8, 558. Stygius 3, 291.

torreo, ui. tostum, ēre, dörren, rösten, braten, artus subiecto igni 1, 229. tostus geröstet, polenta 5, 450. hordea tosti grani 14, 273. tostae fruges geröstetes (u. nachher zerstampftes) Brodkorn, Brod 11, 120. caro gebraten 12, 155. crines versengt 2, 263; übertr. v. Fieber, viscera torrentur 7, 554. caecis ignibus 3, 516.

torris, is, m. brennendes Scheit, Feuerbrand, flagrans 8, 457. pruniceus 12, 272; e. angebranntes, ab. erloschenes Scheit 6, 513.

tortilis, e (torqueo), gewunden, bucina crescit tortilis in latum 1, 338. piscis 13, 915.

torus, i, m. e. wulstige Erhöhung, Wulst, dah. d. schwellenden Muskeln des Körpers colla toris exstant 2, 854. tumere toris 14, 283. pectora stant celsa toris 12, 402. moles solidorum tororum 15, 230; beim Stier sind tori die unter dem Hals herabhängende schwammige Haut, die Wampen 9, 82. — gepolsterte Lagerstätte 1, 633. 10, 221. 12, 326. de molli alva 8, 655. dat torum caespes 10, 556. Bett 4, 182. 7, 332. 11, 856. plumeus 11, 610. toro surgere 9, 702. Ehebett, tori consors Ehegenossin 1, 319. socia 1, 620. 8, 521. 10, 268. socius 14, 678. furta tori 4, 174. sternere torum 6, 431. meton. für Ehe 1, 853. torum promittere 7, 91. tuo toro

Ehe mit dir 1, 580. sacra tori Ver-
mählungsfeier 7, 709; Speisepolster 6,
34. discubuere toris 8, 565. 12, 155.
surrexere toris 12, 579; Leichenbett,
tori fratrum 6, 289. componere toro
auf d. Todtenbahre 9, 503.
torvus, a, um, finster, grimmig blickend,
vultus 2, 270. 13, 3. acies 4, 464.
oculi 5, 92. lumina Medusae 5, 241.
Subst. aspicit hanc torvis, verst. oculis
6, 34; zornig, trotzig, Diana 8, 415.
taurus 8, 132. iuvenci 10, 2..7; streng,
ernst, vultus 13, 844. facies 16, 588.
tot, indecl. so viele, iugera 1, 469.
caede tot procorum 10, 624. t. ab
ignibus 1, 264. de t. modo milibus
1, 325. tot caeris 12, 118. tot ac
tanta bona 2, 96. t. verba solchen
Wortschwall 12, 469. nur so viel 2, 29.
nach quot 14, 138.
totidem, indecl. eben so viel, eben so
viele 1, 45. 48. 50. 2, 18. dinst. wie-
derb. 5, 567. m. Gen. totidem feminae
sortis 8, 879. m. folg. quot (s. f.)
toties, Adv. so viel mal, so oft 1,
606. 2, 604. 13, 385. nach quotiens
3, 452. 10, 188.
totus, a, um, Gen. ius, ganz = unge-
theilt, orbis 1, 187. toti orbi 2, 842.
aequor 12, 91. totius Achaidos 7,
504. domus 12, 48. totos montes
12, 507. vicinia 2, 688. toto anno
1, 287. pectore 1, 495. agmine 9,
449. caelo 1, 70. saltu 9, 17. carcere 15, 302. tota domo 11, 609.
Cypro 10, 270. toto in orbe 1, 6.
5, 558. 13, 622. 14, 680. 16, 177.
t. in urbe 7, 452. in t. caelo 4, 189.
in t. Haemonia 2, 542. in corpore
t. 2, 775; totus b. ganze Gestalt 3,
46. 4, 585. 12, 402. in tota an d.
g. Gestalt 4, 796. 5, 481. signa tota
patent in g. G. 3, 114; ganz, ganz
u. gar, völlig, alvus t. patent 4, 765.
aquae t. resident 9, 86. dentes t.
abdidit 10, 715. si quis Athon Pindumve totos everterit 11, 555. non
t. cadet Troia 15, 440. totas sine
labe columbas ganz fleckenlos 2, 537.
1, 250. 5, 275. 7, 179. 11, 385. 14,
97. tota est in imagine poenae lebt
ganz darin 6, 586. 13, 546. — alle,
sämmtlich, in totas terras 1, 251. t.
montes 13, 785. t. carbasa 11, 478.
t. viribus 10, 658. t. ossibus 14, 700.
Toxeus. ëi. m. einer der Thestiaden (s.
f.) 8, 441 [Acc. Toxea].
trabeatus, a, um, mit d. königl.
Staatskleid (trabea) bekleidet, Quirinus
14, 828.

trabs, trabis, f. Balken, longa trab
rectior 3, 78; Baumstamm, Baum
saucia securi 10, 372. deiecta viribus quatri 12, 611. Pl 8, 670. ;
441. 9, 202. solidae 8, 551. silv
frequens trabibus 8, 329. nemu
densum trabibus 14, 360. templ
umbrosa trabibus densis 11, 360.
Trachas, antis. f. gewöhnl. Terracina
Stadt im südl. Latium in d. Nähe der
pomptinischen Sümpfe, obsessa paludibus 15, 717.
Trachin, inis, f. Stadt im südöstl.
Thessalien, Herculea, weil sich Herc
dort zuletzt aufhielt u. sich in der Näh
auf dem Oeta verbrannte 11, 627.
Trachinius, a, um, trachinisch, tellus
11, 269. puppis 11, 502. Subst. Trachinius der Trachinier, Ceyx 11, 282.
tracto, avi, atum, are (traho), gewaltsam ziehen, tractata comis antistita
Phoebi 13, 410. — betasten, berühren,
sua pericla mit s. eigenen Gefahr hän-
deln 8, 197; bearbeiten, cera pollice
tractata 10, 285.
tractus, us, m. das Ziehen, der Zug,
longo tractu mollibat vellera 6, 21.
sulcat harenam tractu squamae 15,
726. longo feriur per aëra Pink 2,
320. — d. Richtung, die c. Zug nimmt,
Strich, venti regunt sua flamina diverso tractu 1, 60.
trado, didi, ditum, ëre (trans-do),
übergeben, alqd alcui 3, 165. 8, 878.
9, 158. loca tibi libera trado zur
freien Benutzung 4, 337. aequora tra-
dri tradita sorte 2, 291. dum traditur während der Uebergabe (des Zu-
ges) 4, 776. tradere alqm alcui 9,
112. 3, 875. als Gattin, tradita
est Pico 14, 336. im Handel, alqm
dominis verkaufen an 8, 872. m. Gerund. Argo servandam tradidit 1,
624. progeniem huic docendam 8,
241. Creten habendam zum Wohnsitz 15, 540; überliefern, ausliefern,
patrium caput 8, 94. penates 8, 91.
patriam dotalem als Mitgift 8, 67.
preisgeben, terras feris populandas 1,
249. — belehrend überliefern, mitthei-
len, lehren, signa veri parentis 1,
764. praecepta volandi 8, 209. artem
8, 568. orgia 11, 93.
traduco, xi, ctum, ëre (trans-duco),
hinüber führen, gentem ad pacis artes
15, 484.
traho, xi, ctum, ëre. ziehen, qua tra-
hitur (vestis), trahit illa cutem (mit
sich) 9, 161. d. Wolle beim Spinnen

ob, Krämpeln, lanam mollire trahendo 2, 411. data pensa 12, 511. vellera nulla digitis 14, 264. currus tractus cervice draconum 7, 218. gewaltsam ziehen, schleppen, schleifen, alqm 6, 600. 636. in stabula 6, 521. in arma vitata in b. Krieg 12, 29. prensam capillis 9, 515. admissum trahens sequitur zerrend 9, 21. Hector circum sua Pergama tractus 12, 591. sua viscera terra 12, 390. per agros 13, 865. 15, 525. gestamina tanta 13, 115. per freta trahar werde mich schleppen lassen 8, 142. mit sich fortziehen, -führen, -schleppen, -reißen, Dardanidas matres 13, 414. harenam 15, 714. stabula alta trahit 8, 553. caelum trahit sidera bei seinem Umschwunge 2, 71; übertr. alqm in facinus 4, 471. diversa trahunt unum duo nomina pectus nach verschiedenen Seiten 8, 464. ne pars sincera trahatur in b. Verderben 1, 191. verleiten, verlocken, sic me mea fata trahebant 7, 816. errore trahi 2, 79. casu cupidine tractus 8, 221. herüberziehen, crimen in se auf sich nehmen 10, 68. nomen tumulati in nebem übertragen 15, 57. — nach sich, hinter sich her ziehen, sequentia traxit nubila in l. Gefolge 3, 299. pallam 6, 705. Sarmaticam crinem 15, 849; übertr. crepuscula trahunt noctem 1, 219. si tua fata nostrum pudorem non traherent secum 9, 479. tantum trahit illa timoris 13, 54. pereat, spemque patris trahat patriaeque ruinam mit sich in b. Vernichtung u. nach sich 8, 498. — an sich ziehen, aquas et ferire et trahere beim Schwimmen fortstoßen u. an sich ziehen 5, 595. tellus elementa grandia traxit 1, 29. lunam b. Mond (bei Mondfinsternissen) durch Zauber anziehen 7, 207; übertr. annehmen, bekommen, colorem nigrum 2, 236. 14, 393. ruborem 3, 482. 10, 595. naturam eandem 5, 505. faciem virorum 1, 412. figuram lapidis 3, 399. squamam 3, 675. aeternum est, a me quod traxit 9, 252. nomen trahere ab alqo 4, 291 (Hermaphroditus). 4, 415 (vespertiliones). 8, 230 (mare Icarium). unde u. traxere Cerastae 10, 223. spinas traxit in exemplum nahm sich zum Muster 9, 341. bibl. trahere ignes Feuer fangen (b. plötzlicher Liebe) 4, 675. calorem 11, 205. — in sich ziehen, ore auras einathmen 2, 230. guttore amnem einschlucken

15, 330. — heraufziehen, -holen, suspiria penitus 2, 753. gemitus a corde 11, 709. — herausziehen, telum 6, 252. 290. 12, 371. de corpore 5, 95. 7, 846. ferrum a vulnere 2, 605. e vulnere 4, 120. — an-, zusammenziehen, vincla galeae 12, 141. — in die Länge ziehen, pedum digitos 11, 72. aures in spatium 11, 176; übertr. u. b. Zeit hinbringen, -ziehen, -schleppen, noctem sermone 12, 159. moram Zögerung schaffen 9, 767. inopem senectam 7, 2. bello tracto per duo quinquennia 12, 561. trálcio (spr. trálicio), ieci, iectum, icere (trans-icio), hinüberwerfen, bibl. arbitrium litis in omnes übertragen 12, 628. — hindurchwerfen, durchbohren, sagitta traiecit utrumque 9, 544. pectora telo 2, 605. fugientia terga sagitta 9, 128. linguam harundine 11, 325. traiectum crus 5, 168. serpens cuspide 4, 571. traiectus terga (Acc. limit.) sagitta 9, 102.

tráměs, ĭtĭs. m. eig. Querweg, Pfad, acclivis, arduus 10, 53. adversus 14, 120.

trans, Praep. m. Acc. jenseit, über, clavam trans ripam miserat hinüber auf 2, 114.

transcríbo (trans-scr.), psi, ptum, ěre, überschreiben, die Guthaben von Einem auf b. Andern; bibl. übertragen, spatium vitae tuae cuiquam auf Jmd. e. Stück von deinem Leben 7, 173.

trans-curro, cucurri u. curri, rsum, ěre, vorüberlaufen, praeter oculos 14, 359.

trans-eo, ii, ĭtum, īre, hinübergehen, über e. Fluß 10, 72. blanditiae transire solebant 4, 70. übergehen, spiritus e feris humana in corpora 15, 167. transierant ad opus palaestrae 6, 241. victor ad Euagrum transit ihn zu bekämpfen 12, 290. übertr. vitium mentis transit in lumina 4, 201. in iram 8, 108. annus post ver in aestatem 15, 205. — sich verwandeln, in plures figuras 8, 730. in humanam usw. 11, 644. ignis spissatus in densum abiit 15, 250. — transf. überschreiten, Maenala 1, 216. summa linea plagarum transibat überspringen 7, 768. durchschreiten, spatium (Acc.) inveniae 15, 226. vorbeigehen, templa 10, 688. Aethiopas 1, 779. vorbeifahren, Carthela moenia 7, 363. vorbeilaufen, überholen 10, 661. 10, 672.

trans-fero, tuli, lātum, ferre, hinübertragen, -bringen, bella non tran-

fert 12, 25. patrium penetrale in
novas sedes 15, 34. Phorcynida in
illam partem hinüberwenden 5, 230.
cum sint huc illa, haec illuc translata versetzen 15, 258; bildl. übertragen, odium in alqm 8, 256. amorem in marea 10, 84. Aetoam trans-
latam ferre pectora 13, 868. verwandeln, in species translata novas
15, 420.

transformis, e, was seine Gestalt verwandelt, wandelbar, corpora 8, 871.
[Nur Dv.]

trans-formo, āvi, ātum, āre, umgestalten, verwandeln, membra in iuvencos 10, 237. cuncta in segetem
transformabantur 13, 654. in scopulum transformata foret 14, 74.

transĭtus, ūs, m. Uebergang, Durchgang, verbis datus est tr. ad aures
4, 77; bildl. Uebergang aus e. Zustande
in e. andern, membra exilibus brevis est tr. in undas 5, 434. quo tr.
inde paratur 15, 469. aus e. Farbe
in d. andre 6, 66.

trans-lūceo, ēre, durchscheinen, in li-
quidis translucet aquis 4, 354.

trans-mitto, mīsi, missum, ēre, über
e. Raum setzen, ihn durchmessen, quantum cursu funda transmittere potest
4, 710.

transtrum, i, n. **Ruderbank.** Pl. 14,
554.

tremĕbundus, a, um, zitternd, zuckend,
membra 4, 133.

tremesco u. **tremisco,** ēre, erbeben,
montes tremescere iubeo 7, 205. tremiscere motu 7, 637. omnem ad
strepitum tremescens 14, 211.

tremo, ui, ēre, zittern, erzittern, illa
tremit 8, 597. 9, 214. patriae manus tremuere 8, 211. tremens constitit 15, 223. tremens anus 8, 660.
trementi dextra 8, 511. 9, 521. passu 7, 278. tellus tremit 5, 356.
sequor 4, 138. postes 4, 486. templi fores 9, 783. tremens sagitta 6,
285. tela 12, 98; vor etw. Acc. (meist
bildl.) offensam Iunonem 2, 510. non
mea mors, verum sua vita illi tre-
menda est ist für sie furchtbar 13, 464.
tremendus furchtbar, oculos ira tre-
mendos fecerat 3, 577.

tremor, ōris, m. Zittern, Beben, subitus occupat artus 3, 40. penetrat
in artus 10, 424. me invasit 14,
710; bei Erdb. magno tremore 2, 278.
Pl. 2, 699. 15, 798. orbis 15, 271.
Tremor als Dämon des Schreckens 8,
790.

tremŭlus, a, um, zitternd, palmae
manus 10, 141. manus annisque metuque
414. tr. gradu 14, 143. passu
212. horrore 1, 445. motu 8, 8.
harundo 8, 217. 11, 120. omn...
226. palma 13, 395. tremulae ser-
pantur vestes flatternd 2, 875.

trepĭdo, āvi, ātum, āre, in zitternd
Bewegung sein, zitternd sein u. bereit
6, 294. pectus schlagen 1, 554. al-
artus sub dentibus zucken 14, 15.
exta trepidantia 15, 576. v. Vo[g]
in d. Schlinge, trepidans zappelnd i
74. bes. vor Unruhe, Angst zittern
beben 1, 251. trepidant haud seti
omnes, quam colet urbs trepida
11, 584. praecordia 13, 945. pec[t]
formidine 2, 88. morte futura v[..]
13, 74. trepidantes umbrae 5, 35[.]
trepidante penna 1, 506. 5, 605;
Tone sonus trepidans 14, 739.

trepĭdus, a, um, in zitternder B[e]
wegung, zitternd, bebend, venae schl[.]
gens 6, 389. insania trepido vult[u]
anstatt 4, 495. bes. v. Angst 2, 19[.]
3, 716. 5, 123. Trachinius trepi[.]
oria (Gen. quad.) 11, 351. tr. pe[.]
4, 100. tr. moto 11, 351. verjag[t]
jaghaft 15, 151. cives 13, 821. um
cus 13, 62. cervi 3, 356. columba[e]
5, 605.

trēs, tria, drei, tres 2, 798. tria
297. trium 2, 131. tribus 7, 150.

tribŭlus, i, m. Burzeldorn, e. stachlig[.]
Unkraut, Pl. 5, 485. asperior tribul[.]
13, 803.

tribuo, ui, ūtum, ēre, zu-, ertheilen
dona 3, 462. turis honorem 14, 12[.]
vocabula monti 14, 621. me tribu-
ente von mir ertheilt, aus m. Han[d]
9, 45. quod possum tribuisse (o[.]
Inf.) gewähren 5, 225. nomini al[.]
tribuere deorum beilegen 8, 89.

tribūtum, i, n. Abgabe, Tribut, lämel[.]
tabula 8, 263.

trĭceps, cĭpĭtis (caput), **dreiköpf[ig]**
Hecate 7, 194.

trĭcuspis, ĭdis, dreispitzig, tricuspid[.]
telo Dreizack 1, 330. [Nur Dt.]

tridens, ntis, dreizackig, Subst. m.
Dreizack, e dreizinkiger Speer zum Er[-]
legen großer Fische, Attribut Neptun[s]
tridenti imo terram percussit 1, 28[.]
longo 6, 75.

Tridentĭfer, ĕri, m. d. Dreizackträger
Neptun 8, 595. [Nur Dt.]

tridentĭger, ĕri, d. Dreizack führend
cum tridentigero genitore profund[i]
Neptun 11, 202. [Nur Dt.]

triennia, um, n. (verst. sacra) = sacr[a]

trieterica, das alle zwei (ob. Anfangs- u. Endjahr mit gerechnet, also drei) Jahre wiederkehrende Bacchusfest, repetita 9, 642. [Nur hier.]

trietēricus, a, um (τριετηρικός) alle zwei (s. b. vor.) Jahre wiederkehrend sacra Bacchi (wie z.B. in Theben) 6, 587. Auch in Thracien herrschte Bacchuscultus.

trifidus, a, um (findo), dreispaltig, -zackig, flamma d. Blitz 3, 325.

triformis, e, dreigestaltig, des Hecate (b. l.) 7, 94. mundus aus Himmel, Erde, Meer bestehend 15, 859.

Trināeria ae [s. 470]. u. Trinācris, idis [s. 547]. f. alter griech. Name (Τρινακρία, Τρινακρίς) der Insel Sicilien von ihren 3 Vorgebirgen (τρεῖς ἄκραι).

trio, ōnis, m. (tero) d. Drescher ob. Pflüger, Pl. Triones, d. Sternbild des Wagens ob. großen Bären am nördl. Himmel, aus 7 Sternen bestehend, wovon 4 den Wagen, 3 d. Deichsel vorstellen, gelidi 3, 171. inter Triones flexerat obliquo plaustrum temone Bootes 10, 446. gewöhnl. aber septem Triones 2, 528. meton. septemtrio (septentr.) d. Mitternachtsgegend, d. Norden, m. Emath., septemque trionem iuravit boreas 1, 94. [Verstärkt.]

Triopēis, idis, f. die Triopeïn, Mestra, d. Tochter des Erysichthon, als Enkelin des thessal. Königs Triopas 8, 872 [Acc. Triopeïda].

Triopēius, ii, m. der Sohn des Triopas, Erysichthon 8, 761.

triplex, icis, dreifach, forma 9, 138. regnum (b. l.) 5, 368. mundus (b. l.) 12, 40. triplici ordine 3, 34. cuspide Dreizack 12, 594. Pl. dicht. drei, v. drei zusammengehörigen Ggst. Minyeides 4, 425. d. drei Parzen, deae 2, 654. sorores 8, 452. d. drei Rachegöttinnen, deae poenarum 8, 481.

Triptolēmus, i, m. Sohn des Königs Keleos u. Eleusis in Attica, verbreitete auf Befehl des Ceres den Ackerbau 5, 646.

tristis, e, traurig, betrübt d. Miene ob. Gemüth 5, 506. 7, 487. 730. fr. mit 13, 544. 9, 270. 10, 141. 12, 542. voce 7, 517. ore 11, 469. dicta sororum 8, 354. di non tristes gar nicht finster gesinnt 4, 187. nec locus ullus tristis est in urbe 7, 452; traurig anzusehen, solum 8, 782. domus 2, 765. ponti imago düster 11, 427. solis imago 15, 785. nubila finster 6, 690. vulnera 3, 57. 10, 187. 15, 92; traurig = m. Trauer

ob. Unglück verbunden, letum 15, 762. fata 10, 163. officium 12, 4. ins sepulcri 13, 472. omina 10, 791. in b. Wirkung, morbi 7, 801. medicamen 6, 140. betrübend, indicium 1, 650. munus 9, 4. — übertr. streng, hart, grausam, facinus 6, 623. supplicium 10, 484. sententia Verdammungsurtheil 15, 43. sera 14, 710.

tristitia, ae, f. Traurigkeit 9, 397.

trisulcus, a, um (sulcus), dreifurchig, dreispaltig, ignes Blitze 2, 848.

tritīceus, a, um, von Weizen, messes d. Weizenernte 6, 486.

Tritōn [11, 849], ōnis, m. Sohn des Neptunus u. der Amphitrite, ein Meergott mit d. Oberkörper eines Mannes, der unten in e. Fisch endigt. Er bläst auf e. gewundenen Muschel, Tritona canorum 2, 8. caeruleum, umeros innato murice tectum 1, 332 ff.

Tritōnia, ae, f. Beiname der Minerva v. e. böotischen Waldbach Triton, nach Andern von dem libyschen See Tritonis, wo sie geboren sein sollte 2, 783. 6, 384. 270. 6, 1.

Tritōniācus, a, um, 1) der Tritonia (Minerva) angehörig, harundo die von Minerva erfundene Flöte, die sie jedoch wegwarf, weil sie beim Blasen das Gesicht entstellte, worauf Marsyas sie fand, 6, 384. — 2) Tritoniaca palus e. See in Thracien 15, 358.

Tritōnis, idis [s. 107]. u. idor [s. 547]. f. = Tritonia (s. d.). — Adj. f. der Tritonia (Minerva) angehörig, Tritonide arcem d. Athen 2, 794. in urbem 5, 645.

triumpho, āvi, ātum, āre, e. Triumph feiern; bibl. triumphieren, frohlocken, victrix inimica triumphat (als) 6, 282.

triumphus, i, m. der Triumph, b. feierliche Einzug siegreicher Feldherren in Rom bis auf d. Capitol, wobei d. Soldaten den Ruf io triumphe! anstimmten 15, 747. triumphum agere einen Triumphzug aufführen 15, 757. canere den Triumphruf anstimmen 1, 560. carru laetos imitante triumphos ähnlich wie beim Triumph 13, 252; bibl. Orphens triumphus (f. titulus) 11, 22. laetos molire triumphos 14, 719.

Trivia, ae, f. die an Kreuzwegen verehrte Zaubergöttin Hecate, u. da diese mit d. Mondgöttin vermengt wurde, auch = Phöbe ob. Diana 2, 416.

Troas, ădis, f. Trojanerin, Hecuba. [Acc. Troada 13, 566. Pl. Troades 13, 481.]

Troes, um, m. die Trojaner 12, 67

[Gen. Troëzin 15, 342. 321. 11, 265. Acc. Troëzin 2, mm. 578.]

Troezen, ēnis, f. Stadt an d. Ostküste v. Argolis in der Peloponnes, v. Pittheus, einem Sohne d. Pelops, beherrscht bah. Pittheïa 6, 418. [Acc. Troezena 15, 296. 506.]

Troezēnius, a, um, trözenisch, heros, Celer 6, 565.

Troïcus, a, um, trojanisch, corpora 12, 604. Vesta 15, 730.

Troïus, a, um, trojanisch, heros Aeïacus 11, 373. Aeneas 13, 665.

Troïa, ae, f. d. Stadt Troja in Kleinasien 11, 757. 13, 226. 325. 420, 429. 500, 623, 655. 15, 440. 442. alta 13, 197. ingens 13, 169. nunc humilis 15, 424. Ihre Mauern v. Laomedon m. Hülfe Apollos u. Neptuns erbaut (nova bell erst v. Jlus gegründet) 11, 199 ff. avara 11, 208. bis portura moenia Troïae (v. Hercules erobert) 11, 215. cassa Troïae 13, 577; meton. für die Bewohner, quid perfida Troïa pararet 13, 426. — simulata das v. Helenus in Epirus erbaute Troja 13, 721.

Troïānus, a, um, trojanisch, moenia v. Hercules erobert 13, 23. tempora b. Heiden des troj. Krieges 8, 365. res Staat 15, 437. fata v. Schicksale Troïas 13, 336. b. Untergang Tr. 13, 54. — Subst. Troïānus e. Trojaner, Troïane Aeneaë 14, 110. Pl. Troïani 14, 702.

truculentus, a, um, ingrimmig 13, 558. truculentior unus 13, 803.

trunco, āvi, ātum, āre (truncus), stutzen, etw. Laths abblatten 8, 647.

truncus, i, m. d. Stamm eines Baumes 8, 747. avernus 3, 316. Pl. 2, 358. longi 4, 365. de gemino corpore aus d. beiden Leibern entstanden 8, 720. — d. Rumpf des menschl. Körpers, recto trunco 2, 822. 7, 640.

truncus, a, um, um einen ob. mehrere Theile verstümmelt, inguina 14, 67. membra carinae 11, 560. corpus der Glieder beraubt 5, 680. frons des Cornea 9, 1, 86 (protept). m. Abl. trunca disïectis membris volnera b. blutigen, der abgerissenen u. zerstreuten Gliedmaßen beraubten Stumpfe 3, 724. animalia trunca sui numeris noch unvollständig an ihren Gliedern 1, 428. rupes truncas pedibus 13, 376.

trux, trucis, grimmig, trotzig, rauh v. Omne 3, 211. aper 10, 715. tauri 7, 111. 8, 297. 9, 81. cursus 15, 603. t0, ov. nachdrückl. 2, 49. 88. 102. verschl. 1, 461. tunc (anaphor.) 9, 211. anaphor. 1, 653. 4, 13. t8. 1, 559.

11, 4. tibī dir selbst 2, 596. tu tū bu für dich selbst 2, 141. cura tū um dich 10, 623. 14, 724. *Pl.* yō lhr, nachdr. 1, 2, 3, 546. 547. 557 vosne 8, 588. 540. xōhls 13, 136 138. [tibī] 2, 84. 88. 141. 148. tibī 1, 466 769. 3, 691. 10, 565. 15, 441. illīque (Verösal. 6, 454. 15, 443.]

tuba, ae, f. grades Blasinstrument m. trichterförmiger Oeffnung, Trompete Kriegsposaune 4, 535. directi aeris 1, 98. *Pl.* 10, 652. terribiles 15, 784.

tūber, ĕris, n. Anschwellung am Körper, Geschwulst 3, 846.

tūbicen, ĭnis, m. (tuba u. cano) d. Trompeter, bellicus im Kriege 3, 705.

tueor, ĭtus sum, ēri, anschauen, betrachten, caelum 1, 86. terram zur Erde schauen 10, 399. corpus 11, 722. anblicken, alqm torvis oculis 6, 92. 6, 621. erblicken, alqd 11, 716. — auf etw. sehen = in Obhut nehmen, bewahren, alqm patrio amore 8, 499. delubra 6, 707. mediam tuebere quercum 1, 563. commissa sine fraude 2, 558; übertr. schützen, vertheidigen, litus 12, 66. regna 13, 416. armis causam tuentibus 8, 62. dextra cornua beden 8, 360. Rutulos für sie kämpfen 14, 455. pecus in tuendos homines natum zum Schutz (durch Kleidung) 15, 118. [D. dreisilb. Formen Verösal.]

tum, Adv. e. bestimmten Zeitpunkt bezeichnend: der Vergangenh. damals, da 1, 154. 439. 2, 237 (anaphor.) 12, 446 (neb. tunc). tum denique, tum demum, tum vero s. denique, demum, vero; tum primum damals zuerst 2, 171. anaphor. 1, 119. tum quoque auch da, damals 1, 527. 5, 51. 14, 309. auch da noch 3, 504. 4, 838. 13, 571. 11, 737. tum, cum damals, als 6, 119. 831. 7, 361. 8, 19. 13, 478. dann, wann 6, 10; der Gegenw. tum cum servo dann wann 13, 692; der Zust. tum cum crucia-bere dann wann 2, 651. 9, 282. hoc si patiar, tum facebor 7, 32. — Folge in d. Zeit bezeichnend, dann, alsdann, hierauf 1, 26. 699. 2, 122. 3vz. 3, 650. zugleich e. verb. dic. vertretend, hierauf, tum senior 12, 182. 13, 640. [tum primum, quoque, vero nach Verösal. hrsg. tum hierauf.]

tŭmĕfăcio, fēci, factum, ĕre, anschwellen machen, extentam tumefa-cit humum = ita ut extenderetur 15, 303. tumefactus pontus angeschwollen 11, 518.

tŭmeo, ēre, angeschwollen sein, strotzen 8, 807. lingua tumet aspera 7,
556. gravidus venter 10, 505. corpus veneno 3, 33. colla toris 14,
383. *Part.* tumeus schwellend, geschwollen, spumis tumentibus 7, 263.
uvis 14, 661. Achelous imbre 8,
549. — bildl. sich blähen, übermüthig
sein, Pontus tumens Mithridateis no-
minibus 15, 755.

tŭmesco, tumui, ĕre, schwellen, auf-
schwellen, inflata colla tumescunt 4,
577. guttura tonuerunt plenis venis 3, 31. freta ventis 1, 40.

tŭmidus, a, um, geschwollen, Python
giftgeschwollen 1, 460. echidnae 10,
313. phoce geburnseu v. Fett 7, 389.
schwellend, uvae 15, 77. fluctus Wogen 11, 480. aquae 14, 4. aequor
14, 544. profundum 11, 202. bildl.
aufbrausend, ira 2, 602. 8, 437. 13,
559. — bildl. v. Stolz aufgeblasen,
stolz 8, 396. auf etw. imagine falsi
genitoris 1, 754. successu 8, 495.

tŭmor, ōris, m. Anschwellung, loci
15, 305.

tŭmŭlo, āvi, ātum, āre, bestatten,
quem tumulavit alumnus Aeneas
Amte Cajeta, hier für das nach ihr be-
nannte Vorgebirge, wo sie beerdigt wurde
15, 710. ut manibus amicis tumu-
letur 11, 666. neu sim tumulandus
ab illa 8, 710. tumulatos parvā harenā unter e. niedrigen Sandhügel 7,
361. *Subst.* tumulatus der Bestattete
15, 57.

tŭmultus, ūs, m. lärmende Unruhe,
Getöse, Getümmel, tumulta 11, 384.
Pl. repentinos 5, 5. magnos Auf-
ruhr 15, 794. aetherios himmlischer
Donnersturm 3, 302. [Gerassel.]

tŭmŭlus, i, m. Erdhügel 1, 301. 11,
4. 15, 296. altus 8, 843; bes. Grab-
hügel, Grabmal 4, 95. 7, 613. 8, 589.
13, 421. harenae 4, 242. avorum
13, 425. genitoris des Anchises, der
schon bei Aeneas erster Anwesenheit in
Sicilien gestorben war 14, 64. tumulo
dare corpora 7, 328. tumulo ponere corpora 8, 235. componi 4, 157.
condi 14, 176. tumulo quoque sensimus boatem auch noch im Grabe 13,
504. tumulo solacia posco bb. für
d. Todten im Grabe (l. solacium) 7,
483. tumuli sine corpore leere (κε-
νοτάφια) die man auf dem Meere Ver-
unglückten ob: solchen, deren Leichnam
nicht zu erlangen war, errichtete 11,
429. ebenso tumulus nomen habens
mit bloßem Namen 12, 2 u. das dem

Achilles in Thracien errichtete Kenotaph
13, 453.

tunc, *Adv.* (a. tumce) e. bestimmten
Zeitpunkt bezeichnend, bes. der Vergan-
genheit, damals 1, 721. 739. 2, 234.
310. 679. 5, 117. 626. 8, 239. 12, 440.
15, 11. tunc primum — tunc supremum 12, 596. t. denique da endlich, da erst 5, 310. 471. iam t. (als
ganz kleines Kind) 9, 315. t. quoque
auch damals 1, 339. 4, 915. auch danach 6, 393 (unter d. Qualen des Todes), 8, 408 (nachdem sie ihr Haus zu
Grunde gerichtet), 11, 745. t. cum damals als 13, 349. 473, 14, 177; der
Gegenw. dann, t. Tethys adlat vereri
1, 68. t. herba recens turget 15,
202. 204. — zeitl. Folge bezeichn. dann,
hierauf 4, 329. 5, 318.

tundo, tutŭdi, tunsum u. tūsum, ĕre,
schlagen, humum ossibus oris 5, 291.
pectora als Zeichen d. Trauer 8, 536.

tŭnĭca, ae, f. das unmittelbar auf d.
Leibe getragene, meist kurzärmlige Un-
terkleid d. röm. Männer u. Frauen, Tu-
nica 1, 398. *Pl.* v. einer, remissae
5, 399.

turba, ae, f. Lärm, Getümmel, Gewühl einer Menge, regia resonabat
confusa turba 12, 211. sacri beim
Opfer 12, 33. überh. t. rotarum Getümmel 2, 212. — meton. e. ungeord-
neter Haufe, Schwarm, Schaar, atria
turba tenet 12, 53. supplex 1, 92.
lanigera 1, 747. furens 3, 716. rustica vetant 6, 348. comitum 9, 145.
procorum 10, 568. matrum 7, 50.
sororum 5, 305. Volk als ungeord-
nete Masse, omnis turba ruit 8, 529.
tuorum castrorum 12, 288. Ggs. dux
14, 232. Quirini b. röm. Volk 14,
607. Masse, vaga 15, 221. iacien-
tium nocet iactis (telis) 8, 300. tibi
turba comes 13, 352. virtutem turbae
succumbere 5, 177. turbam accedere
daß d. Masse zunehme 4, 442. iron.
v. einer kleinen Zahl terrarum nos
duo turba sumus sind wir zwei d.
Volk 1, 355. Latonae turba von beren zwei Kindern 6, 200; v. Thieren
u. lebl.] Ggst. circumsona canum 1,
728. volucrum 5, 301. 10, 144. pis-
cium 13, 959. arborum 10, 106.
ignis turba ipsa voracior est gerabe
durch d. Masse des Stoffes um so gefräßiger 8, 839.

turbidus, a, um, aufgeregt, stürmisch,
seditio 9, 427.

turbĭneus, a, um (turbo, inis), wirbelnb, kreisend, vertex 6, 558. [Nur hier.]

I) **turbo**, āvi, ātum, āre, in Verwirrung, Unordnung bringen, notas 6, 190. festa stören 4, 38. convivia 12, 222. omnia turbasti alle menschl. Ordnung verwirren 6, 537. turbati capilli 8, 859. turbata capillos (*Acc. limit.*) das Haar verstört 4, 174. stürmisch erregen, in Aufruhr bringen, aëra et aequor 14, 545. mare turbatum 7, 154. trüben, fontem turbarat 3, 410. aquas lacrimis 8, 475. lacus pedibusque manuque 6, 354. flumen imbre turbatum 13, 880. — geistig in Verwirrung, Bestürzung versetzen, alqm 12, 134. omine 9, 572. quadrupedes metu turbantur scheu werden 15, 517. turbatus bestürzt 2, 170. imagine novi facti 8, 46. specie viri 11, 677. anxia pectora (*Acc. limit.*) turbatus 11, 411.

II) **turbo**, inis, m. b. Wirbel des Windes, Wirbelwind, Sturm, nimbosus 11, 561. venti 6, 310; bildl. miserarum rerum Sturm des Unglücks 7, 614. — kreisförmige Windung, bucina crescit ab imo turbine in latum 1, 336.

tūreus, a, um, zum Weihrauch gehörig, virga e. Weihrauchreis 4, 255.

turgeo, rui, ēre, schwellen, strotzen, herba b. Saft 15, 203.

Turnus, i, m. kriegerischer Fürst der Rutuler in Latium, welchem vor b. Ankunft des Aeneas b. Tochter des Latinus, Lavinia versprochen gewesen war. Sein Krieg m. Aeneas u. sein Tod 14, 451 ff. 15, 773.

turpis, e, häßlich, garstig v. Aussehen, muscus 1, 373. hydri 4, 801. nec turpe puta, quod 11, 847. turpis (est, sine frondibus arbor ebba.) — in sittl. Sinne schimpflich, schmachvoll, tempora turpi onerata pudore 11, 180. linguae schandbar 6, 374. optat fieri turpis zum Schimpf zu werden 4, 188. turpe erat contendere sed cedere visum turpius 6, 315. 3, 0. 13, 308. turpe habetur m. *Inf.* 10, 325. turpe est m. *Acc. c. Inf.* deum mortali cedere 9, 16.

turpiter, *Adv.* schimpflich 4, 187.

turris, is, f. Thurm 1, 290. ardua 11, 392. celsae 3, 61. altae 4, 48. e summae culmine turris 5, 291. regia des Königs 8, 14. *Pl.* v. einem turribus e summis von b. Zinne des Th. 8, 10. — Kriegsthurm zur Vertheidigung ob. zum Angriff der Mauern, plenas milite 6, 359.

turritus, a, um, mit Thürmen versehen, bethürmt, Mater Cybele, b. eine bethürmte Mauerkrone auf b. Haupt trug 10, 696.

tūs, tūris, n. Weihrauch, das wohlriechende Harz einer arab. Staude 7, 592. sacrum 14, 130. turis lacrimae 11, 394. honor 10, 681. 14, 128. acerra, custos turis 6, 288. 13, 703. ture dato flammis 13, 636. *Pl.* tura (nur je) ligno sudata 10, 308. Weihrauchspenden, opfer 2, 289. pia 6, 161. fumabant 10, 273. sonant 15, 733. ferre in aras 1, 240. dare 3, 733. flammis 9, 159. congesta liquefacere flamma 7, 161.

Tuscus, a, um, tuscisch, etruscisch, zu Etrurien ob. Tuscien in Italien gehörig, profundum b. Meer zwischen b. Westküste Italiens u. Sicilien 14, 223. flumen die aus Etrurien kommende Albula, nachher Tiberis genannt 14, 615. — = Tyrrhenus, weil nach e. alten Sage die Etrusker ob. Tusker in Italien von aus Lydien eingewanderten Tyrrhenern abstammen sollten, urbe 8, 624.

tūtēla, ae, f. der Schutz, Minervae 2, 563. — meton. b. schützende Person, Schutz, Wächter, prorae b. Untersteuermann (proreta) der seinen Posten im Vordertheil des Schiffes hatte 3, 617. templi tutela fuere 8, 711. E. Pelasgi nominis Schirm 12, 612.

tūtō, *Adv.* sicher, ohne Gefahr 11, 64.

tūtus, a, um (tueor), gesichert, sicher 1, 91. 196. tutum me copia fecit 6, 194. medio tutissimus ibis 2, 137. tutus iaculo 7, 808. praeside deo 1, 694. moenibus urbis 8, 200. loco 8, 368. vestro favore beschirmt 9, 246. sub imagine Achillis 13, 273. tutus limes patet 7, 443. vin maris 11, 747. tuto mari (*Abl. abs.*) bei sicherm M. 9, 591. vor etw. ab hospite 1, 144. a coniuge 8, 316. a ferro 13, 498. — gefahrlos, tutus potiere sceptro 15, 585. praeda 10, 537. non est tua tuta voluntas 2, 52. audacia 10, 544. tutior est requies 8, 557. neque adhuc tutum putant contingere aprum 8, 423. tutius est contendere e. sicherer Weg ist es 13, 2. — sorglos, ohne Sorge, tutus eas 2, 698. — *Subst. neutr.* quin tuta times Gefahrloses 7, 47. tuta petere e. sichern Ort, Sicherheit 10, 711.

tuus, a, um, dein, m. Nachdr. temeraria vox mea facta tua est 2, 51. neque praedone marito filia digna tua est, si iam mea filia non est (digna praedone marito) 9, 522. dein eigen 2, 291. 4, 148. 6, 371. 8, 502. non sum tuus gehöre dir nicht an 14, 378; b. enge Beziehung andeutend, tua carissima Thisbe 4, 143. t. Proserpina 5, 505. tui Herculis beines Vaters H. 12, 573. *Subst.* tui, orum, die Deinigen, pietas tuorum beiner Freunde u. Anhänger 1, 204. cura tuorum für b. Mitbürger 12, 602.

Tyānēïus, a, um, von Tyana, einer Stadt in Cappadocien, incola 8, 719. (Lesart zweifelh., weil b. Geschichte in Phrygien spielt; Anb. Thincïus, Dinïeïus.)

Tydīdes, ae, m. b. Sohn des Tydeus, Diomedes (b. f.) 12, 622. 13, 68 u.ö.

tympănum, i, n. [Rel. var tympana] Handtrommel, -pauke, hauptsächl. beim Dienst des Bacchus u. der Cybele gebraucht 4, 391. 11, 17. inania 9, 537. cava 12, 481. impulsa palmis 4, 29.

Tyndărĭdae, arum, m. b. Zwillingssöhne des spartan. Königs Tyndareus u. ber Leba, Castor u. Pollur, gemini 8, 301. ersterer als Rossebändiger u. Wagenlenker 12, 401, letzterer als Faustkämpfer mit b. caestus berühmt. Bei b. calydon. Jagd auf weißen Rossen 8, 172. Später wurden sie unter b. Namen Zwillinge ob. Dioscuren unter b. Sterne versetzt 8, 371.

Tyndăris, ĭdis, f. b. Tochter des Tyndareus, Helena (b. f.) 16, 233.

Typhōeus, ĕi, m. (Τυφωεύς) e. Ungeheuer, welches b. Erde mit bem Tartarus zeugte, um sich an Jupiter für b. Tob der Giganten zu rächen, terrigena 6, 325. Er hatte hundert feuerspeiende Drachenköpfe u. hundert Arme, centimanus 8, 303, u. b. Götter flohen vor ihm, als er b. Himmel stürmte, nach Aegypten, wo sie sich in Thiere verwandelten 5, 321. Doch Jup. bändigte ihn burch b. Blitz u. warf b. Insel Sicilien auf ihn 6, 118. 351. [Acc. Typhoëa vierslb. 5, 291. 225. 348. Dreislb. u. Genit. ber selben lauten im c. 2. b. 300.]

tyrannis, ĭdis, f. Gewaltherrschaft 16, 61.

tyrannus, i, m. Gewaltherr, bes. in e. Freistaate 16, 602. — überh. Herrscher, Gebieter, Neptun 1, 276. Pluto 6, 552. infernus 5, 608. imus 4, 444. Aeolus, Aeolius (b. f.) 14, 232. Boreas, gelidus 8, 711. Turnus 9, 438. ferus 8, 649. saevus 8, 681. Cepr 11, 278. Polymestor 13, 565. Laomedon, Phrygius 11, 203. [Eine Bezeichn.]

Tyrius, a, um, tyrisch (s. b. folg.), gens 3, 35. virgines 2, 845. paelex Europa 3, 258. colores Purpurfarben 9, 310. sucus 6, 222. ostrum 10, 211. murex 11, 166. chlamys m. tyr. Purpur gefärbt 5, 61. aënum tyr. Farbkessel 8, 61; meton. = purpurn, flores 5, 390.

Tyros, i, f. Stadt in Phönicien, seit b. Eroberung burch Nebucadnezar auf e. Insel nahe an b. Küste, die jedoch burch Alexander b. Gr. mittelst eines Dammes m. b. Festlande verbunden wurde, Phoenissa 16, 208. hac sede Tyron posuistis habt ein (neues) Tyros bb. e. neue Vaterstadt statt b. alten gegründet 3, 689.

Tyrrhēnia, ae, f. griech. Benennung b. Etrurien in Italien, weil b. tyrrhenischen Pelasger, die auf b. Küsten u. mehreren Inseln des ägäischen Meeres, namentlich auch in Lydien wohnten, einer Sage nach von bort nach Etrurien in Italien wanderten; meton. für b. Bewohner 14, 452. Der etrusc. König Mezentius nahm auf Turnus Seite am Kriege geg. Aeneas u. Latinus Theil.

Tyrrhēnus, a, um, tyrrhenisch, zum Volk der tyrrhenischen Pelasger gehörig, gens 3, 576. corpora b. Leiber b. tyrrh. Schiffer 4, 22. *Subst.* Tyrrhenus e. Tyrrhener 9, 696. — etrusisch, gens 16, 570. arator 16, 563. aequora 14, 9.

U.

I) **über**, ĕris, n. b. nährende Brust, Euter, v. Menschen u. Thieren, pleno in ubere 16, 117. distentum (in) cruribus (ita) ut vix circumeant 13, 826. Pl. lactantia 8, 342. 7, 521. materna 9, 358. inania 10, 392. dare 4, 824. pressanda dare manibus 16, 472.

II) **über**, ĕris, reichlich, reich, uberibus aquis 9, 31. v. Fluß wasserreich, uberior solito 9, 106. nec uberior ulla aetas üppiger im Wachsthum 16, 208; an etw. All. arbor uberrima pomis 4, 82.

ubī, Adv. örtl. wo, relat. 1, 689. 2,

814. illic, ubi 1, 294. 2, 516. m. *Conj.* — von der Art, daß daselbst 1, 302. — um daselbst (auf e. Person bez.) 9, 276; frag. dir. 4, 592. ubi est, ubi sunt — ist ihrer vergessen? 8, 496. indir. 1, 606. 2, 233. 4, 438. — zeit. als, wann, sobald als, meist m. *Ind. Perf.* 1, 32. 177. 318. 337. 371. 422. 430. 434. 673. 2, 765. 833. 3, 70. 4, 377. 5, 59. 177 u.ö., m. *Praes. hist.* 4, 390. 6, 686. 9, 633. ubi primum sobald als 14, 335; m. *Praes.* wann 3, 111. 7, 107. 12, 588. 15, 603; m. *Fut.* wann, 15, 352; m. *Plusqpf.* so oft als 2, 412. 5, 444. 11, 116. 612. saepe ubi oft wann 4, 71. [Als Zeitpart. fast immer im 1. B. nach e. daktyl. Wort. selt. (5, 444. 11, 588. 14, 768) nach e. zweisilb.; Ausnahmen 1, 337. 2, 44. 418. 7, 545. 8, 763. 11, 114. 464. 576. 15, 608.]

 übicumque, *Adv.* wo nur immer 7, 786.

übique, *Adv.* überall 1, 214. 4, 417.

üdus, a, um (a. uvidus), naß, feucht 11, 656. paludes 1, 418. harena 3, 599. capilli 5, 440.

ulciscor, ultus sum, i, sich rächen, Rache nehmen 13, 546. ultus nach genommener Rache 11, 194. für Jm. ob. etw. *Acc.* fratrem 8, 442. 12, 576. 603. ultus parente parentem für d. Vater durch Ermordung der Mutter (s. Oeclides) 9, 407. se für sich 7, 397. necem Androgei 7, 458. laesum pudorem 7, 751. nefas 8, 483. matris ignes 10, 524; an Jm. *Acc.* ihn strafen, ihm vergelten, uno duas (spernentem et sequentem) ulcisceris facta obwol nur bei ersterer d. Rache d. Rede sein kann) vergilt (Anb. duos bh. te et me) 14, 86.

Ulixes, is, m. auch Ulysses (Ὀδυσσεύς) d. Sohn des Laertes, Laertiades 13, 48. Laërte creatus 12, 625, nach Andern des Sisyphus, sanguine cretus Sisyphio 13, 31. Urenkel des Jovis 13, 143 u. durch s. Mutter Anticlea, eine Tochter des Autolycus, zugleich Mercurs 13, 146, König v. Ithaca u. den benachbarten Inseln, Ithacus 13, 98. 103. der klügste u. schlaueste unter d. Griechen vor Troja, experiens 14, 159. fallax 13, 712. timidus qui audax 14, 671. facundus 13, 92. Der Theilnahme am Kriege suchte er sich zu entziehen, weil ihm geweissagt war, er werde von Troja erst nach zwanzig Jahren ganz allein u. als Bettler heimkehren. Als er sich jedoch wahnsinnig stellte u. vor d. Pflug, womit er ackerte, einen Esel u. Stier spannte,

so legte Palamedes (b. s.) Ulysses' kleinen Sohn Telemach vor d. Pflug, worauf d. Vater auswich u. dadurch seine Verstellung verrieth 13, 36. Durch List gewann er selbst hierauf den Achilles zur Theilnahme am Kriege 13, 165. Als Iphigenia in Aulis geopfert werden sollte holte er dieselbe von Mycenä, indem er Clytämnestra durch d. Vorgeben täuschte daß sie mit Achilles vermählt werden solle 13, 193. Nach d. Ankunft vor Troja wurde er mit Menelaus als Gesandter in d. Stadt geschickt, um d. Helena zurückzufordern 13, 198. Ein Verzeichnis seiner Thaten vor Troja 13, 205 ff. Sein Streit m. Ajax um d. Waffen des Achilles 12, 625. 13, 1—383. Die Abenteuer seiner Rückkehr bei dem Cyclopen, bei Aeolus, den Lästrygonen u. Circe 14, 159 ff. Erst im 10. Jahre nach Beendigung des Krieges gelang es ihm in d. Heimat u. zu seiner unterdeß von vielen Freiern umworbenen Gattin Penelope (14, 671) zurückzukehren. [*Gen.* Ulixis 13, 804. 14, 180. Ulixei (dreisilb. im 6. F. v. angebl. *Nom.* Ulixeus) 14, 180. 671. *Acc.* Ulixen 13, 55. 65. 14, 71. 192. 241. *Voc.* Ulixe 13, 92. — Ernst Dräschl.]

ullus, a, um, *Gen.* ius, irgend einer, irgend welcher, meist in negat. Sätzen 3, 585. 5, 881. non ullus sein 2, 782. haud ulla 7, 341. nec ullus u. kein 1, 101. 680. 2, 174. nec ullum caput de centum (capitum) numero 9, 70. nec regio ulla 1, 72. noluit ulla (arma) sumere wollte gar keine nehmen 13, 40. sine vestibus ullis 11, 654 u. s. sine; im Frags. cur ulla foret fortior 8, 78. 13, 461; im Bedingungss. si pietas ulla est 6, 503. 441. 548. *Subst. Dat.* nec formidabilis ulli 2, 174. 13, 460. si victus ab ullo est 12, 181. *fem.* ulla 1, 323. 7, 803. 8, 76.

ulmus, i, f. d. Ulme, densa 2, 557 summa in ulmo im Wipfel 1, 700 amictae vitibus, weil man in Italien d. Weinreben an Ulmen heranranken läßt 10, 100. 14, 661. 665.

ulna, ae, f. Ellenbogen, meton. Arm, *Pl.* mollibus attollere 7, 847. teneri 9, 652. geminis amplecti 8, 818. cupidis 11, 63; als Maß Elle 8, 748.

ulterior, us, *Gen.* oris, darüber hinaus, spatium alterius medio d. Bahn über d. Mitte hinaus 2, 417. — *Superl.* ultimus, a, um, räuml. der äußerste letzte, unterste, circulus d. Polarzone 2, 517. pars telae d. Rand 6, 127

tellus b. äußerste Theil der Erde 4, 692.
via b. letzte Theil des Weges 2, 82.
radix ultima linguae 6, 687. iuguina
13, 915. *Subst. neutr.* ultima b. äußersten Theile 1, 31. der äußerste Rand
9, 708. stagni 4, 201. ultima distant
b. äußersten Grenzen der Farben 6, 68.
— der Zeit und Reihenfolge nach der
letzte 6, 261. 222. proles 1, 127.
ultima exspectanda dies 3, 132. die-
ta 9, 126. dolor 13, 494. primus
et ult. ardor 14, 687. ultimam manum imponere rei 8, 201. 13, 405.
vota b. letzte Theil des Wunsches 10,
482. ultima caelestum als die letzte
1, 151. 13, 427. zuletzt 1, 738. 14,
436. ultima (arma) qui cepit 13, 46.
Subst. neutr. ultima das letzte — b.
letzten Worte 18, 124. — dem Grad
nach der äußerste, ardor 9, 602. *Subst.
neutr.* ultima das Äußerste, praesi-
14, 483. in ultima decertare bis aufs
Äu. 14, 803.
ultor, oris, *m.* b. Rächer, mortis 2,
98. als R. 5, 148. 2, 281. 12, 341.
14, 292. parentis 2, 237. für ein.
praereptae coniugis 6, 12. caedis
parentis 10, 851. — *Adj.* rächend,
ultores deos time 14, 695. 750. 15, 115.
ultra, *Adv., Comp.* ulterius, darüberhinaus, weiter, räuml. inde abit ulterius 2, 872. jenseits, nec citra unda
nec ultra web, hierhin noch dorthin
5, 186. — zeitl. weiter, länger [aus-
dauer.], non sustinet ultra 1, 530. 6,
602. 4, 564. 4, 730. haud ultra 5,
480. 12, 855. non tulit ulterius 2,
487. 12, 132. 2, 302. 2, 220. 11, 630.
6, 52. 13, 241. 15, 615. — über e. ge-
wisses Maß hinaus, darüber hinaus,
weiter, ulterius iusto über b. schickliche
Maß hinaus 3, 470. nihil ultra nichts
weiter 10, 344. 11, 730. quid rear
ulterius was weiter 10, 400. 14, 487.
ultra exspectare aliqd potes? 10, 345.
nec ulterius quam 12, 575.
ultrix, icis, *f.* b. Rächerin; *Adj.*
rächend, ultricibus undis 8, 190.
ultro, *Adv.* von freien Stücken, von
selbst 2, 506. 2, 158. 7, 600. u. petita
dh. ohne sich darum beworben zu haben
15, 480. u. rogari zuerst 14, 20. offerre u. arma 14, 790.
ululatus, us, *m.* Geheul, Geschrei,
ululatu 3, 154. *Pl.* subitis ululatibus
2, 172. bei der Bacchusfeier, Bacchei
ululatus [m. Gat. im a. B.] 11, 17.
festis 3, 528. longis langgezogen 2,
706. bei Zauber, ternis 7, 190. 14, 405.
ululo, avi, atum, are, e. Geheul aus-

stoßen, heulen 9, 643 (ululasse aor.
Inf.). v. e. Bacchantin 3, 725. v. wilden
Thieren 4, 404. v. Hund 13, 571. 15,
797.
ulva, ae, *f.* Schilfgras, mollis 8, 655.
grata paludibus 6, 416. palustres
11, 480. leves 8, 358. steriles 4, 299.
umbra, ae, *f.* b. Schatten, den e.
Körper wirft, viri 4, 713. 5, 615. arboris 4, 88. arborea 10, 129. 565.
umbras dare 15, 564. cervus cornibus capiti praebebat altas umbras
tiefen Schatten 10, 111. sol altissimus
exiguas fecerat umbras 3, 50. 14, 54.
medius dies contraxerat rerum umbras 3, 144. velum purpureum inficit simulatas umbras (f. simulo)
10, 596. b. kühlende Schatten, bef. des
Waldes 10, 88. 633. nemorum 1, 590.
levis 5, 231. amoena 13, 793. sponte
sua nata im Ggf. zum Sch. künstlicher Pflanzungen 6, 591. silvestris
13, 815. apta pastoribus 1, 581. aes-
tiva 10, 793. repetebam frigus et
umbras 7, 809. — meton. Schatten
= Dunkel, umbrae caliginis in b.
Unterwelt 4, 455. umbra (der Nacht)
tenebras induxerat orbi telluris 15,
652. inducta (caelo) a nubibus 11,
549. — Schattierung in e. Bilde, Gewebe ud., tenues umbrae parvi discriminis 6, 62. — Schatten, Trugbild,
Ggf. corpus 3, 417. repercussae ima-
ginis umbra das Schattenspiel eines
zurückgeworfenen Bildes 3, 434. mendax
(pietatis) 9, 460. — bef. der Schatten,
b. Schattenbild der Todten in b. Unterwelt 11, 61. Hectoris 13, 591. coniugis 11, 660. senilis Anchisae 14, 111.
Pl. Stygiae 1, 139. Tartareae 6, 676.
12, 257. exsangues sine corpore et
ossibus 4, 443. recentes (b. f.) 4,
434. 10, 48. gelidae 8, 496. tacitae
5, 191. silentum 15, 797. consan-
guineae der Brüder 8, 470. umbrarum rex, dominus 7, 249. 10, 16.
umbras temptare das Schattenreich 10.
12. *Pl.* v. einem (vgl. manes) Actaeonis 3, 720. matris 9, 410. maternae 1, 887. numnae habuissem criminis umbras wäre ein vorwurfsfreier
Schatten geworden 6, 541.
umbrosus, a, um, schattig, silva 1,
693. nemus 7, 75. Pelion 7, 352.
Ida 11, 762. arx Parnasi 1, 467. templa umbrosa trabibus densis 11, 480.
umecto, avi, atum, are (hum.), befeuchten, gramina lacrimarum rivo
9, 686.
umeo, ere (hum.), naß, feucht sein 15,

250. lacrimis 10, 509. *Part.* umens feucht, tellus 1, 604. capillus 11, 691. oculi 11, 464. *Subst.* umentia Feuchte 1, 19.

ŭmĕrus, i (hum.), m. Schulter 2, 419. sinister 6, 404. laevus 6, 320. per utrumque 6, 168; öfter *Pl.* 1, 457. 741. tectus umeros (*Acc. limit.*) 1, 332. umeris ferre 13, 625.

ŭmĭdus, a, um (hum., b. umeo), feucht 1, 407. humus 5, 390. nox 2, 143. vapor 1, 432. aër 7, 187. lumina 2, 536.

ŭmor, ōris (hum.), m. Feuchtigkeit jeder Art, als Element 1, 430. 15, 247. circumfluo 1, 30. Wasser 3, 411. vetus stehen geblieben 1, 417; oculorum 5, 232. caret ... umore 6, 354; Saft lactens = lac 9, 358. 15, 79; *Pl.* umores 2, 237.

umquam, (unqu.), *Adv.* jemals 8, 582. nach Neg. non u. niemals 8, 837. nec u. 8, 709. 10, 409. 13, 14. nullus u. s. nullus.

ūnā, *Adv.* zugleich, zusammen 2, 781. 4, 28. 691. 8, 299. 10, 92. 11, 441. 725. 14, 83. ibimus u. 11, 676. errant u. 12, 416. u. atahat babet 9, 185. u. ferre mit sich 15, 441. fugerat una et Samon et dominos 15, 60. una cum 6, 714. 11, 894. [Beisch. außer 8, 714.]

uncus, a, um, hakenförmig gekrümmt, cauda (scorpii) 15, 371. dentes 7, 160. hami 15, 476. telum b. Schwert des Perseus m. sichelförmigem Ansatz (harpe) 4, 666. aratrum 5, 341. 7, 210.

unda, ae, f. b. Welle, Woge, unda impellitur undā 15, 181. 11, 496. 523. 553. decima galt als die schwerste 11, 530. aequoreae 12, 580. eliae 16, 338. letales 11, 515. liquidae 1, 95. placidae 13, 899. rapaces 6, 550. venturae 8, 164. *Sing.* coll. 1, 290. 304. 811. 2, 8. vaga 6, 595. rauca 11, 783. aequoris 13, 779. — melior Wasser, Gewässer überh. als Element 1, 22. 8, 737. 15, 241. 251. fuit unda capillis 1, 266. 11, 656. flumineae 15, 565. fluminis 14, 615. fons perlucidus undā tenui 3, 161. obscena 15, 312. tepida 12, 279. b. Meer, unda insonuit 4, 668. 8, 130. dea undae Thetis 11, 221. *Pl.* 1, 74. 275. 676. 3, 402. telluris et aequoris 1, 341. fluviales 1, 82. Cephisides des Cephisus 1, 369. Stygiae 2, 101 liquentes 8, 457. summae b. Oberfläche des Wassers 2, 457. primae b.

vorberste Rand 2, 871. Deucalioneac b. Deucalionische Flut 7, 356. Euboicae b. euböische Meer 9, 218. Aoniae 12, 24. Siculae 15, 825. caelestes bb. Regen 11, 519. Wasser als Getränk, expers undaeque cibique 4, 262. multa u. 4, 102. merae 15, 323.

undĕ, *Adv.* räuml. woher, von wo aus 1, 667. 774. 2, 65. 307. 439. 12, 41. auf e. Pers. bez. haec, unde redibam 7, 718. in indir. Fr. 1, 618. 3, 27. 4, 285. 5, 287. — causal woher, aus welchem Grunde 4, 620. 5, 327. 10, 233. in dir. Fr. 5, 562. 9, 508. indir. Fr. 4, 285. 7, 686. 15, 62. 624.

undĕcĭmus, a, um, der elfte, Lucifer undecimus stellarum agmen coëgerat zum elften mal 11, 97.

undīque, *Adv.* von allen Seiten her 1, 568. 2, 212. 3, 242. 5, 150. 6, 232. 10, 314. apertae undique portae nach allen Seiten hin offen 4, 439.

ungula, is, m. b. Nagel an Finger ob. Zehe des Menschen, *Pl.* 6, 480. 8, 800. 9, 655. quini 1, 742. 2, 670. — v. Thieren, *Pl.* ungues Klauen, Krallen, des Adlers, axidi 4, 717. hamati 12, 563. Habichts 11, 342. 6, 530. Ubus longos reflectitur ungues (*Acc. limit.*) 5, 547. Bären 10, 540. adunci 2, 479. Löwen 10, 699.

unguo (ungo), nxi, nctum, ĕre, salben, alqm lacrimis parentis 10, 514. corpus divino odore 14, 606.

ungŭla, ae, f. Klaue, Huf, des Rindes 1, 742. Pferdes, levis perpetuo cornu aus ungetheiltem Horn, ungespalten 2, 671. dura Mednaei praepetis 5, 257.

ūnĭcŏlor, ōris, einfarbig, torus 11, 611.

ūnĭcus, a, um, einzig, der einzige, anser 8, 684. orbis 15, 863, contemptor ferri 12, 189. volucris seiner Art 8, 232. 12, 531. *Subst.* fuit unica matri b. einzige Tochter 9, 329. — einzig = ausgezeichnet, puer unice 3, 454.

unquam s. umquam.

ūnus, a. um, *Gen.* ius, *Dat.* uni, einer, ohne Nachbr. 1, 691. 8, 753. pars una comitum einer von 2, 426 s. pars. unus — alter 3, 165. 8, 87. obsidis unius 1, 227. uni 6, 578. quorum unus 3, 128. nympharum uni 3, 165. 3, 784. 9, 306. unus ex numero 4, 790. e quibus una 4, 88. 14, 546. de populo unus 3, 116. 118. 9, 568; m. Nachbr. einer, der eine, unius Hectoris des einen Hector 13, 425. dolor unius pervenit ad omnes 13, 181. ex omnibus unum elige, dum ne sit in omnibus unus 10, 317. de mille sagittis unam 6, 381. una duos nox perdet amantes 4, 108. 8, 247. 484. 12, 229. 377. 1, 240. 519. 3, 644. 5, 112. 12, 495. 533. ein einziger, superesse videt de tot modo milibus unum 1, 325. populus superamur ab uno 12, 499. unam erat omnia vulnus 13, 529. 1, 185. 3, 591. 4, 775. 8, 833. 11, 178. 13, 353. nur einer, nou domus una 1, 210. 8, 675. haec una potentia vostra est bloss eine nur ist es, was ich vermag? 4, 427. 7, 736. 11, 220. allein, nur, una sie allein 2, 401. una nemus sie allein schon e. Wald 8, 744. virginem et unam vi superat die Jungfrau u. alleinige bb. hülflose 6, 524. Inachus unus abest 1, 583. 552. 857. 2, 659. 3, 262. 513. 4, 419. 13, 241 — ein u. derselbe, der gleiche, unus erat vultus naturae 1, 6. una nox occupat centum oculos 1, 721. 18. 2, 13. 846. 4, 186. 10, 83. uno ore einstimmig 12, 241 in unum confundere in Eins vermengen 4, 472. [vates 12, 425.]

Uranie, es, f. (Ουρανία die Himmlische) eine der neun Musen, als Muse der Sternkunde gedacht 5, 260.

urbs, bis, f. (v. orbis) b. mit e. Ringmauer umgebene Stadt 4, 86. 1, 301. urbe ae iuvet bb. durch Verrathung einer Stadt 11, 281. Stygia des Todtenreichs 4, 437. Romana, Romulea Rom 14, 849. 15, 625. Haemonia Thracia 11, 651. Apollinea Delos 13, 631. Apollinis urbes Chryse u. Cilla 13, 174. Euboica Cumä 14, 155. Herculei hospitis Croton 15, 8. Herculea Herculaneum 15, 711. Hyperionis Heliopolis 15, 406. centum urbes Creta (f. centum) 13, 708. 9, 666; spec. b. Stadt Rom 14, 774. 15, 487. 584. 686. 744. 798. 801. 868. — meton. b. Stadt für b. Bewohner, urbs solet trepidare 11, 535. 8, 412.

urgeo (urgueo), ursi, ere, drängen, drücken, fortstossen, saxum 4, 460. Sisyphon urget saxum 13, 26. Trinacris subiectum Typhoea 5, 347. urgetur eadem (unda) veniens urgetque priorem 15, 182; bildl. maius opus urget drängt 8, 328. famulas laboribus belasten 4, 35. verfolgend bedrängen, alqm 11, 774. colombas 5, 606. em. eifrig betreiben, opus 4, 390.

urna, ae, f. Wasserkrug, Urne 3, 27. 10, 44. 13, 534. capaces 3, 172. — Aschenkrug, Graburne 4, 166. 11, 706.

12, 616. marmoreu condere 11, 441. — Gefäss zur Aufnahme der Stimmsteine bei Gericht, immitis 15, 41.

uro, ussi, ustum, ere, brennen, sengen, brennend verzehren, picem et ceras 14, 633. uritur arbor 2, 212. 9, 871. guttura usta 7, 110. v. Sonnenglut, cum sol ureret arva 6, 339. 4, 194. 7, 815. aër ustus fervoribus 1, 118. — bildl. v. Durst, sitis urit guttur 11, 130. v. brennendem Schmerz des Körpers, uritur Meleagros ab illa flamma peinigen, verzehren 8, 518. der Seele, tantus dolor urit amantes 4, 278. v. Leidenschaften, uritur bonis Herses brennt vor Neid über b. Glück 2, 809. bes. v. Liebe, deus, qui plurimus urit pectora entzünden 9, 624. 781. 7, 803. uri entzündet werden, brennen, entbrennen 3, 430. 13, 763. 867. pectore toto 1, 496. igne novo 4, 194. amore alca 3, 464. in hospite entbrennen für (eig. bei) 7, 22.

ursa, ae, f. b. Bärin 2, 485. 491. 12, 319. fela 13, 803. villosa 13, 836.

ursus, i, m. b. Bär 2, 494. 7, 548. 15, 87. unguibus armati 10, 549.

usquam, Adv. irgendwo, quod est usquam 12, 41. non usquam nirgends 1, 586. 11, 680. haud u. moveri potuit nach keiner Seite hin 4, 563.

usque, Adv. in einem fort, immer, u. sequens 3, 21. 6, 566. 9, 684. 10, 7. — in einem fort bis zu einem Punkte, m. Präp. ad imum usque solum 4, 298. ad Paeonas u. nivosos 6, 313. u. sub Orchomenon bis unter b. Mauern v. O. 5, 607; bis zu e. Grabe, usque nota visu, ut cognoscere possis so weit dass 15, 660. qua usque potest bis wie weit er kann 3, 302. bes. usque adeo bis zu dem Grabe, s. adeo.

usus, us, m. Gebrauch, Anwendung, vocis 7, 859. 8, 367. oris 9, 850. linguae 6, 662. 11, 08. unius luminis 4, 775. nominis 2, 38. precum 6, 689. serrae 8, 246. aratri 14, 2. equorum das Tummeln 2, 554. sine militis usu ohne Anwendung 1, 99. usus communis aquarum est b. Benutzung 6, 349. cera ipso usu fit utilis durch b. Behandlung 10, 286. usum baculi praebere den Dienst gewähren 13, 782. verti in corporis usum sich verwandeln, um als Fleisch zu dienen, kurz: in Fleisch 1, 408. cariva spinae in usum mutatur 14, 553. impositum est ebur in usum partis non comparentis an b. Stelle des nicht vorhandenen Theiles 6, 410.

Pl. non hos adhibendum ad usus zu solcherlei Gebrauch 5, 111. — Nutzen, alqa n. fuit in illo malo 2, 312. dives erat n. in illis 13, 654. 10, 651. 18, 211. brevis est n. in illo der Genuß davon 10, 787. usum maiorem specie mirabere mehr noch b. Nutzen als 7, 684. mittar, quo postulat usus b. Bedürfnis 13, 215. *Pl.* hos usus tibi praestet alumnus diesen Nutzen 4, 524. — b. öftere Gebrauch, b. Gewohnheit, morem fecerat usus zur Sitte 2, 345. b. vertraute Umgang mit Jem. coniugis 10, 585. — Erfahrung, seris venit usus ab annis 6, 791. cognita res usu 15, 365. — Mißbrauch, einstweiliger Genuß, pro munere poscimus usum 10, 87.

ut u. **uti**, *Adv.* wie, im Ausruf, ut meminisse 'iuvat! 9, 485. 484; In Indir. Fr. 4, 47. 271. 6, 110. 113. 123 ff. — in der Art wie, ut soleo 2, 573. ut vides 8, 589. uti est wie er es wirklich ist 18, 135. ut erat 9, 113. ut erat circumdata umgeben, wie sie war 2, 372. 4, 474. 6, 237. 11, 238. manus ut forte tetenderat In der Stellung wie 4, 556. 558. 5, 162. 11, 76. 12, 22. ut quisque je nachdem jeder, s. quisque. in causale Bedeut. übergehend, wie = da, ut animos ferebat ab ira, arma rapit 2, 602. ut proximus steterat 12, 283. 324. 5, 398. 6, 132. 8, 612. 9, 212. 10, 277. 11, 789. 18, 3. ut quae novel da sie sie kannte 1, 606; bes. im Vergleich, so wie, gleichwie, complexus ramos ut membra 1, 555. dignus est amari, sed ut pater als 10, 837. 1, 405. 564. 567. 676. 7, 808. 8, 419. 4, 382 ff. 9, 456. 10, 284. gleichsam, ut memor 2, 378. ut fide pignus 6, 506. ut parum iustae gleich als wäre sie zu ungerecht 4, 547. 341. bes. mit folg. selt. mit vorhergeh. uo (b. f.), anapher. 8, 835. 9, 869. nach ita 2, 184. m. folg. non aliter 8, 470. 9, 641; sic — ut die concessive Satzverbindung vertretend, wiewol — doch, ut nondum liquidas, sic iam vada nota secantes 1, 370. ut quaedam, sic non manifesta forma hominis 1, 404. 14, 509. ut vellet promptas habuisse sagittas, sic hausit aquas wiewol sie lieber ihre Pfeile bei b. Hand gehabt hätte, schöpft sie wenigstens 3, 188. ut locum et visa cognoscit in arbore formam, sic facit incertam pomi color 4, 131. — drI. ut, ut aether, tellus illic (zweifelh. Lesa.) 1, 15. —

zeitl. wie, als, nachdem ut. *Ind. Per.* 1, 163. 207. 7.18. 2, 116. 178. 191. 422. 574. 3, 104 ud., m. *Pr. hist.* 1. 324. 7, 585; so bald als 1, 268. 831. 7, 564. ut primum so bald als 6, 447. 11, 191. 14, 352. — II. *Conj.* m. *Conjunctiv.* e. beabsichtigte Wirkung be. daß, damit 1, 94. 515. 2, 44 ud., bei nach b. Ausdrücken bewirken, bitten, ermahnen, verlangen ud. (b. f.) aus vorherg. ne zu ergänzen 4, 470. ut non 4, 155. 13, 447. uti neb. ut 10, 21. — e. Folge. daß, so daß 2, 537. 554. ud. hoc restabat, ut 2, 471. eadem natura remansit, ut 4, 751. — (Einräumung ob. Annahme, gesetzt daß 2, 79. 6, 587. 6, 196. 7, 27. 9, 69. 620. 628. 753. 14, 178. [ott L 406. 13, 135. 14, 681. 10, 31. so daß Arie I b. ...Nife bildet.]

Uter, utra, um, *Gen.* ius, welcher v. beiden, utrum facias 9, 548.
uterque, utraque, utrumque. jeder von beiden, beide, procumbit uterque 1, 375. uterque parens verba rata fecit beide Eltern 4, 387. 13, 147. Präs. im *Pl.* utraque festinant 9, 59. pugnat utroque näml. ferro et auro 1, 142. sol ex aequo meta distabat utraque im Osten u. Westen 3, 145 wie utraque terra 8, 162. sub utroque Phoebo unter b. auf- u. nie dergehenden Sonne 1, 338. gentes ab utroque Oceano iacentes am öftl. u. westl. 15, 829. longe erat utraque tellus auf beiden Seiten 11, 479. utrumque mare zu beiden Seiten des corinth. Isthmus 7, 405. Venus utraque b. beiderseitige Liebesgenuß, der Männer u. Frauen 8, 323. pedes ab utraque parte ligavit beide Füße 4, 666. inter utrumque Minos u. Rhsus 8, 13. inter utrumque vola näml. inter und das et ignem in b. Mitte zw. beiden 8, 208. inter utramque näml. inter ardentem et alterutram nivosam 1, 50. — *Pl.* bei paarweisen Ggst. utraque bracchia 1, 766. — inter utramque, *Adv.* dazwischen 1, 50. 2, 140.
uterus, i, m. b. Unterleib v. Frauen 2, 354. 14, 67. bes. Mutterleib 2, 463. 629. 9, 287. plenus 9, 268. 3, 844. gravis 10, 495. uteri onus 10, 481. pignora 8, 490. diva potens uteri mächtig über b. Geburt 9, 315. uterum implere germine 9, 280. utero ferum fetum 8, 132. 10, 470. — uter. Leibesfrucht, pars septima uteri nostri 6, 193.
utilis, e, brauchbar, nützlich 7, 564. e.

ßß. 10, 286. opus 4, 39. durch etw. pedibus, naribus 3, 212. zu etw. *Dat.* dextera bello 13, 362. equorum bello utilium 14, 321. fraxinus hastis 10, 93; vortheilhaft, zuträglich, dienlich, iter 2, 549. venti 13, 630. non utilis auctor berilles 15, 109. fuit mihi utile ire tecum 11, 697. utilius putat esse bellum minari 7, 488.

utīlĭtas, ātis, *f.* d. Nutzen, populi 13, 191. latet utilitas was zum Heil gereicht 6, 438.

utīlĭter, *Adv.* nützlich, quae utiliter feci was ich Nützliches gethan habe 13, 201. zum Vortheil für Jmn. *Dat.* Phrygibus 15, 452. sis visus utiliter mögest du zum Heil erschienen sein 15, 679.

utĭnam, *Adv.* des Wunsches, daß doch, wenn doch, m. *Conj. Impf.* 2, 51. 98. 3, 467. 549. 7, 519. 10, 202. 629. 11, 288. 14, 669. 15, 495. utinam modo 5, 311. m. hypothet. Nachsatz 2, 435. *Plqpf.* 7, 693. 8, 501. m. hypothet. Nachs. 8, 540. 13, 43. [Mit nur m. Redenstemp., denn 1, 363 ist possim sehr zweifelh. — o utinam (s. o.)]

ūter, ūsus sum, i, Gebrauch machen von etw., sich bedienen, anwenden, m. *Abl.* armis 1, 449. domo 8, 559. hospitio 15, 724. consiliis, non curribus utere nostris 2, 146. loris 2, 197. totis viribus 10, 658. exemplis 15, 857. non est longo hortamine utandum 1, 278. male usurus donis

übeln Gebr. machen 11, 102. male usus viribus misbrauchen 7, 440. ulcere sanguine nimm mein Blut 13, 487. ventis 13, 419. verbis minoribus uti bescheidener reden 6, 151. si nimiis mittentis viribus usa non foret (cuspis) wäre sie nicht vom Schützen mit allzugroßer Kraft geschleudert worden 8, 347. dementer amoribus usa bis zum Wahnsinn ihrem Liebesschmerz hingegeben 4, 259. usus bloß uti, mittels, viribus avis 12, 562. armorum viribus mittels Waffengewalt 13, 657. 14, 646. — genießen, sich erfreuen, quo cum tellus erit usa 15, 448. paguae successibus 12, 355. — haben zu etw. quo successore sagittae Herculis utantur 13, 51.

ūtrimque, *Adv.* von beiden Seiten, flexis utrimque lacertis 2, 196. fusis utrimque capillis 9, 90. structum utrimque theatrum (b. f.) 11, 25. Titan puri spatio distabat utrimque v. beiden Punkten 10, 175.

ūtrŏ, *Adv.* nach welcher v. beiden Seiten, u. ruat 5, 160.

ūtrŏque, *Adv.* nach beiden Seiten hin, ruere 5, 166. momenta sumere 10, 376.

ūva, ae, *f.* Traube, Weintraube 2, 29. matura 13, 796. genialis 4, 14. Palae 6, 125. variis racemis 3, 484. racemiferae 3, 666. pictae 4, 393. auro similes 13, 813. inmentes 14, 661. tumidae 15, 71.

V

vacca, ae, *f.* Kuh 1, 631. 9, 731. nitida 2, 694. nivea 5, 330. mactatur Minervae 4, 755. 12, 161.

văco, āvi, ātum, āre, leer sein, ostia Nili pulverulenta vacant sind wasserleer u. voll Staub 2, 256. — frei von etw. sein, ohne etw. sein, m. *Abl.* domum igne 2, 764. anima seblos sein 11, 648. urnis vacarunt Belides (b. f.) füllten sie ab 10, 44. ora vacent epulis sich enthalten 13, 477. custode vacantem ohne W., unbewacht 2, 422; übertr. frei v. Beschäftigung sein, hora animusque vacans frei, unbeschäftigt 9, 613. mihi vacat ich habe (freie) Zeit, m. *Inf.* aures praebere cantibus 5, 334. 13, 576. 6, 585. 10, 587. 12, 345.

văcŭus, a, um, leer, frei, venas 7, 351. 8, 820. lectus 11, 471. cera = unbeschrieben 9, 522. herbae frei geworden bh. von d. Nymphe verlassen 4, 341. agri verlassen 11, 35. pectus liebefrei 1, 520. frei = offen, unbegrenzt, arvum 1, 833. 4, 714. aurae 6, 896. 15, 220; von etw. *Abl.* currus onere adaucto ledig 2, 165. lectus coniuge 10, 487. agri cultoribus entbehrend 7, 663. ebur ense ohne Schwert 4, 148. metu furchtlos 8, 582. 10, 117. m. *Gen.* criminis vorwurfsfrei 6, 541. — unbeschäftigt, müssig, Iuno 8, 819. aures nicht anderweitig in Anspruch genommen 4, 41. 12, 56. — *Subst.* vacua, ae, *f.* d. Wittwe 14, 831.

vădo, vāsi, ĕre, schreiten, gehen 3, 702. vade procul 4, 649. ad amnem 11, 137. ad alqm 13, 551.

vădum, i, *n.* [Met. Pl.] Furt, seichte Stelle im Wasser 9, 108. Cephisi 3, 19. — (dicht.) Flussbett 1, 370.

văgīna, ae, *f.* d. Scheide, ensem ragrind liberare 6, 531. deripere 10, 478.

vagio, ivi u. ii, itum, ire, schreien v. kleinen Kindern; wimmern 10, 513.

vagitus, us, m. Gewimmer, Pl. edere 10, 463.

vagor, atus sum, ari, umherschweifen, irren 5, 363. 6, 189. canis limitibus 14, 370. per lustra 1, 340. per herbas 10, 2. per agros 16, 477. indefletae animae vagantur 7, 611. milia ramorum 13, 14. Inco vagantem noctis avem umherfliegen 11, 24. omnis imago formator vagans wandelbar 15, 178.

vagus, a, um, umherschweifend, unstät, flüchtig, x. errat passim 14, 680. exsul 11, 408. gradus 7, 184. volucris 1, 308. 14, 340. fama 8, 267. rumores 11, 667. errores 4, 502. aura 8, 197. unda 8, 598. fulmina fliegend 1, 596. crines flatternd 2, 673; übertr. der Sinnesart nach, turba unstät 15, 221.

valens s. valeo.

valentius (Comp. v. valenter), Adv. stärker, mächtiger, spirare 11, 481.

valeo, ui, itum, ere, stark, gesund, wohlauf sein, valet Eurystheus 9, 203. vale et gehe dir wohl, lebe wohl, als Abschiedsgruß 2, 263. Troia, vale 13, 420. 948. 2, 382. 10, 390. dixero vale 4, 79. 9, 717. 11, 460. supremum vale vix dixit 6, 809. 10, 62. dictoque vale (Abl. abs.) "Vale" inquit et Echo (m. etc. u. verkürztem) 3, 501. — stark, kräftig sein 12, 108. valuit mea dextra valetque ist noch stark 12, 114. vires, quae valeant in talia pondera stark sein für 13, 250. res Romana valet fundamine magno 14, 809. — übertr. b. Macht haben, mächtig sein, vermögen, aerana taniture valent 3, 533. quid furor valeat 4, 429. parum 7, 187. quantum ego Marte, tantum valui iste loquendo 11, 12. milite, classe 7, 457. caneā et armis 8, 88. valuisse rogando m. Bitten durchdringen 2, 191. preces valuere hatten Erfolg 13, 89. si vota valuissent 13, 128; m. Inf. consistere in axe 2, 60. 192. 7, 577. 9, 434. 13, 101. 13, 811. 393. 15, 518. 548. sequtae, quantum valuere (sequi) 4, 543. 9, 160. di mihi dederunt, quidquid valuere (dare) 9, 766. — Part. valens, ntis, oft Adj. stark, kräftig 2, 211. 13, 502. 15, 225. iuventa 15, 207. membris 8, 103. valentior ge-

mino herede durch 9, 72. mächtig flamma 9, 239. wirksam, causas no[n] dedit satis valentes ad letum 5, 174.

validus, a, um, kräftig, stark, Alt. 16, 149. hostis 12, 511. tauri 7, 538. equi 14, 825. dextra 8, 40[?]. lacertus 5, 474. ictus 9, 64. arm[a] 6, 678. medicamen 7, 262. venenum 7, 123. suci wirksam 7, 316. heftig, venolus 6, 310. ignes 7, 0. acatu 14, 362.

vallis, is, f. Thal, Vgl. campus 1, 4[?]. 15, 266. Stygia der Styx 6, 66[?]. Avernae (b. [.]) der Unterwelt 10, 5[?]. densa piceis 8, 165. opaca 11, 27[?]. concava 8, 334. gelidae 7, 810. eine flumine 2, 256. diversā valle in zwei verschiebenen Th. 8, 164. Pl. v. einem 9, 664. imas 2, 761. 6, 344.

valva, ae, f. Flügelthür, meist [Abt. Acta] Pl. bifores 2, 4. eburnae 4, 185. valvis apertis (Abl. abs.) bei 1, 172. reseratae 4, 782.

vanus, a, um, inhaltlos, nichtig, eitel, numen 3, 559. omen 2, 597. vox auguria 3, 349. verba 13, 281. nomina 15, 151. dulcedo 8, 508. spes 14, 364. Somnia 11, 614. Laetitia 12, 80. metus 9, 248. fiducia 9, 121. crimen fälschlich 7, 829. — nichtssagend, eitel, cuspis contorta vana fuit 8, 346. morsus 7, 788. convicia 9, 802. preces vergeblich 9, 882. 755. quae non vana precaris 13, 49. ora vana movet bewegt vergeblich 5, 825. manu vana luctor ducere frena 15, 518. — v. Pers. lügnerisch, unzuverlässig, von x. senes 8, 721. vana (fem.) rogavi thörichterweise 14, 138.

vapor, oris, m. warme Ausdünstung, Dampf, Dunst, der einschläfernde Kräuter 11, 630. — Wärme, Hitze übertr. 2, 283. 301. 14, 793. umidus 1, 432. solis 10, 126. IV. 3, 152. 7, 105.

vario, avi, atum, are, mannichfaltig machen, comas positu mannichfaltig legen 2, 412. figuram mannichfach verwandeln 11, 241. variat faciem novatque 15, 255. variari in omnes formas sich verw. 12, 559; bunt machen, cani variabant tempora sprenkelten 12, 465. corpora variari guttis sich sprenkeln 4, 578. — intrans. sich verschieden zeigen, manus variat bei verschiedenem Erfolg 8, 414. dimidet et variat sententia sich verschieben äußern 15, 648.

varius, a, um, mannichfaltig, verschiedenartig, formae 11, 613. 15, 172. ferae 3, 143. angues 4, 619. modi

10, 146. ambage variarum viarum 8, 161. v. incurvus animus habet 9, 152. sermo 4, 38. vulnus 10, 375; verschieden gefärbt, bunt, colores 1, 270. varias coloribus barbae 14, 267. varius coloribus Apis gefleckt 9, 691. flores 5, 390. guttae 6, 461. serpens 6, 114. uva variis racemis 3, 484. caelum bunt besät, m. Sternen 2, 193.

várus, a, um, auswärts gekrümmt, manus tenui a pectore varus 8, 33. cornua boum 12, 882.

vastátor, ōris, m. d. Verwüster, aper, Arcadiae vastator d. erymanth. Eber 9, 192. Adj. verheerend, ferus 11, 895.

vastē, Adv. ungeheuer, gewaltig, Comp. vastius insurgens 11, 530.

vasto, āvi, ātum, āre, verwüsten, verheeren, litora 8, 6.

vastus, a, um, wüst, öd; ungeheuer weit ob. groß, gewaltig, mundus 13, 110. Olympus 2, 61. regnum d. Unterwelt 10, 80. insula 8, 316. tabularia rerum molimine vasto 15, 809. saxa 14, 184. ferae des Thierreiches 2, 194. belua 11, 366. draco 4, 647. iter 14, 438. clamor 12, 494. impete 3, 79. vastum (cratera) vastior ipse exstulit den gewaltigen erhob er selbst noch gewaltiger 12, 236. im 10, 551. quam vasta potentia nostra est 2, 520.

vātēs, is, c. Weissager, Seher 15, 435. fatidicus Tiresias 3, 348. 511. 527. Dardanius, Phrygius Helenus 13, 335. 720. Carpathius Proteus 11, 249. vates subducta Lollure vivus adhuc videbit suos manes wird noch lebend seinen eignen Schatten in d. Unterwelt sehen, v. Amphiaraus, der von d. Erde verschlungen wurde, f. Oeclides 9, 407. stolidissime vatum 13, 774. Pl. v. einem, Helenus 13, 820; fem. Seherin, Sibylle 14, 129. obscura d. bunkle Verkünderin d. Räthselsprüchen, d. Sphinx (f. Laiades) 7, 761. — Sänger, Dichter 15, 165. 282. 622. 867. 879. Orpheus, Rhodopeïus 10, 12. Threïcius 11, 2. Apollineus als Sohn Apollos 11, 8. dis genitus 10, 82. sacrorum des Bacchus 11, 68.

vātĭcĭnor, ātus sum, āri (vates u. cano), weissagen, als Seher verkünden 8, 152. 15, 174. m. Acc. c. Inf. poenas instare 9, 773. Fut. 4, 2.

vātĭcĭnus, a, um (vates u. cano), prophetisch, furores 2, 640.

vē, enclit. Conj. oder, ähnlich wie vel b. Wahl zwischen Verschiedenem lassend u. sowol einzelne Begriffe als Sätze verbindend, baculo nixâve innixus 8, 218. quid me fallis, quove abis 3, 455. 1, 814. 2, 437. 6, 330. 7, 42. 9, 278. 10, 190. 202. 11, 509. 584. 12, 51. 13, 156. 227. 517. 15, 351. wiederh. manu pedibusve rotave 1, 448. dammae leporesque caperque parve columbarum demptusve cacumine nidus 13, 833. nicht an d. Wort gebunden, zu dem es gehört, violas riguove papaver in horto fl. vel papaver 10, 190. ultro 4, 365. 13, 437. 15, 560. wiederh. 9, 680; nach Negationen oder ob. noch, non odium regnive cupido 5, 218. ne cadas indignave laedi crura notent sentes 1, 508. 3, 409. 586. 4, 449. 8, 96. 9, 814. 10, 531. 11, 601. 12, 158. 207. 13, 927. nullam opem patruus sponsusve tulisti weder als Ohm noch Verlobter irgend welche 8, 72. wiederh. quo numquam adit Phoebus oriens medinave cadensve 11, 594. 13, 292. — corresp. ve — ve (dicht.) entweder — oder, häufig bloß oder, ut se violave rosave implicet 12, 410. quis te laudatve petitve 13, 232. 1, 693. 11, 493. 14, 162. 15, 215. nach Negat. non has pastorve canamve possunt defendere nicht weder — noch 8, 296. 11, 599. 12, 27. 14, 185. [Mit einzelnen Worten verbunden.]

vēcordia, ae, f. Wahnwitz 12, 227.

vēcors, rdis (cor), unsinnig, wahnwitzig 5, 291.

vectis, is, m. (veho) Hebebaum 12, 452.

vecto, āvi, ātum, āre (veho), tragen, führen, equis vectari reiten 8, 372.

vēho, xi, ctum, ēre, tragen, führen, prora barbara Graium 14, 164. 241. 661. unda leones 1, 304. Tagus aurum 2, 251. vectus per aëra getragen 11, 194. Pass. vehi fahren, per aëra 5, 644. super Europen 5, 849. nube segeln 15, 143. pisce reiten 2, 11. vectus gefahren, per aequora 5, 536. bloß durch 'auf' übers. rate 1, 319. curru 5, 860. 10, 717.

vēl, Conj. (v. volo) oder, d. Wahl zwischen Verschiedenem lassend, al quis eburnea signa vel candida lilia vitro tegat 4, 355. corripe lora manu, vel conciliis, non curribus utere nostris 2, 140. 8, 505. 602. 9, 178. 515. 13, 458. wiederh. 8, 41. 10, 213. neben (ausschließendem) aut 9, 624 (vel certe). ob. wenigstens 10,

302, 15; 601. — corresp. vel — vel
entweder — oder. vel maculum, vel
sume pharetras 1, 306. vel cedite
victae, vel nos cedamus 5, 211. 1,
494. 6, 441. 9, 608. 14; 151. sel so
— oder 2, 544. 12, 474. dreimal 12,
108. — steigernd sogar, selbst auch.
miseranda vel hosti 6, 276. 7, 80.
auch nur, vel ad oscula danda 1, 75.
6, 642.

velamen, inis, n. Hülle, Gewand 1,
182. pullum Kopfbedeckung 11, 611. Pl. ?
160, 6; 506. mollia 1, 345. Decken
7, 555. v. einem Gewand 9, 132.
caerula 14, 45. mille colorum 11,
680. Schleier 4, 101.

velamentum, i, n. Hülle. Pl. weiße
Binden, welche Schutzflehende um e. Oel-
zweig ob. Stab gewickelt vor sich trugen,
so daß d. Enden über d. Hände herabfielen,
praetendere 11, 279.

velifer, era, um, Segeltragend, carina
15, 718.

vello, velli u. vulsi, vulsum, ere, rupfen,
abrupfen, herbas 8, 800.

vellus, eris, n. d. abgeschorene Wolle,
vellera nebulas sequantia mollire 6,
21. — d. ganze Schaffell, Vlies, gutture velleris atri schwarzwollige Kehle
ob. Kehle eines schwarzw. Schafes 7,
544. Pl. v. einem, d. goldne Vlies,
Phrixea 7, 7. radiantia nitido villo
6, 720. — jedes wollige ob. behaarte
Thierfell, maculosum 5, 197. cervina
8, 593. Nemeaeum des nemeischen
Löwen 9, 235. leonum 12, 430. ferina 11, 4. electarum ferarum 12,
415.

velo, xvi, ätum, äre, ver-, umhüllen,
bedecken, caput 1, 382. partes tegendas 13, 479. tempora thiaris 11, 181.
cornua lauro 15, 592. corpus vellere 1, 197. velatur avibus hüllt sich
in Vogelfedern; Philoctet soll sich auf
Lemnos Kleider v. Vogelfedern gemacht
haben 13, 54. alqm pennis 8, 251.
velari corpora (Acc. limit.) plumis
bb. sich in Vögel verwandeln 15, 557.
imbae colla velant 10, 699. squamis
velantibus arina 4, 45. pruinam ve-
lante favilla 8, 525. torum vestibus
8, 657. Part. velatus veste 2, 23.
amictu 10, 1. pennis 7, 468. nebula
12, 598. busta frondibus umfränzt 8,
857. m. Acc. limit. tempora vitta
5, 110. corpora veste 10, 451. villo
14, 71.

velociter, Adv. schnell, rasch 4, 509.
11, 586. Comp. velocius 3, 702. 10,
583. solito 14, 388.

velox, ocis, rasch, geschwind, u. d.
silit 4, 252. velox cupidine poenae
6, 671. Cyllenius als Götterbote
318. pes 1, 551. crura velocia
204. alis 4, 724. nec profuit equo
velocibus esse 8, 664. Horae mihi
2, 118. me velocior 5, 600. nih
est annis velocius 10, 520; übertr.
Geist, ingenium 8, 254.

velum, i, n. (a. vehelum v. veho)
Segel 9, 590. antemnis subnectere
totum velum 11, 483. coll. velo
remige portus intrat 6, 445. pro-
pria pleno v. cennita 7, 491. Pl.
686. 11, 470. vela dare ventis anspannen 1, 182. 15, 177. ohne ventis 14, 437. vela carinae (Gen.) das
3, 639. Diam 8, 175. ad patriai
13, 401. ventis negare 11, 487. parare rüsten (zur Flucht) 13, 294. ad-
ducere 1, 863; meton. — Schiff, red-
tura vela trahebat aurora 7, 664. Sid
v. einem, non habent mea vela recursus 9, 594. — Segeltuch, das man
Schattens halber über Theater ob. offe
Hausräume spannte 3, 989. purpureum
10, 595.

velut u. **veluti,** Adv. gleichwie, cla-
mant velut absentem 2, 241. de
velamina munus velut irritamen
amoris 2, 133. 1, 483. 2, 299. 81.
11, 563. 12, 124. veluti 6, 686.
831. 11, 771. 12, 274. 436. veb
m. folg. sic 4, 575. 706. veluti an
6, 231. 7, 586. 13, 602. si 12, 62.
qui 13, 249; gleichsam, cornua lunae
velut evanescere 2, 117. 11, 53.
veluti 11, 12. 457. 503; m. Par
velut excussum somno gleich als wär
sie 9, 695. veluti 7, 80. 13, 132. 1
182. — gleich als wenn m. Conf. veluti cognosceret 4, 596. 3, 690. 1
115. [veluti nach d. 5. Füße außer 11,
12, 486. 14, 188.]

vena, ae, f. b. über des animal. Kö
pers, Pl. 12, 821. 3, 13. 5, 436.
397. 7, 334. 8, 890. saliunt 10, 28
trepida schlagend 6, 389. sunt
venis sopitus (b. l.) 13, 312. — über
Wasseradern der Erde 9, 657. Pl.
397. fontis 14, 709. 702; Metalladr
semen veteris ranae d. Körner d.
alten Goldader ob. Goldsand 11, 14
meton. für Metall in aevum venis
pejoris 1, 128; über im Stein 1, 41
venabulum, i, n. Jagdspeer [Mer. a
venabula], v. einem 9, 205. 10, 71
12, 458. splendida 8, 419. quatere
8, 404.

venatrix, icis, f. Jägerin 2, 492.

vēnātus, us, m. Jagd, venatu (fl. in) 2, 451. 3, 153. ducis venatibus 4, 307.

vendo, didi, ditum, ĕre (venum-do), verkaufen, alqm 8, 848.

vēnēficus, a, um, giftmischerisch, bezaubernd, verba Zauberworte 14, 385. Subst. venefica, ae, f. Giftmischerin, Zauberin 7, 316.

vēnēnātus, a, um (Part. v. veneno), m. Gift erfüllt, versehen, virga Zauberruthe 14, 413.

vēnēnīfer, ĕra, um, Gift führend, giftig, palatum 3, 85.

vēnēnum, i, n. alles scharf auf den thier. Organismus wirkende, Gift 2, 777. 3, 33. 10, 23. nigrum 2, 198. furiale 4, 500. ardens 9, 171. validum 7, 123. liquidum Giftsaft 4, 500. tabes veneni 3, 49. Lernaei 9, 130. Pl. 7, 394. 835. somnifera 9, 698; meton. giftiges Blut 1, 444. — Zaubersaft 14, 403. 15, 349. Pl. 7, 202. portentifica 14, 55. [Versteil.]

vēnērābĭlis, e, verehrungswürdig, onus 13, 625.

vēnĕror, ātus sum, āri, verehren, alqm 14, 170. numina 5, 272. 6, 44. 15, 680. venerandus verehrungswürdig 4, 22.

vēnĭa, ae, f. Willfährigkeit, Gnade, negare veniam pro coniuge die für b. Gattin erbetene Gn. 10, 38. Thetis hanc pro coniuge supplex accepit veniam 11, 401. — Nachsicht, Vergeltung, veniam dare gewähren, vergeben 11, 182. alcui 1, 386. 3, 614. rogare dictis für 6, 32. orare 7, 748. dapibus für 8, 683.

Vēnīlĭa, ae, f. Gemahlin des Janus, dem sie b. Nymphe Canens gebar 14, 331.

vēnĭo, vēni, ventum, īre, kommen, veniunt euntque 12, 53. 14, 769. veni ich bin hier 5, 514. venit sie ist da 6, 43. ad alqm 6, 620. ad certamen 11, 158. in arma in b. Krieg 13, 54. ad oscula nostra venite 9, 288. belua ponto aus 5, 18. anima Cyclopis in ora 14, 175. spiritus illinc huc, hinc illuc 15, 166. senectus tremulo gradu 14, 143. nec tibi fama ventura est nuntia leti soll kommen 14, 726. vox ab ramis 5, 295. fulmen ab arce 8, 289. aridus veniebat anhelitus e fauno ora 10, 683. iaculum de parte sinistra 12, 420. cortex in verba novissima hat zwischen b. letzten W. 2, 363. ocus aeris ab annis 6, 22. sollertia miseris rebus 6, 575. vitium in fontes 7, 583. monstra ferarum in iuvenes treten an ihre Stelle 14, 415. aucupla, ad ferrum veniatis ab auro 15, 260. auf etw. kommen, ad solitas artes 11, 241. im Gespräch, ad nomen Iovis 3, 280. in partem nostri chori ventura die du unserer Schaar würdest beigetreten sein 5, 270. in partem leti venire dem Tode verfallen 7, 564. gloria in partem veniat mihi tecum werde zwischen uns getheilt 8, 427; wohin kommen, anlangen, dum venit bis er zu Argus kommt 1, 677. lignum sine acumine venit 8, 364; herankommen, nahen, sperata voluptas 2, 862. hora tempestiva 5, 499. veniens unda 15, 182. fluctus 11, 588. Aurora 5, 440. nox 10, 174. venientia fata Verhängnis 7, 605. ventura im Kommen begriffen, nahend, bevorstehend, undae 8, 164. luctus 5, 549. letum 13, 162. v. der Zeit künftig, zukünftig, tempus 15, 836. fata 15, 557. 799. venturorum nepotum 15, 835. Subst. ventorum b. Zukunft, venturi praescia 6, 157. 9, 418. Pl. ventura videre 6, 146; zum Vorschein kommen, genetiva venit imago 3, 331.

vēnor, ātus sum, āri, jagen 2, 427. studium venandi 3, 419. venatum ire in silvas 7, 805. metu venantum vor b. Jägern 2, 492.

venter, tris, m. b. Bauch 6, 380. 15, 172. ventris erat pro ventre locus 8, 805. xorax 15, 85. b. Mutterleib, gravidus tumet 10, 505. gravis maturo pondere 9, 685. maturus 11, 311; b. ganze Spinnenleib 6, 144. Schlangenleib 1, 459.

ventus, i, m. b. Wind, celer 2, 506. turbine validi venti 0, 310. Iupiter an venti tonarent 15, 70. ventorum domus 8, 596. facientes frigora 1, 56. 120. discordes 4, 621. feroces 11, 491. leves 15, 348. utiles 13, 630. faventibus 15, 49. sedatis 15, 342. v. Aeolus eingeschlossen 4, 663. 11, 432. 747. 14, 224; — Luft, anima in ventos recessit 11, 43.

Vēnŭlus, i, m. Gesandter des Turnus an Diomedes 14, 457. 512.

Vēnus, ĕris, f. Tochter des Jupiter u. der Dione 14, 585. 15, 808, nach Andern aus dem Schaume des Meeres entstanden 4, 537, woher b. griech. Name Aphrodite (Ἀφροδίτη v. ἀφρός Schaum), Göttin der Liebe u. Anmuth, alma 10, 230. 14, 478. aurea 10, 277. 15, 762, daher bei Ehebündnissen zugegen 2, 796. 10, 295. Gemahlin des Vulcon 4, 173. Mutter des Cupido 1, 463. 5, 363. 9, 482. der Harmonia, der Gemahlin des Cadmus 3, 132. 4, 531 u. des Aeneas 14, 572. 588. deffen Apotheose fie betreibt 14, 585 ff. Ihre Liebe zu Anchises 9, 424. 13, 674, zu Adonis 10, 524 ff., ihr Ehebruch m. Mars 4, 171 ff. 14, 27. Auf ihrer Flucht vor Typhoeus wird fie zum Fisch 5, 331; fie belebt b. elfenbeinerne Bild des Pygmalion 10, 277; unterstützt den Hippomenes beim Wettlauf mit Atalanta 10, 640 ff.; verwandelt die Propötiden zu Amathus u. die Cerasten 10, 238. 230; wird vor Troja b. Diomedes verwundet, wofür fie fich bei feiner Flucht von Argos an ihm u. feinen Gefährten rächt, indem fie letztere in e. Art Sturmvögel (aves Diomedeae) verwandelt 14, 478. 498 ff.; rettet den Paris u. Aeneas 15, 805 f.; begünstigt überhaupt die Troer 14, 572 u. die Römer als Abkömmlinge derselben 14, 783, ferner Jul. Cäsar als Nachkommen des Aeneas 15, 762. 779 ff. Hauptplätze ihrer Verehrung 10, 529 ff. vgl. Cytherea, Erycina. Sie fährt auf e. mit Schwänen ob. Tauben bespannten Wagen 10, 718. 13, 674. 14, 597. 15, 386. — oft meton. Liebe, Liebesverhältnis, Liebesband 4, 258. 9, 141. 639. 728. 10, 324. 12, 198. 13, 874. feminea 10, 80. temeraria 9, 553. externa 14, 380. Veneris foedus 3, 294. Liebesgenuß, Wollust 10, 434. utraque (b. f.) 3, 323. spes Veneris 9, 739. 11, 308. pronus in Venerem 6, 460. Venerem pati Liebesumarmung dulden 14, 141.

vepres, is, m. Dornbusch, vepre latens 5, 628.

ver, veris, n. Frühling 10, 164. aeternum 1, 107. perpetuum 5, 391. vere novo 15, 202; bildl. aetatis breve ver Jugendlenz 10, 85. — Ver personificiert 2, 27.

verbēnae, arum, f. von e. geweihtem Orte genommene heilige Kräuter ob. Zweige 7, 242.

verber, eris, n. b. Geißel, ictu verberis increpuit 11, 821. caedit verbere 2, 399. — übertr. b. Schleuderriemen, contorto verbere 7, 777. — b. Schlag, das Schlagen, verbere virgae percutere caput 11, 300. remorum in verbera perstant 3, 662.

verbēro, āvi, ātum, āre, schlagen, mit e. Schlag treffen, alqm euse 4, 727.

verbum, i, n. b. Wort [mei. nur Pl.] 1, 175. 8161. sollemnia 10, 4. blanda 9, 158. vana 13, 263. latentia t. 573. novissima 2, 363. superba 14, 715. ingentia 13, 340. minoribus uti 6, 151. minus violenta loqui 3, 717. venefica dicere 14, 365. 301. talia referre 1, 700. iacere 15, 780. queri 9, 301. concipere 10, 201. tot reddere 9, 29. exsecrantia edere Flüche 5, 105. precantia Bitten, (Gebete 2, 482. 6, 164. excusantia Entschuldigungen 9, 225. solantia Trostworte 11, 685. iussa patris Befehle 2, 744. falsa Lügen 11, 204. ficta 13, 2. minacia Drohungen 11. puerpera der mitbindende Spruch 10, 511. nec habent sua verba dolores b. Schmerzen entbehren der Schmerzensworte 10, 506. vgl. 7, 501. summa verborum 14, 815. littera pro verbis 1, 649. verbis et carmine bembiab. fl. verbis carminis 7, 203. amborum verbis in beider Namen 4, 154. rictu in verba parato zum Sprechen 13, 568. usus verborum der Sprache 14, 92.

vērē, Adv. in Wahrheit 8, 131. 322.

vērēcundus, a, um (vereor), zur Scheu vor Unschädlichem geneigt, Klisam, schamhaft, vultus 14, 840. rubor 1, 484.

vēreor, itus sum, ēri, scheuen, fürchten, alqm 13, 853. tacitum aquae 6, 108. nihil 7, 87. peiora 1, 587. m. ne 2, 60. m. Inf. falli 10, 287. 4, 827. fich scheuen 9, 228; verendus ehrwürdig, achtunggebietend, augustā gravitale 9, 270. maiestas 4, 540.

vergo, ēre, wenden, venenum in pectus schütten 4, 506.

verno, āre, Frühling haben, humus vernat wird frühlingsgrün 7, 284.

vernus, a, um, dem Frühling angehörend, flores Frühlingsblumen 5, 554. frigus Frühlingsfrost 14, 763.

vērō, Adv. postpos. in Wahrheit, in d. That; steigernd vollends, tum vero ba vollends 9, 72. 4, 946. 416. 5, 41. 6, 313. 7, 685. 15, 803. anapher. 9, 036. im Nachf. 2, 691. 7, 329. damals vollends 14, 485. — gegensätzl. in d. That aber 2, 518. at vero 2, 178. 4, 107. 7, 89. 8, 828. tum vero 2, 227. 10, 290. 11, 121. 12, 128. [tum vero Versauf. außer 1, 323. 9, 634. 14, 485; desgl. est vero, at vero außer 4, 107.]

verro, verri, versum, ēre, fegen, kehren, humum 6, 706. pallā 11, 166. harenae verruntur caudā 10, 701. harenas ex imo auflegen 11, 499. —

schleifen, ziehen, caesariem per aequora 13, 961. canitiem in sanguine
13, 492.

verso, āvi, ātum, āre (verto), hin-
u. herdrehen, herumdrehen, drehen,
ora favilla versata 8, 867. stipes
calido aeno 7, 279. cardinem 4, 91.
stamina, fusum pollice 4, 34. 221.
6, 22. corpora in orbem 8, 416. an
more apri herumfahren 4, 722. lumina verdrehen (im Sterben) 5, 134.
suprema 6, 242. supremo moto 7,
578. manum in viscera hineinbohren
12, 499. omnia viridi cicuta umrüh-
ren 4, 505. rivus versat harenas
umrollen 2, 454.

versus, ūs, m. (verto), d. Zeile 9, 565.

versūtus, a, um (verto), gewandt,
schlau 11, 312.

vertex, icis, m. (verto) Wirbel des
Wassers, turbinens 8, 556. aquae
sine vertice euntes 5, 587. amnis
verticibus frequens V. 100. — des
Hauptes, Scheitel 4, 558. 4, 672. 8,
8. Dulichius des Dulichiers 13, 107.
submisso vertice 8, 538. moribundo
pulsat humum 5, 81. subposito sacra
portabant oh. auf d. Kopfe 2, 713.
fregit a summo v. von d. Spitze des
Scheitels an 12, 433. sol mittidas a
vertice fenerat umbras in scheitel-
rechter Richtung 14, 51. bibl. vertice
sidera tangam 7, 61; Schädel, June-
turas vertice rupit 12, 288. — übertr.
Scheitel, Gipfel, eines Berges, Felsen
1, 316. 4, 751. 11, 559. Idaeus 14,
535. longus 13, 911. summus 6,
204. 7, 702; eines Baumes, hirsuta
vertice pinus 10, 103.

vertigo, inis, f. Drehung, assiduā
vertigine rapitur caelum 2, 70.
Wirbel des Meeres 11, 549.

verto, ti, sum, ĕre, drehen, wenden,
cardinem 11, 608. 14, 782. lter den
Flug 2, 730. targa 8, 884. (verso
pede 8, 869. gradu ?, 338. versis
habenis 8, 813. retro versus 4, 666.
versus in adversa agmina 6, 161.
Maeandros versus ad mare 8, 165.
luminis orbem ad alqm 7, 752. harpen in alqm kehren 5, 69. casus
iaculum ab illo in fatum latrantis
lenken 8, 412. armentum ad litora
3, 642. venenum in pectus gießen
1, 606. Pass. verti sich wenden, in
pecudes 1, 235. 11, 22. vertere
(Imper.) in Aeaciden 12, 608. ad
solem 4, 270. ab hoc versa est ad
vultus sororis 6, 630. tota aequora
vertuntur supra caput ergießen sich
13, 955; ab-, wegwenden, lumina 5,
132. vultum 6, 642; umdrehen,
-wenden, aratra glaebas vertentia 5,
477. 1, 425; umstürzen, -werfen, robora 5, 691. urna versa effudit lapillos 15, 45. vertit impulsum super
lapidem warf ihn durch e. Stoß nieder
12, 138. — übertr. animum ad iura
civilia 15, 632. ingenium parentis
ad publica commoda hinlenken auf
13, 188. Dryadas in suos vultus
14, 327. ad Iaculi vertebar opem
wendete mich 7, 787. Pirenaeus vertitur ante ora schwebt mir vor Augen
5, 276; v. Oertlichkeiten, Pachynos
versa est ad austros ist gelegen nach
13, 725; umdrehen, verso crimine mit
Umdrehung der Schuld 15, 502. bes. v.
Beschaffenheit eines Ggst. umdrehen, verändern, verwandeln, alqm 4, 428.
quae mea culpa tuam vertit mentem
11, 422. cruorem in faciem hominum
1, 169. gentes in cinerem 2, 216.
caput in rostrum et plumas et grandia lumina, weil d. Kopf des Uhu nur
d. Schnabel, d. großen Augen u. Federn
sehen läßt 5, 545. poena versae figuram der Verwandlung 10, 231. 4, 604.
versā figurā squamis volantibus actus mitteist Einhüllung der Glieder in
Schuppen 4, 45. convivia versa in
tumultus 5, 5. verti sich wandeln,
verwandeln 15, 420. 5, 568. luctus
a lacrimis in poenas amorem versus
est 2, 450. 1, 409. 2, 535. 8, 674.
14, 549. alite verti in e. Vogel 16,
131.

Vertumnus, i, m. (verto) d. ital. Gott
der Wandlungen in d. Natur u. namentl.
des herbstl. Erntesegens. Seine Bewerbung um Pomona 14, 641.

veru, ūs, n. Bratspieß, veribus stridunt 6, 646.

verum, Conj. gegensätzl. bekräftigend,
in Wahrheit aber, doch 5, 177. 8, 63.
11, 513. 15, 477. nach quidem 9,
478; nach Negat. sondern, non iniuria
est, v. amor 5, 526. 13, 484. non
tantum — v. etiam nicht nur — sondern auch 13, 344. 807. 15, 318. non
solum — v. etiam 13, 818. 14, 457.
[versaut. außer 5, 473. 13, 494. 14, 471.]

verumtamen, Conj. dennoch aber,
gleichwol, 9, 465.

verus, a, um, wahr, wirklich, echt,
parens 1, 764. di 4, 272. si modo
verus is est wenn er anders der wahre
(Jupiter) ist 3, 281. verum tantum,
freta vera putares 8, 104. verae
aves si. veras avium alas 8, 195.

rami 11, 83. vero nomine 2, 98.
fletus 11, 672. furor 12, 41. amor
aufrichtig 5, 81. crimina begründet
14, 401. Subst. verum, i, n. das
Wahre, d. Wahrheit, 1, 122. 229.
814. maiora fide veri 3, 660. notae veri 7, 600. infamia minor erat
vero blieb hinter d. Wirklichkeit zurück
1, 215. verum si quaeris 5, 16. pro-
fiteri 9, 738. *Pl.* vera referre 3,
660. 5, 271. fateri 7, 728. veris
addere falsa 9, 139; das Rechte, ignorantia veri 7, 92. — Wahrheit verkündend, wahrhaftig, os Phoebi 10,
209. fama 5, 262. promissa 15, 18.
vesanus, a, um, wahnsinnig 14, 422.
vescor, vesci essen 5, 651. m. *Abl.*
alitu 10, 487.
vesica, ae, f. Blase des animal. Körpers, Harnblase 15, 304. 414.
vesper, eris u. eri, m. d. Abend als
Acii, sero a vespere trahunt nomen
(vespertiliones) 4, 415. — (dicht.) d.
Abendland, d. Westen 1, 62.
Vesta, ae, f. Tochter des Saturnus,
Göttin des Herdes u. des heil. Opfer-
feuers, weshalb in ihrem Tempel e.
ewiges Feuer brannte, das die vestalischen
Jungfrauen zu erhalten hatten, u. dessen
Verlöschen als ein Unglückszeichen galt
15, 778. Ihren Dienst soll Aeneas aus
Troja nach Italien gebracht haben, Troica
15, 731. Die Oberaufsicht über d. Vesta-
dienst führte der Pontifex Maximus.
Als daher Augustus dieses Amt bekleidete,
wurde ihr auf dem palat. Hügel neben
der Wohnung desselben e. Heiligthum
gegründet, sodaß sie gleichsam zu seinen
Hausgöttern gehörte 15, 864. Caesarea
15, 865.
vester, tra, um, euer 1, 278. plaga
der euch trifft 3, 328.
vestigium, ii, n. (Rel. zur vestigia)
Fußstapfe, Fußspur, certa ferae 4,
105. 10, 710. pedum 7, 775. vestigia aequi 1, 532. 3, 371. 4, 515.
legere 8, 12. quaerere 6, 560. servare 11, 232. d. Ort, wo d. Fuß steht,
lapides tua post vestigia mittunt 1,
399; Fußtritt, Schritt, duri pedis
2, 659. pedum ponere in undis 2,
871. 3, 694. 14, 49. facere 14, 281.
flectere 1, 872. ferre ad 2, 21; d.
auftretende Fuß selbst, Fußsohle, vestigia stringere 1, 586. tingere lato
ponne 4, 343. 5, 502. tenuit vestigia tellus 5, 199. undae vestigia
(*Acc. limit.*) 3, 570. übertr. Spur
anderer Dinge 11, 693. manifesta rotae
2, 132. retaris formae 1, 287. Iovis

aerare 9, 283. damni 5, 476. laceri
currus Trümmer 1, 318.
vestigro, are, d. Spur Jem. verfolgen,
aufsuchen, viros 3, 52.
vestio, ivi, itum, ire, bekleiden, **penna**
latus 3, 376.
vestis, is, f. Kleid, Gewand 1, 372.
528. villis 3, 859. purpurea 2, 22.
nivea 10, 482. pictae 3, 556. Phrygiae durch künstl. Stickerei und Wieberei
berühmt 4, 166. aurata mutavit a-
tens 8, 448. vestes induere 11, 575.
sinuosa 5, 63. cinctae 1, 282. summa
d. oberste Theil des Gewandes 8, 118.
suotae fertige 6, 12. pendens noch
als Gewebe vom Webstuhl herabhangend
4, 395. schleierartiger Überwurf 4, 197.
— Teppich, Decke 8, 459. 667. poe-
nicae 12, 104. *Pl.* v. einem 6, 581.
pictae 6, 131.
veto, ui, itum, are, nicht geschehen
lassen, verbieten, wehren, res ipsa
vetat 10, 354. vetuere patres 4, 61.
turba vetant 6, 242. aliqd 1, 61. m.
Acc. c. Inf. 1, 489. 2, 821. 632.
3, 548. 8, 688. 15, 832. quaerentes
trepidare vetat heißt sie nicht jagen
1, 251. 10, 362. *Pass.* vetor m. *Inf.*
es wird mir verwehrt, plura loqui 2,
657. muros intrare vetaris 15, 616.
Part. vetitus verboten, versagt, ardor
9, 502. conubitus 10, 352. aequor
ihnen versagt, weil d. Sternbild des
Wagens für uns nie unter d. Horizont
verschwindet, sich also auch nie sichtbar in
d. Ocean taucht 9, 172. fames vetitorum
ciborum 15, 138. nihil vetitum est
sceleri 6, 273. Subst. n. vetita Ver-
botenes, in vetitis numerare 10, 435.
vetus, eris, alt — was schon lange Zeit
besteht, silva 3, 28. urbs 14, 233.
casa 8, 609. ara 6, 326. 11, 198.
12, 12. infamia 1, 707. — nicht neu,
vestis 3, 658. amor, seit d. Zeit steben
geblieben 1, 417. — verdorben, cruor
1, 286. 353. — hinfällig, anni 9, 431.
— alterthümlich, argumentum 8, 19.
— altehrwürdig, deorum veterum simulacra 10, 604. sorores d. Parzen
15, 781. Camenae 14, 434. — alt
— der vor alter Zeit gelebt hat, Cerám-
bus 7, 353. viri einstig 13, 400. coloni 7, 815. Subst. veteres die Alten
7, 594. 475. — was vor Alters geschehen od. gewesen ist, aetas 15, 96.
aevum 15, 11. einstig, rapina 13, 23.
culpa 10, 563. mala 13, 570. amores 6, 676. — ehemalig, früher, forma
1, 237. Schönheit 1, 497. vires 7,
81. honores 7, 543. ira 14, 493.

vĕtustas, ātis, f. b. hohe Alter, der Sage 1, 400. hohes Greisenalter 14, 695. tarda absumpfend 12, 182. b. Länge der Zeit 1, 445. 7, 446. 15, 156. spatiosa 15, 623. edax 15, 872.

vĕtustus, a, um, alt — was schon lange besteht, silvae 6, 521. luci 8, 742. 11, 360. sors Orakel 4, 642.

vexo, āvi, ātum, āre (veho), hin u. her schütteln, jagen, venti nubila 11, 435.

vĭa, ae, f. Weg, Straße, est via sublimis 1, 168. declivis 4, 432. difficilis 3, 227. ancipites 14, 438. ardua prima via est d. erste Theil des Weges 1, 63. 67. invia virtuti nulla est via 14, 113. via arcis zur Burg 14, 778. per quinque arcus 2, 129. via ducit ad undas 8, 602. tellus viam in Tartara fecit öffnete 5, 423. viam carpere 3, 12. 8, 208. 11, 189. tenere 2, 79. per praecipites ferri 2, 208. ambage variarum viarum 8, 101; übertr. aquarum viae Canäle 1, 284. tellus spirandi vias mutare potest 15, 344. vitales vias et respiramina clausit b. Lebens- u. Athemwege 2, 828. vocis via Stimmweg, Hals 14, 498. Weg für d. Stimme 5, 355. insana viam quaerebat, qua se exsereret 10, 604. leti via zum Tode 11, 792. qua via proxima est leto wo d. Tod den nächsten Weg hat, ihm d. nächste W. offen steht 8, 399. — Weg = Gang, Reise, nec via nos separat e. (langer) W., der zurückzulegen ist 3, 449. longa 11, 424. viae spatium 8, 794. labor 13, 916. causa des Kommens 2, 31. 4, 469. 6, 259. 10, 23. impatiens viae 6, 322. lessus viā 11, 274. viam suadet boreas b. Fahrt 13, 418. via maris Meerfahrt 11, 747.

vĭātor, ōris, m. b. Wanderer, Reisender 1, 493.

vibro, āvi, ātum, āre, in zitternde od. schwingende Bewegung setzen, flamina vibrabant vestem ließen flattern 1, 528. vibrata fulmina iactat b. geschwungenen Bl. 2, 308. spicula 6, 374. vibratā linguā sibila dedit mit zitternder Z. 15, 684. — intr. sich zitternd bewegen, zittern, tres linguae vibrant 3, 34. fauteln, tela vibrantia lato ferro 8, 342. 12, 79.

vicinia, ae, f. b. Nachbarschaft 4, 58. solis 8, 225; meton. — Nachbarn 8, 689. m. Prädb. im Pl. Daltum x tota vocabant 2, 688. humum x nulla premebant 4, 636.

vĭcīnus, a, um, benachbart, nahe, fons 4, 98. arbor 14, 407. aequora 8, 840. iuventus 7, 765. einander, sidera 2, 807. trunci 8, 720. alcni: amnis x Sardibus 11, 137. domus x fuit viae 14, 748. Subst. vicina, orum, n. b. Nachbarschaft, Umgebung 1, 571.

vĭcis, Gen. ohne Nom., vicem, vice, Pl. vices, vicibus, f. b. Wechsel, non vicem peragit vollzieht ihren W. (mit b. Tage) 4, 218. vices peragere durchlaufen 15, 238. alternare abwechseln (im Geschlecht) 15, 409. puppis agitur his vicibus 11, 502. bina lumina capiebant quietam suis vicibus in bestimmtem W. 1, 626. in vicem wechselsweise, abwechselnd 6, 631. 9, 525. gegenseitig 4, 72. in vices 8, 474. 12, 161. per vices 4, 40; Erweiterung, sequenti redde vices erwidere ihre Neigung 14, 86. in vicem, vices bogegen 9, 36. 4, 191. — wechselndes Amt, Stelle, vicem teli praestare b. Stelle einer Waffe versehen 12, 881. [Immer inque vicem, vices, perque vices Bestand.]

vĭctĭma, ae, f. Opferthier, bes. Rind 7, 162. 597. 8, 763. 15, 130. 794.

vĭctor, ōris, m. b. Sieger 3, 91. 2, 437. 4, 617. placidus 8, 57. Cycni 12, 160. 608. victor ab Oechalia kurz f. rediens ab O. 9, 136. nach glückl. Jagd 7, 864. nato victore (Abl. abs.) wegen des Sieges ihres Sohnes 8, 446. nato victore fui 8, 486. — Adj. siegreich, hostis 3, 50. Grai 13, 414.

vĭctōria, ae, f. Sieg 3, 728. 6, 82. ardua 14, 453. Troiae über Tr. 13, 348. regni über d. Herrschaft entscheidend 9, 42. proxima x domito Cycno (f. domo) 12, 164. — Victoria, ae, f. b. Siegesgöttin, volat dubiis pennis inter utrumque 8, 13.

vĭctrix, īcis, f. Siegerin 4, 510. 10, 599. 11, 563. inimica 6, 284. — Adj. siegreich, f. dextra 8, 421. victrices manus 4, 740. rates 15, 754. neutr. victricia fulmina 10, 155. arma nati 14, 572.

vĭctus, ūs, m. (vivo) Lebensunterhalt, Nahrung, ieiunia inopi victu bei dürftiger N. 1, 312. Pl. victibus invidit priorum 15, 104.

vĭdeo, vidi, visum, ēre, mit b. Augen wahrnehmen, sehen, erblicken, alqd 1, 163. 499. 3, 430. lucem 9, 779. Sol neget mihi se videndum versage mir seinen Anblick 1, 771. facta (Gg.) me-

morare) 13, 14. (Ggf. sentire) 3,
347. crimina (Ggf. audire) 13, 312.
alqm 14, 682; 1, 534. 9, 461. germanam vidisse dabis wirst du mir d.
Anblick der Schwester gewähren 6, 444.
ansehen, anblicken, alqm torvā nobe
4, 465. funus 14, 781. vidēre nefas
mit ansehen 11, 70. videndo bei dem
Anblick 2, 780. durch d. A. 7, 54.
praecontrectat videndo mit d. Bild
6, 478. m. bopp. Acc. orbem vidit
inuaem 1, 348. 428. 2, 403. 14, 573.
m. Acc. c. Inf. 1, 326. 715. 2, 116.
690. m. Acc. Part. Pr. flectantem
cornua 1, 455. 2, 199. 599. 768. 3,
57. 5, 363. 441. 7, 285. 395 (domum
regis flagrantem des corinth. Königs
Greon, s. Medea). 8, 360. 9, 206 ıu.
vidi, cum 13, 323. 14, 181. videres
man konnte sehen m. Acc. c. Inf. ob.
Part. 4, 550. 5, 429. 6, 296. 9, 209.
11, 126. 15. 537; p. fehlt Ggst. 7,
437. quascumque terras vident occasus et ortus 1, 354. quam me videant Capitolia regem 15, 589. sagittas visuras iterum Trojana regna
bestimmt zu erblicken 9, 232; Pass. videri gesehen werden, man sieht, colles
exire videntur 1, 343. 404. 2, 11.
3, 400. 8, 791. 11, 115. qui nunc
sum videor zeige mich in meiner jetzigen
Gestalt 3, 551. praesens videbor werde
in eig. Person gesehen werden 14, 727.
impune videri sich sehen lassen 15, 533.
erscheinen, maius videri 7, 639. 9,
461. tantus videbor 15, 601. als
visus utiliter 15, 678. visus Enipeus
als En. erschienen 6, 116. mihi visa
est Leaena ist d. mir ich habe gesehen 4,
514. 3, 192. 5, 395. 505. 8, 852.
10, 632. 13, 197. 14, 18. 245. Part.
visus gesehen, erblickt 2, 443. 778.
3, 416. 8, 299. visis feris beim Anblick 2, 493. 13, 230. 4, 781. visā (illā) 2,
770. visis (vulneribus) 3, 735. Plsqf.
bar, auditos caelestes praeponere visis 6, 170. Subst. neuer, visa das
Gesehene, Gesicht, Traumgesicht 7, 643.
9, 495. 703. 768. 15, 27. Gerund.
videndus sichtbar, nulli 10, 650. 14,
152. Supin. miserabile visu 13, 422.
— sehen = erleben, tempora senectae
d. Jahre des Gr. 3, 347. centum messes 14, 146. — sehen = besuchen,
haec moenia 15, 641. causa videndi
has domos 5, 260. — übertr. geistig
wahrnehmen, sehen, meliora 7, 20. —
voraussehen, ninnium 3, 525. ventura
4, 146. sua fata 6, 689; bedenken,
zusehen, vide m. Indic. Fr. quid faciam

2, 551. 6, 634. 9, 747. 12, 474. vi-
derit! mag er zusehen, was zu thun sei
9, 519. 10, 624; Pass. videri scheinen,
dünken, m. bopp. Nom. vox auguris
vana visa est 3, 349. 1, 621. 2, 131.
5, 313. 10, 698. m. Nom. c. Inf.
visa est agitasse cacumen 1, 567.
733. im Ggf. zur Wirklichkeit, aut stetit aut visa est (stare) 9, 688. aut
dedit aut visus gemitus est ille dedisse stipes 8, 513. m. Dat. aliis
violentior aequo visa, den est 3, 254.
5, 25. mihi videor ich dünke mich,
wähne, pressus mihi monte videbar
9, 56. aqua sibi nondum tota videtur 6, 528. si non sibi visa fuisset
(facillima matrum) 6, 156. 9, 429.
auch bloß videor, audisse 7, 838. 845.
vidisse 7, 650. sensisse 7, 722. 8,
812. 9, 470. 13, 868. idem factura
videbar gedachte das Gleiche zu thun
9, 343. quidquid factura videtur
was sie immer zu thun gedenkt 9, 526.
videor posse du wähnst ich könne 7,
178. videor debere scheine ich dir
schuldig zu sein 13, 573; videtur mihi
es scheint mir, dünkt mich gut, ich beschließe, sic visum superis 1, 366.
non ita dis visum est 7, 699. visum est dolere 9, 558. [Bestätb. ger-
man m. Messung — Beglücht — m. Fließen im l. R. vidi ego 13, 922. 15, 342. vidi
iterum 14, 163.]

vietus, a, um, welk, caput (liliorum)
10, 192.

vigeo, ui, ēre, in Kraft stehen, leben,
blühen, parte sui meliore viget 9,
269. oppidorum fama viget 7, 58.
magnae vignere Mycenae groß hat
bestanden 15, 426. flamma gulae
vigebat loderte 8, 845.

vigil, ilis, wachsam, custodia 12, 148.
Aurora, wo v. das Homer. ῥοδοδάκτυλος
ausdrückt 2, 112. ales cristati oris 11,
597. vigili voce (der Gänse) 2, 538.
Subst. b. Wächter 13, 370; subt. —
rege, vigili curā 15, 65. vigiles curae
3, 396.

vigilax, ācis, wachsam, immer wach,
vigilacibus curis 2, 779.

vigilo, āvi, ātum, āre, wachen, parte
oculorum 1, 687. vigilatum im Wachen
7, 843. 9, 469. 479.

viginti, zwanzig 3, 687.

vigor, ōris, m. Lebenskraft, Lebendig-
keit, Kraft 3, 492. gratus in ore vigor
(erat) 12, 397. ingenii 8, 252. vigor
omnis in illis (pectoribus) 13, 369.
plus vigoris 9, 790. cervix defecta
vigore 10, 191.

vilis, e, wohlfeil; gering an Werth, werthlos, vestis 8, 658. 659. merita 13, 101. vilior cura 5, 517. gering ge- achtet, solum 15, 428.

villa, ae, f. Landhaus, Meierhof 1, 295. 8, 654.

villōsus, a, um, zottig, urus 13, 836. pelles ursae 12, 319. übertr. guttura colubris 10, 21.

villus, i, m. zottiges Haar, Zottel, flavens 14, 97. nitidus Wollhaar 8, 720. Pl. 1, 296. longi 11, 396. ni- vei 8, 218. albentes 11, 176. nigri 2, 472.

vimen, inis, n. (vieo flechte) Gerte, Reis 4, 752. Actaeum attisch, bb. vom Oelbaum 2, 554. fruticosa 6, 345. 6, 337. Sing. coll. Gebüsch, Gezweig von Reisern 8, 29. arbor lenti viminis 16, 563; meton. Flechtwerk daraus, quernum 12, 436.

vincio, nxi, nctum, īre, binden, fesseln, alqm 10, 22. catenis 15, 601. vinc- tum corpus 4, 694. bilbl. somno vincta 11, 238; verbinden, befestigen, vinxit ex uno nodo duo bracchia ferrea 8, 248. vellera inter se 12, 430. vinctae cortice virgae 1, 122. tela ingo (Dat.) vincta est am Webebaum 6, 55; umbinden, -winden, vinctus caput (Acc. limit.) lauro 11, 165. boves vincti cornua vittis 7, 429.

vinclum s. vinculum.

vinco, vici, victum, ěre, Sieger sein, siegen, superari an vincere malit 10, 610. manu pedibusve rotāve 1, 449. loquendo 9, 30. vincite pro fama ves- tra 3, 546. vincis, Perseu bist Sie- ger 5, 216. 663. 6, 265. vicisse pe- tunt als Sieger bazustehen 14, 571. übertr. — sein Ziel erreichen 11, 779. vicimus! [Siegesruf.] 4, 858. 6, 513. 10, 443. — transl. besiegen, überwin- den, überwältigen, omnes certamine pedum 12, 304. tauros 7, 874. Per- gama 13, 349. oriens tibi victus (est) st. a te 4, 20. omnia qui vi- cit, vincet ignes 9, 250. vinceris a timido raptore Graiae maritae 12, 609. fata 2, 617. 15, 799. lumina canendo 1, 684. duritiā (pellis) ia- culum 3, 65. victae nubes (sole) 5, 571. Subst. victi b. Besiegten 10, 599. victae 6, 664; übertr. dolor vincit in- victum virum 13, 386. rex patrem 12, 30. haec sententia dubiam mentem 9, 516. pudor amore 1, 619. durch Bitten ubgl. erweichen, victa dea est 13, 82. genitor prece vincitur 6, 483. victus besiegt, überwältigt, victa

iacet pietas 1, 149. labore' fugae 1, 541. sopore 14, 779. vulnere 12, 382. luctu 4, 555. pudore 7, 743. libidine 9, 625. precibus 1, 878. Eumenides carmine bezwungen 10, 45. — übertreffen, es superibus, matrem filia 4, 211. Aegea Theseus 15, 856. cunctos fugā 13, 115. Nestora elo- quio 13, 63. acta patris fortibus actis 11, 223. alios dracones 9, 68. ferrum 6, 612. tenuissima stamina non vincant illud opus 4, 179.

vinchlum, sync. vinclum, i, n. (vin- cio) Band, Fessel, tenax 11, 252. Pl. 1, 631. 4, 193. digitorum 9, 77. galeae 12, 141. laquei 14, 785. 10, 381. 887. gerere 4, 681. pati 6, 558. parare lacertis 13, 667. adi- mere canibus 8, 832. sibi exuere 7, 772. pedibus demere b. Schuh- riemen 3, 168. spinea Dorngewinde 2, 790. pennarum vincula, ceras Bindemittel 8, 226. Vogelschlingen 11, 73. vinclis remissis bie verschlungenen Hände 9, 815. — bilbl. Band der Ver- wandtschaft, vinclo propiore ligari 9, 650. [Rer vincula i., 631. v. 790. 7, 773. 8, 278. 823. 9, 77. 10, 381. 887. 11, 73. 14, 725, sonst sync. vinclo, vincla, vinclis.]

vindex, icis, c. ber etw. gerichtl. für Jem. in Anspruch nimmt, Beschützer 12, 238. b. Drache, ber b. goldne Vlies bewache 7, 214. terrae Herculis, weil er sie von so vielen Plagen befreite 9, 241. — Rächer, Bestrafer, vindex ul- torque parentis 6, 237. aus vindex Dianae 8, 272. vindice nullo ohne 1, 89. Adj. rächend, strafend, vindice flammā Blitz 1, 230.

vindico, āvi, ātum, āre, als Eigenthum in Anspruch nehmen, für sich, urbem 6, 77; für Andere: zurückgeben, anti- quam faciem 2, 523; in Schutz neh- men, vor etw. faces meas a crimine 10, 312. befreien, revinctam ad saxa 11, 213; rächen, serpentem 4, 574.

vindicta, ae, f. b. Rache, Ahndung 1, 210. vindictam differre 12, 8.

vinetum, i, n. Weinpflanzung, -garten, Pl. 1, 298. Timoll 11, 86.

vinum, i, n. b. Wein, purum unver- mischt 7, 694. calidum searlg 16, 324. gravis vino 10, 438. vino ingenium faciente 7, 432. Pl. 6, 680. dabant animos 12, 242. mera 15, 831. non longae senectae 6, 672. bibere 14, 322. libare 8, 274. fundere in aras 9, 160. dare pateris 15, 575. fugit vina bei Weingenuß 15, 323. Elpenor nimii vini (*Gen. qual.*) der b. Wein zu sehr liebt 14, 262.

viola, ae, *f.* b. Beilchen 4, 268. 12, 410. *Pl* 5, 392. 10, 190.

violentia, ae, *f.* Heftigkeit, Wildheit, vultus 1, 288.

violentus, a, um (vis), gewaltthätig, heftig, drohend, wild 1, 162. 5, 491. 9, 121. 10, 568. violentior aequo vim dea est 3, 255. amne 13, 801. Nereus permanet violentus stürmisch 12, 24. leo 2, 81. aper 8, 738. ira 8, 108. violentior ignis um so heftiger 7, 747. verba minus violenta drohend 3, 717. tela 11, 392. arma Cupidinis 9, 548.

violo, avi, atum, are. durch gewaltsame Behandlung verletzen, denm 4, 612. dnos in nno 12. 229. verwunden, alqm misso thyrso 8, 712. corpora ictu baculi 8, 325. nullo violabere ferro 5, 226. vulnere nullo 13, 279. nemus securi 8, 741. 3, 28; bildl. durch Gewaltthat beflecken, pinum b. Schiff 3, 821. durch b. Anblick verletzen, c. Gräuel für Jem. sein, vivos et exstinctos 10, 485.

vipera, ae, *f.* Viper, Schlange 10, 24.

vipereus, a, um, von Vipern ob. Schlangen, carnes 2, 769. fauces 7, 203. dentes Schlangenzähne 8, 108. 4, 573. 7, 122. nodi verknotete Schlangen 4, 491. pennis mittelst der Flügel ihrer Schlangen 7, 391; schlangenhaarig, monstrum Medusa 4, 615. sorores bie Erinyen 6, 662.

vir, viri, *m.* b. Mann, im Allg. vir ingenua de plebe 9, 671. *Pl.* Männer, Leute 1, 256. 4, 767. 6, 319. 13, 430. 14, 93. — Volksmenge 6, 426. 15, 422; hinsichtl. bes Geschlechtes 1. 323. 3, 328. 4, 280. 390. omne genus virorum 7, 745. femina virque 6, 314. nec audet appellare virum virgo 4, 682. vix vir 12, 800. als Gatte 1, 146. 470. 4, 183. 6, 11. 8, 827. 9, 863. 401. vir de grege 1, 660; im Ggs. zur unreifen Jugend, viros faciet impubibus annis 9, 417. zu puer 3, 549. 18, 397; b. reife, kräftige Mann 10, 561. 12, 476. fortis 13, 121. 383. magnus 13, 241. faclis maxime 14, 108. invictus 13, 386. tantae famae 7, 475. als Krieger, *Pl.* 3, 110. 549. 12, 78. 599. oft burch Held wiederzugeben 5, 101. 9, 63 uö. Schiffsmannschaft, *Pl.* 11, 495. 14, 240.

virago, inis, *f.* b. kräftige Jungfrau, Heldenjungfrau, bes. Minerva. Hava 6, 130. belli metuenda virago 2, 765.

Virbius, ii. *m.* latin. Gott (s. Hippolytus) 15, 544.

vireo, ni, ere, grün sein, grünen, locus viret 14, 837. spina 8, 330. serpens squamä recenti 9, 267. pectora felle 2, 777. virens grünend, grün, buxus perpetuo v. 10, 97. herbae semper v. 4, 301. mentae 8, 668. fronde virens virga grünlaubig 11, 108. thyrsi 11, 27. frondes auro radiante virentes von grünlich strahlendem Golbe 4, 638; prangend, blühend, Tritonia arx ingeniis opibusque et festa pace virens 2, 795.

viresco, ere, zu grünen beginnen 4, 394.

virga, ae, *f.* dünner Zweig, Reis 1, 122. 3; 29. fronde virens 11, 108. turea 4, 254. salicis 13, 800. Pfropfreis 14, 630. natae sub aequore Ecgrae 4, 742. Blumenstengel 10, 191. viscata Leimruthe 15, 474; Zauberruthe 14, 278. 800. venenata 14, 413. bes. Ruthe ob. Stab Merkurs, womit er Schlaf bringt ob. verscheucht, somnifera 1, 671. 2, 736. 11, 307. medicata 1, 716, u. Thüren öffnet 2, 819.

virgineus, a, um, jungfräulich, artus 8, 164. caput 4, 20. vultus puerili in ore 10, 831. 8, 323. puer virgineä formä 3, 607. mentes 5, 274. dolor 5, 401. timor 10, 881. imana 14, 556. Helicon als Sitz der jungfräul. Musen 2, 219. 5, 254. volncrea bie Harpyien (s. Phineus 2) 7, 4; ber ob. einer Jungfrau, manus 2, 867. sanguis 12, 28. nomen adimere 8, 591. tactu ber Jungfrau 13, 467. ope ber Ariadne 8, 172. favilla ber Jungfrauen 13, 697. vultus Gesichter von Jungfrauen 6, 563.

virginitas, atis, *f.* Jungfräulichkeit 1, 695. severa 5, 255. perpetuä frui 1, 487. jungfr. Ehre 6, 536; Jungfraunschaft, rapta 8, 851. si mea v. patuisset Phoebo 14, 133. virginitate carens 9, 331.

virgo, inis, *f.* Jungfrau, Mädchen 1, 589. 689. 4, 682. virgo erit wirb Jungfrau bh. unvermählt bleiben 5, 876. et virginem et unam vi superat sic, nicht nur c. Mädchen, sondern auch hülflos 6, 524. v. Astraea 1, 149. marina Thetis 11, 228. Minerva, bellica 4, 754. a virgine virgine rapta nachdem er von ber Jungfrau (aus b. Tempel ber Minerva) bie Jungfrau (Cassan-

bra) weggeraubt 14, 468. mota est
pro virgine 2, 579; *Adj.* jungfräulich,
virgo dea Diana 12, 28.
virgultum, i, n. Gesträuch, *Pl.* 14, 349.
viridis, e, grün, herba 2, 864. caespes 10, 166. pratum 1, 297. ripae
2, 371. agri 7, 415. silva 8, 324.
ilex 1, 112. rami 12, 22. cicuta 4,
505. rauae 15, 375; als Farbe der
Wassergottheiten, capilli 2, 12. 5, 575.
viridis ferrugine barba rostgrün 13,
960. vestis 9, 32.
virilis, e, männlich, vox 4, 582. stirps
die Söhne 13, 529; des, eines Mannes,
der Männer, vultus 8, 189. 8, 863.
manus 18, 466. animus 13, 165. coetus 8, 403. coulactus 7, 239. 10, 434.
accessus 14, 638. tela 8, 392. studia
12, 208. [Drebais. Formen Berdicht.]
virtus, ūtis, f. (vir) Mannhaftigkeit,
Tüchtigkeit 7, 27. 10, 607. 616. 14,
113. Aeneïa 14, 581. virtute dolores
superare 8, 517. 9, 163; rhyf. Kraft,
Stärke, inferior virtute 9, 62. manuum 9, 188. übertr. v. lebl. Ggst. herbarum 14, 367. neque adhuc virtus
in frondibus ulla est 15, 205; durch
d. That bewährte Tüchtigkeit, Verdienst,
virtutis honor 13, 158; Tapferkeit,
Muth 4, 702. 770. 5, 177. 269. 7, 405.
8, 387. 10, 707. 11, 299. 343. 12,
159. 18, 21. spectata per tot labores
5, 243. temeraria 8, 407. amissam
reposco 13, 235.
virus, i, n. giftige Flüssigkeit, Gift,
nocens 2, 800. 14, 403. einer Schlange
11, 778. Echidnae 4, 501. Lernaeae
echidnae 9, 158.
vis (*Sing.* vim, vī, *Pl.* vīres, ium), f.
Kraft, Gewalt, iuvenalis 12, 466. nova 7, 19. gemina (venti et aestus)
8, 472. ignea caeli des Aethers 1, 26.
mali der Krankheit 8, 875. des Giftes
9, 161. meri kräftiger Wein 14, 274.
nocendi 5, 457. aurea Gold erzeugend
11, 142. vi m. Gewalt 6, 625. 690.
multa 3, 70. 12, 139. Wirkung, fontis
4, 287. vaporis 11, 631. monstri 4,
745. contraria vino 15, 324. öfter
Pl. vires Kräfte, Kraft des Körpers
2, 54. 8, 468. 4, 528. 658. 5, 82.
610. 9, 877. (Kraftanstrengungen) 15,
521. nimiae 6, 347. geminae v. Roß
u. Mann 13, 502. standi 13, 60. volandi 12, 568. equorum 2, 392. viribus non circumspectis 5, 171. absumptis 1, 543. vires resumere 9,
59. animus dabat 12, 383. mentis
12, 369. reddere amori 9, 154. tor-
menti 14, 183. austri 12, 510. fulminis 1, 305. herbae sine viribus
wirkungslos 7, 327. sui Mavortis 8, 7.
armorum Waffengewalt 13, 657. Macht,
Amoris 5, 874. dei 4, 418. Gorgoneae der Gorgo 5, 195. Eigenschaften,
alias aliasque flumina concipiunt 15,
335. avitas assumere 13, 686. —
Gewalt = Gewaltthat, nur *Sing.* 1, 131.
6, 690. 14. 635. sine vi 11, 270. per
vim gewaltsam 6, 608. 12, 223. ad vim
paratus 11, 294. vim minis addit 4,
661. parare zur Gewalt greifen 2, 576.
11, 240. 14, 770. Gew. anthun wollen
5, 288. ferre Gew. anthun 14, 402.
alcui 3, 344. 4, 289. pati erleiden 4,
233. von Jem. alci 9, 352. 11, 309.
12, 197. — *Pl.* vires wirksame Waffen,
Wassermassen 1, 278. bitumineae v.
Erdpech 15, 350. 368. (Aetnae) Flam-
mengluten 13, 868; Streitkräfte, amicas adquirere 7, 459. 489. 508. 13,
61. 14, 461. 528.
viscatus, a, um, m. Vogelleim bestrichen, virga Leimruthe 15, 474.
viscus, ěris, n. alle weichen Theile des
animal. Körpers zwischen Haut u. Knochen, b. Eingeweide, tela haerentia
viscere 6, 290. de putri viscere 15,
365. meist *Pl.* 4, 113. 457. 7, 554.
immensa bodenlos 8, 829. 846. viva
trahi 15, 525. 12, 390. in viscera
viscera condi 15, 88. viscera cumu-
lare Thyesteis mensis 15, 462; Fleisch,
Pl. 4, 424. 6, 664. bildl. b. eigene
Fleisch — b. eigene Kind, sua 6, 651.
10, 465. mea 6, 478. belua visceribus meis exsaturanda 5, 18. —
bildl. Eingeweide — b. Innere eines
Ggste, terrae 1, 188. 7, 129. opacae
matris dß. Telluris 2, 274. distentae
matris des Mutterleibes 15, 219.
viso, vīsi, vīsum, ěre (video), genau
besehen, schauen, Capitolia visent pom-
pas wird mit Staunen sehen 1, 561.
me visendam mitte sorori daß sie
mich sehe, dß. zum Besuch bei ihr 6,
441; besuchen, aufsuchen um zu sehen,
visae aulam Somni 11, 588. pere-
grinum orbem 1, 94. ut eat visura
sororem 6, 476. Phineus visus erat
7, 3.
visus, us, m. das Anblicken, der Blick,
visu notare alqd dem Blick einprägen
15, 660. ipso visu omnia vitiantes
durch d. bloßen Blick, dß. durch d. so-
genannten bösen Bl., der als schädl.
Zauber wirkt 7, 366. quas natura ne-
gabat visibus humanis 15, 64. —
Anblick, Erscheinung, inopino territa
visu 4, 232.

vita, ae, f. Leben, longa 4, 109. brevis vitae spatium 3, 124. cara 10, 612. taedia vitae 10, 482. vitā frui leben 1, 585. vitam ducere longius 11, 702. reddere pro alqo 10, 202. odiisse 7, 583. finire 3, 251. fudit cum sanguine 2, 610. relinquere 13, 522. vita alqm relinquit 11, 327. nec nisi est exstincta prius quam vita 7, 569. — Leben = Lebenswandel 9, 672. = Lebensweise, antiqua 4, 445.

vitalis, e, zum Leben gehörig, crinis mit f. Leben verknüpft 8, 85. v. Inmen relinquere des Lebens 14, 175. vitales viae et respiramina Lebens- u. Athemwege 2, 827.

vitio, āvi, ātum, āre, verderben, verletzen, si ignis polos vitiaverit 2, 295. auras odoribus verpesten 7, 548. 15, 626. Hypanis salibus vitiatur amaris 15, 286. omnia ipso visu beheren 7, 566. virginem schänden 4, 798. vitiatus verderben, verletzt 2, 826. plumbum 4, 122. venae von d. Auflösung ergriffen 5, 486. dentibus aevi benagt 15, 235. semina fecit vitiata verderbte 5, 480. vitiatas inficit auras — ita inf. ut vitientur durch Verpestung 5, 76.

vitis, is, f. Weinstock, Weinrebe, vitis putator 14, 649. Pl. 4, 596. pampineas 10, 100. longae 13, 813. purpureae 8, 676. — mton. Kranz a. Weinlaub, vite caput tegitur 6, 592. — vitis alba, die Zaunrübe (Bryonia alba L.), zum Korbflechten dienend 18, 800.

vitium, ii, n. Fehler, Gebrechen, parietis Schaben 4, 67. vitium venisse in fontes Verderbnis 7, 533. mentis Gemüthskrankheit 4, 200. animi Mangel an Muth 5, 195. — sittl. Fehler, Laster. flagrat vitio gentisque suoque 6, 460. Pl. 2, 769. 10, 244.

vito, āvi, ātum, āre, meiden, ausweichen, ursos 10, 541. scopulum 14, 74. patriamque iramque parentis 8, 8. pocula 14, 288. certamina 6, 42. conubia 11, 226. arma (Krieg) 13, 39. iaculum 12, 885. 5, 68. pericula 4, 130. imbrem 5, 282.

vitreus, a, um, gläsern; durchsichtig wie Glas, undae 5, 48.

vitrum, i, n. Glas, clarum 4, 355. splendidior vitro 13, 791.

vitta, ae, f. Binde, bes. Kopfbinde, als Schmuck der Priester, albenti velatus tempora (Acc. limit.) vittā 5, 110. 15, 676. niveae 13, 643; der Frauen, bes. unverheiratheter 1, 477. alba 2, 413. crinalis 9, 771. crinales solvere weil die Bacchantinnen fliegendes Haar trugen 4, 6. Pl. v. einer 5, 617; der Opferthiere, boves vincti cornua (Acc. limit.) vittis 7, 429. 15, 131; heiliger Bäume 8, 744.

vitulus, i, m. Kalb 4, 756. 15, 464. lactens 2, 624. lactantes 10, 227.

vivax, ācis, lang lebend, cervus 8, 194. 7, 273. Sibylla 14, 104. zählebig, annus 13, 510. anima 12, 608. ausdauernd (aconita) nascuntur vivacia cautis 7, 418. — lebenskräftig, voll belebender Kraft solum 1, 420. gramen belebend 7, 232. sulphura lebhaft lodernd 8, 874.

vivo, vixi, victum, ēre, leben = d. phys. Leben haben, altera pars vivit 1, 420. 6, 138. 10, 250. 15, 342. me vivente bei meinem Leben 12, 228. non longius 8, 121. in breve tempus 12, 527. vixi annos bis centum, nunc tertia vivitur aetas jetzt lebe ich 12, 187. 15, 401. vivat an occidat 7, 28. morte carent animae semperque vivunt 15, 158. vivens pectus noch klopfend 15, 136. viventia membra noch zuckend 14, 194; — noch am Leben sein, vivit adhuc Achilles 12, 593. 5, 203. 10, 401. 12, 2. 13, 55. 14, 162; — fortdauern, vivit gloria 12, 617. per omnia saecula fama vivam 15, 879. sonus vivit in illa 3, 401; — das Leben hinbringen, in antris 8, 394. aeternum in stagno 6, 369. cum alqo 10, 628. caelebs sine coniuge vivebat 10, 245. innuba per silvas 10, 568. innocuae 9, 573. von etw. gramine 15, 84. suco amomi 15, 394. leto alterius animantis 15, 80. rapto 11, 291. vivitur ex rapto 1, 144.

vivus, a, um, lebendig, lebend, nihil est in imagine vivum 6, 305. te ipsā viva carebis bei lebendigem Leibe 10, 565. 9, 407. male viva caro noch nicht völlig lebend 15, 880. viva adhuc membra, viscera noch zuckend 6, 644. 13, 865. sanguis warm 5, 436. calor Lebenswärme 4, 248. Subst. vivi die Lebenden 10, 485; v. Pflanzen: frisch, saftig, caespes 4, 300. harundo 13, 891. virga etiamnum v. 4, 744; v. Wasser — fließend fontes 8, 27; v. Stein: natürlich, nicht künstl. hingeschafft, pumex 3, 159. saxum 5, 317. 7, 204. 18, 810. saxum, quod adhuc viva radice tenetur der noch an f. natürl. Wurzel hängt 14, 713.

vix, Adv. mit Mühe, kaum 2, 63. 282.

297. 448. 3, 678. 10, 481. vix nunc obsistitur 1, 58. ab uno vixque viro 12, 500. wiederh. 8, 35. 9, 57. vix iam kaum mehr 2, 863. 4, 850. — gründl. kaum, kaum noch, vix prece finita 1, 548. m. *Plusqpf.* u. folg. cum als 1, 69. 2, 454. 15, 843. ob. folg. Hylsatz 8, 142. bes. so vix bene [kaum verdaut.] kaum recht, kaum völlig 2, 47. 3, 14. 7, 774 (folgt nec) 11, 260. 13, 944. 14, 753. 15, 669.

völābŭlum, i, n. Name, Benennung. *Pl.* tribuit vocabula monti 14, 621.

vöcālis, e, tönend, ora 5, 382. 11, 8. Nymphe 3, 357. mari 8, 14. terra Dodonis vocalis sua quercu redend 13, 716. carmen klangreich 11, 317.

vŏco, avi, atum, āre, rufen, vocat illa vocantem 3, 382. qua vocat ira, sequemur 5, 668. nomen 6, 555. 7, 622. nomine vocatus bei Namen 13, 88. nomine quemque vocatum poscit opem bloß: jeden bei Namen 5, 212. 402. vocant Phaëthonta ben Namen Th. 2, 843. Paeana voca rufe io Paean (b. f.) 14, 720; — herbeirufen, Tritona 1, 333. 669. comites 3, 604. ventos 7, 202. venientia sata 7, 605. berufen, concilium 1, 167. einladen, deos ruris ad sacra 8, 580. Minervam cum Iove 8, 265. vocatus ad pocula 14, 294. 6|bl. sanguinem in corpora summa b. Blut an b. Oberfläche des Körpers treiben 2, 235; anrufen, deos hominesque 2, 578. Lucinam 5, 304. 10, 507. 9, 283. Bacchum vocant Bromiumque rufen ihn mit b. Namen Bacchus u. Bromius an 4, 11. Hymenaeus nequiquam vocatur 10, 3.— m. bopp. *Acc.* nennen, quam vocavit Ocyroën 2, 687. timidas vocal sorores 2, 659. 1, 569. 691. 3, 255. si reperire vocas amittere certius 5, 510. Im Pass. m. bopp. *Nom.* si maxima Iuno rite vocor 3, 264. sententia iniusta vocatur 11, 173. ut mihi (fl. a me) felices sint saepe vocati 14, 480. neque enim vocandus hostis es 14, 246. sedes scelerata vocatur heißt 4, 456. [Dreisilb. Formen Bredschl. außer 13, 671.]

völātĭlis, e, zum Fluge geeignet, fliegend, telum 7, 841. bildl. flüchtig, aetas 10, 519.

völātus, us, m. b. Flug, 4, 718. leni 12, 527. audaci 8, 223. quarto 13, 611.

Volcānus, Volcanus f. Vulc.

völĭto, avi, atum, āre (volare), umherfliegen, propter humana 8, 268. animae silentum visae volitare umherschwärmen 14, 411.

1) vŏlo, avi, atum, āre, fliegen, v. geflügelten Wesen 4, 415. 11, 731. 2, 709. circum freta 11, 749. flattern 12, 16. Victoria inter utrumque dubiis pennis 8, 13. (Daedalus) ante volat 8, 213. praecepta volandi 8, 208; übertr. favilla volat 13, 604. (corona Ariadnes) per auras 8, 179. (Caesaris anima) luna altius 15, 848. bes. v. Geschossen, plumbum 2, 728. tela 5, 158. 8, 363. moles 8, 357. pocula missa 12, 243; bildl. v. schnellem Lauf, pueru alite 10, 587.

II) vŏlo, vŏlui, velle, wollen, wünschen, velle parum est 8, 80. quid velit, exponit. Quod vellet, erat bh. als das, was sie wünschte, wurde von ihr angegeben 4, 470. volentem optantemque eadem 14, 28; m. *Inf.* 1, 635. velis fida esse 2, 746. si velis conferre wenn man wollte 7, 696. velle mori statuit 10, 132. vellet er hätte gewünscht (wenn es möglich gewesen wäre) abesse 3, 247. habuisse (aor. *Inf.*) sagittas 8, 188. 6, 482. 7, 144. 10, 461. nec vellet (laedere) noch gewollt hätte 14, 41. volentes (properare) die willigen, eifrigen 2, 129; m. *Acc. c. Inf.* deum voluit ambo invictos esse 7, 793. 14, 126; vellem m. bloßem *Conj.* vellem abesset 3, 467. 472. 9, 491. 532. 10, 355. 13, 462. 805. vellem nulla forem 9, 735. me duximes 11, 698. 14, 482. — wollen = einwilligen, tu modo velis 5, 527. — beschließen, di meliora velint bh. mögen mich davor bewahren 7, 37. sic vos voluistis 13, 507. — lieber wollen, vellem servire hätte lieber Sklavin sein wollen 13, 460. — bedeuten wollen, vola quid illa velint 10, 278. bes. m. sibi: quid vult sibi noctis imago 9, 474.

Volturnus, i, m. Fluß in Campanien 15, 715.

vŏlūbĭlis, e (volvo), rollend, ringelnd, aurum b. goldne Apfel 10, 667. nexus 3, 41.

vŏlūbĭlĭtas, ātis. f. kreisende Bewegung; übertr. Rundung, capitis 12, 434.

vŏlăcer, vŏlŭcris, e, geflügelt, Cupido 9, 482. natus b. Vers 5. 364. equus Pegasus 6, 120. equi solis 2, 153. 284. 4, 215. dracones 7, 218. *Subst.* volŭcris f. b. Vogel 1, 75. 5, 674. 6, 95. 119. at primo similis volŭcri, mox vera volŭcris insonuit pennis 13, 607. vaga 1, 308. 14, 340. rapidissima, miluus 2, 716. foeda 5, 540. avidae 5, 484. 7, 519. flumineae Schwäne 2, 253. die zwei Geier, die des Tityos Leber fraßen 10, 48. virgineae b. Harpyien 7, 4. quae fulmina ferre solet 12, 560. Iunonis b. Pfau 1, 722. 15, 385. volucrum turba 6, 801. ritu 6, 717. — bildl. sagitta 9, 102. classis 7, 460. nebulae 1, 602. aura 13, 807. animae 15, 457 [volŭcria find Bertsch. 1, 603. 9, 549. 3, 409. 5, 384. 484. 6, 717. 7, 549. 13, 607.]

völŭmen, inis, n. (volvo) Drehung, Umschwung, Windung, celeri v. 2, 71. v. Schlangen, iuncto v. serpunt 4, 600. per magna volumina labens 15, 721. nigri volumina fumi Rauchwirbel 13, 601. [s. 9.]

völuntas, ātis, f. Wille, Wunsch, non est tuta 2, 59. voluntas est m. *Inf.* audire 12, 177; Absicht 4. 508; Gesinnung, temerata est 9, 627; b. gute Wille, Gutwilligkeit, nec iners pauperque vol. — et vol. nec iners nec pauper 8, 678. [Bertsch.]

völuptas, ātis, f. Vergnügen, Genuß, Lust 7, 817. 9, 283. nulla est sincera 7, 453. Acis erat patria vol. 13, 751; Wollust, Liebesgenuß 3, 321. 9, 485. operata 2, 862. imitata 9, 481. furtiva 4, 327. [Bertsch.]

völŭto, āvi, ātum, āre (volvo), hin u. herwälzen, bildl. confusa verba in Umlauf setzen 12, 55. — im Geist hin u. her bewegen, überdenken, überlegen, alqd inter se 1, 389.

volvo, vi, völŭtum, ēre, wälzen, rollen, undae saxa 8, 551. harenas 15, 279. pectora intus clausas volventia flammas 7, 109. volvitur in praeceps wird gewirbelt 2, 320. volvitur Ixion wird umgewirbelt 4, 461. volvi sich wälzen, amnes defrenato cursu in aequora 1, 282. 570. per colla (equi) 6, 238. — übertr. v. der Zeit, volvens annus das rollende (eig. refl. sich im Kreislauf bewegende) 5, 565.

völmer, ĕris, m. d. Pflugschar, premo terram sublegere 11, 31. vomeribus 1. 102.

völmo, ui, itum, ēre, speien, ausspeien, frusta 14, 212. cruorem 5, 63. 4, 494. 12, 339. fluctus ore 4, 799. flammam ore 5, 353. ignem vomentes quadrupedes 2, 119.

völrāgo, inis, f. Schlund, Abgrund, alta ventris 8, 843.

völrax, ācis, gierig zu verschlingen, gefräßig, venter 15, 94. voracior um so gefräßiger 8, 839.

völro, āvi, ātum, āre, verschlingen, carinas 13, 731.

vos s. tu.

völtīvus, a, um, als Weihgeschenk dargebracht, cornua votivi cervi fl. cornua votiva 12, 267.

völtum, i, n. (voveo) das Gelübde, Gelöbde, ex voto templa facere 10, 667. vota suscipere thun 9, 305. publica 7, 450. solvere deo erfüllen, opfern 7, 652. 9, 708. votis numen adorare 11, 540. votis navem reliquit stellte es den Gelübden an b. Götter anheim 2, 186; übers. Gebet, Bitte 10, 178. 11, 661. 14, 480. vota tetigere deos 4, 164. concipere 7, 591. pia 1, 221. timida 9, 564. nescia voti was sie bitten soll 10, 481. — übertr. Wunsch 1, 489. 7, 54. 8, 711. 11, 227. novum in amante 3, 468. potens (b. f.) 8, 745. furiosa 10, 370. vota suos habuere deos (f. sua) 4, 373. vota valent 13, 126. corrige vota 2, 89. fovere animo hegen 7, 633. agere betreiben 6, 468. relinquere aufgeben 9, 620. morari 8, 71. nullum v. facit spricht keinen W. aus 9, 465. iniuria magnum mihi facit v. erregt in mir 12, 801. spes votorum auf Erfüllung b. W. 9, 634. multum est in vota für mein Verlangen 9, 629. munera voto maiora über allen W. erbeten 13, 551. votis omina reddidit (f. omen) 14, 272; meton. der Gegenstand der Gelübde ob. Wünsche, das Gewünschte 10, 288. mecum mea vota feruntur 6, 513. voto, votis potiri 9, 313. 11, 265. 13, 251. voti potens (b. f.) 8, 80. cornum voti potens futurum im Begriff b. gewünschte Ziel zu erreichen 8, 409. colonis vota incant Hoffnungen 1, 273. 8, 291.

völveo, völvi, völtum, ēre, geloben, einer Gottheit, dona 9, 794. vota sacra 9, 127. victima 7, 102. sanguis v. Opferthieren 8, 265. taurorum corpora centum die gelobte Hecatombe eig. e. Opfer v. 100 Stieren, wobei jedoch 100 meist als runde Zahl zu fassen ist 8, 152. — übertr. wünschen, quae voverat, odit 11, 128. 12, 200. sortem meam vovistis habt mein Loos erfleht, b. daß mich b. Loos zum Zweikampf m. Hector bestimmte 13, 88. m. ut 9, 675. 14, 35.

vox, vöcis, f. Laut, Stimme 1, 638. 3, 96. 12, 49. corpus erat, non vox nicht bloß e. Schall 8, 359. humana 5, 563. virilis 4, 382. est tenuata viro 2, 373. parva leise 12, 49. voce magnā (lani) 3, 382. ingenti 8, 432. tacitā 9, 300. supplice 2, 896. tristi 7, 517. vocis via Stimmweg, Hals 14, 498. Weg für b. St. 6, 855. iter 2, 850. 4, 69. usus 3, 367. vocem vertere 2, 698. premere 9, 692. 14, 779. schweigen 9, 763. supprimere 1, 715. tenere 4, 168. 10, 421. praestant favorem et mente et voce mit Herz u. Mund 15, 682. nequiqnam Orphēā voce vocatur 10, 3. 607; Gesang 3, 619. citharam cum voce movere unter Gesangbegleitung 5, 112. vocem movere carmine e. Lied anstimmen 10, 147. carmina vocum gesungene Lieder 12, 157. voce vincere Schönheit b. Stimme 5, 810; Geschrei, laeta 1, 561. clara bacchantum 3, 703. femineae 3, 530. 4, 29; Stimme, Geschrei b. Thieren 11, 598. ingemuit, vox illa fuit das war s. Stimme 3, 202. acuta des Hundes 3, 224. vigil der Gans 2, 538. rauca b. Frosch 6, 377. iracunda minaxque v. Bär 2, 483; Klang, Schall v. Instrumenten 1, 358. 688. vocis dulcedo 1, 709. — b. gesprochene Wort, Rede, temeraria vox mea facta lusa est 2, 51. properata exierat 3, 296. rupit silentia voce durch ein Wort 1, 384. voce manuque 1, 205. voce rogare m. Worten 5, 223. probare 1, 244. pacisci ausdrücklich 5, 28. voces ambiguae 7, 821. has voces reddidit erwiebern 2, 695. voces ingeminat 3, 369. refert 12, 47. Rede 5, 307. 13, 235. voce pericula quaerere durch Reden, Plaudern 2, 565. Ausspruch, rata 3, 341. auguris 3, 349. Bescheid, vox datur horrenda 7, 8. Befehl, nullia meae vocis 11, 585. ficta Lüge 9, 55. Ruf 15, 607. salutantum e. Gruß 5, 295. voces Anrufungen 11, 599. precantum 12, 63. Wehrufe 9, 185.

Vulcānius, a, um, bem Vulcan gehörnd, von ihm herrührend, Lemnos 13, 313. munera des Vulcan 2, 106.

Vulcānus, i, m. bei b. Griechen Hephästos, Sohn des Jupiter u. der Juno, Iunonigena 4, 173. Gemahl der Venus, Gott des Feuers u. kunstreicher Verfertiger v. Metallarbeiten (vgl. Mulciber) wie des Sonnenwagens 2, 106, der Thore des Sonnenpalastes 2, 5, der Waffen des Achilles 12, 614. 13, 289. Vater des Erichthonius 2, 757. 9, 423 u. des Räubers Periphetes, clavigera proles Vulcani der bei Epidaurus in Argolis hauste u. von Theseus erlegt wurde, welcher hierauf s. eiserne Keule führte 7, 437. Ueberlistung der Venus u. des Mars 4. 176. Als sein Lieblingssitz galt das vulcanische Lemnos, Lemnicola 2, 757. Lemnius 4, 185. — oft meton. für Feuer, Vulcanum naribus efflant 7, 104. 9, 251. armarat deus idem idemque cremarat 12, 614.

vulgāris, e, was b. Menge hat, gewöhnlich, taedae 14, 577; allgemein bekannt, fabula non est v. 4, 53.

vulgo, āvi, ātum, āre, unter b. Menge bringen, allgemein verbreiten, Part. vulgatus allgem. verbreitet, gewöhnlich, munera 13, 831; allgemein preisgegeben, corpora (zur Unzucht) 10, 240; bekannt, ruchbar machen, adulterium 4, 236. m. Acc. c. Inf. berichten, veteres vulgarunt, corpora edita (esse) fungis 7, 893. Part. vulgatus allgem. bekannt, ruchbar, amores 4, 276. fertilitas terrae vulgata per orbem 5, 481. convivia nondum v. 1, 164. gramen nondum v. mutato corpore Glauci durch b. Verwandl. des Gl. 7, 238.

vulgus, i, n. b. große Haufe, b. Menge, b. Volf 1, 220. 6, 402. 7, 585. 15, 607. mortale der Sterblichen (Ggs. superi) 11, 640. medium b. Leute des Mittelstandes (Ggs. patres) 7, 432. vulgusque proceresque Geringe u. Vornehme 3, 530. 8, 526. v. Kriegsvolf (Ggs. duces) vulgi corona 13, 1. 123. Haufe, Schaar v. Begleitern 5, 41. 14, 412; verächtl. indoctum b. ungebildete Volf, Pöbel 5, 308.

vulnero, āre, ātum, āre, verwunden, alqm ense 1, 717. pectora 8, 66. hasta vulnerat alqm 15, 769. lupus omne armentum bessen 11, 372.

vulnificus, a, um, Wunden schlagend, telum 2, 504. vulnificus sus [Brescal.] 8, 359.

vulnus, eris, n. Wunde, grave 4, 207. leve 8, 346. acerbum 5, 62. saevum 10, 181. geminatum 12, 257. caecum (b. s.) 6, 293. 7, 342. forvens 4, 120. calidum 12, 119. nigra 1, 444. trunca (b. s.) 8, 724. mutas 3, 123. pulchra loco 13, 262. unam erat omnia vulnus 15, 529. 6, 388. vulnus altius actum erat 10, 529. vulnus dare alcui 1, 453. 8, 846. 13, 692 (übertr. picus ramis 14, 392). minitari 2, 199. adversum ferro 12, 313. minimo occidere 6, 266. vulnere laedere verwunden 4, 602. tristia mandere jämmerlich zerschnittene Fleischstücke 15, 93. Pl. v. einer 1, 520. 3, 69. 4, 150. 13, 490. 495; — Verwundung, nutorum durch b. Söhne 7, 363. falcis 9, 383. aratri 2, 296, vulnere consequi alqm 9, 126; Stoß, Streich, Schlag 7, 596. 12, 171. 287. elusa (cecu?) vulnera 12, 104. Biß, inania dat ferro 8, 84. se subducere a vulnere 7, 781. — bildl. des Gemüthes, inconsolabile 5, 426. materna leni 18, 599. pugno in mea vulnera mich selbst zu verwunden 7, 730. Kränkung 2, 616. bes. Liebeswunde 9, 565. 10, 375. 14, 23. amor aequum utrique v. dedit 9, 721. animo grave habebam 9, 540. vulnera facere in pectore 1, 520. mutua sensit fühlte auch ihrerseits d. Wunde 14, 771. — bildl. — Schaden, Uebel, immedicabile 1, 190.

vultus, us, m. Gesichtsausdruck, Miene, Gesicht, vultus pacem habet 2, 868. mirantis 5, 200. violentia vultus 1, 258. terribilis 1, 265. supplex 5, 234. vultu placido 15, 692. amico 3, 457. duro 9, 260. torvo 2, 270. fallaci 5, 279. eodem unverändert 3, 418. boni 8, 677. laetos 10, 5. assuetos 11, 690. intrepidos 12, 478. vultus melioris esse heiterer 5, 501. meliore mori 7, 862. vultum fingere freundlich machen 4, 319. diffundere 14, 272. feros componere 12, 767. vultusque deo plectrumque colorque excidit b. heitre Miene 2, 601. vultum ducere ad suspiria verziehen 2, 774; Blick, virgineus 10, 631. verecundus 14, 840. modesti 4, 683. supremi 11, 547. circumfert tacitos 3, 241. texit castos aegide 4, 799. immotos tenere 14, 562. tollere ad sidera 1, 731. vultum vertere 6, 612. advertere rei 8, 482. demittere 7, 133. figere in alqo 10, 601. spectare vultu alterno 5, 30. terribili 12, 258. torvo 18, 4. molli adspicere 10, 609. luxuria trepido vultu 4, 485. vultu traxit nubila befehlender Bl. 3, 290. — übertr. Gesicht, Antlitz, virilis des Mannes 3, 189. virginei 5, 563. moriens iacet 10, 194. loto in terram procumbere 14, 281. erectos tollere 1, 86. v. Thieren, terribiles vertere ad ora venientis 7, 112. *Pl.* v. einem, patrii 2, 21. seniles 8, 528. agrestes 9, 96. obducti 2, 380. gelidi 4, 141. iacentes 4, 144. saxifici Medusae 5, 217; meton. Gestalt, Aussehen, naturae 1, 6. lunae 14, 367. induit virilem 8, 853. vultibus Eumenidum agitabitar 9, 410. *Pl.* v. einer 1, 611. 738. 9, 348. ferini 2, 623. 7, 270.

X.

Xanthus, i, m. auch Scamandros genannt, Fluß bei Troja 9, 646. arsurus Iterum der noch ein mal brennen sollte, näml. im troj. Kriege, wo er den b. Troer bedrängenden Achilles überfluten wollte, aber von Hephästos durch Feuer zurückgetrieben wurde 2, 245.

Z.

Zancle, es, f. früherer Name der Stadt Messana in Sicilien 14, 5. 15, 290. *Adj.* **Zanclaeus**, a, um, zanclisch, harena Strand 13, 729 u. **Zanclēïus**, a, um, saxa 14, 47.
zephyrus, i, m. d. Westwind 1, 64. placidi 1, 108. molles 13, 726. modici 15, 700.

Zetes, ae, m. einer der geflügelten Söhne des Borras, Bruder des Calais 6, 716. vgl. 7, 3.
zōna, ae, f. Gürtel des Gewandes 5, 470. 10, 379; übertr. d. Erd- ob. Himmelsgürtel, Zone, *Pl.* 1, 46. 2, 131.